安藤武彦 著

和泉書院

目次

〈上巻〉

〈下巻〉

第四部　徳元短冊鑑賞など

第五部　その周辺について……六二九

第六部　作　品　抄……七九七

第七部　伝記研究資料……八九三

第八部　影　印

第四部　徳元短冊鑑賞など

新出徳元短冊に関する覚え書

末吉道節から短冊の揮毫を所望された徳元は、早速、その返書のなかで、

一　短冊之事貴老能筆に付一入肆酌に候へ共御所望之間墨ぬり候て進入申候十枚之内はいかいの発句六つ春三夏一秋一冬一又狂哥四首書申候御このみの発句ともは今度出来申候犬子集に入たるにて候めつらしからす候間別之を書申枕屛風にはをし可被下候恐惶謹言（寛永十年正月十四日附徳元書簡、笹野堅編『斎藤徳元集』に紹介）

と、したためている。こうして恐らく徳元は、数奇者に乞われるままに、短冊数葉を書き与えていたのではなかったか。

さて、近年、眼福を得た徳元自筆短冊二葉について、ここに書誌的な紹介をしてみることにしたい。

イ、「梅咲て」句短冊

図１

北野三万句之内
巻頭　梅咲て天下は花の都かな　　徳元

縦三六・一糎、横五・五糎。山水に梅花文様。軸物仕立。斎藤定臣氏所蔵。

その日は、忘れもせぬ昭和四十三年四月三日花曇りの朝のこと。待望の筑紫路に西下した私は、目指す福岡市郊外の小笹に居を構える、徳元の末裔斎藤定臣氏の宅を訪れたのであった。

――しばし一刻。

座敷に通された私は、思わず床の間に掛けられたる慎ましやかな一幅に、視線は注がれていった。あの「御家流」の、個性的な筆蹟になる徳元短冊、しかも詞書に「北野三万句の内　巻頭」と記し、かつ「梅咲て」の句は、従来いずれの書にも――例えば故笹野堅先生編『斎藤徳元集』にも――伝えられていない逸句である。署名については今、書体の面から分類してみるに、二種ある。すなわち、

(イ)　行書体

(ロ)　草書体

本短冊は、初期のものに比較的多く見出すことができる、(ロ)草書体による署名だ。

ところで、この自筆短冊はいったい、いつ頃制作せられたものであろうか。ここで、右詞書に照応する文章として思い浮かぶものに、かの自撰自筆『塵塚誹諧集』上巻に見える、

寛永三暦のころ都に上り三四年在京せしうち発句……（略）

北野にて連哥二百韵満座に誹諧もよほされしに

二百韵の花やあはせて八重桜

されば徳元、若狭から上洛した寛永三年春のころ、北野社で連歌会が張行されし折に成ったものか。（しかし、「梅咲て」とあるから、あるいは寛永三年の春未だ浅きころであったかも知れぬ。）

又、詞書中に「巻頭」と記されている点が、私の目を引く。それは、寛永三年ごろにおける連歌師徳元の地位について考察せんとするとき、一つの参考資料となるからだ。――推測するに、梅の花咲く北野社で連歌三万句、その満座に余興として俳諧が催された時、多分、客人という立場から――主君京極家の縁故からか彼はつとに八条宮御所出入りの衆であった（野間光辰先生「仮名草子の作者に関する一考察」『国語と国文学』昭31・8月号）し、加えて里村昌琢とも雅交を深めていたという社会的地位の高さが、徳元をして巻頭の座に据えたのではあるまいか。

近世文学の黎明、寛永文化圏のなかで、発句「梅咲て天下は花の都かな」と気品高くよんだ連歌師斎藤徳元像。私は本短冊から、彼の面目躍如たる姿を髣髴として思い浮かべてみたいのである。

ロ、「観音の」句短冊に見える徳元晩年の一動静

十月十八日　老眼之禿毫□□□□
浅草へ
詣て

観音のゆへか枯木にかへり花　徳元

図2

縦三六・八糎、横五・七糎。珍しい金縁[註1]（金紙のフチトリとも）の、きらびやかな短冊にして、打曇りに金泥雲草花文様。署名は行書体。なお短冊の裏には、上部に、

浅海子愛蔵　の小印。

下部左方に、

斎藤氏名ハ利起[註2]、通称斎宮、帆亭ト号ス岐阜ノ城主織田信秀（ママ）ノ臣、／関ケ原ノ戦ニ逃レテ江戸ニ出テ和歌ヲ指南ス上京シテ貞徳門トナリ又江戸／ニ帰ル後若州小浜ニ移り又丹後ニ住ス正保四年八月廿二（ママ）日歿年八十九／著書ニ誹諧初学抄、帆亭千句アリ

と朱筆にて裏書がしてある。

思うに本短冊は、浅海子多賀博翁旧蔵にして、現、愛知県豊川市竹本長三郎氏所蔵。ありかを大礒義雄先生からのご教示によって知り得た華麗なる本短冊、しかもこの句[註3]、かの『斎藤徳元集』（笹野堅先生編）にも見えず。昭和四十五年九月二十日調査。

東下した松江重頼が、江戸貞門俳壇の長老宅――徳元亭を訪問したのは、正保二年五月雨の降りしきるころであった。このときの模様について、重頼編『毛吹草追加』（正保四年刊）には、

武州江戸徳元亭にて
五月雨は武蔵野せばきながれかな

右重頼句に対し、徳元は、

重頼興行に
五月雨の晴て犬なく日和哉　徳元

と見えている。そして後年重頼は、この訪問の印象を基にしてか徳元老を指して〝浅草の入道〟と呼んでいる（『懐子』序）。

浅草の入道？――すでに学界では定説化しているようだし、私も勿論、確実に訪問した重頼の記述なる故、徳元の浅草居住はも早信憑すべきものとして断定してよいと思う。その〝浅草の入道〟こと帆亭の気力ならびに視力は寛永十五年五月、時に八十歳ごろからとみに衰えを見せつつあったらしい（末吉道節宛、徳元書簡）。加えて辞世の句の詞書にも「例ならず心ち死ぬべく覚えて」と記しているあたり、彼はかなり弱気をおこしていたようだ（第一部「『徳元自讃画像』一幅の発見」参照）。そう見てくると本短冊の筆蹟にも中七の辺からほんの僅か左寄りにゆがんでいるように見受けられる。これ恐らく「老眼」による「禿毫」のせいかと推察したいのだが、はていかがなものであろうか。

だとすれば、「観音の」句制作年代――ここで推考してみるのであるが――は、寛永十五年以降のある初冬の十月十八日（※観音の縁日に）、徳元は台東浅草の寓居からほど近い浅草観音に詣で、帰るさ、ふと老眼にとまった境内に咲く〝返り花〟など、その折のすがすがしい感慨を発句にものしたと推定しても不自然ではなかろう。

発句「観音のゆへか枯木にかへり花」――それは観音に詣でた事――その御利益？――によって、なぜか近来にない浮き浮きとした心の春めきを覚えたことであろう。「枯木」とは徳元翁その人の投影ではなかったか。

音羽川の畔、物ふりたる築山の庭園に、亀甲模様の小袖を召して若やぐ入道徳元像を夢想しつつ、やがて私は旧家竹本邸を辞去するのであった。八幡橋からは、秋の鈍い曇り日の光が、透きとおった川面に揺れていた。

註1　金縁の短冊について、大礒義雄先生から次のようなご教示のお手紙をいただいた。よって原文のママ記す。

㈠　徳元の頃のそうした短冊は見たことがない。（現代の色紙などにはある）
㈡　短冊を台紙に張り付ける時、短冊を引立たせるために、短冊の外側に一ミリか二ミリ出るように金紙を張り付けることがある。
㈢　もしかするとそれを金紙ごと切り抜いた短冊ではないか。

註2　徳元末裔ご所蔵の資料に基づいて、諱を元信・辰遠と訂正すべきである。

註3　徳元著『誹諧初学抄』初冬の条に、

かへり花　小春ニハ何花も咲事有。

とある。しかし右「かへり花」をよみこんだ徳元句は、ほかには見当たらず。

〔**附記**〕「梅咲て」句短冊については、著者は、去る四十四年度俳文学会全国大会（於、滋賀大学）に於いて、口頭発表「美濃の初期俳諧資料について―徳元・釈梅翁・木因等々の資料を中心に―」のなかで触れておいた。「観音の」句短冊の所在については、大礒義雄・久曾神昇両先生から直接間接にご教示を賜った。記して謝意を表します。

（昭46・3・7稿）

めぐり逢えた徳元の「逢坂の」狂歌短冊

逢坂にて
狂哥　あふさかの関の鶏尾をぬきて
　　　よろひにかけよもち月の駒
　　　　　　　　　　　徳元

図3

縦三六糎、横五・六糎。打曇文様。署名は行書体。愛知県豊川市竹本長三郎氏所蔵。

四十五年九月第三日曜日の、どんよりと曇った朝。豊川に向かう電車が、何故か余りにものろく感じられた。車窓を走り過ぎていく初秋の三河路も古短冊を追う眼には入らなかった。

この日、私は、大礒義雄先生からのご教示によって、豊川市音羽川畔にどっしりと構える、旧家竹本長三郎邸を訪れたのであった。物さびたる築山の庭に面した座敷で、早速、先代長三郎翁が長年にわたって蒐集愛翫せられたる古短冊帖を拝見する。開巻に収められたる徳元短冊二葉。しかもうち一葉は、思いもかけず「あふさかの」狂歌短冊だ。

――たしか三年程前だったか、ある夏の昼下がり、私は名古屋栄町の古書肆松本書店の店頭で、偶々一冊の短冊手鑑『賀茂川』(浪速短冊研究会同人、昭3・4・1 限定本、現架蔵) なる珍書を見出して、繙いていた。その書物に、未だ世に知られざる右「あふさかの」狂歌短冊が、写真版にて所収せられているではないか。「桑名竹内文平氏所蔵」と。

私はすぐさま手控えに記し、めぐり遇う日をひそかに念願しつつ、そのままそっと記憶の奥底にしまいこんでしまうのだった。旧蔵者竹内文平氏については、佐々木勇蔵氏によれば、大阪の短冊商仲古谷尚古翁の店に熱心に通った当代好事家の一人であった由 (『短冊手鑑心のふるさと』昭和41・2)。

ともあれ、めぐり遇えたのだ。

ところで、「あふさかの」狂歌一首は、近時、森川昭氏によって発見せられたる徳元作道の記『関東下向道記』(大写本一冊、寛永五年十二月成、刈谷図書館蔵) に、

紙こきるしはすの比都を立て東路や武蔵をさして江戸にまかりける……(略)

京にしたしき友たち関送りして関寺の町にまうけしてまねき侍れハ立よりしはし酒のミことしける間に

あふ坂の関のにには鳥尾をぬきて

よろひにかけよもち月の駒

とある。だとすると本短冊は寛永五年 (※六年カ) の冬、徳元、京を発って江戸に下る道すがら、これやこの逢坂

の関にて成ったものか。

〔附記〕

○徳元の狂歌短冊は、きわめて少ない。しかるに四十五年正月、その数少ない狂歌短冊一葉を、野間光辰先生からご教示賜った。勿論、『斎藤徳元集』にも見えていない狂歌である。よって左に原文のまま記す。

□正月四日大阪古筆展所見短冊帖中のもの

餅屋おなしくは花の下にて春くハん

そのあかつきのもちつきのころ　　徳元　（狂歌也）

○庚戌も師走の二十七日、久々に上京。畏友島本昌一氏の案内で、神田神保町の古書肆一誠堂を訪ねた。主人の好意で、すでに売約済みの貼交屏風を密かに拝見する。

徳元の、珍らしい「大磯の」狂歌短冊一葉を実見。打曇文様の美しい短冊、署名は行書体だった。狂歌は、前記『関東下向道記』に見える、

おほいそのとらハかたちをのこすかハ

石を見るにもおもひものかな

と同じ狂歌であったように記憶する。

ほかには、貞徳「七夕」和歌短冊（署名は明心）、日能「唐土にも」句短冊や、光広・玄仲などの短冊も合装されていた。

（昭46・6・4改稿）

「火鼠の」句、「大礒の虎が石」狂歌短冊
――寛永六年冬――

架蔵の徳元短冊二葉を紹介しておきたい。(一)は大礒義雄先生から贈られたもので、白無地。「水鳥の羽や火ねすミの皮衣　徳元」とある。短冊の裏には「安藤武彦詞兄に贈る／大礒義雄」とていねいでやわらかな筆致。昭和六十二年七月三十日の午後、岡崎市甲山下（こうざんした）のお宅に伺って頂戴したことであった（口絵6参照）。

(二)は珍しい狂歌短冊で、打曇り、金描下絵霞に草木文様。「於大礒／虎石ヲ　大礒のとらかかたちを残すなる／いしを見るにもおもひもの哉　徳元」とある。久曾神昇博士旧蔵の美短冊である（口絵7参照）。因みに徳元はこの「大礒の」狂歌短冊をもう一枚書いていた。それは昭和四十五年十二月二十七日、神田神保町の古書肆一誠堂の二階で売約済みの初期俳人貼交屛風のなかに確かに「大礒の」短冊一葉を見出した。打曇り、署名は行書体であったことを記憶している。

さて、(一)の「火鼠の」句であるが、家集『塵塚誹諧集』には見えないけれども正法寺成安撰『埋草』（寛文三年刊）を始め、松江重頼撰『佐夜中山集』（同四年刊）、野々口立圃撰『小町踊』（同五年刊）等にそれぞれ入集する。中七「火鼠」とは、南方の火山に棲むという白ネズミ。中国の想像上の動物で、その毛を織って火に燃えない布をつくるという。『竹取物語』第五段「あべの右大臣の話」のなかに、「火鼠の皮衣（かはごろも）、此国になき物也。云々」とあり、その話は『誹諧初学抄』にも要約されているが、それをふまえているか。

類句として『塵塚誹諧集』下巻には、寛永六年十二月（※五年十二月ニアラズ）、徳元東下りの途次三河国矢はぎ

川で詠んだ、

　水鳥のはねやくるりの矢矯川（やはぎ）

がある。更に、中七が異同した形の短冊一葉が高野山に所蔵される。打曇り文様にて、すなわち「三河国にて／水鳥を射るやくるりの矢矯川　徳元」。しかも筆勢から見て右高野山蔵の短冊も同じ頃に成ったもののように見受けられる（図4参照）。大礒先生いわく、西尾で入手とか。西尾市は矢作（やはぎ）河畔に開けた市街であった。

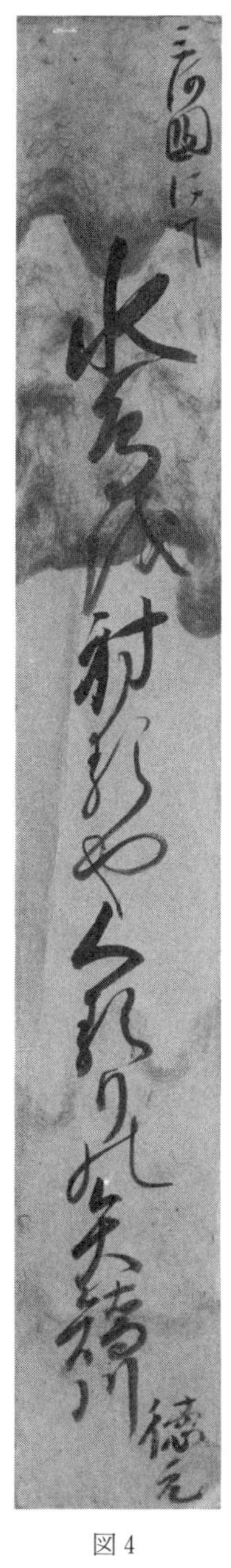

図4

○

二枚目の「大礒の」狂歌短冊は徳元作『関東下向道記』にも『新撰狂歌集』（編者未詳、寛永中期刊）巻上―恋の部にも、

　　あつまへ下りける人のよめる

　大いそのとらかかたちをのこすなる　いしを見るにもおもひ物かな

と収録される。ただし『塵塚誹諧集』では上初句が「いにしへの」となっている。短冊のほうが初案か。この狂歌も亦、同じく六年十二月、東下りの途次相模国大磯宿に於て詠んだもの。『塵塚誹諧集』には前書に「此宿の中に、虎石とて牛の子のふしたる大いさのうつくしき石あり」としるす。「大磯に於て虎が石ヲ」とは、大磯町の延台寺

番神堂（※法虎庵曾我堂）に有之。鎌倉期に曾我十郎祐成が遊女虎御前（とらごぜん）のもとに通う夜、賊の矢を防いだために十郎の身代わり石と伝承されてきた石で、形が虎の姿に似て虎の如く斑点がある。それに虎御前伝説の俤を見たのか。参考までに虎御前については西村稔先生が、論考「『曾我五郎時致の女』をめぐって」（『国文学会誌』16号、昭60・3）のなかで詳述しておられる。なお架蔵の「大儀の」狂歌短冊は、同じく東下りの途次における狂歌短冊「逢坂にて狂歌／あふさかの関の鶏尾をぬきて／よろひにかけよもち月の駒　徳元」（豊川市・竹本長三郎氏蔵）と筆勢が似通っている。

（平3・3稿）

徳元自筆「唐までも」句短冊追跡記

八月十五夜天下に
まうけの君　唐までもさんこの月の光哉　徳　元
御産後の比なりけれハ

図5

縦三六・一糎、横五・一糎。打曇文様。署名は行書体。本短冊は、もと醒石野田勘右衛門翁の愛蔵にして、現、岐阜市小野金策氏所蔵。現在は岐阜市歴史博物館蔵。

四十四年八月二十六日、辺りの鬱蒼と茂る夏木立からは蟬時雨にやや辟易しながらも終日（ひねもす）、岐阜市大宮町の、県立図書館の一室で訪書をしていた。

少しく疲れたせいか、たまたま気分転換に一冊の『岐阜雅人遺品展覧目録』（野田勘右衛門編、昭4・12・15）を、何気なく繙いてみる。はからずも一驚を喫す。同展覧目録俳句之部に、

斎藤徳元　短冊　（詞書・発句は省略）　野田醒石

と見えているではないか。しかもこの「唐までも」句短冊を含めた展覧会は、昭和四年十一月三日の佳節に、奇しくも斎宮頭徳元にとって万感胸迫る金華山麓——万松館に於いて催されている。

ところで、右「唐までも」句短冊の存在は、すでに先学森川昭氏が、ご論考「徳元の周囲—『徳元等百韻五巻』考—」（『説林』15号）に紹介、かつ制作年代についても考証しておられる。次に、その関係部分を抜萃してみる。

私はかつて、徳元も一座した「沢庵等品川東海寺雅会」と仮題する一資料を紹介したことがある。それは、（略）内容からして、寛永十八年八月三日の家綱誕生を慶祝したものであろうと推定しておいた。その後野間光辰先生から次の二資料につき御教示を頂いた。いずれも『尚古』三ノ五所収の写真の由である。

1　〔徳元短冊〕

八月十五夜天下にまうけの君御産後の比なりければ（以上頭書）

唐までもさんこの月の光哉　　徳元

2　（略）

(1)は、前記雅会の目的についての推測に対する有力な傍証となり得よう。

醒石翁に著作がある。題して『岐陽雅人伝』（私家版、昭10・3）と言う。同書斎藤徳元の条にも本短冊のことは見えている（61頁）。以来、私は、翁の所在——未だ見ぬ「唐までも」句短冊の所在を追跡するのだった。幸いにも

県立図書館主任司書村瀬円良氏のご調査によってつきとめることが出来たが、すでに翁は他界せられ、かつ短冊は現所蔵者の手に移ってしまっていた。

――五ケ月後の四十五年一月十八日、粉雪が伊吹颪に舞う寒い朝である。私は、岐阜市早苗町の、小野金策氏のお宅でついに実見することが出来た。保存良の打曇短冊、殊に「唐」の字などは墨痕淋漓、戦国武人の気宇がうかがわれよう。本短冊の資料的価値は、まず何と言っても詞書の部分「八月十五夜天下にまうけの君御産後の比……」と記した点にある。それは、例の作法書『誹諧初学抄』が成立せし寛永十八年中の出来事、時に帆亭徳元老八十三歳の動静を知る一端となり得よう。このころ、いったい徳元は何をしていたのであろうか。桑田忠親博士著『大名と御伽衆』（青磁社、昭17・4）によれば、徳川秀忠の御伽衆に、佐久間大膳正勝之・脇坂淡路守安元・蒔田権佐広定・儒者永喜らの名が見え（74頁）、次いで家光の御伽衆に、柳生但馬守宗矩・大橋龍慶らの名が見えている（93頁）。徳元は、これらの人々と雅交があった。とすれば――空想ではあるが――彼も亦、右将軍家側近の御伽衆の一員であったのか。それも昌琢門下の連歌師、あるいは医師という立場からの御伽衆であったか。

午後、故醒石翁のご子息馬耕氏を訪ね、短冊入手の物語を拝聴した。氏曰く、あの徳元短冊は親父が尚古社より確か二十五円也で買うたもの云々、と。

（昭46・正・9脱稿）

ちりとんだ雪や津もりの徳元句など

はじめに

近世初頭の住吉大社と昌琢(しょうたく)宗匠連歌壇との雅縁は深く、たとえば宗因筆写に成る『昌琢発句帳』(横写本一冊、大阪天満宮文庫蔵)を繙いてみるに、

春ノ部／住吉万句　霞
墨かきのえなつにかすむ夕かな
秋ノ部／霧　住吉万句
嶋〳〵もあらハれ出し霧間哉

の二句が収録、昌琢宗匠を迎えて賑々しく住吉万句が興行されていたらしい。「墨がきの」は霞の句であるから、多分、巻頭句であったろう。

又、高瀬梅盛の『誹諧類船集』(延宝四年刊)には、

津守(ツモリ)　摂津　浦　瀛(エイ)(おほうみ)　神　住吉　君か代　宮井　浜松か枝　遠里小野(トヲサトヲノ)　衣擣(コロモウツ)　たのめてこぬ夜
天降る神(アマクダル)　岸(キシ)の松風　国夏(クニナツ)　雪　(巻三)

とあり、前句に「津守」と詠めば連俳ではすぐに摂津・浦・神・住吉・津守国夏・雪等々の語が連想されてくるよ

うな付合関係にあった。それらは、昌琢門下の長老斎藤徳元が出座の作品中にも、詠みこんでいる付合が見られよう。

因みに、寛永九年正月二十五日成、昌琢筆（清書）の「夢想之連歌」（原懐紙、高崎市頼政神社蔵『諸大家連歌帖』に収録、堤克敏氏保管）名残ノ折裏には、

（名ウ6）きりの隔つるさとの杳けさ　　安元（脇坂）
（名ウ7）月にしも難波の都たつね来て　　久盛（中川）
（挙句8）さそなにきはふ住吉の市　　徳元

と見え、同じく徳元の独吟連句中にも、

（寛永十八年正月成、諏訪因幡守頼水追善之俳諧）
（二オ10）松のおもハんちはハはつかし
（二オ11）思ふとふし月住吉に契り置
（二オ12）秋も津もりの浜の出あひや

と詠んでいるのである。始めの二句は恋の付合であるが、なかんずく二オ—10句めの「痴話」に関して『誹諧初学抄』を繙くと「ただし当世の傾城などのいひはやらかす詞有。痴話・間夫」など言う「恋之詞」は「かりそめにも出すべからず。是はたゞ下が下のいたづらものゝ申侍て、やんごとなき御かたぐはしろしめさぬ詞也。」と述べて禁じてはいる。蓋し実作と理論のくい違い——自家撞着であろうけれど。徳元の、右『初学抄』上梓を支援したらしい（パトロンか）諏訪因幡守頼水は寛永十八年正月十四日に七十二歳をもって卒去した。

こうして徳元と浪華——。古く寛永の始めごろ「従五位下豊臣斎藤斎頭帆亭徳元（自署）」なるゆかりからか孫女の如元（しょげん）が天寿院こと千姫に仕えることになるのだが、しかし俳事としての、その具体的な交流は寛永十年前後か

らであろう。もちろん大坂平野郷の末吉道節との間に交わされた書通が挙げられよう。次いで、『滑稽太平記』によれば、「大坂の住人武江に下りて、俳巻を携、添削を請るに、近きほどに相尋べきよし云やれ」ば、徳元は狂歌一首、

七ふしぎあはん必(かならず)天王寺石の鳥居（※四天王寺石鳥居）のかたき約束（巻三、斎藤徳元の事）

と書き送ったという。

一、「ちりとんだ雪や津もり」の徳元短冊

〔書誌〕　厳島神社宝物館蔵。六曲一双、貼交の金屏風に収録。因みに、半隻の寸法は縦一一五・一糎、各扇の横幅は第一扇四八・〇、第二扇四六・五、第三扇四六・五、第四扇四六・五、第五扇四六・五、第六扇四八・三、計二八二・三糎。内容は諸家の古筆切(ぎれ)を始め色紙・短冊等百九枚を各扇概ね三段に貼り交ぜにしてある。昭和六十一年十月二十八日に実見。

次いで、収録の諸家色紙・短冊類のうち連俳関係を中心にあらあら紹介する。連俳では里村南・北家、談林系が多い。

上隻（54枚）

〔第一扇〕

(短冊)月思古／こし方のことをあまたにしのふかな／おもひ残さぬ月にむかひて　具起

(狂歌短冊)(詞書略)ふたりしてしやうくはんすへき御菓子を／あひみるまてはくはしとそ思ふ　玄旨（※玄旨は細川幽斎の別号）

〔第二扇〕

（短冊）さく梅のにほひは花のかさし哉　　玄陳

（短冊）鴨／うきねする入江を寒みあし鴨の／かゆる床もや又こほるらむ　　経孝

〔第三扇〕

徳元短冊（後述）

（短冊）むさし野もさそ盃の朝霞　来山（※『小西来山全集』前編の86頁中、三八七番に同句形で出づ。）

（懐紙）こゝろもそらに物思ふころ
智蘊
なかむれハ星のかすく〵袖ぬれて
あさこそしらね春のかへるさ
賢盛
有明にゆくく〵月の影もなし
秋風さむミ夜々もふけぬれ
心敬
思ひわひゆけハ鳫なき月落て

〔第四扇〕

（懐紙）雪おれぬ木ハみな風のちからかな
高松太神宮にてしはすハかりに
宗砌
さかき葉にさくやハ夏の霜の花

早梅を　　専順
冬さくやひとへこゝろの梅の花
こぬ春をこてふにたり梅の花
賢盛

〔第五扇〕
（短冊）
梅さきて花に待へき春もなし
声はせてゆふやミ告る蛍哉　　昌程（※『昌程発句集』に「こゑはせて夕闇告るほたるかな」とある。）

〔第六扇〕
（短冊）
あら玉の春をちきりて鶯の／雲井にしるゝはつねをそなく　　忠興

下隻（55枚）

〔第一扇〕
（懐紙）
賦何人連哥
雪なから山もと
かすむ夕かな　　宗祇
ゆく水とをく
梅にほふさと　　肖柏
（短冊）
小草かれむら杢青き野筋かな　　宗因（※金描下絵霞に群松。華麗。）

〔第二扇〕
（短冊）
夜月冷／あきさむみねられぬ夜半を侘人の／うすき衣は月もあはれめ　　龍山（※龍山は近衛前久。）

（短冊）宿かれとはけし路くらす野分哉　　玄的

〔第三扇〕

（色紙）秋くれは閨の／よとこの枕をも／ほにいてゝまねく／軒の下荻　　昌琢

（短冊）筑波山は山そかすむけさの月　　玄仲

〔第四扇〕

（短冊）うしつらしあさかの沼の草の名よ／かりにもふかきえにハ結ハ□　　長嘯（※木下長嘯子）

（短冊）春ハ木々に秋ハいろ〳〵の花火哉　　宗甫

〔第五扇〕

（短冊）されはこそ軒はきえしを冨士の雪　　玖也（※打曇り、金描下絵霞に草花。華麗。）

〔第六扇〕（トップに）

（短冊）歳旦　元日や日本にかなふ文字こゝろ　　立圃（打曇り、金描霞。華麗。）

この華麗なる安芸厳島蔵の貼交金屏風は、いつごろ仕立てられたのであろうか。宮司の野坂元良氏からのご教示によれば、

一、それは多分、二十一代佐伯（野坂）元貞であろう。彼は幕末期の人で、頼山陽とも雅交があったらしく文学的素養もあった人物。あるいは元貞の四男で二十三代の元延か。

二、散逸を防ぐ為にわざわざ屏風に仕立てたに過ぎない。

ということだった。社司佐伯元貞、字は子幹（しかん）、鹿猿居（ろくえんきょ）とも号して和歌や連歌を嗜み、そのころの連歌懐紙にも元貞・元延の名が見えるとか。因みに『厳島図会』巻之六、「玄上（げんじょう）ノ琵琶」の条末に、

わが御社にをさまれる谷川のびはによりてつくれりし玄上考をみて　　棚守元貞

よつのをのたへなるしらべこまやかにかきつくしたるふみのかしこさ

うもれ木も世にあらはれて谷川のすゑにとどまる名こそくちせね

と二首の作がある。元延の色紙も亦、野坂宮司家に随分と所蔵されている由。参考までに『世代由緒書』（野坂元延筆、厳島神社蔵）には、

二十一代　棚守元貞

姓佐伯　通称将監

上卿親盈三男養テ子トス家督相続寛政五年癸丑十一月廿八日棚守職被命天保十三年壬寅正月廿日卒

二十三代　野坂元延

姓佐伯

元貞四男兄元等ヨリ受譲而相続嘉永四年辛亥九月朔日棚守職被命明治五年壬申四月職名棚守ヲ廃シ野坂ト改同四月六日東京行被命同四月十九日於教部省被補訓導職同七月十八日　厳島社禰宜拝命

明治八年一月廿四日於同省　厳島社権宮司兼権中講義拝命

同年六月廿八日於広島県庁無禄士族編入

とある。元延は明治二十二年十一月に歿している。

いつミの堺ヨリ
所望に　ちりと無た雪や津もりの浜行鳥　　徳元

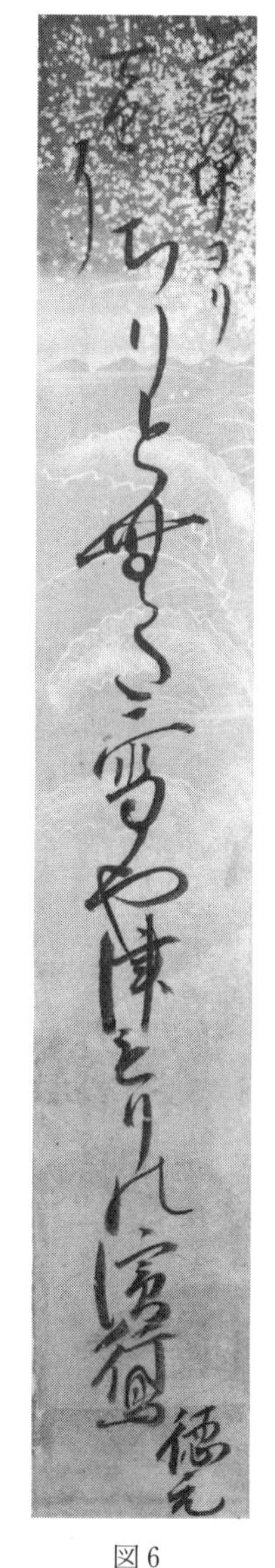

図6

上隻第三扇の下段に収録。縦三六・〇糎、横五・四糎。雲に金箔を散らせし雪、金描下絵芭蕉葉。華麗なる短冊である。行鳥（ちどり）――冬。『毛吹草』巻二・連歌四季之詞・初冬の条に「衜（ちどり）」とある。参考までに千鳥について『和漢三才図会』は、「衜（ちどり）　千鳥俗（略）△按衜在江――海水辺百千成レ群仍称二千鳥一類レ鷗似二鶺鴒一而小其頭蒼一黒頬一白眼後有二黒条一背青黒翅黒腹白胸黒嘴亦蒼黒尾短脛黄一蒼而細長冬月最多飛二鳴于水上一呼レ侶……」と記す。能狂言『ちどり』に、「（酒や、謡）浜衜の友呼ぶ声は。（シテ、謡）ちり〱やちり〱、ちり〱やちり〱と、ちりとんだり。」。徳元作、独吟連句中に、

（三オ3）瀧の露ハちりやたら〱ちりとんた

（三オ4）はんま千鳥の友呼ふ秋

（寛永十九年六月成、山岡主計頭景以追善誹諧）

なる付合も見える。一名、「ちりちり鳥」と言う。ただし、この点は本短冊の成立年代を考証するにあたって一つの手がかりにはなろう。『貝殻集』（寛文七年四月序・刊）に、

河州に罷て

友呼や泉の堺河ちとり　　堺 永重（巻第四、冬―水鳥）

とある。「雪」に「津もり」は縁語（前掲付合語集）。「津もりの浜」に関しては、『住吉名勝図会』に、

津守浦（住吉海辺の惣名なり）

『千載』

神代より津守のうらに宮居して経ぬらんとしの限りしられぬ　隆季（巻四）

と説明される。それから、詞書中「いづミの堺」と「津守」も亦縁語である。そのわけは『堺市史』（清文堂）第一巻を検するに、

住吉社と堺との間には、古くから既に密接なる関係が成立つてゐたやうに見えるが、正確なる史料のない為めに、これを確かめることが出来なかつた。堺荘が始めて住吉神社の社領たる事の確実になつたのは、延元元年四月二十二日の後醍醐天皇の綸旨で、もと住吉社宮司津守家に伝へられ、近年同家から同社に寄附されたものである。（196頁）

堺が住吉社の社領であつた事は、堺の住民に如何なる影響を及ぼしたであらう。当時は南北朝に分れて公武の分争が絶えなかつたが、住吉社は後醍醐天皇の最も尊崇されたところであつて、天皇の鎌倉幕府の討滅を図らせたまうた時に、代々此社の神主たりし津守国夏は特に勅命を奉じて懇祈を抽んでた為めに、戦後勲功に依つて従三位に叙せられた程である。（199頁）

なる記述が見られるからである。蓋し、もともとの考察は夙に三浦周行（ひろゆき）博士の名著『大阪と堺』（岩波文庫）に収録の「堺荘と住吉社」（150頁）によるものであろう。西鶴の『好色一代男』巻五の五にも、「堺の浦の桜鯛。地引をさせて。生たはたらきを見せんと。京にて明くれ。山計詠居る末社召連。津守の神やしろ過て。北のはしにいれば。高洲の色町、中の丁。袋町に着て。かれ是よせてみるまでもなし。」と見え、「津守の神やしろ」を前田金五郎氏は大著『好色一代男全注釈』（角川書店）で「住吉明神社とすべき」（下巻―182頁）と考証しておられる。

さて口語訳を試みよう。友呼ぶ和泉の堺から、ちりちり鳥ならぬ、ちりとんできた雪よ。その雪が住吉の津守の

浜に積もりに積もって、折柄、浜千鳥の群れにその青黒い背までも真白くなったほどだ。それはまるで、ちりとんだ雪が浜千鳥と化してしまったかのように。

徳元の類句には寛永五年六月末、師の里村昌琢に誘われて西摂有馬に入湯して「日発句」を成した折の、十月大十八日の句に、

浦風にちりとんたりや浜千鳥

が見える。なお本短冊句は堺の正法寺塔頭　祭華庵主成安（遺）撰『貝殻集』（横本四冊、寛文七年四月、堺長谷寺秀政序・刊）にも、

水　鳥

ちりとんた雪のつもりの浦衛　　江戸徳元（巻第四、冬）

とある。因みに撰者成安法師の句は『犬子集』以来、入集。正保四年、徳元歿時には六十六歳位。彼これ思うに短冊の成立は寛永十九年以後の冬十一月と考えておきたい。この頃、徳元の長子郭然茂庵も岸和田岡部氏の藩医であった。

二、「梅は春をもって」句短冊あれこれ

白梅の香りもただよう春三月とは言え、車窓から近づく飛驒高山の甍の町並は霙模様である。畏友福嶋昭治氏のご教示で、徳元筆、梅の句短冊を実見の為に、私は昭和六十年三月十一日午後、岐阜県高山市上一之町在、長瀬家を訪れたのだった。むろんご主人夫妻は快く迎えて下さって、いわゆる眼福の栄に与ることが出来た。

〔書誌〕 高山市、長瀬茂八郎氏蔵。装幀、軸装にて保存はよろし。寸法は短冊部分縦三六・〇糎、横五・九糎。四周に金紙の縁ドリ（この手の徳元短冊に、愛知県豊川市　竹本長三郎氏蔵「観音のゆへか枯木にかへり花」句短冊がある

――第四部「新出徳元短冊に関する覚え書」参照）、上部は打曇り文様。桐箱の表には「斎藤徳元梅之句　短冊台張印」と墨書。朱の印記「素鵜瓶」（方形印）は先代茂八郎氏の別号、本短冊は遺愛の品であったとか。

正月廿一日
興行
梅は春をもツてひらいた色香哉　徳元

図7

類似の連歌発句に、元和六年正月三日（賦何船連歌百韻）発句「梅は春をわかなしけの色香哉」がある。作者は、禅景、法橋昌琢、法橋禅昌、法橋玄仲、禅知、昌倪、舜政、慶純、紹由、宗順、了倶、玄的、昌以、宗円（国米秀明氏「聖護院所蔵連歌聯句書目録」による――『中世文芸論稿』8号、昭58・11）。

さて、徳元の「梅は春をもって」句は、卜養・玄札等三吟百韻の折の発句であった。そのことは森川昭氏が愛蔵せらるる徳元短冊（後掲。森川氏「半井卜養研究」に詳述）中に頭書され、又各文庫蔵の写本数種にも見えるのである。左に掲出する。

□徳元短冊（森川昭氏蔵）

寸法、縦三六・三糎、横五・七糎。

卜養玄札
三吟
発句
梅は春をもツてひらひた色香哉　　徳元

図8

□『懐子』（松江重頼撰、万治三年刊）
巻第九
元　日
梅ハ春をもつてひらいた色香哉　　徳元

□『長嘯独吟』（徳元自筆、彰考館文庫蔵）所収
鼠何
梅は春をもつてひらいた色香哉　　徳元
さそくたてにも羽吹鶯　　忠政
改の年かろ〳〵と打越て　　玄札

以下、卜養・執筆。略。

□『寛文前後古誹諧』（半写三冊、天理図書館綿屋文庫蔵）所収

五吟　百韵

梅は春を以てひらいた色香哉　　徳元
さそくたてにも羽吹うくひす　　元綱
新玉の年かろ〳〵とうち越て　　玄札

以下、是斎（後述）・卜養。略。

□大垣市、正木家文書に収録。すべて作者名はなし。ただし巻末に「右之百韵者　徳元・玄札・卜養」と記す。彰考館本と対校するに、かなりの異同が認められる。本百韻は正木利充筆か。参考までに大垣・戸田藩士正木家の略系図を左に示しておく（『岐阜県郷土偉人伝』ほか）。

注目すべきは、利充の外祖父田付是斎の名が見えることであろう。すなわち前掲書『寛文前後古俳諧』に見える「是斎」は右と同一人かと考えられる。百韻は、「美濃の俳壇」展（大垣市文化会館、昭57・3・6）に於て公開。大垣市立図書館野呂鎮子氏のご教示による。

成立年代について、森川昭氏は、「半井卜養研究」（守随憲治氏編『近世国文学―研究と資料―』、昭35・10）のなかで、「この三吟百韻もその前後の作か。もし仮に寛永十九年正月の制作とすれば、卜養三十六歳、徳元八十四歳、玄札五十歳余であった。」（51頁以降）と推定。従って長瀬家蔵短冊句とその百韻興行は寛永十九年正月二十一日に

成ったものとしておく。あるいは第三句「改の年かろ〳〵と打越て」を寛永二十一年十二月十六日の正保改元を暗に指したことと解して、正保二年正月かとも愚考したいが、これは考え過ぎのように思われる。

次いで、興行の主催者と場所について考察したい。自筆本によれば脇句を詠んだのが「忠政」であるから、彼が主催者ということになろうか。いま一本は「(岡部)元綱」と記すが、保留する。忠政とは、豊前小倉城主(十五万石)小笠原右近大夫忠政のちに忠真と改むその人を指すのであろう。いま、彼が和歌連歌を嗜んだ文雅の武将としての一面を『寛政重修諸家譜』及び『(小倉小笠原藩)御当家末書』上下二巻(『福岡県史』近世史料編に収録、西日本文化協会)等をもとに略記したい。忠政は慶長元年下総国古河城に生まれた。父は上野介秀政、母は家康の長男、岡崎三郎信康の娘であるから彼は曾孫ということになろう。『幕府祚胤伝』に基づき略系図を示そう。

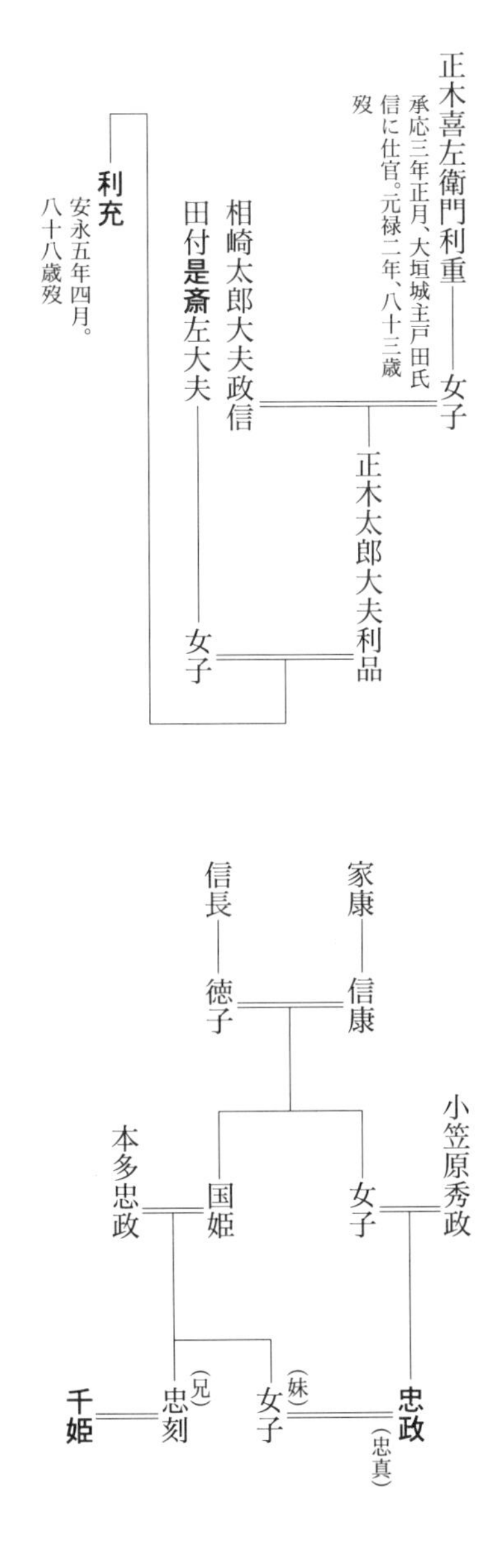

忠政は曾祖父家康から〃わが鬼孫〃と誉められる程の猛将で、元和元年五月の大坂夏の陣に於ては大いに力戦して傷を被ること七ケ所。寛永十四年十一月、島原の乱にも出陣して采配を振った。先きに元和三年七月に播磨明石

城主。寛永九年十月、小倉城主。この頃、『御当家末書』下巻を繙くと、

寛永十一戌年二月御入り（※小倉住の酒造業、糟屋こと石谷新右衛門正明宅）之節、庭前ニ椿ノ花有之候へは、

御歌ニ

衣更着のころしもをうき玉椿はなの光は春にこそあれ　　忠政

とあり、また同書に、檜物師播磨屋太郎兵衛が頂戴したという横物一幅、短冊三枚のうち「池水に移るや月の名も高し」なる句が見えているのである。その後、忠政は徳元歿年の正保四年正月に、近衛三藐院筆の三十六歌仙を播州伽耶院東一坊宛に寄進する（同書下巻）。かくの如き文武両道の大名であったからこそ、更に本多忠刻夫人千姫と忠政（妻は忠刻妹）との関係が〝義姉弟〟という間柄も考慮に入れて、正保末、徳元は忠政（忠真）邸に伺候したのであった。「源忠真公年譜」（『福岡県史資料』、大内初夫氏ご教示）に見える光景が俄然現実感をもって浮かんでくるようだ。

慶安（ママ）元年の条

斎藤徳元参ル　折節御床ニス、カケノ花瓶ニ入テ見ユ　徳元ス、カケノ花ヲ見ヨト御意ナサル　徳元殊ニ見事ニ御座候ト申ス　更ニ発句御所望有ケレハ

ウスバタニツキタテ見ルヤ米桜

ト申ス　頻ニ御感アリテ則御褒美ニウスバタノ御花瓶ヲ徳元ニ被下

寛永十九年正月、在江戸。忠政時に四十七歳、徳元は八十四歳。百韻興行の場所は言うまでもなく忠政邸。当時、忠政の屋敷（通称「和田倉の邸」）は、呉服橋（ごふくばし）（当時は後藤橋）を渡るとすぐ正面左側（現在の皇居外苑の辺り）に在った（『寛永年間江戸庄図―寛永江戸絵図―』）。そこで、徳元発句「梅は春をもって」の一巻が成ったのだと考えたい。かくして長瀬家蔵短冊の前書によって新たに「正月廿一日、小笠原忠政（忠真）邸興行」と判明したのである。

飛騨路はすでに夕暮れ、折柄の霙はぼたん雪となる。私は急いで長瀬家宅を辞去した。駅の売店で地酒「久寿玉（くすだま）」のカップを買いこんで春雪の夜汽車にて一路、徳元と雅交ありし松平主殿頭（とのものかみ）忠利の菩提寺、三河深溝（ふこうず）本光寺境内に咲く梅見に、そして豊橋へと向かった。

（昭62・5・27稿）

徳元の傘に住吉踊かな

はじめに

亭々坊車蓋（しゃがい）編輯の『俳諧発句題林集』（寛政六年夏刊）半紙本五冊は、なぜか伝本が数少なく、現在六本が現存するのみである。私は昨年の晩秋に、京都の百万遍知恩寺の境内における〝青空古本まつり〟で、それの河内屋板（三板本）端本一冊をとても安く入手出来たことは、少しくしあわせであった。なお諸本書誌については、本書第三部「徳元句拾遺」に述べたから省略する。

さて本書の内容は、すでに『俳諧大辞典』五八七頁下段の項で高木蒼梧氏が、

俳諧発句題林集　（前略）……守武以降、本書編纂当時までの諸家の句四千九百余章を、四季及び雑の五冊に分け収める。宗因・西鶴・素堂・鬼貫・其角・嵐雪・太祇・蕪村らの句は相当多いが、芭蕉は一句もないようである。

（後略）

と述べられる。確かに守武・貞徳・徳元等を始め、談林・蕉門・享保期から中興諸家に至るまでの発句が収録せられて、いわば俳諧史的・歳時記的な性格をも備えた発句題林集である。なれども本書の存在価値については無視とは言わぬまでも紹介や引用がなされていなかった。わずかに故野間光辰先生が名著『刪補西鶴年譜考証』で、「こ

れだけ多くの未見の（※西鶴）句が発掘せられたとは珍しい。云々」（627頁）と評価せられたぐらい。たとえば右高木氏が「一句もない」とされた芭蕉句だって実は七句も入集されていた。左に抄出しておこう。なお異同は（※）で示す。

俳諧発句題林集夏之部
四月
日光祭　和哥祭
　尊さや青葉若葉に（※の）日の光り　　芭蕉
五月
酸醤草花
　蔵の間かたはミの花珎らしや（※コノ句未見）　　芭蕉
蛍
　草の葉を落て（※落る）より飛ふ蛍哉　　芭蕉
六月
夕顔
　夕顔や秋は急くの（※いろ〳〵の）ふくへ哉　　芭蕉
秋近隣
　秋近き心のよるや四畳半　　芭蕉
俳諧発句題林集秋之部
七月

早田

早稲の香や分入右は有磯うミ　　芭蕉

俳諧発句題林集冬之部

十月

冬牡丹

冬牡丹千鳥よ雪のほとゝきす　　芭蕉

参考までに、「芭蕉の発句を存疑・誤伝句にいたるまで残らず収録」の岩波文庫版『芭蕉俳句集』（中村俊定先生校注）を繙き、その巻末付録の「引用書目一覧」を検しても本書は存在しない。見直してしかるべき俳書ではあろう。

一、傘に住吉踊かな

ところで、前書が長くなったけれども、入集の徳元発句は十八句で未見の句が多く、なかでも徳元の生涯に大坂の景――住吉踊や生玉祭・天王寺結縁灌頂（「灌頂に来合も縁よ天王寺　徳元」）などを詠みこんだ発句はまことに珍しい。いったい彼は、いつ頃それらを実見したのであろうか。以下、註釈と鑑賞に移ろう。

俳諧発句題林集夏之部

六月

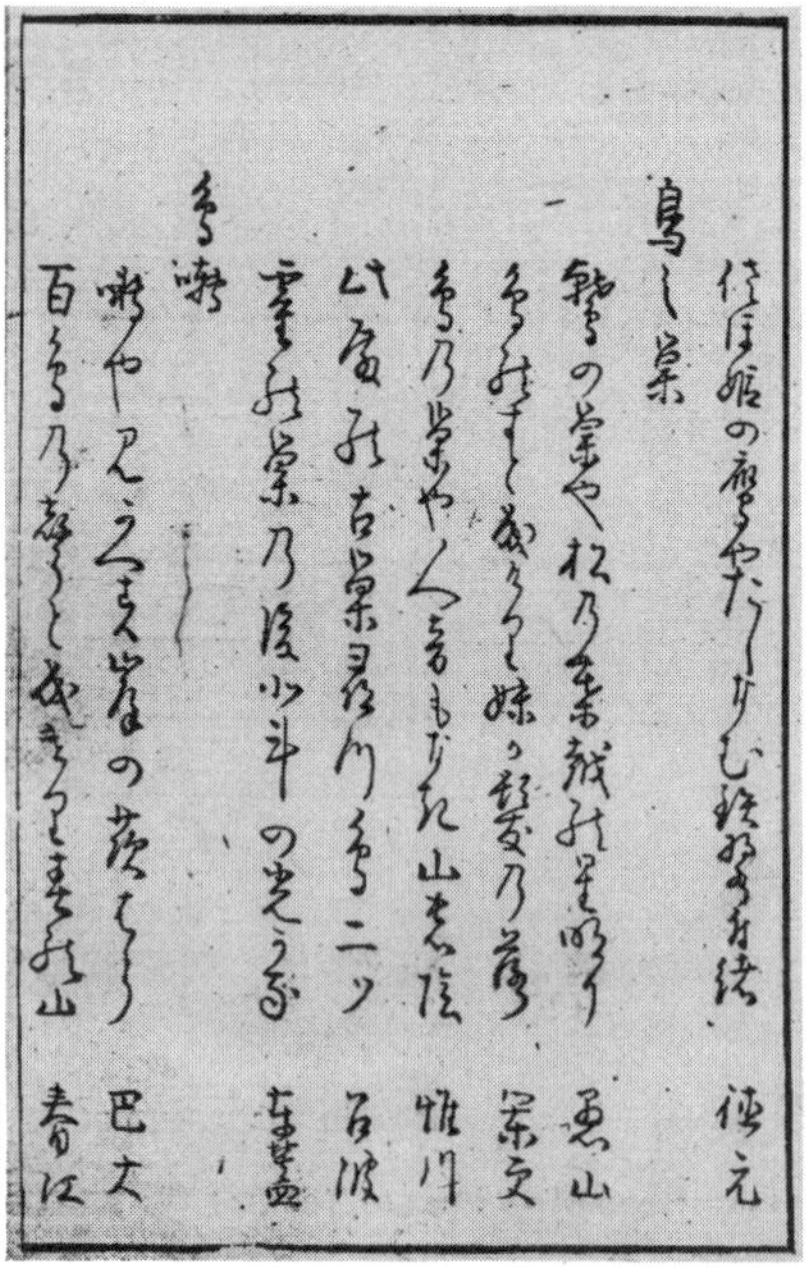

図9　『俳諧発句題林集』春之部
四十一丁オ（架蔵）

615　徳元の傘に住吉踊かな

住吉踊

あめかした傘に住よし踊かな　　徳元

徳元著『誹諧初学抄』四季の詞――末夏の部には、

一、住吉おはらひ　同日（※六月晦日）也。水かけあひ。

と見えて、『毛吹草』も同様である。されども六月の季語として「住吉踊」、更に「住吉踊」を詠みこんだ徳元の発句はほかに見られない。わずかに諸家の『崑山集』巻六・夏下に、

住吉やまつるねりものは松の脂　尼崎　好道

とあるのみ。「住吉踊」を描いたもので右、徳元句のイメージを想い浮かばせるが如きもっとも古い絵図は、管見の限りでは『誹諧住吉おどり』の開巻に描かれたる挿絵であろうかと思う。同書は小本一冊、増田円水編。元禄九年十一月序・跋刊。

さて、住吉踊に関する記述では、『摂津名所図会』巻之一に、

住吉踊（住吉村より諸方へ出づる。赤き長柄の傘をひらきその廻に五、六人菅笠着て赤き絹を笠の縁に張り、また赤蔽膝に団扇を持ち、拍子取して、かの傘のめぐりを踊る。京師・大坂の町々、在郷までもめぐりて米銭を勧進す。また五月二十八日には出見浜に出でて踊る。すべて前帯にして早乙女の風俗は植女の真似ならんか。その由縁をしらず）

とあり、暁鐘成著『摂津名所図絵大成』（安政年間成）巻之七にも、

住吉踊　浪花に住する勧進の願人僧これを業とす大坂の町々をよび在郷までもめぐりて米銭を勧進す其出扮長柄の傘の縁にあかき絹をはり傘の頭に御幣をたて此傘をひらきて傘を持もの柄をたゝきて拍子どり音頭をとる傘のめぐりニハ五六人菅笠に赤き絹を縁にはり是をかむり白き単ものニ腰衣をまとひ団扇を持音頭にしたがひて踊るこれを住吉おどりと号す所謂浪花の一奇なり又五月廿八日にハ御田の辺りを巡り津守家の庭に

　入て踊るを例（ならひ）とす

とある。そして更に佐古慶三氏は論考「住吉踊考」のなかで「二書とも云ひ合はしたやうに、米銭の勧進を業とする願人坊主としてるのはとても痛快だ。」と指摘しておられる。因みに願人坊主（がんにんぼうず）と言えば著者は先に、江戸の徳元居宅馬喰（ばくろう）町の辺りにも集団で住んでいたとか（本書第二部「徳元年譜稿」寛永六年の項参照）、でいま又「住吉踊」句考察の際にも――、である。が、これは不可。それよりも、上五「あめがした」の解釈の参考として梅原忠治郎氏「住吉踊考」（『すみのえ』153号所収）の冒頭部分を掲出しておこう。

　住吉踊は天下泰平、五穀成就、庶民繁栄を祈る為に踊るもので、その風俗は僧形僧服で、茜染の木綿を垂れたる菅笠を被り、白木綿の単衣服に、浅黄又は紫地の繻子又は木綿の帯を締め、黒地木綿（昔は茜染）二幅の腰衣をつけ、白地の手甲、脚絆、甲掛を着け、草鞋穿きで、手に無地の深草団扇を持ちて拍子をとり、茜染無地木綿一幅の鏡幕を横に巡らしたる長柄の傘を、頭立ちたる一人が持ち、柝又は竹片を持って柄を打ち、踊歌を唄ふ、此に和して、その巡りを四人一組となりて、心の文字を形どりて踊るのである。

すれば右発句は実景の句と考えたい。制作年代は寛永三年徳元在京以後の六月に――。句意は、雨がした（天が下）なる傘に住よし、まことによろしき住吉踊かな。であろうか。

二、生玉やまつり更たる

俳諧発句題林集秋之部

九月

生玉祭

　生玉やまつり更たる豆腐茶や　　徳元

高津の生玉大明神すなわち生国魂(いくくにたま)神社は豊臣氏と神縁深く、過ぎにし頃に豊臣姓を許された斎藤徳元も亦寛永初頭の九月九日秋祭の折に詣でてはいる。俳諧の季語としての「生玉祭」は、『誹諧初学抄』末秋に、

一、いく玉の祭　同日（※九月九日）也。大坂ニ在之。

と見えて、『毛吹草』『日次紀事』等も同じ。祭礼日が「九月九日」たるゆえんについて、大阪最初の名所案内記『蘆分船(あしわけぶね)』（一無軒道冶著、延宝三年十月刊）巻四――生玉の条には、

……慶長年中。豊臣秀吉公、城郭を、つき給ふ折から。今の神地に。うつし給ふ。時の奉行は。片桐市正且元(かたきりいちのかみかつもと)と。申伝へり。としこと。祭礼は。九月九日也。……

と記す。以下は、野田菅麿著『官幣大社生国魂神社誌』（大8・6）をもとにして略述したい。文中「慶長年中云々」とは慶長十二年九月九日のこと（10頁）。前掲書『神社誌』から引用する。

九月九日

遷座祭

……

社伝ニ云、御当社往古当地石山之中峰ニ御鎮座、然ニ豊臣秀吉公天正年中大坂城建築之節当今之高津岡ニ御社殿造営、九月九日御遷座アリ、故ニ遷座祭ト云、地名高津岡ニ生国魂大神ヲ奉斎ヨリ**世俗生玉**ト云、

（108頁）

又、「時の奉行は云々」とは、慶長十一年二月に豊臣秀頼が、片桐東市正等に命じて社殿の造営に当らしめ十一月に至り完成したことを指している（10頁）。

下五の「豆腐茶や」についてはいま一つよくわからない。ただわずかに寛政期ではあるけれど、境内に田楽茶屋なるものが存在したことが知られよう。『摂津名所図会』巻之三には、

それ当社は祈雨祭式に難波大社と称じて、生土広く常に詣人多く道頓堀より天王寺までの中間なれば、繁花の地にして社頭の賑ひ、西の方を遙に見わたせば、市中の万戸河口の帆ばしらさながら雲をつんざくに似たり、殊に社壇近年再営ありて壮麗にして、きねが皷の音鈴の音玲瓏たり、境内の田楽茶屋は手拍子に赤蔽膝飄り、門前の池には夏日蓮の花紅白をまじへて咲乱れ、池辺に眺む床几には荷葉の匂ひ芳しく、池は湯となつて涼しき蓮などゝ興じ、馬場前の麗情、唐わたりの観物、歯磨売の居合女、祭文、浮世物まね、売卜法印、軒端をつらね、切艾屋作り、花店日々に新にして社頭の賑ひ市店の繁昌はみな是神徳の霊験とぞしられける、

と活写されて、その様は十返舎一九作『東海道中膝栗毛』にも「当社は（略）常に参詣の人多く、境内に田楽茶屋たて続き、見せもの、はみがきうり、女祭文（をんなさいもん）、……」（八編下）とある。さて以上の如き記述を念頭に置いて、発句の制作年代を前述の「住吉踊」句と同様に寛永三年以後、九月九日の作としておく。中七の「まつり更たる」に臨場感がみられよう。

〔附記〕「住吉踊」について種々ご教示をいただいた川嵜一郎・管宗次の両氏に御礼を申し上げます。

（平3・8・15、終戦の日に稿）

「から人も渡るや霜の日本橋」句について

於江戸
から(唐)人(びと)も渡るや霜の日本橋(にほんばし)　徳元

寛永七・八年冬の作か。『塵塚誹諧集』下に収録。

「唐人も渡るや」はイギリス人三浦按針ことウイリアム・アダムス歿後の実景ではあろうが、しかし、寛永七・八年の制作時には、未だ按針妻の妙満尼とその混血児(ハーフ)たちは、日本橋近く、右側の室町一丁目の裏側、すなわち安針町（「寛永江戸絵図」）にひっそりと住んでいた筈である。参考までにイギリス商館長リチャード・コックスの日本滞在日記によれば、按針は常時、日本橋安針町の宅に在住。妻お雪（妙満尼）と息子Joseph・娘Susannaは主に所領地三浦郡逸見村の宅に住んでいたようである。按針歿後、遺族は江戸の宅に移住したらしい。更に、季貞作『江戸町名誹諧』（正保三年、徳元判）にも、

（二オ2）西かし丁の彌陀願へかし
（二オ3）たそ時は分て浄土の安しん町
（二オ4）戸を閉かためこもる室町

二オ二・三句目の付合（彌陀―浄土の安心(じん)）から、四句目に「戸を閉かためこもる」と付けて暗に按針屋敷跡の侘も

図10　江戸日本橋の冬景色（イラストレイテッド・ロンドンニュース、安政五年十一月十三日付より。架蔵）

図12　墓前の石灯籠
（銘「江戸日本橋安針町／寛政十歳戊午二月」）

図11　三浦按針夫妻の墓碑
（横須賀市西逸見町、濤江山浄土寺）

詠みこんでいるか。その巧みさに徳元は長点を付したのであろう。そして「こもる室――室町」に懸かる。

妙満尼は大伝馬町名主馬込勘解由の娘（『国史大辞典』―岡田章雄氏）。安針町（現在の中央区日本橋室町一丁目・日本橋本町一丁目のうち）・大伝馬町から、それ程遠くはなかった馬喰町の徳元宅にも按針像の口碑は近年の実事として聞こえていたにちがいない。因みに七・八・九・十年までにヨーロッパ系の外国人江戸滞在の記事は右按針以外には見出せぬ。時代のひと徳元も長崎生系・キリシタン・黒船・たばこなど異国的なものには関心有之、従って早朝の霜におおわれた日本橋なる実景にふっと按針一家のことが脳裡に浮かんだであろうと想定出来ないか。なお、『俳句大観』の〔評解―森川昭氏〕では按針は寛永十一年歿とされるが誤りで元和六年四月二十四日、平戸で病歿五十五歳。妻妙満尼が寛永十一年七月十六日に歿したのである。

（平11・4・11稿）

徳元漫想

斎藤徳元はいわゆる上戸であったらしい。『関東下向道記』によれば、徳元七十歳の寛永五年（※寛永六年也）十二月に京都三条大橋を発って江戸へ下る道すがら、美濃路に入ったところで狂歌二首、

　青野が原付赤坂

　　色もまた青野が原に朝酒をのめば酔てやかほもあかさか

朝酒に顔も赤らむ旅ゆく徳元老の風貌、次いで大垣の宿（しゆく）でも、

　酒にゑふむねさまさんと大がきをかぶりくらへばじゆくしくささよ

と詠んでいるのである。ほかにも例えば尾張国熱田で酒の馳走を受けていたりするなど……。

自筆本の『塵塚誹諧集』には、その巻末部に、

　春日御局よりとて、南都酒到来ニ付

　　わらび縄此手でまける奈良樽はかすが殿よりまいるもろはく

と一首、礼を書き留めている。将軍家光の乳母春日局は山崎の戦後に処刑された光秀の臣斎藤内蔵助利三の娘であること、徳元とは一族の間柄であった。武人としてはどちらかと言えば不遇の晩年をかこちがちな彼にとって、今は陽の当たるひと春日局から贈られた酒樽がどんなにうれしく思ったことか。「豊臣徳元」のプライドを充たしてくれるものであったか。この喜びの気持ちを徳元は献上する自撰集の奥書のすぐ前に敢えて目だつように書きつけ

たのではないか――。と推考するに及んで、ふと私は思い遣った。『塵塚誹諧集』はいったいだれに宛て献じたのであろう、と。改めて在京時代の句文や江戸に定住するようになってからの彼の句、殊にみじかい前書の部分などに注意して読み返してみる必要があるだろう。なお『塵塚誹諧集』には酒を詠める発句が十四句収録。徳元が成る口であろうことを長いあいだ気にはなっていた――。

ところで、春の園田学園女子大学国文学会の遠足は伏見とか。ならば深更タコハイボールを口にしながら架蔵の安永九年刊、河内屋源兵衛単独板の『伏見鑑』を繙いて、せいぜい地誌の勉強でもしておきますか。伏見の卯の花見酒が楽しみである。

（昭59・2・29稿）

新出「盂蘭盆」句短冊

四月も末近く若葉の候の遠州浜松市街は折ふし風が少しく強かった。私は元城（もとしろ）町の村越房吉氏宅をたずねた。村越さんは表具師で、戦前からの短冊コレクター。愛蔵の里村紹巴の書簡を始め、昌琢・重頼・季吟・梅盛・宗因等々の見事な初期俳人短冊を次々と出して見せて下さる。因みに昌琢の連歌発句短冊をしるす。「御本丸／廿日御会　松もしれ世ハ今年より千々の春　昌琢」。色違い打曇り。福井久蔵著『連歌の史的研究　全』（有精堂）によれば、寛永十年正月二十日興行の柳営連歌発句であって、脇は将軍家光が詠んでいる（558頁）。むろん『昌琢発句帳』（宗因筆）春の部にも収録。同年正月には脇坂淡路守安元邸に於ても「何船」百韻一巻（昌琢発句、徳元一座）が興行された。で、それらのなかに徳元の珍らしい盂蘭盆句の短冊一枚を発見した。

短冊は縦三六・二糎、横五・七糎で、金描下絵霞に草花模様。署名は草書体、従って寛永初頭の作か。「于蘭盆／盆に吹笛ハ聖霊ふりやう哉　徳元」。裏書き「誹諧師徳元」としるす。

さて、右は新出句である。すでに徳元の盂蘭盆会（ゑ）を詠める発句は五句。なれども「盆に吹笛」は皆無であるし、更に寛永期における盆踊りの一光景を詠みこんだ句と見ても貴重なる風俗資料であろうと思う。『日次紀事』七月十五日の条には、「燈籠躍（ヲドリ）　洛北岩倉花園両村少年ノ女子各の大ナル燈籠ヲ戴キ各ノ八幡ノ社ノ前ニ聚リテ男子太鼓ヲ撃チ笛ヲ吹キ踊躍ヲ勧ム是ヲ燈籠躍ト謂フ」とあり、徳元自身も寛永三年頃には花園村からは遠くない大原に遊び八瀬の窯風呂に浴したりしている（冬「ひえ果て入身もやせの竈湯哉」——『塵塚誹諧集』上）。すれば、右「盆に吹」句はこの頃の七月十五日の夜、盆踊りの様を見て吟ずということにしておきたい。下五「ふりやう」とは、『織田仏教大辞典』（大蔵出版）によれば、「鳧鈴（フリヤウ）〔物名〕鳧（フ）氏の造れる鈴なり。」とある。因みに鳧氏は音楽を掌る、又、鐘を鋳る匠のこと。けだし、ここでは盆踊りに吹く笛の音色のすばらしさを「鳧鈴（ふりやう）」に見立てたのであるか。発表をお許し下さった村越さん、及び灯籠踊について種々ご教示いただいた畏友梅谷繁樹教授に深謝する。

〔追記〕 あるいは、左の如き句意も考えられるか。盆に吹く笛の音は、歌謡の「てうりやうふりやう」ならぬ「聖霊ふりやう」と聞こえてくることだよ、と。右、「盂蘭盆」句短冊は、現在、所在不明である。

○

反町茂雄氏の近著『一古書肆の思い出』（平凡社）には、重文級の古写本を扱う古書肆として中京区寺町通夷川上ルにどっしりと構える、芸林荘真門孝雄氏のお名前が散見される。むろん古短冊商としてもこんにちでは京洛随一であろうことはほぼ間違いあるまい。陶玄亭短冊帳の大半も文藻堂と芸林荘から入手したものが多い。先年も奈良大学の永井一彰氏のご教示で、芸林荘から徳元短冊一葉「川橋や氷のくさひ霜ハしら　徳元」を入手した。署名は行書体。色違い打曇り、金描霞。日永可敬の極札にて、「江戸斎藤徳元　誹初学抄作者／川橋や氷の［敬可］」としるす。これは『名家筆蹟考』の著者たる森繁夫（小竹園）氏旧蔵のものらしく、かつて『俳人真蹟全集』第一巻「貞門時代」（平凡社、昭12・9）に収録されし短冊（38頁）で、われながら目には見えない因縁のようなものを覚えた。

ほかに近世初期で、芸林荘から入手した主な短冊を挙げてみる。

林　羅山　七絶、二行書き。「夕顔」号である。打曇り、大倉汲水の極札。「三百詩音詠又嗟　古人言志不夭斜／思徂野馬春風裏　吹起遊絲白日花　夕顔」。第三句中の「野馬」とはかげろうならぬ野飼いの馬のことで、第四句の「遊絲」に対応する。遊絲はかげろう。

里村昌俔　昌琢の弟で、徳元とも交流があった。金描霞に布目模様。「正月に閏あるとし／元日　する遠き楽や世に三の春　昌俔」。裏書き「連歌花本里村昌現(ママ)筆短冊　享保五子三月／古筆極所神田道伴モライ申候」とあるから道伴（寛延二年、七十二歳歿）旧蔵か。慶安元年吟。

天王寺道寸　色違い打曇り、金描草木模様。「なか〳〵し夜を独かも人丸ね　道寸」。なお道寸伝については永野仁氏の論考（『連歌俳諧研究』76号）を参照されたい。

清光院延海　貞徳門。有栖山(ありすさん)清光院清水寺（大阪市天王寺区伶人町）を中興した住職で、寛永十七年に京の清水寺から聖徳太子作と伝える十一面千手観音を譲り受けて、新清水寺と改めた。短冊は色違い打曇り、金描下絵。「神楽　なるは滝の鞁や地主の神々楽　延海」。裏書き「清水清光院延海」。僧延海は、寛文五年九月二十八日に、里村南家の昌程を発句に祖白や昌陸・昌隠らを迎えて何船連歌を興行している（富田志津子氏「清水連歌のこと」）。ところで、前田金五郎氏の論考「土橋宗静日記」（『船場紀要』7号）によれば、寛文十三年三月中旬、天王寺清水清光院に於て万句俳諧を興行。連歌師末吉宗久が主催。このとき清光院は、むろん延海が住職であったろう。とすれば除外された西鶴一派が対抗して『生玉万句』を興行するに至ったきっかけも、右延海が亭主を勤めし清水万句がその一因にあったのかも知れない。

円明（延命）**院一如**　美濃加納の円明院（岐阜市加納天神町）の中興開山で法印、別号は秀尊、北村季吟ならびに山岡元隣とも大いに俳交があった。連句集『諸国独吟集』（横二、元隣・元恕編、寛文十二年十二月序・跋刊）下巻には一如の独吟一巻を収録。金描霞に布目模様。「遺文／碑の銘か巌の雪に鳥の跡　一如」とあり、あるいは辞世句か。裏書き「美濃衆一如」「美濃住一如」。因みに一如筆の短冊は少ないようである。貞享二年十一月十一日遷化、七十七歳。大内由紀夫氏に論考「巻子本〔鶯〕と円明院一如」（『混沌』10号）がある。

岡嶋木兵　池田宗旦が伊丹に来住して也雲軒なる俳諧学校をつくったが、木兵はその宗旦門の中堅（岡田柿衞(かきもり)先生の著作）。延宝六年十一月刊行の伊丹俳書第一号『当流籠抜』に宗旦・木兵・百丸・鬼貫・鉄幽の五吟五百韻を収録。このとき木兵は三十八歳だった。次いで貞享元年十月刊、同じく伊丹俳書『かやうに候ものハ青人（あおんど）猿風鬼貫にて候』に「岡嶋木兵入道猿風」として序している。色違い打曇り。「飾りけり髭をふるって蓬莱に踑踞す　木兵」。裏書き「維舟門弟／伊丹住岡嶋八左エ門三紀事」。旧蔵者の「嘉諶（かしん）」なる円形黒印がある。通称を「八左エ門」と称したらしい。元禄十一年、五十八歳歿。本短冊は延海と共に昭和六十一年二月に入手、いわゆる稀短である。

（平3・6・2稿）

第五部　その周辺について

出版書林中野道伴伝関係資料

韻書にして作詩参考書でもある、寛永十年板の虎関師錬『聚分韻略』（中本一冊、七行本、架蔵）を始めとして、徳元作『尤草紙』寛永十一年再板の仮名草子に至るまで、硬軟数々の書物を版行した京都寺町通四条上ルに居を構える豊雪斎中野氏道伴は、寛永期京洛における、最大の出版書林であった。

にもかかわらず中野道伴とその一族に関する伝記的研究は、管見の限りでは、井上和雄編『増訂慶長以来書賈集覧』に見える記事が唯一まとまったものであろうと思われる。〝本屋〟中野道伴・弟豊興堂道也こそ、寛永文化圏の基盤を築き上げた〝縁の下の力持ち〟的存在ではなかったか。

昭和四十九年十一月二十四日の昼下がり、私は京都百万遍、正しくは左京区田中門前町に在る了蓮寺を詣で、大部なる過去帳数冊を拝見、倉卒の間に調査したことであった。以下、伝記研究上の基礎資料として左に抄記紹介する。

〔書誌〕

装幀、折本。

題簽、

歴歳帰真録　第一上 　万治二三　寛文十二　延宝八　天和三　貞享三

序文、始めに「脩造帰真霊名簿叙」と題して以下、漢文体にて了蓮寺の縁起を叙述、末尾に、

「………則先自万治莫由検之可憾／哉奚失之乎弗知其由今之所録以万治／二年為始／延享三年季夏二十八日十七世雄洞誉謹識／印印」と見え、よ

って音韻に精通せし学僧文雄上人（宝暦十三年寂、六十五歳）の整理にかかるものである。

なお参考までに、本過去帳第一上に見えたる道伴を始め代々の板元の個々についていま知られるところをあらあら記して大方の御叱正の資とする。

道伴（市右衛門）

○寛永九年板（和文）『日蓮聖人註画讃』書誌

五巻二冊。九十丁。整板。挿絵入り。赤木文庫横山重先生蔵。刊記「寛永九年壬申三月　中野市右衛門刊行」（冠賢一氏解題『近世文学資料類従』仮名草子編15、勉誠社）。

従来の漢文体に対して、和文体の『日蓮聖人註画讃』を板行したという点に、いかにも近世初頭の営利出版書林中野道伴らしい見識の一面がうかがわれるようだ。

ほかには『一休水かかみ』（早稲田大学図書館蔵、ただし『書賈集覧』には記載せず）がある。刊記「寛永九壬申六月　中野市右衛門刊行」（田中伸氏解題『近世文学資料類従』仮名草子編10）。墓碑に関しては、例の『増訂慶長以来書賈集覧』に「了蓮寺（現在、百万遍内）に葬れり云々」とはあれど、踏査の結果は見当たらず。

道也（初代小左衛門）　心空道也居士。寛文二・六・三歿。

○寛永九年板『薄雪物語』書誌

大本上下合一冊。整板。丹緑本。広島大学国語国文研究室蔵。刊記「寛永九年壬申十二月／吉日中野氏道也梓」。

○万治四年板『女郎花物語』書誌

上中下巻三冊。整板。挿絵入り。赤木文庫蔵。刊記「万治四年辛丑初春吉日／中野小左衛門板行」（いずれも『近世文学資料類従』仮名草子編13、渡辺守邦氏の解題による）。

貞昌（吉右衛門）　道也の子。心覚貞昌信士。寛文十一年六月二十八日歿。

道閑（五郎左衛門）　廓室道閑信士。寛文四年十月八日歿。

是誰　安明是誰居士。寛文九年九月六日歿。『圜悟碧巌集』の刊記「寛永十七庚辰年孟夏吉日／中野是誰」

（岐阜県立図書館蔵）。なお是誰の板行物に関しては、中央公論社『近世文学作家と作品』（中村幸彦先生還暦記念論文集）所収、朝倉治彦氏の御論考がある。又、寛文九年七月十七日には娘寂洞円照が、降って貞享元年十一月四日には妻智渕妙鑑が、それぞれ歿していることが知られる。

太郎左衛門

○『よだれかけ』（赤木文庫蔵）

刊記「寛文五乙巳年／二月仲旬／五条寺町上ル町／中野太郎左衛門板行」。妻雲宅円清は、寛文五年二月二十一日歿。

〔資料〕過去帳の冒頭に、紙片に記し、貼附してある。

即中道伴居士 寛永十六年四月六日 中野道也兄也

（上記ハ、以下ノ筆蹟ト同筆デアル。）

万治二年己亥
清真珠光信女　七月二十九日　本屋五郎左衛門母
万治三年庚子
智三童女　三月二十四日　本屋市右衛門娘
寛文二年壬寅
心空道也居士　六月三日　本屋吉右衛門父
寛文四年甲辰
梅林宗栄信士　七月十二日　本屋重右衛門父
廓室道閑信士　十月八日　本屋五郎左衛門也
寛文五年乙巳
雲宅円清信女　二月二十一日　本屋太郎左衛門妻
一超宗入信士　六月十三日　本屋市右衛門祖父
方学浄西信士　七月三日　本屋小左衛門家頼
寛文七年丁未
廓室幽意信士　正月二十五日　本屋平三郎父
恵屋妙智信女　九月十六日　本屋太郎左衛門祖父（ママ）
寛文九年己酉
寂洞円照信女　七月十七日　本屋是誰娘
安明是誰居士　九月六日　本屋市左衛門父
寛文十年庚戌
安禅貞心信女　十一月十三日　本屋平三郎祖母
寛文十一年辛亥

心覚貞昌信士　六月二十八日　本屋吉右衛門也
　延宝三年乙卯
直菴是心居士　十一月四日　本屋小左衛門父
　延宝五年丁巳
覚室聚玄信士　九月四日　本屋五郎左衛門祖父
　延宝八年庚申
栄菴貞春信女　六月二日　本屋市左衛門妻
　天和二年壬戌
本空浄源信士　十月二十九日　本屋七郎兵衛也
　天和三年癸亥
涼月宗三信士　六月十二日　本屋孫四郎也
真月栄正信女　七月十九日　本屋吉右衛門祖母
　天和四年甲子
　　二月貞享改元
西岳道栄信士　九月七日　本屋兵左衛門父
智淵妙鑑大姉　十一月四日　本屋市左衛門母
　貞享三年丙寅
松月貞伯比丘尼　二月十七日　本屋平三郎母

（以下省略）

（昭50・4・6稿）

書肆　中野五郎左衛門のことなど

ことしも亦、晩秋の十一月に百万遍の知恩寺境内に於て古本供養・青空古本市が催される。もうすっかり定着した観がある。そもそも知恩寺と京洛書籍商との因縁は寛永の昔以来浅からずであった。その意味でも京都古書研究会主催に於て古本供養を営むこと、まことに感慨深い行事であると考えねばなるまい。

知恩寺の一塔頭たる了蓮寺は、営利出版書林中野氏の菩提寺であった。都の錦が著わす浮世草子『元禄太平記』(元禄十五年刊)には京都書林なかんずく老舗「十哲」のうちに右、中野氏を挙げており、了蓮寺との寺縁についてもすでに新村出先生の調査研究を始め井上和雄編『増訂慶長以来書賈集覧』、寺田貞次著『京都名家墳墓録』など先学の御論考によって明らかにせられてもいる。そしてここ百万遍の了蓮寺墓地には中野道伴(市右衛門、四条寺町大文字町)を筆頭に、道也(道伴弟、初代小左衛門、寺町通五条上ル丁)・貞昌(道也の子、吉右衛門)・五郎左衛門(後述)・是誰・太郎左衛門(五条寺町上ル町)等々、いわゆる中野ファミリーの御霊(みたま)がねむっている筈である。

私は昨五十四年十月六日の昼下がりに、ふたたび了蓮寺を詣でた。お目当てはやはり五年前果たすことが出来なかった、仮名草子『尤草紙(もっとものそうし)』寛永十一年再板本の板元、前記中野道伴とその一族の墓碑探索にあった。了蓮寺墓地で、秋の日差しを背に受けつつ生れて始めて無縁塔に登る。仏罰があたりはせぬか、そんな虞れからか足元が小刻みにふるえてきてどうにもならぬ。(中略)小一時間位たったろうか。掃苔空しく、ついに断念して無縁塔からおりて何気なしに最前列の墓碑群に疲れた視線を向けたときである。道伴ではないがあったのだ、〝物之本屋〟

中野五郎左衛門とその家族の供養塔などを、無縁塔の中より見出し得たのである。碑の様式は第十三種五号型（『京都名家墳墓録』の分類による）で、少しく黒ずんで見えた。寸法は、高さ中央部より四九糎、横二三糎。

（正面）[註]

涼月宗三	清真珠光
廓室道閑	浄岸珠清
真室芳林	香雲童女
春光理栄	素白童女

（図１・２参照）

（右横）

春　元禄五壬申年二月朔日

（左横）

真　宝永六己丑年八月廿一日

（註）涼月宗三　天和三年六月十二日　本屋孫四郎／清真珠光　万治二年七月二十九日　本屋五郎左衛門母／**廓室道閑**　寛文四年十月八日　本屋五郎左衛門／浄岸珠清　延宝元年十月二十三日　本屋五郎左衛門妹／真室芳林　宝永六年八月二十一日　十六歳歿　中野五郎左衛門娘／香雲童女　延宝四年五月十日　本屋五郎左衛門娘／春光理栄　元禄五年二月一日　十二歳歿　本屋五郎左衛門娘／素白童女　延宝九年七月二十六日　本屋五郎左衛門娘　以上は了蓮寺蔵『歴歳帰真録』に基づいて註記を加えた。以下同じ。

図3　是休らの墓碑（正面）

図1　中野宗左衛門是俊夫妻の墓碑（手前）と五郎左衛門らの供養塔（後方）

図4　同　（裏面）

図2　五郎左衛門らの供養塔（拡大）

（正面）（註）

清屋方栄信女
□遁誉是休信士
□誉栄□信女

（図3・4参照）

（右横）

正徳二壬辰年

（左横）

栄　宝暦十一巳十月廿一日
□　十　二　月　十　九　日

（裏面）

□　中野氏

（註）本碑は『京都名家墳墓録』にも見えている。大正の頃には小五輪塔で無縁墓ではなかった。碑面の寸法、高さ一六糎、横一五糎。清屋方栄は正徳二年十二月十九日、十九歳歿、是俊こと中野宗左衛門（後述）の妹である。

その後ことしに入って、ありがたいことに御住職夫妻のご努力で新たにもう一基――中野宗左衛門是俊の墓碑が発見せられた。これはむろん『墳墓録』に見えてはいない。宗左衛門は丸屋板『増益書籍目録大全』にも散見する「惣左衛門」と同一人にて、寺町通五条上ルに住（『書賈集覧』）。元禄八年四月二十四日、四十四歳歿。

（正面）

心岸是俊信士 心覚妙栄信女

（図1参照）

（右横）

元禄八乙亥年 四月廿四日

（裏面）

中野氏

（昭55・7・28実見）

さて、書肆五郎左衛門伝であるが、こんにち先学の諸論考の中では比較的詳細にまとめられているものに、小川武彦氏の仮名草子『似我蜂物語（じがばちものがたり）』解題（『近世文学資料類従』仮名草子編38、勉誠社）中のそれを挙げるべきであろうか。五郎左衛門は京の案内書『京羽二重』（貞享二年刊）の「書物屋」の項にとくに十店の名を列挙して、そのうちの一人——法華書の板元として数えられている一「物之本屋（もののほんや）」（『国花万葉記』）である。号は道閑といい、寺町通五条上ルに住。法名と歿年月日はすでに記す。貞享・元禄の頃には江戸に出店を三軒（日本橋二丁目　中野仁兵衛／芝神明前　中野佐太郎／通乗物町　中野孫三郎）もおくほどの、正に大書商ぶりであった（今田洋三氏著『江戸の本屋さん』83頁）。

五郎左衛門家の出版活動は、通説では承応年間から正徳にかけてであろうとされているが、ここに一記事が存在する。奥野彦六著『江戸時代の古版本』（東洋堂、昭19・3）の寛永二十一年板の条には、

一、黒谷上人伝絵詞　五冊、大本
寛永甲申孟春吉旦、書舎五郎左衛門梓行（307頁）

と見える。因みに、右書物を更に検すれば、寛永期における出板者百一名のうち「五郎左衛門」はただ一人しか見当たらぬ（105頁）。そのうえに寛永三年古活字板『黒谷上人伝絵詞』の板元は一族の道伴であることなど、従って中野五郎左衛門にとってごく初期の刊行物と考えていいかと思う。

元禄九年板の丸屋板『増益書籍目録大全』に、五郎左衛門は百十点の板行を収載せしめた。内訳は、儒書二十四、医書零、仮名書十一、仏書七十五、図・石摺・好色本いずれも零、計百十点である。仏書が断然多く、それも言われている如く「法華書」の板行が目立っている。が、そればかりでなく儒書の分野に於ても例えば「太平記評判」五十二冊を板行しているほどだった。逆に医書・好色本はゼロ、もって店を寺町通に面した中野五郎左衛門家の出版傾向あるいは性格をうかがい知ることが出来よう。参考までに『増益書籍目録大全』に収載の五郎左衛門家の出版図書目録の作成を試みる。なお底本には斯道文庫編『江戸時代書林出版書籍目録集成』を使用、ただし影印不鮮明の箇所には架蔵本（正徳五年板）で校合をした。

仏書ノ類、殊外ウレ申候。此故ニ……古ノ法語迄尋出シテ開板致シ候。（鈴木正三）

元禄九年板『増益書籍目録大全』収載「中野五郎左　板行書目」　※書名各項には一連番号を頭書した。

番号	書名　著者名	冊数	板元名	相合名	値段

（一）　儒書（二四点）

1	韻鏡半切	一	中野五郎左	秋田ヤ五	五分
2	韻鏡翻抄　天霊	五	中野五郎左		六匁
3	日本書紀釈　卜部兼方	十二	中野五郎	吉田四郎	廿五匁
4	日本書紀合解　正道　兼倶／環翠　三人ノ抄	十二	中野五郎		十七匁
5	王義之石摺　中字艸	一	中野五郎		壱匁
6	寒山詩宦解　釈交易	七	中野五郎		十匁
7	太平記評判	五二	中野五郎		
8	歴代要覧叙略抄　林道春作	六	中野五郎		六匁
9	中臣秡大全　浅利太賢	十	中野五郎		十五匁
10	軍艦下巻末書　小幡氏	九	中野五郎		九匁
11	楠物語一巻書	一	中野五郎		弐匁
12	武家系図	二	中野五郎		二匁五分
13	古語拾遺　忌部広成	一	中野五郎		壱匁
14	古語拾遺抄　同句解　藤斎述	五	中野五郎		二八匁
15	古陳秘方　植木常成	九	中野五郎		十匁
16	天神和光伝	一	中野五郎		
17	東鑑脱漏	一	中野五郎		五匁
18	有馬遊覧集　高泉	一	中野五郎		一匁五分
19	山谷詩集	二	中野五	風月	一匁五分
20	西国太平記	十	中野五郎		十一匁
21	錦繡段講義	六	中野五郎		七匁
22	帰蔵稿　釈交易	一	中野五郎		
23	神道深秘　伝教	二	中野五郎		弐匁
24	四六文章　大顛	五	中野五		五匁

（二）仮名書（十一点）

番号	書名　著者名	冊数	板元名	相合名	値段
25	一心常安	二	中野五郎		二匁
26	大仏物語	二	中野五		匁五分
27	うき世三世物語	三	中野五郎		二匁五分
28	山城村鑑	一	中野五郎		
29	不可得物語	二	中野五郎		
30	富士の人穴	二	中野五郎		六分
31	古今六帖　貫之息女曲侍	十二	中野五		十六匁
32	三世物語	三	中野五郎		弐匁
33	清輔袋草紙	四	中野五郎		六匁
34	新撰六帖	六	中野五郎左		七匁
35	**似我蜂物語**	**六**	**中野五郎左**		**五匁**

（三）仏書（七五点）

番号	書名　著者名	冊数	板元名	相合名	値段
36	六妙門　不定止視トモム／智者大師	一	中野五郎左		壱匁
37	番神問答　卜部兼倶		中ノ五郎	池田ヤ	壱匁
38	八教大意　章安大師	三	中野五郎	浅野久	三匁五分
39	西谷名目中村条箇　日伝	五	中野五郎左		八匁
40	日蓮御書条箇	二	中野五郎		三匁五分

41	日蓮御書崑玉集　日重	十	中野五郎		廿匁
42	法華経科註大意　妙楽大師	二	中野五郎		弐匁五分
43	法華直談五部書　忠尋	一	中野五郎		壱匁
44	法華直談玄論　嘉祥	十	中野五郎		十三匁
45	法華三昧宗義集　伝教	一	中五郎左		弐匁
46	法華三昧広秀句	六	中五郎左		六匁五分
47	法宗原　大乗光法師	二	中野五郎左		二匁五分
48	楞厳経義海　龍山	十五	中野五郎		廿五匁
49	両大師縁起　元慈眼	五	中五郎左	長谷川	四匁
50	大原談義十二通　酉誉	一	中野五郎		五分
51	温故助導集尊沼	三	中野五郎左		
52	御義口伝　日與	二	中野五郎		
53	柿葉　日性	六	中野五郎		
54	大乗玄論　吉蔵	十	中野五郎		十三匁
55	律金寺名目　尊舜	四	中野五郎	中村	四匁
56	律金寺見聞　定珍	三	中野五郎		
57	元祖略伝　世雄坊	一	中野五郎左		
58	元祖化導記　日朝	二	中野五郎左		
59	愚格集　日覚	六	中野五郎		
60	広秀句　並条箇　伝教大師	六	中野五郎		六匁五分
61	顕性録詔師要文　追加共二	五	中野五郎		六匁
62	顕性録円師私	一	中野五郎		壱匁
63	元亨釈書微考	十六	中野五郎	浅野久	十五匁
64	華厳経略策　澄視	一	中野五郎		一匁五分

65	華厳経義海	一	中野五郎	一匁五分
66	決権実論　伝伝教大師	一	中野五郎	八分
67	扶急言風集　日番	三	中野五郎	五匁
68	普賢経　智証大師	二	中野五郎	三匁五分
69	普賢経文句　智証大師	一	中野五郎	壱匁
70	権実書	一	中野五郎	
71	金光明玄義順正記　従義	三	中野五郎	
72	金光明玄義文句新記　従義作	七	中野五郎	
73	金錍論釈文　時挙釈	三	中五郎左	三匁五分
74	金玉集　存海	三	中野五郎	四匁
75	天台字義集　義真	一	中野五郎	弐匁
76	阿弥陀経義疏　元暁律師	一	中野五郎	一匁一分
77	三大部読教記　法照述	十二	中野五郎左	廿五匁
78	西域記　玄奘三蔵	六	中野五郎	九匁
79	刪定止観　梁粛	六	中野五郎左	八匁
80	三師標題　日賢	二	中野五郎左	三匁
81	三論　中論　十二門論　百論　龍樹提婆	七	中野五郎	十二匁
82	三論疏　吉蔵	卅一	中野五郎	七十匁
83	三教指帰覚明注	七	中野五郎	五匁
84	卅六ケ条	一	中野五郎	壱匁
85	三大師伝　伝教　慈覚　慈恵	六	中五郎左	
86	維摩経条箇	一	中野五郎	一匁五分
87	遺教経経論　馬鳴井	一	中野五郎	一匁三分
88	遺教経住法記　元照	三	中野五郎	五匁

89	浄土指帰　大佑	四	中野五郎左		六匁
90	浄土簡要録　呉郡道衍	一	中野五郎左		弐匁
91	十勝論　澄円	十八	中野五郎左	中野小左	卅五匁
92	四家録　馬祖　百丈　黄蘗　臨済	六	中野五郎		八匁
93	邪正安心集	四	中野五郎		三匁
94	親鸞抄私記	五	中野五郎		三匁五分
95	自行略記　恵心	一	中野五郎		一匁二分
96	四教義三抄　日遠	三	中野五郎		三匁
97	心地観経　般若三蔵訳	四	中野五郎	長谷川	六匁
98	指要鈔見聞	三	中野五郎		三匁
99	出家功徳経哀釈　正亮	三	中野五郎		
100	諸乗法数増補	二	中野五郎		三匁
101	宗門綱格　日乾	一	中野五郎		
102	諸天伝　思渓	二	中野五郎		二匁五分
103	依憑集　伝教大師	一	中野五郎		八分
104	百法問答	九	中野五郎		七匁
105	悲華経　曇無	五	中野五郎		八匁
106	文句私志記　智雲	十四	中野五郎		五十匁
107	文句諸品要義　智雲	二	中野五郎		四匁五分
108	文句東春　智度禅師	六	中野五郎	四軒中	十一匁
109	文句箋難　有厳	四	中野五郎		八匁五分
110	文句格言　善月	三	中野五郎		五匁

〔追記〕 **中野宗左衛門是休の板木について**

昭和五十五年十一月一日午前九時半より、百万遍知恩寺本堂に於て「古本供養」が営まれて、それに併せて中野家の追善供養も墓前にて盛大裡に執り行われたのだった。晴天のもと、墨痕あざやかに「南無阿弥陀仏為中野家先祖代々追善菩提」の板塔婆が、いかにまばゆく映ったことか――。

その夜、拙宅の許に、西島三雄さんという一〝はんこや〟さんから「中野宗左衛門の名が見える板木等を所蔵している旨」の、ありがたい御教示の電話を頂戴した。西島光正堂氏は京都市南区九条通新千本西入ルに住。板木蒐集家でもある。で、早速にお伺いして拝見した。示された板木は巻末の一枚で、やはり仏書であった。相板である。書名は不詳。板木の寸法、縦二二・〇糎、横八一・五糎（図5参照）。

刊記「明和九年壬辰正月吉日／

勢州津書林　山形屋伝右衛門
　　　　　　村上勘兵衛
　　　　　　斎藤庄兵衛
京師書肆　　河南四郎右衛門
　　　　　　額田正三郎
　　　　　　中野　宗左衛門
　　　　　　葛西　市郎兵衛
　　　　　　澤田　吉左衛門」

右書林のうち山形屋伝右衛門を除いて、ほかはすべて京都の本屋である。因みに、山形屋は宝暦から安政にかけての伊勢安濃津の書肆。村上勘兵衛は、老舗・村上平楽寺のこと。斎藤庄

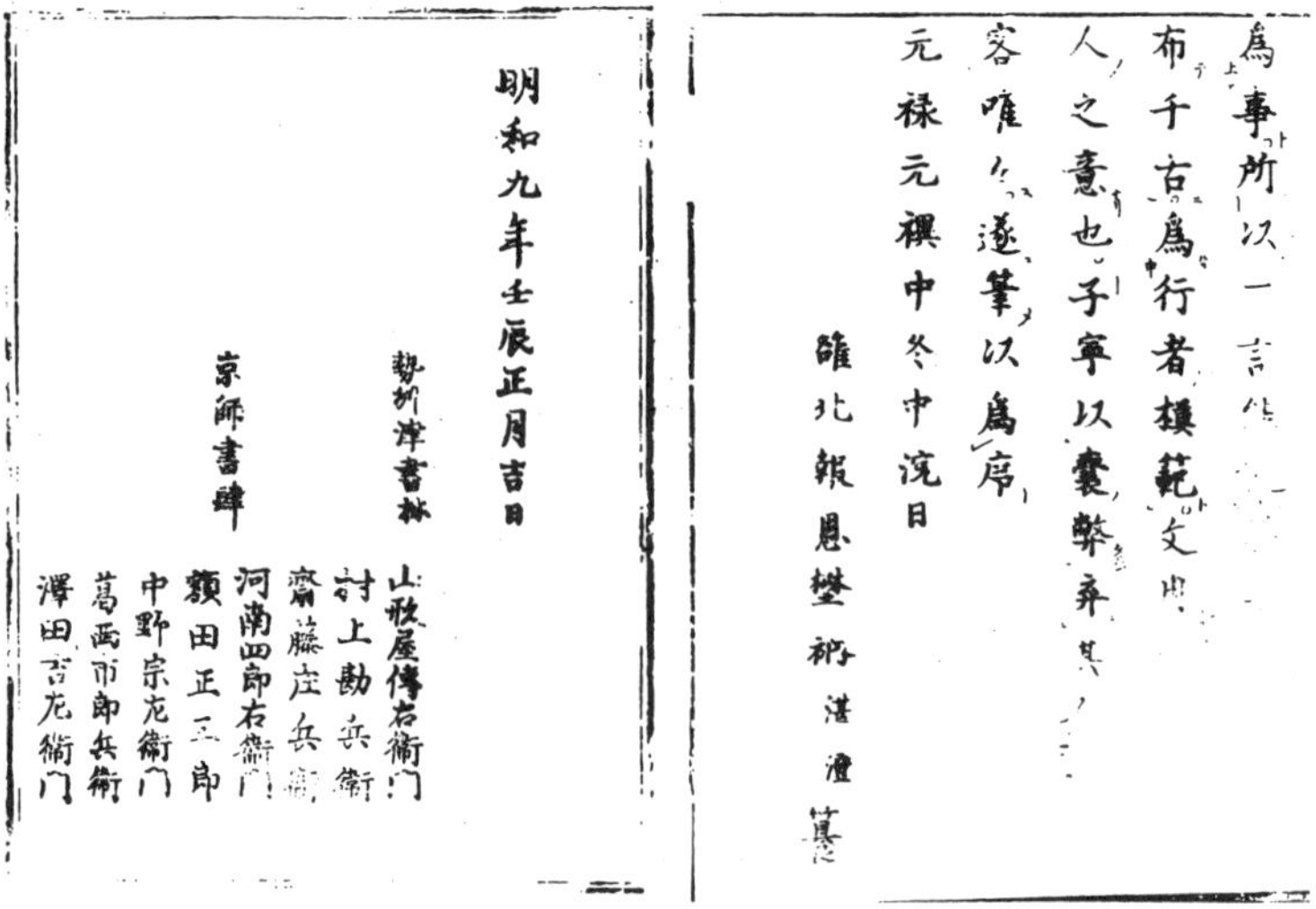
明和九年壬辰正月吉日
勢州津書林　山形屋傳右衛門
村上勘兵衛
齋藤庄兵衛
京師書肆　河南四郎右衛門
額田正三郎
中野宗左衛門
葛西市郎兵衛
澤田吉左衛門

図5　明和九年・中野宗左衛門等板の板木（西島光正堂氏蔵）で刷りし刊記。

兵衛は不詳。河南四郎右衛門は英華堂と称して元禄から天明にかけて営業した書肆で、京都堀川通仏光寺下ルに住。額田正三郎は伊勢屋・九皐堂と称し寛文から文久にかけてで、寺町五条上ル西側に住。葛西市郎兵衛は天王寺屋市郎兵衛として知られ、水玉堂とも。寛永から安政にかけて数多く板行、寺町通五条上ル西側に住。沢田吉左衛門は麗沢堂、寛永から万延頃まで、知恩院門前に住（『増訂慶長以来書賈集覧』『徳川時代出版者出版物集覧』によった）。

さて、刊記に名を連ねている中野宗左衛門とは、いったい誰を指すのであるか。ここで思い当たる人物に、前掲で紹介した宗左衛門是休夫妻の墓碑銘がある。それを了蓮寺蔵『歴歳帰真録』で検すれば左の通り。

正徳二年壬辰ノ条

清屋芳栄信女（十九）　十二月十九日　中野宗左衛門妹

宝暦十一年辛巳ノ条

称誉栄讃信女（三十七歳）　十月廿一日　中野宗左衛門妻

安永六年丁酉ノ条

遁誉是休信士　九月九日　**中野宗左衛門也**

前掲の板木に登場する宗左衛門とは、明らかに安永六年九月九日に歿せしこの是休その人であろう。

更に、いま仮に宗左衛門一族の略系図を作成してみる。

宗左衛門是俊
＝（妻）心覚妙栄
├ 宗左衛門是三（安到是三信士。享保七年六月十日、三十八歳歿）
└ 妹（先妻）清屋方（芳）栄＝**宗左衛門是休**＝（後妻）称誉栄讃

前述で、先妻の清屋方栄を宗左衛門是俊の妹としたが、しかし元禄八年四月に是俊四十四歳にて歿せしときは、是三は十一歳で、清屋方栄わずか二歳であった。従って年代的に見て不自然である。よって宗左衛門是三の妹と訂正する。

『歴歳帰真録』を繙いていくと、安永六年以後は、中野氏は全く見えない。是休逝きしのち、遂に絶えたのであろうか。とすると明和九年の刊記を有する、この板木は出版書林中野氏にとって晩期に近いもの、資料面で意味深いものであろうと思う。

（昭55・12・12稿）

寛永期の文芸資料覚書

一、澤庵宗彭の俳諧ほか

尾張徳川家の「御手許御本」類を収蔵する、名古屋市東区の徳川美術館所蔵の貴重古典籍が、『徳川黎明会叢書』全十三冊として思文閣から公刊せられた。なかでも古筆手鑑篇五冊のそれは、近世和歌を始め連歌や俳諧を研究する人々にとっては、そのどれもこれもが正に目を見張るが如き貴重資料・名品ぞろいである。

が、すでに一部分は昭和初年よりも以前の、大正の末晩秋に、実は売りに出されていたのだった。すなわち『尾張徳川家御蔵品入札目録』一冊（大正十三年十一月五、六日下見、七日入札、場所　東京両国・東京美術倶楽部刊、架蔵けだし稀本也）がそれである。本入札目録は横須賀市の古書肆ふたば文庫より入手した。参考までに、著者が関心の、一応元禄以前に限定して興味の向くままに左に抄記紹介をしておこう。

一、一休　飛鴉自画賛　小堀遠州侯箱
九、一休　達磨
一〇、一休　山水自画賛
二一、子昂　山水　人見友元箱書
二四、朱子　墨跡　三幅対ノ内　林道春極巻

三七、豊臣秀吉　自詠句
三八、澤庵　四字一行
三九、紹鷗　二大字
四〇、利休　文　古筆了佐極
四二、利休　文
四三、光悦　歌仙
四五、里村紹巴　和歌短冊　蘭
四八、近衛三藐院　祖師画賛　了眠極
五一、澤庵　小色紙
五二、〃　時鳥発句
五三、細川玄旨　和歌短冊
五四、芭蕉　朝顔自画賛
五五、宗及　半切文
五七、松花堂　中布袋左右鶏　三幅対　天室賛
五八、松花堂　竹梅　玉室賛
七三、松花堂歌手本巻
七四、光悦　詩歌巻
七五、烏丸光広　歌之巻
三〇一、万暦氈　豊公伝来

以上の如し。なかでも特筆すべきは「五四　芭蕉　朝顔自画賛」（46頁）であろう。不鮮明なる写真図版ではあるが、左に紹介する。

元禄癸酉の秋人に／
倦て閉関ス　芭蕉庵桃青
朝顔や／
昼は鎖おろす／
門の垣（垣に朝顔の絵）

軸装で、竪一尺八寸五分、幅七寸七分。手許の、岩波書店刊『芭蕉全図譜』（※朝顔自画賛ハ未収録）によれば、

元禄六年癸酉　五十歳
○七月中旬より一か月、門を閉じて客との対面を断つ。次郎兵衛を召しつかう。俳文「閉関之説」成る。

とあり、従って元禄六年秋、芭蕉、「閉関」の生活直後に成った自画賛であった。筆蹟は晩年の書風。なれども自署「芭蕉庵桃青」が気には懸かる――。岩波文庫版『芭蕉俳句集』（中村俊定先生校注）二七一頁には、

閉関（へいくわん）の比（ころ）
八〇五　蕣（あさがほ）や昼は錠（ぢやう）おろす門（もん）の垣（藤の実）

と収録せられ、その脚注には「真蹟自画賛（遺墨等）に『元禄癸酉の秋人に倦て閉関ス』としるす。」とある。つまり本自画賛は真蹟で、もと尾張徳川家の所蔵であったのだ。太守光友公の旧蔵か。

さて、本稿は右、入札目録中、「四六　澤庵　連歌」（42頁）と題する一軸を写真版から翻刻・紹介したい。（図6参照）

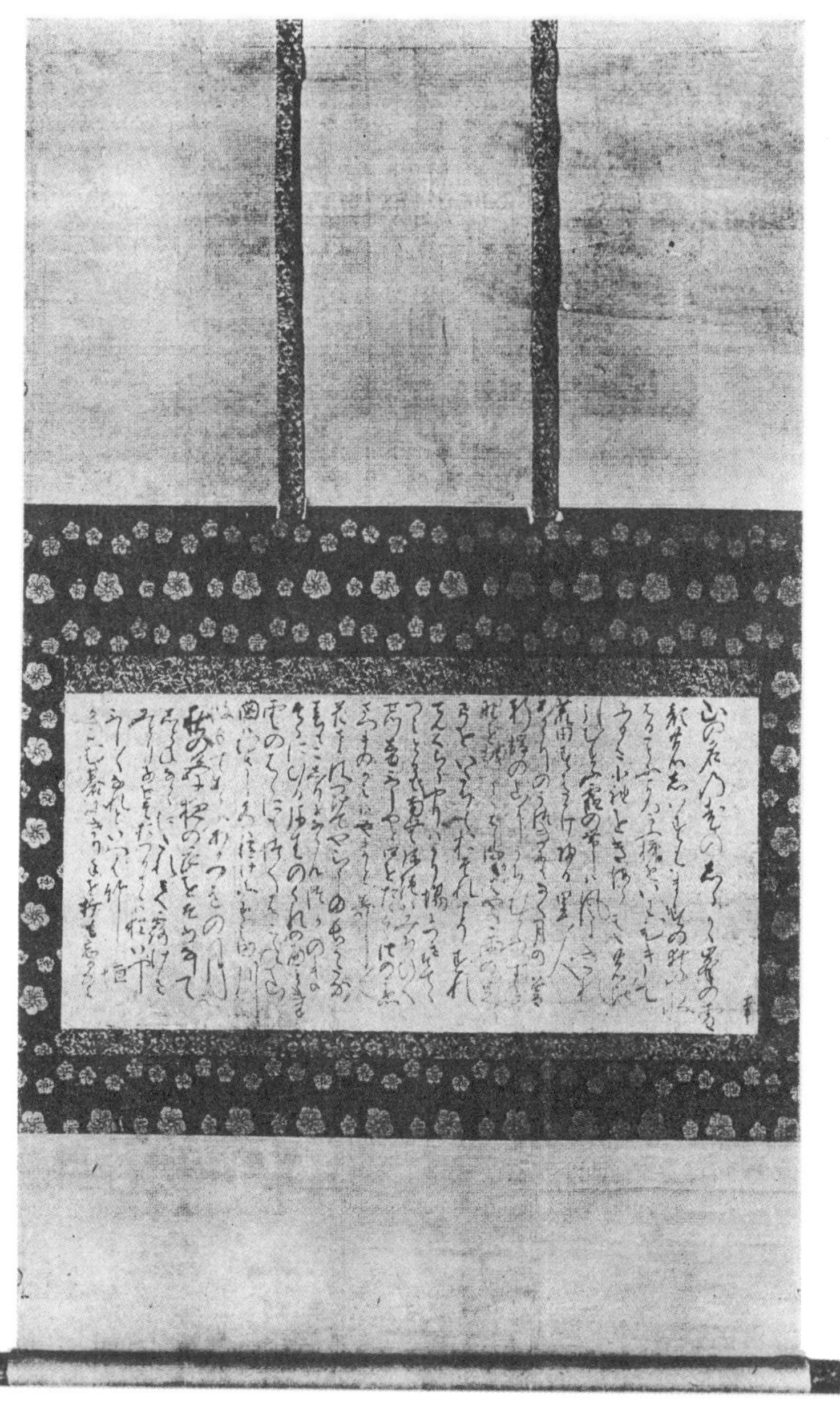

図6　澤庵の俳諧連句懐紙（尾張徳川家旧蔵）

南

山の名の老のしらかゝ峯の雪
顔のしハすもますの井の水
はることによろこふ柿をいわひきて
ふるき小袖をきさらきの比
引むすふ霞の帯ハ風にきれ
荒田すきかけ帰る里人
あかゝりのうつき（※疼き・卯月）にもなく月の暮
軒端の山にうちむかふすね
野を越てはしるもはやき雨の足
弓をいたちもおそれこそすれ
てんくらうやりハかり場につきすてゝ
つミとかも南無弥陀ハみちひく
せつしゆ（※摂取）ふしやと口をたゝくも法のこゑ
さつまのかミハやまと哥人
花さかはつけてやらうの長かたな
春もこしりにならんつかのま
そらにひる弥生のくれのへとゝきす
雲のはらにもつくはこね山

国ハむさし水ハ清けにすミ田川
波もてあらふあか（※垢・閼伽）つきの月
秋の色に夜の衣をそめなして
しとねなからにたれて露けさ
みとり子をそたつることハ猶いやし
ふし〳〵なれといつは竹垣
かこむ碁にきり手を打も忘るなよ

〔書誌〕　軸装、三段表装で、竪八寸七分、幅一尺八寸三分の由。なお、すでに掲出の如く、ほかに澤庵宗彭の肉筆物は三点有之。

いったい、この自筆の連歌作品？としては珍しい「澤庵　連歌」一軸が、いつ頃に尾張徳川家蔵となったのであろう。私は好みなどから推察して二代め藩主光友の代か、としておきたい。すなわち、徳川義宣氏は「書蹟鑑賞のための蒐集」なる文中で、「尾張徳川家の国文学書蒐集が、俄然盛行を見せて著増したのは、二代光友の代からと推される。光友は慶安三年に二十六歳で家督、元禄六年に隠居し同十三年、七十六歳で歿した。歴代藩主の中では最も長命で在封も四十四年に及んだ。徳川美術館には三百冊に及ぶ歴代の道具帳が伝へられてゐるが、遺憾ながら二代光友から三代綱誠への譲目録はなく、光友の蒐集ぶりの確認は難しい。だが享保期以降の道具帳でも、そこに記された由緒書を見、或は古筆家の鑑定年代を見ると、多くの国文学書が光友の代に蒐集されたと知られる。光友は自ら書も絵もよく嗜み、初代義直が儒学に篤かったのに対し、仏教に篤く国文学に興味を示した。云々」（徳川黎明会叢書・月報3）とされる。又、いわゆる人名事典中においても「光友……兼ねて書画を能くし、画は初め狩野探幽に学び、また瀧本坊昭乗に師事し、画風は昭乗に似て特に気韻高し。書は諸流を学び、世に後西天皇、関白藤原信尋と竝称して書の三蹟と称せらる。元禄十三年十月歿、年七十六。」（『日本人名大事典』4、平凡社）とするす。正保二年時、光友は二十一歳、冬、澤庵入寂七十三歳。正保四年、光友二十三歳、秋八月、徳元歿八十九歳。慶安三年六月、光友二十六歳で家督を受けている。あるいは澤庵和尚とも雅交ありしや。

ところで右、澤庵宗彭作の連歌二十五句は、連歌にあらず俳諧であろう。管見では澤庵の俳諧連句作品は皆無。ただし和漢連歌断簡（森川昭氏解説『卜養狂歌絵巻』所収）は現存するが……。本自筆連句には縁語や懸詞・仏教語が散見、寛永俳諧の風も見られて作は晩年十二月の独吟か。俳諧発句は『山之井』に澤庵和尚　一、『阿波手集』に澤庵大和尚　一、『佐夜中山集』に京之住／大徳寺和尚／澤庵　二と、それぞれに入集せられている程度だ。とに角、少ない。

寛永十八年、八十三歳の徳元老は八、九月あるいは冬の頃に、品川東海寺雅会『澤庵等詩歌巻』に参加するなど、澤庵和尚とも確かに雅交が存在してはいた。その徳元も亦自筆短冊二枚（新見）が徳川美術館に現存するのも、――うち一枚は光友の時代に収蔵か、奇しき因縁というべきではあろう。

（平6・5・25稿）

〔追記〕成立は一応晩年で、堺南宗寺における作としておく。

※本自筆連句は、すでに上野洋三氏が『会報大阪俳文学研究会』8号（昭49・9）に、「真贋三点」と題して翻刻・紹介ずみ。

二、利休遺愛の祇園会之図

斎藤徳元研究三十有余年、資料調査に廻り道をしながらも昨今ようやく謎に満ちたルーツを始め伝記面及び交友関係が解明されようとしている。徳元句の註釈・作風の研究も亦、寛永文化圏という「この時代の最高文化人の集団」（中村幸彦氏）の雰囲気のなかで立体的になされなければならぬであろう。さて、私は、とくにここ二、三年来、大正の半ばから昭和十年代にかけて矢継ぎ早に出刊せられたもと公卿や大名家等の入札目録類をせっせと蒐書しつつある。始めの頃は、蒐書のテーマを「寛永期の文化・文学―徳元の周辺―」などと決めこんで、古短冊類や関連大名家の入札目録に限定してはきたけれど、なかなか入手困難で、現在はやっと六十冊ぐらい。まあ徳元研究上における、副産物ではあろう。

旧稿「徳元年譜稿（寛永三年の項）」（本書第二部に収録）のなかで、私は、

○六月十四日祇園会の日、徳元は折柄、善長寺町と鶏鉾町の通りが交差する辻の一角「京極若狭守」邸に滞在していたが、まずは町内から出る鶏鉾を見物して、発句「（前書）祇園会の日物見にまかりて／かち時は鶏ぼこのみくし（※御頭、御鬮）かな」を吟ず（『塵塚誹諧集』上）。（後略）

と記して、以下考証をしたことであった。ただその折に、著者にとって少しく気に懸かった点は、「物見に」出かけた徳元の眼にうつる山鉾巡行のリアルな光景が今一ツ描写出来なかったことである。ところが最近、架蔵の、大部なる『藤田男爵家蔵品入札目録』（昭4・5・10入札、場所　大阪市北区網島、藤田家本邸刊）を何気なく見ているときに、

三二　長谷川久蔵祇園会　宗旦奥書／信長公拝領／箱書付玄々斎／外箱碌々斎／竪八寸九分／巾一尺七寸三分

なる見出しと、写真図版が目敏く留まったのだ。図版をもとに書誌をしるす（図7参照）。三段表装による一軸。祇園会之図の左には咄々斎こと千宗旦筆の添書有之。「信長公拝領／利休居士遺具／咄々斎〈伯元〉（印）」。次いで箱書であるが、外箱に「祇園会一軸仮函／今日庵所蔵」と墨書、箱書は「祇園会長刀鉾之図／長谷川久造筆　十二枚之内　信長公ヨリ利休拝領　奥書元伯／表具中□帯　東福門院様ニヨリ元伯拝領貝桶内張之キレ也　不審庵宗旦（花押）／今日菴伝来」と記してある。実は現在、本軸と同じ手に成る一軸が、多分右箱書に言う「十二枚之内」

図７　長谷川久蔵筆、祇園会の図（藤田家旧蔵）

であろうと思われる「祇園会之図」（彩色）が京都・裏千家に秘蔵せられている。村井康彦氏著『グラフ　千利休の生涯』（淡交一月別冊、平成元・２）の28頁に、「利休遺愛祇園会図」と題して図版が掲出、千宗旦の添筆も右と全く同一で、因みに村井氏の解説文は左の通り。

「信長公拝領　利休居士遺具」という咄々斎（千宗旦）の添書にあるように、利休が信長より拝領した祇園会の図。町屋の間を巡行する山や鉾を描く。もと巻物の一部。信長の茶頭となった利休らは、東大寺正倉院の香木（蘭奢待）を下賜されたのをはじめ、折にふれ道具類などを拝領している。

さて、天正頃の人長谷川久蔵（久造）春信は雪舟派の画家で、長谷川等伯（慶長十五年二月歿）の門下、その絵師の筆に成る、彩色「祇園会之図」とは本来十二枚一組の物で、織田信長より利休宛に贈った、「利休居士遺具」の一ツであった。利休歿後、孫の宗旦によって元和・寛永の頃に、後水尾天皇の中宮東福門院和子姫より拝領せられし貝桶の内張に用いた「キレ」で、表装される。とすれば、本一軸は正しく天正から寛永期にかけての祇園会の図であり、前掲の徳元句が詠まれし頃ということになるだろう。あるいは烏帽子姿の見物人のなかに徳元老その人を、今は擬しておこう。

ここで私は想起したい。上杉本『洛中洛外屛風』は天正二年に、織田信長が越後の上杉謙信に贈りしものである。狩野永徳筆だった。そして両本共に共通している点は、信長が贈ったという事実であろう。なれども絵師の描く視点が異なった。座右の、岩波書店刊『標注洛中洛外屛風　上杉本』にて鑑賞してみるに、山鉾巡行の光景は右隻の第二扇・第三扇に長刀鉾(なぎなた)を先頭に、――因みにこの鉾は古来、「くじ取らず」といい、毎年必ず先頭を進むことになってはいる。以下、蟷螂山(とうろうやま)・四条傘鉾・月鉾・大船(おおふね)鉾・鶏(にわとり)鉾等々という順序にきわめて精細に描出、周囲には雲霞で美しく理想化される。つまり山鉾巡行そのものの景なり、と見ていいであろう。それに較べて久蔵描く本軸は巡行する長刀鉾もさることながら、それよりものれんの家並みを背景に殊に床几に腰を下ろして見物する烏帽子姿の貴人や武士たち、扇子を口もとに当てた姫君も、のれんから婦女子がのぞく様も印象的で臨場感有之。従って見物人の側から描いているという点で、確かに本軸は天正頃における祇園会の貴重なる一風俗資料と見ていい。

旧蔵者の男爵藤田伝三郎は大阪実業界の長老で、天保十二年六月に山口県萩に生まれた。明治六年、藤田組を組織して陸軍用達及び土木請負業を経営。更に秋田県小坂銅山開掘、岡山県児島湾開墾等も行なっている。明治四十五年三月、七十二歳歿。

それから、江戸時代後期の作ではあるけれども大正年間に刊行の、『大谷家（本派本願寺）旧御蔵品入札第一回』目録（場所、本派本願寺御殿、架蔵）にも、円山応挙門下（孫）の、応震（仲恭、天保十一年二月、五十歳歿）描く祇園会の図絹本一幅が写真版にて収録される。すなわち、左の通り。

三二　応震長刀鉾　絹本　着色　竪　三尺二寸八分　巾　一尺四寸一分

まことに堂々の、見事なる長刀鉾の景で、落札価も千参百円也の高値であるが、絵師の視点はやはり前述の上杉本

図8　新出・長谷川久蔵筆、祇園会「木賊刈山・山伏山」の図（柳　孝氏蔵）

『洛中洛外屏風』に見える山鉾巡行と同様に、山鉾そのものに主体が置かれているのである。さて、藤田男爵家蔵の、本軸の落札価格は何と壱万九千円也。その後、杳としてゆくえが知れない。

（平6・6・21稿）

〔追記一〕　藤田男爵家入札会の模様については、名著たる高橋義雄著『近世道具移動史』（有明書房復刻版、昭4・12）四四四頁以降に詳述されるが、くだんの、長谷川久蔵祇園会一軸は、京都の今井貞次郎・土橋嘉兵衛・北岡猪三郎の三商によって落札。しかしながら、どこに納まりしかは依然としてわからない。

〔追記二〕　その後、利休遺愛の祇園会の一軸を、図らずも京都市東山区大和大路通新門前上ル西之町の柳　孝氏宅で実見することが出来た。軸装。本紙部分は縦二七・一糎、横五三・六糎。図鉾は「木賊刈山・山伏山」である。以下、詳細なる書誌は省略。図8を参照せられたい。やはり「近世初期の風俗画として注目すべきもの」（『国華』407号）であった。平成十年八月三日に実見。

三、若やぐひで吉――新出、利休の娘「亀どの」宛、秀吉書簡――

だいたい寛永ごろまでを、私はかねがね寛闊で好色の世相なりしか、とひそかに観たりしている。平成二年四月十四日は花の雨降る土曜日の、半日の閑に、東山七条の国立博物館に於て、「四百年忌　千利休展」を鑑賞したことだった。なかでもひときわ異彩を放った品は、利休所持として娘亀女の子不審庵宗旦に伝えられてきた黒漆塗の箱「山姥文庫」が展示され、その蓋裏に描かれたる豊満なる裸婦（ヌード）とキューピット（『図録』No.8、27頁）の一見、洋画風の絵に、しばらくは眼を奪われてしまったのである。裸婦像を利休翁がア、の組み合わせに……、だからこそ私には近世初頭の、自由闊達なる社会の文化・文学研究に、尽きない興趣を覚えるのだ。

晩夏の一日、私は大学の研究室で桑田忠親著『千利休―その生涯と芸術的業績―』（中公新書、昭56・4）を精読した。それは、やはり同書が実証的で説得力のある書、つまり著者好みの重厚なる研究書だからだ。殊に利休切腹の原因についても博士は例えば、「利休がその娘を秀吉から側室に所望されたが、娘と利休がこれを拒絶したため、秀吉の怒りに触れ、処罰されたという説」（96頁以降）を筆頭に、以下諸説を一通り紹介し、批判と私見をていねいに加えられたうえで、左の如くに結論される。いわく、

そして、これを消すことに予定してから、あらためて利休の言行のあらをいろいろと拾ってみると、いくらもあった。しかし、これならばと世人を納得させるためには、ありもしない濡衣（ぬれぎぬ）や、出戻り娘の一件などでは、まずい。そこで、反利休派の人びとの意見をも容れて、もっともらしい罪状として取り上げたのが、大徳寺山門木像安置の一件と茶道具目利き売買不正の一件であった。（118頁）

と。

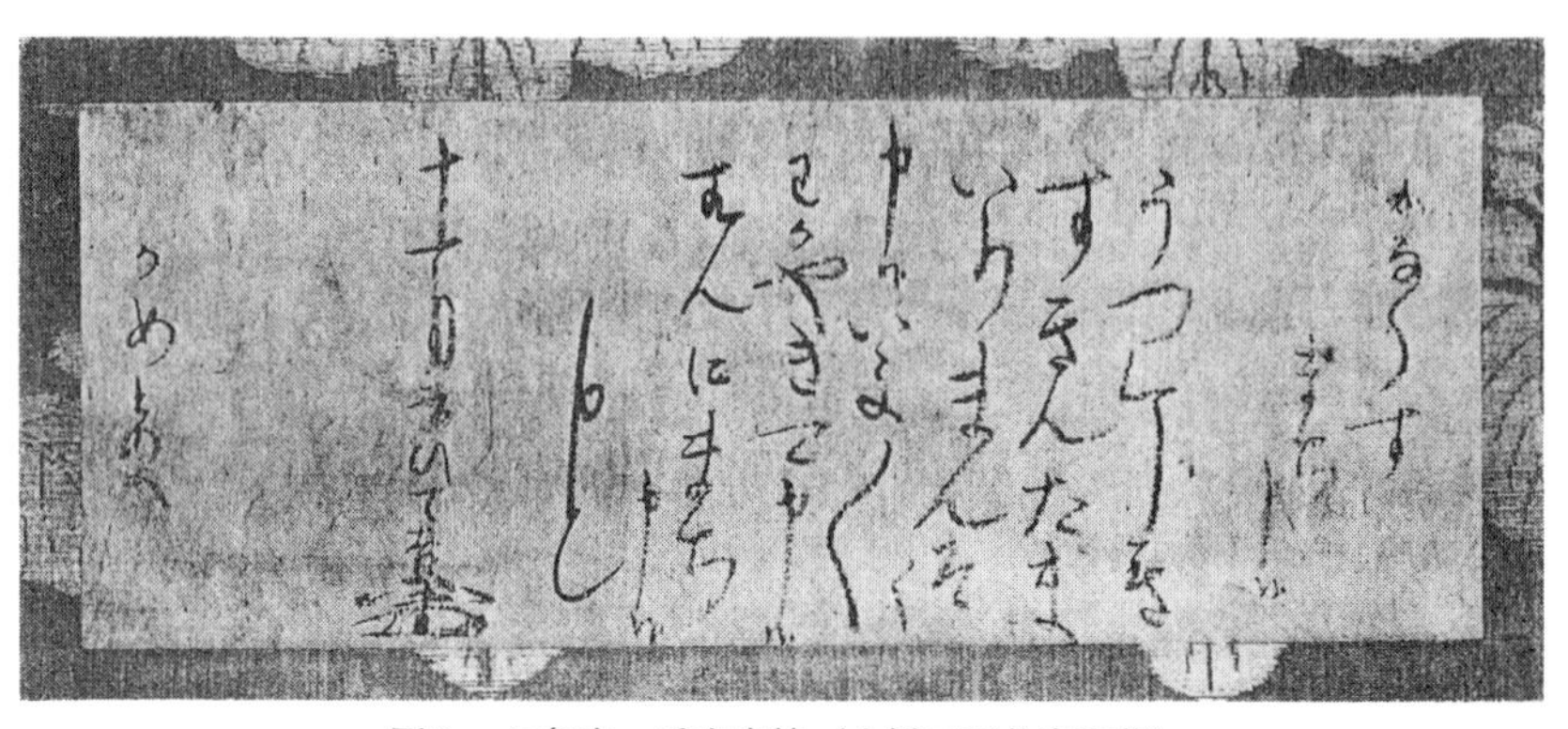

図9　お亀宛、秀吉書簡（小橋屋平井家旧蔵）

古書研新入会員のゆうき書房は出町柳から叡電で「茶山（ちゃやま）」駅下車、徒歩一分のところにある。ご主人の山本麻里女史は美術書や図録類・ファッション系の洋雑誌がご専門でかつ〝美本〟好み。その点が私も同様で、先師たる、赤木文庫主の先生のお言葉を借りるとすれば、〝きりょう好み〟と言うべきか。さて私は、ゆうき書房主山本さんから稀本の入札目録四冊をとても安く入手することが出来た。むろん、すべてが美本ぞろい。で、そのうちの一冊――『当市（※京都市）小橋屋平井氏所蔵品入札目録』（昭6・12・8入札、京都美術倶楽部）に、

九　豊公　文　うつくしき云々／竪五寸六分／巾一尺四寸八分

なる記事と写真版がわが眼（まなこ）にとまったのである。

写真版に見る秀吉自筆の文は、実は「かめどのへ」に宛てた新出の書簡であった。左に全文を翻字する（図9参照）。

かならす

まち

申候

うつくしき

すきんたま

ハりまんそく

申候　いよ〳〵

わかやき可申候
はんにまち
　申候
かしく
十一月二日　ひて吉（花押）
かめとのへ

右は軸装で、表装は豊家の紋たりし、五三の桐模様である。宛先の女性「かめどの」とは、出所が千家ということからも考えあわせてそれは利休の娘で少庵宗淳の妻「お亀」であろう。村井康彦氏や前掲書『千利休展図録』によれば、少庵とお亀とが結婚したのは天正四年（一五七六）の末から翌年二月頃までのこととされる。そうして天正六年正月一日には、孫の宗旦が誕生。父は少庵、母お亀という。

くだって天正十九年一月十八日、利休の息女が自害するという。その原因に関しては桑田氏が前掲書『千利休』で「……あるいは、秀吉に所望（※側室に）されて、これを拒絶した結果と考えられなくもない」（98頁）と推考。同じ頃に、利休はお亀宛に遺言状を認めた。桑田氏の前掲書からその模様を引用してみる。

天正十九年の正月、利休の勘当がいよいよ決定し、堺へ追放されたとき、利休は、出京の際に、小棗（こなつめ）茶入れと茶半袋（はんぶくろ）を左右の手に持ち、乗り物に乗ったが、硯と紙を取り寄せて、

　利休めはとかく果報のものぞかし菅丞相（かんじょうしょう）になるとおもへバ

という狂歌一首を竪紙（たてがみ）に書いて、捲（ま）き納め、封目（ふうじめ）をつけ、上書（うわがき）に、「お亀におもひ置く、利休」と書き、「お亀に渡してほしい」と言って、出発した。お亀というのは利休の娘で、千少庵の妻であった。二月二十六日に、

堺から京都へ召し上げられ、同二十八日に切腹した。（85頁）
因みにお亀は慶長十五年（一六一〇）九月二十九日に歿した。法名は宗桂喜室信女という。
さて、秀吉の亀どの宛書簡の成立年代は、思うに利休の晩年近き冬の頃――天正十何年十一月二日であったろうか。少庵の妻お亀は、意図が那辺にあったか知る由もないが、華麗なる頭巾を秀吉へ贈った。対する秀吉はラブレターの名手、すでに人妻で母親になっているお亀宛に、「いよ〳〵若やぎ（※若い者らしく、若々しく）申すべく候ハんに待ち申し候」とはしゃぎ、彼女に会いたき旨「かならず待ち申し候」と二語までもくり返して望むくだり、もしや誘惑の魔手が……好色家の片鱗を直感するのは著者の僻目かも知れぬ。文末には「かしく」と結び、「ひで吉」と仮名で自署してみせるなど、心憎いばかりの筆配りに、恐らく相手方も女心をくすぐったであろう。が、しかし、彼女は伺候しなかったにちがいない。そうして、あるいは――。如上の亀どの宛秀吉書簡ならびに某息女の自害の一件などあれこれ考えあわせてみると、私には利休切腹の遠因がやはり、ふられた秀吉の好色性にあったかと見たい。

図10　木彫利休像
（徳川田安家旧蔵）

『小橋屋平井氏所蔵品入札目録』には千家関係の物が55点も多く収録される。殊に目録の№6には、「豊公ヨリ利休拝領／千家伝来」として「南蛮鉦」壱個（写真版）が収録され、それには明治二十六年二月十一日附「物品譲渡シ証」一通（裏千家証文・写真版）が添えられている。すなわち裏千家から小橋屋の当主平井利助宛に、であった。
それから、これ又新出の利休木像を紹介しておこう。

架蔵の、『徳川家（※田安家）御所蔵品入札目録』（大正12・4・9入札、東京美術倶楽部、ふたば文庫より入手、稀本也）には、

一三七　木彫利休立像　玄々斎直書付（図10参照）

が収録。伝来品で、玄々斎とは裏千家十一代め、精中宗室（文政元〜明治10）という。人間臭を秘めた柔和な眼差しの利休像が、かえって好ましい。

（平6・9・5稿）

四、二条城行幸と家光の賀歌懐紙

寛永三年九月六日、後水尾帝の二条城行幸を迎えた徳川秀忠・将軍家光父子と賀句を詠む徳元について、旧稿「徳元年譜稿（寛永三年の項）」（本書第二部に収録）中より抄記する。

○九月六日、後水尾天皇が中宮和子・皇女一の宮らをともない、折柄滞洛中の秀忠父子を二条城に行幸啓。これに先だち、将軍家光は天皇奉迎のために参内する。このとき、主君の忠高も中少将侍従の列二行に加わり黒装束騎馬姿で供奉（ぐぶ）した（古活字版・絵巻『寛永行幸記』及び『徳川実紀』）。絵巻『寛永行幸記』（岐阜県南濃町、行基寺蔵本。水谷稔氏撮影による）等によれば、翌七日は快晴、舞・万歳楽など。夜・和歌の会。八日、馬・蹴鞠興行。九日、猿楽の催し。滞在は五日にわたり同月十日、還幸。従五位下諸大夫並の徳元も忠高に随行したらしく、発句三句を吟ず。（後略）

さて昨秋、私は芸林荘より入手した、厚冊の『田村家蔵品展観図録』（第二回、昭11・11・18入札、北浜・大阪美術倶楽部）を繙き、右の家光自筆の賀歌懐紙（写真版）を見出し得ることが出来たので掲出しておく（図版11・12参照）。

秋日侍　行幸二条第同詠

竹契遐年和謌

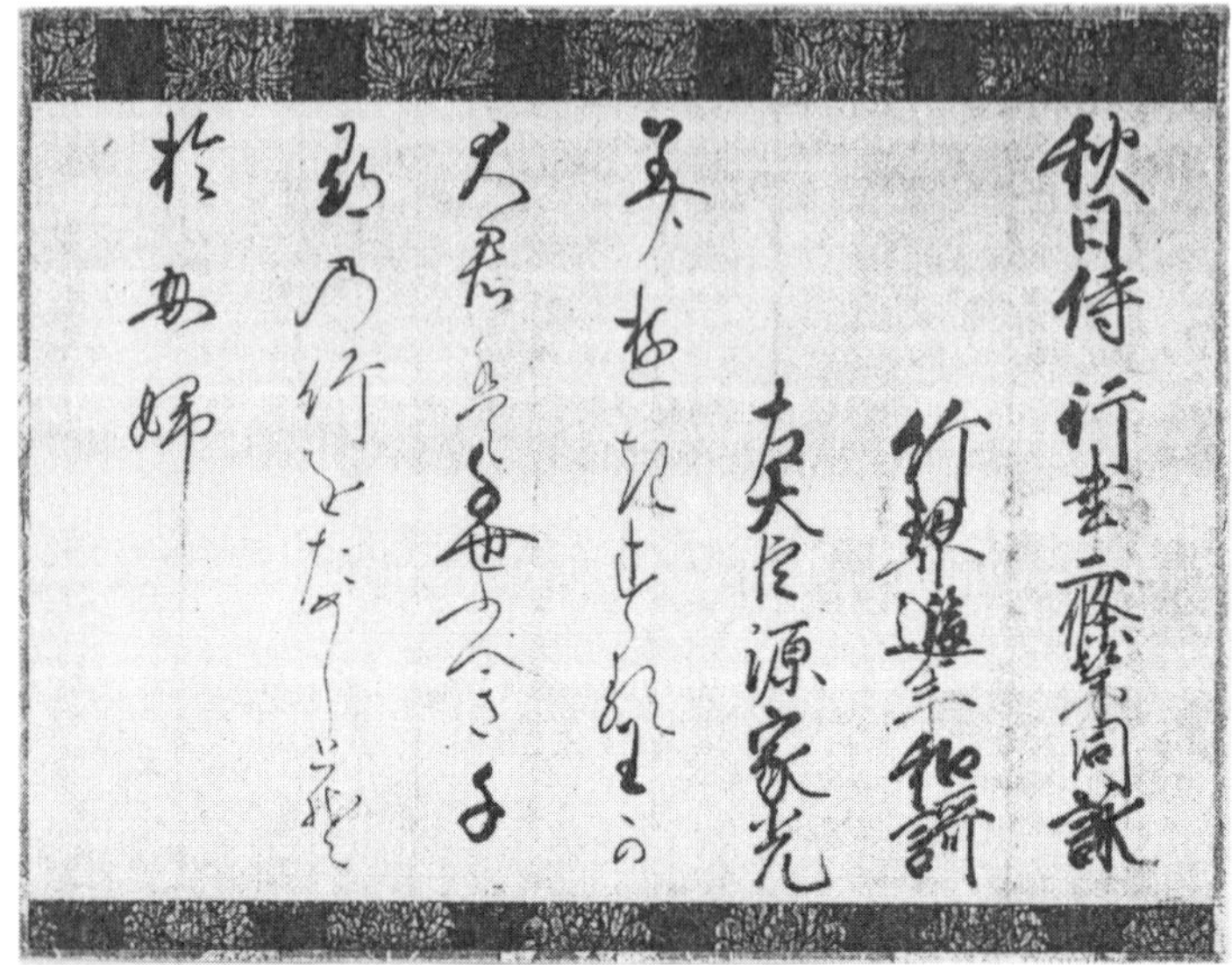
秋日侍行幸二條第同詠
竹契遐年和歌
右大臣源家光

図 11　家光の賀歌懐紙（田村家旧蔵）

図 12　江戸期の面影をのこす二条城（明治末に撮影。架蔵）

左大臣源家光

みゆきするわか
大君は千世ふへき千
尋の竹をためしとそ
おもふ

家光は和歌を好んだ。ただし家光の懐紙は新出資料ではない。すでに『徳川家光公伝』（日光東照宮社務所、昭36・3、架蔵）にも紹介ずみであるが（429頁）、昨今実見は困難。写真版自体が、むしろ国史関係資料として現在は貴重であろう。『田村家図録』には、「四四　家光　懐紙　題　竹契遐年　表装一風中　紫地印金　花鳥紋紗　竪　一尺九分　巾　一尺六寸六分」と記し、七日夜における、和歌の会が髣髴と浮かんでくるようだ。なお田村家とは、逓信大臣・久原房之助の実兄で、神戸在住の田村市郎である（『近世道具移動史』439頁）。

（平6・9・21稿）

〔追記〕九月七日夜の和歌の会における、家光の賀歌について、のちに徳元は寛永五年十一月成『千句』第十「帷何」（帷武）の巻の付合で、回想している。

屏風の絵にしかける洛中／行幸や末の世までのいゝ伝へ／竹を題にてよむ大和歌

新出・京極忠高の書簡を読む、など

一、新出・京極忠高の書簡を読む

毎日新聞夕刊に連載された、池宮彰一郎氏の歴史小説『本能寺』の第二八八回めは、斯く展開する。「(天正十年）五月二十一日早朝、家康は安土を発ち、その日の夕刻、京に入った。信長が家康の先導・案内役に、側近の長谷川秀一をあてた。秀一は信長の富士見物の際、家康が接待指導に借り受けた士である。信長は彼の機転を愛し、**応接役**に用いていた。」と。「応接役」については、斎藤徳元の場合も主君だった京極若狭守忠高の「文事応接係」を勤めていたらしい、という。そのことを木村三四吾先生が、四十余年もまえに論考「斎藤徳元」(『俳句講座』2、明治書院、昭33）のなかで、徳元が京極忠高の扈従に選ばれた理由を「文事応接のために、彼の出自・文才が用いられた」かと推考なさっているからである。さて、始めに本稿の結論を申せば右、木村先生のお説はやはり正しかった、と見るべきであろう。

こんにち、伝えられる若狭小浜城主京極忠高の書簡類は少なく、二十通ぐらい。うち十七通は現在、大阪城天守閣所蔵の「京極文書」で、筆者は未見だ。で、ここに新収の、寛永十一年以後の十二月二十日付、京極忠高の礼状を紹介する（図13参照)。

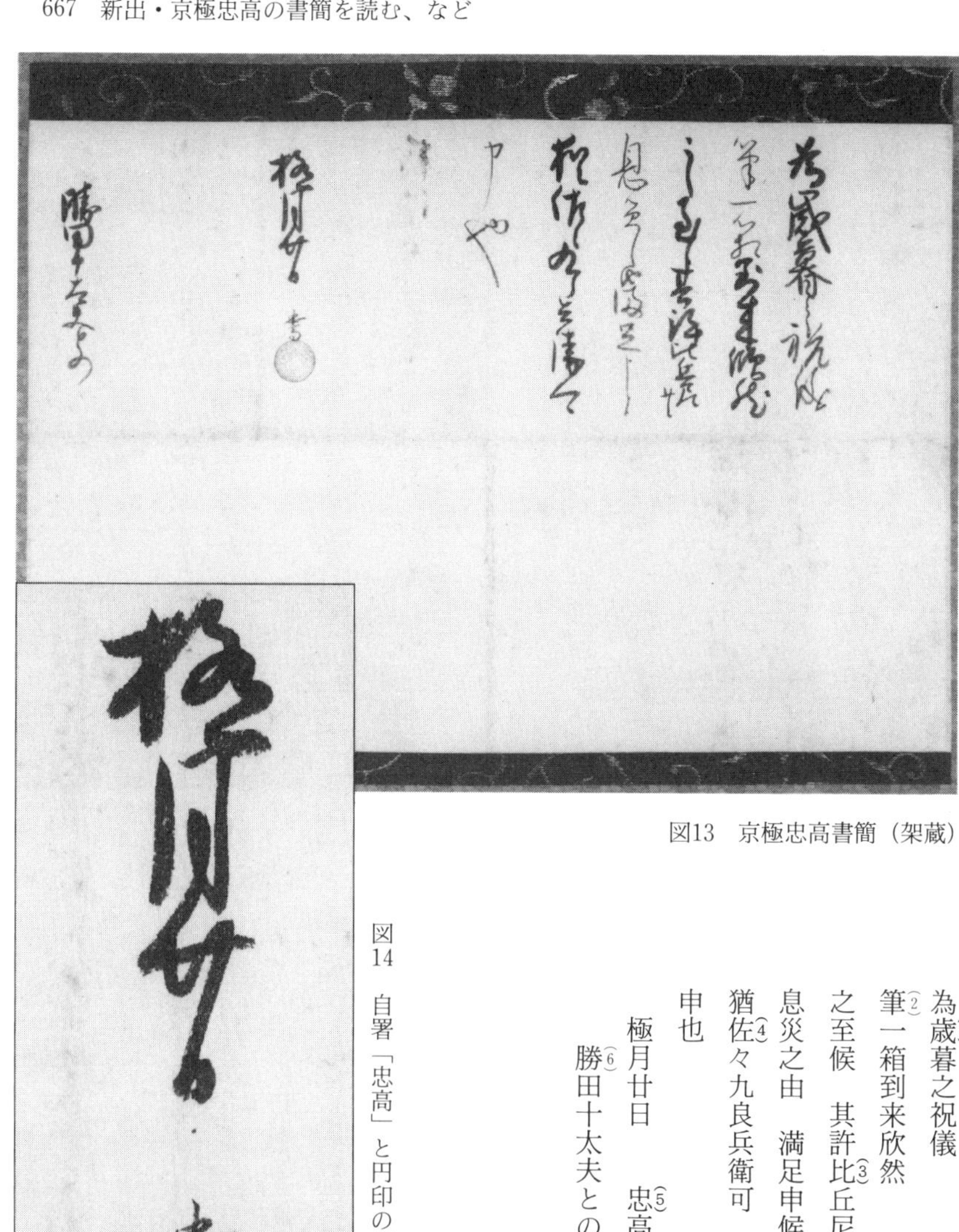

図13　京極忠高書簡（架蔵）

図14　自署「忠高」と円印の部分（卍が認められる）

為歳(1)暮之祝儀
筆(2)一箱到来欣然
之至候　其許比(3)丘尼共
息災之由　満足申候
猶佐(4)々九良兵衛可
申也
　極月廿日　忠高(5)　㊞（図14参照）
　勝(6)田十太夫との

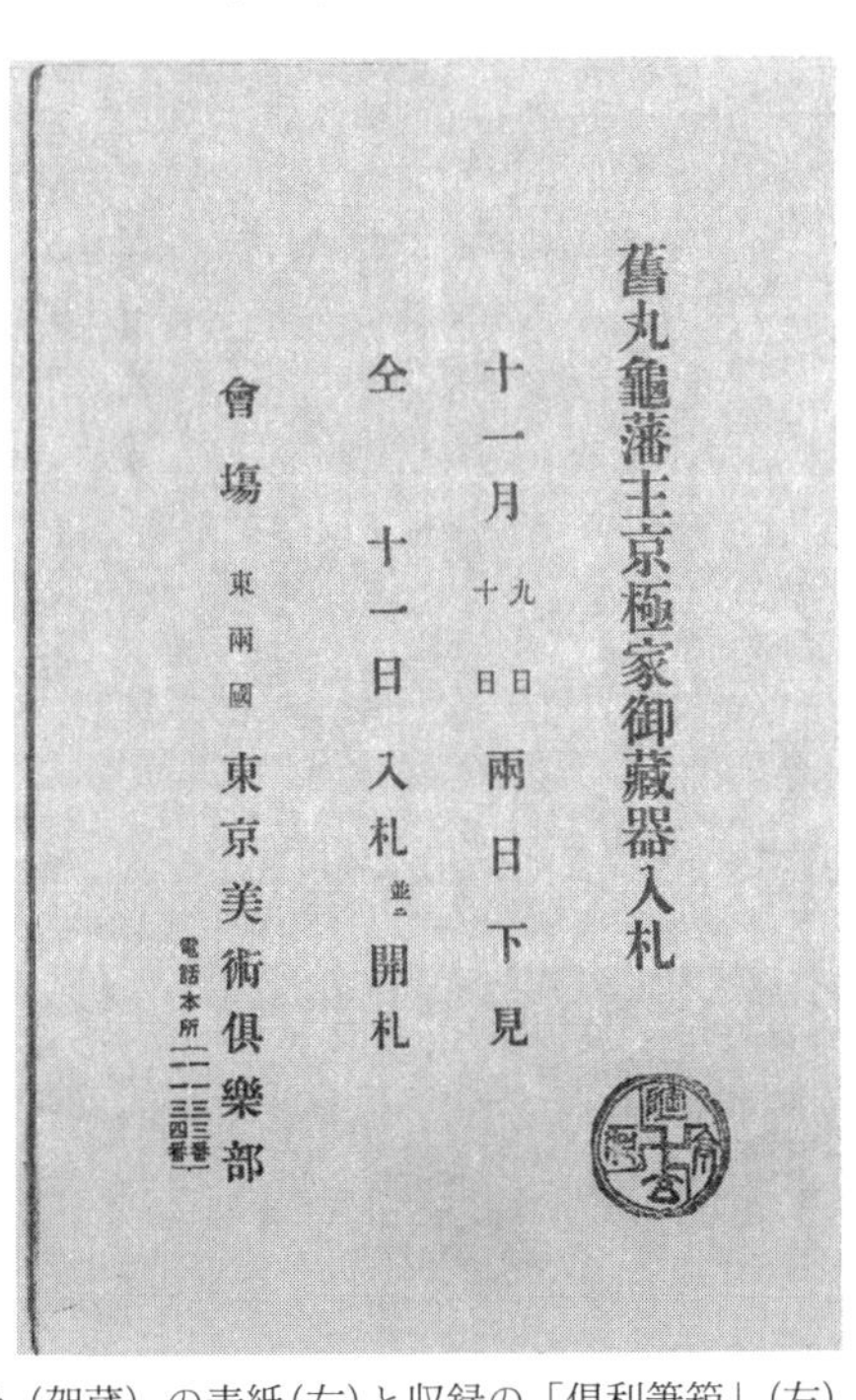
舊丸龜藩主京極家御藏器入札
十一月九日十日兩日下見
仝十一日入札並ニ開札
會場　東兩國　東京美術倶樂部　電話本所（二一三三番・二一三四番）

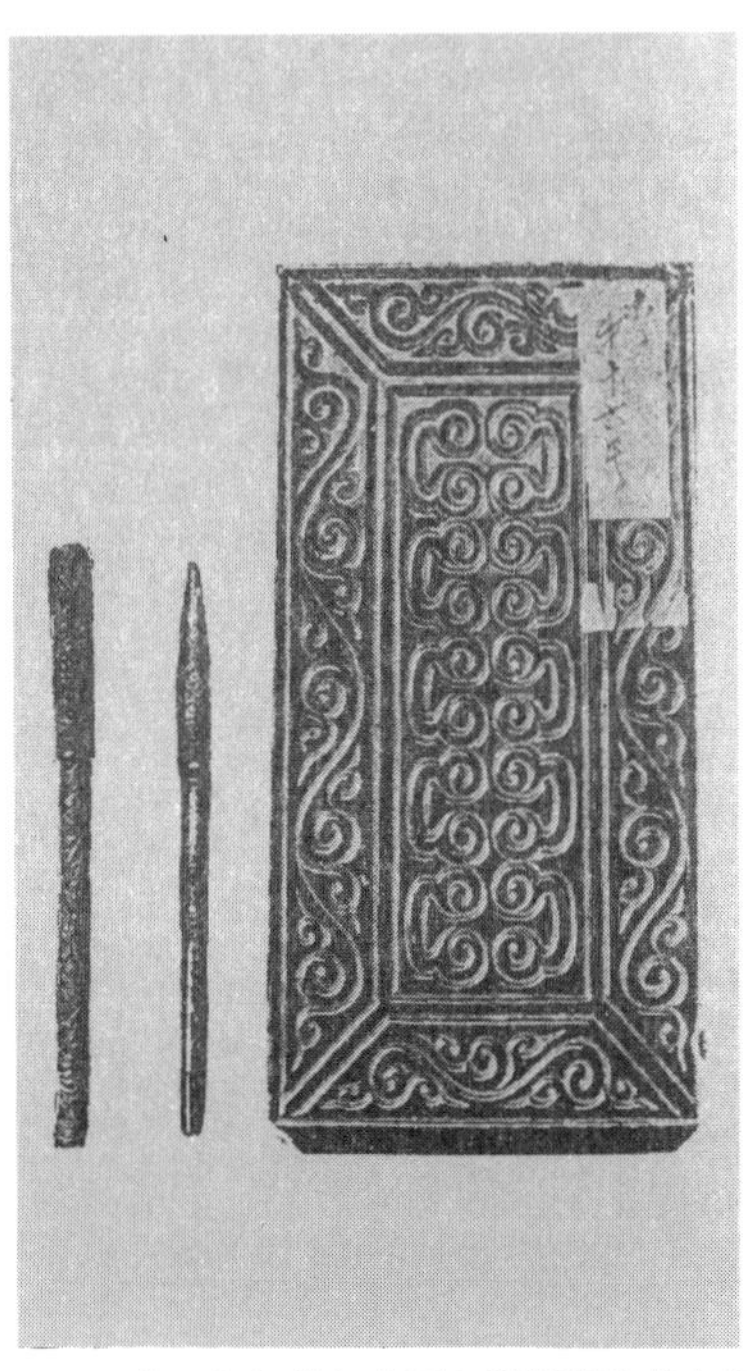

図15　『旧丸亀藩主京極家御蔵器入札』目録（架蔵）の表紙（右）と収録の「倶利筆箱」（左）

架蔵。軸装。軸外題は「京極忠高書状　高次の子　松江城主弐拾六万石」。筆蹟は、箱書と同筆か。紙本。三段表装。上下一文字は唐草模様。本簡は、寛永十年八月より同十三年十二月までの間、松江藩主の時代に成ったか。以下、註釈を加えてみよう。（1）歳暮之祝儀――寛永十一年以後の十二月二十日。贈り主は、若狭小浜在、常高寺の比丘尼衆か。ときに忠高は、松江城主。（2）筆一箱――じっさい、「筆箱」自体は少なく、現物の見本としては、手許の『旧丸亀藩主京極家御蔵器入札』目録（大7・11・11入札、東京美術倶楽部）に、「二〇〇　倶利筆箱　青貝筆／堆朱筆入（写真版）」が、収録されるぐらい（図15参照）。「倶利」とは、倶利模様を言う。因みに、忠高の文筆好き・書道好きに照応するかの如く、徳元自身にも能役者服部茂兵衛宛、正保二年正月四日付礼状中に、「又うら辻（※四条下ル、裏辻町の筆結）ニ能御このミ候て御ゆはせ候筆五対色々扨々大慶之至ニ存候。京筆ニひしと事ヲかき候刻別而〳〵大悦此事候。」（第三部「柿衞文庫蔵徳元第三書簡考」）なる、共通の文辞が認められよう。**（3）** 比丘尼共――▲『拾椎雑話』――「常高寺」の項に、「比丘尼屋敷は栄昌院と号す。常高院様御逝去の時侍女七人墓守と成被居候。……」。「比丘尼共」とは、それは、常高院墓所を守る七人の侍女たち――比丘尼衆を指すのであろう。▲『京極忠高給帳』に、「一　弐百石　勝田十太夫／一　百拾石　常高寺」。参考までに、「常高院様御書置之写／本紙は龍野ニ有」に、「かきおきの事／一此としよりともにすなハち十太夫（※勝田十太夫）御つけ候てこのものとものの事きも入申候やうによくおほせつけ候て十太夫にもぬし身上のつゝき申候ほとにかうりよくをもめされ候て給候へく候（以下、略）　くわんゑい拾年七月廿一日／わかさの守殿　下る　　常高院（※忠高の嫡母）」とある。すなわち勝田十太夫は、常高寺比丘尼衆の世話をする、いわゆる執事職であったろう。**（4）** 佐々（さっさ）九良兵衛――前掲の『京極忠高給帳』に、「小性衆（ママ）／一壱万石　佐々九郎兵衛」。**（5）** 自署「忠高」。署名の部分のみ自筆也。円印の下部に認められる「卍（まんじ）」は、あるいは忠高がキリシタン大名であることをうかがわせる、証（あかし）とも見るか。同様に父高次の円印にも亦「卍」が認められる。**（6）** 宛先「勝田十太夫」――『京極忠高給帳』（「雲隠両国大守／京極殿給帳」）に、「京方ニ／一　弐百石　勝田十太夫」とある。

本書簡は、小浜常高寺の比丘尼衆から執事職勝田十太夫を介して歳暮として筆一箱を贈られたことへの、松江城主忠高の礼状である。数少ない自筆の書状類を見る限り、確かに忠高はなかなかの達筆で、むしろ青年時代から老成の観すら見受けられよう。能筆家であったのだ。そのことを、すでにして比丘尼衆は仄聞していたのであろうか。すれば徳元を小姓衆として採用した意図も、筆まめさが共通するところから文事担当の応接係であらねばならぬ。されど京極忠高なる国持大名はわずかな文献類から推考するに、性温厚なれども貴族性がつよく心は冷ややか、思慮・思いやりにも欠け家臣団へもシビアな殿様だったらしい。老徳元が次第に離れていった理由も如上の人間性によるところかと推察しておこう。

（平11・9・6稿）

二、長谷川雪旦画「隅田川」について

本稿は、旧稿「幻像江戸馬喰町所持の家」（本書第三部に収録）の補遺である。掲出の雪旦描く一軸、「隅田川」は多分、大川橋（吾妻橋トモ）上流より描写したる画図であろう。私は常々、関連資料を探索するに当たって心懸けてきたことは、立体的で詩的で臨場感ある画図を、そこに幻の徳元像を実証的によみがえらせたい、ということであった。

画図「隅田川」は、昭和五十四年六月二十七日入札の、『展観入札売立会』目録（東京美術倶楽部）中、第二十六番（写真版、22頁）のそれ（図16参照）。因みに標準価格は五十万円也。むろん、ゆくえはわからない。さて、本画図は、軸装で絹本着色。署名は、『江戸名所図会』の挿絵画家たる「長谷川法橋雪旦図画印」と読める。『江戸名所図会』から同様な構図の挿絵を検索すれば、それは巻之七に収録されたる、「大川橋　吾妻橋とも名づく」と題せし、それであった（図17参照）。いずれも共に左上、かなたに筑波山が描かれる。されども本画図には、大川橋よりも上。従って大川橋は描かれてはいなかった。

五十余年前、天明期の鶴岡芦水画、『隅田川両岸一覧』（天明元年夏刊、四本在ルノミ）をもとに列記すれば、下流に向かってまず永代橋・新大橋・両国橋・新大橋・永代橋と続くことになるだろう。絹本一軸「隅田川」図は、向かって右側に「小梅」、左側の岸辺「花川戸」の辺りまで。それよりも下流の、柳橋や浅草見附・馬喰町までは描かれてはいない。されど長閑けき牧歌的な佳景ではあったろう。なお馬喰町在の徳元宅からも遙か東に筑波山が眺望出来よう。それから参考として、前掲書『隅田川両岸一覧』からも、とくに「両国橋」周辺のみを掲出しておく（図18参照）。両国橋から神田川にかかる橋が、柳橋。次いで浅草橋、浅草見附の門が高く見えて、左手の火の見

図16　長谷川雪旦画「隅田川」

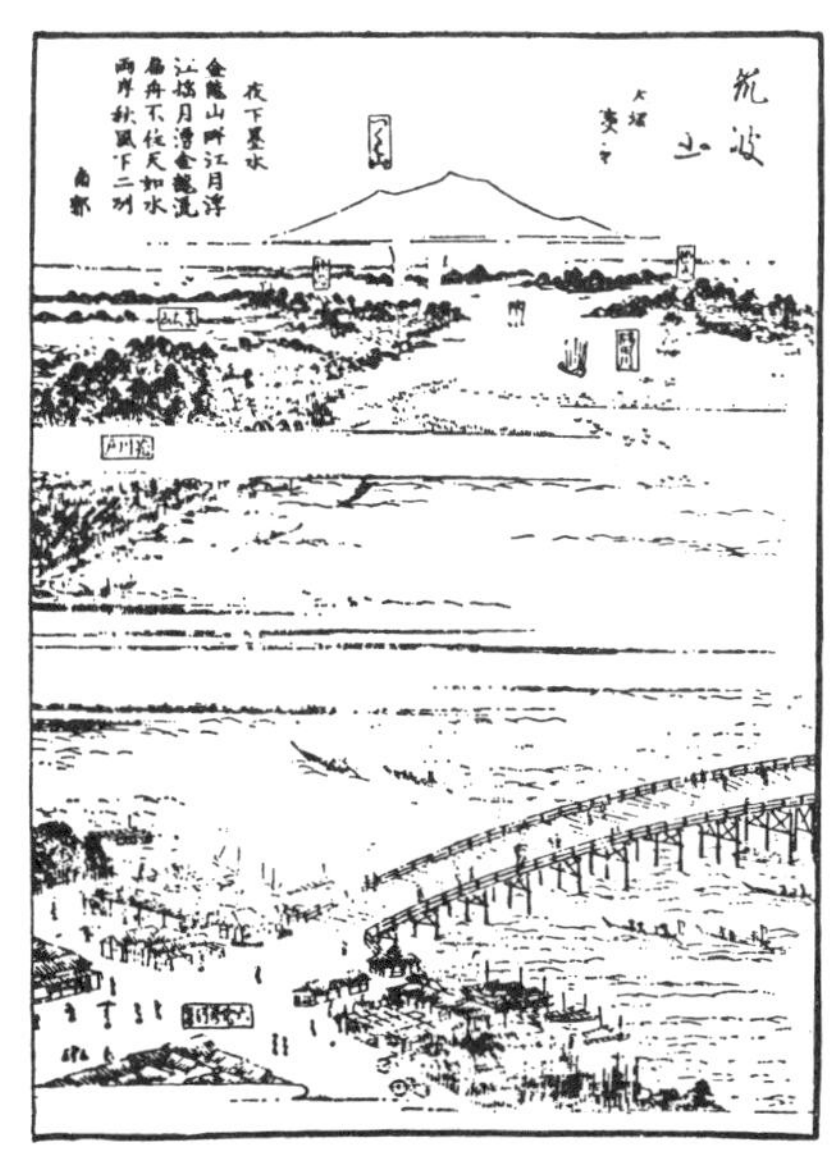

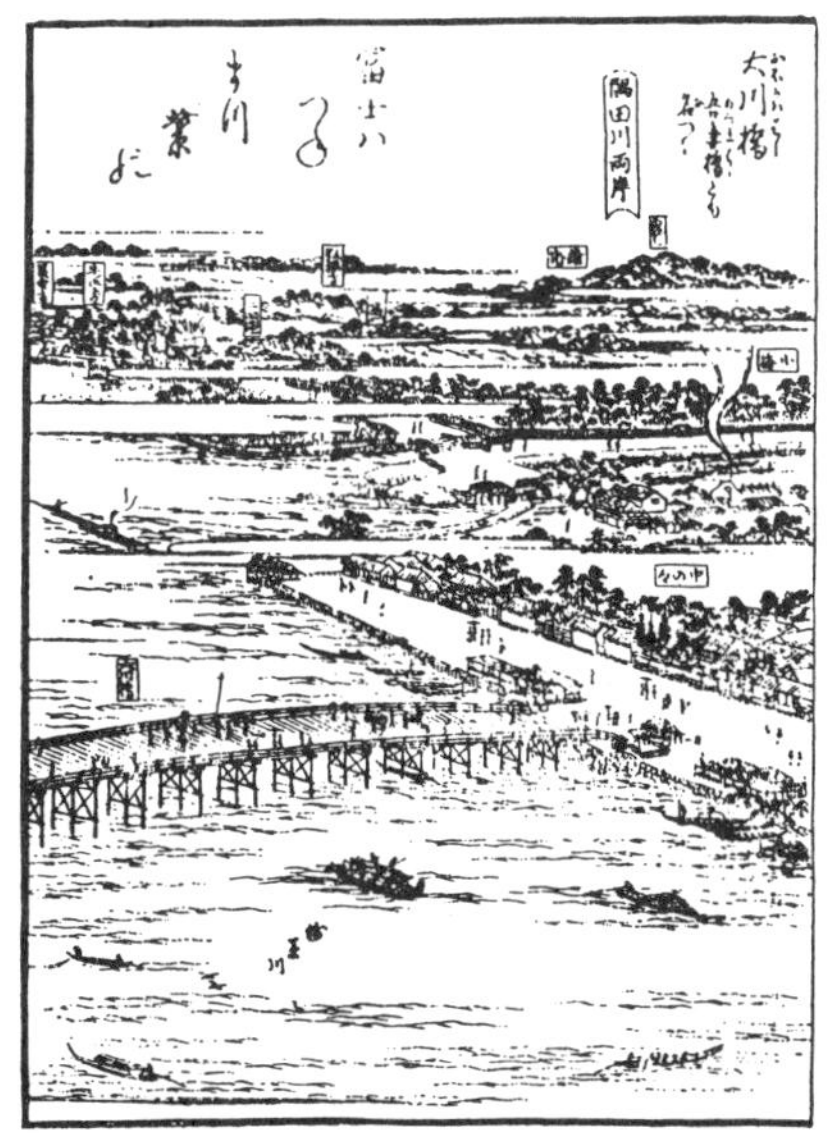

図17　雪旦画、大川橋　吾妻橋とも名づく（『江戸名所図会』）

櫓は馬喰町（ばくろうちょう）初音の馬場である。幻想にはなろうが、かつて徳元の居宅が存在したのだった。

もう一葉、司馬江漢作の銅版画を挙ぐ。名著たる、西村　貞著『日本銅版画志』（書物展望社、昭16・4。架蔵）を繙けば、

口絵第十二図　司馬江漢鐫「両国橋図」（天明七年九月、司馬江漢画刻）

が収録、とりあえず掲出したい（図19参照）。右の「両国橋図」については著者西村氏の解説から抄記する。

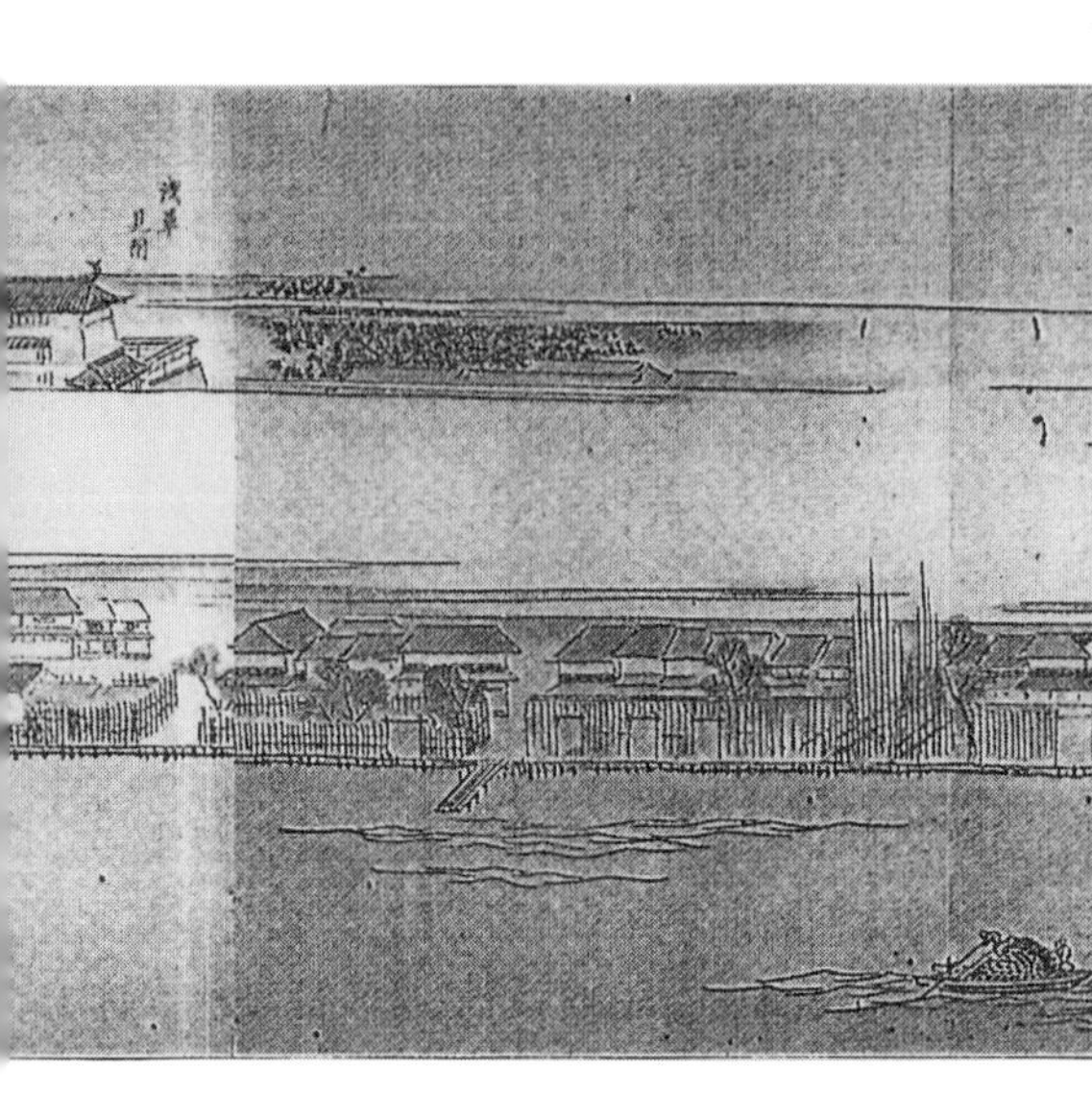

両国橋図は、河岸に軒をつらねた葦簾張りのいかがはしい茶店の前を、両刀をたばさんだ士分のもの、僧侶、町人、日稼人、物乞ひが雑沓し、客引き女が手招きするさまを前景に配し、中景、斜めに両国橋を架けわたして、橋上群衆の雲集するさまを細写し、遠景に浅草寺の堂塔が小さく秋空に霞んでみえる図である。（前掲書『日本銅版画志』71頁）

さすがに河岸に軒をつらねた葦簾張りのいかがわしい茶店まで描出するあたり、江漢らしいリアリズムが認められておもろいか、と評価せざるを得ないのである。　（平11・9・19稿）

〔追記〕 脱稿後、京都市寺町仏光寺下ルの古書肆吉村大観堂にて、豊島寛彰著『隅田川とその両岸』なる正・続・補遺の九冊（芳洲書院、昭和36年8月刊行開始、限定版）を入手したことを追記して

図18　鶴岡芦水画、「柳橋」周辺
（『隅田川両岸一覧』より）

図19　司馬江漢作の銅版画「両国橋図」（西村貞著『日本銅版画志』に収録。架蔵）

図20　寛永美人（着色）

おく。

図録『司馬江漢』(昭58・3、大阪美術商協同組合青年会)を繙くと、前掲の銅版筆彩「両国橋図」が、カラー図版(No.89)にて収録される。　(平11・9・23記)

三、「寛永美人」画幅鑑賞

かつて、「寛永美人」と題する着色の一軸が存在した。それは、縁側に出て折柄、山の端に出ずる中秋の名月を観賞している立ち姿で、楚々としたふぜいがあろう(図20参照)。寛永期の特徴を示すヘアスタイルから、いま架蔵の板本、生川春明(なるかわはるあきら)著『近世女風俗考』(大本一冊、明28・6板。卍崩しの原表紙・原題簽つき)をもとに、鑑賞を進めてみる。『女風俗考』冒頭の、兵庫髷(ひょうごまげ)之古図から。「爰に摹写(モシャ)する古画ハ元和寛永時代のものなるへし　如此昔ハ髪の髷に飾りなし　質素を見るへし」とあって掲出の図版を参照せられたい。次いで、「下髪(さげがみ)」について、「うへ〱ハ下髪」で、いわゆるワンレングスを言い、武家のヘアスタイルだったようだ(図21参照)。「前髪」は、「元和寛永の頃より万治寛文の末まで前かミ如此たれたる体あまた見えたり」と。その証左として、斎藤徳元の周辺女性のうちにも、浅井氏夫人お市画像・春日局画像等々に認めることが出来るだろう。

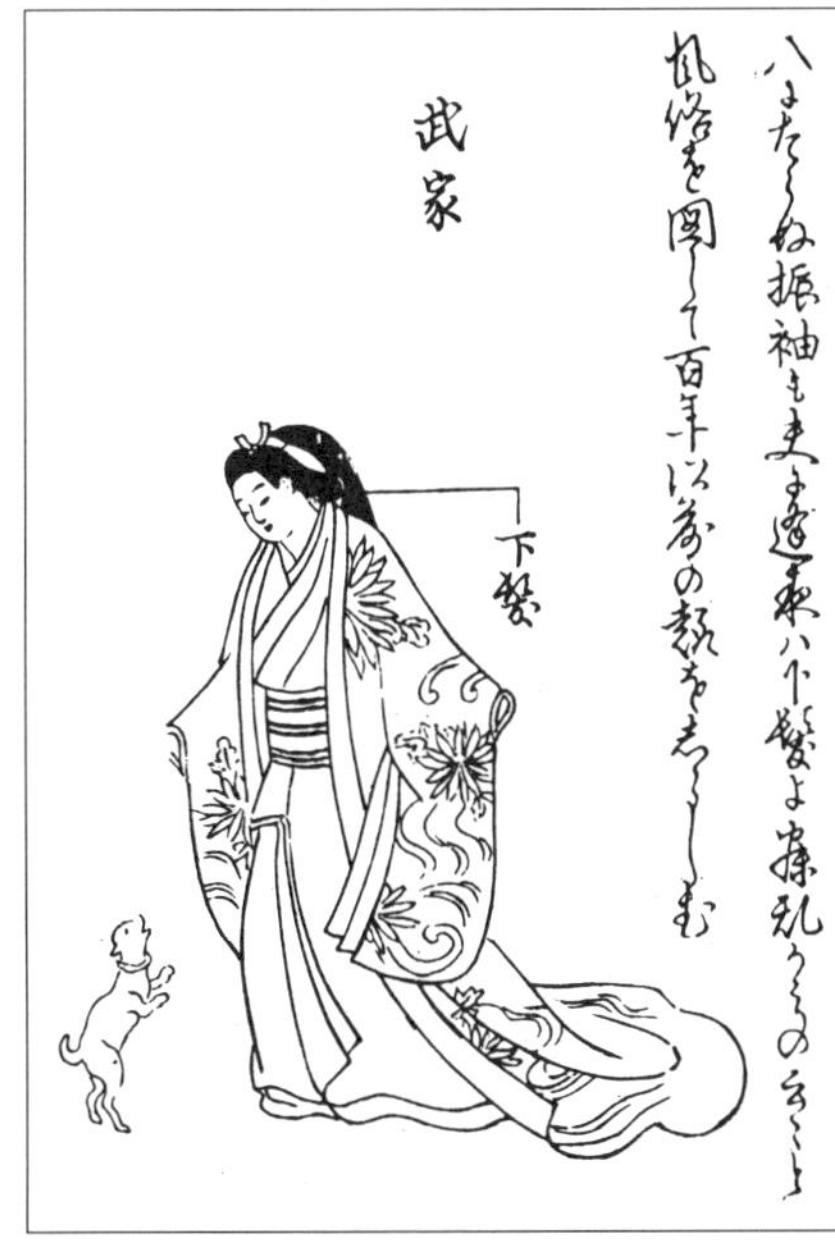

図21　下髪など武家のヘアスタイル(板本『近世女風俗考』より。架蔵)

小袖に華麗なる裲襠(うちかけ)姿の、ゆったりとした着こなしなど。山国の、さるお大名家の婦人であろうか。左下方の築山には菊の花やすすきなど秋草が配されて、画面を一段としっとりと品格を表現あるいは雅趣がうかがえるようである。前掲の、「隅田川」と同じく『展観入札売立会』目録の第三番（写真版、5頁）に収録。寸法は縦四四糎、横五二糎の由。因みに価格は二百八十万円也、杳としてゆくえが知れない。

（平成11・9・18午後、京都へ向かう阪急の特急車中にて稿）

永禄元年季秋成紹巴三つ物

正に戦国乱世のまっ只中、永禄元年も秋深む九月半ばを過ぎようとしていた。この年洛中では、五月、下剋上の典型的風潮たる、三好長慶・松永久秀等による将軍義輝追放などの事件が起きたりして、世情は混沌の様相を呈していた。

連歌師里村紹巴、時に未だ三十有五の晩秋――。最近、私は先学――福井久蔵博士・小高敏郎先生近くは奥田勲氏のご論考にも見えていない、ささやかなる新資料を発見した。資料は、『某大家所蔵品売立もくろく』(名古屋美術倶楽部、昭3・4・29)所載の口絵写真によってである。左に、その全体を紹介する。(原文ノママ)

賦何人連歌

はならて紅葉も
かくすゆふへ哉　紹巴
烋の日暮の
をちの山もと
ほのめかす月の
行ゑに鴈啼て
永禄元年季秋十七日

右は三ッ物である。茶掛け風の軸仕立。説明文に「紹巴秋之連歌／了仲外極数々」とのみ。了仲とは古筆了仲のこと。筆蹟については、写真なるが故に断定的なことは差し控えねばならないが、一見、筆勢弱々しく感じられ、紹巴自筆と決めるにはいささか躊躇する。あるいは、

イ、「連歌」「巴」「年」の書体などは、自筆らしい特徴をいくらか有しているようだ。とすれば、若書きか。

ロ、それとも自筆の三ッ物連歌を書体そのまま忠実に模写したものか。

ということも考えられる。

因みに、この年における紹巴年譜は、左の通り。

永禄元年の条

○三・廿三〜廿五、花千句、宗養・高俊・紹巴・昌益・不圭・恵賀・恵倫・素光・仍景・守世・十白・家信・昌恩・丞松・貞久等。

○七・一八、何船百韻、蒼（西公条）・金（大覚寺義俊）・宗養・紹巴。

○七、顕註密勘に書入れ。

○一一・五、昌休七回忌追善百韻、紹巴独吟。

（奥田勲氏『紹巴年譜稿（一）』宇都宮大教育学部紀要17号第1部による）

しからば本三ッ物の資料的価値は、右年譜稿七月より十一月に至る空白期、しかも初期の作品は比較的少なく、その点でも埋めるに足る伝記的一資料になり得るかと思う。

世情騒然たるさなかに、「発句　花ならで紅葉もかくす夕べ哉／脇　秋の日暮のをちの山もと」云々とよむ紹巴、暮れゆく秋の遠山の美しい夕景色――それは構築せられた風雅の別世界であったろう。

（昭46・2・11稿）

翻刻・宗因筆『昌琢発句帳』

一、書　誌

一、大阪天満宮文庫蔵。図書番号、れ2―い一（底本）。書型、横本の写本一冊。寸法、縦一〇・八糎、横一四・三糎。表紙、（後補）うす丁字茶色表紙。袋綴。題簽なし。左肩に、「昌琢発句帳宗因筆」と直か書。内題、本来の表紙かと思われる丁の左肩に、「昌琢発句集宗因筆也」と記す。墨付、四十三枚。白紙二枚。巻末には、奥書・識語・蔵書印等なし。備考、本書は「西山伝来之蔵書」の一冊で宗因筆と推定されるものである。本書の伝存に関してはすでに野間光辰先生が論考「『三籟集』について」のなかで、左の如くに触れられている。

西山家に、宗因以来歴代の『発句帳』が秘襲せられていたことは、宝暦十四年四月、西山宗珍が整理した向栄庵文庫の『什物目録』に明らかである。すなわち同文庫第九番の棚、中段に、

歌合抄発句付句抜書
宗因発句幷独吟
宗岷発句
昌琢発句
……

以上が一括挿架せられ、……いたことが記録されている。……しかし、この向栄庵文庫の蔵書も、いつの頃か散逸してしまったと見えて、ほとんど全部が、今日伝存の有無明らかでない。ただその一部は、僅かに旧社家滋岡氏の所蔵から大阪天満宮の御文庫に移管せられて残っている。（『談林叢

談』、148頁、岩波書店、昭62・8）

二、同文庫蔵。図書番号、れ2―い二―1。書型、横本の写本一冊。寸法、縦一七・〇糎、横二二・九糎。表紙、丁字茶色表紙。袋綴。題簽、左肩に金描下絵松の料紙の書題簽「昌琢発句帳」。墨付、四十三枚。白紙四枚。奥書・識語等なし。備考、本書は、れ2―い一本（底本）をていねいに清書したものである。なお諸本に関しては、『日本古典文学大辞典』（岩波書店第三巻に収録の「昌琢句集」の項（奥田勲氏執筆）を参照せられたい。

二、解　題

慶長から寛永期にかけての連歌界における大宗匠里村昌琢の処世の術がよくあらわれている行動に、『寛政重修諸家譜』景敏譜中の一記事、

> ……元和元年大坂御陣のときしたがひたてまつり、三年八月二十八日台徳院殿（秀忠）より采地の御朱印を下さる。

と記述される。かつて昌琢は京都東山の豊国社連歌所（豊国会所とも。図22参照）宗匠を勤めて、豊臣秀頼作代として発句を詠み、あるいは月次連歌会を開催する立場の連歌師であった（本発句帳にも散見及び『連歌の史的研究』231頁。図23参照）。それは多分、外祖父紹巴・父昌叱につながる縁であろう。因みに青山重鑑著『豊国神社誌』（神社、大14・11）によれば、慶長十年十一月十九日に淀殿が豊国社に於て夢想連歌会を催した（19頁）のが始まりという。このとき、昌琢の名は見えない。事実、連歌張行の文献は豊国社が創建された慶長四年四月以後にまでさかのぼるのである。以下、昌琢を中心に列記する。

○慶長四年（二十六歳）、六月十八日、京都所司代の前田徳善院（玄以）等、豊国社に於て賦山何連歌百韻一巻。照・妙（妙法院堯然法親王）・紹巴・日野新大納言・昌叱・如水（黒田孝高）・**景敏**（昌琢）ら一座（『連歌の史的研究』）。因みに妙法院宮は後水尾帝の皇弟で、豊家滅亡後の元和四年二月十六日にも社参せらるる程、律義な親王だった。豊国社は同五年九月十八日に取壊し。妙法院は豊国社

図22　江戸初期の豊国廟参詣図。昌琢は豊国社連歌所宗匠をつとめた（紙本着色。『思文閣墨蹟資料目録』197号より転載）

図23　里村昌琢画像（古版『十二番連歌合絵本』所収。塩村　耕氏のご教示と撮影による）

の境内にあった。

○同十三年（三十五歳）、五月十五日、法橋に叙せられる（『寛政重修諸家譜』）。

○同十八年（四十歳）正月十八日、豊国会所に於て漢和連句会あり。昌琢、秀頼作代を勤む。友竹（三江紹益）・玄仲ら一座（本発句帳及び前掲書『神社誌』31頁）。

○同十九年（四十一歳）、九月八日、神宮寺に於て祠官の連歌会あり。昌琢、作代祈禱を勤む（本発句帳及び前掲書『神社誌』38頁）。

○同年十月一日、徳川家康、大坂討伐を決意して、東海の諸大名に出陣の令を下す（二木謙一氏著『大坂の陣』）。

○元和二年（四十三歳）、正月元日、別当梵舜（連歌デハ号、龍玄）の日記『舜旧記』第五冊めに、詞書「元和二丙辰年正月元日之発句」として八条宮智仁親王を始め昌琢等、里村南・北家の歳旦三つ物見ゆ。

雪ノ名モアラタマノ春ヤ六ノ花　昌琢（※本発句帳春の部に収む。詞書はなし。）

ヒラケテ宿ニフカキ梅カナ　昌俔

霞ヨリ外面ノ野風吹出テ　玄陳

以下、略。

更に、本発句帳を繙いていくと、制作年次は定かではないけれど阿弥陀ケ峯中腹に建つ社殿の右側石垣の外にある会所月次会で秀頼作代として詠んだ発句が都合十三句収録、この数字は、彼の草庵における月次会あるいは追善連歌会等で詠んだ発句三十五句に次いで多い。なれど如上の「豊国会所宗匠」たりし昌琢の颯爽たる前半生は里村家の表向きの「家譜」からはあらわれてはこない。この点が「一匹狼」ならぬ遊俳として洒脱な生き方をした門下の徳元老の場合とわずかに異なった。徳元は子孫に向けてそれでもひそやかに画像の賛に「従五位下豊臣」と自署してみせ孤高を持したのである。

さて、西山宗因筆に成る『昌琢発句帳』横写本一冊をここに翻刻する。その、あえて翻刻するゆえんは左の諸点からである。

一、奥田勲氏は(註)「交友はその両者（紹巴・昌叱）のものを受け継いでいるとともに更に広くなり、当時の貴顕僧俗のおよそ文事を好む人々すべてと交わったと言っても過言ではない。」と述べられた如く、いま仮に便宜的に発句の詞書部分に書き留められた人名・社寺等を列挙してみることで、彼の広域交友圏を鳥瞰することが出来たらと考える。そのことは又、宗匠昌琢一代の厖大なる連歌制作の足跡でもあろう。なお括弧内に見える（2）以上の算用数字は、昌琢が詠みし句数である。

昌琢草庵（35）・豊国会所（13）・北野社（6）・有馬山（5※有馬池坊。すなわち二之湯池ノ坊に明石屋・左ナ木屋の小宿見ゆ。――小沢清躬著『有馬温泉史話』による。）・玄仍追善（3）・紹巴追善（3）・住吉社（2）・叡山末寺筑州高良山庵主尊能（2）・小田原堯与亭（2）・筑波山別当知足院（2）・医師玄琢（2※野間玄琢）・駿府浅間宮中惣社（※徳元・玄仲と雅交ありし宮内少輔志貴昌親、その子昌勝。昌勝は明暦元年歿。）・愛宕教学院・山名禅高・玄仲万句・玄的書院開・摂州金龍寺（※高槻市成合、邂逅山金竜寺）・天神別当喜見院（※湯島の喜見院）・了倶新宅書院開（※石井了玄の子、了倶。仙台連歌師、京住。―『連歌宗匠家系図』による。）・濃州巨景養保（ママ）寺（※岐阜県多治見市長瀬、虎渓山永保寺。巨景寺とも。）・出雲国天神社（※道易）・北野徳勝院（※禅昌）・紹与三回忌息友継・大津時能追善婦孫（※門弟瀬川時能、子の昌佐妻、孫時春）・妙覚寺・東福寺不二庵・八幡瀧本坊（※松花堂昭乗）・伊豆熱海医王寺・道三法印（※曲直瀬道三・正慶・一渓道三）・醍醐三宝院殿（※三宝院豊国明神を指す。三宝院義演は豊臣秀頼とゆかり深し。）・昌叱三十三回忌昌俔興行・角倉了以追善・高野医王院・高野安養院・佐土嶋大願寺興行・高野無量寿院・江戸竹田専益新宅書院開・高野宝性院・東叡山大僧正（※東叡山寛永寺の南光坊天海）・高野上智院・医者仙易・高野花王院・藤田検校・江戸紅葉山、東照権現（※観音院。初何「散うせぬ」の巻、脇は忠尊。棚町知彌教授ご教示。―大阪天満宮蔵。）・本能寺・養安院・藤沢遊行上人興行（※普光あるいは燈外カ）・源氏竟宴会、寛佐（※宇佐社僧寛佐）・江戸紹之万句。

八条宮（5）・竹門様（2※八条宮智仁親王の兄、曼殊院良恕法親王）・照高院様（2※照高院宮）・近衛様御月次（※信尋）・九条様・鷹司殿・三宮様・妙法院殿（※後水尾院の皇弟、妙法院堯然法親王）。江戸にて（5）・駿府にて（4）・丹波亀山城（4）・松平阿波守殿（2）・黒田如水軒追善（2）・若州衆所望（2※京極忠高の家中カ、徳元の周辺資料。）・出雲国堀尾山城家臣、坂内与五右エ門（2）・播州衆・北国衆・於美濃大垣（※岡部長盛カ）・古田織部殿亭（※古田重然。慶長十九・三・十三興行）・蜂須賀阿州追善（※蜂須賀至鎮）・越後衆・大坂、淀屋三良右エ門（※淀屋言当三郎右衛門。号を玄个庵。寛永二十年、六十七歳歿。宮本又次著『大阪町人』による。）・御大工平内大隅・三浦長州（※長門守為春）・駿河大相国御上洛御供衆・伊豆、太良左エ門・里見薩州追善・出雲衆（※道易。金森出雲守家カ）・伊勢衆・松平長州御祈禱・右筆大橋長左エ門（※龍慶）・出羽国衆・越前衆（※松平忠直の家中）・越前宰相殿（※松平忠直）・松前隼人・紀州和哥浦、戸田藤左エ門・奥州衆・日州衆宗佐親父追善・小田原安斎亭・備前岡山衆・西国衆・福井与左エ門亡父十七回忌・勢州桑名、松平阿州・下京旅人屋了碩・薩州衆・吉田城本丸作事（※松平忠利。元和六年十二月五日興行）・幷河志州・江州膳所、菅沼織部殿。

二、昌琢宗匠連歌壇、もしくは昌琢の連歌文化圏における〝核〟として、まず慶長年間には豊国社会所(とよくにしゃえしょ)と八条宮御所が、豊臣氏滅亡以後は八条宮家ならびに幕府ご連歌という三ツの核が想定され、それは本発句帳からもうかがわれよう。

三、徳元は昌琢門であった。従って両者の師弟的交情の一端は徳元作『塵塚誹諧集』上巻に収録の、有馬在湯中の日発句にも、『誹諧初学抄』中にも、散見する。むろんそれは、作品自体のうえでも相互に深く影響し合っていて、一見、等類句を思わせる程で、左にその具体例を一部挙げる。

昌琢発句帳	徳元句
※雪や先空より解て今朝の雨（春―元日）	雪や先とけてみづのえねの今年（『塵塚誹諧集』上慶長十七年正月）
卯花やたゝ北窓の夜はの月（夏―卯花）	卯の花やただ北窓の夜半の月（自筆「夏句等懐紙」）
於駿府／時鳥なのらはふしの高ね哉（夏―郭公）	郭公名のらばふじの高ね哉（〃、『尤草紙』下）
（寛永四年四月五日、松平忠利邸）世にはかる空音もがもな時鳥（〃）	あきなひかそらねもたかしほとゝきす（『塵塚誹諧集』上寛永五年四月四日、『尤草紙』下）
ふしたつは水のあさみの早苗哉（夏―早苗）	ふしだつは浅沢水の早苗哉（「夏句等懐紙」）
五月闇我はかほなるほたるかな（夏―蛍）	五月雨はわれはがほなる蛍哉（〃）
御右筆大橋長左ヱ門（龍慶）興行／尽せぬは詞の海のいつみかな（夏―泉）	つきせぬはことばの海の泉哉（〃）

ついでながら仮名草子『尤草紙』制作の背景となった八条宮家周辺のサロンと豊国社参詣グループ（八条宮・三条西実条・西洞院時慶・昌琢ら）のそれとは、重なり合う人物が多いことも右と関連して指摘しておきたい。

四、本写本は同じく昌琢門下の西山宗因筆と推定せられるものである。本来の表紙かと思われる内題の中央部に、宗因みずから昌琢の雨乞い祈禱の句と歿年月日をメモしている点、又わずかながら推敲のあとが見られる如く、恐らく昌琢在世中に草稿本を筆写して更に他本と対校したらしいこと、そのうえ体裁も袖珍本の形であるから連歌師宗因がある時には「公卿雲客の御座」に、ある時は「大名高家の御会」にも携帯していたのではなかろうか。宗因の受容を示す資料でもある。昌琢歿時、宗因は在洛、三十二歳であった。

本書に後註を付するとすれば例えば左の如きになろうか。なれども与えられた紙幅はとうになくなってしまっている。重ねてしるす。動乱の時勢を見るに敏、常に巧みに日の当たる流れのなかで泳ぎぬく連歌師里村昌琢――。昌琢の研究は作品の翻刻共々遅れているのである。

1、「千町田は」なる雨乞いの一句、連歌師昌琢像を構築するうえで参考。「六十二才」歿も一資料。

2、雩―あまごい。**3**、解題中、三を参照。

4、父昌叱、慶長八年七月二十四日、六十五歳歿。浄名院法橋昌叱日訶。母は紹巴の娘、寛永八年十一月二十四日歿。解脱院殿法祐日妙大姉（本立院蔵『過去帳』『史的研究』第五部「里村昌琢掃苔覚え書」）。従って慶長九年正月の作（三十一歳）。

5、五十一歳（寛永元年）。**6**、移し心。

7、明正女帝の即位式は寛永七年九月十二日、「翌年」とあるから八年春か。

8、四十歳（慶長十八年）か。正月三日、北野社に於て裏白連歌会有之。昌琢、煩にて出座せず（『北野社家日記』第六）。この年、豊国会所の宗匠として豊臣秀頼作代を勤めた。

9、解題参照。「六の花」は雪の異名。

以下略。

註　『日本古典文学大辞典』（岩波書店）第三巻に収録の「昌琢」の項（奥田勲氏執筆）を参照されたい。

三、翻　刻

凡　例

一、漢字は、出来うる限り現行の字体に改めた。

一、裏移り、丁移りを」で示し、その表・裏をオ・ウで記した。

〔附記〕 本書の翻刻を御許可下さった大阪天満宮、ならびに本書ほか関係連歌書の閲覧にお世話いただいた大町文生・米村昌彦の両氏に対し、深甚の謝意を表します。

（昭61・9・7稿）

（表紙―後補）　宗因筆

昌琢発句帳

（表紙見返し）　」**オ**

（白紙）　」**ウ**

（内題―本来ノ表紙カ）

メモ

[1]「千町田は一味の雨や春の色　[2]雩アマコイノ哥
寛永十三年二月五日卒
六十二才　」
宗因筆也
昌琢発句集　」オ

（白紙）　」ウ

元日　昌琢
今日ふるを雪とやハミん春の花
今日立や春にしられぬ朝霞
[3]雪や先空より解て今朝の雨
四の季わかつはしめや今日の春
雨雲も立をくれぬや春霞
ミな人のねぬ夜や明て今日の春
二日　立春
今日ふるや春またたゝぬ空の雪
大空も一夜にかハるかすミ哉
立来しや年の内より今日の春
いつはりの無世や見する春霞
岩戸明し光やけふの春の色
鶯やとしの初鳥宿の春　」オ
[4]老父遠行翌年
へたつるやあたにミし秋今日の春
[5]身の上に半のとしのはしめ哉
雨や先草木の上のけふの春
のとけさやよこしまのなき今日の春
心ち例ならさるころ
[6]今日よりやうつし心に千々の春
来る春ハ雪まを庭の訓かな
閏正月あるとし
春あまたありとや今朝の薄霞
今日そ聞百よろこひの鳥の声
[7]御即位翌年
春ハ今日高照す日のはしめ哉
今日よりや世のことくさの花の春　」ウ
内侍所御遷座翌年
かハらぬや神のさつけし国の春
[8]よそに見し老の坂こす今年哉
[9]雪の名もあらたまの春や六の花

世ハ今日にとよさかのほる春日哉
春ミせてゆたけき今朝の霞哉
春にけさうけハり咲や宿の梅
としの明て春に岩戸の関もなし
のとけさも年立市の朝かな
春のきていかにこちたきけさの雪
けふといへはのとけき春を四方の雪
日の御影はなやく春の雲井哉
むかへきて天の道しることしかな
春に明て猶安国の住居哉　」オ
去年よりの春を世にあふく始かな
のとけさはけに日本のあつま哉
渕ハ瀬の声きかぬ世や四方の春
雨といひて心見ぬるか今朝の春
春の色うこくかけさの御空かな
人毎のいのりハ幾世けふの春
春ハ今日八隅にミてるめくミ哉
出る日やふりさけミれハ今日の春
たのしミや人民(クサ)までの今朝の春

すなほ也年たてハ立けふの春
若菜
正月六日
人なみにあすまたてつめ初若菜　」ウ
摘人のよハひを返すわかな哉
今日立や若なに契るのへの春
今日つむはためしふりてもわかな哉
子日
千々の春引手にこむる小松哉
引人も若かへる松の子日哉
年のはの子日をミせぬ小松哉
曳てしれもみちぬ松のはつ子日
さゝれ石もいはほの松のはつね哉
木高きや子日の外の岑の松
子日せし野は村松の緑かな
子日せんいやをひに生よ姫小松
子日とて時しかほ也のへの松　」オ
万木の松やおもハん初子日
子日をもまたてひかはや姫小松

梅

草庵月次始之会
とふも此花をはしめのやとりかな
梅かゝに袖やひかれて相宿り
豊国大明神会所月次始
秀頼公御作代　正月十八日
さか木葉や梅もさかへん神の庭
ちるやいかに桜をいそく梅の花
つきてさけあふさきるさの宿の梅
天神御影開とて所望
散うせぬ種やうつしゑ梅の花
書院開
ちかよれハ梅かゝのミか花のやと
万句　梅　作代
なへて世ハ一木の梅の匂ひかな
道のへの梅ハ木末を色香哉
於竹門様御作庭出来のとし
梅かえも千世にしめさせ松の庭
梅も室に焼香ませたる軒は哉

」ウ

家〳〵の色香ハいつれ梅の花
咲梅やあけの八重垣神の庭
名に匂ふ梅ハ高津の宮木哉
二月の雪見る梅の一木かな
色に咲香にさかふるや窓の梅
春ことにことたる梅の色香哉
松風もうつしの梅の匂ひかな
時を得て幾里人の梅見月
咲て梅む月をあふく色香哉
埋火に春やにほハす梅の花
立そふは根ふかき梅の若枝哉
見し人の無世をやあなうめの花
梅柳ミやひをかハす色香哉
一本とおもハぬ梅のにほひ哉
おる袖の香にやけたれん梅の花
なにの花とうたかハてしるにほひ哉
正月廿五日
神のためけふ咲や此花の枝
心して八重をや植し宿の梅

」オ

見によれとにほひかほかな宿の梅
香そしるへ我心さすそのゝ梅

霞

播州衆所望
海山の明ほのおしむ霞かな
とふ袖のかすミにいらぬ朝戸哉

江戸にて
むさし野ハ春もはてなき霞かな

甲州府中にて
さやにミん甲斐か根残せ雲霞

江州伊庭にて
海山の霞を舟のとまり哉（浦）

駿府浅間宮中惣社興行
衣をるしつハた山か雲かすミ
いつハとはわかぬもゆふへ朝かすミ
むは玉の夜のまやたらぬ朝霞
色〳〵の霞ハ山のかさし哉

住吉万句　霞
墨かきのえなつにかすむ夕かな

」ウ

」オ

愛宕教学院興行
千重に立霞も雪の高根かな

叡山末寺筑州高良山庵主尊能
僧正興行
世におほへ我立杣のあさかすミ

於竹門様
明ほのゝ山のは高し横霞
雲と成かたミハ山のかすミ哉
横雲を色とる山のかすミかな
雁の行あとや汀の薄霞（今朝）
消し雪やおも影に立夕霞
八重立や檜原の上の朝霞
曙や今ひときハの春霞
人見せぬ入江の橋の霞かな
朝に日にあハれむ窓のかすみ哉
霞しく五百重の波の千嶋哉
朝いしてあけぬ霞の村戸哉

春雪
於有馬山三月朔日大雪に

」ウ

花の春も時しらぬ雪をミ山かな
　冨士一見之時
けぬか上にちりひちの山や不尽の雪
」オ
空に雪を残さしと吹あらし哉
　駿府にて
世ハ春に猶いや高し冨士の雪
天津日や神たにけたぬふしの雪
春草や下よりハらふ雪の庭
ひとつ野も千草にわかつ雪間哉
　鶯
鶯やしる人えたる宿の春
鶯に身をまかせ行春野かな
鶯のぬれたる羽や葎の露
鶯のくりことかたる砌かな
年をへん宿の友也百千鳥
鶯や春てふ春の宿の友
」ウ
鶯のさそハすともの家路かな
うくひすハ千里ををのかすみか哉
鶯の衣にしるし春の色

　松平阿波守殿新宅開
鶯も千世のやとゝへ窓の竹
　柳
青柳のしつえや庭の朝清
さほ姫のかさしにさすや玉柳
　於美濃大垣
青柳の木間になひく野山かな
　豊国会所月次秀頼公御作代
相生の枝や玉松玉柳
春風の枝さしとめぬ柳かな
」オ
雨に今朝糸水つたふ柳かな
　於照高院様
風の間の眠したるゝ柳哉
柳さへ眉かく池のかゝミかな
幾千人柳をむすふ門の春
さそひ行風のをくらす柳かな
うら若ミふり分髪の柳哉
なかれ出て水色薄し柳陰
青柳の風や写絵声もなし

木高さハいつれか根こめさし柳
春風の吹あさむくや玉柳
吹風に春の色かす柳かな
下水にミとりを分る柳哉
やハらかに今そ吹かふ風見草
えそ過ぬ風の関もる柳かな
あたらしき柳もきほふ軒は哉
契かけて風のむつるゝ柳かな

春氷

豊年ハ春さへ厚き氷かな
春きてハ皆たち水の氷かな

雁

祈禱千句　帰雁

かへるなよいつくも床世天津雁

北国衆興行

雁帰る雲ち吹とちよ天津風
雁かねもむなしき空の別かな
心ひく常世物かなかへる雁
住里のたのしミいかに帰雁

」ウ

」オ

鶯にこゑなきかせそ帰雁
かへるころ物忘れせよ天津雁

春月

如水軒三月廿日逝去之夜

当座

おしミこし春やはつかの夜ハの月

角田川にて

名にしおハヽかすまし月のすミた川
見すもあらすみもせぬ月の霞かな
春ハ月すミても秋の雨夜かな
春も月あか棚照すひかりかな
春の月はるに見せぬや天津風

花

吉野にて

ミよしのゝ花にミ山も都かな
往と来とよきぬハ花のやとり哉
汲そふる霞やわきて花の宿

新宅にて

春の日の八千世やあかん花盛

」ウ

山ちかミうへぬも花の砌かな
　相州小田原　堯与亭にて
こよろきのいそかし出し花の宿
先咲やひとへこゝろの春の花
花や咲霞色つく外山かな　」オ
花の色もまさらん本の根さし哉
いつも聞ものかは花に松の風
夕日影花にもみちの時雨哉
　追膳（ママ）
咲陰にむかへん花の臺かな
　古田織部殿亭にて
石はしる瀧波涼し花の庭
　三回忌追善
花の跡をけふミめくりの名残哉
木々に咲て色香くらへか花の庭
待花に鐘の声なき夕かな
花に風心あハせのにほひ哉
　蜂須賀阿州一回忌追善
いかにミし花よりさきの去年の夢　」ウ
月花のかたみにそふる光かな
　山名禅高興行
花になして春ハ色なる心かな
　（加）賀筑前殿御前様御煩御祈禱
　於北野万句　花
よろこひをくハふる花の色香哉
うへすとも都に住や花の宿
花をみてむかしなかけそ袖の露
花に月事あひたるや春の色
花〳〵の紐とくつまや春の雨
いつあかん年に咲ます春の花
折とらて手向ハ花の梢かな
咲ちるもよしやそこそハ花盛
おしましな暮なは花によるの月　」オ
花に行道のほたしや朝霞
老木にも花咲春のめくミ哉
ぬかつきて手ふれぬ花や神の庭
花に出て猶あかねさす朝日哉
天地の半の春や花の岑

するゑ久にあひミんとちかへ花の友
いさきよき心の花や千ゝの春
花さかは入ミん人や市の庭
我かとてとはゝや花によふこ鳥
朝戸明の見物や花に薄霞
あふな〳〵ちるまてそミん春の花
もろ人や心つなかぬ花の春
待花のこなたハ遅き日数哉
花もやハ芦の若葉に春の波
咲てよりミさほつくれる花もかな
時有て春しる花の色香哉
花見よと目路にかゝらぬ霞哉
並木(ナミ)をも一木にみるや春の花
往と来と花見かほせぬ人もなし
一度に散はてぬ花のしつえ哉
花よさけ春ハたかため宿の庭
花咲て見入もふかし宿の庭
花を栽て門ひろけ置家ゐ哉
明ほのゝ花や作昼うす霞

」ウ

花に月木間もとめぬひかりかな
花に風うへぬも宿のこゝろ哉
年の矢の偽もかな花の春
色に香に人すたく也花の庭
花の陰よきり道する袖もなし
時有てよき花ひらく若木哉

　庭籠ある亭にて

かほ鳥や手飼の外の花の庭
何を思ひ何をうらミん花盛

　於東叡山大僧正

すめる世に相あふ花の色香かな
遅くとき花ハひと木も二木哉
ちらてまてあすもさねこん花の宿
花の枝も玉の臺のかさり哉
月花の中なへたてそ薄霞
いつれミんかへのうつしゑ花の庭

桜

　新宅にて

植しうへは花の幾春家桜

」オ

」ウ

千枝にさき百木にもやハ初桜
　　玄仲万句　桜
遠山の桜ハ雲のねさしかな
　　玄的書院開
ことしより又人まねけ家桜
　　於八条様
見る人の心ちまとふやはつ桜
　　於摂州金龍寺
今日そみるちるに名たゝる山桜
なミ木には咲とも花や初桜
花さけハ猶本意(ママ)のさくら哉　」オ
散つもる陰や一重も八重桜
春ことに見る山いつこはつ桜
臥て思起て待こそ桜はな
桜戸のあるしも花のま袖哉
いつくよりねこして庭の山桜
二なき御法(ミノリ)におなし桜かな
花の色をいかにさけはか遅桜
問そミん花のやとりのはつ桜

軒ちかき桜ハよそのなかめかな
風ふかぬ時しる花や遅桜
こよなしと見はやす花や初桜
白雲ハ桜狩するとたちかな
そよや今心の花も桜人
かすむ日や遠山桜富士の雪　」ウ
おらしおる我袖ならぬさくら哉
春ことをとはに花ミん家桜
桜貝ひろふや海士も花心
　　天神別当喜見院興行
神もいかによろこひミるや初桜
　苗代
苗代や百千町田を門の前
　春雨
春雨ハ音なき雪の名残かな
まきれなく聞しも知し春の雨
　椿　」オ
　　豊国会所作代
幾八千世神の見る花玉椿

花ハありといつれかましら玉椿

若草

若草に秋をちきるや菊の露（園）

駿河丸子宗長柴屋旧跡ニテ

古跡も名はしられけり春の草

越後衆興行

枕かれ草もねよけの野への春

下枝より木のめ春しる草木哉

永日

今日毎にかけの垂尾の春日哉

日永きやけふより後の春の空

」ウ

藤

祈禱千句　第十　藤

ときハなる花とやいはん松の藤

藤なミに声ある松の梢かな

藤咲て花かつらせぬ木ゝもなし

谷水の藤なミかへる木間哉

藤なみハ暮行春のやとり哉

するゑ幾世花咲藤のそなれ松

桃

三月二日

あすそミむもゝ咲園の夕霞

」オ

欸冬

山吹や憂名にたつる春の雨

蛙

もろ声にかハつ水せく田面哉

暮暮（ママ）

花鳥を残してくるゝ春も哉

雑春

清見にて

明ほのゝ春や開もる清見潟

豊国月次作代

千世の春兼てそミゆる庭の松

」ウ

同

曇なき春日や四方の朝鏡

丹州亀山新城にて

庭にミん生末いく世松の春

於八条様

亀の上の山かふりせぬ春の庭
春風になひかぬ民の草もなし
永日をくらさは田子の浦ち哉
空かけて行や早舟春の海
　了倶新宅書院開
常盤木に春を根こめの砌かな
　於大坂淀屋三良右ヱ門興行
難波人見やハとかめん浦の春
門〳〵に汲手春しるなかれ哉　」オ
松にミん八百万代の春の色
かきりなき月日やためし松の春
いさこより岩ほや幾千春の庭
春に今宵昔人見る夢もかな
若緑四方におほふや世ゝの松
先からん早田を返す里輪哉
あしたつの齢や行るゝ宿の春
松もしれ世ハことしより千ゝの春
春の色やむへミさほなる神の松
のとかなる春にや松のわか緑

打けふる木のめも春の光かな
のとけきハむへもとミける住ゐ哉
をのつからたのしミふかし宿の春
千枝にさす松のは数や御世の春　」ウ
あふきしるミつかき久し神の春
　天神御影ひらき興行
一夜〳〵松にいやますや春の色
　御大工平内大隅興行
春ハ世に数そふ四方の甍かな　」オ

夏

　新樹
つよからぬ風を若葉の梢哉
　追善
散花の名残むつまし夏木立
しけりにもなをきハ高き梢かな
しけきにハをのかえならぬ若葉哉
山の皆おもかハりする若葉かな
於濃州巨景山養（ママ）保寺

茂りもや世にゝぬ山の岩ね松
山もさらに庭にそうこく夏木立
　亡父追善
花をよに忘かた見の若葉かな　」ウ
　相州小田原尭与亭にて八年以前
　花の宿と発句せし事を思出て
花に見し木立ゆかしき茂り哉
　筑波山別当知足院興行
しるへせよ茂りも分ん筑波山
　於三浦長州所望当座
葉を若ミかハらかなるや木ゝの庭
　玄仍十七回忌追善
としへても文になけきの若葉哉
　於江戸
わきて見は世ハときハ木の茂り哉
若葉までにほひやかなる桜かな
枝さすや月のかつらに夏木立
軒の上に八重さす（ふく）木ゝの若葉哉　」オ
雨もらぬ陰や宿かす夏木立

見し冬の庭かあらぬか夏木立
名もしるし高師の山の夏木立
花紅葉忘るゝ木ゝの茂りかな
かこかなる家ゐや軒の夏木立
若葉まて気色いとよし宿の庭
夏よたゝ木ゝの若葉に苔の庭
夏山のぬれ色ふかき海へかな
筑波根の茂りも近し木ゝの庭
年のはのさかへや庭の夏木立
水鳥の青羽や池の夏木立
　卯花
　豊国会所　作代　」ウ
卯花もけふミつかきの御幣哉
卯花の下葉を見せぬ夕かな
えそ過ぬ初卯花のかきね道
卯花やたゝ北窓の夜ハの月
卯花によるも越なんまかき哉
　郭公
　有馬にて

初声やまたてミ山のほとゝきす
　紹巴一周忌追善千句　時鳥
いにし年鳴音やおなし郭公
　追善
時鳥鳴音やそふるそての雨
　駿河大相国御上洛御供衆興行
時鳥待人つとふ宮古かな
子規人わきしたる初音哉
またれつるをこたりや鳴子規
　於豆州太良左ェ門所望
なさけある宿とや千声ほとゝきす
　於江戸
むさしのにつまや入けんほとゝきす
　里見薩州　追善
見したまの行ゑをしへよ子規
　出雲国天神社僧興行
時鳥空に取あへぬ声もかな
　於医師玄琢
世の人のいひはやす名やほとゝきす」オ
　於駿府
時鳥なのらハふしの高ね哉
鳥か鳴八声にならへほとゝきす
世にはかる空音もかもな時鳥
なのりその生る浦はか杜宇
耳ときやしのひ音ならぬ子規
をのか名をとなへなはなけ時鳥
かりなれし宿なをしへそ子規
しのひ音やおもハれかほの杜鵑
初声や物つゝミするほとゝきす
此宿を幾度とはむ霍公
世にくちぬ名や知て問蜀魂
世ハ夢の五十年を知や子規
人伝や後や二声時鳥
我かたる古ことをとへ子規
時鳥世をおとろけと鳴音哉
またるゝハむへ山遠し子規
　牡丹
　玄仍十三回忌　玄陳興行」ウ」オ

植し世やおもひの露のふかミ草
唐人やさためし花の名取草
夏に入て咲や心のふかミ草
　水雞
里遠き川門もたゝく水雞哉
一夜二夜水雞に明し戸口哉
　菖蒲
　五月二日
曳袖をいつかと待やあやめ草
　五月四日
根長しとけふよりも引あやめ哉
　早苗
行末のたのミうへ置早苗かな
植分てあさ緑なるさなへ哉
来ん秋を下にたのしむ田哥哉
ふしたつハ水のあさミの早苗哉
　五月雨
　近衛様御月次に
雨雲も大内山のさ月かな
　天神名号開とて
なへて世にふるハあまミつ五月哉
　作代
雨に影見らくすくなき五月哉
　伊勢衆興行
五月雨ハいかに伊勢男の蜑衣
雨なかは年をわかてる五月哉
　於北野徳勝院
五月雨のにこりや染る紙屋川
五月雨ハ水かけ草の早苗かな
ひたかけて水行雨のさ月哉
五月雨ハさたまる雲のやとり哉
五月雨ハ雲井路ならぬ宿もなし
　自若州所望
五月雨ハ沖中川のはまへかな
五月雨ハ朝塩またぬ舟出かな
五月雨ハあた波たゝぬ川瀬哉
五月雨の玉水きよき軒は哉
樗

五月雨ハあふちの風をかきり哉
花に人末たのミあるあふち哉
空晴て庭にやなひく雲見草
　橘
作代
橘の花咲実なる軒はかな
たちはなの一木に尽す匂ひかな
橘は袖より出しにほひかな　」オ
　祈禱とて所望
たち花の葉かへぬ友か庭の松
　於医師新宅
橘も宿もときハのさかへかな
　於九条様
橘ハ庭に雪見る五月かな
たち花や袖の香のこす花かたミ
橘ハおり返す袖のにほひ哉
　夏草
　紹与三回忌息友継興行
夏草は道あらためぬやとりかな
夏草はハらハぬ庭も心かな

　大津時能追善婦孫所望　」ウ
埋木もしけりをのこすこ草かな
　堀尾山城殿馬をあつかれる人
　坂内与五右ェ門興行
夏草は駒に北なる野風哉
夏草もむすひ余さぬ往来哉
　若竹
今年生の竹の葉おもき垣ほかな
ことし生や草木にあらぬよゝの陰
人の世も竹の若葉のさかへかな
幾度の生まさりミん宿の竹
千世にちよの陰や若竹庭の松
　蛍　」オ
夏毎に草根や朽てとぶ蛍
　最上より連哥執心ニ在京人興行
いめ人やいさめて窓にとふ蛍
　天神名号開
筆の跡やあふけハ窓に飛蛍
呉竹のほたるは星の林かな

於鷹司殿
飛蛍さなから衛士の焼火かな
夕闇に影をはふかぬ蛍かな
出雲国坂内与五右ェ門興行
あし原の昔をミするほたるかな
五月闇我ハかほなるほたるかな
月をさへ蛍にまたぬ雨夜かな
一方にさそふやなかれ飛蛍　」ウ
夏月
短夜をかこたん月のあした哉
明石にて
夏の夜の月や興中の明石潟
紹巴七回忌
めくるまをおもへハとしや夏の月
夏ハ月夕景にみるあした哉
於豆州伊東
風清し月も南の夏の海
照射
秋きかむ鹿の音しらぬともし哉　」オ

百合草
吹ぬまも風やおも影さゆり花
氷室
はこふ日やひるま過さん氷室守
夕立
あたこにて
木の下の雫夕たつミ山かな
小雨さへゆふたつ音や広柏
夕立は水なき月のなたて哉
白雨やさなからこほす入日影
石竹
松平長州御祈禱とて興行
花も松のちとせにあへね石の竹　」ウ
花咲ぬ何をたねとて石の竹
撫子
なてしこは苔に花咲岩ほかな
紫陽草
あちさひの色もあせ行日影哉
蟬
紹巴追善とて所望

しのふ世の涙なそへそ蝉の声

蓮

露に身を置かへん花の蓮かな　」オ

無人の心をしるに蓮かな

一度に実さへ花さへ蓮かな

扇

扇をはとらて手ふるゝ氷水哉

裏（被）衣の香もくハゝる袖の扇哉

泉

むすふ手にこぬ秋暮し泉かな

涼しさハくむに数かく泉かな

むかし人汲あとふかきいつミ哉

秋ちかき声をいつミのしらへ哉

暑日は手先さへきるいつミかな

御右筆大橋長左エ門興行　」ウ

尽せぬハ詞の海のいつミかな

清水

草庵月次始に

我宿の志水汲はやす袖もかな

納涼

木かくれや袖の関路の夕涼

於妙覚寺

夏しらぬ身とはしつけき心かな

出羽国衆下向之刻

都出は涼しさしらん日数哉

越前衆興行

夏の日にこしの御空の雪もかな　」オ

夏も霜むすふか袖の小夜涼

涼しさハもとめぬにうる夕哉

すゝしさを月よりちらすひかり哉

露をもき萩か風先（まつ）夏の庭

笠松や夏の日もらぬ下すゝミ

於東福寺不二庵当座

夏なき（ハ）をしけ木を四の隣哉

於越前宰相殿

常世より吹か涼しき天津風

若州衆所望当座

秋をまて後瀬の山の下涼

もろ声に川波涼し庭の松
たえす吹よこ風もかな夏の窓
見るめさへ涼しき庭の木立哉
しるしなき夏川のへの夕かな
なかれ合て出湯も涼し谷の水
立涼め齢の友の松の陰
於八幡瀧本坊
松の声西より涼し男山
御秡
玄仍追善
をのつから袖行水やミそき川
秋のくるかたや水底御秡川
夕波や五十串立そふる御秡川
長かれと玉のをいのるはらへ哉
浦人ハ玉藻や今日のはらへ草
雑夏
追善
夏も咲すミれやのへの手向草
須磨にて

」ウ

」オ

しらきぬをはるてふ波や夏の海
追善
三年ふる茂りや厚き苔の下
於尾州那古野御普請場
夏の日や千度千引の岩ね道
奥州帰国之人興行
急き行道さまたけの夏野哉
豆州銀山爪生野にて
夏山の色にいそふや谷の水
於豆州　熱海医王寺
夏の日や山も出湯の塩曇り
道三法印興行　五月四日
露ふれてあすやたもとのきそひ狩
宿からに猶ミしか夜の旅ね哉
夏咲やうらむらさきの菊の秋
うき草のよるせや花の湊川
松平（前イ）隼人興行
夏刈の玉藻ハあまのかさしかな
暑日は我つまならぬころもかな

」ウ

於有馬池坊
谷水やのほる木末の夏の雨
　定家色紙開
雲の色も薄墨ならぬ五月かな
　於八条様
夏と秋と相やとりきや若かえて
　於醍醐三宝院殿
池水も松のはひえの茂りかな　」オ
　於紀州和哥浦祭礼日戸田藤左ヱ門
　所望当座
波風も時にならふか夏の海
むさし野に夏の色こき草木哉
老の身も見るに心や若楓
夏の日をこゝろかまへの家井かな　」ウ

秋

　桐
桐の葉(や)[の]雨やおき吹夕あらし
ふりにふりて桐の葉おとせ秋の雨

　七夕
彦星やさそかつらきの神慮
　七月六日
今宵先心やあふ瀬あまの川
　萩
宮木のゝ秋もかくやハ萩の庭
萩の色に色をますほの薄かな
　奥州衆興行
花に咲てミやき野幾世ふかえ草　」オ
　於三宮様
紫の袖にたをれハ萩もなし
見し人のしのふ草かな萩か花
から錦をよはし庭の萩か花
行道のなくさミ草や萩薄
たれきよと錦をそめし萩か花
　昌叱卅三回忌昌俔興行
露けさハ昔におなしこ萩哉
　虫
下草の虫の声かる胡蝶かな

荻

└ウ

秋風の天彦なるやおきの声

　日州衆宗佐親父追善とて興行

うたゝねをいさめつる世か荻の声

　亡父七回忌

しのふ世のこたへもかもな荻の声

荻ハ声柳ハ風を姿かな

声きけはさゝめ言也さゝれ荻

松の声おきの葉すりの軒は哉

百草に秋をしへけり荻の声

薄

風絶て露にかたよるお花かな

松虫のつかひかまねく花薄

庭にミん分入袖もはつお花

└オ

野分

　於伊勢桑名野分日

野分をもしらぬ千舟の湊かな

花〳〵にえひす心の野分かな

露

　亡父第三回忌

水くきのあとやぬれそふ袖の露

　追善

野への露ハ別し玉のありか哉

　嵯峨角蔵（ママ）了以追善

露ハ袖に人ハうき世のさか野哉

　高野医王院にて

露おしむ槇のはよきよ谷おろし

└ウ

　亡父十七回忌懐旧

昔にやけふさらかへる袖の露

　箱根を越小田原安斎亭にて

　所望当座

袖に見よ露も山路の木ゝの雨

霧

　住吉万句

嶋〳〵もあらハれ出し霧間哉

　備前岡山衆興行

都さへ霧の海への家井かな

　高野於安養院

猶長き夜をつく霧の朝戸哉
於美豆野御牧　」オ
舟よへハたゝ川霧のこたへかな
駿府にて
秋霧やふりさけミれハ冨士の雪
大海も興中川の霧ま哉
於丹波亀山
都にはミぬ朝霧の山ちかな
佐土嶋大願寺興行
いさ爰に遠嶋うつせ霧の海
志賀の浦蒔絵文臺開
声せぬハ霧に蒔絵か志賀の松
谷の戸ハたゝ薄霧を晴間哉
朝霧にちかきも軒のと山かな
朝霧の立そや千尋にほの海　」ウ
槿
霧晴てあさ顔はつる日影かな
草花
旅ねせし宿わすれなむ花野哉

於八条様
色草も野はむとくなる砌かな
百草の花野ハ八十のちまた哉
すき物といふとも分ん花野かな
紫やあけハ千種の花衣
月
月弓やいるさのはやき夜ハの空
祈禱千句　」オ
あふき見よ世も久方の空の月
於丹後　橋立
はしたてや月も夜わたる波間哉
追善
無影も見るらんにしの空の月
同
夕月夜影見るほとの此世かな
昌叱追善
いかに世をしつのをたまき月の秋
雲晴て見るにめやすし空の月
名ハ月の光の外のひかり哉

秋の夜や花に春日の空の月
たれか見ん山のは出る夕月夜
夕より影いちしるし秋の月
品かはる弓とやいはん空の月
」ウ
　於高野無量寿院
秋ハ月に心をうつす鏡かな
秋の夜も見る月からの朝戸哉
見よや人くまなからぬも秋の月
秋ハ（の）月かつらおるらん天つ人
　名月於大津
月も名ににほてる海の今夜かな
　於江戸始而ノ会
国〳〵の影けちめなし空の月
　九月十三夜
秋の日もけふやおしまぬ月の暮
月すめはねぬに明ぬの空目哉
　於江戸竹田専益新宅書院開
月さして猶うるはしき軒端哉
」オ
　西国衆興行
めなれしやかたふく方の秋の月
いかてたれ秋くハゝるも秋の月
月をのせて我所なき小舟かな
　名月蝕に
あやにくに虫はむ月の今夜かな
　宗祇影開とて所望
月もすめ世に人あふく影の前
月ハ世の濁にしまぬ光かな
君そミんむへ長世の秋の月
猶照せ名とけし後の夜ハの月
　福井与左ヱ門亡父十七回忌九月廿日
人ハ世にはつかの月を形見哉
　昌叱卅三回忌於草庵
有明にむかへハうしと見し世哉
」ウ
　鴫
方よるや鴫臥床のいなむしろ
　雁
秋ハ雁伏見の田井を床世かな
立雁の又もきてねん沢へ哉

雁かねの鳴もうるさし旅の宿
　勢州桑名松平阿州御所望
雁金による波きよき渚かな
　鹿
　高野於宝性院　」オ
をしかさへなれて聞よる御法かな
野へにすみて山ふミしらぬをしか哉
　礎
秋風に玉の声す[有イ]む礎かな
　紅葉
　叡山にて
そめいろの山ともいはんもみちかな
立田姫ねたまん宿のもみち哉
しらゆふも紅葉色とるいかき哉
秋さかは桜一木や花もみち
　高野於上智院
木々の色もうき世の外のミ山哉　」ウ
折そへて数手向や苔の下紅葉
　於有馬
山水や紅葉こかるゝゆふ煙
菊紅葉おれハつゝりの袂哉
　筑波山知足院興行
ミぬ山のもミちを風の伝もかな
宿とへハ立枝色こき紅葉哉
花のミか秋も桜のもミちかな
山ハまたきにしきを袖の都かな
下そめに行ゑたのもし初紅葉
朝霧に色さへ香さへ紅葉哉
そのかミの手向をおもふ紅葉哉
　菊　」オ
　昌叱一回忌追善千句　菊
にひ色に咲やぬしなき宿の菊
　九月八日作代祈禱
あすよりや花にさかへのまさり草
　十日
見る人にけふや昨日の菊の庭
　病者祈禱作代
菊をめてゝ猶いさきよき心かな

於高野山　重陽

今日に逢て咲や菊の名高野山

医者仙易興行

老せぬやけに結しる菊の水

長月の花なる菊のさかり哉

紅もいさしら菊や月の庭

秋風の吹上のなみか菊の庭

しら菊ハまかきの月の匂ひ哉

秋時雨

出雲衆興行

秋山も雲も八色のむら時雨

宗祇影開とて所望賛ニ

世にふるも更に時雨のやとり哉ノ発句有

ことの葉の色も千入の時雨かな

西国衆興行

枝分るにしきや秋のかた時雨

名取川埋木文臺開慶純興行

瀬の声ハむもれ木そむる時雨かな

山〳〵の紅葉つくとや夕時雨

秋よりも世にいちはやき時雨かな

秋田

露を重ミ猶むしろ田のいな葉哉

里人の心を見するいな葉哉

八束穂の門田や民の花紅葉

九月尽

長月は空たのめなる日数かな

雑秋

亡父七回忌

めくりきぬ世のうき秋の七車

追善

あらき瀬の水淡と成し一葉哉

松ハ木々の中より高し秋の声

高野於花王院

忘ても結はし寒き秋の水

行秋のひとつなかめや（なり）霜の松

藤田検校興行

村雨も秋のしらへのをことかな

於駿府

見る度に身にしむ冨士の煙哉
秋の葉のなかれ江遠き木間哉
松風ハ身にしむ色の千入かな
　於玄琢法印人丸像開
ことの葉の色ハあまねし秋津洲
秋風をうらミん袖の扇かな　」オ
西そミん来しに帰らハ秋の空
　昌叱二十五年忌
おとろくや五十を分し秋の夢
秋風もかれすそ問ん庭の松
秋風や木々にふかせぬ蟬の声　」ウ

冬

　時雨
　　如水軒三月遠行之冬追善
春雨も時雨にかハる名残哉
　出船ノ人所望
時雨さへ追風そへん舟路哉
さためなくさたまる比の時雨哉
　西国下向之人興行
時雨るなよ日数の外の笠やとり
　三部抄懇望人興行
聞うるや世のふることをゆふ時雨
夜かれせぬ音や時雨の板庇
　親の廿三回忌とて所望
袖の上はその世にめくる時雨哉　」オ
時雨せよさらても出しやとり哉
雲風や空に待あへぬはつ時雨
旅ねのミいさむる物か小夜時雨
いかに知て松に音する初時雨
　七回忌
年月や世ハあた雲の夕時雨
旅人の袖かせはかる時雨かな
松の葉におもなく見えし時雨哉
月そすむへ心ある一時雨
川音といはし時雨の笠やとり
　霜
　　於妙法院殿

霜にけさ鶴のはやしの梢かな
常盤木のミとりの花や今朝の霜
　新宅祈禱とて所望
霜も世をふりはや植し宿の松
　橋供養とて
踏人も行末なかし橋の霜
霜ハ今朝風のさかせし花野かな
空に満霜を見せたる臺かな
見よや人今そさかへん霜の松
竹の葉に霜さへむすふ契かな
あなさやけ霜夜の竹の風の声
　落葉
　追善
落葉せしあと問声か松の風
　父追善とて興行
風つらき落葉をしのふこかけ哉
はらハぬハ時雨をきかん落葉哉
　江戸紅葉山於東照権現
散うせぬ紅葉ハあけのいかき哉

」ウ

」オ

松吹や木葉に餘る夕嵐
たちぬはぬ衣手かろき落葉哉
吹いたす木葉にしるしミ山風
散しけは池をもみちのさかり哉
風の音を梢にかへす落葉かな
　木枯
木からしの庭に吹しくにしき哉
　冬月
冬ハ月またぬにむかふ木間かな
　霰
　於本能寺
かけそふやなへて衣の玉霰
ふれハ庭にあられの玉のうへ木哉
　書院開
ま木の屋に風ハ音なき霰かな
松風やあられをはらふ玉箒
篠のはの霜に音なき霰かな
風よたゝ日にハミかゝぬ玉あられ
　霙

」ウ

」オ

ミそれせし雲の袖ほす夕日かな
　雪
おしましな月の入さをミねの雪
　於八条様
なへてふる雪かあらぬか庭の松
　下京旅人屋了碩所望
人しけき家ち（や）を見する今朝の雪
おれ帰る枝やミとりの雪の松
植をくやめてん心の松の雪
　病者祈禱千句第十　松雪
おさまれる風を見せけり雪の松
　於養安院和漢会
やとからや遠きもきたる雪の友
」ウ
　於大仏　照高院殿
冬の日も先照雪の高ねかな
　作代
仙人の宿にふるてふ雪もかな
　同
谷風や下葉にミねの雪の松

　薩州衆下向之刻興行
思ひ出よ宿に都に今朝の雪
山ふミの袖やミゆきの下かさね
　老人興行
よしや見よ雪の上なる今朝の月
　藤沢遊行上人興行
起あかす袖や先見る夜ハの雪
　三州吉田城本丸作事とて興行
」オ
年〳〵に雪もかさねんいらか哉
　天神御筆御影開
雪にさへたゝしき松の姿かな
風につもり嵐に庭の雪もなし
年にふる契かハらし松の雪
窓の内の詞の花や枝の雪
空や雪竹の葉をもき雨そゝき
　幷河志州江戸より上之刻興行
思出や今朝大比えにふしの雪
　加州　永原土州　上洛いそき下
国之刻所望当座

九重に千重まさるらん越の雪
時しらて時しる山やふしの雪
年〳〵のふりはや同し竹[下]の雪[上]　└ウ
此野にも雪山作るあらし哉
雲の上にわき出る雪や冨士の雪　嵩
忘なよ忘れすもミん雪の友
め馴てもめなれすそみる冨士の雪
さ夜風やあたにハふかぬ今朝の雪
雪の時ミさほ見せけり千世の松
夜ひかる玉をやかけし窓の雪
都こそもの〻はしめよ岑の雪
ふりつまハ門さ〻てまて雪の友
天も地もひとつに白し冨士の雪
山〳〵に雪をくはるや冨士颪

於亀山城

幾世見(ミ)ん亀のお山の松の雪　└オ

寒草

源氏竟宴会　寛佐興行

あふきみよ筆に枯せぬ根なし草

炉火

埋火に春やにほハす梅の花

氷

有馬にて

こほらぬや末さへ瀧つ早瀬川
かち人のあさ瀬もとめぬ氷かな
よる波や汀にたかき朝氷

追善

昔おもふ袖につ〻める氷かな　└ウ
河音も冬こもりするこほりかな
水鳥や影ミぬ池のひも鏡

石臺ひらき興行

水そ〻けこほるしつくの玉柏

早梅

冬咲やうつミ火近き窓の梅

和漢

一枝の詞や梅の冬の色
咲て梅冬をよそけの若木かな
春待てまた片笑か園の梅

梅かゝや今朝なを春の近まさり
かつ咲も梅かゝあやし年の暮
歳暮
おしくやハあらしの雪の歳暮
江戸紹之万句巻軸
千世ふともおしまさらめや年の暮
」オ
雑冬
豊国会所　作代
宮守の猶たゝしきや神無月
冬されハ四方にねふらぬ山もなし
出る日にむかひの岡ハ冬もなし
新宅屋固とて興行
宿にへん三冬ハはまの真砂哉
江州於膳所菅沼織部殿所望
神無月春をしる江の南かな
」ウ
行人の道をさためぬかれ野哉
書院開
あたらしき扉ハよきて冬もなし
冬もいさ竹をかさしの宿の庭
舟出せよ冬も春への難波潟
春立とゆふつけ鳥に冬もなし
此殿や庭の冬木も春の色
こん春のけしき先見る海へかな
」オ
（白紙）
」ウ
（白紙二枚）
（裏表紙見返し）
」

〔追記〕『連歌諸家発句集』所収、八「昌琢・昌琢発句集」書誌

天理図書館綿屋文庫蔵。図書番号、れ三・三二―一―八。大本の写本一冊。寸法、縦二三・五糎、横一六・九糎。うす丁字茶色原表紙。袋綴。題簽、なし。ただし表紙中央に、「昌琢」と大きく直か書（本文ト同筆ナリ）。内題、「発句昌琢十二」。内題を記せし丁の裏に、「万宝全書云昌琢筆物金三歩ト云」（著者註、『古今和漢万宝全書』五、「古筆手鑑目録」ノ部ニ同様ニ見ユ）と記す（本文トハ別筆ナリ）。丁数、四十七丁。うち白紙一枚。行数、毎半葉十行。蔵書印、「天理図書館／二五六九六七／昭和廿六年弐月五日」。「わたやのほん」「綿屋文庫」の朱印。備考、底本と対校するに異同かなり見ゆ。とくに詞書の箇所、省略が多く、句の異同もまま有之、善本とは言い難し。
（昭61・11・10記）

※『増補駒井日記』（文献出版、平4・10）

文禄三年正月三日の条に、

　　同（元日）

　　雪やまつ空より解て今朝の雨　　景敏（※昌琢）

とある。脇は玄仍、第三は紹巴である。

参考文献

浜千代清氏「『発句帳』秋部（昌琢～昌寅）をめぐって」（『俳文学研究』15号、平3・3）

宮脇真彦氏「昌琢時代の連歌論「山彦」小考」（『成城国文学』6号、平2・3）

同「昌琢における発句の方法」（『東横国文学』26号、平6・3）

同「紹巴・昌琢における発句の問題—連歌と俳諧の交渉に関する前提として—」（『東横国文学』27号、平7・3）

里村昌琢掃苔覚え書

昭和四十四己酉（つちのととり）年の松の内に、妻と長女・長男を伴い、折から降りしきる初雪のなかを遮二無二多治見市の町はずれ小高き丘にある〝陶玄亭〟をあとにして、京師へ物見遊山としゃれこんだ。

以下、前書省略。さて滞洛三日目に当たる六日の朝、晴天に恵まれた私たちは、室町通丸太町上ルに在る宿を出、里村昌叱・昌琢一族の菩提寺——二条東川端の本立院（ほんりゅういん）を詣でたのであった。

本立院は、日蓮宗聞法山頂妙寺の一塔頭である。なお本立院に現存せる昌琢法眼等の墓碑については、すでに左記の書物に記されている。

○『雍州府志』（黒川道祐著、貞享三丙寅年九月成）十　陵墓門、愛宕郡、里村一家塔の条。
○『寛政重修諸家譜』巻第千二百九　里村氏の条。
○『京都名家墳墓録附畧伝竝ニ碑文集覧』（寺田貞次編、山本文華堂、大11・10）上巻、三八五頁。
○『連歌の史的研究』（福井久蔵著、成美堂書店、昭5・6）前編、第三十九　徳川幕府の御連歌師、一　里村（南）家の条（375頁）。
○『俳諧大辞典』昌琢の条（江藤保定氏、328頁）。

一、墓碑銘

南無妙法蓮華経　玉洞院法眼昌琢日碰尊儀　（正面）

寛　永　十　三丙子年　（右側面）

二　月　五　日　（左側面）

里村家の墓所は、住職角道泰潤氏の話によると、乗雲・昌休・昌叱・昌琢等の古い墓碑は「頂妙寺総墓地」に移し、以降の子孫の墓碑はすべてこの「本立院墓地」（境内）に有り、との由。よって住職の案内を受けて「頂妙寺総墓地」に有る、一群の里村氏一族墓碑を掃苔した（図24〜27参照）。

初めて詣でる当代連歌界の巨匠昌琢の墓碑は、高さ二尺八寸の宝塔であった。思うに供養塔なるか。磨滅が甚だしく、住職と共に判読するに一苦労する。かわるがわる水を灌いだりしてどうにか右のように読み下すことが出来た。

父昌叱の墓碑右後方に、〝南天〟の樹が一本、霜に紅葉した葉を見せていた。住職曰く、「縁者から、この樹だけは里村家にとってゆかりある樹やさかい、どうか枯らさないでほしい、と言われとるんどす」と。初耳だった。これ多分、里村（南）家にちなんだ謂われからか。小さな実が、寛永の昔、一柳営連歌師のはなばなしき活躍とは全く対照的なほど、慎ましやかに赤く色づいている。

「里村氏の縁者」——住職から、この耳慣れぬ言葉を聞いて、私はふと、昌琢碑石の右隣に立つ祖父昌休の墓碑を見た。正面には一本の板塔婆が針金にて括り付けられてある。曰く、「南無妙法蓮華経／浄名院殿法橋昌叱日訶

図24　昌琢の墓碑（頂妙寺総墓地）

図25　同　左側面

図26　里村氏一族の墓所（頂妙寺総墓地）

図27　父昌叱の墓碑

大居士／里村家先祖代々之霊／為□□／山下圭三郎」と。その日、わが手帳の端には、走り書きにて、「直系の子孫すでに絶えて無く、余、しばし無常を感ず」。嗚呼。

二、過去帳（本立院蔵）

庫裡の一室。本立院に蔵する折本の『過去帳』を、倉卒のままに一見した。まず、二十四日の条には、昌叱夫妻の法名が見える。

慶長八癸夘七月
浄名院法橋昌叱日訶
　　里村氏

寛永八辛未十一月
解脱院殿法祐日妙大姉
　　里村氏

されど、右『過去帳』には、昌琢の項について記載されていない。何故か。

『過去帳』序文末尾、

維時寛政十二歳天
庚申春仏滅日認之
聞法山頂妙寺塔頭
本立院常什過去帳

十七世懐山代
古過去帳雖及破壊紛〻
故今新造営之者也

よって『過去帳』成立の経緯を知ることが出来よう。

――外では妻子が、頂妙寺本堂の前で、群がり寄って来る鳩とたわむれている。正午近く私たちは、ここ本立院を辞去して本能寺へ向かった。

（昭44・8・28、徳元忌に）

晩年の昌程書簡

天和前後、柳営連歌の勤めも嗣子昌陸にゆずって、古稀を迎える里村昌程は御所近く新在家中ノ町の宅で「拙子別二三年不仕候へども存命迄あまり云々」と退隠の日々を送り過していたらしい（貞享頃）。ただ父昌琢の五十年忌（貞享元年八月五日）には発句を詠んでいるけれども――。ここに昌程晩年と推される書簡一通を紹介する。

尊書拝見如仰改
年之御慶申納候
其の地御無事之由
弥重奉存候御発句共
拝見殊御試筆弥
重々々御祈禱御句も
尤目出度存候爰許
発句も江戸悴子とも句も
うつし進上申候拙子別二
三年不仕候へとも存命迄
あまりと存与風(ふと)つゝけ

申候誠ニ点気無正躰
事たるへく候へとも書
付申候
鶯のこゐやそへ哥けふの春
爰許とし明申候而殊外
暖気なり風しつまり
老をのへ申候定而其の地も
可為御同前と存候猶期
復音之時存候恐惶
謹言

非有菴

正月十七日　昌程（花押）

本多安房守様 □

京都・某家蔵。軸装。連歌様のゆったりとした筆蹟で、京都の宅からの返書であろうと思われる。文中の発句については『昌程発句集』（中写一冊、富山県立図書館中島文庫蔵）春の部に「うくひすのこゐやそへ哥今日の春」と少しく異同の形で収録。宛先の「本多安房守」とは、本多安房守政長（政重の第四子）を指す。幼名は長松、加賀藩の老臣で五万石、国主前田利高の妹婿。宝永五年八月歿七十八歳（井上通泰博士の研究）。「江戸忰子ども句も」は昌陸・昌純ら。そして「爰許発句も……うつし進上申候」と記すなど老いてもなお宗匠家としての自負がうかがわれる。因みに歿する前年の貞享四年正月二十七日には、五代将軍綱吉の四十二の厄年に当たって在江戸の昌陸・昌億たちが「御当厄御祈禱千句」を張行している。とすると「御祈禱御句（※本多政長句）も尤目出度存候」は、あるいは右催しに関連するか。さて、年明けて「老をのべ申候」と認める昌程老にとって、過ぎ去りし会席をふり返るに徳元とは同座が十一度も有った。

（平元・10稿）

解題と影印・貼交屏風「雪月花」

一、解　題

貼交屏風「雪月花」が、五十余年の星霜を経てしかも保存すこぶる良好の状態で、ついに出現した。蓋し出現という表現ふさわしくはない。森川昭氏が言われる如く、むしろ「健在」であったとすべきであろうか。「雪月花」屏風と仮に名付けて世に始めて紹介した人は『筑後俳諧史』（私家版、昭4・11）の著者・俳号泣猿こと竹下工（昭25歿）という郷土史家である。右屏風の謂れは、その竹下翁による解説書『雪月花』（中原道徳、昭7・11）の「はしがき」に記すところ。左に全文を掲出する。(註1)

我久留米市内某家に秘蔵せらるる一双の屏風は、世にも稀なる品にて、元禄を中心としたる古俳星の遺墨短冊約百九十葉目も綾に貼り連ねられ、四季折々の風物を併せ観るの感あり、斯る得難き逸品の我地に保存せらるることは誠に郷土の幸にして且つ誇とすべきことなれば、鑑識に乏しき身をも省みず強ひて主の内諾を求め其内容を録し、斯道研究家の参考に資せばやと仮に「雪月花」と題して之を梓に上することとせり。

昭和七年十月　　編者誌

さて書誌。私は昭和六十年一月十二日、京の空は晴れてはいたけれど底冷えのする午後、市内の然る旧家の某家（※東山区大和大路通新門前上ル西之町、柳(やなぎ)孝氏宅）で実見することが出来た。やはり見事な六曲一双の金屏風。原装。半隻の寸法は縦一七一・五糎、各扇の横幅は第一扇六四・〇、第二扇六二・二、第三扇六二・二、第四扇六二・二、第五扇六二・二、第六扇六四・〇、計三七六・八糎に及ぶもので、それはかの有名な上杉本洛中洛外屏風（六曲一双）を始め寛文長崎図屏風（六曲一双）をぐっと上回る規模の逸品であった。金屏風の四周は、金糸による梅花に鳥模様の綾地。台紙は金の砂子地で、それに諸家の短冊百九十枚を各扇三段に貼り交ぜにしてある。各扇の台紙の寸法は、縦一三七・〇糎。各扇の横幅は、第一扇五三・七、第二扇五八・七、第三扇五八・七、第四扇五八・七、第五扇五八・七、第六扇五三・七。まことに絢爛豪華、保存良好、想えば十年前、未だ岐阜県在住の頃たまたま『古筆と短冊』5号（昭36・6）所載、二宮冬鳥氏の発見記「古風張りまぜ屏風とくに近松門左衛門の短冊」を読んで以来、ひそかに追跡を続けていたが、徳元句収録の「雪月花」屏風を私は柳家の奥まった二階の一室で、ついにめぐり遇うことが出来たのだった。

次いで内容の紹介に移ろう。収録の諸家短冊はすでに前掲書『雪月花』で紹介・解説ずみであるが、ただ該書が昨今入手困難であるうえに、各扇各段における短冊の配列が明確でないこと、誤読がまま見出される点（解説にも同様）等である。で、これら三点を考慮しつつ、配列は『雪月花』のそれを基礎に、とりあえず人名のみを校合し、以下列記する（図30参照）。

上隻

〔第一扇〕貞徳・好元・貞仲・重頼」(上)　釈□也・貞盛・雅克・正春・中焉・宗岷」(中)　文伊・近吉・盤谷・松安・三也・胤及」(下)

〔第二扇〕貞室・広寧・正由・正俊・催笑」元隣・玄竹・林元・宗臣・一守」三千風・東湖（之道）・一睡子・清勝・鞭石・元辰」

〔第三扇〕西武・良庵・西随・宇鹿・道節・吉氏」重□・立貞・良以・助叟・任他」一直・怒風・一介・随流・梨里」

〔第四扇〕芭蕉・其角・丈草・土芳」曲水・落去来・史邦・正秀・嵐雪・支考・野坡」智月・風国・洒落・露川・惟然」

〔第五扇〕**徳元**・芦香・玄札・正恒・素堂」久村・湛乎・不雄・桃隣・卯七・諺世」素行・西国・挙

白・鷺水・涼菟」
〔第六扇〕鷲尾隆長・大宮公央・千之・貞恕・武珍」出口氏貞木・信徳・清白翁（我黒）・如泉・松春・春澄」是計・燕説・其諺・幸佐・調和」

下隻

〔第一扇〕宗鑑・宗隆・幸和・俊安・渡辺氏勇」（上）桂葉・一三・任口・朋之・塵言」（中）宗甫・三岡・金貞・宗英・支世・貞□」（下）
〔第二扇〕立圃・可全・季吟・湖春・正立・康吉」和年・重貞・昌房・夢現」信勝・重昌・蘭斎・久次・空存」
〔第三扇〕磐斎・未得・道高・三征・梅盛」春可・吉信・洞水・林可・只風・一夢」重種・高木松意・正村・氏愛・祖法」
〔第四扇〕休甫・成政・成之・成元・夕翁」一礼・才麿・一時軒・永重・由平・成安」正信・悦春・風子・橋水・路通・久丸」
〔第五扇〕道寸・元順・保友・玖也・西翁・宗旦」長治・吉盛・顕成・以仙・山石」その女・幾音・天垂・豊（ママ）柏」
〔第六扇〕中山篤親・日能・定政・元好・五辻左京太夫仲賢」鳥井氏忠知・似船・常牧・林鴻・鬼貫」近松平安・丈竹・言水・屋長・西鶴」（終）

屏風各扇を概観する。**上隻**。**〔第一扇〕**劈頭、まず貞徳句「和歌に師匠なき鶯と蛙かな　貞徳」をもって飾り、次いで上段に重頼ならびにその門流たる日野好元・堺の貞伸らの短冊を配したあたりに、仕立てた数寄者の新味を出そうとした俳仙屏風の顔が見えるようである。因みに第一扇には重頼系の短冊が七葉収録。なお貞徳短冊の右には古筆「誹諧師貞徳 和哥に師匠〔琴山〕」の極札が貼付。**〔第二扇〕**貞室をトップに正由宮川松堅ら貞徳直門。中段には山岡元隣・桑折宗臣、下段に大淀三千風、それから之道の「東湖」時代の短冊を収む。いわく「今日は独青葉見て居る坊主哉　東湖」。長崎滞在の折の作であろうか（櫻井武次郎氏『元禄の大坂俳壇』十四頁以降）。貞室短冊の右に「安原正章入道 嵯峨の山も〔極〕」と川勝氏の極札。**〔第三扇〕**七俳仙の一人西武、重頼門で肥後熊本の人西村良庵、地元長崎の人西田宇鹿、そして摂津平野末吉道節らが上段。下段は西武門の中島随流、因みに第三扇では魯九編『春鹿集』に入集の宇鹿・一介を始め、片山助叟・西川梨里・怒風ら宝永・正徳期における長崎俳人五名の作が収録。〔**第四扇**〕上段に芭蕉・其角・丈草・土芳ら。以下はすべて蕉門短冊集が如き観有之。芭蕉の「ふゆこもりまたよりそはん此柱　はせを」なる打曇り短冊は新出。中段、去来短冊「応〳〵といへとたゝくや雪の門　落去来」は、『去来先生全集』では中七が「いへど敲くや」となっている。〔**第五扇**〕草創期江戸俳壇の**長老徳元の晩年句「歳旦　うちそむる碁の一目かけふの春　徳元」**（**図28参照**）から始まる。『歳旦発句集』（表紙屋庄兵衛板）寛永十七年の条には「打そむる碁の一目や今日の春　江戸徳元」と異同し、『毛吹草』『小町踊』にも入集される。新出短冊。ほかに上段には玄札・松村正恒（重頼門）・素堂ら江戸住の俳人短冊で占める。長崎俳人も四人、芦香・不雄・蓑田卯七・久米素行（久米調内、去来門）ら。〔**第六扇**〕上段、鷲尾隆長卿の短冊。『改正増補諸家知譜拙記』（大本五冊、文政三年二月板、架蔵）には、権大納言正二位、元文元年九月十九日薨六十五歳と記す。次いで大宮公央には、左中将正四位下、享保四年三月二十一日卒四十二歳と見えて、これら貴人の短冊を配す辺りにも本屏風を仕立てた旧蔵者の社会的身分や床しさのほどがうかがわれよう。中段は信徳・我黒・如泉（「秋懐／世の秋にたえて弓張の鹿驚哉　如泉」句は中七以下が異同）・春澄ら元禄京都俳人たち。我黒短冊は「ほとゝきすをまつといふことを／はや三日たちぬ八十八夜から

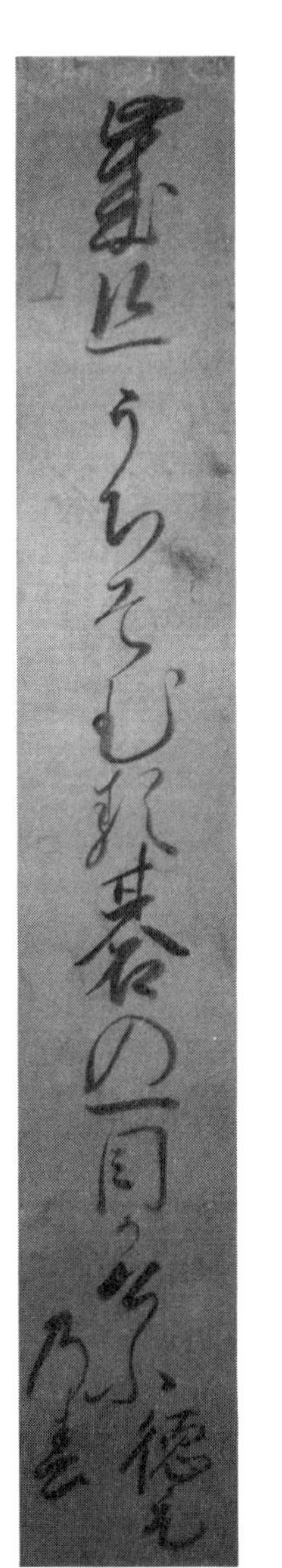

図28

清白翁」とあって雲英末雄氏の名著『元禄京都諸家句集』には見当たらぬ。かくて上隻は江戸の岸本調和句をもって終わる。

下隻。〔**第一扇**〕常套的ではあるが宗鑑の短冊「冬いつもへの留守もれやとの福の神　宗かん」をトップに。短冊の右には「山﨑隠士宗鑑 いつもへの〔琴山〕」の極札。中段には珍しい[註2]中野一三（重頼門）の短冊「白瓜や日本一のかうのもの　一三」を始め任口上人・団野朋之（団野弥兵衛、肥前佐賀の富商）ら共に重頼門下たち。下隻第一扇も重頼系が七葉収録。なお新たなる貼り紙はすべて旧蔵者木村守雄氏の筆になるか。〔**第二扇**〕「雨ふりて地かたまるてふ氷かな　立圃」なる短冊句はすでに『寛文前後古俳諧』所収、徳元一座の折の百韻発句（正保二年成か）にて自筆短冊としては新出。右には「野々口親重入道 雨ふりて〔極〕」の極札。次いで上段には大村可全・季吟・湖春・正立・下村康吉らの季吟ファミリーが並ぶ。〔**第三扇**〕貞徳直門だが、歌学者の加藤磐斎句「むまのとしの俳諧発句／餅つきや今そくふらむ午の年　磐斎」が筆頭。その右には「加藤磐斎 松永貞徳弟子 餅つきや〔極〕」の極札。江戸の未得・京の道高（重頼系）・梅盛と続く。中段は長崎の人一夢。「わら見ても久しくそ祝ふ餝縄　一夢」なる短冊句は維舟[註3]筆『歳旦発句集』にも「加賀金沢／わら見ても久しく幾世かさり縄　一夢」と収録、まま異同がある。下段、高木松意・和泉の浅井正村ら。重頼系は三葉。〔**第四扇**〕上段は津田休甫句を筆頭に池島成政・池島成之・細谷成元・夕翁ら大坂・堺・和泉住の短冊が続く。中段、中村一礼・才麿・一時軒惟中・由平・正法寺成安ら。下段、大坂の岡田悦春、延宝期崎陽俳壇をリードした『つくしの海』の編者内田橋水（出島の商人）「なかむとて鼻毛のはしつ美人草　橋水」や久丸（長崎住）たち。注目すべきは第四扇に上方俳人十二葉（うち堺三）を収録する点であろう。〔**第五扇**〕上段トップに大坂天王寺住の道寸句。次いで堺俳壇の重鎮南元順・保友・松山玖也・西翁・池田宗旦の順に続く錚々たる顔ぶれ。ただし宗因の短冊「ほとゝきすまつやら淀の水車　西翁」を少し下げて敢えて重頼系の道寸や左筆による元順句を上位に据えた点に、所蔵者の俳諧史に対する見識のほどを看取出来ようか。それは堺と長崎俳壇――とりわけ橋水ら『つくしの海』グループとの特別なる俳交に配慮したゆえであろう。中段も堺の阿知子顕成や高瀧以仙ら。第五扇も上方俳人十一葉（うち堺五）を収録。〔**第六扇**〕短冊の配置は上隻第六扇と同様、上段に貴人中山篤親の短冊。前掲書『諸家知譜拙記』には、権大納言従一位、享保元年九月九日薨六十一歳。又、五辻（いつつじ）左京太夫仲賢、正五位下、元禄十年四月八日卒二十一歳と記す。中段、上の六に照応して似船・常牧・堀江林鴻・鬼貫句。さて下段には数少ない近松門左衛門の「先咲し沢の式部や須磨明石　近松平安六十九歳」なる墨流しに杜若模様の短冊が見出される。該短冊は森川氏が詳細に紹介ずみ。掉尾は江戸の調和に対応して大坂の西鶴、「鯛は花は見ぬ里もありけふの月　西鶴」の打曇り短冊、すでに『西鶴記念展覧会目録』（註4）に収録の真蹟短冊の口絵では中七が「見ぬ里も有」である。「鯛は花は」句短冊は二枚になった。以上で下隻を終わる。

ところで、概観の結果、すぐ目につくことは、収録短冊のうち大坂・堺・和泉の俳人三十八名（元順と内田橋水たち）、重頼系三十五名（重頼の長崎滞在による影響か）、長崎俳人十三名という多さであろう。そのことは本屏風のルーツ解明にも大いに関連がありそうに思われる。「雪月花」屏風は（註5）昭和の初め長崎市内の橋本屋亀吉なる一物産問屋の祖先筋によって仕立てられたらしい。（註6）明治元年成「崎陽商人名前」を一見、「万屋町　橋本屋佐助／上筑後町　橋本屋金治郎」なる人物が認められる。因みに万屋町は中島川の東側――右岸にあって町人の町、下町だった。以来百八十余年間、富商橋本屋の奥に、長崎町人の町に、長く長く秘蔵されてきたのである。屏風の成立は露川・燕説の短冊が見えるところからも一七四〇年代――元文・寛保の交かと推考しておきたい。とすれば、百九十枚の貼り交ぜ屏風自体が、上方俳人たちと初期長崎俳壇交流史の一断面を見るが如き感がする。本屏風の個性もそこに見られよう。その後、「雪月花」屏風の遍歴は中原道徳氏（久留米市、昭59歿）を介して松村吉太郎氏（久留米市国武丁、故人）――二宮冬鳥氏――木村守雄氏

（柳川市、故人）と伝来されて、昨今京洛の地に確かに健在ではあるが、それらの物語は後日詳述したいと思う。

註1　「古人との談笑―貼交屏風『雪月花』―」（『研究資料日本古典文学』第七巻、昭59・6）参照。
註2　図録『西鶴と上方文化』（昭52・9）№91「一三子発句短冊」の解説（27頁上）参照。
註3　寛文五年成。中村俊定先生『俳諧史の諸問題』所収、358頁参照。
註4　目録には、「一幅、東京伊藤松宇氏御所蔵」とある。三越、昭6・6。
註5　前掲、二宮氏は発見記で「この屏風は旧幕時代は長崎の某家に秘蔵され、昭和になり久留米の某家に移されていたもの」と述べられる。
註6　写本『外務諸書留』に収録。長崎県立長崎図書館蔵。

〔附記〕　本稿を成すにあたっては、渡辺庫輔氏「蕉風以前の長崎の俳諧」、大内初夫氏著『近世九州俳壇史の研究』等に負うところが多い。又、有益なる資料のご教示をいただいた久留米市民図書館調査研究室・長崎県立長崎図書館史料課の皆様、貴重なる屏風の拝見をお許し下さった御所蔵者柳孝氏に心からお礼申し上げる。

（昭60・5・20稿）

〔追記〕　脱稿後、中西啓先生のすでに『太白』誌所載の数々の御論考によって、本屏風が長崎における去来の俳統山口拝之（太左衛門増寿）の後裔たる丸山の引田屋のちの花月楼・山口家旧蔵のものであること（二宮冬鳥氏も同様の見解）を知り得た（花月楼に関しては古賀十二郎氏の研究や末裔山口雅生氏の自伝『長崎丸山花月記』に詳述）。よって訂正する。あるいは花月楼――橋本屋亀吉という線も考えられようか。杉本屋こと古沢亀吉とも。中西先生・山口雅生氏夫人に深謝する。

（昭60・7・3記）

○

竹下工氏が仮に名付けたる貼交屏風「雪月花」は、実は長崎丸山遊廓の引田屋花月楼（寄合町六番戸）の伝来品であった。そのことは、本山桂川著『長崎花街篇』にも「……其外、二曲屏風半雙と六曲屏風一雙との詩文が今に秘蔵されてある。」（花月楼遊興―283頁）と触れられ、更には中西啓氏が、「長崎における去来世代品」（『太白』、昭46・6）のなかで、

ところで、去来五世の香月鞍風から、世代は移つ

て去来六世を継承したのは丸山の引田屋主人山口拝之であつた。拝之のことは別稿に述べたので、ここでは省略するが、非常に俳諧に巧みで、鞍風もその技量を高く評価してゐたやうである。ともあれ、拝之の伝承した去来世代の遺品としては、二見形文台と、去来自筆の「千歳亭記」があつた。拝之が去来六世として立机したとき、大村の川原悠々も賀句を寄せて挨拶した。鞍風以前から伝承

図29　幕末期の旧蔵者・山口太左衛門拝之（『長崎丸山花月記』より転載）

してゐたと思はれる去来世代の遺品としては、前記、文台と去来自筆「千歳亭記」のほかに、長崎来遊諸俳人や長崎俳人の短冊類を貼り合はせた大屛風（大牟田の二宮冬鳥氏蔵）や『雪月花』に収められた多くの色紙短冊類があつたのである。

と詳述しておられる。幕末期に去来六世の俳統を継いだ山口拝之（図29参照）は、引田屋十一代めで太左衛門増寿、幼名は寅太郎。当時の崎陽文人墨客グループ

「長崎書画清譚会」を主催する文化人だった。文政元年五月に頼山陽が長崎に来遊、丸山の引田屋に滞在して主人の拝之と雅交を深めている。天保五年（一八三四）一月十七日に四十一歳歿。法名は「奇石院釈拝之居士」という（『長崎丸山花月記』昭43・6及び中西啓氏「去来六世拝之の墓など」）。

「雪月花」屏風は、昭和の初めに、長崎花街を離れて久留米市国武丁住の松村吉太郎氏（昭45・3・25、九十二歳歿─墓碑）に移った。松村氏は旧久留米藩主有馬家の用達商人の後裔で石炭販売業、その規模とプロフィールを『久留米市勢一斑』（筑後日之出新聞社編、大4）から引用する。「……君は益々業務の発展を企図し大正二年本店を当久留米市に移し唐津を出張所となし尚ほ鹿児島線及び長崎線に於ける要地に支店出張所代理店を置き三菱社取扱に係る福岡県及び長崎県内産出炭をも併せ販売することゝなり九州全土及び朝鮮の一部各需要家へ石炭供給をなしつゝあり、君は資性温厚意志健強にして寡慾の人也、信用上下に厚く徳望自ら備る。」と。とにかく幕末以来、屏風の遍歴は一地方の近代経済史の陰にかくれて転々と経てきたことは否めまい。

（平元・7・15校）

二、翻刻

上隻

〔第一扇〕

和歌に師匠なき鶯と蛙かな　貞徳

極札貼付「誹諧師貞徳 和哥に師匠（琴山）」。

此月やのほれは下る富士詣　好元

貼り紙「二本松住日野氏」。

餅花はしろくもきねかしらけ哉　貞伸

秋風に例のうなつく薄かな　重頼

貼り紙「貞徳門弟松江維舟」。

」上

年か輪なら苦楽もぬけん今朝の春　釈□也

花さかは付んといふや馬に樽　貞盛

からかさやかたけて通るひとしくれ　雅克

杉原と雪をやミわの神の庭　正春

十夜寺にこもり侍て／群しうや跡より声のせめ念仏　中焉

吹からに秋の草葉そ若たはこ　宗岷
貼り紙「京松江氏」。　」**中**
墨の絵や筆による波藤の花　文伊
着て出るや能にもかものあかかしら　近吉
貼り紙「大坂松江氏」。
散かゝるやまふき挟む田螺哉　盤谷
孕句を去年とやいはんけふの春　松安
鬼灯の実やさんこしゆの丸ぬかし　三也
雪におれて冬に鳴けりはちは竹　胤及」**下**

〔第二扇〕

嵯峨の山もやねにやつゝくさうふ谷　貞室
極札貼付「安原正章入道 嵯峨の山も 〔極〕」。
川勝氏の極印。
いむといふなそなたにむきて真桑瓜　広寧
貼り紙「京住松浦氏」。
花なれや雨にくちあくほとゝきす　正由
貼り紙「貞徳門弟宮川氏」。
出ぬ間ハかけの拍子か鼓草　正俊
雪に梅とれか花やらおちよほ〱　催笑

貼り紙「因州鳥取住」。　」**上**
千句の独吟に／をのか非をおもへは
ひるのほたる哉　元隣
水ちや屋ときこむくらへそ花の蔭　玄竹
あふてひまあけもやすらむ星とほし　林元
紅葉見やこなたも名にあふ色好ミ　宗臣
よまれても又聞うたや郭公　一守」**中**
蛍の句故人の尻をなめたりけり　三千風
今日は独青葉見て居る坊主哉　東湖
本尊をとひか掛たか時鳥　一睡子
歳旦／山なミやよろしき国のかさり台　清勝
着かさって田のあせとをる春辺哉　鞭石
生置や舟なかしたる伊勢桜　元辰」**下**

〔第三扇〕

九月九日／梅ハ兄中か弟か桃花菊　西武
貼り紙「貞徳門弟山本氏」。
またや見んかたの五徳のまハり炭　良庵
短尺の雲に声あり郭公　西随
初声やむにやくむさん鵑　道節

貼り紙「貞徳門弟末吉氏」。

春ハなをわらにてしりぬかさり縄　吉氏

貼り紙「京住原氏」。　」上

木鋏は藤浪越る鮹哉　重□

子規四面に初夏の声もかな　立貞

書初やわさと一筆申候　良以

十六夜や水のぬけたる薄のほ　宇鹿

何者そ匂ふてありく朧月　助叟

埋火や関所と成てとりの声　任他」中

布曳の瀧にて／春はまた木布か霞む瀧の水　一直

夕顔のつるしまははやけふの月　怒風

□との方へのおとつれに／梅か香を握込るや雪礫　一介

きくやいかにほとゝきす屋の松右衛門　随流

跡先の暮る青田や笩の宿　梨里」下

〔第四扇〕

ふゆこもりまたよりそはん此柱　はせを

貼り紙「伊賀主」。

鶯や鼠ちり行ねやの隙　其角

蜀白魂啼や湖水の笹濁　丈草

初雪やよるふり置て空見せぬ　土芳」上

剃立しつふりあはれに秋の風　曲水

応々といへとたゝくや雪の門　落去来

蟷螂のほむらに胸のあかミ哉　史邦

秋風や猿も梢の小いさかひ　正秀

真夜中や振かはりたる天川　嵐雪

そはの華まちてやたてる岡の松　支考

鶯やこすゑは鵶（カラス）おきなから　野坡」中

ふたつあらはいさかひやせんけふの月　智月

鴨川の一瀬になりし寒さかな　風国

春の夜に寝道具かすかよしのやま　洒落

曇る日の上帯しめよ川柳　露川

ひたるさになれてよく寝るしもよかな　惟然」下

〔第五扇〕

歳旦／うちそむる碁の一目かけふの春　徳元

花待嶋／花の時内侍ならへむ嶋詣　蘆香

かゝる露や尾花か袖の玉たすき　玄札

富士ハ雪の笠よしめ緒ハ雲の帯　　正恒
　貼り紙「江戸松村氏」。
蕣の威に有明の月もけをされぬ　　素堂」上
注連の外は青苔をほす戒嶋　　久村
いか栗や猿にても汝おそるへい　　湛乎
としの暮猿も木こりに別れけり　　不雄
蟹を見て立寄岨の清水哉　　桃隣
鶯の海見てなくや須磨の浦　　卯七
雨雲やかせもうしこみ江戸桜　　諺世」中
月影の藪うつりしてきぬたかな　　素行
ふしきの□よしの□旅を思□の浪
帰国の雪／ころは花の□れぬそこしをれ歌　西国
重陽／幾まかり松つたひきて菊の露　　挙白
箒木や女さうしの杉の色　　鷺水
夜興／鐘も鳴れ今宵はもの〻氷る迄　　涼菟」下
〔第六扇〕
なかれ木にしらぬ里見る蛙哉
　貼り紙「鷲尾隆長卿」。
卯月きて音ふとになくか時鳥
　貼り紙「大宮公英卿」。
花筏水行川のくまて哉　　千之
鬼よかせ岡見する夜の蓑と笠　　貞恕
大和にも織からむしやならさらし　　武珍
　貼り紙「権禰宜荒木田武珍」。　」上
初紅葉時雨そねまん中もミち　　出口氏貞木
五月雨や茂ミか中の花柘榴　　信徳
ほと〻きすをまつといふことを／はや
三日たちぬ八十八夜から　　清白翁
秋懐／世の秋にたえて弓張の鹿驚哉　　如泉
京にさへ茶をもむ人ハもみにけり　　松春
下臥や花盗人の心あて　　春澄」中
さても〳〵つよきお酌そも〻の酒　　是計
水くさき明の湯婆の契りかな　　燕説
白見世や難波へ持たす化粧水　　其諺
梅の癯愛て空也に手向けり　　幸佐
涼しさのうはもりハ月の雲間哉　　調和」下

下隻

〔第一扇〕

冬／いつもへの留守もれやとの福の神　宗かん
極札貼付「山﨑隠士宗鑑 いつもへの〔琴山〕」。
来る春やあねはの松を京土産　宗隆
貼り紙「京住中井氏」。
試筆／書初やいろはの一二三ケ日　幸和
まつ白なついせうなれや雪を花　俊安
貼り紙「備前岡山志賀氏」。
住吉汐干／住吉や汐干かわかぬ茶屋か喉　渡辺氏 勇」**上**
勢州くした川をわたるとて／櫛田川
ちれる一葉や髪のお地　桂葉
白瓜や日本一のかうのもの　一三
瀧口はいつ受領して泉殿　任口
剃捨て法に入けり神無月　朋之
ぬけし実やつらぬきとめぬ蓮の糸　塵言」**中**
白炭や温けなる雪の色　宗甫
初春の心や常の水の味　三岡
鶯の客かみをしれほとゝきす　金貞
夢をなす小蝶や花に酔の中　宗英

初老の元旦／大ふくの茶や一休ミ老の坂　支世
花の香もゆひ添はやの柳髪　貞□」**下**
〔第二扇〕
雨ふりて地かたまるてふ氷かな　立圃
極札貼付「野々口親重入道 雨ふりて〔極〕」。
川勝氏の極印。
元日／鶯や音に六張の弓始め　可全
貼り紙「京住大村氏」。
柳／青丹よし楢に花むら紅葉　季吟
貼り紙「はせを翁の師」。
興つきてかへるとハいつ花の雪　湖春
貼り紙「季吟息」。
波のうへの影やおとらせ月のかほ　正立
花の比閉口をする風も哉　康吉
貼り紙「京住下村氏」。」**上**
風筋のとをりを見する落葉哉　和年
短冊の紙もつなくや普賢像　重貞
和歌の浦にかへらぬ雁や文字餘り　昌房
芋の番こよひの月に棒つくる　夢現」**中**

のひ過て去年とやいはんことし竹　信勝
千句巻軸／石のミか年うちこさん雪礫　重昌
水鶏／あすの夜とやくそくしたに
水鶏哉　蘭斎
朝かほの露ハ夜の間の寝汗かな　久次
枯やらて拙なや欲の根指草　空存」下

〔第三扇〕

むまのとしの俳諧発句／餅つきや今そ
くふらむ午の年　磐斎
極札貼付「加藤磐斎 松永貞徳弟子 餅つきや 〔極〕」。川勝氏。
禅寺の花に心やうきさうす　未得
貼り紙「貞徳門弟江戸住」。
秋来ぬとつむなはいかに風の音　道高
花いくさ梢によする嵐哉　三征
花にうき風や柳に物わすれ　梅盛
貼り紙「貞徳門弟高瀬氏」。」上
廻文／今朝庭に花はやはなハ庭にさけ　春可
黒かきの念珠つなきにやあまほうし　吉信
とらのせに児の昼寝そ夏の雨　洞水

鞠にすれて條先うこく柳かな　林可
歳旦／かとの松麓の柑子海老の海　只風
わら見ても久しくそ祝ふ餝縄　一夢」中
夜会に／寒き夜をしるよししたる
奈良茶哉　重種
明て見むふたして桶の水の月　松意（※高木松意）
扇とは空言よたゝ夏の月　正村
さゝ竹の大宮人や大かさり　氏愛
声なきや我精のむしほとゝきす　祖法」下

〔第四扇〕

ちはやふるかミこを幣にしくれ哉　休甫
すゝけたれと床めつらしや補之か梅　成政
貼り紙「堺住池島氏」。
餅花になさはなりなむ太山柴　成之
下戸ならぬ男山とや夕霞　成元
羿か妻の縁月弓や入佐山　夕翁
貼り紙「難波了安寺」。」上
雪の波大坂の富士やあはちやま　一礼
秋風や銀杏落たる芝のうへ　才麿

ぬす人宿けふさらしけり秋の月　一時軒
乗物も時雨の亭とかゝれたり　永重
いかに伍子胥杉焼好の鬼かなく　由平
秋まてハ鉤いりのする蚊帳かな　成安」**中**
外の木や近付もとす山桜　正信
凩のすりこきとなる木末哉　悦春
朔日より此所にまかりて／十日まて
月にハにくし須磨の海　風子
なかむとて鼻毛のハしつ美人草　橋水
夕闇に菱蕎咲かたや引板の音　路通
咲桐の花に竿さす釣瓶哉　久丸」**下**

〔第五扇〕

坊主寒し高野の住ゐの冬籠　道寸
左筆／木枯に上戸独や峯の松　元順
新しき月ハ上戸のさかなかな　保友
への字なりにやつてや花に帰雁　玖也
ほとゝきすまつやら淀の水車　西翁
元日／それか中に梅を大服のはしめ
かな　宗旦」**上**

初老ニ／四十から賀てした物そ年男　長治
畑枝もかはらけ色の紅葉哉　吉盛
紀州にて／涼しさは布引の松やあせの
こひ　顯成
神かへりはや住の江に月の末　以仙
亥子／下戸ならぬもゐの子ハよしと
もちひ哉　山石」**中**
秋風や磯のあら〱なく千鳥　その女
道頓堀にて／春のけしき人に見せもの
やとらのとし　幾音
憎まれてひとり花見の七ツ時　天垂
富士にて／秋を待雲よりふしの小雨哉　豊柏」**下**

〔第六扇〕

うつせ貝むせふ雹の田螺哉
　貼り紙「中山篤親卿」。
千貫松之有木屋ニて／しけるとも是程
にとハおもひきや　日能
　貼り紙「貞徳門弟本勝寺」。
熊谷の花はちったりすほろ坊　定政

貧学の合力安夜飛蛍　元好
ふみたつるあしのうら邊のくひな哉
貼り紙「五辻左京太夫質仲卿」。」**上**
夏もきえぬ徳の高さや富士の雪　鳥井氏 忠知
仙源に／なかつきや水成連歌紹巴の字　似船
冷しき野とはなりたり裸馬　常牧
産眉よのひすちゝます若夷　林鴻
むかしやら今やらうつゝ秋のくれ　おにつら」**中**
先咲し澤の式部や須磨明石　近松平安 六十九歳
元日／むすふらん歯朶の初朝水車　丈竹
木からしの果はありけり海の音　言水
三輪ニて／春雨の調子をさける檜原哉　屋長
鯛は花は見ぬ里もありけふの月　西鶴」**下**

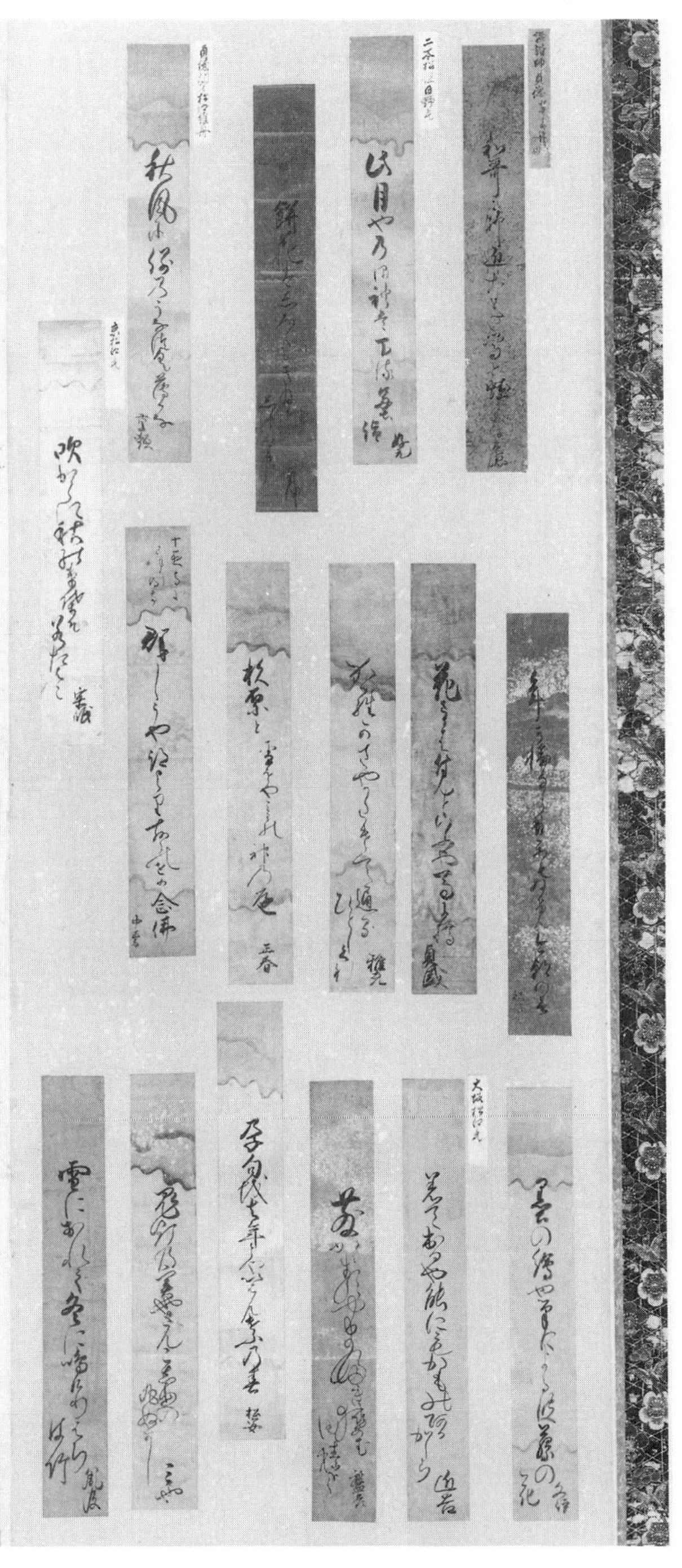

図30 上隻第一扇

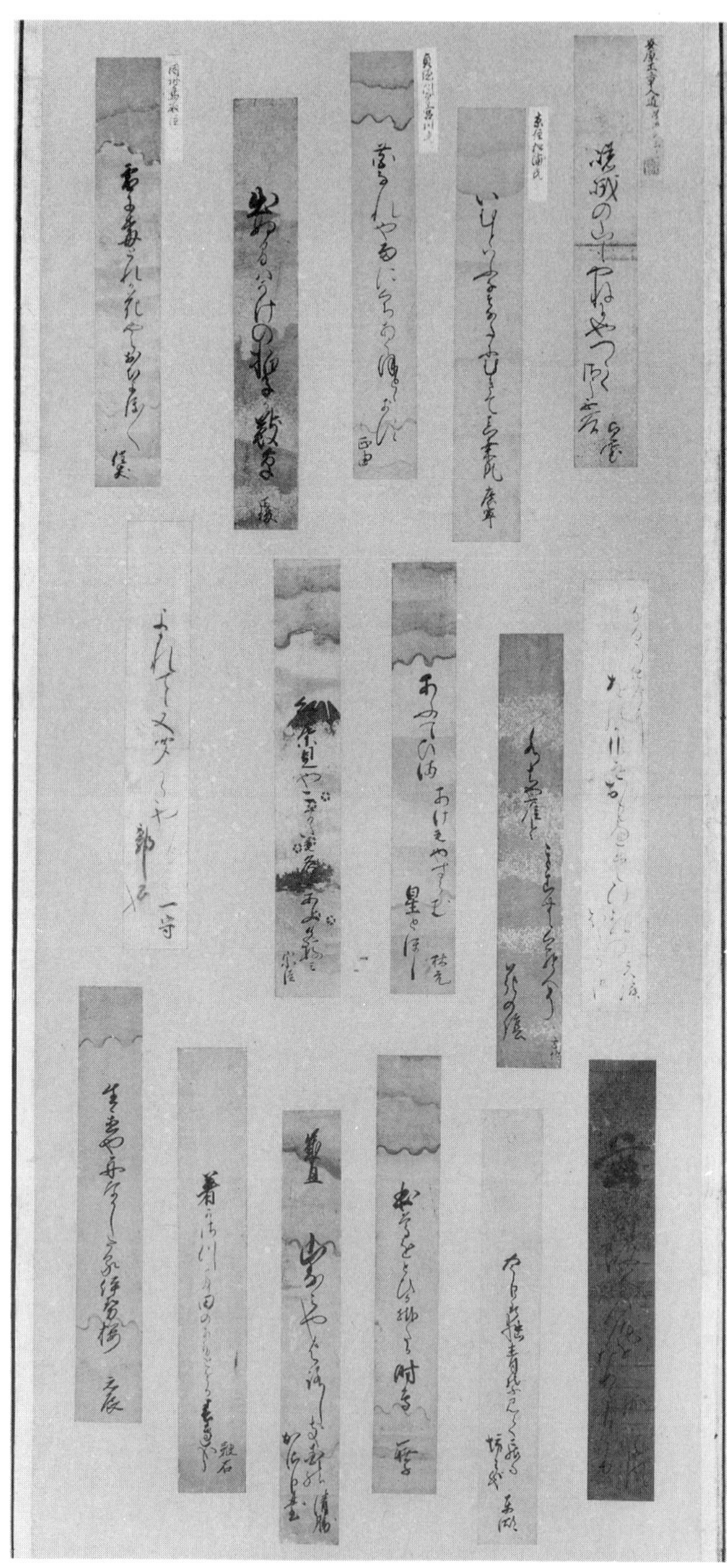

上隻第二扇

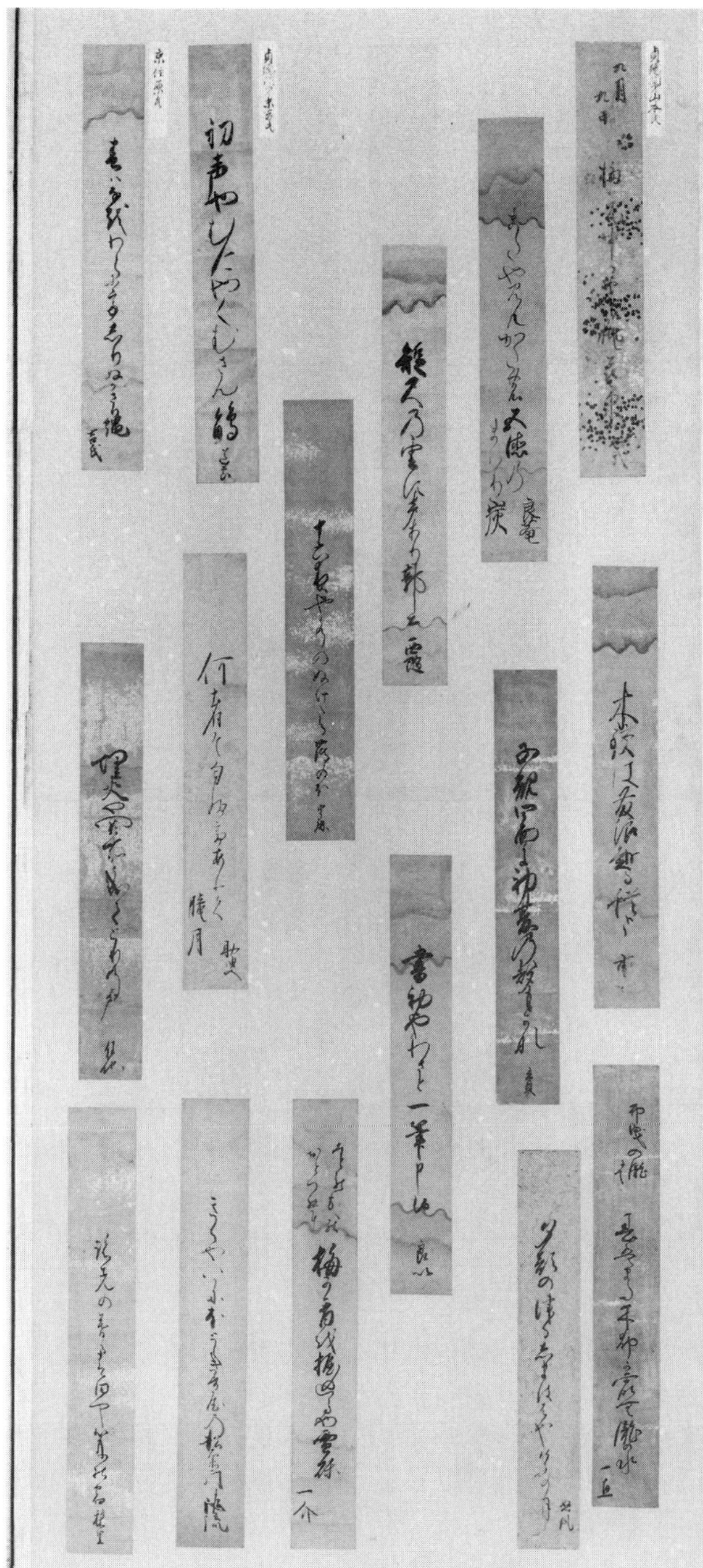

上隻第三扇

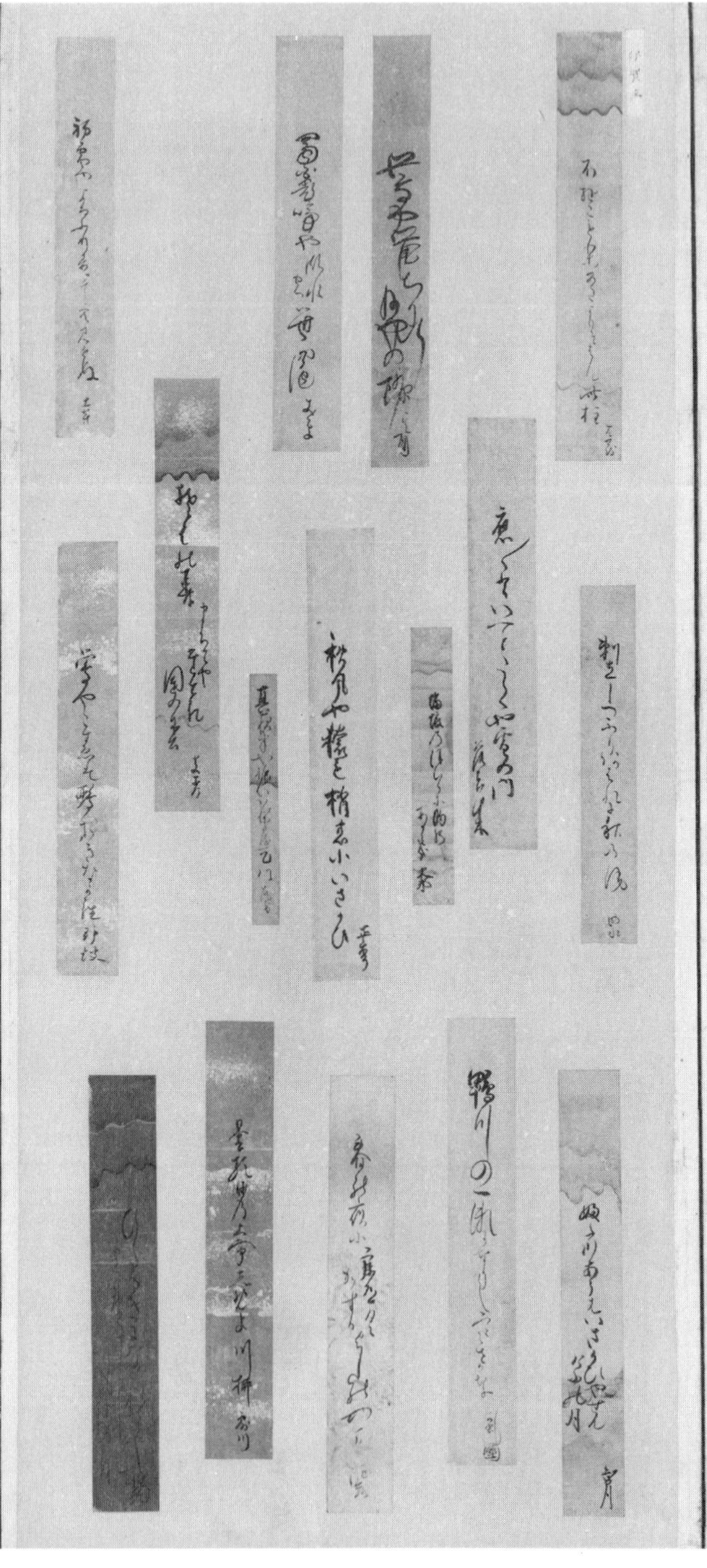

上隻第四扇

上隻第五扇

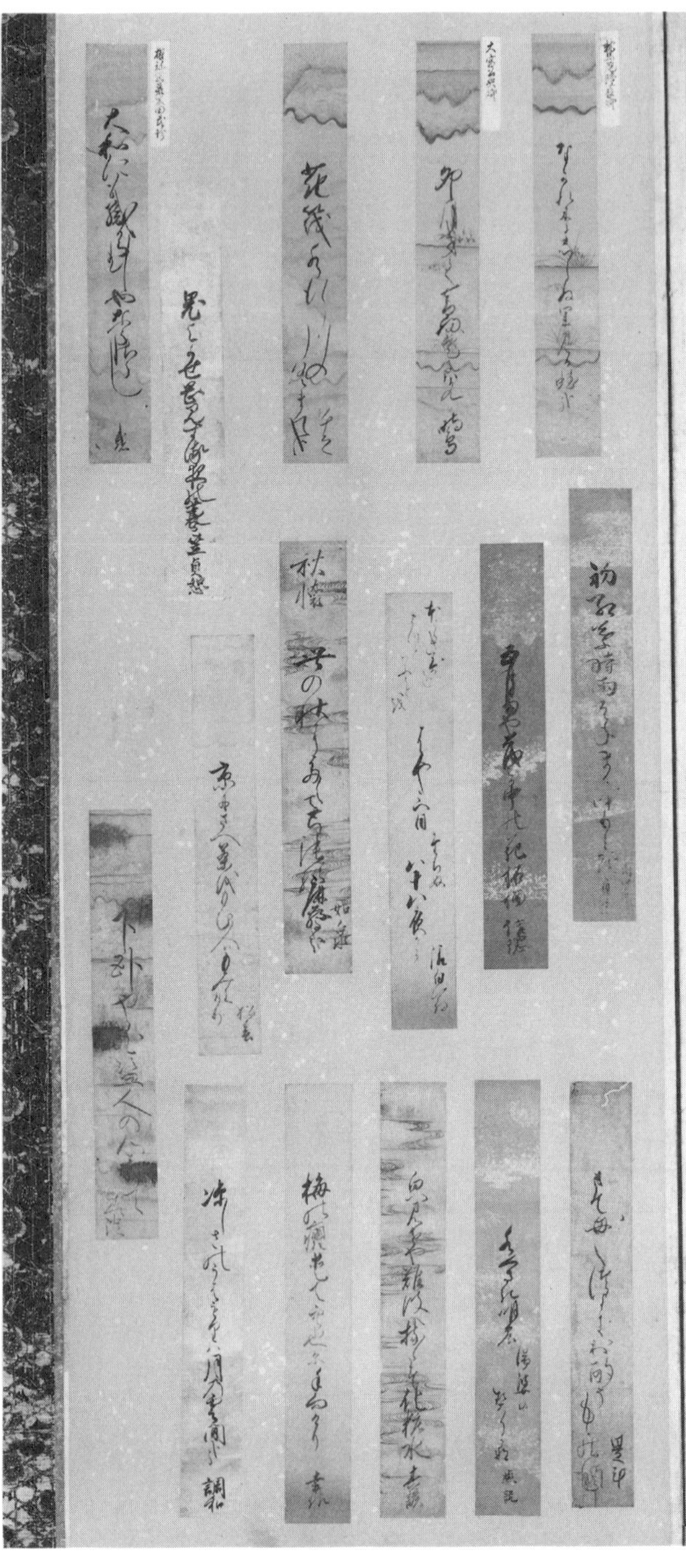

上隻第六扇

下隻第一扇

下隻第二扇

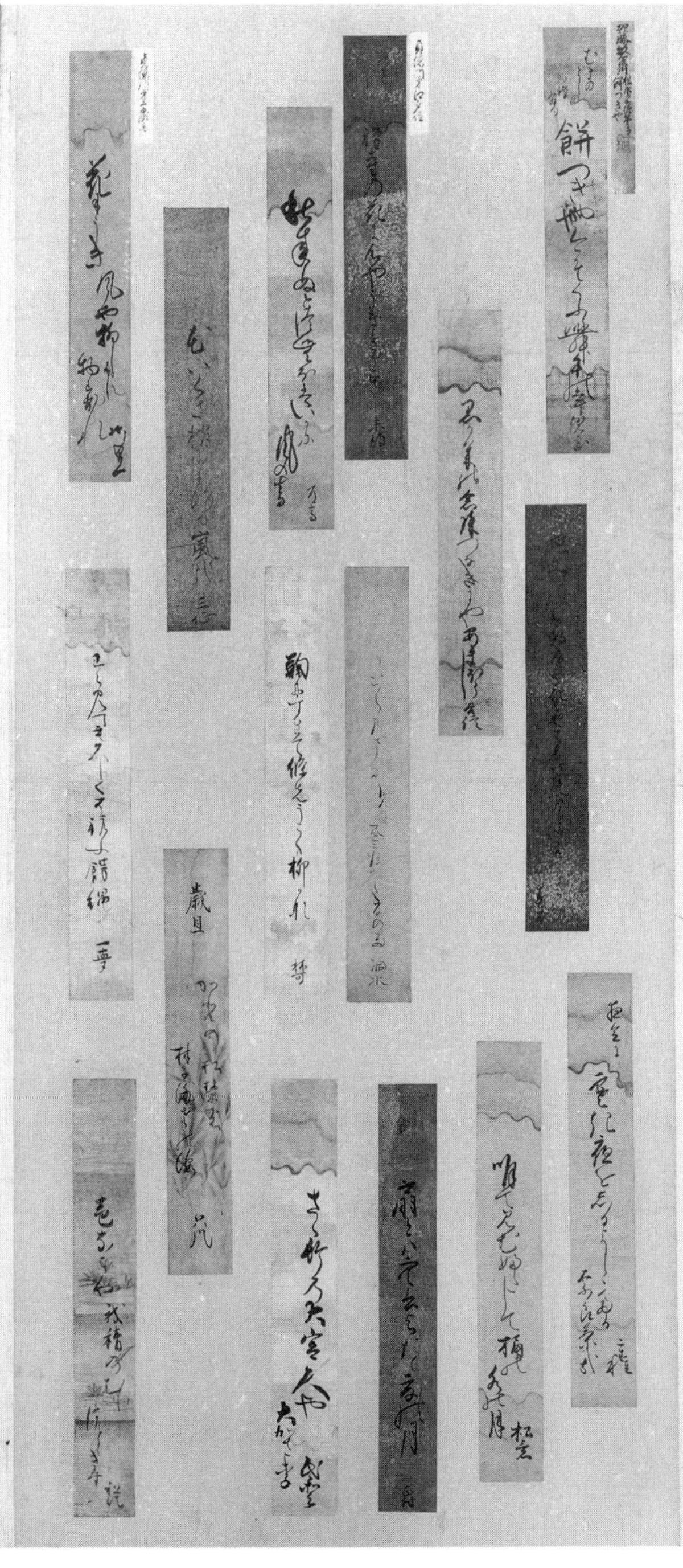

下隻第三扇

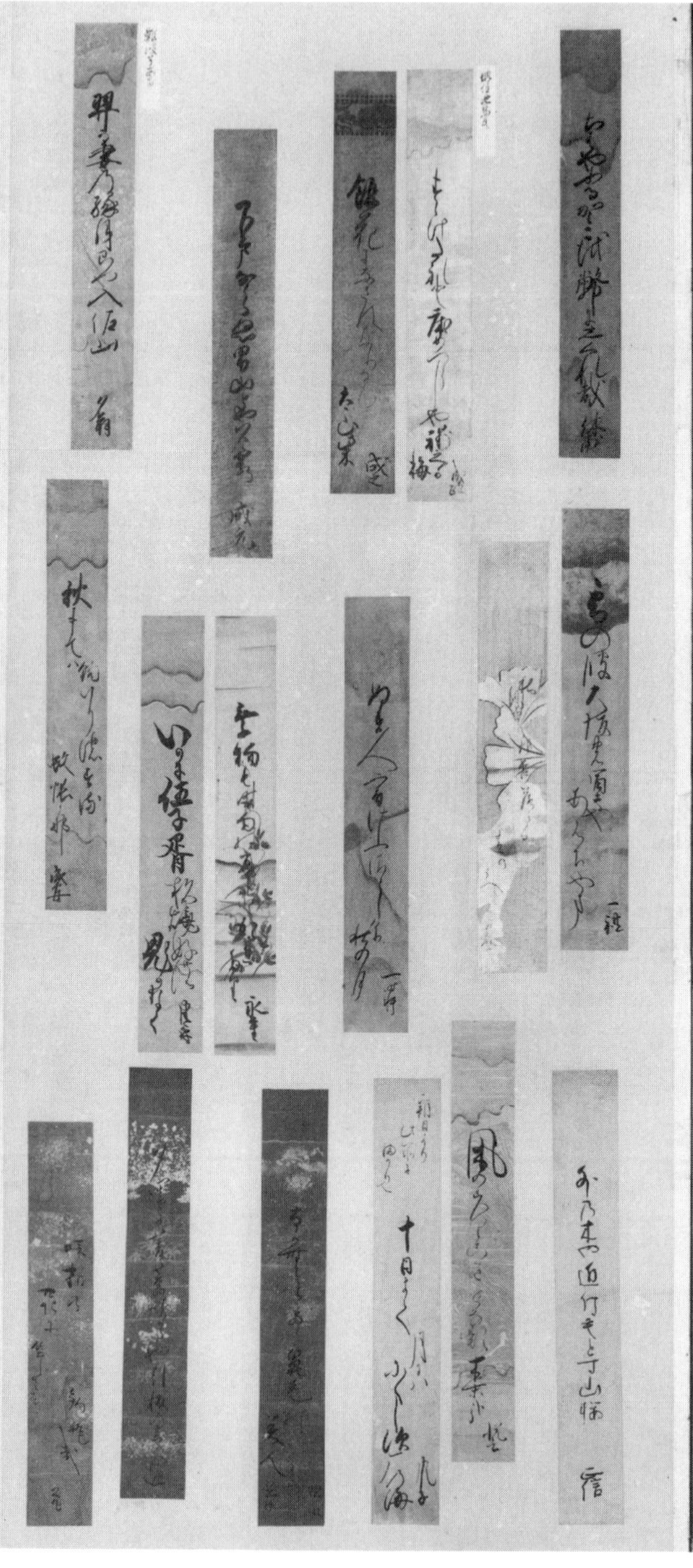

下隻第四扇

下隻第五扇

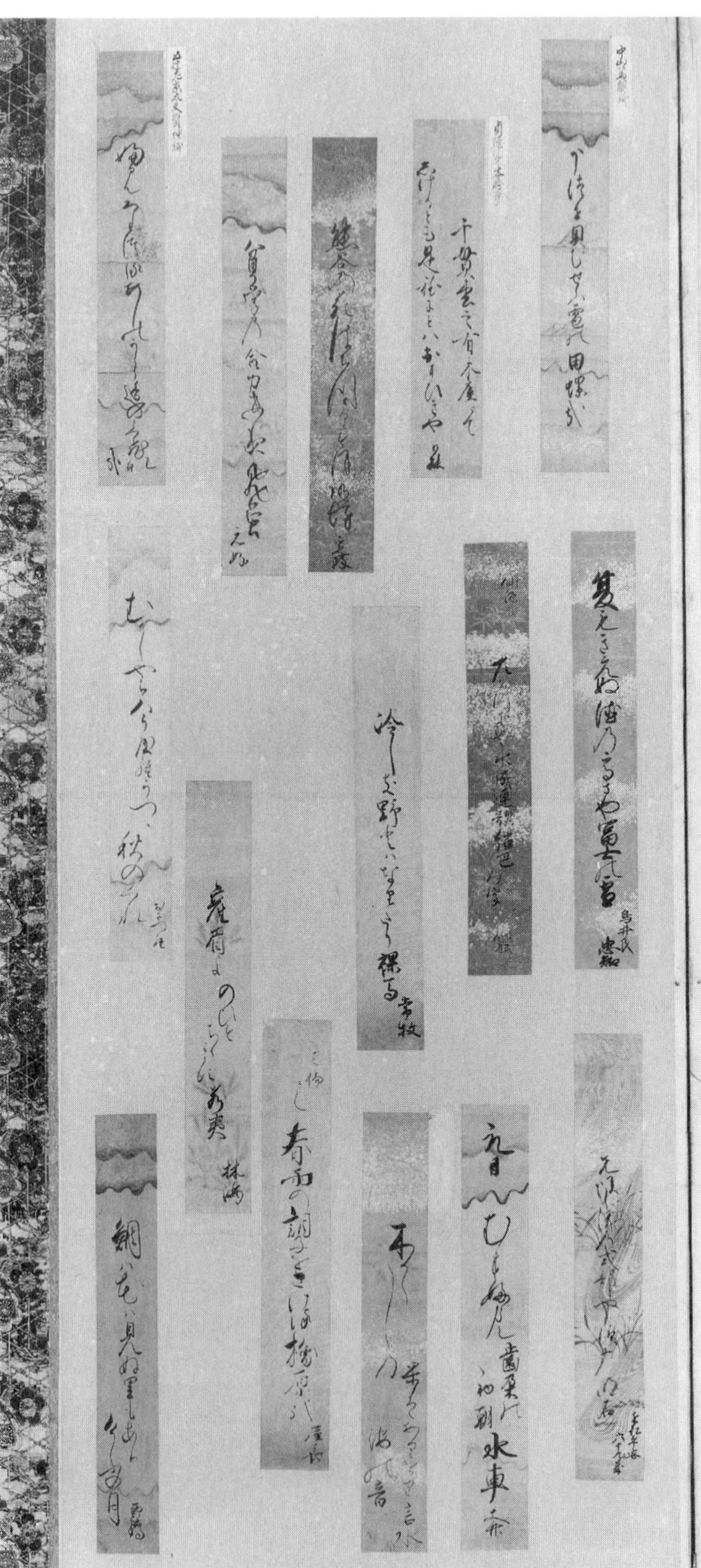

下隻第六扇

古短冊礼賛

一、古筆了佐

幕末の京都中立売堀川東に住んだ、俳人諧仙堂こと浦井有国（安政五年九月、七十九歳歿）は世に〝短冊天狗〟と称せられ、集めた二千余枚のなかから百八十九枚の優品を模刻、『眺望集』と名付けて正続二冊の手鑑を自家出版している。その正篇（文政七年八月序）に古筆了意が序文中「見るに皆詠ませ玉ふ歌なり　眺むればその心さへみえていとかたじけなればいにしへの心くまれて水茎のたへぬ流れを見るぞかし」と記す。さて、私の江戸期俳人短冊蒐集歴はかれこれ十五年以上になるだろうか。うち短冊研究文献だけはおおかた揃え得たつもり、なかでも大正三年三月刊行の、『古今俳句短冊帖』特大本春・夏二冊には開巻に「天覧」の印記が刷り込まれ、和紙にすべて原寸大による原色版の贅沢な手鑑で大和綴、宝にしている。蒐集の目的も前掲の了意の「いにしへの心くまれて云々」と同様であるが、そればかりでなく俳人伝記研究や筆蹟鑑定、俳書の板下調査にも大いに役立っているような次第。範囲は寛永期から幕末までとしているが、わが陶玄亭短冊帳を一見すると、どうしても元禄前後の里村南・北家を始め徳元（※七葉）・重頼・蝶々子・宗因（※西翁号）・益友ら、貞門・談林ずーっと降って化政期にかたより勝ちになってしまうのは否めない。

ところで、本書第一部「徳元伝覚書」の冒頭で、徳元研究に関連して右了意の祖先古筆了佐について筆跡と伝記を略述した。旧冬に脱稿してから間もない平成二年二月二十七日の午後、私は京都竹屋町の文藻堂を訪ねた。実は気にかかっていた岩波午心（ごしん）の短冊を求めるためではあったが、すでに売切れ。買った客人の俳識にひそかに敬意を表しながらも残念に思った。それから短冊箱の上の棚に眼を向けると、そこに思いがけなくも無署名なれど、紛れもなく了佐の自筆狂歌短冊があった。こんなときに、かつて岡田柿衛（かきもり）翁は私によく「霊が呼ぶのだヨ」とおっしゃった言葉が想い出されてくる。不思議な因縁というものだ。

色違い打曇り、金描下絵草花文様。了佐八十賀の自詠歌で、「八十にもをよふはちをもわすれつゝ／花にむかふもあちきなの身や」とある。短冊の裏には貼り紙で「古筆了佐自詠」と墨書する。慶安四年春の作であろう。極（きわめ）札（ふだ）は表に「正覚庵八十にも［琴山］」、裏に「八十にも了佐短壬子九(栄)」と記す（図31参照）。因みに「琴山」方形印の欠陥箇所ならびに筆蹟からみても息子の二代了栄の晩年、すなわち寛文十二壬子年九月の極（きわめ）である。徳元と貞徳の関係はライバル、意識し合う間柄で仲はよろしくない。了佐は仕事柄かその貞徳にも発句短冊を所望したようである。良徳編『崑山集』巻第二・春部に、

図31　古筆了佐短冊と極札（架蔵）

古筆了佐所望のうち

雲と花いづれをにせとめきゝ哉　　同（長頭丸）

とある。

了佐の短冊は少ない。その夜私は、書斎で急ぎ藤沢市にお住まいの末裔たる古筆最也(よしや)氏宛に一報したことであった。

〔追記〕後日（※三月二十六日）、私は友山文庫主中野荘次先生の宅にお伺いして文庫蔵了佐短冊数葉を拝見させていただき比較検討、先生も了佐筆とおっしゃる。うれしかった。

〔余滴〕話はかわるが、過日、文藻堂から書画目録『書跡』22号が送ってきた。五頁の上段、八条宮智仁(としひと)親王の短冊幅が目に留まる。

「積雪　ふむ跡ハたゆとも庭につもれたゝ／つくらぬ雪の山とミるまて　智仁」とある。因みに書体は『思文閣墨蹟資料目録』215号記念特集号（平2・5）に所載の短冊幅「河月　見るかうちになかるゝ月の影を今／しからミとむる河波もかな　智仁」（135頁）と同じ。文藻堂の売品は金襴三段装で美、思文閣の約半値、妥当な値段であるけれども私には高嶺の花だ。最近、文藻堂の目録には八条宮家のものが時折載る。18号の第一頁にも智忠親王和歌懐紙幅がそれ。

陶玄亭短冊帳にも一葉「聞恋　よそなからきかまほしさの人の上を／なとなをさりにかたるなすらむ　智仁」。打曇り、若々しく張りのある筆致で署名は「智」の上に「仁」を重ねるように書いてある。書体は『眺望集』収載のものに同じ。了佐短冊のときもそうだが、私にとって右、智仁親王短冊は斎藤徳元研究の周辺資料だから。徳元は今出川御門内の、八条宮御所出入衆の一人である。

二、辻宗順・田すて女など

1

もう三年程まえの夏も終わり近く枚方三越デパート五階の催物会場に於て、「京街道と枚方」展が催され、そこに見事なる六曲一双の和歌懐紙貼交屛風が出陳せられたのである。所蔵者は枚方市尊延寺二―26住、深尾武氏。近世初頭の短冊類が多くてどれもこれもが華麗、殊に美濃の貞徳門下で旗本の岡田豊前守善政（よしまさ）（父は伊勢守善同（よしあつ）、母は朝鮮人女隆正院（りゅうしょういん））筆になる和歌短冊一葉、大坂談林系の長谷岸紫（がんし）の句短冊を見出すなどびっくりだった。以下、あらあら紹介する。昭和六十三年八月二十五日午後実見。

上隻

〔第二扇〕

○和歌短冊（牡丹花肖柏）

春曙　□そ身さへくるしき花鳥も／□音ミたさぬ春の明ほの　牡丹花

〔第三扇〕

○和歌短冊（岡田将監善政、打曇り、書体は定家様）

雨後月　むら雨はやかて晴ゆく草の原／露をたつねてすめる月影　善政

〔朝倉茂入の極札貼付〕「岡田豊前守　むら雨は／有名印」

岡田善政（よしまさ）は慶長十年京都に生まれ、俳号を満足（まんぞく）と号する美濃貞門の俳人。右「雨後月」短冊は豊前守叙任以後の詠であろうから、万治三年以降か。因みに風雅を好む人善政像をうかがわせる自筆書簡を、かつて小竹園こと森繁夫氏が所蔵しておられた。それは昭和十一年五月に大阪城天守閣で催されし『森繁夫氏所蔵徳川時代先賢書翰展観目録』（大阪市刊）中に、

四〇　岡田将監　延宝五年歿　年七十三

美濃大野郡領主、従五位下、豊前守、名義政、幅仕立、極月二十二日付、兼好家集の事。

と見えている（昭40・10・31、大儀義雄先生のご教示）。延宝五年六月二日に江戸の三田舘で卒、七十三歳（位牌、『岡

田略系譜』）。詳細は拙稿「岡田将監善政俳諧関係資料」上下（『郷土研究岐阜』2・3号）を参照されたい。極の朝倉茂入は名を道順、古筆了佐の門人である。

○発句短冊（重堯、打曇り）

人丸　梅の匂ひとまる柳のかミも哉　　重堯

〔第四扇〕

○発句短冊（長谷岸紫）

茶の花の奥ハ都の辰巳哉　　岸紫

『俳諧大辞典』岸紫（がんし）の条によれば、「長谷氏。大阪住。談林系の俳人で、元禄期の俳書に句が散見するが、『花見車』の評によれば、作家としての地位は低かった〔荻野清〕」とある。珍短であろう。

下隻

〔第二扇〕

○懐紙（里村紹巴）

伊勢物語断簡

〔極札〕「連歌師里村紹巴　あひおもはて印（朝倉茂入）」

〔第四扇〕

○発句短冊（西田元知、すすき模様）

悼　風またてかきりある世の落葉哉　　元知

西田氏、通称三郎兵衛、京都の人で貞徳門（『誹家大系図』）。西田元知短冊は『誹諧師手鑑』に収録されるのみ。

〔第五扇〕

○連歌懐紙断簡

相にあひぬけふより三の初子日　　玄仍
かすみにあくる家〳〵の松　　昌琢
さと人のかへす田面に打出て　　紹巴

右は歳旦連歌懐紙であろう。発句を勤めし里村玄仍は紹巴の子。脇句は景敏ならぬ昌琢号であるから、制作年代は慶長五年正月以後であろうし、紹巴が歿する同七年四月十二日七十九歳までの間と見る。すれば「けふより三の初子日」と詠んでいるので、慶長六年の歳旦連歌としておこう。とに角、紹巴最晩年の資料としても貴重である。参考に奥田勲氏の『連歌師―その行動と文学―』(評論社)を読まれたい。なお貼紙(右上)「里村玄阿」とあるが、むろん玄仍の誤りなるべし。ほかに連歌師宗牧の懐紙断簡があった。なお深尾家は豊臣時代以来続く旧家の由である。

2

ことしも歳末、いま稿を急いでいるのだけれども、著者の古短冊蒐集の方向づけは春以来矢継ぎ早に刊行される『思文閣古今名家筆蹟短冊目録』(もう10冊も出た)を眼にすることで、いやおうなしに鮮明にはなっていった。徳元短冊三葉をトップに西洞院時慶・里村昌叱・同玄的・三江紹益(稀短)・脇坂安元(稀短)らの名品を入手する。これらはかつて友山文庫の先生宅で拝見ずみ。思文閣さんにひそかに鳴謝したい。従って寛永文化圏に生くる人々、例えば八条宮家や『時慶卿記』に登場する文化人たちの筆遣いを私は実感したかった。

水無瀬氏成　八条宮家御出入ノ衆の一人で、『時慶卿記』寛永五年三月十六日の条に徳元と共に登場する。この日、今出川の八条宮御所に於て能の会が催され権中納言の氏成は出席した（本書第二部「徳元年譜稿（寛永五年の項）」）。色違い打曇り。「月前虫　九重やさらてもあるをなく虫の／ねてあかすへき月の影かは　氏成」（図32参照）。裏書き「水無瀬殿　題雅庸」と貼付（図33参照）、それは揮毫を求めた依頼者の紙片であろうか。なれども氏成はあえて「月前虫」と題して書き送ったのだ。なぜか含むところがあったにちがいない。平成三年七月二十二日、文藻堂にて入手した。『思文閣短冊目録』3号にも氏成短冊が収録（No.230）。

さて、ことしの収穫は芸林荘から京都の連歌師辻宗順と北村季吟門の田すて女（※平3・8・2）の二短冊を入手し得たことであろうか。宗順のほうはちょっと高かったけれども無理をしてしまう。なぜなら右短冊にはいささかこだわりをもっていたからだった。

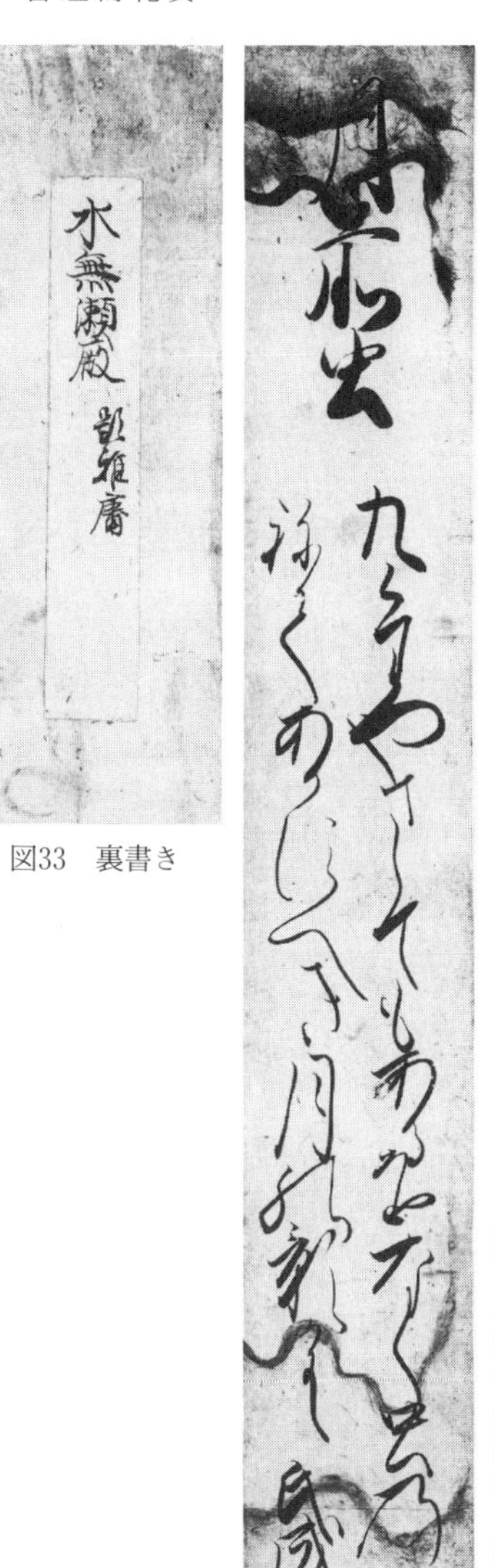

図32　水無瀬氏成短冊（架蔵）

図33　裏書き

辻宗順（内侍原宗順）　金描柳模様。「枝たれて鋪や御池の玉柳　宗順」（図34参照）。『誹家大系図』立圃門―宗順の条には「辻村氏、通称勘右衛門、初名ハ長運、薙髪シテ□ト号。京師ノ人。」とある。管見では宗順筆の短冊は『誹諧師手鑑』後集（佐倉笑種編、元禄十三年陽月上旬序）に、

京　辻宗順

過るとも二日酔せし一夜酒　宗順

と見え、『俳人真蹟全集』第一巻「貞門時代」にも一葉「水はなれするなにかはのかきつはた　宗順」が収録されるぐらいでほかには見当たらない（95頁）。むろん架蔵「枝たれて」とは同筆である。稀短だ。

ところで、前掲書『時慶卿記』の寛永五年三月四日、十六日の条には、連歌師宗順が橘屋慶純・徳玄（徳元）と並んで登場する。むろん宗順も亦、連歌師としての資格で八条宮家に御出入りが許されている。因みに福井久蔵博

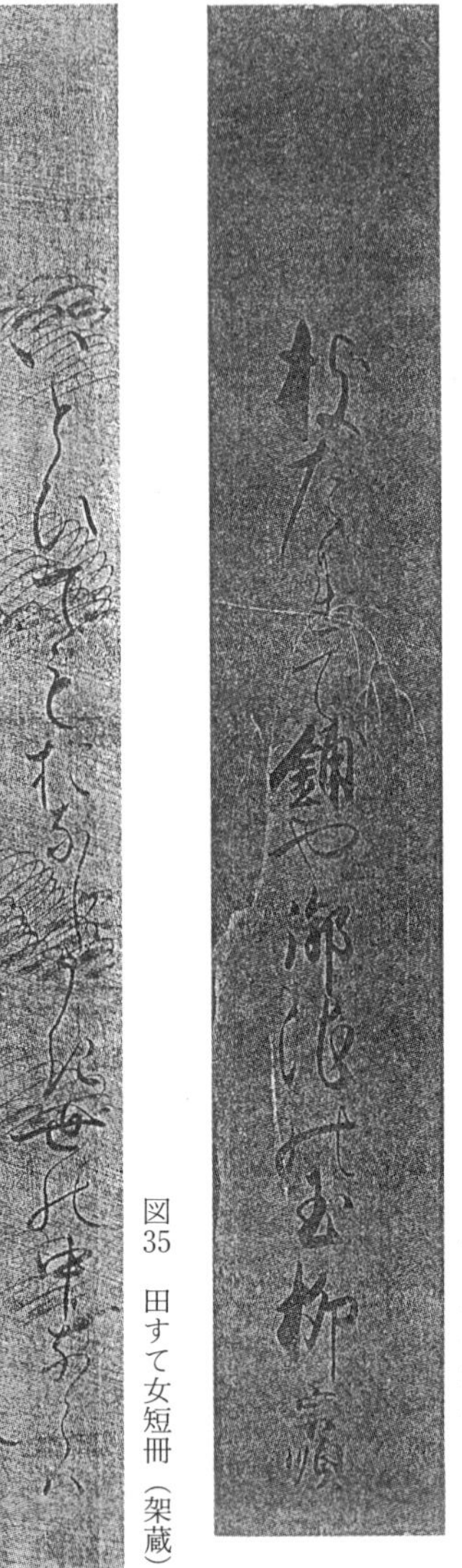

図34　辻宗順短冊（架蔵）

図35　田すて女短冊（架蔵）

士の『連歌の史的研究』(有精堂）にて検すれば宗順出座の連歌会は頁数で五三頁分も認められる。そしてそれは文禄年間から寛永五年夏ごろまでで、ほとんどが慶純と名を連ねているのであった。安楽庵策伝自筆『策伝和尚送答控』(寛永九〜十一年）にも「奈子原宗順」の名が見える。因みにこの頃登場する連歌師友甫も野々口立圃系。さて架蔵短冊の、近世初期らしい料紙や慶純短冊と同じく連歌様の筆蹟、句柄からも推考して私は右辻（辻村）宗順とは同一人物なりと見たい。平成三年一月二十三日入手。

田すて女　結構短冊で、「いとひてもおなしうき世の中ならハ／つらきをしらぬこゝろともかな　ステ」(図35参照)。手許の森繁夫著『田捨女』(昭3）を繙くと、すて女（元禄十一年八月十日、六十五歳歿）は丹波国氷上郡柏原に田助右衛門季繁の長女として出生。季吟・松堅門下にて和歌・俳諧を学んだ。延宝二年すて女四十一歳の秋八月二十一日、夫季成が病歿、享年五十歳。従って右の詠は延宝二年八月以前の制作になるか、以下略。ともあれ、すて女の和歌短冊はたいへんに珍らしく、例えば文藻堂書画目録にも短冊幅「つごもりをとまり所かとりのとし　ステ」(『書跡』24号）が、金二十万円也で載っているような次第である。

（平3・12・23稿）

古俳諧資料片々

一、貞室改号の時期

いったい、「貞室」改号に関連して貞徳二世継承は実際にはいつ頃であったろうか。うち曇りならぬ快晴の土用うしの日、私は古書肆杉本梁江堂の好意で新収の二曲一隻徳元・卜養ほか短冊張交屏風を実見することが出来た。さて、屏風左隻に収める新出の貞室短冊一葉を左に紹介しておく。短冊は打曇り文様である。

慶安第五／壬辰暦元日／試毫

十二支の枝にやひらく年の華　　正章

慶安五壬辰年の歳旦句、時に四十三歳。因みにこの年九月十八日、承応と改元。翌承応二年正月、『紅梅千句』が成立（「正章」号）。十一月には師の貞徳が歿する。そして同三年の歳旦句に「貞室」と改号している（小高敏郎・森川昭両氏の研究）。貞徳在世時の右慶安五年・承応二年正月は未だ「正章」号であった。

二、犬も歩けば

平成四年十一月の末に私は午後、大学からの帰途、京都河原町へ出、いつものように寺町通夷川上ルにどっしりと構える古書肆芸林荘を訪ねた。因みに今は亡き芸林荘の先代については反町茂雄氏の著作『一古書肆の思い出』

（平凡社）にも散見する。それはかねて予約済の蕪村自筆「氷る燈の」句短冊の代金内入れを少々入れておくためにであった。色違い打曇り。「氷る燈の油うかかふ鼡かな　蕪村」。右「氷る燈の」句は『蕪村自筆句帳』（尾形仂氏編著、筑摩書房）に、「貧居八詠」の一句として収録される。山本唯一氏の『洛陽句抄』によれば、蕪村は六十歳前後から、仏光寺通り烏丸西入ル南側路地に住んだ。そして安永三年冬に、「貧居」と題して、「我のみの柴折くべるそば湯哉」「氷る燈の油うかゞふ鼠かな」「歯豁に筆の氷を噛ム夜哉」などと詠んでいる。中七の「油うかゞふ」が、いかにも蕪村的で隙をうかゞう鼠の鋭い目つきがユーモアに表現されていておもしろい。又、筆蹟面でも前掲書『自筆句帳』に収録の影印あるいは『俳人の書画美術』5（集英社）等と見較べるに、特に中七以降に自筆としての特徴が認められよう。ほかにもう一枚、先代遺愛の売品短冊に「ミしか夜やいとま給る白拍子　蕪村」（打曇り）があった。いずれも新出短冊だった。

今はもう昔、愛知県犬山市在にお住まいの横山重先生を、私は例年の如く年始にお伺いすることにしていた。いつの年だったか、清談のなかで先生が澁澤敬三の著作『犬歩当棒録』（角川書店、昭36）なるユニークな書物を紹介せられたことがある。なれども著者は、ただ拝聴するばかりであった。そのことはさておき、同じ日に芸林荘で幕末期の俳諧作法書たる、『俳諧やへがき』下巻一冊をとても安く入手した。奥のうす暗い和本類の書棚に何気なく置かれてあったのだ。小本零一冊。『国書総目録』によれば、白梅園鷺水編であるという。原装。波模様に白茶色の原表紙、左肩には四周単辺の原題簽「俳諧やへかき　下」とあって、美本である。刊記は無し。因みに『国書総目録』にて検すれば、本書の伝本は数少なく僅かに日比谷加賀と松宇に所蔵されるのみである。貸本屋の「江州日野／鋳物師村／山二竹村八」なる印記。書入れは「宣長秋受ハヨ」。お目当ては例句として徳元句が四句も入集せられているからであった。目次風に内容を記す。今論語、切字之条々、題取の発句仕やう、七のやの注、八字の付所、故事古歌取用る法、等類に成ル句ならぬ句の分別、等々。つまり初心者向きの携帯に便なる体裁の俳諧作法書であった。徳元句を挙げておく。「**じ**　やまとともからともいはしこまのふり　徳元」「**こそ**　筆にこそ墨染さくらかはさくら　徳元」「**け**　名にしをハヽさけ月〳〵の廿日草　徳元」「**二字切**　何と見ても雪ほとくろき物もなし　徳元」。

さて、いま私の書架には『犬歩当棒録』が存在する。その表紙裏に「犬棒かるた」が掲出、「い」の条には「江戸　犬も歩けば棒にあたる／京都　一寸先は闇」とある。研究資料との出逢いも亦かくの如しか。ことしは、きのえいぬ年である。

〔**補記**〕『犬歩当棒録』は先年、キクオ書店で入手した。

三、慶友短冊入手記

二月二十四日（木）の昼下がりは小雪がちらつく寒い日で、折柄、私は車の音かしましき谷町筋の下り坂を、京阪の天満橋駅へと急いでいた。大阪城から吹き下ろす寒風が頬にこたえる。改札口で、ふっと気が変わって松坂屋の七階に立ち寄り、〝刀剣骨董市〟を見て回ることにした。幸にも初日だった。北浜に店舗の木下美術店コーナーには、骨董市にしては珍しいほど古短冊や色紙類がたくさん売りに出ている。値段も例えば京都市内の専門店と較べてみてうんと安い。さて私は、この木下さんの店でまことに思いがけなくも徳元と親交ありし半井卜養の短冊を、素早く見つけたのだ。むろん安かった。

卜養は半井氏、初め慶友のちに卜養と号した。堺の人で徳元とは俳交密、江戸五哲の一人、延宝六年十二月二十六日歿。七十二歳。すでに森川昭教授の完璧なる諸論考「半井卜養年譜」（『卜養狂歌絵巻』）ほかがあるので、参照せられたい。色違い打曇り、金描下絵草花模様の華麗なる短冊におのずと時代色が見られよう。「郭公　かしましき太皷にならへ時の鳥　慶友」（図36参照）。裏書は、「六十一」と墨書、思うに以前短冊帖に貼付せられしものか、マクリである。因みに森川氏執筆の『俳人の書画美術』1．貞徳・西鶴篇に収録の短冊、「そひよけれ四角柱に門の松　慶友」及び自筆『卜養軒慶友法眼百句付』（寛永九年六月成）等と見較べるに、自署「慶友」を始め連歌様の筆致には、自筆なりと断定してよろしい。

図36　半井慶友短冊（架蔵）

新収の右卜養短冊は、初期の「慶友」号であった。慶友卜養の短冊はきわめて数少ない。友山文庫主中野荘次先生の編に成る『和歌俳諧人名辞書』にて検すれば、

『誹諧師手鑑』（9頁）、『賀茂川』

『俳人真蹟全集』第一巻「貞門時代」

元日／立春／なりけれハ　春と春赤人丸か立こくら　慶友

元日　あら玉子かへりて立やとりの年　慶友（145頁）

もしほ草かきそめするやあらめてた　卜養（45頁）

『心のふるさと』（361頁）、『短冊』昭続三

と、わずか七枚を数えるのみ。『思文閣古今名家筆蹟短冊目録』でさえも見えない。いわゆる珍短であった。

（平6・3・6、藤沢に向かう車中にて稿）

〔追記〕 右、卜養慶友の「かしましき」句の鑑賞については、復本一郎著『芭蕉歳時記』(講談社選書メチエ一一七) に詳述 (100頁)。

河端家の貞門俳系資料
——貞恕・幸佐・河端己千子など——

元禄十一年六月刊行の『三番船』は河端己千子昌音の跋である。己千子は枚方の近く招提村の人で、寛文三年四月七日生まれ。父は河端太右衛門昌英、母は同村片岡半右衛門宗信の娘「岩」という。因みに片岡家には不卜編『江戸広小路』の完本が秘蔵されている（山本唯一氏の論考）。河端家は代々庄屋職を勤めた。己千子は次男で童名を卯之助、元服して小八郎、通称を太郎兵衛、俳名己千子・貞幸、別に契竹堂・稽疑軒・帰去斎とも号した。高田幸佐門。元禄十一年七月、乾貞恕のすすめによって貞徳正伝五世となる。享保十九年十二月十二日、七十二歳歿。墓碑は八幡市橋本、本満寺末の旧本祥寺墓地に在って和泉砂岩に成る位牌形で磨滅がひどく、正面に「貞幸先生碣銘」そして漢文による略歴が、左横に「門人　井上貞輔」ほか九名の名が刻されてある。その末裔河端義一氏が現在、交野市星田に在住であった。さて、私は右の河端家蔵の資料をもとに、貞徳・貞室歿後の俳系、幸佐の歿年月日、貞恕の享年と『花見車』の信憑性、そして河端己千子の略伝などをささやかながら報告しておきたいと思う。

イ、貞徳歿後の俳系

河端家には六角形に成る金縁黒塗りの位牌一基が伝来され、その各面に俳祖貞徳を始め、己千子までの各世代の法名が刻まれている。傍線の箇所は墓碑銘と異なり新見である。

俳祖　逍遊軒貞徳明心大居士

二世　一嚢軒正章釋貞室居士（※法名新見）
三世　一嚢軒貞恕日伸大居士
四世　幽竹堂幸佐松貞大居士（※法名新見）
五世　了脱院帰去斎貞幸日愿（※河端己千子昌音）

因みに同家に伝わる数点の秘伝書類から俳系に関連する記事を抄記してみる。

□貞徳作『白砂人集抜書』（横写本一冊、己千筆）
（年記）承応二年正月下旬　長頭丸（※新見）
次いで貞室の「私考」が八頁分、末尾に、

鶯ハたゝ霧にむせひて　　貞室在判

とある。巻末識語は、

右白砂人集者貞徳居士道統／三世犬井貞恕所持之本以貞室／自筆之書写之作
貞徳正伝五世　己千（花押）
元禄十二年卯三月上旬

□宗祇著『文葉』（横写本一冊）
「すさむ」以下、語の解説から始まる。
（年記）延徳二年正月十八日　宗祇在判（※新見）
次いで幸佐自筆の巻末識語。

右一冊者一嚢軒貞恕翁／以二自筆之本一予依レ為二所労一／以二他筆一乞二書写一作努々不レ可／レ有二外見一者也

高田幸佐（佐幸）（朱印）

すでにして幸佐は病身であったらしい。

□『肖柏口伝之抜書』（横写本一冊、己千筆）

（巻末）四月三日　　宗養判

次いで、

此一巻於周防山口一覧　近衛龍山様／宗端公江御進上之以御自筆写之作

※慶長九十月晦日

玄仍在判

（※新見）

識語は、

右本者貞徳正伝四世高田幸佐／所持之本以玄仍自筆書写之誠以／此道之奥儀末代之重宝也　及後代／敢勿洩窓外云尓

元禄八年三月上浣　河端己千（花押）

以上、掲出の年記・識語からも位牌に刻まれたる俳系が確かなものであることを理解出来るであろう。なお三世貞恕歿後の仲冬に、己千子は鳥羽の実相寺に於て貞徳翁五十年忌を営んでいる（短冊）。

元禄十五午霜月十五日／貞徳翁五十年忌に

鳥羽の／実相寺にて

駒とめて扨ハと拝せ雪仏　　己千子 貞幸

ロ、幸佐の生歿・享年と河端己千子略伝

河端家代々の当主が書き継いできた家録『招提興起伝記』（大写本一冊、本文八十丁）に記す己千子略伝及び幸佐の歿年月日のくだりを左に抄出しておこう。

舎弟（※廿七世峯昌ノ弟）

河端太郎兵衛昌音　寛文三癸卯四月誕生　歌学連誹ハ高田幸佐子（貞徳正伝四世号ス二幽竹堂松貞居士ト一）ノ弟子也

元禄十一戊寅七月十四日幸佐子卒去ノ砌乾氏貞恕翁（貞徳正伝三世之道統也　号ス二一嚢軒日伸居士ト一）ノ命ニヨリテ己千子昌音ニ貞徳五世ノ道統ヲ嗣シメ誹名ヲ己千子貞幸ト云リ　又契竹堂稽疑軒ト号ス………

昌音十六歳ノ時延宝六戊午年ヨリ京師ニ寓居スル事三十六箇年ニシテ正徳三癸巳ニ至テ招提村ヘ帰住ス　兼テ矮屋ヲ営ミ自帰去斎ト号ス　一生無妻ナリ

享保七壬寅三月十八日剃髪（干時六十歳）法諱了脱院貞幸日愿居士ト号ス

幸佐歿後、それまでは先師の身の回りの世話に徹していたらしい己千子が、貞徳正伝五世の道統を継承するに至った経緯を、翌元禄十二年歳旦句の前書で述懐している。

元禄十弐己卯年

試毫　貞徳正伝三世乾氏　貞恕

筆の山硯の海を吉書かな

過しとしの秋先師（※幸佐を指す）世にたのミすく／なかりし時そのいとすちをむすべ／よとありしかともとより無智に／して烏焉のあやまちをたに／わかされハあまたたひ辞すといへ共／乾のおきなその外これかれのい／さめもだしかたう請つぐといへと／いまた心にまかせさる身なりし／ゆへゆづり葉かさるへき軒端も／なし只するゐはるかなる事を思ひ／よりて

同五世己千

結ひつぐすゑ長からんかさり縄

更に、己千みずからの追悼歌ならびに悼句（共に短冊、同家蔵）にも、

先師幸佐翁に／をくれて悲しミの／餘り追悼し奉る
元禄十一寅七月十四日／行年五十弐歳
朝夕にかよひし針の道絶て／いともかなしく残る衣手　己千

元禄十一寅七月十四日／先師高田幸佐翁
世をさり給ふにより／悲しミの餘り追悼／し奉る
一葉のちりて残りの色かなし　己千子貞幸

とある。すなわち幸佐は正保四年に生まれ、元禄十一年七月十四日に五十二歳で歿したのである。己千子ときに三十六歳、やはり『花見車』の記述には信憑性があるだろう。

ほかに幸佐の作としては、己千子と交互に詠み連ねた「招提八景」（懐紙、元禄四年成カ）なる作品がある。とりあえず幸佐の発句のみ抄出しておこう。

其一　日置宮松嵐（前書略）
木からしにまけぬを松のちからかな　幽竹堂幸佐（※『元禄京都諸家句集』に収録）
その三　日置山夕照（前書略）
継尾鷹ののし羽をてらす入日かな　幸佐
その六　高野道行客（前書略）

たひ人かしくれにやとる一里塚　　幸佐

其七　左以古川蛍（前書略）

誰為に川筋見せてゆくほたる　　幽竹堂

〔幸佐自筆和歌懐紙〕（軸装）

四方の海／なゝつの／みちも／わか君の／御代そおさまる／はしめな／りける

（方形朱印）佐幸

以上の如く雲英末雄氏の大著『元禄京都諸家句集』所収、「高田幸佐篇」を少しく加筆訂正させていただいた。

八、貞恕の享年

すべて己千子が清書した、歳旦三物の懐紙類（同家蔵）である。

元禄十三庚辰年

歳旦　　貞徳正伝三世乾氏　貞恕

宝算も長かれやつかれ九々の春

以下、同五世河端氏己千・梅湖・熊掌ら。

元禄十四歳次重光大荒落

試筆　　貞徳正伝三世　貞恕

襁褓をむ月とよめることし哉

以下、同五世己千子・梅湖・熊掌ら。

元禄十五壬午暦

試毫　　貞徳正伝三世　貞恕

にくからぬ人の正月ことはかな（※『花見車』に収録）

以下、同五世己千子貞幸・梅湖・熊掌ら。

元禄十三年時、上五「宝算も」は第百十三代東山天皇（※御年二十六歳）を指すのであろう。下五に「九々の春」とあるから、貞恕は八十一歳。従って元禄十五年八十三歳歿とする。これは『花見車』の記述に一致する。このとき、己千子は追悼句（短冊）を手向けた。

乾氏貞恕居士ハ貞徳翁より／道統の伝三継にしてきこえも／高き家桜を曙草の朝風に／花をちらせる末葉のもの光りを／失なふこゝちして追悼し奉る

落花せししつえはへなや家さくら　　契竹堂　己千子

更に降って己千は享保三年三月四日に、貞恕翁十七回忌法要を同門の中川貞佐亭に於て時に貞佐三十九歳、営んでいるのである（短冊）。

〔附記〕貴重なる伝来資料の閲覧と撮影・発表を御許可下さいました河端家のご厚情に対して、鳴謝いたします。又、札埜耕三先生のご教示にも、梶村佳世・関佳香の両君にも御礼を申し上げます。

（平2・11・25稿）

梅翁著『俳諧新式評』書誌稿

はじめに

土芳著『三冊子』に、

貞徳の差合の書、その外其書世に多し。その事をとへば、師「信用しがたし」と云へり。「その中に『俳無言』といふ有り。大様よろし」と云へり。

とある。又、同様な記事は、去来の『旅寝論』にも見えている。

さて、芭蕉をして「大様よろし」とまで推奨せしめた作法書『俳諧無言抄』の作者は、岐阜加納の信浄寺の二代目住職梅翁（元禄二年十一月二十日歿、享年六十七歳）であった。因に、版本『俳諧無言抄』中本七冊は岩波の『国書総目録』によれば、東大図書館洒竹文庫（註）（七冊完本）と天理図書館綿屋文庫（二冊目欠にして六冊）に蔵せられているのみである。

梅翁の著作について先学南信一氏は、御論考「俳諧無言抄について」（『国語』東京文理科大学終結記念号、昭28・9）のなかで次のように述べておられる。

……梅翁に北村季吟の秘伝を伝えた『俳諧新式評』というものもあったらしい

更に続けて、

太田成和氏の書かれた「釈了恵（梅翁）略伝」（信浄寺蔵）によれば、梅翁の著に北村季吟の秘伝を伝えた『俳諧新式評』というのがあり、写本一冊が太田氏によって蔵せられていたが、これも戦災の厄に遭ったという事である。

したがって『俳諧無言抄』のほかに、『俳諧新式評』なる著作が存在していたらしいことを、すでにして南

図37　写本「俳諧新式評」表紙
（岐阜県立図書館蔵）

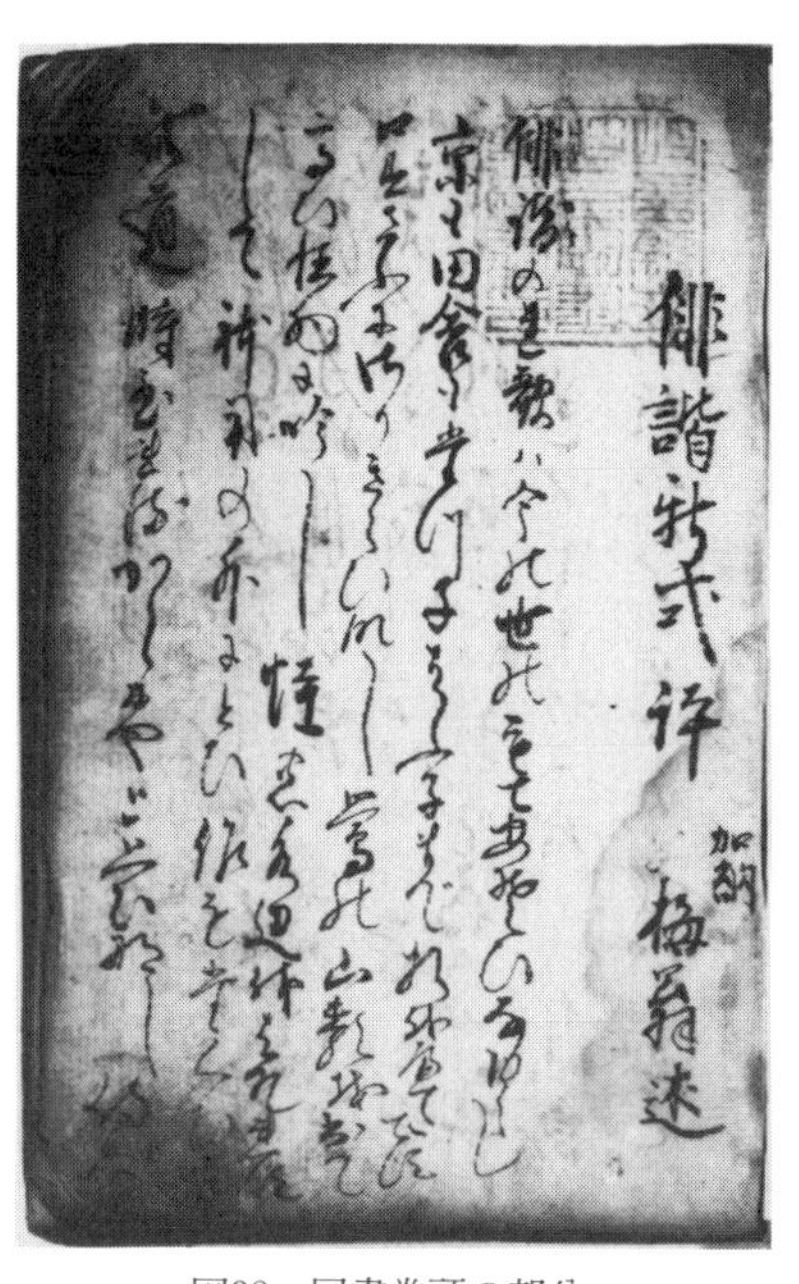

図38　同書巻頭の部分

氏は明らかにしていらっしゃったわけだ。

　昭和四十三年七月二十四日、私は岐阜県立図書館の一室で郷土関係俳書の調査を進めている折に、はからずも一冊の中写本たる右、幻の一書『俳諧新式評』を見出したのである（図37・38参照）。そしてその紹介を翌四十四年十月の俳文学会第二十一回全国大会（滋賀大学）に於て発表したことであった。

　試みに『国書総目録』第六巻・「俳諧新式評」の条を検索してみるに、

俳諧新式評　はいかいしんしきひょう　一冊　(類)
俳諧　(著)梅翁　(写)岐阜

と見えていて、岐阜県立図書館蔵本のほかには、まず現存しない模様である。内容については、前記『俳無言』とほとんど同一である。思うに『俳諧新式評』は、『俳無言』の稿本か。

註　尾形仂先生・中野沙恵氏の御調査によれば、洒竹本巻二のうち第二十一丁目の部分が欠落との由である。

一、書　誌

岐阜県立図書館蔵。図書番号、九一三―五〇〇。加納梅翁述。中本の写本一冊。

寸法　縦一九・七糎、横一三・六糎。

表紙　表裏表紙各一枚にして、裏葉色表紙（後補カ）。袋綴。

題簽　表紙左肩に書題簽「俳諧新式評」。その寸法は縦一三・四糎、横三・二糎。筆蹟は、本文の筆蹟と同一人の筆に成る。（よって原題簽と認められるか。）

内題　「俳諧新式評　加納／梅翁述」

丁数　墨付百五十二丁。

自序

俳諧の連歌ハ今の世のもてあそひなりけらし／京も田舎もたつ子はふ子まで折をへたてす／口すさふにさりきらひなし鶯の山類を出て／高ひ植物に吟し蛙の水辺をはなれす／して躰用の外にとひ作をたくむも／此道時至れるからにやと思ひなし侍ぬ　」オ野生もわか梟にハあらされと友に引れて或／席に交りしより破衣のかた心にかゝりて花の／散にハつねならぬためしを思ひ月の入にハ／終に行身の月とを観して六字となふ／るひま〳〵にハ五もし七もしをもつふやき／侍きされハ古来の制を尋に中興／貞徳翁連哥無言抄に対して俳諧／御傘をつくれり是よりふたつの道　」ウ水と波とに立分ぬ然に此翁ハ紹巴の／門弟なから師にことなる筆力ありこゝに／をいてその師弟のかはれる心〳〵を／いふかしうおもひ侍に去人新式の／抄を授しより此旨に引くらへてまき／れたる筋道を正し又年比小耳に／はさみ置し先輩の説々を考合て／ふたつの書を（俳無言「の」）のうち是（セ）とおもふところ〳〵　」オを一とおり取たてゝ私にしるせハ巳に／一巻と成ぬ此ゆへに御傘のかミに置る／字と楚仙のあめりし書の名とを取／合て俳無言（俳無言「俳諧無言抄」）と号しき※「世に猶君子／在してわか僻るところを改メ給ハゝ／大に道の助なるへし　」ウ

※『俳諧無言抄』では、以下の文章が次のように異同している。

略してハはいむこんと云なを世に君子在してわか僻るところを改給ハ大に道の助なるへし

ただし版本『俳諧無言抄』の序文末尾には、「寛文壬子南呂戊酉／濃州信浄寺住／梅翁」とある。

奥書

此一書者北濃加納城下一向宗之／僧直浄寺梅翁伝北村先生俳／秘而所著述也謁于時之関白／近衛殿下而交貴有年矣或旼／八月良夜候殿下有貴句即時奉脇／得其誉達人也故此書之旨趣尤可為証秘云爾」

右良夜貴句幷脇

大内へ関白殿の月見かな

庫裏て芋煮る竈将軍　梅翁」

右奥書は版本『俳諧無言抄』には見えず。但し同書「京」の部の末尾――すなわち七冊め、「ゑノ行巻」の巻末に「延宝二甲寅年三月吉日／洛陽　書林堂　板行」と刊記あるのみ。なお、奥書の内容については、僧梅翁伝記研究上、一貴重資料になり得るかと思う。

蔵書印

(イ)　巻末左下方に、「濃大垣／八一鍛冶七／州中町」（三行）と円形の印。

(ロ)　巻頭右上方ならびに巻末左上方に、「岐阜県立／岐阜図書／館蔵書印」（三行）と正方形単郭の印。昭和十三年十二月十日に受入れ。

内容は、俳諧の指合や去嫌に関して七二七項目を、いろは順に配列して説き、最後に「京」の部で俳諧興行に際しての諸作法を叙述している。以下、項目のみを目次風に列記する。

イの部　岩船・伊勢乃神・放生（俳無言「イケルヲハナツ」トフリガナ）・斎宮・家・家ノ風・出家・稲葉・稲妻・稲筵・稲負鳥（俳無言「イナヲフセトリ」）・雷・市・岩・石清水・泉・命・庵・晩鐘・漁・妹背・色・色鳥・犬・池・いつく・いつしか・いかにせん・古・生田（俳無言「生田に」）・幾（俳無言「幾に」、俳無言ニハ「幾に」ノ条ノ次ニ、「いふに」ノ条アリ）・衣裳の色の花木

ロの部　楼《ロウ》

ハの部　花に（俳無言ハ「花」ノ条ヨリ始マル、本書「花」ノ条ナシ）・花に・花紅葉・花の滝《ハナタキ》・花の雲・花の波・花の雪・花の散（俳無言「花の散に」）・花にむすふ・花園《ソノ》・花の香に・作花・花の姿・花の野（俳無言「花野」）・花田色・花筏・春寒・春風・春の月・春の日と云に・春近き・春ノ宮・葉・葉守の神・柞《ハハソ》・濱・鳩吹・初塩・初鳥・初瀬寺・橋・原・蓮・芭蕉・端居（俳無言「ハシヰ」）・ハなし・遙《ハルカ》

ニの部　鶏《ニハトリ》・庭・庭の築《ツキヤマ》（俳無言「庭の築山」）・燎《ニハヒ》・㹦《ニエ》・鳰《ニヲ》・錦（俳無言「錦に」）・似セ物の花有面ニ・にとまり（俳無言「にとまりに」）・にて

ホの部　郭公・蛍《ホタル》・ほや作・星《ホシ》月夜・星を唱《トノフ》る・仏《ホトケノ》名《ミナ》

への部　経《ヘ》て

トの部　虎・戸・豊《トヨノアカリ》明の節会《セチヱ》・床《トコ》、鳥の声（俳無言「鳥のこゑ」）・鳥・鳥のぬる・年・友・照射《トモシ》・訪《トフラフ》に・灯《トモシヒ》・宿直守《トノイモリ》

チ※の部　□《チリ》・千里・千劔破《チハヤフル》・鵆《チドリ》・路《ヂ》・散《チル》・契《チキリ》に・岐《チマタ》（図39参照）

※因に、和露文庫旧蔵、天理図書館綿屋文庫蔵・版本『俳諧無言抄』二冊め、ちノ行巻（ちりぬるをわか）は欠本である。

リの部　律《リチ》のしらへ・龍胆《リウタン》

ヌの部　布さらす・ぬかつく・ぬれきぬをする・ぬ・ぬらんとまり・ぬると・寝《ヌル》に・ぬるゝに

ルの部　氷《コホ》れる・□《コホ》るらん

ヲの部　女郎花・女・鬼・鬼のしこ草・遅日《ヲソキ》・音に・遠近・岡・小野・小船・小手捲《ヲダマキ》・小《ヲ》に小《ヲ》・をしね

ワの部　萱《ワスレクサ》・鷲《ワシ》ノ峯《ミネ》　靏の林・若葉・若菜・若和布《ワカメ》・若 紫《ムラサキ》・若草若鮎等・若楓《カヘテ》若竹等・別《ワカレ》に・別《ワカレ》に・別恋《ワカルヽ》・和田の原・綿

カの部　哉《カナ》・かほよ鳥・神・神祭・神楽《カクラ》・川社・神楽の名の　蛬《キリ〳〵す》・春日祭・杜若・鴈・垣・狩・鐘・鐘かすむ・霞の衣・気陰景・楓《カヘテ》・枯野・筧《カケヒ》・茨《カヤ》・加気路う・鷗《カモメ》・鵲《カサヽキ》の橋・檞《カシハ》木・凮・葛城久米路橋・首途《カドデ》・門・頭《カシラ》の雪・刈《カル》・借《カリ》・片敷・隠題《カクシタイ》・かさね

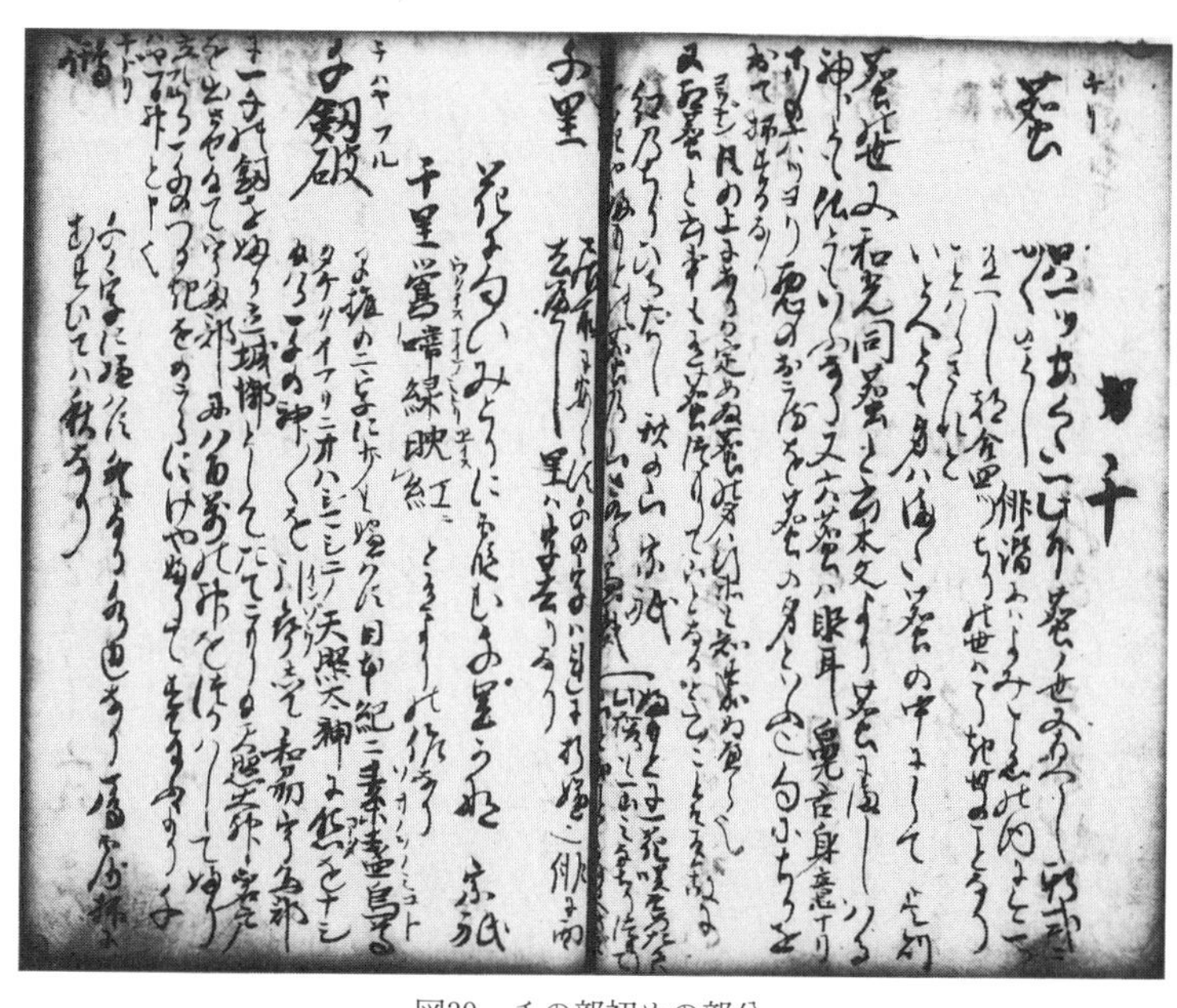

図39　チの部初めの部分

字
ヨの部　世・代・棄人(ヨステヒト)（俳無言「桑門」）・齢（俳無言
「ヨハヰ」トフリガナ）・呼子鳥（俳無言「ヨフコト
リ」）・蓬(ヨモギ)・夜を待月・夜さむ・夜と〻も・宵・横(ヨ)
川(カハ)
タの部　龍(タツ)・龍田・龍田姫・橘(タチハナ)・旅・玉の字・玉の
緒(ヲ)・玉章(タマツサ)（俳無言「玉章に」）・滝(タキ)・田の字・種蒔(タナマキ)・
竹・竹ノ林・竹ノ宮(ミヤ)・垂氷(タルヒ)・誰(タレ)・薪(タキヽ)・鷹・焼火(タクヒ)・
七夕・高砂(タカサゴ)の松・立木・便(タヨリ)・高野山・高手・谷・
絶(タエ)に・嶽(ダケ)
レの部　例に遠(タガ)ふ・連文字
ソの部　そひき物・其暁(ソノアカツキ)・空(ソラ)・園(ソノ)・外面(ソトモ)・僧都(ソウヅ)・杣(ソマ)
木(キ)・袖の香・袖ぬる〻に（俳無言「袖のぬる〻に」）
・袖の雨・袖の露・袖行水・そもし
ツの部　月・月・月・月いさよふ・月の雪・月の霜・
月の宿・月草・月影と・けふの月・月の出塩・月
の桂の花・月日と・月に祈・月見に・躑躅(ツヽシ)・靍・
靍の林（俳無言「靍林」）・継尾(ツキ)の鷹・爪木・椿・儺(ツイ)
名(ナ)・露・葛(ツタ)・司召(ツカサメシ)・難面(ツレナキ)・使(ツカイ)・つかはすに・仕(ツカフル)・

釣舟に・伝(ツテ)・つらき・妻・翅(ツバサ)・常灯(ツネノトモシヒ)・つゝとまり

子の部　子ノ日・願糸(ネカイイト)・根に

ナの部　流・眺(ナカメ)・涙・涙川・鳴ルに（俳無言「鳴に」）・鳴子(ナルコ)・鳴神(ナルカミ)（俳無言ニハ「鳴神」ノ条ノ次ニ、「泣(ナク)」ノ条アリ、但シ本書「鳴神」ノ説明文ハ、「泣」ノ説明文ナリ）・難波(ナニハ)・名・余波(ナゴリ)・歎(ナケキ)・夏ノ月・無に・波(ナミ)・習(ナラフ)・苗代(ナハシロ)・中に・媒(ナカタチ)・也と也・なりに・なら舞(ム)に（俳無言「ならんに」）

ラの部　蘭(ラニ)・らんと・らんに・らんとまり

ムの部　梅・虫(ムシ)・室戸(ムロノト)・室の八島・むや〱の関・昔・□雨(ムラサメ)・群(ムラカル)に・村・筵(ムシロ)・埋木（俳無言「ムモレキ」）・馬(ムマ)・駅路(ムマヤヂ)・葎(ムクラ)・胸(ムネ)の霧(キリ)・紫(ムラサキ)の花(ハナ)・むさゝひ・むつこと・迎(ムカヒ)に

ウの部　鶉(ウツラ)・鶉衣・鵜舟・鶯・憂(ウキ)・占(ウラナヒ)・歌に・うきねの鳥・浮島か原・浦島か子・夘の花（俳無言「夘花」）・兎(ウサキ)・海・恨(ウラミ)・宇治の川島・宇治の橋姫・移(ウツル)・うら枯・打・盂蘭盆(ウラホン)に・植(ウフル)・うらやまし

井の部　守宮(イモリ)・井・雲井・猪(ヰ)・射場始(ヰバハシメ)・韵の字

ノの部　野々宮・野山の色・野に・野もせ・野守の鏡・野中の清水・野分(ノワケ)・野(ノ)を焼・法(ノリ)・軒(ノキ)・残暑(ノコリアツサ)（俳無言「ノコルアツサ」）・長閑(ノドカ)

オの部　荻(ヲキ)・落葉・落葉の宮（俳無言「落葉宮」）・親(オヤ)子(コ)・俤(オモカケ)・思ひに・思ひに・老(オヒ)・帯(オヒ)・男(オトコ)・尾上(オノヘ)・晩稲(オクナ)田／（俳無言「オクテタ」）・奥(ヲク)・起(オクル)・朧(オホロ)・穂(オハナ)・大神祭・大原祭

クの部　草花・草庵(クサノイホリ)・蕘(クサカリ)・草に・草枯(クサカレ)（俳無言「草枯に」）・熊(クマ)・くもる・車(クルマ)・雲井・雲峯(クモノミネ)・くらきに・暮・くらす・くらき・水鶏(クイナ)・国の名

ヤの部　八幡・欸冬(ヤマフキ)・宿・屋・柳・藪(ヤブ)・箭(ヤ)・山姫・山賎(カツ)・山城のとハぬ・山に有関・山鳥・山下・山陰と・山かつら・仙人(ヤマヒト)・山の色・山柴(シハ)・山の錦(ニシキ)・山里に・山科(シナ)・山に・八重・闇(ヤミ)に・弥生に・簗(ヤナ)・焼野(ヤケノ)・社(ヤシロ)に・八ツ橋の□手(クモデ)・や文字

マの部　松・松門・松のこゐ・松風・松風の雨・松風の時雨・松ノ緑(ミトリ)・松虫・松花・松の字有名所（俳無言「松の字の有名所」）・待・枕・正木に・秣(マクサ)・鞠(マリ)の庭・祭・真(マコト)に・窓(マド)・籬(マカキ)・まこも・夕ま暮・まし・槙(マキ)

ケの部　煙《ケブリ》・けふ・けりに・けらし・けし・毛をかふる鷹・獣《ケダモノ》と獣の間・下知の詞（俳無言「ケチのコトハ」）

フの部　牡丹《フカミクサ》・古の字《フルキ》・故郷《フルサト》・藤《フヂ》・富士の雪・古キ枕（俳無言「古枕」）・古寺の軒《ノキ》・ふもと・船・文《フミ》・筆《フデ》・雪吹《フヾキ》・冬枯《カレ》・吹・ふしつけ・更《フクル》・深《フカキ》に・降物（俳無言「フリモノ」）

コの部　恋の字・恋の山・恋草・木枯・木の葉の雨・木葉衣・木玉《コダマ》・梢《コズヱ》・九重《コヽノヱ》・詞《コトハ》・苺《コケ》・氷《コホリ》・子《コ》・心月・心の杉・心の松・心の花・心の駒・心ノ友・比《コロ》・去年《コゾ》・小鷹狩・小鷹渡（俳無言ニ「小鳥渡」トアリ）・衣・越路《コシヂ》に・此面彼面《コノモカノモ》・こそ

エの部　江・えに・えそ・得て

テの部　寺・手・てにをは

アの部　芦・芦田鶴・東《アツマ》に・東遊《アツマアソビ》・青に・跡《アト》・網代《アシロ》・県召《アカタメシ》・鮎《アユ》・浅茅生《アサヂウ》・汗《アセ》・白馬の節会《アヲムマノセチヱ》・霰走《アラレハシリ》・雨・あま雲・閼伽《アカ》むすふ・嵐《アラシ》・朝《アシタ》の月・朝《アシタ》・朝日山・秋風・秋の夜に（俳無言「秋夜に」）・秋寒・秋ノ田・秋去衣・秋涼し・暁《アカツキ》・あさほらけ・晨明《アリアケ》・明すくる・明《アクル》に・明暮《アケクレ》と・明に・あけぐれ・明石《アカシ》・天《アマ》・銀河《アマノカハ》・扇・淡雪《アハユキ》・槿《アサカホ》・暖《アタヽカ》・粟津《アハツ》・菖《アヤメ》・逢坂《アフサカ》・蜑《アマ》・景□《アリサマ》（越ニヨメル、俳無言ニ「趣」トアリ）・あたりに

サの部　五月雨・桜《サクラ》・桜鯛《タイ》・桜麻《アサ》・桜井・桜川・犬桜・篠《サヽ》の庵・さむき・さゆる・里・催馬楽の名の草木等・鷺《サキ》・佐保姫《サホヒメ》・酒《サケ》（俳無言ニハ「酒」ノ条ノ次ニ、「盃の影《サカツキカケ》」ノ条アリ）・坂《サカ》・咲《サク》・され・猿《サル》・さひしき・早苗《サナヘ》・沢・小に・小《サ》と小《サ》・任他《サモアラハアレ》

キの部　木に・　蛬《キリ〳〵ス》・雉子《キヽス》・砧《キヌタ》・北祭《キタマツリ》・霧《キリ》・衣々《キヌ》・昨《キノフ》・岐岨《キソ》・岸《キシ》・菊《キク》・樵《キコリ》・桐《キリ》・狐《キツネ》・君・きもし

ユの部　夕《ユウベ》・夕暮・夕月・夕顔・向後《ユクヱ》・夕立・夕立の雨ハ・白雨に・夢・雪（俳無言ニハ「雪」ノ条ノ次ニ、「雪に」ノ条アリ）・雪ま

メの部　目・めく・めり

ミの部　湊《ミナト》・嶺《ミネ》・都《ミヤコ》・都鳥・三日月・砌《ミキリ》・簑《ミノ》（俳無言「簑《ミノ》に」）・身に入・御祓《ミソキ》・行幸《ミユキ》・宮《ミヤ》・三寸《ミキ》・道（俳無言「道に」）・水に・三字仮名《ミジガナ》・見に

シの部　鹿《シカ》・塩《シホ》・時雨・下萌《シモモエ》・下紐《ヒモ》・信夫郡《シノブノコホリ》に・嶋

（俳無言「島」）・清水(シミツ)・志賀の山越・柴の戸・しほり（俳無言「しをり」）・雫(シツク)滴(シタヽリ)・時分・白・敷・しまき・しバらく・白髪(シロカミ)・茂ミ(シケ)・し文字・し文字・して

ヱの部　絵に書草木（俳無言「絵にかく草木」）

ヒの部　一葉散ル（俳無言「一葉ちる」）・一葉ノ船・一文字・一夏・一村・蜩(ヒクラシ)・氷室(ヒムロ)・檜原(ヒハラ)・独(ヒトリ)・引田(ヒダ)・単衣(ヒトヘキヌ)・火・日に・ひかり・平野祭(ヒラノマツリ)・楸(ヒサキ)・日蔭(カゲ)の原・姫(ヒメ)・胙(ヒモロキ)・常陸帯(ヒタチヲヒ)・鄙(ヒナ)・ひな・領巾(ヒレ)・ひろふかひなき・他国(ヒトノクニ)・冷(ヒヤヽカ)・平穐（俳無言「ヒラアキ」）の句に

モの部　紅葉・紅葉の橋・百千鳥(モヽチトリ)・百敷(モヽシキ)・襟(モノオモヒ)・㝡上(モカミ)川(カハ)・求子(モトメコ)・唐(モロコシ)・鵙(モズ)・藻(モ)の花・森(モリ)・武士(モノヽフ)・物いふに・望月(モチツキ)の駒(コマ)・文字余(モヂアマリ)

セの部　関・蟬・迫(セマル)責(セムル)

スの部　巣(ス)・薄（俳無言「スヽキ」）・鈴鹿路(スヽカチ)・栖(スミカ)・住居(スマイ)・涼(スヽシキ)・須磨(スマ)・炭焼(スミヤキ)・硯水(スヽリミズ)・簾(スダレ)・冷し(スサマ)・杉・すそ野・菅(スゲ)・相撲(スマイ)（俳無言「スイヒ」）・洲(ス)・するの松山・すらん・捨(スツル)・勝(スクルヽ)に

京の部　俳諧・懐紙(クハイシ)・発句・脇の句（俳無言ニハ「脇の句」ノ条ノ次ニ、「第三」ノ条アリ）・四句・五句メ・七句メ・裏(ウラ)・輪廻の支・遠輪廻の事・本歌・源氏物語の事・裏一順・揚句・俳言・可レ覚悟支（俳無言「カクコスヘキ支」）・一座の法

ついでながら、本書に例句として入集せられている句は、貞徳門流見当たらず、すべて連歌師の作品である。すなわち、次の通り。

宗祇十三句を筆頭に以下、**紹巴四**、兼載三、宗長三、宗養二、**昌琢二**、専順・宗伊・行助・心敬・肖柏・宗碩・宗牧・玄旨・**昌叱**の各一句ずつ。なかでも殊に、斎藤徳元を始めとして、松江重頼や西山宗因らが師事した柳営連歌師里村昌琢の句が二句も入集せられている点は注目すべきことであろう。

〔附記〕　本稿を成すに当り、特に左記の方々からは深い学恩を蒙った。

『俳諧新式評』の閲覧と梅翁伝に関していろいろご

教示下すった岐阜県立図書館村瀬円良氏、又、畏友島本昌一氏からは天理図書館蔵板本『俳諧無言抄』の写真を恩借した。ここに記して感謝の意を表する。

（昭49・6・15稿）

壱岐勝本の曾良の墓

私は昭和六十二年の春以来、信州諏訪家と徳元、河西周徳らと点取俳諧、姪周徳の河合曾良顕彰事業に深い関心を懐いて、数回にわたって上諏訪の地を訪ねた。そしていつの日かは『俳諧人名辞典』や石川真弘さんの著作『蕉門俳人年譜集』にも記述（312頁）される壱岐勝本の能満寺に詣でて曾良のお墓のありようを確かめてみたいとひそかに想い続けてきたのである。

平成四年度になって、園田学園女子大学文学部国文学科に「風土と文学」なる授業科目（二単位）が新設され、その文学遺跡踏査旅行に九月下旬、北九州へ出かけることになった。指導教員は福嶋昭治・西村博子・芹澤剛の三氏と私の四人である。さて、第三日目の九月二十四日（木）午前十一時五〇分、一行はフェリーにて、ついに念願の壱岐島・印通寺港に着く。以下は「陶玄亭日録」から抄記しよう。「折から台風模様の曇り空。教員を始め学生諸姉もいたって元気。午後、観光バスで勝本町の曾良の句碑二基を見、更に目指す能満寺ならぬ勝本港を見下ろす山腹に、曾良の墓碑を詣でた。塔婆形で、『宝永七庚寅天／賢翁宗臣居士也／五月廿二日／江戸之住人岩波庄右衛門尉塔』（図40参照）と読める。ただし頭部が破損、雅趣ある墓なりき。（中略）風雨益々激しく、なれども心豊かな文学散歩か。その夜は湯ノ本の平山旅館で宿泊研修。奥さんがうまい麦焼酎〝壱岐っ娘〟をたくさん馳走して下すって杯盤狼藉、深更に至るも賑々し。」と。

ところで、帰阪後、私は平山旅館ご主人の紹介で、曾良の墓を守れる十四代めの当主中藤定光（なかふじさだみつ）氏（勝本町勝本浦

図40　曾良の墓碑

在住）を知った。そして中秋のある一夜に、中藤さんから電話がかかった。いわく、○曾良は巡国使の一員として、海産物問屋で苗字帯刀を許された中藤家に泊まりしも、すでにやまい重し。中藤家では介抱するなど務めたが宝永七年五月二十二日、ついに死去。○曾良時代における中藤家の菩提寺は曹洞宗の**三光寺**である。その三光寺の境内にある中藤家の墓地に埋葬、それが現在の、勝本港を見下ろす山腹の墓碑なり。○三光寺は明治初年に廃寺。その跡に、現在の能満寺（真言宗）が入った。従って「中藤家菩提寺能満寺埋葬」なる記述は正確ではない。○曾良墓碑の左横にひっそりと建つお墓「中藤かめ（亀）」さんは、中藤梅之助の妻で、曾良とはなんのかかわりもなし。○地元の口碑（こうひ）では、曾良はかつて中藤家に二年程滞留していたとか。それで巡国使の一員として来遊した折を、地元勝本では〝再遊〟と伝えているが、むろん資料的には裏付けもなし。○当時、壱岐島は平戸の松浦藩の支配下で、云々。終始おだやかで、わかりやすい話し振りだった。なお曾良翁二八〇年忌記念誌『海鳴』を参照のこと。ご教示に深謝する。

（平4・10・18記）

斎藤定易と掃苔研究家磯ヶ谷紫江と

一、『見ぬ世の友』と斎藤定易

著者と古書店との書縁なるものは、法政の学生時代の昔、もうかれこれ四十年以上にもなろうか。その時分は、九段下を経て神田神保町の古書店街へ毎日の如く通ったものだった。俳諧の書誌的研究を進めていると、どうしても当該俳人の伝記をいま少しく調べてみようという気持ちになってこよう。更には、俳書の筆蹟（あるいは板下調査）研究上、江戸期の短冊蒐集や大名家の入札目録類・地誌研究・掃苔調査にも傾斜・渉猟せざるを得なくなってくる。

京都古書研究会二十周年記念と銘打って、『特選総合古書在庫目録』15号が、キクオ書店から恵送される。すぐに一見して、四月二十一日附で二条通川端東入ル、中井書房主宛に左記の古書三点を注文した。

○見ぬ世の友　十冊　東都掃墓会　明33
○浅草案内誌　佐伯徳海　金龍山梅園院　明36
○浅草観世音（金龍山縁起正伝）章文社　大正8

幸にもすべて取れた。さて、お目当ての掃苔研究誌『見ぬ世の友』を一読する。図らずも、巻の7号（明34・2）に、徳元の曾孫たる、大坪本流馬術の指南家斎藤定易(さだやす)についての掃苔記を見出したのだ。管見では、詳細なる斎藤

図41　斎藤定易墓の模写

定易伝とその掃苔録は、本誌『見ぬ世の友』が最初であろうと思う。左に全文を掲出しておく。筆者は、東都掃墓会幹事で麻布区飯倉三丁目26番地住の山口豊山である（図41参照）。因みにその頃、山口豊山は「三浦若海自筆俳家人物便覧」を愛蔵している。

斎藤定易　　　　山口豊山

此墳墓を寺僧を始め世俗皆誤りて真垣平九郎と云ふは更に其拠所を知らず抑斎藤定易は大坪本流馬術の師にて既に享保二年大坪本流武馬必用を著はして名あり巻末載する系伝に大坪式部大輔広秀村上加賀守永幸斎藤備中守国忠同安芸守好玄同備後守忠玄同**辰遠**（※徳元）丹州住僧了慶坊斎藤求馬辰光**斎藤主税定易**と記せり大祖大坪広秀とあるは慶秀の誤にあらざるか扨定易は斎藤の正統にて帷を江戸に下し門徒甚だ多し元来馭法の隆盛なりしは謂れあることにて中祖と称する安芸守好玄は能登国熊本の城主にて佐々木近江守義賢細川左衛門佐康政荒木志摩守元清等を高足たり就中元清は出藍の名高く其子十佐衛門元清は克く箕裘を継く徳川秀忠其芸術を聞知し之を師とし名声益々揚る定易は其流派の本家なれば大坪本流と称せしなり天和三年の冬武馬見関（ママ笑）集を著はせしも其後版木焼亡せしを以て訂正増補して享保二年武馬必用五冊を著せり爾後其門に入る者多く就中水戸の家士後藤政右衛門安次其宗を得たり水戸宰相宗幹之を聞き延て馭馬を命ず其他諸藩に著名の者多し筑前少将継高定易を聘せしも老を以て辞し男五六郎定兼を仕へしめ六百石を得て大組席に列す（元来黒田家の班列たる二千石以上一万石迄を中老と称し幕府大広間諸侯の待遇の如く六百石以上千九百九十九石迄を大組と称し礼遇甚だ厚し五百石以下百石迄を馬廻と称し以下を城代組と称し扶持切米取

なり以上は皆士と称す斎藤は馭馬の術に秀てしに依り特に大組に加へられしなり）是より霞ヶ関なる藩邸に住す男五六郎克く其業を継き傍ら俳諧歌を能し四方真顔の門に入り愚連堂凹といふ（大坪本流伝統系図斎藤家伝武馬必用葉山信景覚書）

右の文中、殊に「筑前少将継高（※黒田家）定易を聘せしも老を以て辞し男五六郎定兼を仕へしめ六百石を得て大組席に列す……是より霞ヶ関なる藩邸に住す男五六郎克く其業を継ぎ傍ら俳諧歌を能し四方真顔の門に入り愚連堂凹といふ」と記すくだり、筆者による圏点の箇所などは新見とすべきであろう。「葉山信景覚書」の記事も知らぬ。むろん曾祖父斎藤徳元も亦、狂歌版の道の記『関東下向道記』一冊を著わしていたのだ。為念。ほかにも山口豊山は古俳人掃苔に関心を寄せており、同号に

○廃墓録（其参）

として「岩本乾什墓附句碑」と題し、二頁にわたって専門的に考察されている。最近刊『俳文学大辞典』に収録の、白石悌三氏執筆「岩本乾什（沾洲門）」（264頁）の項とあわせ読んで貰いたい。いずれ別稿で紹介したい。

図42　『見ぬ世の友』21号の表紙（架蔵）

雑誌『見ぬ世の友』は明治三十三年（一九〇〇）六月の創刊であった。発行所は東京市芝区浜松町二丁目15番地、水谷幻花方、東都掃墓会。規約によれば、故人の墳墓を各自探究捜索して後世に伝え、又故墳の保存をもって目的とす、とか。毎月一回、雑誌『見ぬ世の友』を発行して会員に配布す、等うんぬん。主なる賛助員には幸田露伴・柄井川柳・野崎左文・

饗庭篁村・斎藤緑雨・雪中庵雀志、幹事ならびに会員には武田酔霞（※信賢。のちに徳元墓碑を掃苔した）・大橋微笑・山口豊山・岡野知十・沼田頼輔などの名が連ねられ、格調・重厚なる掃苔誌で、現今、所蔵せるは大阪市立大学及び新収の架蔵（※ただし創刊号欠）のみである。21号（明35・10）で終刊となったらしい（図42参照）。

二、磯ヶ谷紫江氏の掃苔研究

昭和の掃苔研究家で、東京の風物とりわけ浅草をこよなく愛した市井の趣味人、磯ヶ谷紫江翁が、亡くなる一年まえに後援者であった、神田小川町三丁目住・本間医院主の達雄氏宛の絵葉書に、「おかげ様で元気がありますが、少し老衰の気味があるので静かにラジオ体操をやってみています。天気さえよければ寝ているよりも床の上に起きかえっています。……心臓の箇所が少し痛み出した様な気がします。他は異状ありません。おかげ様で掃苔会が引き続いて催されることはうれしい限りです。」と痛々しい程にふるえた筆致で近況を報じているが、紫江翁はそのまま冥界の人となられた。いわく「薫風院殿紫江日研居士」位、多摩霊園に、夫人及び令息業顕氏らによって墓碑が建立される。ガリ版刷りの、『郷土風報』誌（昭36・5・1）には冒頭、松田素風氏が「磯ヶ谷紫江師を悼む」と題して追悼文を掲げた。左に抄記紹介することで、われわれはその人となりを興趣深く理解することであろう。

俳句半面会（※『俳文学大辞典』によれば、俳誌『半面』は明34・8に創刊。主宰岡野知十。紫江主宰の本会もその系統である。）の主宰紫江師は、昭和三十六年四月十二日午後五時、心臓病のため千葉市稲毛一ノ八七三の自宅で永眠された。行年七十七才。謹んで哀悼の情を捧げる次第である。

紫江師は、漢詩学者春泉氏の長子として明治十八年四月二十八日の生れ、日本大学法科を卒え、司法官庁に多年勤務した。夙に墓碑史蹟研究会を主宰し、隠れた人士の考証に一生を費し、師の足跡の及ばざる墓域はほとんどないとまでいわれておる。斯界の長老として無形文化財的存在と評される所以である。

老来紫香会を主宰し、墓碑掃苔と史蹟探訪の月例会を催し、一方半面会を継承して俳句会を主宰する等多彩な精力的活動を続けた。

俳人、歌人として、また徹底した趣味人として、芸能人作家等多方面に幅広い交友を持っていた。（以下、略）

と。

令息磯ヶ谷業顕氏は父紫江への「供養の御印までに」（添え状）ということで、遺詠集・豆本『浅草のうた』を五十部限定で、昭和三十五年十一月一日に上梓した。添え状によれば「父にも、浅草に、明治の郷愁を、まさぐっていたに違いない。父が、浅草の唄をうたったことは数多い。病臥に筆を起し、八十一首に纏めた遺稿も、浅草の唄だった。」と述懐する。因みに著作『浅草寺境内獨案内』を繙くと、夫人は「日本館時代ではわが妻たりし少女歌劇の主演奈良八重子」（22頁）とある。なる程、浅香光代一座の女剣劇――奥山劇場（28頁）へ通いつめた実感作を数首挙げてみよう。

○七十四年遂に死なずに生きのびて　浅草奥山庭静かなり
○しっかりと俺の手を握ってはなさない　こともあったか浅草へゆく
○百万円の金欲しくない一人前の洋服　欲しくないたゞ「大江ッ」観ている
○八役の早替りする大江美智子　「小笠原騒動」一度是非見たい
○もうあのころの気持ちなくなるこのころの　ストリッパーの奥山劇場

などは素直に赤裸々に詠む「精神的青年」（※前掲、素風の追悼文）の作歌だ。じっさい、確かに浅草に関する考証的な著述も多かったのだ。架蔵の、書名のみを列記する。

○『江戸浅草弾左衛門由緒』(昭7・7)
○『観音示現　浅草名霊抄』(昭8・1)
○『浅草界隈風物』(昭23・9)
○『続浅草風物』(昭24・2)
○『浅草山谷堀風物』(昭26・1)
○『浅草雷門附近風物』(昭26・5)
○『浅草仲見世源空寺風物』(昭27・1)
○『浅草待乳山風物』(昭27・2)
○『浅草西福寺風物』(昭27・8)
○『浅草板碑考』(昭30・4)
○『浅草浄念寺墓碑考』(昭33・7)
○『久米平内像と浅草寺』(昭33・11)
○『浅草寺境内獨案内』(昭34・正)
○『風流浅草今昔物語』(昭34・5)

以上、十四点。いずれも限定私家版にて手作りによる雅趣ある、袋綴の装丁になっている。

さて、紫江翁には、名妓高尾をもって知られ、吉原随一の大楼とまで評判された、三浦屋についても考証『三浦屋四郎左衛門』(限定30部、紫香会、昭33・12)なる好著が存在する。内容は祖先から始まって初代三浦屋四郎左衛門道安、菩提所浅草の榧寺——池中山正覚寺、歴代四郎左衛門のこと、五代目俳諧師笠家こと三浦屋左簾などについて考証している。縹色表紙で袋綴、19頁の小本である。ほかに創作戯作で『俗謡姫かゞみ』なる、趣向をこらした装丁の袖珍本袋綴一冊がひそかに出刊・配布された。

〔附記〕 中井書房主の言によれば、新収の、稀書『見ぬ世の友』誌を始め、紫江翁の資料一括は、故・本間達雄医師旧蔵の由である。

宮崎如銑編『江府諸社俳諧たま尽し』（宝暦六年丙子春二月序・刊）に、

○国玉　下谷　広徳寺前　別当　正法院

武さし野や草も玉まく午祭　洲旭
飛雀の空へ切麻も飛ふ　如銑
酒旗の近さに霞汲なれて　左簾

（以下、略）

と、左簾が第三を詠んでいる。『関東俳諧叢書』第十巻江戸編②に収録。

（平9・6・23稿）

〔追記〕 参考までに、二代目高尾の墓碑については、鶴見誠著『隅田川随想―江戸の昔をたずねて―』（貴重本刊行会、平成5・1）に詳述されている（39頁、126頁）。

（平12・10・26記）

参考文献

城　市郎氏「『東都風物』探訪　磯ヶ谷紫江」（別冊太陽『発禁本』Ⅲ―主義・趣味・宗教、平凡社、平14・2）

学界展望　平成六年の古俳諧研究

中央公論社刊『日本の近世』全18巻が完結した。その第二巻「天皇と将軍」を読んでいくと、近世初頭における、下克上の論理―「非理法権天」思想の意味を述べた古い文献の一つに徳元作仮名草子『尤草紙』中の一節を掲出、徳元伝記の略述と共に説明が加えられている（辻達也氏執筆、52頁）。

昨年中秋の日の午後、私は久しぶりに京都河原町通三条上ルのキクオ古書店をぶらりと訪ねた。店主と〝古俳書〟など書誌の話をあれこれしながらも、ふと奥の書棚にさりげなく存在した、渋井清著の限定本で『れんぼゑづくし初期板画』（アソカ書房版）一冊を見つけて、少しく高かったけれどもはやる心で買った。昭和29年刊で壱千五百円也、当時、私は大学日本文学科二年生で新刊の、名著『西鶴年譜考証』をやっと入手したばかり、従って該書は高嶺ならぬ高値の花だったわけだ。著者渋井氏のユニークな人間像については昔、在犬山の横山重先生からユーモアに評されたことをかすかに覚えている。が、やはり、『れんぼゑづくし初期板画』は内容が好色なれど、著述の姿勢は重厚・アカデミック……、菱川師宣や杉村治兵衛らが描く近世初期の春画が解説を付してたくさん収録される、「夫はひそかに取出して眺め入る芸術」（序文）書、万治・延宝期の世相が看取出来る楽しい本だった。

寛永期前後の、「非理法権天」思想に対する、時代の世相とは―。たとえば少しく遡るけれど千利休が山姥の裸婦像を描く黒漆塗の文箱を秘蔵したりするような、世相だったのか。南方熊楠著『十二支考』下（岩波文庫版）を繙いてみると、「○猴に関する伝説／『尤の草紙』赤き物猴の尻……これで予も猿の尻は真赤いな。」（52頁）と見えて、それは『尤草紙』上―「卌一　赤き物のしなじな」の章から引用しているが、更に続けて、その文末に作者徳元は、「これは一とせ、聚楽の城の時分、京はらはべの小うた也。」と註して、「扨はそゝの真ん中、ゐいや真ん中。」とこっそり結んでいた。文献も豊富。もって近世初頭は好色の世相なりし、と観るか。いやはや著者も亦、猿が尻は真赤(まつか)いな。

つい前書が長くなってしまったけれど、折しも平成六年二月には、研究誌『雅俗』が創刊された。《特集　雅俗の諸相》と銘うって、その巻頭論考には島津忠夫氏の「連歌と俳諧における雅俗の問題―守武・貞徳・宗因・芭蕉をめぐって―」が、まずは私の心に残った。島津氏は第一章において、「連歌と俳諧との違いは、連歌が雅語によるのに対して、俳諧は連歌に用いない俗語や漢語の類を用いることにある。」とされ、第二章で、『守武千句』成稿本では卑猥な作が改作・避けられていること。第三章、貞徳句には言葉に対するセンスのよさが見られ、貞徳が言語感覚に鋭い人（著者註、されば徳元の場合は如何。）で、貞徳の俳諧は、句々に俳言または俳意を持つことをはっきりと意識することで、連歌とは異なる「俳諧の連歌」という新しいジャンルを打ち立てようとした、とされる。以下、略。

次いで宮田正信氏の「俳諧師西鶴の予見」（『新日本古典文学大系・月報』55）は、『難波みやげ』（元禄六年正月刊）の第二丁の表と裏を図版掲出して考察せられ、表は西鶴発句の自筆色紙の模刻。裏は無署名の戯文なれど、「西鶴自作として読まねばならぬ」とされ、以下、柱刻の体裁（編集ぶり）及び内容面からも「戯文」を西鶴作也と考証。元禄五年春の一日、菊子は板行の草稿を携えて、谷町錫屋町の西鶴庵を訪ねた。以下、場面を再現。そこで庵主は、人麿・東坡の徳を称えつつも、当世の俳諧師に「詮ない古人の真似事をするな」との戒め云々。言外に蕉風俳諧に対する批評をにおわす、と氏は解釈され、西鶴は終始本然の俳諧の境地に生きつづけた古典的俳諧師、とされる。正に微視から巨視へ、書誌的考察から始まって深く鋭い文学的な読みで展開される、さすが老碩学の論考だった。

五月には、『国語と国文学』5月号が出た。それは「連歌と俳諧」の特集号であった。所収の、沢井耐三氏『竹馬狂吟集』覚書―序文および二・三の句について―」を読む。氏は『竹馬狂吟集』を「旧来の価値観・道徳観に囚われることなく、大胆に庶民の生活や感情を掬い上げていった俳諧のエネルギーの方を評価する必要があろう。」と述べられ私も同感、以下、Ⅰ　成立の時代的背景―俳諧前史、Ⅱ　序文の検討―俳諧意識、Ⅲ

二・三の句をめぐって―撰者・書承と伝承、Ⅳ　まとめ―今後の課題、という順序で論述。母利司朗氏「ことわざと俳諧」そして綿抜豊昭氏の「柳営連歌の消長」は、柳営連歌の起源を寛永五年正月廿日とされ、連年の発句に共通して詠み込まれている「松」とは「松平」を比喩、従って柳営連歌とは、徳川氏（幕府）の繁栄を天神に祈念した祈禱連歌と考える、とする。関連の論考に鶴崎裕雄氏「柳営連歌　発句・連衆一覧」（『帝塚山学院短期大学研究年報』42）、綿抜豊昭氏「翻刻『殿中御連歌会席ノ写』」（『秋桜』11）等、有之。『国語と国文学』5月号の巻末論考は棚町知彌氏が「祈禱連歌のことども」と題して書いておられる。因みに徳元連歌の初出も同五年五月十八日で昌琢が発句（拙稿「徳元年譜稿―寛永五年―」）。

寛永期における俳諧と俳壇に少なからず影響を与えた、柳営連歌師里村昌琢の本格的な研究は、彼の作品群があまりにも厖大であったせいか、遅れている。昨今ようやく影印や翻刻が散見される（たとえば拙稿「翻刻・宗因筆『昌琢発句帳』」など）けれど、研究は未だしの感がある。宮脇真彦氏の「昌琢における発句の方法」（『東横国文学』二六）は労作。氏は昌琢発句が見立てや擬人法を介して詠まれているとされ、更に「見立て・擬人化を際立たせて、景・情よりも見立てることそれ自体に主眼がおかれているかのように見受けられる句が、少なくない」という。以下、具体的に作品を掲出ていねいに論証せられながら、結論的には「古歌の一節をもって現実に関わらせるという歌語の構成による昌琢の本歌取りのありようが、重頼の、俳言によって示された現実的場面に古歌の一節を関わらせてゆくといった本歌取りに、古歌を素材とする本歌取りの共通点を認められること」とされる。因みに私は旧稿「昌琢と徳元」で、両者の俳風の相違を優美・繊細、対するに寛濶・おおらかさ、と結論づけたことがある。

十二月に入って『近世初期文芸』11号が出刊。島本昌一氏の連載「貞徳研究のための資料集（六）―その二実相寺資料（2）―」が所収。一、貞徳埋葬地の選定。二は実相寺の芦の丸屋について　で、いずれも文学的こだわりをもって丹念に調査研究をされ結局、後者は「芦の丸屋を実相寺に移したというのは、単なる風説によるもの」と結ばれる。同じ頃に、大阪淡路町の古書肆中尾松泉堂から久しぶりに『連歌と俳諧　古典目録』が出た。極稀本たる西鶴編『歌仙大坂俳諧師』大本一冊を始め、俳書がたくさん収録。巻頭に櫻井武次郎氏が「原本の味」なる一文「近世文学の、特に俳諧の研究は、みずから本を購入するところから始まると思っている。……」の書き出しには、同学の安藤武彦もわが意を得たりというところ。やはり櫻井氏同様に、「……計千三百点の俳諧目録と聞いたが、一口物でなく編んだ俳書即売目録としては、ひょっとしたら今世紀最後のものと」なろうか。さて、筆者の好みにまかせて興深く拝読した論考数篇、タイトルのみを列記させていただこう。

野田千平氏「初期熱田俳壇の蓮也・毎延・新蕉軒」(『金城学院大学論集』152)は新見重厚、榎坂浩尚氏「藤堂家本『埋木』について」(『連歌俳諧研究』86)、森川昭氏「千代倉家日記抄　十二―貞享三年・貞享四年―」(『俳文芸』43)、東聖子氏「『山之井』の本意論―その消長について―」(同)、石川真弘氏「俳書について(一、二、三)」(『日本古書通信』782―784)、松尾真知子氏「調和の出自」(大阪俳文学研究会『会報』28)、上野洋三氏「西山宗因の御祈禱連歌」(同)、愛媛近世文学研究会編「西鶴大矢数　第十六・十七　評釈」(11月刊)、宗政五十緒氏「寛文七年西山宗因派・真斎派歳旦発句」(『あけぼの』159)など。なお著者にも、「古俳諧資料片々」(『京古本や往来』64)、「寛永期の文芸資料覚書」(『園田学園女子大学論文集』29)、「徳元の連歌と徳川美術館蔵短冊二葉」(『園田語文』9)がある。

おわりに、大礒義雄先生の、「大石内蔵助の芭蕉への思慕」(『獅子吼』77―12)を短文なれども、挙げておきたい。それは入札目録所載の資料を検討しつつ人間味豊かな、読ませる俳文学論考になっているからである。

(平7・8・30稿)

第六部　作品抄

徳元等百韻五巻

〔書誌〕　書名、仮に名付けて「徳元等百韻五巻」と言う。

俳諧撰集。森川昭氏所蔵。中本の写本一冊、縦二〇・九糎、横一四・八糎。奥書により元義写。

奥書「正保三年暮秋廿八日　元義」とある。

表裏表紙各一枚にして、栗皮色表紙（後補）。丁数は、本文三十七丁。題簽・内題・序跋いずれもなし。昭和四十一年二月六日、所蔵者よりとくに恩借して筆写。なお、本集については、森川昭氏が論考「徳元の周囲―『徳元等百韻五巻』考―」と題して解説・翻刻ずみである（『説林』15号、昭42・2）。

〔所収作品〕

一、望都独吟百韻「をのつから」の巻　貞徳点

二、徳元作、山岡景以追善之俳諧独吟「諸行無常」の巻

三、徳元作、永喜法印追善独吟百韻「風にはつと」の巻

四、徳元独吟魚鳥俳諧百韻「鮎なます」の巻　三藐院殿点

五、徳元・玄札両吟百韻「月見せむ」の巻

独吟　　　望都

をのつから鶯かこやそのゝ竹
うちわたしたる梅の木枝
雪間をも分つゝさいめ改めて
（中略）
くたひれつゝもあかる山さか
能馬や駄賃高くもかりまして

かす〳〵はこひとるからけ銭

付墨四拾五之内長五句

貞徳

爰に山岡主計頭景以(ユキ)公法名天徳院殿自渓宗由居士江州水口御在番としてひさしくおハしましけりかゝりける所にはからす薫風にあてられ壬午水無月初の四日に御齢古来稀なるとしに一とせはかりもミたす世をはや」ウ　ふ(う)したまひにき誠に尋常ならぬ御心ばへ武きものゝふの道ハいふハさら也連歌俳諧にも御心をよせられ樽の前に友をまねきてハ酔をすゝめ花紅葉の色にそミ香にめて月雪のいさきよきをみつからのミ心にものして朋友のましハりひ」オ　ろく侍れはかた〳〵おしミたてまつらすといふことなし予も又そのかミ聚楽伏見にいまそかりし時より御よしみ深くいともかしこき高友にをくれ奉りてハ木にはなれたるさるのこゝちしてかほすりあかめなみたせきあへすいとたへか」ウ　たくかなしきのミあまりにおもひのいろをもゝ句の俳諧にひとりこちてかの御霊前の手むけくさとなし奉るに南

追善之俳諧独吟　　徳元

諸行無常聞や林の鐘の声
あらなこりおしみしか夜の月」オ
一盃の酒さへうけす旅立て
ふた〳〵とゆく船をしそおもふ
玉くしけミハかりとまる留主ハうし
門の戸さしを明暮のばん
碁双六うちかたらへる伴ひに
かゝけそへたるあふら火の本
折(ウ)かゝめひちを枕の夜学して
跡先つかへ(ツカエ)狭き室の戸」ウ
入こつむ舟にや竿をはりま瀉
あき人つとひかふハ杉原
よの中にたえて文かく神無月
いろは計ハ庭にちりぬる
時雨してはやまの露ハゐひもせす
霧間はるかに雲ハひか〳〵

有明の影ほんのりとさし移り
大蠟燭をともすふる寺　」オ
仏事にハどらを会津に経よみて
僧ハ袖振空ハ華ふる
いとあそふ（空白）うつゝか夢の舞
くミやの軒にとまれてふ〳〵
二 鵙の子を京わらんへのすへ出て
けふひかしやまあすハにし山
小車を紅葉の比ハくハらめかし
秋も雨にハはたゝかみなり　」ウ
孝〻ハなみたの露のふるつかに
月もきんかり玉まつる也
鉄炮の星も牛牽城せめに
たくむくりから立る明松
難面に忍ハてかよへひたとゆけ
四角ハしらやかとらしの君
釘貫やひしを金具の門かまへ
幕にも付る家〳〵の紋　」オ
陳取の備へ〳〵ハあらハれて

こゝやかしこに馬そいなゝく
二ウ されハこそ加茂の祭の時分なれ
露深草につふてうちあふ
かゝみぬるうつらや床をはなるらん
小たかのさきへ犬をやりなハ
むハらくろ畠やまたのかりつめに
鎌のなりしてさすハ三日月　」ウ
竹自在天にもすきやにしの空
あかゐほしきるかたハさるとり
山王の神主ハ酔さかもとに
しかゝら崎へ御こしふり也
松かけに華のほうしてかふくらし
だてに茶をのむ春のたハふれ
奥州の人のこゝろもうらゝにて
うねめかうたにくめるかハらけ　」オ
三 久堅のあめの御門の御あそひに
日照に水ハたへすたふ〳〵
滝の露ハちりやたら〳〵ちりとんた
はんま千鳥の友よハふ秋

しろ〳〵と月もてらめく真砂ちに
たふとやおかめつねのともしひ
花の咲かすも九ほんの浄土にて
うくひすたにも唱ふ法花経　」ウ
谷底も雪解わたる身延やま
いさハ川にもますにこり水
ゆら〳〵と波に浮木のなかれきて
あらハれ出るいしかめの甲
しな玉を放下ハ月になしぬらし
日を手にとるハ水晶の露
三ウ 秋の比目金て灸やさしも草
老てハつねに養生をする　」オ
高野聖奥の因果にやせほそり
かきや集りこゝにきの国
花瓶をハ南おもてにならへ置
いくつも水にさゆる月の輪
愛岩にハ手桶のかすを夕間暮
火の用心の番太郎ほう
盗人をふせけ跡先五鬼前鬼

よしのゝ花におほき宿かり　」ウ
春の夜のあたひ千金たかハりて
長閑にあそふ逸り傾城
なまめけハみてハつを引袖を引
すかたもたへに好む青梅
名 さ乙女も早苗もハらむつハりにて
夏痩をするなへて里〳〵
馬牛も骨斗にや成ぬらん
やふれてあハれふるきからかさ　」オ
せつきやうをとくさゝらをもすりきりて
自然居士きの真似をこそすれ
聟入にけふ北山のはやし物
くらまきれにも忍ふなかうと
月遅ミ行乗かけのつゝら折
モ まうせん斗ひかる稲妻
能をみる座敷も長夜をかけて
めくらとち〳〵あつまれる友
童ハいつくの角にかくれんほ
さいのかハらハものさひてけり　」ウ

ウ
大雪に明る箱根ハ道たえて
古郷をおもひ伊豆に逗留
流されし人のむかしのいかならむ
内裏に今も雀来るてふ
粽むす小豆ハ庭にこほれ落
篠葉まこものちりよあくたよ　」オ
あらけなく風にいためる花ハおし
人のいちこも春の夜の夢　」ウ

あらかねのつちのえやとらうそふける秋の風吹いさなひて尋常ならぬ刑部卿法印永喜先生としこゆるきの五十餘にして八月半例ならす身ハなよ竹のふし待の月もろともに雲かくれ給にきしるしらす聞つたへにもおしみあへる事」オ　限なしいはんやこのかミハもたえこかれて蓬か嶋の薬もかなと医師を集めてこゝろをつくし歎きかなしむといへとその甲斐なしかゝる人のためしにハ顔回も短命にして死けりかならすしも惜しめる人ハあやにくにをくれさきたつよの」ウ　ならひいへはさら也折〳〵予もいとねんころに物し給へる詞の末の忘れかたさに寸志の色を見せしめんと先仙の韻を費し愚なる狂句を百韻ひとりこちてかの宝前に手向種となし侍るに南」オ

追善韻俳諧　独吟　　徳元

風にはつと塵の浮世の一葉かな
あた波はしる露の篠船・（傍点朱、以下同）
嶋かくれ月の兎の飛出て
夜も長太刀の兵法の伝・
長良か一巻の書のまつりこと
民楽〳〵と作る十代田・　」ウ
里〳〵や五月雨酔る濁酒
ひけをなてつゝふすわら筵・
ウ
海老賣ハしハし木陰にかゝミねて
正月さむく松たてる年・
春なから大雪積る住よしに
五幣もかすみます神の前・
拝殿にとほめける禰宜の居て　」オ

破れかのこ着うたふ漣（サヽナミ）・
白雨やふるかたひらてわたし舟
夏に軍をする湊川・
あらそへる中ハ蝸牛の津の国に
ひとりむすめハ月の妍（カホヨシ）・
緑の道結ふや露の玉のこし
ねかひのいとを茶にそ引巻・
紅の網に入けり花真壺
」ウ
床のうちにハ春の絵懸・
二
八景や遠山霞む寺のかね
からハ名所のおほき員々・
面白し聞ハむかしの物かたり
岩戸をたゝき明て久堅・
夜る〳〵ハ沢田にわたる溝水鶏
貫ヶて羽またら鴫そ眠れ留・
置霜もひなた〳〵ハ村消て
」オ
にか竹藪の葉ハ烟なり・
青柴を苅手に野老掘出し
かすみを分てもとる仙（ヤマヒト）・

まかりまかる春のゆふへの九折
くらまのかたへもてる弓絃・
三日月に多門ハ鉾を横たへて
雲霧さはき雨したら天・
二ウ
身ハひへて鬼一口やのかるらん
」ウ
秋ハあさみをつまぬ道の邉・
色のよき萩や桔梗を手折持
みやけもほしや山を帰還・るさ
嬉れしくも児ハ稀〳〵里（ヒ）くたり
学問もよくこゝろ研（ミカ）・けり
白砂や木賊すり入夏籠
それそのハらに茂る数珠瑄・
物の気や横にふせ屋て祈る覧
」オ
なみたたらして身をそ悄（ウレフル）・
軽薄に墨をたしなむ忍ひ妻
眉つくりてハねぬる禅（シツケサ）・
月花の影にハ猫もけハひ居て
三
春にそのりをつとふ南泉・
破れたる霞の衣洗たくに

竿になれ〳〵庭の竹墺(カキ)・
つれたちて門田に落る雁の声　└ウ
秋ハ小鴨もわたる後先・
あちこちのみねハ月夜に顕れて
初雪をたにみれハつミ綿・
白雲ハにたりや似たりはくの帯
こや天人のひかる鈿(カンサシ)・
ちらめける蛍を三穂の松原に
うミこしなれや夜ハひ星翢(トフ)・
硯箱ふたりか中に置けらし　└オ
かきくときてハ哥を連(ツラヌル)・
小瘡もや恋の病に出来ぬらむ
腫てハなをもあしそ躓(ツマツク)・
三ウ
血のさかる馬を河原に責乗て
草刈ともは野辺に牛牽・
竹笛やよもふしきなる声ならむ
琴てよひこむ寝屋へ遷(ウツ)・れり
油火も人に逢夜ハ更過て　└ウ
枕にしかも月そ鮮(サヤケキ)・

獣のつゐ啼そむる村紅葉
露も時雨もどゝ旋(メクリ)・せり
わらハへの役ハ手車風車
魚釣真似をする涓(タマリミツ)・
西の宮の塩はる〳〵とひる子にて
わかめとりつゝたゝく舷(フナハタ)・
花よめをむかへてさめく真砂ちに　└オ
手をしめ霞ミくみ纒(マトフ)・也
な
おもふそのそはを離れぬ春のよに
うたふハ声の鳥そ虔(ツヽシム)・
申待に身をきよめつゝねもせひて
あそひの友にざしき塡(フサカル)・
一門ハたゝ類広く繁昌し
ほそもと手にて冨貴する銭・
針かねをこかねにもなす仕合に　└ウ
姉か小路もたつる鄽(イチクラ)・
はくらうハ月毛の駒の影をミて
清水のこちハ霧澌(ソヽク)・くなり
ちか〳〵と散て柳の髪もなし

法師のころもすそを褰(カヽクル)
斎喰にゆく雨の日のすへり道
なき霊の伝いへ杜鵑(ホトヽキス)
房崎のうらめしさうに詠居て
」オ
こゝろうつかと時延(ウツル)なり
花にきて太皷のかすやかそふらん
春懺法をよみ捐てけり
のとかにも観音堂を立さりぬ
きよ水ざかて息を宣たる
ひたるさや焼餅てたゝやミぬらん
食籠をやる人の憐ミ
永喜辞世
沈むさもほとハあらしなこよろきの
いそちあまりのなミの捨舟
」ウ

魚鳥俳諧　徳元

犬何　点三藐院殿

鮎なますあいより青き蓼酢哉
鵜の鳥を絵にそめ付の皿

見世棚に袖涼しくもしとゝゐて
暮ぬる月に給酔てけり
」オ
こひうすひ紅葉に車とゝろかし
秋の御幸の供奉の白鳥
位あるけふの狩場のたか司(ツカサ)
ひきさはきたる犬のもろ声
広庭に大輪をまハす綱はへて
なかめハつきしつき山普請
くたかけの一番鳥に起あるき
夏ハ夜かけてうれる生鯛
」ウ
西の宮に波寄帰るあらゐひす
風にふは〳〵あまかさきすら
ひらしやらと比丘尼ハ雀色時に
あちよささうな袖をひく也
さミせんのいとよりほそき手をしめて
うつくし月になをかほよ鳥
眉黒くほう白にけハふ筆の露
目ばり冷し堂のひんすり
」オ
たこ薬師ミつしもひかる花ぬりに

二
たてをくるりのつほすみれ咲
のとかなる日かけにてうと飛廻り
ほせるふすまののミいかゝせむ
すのこかく草屋にすめハなまつけな
四十からこそものくさくなれ
月寒ミ年寄こひと呼もせて
そこにゐるかととふ夜半もなし
」ウ
独寝もしいら〳〵と明はなれ
からすのなくになみたほろ〳〵
梟ハあさましけにもつにむせて
やまの遠近たつ山椒の木
谷かけに残るふくへハふらさかり
戸ほそさひしきかんくハひか庵
五月雨にひたとなけかし郭公
　　なつ打こし
こゝやかしこにうふる田作り
」オ
ウ
賎のめハかすのこともに入ましり
かひつふりなてかみをけつれる
こと〳〵く柳散けり風荒て

月ハ御庭を照すしらすな
渚よりやかたにもをく秋の霜
鷁首の船にあそふもろ人
五位六位みとりの袖をさしかさし
」ウ
舞の振よしなをもしなよし
誰もミて酌とれといふこの女
くちをすひたやあらなこりおし
いしたゝきいしはしく手もなまめきて
さすかこゝろもふかき若衆
ひとこしハ花かいらきのさめさやに
かしらたかにもゑほしきる春
三
鳳凰のみこしハ春日祭にて
とちやう〳〵と太こうつなり
」オ
時守や目をする〳〵の朝ほらけ
数珠つまくりて寺つゝきゆく
土くれの鳩の杖つく老か身に
かます頭巾をひきかふりつゝ
風をいとふはだ着ハ綿かあつふくれ
ぬるき出立の武者ハ武者かも

女御更衣菊いたゝきて華軍
紅葉ふなをり君のてうあひ
夜るハ月ほせるまたくらくちられて
ひるねする日ハかはす手枕
百敷や大宮人の身ハ楽に
琴弾ならしよむ哥の会
天神をとこにたらりとかけ置て
ありわうものゝ無実のかれん
算用のつはめも済ぬ改めに
ミなにけうせていつち飛うを
たまりやせす行ハうなきの京のほり
もる人こぬか田なかミのやな
上さし合
せたけてもつねに秋なる番所
ものすさましやこのしろのうち
月弓をゐなからみるハ矢倉にて
やま鳥の尾のなかき夜ハなし
華のふる料理ハ是か霰の汁
ひらめにはくをおきかすむ木具

よめ入の夕ハ始終ひめハしめ
ひからをえらふえにしめてたや
暦にも丁とあふむの愛性に
いちこはなれぬ物はそこにべ
伝へもつすゝきか弓やかんの川
武士にひとしきくまの山ふし
いかつにもけつる金剛杖にして
行衛そひろき三界の果
いくつとかきすてし笠のかすならん
ふるあま鳥に出るさ乙女
晝いひを喰なからこそ立にけれ
亭主振よき旅の中宿
あそひものひきあハせつゝさこねして
しめつゆるめつたきつける夜半
小つゝミにのせて中よき月もよし
身にしむなこりいつまてそなふ
おもひます露のうつりかこけ付て
ひすいのちやうにあかしくらしつ
めつらしき草帋に心こからかし

物ハいハしとむかふ見臺
うまさうな膳にもちらす花鰹
うくひすきなけ梅のかひしき
せちによぶ誰彼の春のけふのがに
かすミにゝこるさけもすみよし
御句
　とむつはねつ生てハたらくこのさくハ
　けに魚とりのはいかいそかし
　点廿五内両点二句
　非言三句　指合二句
　非言三句(後人ノ筆)　指合二句
　天保十二年(後人ノ筆)

寛永十九仲秋十五
　中二階座敷にて
何頭
　玄札
月見せむ今宵三五夜中二階
千里の風の吹虫籠窓　徳元
虎の革の露ほしかてら釣簾巻て　同
鐺のさやかにうつる日のかけ　札
冬なからはらりと開く梅の華　札
春を隣に出す臺の物　元
哥よミハ右や左とならひゐて　同
位をわかちきる折烏帽子　札
元服の作法たゝしきけふの暮　同
いく千代鶴のかたな脇指　元
おさかなハ亀井かのふた盃に　同
舞あそひぬる声ハ高館　札
久堅の天津乙女の衣川　同
かつらおとこの波はしる月　元
露ぬれて兎や水をおよく覧　同
硯の筆の毛のぬくる秋　札
つれ〳〵に写す双帋のゆかみきて　同
しやくしてすくひあくる窓こも　元
火焼屋やくらきお多賀の宮所　同
湯たての過る跡のわひしさ　札

さうめんもくハぬさきこそ花香なれ　同
二
いか様はらや春の禅僧　元
目も霞ミおとせハ珠数も御免そや　同
後世の心のうとき老らく　札
殺生をするなと伯父にしかられて　同
一門嫌ふ関白の官　元
さもしくも内裏に銭やよりぬらん　同
ひたるさにしも粽かふ袖　札　」ウ
のほり〳〵愛宕の茶屋に腰かけて　同
見おろす京の番太郎坊　元
すり鉢にけふるも火性三まひか　同
すいきくとくのあへものをして　札
うら盆の月に泪やすゝむ覧　同
露をきそふるふる塚の穴　元
秋広の太刀の目釘や貫けらし　同
不用心なる鎌倉の武士　札　」オ
二ウ
只独修行に出る最明寺　同
雪のふゝきにしのふふせ笠　元
ふるひ〳〵おもひをしかの山越て　同
大ひえよりもおこる中風気　札
つけやつけ三千本の桑の杖　同
めくらとち〳〵集れる袖　元
童ハ今迄かけにかくれんほ　同
おやのいさめハむつかしき物　札　」ウ
食椀に酒いつはいとしゐられて　同
馳走をいたむ日光のやと　元
華にうたひ月に皷を宇津宮　同
のとかに寄てあそふ友綱　札
まん幕を引霞ミぬる舟の上　同
御座所にもおろす綱の手　元
三
袖ハへてなくさみ給ふ川せうえ　同
なかれをたつる君とこそみれ　札　」オ
妻を待夜半の蠟燭風ひきて　同
かねを会津にひえてしはぶく　元
年ふけて月にとのゐの番替り　同
こしにあつさの弓をはる秋　札
口よする音冷しき神子の前　同
はひあひてのむ三寸酒のかハらけ　元

右ハふ左ハふ一二あらそふ座敷論　同
后の宮のうてる双六　札　└ウ
琴の音ハ絶てもたえぬ御契り　同
峰よりかよふ松風恋風　元
玉章をくゝれる雁の行帰り　同
いく春へてや出る漢国　札
三ウ やつれぬる袖の雪汁流れ落　同
八百日の旅のかミこ一くハん　元
清水をハる〳〵こしのなか浜に　同
しかまのかち路うきちとりあし　札　└オ
知しらす酔ほうけたる市の場　同
集るともハミなはくちうち　元
馬ハ馬牛ハ牛つれとハかりに　同
それハ観音これは大にち　札
順礼に湯殿行人ともなひて　同
昼ハ札かく月に垢離かく　元
質屋にハ秋をかきりになかすらし　同
子をよろこひの泪露けき　札　└ウ
華をやる夫婦のなかのうらやまれ　同
れんりの枝をまく樺さくら　元
な 笛の音にひよくの鳥のさえつりて　同
名を一天にのこす敦盛　札
味方にやおくれて磯にたつの刻　同
みむまにのりてゆくかたを波　元
ひた〳〵と塩みちくれハよる舟に　同
あそこも爰も藻くつ火の影　札　└オ
くらき夜の道ハ蛍を案内者　同
しのひてさきへたつ兵部卿　元
冠ぬきあミ笠をきてうかれ出　同
宮守捨て物見するころ　札
八幡そ月に余念を打忘れ　同
肌寒きをもいさおとこやま　元
はなたるゝ露も雫も淀の里　同
旅たつ舟にのするおさなひ　札　└ウ
ウ 哀さハ人商人のならひにて　同
たもとにかくし持さるくつは　元
おし出して赤熊や鞭を腰にさし　同
すゝとくみゆる武者のいきほひ　札

いけ鳥を取鷲の尾の十郎に　同
手からに山の道しるへする　元
聞及ふ花に法度を破りきて　同
春のまかきをくゝるしれ物　札」オ

正保三年
暮秋廿八日　元義

天保十五年
甲辰正月求之」ウ

『雑聞集（ぞうもんしゅう）』所収、徳元作、永喜法印追善百韻誹諧

〔書誌〕 名古屋市蓬左文庫所蔵。九―二五号。大本の写本一冊、縦二八・五糎、横二〇・一糎。編者・書写者は不明なれど、元禄以前に書写か。表紙左肩に、「雑聞集」と墨書。墨付は四十四丁。表紙は、打曇り模様。所収の作品は、

山賤記（やまがつのき） 伏見殿貞常親王御作 （文明三年二月下旬之候記之）
翁媼物語
ゆみのね
追善百韻誹諧　徳元
大原野千句連歌記
東海寺沢菴和尚円相讃

である。蔵書印、「尾府内／庫図書」「蓬左／文庫」。

昭和四十五年八月六日に筆写す。徳元作、追善百韻誹諧については、すでに森川昭氏が、「徳元の周囲―『徳元等百韻五巻』考―」のなかで解説・翻刻ずみである。

追善百韵誹諧　　徳元

あらかねのつちのえやとらうそふける秋の風吹
いさないてよのつねならぬ刑部卿法印永喜先生
年こゆるきの五十餘にして八月半例ならす
身ハなよ竹のふし待の月もろ共に雲かくれ
給にき知しらすき〻つたへにもおしミあへる
事かきりなしいはんやこのかミハもたえこかれて
蓬か嶋の薬もかなと医師をあつめて心をつく
し歎悲しむといへとそのかひなしか〻る人の　」オ

ためしには顔回も短命にして死けりかなうすしも惜しめる人ハあやにくにをくれ先たつ世のならひいへはさらなり折々予にもいとねんころにものし給へること葉のすゑのわすれかたさに寸志の色を見せしめんと先仙の韵を費し愚なる狂句を百韵ひとりこちて彼宝前に手向種となし侍るになん

追善韵誹諧　　　徳元

風にはつと塵の浮世の一葉哉　└ウ
あたなミはしる露の笹船
嶋かくれ月のうさきの飛出て
夜も長太刀の兵法の伝
張良か一巻の書のまつり事
民らく〳〵と作る十代田
里〳〵や五月酔るにこり酒
ひけをなてつゝ臥わら筵
ウ ゑひうりハしはし木陰にかゝミねて
正月さむく松たてる年　└オ

春なから大雪積る住吉に
五幣もかすみます神の前
拝殿に目もとほめける祢宜の居て
やふれかみこきうたふ漣
白雨やふるかたひらて渡し舟
夏に軍をする湊川
あらそへる中は蝸牛の津の国に
ひとりむすめハ月の妍
ゑんのミち結ふや露の玉の輿　└ウ
願ひのいとを茶にそ引巻
くれなゐの網にいりけり花真壺
床のうちには春の絵懸
二 八景や遠山かすむ寺の鐘
からは名所のおほき員々
おもしろしきけハむかしの物語り
岩戸をたゝきあけて久堅
よる〳〵ハ沢田に渡る溝水鶏
ふけて羽またら鴫そ眠る　└オ

置霜に日なた〳〵ハ村消て
にか竹藪の葉は煙なり
青柴を苅手に野老堀出し
霞を分てもとる仙
まかりまかる春の夕の九折
くらまのかたやもてる弓絃
三日月に多門ハ鉾を横たえて
雲霧さはき雨したら天
ウ 身ハひえて鬼一口やのかるらん 」ウ
秋はあさみをつまぬ道の邉
色のよき萩や桔梗を手折きて
ミやけもほしや山を還さ
うれしくも児ハ稀〳〵里下り
学問もよくこゝろ研(ミカケ)り
白砂や木賊すり入夏籠
それその原にしける数珠瑄
物の気やよこにふせやて祈る覧
涙たらして身をそ悄る 」オ

軽薄に墨をたしなむ忍妻
眉作りてはねぬる禅
月花の影にハ猫もけはいゐて
春にそのりをつたふ南泉
三 破れたるかすみの衣洗濯に
竿になれ〳〵庭の竹堧
つれたちて門田に落る鳫の声
秋は小かもにわたるあと先
あちこちの峯ハ月夜顕て 」ウ
はつ雪をたゝ見れはつミ綿
白雲ハ似たりやにたり薄の帯
こや天人のひかる鈿
ちらめけるほたるを三穂の松原に
海こしなれやよはひ星覷
硯箱ふたりか中に置けらし
書くときては歌を連る
小瘡もや恋の病に出来ぬらん
はれてハ猶も足そ躓(ツマツク)(タヲル、) 」オ

三ウ

血のさかる馬を河原に責乗て
草苅ともハ野過に牛牽
竹笛やよもふしきなる声ならん
琴てよひこむねやへ遷り
油火も人に逢夜ハ更過て
まくらにしかも月そ鮮
獣のつゐ啼そむる村紅葉
露も時雨もとゝ旋なり
わらはへの役ハ手車風車」ウ
魚つるまねをする涓(タマリミツ)
西の宮の塩はる〳〵とひるこにて
わかめとり〳〵たゝく舷
花よめをむかへてさめく真砂地に
手をしめかすみくミ纒也
おもふそのそはを離れぬ春の夜に
うたふハ声の鳥そ虔(ツヽシム)
申侍に身を清ミつゝねもせいて
遊ひの友にさしき塡ル」オ

一門ハ只類広く繁昌し
をそ元手にて冨貴すハ銭
針かねをこかねにもなす仕合に
姉か小路もたつる鄽
はくらうハ月毛の駒の影を見て
清水のこちハ霧湔也
ちか〳〵と散て柳の髪もなし
法師の衣すそを褰ル
斉くひに行雨の日のまつりミち」ウ
なき霊の伝いへ杜鵑
ウ房崎のうらめしさよに詠ゐて
こゝろうつかと時延なり
花に来て太皷の数やかそふらん
春懺法をよミ拵(ステ)にけり
長閑にも観音堂を立去ぬ
清水坂て息を宣たる
ひたるさや焼餅て只やミぬらん
食籠をやる人の憐ミ」オ

賦何路連歌

『俳文学論考』六八六頁所収。石田元季氏の紹介文には「右百韻連歌は熱田浅井家蔵にかゝり、佳麗なる料紙一巻にものせられ、全部正種の筆」とある。本書第三部「長盛・能通・徳元一座『賦何路連歌』成立考など」を参照。

賦何路連歌

茂りなをさそふ水田の早苗哉　長盛
　柳なひかす里の五月雨　能通
みたれ飛ほたるは風に方よりて　徳元
　谷のあはひに月ぞうつろふ　正重
岩つたふ雫や霧の残すらん　長依
　こゆる関路の朝気すさまし　城与
駒なへて友なひ出るたひ衣　勝政
　はれま待えし雪の中宿　直友
こもりゐる戸ほそひらけて風寒て　正種
　外面におつる木葉むら〱　久茂
空ゆくもちかきやとりの鳥ならん　能通
　いつあけ方のみしか夜の月　長盛
あふほともあらて物うき衣〱に　正重
　たゝまくおしみしたふさむしろ　徳元
はなれしと親をおもひ子あわれにて　城与
　たへつゝすめるよもきふの陰　長依
明暮にむすふ石井の水としれ　直友
　おこなふこゑのたえぬ山寺　勝政
かつらきや次〱に入みちとをみ　長盛
　ふむにあやしきすゑのかけ橋　正種
白妙の花の雲しく高楼に　徳元

松たつくまも明ほのゝ春　能通
床なから野辺の雉子や羽吹らん　長依
　そゝくかきりもなかそらの雨　正重
住あらすやとりは露のもり入て　勝政
　くれて旅ねのはたへ寒しも　城与
きこゆるは誰うつならしあさ衣　正種
　月もさひしきかけの篠の星　直友
いてし世にかへるとみしは夢覚て　能通
　さすらふる身はなみのうき舟　長盛
いかはかり宮古にほとの遠津島　正重
　ゆきてとはゞやちかのしほかま　徳元
もみち散砌をめてゝよむ歌に　城与
　さけのむしろはくるゝ日もいさ　長依
ゆくゑなをたのむるけふの賀の祝　直友
　あまたなりけるゆかりしるしも　勝政
尋くるかくれ家かへていくそ度　長政
　爪木も水もまれの山あひ　正種
雪はたゝ去年のまゝなる岨つたひ　徳元
　おる人なしと花さかりかも　能通
かき内にさへつるとりのあつまりて　勝政
　四町も春のおまへときめく　長盛
誰もみなまうけの君とかしつきて　長依
　袖つとひくるうふ屋にきはふ　城与
いくへとかかさぬるに衣の色ならん　直友
　よはひの後は風そ身にしむ　正重
閨に露ふるき枕をかたしきて　能通
　ふたりみぬよは月もあはれめ　長依
夢にさへうとき契をいかにせん　長盛
　えさらぬやたゝ宮つかへ人　徳元
遠かりし道とひかぬる小野の奥　城与
　けふりにこもる岑のすみかま　勝政
わつかなる棲は雪にうつもれて　正種
　へたつとなりも竹の葉かくれ　長盛
夕かほやかきほにかゝる花かつら　長依
　賤やにしきとたのむ調布　能通
槙島やなみのきぬたつ瀬を早み　徳元
　下すを舟にあらき河風　正種
あやうきやしけきもくつる橋はしら　長盛

月またくらききりの下道　勝政
荻のこゑそよとはかりの秋の暮　能通
あつさのこれる庵のわひしさ　正重
山とをくはこふはおもき柴の戸に　長依
つかれはつれはま草かひをく　直友
夏の日は清水かもとを立さらて　勝政
つくりをへたる岩のはさま田　城与
しら菅はこゝにかしこに刈はらひ　正重
冬の夜さむみ霜に鳴なく　徳元
葺かけの芦火目覚てくゆらかし　長盛
ちかきいほりはことかはす友　能通
さかつきは度〳〵しひて酌けらし　直友
いつあふ坂としたふわかれ路　長依
行と来とたかひの車立ならへ　徳元
つかさのめしにもろくやは有　正種
影てらす月の都の四方の国　城与
きりはなれての染いろの山　長盛
みよし野やいく木つゝける花ならん　正重
なをとめはやなあかぬうくひす　能通

長閑けさは千里もおなし春の日に　長依
きのふのけしきあら玉の年　城与
くろ髪をそきて名残の朝鏡　長盛
わかきもさすか入のりのみち　徳元
いかにして住よき山のおくならん　能通
むらにはとをきさをしかの声　勝政
すゝきたつ陰野のめくり暮そめて　直友
霧にし露のさそな深けん　正重
月にひらく文も涙にかきくもり　徳元
たゝく戸さしはとはしとの伝　長依
ゆるさるゝ中もさはりの有はうし　城与
名とけて後の釣のたのしみ　長盛
なみよする入江に舟を引つなき　正重
根さへかたふく芦のうは風　能通
真砂地や古たる松の蔭すゝし　正種
たゝならぬ神の宮居しらるゝ　城与
乗馬のふしてゆかぬと驚きて　長依
たゝかふかすやおほきもろこし　勝政ヵ
九重に入たつ袖は色〳〵に　能通

酔にみたるゝ舞の足ふみ　徳元
青柳も花にましるは折かさし　長盛
　門もひろこる桃そのゝ内　正重

長盛　十四　　能通　十三
徳元　十二　　正重　十一
長依　十二　　城与　十一カ
勝政　十カ　　直友　八カ
正種　八　　　久茂　一
長政　一

斎藤徳元独吟千句

千句

寛永五年十一月吉日

第一

鎌何

徳元

鏜梅の散しかゝれるこたちかな
こさくらおとしきる花軍
春風の山のほらかい吹出て
おひをひつゝも峯に入也
柴刈の中におふちや交るらん
よろ〳〵とつくうは竹の杖
月見にとあふる豆腐のくし細ミ
茶屋の端居の烌は涼しも

」一オ

路地に水露たふ〳〵と打過て
ふめハせきたのすへる飛石
灯の油を誰かこほすらん
道になけ捨をく竹のつゝ
哀にもゐさしハ犬をうちけらし
気遣もなくはいる盗人
ぬれえんハ爰もかしこもくつろきて
日てりに水ハもる手水桶
雨こひをしてやうき世におとるらん
時宗ひくにや何おもひ草
形見にとをくる扇は御影堂
絵に書月も京の面ふり
染物の色もさすかに花衣
霞もむすふ帯のさけさや

」一ウ

鶯やひうちふくろにこゑすらん
しやうしの引手明る春の夜
かけかねをはつして出る星の門
はなれ〳〵になれるおとかひ
三番三も扇の面もふるひ果
たえて久しく見ぬ神事能
春日山薪とるこそ法度なれ
おれふすまゝてをけるなら柴
鷹の尾を下手のすへてやつかすらん
やふれゆかけハさすもはつかし
弓にたゝすり切果し身の向後
口をもよせすみこハ珠数引
宮の内は月の盃のミかねて
つかさのめしにもれし無念さ
小車は露に埋れてこミほ□り
作り捨田は淀の川はた
かまの葉に茂り合ぬるまこも草
蛍むなしく去ていきけん
学文の窓はさなからとち置て

」二オ

いたつらにの□遊ふかつしき
かるわさハとんほうかへり□しり飛
かたへにてふハゐねふりてをる
花に風いやと□もへハしつまりて
萩も桔梗もたてる野の原
笠のはをそろへて秋ハ狩暮し
駒の綱手にうつる月の輪
愛宕山苧の里にかりまくら
追〳〵とたゝまいる釈迦堂
みたハ西十万億もむつかしや
涼しき風ハ爰もそよ〳〵
邯鄲の夢ハほとなく覚果て
粟飯むせりはたこ屋の棚
旅つ□れ四国をさしてありくらし
奉公人□□（やカ）すきとりかへ
百性ハなへて未進を出しかね
すいそん日そん□（かゝるカ）世の中
こほれたるほたてを月に喰つくし
虫たにもはた物このミせり

」二ウ

露ほとも薬ハきらふしやくしゆやミ
腹をさすりて神や祈らん
はらミぬる身の果いかにおほつかな
うへし□苗の出来過てけり
」三オ
□さふらん
豊なりつる三皇そかし
鳥たにも日い月星とさへつりて
春ハさう〳〵明る谷の戸
花に鐘そこつにもつく時ならし
いらもたとたゝ急く□
出舟にさらハ又よの□（いとカ）まこひ
けいはくなるや心あさつま
あふミとハいへと粟津の□りめのと
けもゝはかりやさくる木曾殿
はいたてハ冷しけなる熊の皮
甲のうへをてらす半月
伶人の舞もやうやく夜に入て
あそこも爰もかゝりたく也
」三ウ
ひかめくや夕川上のうかひ船
鬼一口のはけものハ何
軒たかミ苔のむしたるむな瓦
板間のしつく絶ぬてんすい
つほハたゝいかにしてかハわれつらん
おさなき智恵もふかき唐人
七あしに作れる詩こそふしきなれ
哥もたへなり□そ□一寸
惟光を召夕かほの花の宿
五条わたりに住はちたゝき
う□物□ミ茶せんをやかさすらん
しちくはちくの竹のしな〳〵
月影□れんしがうしにさし入て
□やぬら□
」四オ
□りころりと打□て
船こ□渡る波のろひやうし
坂本の祭のミこしかき出し
吹はやしたる志賀の山風
ちり〳〵と花ふる雪を手に請て
霞なからに紫雲たな引

二月の別れの室□つとしな
いかに宰府のそのかミの春

第二
　蚍何

鶯の籠にし竹をねくらかな
作り花をも蝶のすう暮
霞酌てうしひさけやかさるらん
ゐほしきとたゝいはふ祝言
御幸そとこしらへ初る辻かため
みせに置たるへにのかたひら
たてをして月におとりやかけぬらん
□の□
□中□ひ□
ふるまひことに出る□
床の上のくわひんに咲る藤の花
かすむ春日のすきのたそかれ
小田かへす農具もならのかち打に

」五オ

ひるいひに引もろはくのかす
あはれしれ下戸にく□ぬる餅もかな
行て祈らんきねのミやしろ
うす情かくる若衆ハすハりにて
ほしのあふせに一やねよかし
なきつふす目にや月さえ見えさらん
秋来ぬとてや萩のさはめく
鹿ともの通ふ砌はふミくつし
小倉の里の垣のなハふし
大井川や筏のはしらほり立て
御船あそひのようい事となり
糸竹のしらへも波の青海波
舞まふ袖もかく人のまね
わらハへや天王寺にてくるふらん
太子や時にものゝけとなる
湯たてするかまにも飛や生す玉
蛍ひかめく森の木かくれ
たへまつかほしか狐か稲妻か
月ハいなりの山こしにさす

」五ウ

あミたにや紅葉を折て手向らん
西は秋ふくこくらくの風
知しらす如渡とく□んて渡さはや
朝□いつ□大勢
」六オ
柴□木持てうるまの□
羽吹からすほふる犬□
あはせやる鷹ハさいにてまねくらん
冬も尾花のなひく道はた
霜かれの薄の下葉折くしけ
ふるひ〳〵もなくきり〳〵す
壁の穴に野分ハあらく吹入て
かミこにころも打かさねぬる
霧はらひときくう僧のはれ小袖
月かけてより出る寺かた
鐘のねの数をもたさてよ所あるき
れいとんくをやかけちかへけん
はいふきに火花をちらす佐渡か嶋
長はま人のあたまはる風
」六ウ
気遣ハ日をふる旅にのとまらて
古里いかにすりのようしん
さゝらをハ忘れて来ぬる田舎住
十にもたらて八はちをうつ
いたいけなはうかを見るも哀にて
あしいたけにもめくり行人
車をし引わつらへる牛の爪
都のうちも雨にすへれり
ぬめりぬる名こそ油の小路なれ
髪ふりさけてたてるうかれ女
青柳の糸物ほそき腰ならし
ほゝゑむ花に似たる口もと
愛〳〵とおほろ月夜にかね付て
□の□の
」七オ
□と□よりむかへのこし□来るらん
見物せんとおもふしほかま
奥州もいそけいちかの浦伝ひ
すゝきを誰もほめそやしけり
鉋丁ハその家〳〵のならひにて
つるきハみけよ国よしもよし

天下きりとりつゝも打おさめ
くらへもて来てはかるわせ米
秋ハたゝ俵藤太のとみたから
勢田よりかよふ舟の大風
石山のおくのさしきハ落こはれ
さても源氏の置所なや
生とりハ平家の陳(ママ)ににみちく〵て
小松の下にかゝミ居る也
正月ハゑひのことくに酔ふしぬ
せち客人のいへるくりこと
あら玉の珠数てハ春の祈禱して
ひもとくきやうやはんにやはらミた
悦のおひきの鑓(銭カ)や六百貫
舞台の能ハ四坐の集り
橋立や波のつゝミのうちよせて
つくいり合のかねもなりあい
順礼ハ札を片敷堂のすみ
こほすいりこにましる虫の子
くしけつるかふろのわるさ秋果て

」七ウ

親の御恩を身に入てけり
よもきふの哀を慈悲に月もとへ
庭の諸木もさのミ茂るな
盗人のかくれ所ハいかならん
ぬけ道もなき立田山越
高安やふかきりんきにすくめられ
一期の間ふたり寝の床
うはおふちおもひ出ぬる花の春
としとりあした遊ふ身の楽
いり豆をかすめ捨にし厄はらひ
千代もとたつるせと門の松

」八オ

第三
　餅何

春の日もめくるや牛の花車
くれて都は霞む行幸
長閑にも管弦に歌をよミ添て
船にうきてやろ拍子をふむ

」八ウ

酒もりに旅の門出やいはふらん
木具かはらけの見ゆる関山
杉間もる今宵の月に幕張て
もの〳〵しきハ秋の陳とり
ふり□す大長刀の露深ミ
香薷散のむきよりんくわくらん
夏の日や茶屋へ寄つゝ淩くらん
たうけに馬をつなく坂くる
山〳〵をたつ市へのくたひれて
三輪をかへれはあくむ初瀬路
いらもたと桜に心いそくらし
ひたふりにたゝふれや春雨
千町田をかへす井水ハかれ〳〵に
引たくられてたゆる草村
朝ことのさうしハ清き神の前
きら〳〵とたゝしくこしら石
月かくす森の榊葉折たをし
三笠の山をとをる秋風
なら坂や此手より先はた寒ミ

」九オ

」九ウ

とにもかくにもかミこ一くわん
佗ぬれハ兄弟にさへ名乗かね
使もいやゝをのゝ細道
炭薪年貢のかたにせかまれて
ふるひ〳〵も山にこそ入れ
わらハやミましなひ落すくらま寺
牛若殿はもなかれとのミ
次信がすゝむ心ハたへなれや
てたてをせんにかつ将棊□
寸五六のさいハおもひのまゝならて
后やものをなけくもろこし
絵とりつる顔ハ涙と月もしれ
なかされし秋ハ須磨に明石よ
気はらしに□見る浦伝ひ
波にそこなふ庵のませかき
いつもたゝせゝり普請ハ絶やらて
五郎太をも持しら土ももつ
もつかうに手車も作そへ
しゐをひろひにありく霜枯

」十オ

つかさをも内〳〵望む位山
みねにゆらめく紫の雲
二十五の菩薩は空にあらハれて
つゝミ大皷そふる笛の音
里〳〵の氏子ハ祭時めかし
酔にみたれてよろほひにけり
月に愛花に小うたのよもすから
柳の糸もさミせんの曲
川船に座頭や乗てかすむらん
とはにあミ引ゑいさらの声
ぬる〳〵と淀につゝける縄手道
はなをたれたるにもちかちもち
生柴に夏かけて咲藤かつら
うふる門田もせはき袖垣
細布のせんたくをする賤か屋に
けふの都のけふの寒さよ
みちのくや□(苦カ)にならﾠﾠのけしきにて
逸起の世にやみたれそめに□
萩すゝき野山を我と取ひろけ

」十ウ

種々さま〳〵の虫の声〳〵
草まくらかいふいてぬる月の夜に
とﾠﾠの上ハをける露霜
よそ目にハちきると見えぬ柿の本
しのひ〳〵に出逢人丸
ほの〳〵と明行へやの前渡り
あさきのうれんかくる袖口
武士の駒をはやむる笠しる□
ほろも花かた又花うつほ
こしにさす紅梅もかつ色見えて
かわむ北野ゝ宮めくりせり
群集して長えもつゝくみこし鬼
よめりの供のおほき鑓持
敵味方いもせの道にやはらきて
天下をとるやたゝはかりこと
張良か夢の伝や月ならん
風身にしめるかひの土はし
とう〳〵と岩越波もひゝき出
ちりやたらりとなかすうろくす

」十一オ

」十一ウ

夕立ハうつす斗にふり通り
とりこミかねつほしあらひ衣
めら〳〵とやふれてかなし古小袖
分るかりはハむはらからたち
もろ白のとまれる犬ハ追やりて
弓ひきしほりゐるハかふら矢
高名ハ奈須の与一か若盛
なへてよろこふしもつけそかし
あたをなす殺生石ハわれくだけ
うろめく露の玉もきえけり
はす□葉ハ盆前に取月の暮
いつつりそめて炑のさしさは
仕立ぬる蚊屋の祝儀の樽肴
つちをころはす手もとおかしや
大黒のたからやなふりあそふらん
しろかね蔵の戸をひらきつゝ
かしこくも色をかへたるくろ船に
何と見付ていきるいきりす
長さきや咲も残らぬ花の春」十二オ
てうすや霞酌かはすらん

」十二ウ

第四

高何

一声やくち〳〵にいふ郭公
せと門にさく垣の卯花
夏の夜の霜かと月ハきらめきて
くつハしめらぬ真砂地のうへ
あり〳〵とのへて数そふ鞠の音
ぬきなにいもの汁のさいしん
町〳〵ハ廿日〳〵に寄合て
あるゝねすミをいかゝしつめん
らいかうか心和らくよしもかな
山に□いかい文のまき〳〵
くときやるおもひ高尾にいゝなされ
天狗も恋をするかあやしき
矢の根よりうき身ハほそくやせ果て
弓はり月をひたと祈らん

」十三オ

木棉打秋ハたからを願ハまし
畠の露も金銀のいろ
百性も将棊の馬やもとむらん
ふにさゝれぬる里〳〵の役
道作る奉行〳〵ハあらためて
跡こそたえねえんのうはそく
山伏ハあか花さらをくわらめかし
いかつちおつるかつらきの春
雲霞高間や狂ひさはくらん
国のミたれにおほき小屋かけ
隠家も下手の大つれ益もなし
四公ハ終に出て世に住
牛をたにあらはて帰る人も有
駒のすそをはひやす明暮
初雪を下敷にして降重ね
冬の夜いとふふすまもふせん
あたゝかに跡合てねるうはおふち
むかしの春をおもひ出の部屋
花染の赤前たれハすゝけはて

おほろ〳〵とけはふおはした
□のちきりにかよふ月の暮
盆の念仏にうつ太鼓かね
おとるにも秋ハ涼しき法花寺
扇もをかすうちはをももつ
むらかれハ蚊の声も只かしましや
藪しかくれハ住もいやなり
堀井戸もちりにあくたに埋れ（マヽ）
あらしをく田ハ□ぶ土となる
獣の起つまろひつ床しめて
夜な〳〵にふる霜のどかきえ
橋板ハ誰ふミはつす跡ならん
佐野ゝわたりの人のそこつさ
たつの市を卯の日に出るみわか崎
こゝろいらくる月の山もと
さほ鹿のかひらふと鳴声聞て
身にしミ〳〵と床し古里
」十四ウ
しほふミてからき世を知味はひに
つけ山椒をとりよせてくう

くわしに引こふ一きれとほうはりて
目の色かはる人のつらさか
喧咜をも（余白）
めおとの中ハやかてくつろく
はちかはす心もぬけて新枕
ゆるりと月にむかうさむしろ
夜寒をもあたゝめ酒に打忘れ
おもしろけにも耳に入むし
ねふりぬるうさきにあぶのたかり居て
越後の国へこゆる夏□
ひら〳〵と布をかしこにさらし置
川辺に捨しあはの□
黒犬にくハれて□
□恐れつゝ忍ふ盗人
まき散す木戸のあたりの車ひし
浪のう□もをほすもかりかさ
あま衣なへ〳〵として一しほり
苫こもまても朽る五月雨
むすまゝにすき間〳〵ハこけらふき

」十五オ

雫ハたえぬ軒の松かさ
行ひにこもるもかたき岩の洞
月もゐて付あか水の末
竹の葉ハせり〳〵川にしからミて
散うく花にかたむゑひさ□
春風のはう〳〵と吹ひえの山
去年にハ替る衆徒の勢ひ
義経ハきせ長を捨て落けらし
馬やはねけん水のみなもと
いき〳〵と加茂の祭にいさミ出
御息所をおしこめぬめり
むくつけの松浦か川いかならん
もろこし船のあらきせんとう
大波に揖とる声も聞わかて
よこすちかいに見る星の影
月に的あたりをそこと定かね
すいりやうにのむ秋のかふき茶
露打て門より内の朝清め
晦日はらひするかまの前

」十五ウ

〔　　〕いにも朔日しやうし□添て
□かきの棚を〔　　〕
」十六オ
はすの葉にこほ□涙〔　　〕
〔　　〕持ひめのおもひ染しも
親ならぬ親の心ハおそろしや
世にたはかりのこはきぬれ〔　　〕
油断すな湯殿風呂屋のたまし打
野まのうつミのあはれ古へ
花もおし人もあたなりみのおはり
木丁を梅の風ふせきとや
」十六ウ

第五
何薄

涼しさのあたへハ金の扇かな
汗をやめてハ舞をまふ袖
こしらへしちいさ刀をとき立て
本あミやたゝあくる戸障子
月なから町のかうしやしらむらん

もめんはかまをたちぬへる秋
〔　　〕んとするこはりハきてもはた寒ミ
見えすくほとに〔　　〕
」十七オ
鰈にもすかれる□ハ〔　　〕
風のふせきにかさすふミ〔　　〕
散らぬ間と花や土産に手折らん
北野まいりの袖の梅か□
春ハなを出ても遅き牛の日に
やふれ車ハめくるともなし
しかけぬるとけいの音は定まらて
しとろもとろになる□かへり
まけ立と極ぬる碁のいかならん
座さらすに居る人もこそあれ
さとるとや法のふすまを引かふり
月夜もやミもしらぬ行ひ
鵜遣ハひる川斗身にしめて
波もさかまきのほる瀬の露
」十七ウ
稲船をゑいや〳〵と漕まハし
炑ハふつきに民のにきハひ

神農の御代ハかまとにたく煙
くすりを煎しのめハそくさい
養老の名もめてたしや滝の水
みのゝお山や身のらくをしる
立わかれいなんとおもふ人もなし
ほれ〳〵となる旅やとの中
はたこやにミなとられぬる遣銭
くちゆへはちをかくハはつかし
舞台にて能のうたひを忘れ果□
津にむかうてふふくろふの声
月もまたあさくらきよりくう山椒
木の丸ふくへさくる露けさ
霧深きすきやへ出す炭取に
ころもの袖に匂ふかう箱
夜具をのへぬかつくそうハ殊勝にて
麦をもはたく坊のうすきぬ
青さしや丹那のかたへ送るらん
かミの袋のおほきしな〳〵
春毎に茶つめ用意をしにけらし

」十八オ

花うつほまてよる宇治の里
しからきハ霞につゝく所在にて
杣木をひくやおつなわらつな
氏神の修理におもむく宮柱
日をゑらひぬるしやうさくの家
百官の位を月に祈らめや
千石まてハをよハさる秋
鎌とめをしつゝ年貢を免極
山くしやたゝはてぬ土入
祇園会に渡る跡先あらそひて
つしまに船を乗こそりたる
かうらいのあきなひやたゝはやるらん
門〳〵にして多きとうふや
観世流を稽古にならすはやしかう
清水寺をかりてふるまふ
けふ見すハ地主の桜ハ散なまし
あらけなふ吹春の山風
翅をも取みたしつゝ帰鴈
田面に人の来る大勢

」十八ウ

月かけて初知入をする折にふれ
あたゝめ酒にさらん□
」十九オ
萩の葉をいろりの中へ刈くへて
とんて火になる虫の哀さ
かはらけの油にのミやはまるらん
大工の道具さひを落せり
殿作きらひやかにもあらためて
君かきまさハ聟にとらなん
花よめとかしつかせんのひとり姫
木丁も深く霞むねむしろ
春の夜の月さへそとへ立出して
気遣しつゝすめる山里
材木ハ土佐のはまにやうりぬらん
四国をかけて渡るあき人
せんちんの約束ハ只米なれや
浦のミなとにたはらをそつむ
」十九ウ
難波津やミとせの未進納むらん
けんちの竿のあたるよしあし
ひろかるもすハるも心〳〵にて
おもひ〳〵にさせるからかさ
かんたんのしまひや□によりぬらん
はりまくら又木まくらも有
たき合て二人ふす夜もあらハれぬ
ねものかたりの声すめる月
近江路や国のさかいハ霧晴て
露しん〳〵とふかき関山
古寺の石すへ斗残る世に
仏のあるもなきもえしらす
目の玉ハ上ひそこひにくもり果
老てたのまんいしのほ□
はいかゝむ前の一坂こえ佗て
つかれし馬ハ追ももとかし
薪うる芹生の里ハ暮かゝり
ちかき大原のつきかねの声
花〳〵ハ御幸の道にうつろひて
ふミつけてをく秦ハかうハし
くろこまを誰こほしけん春の野に
あれ畠をもおこす一むら
」二十ウ

第六
向何

露分てふむすねはきの花野哉
藤はかまにも取ハもゝたち
さしぬきのそはさしはさむ秋暮て
大宮人の月にむしふく
こはり腹もたしなむ風呂になをらまし
たき木も針よむはらからたち
わらちかけしつ山かつもぬひけらし
ひゝあかゝりをいとふ冬されᅟ
朝こほり渡らて通ふ道ほしや
折くしけたる橋の古くゐ
難波江やなからのあたりかしけ果
けなりやよ所ハ住よしの里
たくさんに米もこほれてつゝおねき
ゆらめく稲や神の大御田
木綿四手の帋吹ちきる烋の風

」二十一オ

月にハはつときやす灯
あふはいも忍ひよる夜のたよりにて
扇のほねをならす物こし
ふかくと屏風を立てうたひかう
花を伝へてもついゐの妙
春を経て幾代々の池の坊
六角堂にかすむせんすい
波のこゐにふしきやましるかものかね
しゝまの後やいかにしやくまく
やミの夜にさくりまはせと人もなし
ぬきすへきぬにあきれ果つゝ
残しをく記念もいやゝうきおもひ
そき捨けりなひんのきりかミ
したふその身ハあま寺にかくれ住
あはれさか野ゝ柴垣のてい
かは付の黒木の花表かたふきて
お旅のころハそのかミそかし
宰府まて天満月やめくるらん
心つくしに秋はてた風

」二十一ウ

はら〳〵と泪の露の玉かつら
柳にむすひやるくときふミ
」二十二オ
つれなしと花若殿へ申給へ
一夜ちきるハ春の夜の夢
忘れめや餅屋に宿をかり枕
鳥とるおとに目ハ覚ぬめり
出頭のもとへ宝ハあつまりて
ゑひす三郎とハこれかとよ
西の宮四町か内をかこひこめ
ねすミ戸をしてまはすてくるぼ
明暮ハかしましくなるよせ太鼓
絶ぬ軍のいかにかちまけ
年〳〵の端午の節句いんじして
かはらの石をつふてにそうつ
かはん所ハ月にふりぬるすはい桃
五条わたりの露しけきころ
」二十二ウ
うはそくかおこなふ声も冷しミ
いらたか珠数に添ふるしやく杖
物のけはおこたりあへすわつらひて
恋すてふ身ハひたとやせぬる
かたひらハ二重の帯か三重廻る
山やうす雪あたらしら雲
へい〳〵と高間の岑の花盛
のと〳〵と住かつらきの里
鶯の音もろ□出来てむせふらん
船ひく岸に竹おゆるかけ
さゝ波や沖のと中の弁在天
たつと契るもいもとせの道
ほゝてみの尊ハ月に立うかれ
都の秋をよそ〳〵に見る
」二十三オ
さすらへし袖ハ露にやくさるらん
須磨の浦半にみてるしほ汁
あま人ハ朝夕咽をかハかして
煎し茶ハ絶ぬ苦茨のうち
ふすふれる軒はハ住もいかならん
賎が蚊やりハ見るも苦になる
十文字さひ朽たるをさやはつし
嶋津かものハ喧嘩このめり

さつまかたやろふと人といさかひて
両はうともに首をつんきり
たはことにいふやまへ〳〵かたつふり
雨のそゝくもしらぬふり袖
炑の夜の月毛の竹馬むち打て
小弓に小矢を身にしめてもつ　」二十三ウ
あんせんの御戸ハ野分に吹落し
板かへしするおくのこまたう
黒はうかすゝに成てのおもかはり
十二月の果にたきものゝさた
柴わり木年のうちよりおくるらし
くハれるきぬハおほき方〳〵
心をしさけすミぬるとうらミ侘
無言になれは中たらぬめり
にか〳〵しすこしのふしをいゝ立て
となりのさかいしきる竹垣
ふと〳〵と松の木柱ほりこミて
みほつくしにそよるひらた船
月かけもさせるうしほハこと〳〵し
千鳥も鴈も空にうろめく　」二十四オ
まつくらに霧立まよふ朝開
山ハいつくそわかぬとうさい
から国をしちいきよりも思ひやり
ちゑ深しも詩を作りぬる
別れにしおつとの為にをる錦
かへる古郷をおもへうき人
馬に鞍をかハ花笠しやんときて
さくらを告る飛脚をそまつ　」二十四ウ

第七
鬢何

雲はらふ嵐や月のかゝみとき
桂にそゝく露の水かね
つゝミぬるひたひに秋の時雨して
わたほうしこそたゝよこれぬれ
寒き日や馬よりふるい落ぬらん
雪に狩場へ行中風やミ

桑の木の杖をつね〳〵つくからに
千年の坂も越んへんしやう
」二十五オ
やふれみのやふれ笠をも引かふり
うへ田のかゝしつき立てをく
篠はきの矢にしのはりの弓持て
烋のまつりにわたるわらハへ
あやしくも布袋や出る放生会
月も名所にすむをとこ山
松茸や心ちよけにもハへつらん
にこりはこりとかね付る粟
へにぬりて顔やたしなむ猿の声
身を清めつゝ参るさんわう
」二十六オ
けふ日よしあすをハしらぬ世上にて
旅の門出をいはふしうけん
樽に添て送るや花のぬさ袋
だいにすへつゝをくさくら鯛
三月の節句のころハ礼に来て
ひゐなあそひをするハ源彦
一はうハ見もおひけり古こたち

とうふのうばもしはのよる豆
ふら〳〵と木のまたにさかる松ふくり
山のこしまく雲や下帯
すまふ取せいの高さハふしの岳
作るかたやくむさし野ゝ秋
露ハふしき千種の色を染分て
月もむらこの森の片陰
ちゝふ殿幕をやしろに引廻し
さつしやうかまへまうすよりとも
大仏の供養ハ希の議式にて
奈良の都におほき見物
まんちうや心〳〵に買ぬらん
点付て出す四書よ五経よ
ひつしきにいたちをかくる儒者の友
こうしやとらのけ衣をきる
まつしろにてからのほとをあらハせり
かけに打つゝかてるみたれ碁
はいあいし花へもとをまゝにして
梅の木かけていひをたくらし

住かゆる難波の春に小屋をさす
伊駒の山をせむる陳とり
てきや見ん其なかくしてそのほり竿
月もひかりをそふる金銀
今宵しももる食籠に露置て
尾花かいしくうつらやき餅
深草や清水坂につゝくらん
かはらけ賣につるゝつるさし
ふところにかくすうねめのけさう文
かけさへ見ゆとゑひしつる中
ぬきすよりたらいのそこをのそき居て
かミあらふにもあかぬ身のふり
入風呂のゆなの手本の爪はつれ
たすきかけつゝしたる前たれ
竹の枝にかミ切つけて一おとり
はやし物にておくるいなむし
人かたを月冷しくなけはうり
きもをけしたる須磨の大波
こと〳〵しき里のうしろの山颪

」二十六ウ

つうろもたえぬ木のは散つむ
必とまたねハはなすときもなし
とり出しもせすさふる鉄砲
おさまれハ弓を袋に入□て
気遣もなくありくけた物
春日山しひまんきやうのろくやをん
ばつだいがとやいはんさる決
うろくつも五十二類の内ならし
それ〳〵にたゝ生れ付けん
竹の子ハふと〳〵として親まさり
いかにこのりのあしハほそしも
はいたかハゆかけをしむる力にて
月にもさらしをく鹿のかは
はかまきて花見るかへさ暮渡り
われも〳〵ととるつく〳〵し
なくさみとねりまハりぬる春の野に
綱手もなかき牛のはなつら
からすきもまくはも道によこたハり
田はほりながらいぬる百性

」二十七オ

」二十七ウ

俄なる国のみたれにうろたへて
とふ火の影ハいかにはけもの
ひかく〳〵とうは玉の夜に行蛍
風にハほしもはやき雲あし
夕月のうつる甲や船軍
波ひやゝかにうかふかふら矢
さしはさむ扇を置る海の面
くらの前輪の家〳〵の紋
昔より其名も高きいせの□ミ
めくミあまねし外宮内宮
小車の錦のとちやう引はりて
御幸の道のさきをおふ□」二十八オ
みとり子にのませて見はや瘡薬
うふきにもまつ付るかにとり
鷂亀や目出度ものハ松の花
はこ板の絵も万代のてい
正月ハづしもかうじもかさり立
ひらめくや只かすむしめ縄」二十八ウ

第八
何鮓

立田川や紅くゝるもみち鮒
みむろの岸にかたむさひ鮎
冷しく岩切水の石どにて
月すりみかきちる露の玉
とくさかる鎌のはや只ひかるらん
暮て蛍のとんて来る原
涼しくもむかふる風にかた□て
夏の茶つほをえんにならふる
せつたひをかまへて人やとゝむらん
をのれ〳〵にはなして□行
馬牛を野飼に出る朝ほらけ
村はつれよりつるゝあけまき
よろひきてさもいかめしき陳（ママ）□に
酒の肴はすゝめなりけり
傾城をよひ集つゝ舞うたひ
ひきあいくじやゆさの約束」二十九オ

大あミのなはたくことを催して
月にあし火をたくハあまとも
身に入てひくにも住か難波寺
鳥居にかけし露の絵をとく
神の代のえんきも花もひらき見て
よろこひをのふる春の御門よ
年越てなをも目出度けふの賀に
霞にわかをあくる一ふし
四海波閑にひろ〳〵おさまりて
船のゆきゝも自由なる頃
唐人に日本のものも立交り
たからの市にかゆる金銀
天ひんの針をたゝくハ隙もなし
さい〳〵にたゝおこるけんへき
はくちをや力を入て打ぬらん
ねちあひつゝも銭をやりとる
しら糸をもち屋の棚に売買て
あつきの中に居るハはたおり
月すめる畠に虫のすたき□り

」二十九ウ

わろき知行の秋いかゝせん
大風になを降そふる露時雨
とうりうをする江のとまり船
うかれ女と思ひなからもたらされて
丸はきにたゝあへる我中
かよひ路に秘蔵の駒を乗ころし
あらたにたゝる明神の前
一枝の花を手折もおそろしや
霞にかきてたつる高札
しゆく〳〵も長閑なる世のおきてかも
あしにさわらすあかる関〳〵
あふ坂やたかなてへらの岩の角
羽衣や只たくさんにある
夜せめする月に鳥毛のはおりきて
ひかりあらそう露のしろほろ
はんくわいもしほれて親を思ひ草
いかにかうその道やたゝしき
上のつねにかハりて欲やはなるらん
法の為にとすつるざいほう

」三十オ

」三十ウ

身□ひとりぬけていつくにとひけらし
花より後のあはれはす池
濁ぬる水にもすむやせゝり鷺
大雨ながらくるゝ棼田
里〳〵やしりつまけして帰るらん
布子のうらのやれて見くるし
くたひるゝ旅の長居の長□に
こしハたゝすやこしのふか雪
乗物を山路の月にかきかねて
湯入のともや夜寒なるらん
あらけなう吹や有馬の秋の風
ふめハさゝめくいなの笹原
獣やあちらこちらへありくらん
道てかへにをするたちんおひ
商人のしハし立寄る茶屋の門
おかゝのふりにほれまよひぬる
ともすれは前しどけなくほの見えて
やふれふとしをかきてはたらく
すまふにハ貴賤上下をえらハめや

」三十一オ

王のくらゐをあらそへる烌
月にさす将棊の駒や落すらん
たれかひろはん道の小ふくろ
酒もりに摘たる花を打わすれ
つゝみの声もすミれたんほゝ
春の野に狸やはけておとるらん
霞に熊や川うそもよる
柳すこく只古塚に穴あきて
いく田の里のいもかまたくら
あたなるハすいきの涙こほし居て
とりつく文も五十てん〳〵
かつきぬる目安の行衛おほつかな
君くらき世に住もあふ〳〵
とんほうハ消す灯に影絶て
月ハおほろに残る前栽
すけもなく花一時と散つくし
みもまゝならぬ春の梅の木
あやにくに物このミするつはりやミ
すくにたてるハ男なりけり

」三十一ウ

」三十二オ

からうすの二つの柱ほりスへて
五条わたりそ小家かちなる
橋つめにかゝらぬ物をあつめをき
つみかさねぬる古木古板
けつかうに氏の社をあらためて
まくらのそはにうへし松杉
九重や柳かくれの路次つゝき
手桶に水をくミはこふ春」三十二ウ

第九
何袋

口切にしくれをしらぬ青茶哉
すきにひたひをそる神無月
頭巾をハ耳せくまてもかふり来て
ねすミに餅の置所なや
初春に具足の祝かさり立
花の中にも梅は先かけ
鶯ハ有明の影に飛はねて
かすめる野へにともすらつそく」三十三オ
挑灯や御幸の道に持すらん
暮る跡よりひゝくつりかね
きやうたいも老てハけふかあすか寺
川波はやくすくる世のなり
水鳥の下やすからすほねおりて
芦の一村かけるあふき屋
初祖ほたいたるま大師やあふくらん
宗派をかけんとうてる竹釘
中わうのしよ〳〵の香炉の薄煙
ちらとかたちをかへす玉しゐ
うたゝねの夢打さます曲もなし
酔ふすまゝの床の木枕
月夜よし花やあるしの亭主振
こほすこかしにしほむ若草」三十三ウ
捨をくや高間に残る茶碗
何ものか住しあはれ古跡
鼯や暮て狸も出ぬへし
引ほしてけり道の青のり

ひろハはや清き渚のいせみやけ
御はらひ箱か波のしらゆふ
芥にもこミにもましる神こゝろ
いかにすくらん京のちりさし
さうちする柳さくらの陰ならし
鞠ける庭にそゝく春雨
あすか井や霞の籬かい暮て
ぬか□（ふカ）ませつゝをけるみまくさ
月もめくるかりの使を取はやし
露打たてゝ出すさかつき
」三十四オ
切麦や桐の葉分にもりぬらん
あいよりあをきたてのひやしる
染に来る人をこん屋に馳走して
かきほにかくるさらししらきぬ
卯花ハ俄のやうに咲みたれ
一夜のうちにつもる大雪
ひんひけも物おもふ頃ハ色かへて
恋てふ時かいかに実盛
小（大カ）原かちみハやせ果て花ほしや

丹波にすめハ秋もすりきる
のこきりも月もさしぬる杣のこし
夜露にぬれてひくみや柱
葛城や岩戸の修理か花の春
」三十四ウ
きら〳〵としてかすむかけはし
一筋の虹ハ長閑にそりかへり
弓をはりてやいるあまのはら
三日月ハ遠き夕にひかめきて
かゝりの能の面ハ見わかす
つミふかき鵜飼ハいやな物なれや
めいとの為かこのむやミの夜
あミ笠をきてハ人目を忍ひ妻
こてまねきして行前渡り
波なからおもひをよするかたた船
気もうかるゝやあミのうけ縄
泉郎の子の呑ていさめる濁酒
とくりに似たり秋のへうたん
山からをせと物やきのたなに置
露しな〳〵にすき〳〵の道
」三十五オ

心〳〵雨夜の月にさんけして
いのるもはかなかゝるこしほれ
おもはしと加茂の河原にこりをかき
ぬき捨てやらうき藤衣
山かつのみやわら〳〵とふるふらん
ほり出すもたゝこんにやくのいも
やすくかひてたかくうるこそ目利なれ
駒をあつむるはくろふの家
さミせんハ右近の馬場のなくさミに
貴賤群集ハひをりせし頃
花やかに女車をかさり立
いつハありとも春のぎやうけい
こうちきもあこめかさめもうらゝにて
ふり分髪もあいらしく見ゆ」三十五ウ
つゝ井つゝのほとにたしなむ水鏡
いたゝくおけにそふるへにさら
いとまなくをかミつかふる一きおり
八月二日の月をまちぬる
秋に今すへんやいとのさしもくさ

伊吹の木々もかつちりけもと
山風に不破の関屋の普請して
夜ふかにいゝをくふ旅のやと
かり枕ねにふしとらに起なれぬ
こもる地蔵や又やくし堂
大ひえや愛宕まいりハおとたえす
袖をひかれて人ハうれしき
うつくしき身なりにしほやこほすらん
汁を出せるはまくりのかい」三十六オ
浦かたハ先とりあへぬ吸物に
つくり立てハいはふ船たま
おもひやるくわてきかていのいか斗
代をおさめぬる君は皇帝
病をもなをすハ医書の徳なれや
恋にしぬるを扨何とせん
うき中ハ花の形もやせこけて
竹にもまるゝあはれやふ梅」三十六ウ

第十

帷何

武蔵野の雪ころはしか冨士の嶽
むかひの岡にあられこん〱
夕闇の狐火ハ音にあらハれて
蛍ハ袖にうつるやさしさ
ふミまよふ月遅き間のすへり道
露にハしるくなれる浮土
猪ハ霧ふる塚をほりかへし
根もちきれつゝの(ママ)くむハらくろ」三十七オ
山川の岸うつ波はあらけなや
滝のひゝきに岩もくつるゝ
普請場に音羽のあたりこやかけて
関のこなたにおゝきはうつな
韮やふしやう〱に引ぬらん
例ならぬ身も君のてうあい
楊貴妃に御帆をかけし宮中
花をも散らす春のから風
□(定香カ)のしきミの切葉かすむらし
去年にハ替るつきかねの声
月もはたおほろ〱とほのめきて
れうしのともしさすやさゝすや
五月雨ハつゝけ降なる草の原
水田のかたへすそハしよほ〱」三十七ウ
こしに鎌つけてハ賤か朝かよひ
刈たくりつゝほせる青柴
山畠の□(苺カ)地や作りひろくらん
たく火の煙空にうつまく
鳥辺野ゝ夕ハ誰もかくこせよ
かしましけにも犬ほふる声
かのこかり狸狩にといさなひて
弓にとりそへもつほつきやり
みたりにもおこす逸起ハ国さかい
竹の筒をも吹ハくち〱
よこ笛に笙ひちりきを集め置
七夕にかす琴たてのたい
月によむ歌も一夜の名残にて
露のちきりや旅やとのよめ」三十八オ

朝妻やさゝやきなから船よはひ
かくし／＼もとるあふミふな
いたつらな僧ハ夜な／＼あミ引て
心きたなきそら念仏かも
要銭もとれハほゝゑむ世の習ひ
つほね／＼のいかにけいせひ
たうの土やおしろい箱によりかゝり
都みやけをもてる色／＼
花／＼や手毎に折てもとるらん
あき樽にそふるつゝし山吹
かい敷を絶さぬ春の膳奉行
万年まてと賀の祝せり
久かたの月をいたゝく亀の甲
夜寒の鶴のひなやあまゆる
」三十八ウ
あつ／＼と松にハ霜や露置て
真砂地しろきみやの拝殿
みこの舞ふ千早の袖を引ひろけ
きねかつゝみのていとうの声
何にもかも米つくふりをたとへまし
たすきかけぬる姿よしある
早乙女やねよけに苗のうらわかミ
あせをまくらにちきる片はら
蓑笠ハよ所目隔つる垣にして
しるとのなきハ旅のおもひて
修行にと寂妙寺殿や廻るらん
もろこしか原も打おさめつゝ
会の嶋や波も月夜にひかり□
河すさましくてらす竜灯
」三十九オ
露の玉うくもくちらの油にて
青にんにくハ汁のすいく□
慈悲をたれてほとこすこそハほたいなれ
なりはいの年やなへてがきの世
あたりにハゐ中のことを□なし出
耳をこやすハかな山のさた
欲といふもしの心ハあやしさよ
命にかゆる国のぬす人
ひつし引羊のあゆミ近からし
秋ハせかまてをくひまのこま

しゆく〳〵も霧に往来や絶ぬらん
月くらき夜の茶室そ淋しき
花ハまた木のめたうけに咲兼て
春を見かきり鴈かへる山
」三十九ウ
つはくらハ何をよしミに渡るらん
不断見なれし軒のうつはり
ゆかミたる木つきハおのかまゝにして
なまこゝろへをそたてぬる人
学文をよくせさせはやと斗に
隣を三度かへしいにしへ
志賀よりや奈良をもうつすその京
屏風の絵にしかける洛中
行幸や末の世までのいゝ伝へ
竹を題にてよむ大和歌
伏見こそ今宵の月の名所なれ
いもあらひてふ秋はやる里
稲のほのぬかやはしかにわらハやミ
下戸も上戸もからきさかしほ
」四十オ
□し出しのかはらけやたゝわれぬらん
たゝみのへりにおほきはな□ミ
やさしくも若衆狂にやとかえて
くとき文をや壁のこしはり
昔もや書をねりこむる垣ならん
もつたいもなきまつりことのミ
春花の散をもしらす朝ねして
あつたらなかき日も暮ぬめり
」四十ウ

追加

魚鳥

こゝりにとすきうつすひをの網代哉
屏風の絵にも鴨ハかはいり
寒き間ハ火焼所をこしらへて
こもりいるかのおくのこさしき
とせんにも降くらしたるあめの中
気はらしに鳴山ほとゝきす
鶯ハ月にも不断きゝなれて
わかやふ梅の花の夕はへ

ウ

あら〳〵と霞の籬かこふ野に
みたれてあふも蝶も飛かふ
□の子を居てわらへや遊ふらん
□りしや□君のふり袖
」四十一オ
□恋のうき思
なミたにしとゝぬる女郎花
小鷹狩さか野に人をとむらひ□
月にくちらの鐘はしやかとう
くらけなる闇を仏やてらすらん
花ふりいきやうみち〳〵にけり
紫の雲間ハ藤のうすかすミ
春ハけいきもますかゝミ山
さる沢の氷に魚ハおとり出
ふは〳〵として羽吹鵜の鳥
かゝりたく火ハもへしさる夕暮に
琴をまくらよはなすむつこと
又よとやいわしますにも泪落
万代せつく庭鳥の声
かしましくねくらさりつゝ鳴烏
」四十一ウ
たちすかりたる市場とそなる
よろ〳〵と酒をのミぬるかへるさに
猩々舞をまひうとう袖
しやうまきて足もとハ只あかはゝき
おこせのなりハ鬼がおそろし
ひか〳〵とかれいの目てやにらむらん
はとばへ船もかよふいなつま
夜普請ハ月になを引石たゝき
綱手の雫露もたら〳〵
くもまひのあつさより先汗かきて
はやふさおとし見るもあやし□
めん〳〵にとからかし持竿の先
□甲□あへぬ鑓
」四十二オ
□やなまつ□なくも悔むらん
上見ぬわしとおもふ出頭
馬駒ハ月寒き門にはね合て
手をたゝきつゝはやすもろこゑ
祭にハさハらハひやせと斗に
御こしの上にかさるほうわう

花に添てもてハくしやくも玉の杖
あためく人のくうさくら鯛
春ハ只浦の苦屋にさこねして
枕おしやるあまのぬれかミ
かねの鳴夜もはやすてに明離
しいら〳〵と出る日の影
横雲の引はる岑のおちこちに
声をそろへて渡る雁かね
さま〳〵の小鳥も烌にあつまりて
いさゝいさゝにましるむくのミ
山陰ハしのはちるなりはつ嵐
月につミをく賤かなま柴
棚もとに冬来にけりなみそさゝゐ
このわたつミて雪を凌ん
年よりハかます頭巾を引かふり
つえつくことハたゝ四十から
行末をひたといのらんけふの賀に
ゐいのまきれのむさとくりこし
どでうをハ煮ころしなから珠数持て

」四十二ウ

仏法僧の□ハしらすや
日がよしと斉宮に立たまふ
いはふことゝて出すいせゐひ
正月ハさうにゝちらす花かつを
若水あひて身を清めぬる
百敷や筆こゝろミの歌連哥
糸よりかけてひはをしらむる
せミ丸やめくらうなきのむくふらん
さくるわら屋のすゝめ色時
弓はりの月ハ山からうつり来て
ゐをはむ鹿のさはくこゐ〳〵
田作の稲まはりするせきはらひ
かしら高にもいふ御用心
すこ〳〵と夜もふくろうの住所
しゞうをとげてをくる古宮
なく泪はら〳〵ちこのいもとせに
ひよくの中のいさかひハ何
たかひにしかれうひんかの声立て
我名をなのるすゝき兄弟

」四十三オ

」四十三ウ

よろひつゝきたる甲のかなかしら
山鳥の尾の長きこしさし
ねりものやはれにあふむの祇園の会
なきなたほこにいかりしやちほこ
冷しき見物に只目ハ覚て
露に菅笠きていはゝかる
忍ふ身ハ霧ふる月に千鳥あし
我ものにしてするめともかな
わに口をたゝきて頼む神の前
旅たつ心やすかたとのミ
かる〳〵とおいのれんしやく打かつき
おぢ山伏のさはくせんたち」四十四オ
度〳〵に峯ふむすねにたこハゐて
つかれ果つるもわらちくひなり
岩間〳〵花の若鮎おひまはし
霞をくゝるかもめ青鷺
　魚　五十
　鳥　五十」四十四ウ

此千句ハ一とせ武州江戸へまかり
ける頃はいかいにすき給へる人々に
浅からす馴たてまつることの次而に
旅宿のなくさミかてらひとりこと
すして見よなんとなり愚意に
及かたき事なりとふかくいなミ
ぬれとしゐてのたまひけれハ
よき所なくて終に鵜笑の種と
なりぬよのつねのいひ捨には
たかひ書とゝめぬれはさし合
遠輪廻にすくはりてまれ〳〵
おもひよる一ふし有といへと
それさへかなハす追加の百韻
めつらしくもやと魚鳥の名を
ならへんとかゝつらへハ生類
二句の外つゝき侍らんこと
いかゝとおもひその名をかくして
立入けれはふせやに生ふる
はゝ木々となん人はおもひ」四十五オ

給ふへくや」四十五ウ

右御千句は遠祖従五位尉
斉藤斉宮頭入道徳元公みつから
書せ給ひて家に伝りけるを予
門人高橋思孝書うつし度
よし懇望いなひかたうて
ゆるしけるに明和九年二月廿九日
火に彼亭にて焼失言語道断
の事なり是ハかねてうつし
置ところ也　御言の葉ハ残ると
いへとも御筆をほろほし
たることかへす〳〵いはん方」四十六オ
なし思孝ハかひなき命
のかれ出て只此事をおそれ
かなしふ御筆にて我世まて
伝りたるといふこと斗も
家に残さんとしるし置
もの也

斉藤徳潤

明和九年三月　在判」四十六ウ

（森川昭氏解題・翻刻『未刊連歌俳諧資料』第三輯3より転載）

関東下向道記

愛知県刈谷市立刈谷図書館所蔵。本書の書誌については、第三部「徳元著作本書誌ノート」に於て詳述。江戸期には写本が数本も存在したか。刈谷本は森川昭氏が、市古貞次先生退官記念論文集『中世文学の研究』(東大出版会、昭47・5)に紹介・翻刻されている。

関東下向道記　　斎藤徳元

紙こきるしはすの比都を立て東路や武蔵をさして江戸にまかりける道すからのなくさみくさに狂歌誹諧の発句なとひとりこち矢立の筆にて書とゝめしを今見れはよくもあらすかしまつ三条の橋駒もとゝろと打渡り賀茂河をはるかに詠やりて

加茂川やすゐしら河の白波に」一オ　鷺もおりゐてとせうをそふむ

発句

をし鴨のかはいり寒き羽音哉

小鳥はむ粟田口にさしかゝりて

あはたくちさひ〳〵すふて若衆とは　中よしみつのあひくちになれ

日の岡

ひかし向て京くたり(のほりイ)行はつる〳〵と」一ウ　出るあさ日そむかふひの岡

神なしの森

み社も鳥居も見えぬまつかけは　むへも名におふ神なしのもり

発句

十月の神なし森のむら時雨

山科　付　音羽河

音羽川おとになかれてたふ〳〵と」**二オ**　水はまされ
と雨はやまし物（な）
　京にしたしき友たち関送りして関寺の町にまうけ
　してまねき侍れは立よりしはし酒のみことしける
　間に
あふ坂の関のには鳥尾をぬきて　よろいにかけよもち
月の駒
　坂を越て北にむかへは鳰の入海のほの〳〵と見え
　けれは発句」**二ウ**
さゝなみをしひて（ちイ）は志賀の氷哉
　大津打出の浜
おほつぶて（礫）打出の浜の印地には　菖蒲かたなてよする
さゝ波
　是より矢橋のよこ渡りしてかち人の足をも休めて
　んと思ふに風むかふ雲の浮波たつと見て古歌の心
　を思ひよりぬ
※1 武士の矢はせの舟（渡イ）ははやくとも　いそかはまはれ
　勢多の長橋
とよ」**三オ**　みたれは只まはれやとて行ほとに松
本の茶屋に尻うちかけて
旅人のたちよるかけをまつ本の　ちや屋も千とせをち
きる餅かな
　淡津
うたかたのあはつの森そ木曾殿の　かねひら〳〵とふ
る太刀のさき
　石山寺をこれよりふし拝みて」**三ウ**
源氏かくいしやま寺にたつ雲の　むらさき式部紫すゝ
り
　勢田
川はたのくつれてひろく成まゝに　わたしつけはや勢
多の長はし
　野路玉川
※2 あけまきか野路にいくらもはなしかふ　牛のへのこの
玉川の水」**四オ**
　草津
都をはいそくとせしも日はたけて　ひるみちのへやく
さつなるらん
　栗本郡へそ村といふ里にて

かねつけてゐめる女子を栗本て　たつねさくれはへそ
村の人

　守山

たひ人のはれましはしと立よれは」**四ウ**　たのむ木か
けに雨はもりやま

　八洲河

久堅の日てりにみつはかれはてゝ　いく瀬わたるもや
す河のこし

　篠原

古具足さねもりかきて鬢ひけを　あらはれし名もしの
はらのいけ

　鏡山」**五オ**

金山の出来る御代にあふみては　みつかねをほれかゝ
み山にて

　発句

つもりぬる雪やしろみの鏡山

　老曾の森

はか落ておいその森のおとろへを　見るもはつかし
かゝみ山かけ

　武佐」**五ウ**

ものゝふの攻とるとてや武佐の宿　やとのやり戸を立
まはしつゝ

　犬上郡高宮付床の山の麓

うつら鳴床の山かせ落くさに　いぬかみたてゝつかふ
たかみや

　多賀大明神の前鳥本といふ馬次

氏子をはたゝかしやく(呵嘖)してつかふ(すくふイ)らん　まして鳥居の
もとの里人」**六オ**

　小野の宿付磨針

むかし〳〵斧をとくてふすりはりの　いとものほそく
つゝく山みち

　番馬

なるこ縄ひかねと伊吹おろしにや　はんはと鳥のたち
さわく声

　醒か井　此川上に石地蔵有そのひさの本よりわき
　出る水なり」**六ウ**

ぬるめとも地蔵の尻はさめか井の　ひえてもかたき石
仏かな

発句

水さえて目もさめか井の手水哉

柏原

くれぬれは誰にも宿をかしははら　寝ものかたりそちかく聞ゆる

寝物語　此里は江州濃州両国のさかひなりと」**七オ**　て宿の中に細き溝川をへたてゝかやりたく小家七つ八つ有ける所なり

国となりね物語をきて物（見欤）れは　美濃とやいはんあふみとやいはん

車かへし　此坂を里人と行つれて上りけるにとはす語りをなんしける昔柏原院不破の関屋のあれ（こそナルベシ）まくも面白かるらめえい覧有へしとて御幸ありけるに此所にて御前追ける御随身す」**七ウ**　すみてまかりいそき立帰り奏しけるは此国の守こともおろそかなりとて関屋もふきかへまうけしてあふき奉るなりと申すその荒（こそ）たらんを見まほしけれ今は何せんとて一首の御製に

ふきかへて月さへもらぬ板ひさし　はや住あらせ不破の関守

となん詠吟ましく／＼て是より還御（幸）ならせ給ひにけりそれよりしてこそ此坂を車かへしと名付」**八オ**

侍り（れ）といふ

くみあひ（ふ）てまくる相撲にかつことは　芝三寸のくるまかへしよ

関か原（後に入ルナルベシ）

旅人をおしとゝめつゝさからへは　たれともなかはふはの関もり

発句

ふは／＼と山風さむき関屋かな」**八ウ**

山中　古へこの所にて常磐（ママ）御前を殺し侍るむくひとて支離者（かたはもの）一人たえ（え）す生れけると也その名を猿となんいふ

をちこちのたつ木もしらぬ山中に　さる手もなかきぬす人のたね

居増

福のかみゐます所かこのさとの　たみのかまともにきはひにけり」**九オ**

野上付大墓

牧出しの野かみの馬を引上る　あとよりむちておふは
かの宿

垂井　此宿のあるしみやしろの根ふかを汁にして
出し侍れは

みやしろのねきの汁たく庭火哉

同（関か原　此処ニ入ルナルベシ）

すゝはなや垂井にひえて関か原」九ウ

青野か原付赤坂

色もまた青野か原に朝酒を　のめは酔てやかほもあか
さか

大垣

酒にゑふむねさまさんと大かきを　かふりくらへはし
※3ゆくしくさゝよ

墨股　此所は古へそれかし知よしの里なりけれは
とり〳〵馳走してたうあみ打せ名物の鯉を取
」十オ　その日は河逍遙になくさみ逗留し侍り

ゆかたひらきて川狩をすのまたに　とりぬるうをはこ
れそみのこひ

稲葉山のほのかに見えけれは

たちわかれいなはまつ出せはたこ銭　まてとしい（こイ）は
またかへり来ん

小越の渡り

よめいりのつゝくをこしのわたりとて」十ウ　ふねと
※4ふねとのへゝのよりあひ

河をこゆれは尾張の国也　名護屋

から笠をさゝれて出るなこやとの　あめかしたにはか
くれなき人

熱田　此所に知人ありて立より侍れは家とうし盃
とりあへす酒をすゝめ侍り男心ありて発句を所望
しはへれは

ふきさます酒やあつたの寒さ（の内イ）哉」十一オ

当社のうちに八剣宮と申あり亭主宮人なりけれは
是を問日本武尊たるよし物語せり

やまとたけのたけき心はやつるきの　みやにいく夜か
ねぬるかたしき

鳴海

駅路のくつはや鈴の音さえて　たかくなるみの浦の夕

しほ
　道より馬手にあたりて小高き古塚有そのか」
十一ウ　み織田の信長公駿河義基（ママ）と夜軍有しに義
基（ママ）たゝかひまけて此所にて果給ひし古墳なりと聞
て
あつき坂もち鑓とつてこねつきに　うち死をせしよし
もとのつか
　池鯉鮒
この里にさかなや絶す有ぬらん　ちりふとかける池の
こひふな」十二オ
　参河国矢矯川
ものゝふの射るか矢はきの宿よりも　ためてやすくに
渡す河はし
　発句
水とりのはねやはなりの矢矯河
　たかし山
ふりつもる雪や一夜に高師山
　五位赤坂」十二ウ
うへ人のくらゐも五位に旅ねして　あか装束てこゆる

あかさか
　二村山
ふたむらに山をわかちてあせりかけ　鷹にとりかふみ
かはなるらし
　吉田
ゆたかなる年と見えつゝ穂長にも　なひく稲葉はよし
田なりけり」十三オ
　汐見坂
大うみにむかふみちひのしほ見坂　ふねはよるともお
きにをれ波
　白洲家幷今切
ふゆ道のうきをしらすか今きれの　ひゝあかゝりにし
むは塩かせ
　前坂
のほるともくたるともなく越て行」十三ウ　やまはう
しろのまへ坂そかし
　浜松
はままつのしたに生てふ浜荻の　こゑくらへしてなく
はま千鳥

天竜川付池田
天竜の河よりのほるたつの尾の　かめや万こふいけた
なるらん
見付の国府」十四オ
子はおやをむかしたつねて行と来と　あやしみつけの
孝行のみち
福呂井付懸河
乞食のものもらひてやふくろゐの　緒をひきしめて首
にかけかは
日坂
ふゝきにもこゝえす来め（怒）る日坂に　手をにきりつゝく
ふわらひもち」十四ウ
小夜の中山
辻きりをふせきたすくる力（かるかたなイ）こそ　いのちなりけれさや
のなか山
大井川付嶋田
波かせに鴨さふうして大ゐ川　しまたにうつり落穂は
むらし
瀬戸
つかひ銭たゆれは喰ぬそめ飯の」十五オ　瀬戸ゆく人
ぞくちなしの色
手児の呼坂
あらためて城の普請をするかには　大石をひくてこの
よひさか
岡辺
らく〱と岡部の里に六弥太は　駄賃もからすたゝの
りにして
宇津山」十五ウ
見れはみし人にゆきあひ笠をぬき　よこ手をてふとう
つの山こえ
発句
たごにして雪やつぶてに宇つの山
鞠子
行くれてまりこの里にかゝりけれは　あしをものふる
松の下ふし
此里の山本に草庵あり古への連歌し柴」十六オ
屋宗長の住給ひし旧跡也寺の名はすなはち柴屋寺
と号す立より侍りて

ふる雪に一夜ふす何柴の庵

安過川

降あめに水まさりぬる安部川を　かみきぬ着てはわたらしと思ふ

府中付浅間

せんけんも家をかそふるさふらひは」十六ウ　忠かふちうにならんとそ思ふ

志豆機山

しつはたやかたひら雪の寒さらし

木枯の森付江尻

こからしのもりてや余所にしられなん　こひをするかにぬらすえしりを

江尻

こく舟のへのおとたかく聞ゆるは」十七オ　えしりかひえてくたる旅人

清見寺を一見し侍れは三保の松原目前に見えたる気色なかなかいへはさら也

羽衣やこゝにきよみか関するゐて　をとめのすかたしはしとゝめん

発句

舞うたひあつま遊ひをするか哉

薩田山の磯を親しらす子しらすといへは」十七ウ

あらいそに道をはるかに隔てられ　ゆく親しらす子しらすの旅

田子の浦

汲しほの棒やをきなん（れ歟）田子のうら　うつれる富士の雪をになへは

由井かん原の磯をまかるとて

くむにもる柄杓はとちよかん原に　そこぬけ桶はまたゆひの浜」十八オ

冨士川

ふし河の浪にたかねをひたしつゝ　雪のうへこく舟わたる（すくイ）をり

同

水鳥の羽おとにさわく冨士河は　平家のつくるおひえ時かも

此ほとは雲の立まひかくれぬる冨士のけふは心よく天はれけれはつくつくと見をりて」十八ウ

けふりにもすゝけすしろし冨士の雪

　同発句

※5 雲やだし雪の白ほろ冨士の山

　吉原宿のあるしの物語し侍るは此里のうしろに大蚍の侍りける池有冨士の裾野を三里（重）はかりも引まはしたる長池（蚍）也けりそのほとりに稲田姫をいはひたる宮有昔はいかめしき祭をしてその日通り合たる旅人をとらへ鬮とり」**十九オ**　にして一人この大蚍の生贄にそなへ侍る也今はたえはてゝなしと語る

吉原のよしすゝめさへ祭見て　きよ〳〵しきよ〳〵し（ことことしイ）を囀れる声

　浮嶋原付足高山

うきしまか原の雉子をかけ爪や　鳥からみとるあしたかのやま

　伊豆の三嶋」**十九ウ**

茶をたてゝ宿の主は伊豆のこふ　これやみしまの茶碗なるらし

　同発句

旅人の右に三嶋のこよみ哉

　山中

あつま路の旅に犬子ははれあかり　よしあし引の山中の坂

　箱根付湯本　」**二十オ**

やせ馬にふはと打のりからしりの　はこねちいたみ湯本にそ行

　坂を下れは馬手にあたりて小山有是をひしり山と云一とせ大閤御所秀吉公小田原の北条氏政と取あひ給ひすてに此所に御動座有て城を八重はたへに取巻諸手よりきひしくしよりてせめけり此ひしり山を付城にこしらへ大勢の軍兵に大石をよせさせ山の上に高石」**二十ウ**　垣をつきその上より目の下に見くたし対攻したまへは城中こらへす氏政腹を切息氏直は高野山へつかはされて落城せしめ畢何者かしたりけん落書に

ひしり山老たる父をうたせつゝ　身をうち直は高野へそゆく

　小田原

いかめしく町作りして小田原を」**二十一オ**　ふまへてたつは大黒はしら

　酒勾

こほりをもつきぬく斗流れくる　鐺のさかはの水のひとすち

　木揺（こゆるき）付梅沢

はらみぬる女のはらはこゆるきの　いそきひもときうめ沢の宿

　大磯」**二十一ウ**

おほいそのとらはかたちをのこすかは　石を見るにもおもひものかな

　発句

大磯のまつ風寒しとらの時

　藤沢付時宗の寺有

上人の数珠の花房いとなかく　さく藤沢の寺そたふとき

　行〱て武蔵の国に至りぬその名も涼し」**二十二オ**　きかたひらの里に来て所の人に里の名のいはれを尋ね侍れは海邉にては有なから浦のなき所なれはとて帷子とは名付侍る也といふ　発句

かたひらの里も布子の十二月哉

　かの川　此町の中に橋のかゝれる川有水上のなき川なれはとて上無河と号すかむ（な歟）川なるをかの川とは申すとかや

いろ〱に八景もあるうみ（ら）山を」**二十二ウ**　うつし絵にかけかの河の宿

　川崎付六合（郷歟）

ふる雨に水かさまさりて川崎の　半分すくる六かうのみつ

　品川付芝

道しはをふみわけ出る足もとに　よきしながはてたびをきれかし

　かやうに打なかめ下るほとに極月下の六日」**二十三オ**　に武蔵の江戸に着畢

のほり下り両道かくる武蔵あふみ　さすか駄賃は乗もうるさし

　発句

むさし野の雪ころはしか富士の嶽

右狂哥合八十七首

発句合廿一句

寛永五年十二月廿六日　徳元（花押）」二十三ウ

※後人の筆による頭註

1. 渡り近クとも也
宗長の哥
はやくも又
捨べからず

2. への子ハ睾丸（キンタマ）也
今男根の
事とするハ
誤

3. 徳元武士にて
此所
知行なり
し也

4. へゝハ女根也

5. だしじるしの事也

寛永九年正月二十五日　夢想之連歌

打曇金銀下絵　一八・三糎×五三・四糎

寛永九年正月廿五日

夢想之連歌

初オ
わつらひまてもよくそ成ける　(無記)
今年より千代やかさゝん梅花　長幸
松に来なれよ庭のうくひす　長常
我宿は春の野山に遠からて　長教
光のとかにうつるかよひち　成言
河水の氷もとくる橋の霜　昌琢
岸ねく〳〵によするさゝ浪　安元
竹なひく月の下風吹送り　俊賀
戸さしひらけはきりはるゝ暮　重頼
初ウ
ほのめくや草のかきほの虫の声　応昌
野へをあたりのすまゐ閑けき　久盛
見わたせは末猶ひろき小松原　勝之
朝霜しろくあくる真砂地　昌俊
ちとり鳴浦わ杳に風さえて　徳元
たひねねられぬなみの船はた　紹益
出て来し故郷しのふよなく〳〵に　大助
いつかふたりのとこの手枕　昌琢
難面にたのみかけての我思　成言
身にしめつゝもかこつ中立　俊賀
晨明の月のいるまて詠して　安元
幾一つれのかりわたる空　応昌
花をめてし山も色つく比ならし　重頼
茂る木ことにかゝる藤かえ　勝之
二オ
古き世のおもかけのこる池の水　昌俊

うつす名のみのしほかまの跡　徳元
人とはぬ苫屋のみちの絶〴〵に　紹益
作りすてたる霜の十代田　成言
草むらに冬まて鴫の羽かきて　昌琢
麓のはらのすみかさひしき　安元
またきより片岡のへの暮わたり　俊賀
帰るさいそく草かりの袖　重頼
船下す里の中河するゑ遠み　応昌
なかれ洲かはる五月雨のあと　昌俊
かたふける松の木の根の顕れて　久盛
苔ふみゆけはいり日さす道　昌琢
月はまた遅き外山の寺の門　勝之
雲すさましくまよふをはつ瀬　紹益
二ウ
一方はたつ夕きりや深からん　徳元
里ちかくしもかよふ鹿の音　俊賀
吹出る風にもみちのかつ散て　成言
あへす時雨のふりや来ぬらん　応昌
晴ぬるも又かきくもる神無月　安元
あけのこりたるしのゝめの空　久盛
したひつゝをのかきぬ〴〵ひこしろひ　昌琢
あはん日をしもちきり置中　勝之
諸共に宮つかへするいとまなみ　昌俊
きよめきよむるみつかきの前　紹益
ちかつくはしるきまつりの催しに　重頼
いく里人のしけきゆきかひ　成言
春の夜の月にたれねん花の陰　応昌
うらゝによめる歌の品〴〵　安元
三オ
円ゐしてあかす霞を酌かはし　俊賀
けふのかりはに又くらす袖　昌琢
乗駒もなつめるまゝにすゝみかね　勝之
水むすひつゝ坂こゆるなり　徳元
山松の立ならひぬるかけ深み　紹益
常にあらしをわひて住庵　昌俊
いにしへをおもふね覚の露涙　安元
妹とわか見しさむしろの月　重頼
かれにける夜比を長くおもほえて　久盛
あまたのよそ目関とこそなれ　応昌
立そふや花のめくりの雲霞　昌琢

柳のいとに雨そゝきせり　俊賀
ひき〳〵に堤をおつる春の水　成言
今はとしつや小田かへすらむ　勝之
三ウ　改めて国のをきての直きよに　徳元
ともなひつれて山いつる袖　安元
かりそめのくらふのやとり余波あれや　重頼
うちねぬるまになくほとゝきす　昌琢
すゝろにもむかふ枕の夜半の月　昌俊
つゆのちきりのわすられぬのみ　紹益
色かはるおりしもかなしおもひ草　応昌
君かうへをく菊の一もと　久盛
百敷のみきりの内も広からて　俊賀
たてつゝけたる車かす〳〵　成言
ふりはへて行方いかに鈴鹿山　昌琢
遠きあつまに首途する人　昌俊
我氏のやしろに今朝はまうて来て　安元
かけこそふれ陰のしらゆふ　勝之
名オ　うき浪のさはき出たる御秡河　久盛
ゆふたつ雨のあらき水上　昌琢

崩れは魚梁もりすてゝかへるらし　昌俊
あつさかはりてやゝさむき道　重頼
いくよかは霧ふるのへのかりまくら　紹益
露敷なれし袖そやつるゝ　応昌
待わふる月にすかたのはつかしみ　成言
あたしちきりをなにおもふらん　俊賀
あちきなく定らぬこそよるへなれ　勝之
こゝろかへしの文のたひ〳〵　徳元
ちらぬまにとへかしそのゝ花さかり　安元
鳥たにうときよもきふの春　昌俊
きえやらて雪の白根の垣内に　昌琢
岩のくま〳〵見するつき山　久盛
名ウ　かすかなる滝の音する朝朗　俊賀
なかれの末やつらゝゐぬらん　成言
霜ふかみわれ樋の竹の埋れて　応昌
田つらさひしくくつる稲茎　昌琢
かたはらに声する秋のむら雀　重頼
きりの隔つるさとの杳けさ　安元
月にしも難波の都たつね来て　久盛

さそなにきはふ住吉の市　　　　　　　　　　　徳元

御　一句　　　　応昌　九
長幸　一　　　　久盛　八
長常　一　　　　勝之　八
長教　一　　　　昌俊　九
成言　一　　　　徳元　七
昌琢　十二　　　紹益　七
安元　十　　　　大助　一
俊賀　九
重頼　八

（高崎市　頼政神社蔵「諸大家連歌帖」所収、鶴崎裕雄・田中隆裕　両氏解題・翻刻―『国文学』63号、昭61・10・30、関西大学国文学会より転載）

諏訪因幡守追善之俳諧

寛永十八年正月十四日、諏訪高島城主諏訪因幡守頼水、七十二歳歿。徳元作、追善之俳諧はそれ以後に成立。『諏訪史料叢書』巻二十六（昭12・5、信濃教育会諏訪部会）に所収。谷澤尚一氏の「徳元と三江紹益」（『連歌俳諧研究』44号、昭48・3）にも翻刻。

諏訪因幡守殿御不例以外之由／告来りしかハ武蔵の江戸におハし／ます嫡子出雲守殿二男隼人佐殿／君にまかり仕ふまつりて取物／も取あへすうつし馬にはや鞍をかせ／よるをひるに信濃の居城にはせ／着給ぬ父御前の跡枕にいまそ／かりて天にあふき地に伏し仏神に／願立いしをあつめてハ蓬か嶋の薬も／かなともたえこかれおは／しませと元より老の病日々にいと／よは〳〵とおとろへかちにて辛巳／の暦正月中の四日明行月ともろ／ともに終に雲かくれし給ひにき御／はらからの御心のうちおもひやら／れて老の袂をうるほし侍る中に／もこのかみハ吊（弔）に年比月比日比の／御めくミ浅からす寸志の色をあらハ／さんとこと葉ミな詞にあらぬ狂句／を百韵ひとりことにすして信濃乃／諏訪へ送り侍るになん／

追善之誹諧　徳元

鶯もなきやとふらふほう法花経
かすみ乃衣きる梅ほうし
大ふくの茶に三ふくの絵掛て
九夏の天にのとかハくなり
暑さにや土用に出す笛鼓
こしらへつゝもねらふ鹿狩
岨伝ひ落てハ足を月の夜に

身にしむ塩を付る新疵
穐風に波うちかくる舟軍
源氏平家のこれや寄合
石山に琵琶を弾する座頭坊
布施観音の大慈悲もかな
段々に釼もおるゝ願立て
のしめの小袖きてこりをかく
花聟をハやしていはふ初春に
契りのするゑや千寿万さい
玉札を霞にて書鶴と亀
硯をならす灯台乃もと
影をもとめ夜学の隙やおしま月
管絃の音は露もたゝせす
天人も天下ります秋の空
雲もちり〳〵それと三吉野
川こえやいとし武蔵ハ風はけし
うきしつミのる弁慶か舟
友盛か悪霊みゆる浪の上
ふしきやいつちとふひかり物

すハり星のかたにあやなやよハひ星
文交してもとるかりかね
年こえてなかれしちやうけぬらん
又古舟をのりそむる春
姥老夫元三祝ひ二人ねて
松のおもハんちはハはつかし
思ふとふし月住吉に契り置
秋も津もりの浜の出あひや
ほと〳〵と打かさねぬる馴衣
ほこりもはらふ袖の寒けさ
すゝはきにすゝはなたらす下男
不動つらしてしはふける也
あか水をあひらうむけん風を引
かいふひて野にねるハ山ふし
宿ちんを高間の嶺になく成ぬ
すそに乃ミ見てくハぬはたこそ
はもぬれす日てりのあした古けぬき
手たゝき胸をたゝくこつしき
くせものを棒こなしにやしたるらん

露油断なき門番辻番
篝火もほのかに月のひらめきて」
琴をまくらのはたへひや〱
若衆と花一時のうた〻ねに
口すふ春ハ夢かうつ〻か
うら〻にも契るハかけの石はしき
抱ひほくき手をしめ腰をしめ
小靮のしらへにかハるをつとハん
神楽おのこの頭を古ゐほし
いつ〱とおそる〻宮の罰利生
蟻とをしこそ物と恋すれ
誰か気にも淡路の国ハむつかしや
嶋かくれ行舟ひんきのミ
かきくもる配所の月の朝霧に
心つくしよあた〻秋風
此因果いつさておもひきり〱す」
猶妄執のます美人草
つミこめし生田の小野の塚穴に
太刀の目釘をけくりはめはや

礼をいふその折帋に念を入
上たか小たかあつめ置春
豊なる今朝の御狩の用意して
かすミも幕も引や大原
岩を出す綱手もほそし八瀬の人
黒木の竈の普請するらし
鳥居をも立てゆたてのもよほしに
神の氏子の呑にうりさけ
むさ〱とひけにはちりの付けらし
霧間にゐひの住芥川
錠おろす戸ひらもうつる秋の水」
留主居ハさひし釣との〻月
おハしまにちり敷花の掃ひ。せて
匂ひをおしむ風の飛梅
春ハさそせくや天満神慮
右近のはたも咳気するらし
年よれハゆるされて乗みこし岡
宣旨かしこきけふの輦
扁。く前わたりにもはくまれて

長屋住居ハつゝき我中
朝夕の煙にたゝす血の涙
うとふを取てそとのはま焼
みちのくのちかの塩ぬる生鯛に
ひかしのはてにゑひす三郎
家々のにしに大黒はしらたて
釘かくしをやしろかねてする
きら／＼と月宮殿の空はれて
鳫の羽ふしもかそへられけり
玉箒露打はらひかけならへ
きれいすきとそミゆる此人
日々にたく風呂に入身ハあかもなし
功徳によくも浅きほんなう
しハらくと施行をひけハ犬ほえて
諷経の僧を杖を鳥へ野
すへり道ハ花ふる穴に雪もとけ
袖一しほりぬらす春雨

平山五郎兵衛
河西与惣右衛門殿江進申𠋫候カ」

右平山氏ハ祖父和泉殿母方の／しんるいなり和泉殿ハ実ハ／加々美二良殿の子なり／もとハ加々美も／河西も同し甲斐源氏にて／武田の一門なり去ル永／正十六年卯三月廿八日に／加々美殿没落二良殿は／諏訪にけかくれ給ふ也和泉殿かさいの家をつぎけれ／とも定紋ハ加々美のもん／はなひしにかたはみ／の二ツのもんを用ひける／子孫のすへ／＼まて此叓／わするへからす者也／

河西与惣右衛門

盈定　判

寛永廿癸未年

六月十三日」

江戸町名誹諧

『柳亭種彦俳書目録』に、

古写本　　　　一帖

　正保三年季貞独吟　江戸俳諧　徳元判　高島玄札独吟　判徳元　是は寛文の独吟ニアレト玄札、徳元ノ俳文ハ印本ニナシ　ト養判　作者不知独吟百韻　其外一幽、貞室ノ独吟ハ独吟集ニ載セタレハ不珍

とある。

江戸神田浅草其外之町小路
橋之名不及差合可為御笑草也

季貞

〵〵まめいたや白がね町の玉あられ
〵〵材木丁にたつ霜ばしら
〵帆を懸て船丁よりや出しぬらん
〵つみおく米の多き浜町
〵百姓はきね〴〵に富沢町
〵嘉例にやねをふく萱場町
〵〵わが宿に寄合町の月見して
〵〵ながき夜にくむ酒の鍋丁
ウ〵かけらるゝおどりはきこえよし町に
殿の逸物える伝馬丁
〵〵宇治川の先陣にきる具足丁
〵〵やたけごゝろに持る弓丁
〵〵ますら男は山下町に分入て
〵〵雉子こそかゞめ雪の谷町
〵冬空は北風あらく吹や町
〵寒でひかめく月出雲町

小＼夜更て刀脇差とぎ町に
か＼たきねらふかいやさない町
あ＼み笠をしのびかづいて通丁
主＼のためにはよき鈴木町
華の比鷹匠町にすえ出て
二日やいとはかいながた町
養＼生は老の春だにするが町
西＼かし丁の弥陀願へかし
た＼そ時は分て浄土の安しん町
戸＼＼を閉かためこもる室町
商＼の道かせぐらし麹町
作＼りこみぬる酒の桶町
寒＼＼の中は手足にきるゝひゞや丁
出＼て声つかふ橋本の町
しなひ打竹かは町の兵法に
横＼山町や天狗おほかる
杉＼村はしげり〳〵て青物町
平＼松町は枯て赤葉よ
住＼よしのとがめか曇る路月丁

二ウ
の＼つとをよめる夜も長門町
流＼されていつの秋にしいなば町
み＼つ塩町の舟の難風
幽＼霊の名乗るは桓武天皇丁
ゆ＼ゝしき能のその芝居町
終＼＼日に用意隙なき御成町
門＼＼をたつるは大工町なり
盗＼人をふせがんための番丁に
数＼＼多ならべて置鑓や丁
も＼て遊ぶ雛のおとがひ長崎丁
小＼屛風の絵は春の花町
炉のさきも温かにさす日影町
月あけ舟を出す堀江丁
冷しき海賊町をおそれつゝ
霧＼間に陸の旅をすだ町
三
簑＼笠を背中におへるれんじやく丁
座頭は杖につく竹や町
夜＼ばひには油町なる火をしめし
ゆ＼ぐの虱は恥としん丁

〽長々の病はうき世小路にて
〽逆修のためにきる五輪町
〽光陰は射る程早き矢寺町
〽すは手習子せいは高はし
〽縫あげをおろして着する呉服丁
正月の礼つどふ京町
〽年玉をあるひはかはせ石町に
〽節によばれてくふ飯田町
〽花よめはかゝやく月に乗物丁
聟は夜道を行御歩町
　よめに聟付過候
三ウ
〽挑灯もとぼす蠟燭町なれや
〽葬礼のあるさいをんじ町
〽ぜんの綱を手毎によりてこびき丁
飼猫あるゝ台どころ町
料理には鼠茸をやくい物丁
〽秋の山辺にすは町の人
更級の月をめでぬる番を町
風ふく雲やこけらをか丁

〽つむ雪の色は白壁町ならし
八間丁の餅や豆腐や
〽雑煮して祝ふは千代や万町
〽村松丁をたつる元日
〽大ぶくの茶椀を見れば瀬戸物丁
〽数寄の文とてよき中の町
名
〽余念なく打こそしけれ小網丁
鳥の多きは畠田町よ
〽庄やをしせたげせたぐる代官丁
山城町に一揆こもれり
〽つゞかねは銕炮に玉薬町
〽獣狩もはやおはり町
熊鷹のはねはよはりてうた川丁
行矢はわづか五六間丁
〽大き成岩つき町はわれかねて
おく算用にやゝくれまさ丁
学えぬ本町なれや運気論
〽八官町のにぶき唐人
月の輪の太刀はすゝどき日本橋

＼＼秋にし熊をとる皮や町
ウ＼露ふかきあをりをかけぬ馬喰町
四日市町のたちさかる比
＼＼＼祭には宮鍋町に袖□□（虫）み
湯立催す神子と禰宜丁
＼伊勢町にはる〴〵参る願ほどき
＼とまり〳〵でくふはたご町
＼商人は言葉に華をさくま丁
＼＼＼とせい長閑にすめる江戸町

墨記　七十五句
内長　十六

町の名もまだ聞とげぬ誹諧の
道を達者になして給はれ

江戸中之名を一句々々に立入百韻の妙句驚入存候一句もあだなるは無之候へども今一覧候印に墨を付し余々面白さに興に乗じて

江戸町や流石武蔵の広き名を
あらはすさくの鐙ならまし

徳元印

（藤井乙男著『史話俳談』晃文社、昭18・2）。蓋し、原本校合ずみである）

徳元句抄など

○『**摂陽奇観**』　に慶安二年の句として

水施餓飢逆縁ながら浮ぶべし　　徳元

○『**尾陽発句帳**』　慶安五年（承応元）三月刊、横本上下二冊。清水不存（春流）編。慶安辛卯十二月吉日、口養子跋。京都野田弥兵衛刊。

桜

狼の口ほとひらけ犬桜　　徳元

名月

雨ふり侍るに
ふるこそはあまさかさまそ水の月　　茂庵※

ふちのかけたる折敷に
すへたるをみて
ふミかいた折敷（ヲシキ）にすゆるなはん哉　　徳元

名古屋之住
茂庵　一、……徳元　二

※斎藤茂庵、別号を郭然。徳元の長男で、岸和田藩主岡部美濃守宣勝に医師として仕官する。以心崇伝や小堀遠州らと面識があった。寛文元年八月四日歿（第一部「『徳元自讃画像』一幅の発見」ほか）。

○『**紅梅千句**』　明暦元年五月板

（跋文ノ一部）

休甫徳元のともから卜養望一なと遠きさかひをこえて添削をまかせ合点をこひねかへり

○『**懐子**』　万治三年五月　松江重頼編

序文より

（永仙守武宗鑑等の風を述べたあとで）
其外にちかき世に其名よはれたる人はすなはち浅草の入道は狂句の躰ハえたれともおもかけ多したとへは夢にゆうなる児を見ていたつらにこゝろをかくるかことし

露を玉と人目もぬくや糸柳
あさむくや蓮のは返しすまひ取
武蔵野にてあんたよりおりていへる
お僧のミか露も落にき女良花

○『**境海草**』　万治三年七月
黒谷の雪や徒然の御調物　徳元

○『**新続犬筑波集**』　北村季吟撰　天理本合三冊 二十巻十冊 万治三年序
巻第二十　冬発句下
三宅大膳殿にて
何とみても雪ほとくろき物もなし　徳元

※三宅大膳殿にて
月のわのめくるやあまつかさくるま　徳元

※三宅大膳亮康盛
慶長五年生。三河国挙母藩主。正保二年頃の冬、康盛邸に於て、立圃・康盛・徳元・玄札・未得ら一座の百韻が成る（『寛文前後古俳諧』所収）。明暦三年十二月、五十八歳歿。

○『**思出草**』　寛文元年五月　蝶々子編
郭公
一声や口〱にいふほとゝきす　徳元

○『**弁説集**』巻三　寛文元年九月　片桐良保編
米の秋金のき立あした哉　徳元
（中村俊定先生「良保の弁説集」（『ひむろ』第十五巻3月号、昭15・3）を参照。管宗次氏より教示。）

○『**五条之百句**』　寛文三年二月序　安原貞室編
姹竹は老の鶯のねくらかな　斎藤徳元

○『**貝殻集**』　寛文七年四月序　成安遺著

（水鳥）
ちりとんだ雪のつもりの浦衙　　江戸 徳元

○『**誹諧洗濯物**』　寛文十年刊カ　椋梨一雪編　一句入集。

諸行無常聞や林のかねの声　　江戸 徳元

○『**誹諧発句名所集**』　書誌

水野頼広編。寛文十二年正月刊。天理図書館綿屋文庫蔵。わ四六―二二。

横本、零冬一冊。寸法、縦十三・四糎、横二〇・四糎。表紙、改装。深縹色表紙。題簽、後補。左肩「誹諧発句名所集　冬」と墨書。目録題、「誹諧発句名所集目録／冬部」。内題「誹諧発句名所集」。板心、なし。丁数、目録一丁、発句集十二丁、句数五丁、計十八丁。跋文、発句集の末尾に、「寛文拾二歳正月吉辰日　堺頼広」とある。刊記、なし。蔵書印「わたやのほん」（朱印）、見返し中央に、「天理図書館／二五〇六二二／昭和廿四年九月弐拾日」（朱印）。昭和五十六年二月二十三日調査。

句数之事
江戸
徳元　二　　とある。

※冬部ヲ検スルニ、徳元句ハ見エズ。句引（句数之事）ノ部ハ、『資料と考証』終刊号ニモ載ル。二〇五頁参照。

○『**晴小袖**』　寛文十二年秋序　椋梨一雪編

付句
三吟　　末吉道節
花を惜みよむハちりぬるをわか哉
うしの日なかきよたれそつねな
　　徳元
またくらきとらの時より田をすきて

○『**続境海草**』　寛文十二年七月刊　阿知子顕成編

夏

一八

一はつの花や夏野のきのふけふ　江戸 徳元

○『**女夫草**』寛文十二年カ　立儀編

恋

火をもともさぬ宇治の里住

いかによく似せ声をして忍ひ妻　徳元

○『**到来集**』延宝四年九月序　坂部胡兮編

花

枝を折て火花を散す喧嘩哉　江戸 徳元

麦

麦秋にはやる子共のはしか哉　江戸斎藤氏 徳元

杜鵑

さけとなかすあら卯の花や蜀魂　江戸　不鮮明(虫) 徳[元]

楊梅

やまもゝハみな漫してか花もなし　徳元

切麦

切麦や桐の葉もりの神の供御　徳元

月

かたハれや尋てめくる夕月夜　江戸 徳元

炭

炭竈のしるへハそれか黒煙　江戸 徳元

白炭は烏を鷺のたとへ哉　同

霰

たきりてや湯玉たハしる霰釜　徳元

雪

黒髪や素(シロ)きを後の鬢の雪　徳元

付句

冬部

めら〳〵と破れて悲し古小袖

分る狩場ハむハらからたち　江戸 徳元

賀部

独吟魚鳥俳諧に

笄つく事ハたゝ四十から

行末をひたと祈らんけふの賀に　徳元

雑部

をのれ〳〵に咄てそゆく

馬牛の野飼に出る朝朗　　徳元

和漢々和部

寒-月誰(カ)　冰-餅

雪を粉にしてちらす山風　　徳元

炭-取双(ニフ)三-線(サミセンヲ)

数寄屋の勝手に居るハ瞢(マウモク)　　同

○『**詞林金玉集**』　延宝第七己未八月二十五日自序

桑折宗臣撰、大本十九冊（自筆稿本）

門松

犬子集　春立やにほんめてたき門の松　　徳元　江戸斎藤氏

若水

毛吹草追加　君は舟臣や若水千代の春　　〃　〃

歯固

犬子集　子は親にすへてもちゐの鏡哉　　〃　〃　」**巻一**

七種

毛吹　鶯菜汁になりてはくゐな哉　　〃　〃

梅

懐子　梅は春をもってひらいた色香哉　　〃　〃

毛吹　鑓梅の入くむ枝ややりあはせ　　〃　〃

犬子　鑓梅のちらしかゝれる木たち哉　　〃　〃

犬子　鑓梅やさきかけをする花軍　　〃　〃

鶯

物忘　藪に番なく鶯やさゝめ琴　　〃　〃

追善

毛吹　拝む人の罪毛や消る雪仏　　〃　〃

椿

犬子　よせつきの枝や連理の玉椿　　〃　〃

懐子　花そおし実をは思ハすちり椿　　〃　〃　」**巻二**

河柳

犬子　もえ出てけふるやふすへかは柳　　〃　〃

海苔

懐子　風に靡く冨士のり思ふ河辺かな　　〃　〃　」**巻三**

月前花

毛吹　両の目に分ても見はや月と花　　〃　〃

」巻四

山桜

毛吹 太山木の桜や公家の田舎住　〃　〃

家桜

懐子 今よりはつきてさかなん家桜　〃　〃

遅桜

毛吹追加 花車牛のひけはや遅桜　〃　〃

」巻五

新茶

懐子 初音かくいちはやき聞茶かな　〃　〃

春郭公

犬子 鶯の子なら春なけ郭公　〃　〃

」巻六

新樹

犬子 むらさめを鞘にかくるか夏こたち　〃　〃

卯花

犬子 木刀にせよかしの木の夏こたち　〃　〃

毛吹 垣くゐは雪竿なれや花うつ木　〃　〃

郭公

犬子 あきなひか空音も高き郭公　〃　〃

待郭公

毛吹追加 待程は御所の御成か郭公　〃　〃

犬子 待程は遅し弥勒の郭公　〃　〃

」巻七

梔

犬子 くちなしにふしきやいたむ虫くひ葉　〃　〃

茄子

犬子 鳴やきや茄子なれともとり肴　〃　〃

」巻八

扇

毛吹 何哥も扇にかくは折句かな　〃　〃

夕立

犬子 夕たちや目の鞘はつすいな光　〃　〃

汗

小町 刀さへ汗かくさやの山路かな　〃　〃

暑気

懐子 暑き日やひようたんしは〱河なかれ

〃　〃

」巻九

桐

毛吹　桐の葉も汲分かたし井戸の水　〃　〃

秋蛍

犬子　人玉か玉祭る野に飛蛍　〃　〃

女郎花

懐子　御僧のミか露もおちにき女郎花　〃　〃

犬子　男山へたかなかうとそ女郎花　〃　〃

」巻十

鹿

犬子　ふしとへやかいらふと鳴鹿の声　〃　〃

初鮭

発句帳　をのか名に酔てや赤き鮭の魚　〃　〃

」巻十一

月夜

辞世　※狂言（たはこと）※

夜錦　死ぬるまていきたは言を月夜哉　〃　〃

月前雲

犬子　雲はらふ嵐や月の鏡とき　〃　〃

」巻十二

鴫

犬子　もゝ鴫は大宮人のさかなかな　〃　〃

九月十三夜

毛吹　枝豆は今宵月毛の馬草かな　〃　〃

草紅葉

犬子　うらかれて黄葉も見えけり鬼薊（アザミ）　〃　〃

」巻十三

初冬

音頭　十月もいなぬや是の山の神　〃　〃

炉火

犬子　白炭は鴉を鷺のたとへかな　〃　〃

紙子

懐子　仕置てや寒さをこふる紙子うり　〃　〃

寒気

犬子　大磯の松風さむしとらの時　〃　〃

霰

到来　たきりてや湯玉たはしる霰釜　〃　〃

」**巻十四**

雪

新続犬　何と見ても雪ほど黒き物もなし　〃　〃

犬子　武蔵野の雪ころはしか冨士の山　〃　〃

懐子　煙にもすゝけす白し冨士の雪　〃　〃

犬子　雲やたし雪や白母衣冨士の嵩　〃　〃

犬子　初雪と是もいはゝや若しらか　〃　〃

」**巻十五**

○『**玉手箱**』　延宝七年九月刊、中本四冊。花楽軒蝶々子編。延宝四年五月、田中可雪序。

巻第一　春部

帰雁

幾よりもたが縄や雁にあハせ糸　徳元

巻第三　秋部

秋柳

※柳原といふ所にて酒興のかへさに

思ひ出や酒のミてちる柳原　徳元

鶉

そさう成籠はおもなの鶉哉　徳元

※「柳原」とは、神田川沿いに続く柳原土手、柳原堤を指すか。柳原堤から向かって浅草橋を渡らずに、右の通りへ曲がればもう馬喰町二丁目の徳元宅であった（第三部「幻像江戸馬喰町所持の家」ほか）。

○『**近来俳諧風躰抄**』下　延宝七年十一月跋　岡西惟中著

手水をつかひ申念仏

かみくたく楊枝は遊行柳にて　徳元

○『**点滴集**』　延宝八年九月序　西鶴撰カ

（初秋）

寝道具も替や秋の初瀬風　江戸 徳元

○『**うちくもり砥**』　天和二年七月序

序文の中に

……京を高くはなれ大坂をとをくさけて休甫たふれ**徳元**あとをけつれり……

○『誹林一字幽蘭集』　三巻　元禄五年九月刊　沾徳撰

（元禄五年板　大本三冊）

始

夜錦　うちそむる碁の一目や今朝の春　　徳元

楽

辞世

夜錦　死ぬる迄生だは言を月夜哉　　徳元

○『真木柱』　書誌

挙堂著。元禄十年閏二月刊。天理図書館綿屋文庫蔵。わ七五―三。

小本一冊。寸法、縦一六・〇糎、横一〇・八糎。

表紙、深縹色原表紙。

題簽、後補。左肩「真木柱　全」と墨書。内題なし。板心「序一（――百四十五）」と丁付のみ。序文、心圭序。「元禄丁丑閏二月廿三日」人子朋水書ノ序。

跋文、巻末、本文に続けて「……けふは師走(シハス)の三十日(ソカ)なれば筆をさしをくものならし／城南　挙堂」。

刊記、「元禄十歳丑閏二月廿九日
摂州　平野屋勝左衛門
江府　平野屋清三郎　　板行」。蔵書印、「和露文庫」。「わたやのほん」。昭和五十六年二月九日調査。

▲句の仕立　比奥抄　初学抄　口伝抄今案

一句のしたてハ五尺の菖蒲に水かけたらんかご／とくなるへしもとよりあやめハきよらかなる／に水をかくれは一点(テン)とゞこほる事なくなかるゝか／ことしすこしも口にさハらずゆら〳〵として／たけもたかく風雅(フウガ)をこめていやしからぬこそ／ゆかしけれ鳥獣(テウシウ)草木万物(サウモクハンモツ)の名などくだ〳〵／しく入たるハ当座にハ口きゝのやうなれども／次第に見おとりする物也発句にハことさら一字／もあだなる詞をまじへたらんハ無念の事成へし」ウ　上の五文字を下へなし下の五文字をかミへなし中／の七文字を上下へなをしいろ〳〵と句をねりとり／あひよろしき詞をつゝくへ

し先達の云たとハ、／畠山兵衛佐といふなを山畠助兵衛と号し侍らハ／無下に□とり侍る也又一がいに句作を尋常にと／斗にたしなミ侍らはうつくしくやハらかすぎ侍／べしとかく一句々々の上下かけあひ侍るがよろ／しき也連哥の句に」オ

　武士をミれは矢を負太刀はきて

此句上下の詞かけあひたる手本也もの〻ふといふ／より矢をおひ太刀はきてと又つよき詞を置／たる也

……

▲切字作例　三部抄至要埋木諸抄今案

ハなし　何とミても雪ほど黒き物ハなし　徳元

○『**橋立案内志**』　書誌

爪木晩山著。宝永五年十一月跋・刊。天理図書館綿屋文庫蔵。わ八七—二九。

半紙本三冊。寸法、縦二二・〇糎、横一六・二糎。

表紙、深縹色原表紙。

（上巻）

題簽、表紙左肩、四周双辺子持枠の原題簽。「橋立案内志」。たゞし下方が剝落。内題、「橋立案内志」。板心、「一（——五）」「上六（——上卅二）」。丁数、三十二丁。序文、「わ八七—十二」（写本）に同じ。跋文・刊記ともに「わ八七—十二」に同じ。蔵書印、「わたやのほん」「天理図書館／二六五四二一／昭和卅三年十一月一日」。

徳元関係ノ記事、すべて写本と校合した。昭和五十八年十二月五日調査。

天理図書館綿屋文庫蔵。わ八七—十二。

半紙本写本上一冊。寸法、縦二三・八糎、横一六・一糎。表紙、深縹色表紙。

題簽、中央、「橋立案内誌」と墨書。内題、「橋立案内志」。板心「一（——五）」。「上六（——上丗二・下終）」。丁数、墨付三十三枚。自序、序文の末に「洛下散人晩山」（※爪木晩山）とある。

漢文跋にて、末尾に、

「宝永五歳次戊子仲冬日／大窪山僧孤山書」とあ

る。

刊記、「書林某寿梓」。蔵書印、「わたやのほん」（朱印）「石田文庫」（朱印）

※板本ヲ丁寧ニ敷キ写シタ写本デアル。

………天橋山文殊の御堂に着きぬ（略）……それより庭にをり立て見れは側に和泉式部の古墳そのむかふの石碑は**斎藤徳元**かしるしなり誠に遺文軸ニ金玉ノ声アリ竜門原上ノ土名ハ不レ埋とや時代こそかハれ其好める心いつれか別ならむとをのつから感慨なきにしもあらす

月雪に同心するか苔の下　　晩山

（以下、略）

案内図　五枚

ソノ三枚目表（上十五オ）ニ、文殊堂境内ニオケル「イツミ式部塚」ニ相対スル如ク、徳元墓碑ノ所在ヲ図示。

「**徳元塚**」ト記ス。

※本書は三巻三冊で完本となる。柿衛文庫には板本にて半紙本二冊、上中二冊か。昭和五十六年二月二十五日調査。

○『**夢物語**』　享保十九年成　半紙本一冊。万界夫足立来川編。

序「万界夫来川自序」。

跋「享保甲寅晩秋　掃半路」。

刊記「書肆　小川柳枝軒／彫工　吉田魚川」。

四季混雑

絵にかけは戻らぬ鴈に声もかな　　徳元

○『**誹諧明星台**』　元文二年盛夏刊　半紙本一冊。金井重雪編。

序　重雪自序。

跋　印月亭安士。

刊記「干時元文二丁巳歳盛夏梓之　彫魚川」。

古哲蛍唫

人魂か玉まつる野にとふ蛍　　徳元

○『**誹諧温故集**』　書誌

雷風菴蓮谷編。延享五年二月刊。天理図書館綿屋文庫蔵。わ一三三―二二。

半紙本上下二冊。寸法、縦二二・五糎、横一六・一糎。表紙、深縹色原表紙。

題簽、左肩「温故集　乾」（楷書体）。「温故集　坤」（草書体）と原題簽。内題「誹諧温故集之上／東武　雷風菴蓮谷選」。「誹諧温故集之下／東武　雷風菴蓮谷選」。板心、上「〇一（――〇四十八）」。下「△（――△五十七終）」と丁付のみ。

序文、園田長官守武序。「逍遙軒貞徳述」序。跋文、巻末、自跋（後序）の末尾に、「鎧度のほとり／雷風菴蓮谷書（花押）」。

刊記

「延享五戊辰年二月廿五日

京都堀川通錦上ル町

西村市郎右衛門

書林　江戸本町三町目

西村源六　」

上巻の末尾に、

乾の巻の終りなりけり水無月

江戸書林源六　ノ句見ゆ。

下巻本文の末に、

坤の巻の終りなりけり年の暮

書林市郎右衛門　ノ句。

……時しもあれ年ハ正徳壬辰ならん」**オ**　さる世の人の発句を拾ひまつハ心にもて／はやして筆を硯の海にそゝけハをのつから／浜の真砂の数まさり行ほとになん／〳〵として十万句におよひぬるもたとへ夢／になしてもいかにおかしきものとかハ知る……

蔵書印、印。「わたやのほん」。昭和五十六年二月九日調査。

春の部

歳旦

打初る碁の一目や今朝の春　　徳元

冬の部

雪

何と見ても雪程黒き物もなし　　徳元

年暮

つもりこし年のひたいの師走かな　　徳元

天理図書館綿屋文庫蔵。わ一三三―二一

半紙本上下二冊。表紙、蝶に鳥、唐草模様の空押し。裏葉色原表紙。題簽、左肩「温故集　乾」（楷書）。「温故集　坤」（草書）。上巻は、目録・園田長官守武序・「逍遙軒貞徳述」序の順に続く。

刊記

「延享五戊辰年二月廿五日
京都麩屋町三条上ル
大和屋吉兵衛求板」

蔵書印、[北田紫水蔵図書記]。「わたやのほん」。

○**『誹諧類句弁』**　書誌

一陽井素外著。天明元年六月刊。天理図書館綿屋文庫蔵。わ一七〇―四六。

半紙本上下二冊。寸法、縦二二・七糎、横一五・八糎。表紙、深縹色原表紙。題簽、左肩、無辺・深川鼠色、上下巻共に原題簽。「誹諧類句弁　上」（楷書）「誹諧類句弁　下」（草書）内題「誹諧類句弁　上（下）江戸　一陽井素外著」。板心、上「■一（―廿三）」。下「■■一（―十九）」。丁付のみ。刊記、下巻々末に、「天明改元辛丑季夏　江戸室町三丁目　誹談林書肆　須原屋市兵衛梓」蔵書印、[朱印]「吏登斎／蔵書印」（朱印）「わたやのほん」。昭和五十六年二月十二日調査。

（上巻）

かいて見よあたら紅葉にかさもなし　　徳元

かいて見よ何の香もなし梅花　　貞室

徳元のもミちハあたら桜のこと葉をかりて香の／なきを惜むにや貞室の梅花ハ諸書に出て」**オ**　初学の人此香を聞惑へり梅の外に又何の／香歟あらむ

春たつやにほんめてたき門の松　　徳元

神道やたてるにほんの門の杰　意朔

五月雨は堤やきれしあまの川　望一

銀河の底かぬけた歟さ月あめ　徳元

勾当雨声を聞て堤やきれしとあやしミ／隠士雨脚を見て底かぬけた歟と戯る／いつれのとしの皐月にや有けむ

○『**誹匠年鑑**』　天明七年

酒ならぬこみに酔ふてや紅葉鮒　徳元

○『**俳論**』　上中下半三冊、秋月下白露編

滄浪居士嘯山序（寛政十二年）、雪中庵完来序、八千房序、自序（明和元年八月）

大伴大江丸跋（寛政十二年夏）、文化五戊辰年初夏、大坂安藤八左衛門他四軒刊。柿衛文庫蔵本による。昭和五十八年十二月二十四日実見。

「江戸風」ノ章

武州江戸ハ蕉翁以前貞徳の古風糺り有て斎藤徳元といへる誹士専ら行ひ居けるに……（上十三オ）

歳旦

桐の葉も汲わけかたし井戸の水　徳元　（下四ウ）

○『**類句弁後篇**』　書誌

一陽井素外著。文化十一年刊。天理図書館綿屋文庫蔵。わ二〇六―三九。

中本合一冊。寸法、縦一八・九糎、横一二・四糎。表紙、深縹色布目表紙（原装）。題簽、左肩、「類句弁後篇　完」（原題簽）。内題「誹諧類句弁後篇上（下）江戸　一陽井素外著」。板心「■」。跋文、巻末「紫霞亭僊里謹書」の跋。蔵書印、紫景文庫。「わたやのほん」。[illegible]朱印（白文）。昭和五十六年二月九日調査。

花は青葉霊ハ何を歟置土産　徳元

なつ山ハ花をや春の置ミやけ　、

これ現在と過去の作徳元自筆の発句集に見えたり

目ふたつをわけても見はや月と花　　徳元

眼二つにたましひ入つ月と花　　素外

徳元ハいつれの時に欤次ハ己か寿像を画きて題を需められての吟也

※○文化年間に、一陽井素外は、「徳元自筆の発句集」なるものを所蔵していたようである。むろん新見である。

○松江重頼撰『毛吹草』（正保二年刊）巻第五、春の部に、

花

両の目に分ても見はや月と花　　徳元

とある。

○『**柳亭遺稿**』（柳亭種彦遺稿）

○杉の皮売

「懐子」

仕立てや寒さをこふる紙子売　　徳元

（『続燕石十種』第二に収録、336頁）

○『**短冊**』

柳　帆柱やたてゝをひての風ミ草　　徳元

（俳諧文庫）

○竜谷大学蔵『**ねぢふくさ**』所収

紅粉屋　　江戸斎藤氏徳元

210　節供ぞときる帷子のべに染に

酢をさすとてやふる梅の雨

211　桐のはも汲分がたし井土の水　　同人

（松本節子氏解題・翻刻――『城南国文』大阪城南女子短期大学国語国文学会誌、10号、平2・2）

○諏訪春雄氏論考「近きみち遠くあそひつ―近松の俳諧―」に徳元句を引用。

げにや〳〵下々（げげ）の下人も稲の露　　徳元

（宮本三郎先生編『俳文学論集』138頁）

図1　『金玉源氏絵宝枕』正徳三年正月刊、大本四冊。小嶋宗賢・鈴村信房著。大野木市兵衛刊。本書は『源氏鬢鏡』（万治三年十二月、素栢跋）の改題本である。掲出の図版は第一冊めの九、「須磨」の章（十五ウ）に収録される**徳元句**「**あハちがたかよふや須磨の千鳥かけ**」と、その挿絵（第二冊め十六オ）の部分である。架蔵。

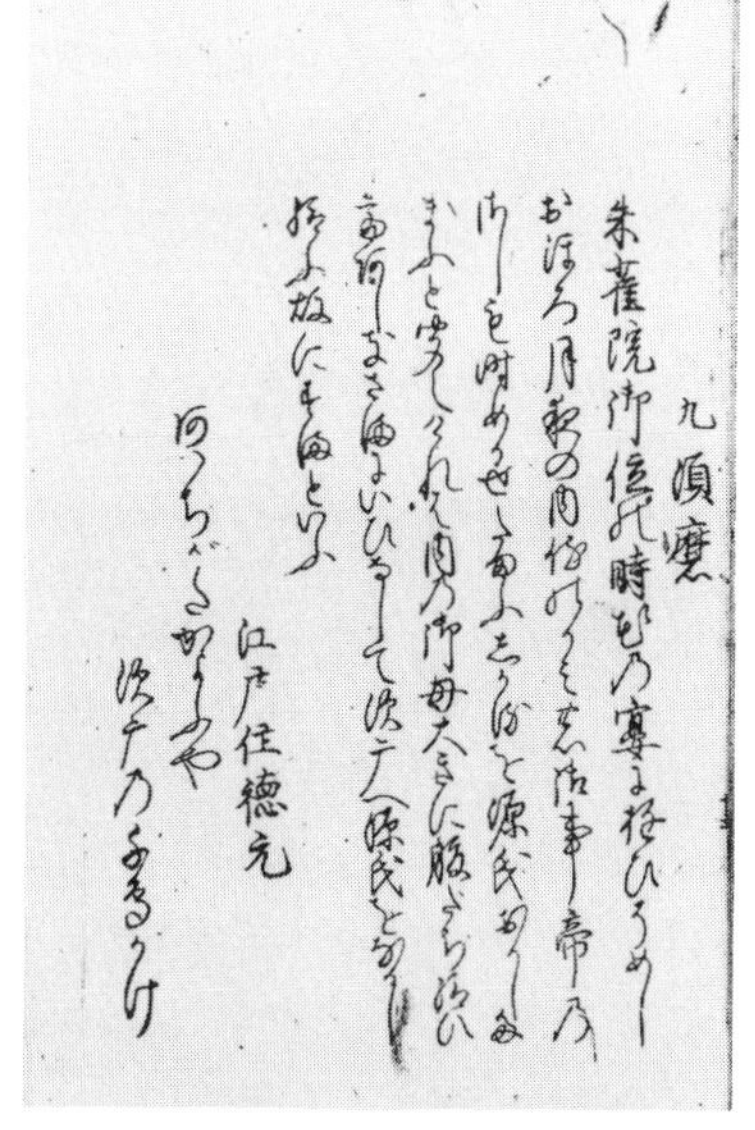

九　須磨

江戸住徳元

あハちがたかよふや
須磨の千鳥かけ

図2　雨に花ちり敷山や雪なたれ　徳元（架蔵）

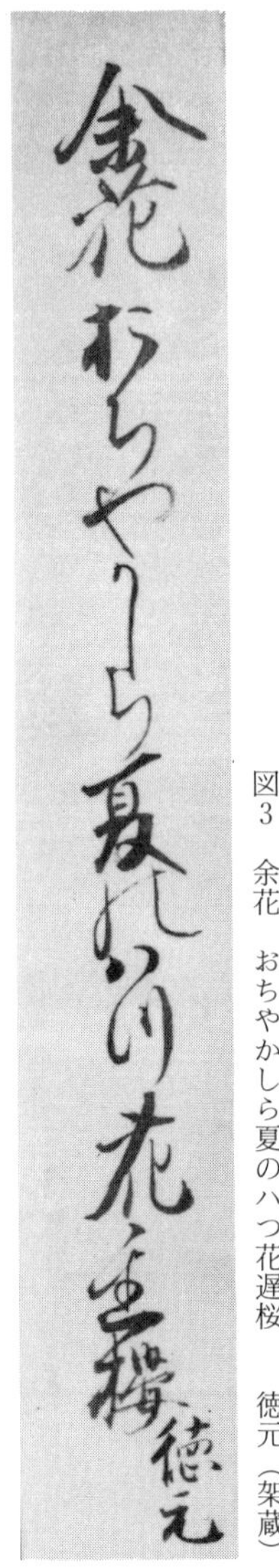

図3　余花　おちやかしら夏のハつ花遅桜　徳元（架蔵）

第七部　伝記研究資料

新出斎藤正印・徳元・守三の系譜三種

一、『臼陽氏族誌』所収、「斎藤系譜」

〔書誌〕　臼杵市立臼杵図書館蔵。図書番号、四二一―イ28。横本の写本全六冊。深縹色原表紙。袋綴。左肩に書題簽「享和壬戌稔／臼陽氏族誌　一（―五、附録）」（※享和二壬戌年）。旧蔵印、「年月日／稲葉家／寄贈」。斎藤氏は第五冊めに収録。因みに本系譜はその個々について検証を試みたるにおおむね正確。信頼がおけるものである。平成四年四月三日実見。

　便宜上、著者が三種の新出「斎藤系譜」をもとに、更に岐阜市大宝寺蔵「斎藤系譜」、同市崇福寺蔵「斎藤系譜」及び『寛政重修諸家譜』をも参照して整理・作成してみた、徳元ファミリーの略系図を示しておく。

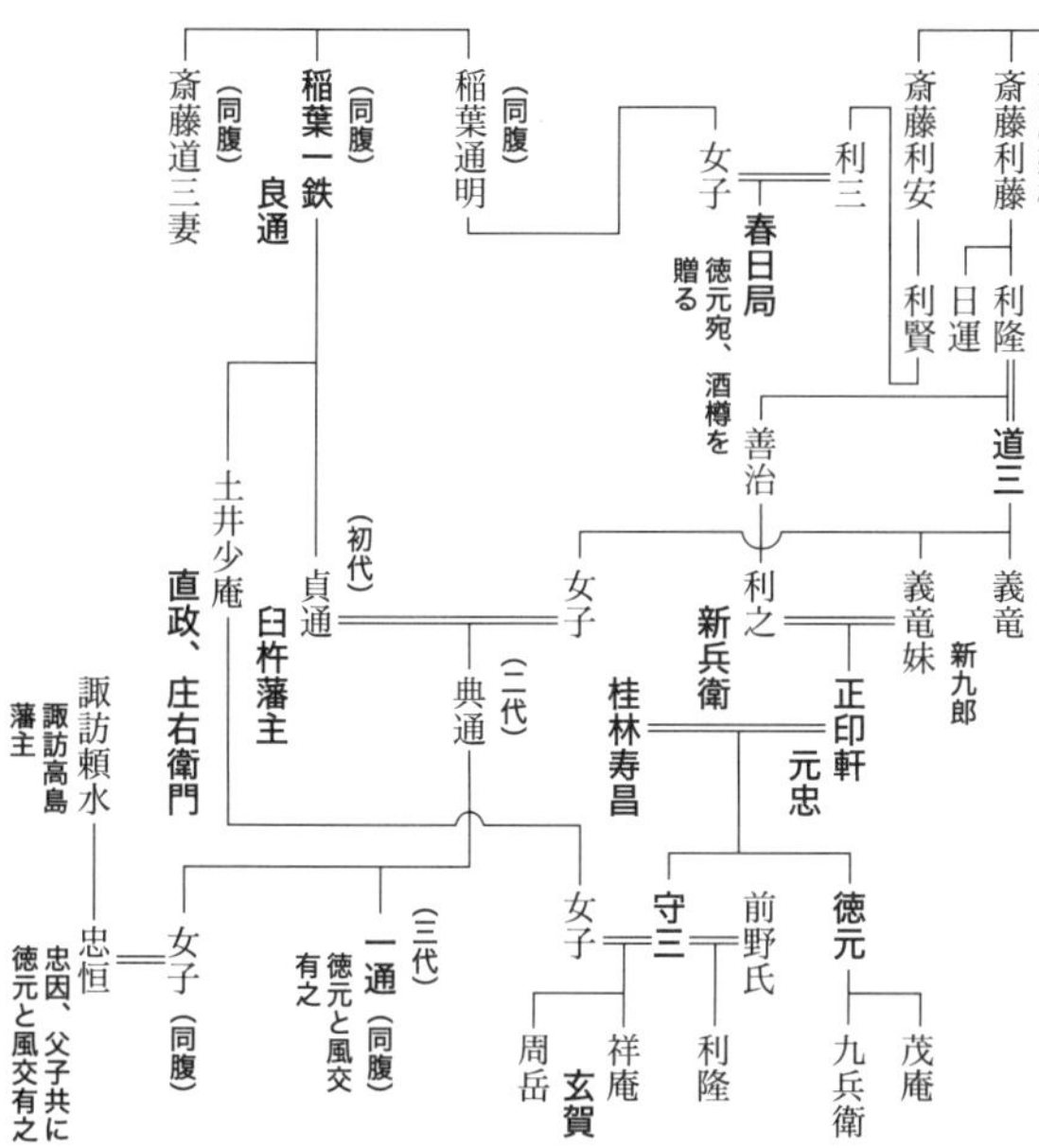

撫子

斎藤長左衛門利度

斎藤豊後守利広
始氏永井

同　山城守利政　法名道三

僧　日運　号南陽坊
濃州鷲林寺之開山也

利重　斎藤摂津守

利三　斎藤内蔵之助

女　春日局
稲葉内匠頭正成妻
生稲葉丹後守正勝公
夫妻子和出去寡居日
久而後膺懲為
将軍家光公乳母春日局
是也

└オ

善治　新兵衛
濃州飯井城主

利之　新兵衛
妻斎藤新九郎義竜妹
濃州揖斐城主

利氏　権右衛門
母義竜妹
子孫雖レ有不レ記レ之

女　高橋右馬之助盛一妻
母同
盛一死后事二後水尾院女御一
善レ書エキ和歌因レ是勅而賜二
小野氏一称二小野於都宇一

└ウ

女　高田与兵衛妻
母同

女　長屋右衛門興政妻
母同

利之（ママ）　**太郎左衛門　法名正印**
母同
仕秀吉公領一万石

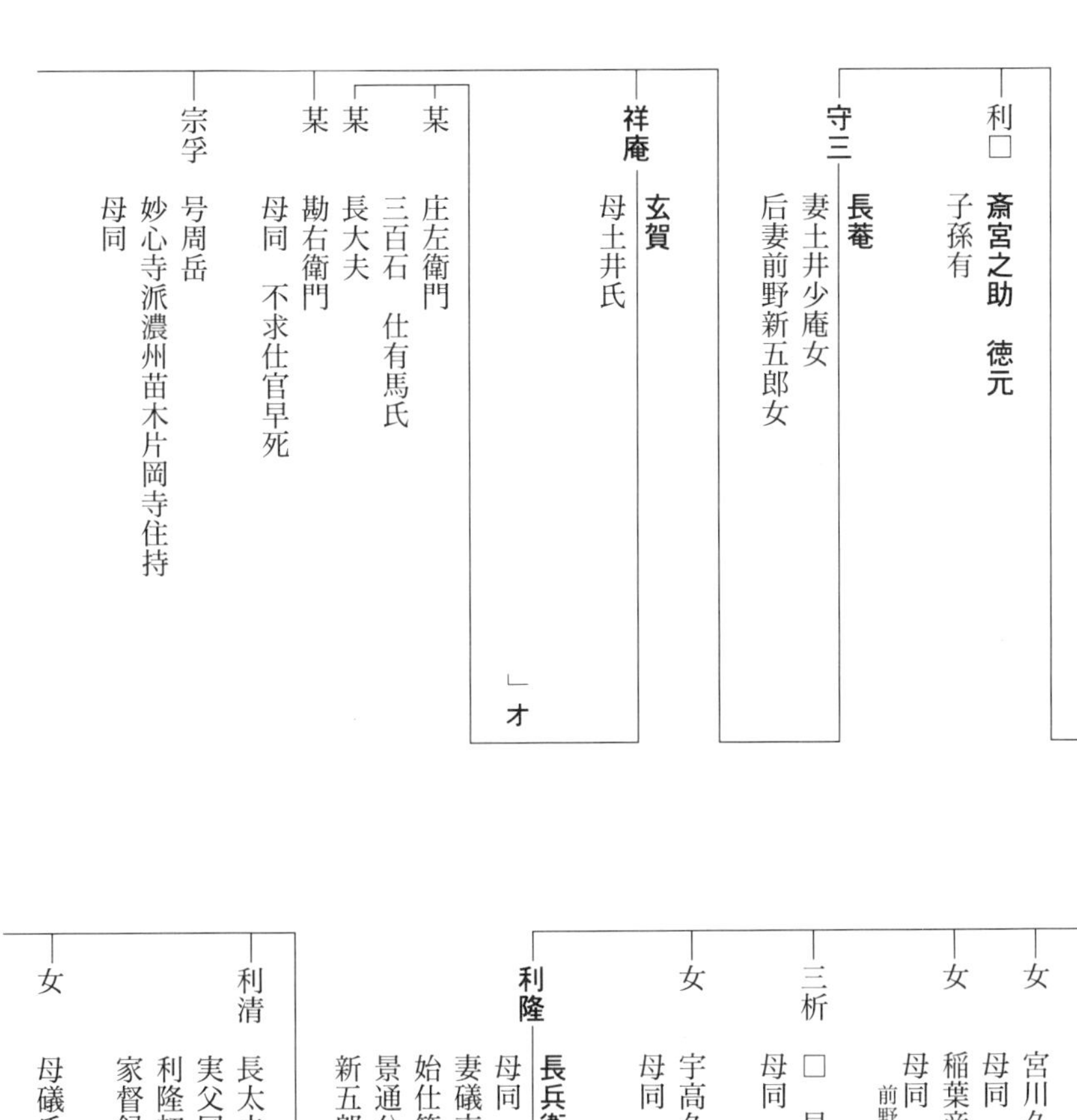

女
宮川久米助妻
母同　細川越州公臣領五百石

女
稲葉彦右衛門妻
母同（前野氏）　仕有馬氏公領三百石

三析
□　早死
母同

女
宇高久右衛門妻
母同　仕有馬氏領三百石

利隆
長兵衛　法名宗有
母同
妻儀市左衛門女（仕黒田氏禄百五十石）
始仕筑後有馬氏後
景通公召之宗有携幼子
新五郎而至賜十五口
└ウ

利清
長太夫
実父同系祥庵
利隆初無子改為養子継
家督録三百石仕有馬氏

女
母儀氏

利長　新五郎　仁太夫　病者
百五十石
母同

女　小川孫助妻　離別後高田
専想寺妻　母同

女　利徳妻
母同

利徳　新兵衛
百五十石
妻宗有女
実父芝崎六左衛門

└オ

利貸　猪左衛門　一弥
百五十石
母宗有女
妻林甫太夫女　雖結約不
娶而利貸死

利度　長左衛門
百石
実父中村四郎左衛門紀久
利貸及末期為養子禄減
妻河村東菴女利度死后帰ル

利寛　新兵衛
七十石　延享元カトク
実父石井金左衛門貴房
妻中嶋茂七詮親女

女　中嶋紋右エ門妻夫死而返ル后嫁
今村余左エ門尚次
母河村氏

女　中嶋所兵正代妻
母中嶋氏

└ウ

女　小川定助鎮喬妻
母同上

利春　老之進
母同上
妻

和五郎
母同

（以下、余白）

└オ

二、旧有馬文庫蔵『御家中略系譜』所収、「斎藤系譜」

〔書誌〕久留米市民図書館蔵。図書番号、F二二四。大本の写本。本書は先年の台風による水害を受けて全冊、水濡れ破損、原表紙も剥落、後補の表紙中央に、「御家中略系譜」と直か書される。本巻の内題は「御家中略系譜巻二十一」。旧蔵印、表紙の右上に貼り紙にて「旧有馬文庫／有馬頼寧原蔵／No.三八六三」と。因みに十四代め有馬頼寧(よりやす)伯はもと農林大臣で、昭和三十二年一月九日、七十四歳卒。内題右上にも「洸卯／亭／蔵」なる方形白印。斎藤氏は巻二十一佐之上に収録。本系譜のほうが善本である。平成四年五月二十三日実見。

洸卯
亭
蔵
（方形白印）

御家中略系譜巻二十一
目録
斎藤　佐久間　佐々　佐々木
沢　里村

」オ

白紙

」ウ

△斎藤　姓越智　紋雙麦　梅鉢　田代先祖書元田土居両家系

一ニ新兵衛ハ正印兄ニ作ル／

○新兵衛　美濃国住　先祖書領知　揖斐城主
初太郎左エ門　後法体　太田本守三父某於

正印　丹波慶長十七子死／一ニ織田正印
仕ニ織田城之介信忠卿ニ御嫡秀　公
信忠卿ニ生害之時秀信卿御　江
州大溝ニ隠居後秀吉
賜フ于時正印五千石外　秀吉
賜ヲ且リ濃州一万石ノ代ニ
相加ニ濃州洲股在
（水濡破損）（水濡破損）

」オ

梅林寺過去帳／云守三父正因玄／忠居士二月廿四／日云々

斎宮助　剃髪後号徳元
仕岐阜中納言秀信卿敗亡後剃髪若州小浜住

守三　二男　初鉄千代

妻　土居少右衛門女

後妻　山内対馬守殿内前野新五郎女

於施薬院為医慶長六年丑丹波福智山

春林院公御入部之節被　召出医宦三百石　寛永給知帳

」ウ

二十人扶持久留米江御供　瓊林公御懇意慶

安四年卯正月廿三日守三宅江　御成是ハ守三

病気大切ニ付御暇乞之為也ト云々同二月朔日

病死　要渕守三居士

祥庵　初玄賀　原陣記　寛永末給知帳　承応四御礼帳

寛文六午七月帳作玄恕

同九月帳作玄恕誤ナリ

母土居氏

妻　宇野道甫女

初別勤二百石四寛永末給知帳　家譜　供慶

安四年父跡弐三百石　水濡破損　庄左

エ門江三百石家督相続被　持

被下置元禄元辰九月没九十

」オ

勘右エ門　母同　浪人早世

周岳　母同　濃州苗木妙心派片岡寺住職　水濡破損

女　母同　細川越中守殿内宮川久米助妻

女　母前野氏　稲葉九郎右エ門妻

三折　母同　医業早世

女　母同　宇高久右エ門妻宇高権太夫母

長兵衛利澄　初八十郎・宗有　別系有

」ウ

庄左エ門

妻　坂本与八郎妹　坂本半兵衛ニテ女

寛文十一亥年父祖之医忠医功依父玄賀存

901　新出斎藤正印・徳元・守三の系譜三種

命之内家督三百石新知同然拝領御馬廻組同
六午大坂在番　延宝元禄二巳大里在番[二]
七帳元禄九帳同末帳同　元禄二帳同三
午御銀奉行同十二卯以病依　元禄元
末御奉行同十二卯以病依
享保五子九月没

女　　稲葉四郎左ェ門妻

女　　早世

長太夫　同姓長兵衛トモ
　　初万太夫　元禄九帳同末帳同
　　　　　　　十五帳宝永帳享保九帳

長兵衛
　前妻　森平内女
　後妻　村上養女　実秋月家中　西村藤内女
　元禄十二卯正月廿八日名代御馬廻
　奉行　元禄十帳　宝永四辰七月十四日大小
　性　宝永　無役　初帳　宝永帳享保五子跡
　目三百石大坂御留主居同九辰正月十一日御先
　手物頭同十六亥十月十五日御用人　享保十
　　　　　　　　　　　　　　　　七帳　寛保
　三亥六月没

[破損／水濡]

枩之進利該

女　　鵜飼甚作妻

女　　早世

前妻　雨森半
後妻　伊吹仁右ェ門
寛保三亥八月廿三日跡目三
子正月十一日御側物頭宝暦十
浪人奉行天明二寅二月五日依願御役儀御免御
廻組同三卯十一月病死

女　　伊吹千助妻
　　　母伊吹氏

女　　白崎幾平妻

六郎利安
　妻　鵜飼甚作女

庄五郎　早世

女　　早世

女　　久徳五左ェ門妻離別

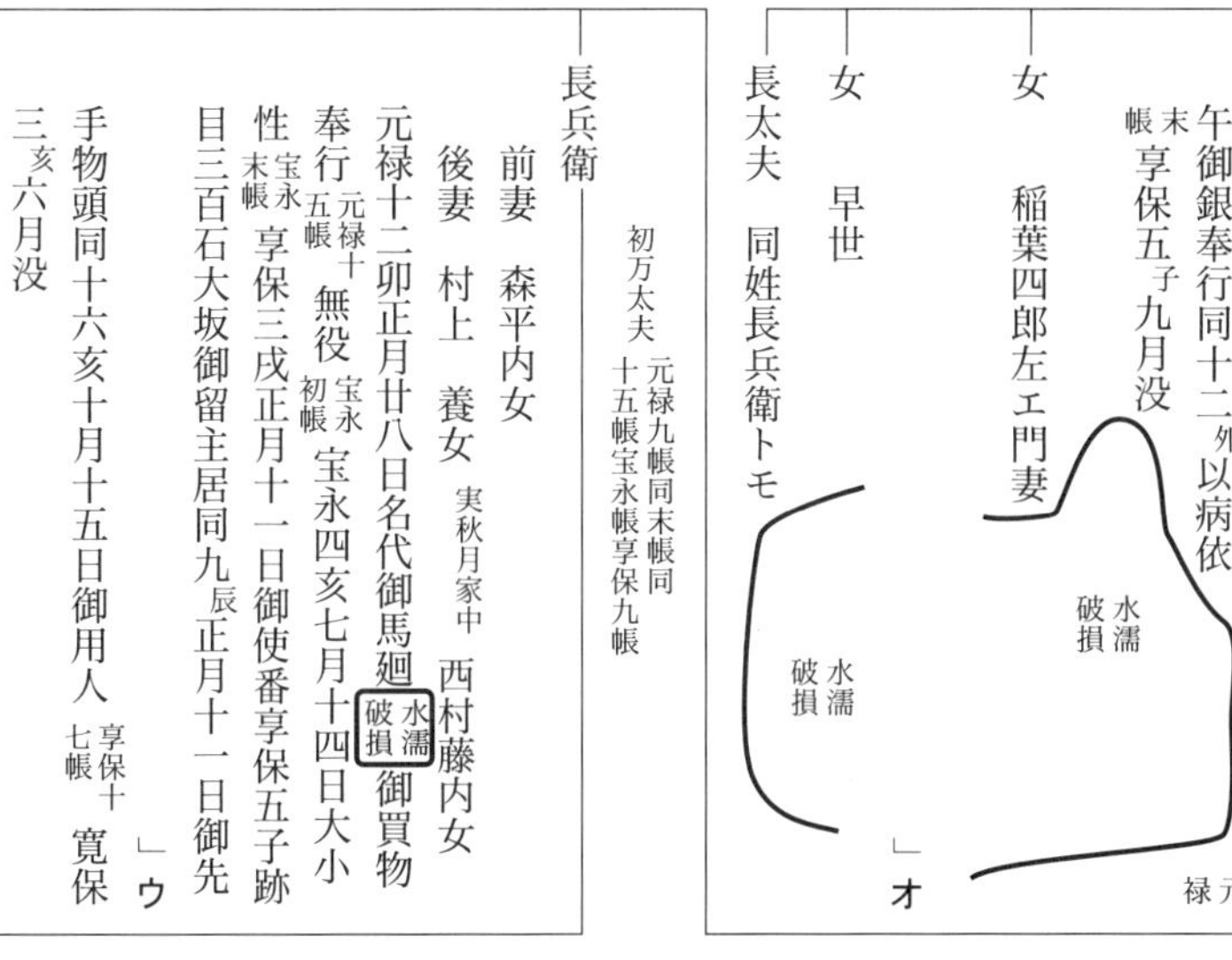

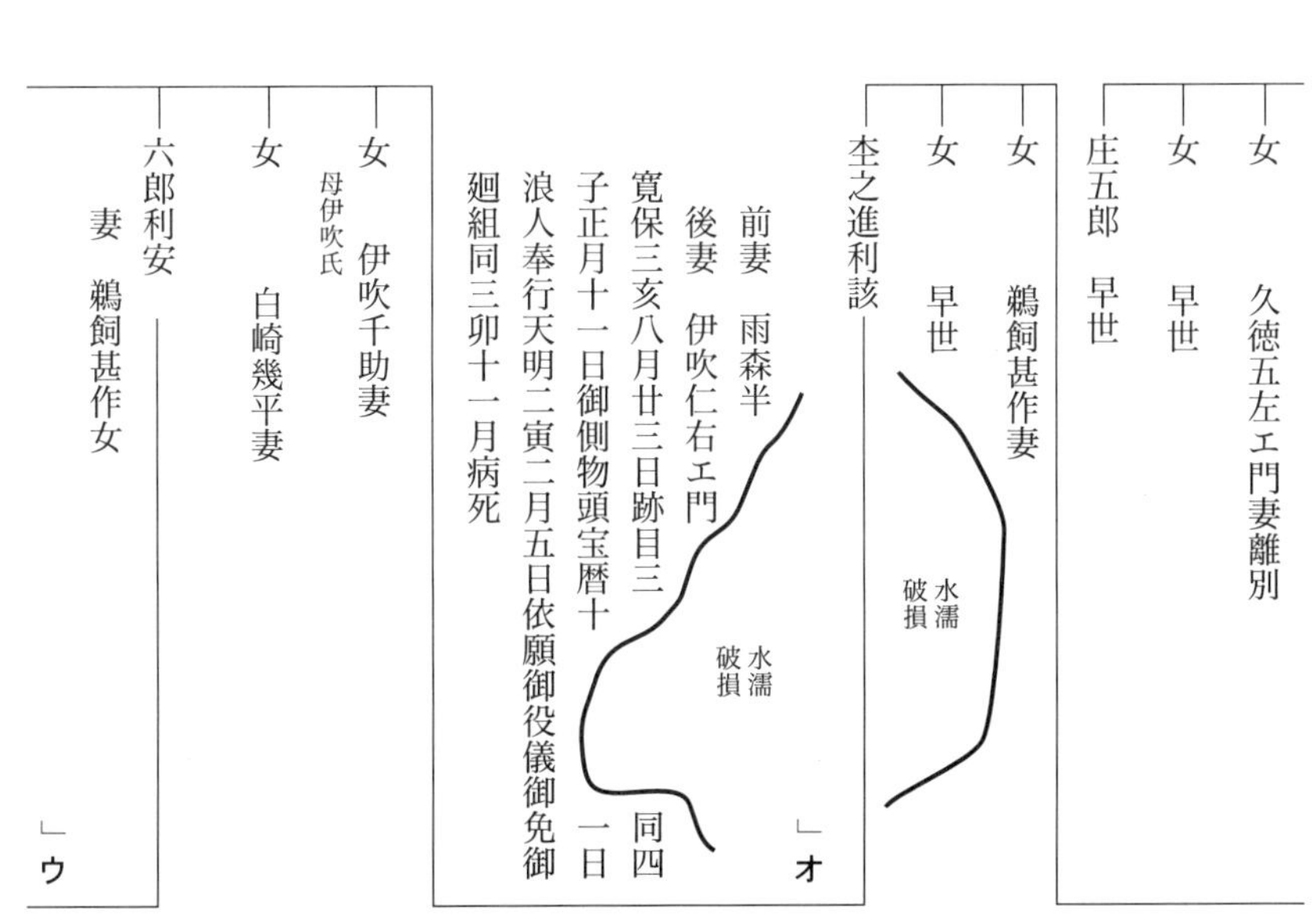

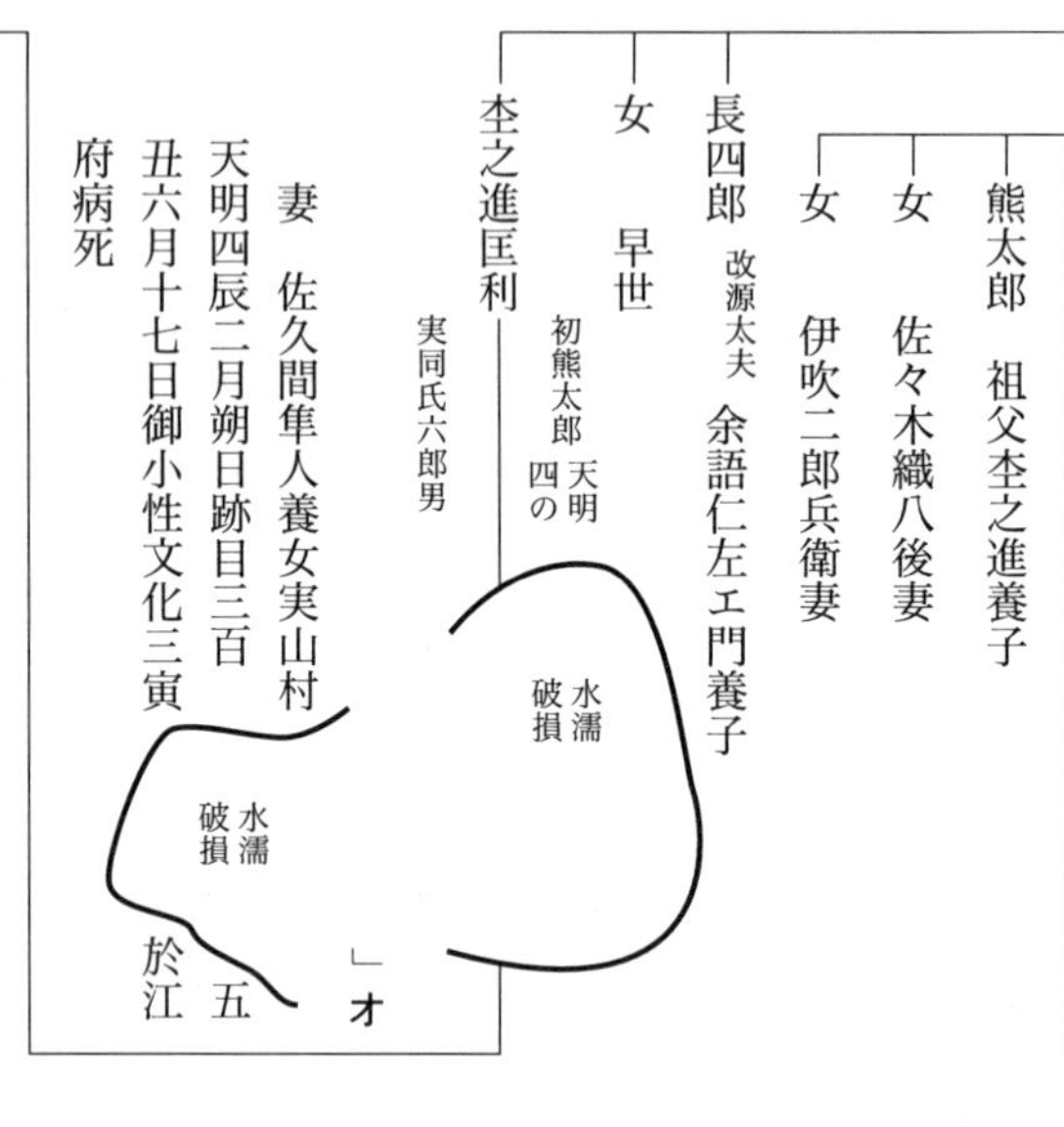

安永九子嫡子之内病死

熊太郎　祖父杢之進養子

女　佐々木織八後妻

女　伊吹二郎兵衛妻

長四郎　改源太夫　余語仁左エ門養子

女　早世

杢之進匡利　初熊太郎　天明四の　実同氏六郎男

妻　佐久間隼人養女実山村

天明四辰二月朔日跡目三百

丑六月十七日御小性文化三寅　五

府病死　於江

」オ

女　母佐久間氏　養子杢之進妻　母子共山村家ニ帰ル

宗吉　改杢之進　実　喜多村与三右エ門三男

妻　養子杢之進女

文化三寅八月廿六日危急養子同十二月十五日

跡目三百石御馬廻組同十酉二月廿五日御小姓

組文政元寅十一月廿五日知行被　召上御暇

斎藤杢之進

」ウ

其方儀不儀倫理を乱し候所行有之候処不束（消シテ妻）（シ）

之趣取斗候段相聞不埒之事ニ候依之知行被

召揚候

寅十一月二日　同廿五日被　仰渡

（略）

」オ

（以下、墨付二頁分アリシモ省略）

斎藤守三五男　初八十郎　宗有　後再宗有

○長兵衛利澄 母前野氏

前妻　荻野次郎兵衛女離別

後妻 秋月家中 川嶌孫左エ門女

初学医業剃髪号宗有父死後為結髪改長兵衛寛 成谷忠右エ門忠／義殉死ノ文章／ヲ記ス

文二寅春於江戸被召出三百石御書方吟味役

同五巳依病気久留米江被差下［水濡破損］飯沼

主米組同六午同組下肝煎寛文［水濡破損］手

銃頭摂津御番

将軍家御厄年　伊勢御代参其後江戸御留守

」オ

居後以病御断申上益病気［水濡破損］願貞享五辰

仮長太夫名代元禄五申二男新五郎［水濡破損］後臼杵稲

葉右京亮殿江被　召出其節新［水濡破損］両

親共ニ被召呼度旨御掛合ニ付［水濡破損］家督

相続被　仰付臼杵江引越其後再剃髪改宗有同

十五午八月於臼杵没

長太夫利清 後宗元

実同姓玄賀二男

前妻　養父長兵衛女

後妻　里村金右エ門女

」ウ

貞享五辰父名代御馬廻組代官役元禄五申八月

三百石家督同六酉大坂在番水ノ手御番 元禄十五帳

同十六未豊前大里番同十七申大石［水濡破損］行宝

永二酉小買物役 宝永帳同四記 御銀奉行小買物方助役

享保十一帳　享保十四酉仮名代家督同十六亥十二月

病死

女 母荻野氏 養子長太夫妻

新五郎 母川嶌氏

元禄五申臼杵稲葉右京亮殿［水濡破損］百五十

石子孫于今相続

」オ

女

女

八十郎　早世

長太夫利直 初勘平

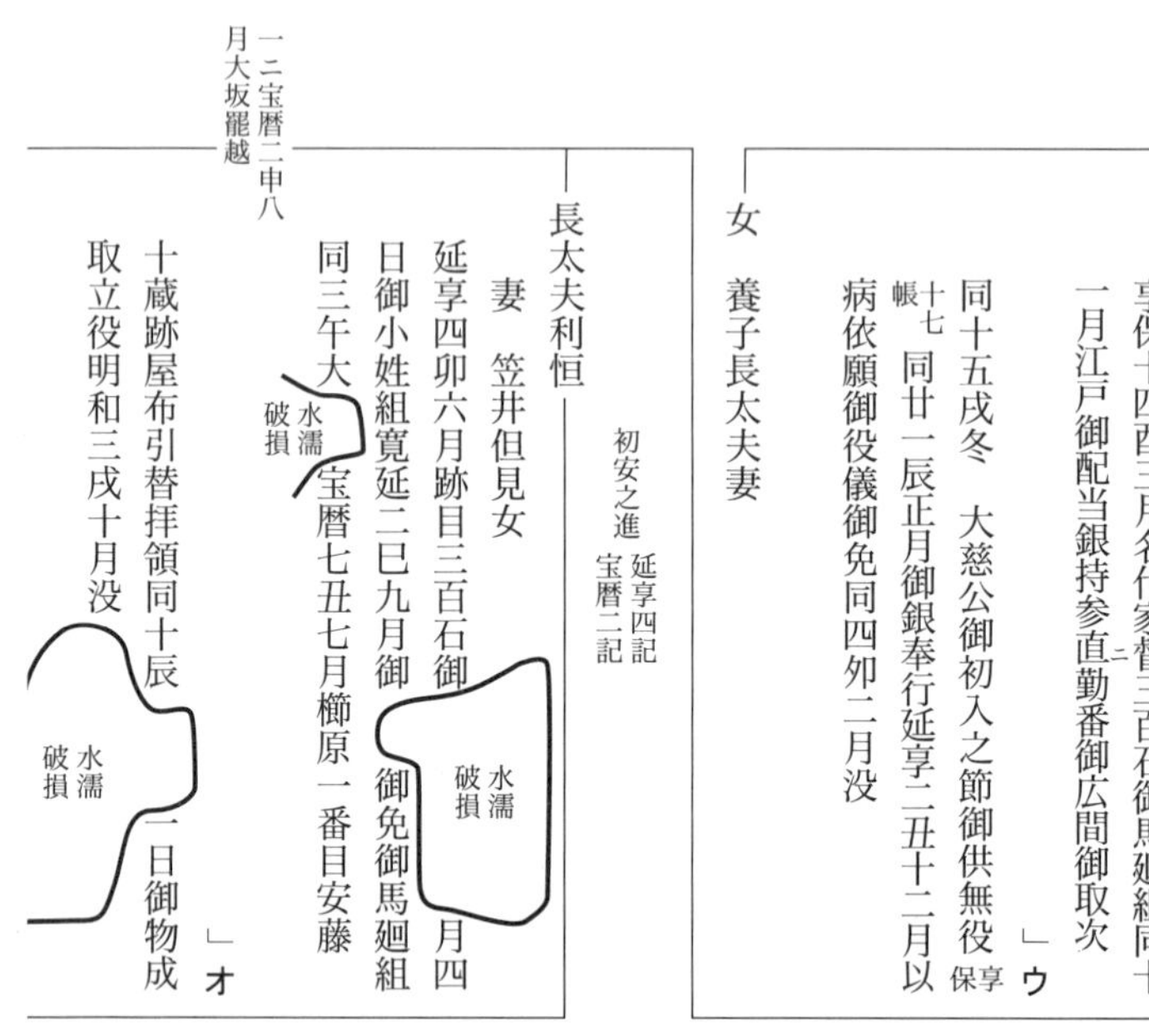

実稲葉彦右エ門二男
妻　養父長太夫女
享保十四酉三月名代家督三百石御馬廻組同十一月江戸御配当銀持参直ニ勤番御広間御取次
同十五戌冬　大慈公御初入之節御供無役　保享帳十七
同廿一辰正月御銀奉行延享二丑十二月以病依願御役儀御免同四夘二月没
」ウ

女　養子長太夫妻

長太夫利恒　初安之進　延享四記　宝暦二記
妻　笠井但見女
延享四卯六月跡目三百石御［水濡破損］月四日御小姓組寛延二巳九月御［水濡破損］御免御馬廻組
同三午大［水濡破損］宝暦七丑七月櫛原一番目安藤
十蔵跡屋布引替拝領同十辰［水濡破損］一日御物成取立役明和三戌十月没
」オ
一二宝暦二申八月大坂罷越

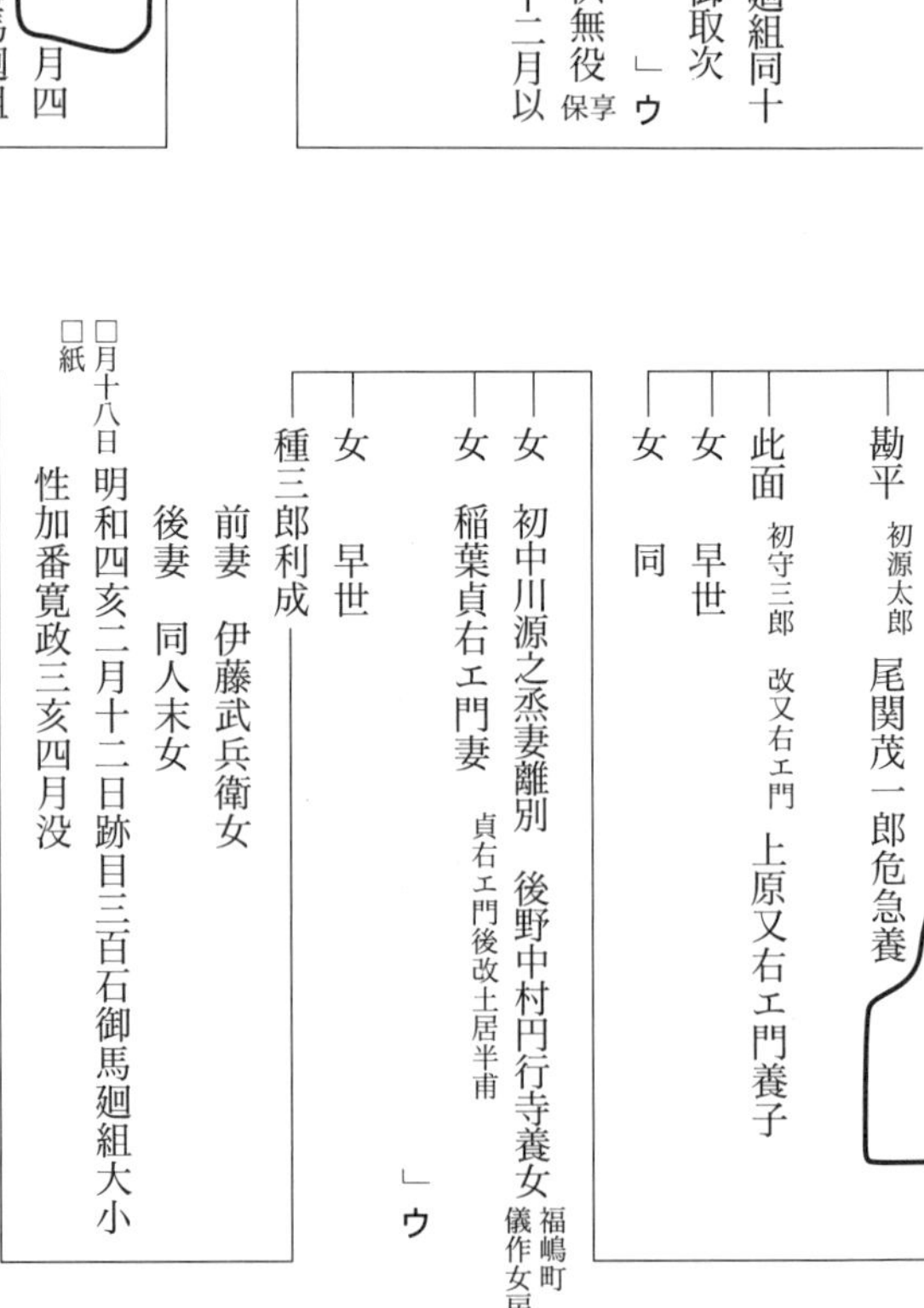

勘平　初源太郎　尾関茂一郎危急養

此面　初守三郎　改又右エ門　上原又右エ門養子

女　早世

女　同

女　初中川源之烝妻離別　後野中村円行寺養女　福嶋町儀作女房

女　稲葉貞右エ門妻　貞右エ門後改土居半甫

女　早世

種三郎利成
前妻　伊藤武兵衛女
後妻　同人末女
□月十八日□紙　明和四亥二月十二日跡目三百石御馬廻組大小性加番寛政三亥四月没
」ウ

守助利寛　初鉄次　勘兵　安之進　致［水濡破損］
実稲葉貞右エ門二男
妻　養父種三郎女　離別
寛政三亥十月十二日跡目三百石御馬廻組同丑京隈小松原梶村忠助屋布引替拝領同七卯十二
」オ

月朔日　定之烝様御用同八寅三月十五日御
小姓並　定之烝様附同十午五［水濡］日御役儀
被差許御馬廻組同十一未二月大小姓助享和二
戌九月御免文化元子以病依願養子同九月廿七
日仮名代家督

女　養子守助妻離別　伊藤左伝養女　河原初右ェ門妻

」ウ

半五郎　後新兵衛
　実　久野市之助二男
　前妻　鵜飼友七女　若死
　後妻　山本大渕女
文化元子六月十五日養子同九月廿七日名代家
督三百石御馬廻組　御殿番天保八酉正
月九日病死

女 母鵜飼氏　養子長太夫妻　若死

女 母同　本庄嘉右ェ門後妻

女 母同　鵜飼斎養女　長太夫後妻

（一頁分、欠ク）

」オ

女 母斎藤氏

（以下、余白）

」ウ

三、篠山神社文庫蔵『御家中略系譜』所収、「斎藤系譜」

〔書誌〕久留米市篠山町、篠山神社蔵。図書番号、「福岡県古文書調査／篠山神社文庫／二六〇」。大本の写本。原表紙にて左肩に書題簽「御家中略系譜」。本巻の内題も「御家中略系譜巻之二十一」。蔵書印、表紙の右上に貼り紙「昭和四年八月日改／筑後久留米篠山神社文庫／第三拾七函／共三〇冊／昭和四年秋」。内題右上にも方形の印。斎藤氏は巻二十一に収録。平成四年五月二十三日、ただし久留米市民図書館所蔵の複写本によった。

御家中略系譜巻之二十一

［印］

目録

斎藤　佐久間　佐々　佐々木
沢　里村

」オ

△斎藤　紋瞿麦　梅鉢

○新兵衛

美濃国揖斐城主

正印　初太郎左衛門

仕織田城之助信忠卿秀信卿ニ従仕信長公信忠卿京都御生害之時秀信卿年弱付其場ヲ遁去隠于江州大溝秀吉公秀信卿江濃州岐阜ヲ賜于時正印五千石秀吉公ヨリ百十三石ヲ賜且江州一万石之代官被命仕置衆相加濃州洲股ニ在住秀信卿御果後浪人京都住

斎宮助

仕岐阜中納言秀信卿敗亡後剃髪号徳元若州小浜住　└ウ

守三　初鉄千代

前妻　土居少右衛門女

後妻　山内対馬守殿内　前野新五郎女

於施薬院為医慶長中今按六年辛丑也　丹波福智山御入国之節被　召出医官三百石二十人扶持

久留米江御供　瓊林院様御懇意慶安四卯正月廿三日守三宅江被遊　御成是守三病厚以為　御暇乞也同二月病死

祥庵　初玄恕一ニ玄賀　母土居氏

妻　宇野道甫女

始別勤二百石十五人扶持原陣御供父死後家督三百石医官延宝四辰隠居仮庄左衛門家督相続其身二十人扶持被下置元禄元辰九月病死　└オ

勘右衛門　母同　浪人　早世

周岳　母同　濃州苗木　妙心派片岡寺住職単寮和尚

女　母同　細川越中守殿内　宮川久米助妻

女　稲葉九郎右衛門妻

三折　医業　早世

女　宇高権大夫妻

長兵衛　被　召出有別系

ウ
―庄左衛門
　妻　坂本與八郎女
　延宝四辰依父祖医忠医功父存命之内家
　督三百石御馬廻組同六午大坂在番元禄二巳大
　里在番同三午御銀奉行同十二卯就病身依願
　仮万大夫江名代享保五子九月病死

―女　稲葉四郎左衛門妻

―女　早世

―長大夫　同姓長兵衛養子

―長兵衛　初万大夫
　前妻　森平内女
　後妻　村上　養女　実秋月家中　西村藤内女
　元禄十二卯正月名代御馬廻組御買物奉行
　宝永四亥七月大小姓享保三戌正月御使番
　同五子跡式三百石大坂御留守居同九辰正月
　御先手物頭同十六亥十月御用人寛保三亥
オ

　六月病死

―女　久徳伍左衛門妻離別

―女　早世

―庄五郎　早世

―女　鵜飼甚作妻

―女　早世

―杢之進
　前妻　雨森半五郎女離別
　後妻　伊吹仁右衛門女
　寛保三亥八月跡式三百石小寄会同四子正月
　御側物頭宝暦十二午正月浪人奉行天明二
　寅二月依願御免御馬廻組同三卯十一月病死
ウ

―女　早世

―女　伊吹千助妻

―女　白﨑幾平妻

―六郎
オ

妻　鵜飼甚作女
嫡子之内安永九子病死

熊太郎　改杢之進
安永九子十月祖父杢之進為養子

女　佐々木織八後妻

女　伊吹二郎兵衛妻

女　早世

長四郎　改源大夫　余語仁左衛門養子

杢之進　初熊太郎　実六郎一男
妻　佐久間隼人養女　実山村典膳女　佐久間隼人江御預
天明四辰二月跡目三百石御馬廻組寛政五
丑六月御小姓文化三寅年於江府病死

」ウ

女　母佐久間氏　養子杢之進妻

宗吉　改杢之進　実喜多村與三右エ門三男

妻　養父杢之進女離別　山村助之進江御預

」オ

文化三寅危急養子同十二月十五日跡目三百石
御馬廻組同十酉二月廿五日御小姓同十四丑十一月
十五日来寅春江戸御供文政元寅七月十七日従
江府帰着同十一月廿四日従江戸被　仰越候御書附ヲ
以知行被　召揚

斎藤杢之進
其方妻不義倫理ヲ乱シ候処不束之令取計
候段相聞不埒ノ事ニ候依之知行被　召揚候
寅十一月二日

(略)

」ウ

(以下、墨付四頁分アリシモ省略)

△斎藤　紋瞿麦　梅鉢

斎藤守三五男
○長兵衛利澄　初八十郎　宗有
前妻　荻野次郎兵衛女　離別
後妻　秋月家中　川島孫左衛門女
初学医業剃髪号宗有父死後為結髪改長
兵衛寛文二寅春於江戸被　召出三百石御書
方吟味役同五巳依病気久留米江被差下御馬廻

組同六午飯沼主米組下肝煎延宝二寅御先手
鉄炮頭榎津御番
将軍家御厄年伊勢御代参相勤其後江戸御留
守居役被　仰付処以病御断申上益病気依相
募貞享五辰仮長大夫江名代元禄五申二男新五
郎ニ豊後臼杵稲葉右京亮殿被召出其節新五郎
若年ニ付両親共被召呼度旨御掛合ニ付仮長大　└ウ
夫江家督相続被　仰付臼杵江引越其後剃
髪再改宗有同十五午八月於臼杵病死

長大夫利清　後改宗元　実同姓祥庵二男
前妻　養父長兵衛女
後妻　里村金右衛門女
貞享五辰父名代御馬廻組代官役元禄五申
八月家督三百石同六酉大坂在番　水之手御番
同十六未豊前大里番同十七申大石御蔵奉行
宝永二酉小買物役　御銀奉行享保
十四酉仮勘平江名代家督同十六亥十二月病死

女　母荻野氏　養子長大夫妻

新五郎　母川島氏
元禄五申豊後臼杵稲葉右京亮殿被召出　└オ
百五十石

女　新五郎共ニ臼杵江引越

女　右同

長大夫利直　初勘平　実稲葉彦右衛門二男
妻　養父長大夫女
享保十四酉三月名代家督三百石御馬廻組
同十一月江戸御配当銀持参直勤番御広間
御取次同十五戌冬　御初入之節御供同廿一
辰正月御銀奉行延享二丑十二月以病依願
御役御免同四卯二月病死　└ウ

女　母里村氏　養子勘平妻

長大夫利恒　初安之進
妻　笠井但見女

延享四卯六月跡目三百石御馬廻組同十二月
御小姓組寛延二巳九月御免御馬廻組宝暦
二申八月大坂在番同七丑七月櫛原一番目
安藤十蔵跡屋敷引替拝領同十辰正月
御物成取立役　　御役御免明和三戌
十月病死

勘平　初源太郎　尾関茂市郎危急養子

此面　初守三郎 改又右衛門　上原又右衛門養子

女　早世

女　早世

オ

女　初　中川源之助妻離別
　　後　野中村　円行寺養女

女　稲葉貞右衛門妻

女　早世

種三郎利成
　前妻　伊藤武兵衛女
　後妻　同人女
明和四亥二月跡目三百石御馬廻組大小姓
加番寛政三亥四月病死

ウ

守助　初勘平　安之進　後谷蔵　改可造
　実稲葉貞右衛門二男危急養子
　妻　養父種三郎女離別
寛政三亥九月跡目三百石御馬廻組同五丑
小松原梶村忠助屋鋪引替拝領同七卯十二
月　　定之烝様御用同八寅御小姓組並
定之烝様附同十午五月御免御馬廻組同十一
未二月大小姓助享和二戌九月御免以病依願
養子同九月仮名代家督天保三辰十一月廿四日
病死

女　養子守助妻　離別　河原初右衛門妻

半五郎　初大助　改新兵衛　実久野市之助次男
妻　鵜飼友七女　若死　後妻　山本大淵女
文化元子六月十五日養子同九月名代家
督三百石御馬廻組天保二卯十月廿七日御殿番
天保八酉正月九日病死
└オ

女　早世

女　母鵜飼氏　養女長太夫妻(子)

女　母同　若死

女　母山本氏　本庄嘉右エ門妻
└ウ

長太夫　実佐藤直記二男
天保八酉五月朔日跡目相続三百石御馬廻
組嘉永元申
十二月十二日病死
妻　養父　新兵衛女

後妻　鵜飼万五郎養女

辰巳　母山本氏　改軍八郎
文久元酉十月朔日出奔文久二戌
七月廿一日病死

女　母同　鵜飼万五郎遣切養女　長大夫後妻
(略)

(以下、墨付四頁分アリシモ省略)
└オ

四、梅林寺過去帳の記事

〔書誌〕　大本の写本二冊。題簽は中央に、「過去帳第一（二）冊」と墨書。(北朝）観応元庚寅年（一三五〇）より記載されるが、過去帳それ自体は明治四十年に整理、新たに作成し直したようである。斎藤氏は第一冊めの巻末にわずかに収録。平成四年六月六日に実見した。御住職に深謝する。

□第一冊　観応元庚寅年より慶応三丁卯年まで記載。

巻末、「未詳及天正元年以前」の部

清庵宗高禅定門　四月二日　斎藤守三妻父
喜楽永安禅定門　（慶長十七年）三月四日　守三ヨリ
桂林寿昌禅尼　十二月十六日　守三母（※徳元母）
正因玄忠居士　二月廿四日　守三父（※徳元父）

因みに右の、徳元弟斎藤守三（慶安四年歿）の長子で、久留米藩医祥庵玄賀（元禄元年歿）の子孫は女流俳人斎藤紫川（慶応元年歿）の代に絶家（文政元年十一月二十四日付）となった。「未詳」の部に記載されるのもそれゆえか。守三以後の墓碑も境内の無縁墓域中に恐らく存在するのではあろうが、数多の墓石群に折からのむし暑さ探索は断念せざるを得ない。梅林寺は久留米市京町在、臨済宗花園派鎮西道場と言われる。本寺はもと丹波福知山に在ったが、福知山藩主（初代）有馬玄蕃頭豊氏（寛永十九年、七十四歳歿、春林院）が元和七年三月に久留米入封にともなって移ってきた寺院で、有馬家の菩提寺である（『久留米市史』第二巻）。なお守三は豊氏の福知山時代に藩医として仕官したらしい（前掲書『御家中略系譜』）。

〔附記〕本資料の解説については、本書第一部「新出斎藤正印・徳元・守三の系譜について」を参照されたい。

（平4・9・30校）

〔斎藤定臣氏蔵徳元系譜〕斎藤世譜

一、解題

本世譜は、斎藤徳元の伝記的な研究を進めていくうえで、きわめて貴重な資料的価値を有していると考えるから、因ってここに全文を翻刻しておきたい。なお書誌については、本書第二部「徳元年譜稿」永禄二年の項のなかで既述したので、ここでは省略する。

それから、これも亦最初にはっきりしておかなければならぬことであるが、――本世譜の信憑性については、太郎左衛門（後号正印）以前の系譜は誤謬に満ち到底信頼するわけにはいかぬが（著者がほかに実見せし数種の斎藤系譜中、道三以前に関しては殆ど大同小異、誤り有）、幸いにも太郎左衛門以降の系譜は先年、私が徳元の孫利武系統（東京在住）ならびに同じく孫定易系統（福岡市在住）の両菩提寺を詣で現存する墓碑・過去帳など、あるいは又岐阜県内に散在せし古文書等々によって徹底的に検討してみた結果、大体信頼し得る世譜なりと断じたのである。

ゆえに本稿では、太郎左衛門以降の系譜を中心に、それが有する資料的な価値について、箇条書き風かつ簡潔に記す程度にとどめて、もって解題に代えたいと思う。

(1)、徳元の戸籍的事項

イ・諱　元信（もとのぶ）、又は辰遠（たつとお）。従って竜幸・利起にあらず。なお徳元号の「元」は、元信から取ったものか。

ロ・秀信家臣にして墨俣城主　徳元作『関東下向道

記』に、「墨股此所ハ古へそれかし知よしの里なりけれハ云々」とあり、同様な記事は本世譜にも見えている。すれば、やはり「墨俣城主」は事実であった。

ハ・禄高　〝三万五千石〃とは高禄も高禄、とてもそのままには信用しかねるけれど、ただ彼の法名「清岩院殿前端尹隣山徳元居士」中、傍点の箇所などは徳元の生前における社会的地位の高さを示すものではなかろうか。

(2)、周囲の人々

イ・父　本世譜の発見によって父は「太郎左衛門後号正印」なる人物であることが判明した。すなわち太郎左衛門は、秀信代官斎藤正印軒元忠である。従って新五利興にあらず。

ロ・長子茂菴（もあん）　畏友永野仁氏のご調査によれば、

○『岸和田紀行』（菅沼曲翠妻破鏡尼作、正徳三年三月成）に、「岸和田藩医斎藤茂庵」として二句入集されている由。（出口神暁氏論考「破鏡尼とその著岸和田紀行」）。

○『岸和田藩士指物譜』（出口神暁氏校、和泉文化研究会刊）にも、斎藤茂庵の旗印が彩色にて記載されている由。

ただし右、永野氏ご教示の「茂庵」は、年代的に見て恐らく二代茂庵竜説ではないかと思う。

ハ・次子九兵衛　孫利武系統の菩提寺たる蔭凉山済松寺（妙心寺派、東京都新宿区榎町に在り、岡部侯の菩提寺でもある）蔵『過去牒』に、

延宝六午年
直指院天叟道祐居士　八月廿八日／斎藤弥治兵衛殿

とある。

ニ・孫利武（元重・元貞トモ）『貞徳誹諧記』（横本二冊、服部一貞編、椋梨一雪序、寛文三年刊カ）巻之下に、

諸国作者之系図
江戸
徳元門弟　徳友　**元貞**

元友　元信

とある。右「徳元門弟」中に見える「元貞」は、すなわち利武と同一人なるか。

ホ・妹如元（『先祖書親類書』には孫娘とあり）済松寺蔵『過去牒』に、

衆妙院殿周室如元大姉　寛文三夘年七月廿六日
斎藤弥治兵衛殿母

とある。如元を「斎藤弥治兵衛殿母」として記載されているところから、あるいは徳元妻かとも思われる。ともあれ彼女の経歴について、私はいささか興味を覚えるのである。

ヘ・伯母樽井住**長屋平兵衛妻**　夫の長屋平兵衛は、恐らく『不破郡史』（藤井治左衛門氏編、大正十五・五発行）上巻に見える、濃州垂井宿の豪族長屋氏の一族であろうか（第七篇、第二章垂井の長屋氏、301頁参照）。

（解題ノミ昭44・8・16脱稿）

二、翻　刻

斎藤世譜

天児屋根命二十一世

∴大職冠鎌足七世

藤原時長　鎮守府将軍民部卿
母藤原真夏卿女　○瞿麦

奉　勅東征賜二玄旗及瞿麦（ナデシコ）花ノ紋直垂一

利仁　延喜十一年任上野介鎮守府将軍
武蔵守／左近将監　母越前守秦豊国女

叙用　為斎藤祖　斎宮頭従五位下
㊎輔世王女

斎宮頭叙用七世□孫

・実盛　斎藤別当
母実遠女

武蔵州長井邑居改二玄旗一ヲ為二中日一帷幕

」オ

皆以二／中白一ヲ為レ号唯直垂用二ナテシコ瞿麦花紋一（朱）瞿麦

盛房　斎藤五　尾張守　大膳大夫
母藤原用綱女

盛永　斎藤六　備前守　伊豆守
美濃州居住為二旗頭一是美濃斎藤祖也

伊豆守盛永十五代之孫越前守元利

利広　長井豊後守
後斎藤ト改

利政　斎藤山城守濃州井野口之城ニ居

義糺　新九郎
義竜　└ウ

（朱）除ヘシ（朱）
（女子　新兵衛利之室）利之大叔母之続ト見ユ

龍興　右京大輔

日運　□南陽坊濃州
鷲林寺開山

利重　摂津守

義治　新兵衛濃州楫ママ斐之城ニ居

長井隼人正

利之　新兵衛濃州楫ママ斐之城ニ居

利氏　権右衛門
為太閤秀吉公之美濃国去暫加賀国住／└オ
後関白秀次公ニ仕

女子　森内記殿臣　立田与兵衛妻

女子　濃州日坂住　高橋修理亮妻

女子　濃州樽井住　長屋平兵衛妻

太郎左衛門　**後号正印**
岐阜黄門秀信公之臣禄三万五千石
濃州／洲股□城ニ居

元信　**斎宮頭**　**後号徳元**
一諱　辰遠
受父禄秀信公之臣也慶長年関原合戦／└ウ
之時黄門敗軍ス倶ニ牢浪ス

女子　法名女元、（朱）如元

将軍家光□賜扶助　天寿院殿伽勤而後／
厳有院殿可被召仕有　台命于時女元病床臥／
終不応　命死ス

茂菴　後号郭然　和泉州岸和田江下
岡部美濃守／
医官

九兵衛　□□（元氏ト読メルカ）

女子　大辻平右衛門定寿室　法名永寿
院妙詮日秀／
元禄十三庚辰六月廿三日死
武州目白台蓮華寺葬

（朱）
元重　弥次兵衛
改元貞
甲府清陽院殿奉仕弓長タリ　」オ

□□新助
備前国主池田家へ仕
岡山ニ住

□□新助
実同家芦屋氏男

惟寿　太郎助　初新助
実同家赤座氏男

定易　主税　隠名青人　易
初名正三郎　又三左衛門
実大辻平右衛門定寿男定寿早逝ス依為玄
孫養／
子トス定寿ハ寛文五乙巳十一月七日死」ウ
母斎藤九兵衛女
明暦三丁酉歳二月廿九日於于武州江戸生従幼
歳好／於馬術之道及長其道ノ得明達門弟
三千有餘人／
一世不仕於一主ニ武陵之西赤坂ニ居住ス延
享元／
甲子歳八月十七日八十八歳家ニ死生涯神道ヲ
学／
依遺言　吉田家江奉願神号賜得猛霊神ト崇／
則霊石ヲ武州中渋谷邑氷川宮之社地ニ安置シ
号／
守武万代石ト遺骸同所恵日山宝泉寺葬　」オ

定堅　小太郎

母松平美濃守殿臣古川儀太夫姉　享保十三
戊申年正月八日死ス／
法名春信院清光信女俗名ユウ／
　武州目白台蓮華寺葬
元禄八乙亥歳　於于武州江戸生宝永三丙戌／
年十二歳ニ為テ駒木根肥後守殿以㆓肝煎㆒／
筑前国君黒田綱政公扶助三十口賜テ為ㇾ臣加㆓（ト）
馬廻組㆒／
是黒田家ニ仕フ初メ也父定易　嗣君宣政公馬術
之／
為㆓師範㆒故也享保十乙巳年九月七日三十一歳家
ニ／
死実子依為㆓幼雅（ママ）㆒舎弟定兼為養子相続ス
（定堅ノ項、上部貼リ紙―正徳元辛卯年正月
十一日新規□／
召出御扶助被下之旨御記禄（ママ）ニ有之）　」ウ
（朱）
（元禄八乙亥月日不詳於武州江戸／
赤坂生宝永三丙戌十二歳（官記ニハ正徳元辛卯正月）／
十一日新規分召出
御扶助ヒ下候旨記有候（駒木根肥後守殿長崎奉行）
御／
吹挙　綱政公□□召出三十人扶持ヒ下新／
御馬廻之組□□□加　御当家□奉仕／

始也）
法名義堂良俊信士武州江戸赤坂（京妙心寺末）
松泉禅寺葬

某　松村　依為不行跡義絶ス
　別
　母井伊掃部頭殿儒士飯田左仲女故有テ離

某　熊村　早世
　妾腹

女子　津屋　徳川御家医官吉田長菴妻
　母右ニ同
　後徳川御家之臣永倉重太夫　妻
吉田長奄ニ嫁一女産（聟養子長庵妻 法名慈慶院）
長菴早逝後永／
倉重太夫嫁三女二男産

女子　クニ　徳川御家之臣西山熊次郎妻　」オ
女子　二人　早世
某　重次郎　早世
某　金蔵　早世

□□ 政之助
実筒井与次右ィ門弟
宝暦十庚辰年六月十三日死法名
永信院妙光日解信女　武州雑司ケ谷法明寺葬

辰処 民部
童名鍋之亟才蔵又百助
母右ニ同
武州足立郡三室村　神明宮御社領十石余
神主武笠逸富(イツフ)
養子ト為ル家女妻トシ一子儲左門後故有離縁
浪人／
后年武州八幡山移住宝暦三癸酉年四月九日
死 ⌐ウ
法名　妙真院崇寿日感法師　武州八幡山／
玉蓮寺葬／歳五十五

定兼(カヌ) 主税
宝永七庚寅年六月十三日武州赤坂生
母右ニ同
兄定堅為ニ養子ト一

女子 テツ　土屋相摸(ママ)守殿臣小笠原
隼之助養女養子孫吉嫁／

母右ニ同　後隼之助ト改
三男一女産　享保廿一丙辰年
五月四日死／
法名相性院妙是雑司ケ谷
法明寺葬

某 千次郎　後孫吉

某 麻八
同家渡辺氏継テ渡辺新五郎
ト改　早世

某 次三郎
早世

女子
早世 ⌐オ

定兼 主税　隠名白人
幼名虎之助　吉八郎
兄定堅ノ為ニ養子ト一享保十年従　継高公遺跡三十口／
賜ヒ加ニ馬廻組ニ元文三午年九月六日感ニ勤功ヲ一従／
継高公采地百五拾石 宗像郡田島村鞍手郡稲光村 鞍手郡竹原村
賜延享四／
卯年十二月十四日使番転ス宝暦四甲戌年正月十二日／
依精勤従　継高公采地五拾石加恩賜大組使番／
加レ列宝暦五乙亥年十月十一日　嗣君重政公馬術
／之為レ師ト同七丁丑年十二月　重政公初入
之供奉ス翌／

八戊寅年九月朔日於福岡城従　継高公百石加恩／
賜（御笠郡向佐野村　鞍手郡野面村）（宗像郡東郷村　那珂郡五十川村）都合為二三百
石一加二無足頭列一／　㇗ウ
定府ノ預二歩行士一同十二壬午年十二月廿四日辞レ
仕明和／
五戊子年二月十六日　継高公因レ命　嗣君／
治之公馬術之為レ師同年五月十五日扶助三口賜同／
七庚寅年三月五日　治之公入府之節筑前国／
供奉ス奥頭取ノ給高四百石当賜

─女子　カキ　早逝　元文五庚申年正月廿五日死歳八／
　妾腹
　香林素影童女　松泉禅寺葬　㇗オ

─女子　八千代
母酒井左衛門尉殿臣妻木園右衛門長澄二女カヨ
享保十九甲寅年十二月廿七日于武州赤坂生／
継高公之二女（酒井左衛門尉忠温之御室法名心珠院殿）侍女也

─女子　スヾ　早逝
元文五庚申年閏七月十六日于同所生同九月廿四
日死／
法名是水童女　松泉禅寺葬
母右ニ同　㇗ウ

─定備（マサ）　三郎左衛門
童名虎之助　造酒助　主税／
母右ニ同
寛保二壬戌年十一月三日于武州赤坂生宝暦／
五乙亥十一月廿四日十四歳　嗣君重政公為二近
士一／
三百五拾目賜同七丁丑年正月十九日感二精勤一／
継高公扶助三口賜同年十二月　嗣君重政公／
初而筑前入府父子供奉ス同九己卯年三月十／
六日依レ願近習ヲ被レ免加二扈従組一扶助四口賜同／
十二壬午年十二月廿四日父定兼辞レ仕家督無二相
違一／　㇗オ
賜二食禄三百石一ヲ加二馬廻組一明和元甲申年閏十
二月／
十四日江府麻布館近所火消役蒙命同七庚寅
六月廿九日従　治之公普請奉行蒙命（足軽拾五人預）／
役料廿五俵給

─某　栄次郎　早世
母右ニ同　延享四丁卯年九月九日于同所生寛延
二己巳年七月九日死法名智観童子　松泉禅寺葬／　㇗ウ

─女子　鄕（クウ）　早世

母永井伊賀守殿臣藤井武兵衛広逵ニ女　俗名ロク／後進
宝暦十一辛巳年四月十五日于同所生明和元甲申／年九月十日死法名寸松童女　松泉禅寺葬／
女子　成ナル
母右ニ同
（女子鋤ノ項、頭註―○定備前妻ハ藤井／武兵衛広逵隠名元慶／之女宝暦八寅年十二／月婚姻整明和七／庚寅六月十八日死ス／年廿七松泉寺葬／号霊照恵鑑大姉／○同後妻ハ高木久右衛門／勝□女明和七庚寅／十二月廿一日再嫁）

└オ

女子　琴コト　早世
宝暦十三癸未年十一月三日于武州麻布藩中生
母右ニ同　明和三丙戌年六月十三日于同所生
同／
女子　豊　帥ソツ
年十一月十三日死蕙心童女　松泉禅寺葬

母高木久右衛門勝詮女
明和八辛卯年十一月七日申刻同所生
（白紙、二丁）

└ウ

竜説　茂庵　後号了元
元胤　茂庵
栄信　甚左衛門
竜章　彦左衛門　後号雲閑
孝詮　彦左衛門
実竜説三男
直房　源右衛門

└オ

□□弥三郎
徳川御家之臣父受二食禄三百俵一
□□熊三郎
前ニ同
女子　細井幸次郎　妻

□□太郎吉　弥三郎
父熊三郎受食禄三百俵

□□斎藤吉助

将軍家治公之御舎弟宮内卿殿新ニ食禄賜近
士也　」ウ

（昭和四十三戊申閏年正月七日、原本通りに翻刻す）

参考文献

永野　仁氏執筆『岸和田市史』第三巻近世編、第五章近世の文化とまつり（平12・9）

〔斎藤定臣氏蔵徳元系譜〕先祖書・親類書

一、解　題

本書の書誌については、すでに永禄二年出生の条のなかで記しておいたので、ここでは省略する。で、今はただ本書成立の経緯と資料としての信憑性についてのみを、あらあら記す程度にしておきたい。

⑴、成立の経緯

文化四年（一八〇七）十二月、本家筋に当たる斎藤弥五郎利済（利武系統の子孫）父子は、招かれて赤坂に居を構える五六郎定公（定易系統の子孫）の宅を、初めて訪れたのであった。このときの模様を、五六郎はその著『順年禄（録）』（大写本十二冊、天明五年五月自序、斎藤定臣氏蔵）文化四年十二月六日の条に、

一　同六日本家弥五郎殿御嫡勝次郎殿初而相招
　為取持一橋坊主衆深谷円佐斎藤伝嘉呼置
　弥五郎殿御持参
　　扇子一箱　肴一折　代百疋
　　本膳
　鱠　汁
　　香物
　坪　飯
　曳而
　平皿　猪口　向詰　臺引肴
　吸物　蒸菓子
　後座

吸物ニ　硯蓋品々　さし身　茶碗物
大平丼
同名権八殿弥五郎殿伯父清水御広□御用達同道之義両面申遣
置候所当御番ニ付不被参候仍而弥五郎殿相
頼左之通相贈
白木二重箱一入組向詰肴臺引もの菓子類

と記している。弥五郎は、その際に『先祖書親類書』一冊を手渡したのだろう。

そして翌五年二月、五六郎も亦、弥五郎宛、『先祖書親類書』一冊を差し遣わしたのであった。

(2)、資料の信憑性

イ・再説長子茂庵　その後、永野仁氏のご調査によって、茂庵（菴）の歿年が明確になった。すなわち茂庵系統の菩提寺たる天瑞山泉光寺（妙心寺派、大阪府岸和田市土生町に在り、岡部侯の菩提寺でもある）蔵『過去牒』に、

△寛文元辛丑歳
聖諦院心空廓然菴主　八月四日　斎藤茂庵

と記載され、かつ同寺境内には、堂々たる墓碑も現存する由。

墓碑銘

寛文元辛丑年
○聖諦院殿心空廓然菴主
閏八月初四日
（正面）

なお、この茂庵のご子孫は、現在、神奈川県川崎市に居住しておられる。

ロ・孫女大道寺孫九郎妻　夫の大道寺孫九郎は、名を重祐、号を友山、越前侯松平越前守に仕官せし博学者だった。福井県立図書館次長佐々木敏氏のご教示によれば、

○『大道寺家系（抄）』（福井市稲葉家蔵、舟沢茂樹氏写）

∴重祐　孫九郎　生国越後　後友山
三歳之時囚獄之助（重祐父繁久寛永十八於越後病死）若年之頃浅野因幡侯仕式部侯代ニ至彼家ヲ断出浪人元禄年中松平肥後侯ヨリ扶助

武州豊嶋郡岩渕ニ在宅元禄十三彼家ヲ断離正
徳四午年七月二十八日御扶持方ヒ下　御家参
上享保十五戊年十一月二日死（年九十二）西
久保青竜寺葬法号寿徳院殿節忠友山居士

とある由。そして主要な編著に、『岩渕夜話』（乾坤二冊）『武道初心集』（上中下）『越城亀鑑』『越叟夜話』（一巻）『近世兵法問答』（三巻）等を著わしたという。

ところで、本書の孫女〝阿栗（をくり）〟の項（従斎藤五六郎家差遣控）には、

越前国主松平越前守殿之家臣大道寺孫九郎妻

と記されている。私は、ここで、想起するのであるが、かの『濃陽諸士伝記』に見える「（徳元）……此子孫松平大和守直基の家にあり」という記事は、すなわち右大道寺孫九郎夫妻を指すのであろうか。とすれば、やはり『諸士伝記』における記事は、資料としての信憑性があったことになる。

（解題ノミ昭44・11・23脱稿）

二、翻　刻

（包紙）

先祖書	一帳	文化四卯十二月従 弥五郎殿到来
親類書	一帳	同五辰二月従 当家差遣控

（外題）

「先祖書
親類書　　斎藤弥五郎」

」オ

（白紙）

」ウ

先祖書

藤原性（ママ）　本国美濃　家之紋　撫子／雁金

斎藤斎宮頭

一　玄祖父　名乗相知不申候

岐阜中納言家老相勤美濃国阿字賀之城主ニ而罷在
候処中納言滅亡之節浪人仕正保正（ママ）戌年八月廿八日
病死仕候諸書物等及焼失委敷儀相知不申候

（下部貼り紙―御死去正保三
戌年ト申来候見九世渡御碑面
同四丁亥八月廿八日ト有之故、
四年之方宜しか）
（文化十二年迄正保四年より
百六十九年ニ当）　」オ

一　高祖父　**斎藤弥次兵衛利武**

巌有院様御代寛文元丑年月日相知不申桜田於御殿御小
性組御番ニ被　召出延宝六午年正月晦日桜田
御殿御使番被　仰付元録（ママ）五申年八月廿五日桜
田　御殿御先手被　仰付
常憲院様御代宝永元申年十二月十二日西丸桐之間　」ウ
御番被　仰付相勤候処三枝摂津守組之節宝永
三戌年九月廿八日病死仕候

一　曾祖父　斎藤弥三郎利矩

元録（ママ）八亥年十二月九日桜田於　御殿部屋住よ
り御小性組江御番入被　仰付
常憲院様御代宝永元申年十二月十二日西丸焼火之間御
番被　仰付相勤罷在候処同三戌年九月廿八日
高祖父弥次兵衛病死仕同十一月　」オ
廿三日弥次兵衛跡式無相違曾祖父弥三郎江被
下置候旨於菊之間御老中御列座土屋相模守殿
被仰渡同五子年十二月十九日桐之間御番被
仰付
有章院様御代正徳三巳年五月十八日桐之間御番相止候
ニ付御書院番松平壱岐守組江御番入被　仰付
相勤享保十四酉年正月廿一日病死仕候　」ウ

一　祖父　斎藤徳潤利益
俗名熊三郎

曾祖父弥三郎御書院番相勤候節
有徳院様御代享保十三申年十月十五日
御目見被　仰付同十四酉年正月廿一日曾祖父弥三郎病
死仕同年四月四日弥三郎跡式無相違祖父徳潤

江被下置小普請組青木縫殿助支配ニ入堀三六
郎支配之節病気ニ付明和四亥年四月廿四日隠
居奉願候処同年八月四日　」オ
願之通隠居被　仰付隠居仕罷在候所安永七戌
年七月十六日病死仕候

一　父　　　斎藤弥三郎利学

私父弥三郎儀明和四亥年八月四日祖父熊三郎
家督無相違被下置如父時之小普請組堀三六郎
支配ニ入同五子年十二月五日家督以後之」ウ
御目見被　仰付同六丑年四月廿四日西丸御小性組江御
番入被　仰付土岐淡路守組江入其後段々改替
り安永四未年大久保吉十郎組之節病気ニ付小
普請入奉願候処同年十月五日願之通御番　御
免小普請入被　仰付小普請組石河土佐守支配
ニ相成其後段々支配替り高木筑後守支配之節
寛政元酉年四月十二日病死仕候　」オ

右之通御座候以上

文化四丁卯年十一月　　斎藤弥五郎利済　」ウ

親類書　」オ

（白紙）　」ウ

出シ銀柄抄

高三百俵　本国美濃 生国武蔵　松平伊予守組 実子惣領　斎藤弥五郎 卯歳四拾壱

拝領屋鋪小石川白山御殿元新
屋鋪当時湯嶋切通シ上元大根
畑御鳥見後藤与次右衛門地面
之内借地住宅仕候

私儀父斎藤弥三郎小普請組高木筑後守支配之
節病気差重リ候ニ付父跡式之儀寛政元酉年四
月十一日奉願置同月十二日病死仕同年壬六月
二日父願之通跡式　」オ

無相違私江被下置候如父時之小普請組高木筑
後守支配ニ罷成其後支配替リ浅野隼人支配之
節寛政五丑年九月十八日御小性組江御番入被
仰付候旨菊之間於御縁類御老中御列座太田備
中守殿被仰渡御小性組七番内藤甲斐守組ニ罷
成同八辰年十二月十日西丸御附被　仰付其後
段々改替リ文化四夘年八月廿四日松平伊予守
組ニ罷成侯　」ウ

親類書

父方

私曾祖父斎藤弥三郎死惣領　俗名熊三郎

一　祖父　斎藤徳潤死

一　祖母　家女死

」オ

私祖父斎藤熊三郎死惣領

一　父　斎藤弥三郎死

一　母　大御番青山美濃守組相勤申候

佐野武右衛門死娘死

俗名市郎右衛門

実父私叔母死聟野呂□(信カ)那彦死娘

一　妻　新御番大久保大隅守組　野呂一郎右衛門養娘

一　惣領　斎藤勝次郎

」ウ

一　次男　斎藤斧三郎　私手前罷在候

一　娘　三人　私手前罷在候

一　妹　大御番太田志摩守組　佐野六十郎妻

養父私伯父斎藤弥三兵衛死　俗名熊三郎

実父私祖父斎藤徳潤死四男

一　伯父　貞章院殿御用達　斎藤権八

」オ

右伯父権八儀私伯父斎藤弥三兵衛養子ニ罷成

候ニ付従弟之続罷成候
私妹聟佐野六十郎娘
一　姪　　　　　　　　　　　壱人 父手前罷在候
私伯母死聟嶋崎久五郎死三
男惣領
一　従弟　清水勤番小普請　　嶋崎徳五郎
右同人死娘
一　従弟　　　　　　　　　嶋崎銕蔵 兄徳五郎手前罷在候
養父本目権右衛門死養女
実父私伯母死聟嶋崎久五郎死娘
一　従弟女　西丸呉服之間　　千世
」ウ
私伯父斎藤権八惣領
一　従弟　菊千代殿御伽　　斎藤鐘次郎
右同人次男
一　従弟　　　　　　　　　斎藤乙五郎 父権八手前罷在候
右同人娘
一　従弟　　　　　　　　　弐人 父権八手前罷在候
右同人娘
一　従弟女　御□（姥カ）　　池田半次郎妻
」オ
母方
一　祖父　大御番青山美濃守組相勤申候
佐野武右衛門死
一　祖母　御代官相勤申候　黒沢直右衛門死娘死
私祖父佐野武右衛門死
惣領　　　　　　　　俗名五右衛門
一　叔父　小普請組掘田主膳支配之節隠居
佐野瓦全
」ウ
俗名市郎右衛門
私叔母死聟野呂□（信カ）那彦死惣領
一　従弟　新御番大久保大隅守組　野呂一郎右衛門

養父私叔父佐野瓦全
実父大岡□（難読）惣右衛門娘私続無
御座候
一　従弟女　小普請組彦坂九兵衛支配之節
近藤半十郎妻
養父私叔父佐野瓦全養子惣領
実父熊谷八之助次男私
続無御座候
一　従弟　大御番建部内匠頭組　佐野武助
縁者
」オ
一　舅　新御番大久保大隅守組　野呂一郎右衛門
一　舅女　家女
養父私舅野呂一郎右衛
門聟養子
実父竹中大学死三男私
続無御座候
一　小舅　野呂甚三郎

舅野呂一郎右衛門娘
一　小舅女　右同人妻
」ウ
右同人娘
一　小舅女　大御番森川兵部少輔組
加藤半右衛門妻
右之通御座候以上
文化四丣年十一月　斎藤弥五郎
」オ
（白紙）
」ウ
（白紙）
」オ
（白紙）
」ウ
（外題）「先祖書
親類書」
控
」オ
（白紙）
」ウ

先祖書

藤原性（ママ） 本国越前後美濃 家之紋瞿麦影三ツ矢羽

一 曾祖父 **斎藤主悦定易**（サタヤス） 後改青人（アヲヒト）

実父大辻平右衛門実名不相知
岐阜中納言秀信卿之家臣大辻掃部之助子孫之
由申伝候得共旧記不相伝
母斎藤九兵衛実名不相知 女
父平右衛門死後家断絶ニ付祖父九兵衛為義子
斎藤氏ニ改生涯浪人延享元甲子八月十七日死
歳八十八法名春生院武州中渋谷宝泉寺ニ葬 」オ

一 祖父 定易惣領 斎藤小太郎定堅（サタカタ）

正徳元辛卯年松平右衛門佐綱政本性（ママ）黒田筑前国主賜扶助
家来ニ相成享保十乙巳九月七日死法名義堂良
俊武州赤坂松泉寺ニ葬嗣子無之実弟吉八郎ヲ
為養子

一 父 定易三男 斎藤主税定兼（タカカネ） 初名吉八郎 後改素人（シロヒト）

為兄小太郎定堅之養子如父之時黒田家ニ仕近
習番頭相勤宝暦十二壬午十二月致仕安永八己亥
三月十二日死歳七十法名津梁院武州赤坂松泉
寺ニ葬 」ウ

右之通御座候已上

定兼実子惣領
斎藤五六郎定公（サタヒロ）
初名虎之助

一 畧系為念相認入御覧候

斎藤太郎左衛門後正印**嫡子**

元信 — **斎藤斎宮頭 後徳元**
岐阜殿之家臣三万五千石領美濃国
洲股之城主

某
斎藤茂庵　**後郭然**
岡部美濃守殿医師泉州岸和田ニ住居
子孫平士ニ
相成于今岡部家ニ仕罷在候
└オ

某
斎藤九兵衛実名不相知
（九兵衛ノ項、下部貼り紙―九兵衛様御名遺家ニ御書付ニ不相見へ候私方／書留之儘相認置候）

一
女子　**如元**
従
大猷院様御扶助被下置　天寿院様御側御奉公仕病死／年月不相知

二
女子
名阿成（ヲナル）
大辻平右衛門妻斎藤主税定易母法名栄寿院元禄十三庚辰六月廿三日死武州目白台蓮華寺ニ葬
└ウ

三
利武　**斎藤弥次兵衛**
（利武ノ項、下部貼り紙―弥次兵衛様御実名私方書留ニ不相見へ候今度御認／ヒ下候ニ付其通り書加へ置候）

四
某
斎藤新助
備前国主松平上総介殿江仕同国ニ罷在

某
新助

某
太郎助
當不興家断絶子孫無し

五
女子
名阿栗（ヲクリ）
寺孫九郎妻
越前国主松平越前守殿之家臣**大道**
└オ

六
女子
名不知　木下善四郎妻
屋敷湯島天神下知行高勤向不相知
└ウ

親類書

松平宦兵衛中老
実子惣領
知行高六百石　斎藤五六郎
辰六十七歳

私儀父斎藤主税隠居相願宝暦十二壬午十二月廿
四日家督

父方

私曾祖父斎藤主税死
惣領
一　祖父　斎藤小太郎死
右同三男兄小太郎養子
一　父　斎藤主税死
酒井左衛門尉殿御家来
一　母　妻木園右衛門死女死
」オ
松平宦兵衛家来
一　妻　高木久右衛門死女
右同使番

一　惣領　斎藤小太郎
松平安芸守殿先手物
頭
一　娘　栗間監物妻
松平官兵衛留守居役
一　娘　桑野小兵太妻
松平阿波守殿留守居
役
一　娘　中山百助妻
真含院附中﨟
一　娘　登衛
」ウ
鳥居丹波守殿家老
一　娘　高須源兵衛妻
奥御絵師
一　娘　狩野伊川妻
安藤対馬守殿家老
鍋田治左ヱ門娘
一　娵　斎藤小太郎妻

一　孫　　小太郎惣領
　　　　　斎藤儀一郎

一　孫女　同人娘
　　　　　私手前ニ罷在候

」オ

　　　　　監物惣領
　　　　　松平安芸守殿奥詰
一　孫　　栗間織七

　　　　　同人娘
　　　　　紀州様御小納戸
一　孫女　片野長之丞妻

　　　　　小兵太惣領
　　　　　松平官兵衛側小性
一　孫　　桑野波門

一　孫女　同人娘
　　　　　同所ニ罷在候

　　　　　百助惣領
一　孫　　中山長次

」ウ

　　　　　同人娘
　　　　　松平立丸殿小性
一　孫女　長谷川兵之助妻

一　孫女　同人娘三人
　　　　　同所ニ罷在候

　　　　　同人二男
一　孫　　内藤鑰次
　　　　　丑年ニ付別性相名乗候

　　　　　高須源兵衛娘二人
一　孫女　同所ニ罷在候

　　　　　長之丞惣領
一　曾孫　片野銀次郎

」オ

　　　　　兵之助惣領
一　曾孫　長谷川恵蔵

母方
酒井左衛門尉殿番頭

一　祖父　　妻木園右衛門死
松平安芸守殿留守居役
一　祖母　渋江藤兵衛死娘死
酒井左衛門尉
殿用人
一　叔父　　妻木蔀死
松平安芸守殿留守居役
一　叔父　渋江弥（ママ）右衛門死
」ウ
酒井左衛門尉殿（ママ）物頭
一　叔母　　今泉貫太夫死妻
妻木蔀死三男
永井日向守殿用
人隠居
一　従弟　　鷹松翁助
同人死娘
松平讃岐守殿番頭
隠居
一　従弟女　岡島左仲妻

同人死四男
酒井左ェ門尉殿物頭
隠居
一　従弟　　秋保永次兵衛
松平安芸守殿馬廻隠居
一　従弟　　渋江織部
」オ
渋江弥右ェ門死娘
同家中留守居役
一　従弟女　佐藤彦兵衛養母
酒井左衛門尉殿留
守居役隠居
一　従弟　　今泉十兵衛
縁者
松平官兵衛留守
居役隠居
一　小舅　　高木喜内
右同馬廻喜内一□

一　猶子　　斎藤先之進
丑年ニ付私性ヲ遣置候

右之通御座候已上

文化五辰年二月　　斎藤五六郎

」ウ

覚書案　奉書半切別ニ□上包ミの紙／折懸ケ

旧冬御物語之節榎町御菩提所ニは斎宮頭様御墳墓尋候
弥次兵衛様より御代々御葬地之由奉承知候　九兵衛様
　御墳墓も同寺ニ御座候哉御系ヲ奉考候得は
九兵衛様ニは泉州ニ御葬所可尋御座歟
弥次兵衛様ニは
斎宮頭様之御孫ニ御当被成候様ニ私方」オ書留ニ相見
へ候
自然は
厳有院様江御奉公御願之節御嫡孫御承祖之御振合ニ被
仰上候ニ而はヒ成御座間敷哉左候得は　九兵衛様御世
代御除ケ被成候様与申御事ニも可尋御座哉　斎宮頭様
丹州切ン戸文珠寺ニ御墓御座候也岐阜より御下り御
寓居被成泉州も倶ニ隣国之事ニ付茂庵老　九兵衛様御
兄弟御一同泉州ニ御住居被成候御事哉与奉存候□（難読）按不
顧恐為御心寄申上置候　」ウ

（白紙）　」オ

（白紙）　」ウ

（昭和四十三戊申閏年正月二十日、原本通りに翻刻す）

参考文献

古川哲史校訂・解題『武道初心集』（岩波文庫、昭18・11初版）

馬術由緒書（斎藤定臣氏蔵）

馬術由緒書　奉書□□

一　私儀御旗本方数百人馬術御指南其外千人余之諸士／之指南仕候馬術之儀は倭国之本伝殊大坪流指家ニ而／常馬相馬医馬軍馬礼馬之五御其外古実秘事之／馬法私家相伝仕候事

一　私同名斎藤備前守国忠与申者広忠様迄御馬術之役御相伝申上候事（ママ）

一　私祖父**斎藤斎宮頭**与申候者権現様　怠徳院様（ママ）被遊御為候者ニ而御座候事

一　私叔母女元与申者後」オ大猷院様御扶持方拝領仕天寿院様御伽候　仰付之相勤候御逝去之後／厳有院様可被　召出旨被　仰出候処其節相煩罷在／本／復不仕候故御扶持方差上申候事

一　右女元儀は清揚院様被遊御為候者ニ付私叔父斎藤弥二兵衛儀於／桜田　御殿御先手御弓頭被　仰付候弥二兵衛忰弥三郎／唯今桐間御番相勤罷在候此外近キ親類御旗本ニ／罷在候事／右之儀共御座候ニ付乍恐／御目見之儀奉願候以上／

宝永六己丑年夘月十二日

斎藤主税（花押）

○享保元丙申年七月十二日ニ又々願書差上候事

京極藩知行録

――若州小浜時代（慶長五年（一六〇〇）～寛永十一年（一六三四））――

『京極藩知行録』について

〔書誌〕丸亀市立資料館蔵。吉岡和喜治氏（丸亀市西平山町四〇）の筆写本による。原本は所在不明。内容は、若州小浜時代、雲州松江時代、播州竜野時代、讃州丸亀時代を収録。末尾に、「天保十三壬寅十月小春於南軒書　各務半左衛門」とある。昭和五十七年十月十九日調査。

十七万五千石余

京極主馬組

三百五拾石　丹羽西右衛門
三　百　石　宇野右馬之助
三　百　石　大橋与三左衛門
三　百　石　坂川与三左衛門
弐　百　石　内藤三郎左衛門
三　百　石　西庄源左衛門
三　百　石　岸　新左衛門
弐　百　石　金　沢　角　蔵
弐　百　石　団　庄左衛門
弐　百　石　村松九郎右衛門
百五拾石　山本太郎八
百五拾石　笠原吉太夫
百五拾石　甲崎平左衛門
百七拾石　上原杢之助
百五拾石　三田茂左衛門
百五拾石　木村重兵衛
百弐拾石　土屋四郎左衛門

百五拾石　能勢市兵衛
百五拾石　和原次郎兵衛
百　　石　大橋藤左衛門
〆四千四百石　士弐拾人
岡　金右衛門組
三百五拾石　深井四郎左衛門
三百五拾石　桜井弥一右衛門
三　百　石　本部彦右衛門
三　百　石　小崎五郎左衛門
三　百　石　大橋多左衛門
弐　百　石　箕浦清右衛門
弐　百　石　井村弥五右衛門
弐　百　石明通寺　市原次郎右衛門
百五拾石　重田六兵衛
百五拾石　木村多左衛門
百五拾石　大西弥兵衛
百五拾石　土田杢右衛門
弐　百　石　中江権兵衛
百　　石　岡部清右衛門

百　　石　平井喜右衛門
百　　石　酒井才右衛門
百　　石　関弥左衛門
〆三千六百石　士拾七人
赤尾伊豆組神宮寺
三　百　石　中井治太夫
三　百　石　鶴見半左衛門
三　百　石　岡部小左衛門
三　百　石　中村平左衛門
弐百五拾石　奥村安太夫
弐　百　石　三上勘助
弐　百　石　井上茂左衛門
弐　百　石　吉証太郎右衛門
弐　百　石　服部七右衛門
弐　百　石　赤尾八郎右衛門
弐　百　石　宇佐美角右衛門
弐　百　石　杉村武右衛門
百五拾石　小川勘兵衛
百五拾石　高田久兵衛

百五拾石　斎藤祖兵衛※（※徳元ノ従兄弟デアル。庄左衛門ノ弟。）
百四拾五石　橋本太郎兵衛
百　石　服部佐助
百　石　赤尾長右衛門
百　石　磯野茂太夫
三百石　尾関甚右衛門
〆四千四拾石　士弐拾人

三田村出雲組
三百五拾石　太田新兵衛
三百石　野村伝左衛門
三百石　阿瀬壱岐守
弐百石明通寺　黒宮五左衛門
弐百石　松尾仁兵衛
弐百石　栗屋市郎右衛門
弐百五拾石　汀六太夫
百五拾石　三田村市太夫
百六拾石　高木右馬之丞
百五拾石　中善太夫
百五拾石明通寺　瀬川忠五郎
百五拾石　浅香九兵衛
百　石　近藤与左衛門
百　石　井口少兵衛
百　石　小川五郎八
百　石　細野加兵衛
弐百石　瀬田喜平太
四百石広峰神社　和邇治郎兵衛
〆三千五百六拾石　士十八人

寄合衆
千　石　団角兵衛
千　石　尼子蔵人
千　石　高瀬筑後守
七百石　多賀大内蔵（大炊カ）
七百石　赤尾三右衛門
（七百石二名：神宮寺）
五百石　佐脇作右衛門
五百石　磯野甚五右衛門
五百石　産田小右衛門
四百石　片岡源兵衛
四百石　野村吉右衛門

四百石　友岡三郎兵衛
四百石　関沢善右衛門
四百石　湯川治兵衛
三百五十石　※**斎藤庄左衛門**（※徳元ノ従兄弟デアル。拙稿「終生弓箭、斎藤徳元終ゆ」参照。）
三百石　山岡久左衛門
弐百石　三田村安太夫
〆九千百五拾石　士拾六人

鉄炮頭

千百石　氏家左近
千石　板倉三郎左衛門
七百五拾石　中井民部
四百石　河崎六郎左衛門
五百石　山田孫助
四百石　小足掃部
四百石明通寺　中主膳
四百石　箕浦備後
四百石　馬路五郎左衛門
三百五拾石　田中茂兵衛
三百石　多賀孫左衛門

五百石　安養寺九郎右衛門
三百石　今井助左衛門
三百石　和仁市郎兵衛

小性

千五拾石　佐藤内記
千拾石　榊左馬之助
千石　山田八左衛門
五百石　塩津外記
五百石　柴田斉
四百石　堀田勘解由
四百石明通寺　内藤兵庫
五百五拾石羽賀寺　佐々九郎兵衛
三百石伝記　二宮権左衛門
四百石　大久保徳右衛門
三百石桑村　山路加左衛門
三百石　百々太郎左衛門
三百石　加納又右衛門
弐百石　伴八郎兵衛
弐百石　津坂五郎太夫

弐百五拾石　大塚八郎左衛門
弐百石　川瀬左門
百五拾石　石川藤太夫
百五拾石　百々左源太
百五拾石　湊弥五兵衛
百石　斎藤二郎右衛門
百石　矢嶋忠右衛門
百石　伊藤源右衛門
百五拾石　三田村猪右衛門
百石　二宮市十郎
百石　小沢長兵衛
百石　石川四郎兵衛
百五拾石　小川作左衛門
百五拾石　猿木弥五右衛門
百石　山岡満四郎
百石　丁右衛門九郎
百五拾石　浅山平太夫
百石　川崎兵左衛門
百石 明通寺　山村新右衛門

百石　広瀬二郎右衛門
百五拾石　橋本惣兵衛
七拾石　清水左五右衛門
五拾石　橋本助左衛門
百五拾石　塩津左近右衛門
弐百石　徳田土佐守
三百石　大山惣左衛門
百石　塩津左内
百石　湊弥左衛門
五百石　上月文右衛門
四百石　山本左門
三百石　村山彦兵衛
弐百石　斎藤徳元
百石　堀休意
百石 羽賀寺　村井与兵衛
百石　小笛権之丞
百石　池田寿三
百石 桑村　岡本作助
百石　五十川甚太夫

五　拾　石　　　　　　松井弥右衛門
百五拾石　　　　　　穴　生　甚　五
百　　石　　　　　　穴　生　美　濃
百　　石　　　　　　穴　生　勘　助
百　　石　　　　　　俵　屋　新　五　郎
弐　百　石　　　　　　堀　江　休　甫

若州　大飯郡、遠敷郡、
　　三方郡
越前　敦賀郡
江州　高嶋郡

（五拾石以下略す）

〔**追記**〕　原本の筆者である、各務半左衛門は幕末期における丸亀・京極藩内の、尊皇倒幕運動の中心的人物であったらしい（『—古地図・城下町絵図で見る—幕末諸州最後の藩主たち』西日本編、人文社、平成9・11、54頁）。

（平13・12・30記）

徳元——茂菴系の過去帳（斎藤利政氏筆写）

昭和十三年八月二十日
新仏　松齢院円室妙相大姉位　墓参ノ時、天瑞山泉光寺蔵『過去牒』ヨリ写書ス

万治三庚子歳
心渕道安禅定門　七月十八日　斎藤安左衛門

寛文元辛丑歳
聖諦院心空廓然菴主　八月四日　斎藤茂菴
（図2参照）

寛文八戊申歳
花窻妙栄禅定尼　十月十九日　斎藤源兵衛母

元禄二己巳歳
長寿院殿旧渓惟永大姉　四月十日　斎藤了元母

元禄十丁丑歳
定心院殿透関了玄菴主　八月十二日　斎藤了玄
（図1参照）

元禄十四辛巳歳
貞性院涼室智浄大姉　五月九日　斎藤彦左衛門室

元禄十六癸未歳
慧光院殿瑞雲妙祥大姉　十月五日　斎藤茂菴室

宝永五戊子歳
清珠院殿叢月貞林居士（ママ）（※尼大姉）　正月十七日　斎藤茂菴母

正徳五乙未歳
直源院松嶺雲閑居士　三月十七日　斎藤彦左衛門父

享保六辛丑歳
春光院殿清山夢菴居士　二月二日　斎藤甚左衛門父

享保十一丙午歳

円照院月江長清大姉　三月二十六日　斎藤彦左衛門母

享保十五庚戌歳
幻蝶院松月智林大姉　十一月二日　斎藤甚左衛門祖母

寛保三癸亥歳
延福院大休玄廓居士　二月十一日　斎藤源右衛門父

宝暦十一辛巳歳
実性院一覚源深大姉　六月三日　斎藤彦左衛門先妻

天明元辛丑歳
香雲院玉容友清大姉　五月廿二日　斎藤彦左衛門室　宮内武兵衛娘

天明三癸卯歳
真法義相童女　二月晦日　斎藤彦左衛門娘秀　葬本徳寺

寛政七乙卯歳
覚性院湛然碩周居士　二月二日　斎藤彦左衛門良慶

文化二乙丑歳
清光院江月貞円大姉　八月十八日　斎藤彦左衛門詮尚妻

文化三丙寅歳
寿性院本然常照大姉　八月十一日　斎藤碩周妻

文化五戊辰歳
了幻院杏林俊達居士　九月十二日　斎藤彦左衛門子医者

文化七庚午歳
靖養院退休方閑居士　七月廿八日　斎藤彦左衛門

天保五甲午歳
桂仙院月窓智清大姉　二月十九日　斎藤彦左衛門母

嘉永五壬子歳
貞松院聞渓宗音大姉　正月十一日　斎藤彦左衛門母

（以下、省略）

『岸和田藩士指物譜　全』

出口神暁校訂　柿谷　実模写

和泉文化研究会、昭38・6・30

一（略）この譜の底本の原図は、天和二年朝鮮来聘使節の来朝時、その接待のため藩主行隆に随伴して、上阪の行列の次第を図示したものではないかと私考している（図1、斎藤茂庵龍説（了玄）ノ指物（天和初年頃）参照）。

図1

図2　斎藤茂菴の墓碑（岸和田市、泉光寺）

（斎藤茂菴系略系図）

徳元ノ長男
斎藤茂菴

斎藤迂也（うなり）　三〇〇石　明治三六・十・九歿。本了院釈叟還暁居士。
―迂一（ういち）　慶応三年生まれ。小学教員
―利政（としまさ）　小学教員　昭和一六・八・一八、五十二歳歿。明徳院達道利政居士。
　―喜彦氏
　―晴男氏

参考文献

永野　仁氏執筆『岸和田市史』第三巻近世編・第五章
近世の文化とまつり（平12・9）
第七部〔斎藤定臣氏蔵徳元系譜〕「斎藤世譜」

斎藤迂一（ういち）氏　肖像

斎藤喜彦博士・晴男博士の祖父である。慶応三年に生まれ、昭和二十年秋十一月七日、当七十九歳歿。小学校教員。大阪市阿倍野区に住。墓碑は岸和田市泉光寺に有之。法名、松嶽院円応実相居士。

図3

斎藤家過去帳

〔**書誌**〕 仮綴。半紙本の写本一冊。縦二四・一糎、横一六・五糎。丁数は、墨付き五丁。外題は、左肩に「斎藤家過去帳」と墨書、その筆蹟は、斎藤利器までの過去帳と同筆、上部がうす黒く焼け焦げており、思うに太平洋戦争で罹災を受けたものと思われる。東京都新宿区、済松寺蔵。

徳元の孫利武系最後の末裔たる、台東・浅草千束町住斎藤利久（明治十九年二月歿）の養嗣子武治郎は、慶応二年に生まれている。因みに利久歿時、武治郎は当二十一歳で斎藤家を相続する。その後、唯一の血族斎藤利器が明治二十六年一月に歿するが、武治郎は二十八歳であった。従って本過去帳は、多分その折に三代前の済松寺住職篠田氏の筆で整理作成せられしものか。斎藤**昭典**（あきすけ）氏の言によれば、当時（大正震災以前）、斎藤家は「芝三田豊岡町十三番地」に居住、大正震災後は「新宿下落合」に移っている。代々の済松寺住職とは親交深かりし由。武治郎は大正七年七月、ハワイ島に於て逝去。享年五十三歳であった。

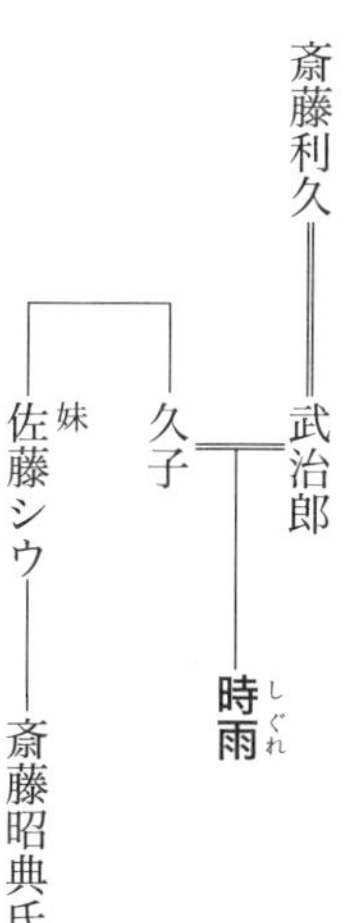

さて右、昭典氏は、武治郎の妻久子の甥に当たる。平成八年十月十九日実見、斎藤昭典氏に深謝する。

（平8・11・3記）

衆妙院殿周室如元大姉　寛文三夘年七月廿六日　斎藤弥兵衛殿母

本光院殿法室貞心尼大姉　延寶二寅年七月八日　斎藤摂津守殿祖母

定光院殿性岳長心大姉　延寶三夘年六月廿日　斎藤氏鶴松君之母

直指院天叟道祐居士　延寶六午年八月廿八日　斎藤弥兵衛殿

操持院白翁全圭居士　寶永三戌年九月廿八日　斎藤熊三郎殿父祖

定信院殿心空祖印大姉　正徳二辰年十月十九日　斎藤幸宜室」オ

喬木院寒窻梅隠居士　享保五子年十二月十七日　斎藤熊三郎祖父

守玄院寔岩道要居士　享保十四酉年正月廿一日　斎藤熊三郎父

心鏡院大円智照大姉　元文元辰年二月廿二日　斎藤熊三郎母

一幻童子　元文元辰年三月二日　斎藤熊三郎子息

寶寿院如月円意大姉　寶暦七丑年九月廿二日　斎藤熊三郎祖母

玄香（秀）院脱岸妙解大姉　安永四未年七月廿三日　斎藤弥三郎妻」ウ

長養院徳潤宗休居士　安永七戌年七月十五日　斎藤熊三郎

滴凍童子　天明三夘年十二月廿二日　斎藤弥三郎子

永休童子　天明五巳年八月九日　斎藤永之助

禅鋒院猛巓祖勇居士　寛政元酉年四月七日　斎藤弥三郎

戒光院錦郷禅衣大姉　寛政元酉年九月廿九日　斎藤弥三兵衛室

古鑑院猷底万徽居士　寛政二戌年二月十二日　斎藤弥三兵衛」オ

安住院実窻妙際大姉　寛政四子年五月十一日　斎藤弥五郎叔母

秋林院霊臺智光大姉　寛政四子年八月廿七日　斎藤弥五郎室

渾然智璞童子　寛政八辰年十二月八日　斎藤権八嫡男

春庭了英童子　寛政九巳年三月十六日　斎藤弥五郎嫡男

栄久院順閨妙和大姉　寛政十二申年五月五日
斎藤熊三郎徳潤ノ室

安立院禅庭智定居士　文政四巳年十一月七日
斎藤氏弥五郎三男 」ウ

正覚院月心智照大姉　文政八酉年十一月廿一日
斎藤氏権八妻

無量院月心円如大姉　文政十二丑年九月三日
斎藤弥五郎室

自証院霊道不昧大姉　文政十二丑年七月四日
斎藤弥五郎二女

藍田智玉童子　文政十三寅年二月十八日
斎藤勝次郎次男

春山智芳童女　天保三辰年二月十二日
斎藤勝次郎娘

玄綱院単提伝翁居士　天保五午年十二月十四日 」オ
斎藤権八

梅顔幻香童女　天保六未年正月三日
斎藤勝次郎娘

玄空院忠道恕翁居士　天保九戌年十月十六日
斎藤氏右膳

功量院誠翁道諦居士　天保十一子年五月二日
斎藤弥治兵衛

爽山智涼童子（ママ）　天保十三寅年七月廿六日
斎藤弥五郎孫女

心閑院孤峯帰雲居士　天保十四夘年九月七日
斎藤弥五郎弟

直応禅旨童子　天保十五辰年十月四日 」ウ
斎藤弥五郎孫

本空院浄室貞阿大姉　弘化三午年十月十二日
斎藤右膳妻

霜暁院成山祖道居士　嘉永二酉年十二月一日
斎藤弥五郎

隣光院徳念義良居士　嘉永三戌年十一月廿五日
斎藤鐘次郎

玄機院心宗了悟居士　嘉永四亥年十一月九日
斎藤弥太郎

月霜妙円大姉　嘉永四亥年十二月九日
斎藤弥五郎娘

誠順院貞巌智性大姉　嘉永五子年三月十六日 」オ
斎藤弥太郎娘

禅学院豁然妙悟大姉　安政五午年五月廿一日
斎藤権八妹

清颷院一葉爽入居士　文久三亥年六月廿八日
斎藤弥五郎弟

禅関院玄透亮脱居士　明治二巳年六月十日　斎藤鎰太郎

真月妙体信女　明治三午年一月二日　斎藤鎰太郎厄介

端厳恵正大姉　文久元酉年十月廿日　斎藤弥五郎娘

自明院文堂以教居士　明治八亥年十二月廿七日　斎藤利正」ウ

黙松院嶺雲静然居士　明治十三辰年五月十六日　斎藤利直三男利吉

松室慈薫童子　明治十三辰年五[九]月十六日　梅田錠之祐長男薫

幻泡孩児　明治十五午年三月廿八日　斎藤利秋[久]長男

桂林祖芳童子　明治十五午年九月三一日　斎藤直太郎

真浄院妙観慈性大姉　明治十六未年九月三十日　斎藤利久母

玄性院徳林妙功大姉　明治十七申年四月十一日　斎藤利器母」オ

慈厳院孟室分機大姉　明治十八酉年二月廿六日　斎藤利久祖母

心源院実因恵性居士　明治十九戌年二月五日　斎藤利久

道寿院海翁玄籌居士　明治十九戌年十月廿八日　斎藤利久叔父梅田

定心院実相了諦居士　明治廿六巳年一月九日　斎藤利器

(斎藤利器マデ、一筆デアル。)

大機院真照霊鑑居士　大正七年七月十六日　於布哇死去斎藤武治　享年五十三才

温良院実操妙貞大姉　大正十一年六月二日　斎藤久子　享年四十四才

(斎藤久子マデ、二筆デアル。)」ウ

(以下、余白)

〔参考〕斎藤五六郎定広伝と斎藤家

（文責）中村純一

斎藤五六郎定広は幼名を造酒助と称し、父は儀一郎定得、母は加藤佐渡守の臣石川外記隆利の息女なり。江戸藩邸に生まれる。

斎藤家が黒田藩に仕えたのは、宝永三年（一七〇六）小太郎定堅が黒田綱政に俸を受けてからである。

定広は天保九年（一八三八）十月十一歳で父の禄六百石を継ぎ、大組の列に加わる。嘉永元年使番役を、同四年十一月一日陸士頭、同五年八月十八日無足頭を命ぜらる。

安政元年六月四日役を解かれ大組に加えらる。同二年五月十五日再度無足頭を命ぜらる。文久元年七月九日役を解かれ大組に加えらる。元治元年十一月十三日大目付の命を受く。

定広の人となりは、温厚にして父母を敬い家人に和し毫も名利に走らず、博く古今の兵書に精通していた。

元治元年京都に変起きるや大組頭として、禁裏守護のため隊長加藤司書と共に急発して東上。その参謀を務め国境黒崎に布陣して、その命を待つ。大監察に進む。

当時諸藩の士、尊王佐幕の二派に分かれ、相争う事が絶えなかった。黒田藩も又党を分かち議論紛争し、藩中穏やかならず。

定広は志を勤王一途と定め、上司や諸士と事を論ずるに少しも忌み憚る事がなかった。この頃外艦数隻馬関を攻撃。藩主は使者を遣わし、「長藩は朝敵なれば仮に外艦と戦うといえども応援すべからず」との命が下された。

軍吏会議をしたが皆これ当然なりと承諾せしも定広独り「長藩は元来親睦の国にて、今孤立危急の時外夷来冦せば応援すべき事当然なり。長藩の危急を救い外冦を撃退し、戦い終りて京都の騒擾の罪を問うも遅からず。」と論ずるも用いられず福岡に退陣する。

同年大目付に抜擢され藩政に参与する。翌元治二年四月佐幕派大いに威を振い、「奸曲の徒と交わり国政を妨害せし」との罪を受く。

慶応元年十月二十五日君命により、博多天福寺に於て加藤司書と共に自刃す。博多聖福に葬る。左記法名の墓石聖福寺墓地にあり。

法名　禅機院心応一睡居士　享年三十七才

辞　世

天地に恥ずる心はきえてゆく
　露の命のつゆ程もなし

明治三十五年十一月八日特旨を以って、従四位を贈らる。

斎藤家世譜に依ると

一代　小太郎定堅　宝永三年十二才で黒田綱政より三十口を給され馬廻に加えらる。父定易は嗣君黒田宣政の馬術の師で、門下生も三千人を数える。

二代　主税定兼　元文三年采地百五十石を賜り、更に加禄されて三百石となる。馬術の師であり無足頭や奥頭取を務める。

三代　五六郎定公　六百石に加禄され大組列に入り中老格までなる。

四代　小太郎定安　文才あり狂歌などを作り愚連堂と称す。この代から博多聖福寺を菩提寺とする。

五代　儀一郎定得　五六郎定広の父で　五六郎自刃の翌年慶応二年に歿す。

六代　五六郎定広

知行所の配置

宗像郡　田島村　吉田村　東江村　手光村
鞍手郡　野面村　竹原村　稲光村
那珂郡　東郷村　五十川村

御笠郡　向佐野村
嘉麻郡　下三緒村
穂波郡　大日寺村
志摩郡　桑原村　吉田村　池田村　十五ヶ村

桑原村は斎藤家知行所十五ヶ村の一つで、五六郎定公の時文化四年（一八〇七）十二月から知行所となっている。養子主税の時明治元年（一八六八）十月に国端守衛として、志摩郡桑原村に屋敷地三十間四面を拝領するに至り桑原村が斎藤家の居住の地となった。

伊東尾四郎遺稿『斎藤五六郎伝』による。

記

九州大学は明治四十四年工科大学と医科大学を有する、九州帝国大学として創設された。

その後順次整備が進められ、現在箱崎地区・病院地区・六本松地区・筑紫地区に分かれた分散型となり、現在地再開発では限界があり、新たなキャンパスが検討されることになった。

平成三年（一九九一）十月二十二日評議会に於て、元岡桑原地区移転の学長試案が承認された。「総面積二七五 ha その内前原市一 ha 志摩町三一 ha」と決定した。

このエリア内に**斎藤家の旧屋敷跡**も含まれた。この中に大正六年（一九一七）九月二十五日**元岡村斎藤五六郎顕彰会**により建設された**顕彰碑**があった。

この度移転の止むなきに至り、斎藤家よりは旧屋敷跡に近い所という御要望もあったが、桑原町内会長及び神社総代と協議した結果、四所神社の神苑内に移築する事に決定した。

平成八年三月吉日

参考文献

（斎藤定臣氏蔵徳元系譜）「斎藤世譜」（後裔）濱地忠男氏稿『私の履歴書』（平4・7）

大正三年九月五日發行　(42)

〔参考〕斎藤徳元翁の墳墓並に略伝　武田酔霞

齋藤德元翁の墳墓並に略傳

武田醉霞

德元翁の俳諧に名あるは、今更に事新らしく取立ていふまでもなきが、兎も角もこの翁の江戸に下りて、斯道を押廣めたる偉大なる效は、賞讃すべきであらふと思ふ、余は諸書を繙き、翁の傳記逸事を見出したる時は、抄錄なしおきたるが、偖翁は何國いかなる所にて、身を終られたるか判然せざるが、名人忌辰錄に、若狹におゐて歿す、五臺山智恩寺に葬る云々とあり、故に彼の寺は若狹なるかと、該國の地理書を閲せしかども、更に見出す事を得ず、又同地方の學友にも依賴なし、尋ねたれども、若狹には智恩寺なしとの消息なり、されば多年尋ねあぐみたるが、其後綠亭川柳が輯集なしたる、俳人百家撰に、德元天の橋立、五臺山智恩寺に葬るとありたれば、漸くかの寺は、丹後國と分りたれども、何分探墓の幸便を得る事能はず、幾星霜を經過なしたるが、同癖の親友、大橋微笑君、去ころ橋立に漫遊をなすとの事を告られたり、こは得難き折なんめりと、此件を同君にはかりたれば、異議なく甘諾せられて、智恩寺へまかり、寺僧に尋ねられしかども、知らずと答へたりけるとか、されど嘗て何人の墓か分らざれども、尋ね來りし人あり、井戸近くに苔蒸したる古墳墓を見て、是なりけると參拜して、歸りたる人ありと覺ゆとの事に因り、仔細ぞあらんと、苔など洗ひ落してよく見れば果して翁の墳墓なれども、古石の字體風化して、發揮とせざれども、戒名を漸く讀得る事をなしたるよしにて、左に出せる墓圖を贈られたり、余が滿足いはん方なく、されば今墓圖と共に、諸書に散見せる傳記を併せ擧て、考古の諸彦に紹介すと云爾

附識す、大橋微笑君は、余が依囑を空しくせず、翁の墳墓を發見せられ、又岡野敬胤君は、稀世の珍本、同翁肉筆俳諧塵塚集の借覽を承諾されし、兩君の厚情を感謝するの一言、以て特に玆に其意を表す、

遙に、齋藤徳元翁の墓前に手向もふす、長歌、竝に短歌、

編者　醉霞

百しねの、美のゝ因幡に、城しめし、織田秀信に、つかへたる、齋藤といふ、武士は、三千石の、粟をはみ、文武二道に、長たれと、慶長五年に、むほんせし、石田に秀信、加勢なし、無道の戰ひ、利なくして、城は落んと、なりければ、皆ちり〳〵と、逃うせて、彼の齋藤も、城をぬけ、長良の川を、渡り越へ、身のおき處も、なきまゝに、いつかなるらん、身をひそめ、髪をけつりて、徳元と、名をかりそめに、かへてけり、いつしかに世は、靜まりて、はる〳〵遠く、烏が啼、東に出てゝ、俳諧の、道ひろめんと、初學抄、綴り編なし、板に彫り、その後にまた、瓢方の、都にのほり、貞徳の、門に遊ひて、かしこくも、獨り千句を、吐いたし、世に其名をそ、高めける、さはさりなから、武士の、道たかへりと、世の人の、譏りはあれと、ひと度は、法の姿に、かへたれハ、自然と罪も、きえぬべし、夫より國々、行めぐり、秋を若狭に、留むのち、八十九つの、年を經て、身まかりけるこそ、尊ふとけれ、其なきがらは、丹後なる、智恩精舍に、埋み畢ぬ、

反　歌

武士の鎧をぬきて法の服きてわさことの道に名を得し

塵塚誹諧集、寛永十三年、古寫本、齋藤徳元自筆、上卷

若狭國に年へて住ける間、誹諧發句、竝狂歌、慶長十六壬子年

元日　雪や先とけてみつのえねの今年

同翌年

雑纂

日あしさへねりてやをそきうしの年

元日、とらなりけれは、

あひにあひぬとらの月日と寅の年

たはらと云處に住かへて

こよ年をこえてハ
米のたはら哉

己の年、元日

たれも我かみのとし
いはへけふの春

大晦日、節分の翌年に、

うちし大豆やはみて
けふ春午の年

若州の城、小松原と云所なりけれバ、

正月や門も名におふ
小松原

甲子〇寛永元年の冬、越前國のうち、つるがといふ所を、若狭國のかみ、忠高公、御加増として拝領ありける次の春

まとゐして春やつるかの弓初

ある人、天福の本とて、伊勢物語をもて來て、ひらめかし侍りける時に、

てんふくの春やいたちの物かたり

世にふるされたる何かし、たか野のおくにおはしましけり、とむらひまかりなんと、若狭國を出て、行く〳〵紀伊國、橋本と云所になん至りぬ、そこにいと大なる川あり、これなん紀の川と云、

きの川やうきて
なかるゝかは櫻

高野の峯によちのほりて、君〇岐阜中納言秀信卿なりに逢奉れば、かの昔なみだせきあへず、おとこ小野へ行て、忘れては夢かとそおもふと詠し給ひしおりひにひとしく、發露涕泣して、

春雨もなみだの露や
おくの院

しはらく、君につかうまつり侍りける間に、

清岩院端尹隣山徳元居士

三月十五夜、月にうそふきて、三五の松を題にて、

おぼろ〳〵三五の月や松のかけ

偖君に、まかり申つかふまつりて、かへるさにハ、奈良の都に至りぬ、日も暮ぬれバ、屋どりを求めて、旅つかれやがてふせるに、主人のもとへ、そこらの人々こぞりてとよめハ

なら坂やこのかし宿のふためけハとにもかくにもねられさりけり

抑寛永六暦三、冬もやゝ末つかたに、都を立てあづまへまかりける道すがら、馬上のなぐさみ草に、誹諧狂歌など獨こちて、夕〳〵のかり枕、宵過る間の油火にさしむかひ、矢立の筆にて記し置侍りしを、今みれバよくもあらざりけらし、行くて武藏の國に至りぬ、その名もすゞしきかたびらの里人に、此里の名のいはれをとへバ、海邊にてハありながら、浦のなき所なれハとて、かたびらとなん申侍るなりと云へり、偖なん

かたひらの里もかみこの師走哉

かやうにうちながめ下るほどに、極月下の六日に、江戸に付畢

京と江戸と兩みちかくるむさし鐙さすかだちんハ乘もう類さし

翌年はつちのとの巳なり、元日よりこのかた、年〳〵の發句、少々かくの如し、

つちの戸のみくらや春のひらき初

元日、午なりなれハ、

むさしあふみかけよ午の日けふの春

春立やにほんめてたき門の松

因に記す、徳元翁の仕へまつりし、岐阜中納言秀信卿は、岐阜城落去の後、高野山に登り、此山にて、逝去せられ事は、高野のしをりに、左の如くに見ゆ、

岐阜中納言墓ハ、親王御墓の西にあり、中納言は、織田秀信卿にして、信長公の嫡孫なり、關ヶ原の役、西軍の爲に、岐阜城に據り、城陥りて當山に遁れ來る、慶長五年十月四日也、

俳諧句鑑拾遺　　　徳元

終の道は佛も横にねはんかな

俳諧袂落に載する所の、俳諧の五哲、

徳元（齋藤）寛永の頃　未徳（石田）同上　玄札（高島）同上　加友（荒木）寛文の頃　卜養（半井）同上

滑稽太平記、齋藤徳元の事、武江の俳諧盛なりしことハ、徳元此道を樂みてより、世々に鳴る、作者も出來たり、この徳元といふハ、岐阜中納言の家人にて、齋藤齊宮といふ士にて、三千石の恩領をうけたり、過し慶長五年、石田三成に組し、岐阜の城を守る、されども寄手強兵ゆへ、暫時にとりひしかれ、遂に落城に及て、中納言秀信、高野山に入て、翌年卒去と聞ゆ、斯て合戰中は、齋藤齊宮武藤助次

郎、足立中書、是等三人は主君の先途も見屆けずに、長良川を立越て、逍走せしとかや、故に軍敗れて後世まで、普く天下に臆病者の名を流しぬ、後齊宮は、武江に於て法服を著し、徳元と呼れ、歌學を事とし、貞徳翁に仕へて、其流を汲み、亦京に有程ハ、鼓柿の免まで取けり、諸藝器用にて、俳諧なを逸物なり、獨吟の千句を綴り、武江の輩を、此道の朋友に得、興行度々に及ぶ、寛永八年、松江重頼が狗子集を編む時、

　春立や二ほんめでたき門の松

といふ句を巻頭におかれ、武江の面目を施したり、道の記の句、四季の句も撰み入らる、時に寛永十八年に俳諧初學抄を彫む、是武江板元の始なり、其後魚鳥俳諧、十島千句など仕たり、歴々にも不便に思しめし、彼方こなたと逍遙せられて、俳諧師と號を取て、諸當に能く交りしハ、嶺松、元綱、立札、祐政等なり、次に雛屋親重在り、江戸にハ折々出合後に立圃と呼れし時ハ、當念頃に語り、玄札も加り、徳元三人吟の俳諧を連て、世に知らるゝなり、辭世に、

　今まではいきたはことを月夜哉

俳人百家集云、徳元ハ岐阜にありて織田秀信に仕へ齋藤齊宮利起といへり、慶長五年の役に敗北して、後武門を遁れ、剃髪して、帆亭と號し、和歌の指南をなし、江戸にも居し俳諧を貞徳に學びて、世に知らるゝ、其頃の附合

　夏のきのさかひに聞ん時鳥　　徳元
　水をうつきのはなし待友　　慶友
　きれるに庭の垣根を掃附して　　玄札

此人の風格、一廉別にして

　何と見ても雪程黒きものハなし
　やまとこも唐ともいはし駒鳥のふり

獨吟千句をなし、名譽をあらはす、後若州小濱に住し、又丹後に移り、正保四年八月二十八日、八十九歳にて死す、辭世、

　今まてハ生きたは事を月夜哉

法名　清巖院端尹隣山と號し、天の橋、五臺山智恩寺に葬す、

東風流自叙云、こゝに俳諧の武陽に、専ら批なるハ、延寶の頃齋藤徳元といへるあり、もとより絶類の作者にして、寛永十八年、京師花咲翁の高弟、松江重頼、狗子集を撰みし時此集、尤貞徳合體なり右徳元、歳首の句を以て、巻頭におかれ、武江の面目を施したり、同年俳諧初學抄を述作して梓に刻む、是江戸に於て、一道のはしめなり、其後魚鳥獨吟百員、同十島千句などあり、

俳家奇人談云、齋藤氏は、濃州岐阜の人、もと織田秀信に仕ふ、秀信石田に黨し、敗するに及て、おのれも亦長良川を渡りて遁る、剃髪して徳元と改名し、帆亭と號す、初め

和歌を指南して、江戸伯樂町に住せり、一年上京して、貞門に入る、即ち百韻興行あり、京田舎ことばの花の幾めぐり、貞翁、育ちからこそ訛れうぐひす、徳元、蝶の舞誰を師匠に習ふらん、未得、のち若州に於て死す、辭世、

今まてハ生たは事を月夜かな

是は、大空經文に據れり、曰く、幻化、如レ夢、如レ影、如ニ水月一こ妙なるかな、

山岡明阿彌陀佛の、武藏史料に云、徳元の其曾孫、齋藤徳潤○益利に、この事を問ひしに、其時當國に下り、今の傳馬町馬喰町のあたりに住せしとぞ、其所未詳こ答へしこ上の如し、又編者の學友、矢島松軒よりも、左の通り書おくられたれハ併せて記す、是の書に徵するこ、最早この家も、斷絕なしたるやも計り難し、名家の跡、洵に惜むべし、

小生幼年の頃、湯島切通の書肆にて、新編歌俳百人一首を購ひしが、其中に、齋藤徳元が、春たつやにほん目出たき門の松の句を見て、子供心に名吟なりと感心し、此句腦裡にしみ込忘れざりし、然るに牛込新小川町に、大御番を勤めし、野呂猪太郎方に同居せし、齋藤瀰三郎と言人あり、高百五十俵にて、小普請なり、後に慶應三年の春、奥詰銃隊になりぬ、此野呂家へハ、小生幼年の頃度々行きゝし、齋藤とハ年齡一ッ違故に、無二の朋友なりけるが、或時同家の床の間に、徳元の門松の句の短冊を表裝せらるを掛ありたれば、忽ち胸裡に浮み、此短册の傳來を問けるに、是ハおのれが祖先の筆なる故、大切に保存す、此外にもあまた有たる由に聞居たるが、皆散逸して、今は何もなしと物語れり、此人戊辰の際、靜岡に至り、明治十七年東京へ來り、牛込御門内に、板木彫をなし母と二人暮しにて居たり、其後淺草區役所の書記になり、間もなく母死去し、又本人も死し、其跡終に絕たり、云々　（完）

第八部　影　印

『関東下向道記』斎藤徳元作（田中教忠旧蔵）

表紙

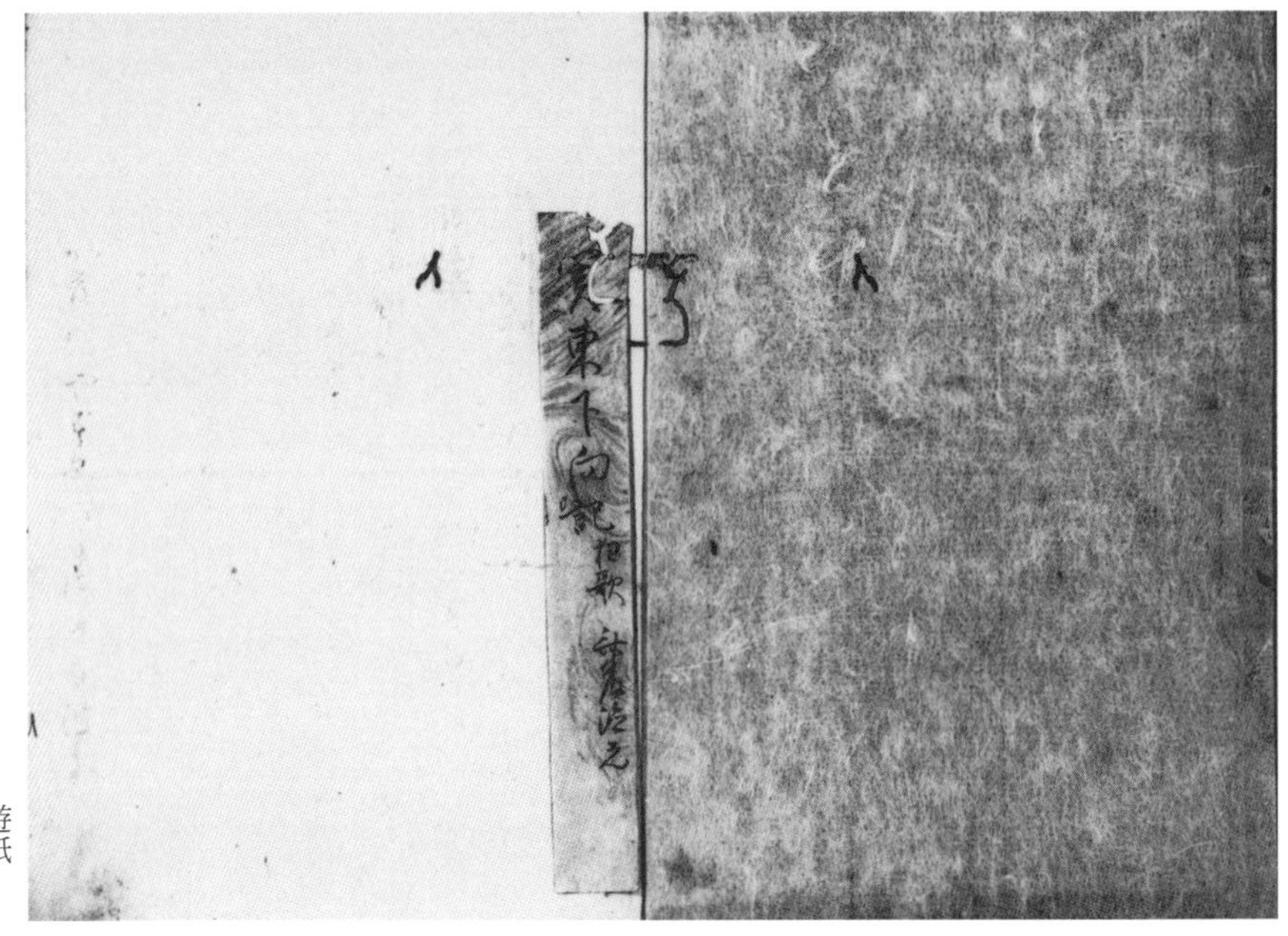

遊紙

表紙見返し

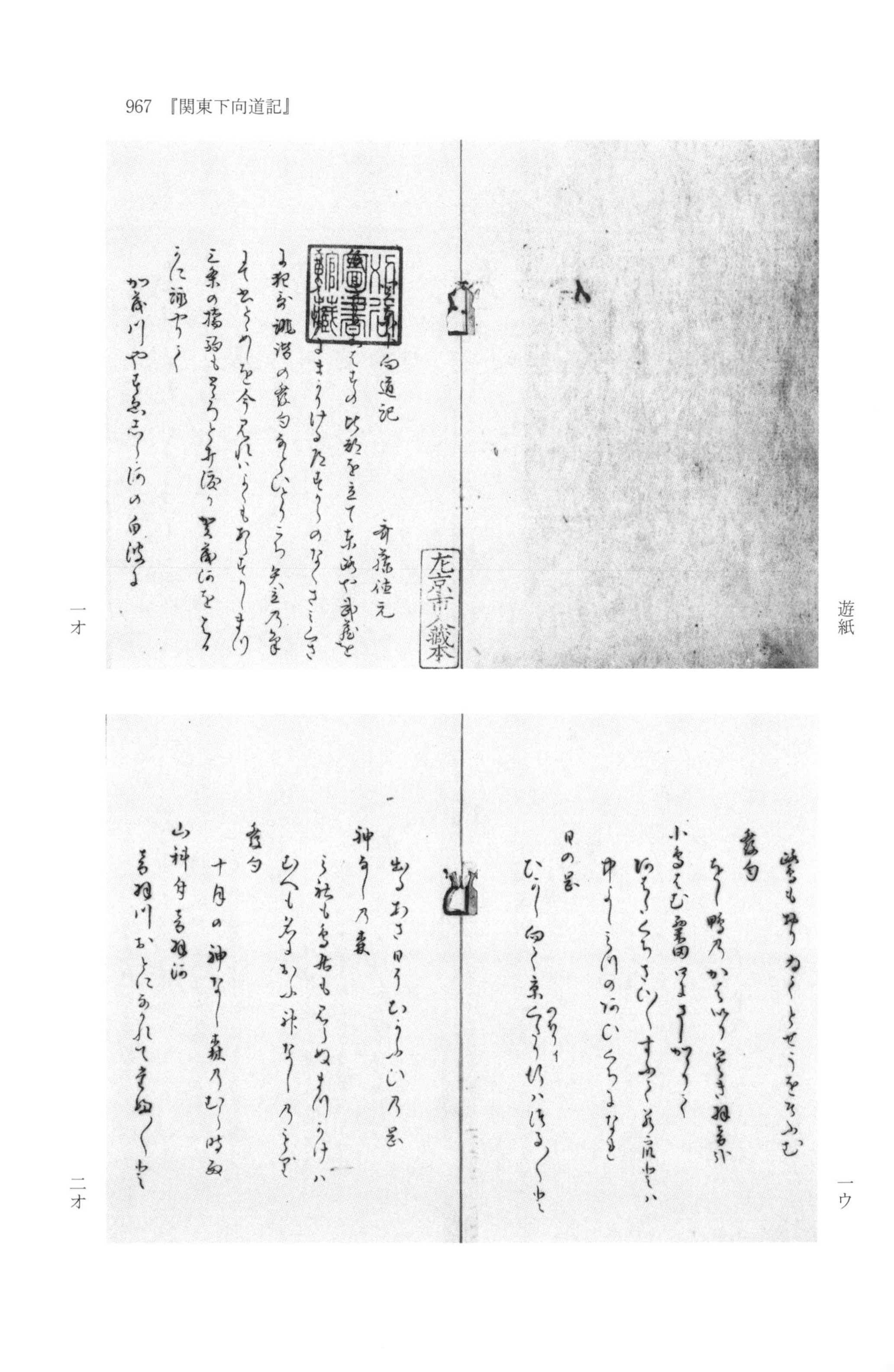

遊紙

一オ

一ウ

二オ

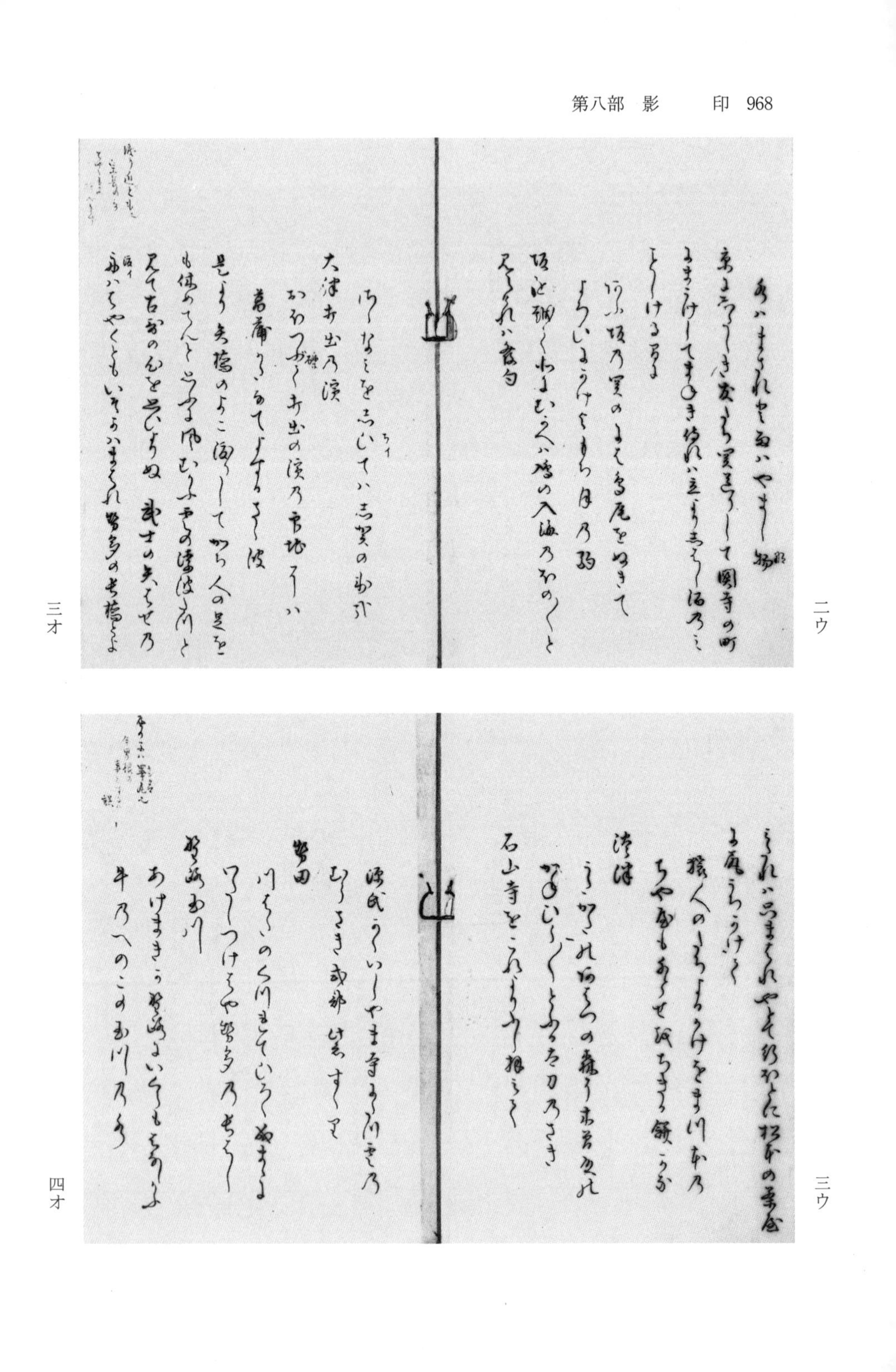

二ウ

三オ

三ウ

四オ

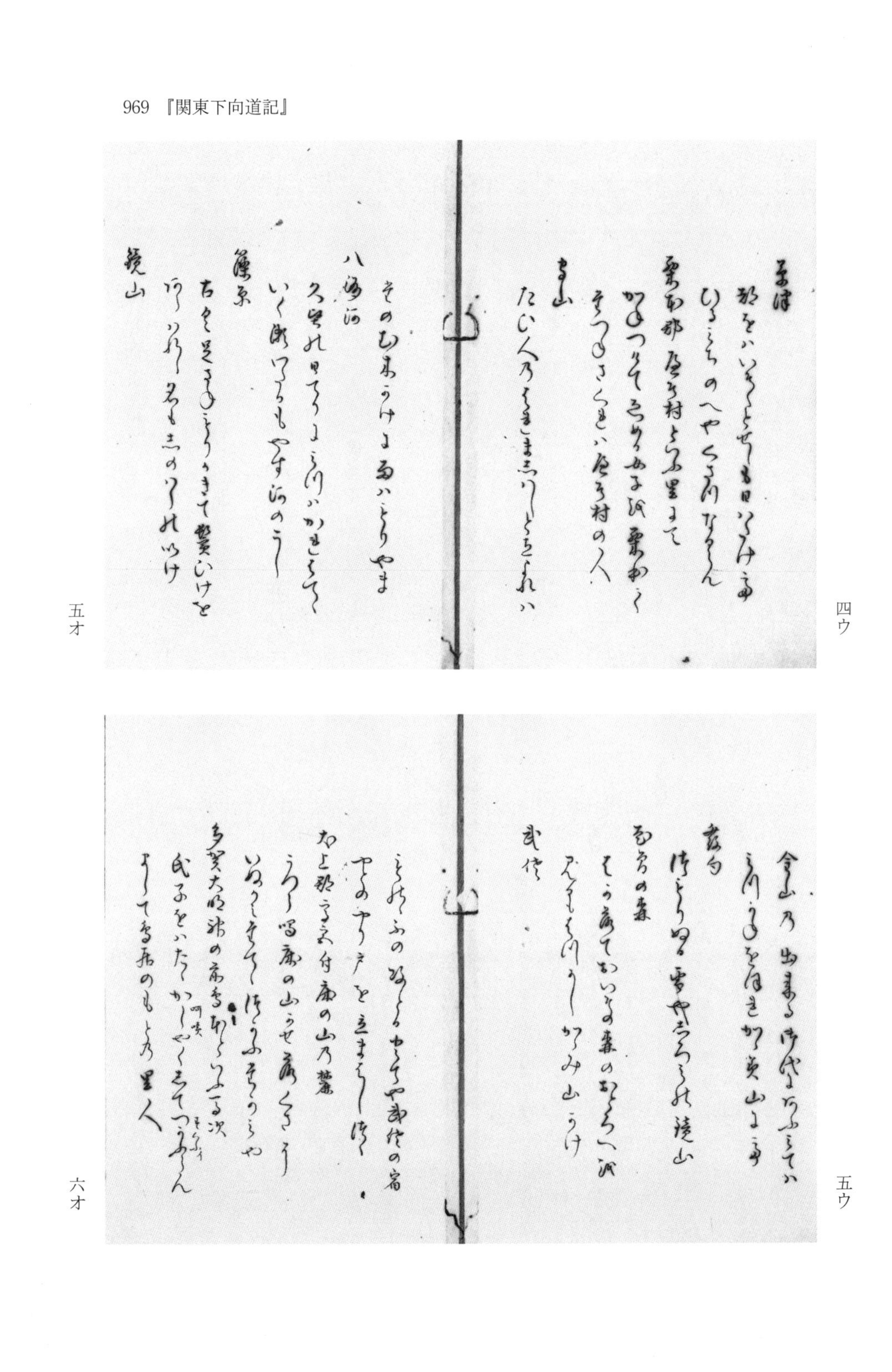

四ウ

五オ

五ウ

六オ

六ウ

七オ

七ウ

八オ

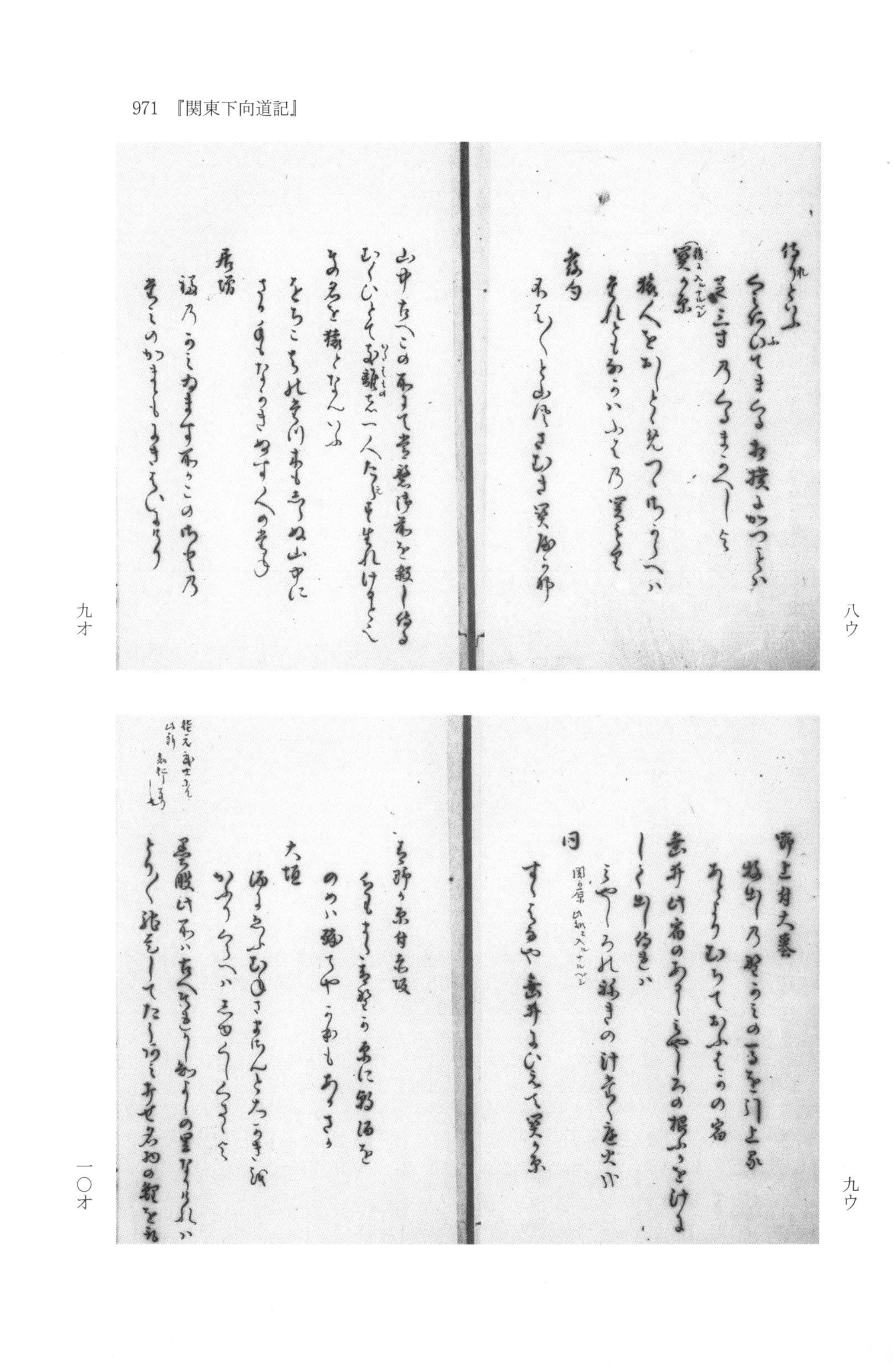

八ウ

九オ

九ウ

一〇オ

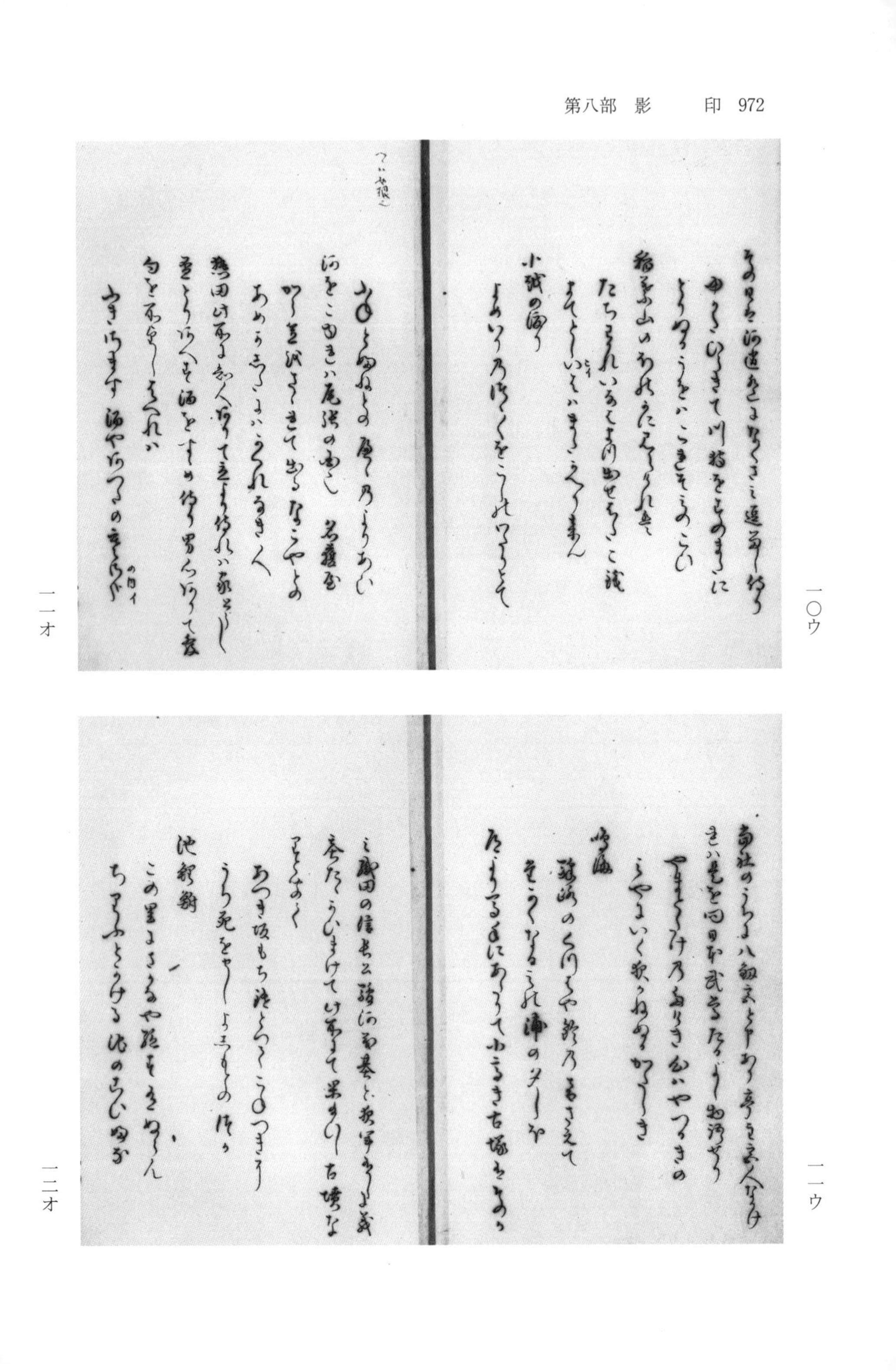

一〇ウ

一一オ

一一ウ

一二オ

一二ウ

参河国矢矧川
もの毎に射る矢はきの宿とても
弓先さやそくる旅を行らし
岡崎
夜よりのそねやいまれ矢矧河
宮路山
ふる跡の雪や一夜よまる師山
本宿 赤坂

一三オ

え人のちかも本住よ猶ねして
あの雲まてこゆるはつさう
二村山
ふるむかしよ山を二つらてあさりかき
ゆるまかりふミのえなかりし
吉田
ゆくかなる年とえらつて種をまも
なかひく稲葉ハよし田なりけて

一三ウ

汐見坂
大うみにむかふうちひのしほみ坂
かつハしるとも知きたに知れは
白須賀 今切
なの道乃うき波あしすら今きれの
ひと行つかる方ひき岸ニ舟
舞坂
のりもしてゆともかつて行

一四オ

やまハうしろのまへ坂をのし
浜松
とかまの川のいた生てふ浜荻の
ころもへしてなるえまふる
天竜川并池田
天竜の河より乃かぜ川の尾乃
かひろや寄ふいけゝなかるらん
見付の国府

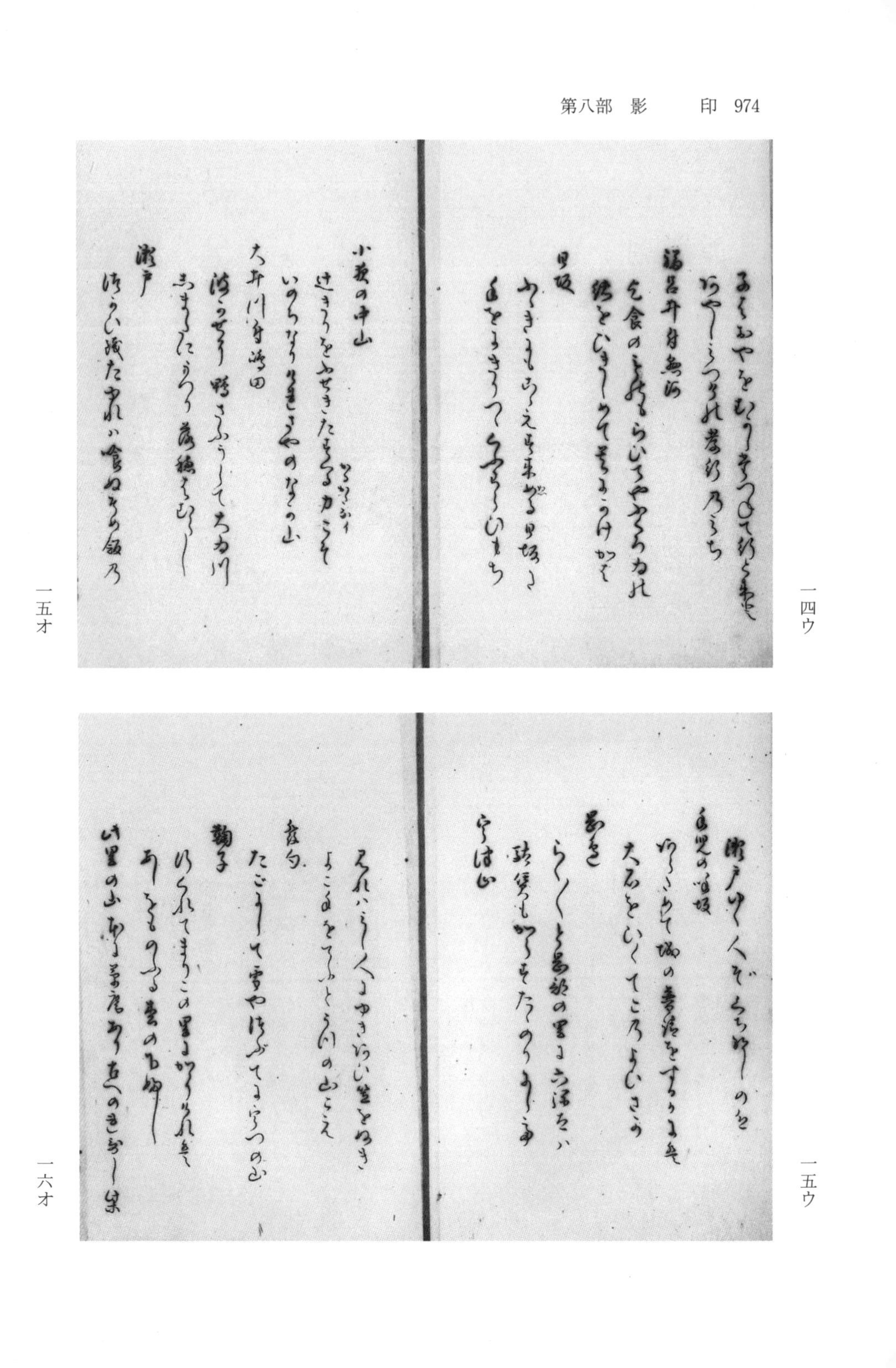

一四ウ

一五オ

一五ウ

一六オ

一六ウ

一七オ

一七ウ

一八オ

一八ウ

一九オ

一九ウ

二〇オ

二〇ウ

二一オ

二一ウ

二二オ

二二二ウ

二二三オ

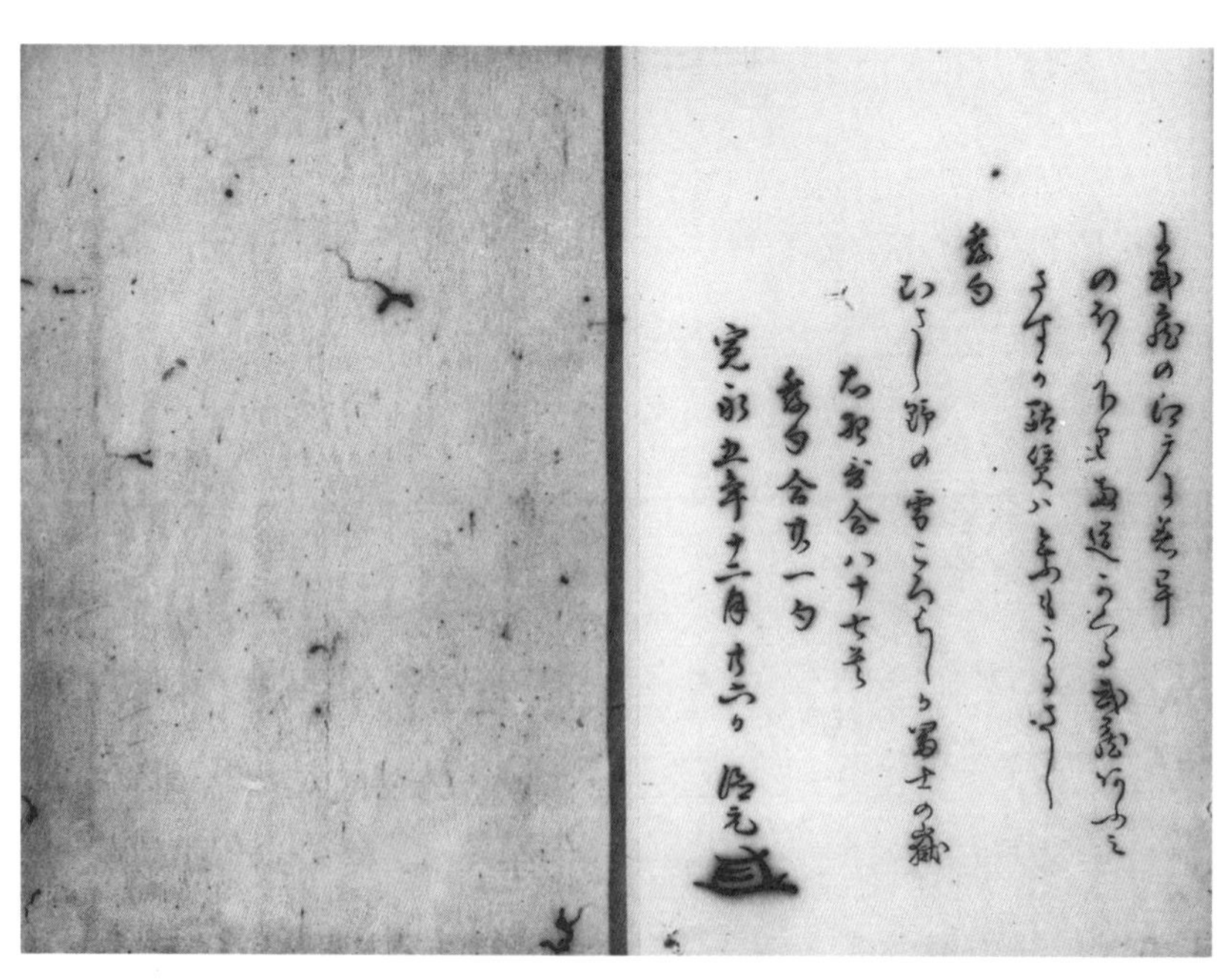

二二三ウ

裏見返し

『徳元俳諧鈔』斎藤徳元筆（架蔵）

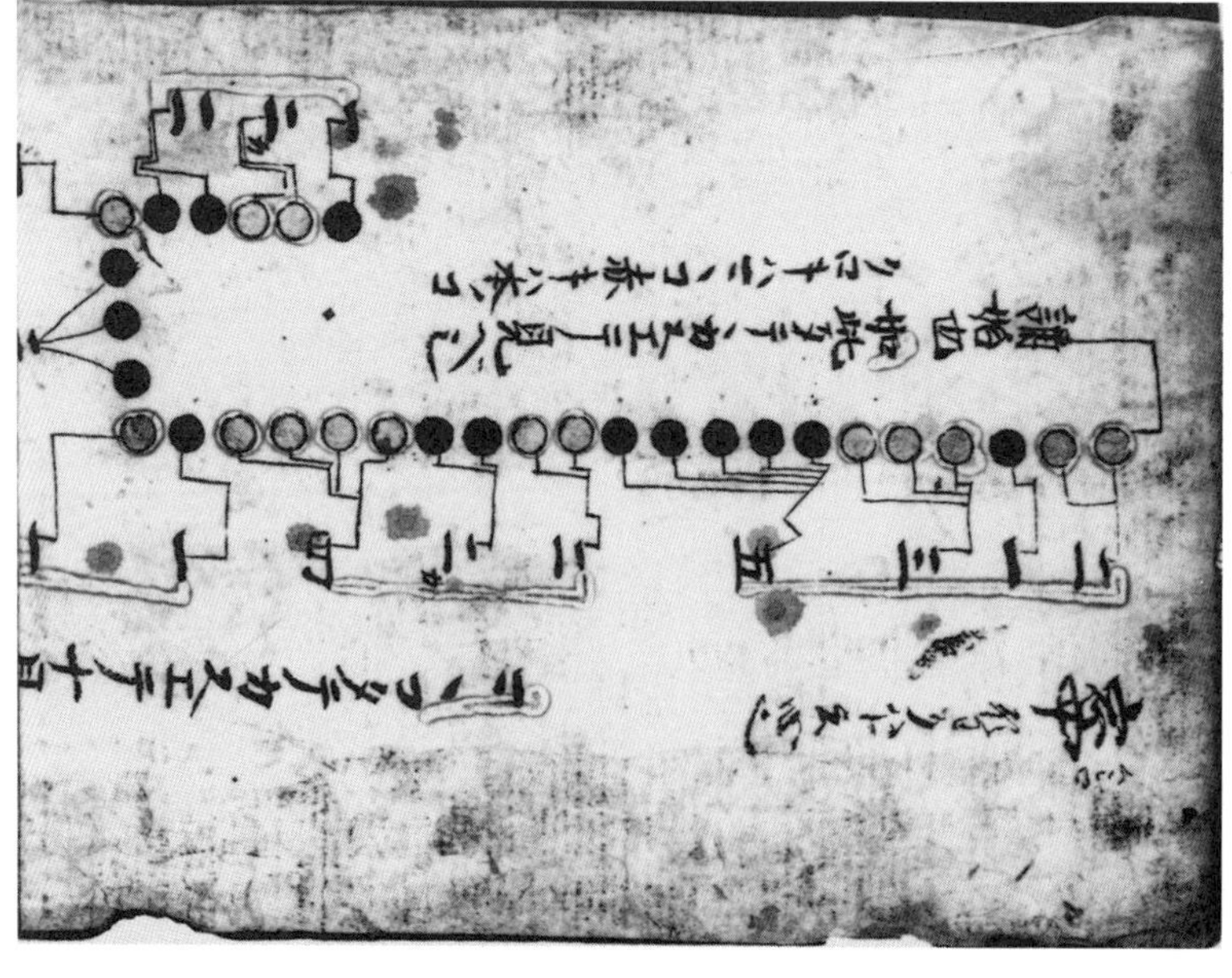

表紙見返し

表紙

遊紙

齋藤德元自筆の俳書
初ニ參枚　半拾壹枚　半拾五枚　半尖
枚　二落丁

すいたるきうをやまきす
こいあやまさ返うなら
たりの図を引て
せうしくされくさにのあり
うめくろつ者の流るか
あたのまよあ一年もう如く
のさ思入ままなりされ
かりつけきり出て久頭き侍
にささす頭やいつ一かの日
鳴海の石くきて
壱柿ふるてもつのとの末氏

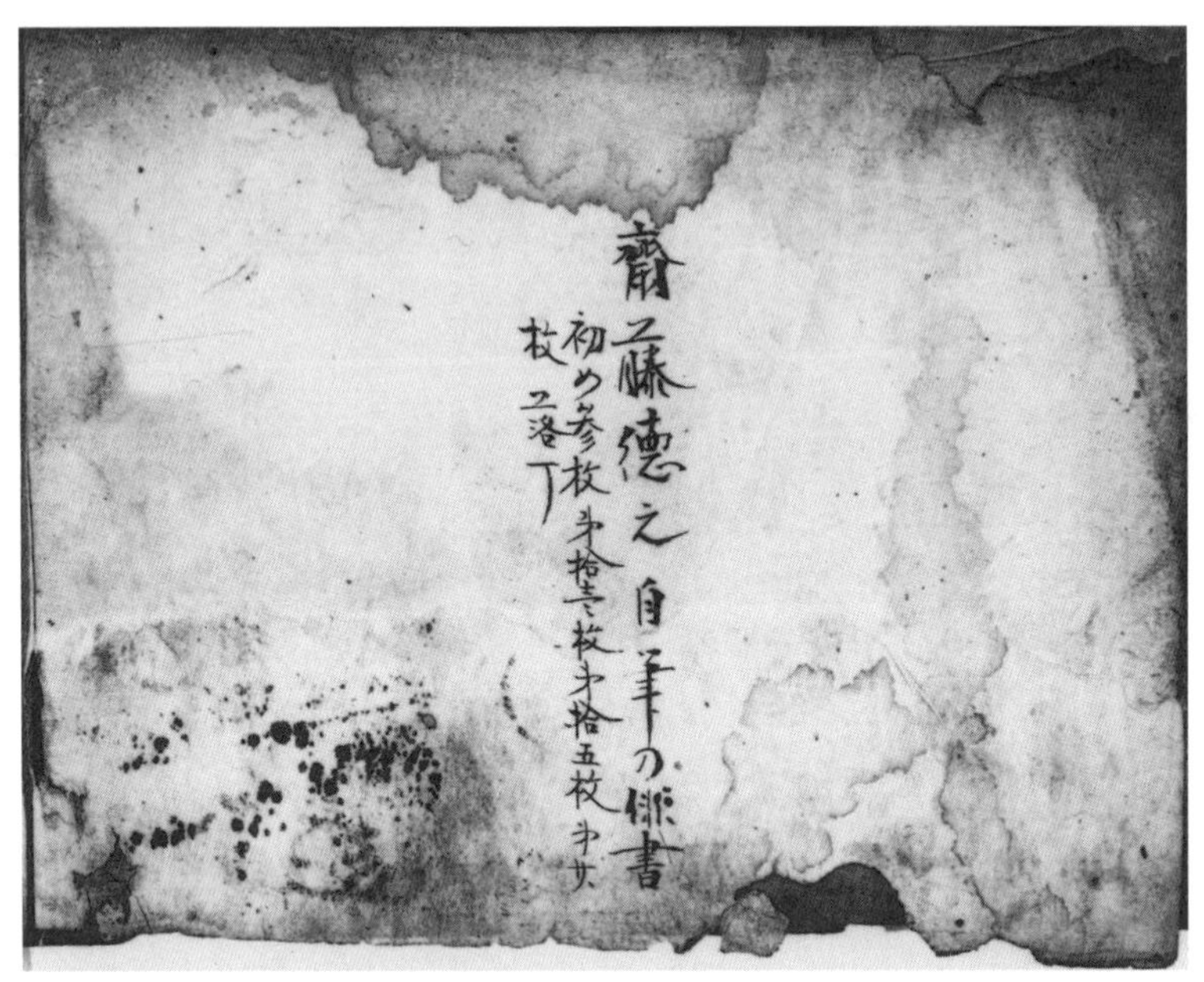

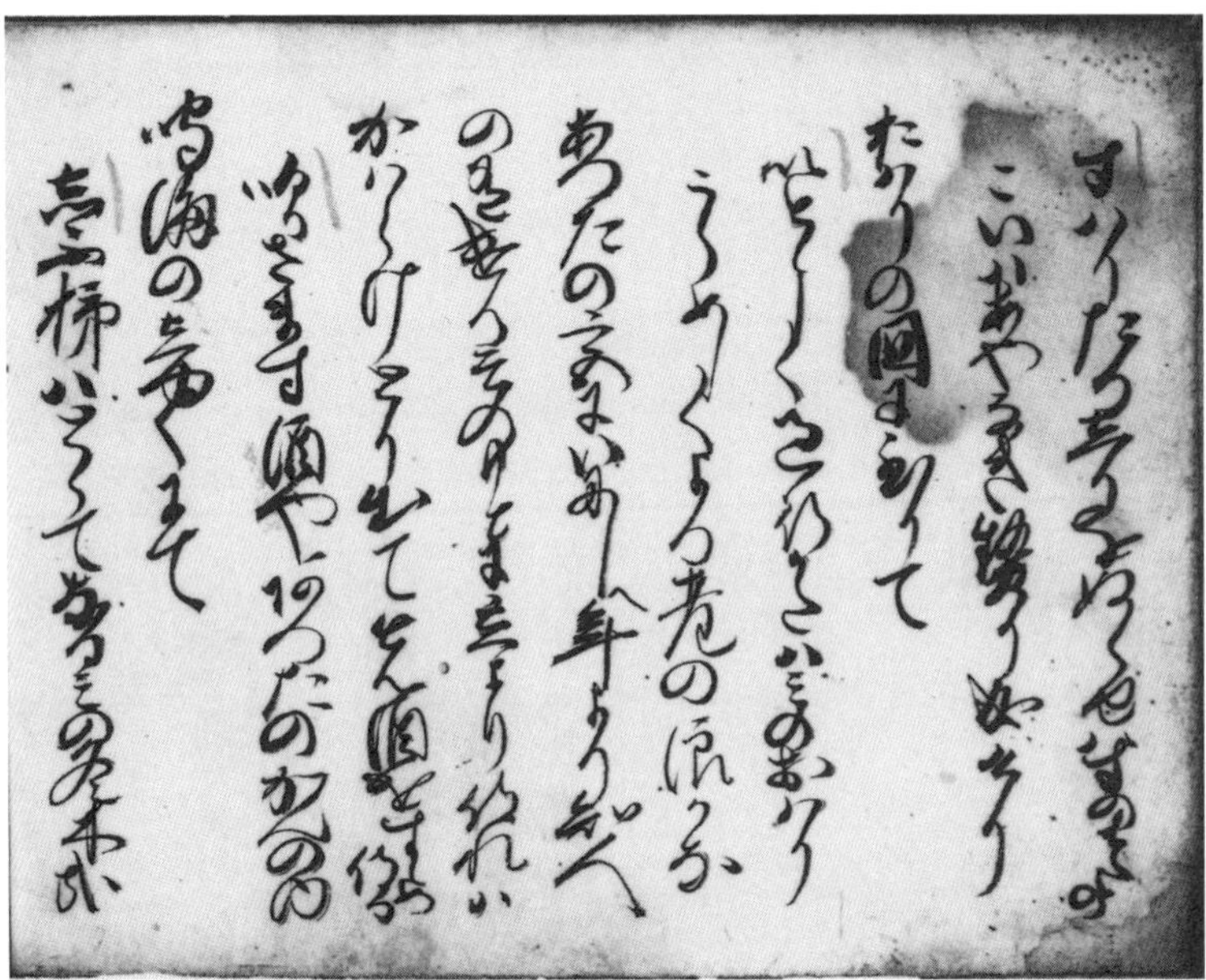

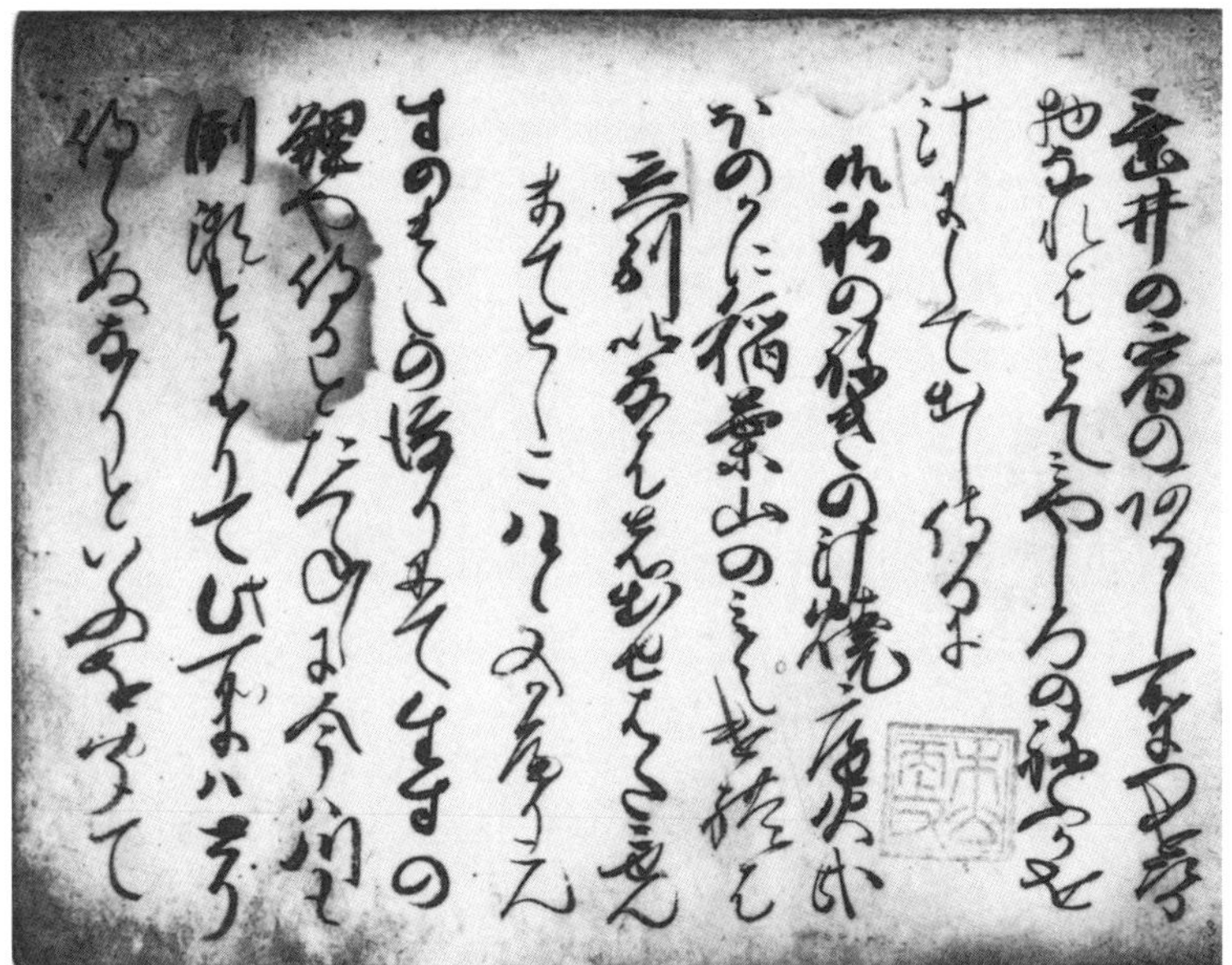

一オ

二オ

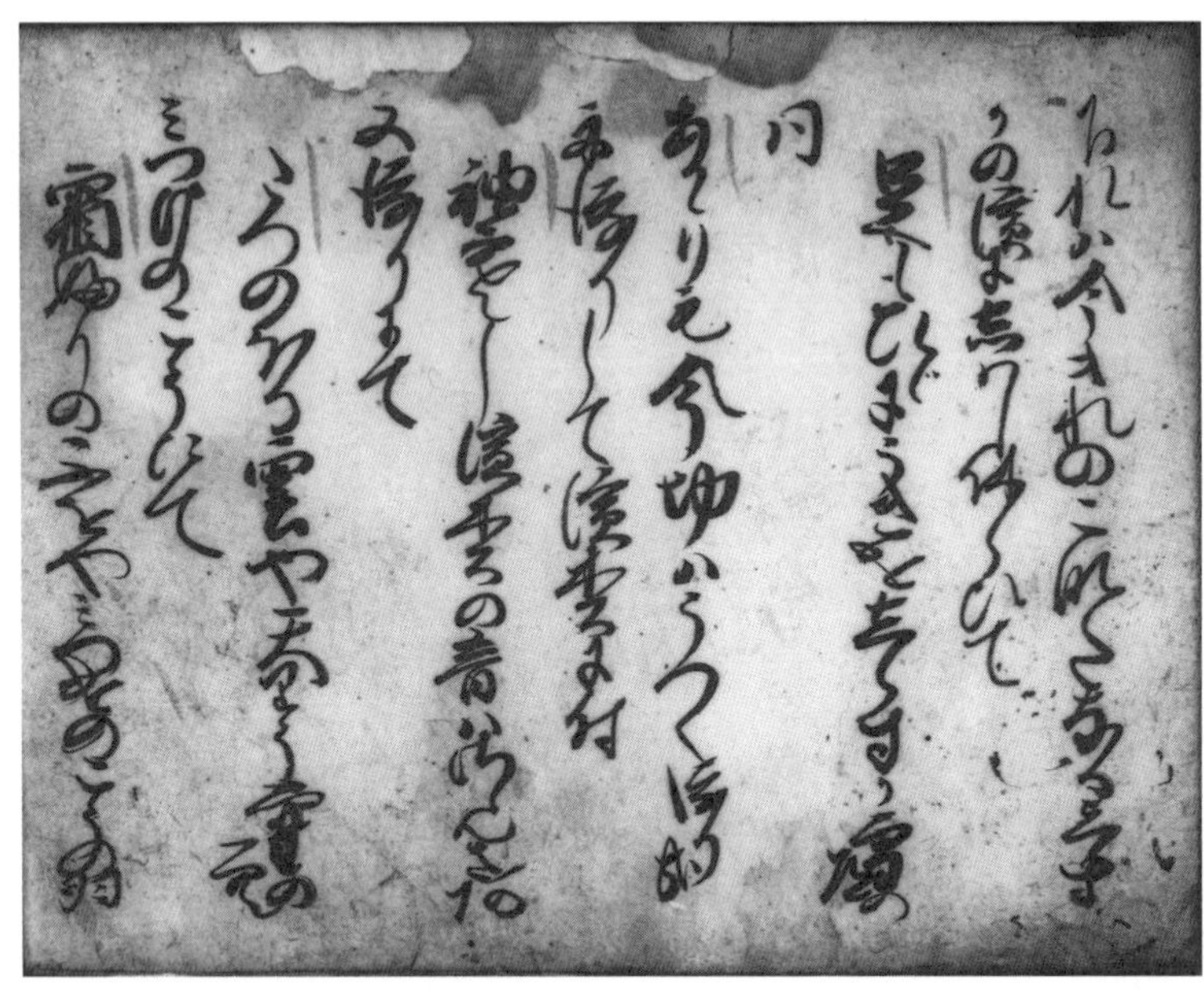

二ウ

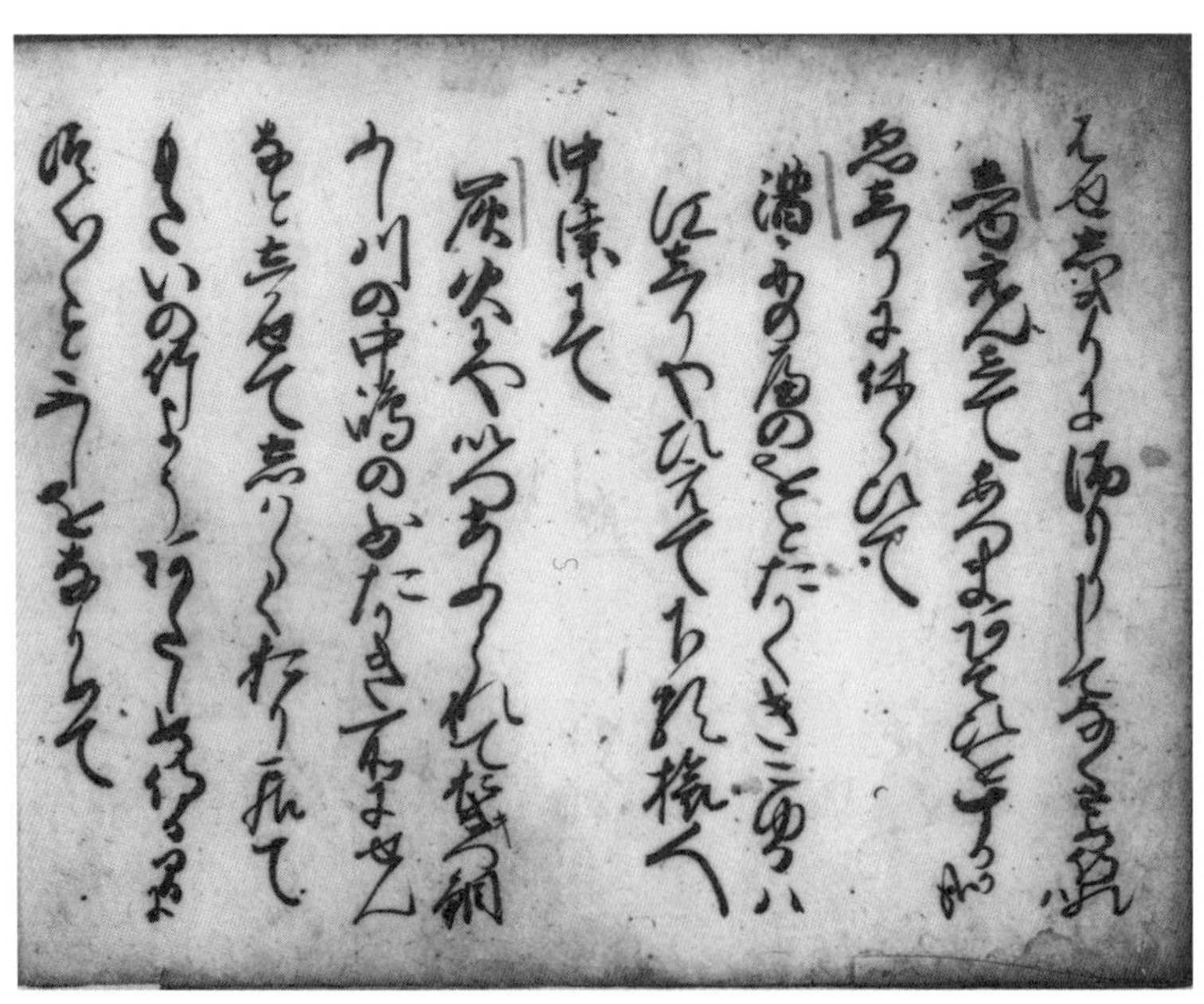

三ウ

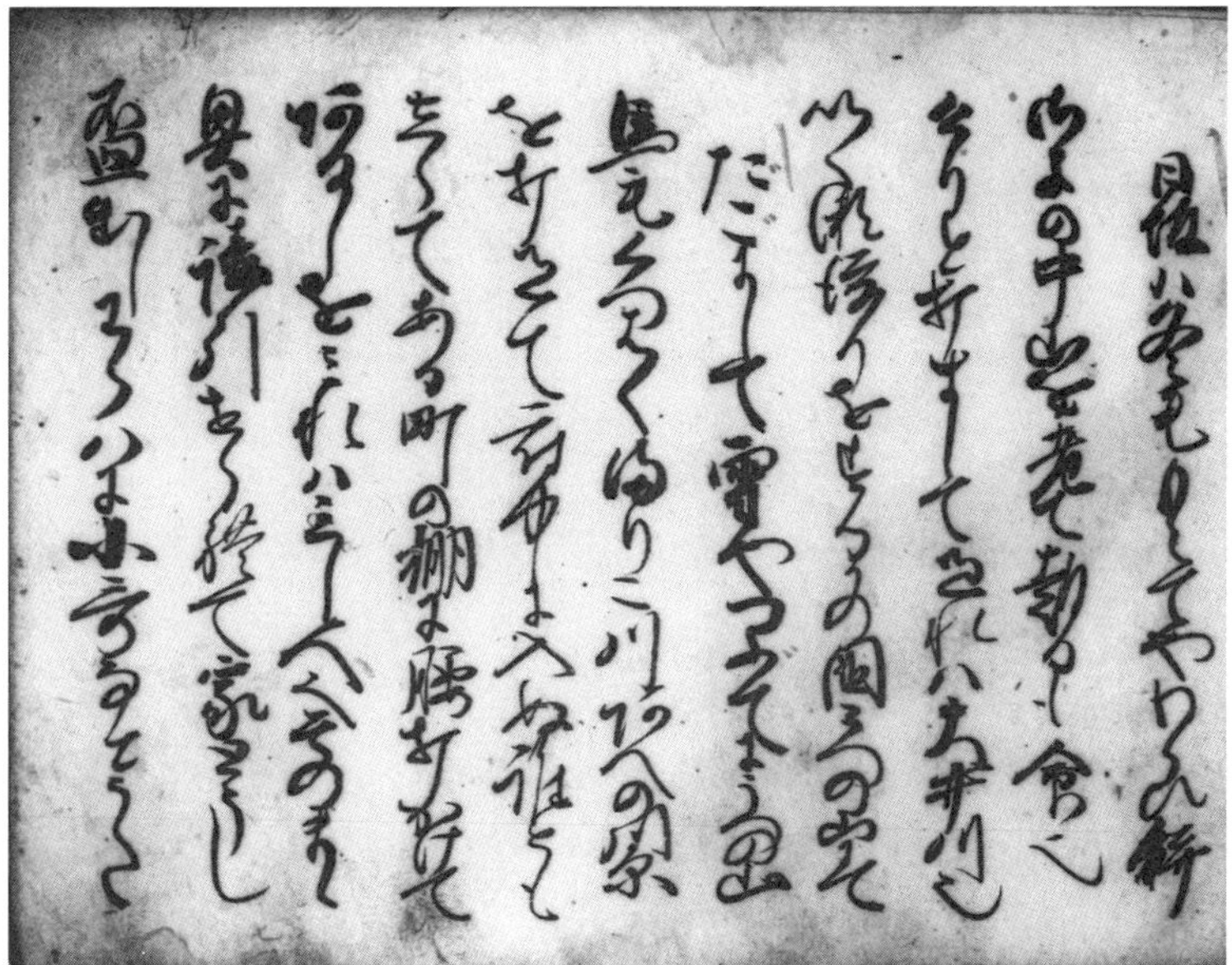

三オ

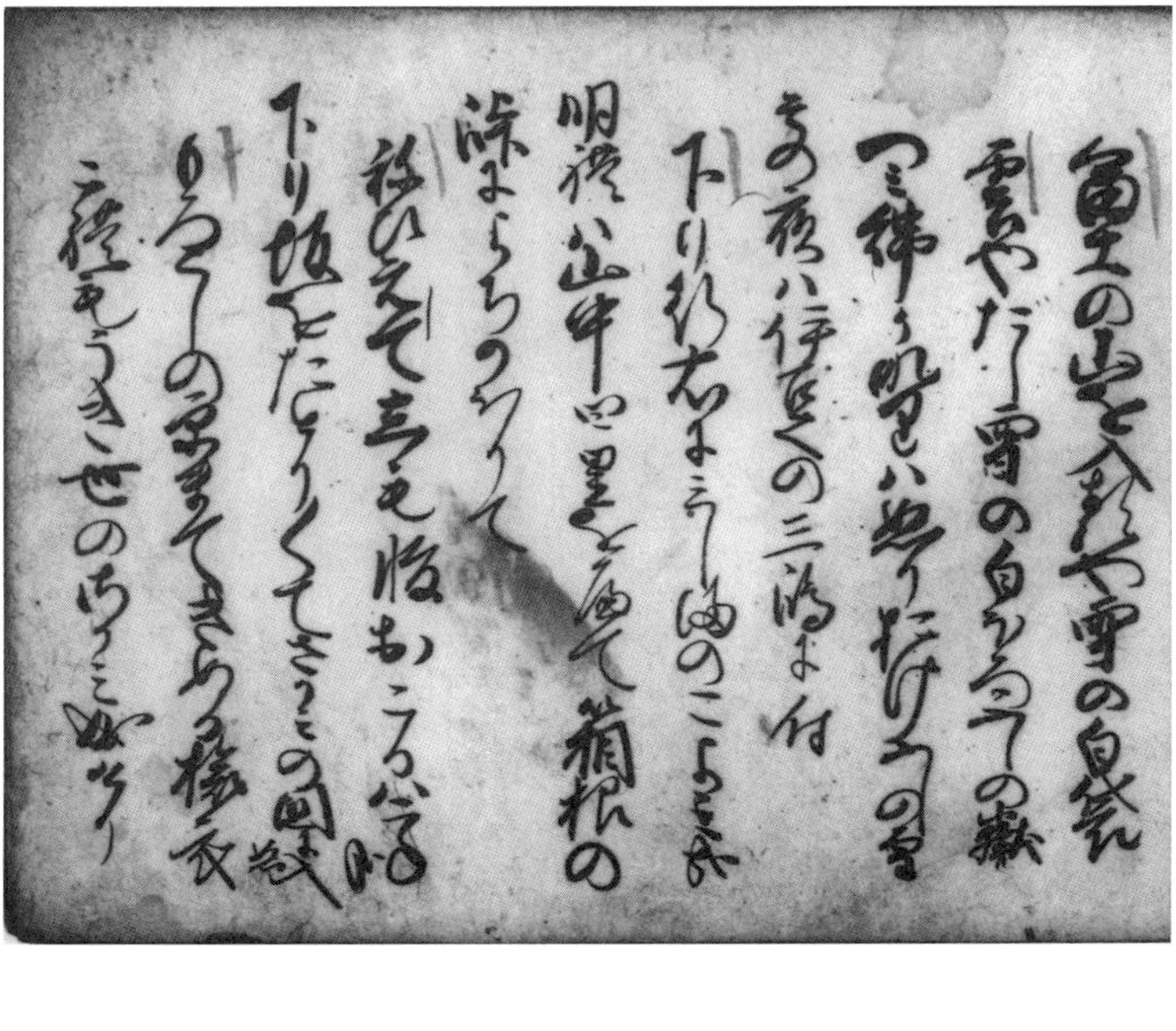

四オ

梅沢の里にゆるきの碓やひく
り〳〵ミわる木の臍ハにゆるきの
少郁をとてをきうちはのこと
大破のゆゝるうんとそ牛の尻
いろうゝいとのうゝを石を
ちへのうゝゝれとのすゝめ
石をうろにけトろひものる
えにの海りまして
家のいしやする人の海うま

しち年くゝ
ひ抱ゝきちゝ〳〵の
後多有年はこの匂え
て出秀不月て記ゝゝゝや
元日千ナリけしい
いとうれんきよむゝる日々の
春立やにゝそきの門の春
駒の目ををくるやうらへそ
まやをせ左ゝ得のつ天下
年ひとつとりてあやう
死魚つ

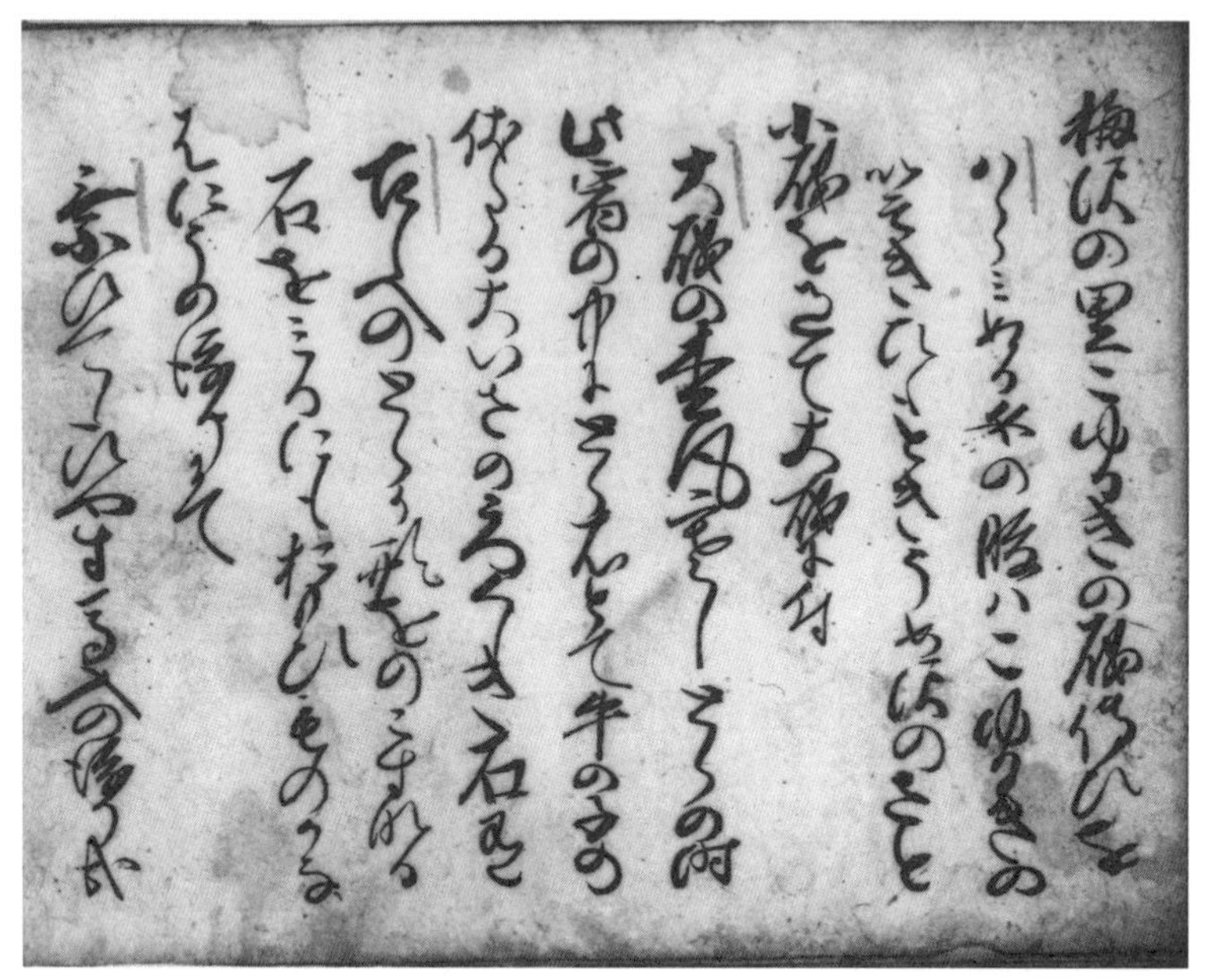

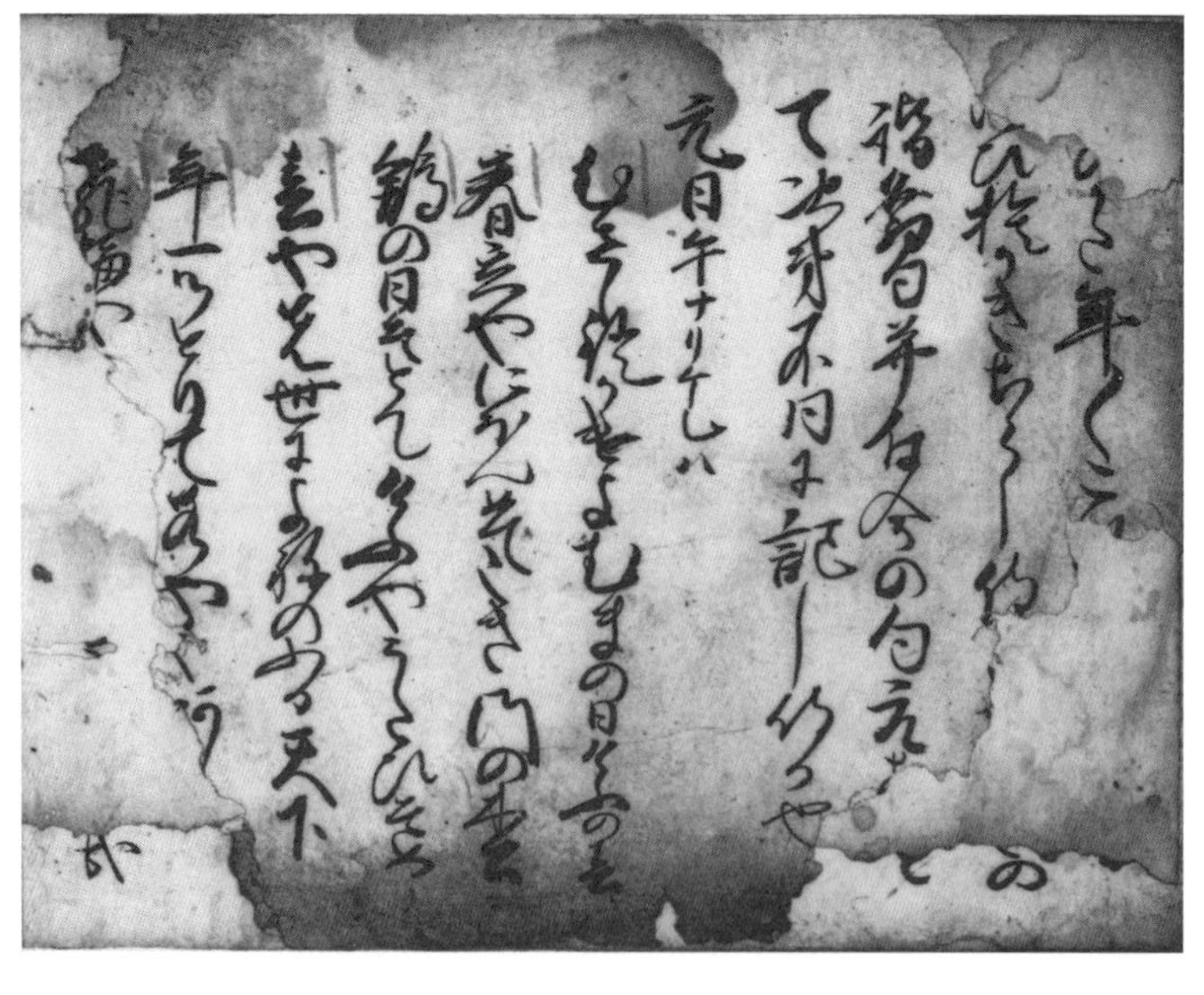

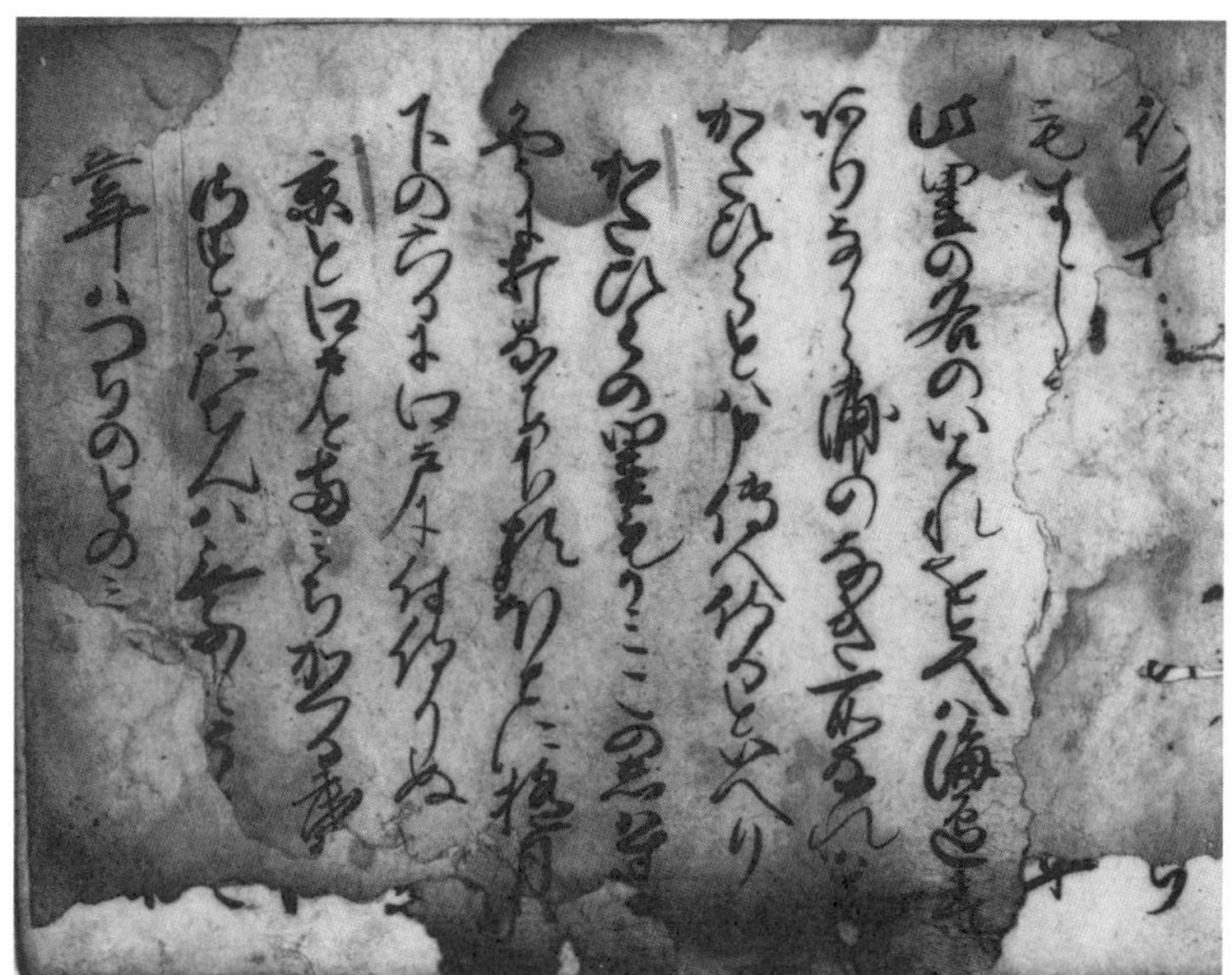

五オ

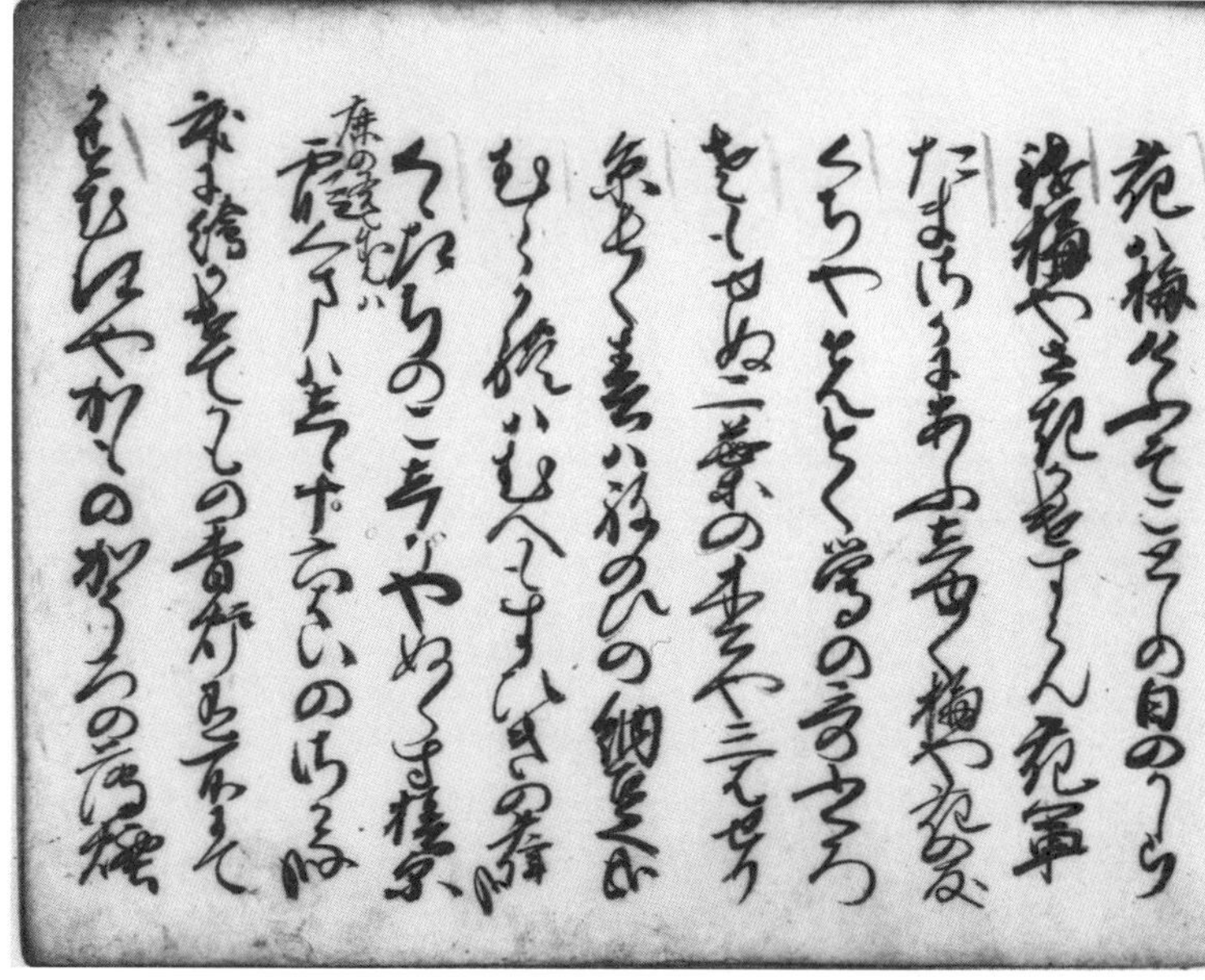

六オ

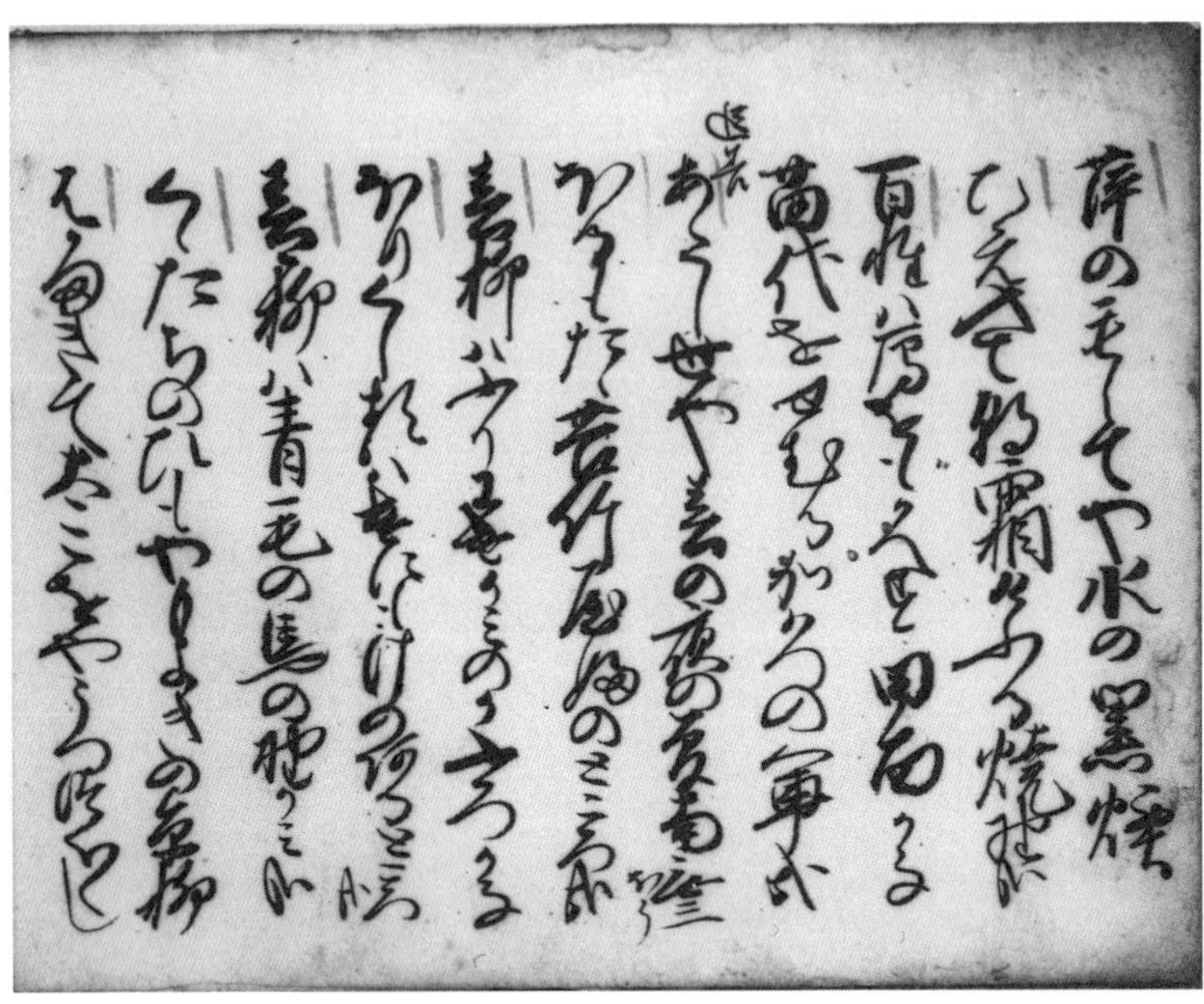

六ウ

七ウ

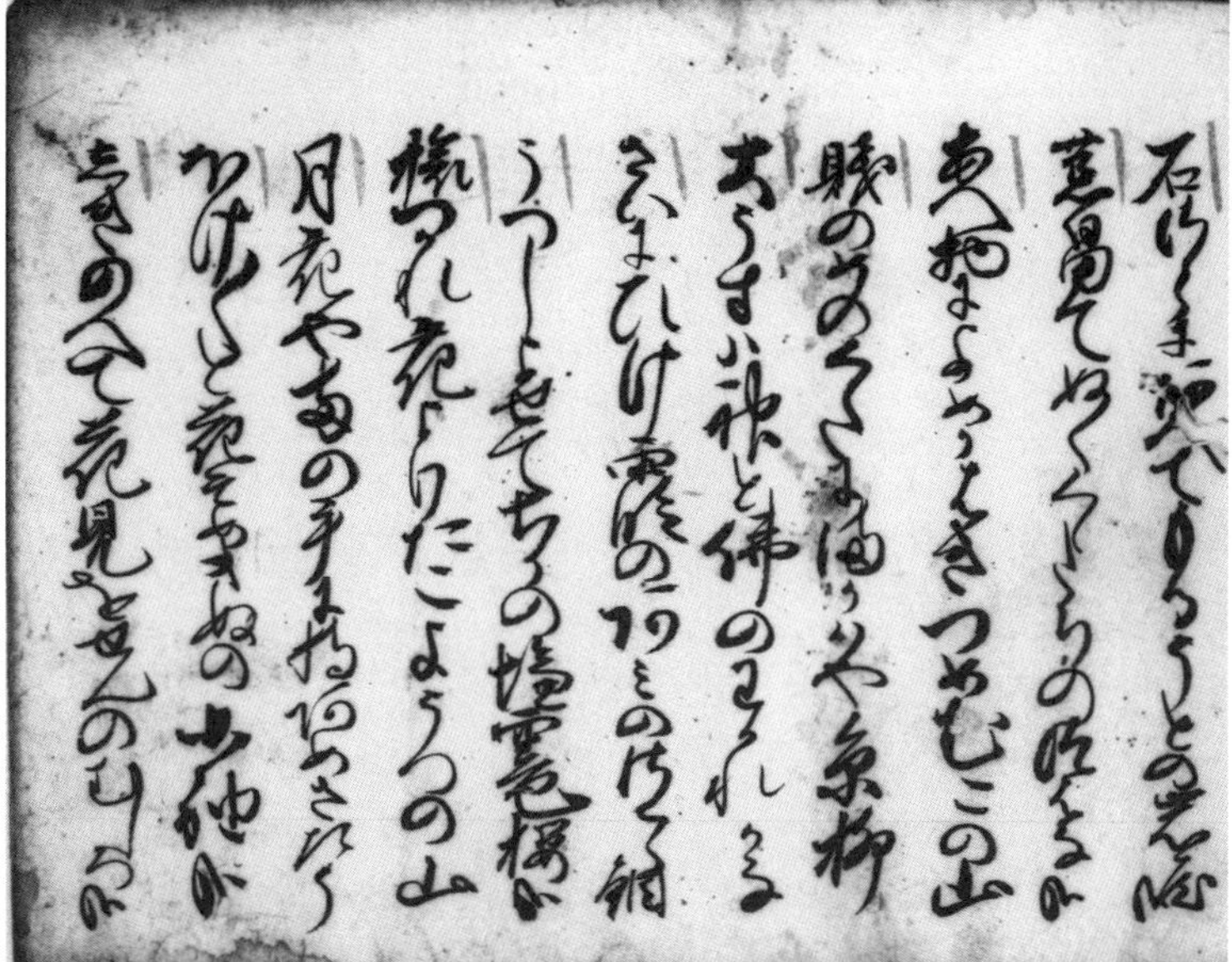

七オ

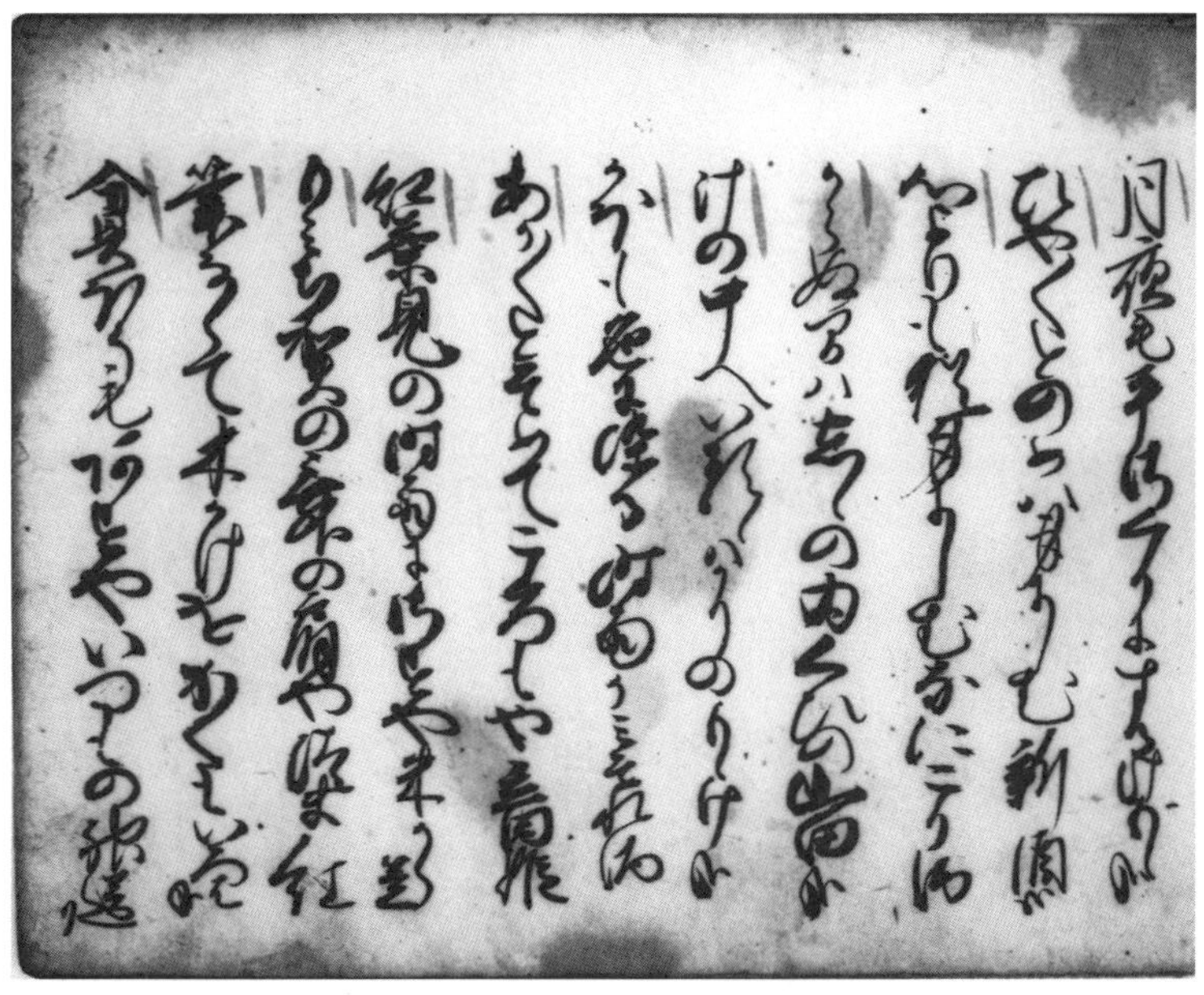

八オ

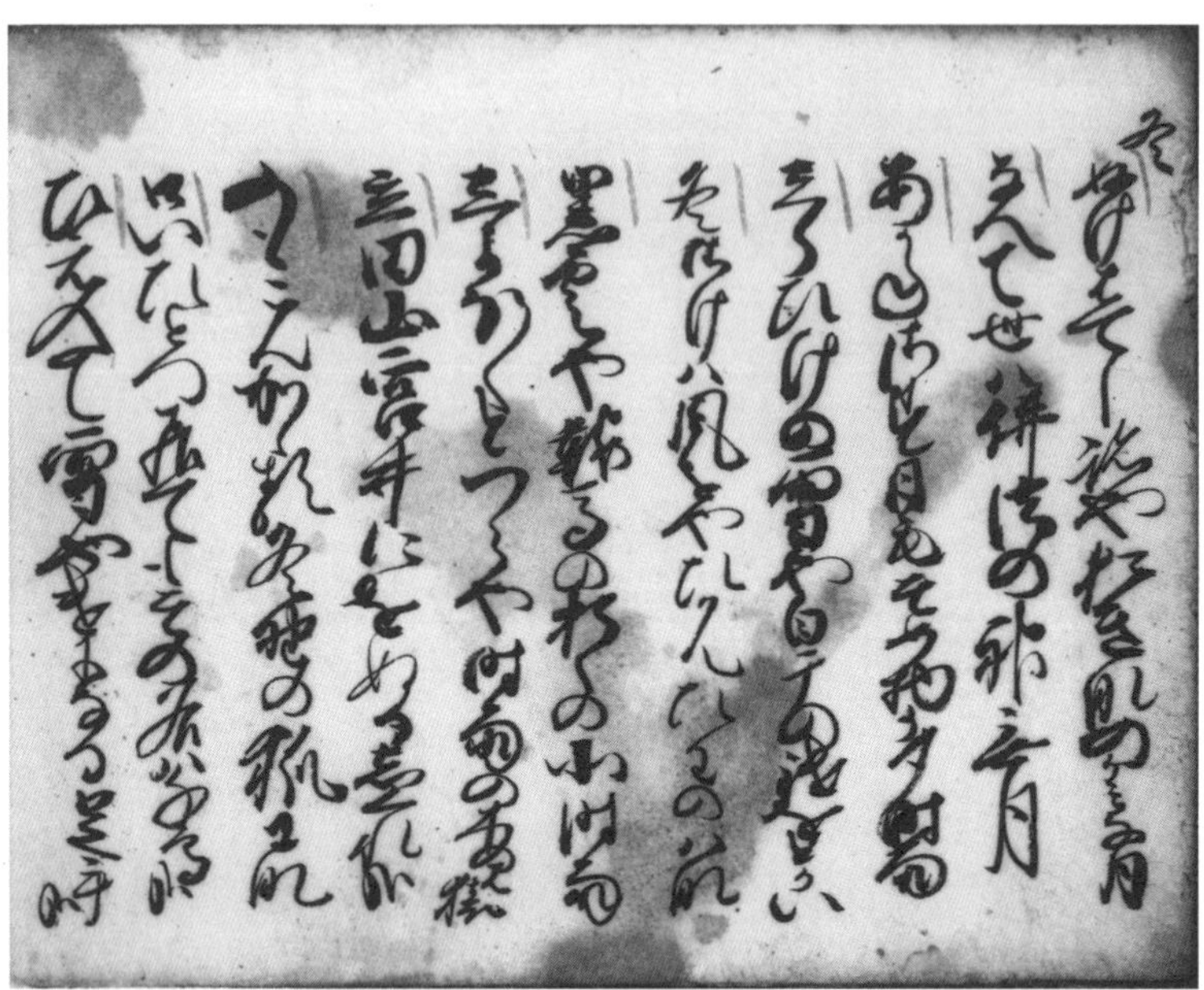

九ウ

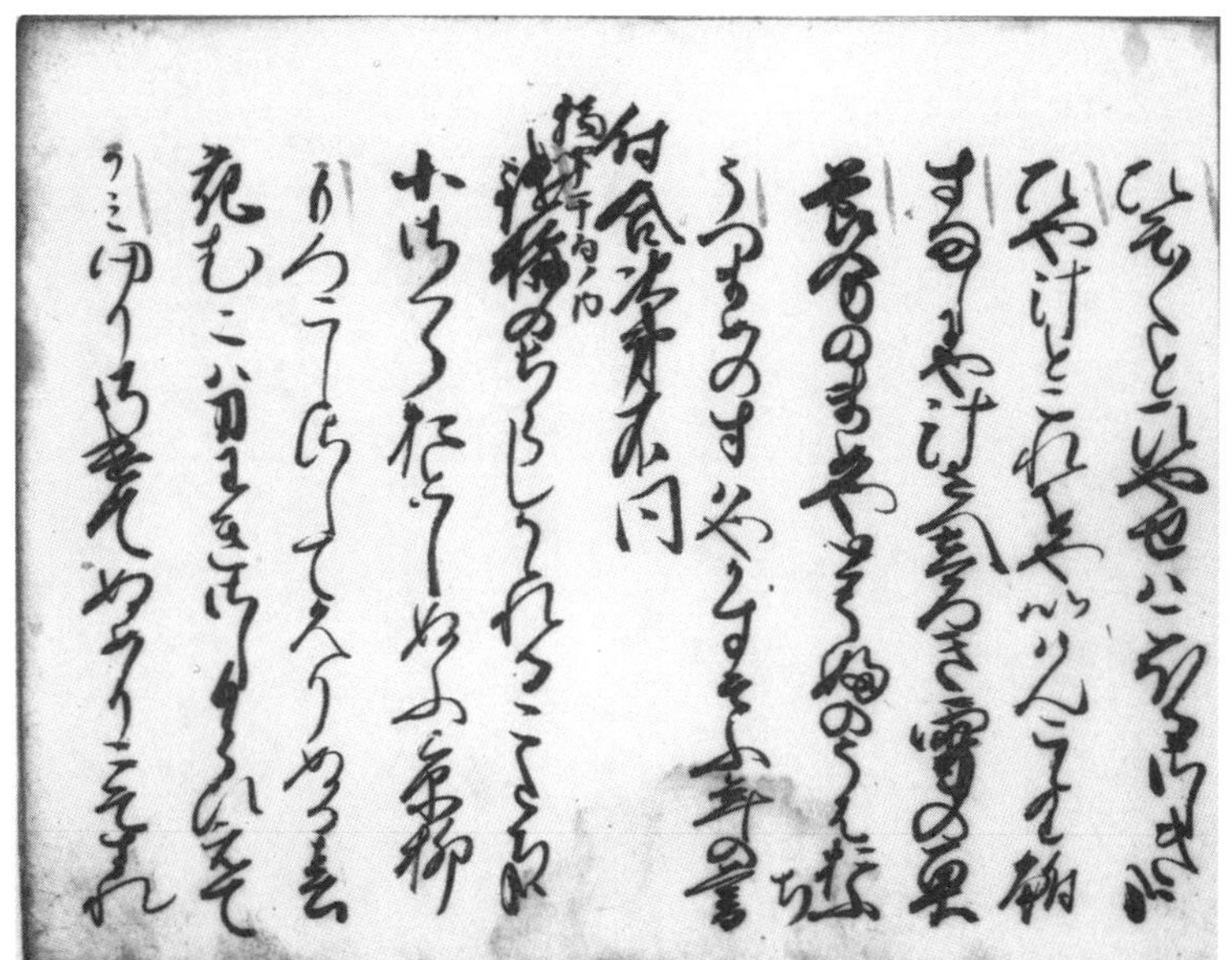

九オ

一〇オ

一〇ウ

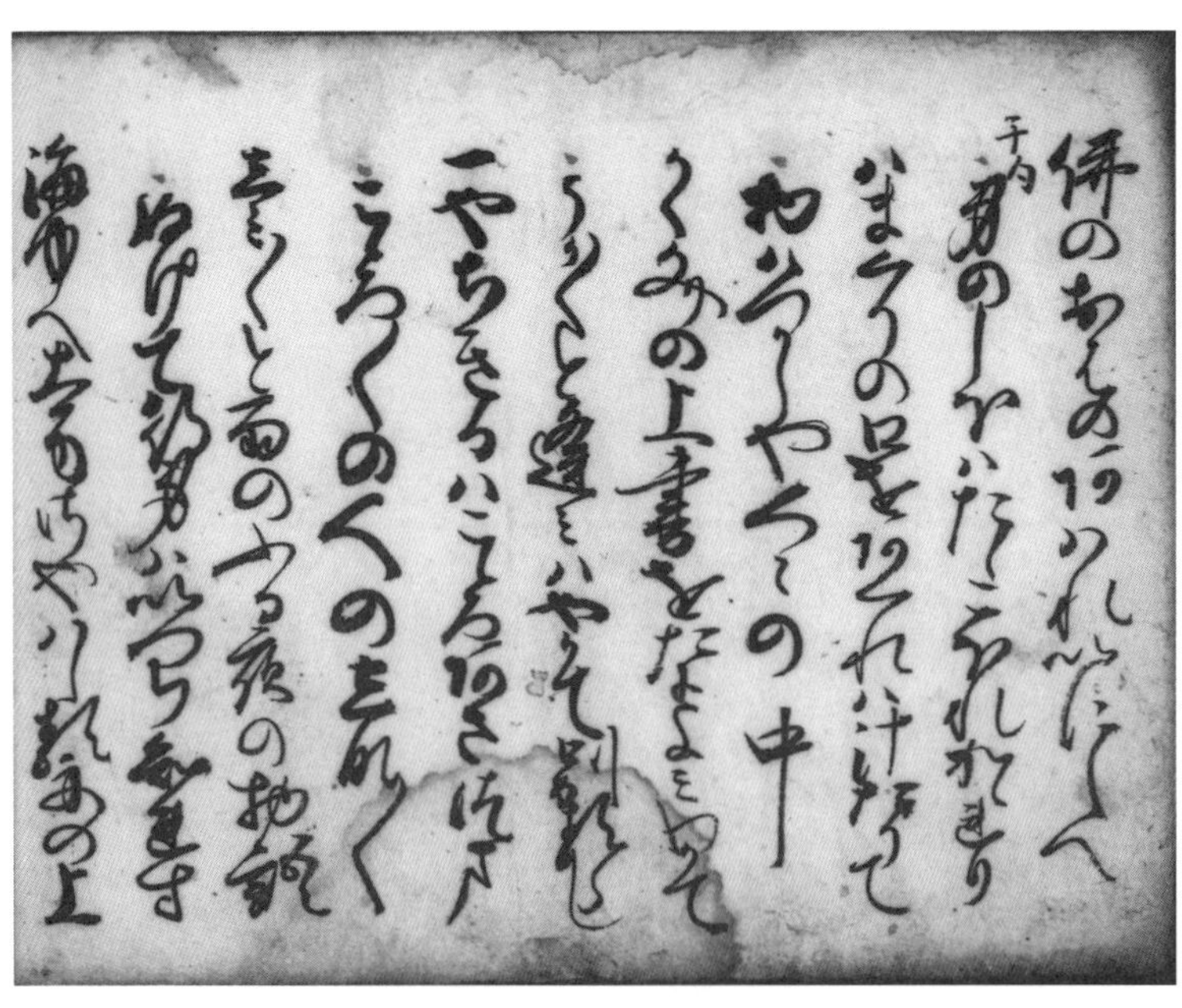

一一ウ

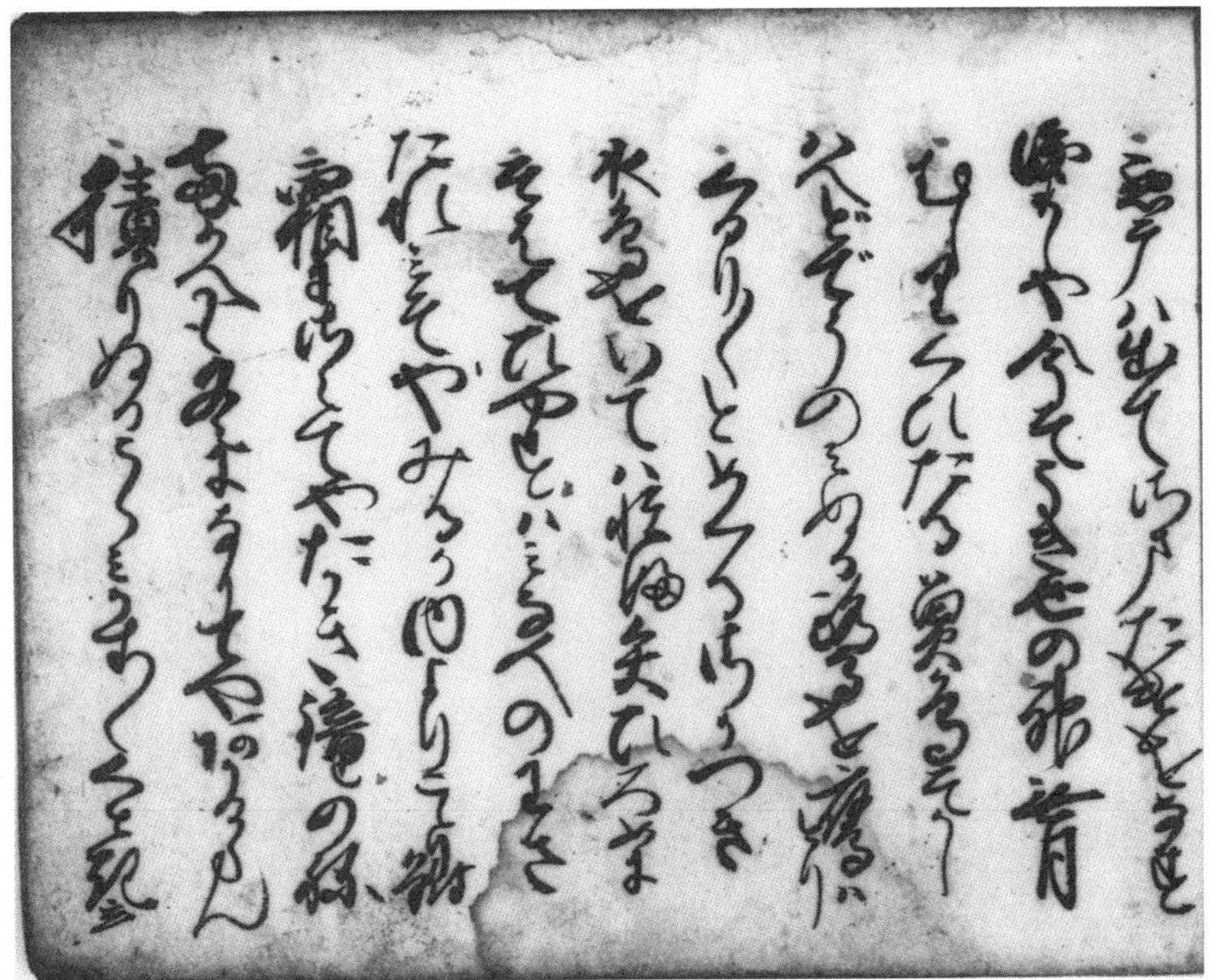

一一オ

一二オ

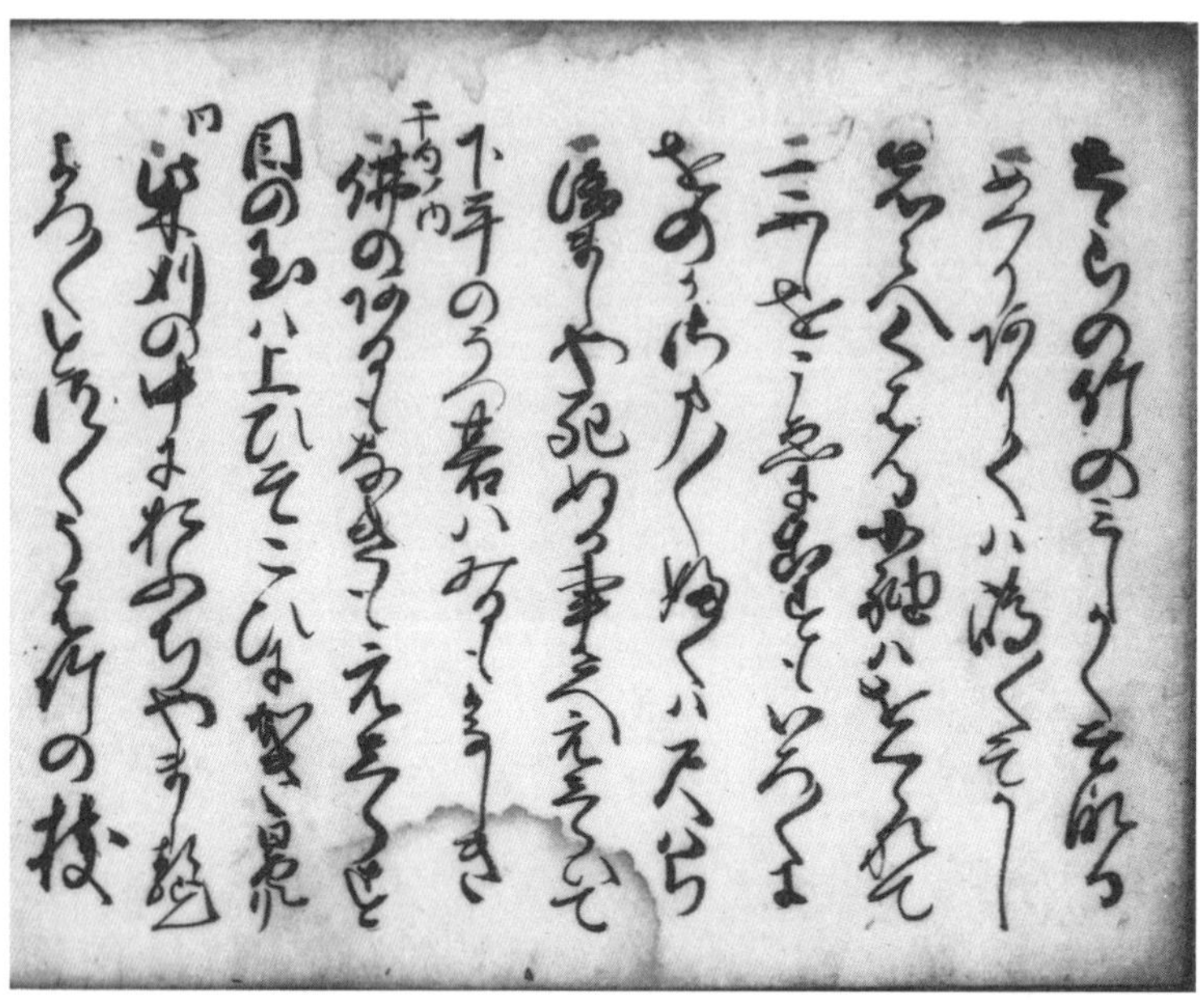

一二ウ

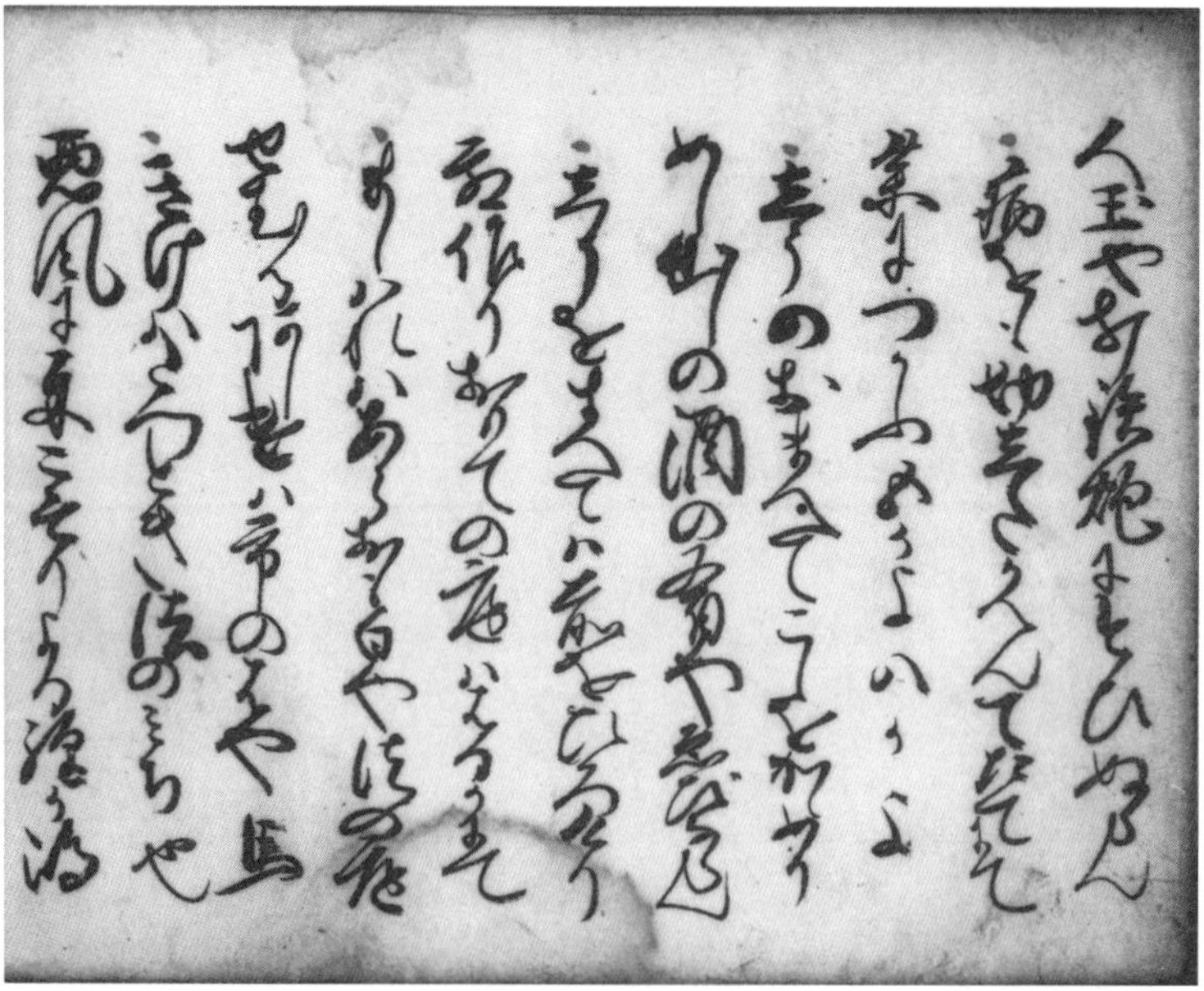

一三ウ

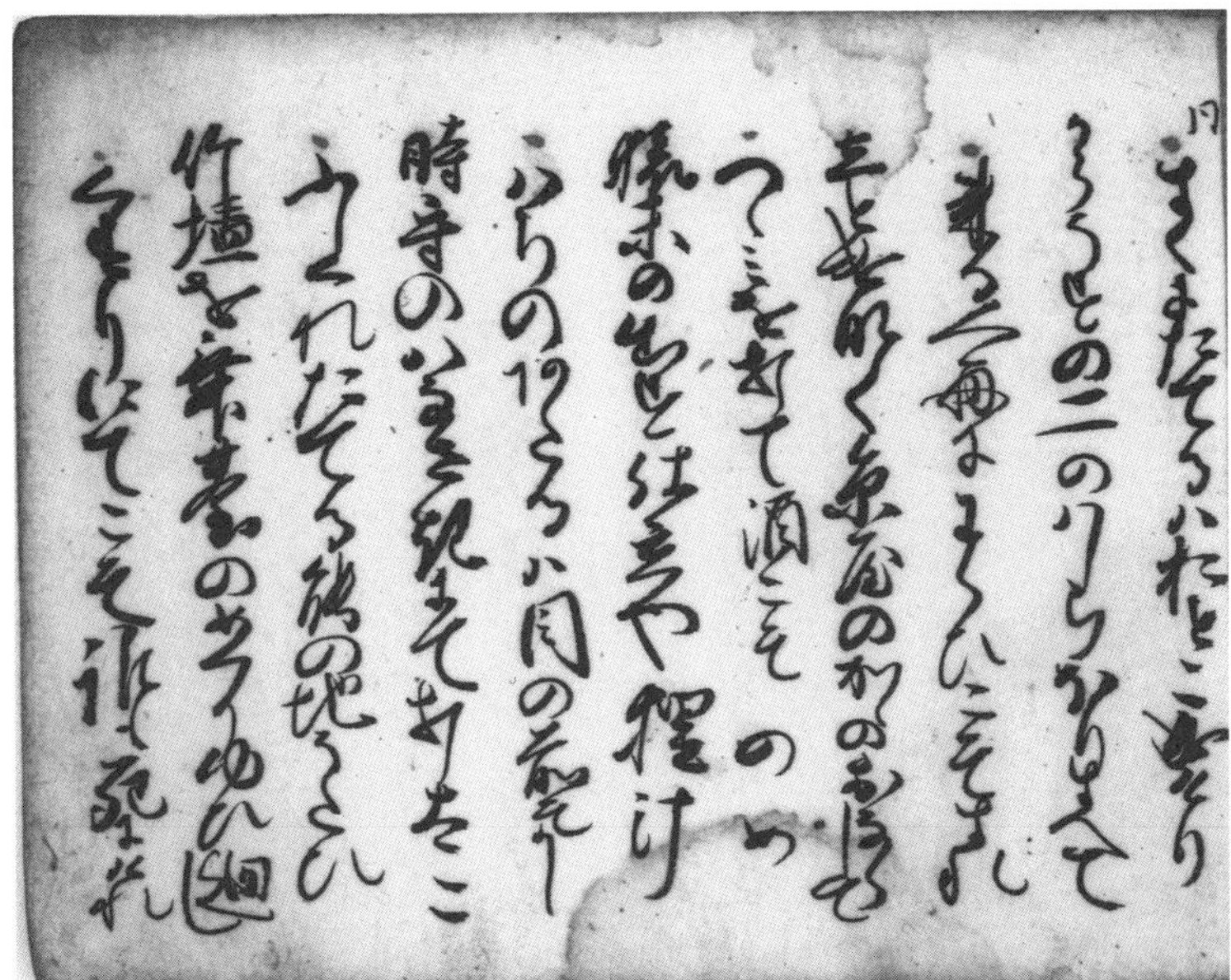

一三オ

一四オ

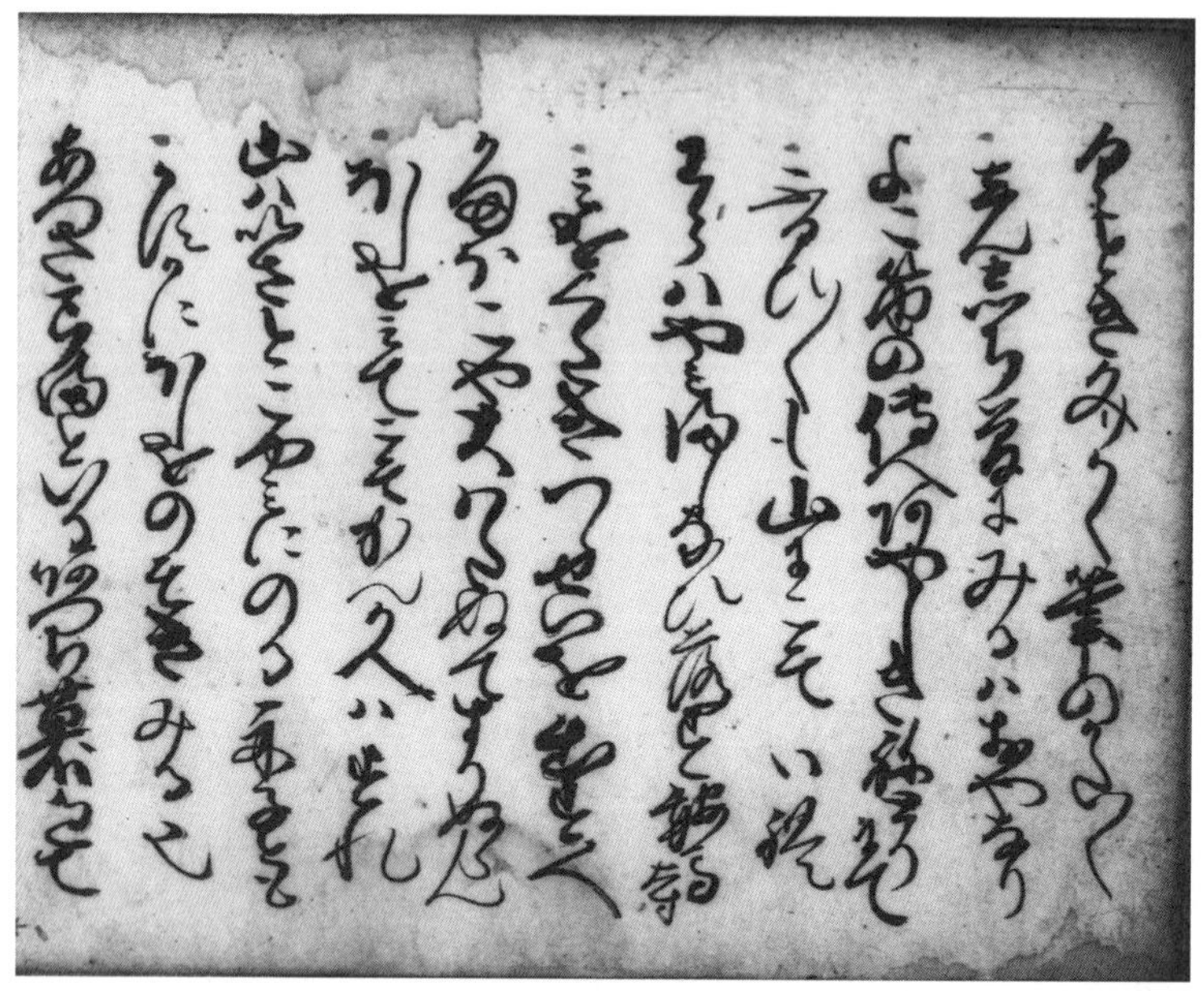

一四ウ

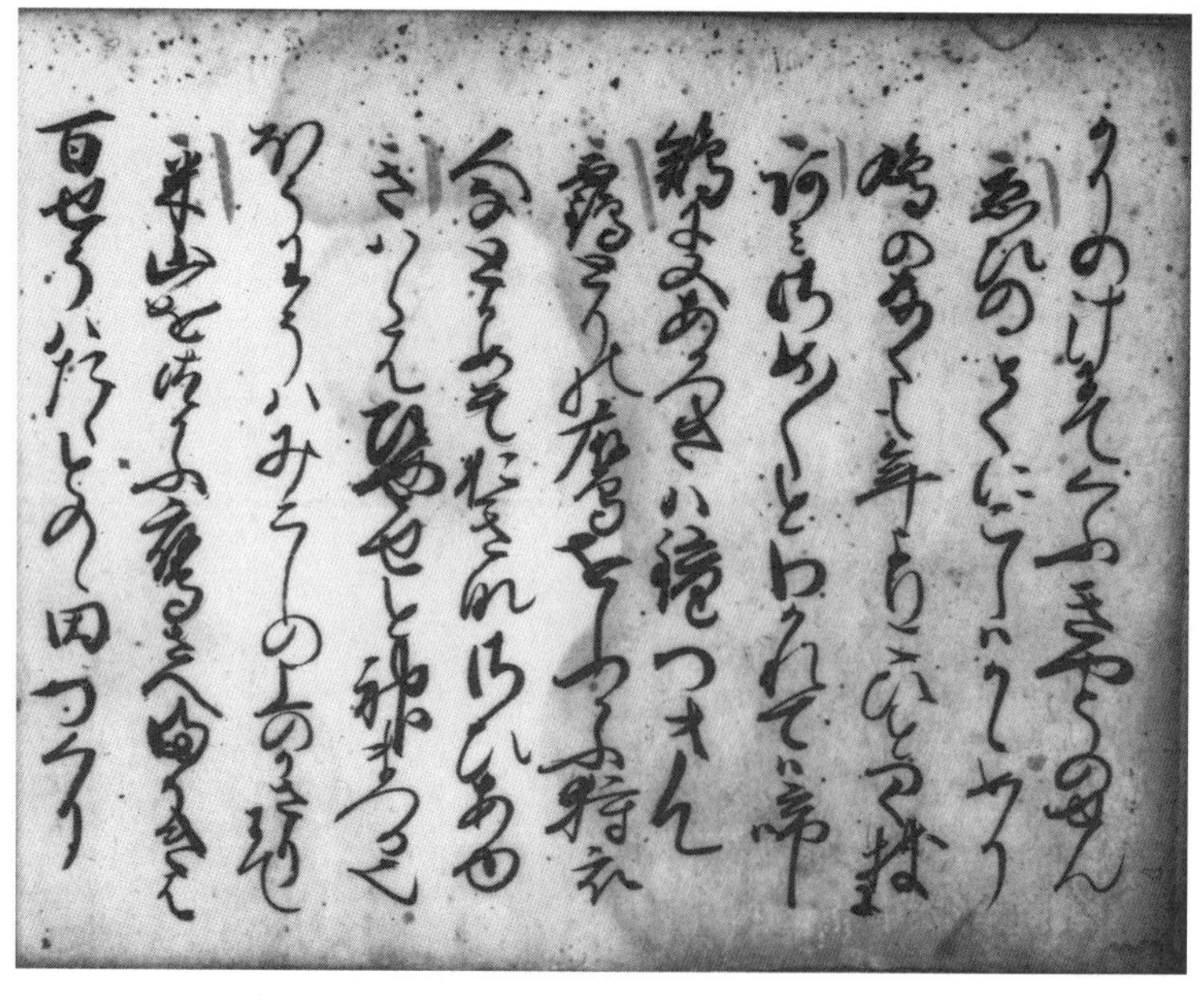

一五ウ

くずさ恐らく業のつく
亮をうてるまよみるハあやうり
よ、箱の伝へけやまきろ結ぬ
こうひくし山まそいは
そういやもゆるい底を細管
ミるてきつせらをます
色かこやくヽてるすす愁
刈とえぞえむへへ文は
山にをとこ而をにのる而をて
にのをひへきみるこ
あさを面とろ鳴つり葉そて

うのけりそらふきやの
もり句そにてつしつ
鳴のすく年り云つま
ひゆめくとわれてで帝
鵜よあるき比しつれ
露よれ廣こつろ特れ
今まそそたされけいあ
さいくん始色と祁そつ
かまろいみろしの上の
米山を浴ふ底きへ曲き
百せろ作くとの田つり

一五オ

羽ぬひもつゝけて浪よ気せて
うこのそこま川あや―引く兵
あまこえぎくにのたつ音も
見ハや奴ハいそくやんれ
もるまにふらつやけをとう
庵とうらものよい入そてな
うらたにハうミゆのそより
引きの貝ハ祭り久を
御菊や濃てれ目の紅雲鶴
とる色にたつ戸のうミつゝ
よう人の貫ハとらふら網

一六オ

石沈の釣や瀧のひりりん
雲よとうふころこ川年まちり
蓋とれなたる面のぬれ緒
雪て宛せ忘年ことまも絶
鹹等ハ似るたる雪にをり
そらつハ似るとはすみ玉ハよ
いつり鳴とりむきすのん
椎井まよろハたうのるらは
やさ羽のわけめつくへて三河
ひをる上ころ尼つてよまり
紅華およ細代ハをこ袋て

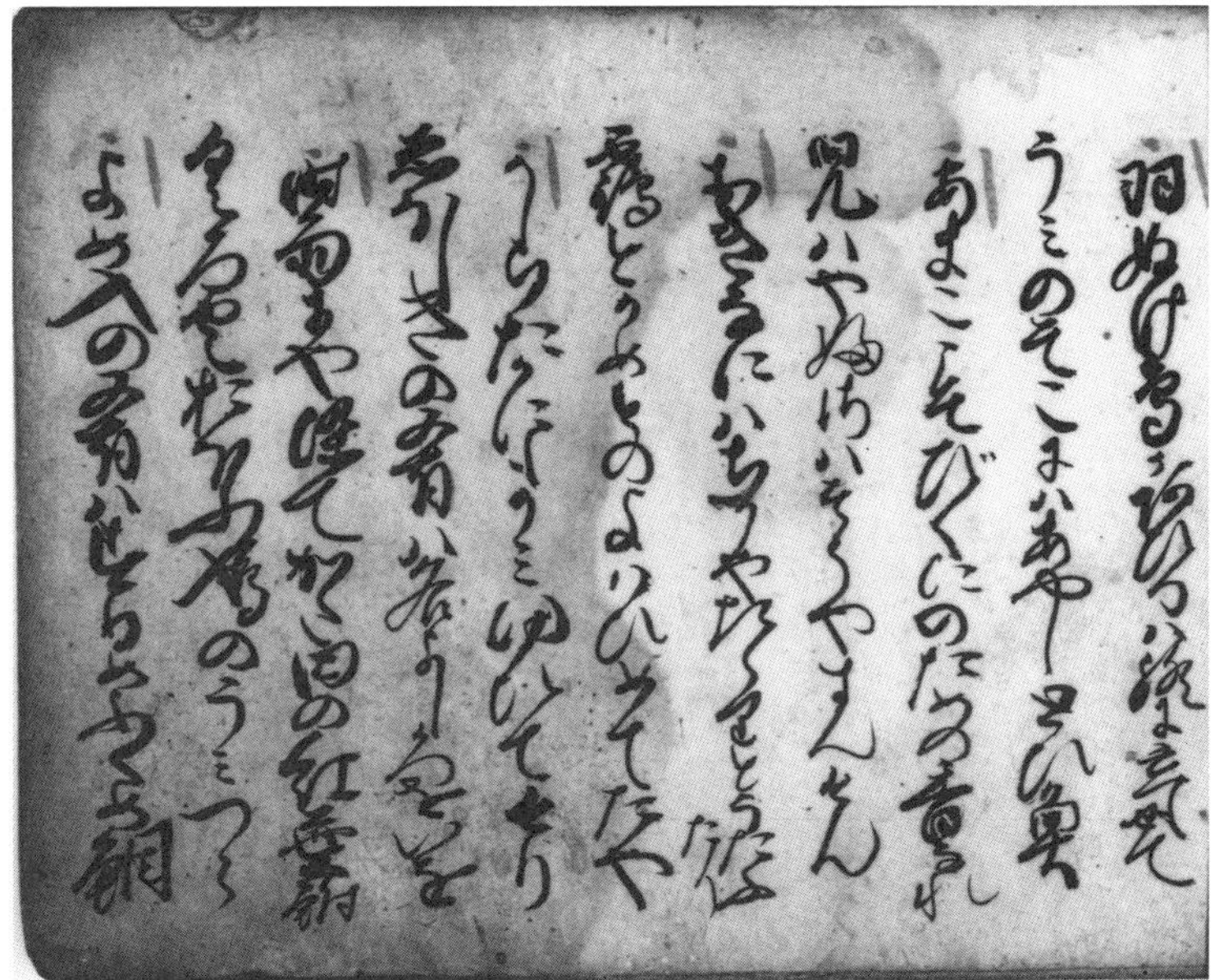

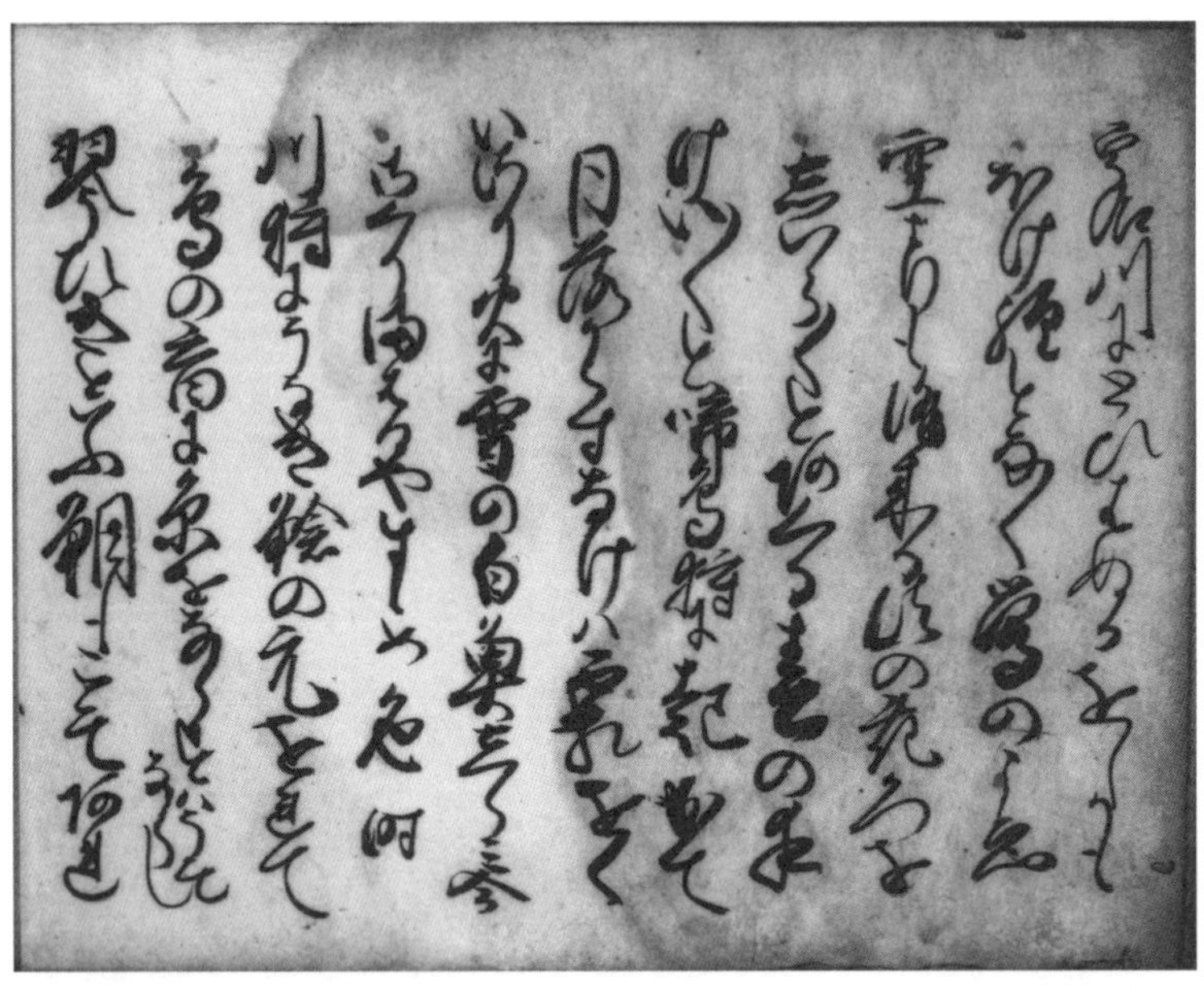

一六ウ

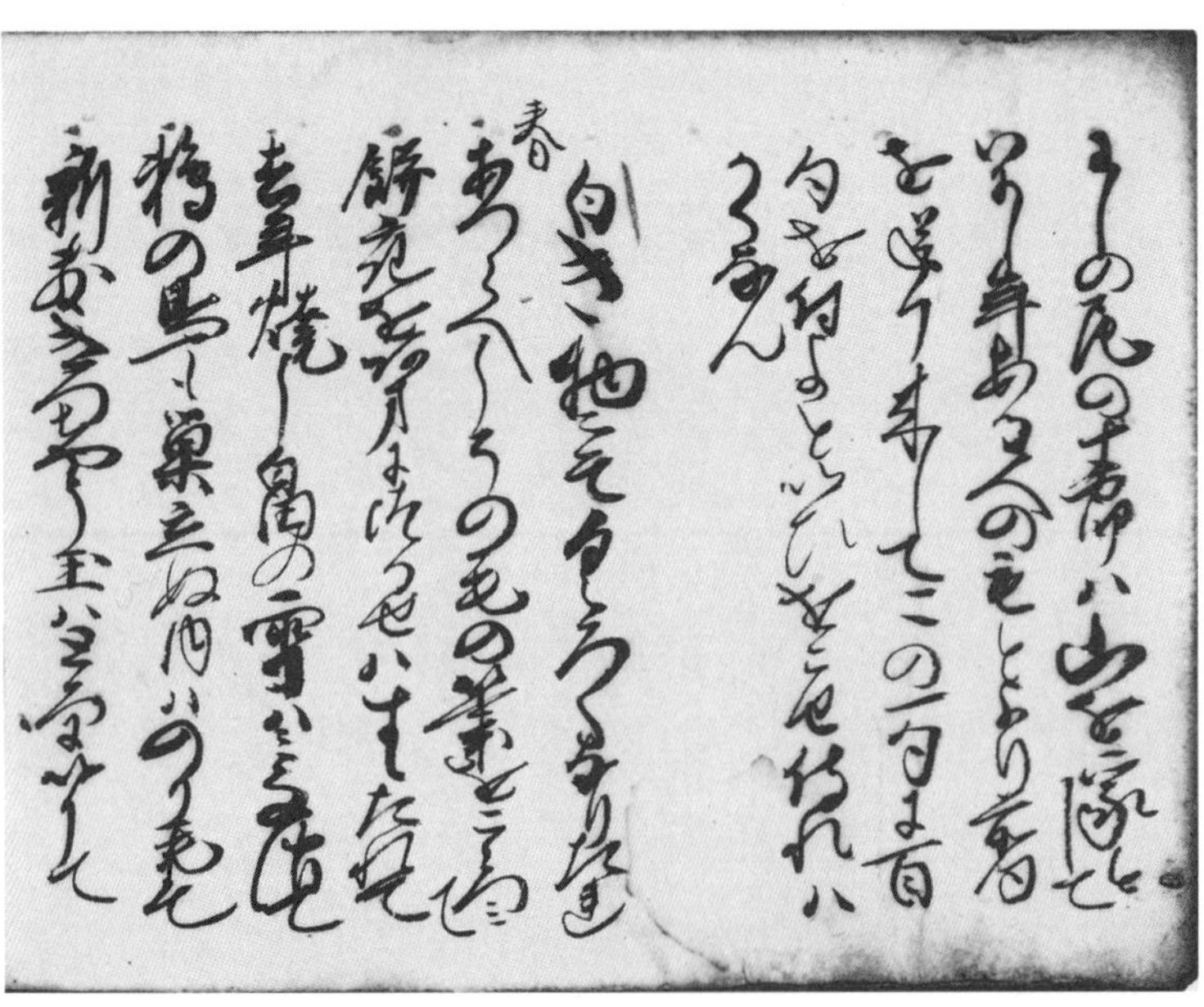

一七ウ

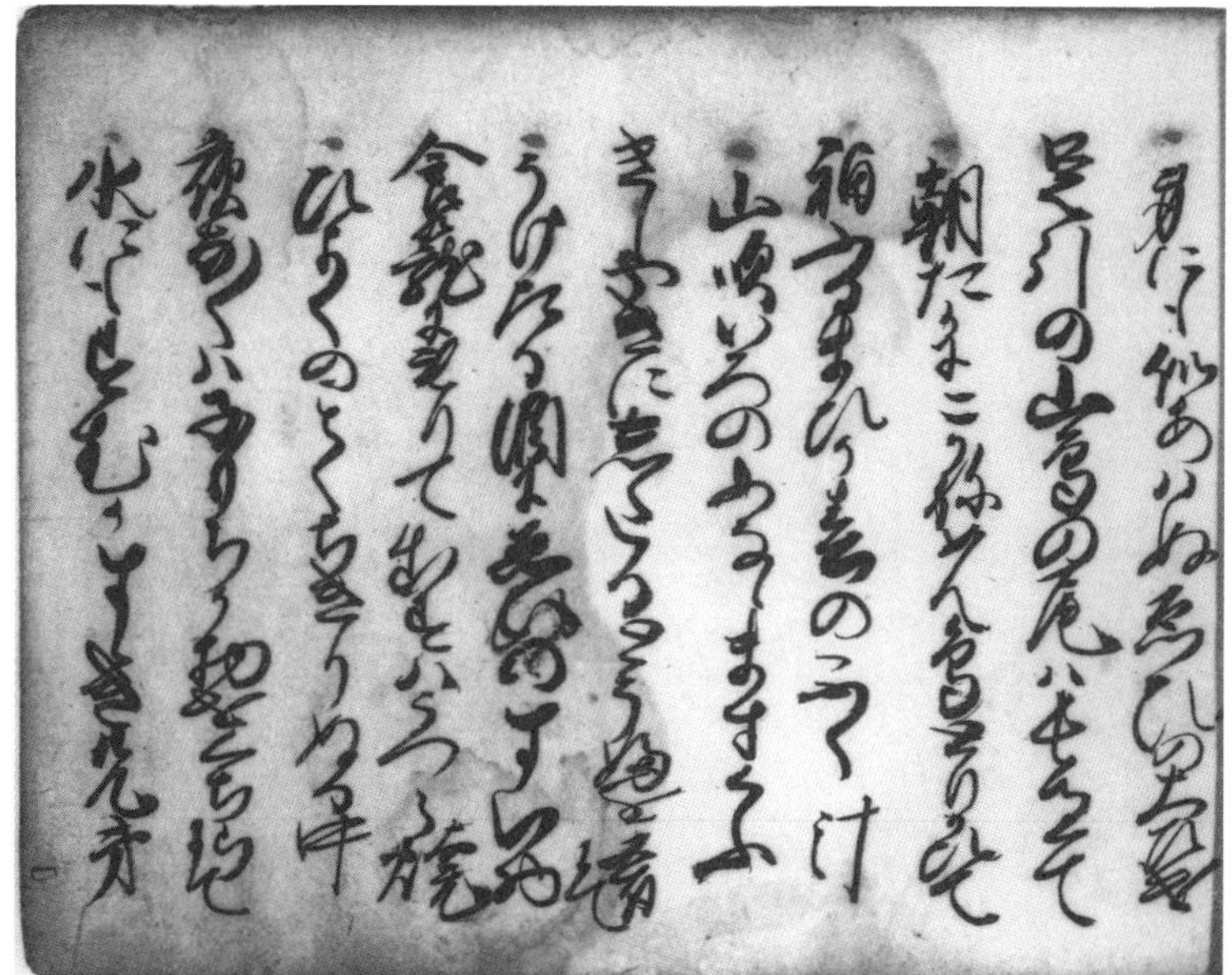

一七オ

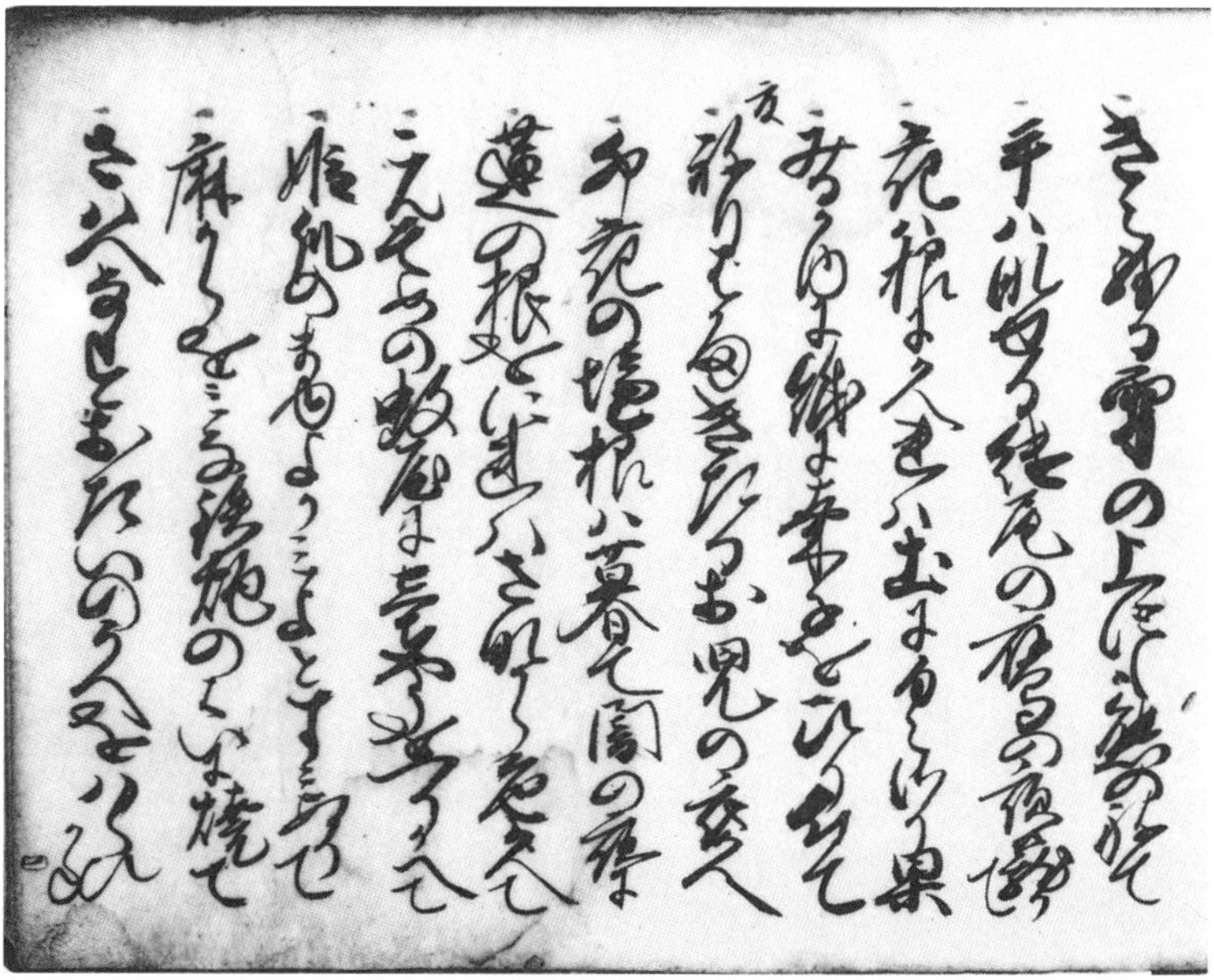

一八オ

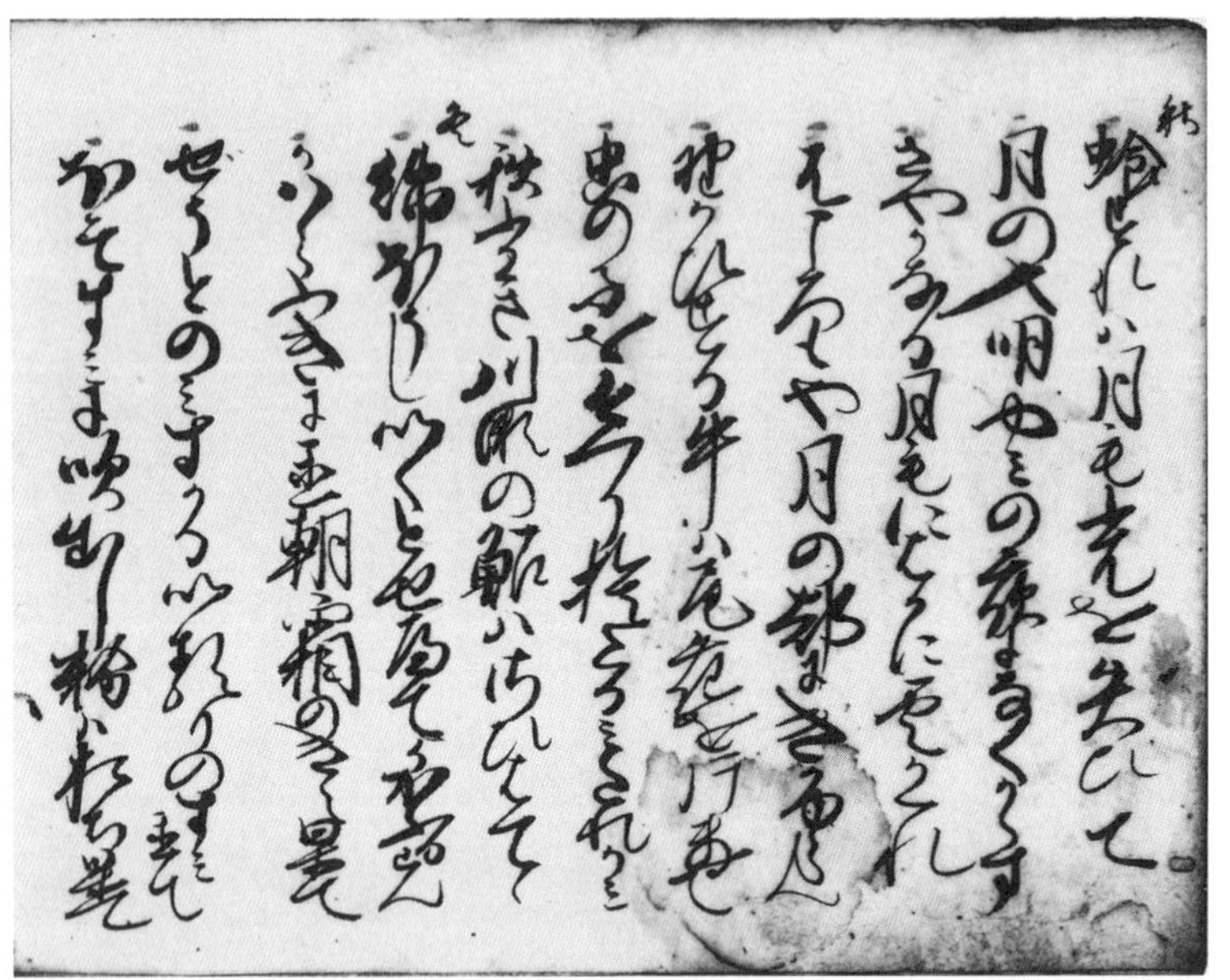

一八ウ

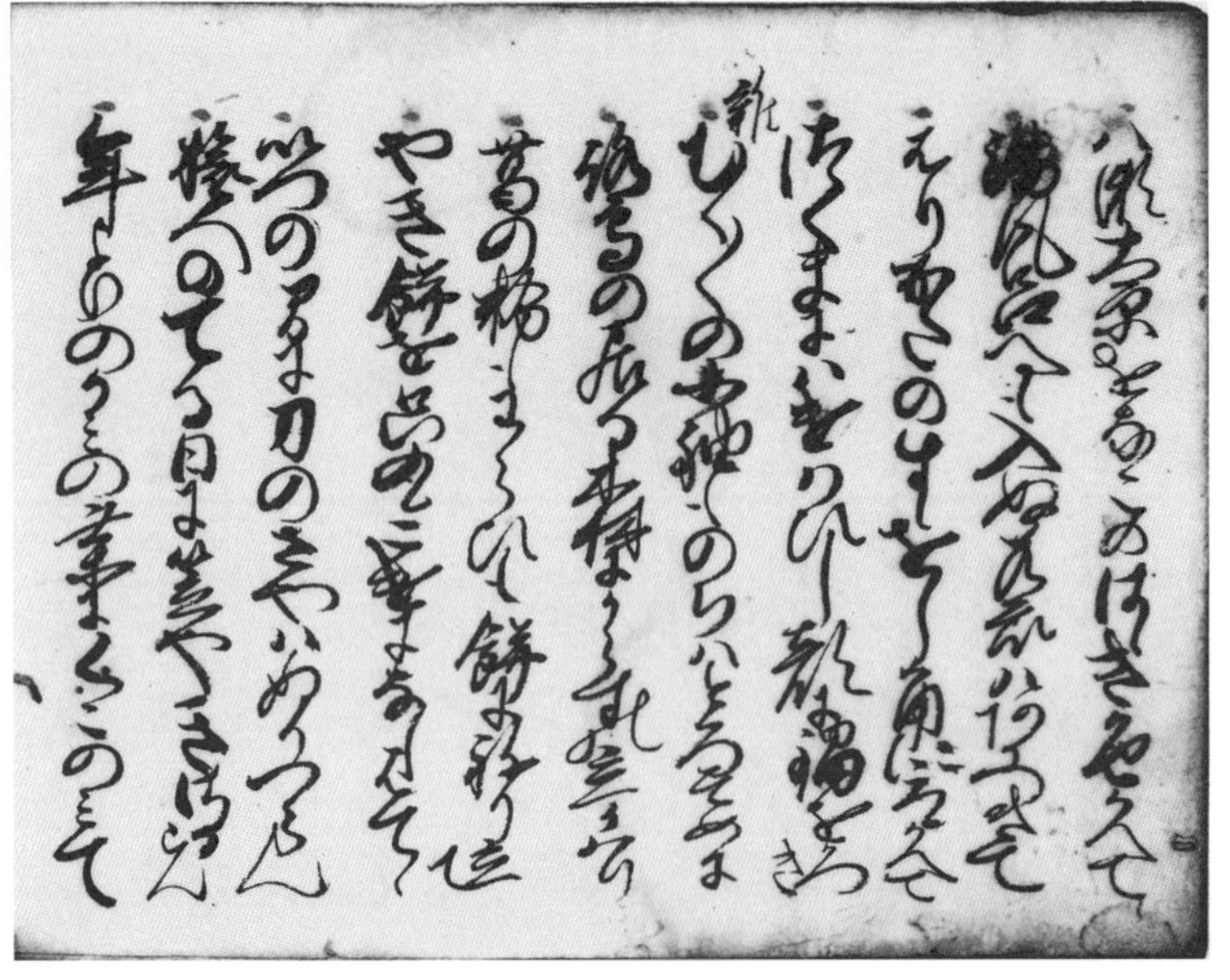

一九ウ

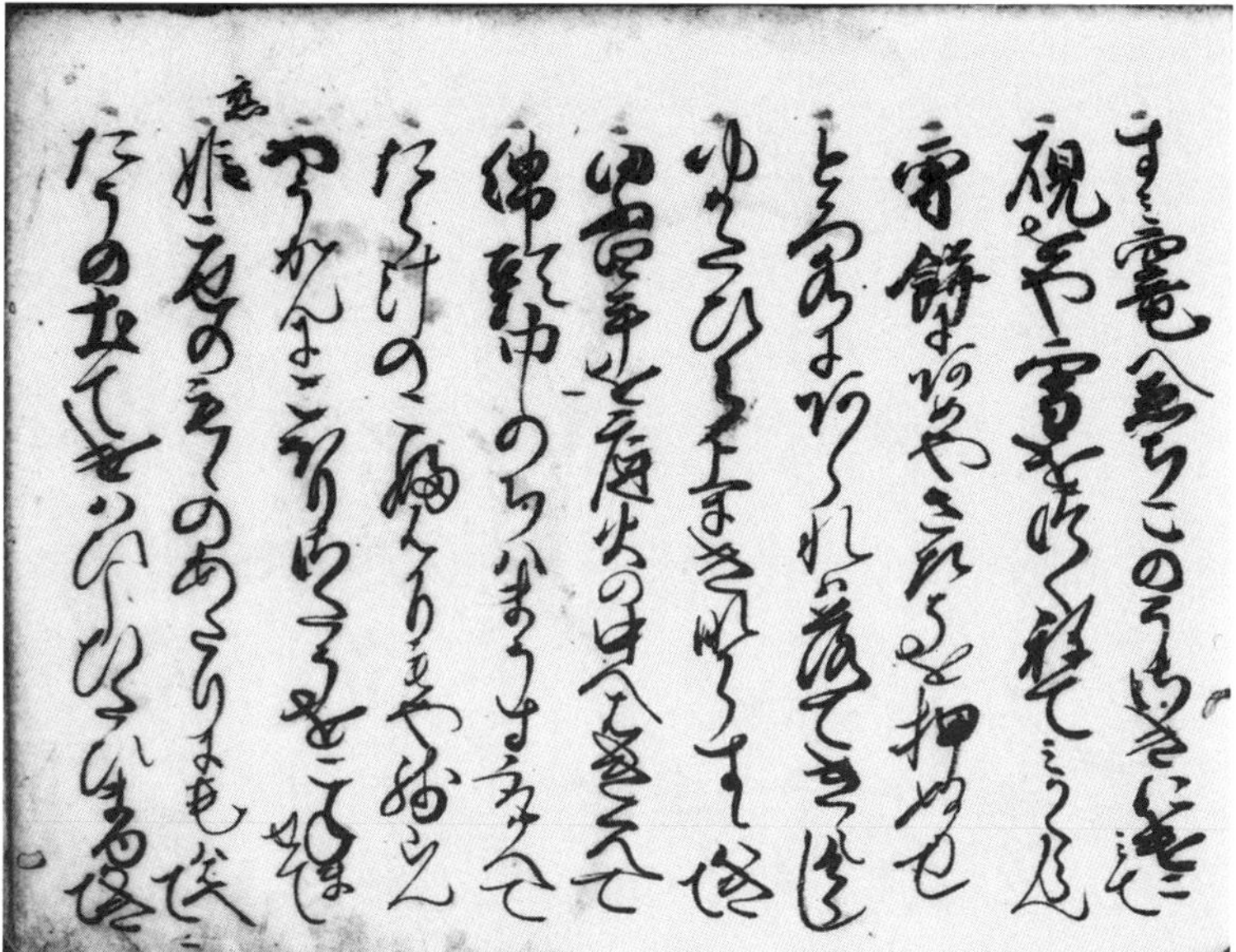

一九オ

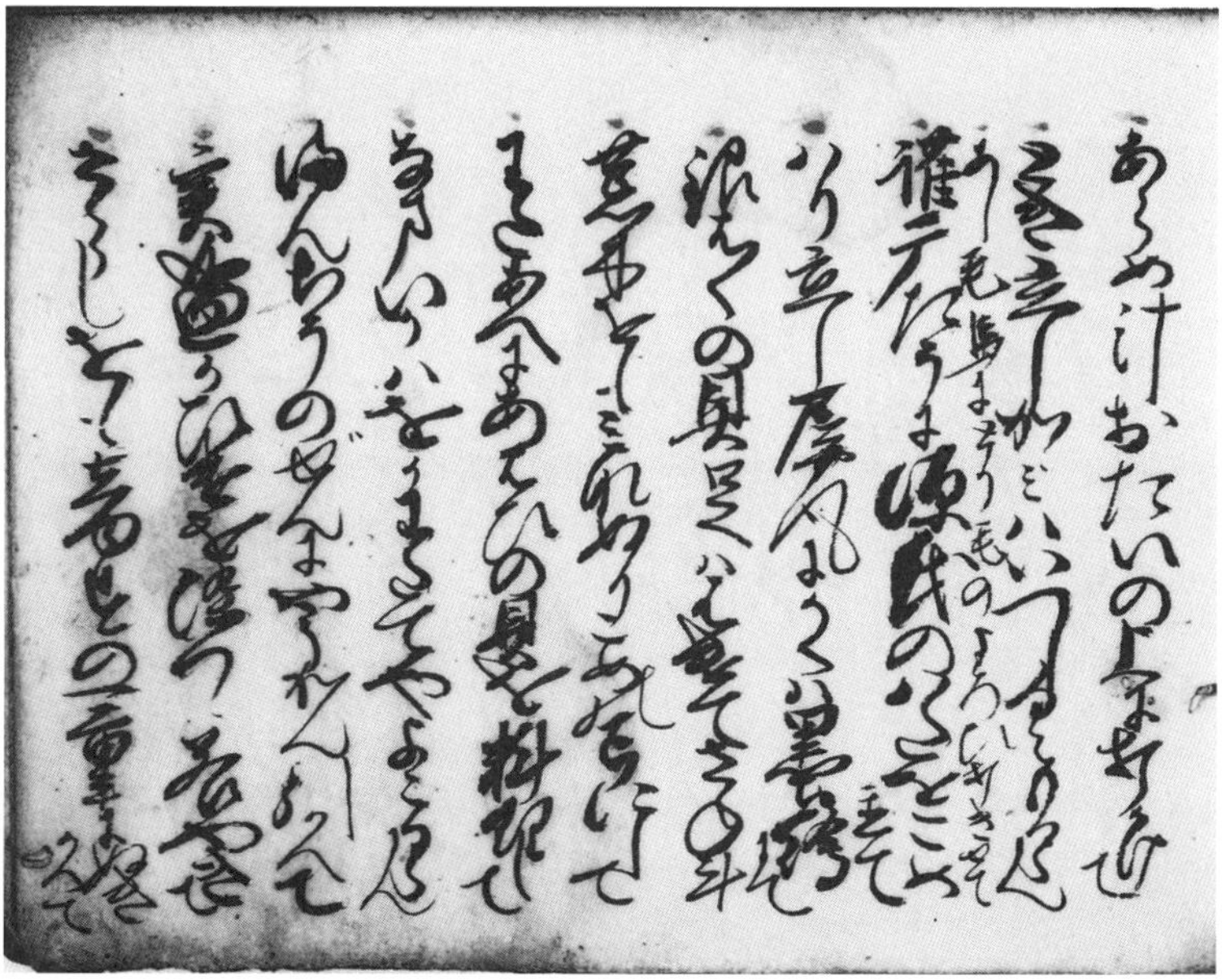

二〇オ

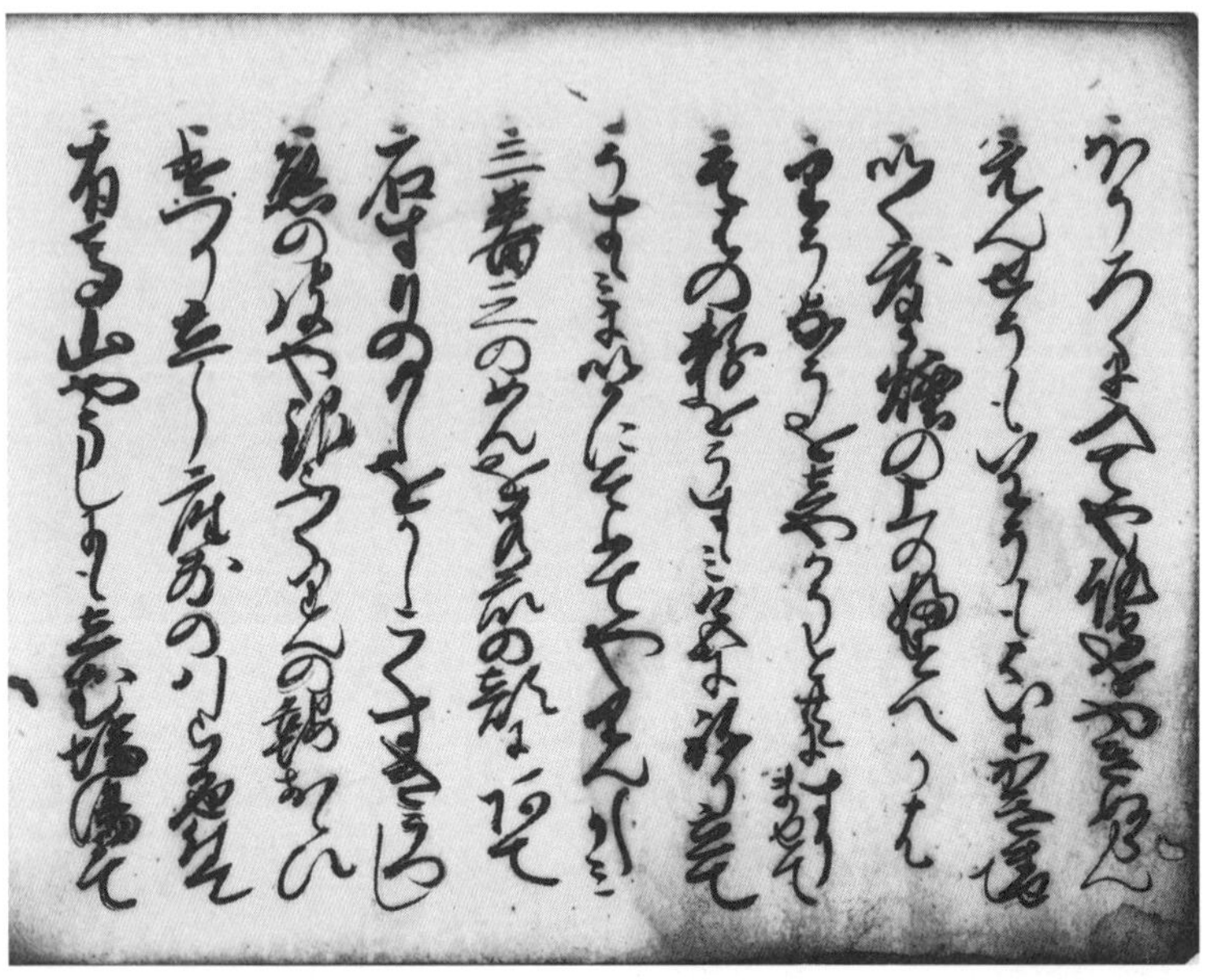

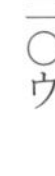

二〇ウ

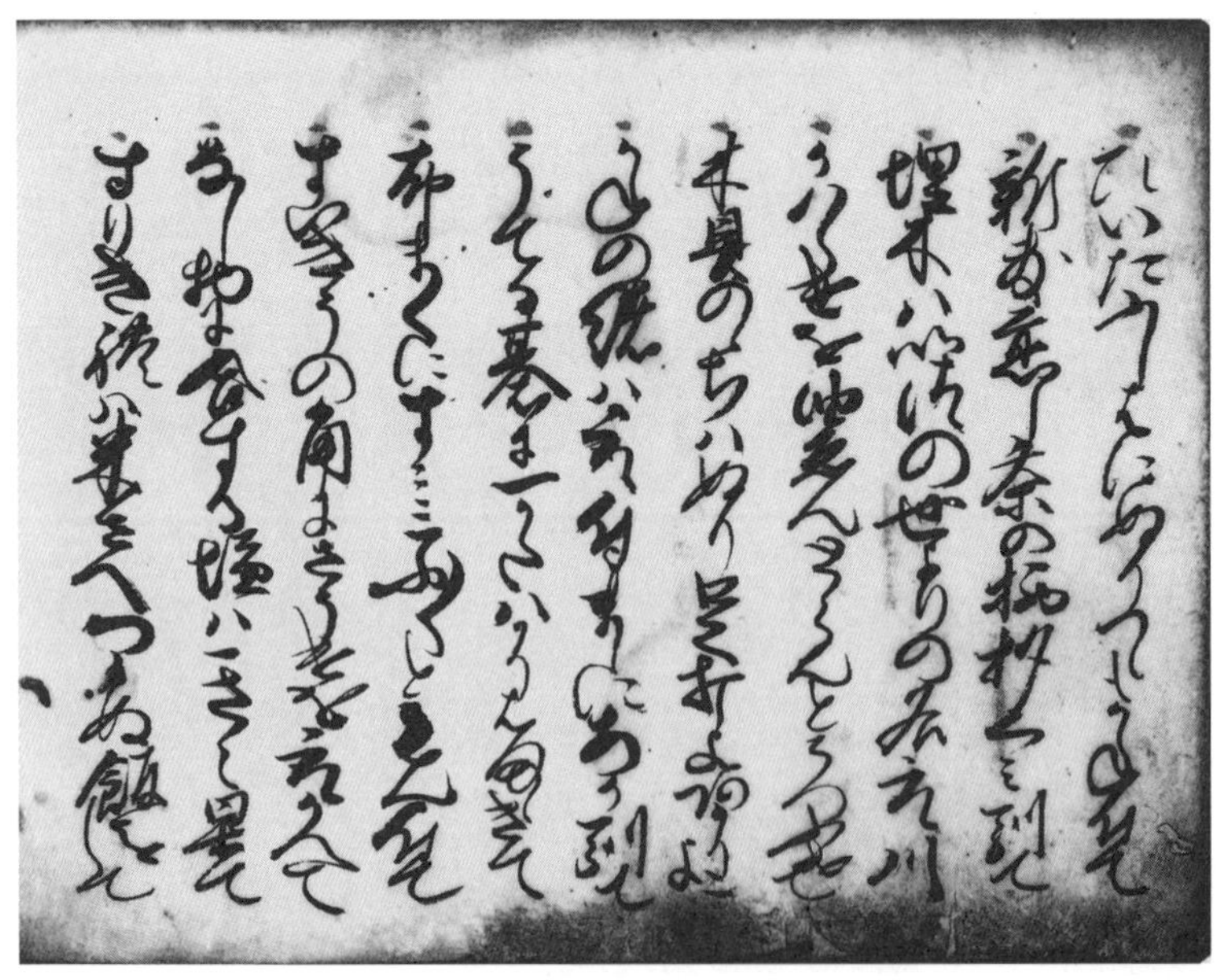

二一ウ

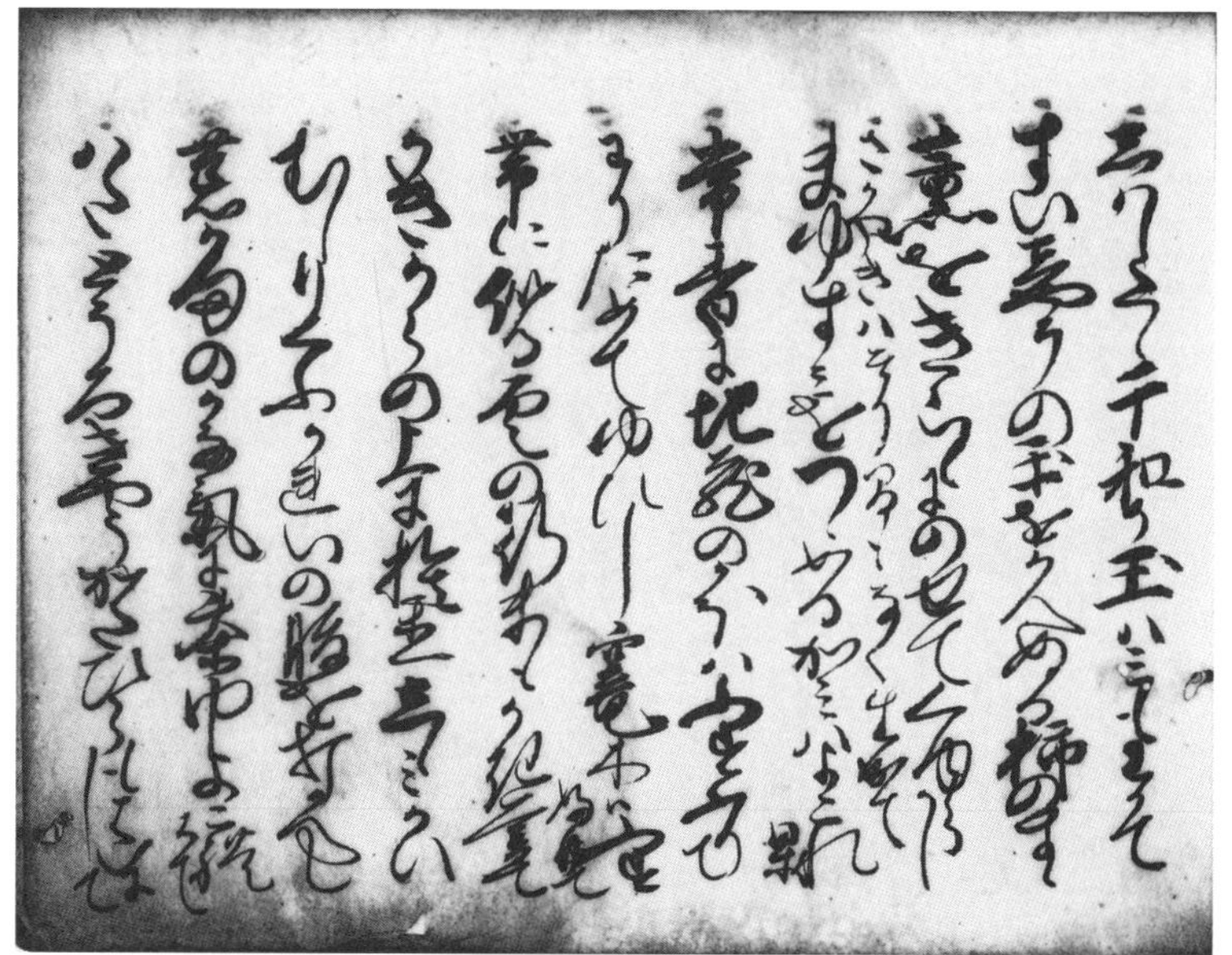

二一オ

二二オ

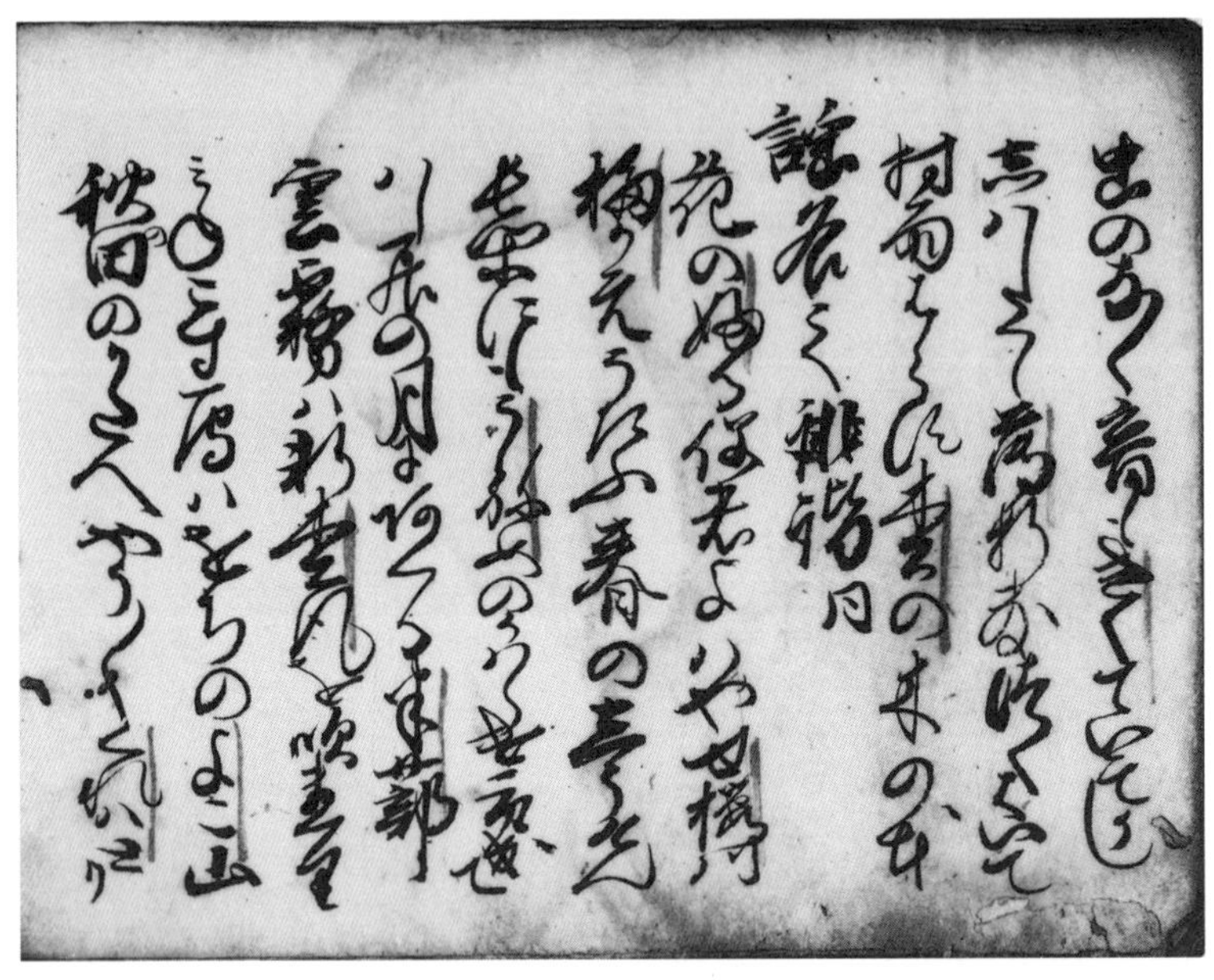

二二ウ

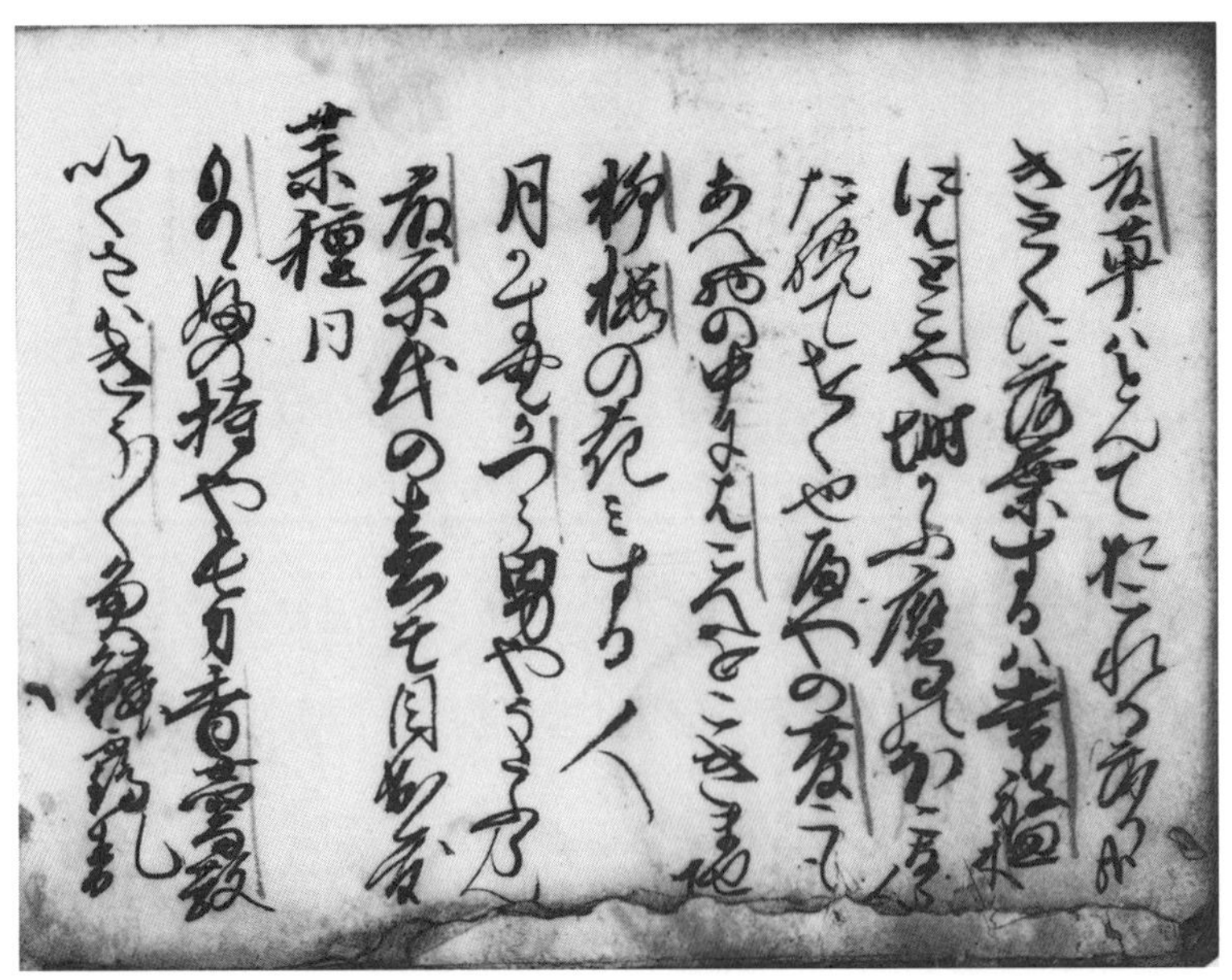

二三ウ

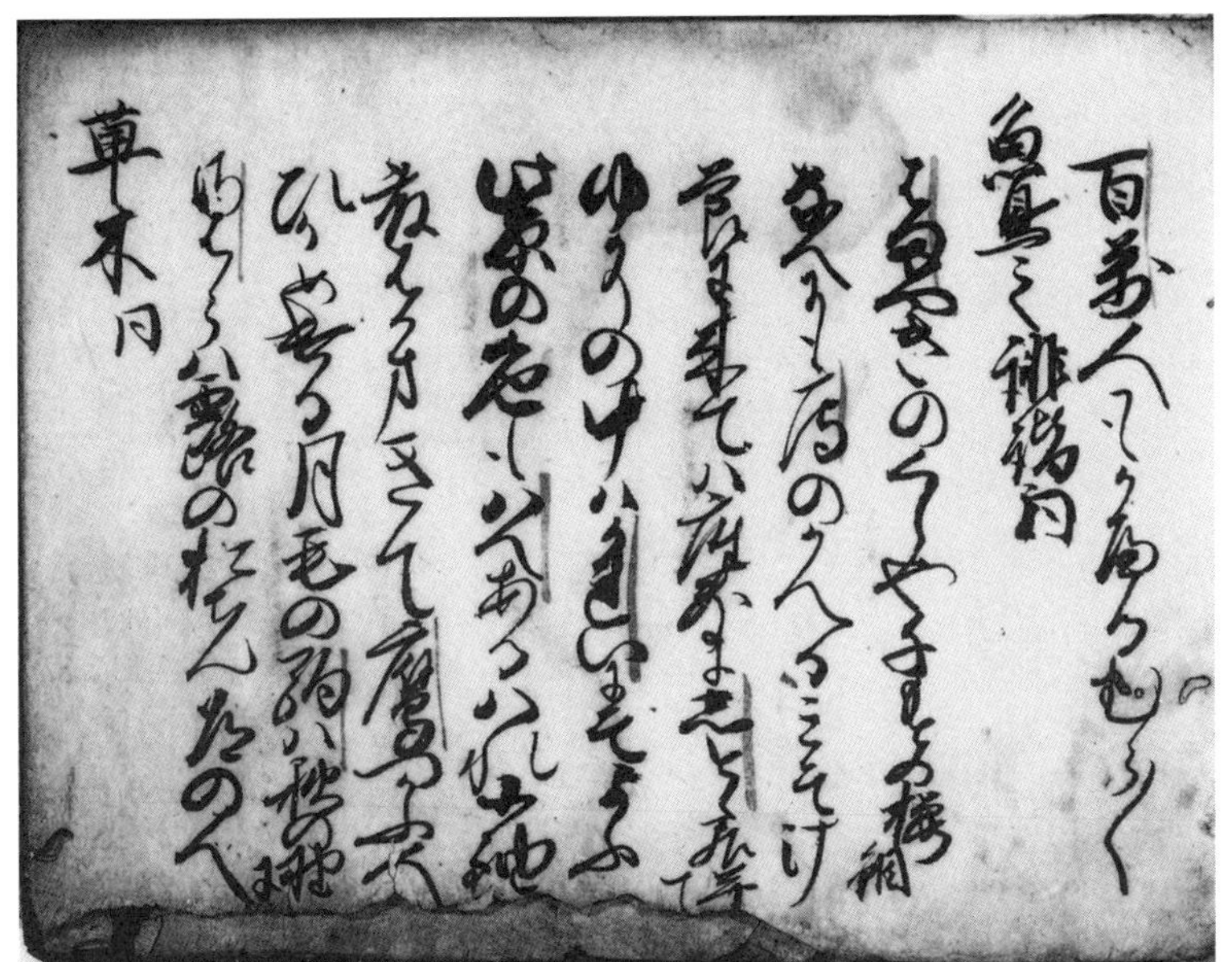

二三オ

二四オ

(二四ウ)

忠獻月

おちをきそえてあやしや
うつもりやくもり
らひとやあくる月に
そらやたえむ日ものへ
引ぬ脛やゝあつき塘
尾花あり毛よの馬の上
霞まぬほして日や程をきは
霜のうちもふる月八きけ
きえくもり鴉の音ょ沈て
ふあかつみりえるハ

(二五ウ)

陣佛月

うゑ呉ぬきそてとそ寺の邪音
たるしくするのきたる
源忠月の寺の仏やきと
ととかゝよき風の三ふ
ちうな社楠ようをに
き月と六月ふくんて
大目のえ八をそのとりくれ
あすころやそのとりくれ

差末月

ありひすゝ甲一

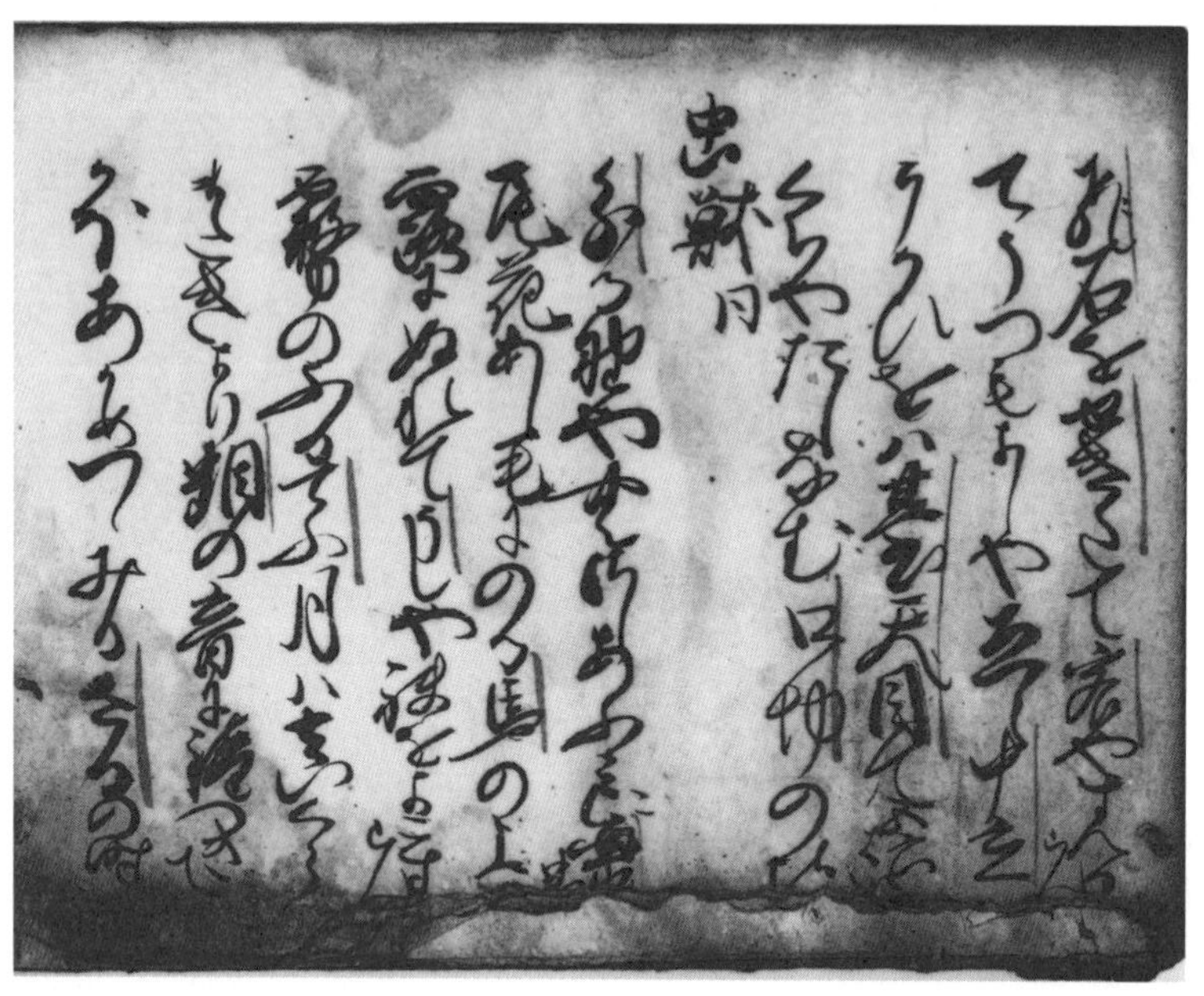

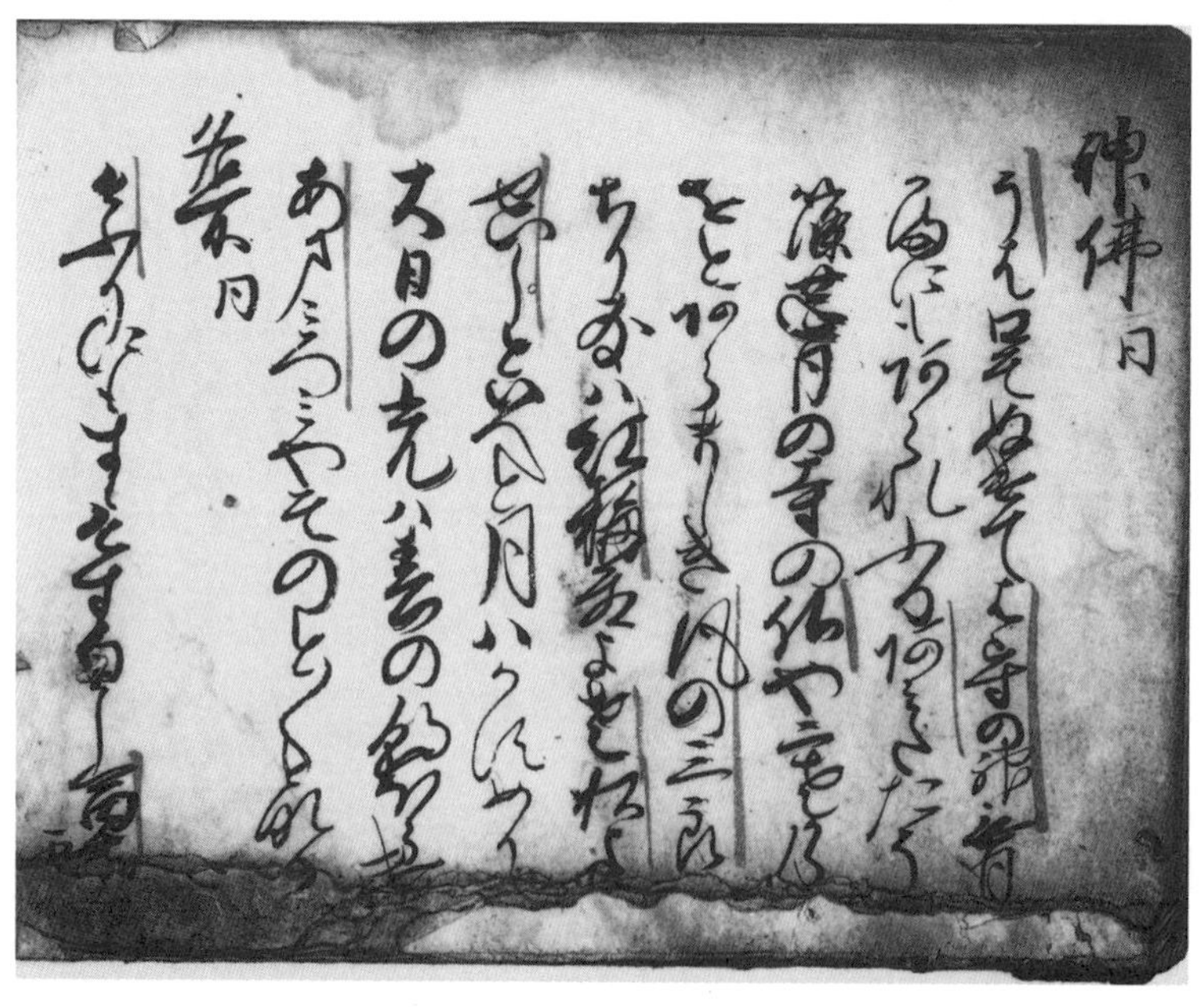

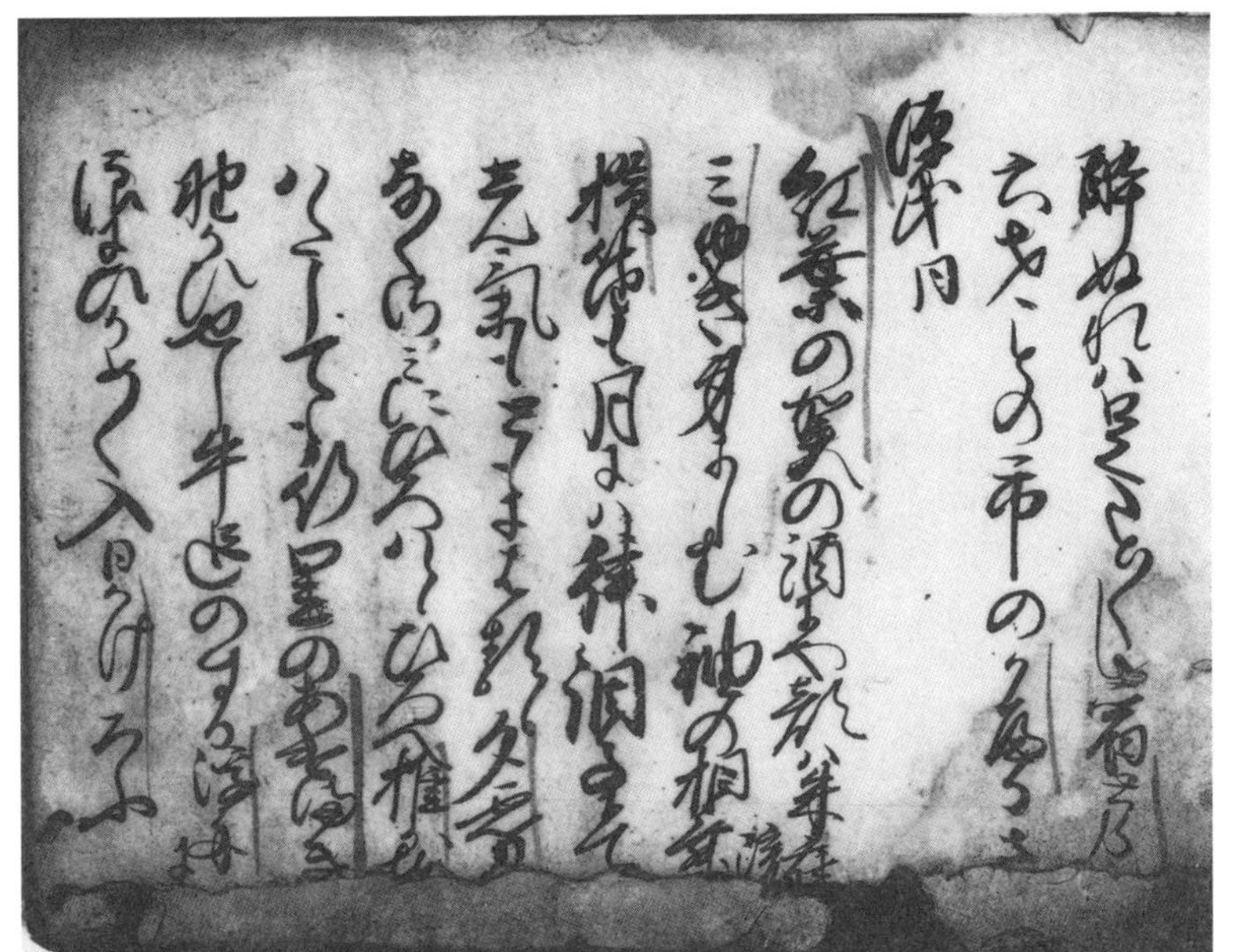

二五オ

二六オ

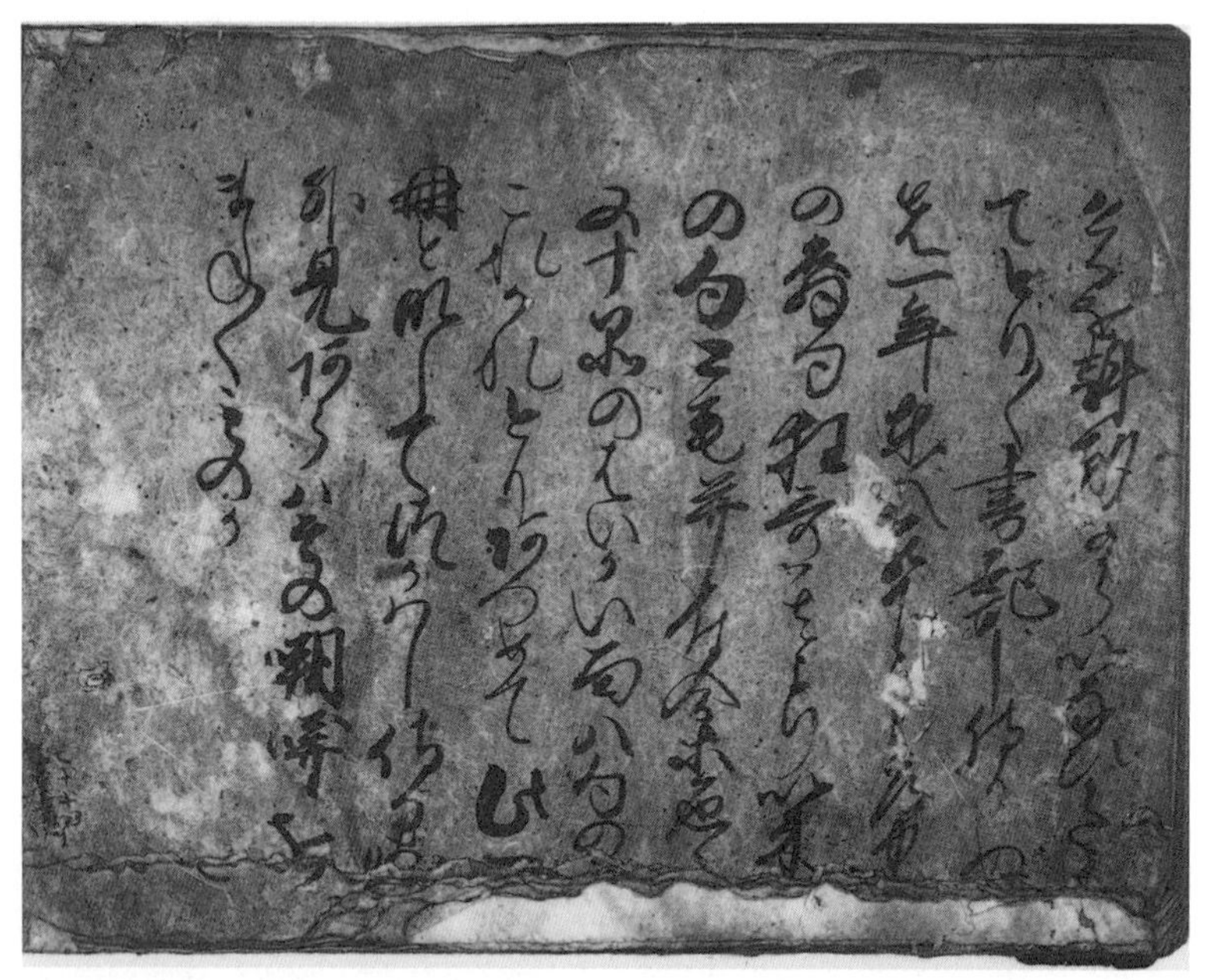

二六ウ

裏表紙

裏見返し

寛永九年正月二十五日

『夢想之連歌』徳元一座（里村昌琢筆）

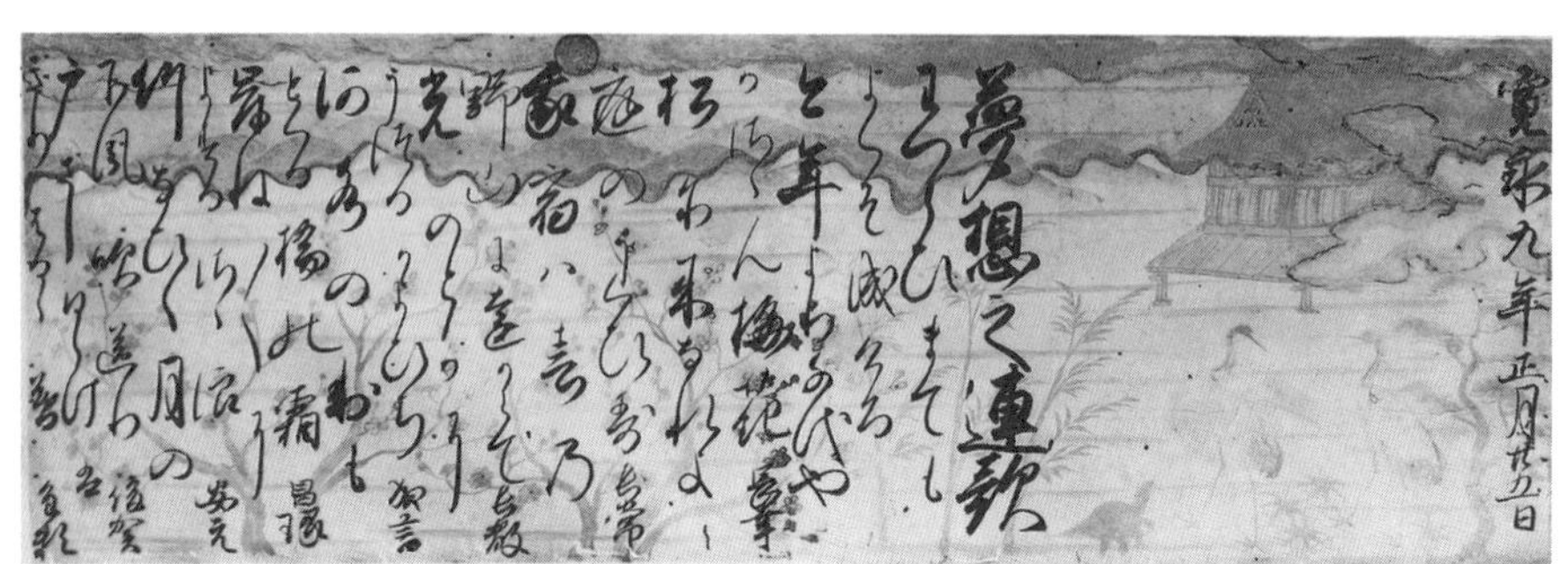

初オ

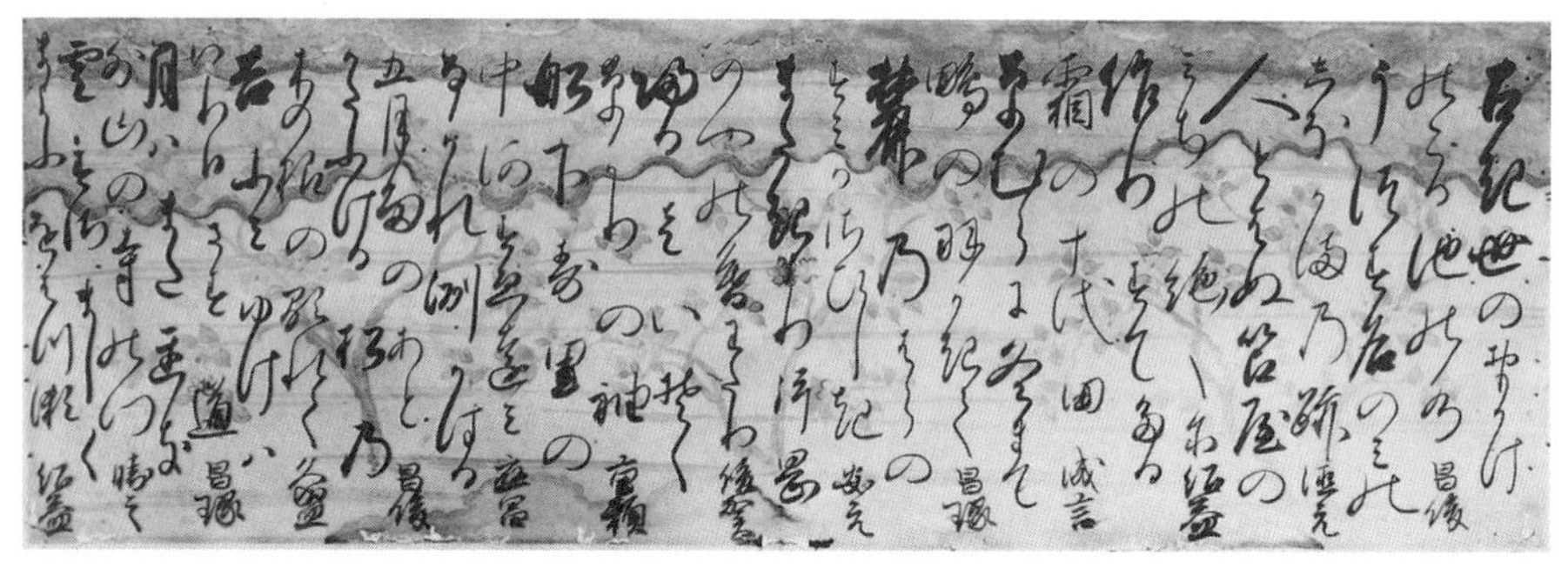

二オ

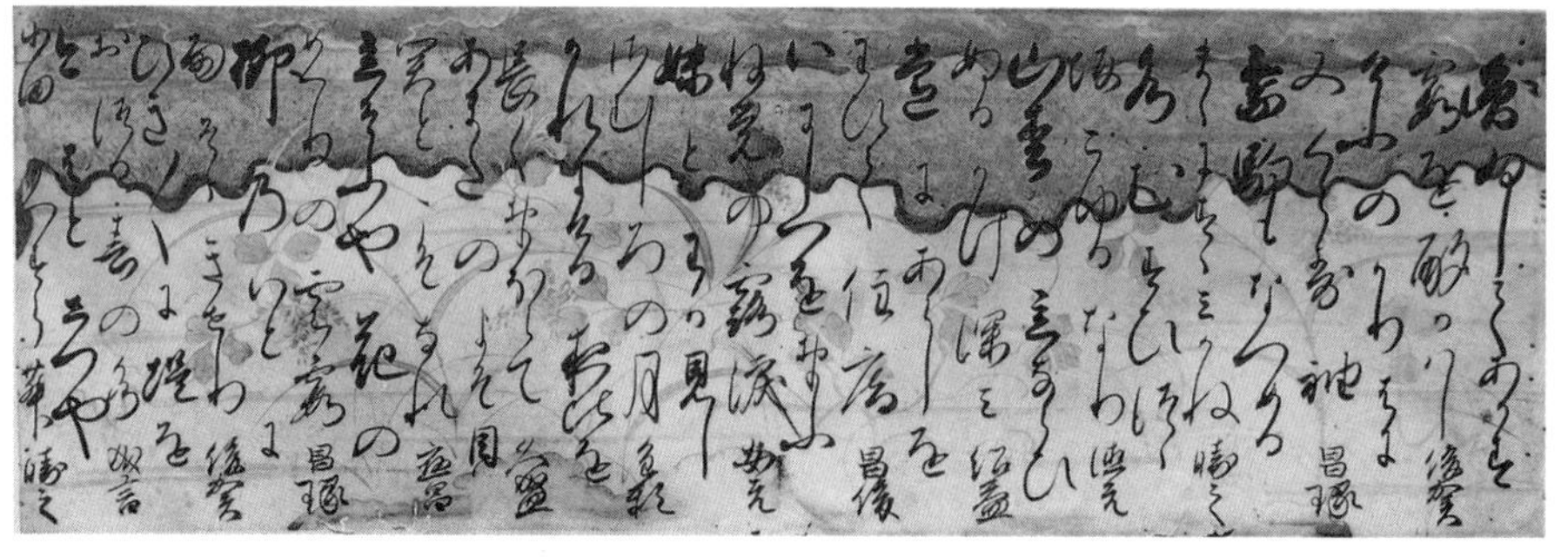

三オ

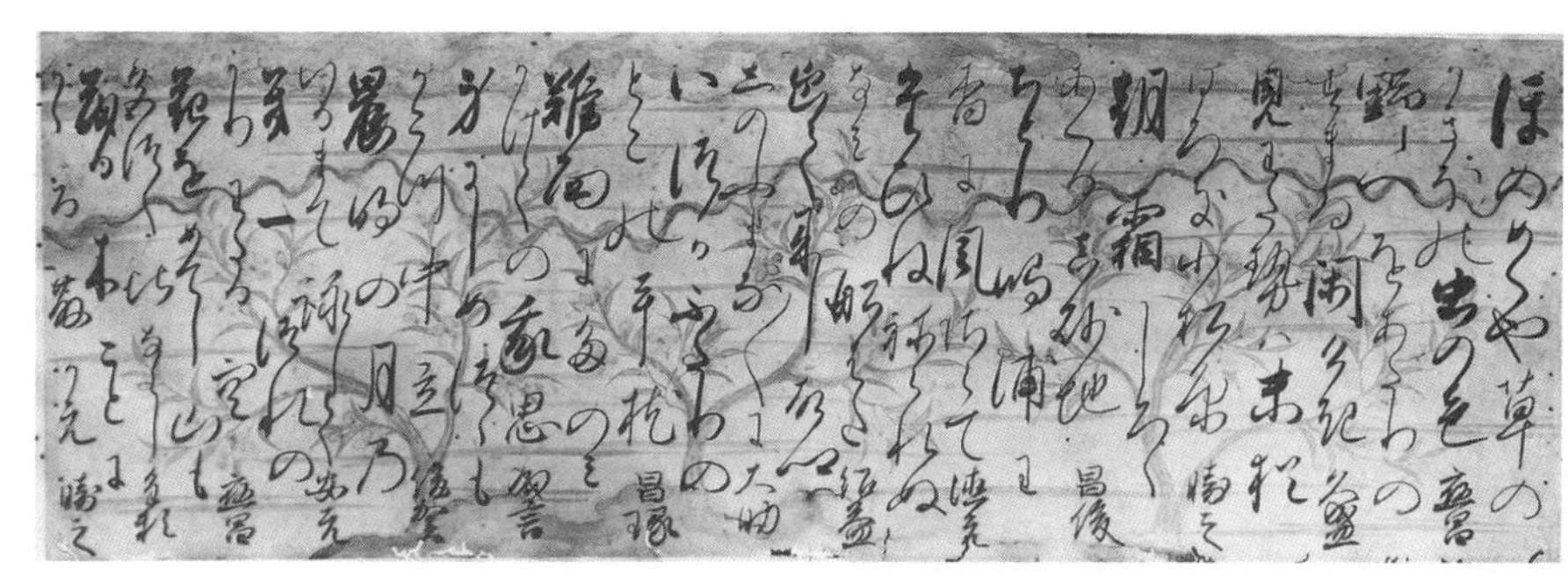

初ウ

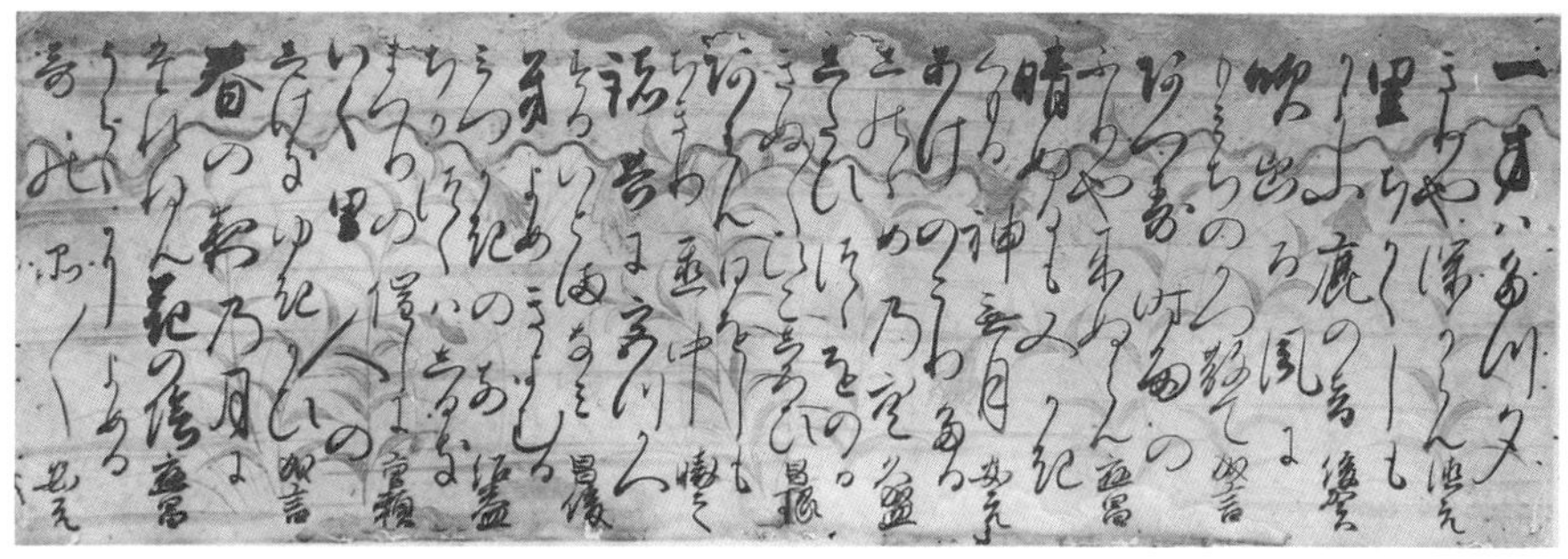

二ウ

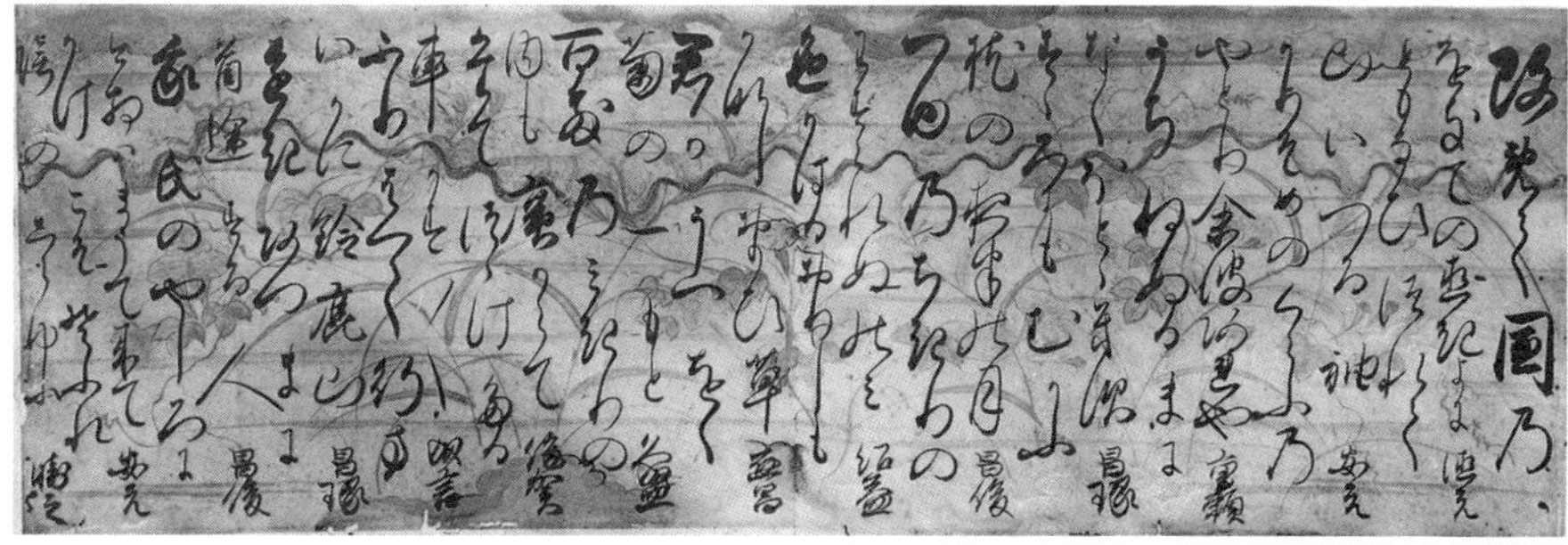

三ウ

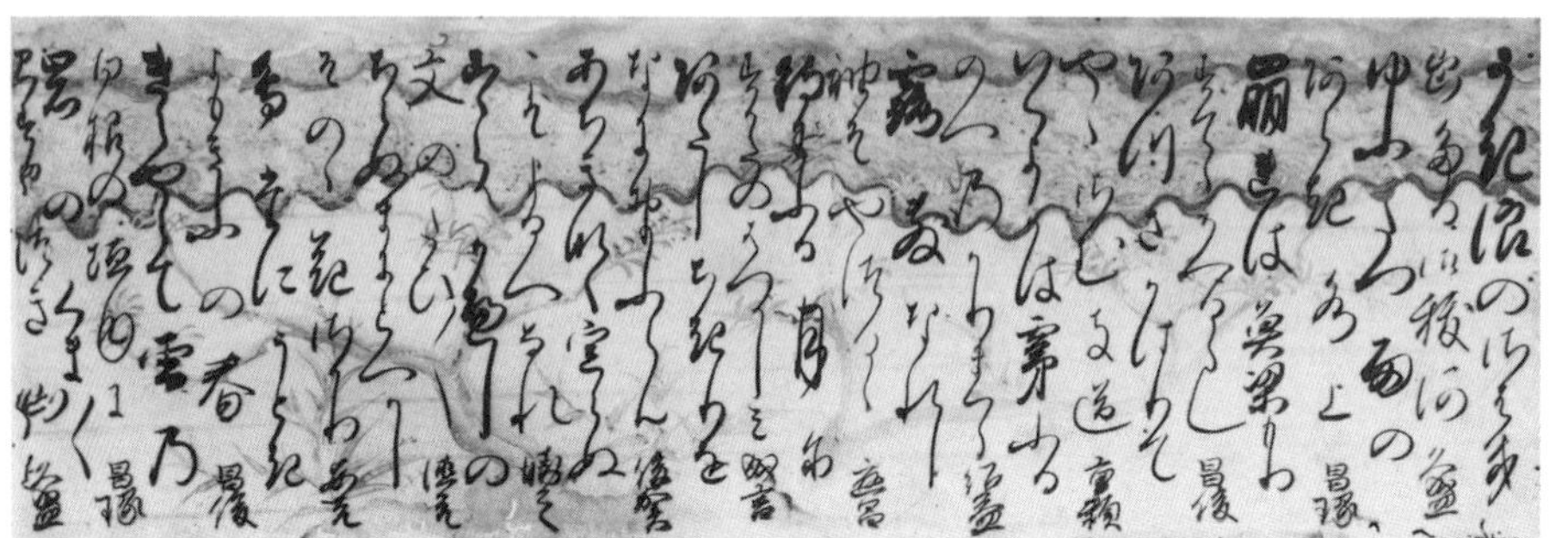

名オ

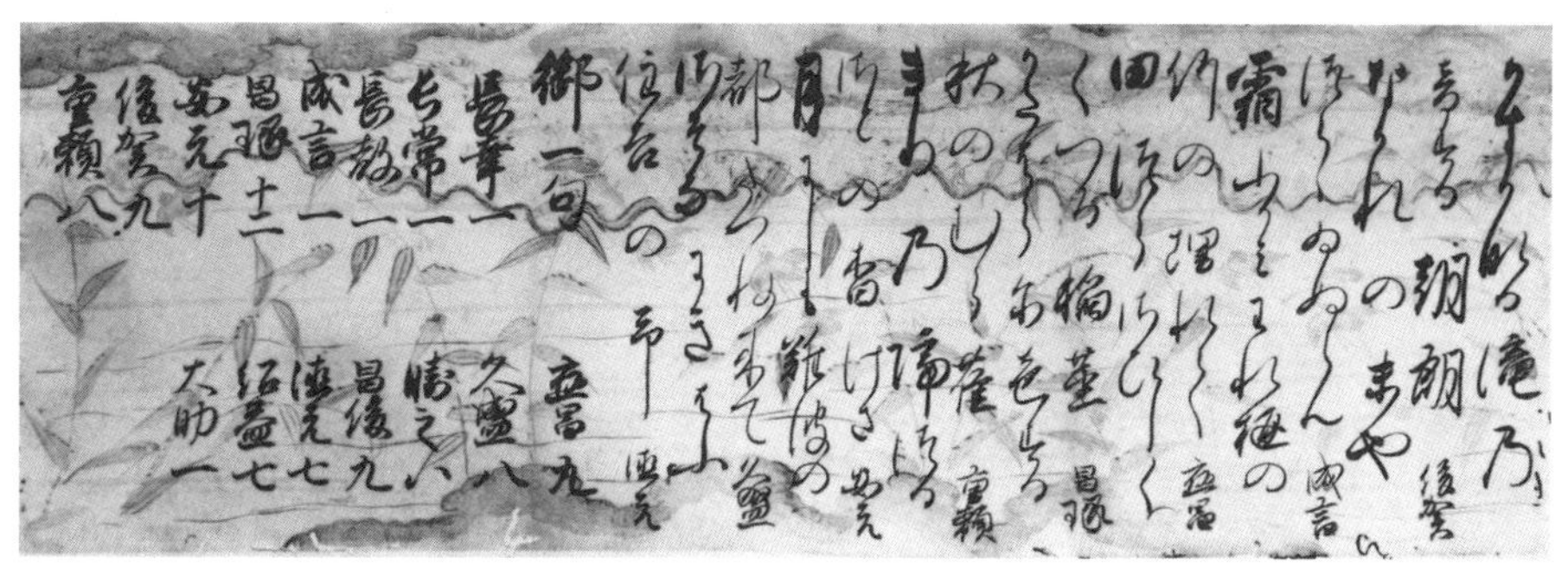

名ウ

元禄十四年以前成

「斎藤宗有先祖書」

（斎藤達也氏所蔵文書）

斎藤宗有先祖書

表紙

斎藤宗有先祖書
住所并事迹不分明依之而新兵衛同然ニ而可有之先
斎藤前司　前司已上之祖ハ猶以不可考候
前司子ニ而濃州揖斐城主也為越前斎藤實盛
同新兵衛　本系依之美濃國主斎藤道三ト合成一族之由申傳候
新兵衛ハ宗有曽祖父也
同正卜　新兵衛次男也俗名ハ太郎左衛門ト云同嫡子権右衛門ハ
關白秀次郷士也秀次卿已後権右衛門子孫散為諸侯臣
其後斎宗或在京極備中守殿家住諸州九邑或在

表紙見返し

一オ

松平安藝守殿家臣廣嶋正印事織田城之介信忠卿爲御嫡子秀信公傳明智日向守依叛逆於京都弑信長卿与信忠卿時秀信公幼弱也於是正印抱秀信公其乱場遁出テ江州大溝ニ潜居羽柴秀吉卿聞之秀信公與地五千石正印ニ賜祿百十三石其後ニ秀吉卿天下有ニ至テ友秀信公濃州岐阜ニ移ニ與地二十五万石官位岐阜中納言ト此時秀信公賜正印祿五千石加家老列使居濃州役城秀吉卿

一ウ

亦命正印使主二万石御代官関ケ原之乱秀信公治部少輔ニ誘引セラレ　家康公ヲ敵ニ東方軍ト戦ヒ大ニ敗亡ニ秀信公入高野不久シテ薨ニ至ヲ依之正印勢ヲ居洛外ニ世ヲ忍テ不久洛中之己カ宅ニ時京都ノ町民徳善院以旧友之好ヲ加懇愛且京ノ宅ニ居ルコヲ得セシム此宅ハ本秀信公在京ノ時休息ノ所ナルヲ秀信公曽テ賜正印也正印移居此宅ニ安住シテ病死ス此宅正印次男斉宮ニ至ル嫡子嫡孫傳テ有之今久留米庄左衛門持之此宅ハ

二オ

同守三

物甚廣キヲ正印代ニ分テ与人其後亦減シテ今所残ノ表十壹間奥貳十貳間也二條上ル町釜ノ座ノ通リ丹後屋町ニ在ル也　大閤秀吉公賜正印ニ祿地百十三石ノ折紙一通御朱印一通并羽柴久太郎殿状丹羽五郎左衛門殿状浅野弥兵衛殿書状等守三方ニ藏置キ今宗有持之右ノ外ニモ　秀吉卿賜正印ニ御朱印ト折紙ハ正印嫡子斉藤斉宮助家ニ在ル焼失ノ由　正印ハ宗有祖父也
正印次男也嫡子斉宮助ハ継正印家督祿五

二ウ

千石ヲ亦居洛後ニ秀吉卿参時斉宮助持参之関ケ原之乱ニ黄門公敗亡ニ病死シテ浪人斉宮助剃髪号徳元ト後ニ若狭守宰相公家ニ以客礼ヲ待之賜元米貳百石ヲ宰相公薨ニ家門滅亡ニ成リ群臣多ク出散ス徳元亦彼家ヲ出ツ時ニ黒田筑前守殿ニ招カレテ行キ礼遇偉来如ニ在若州時ノ後出筑前守殿家ヲ又小笠原右近大夫殿ニ招カレ行キ初如前徳元年老ヒ世務ニ倦ミ乞暇ヲ退ク松平丹後守殿家中徳元嫡子斉藤九兵衛

三オ

三ウ

四オ

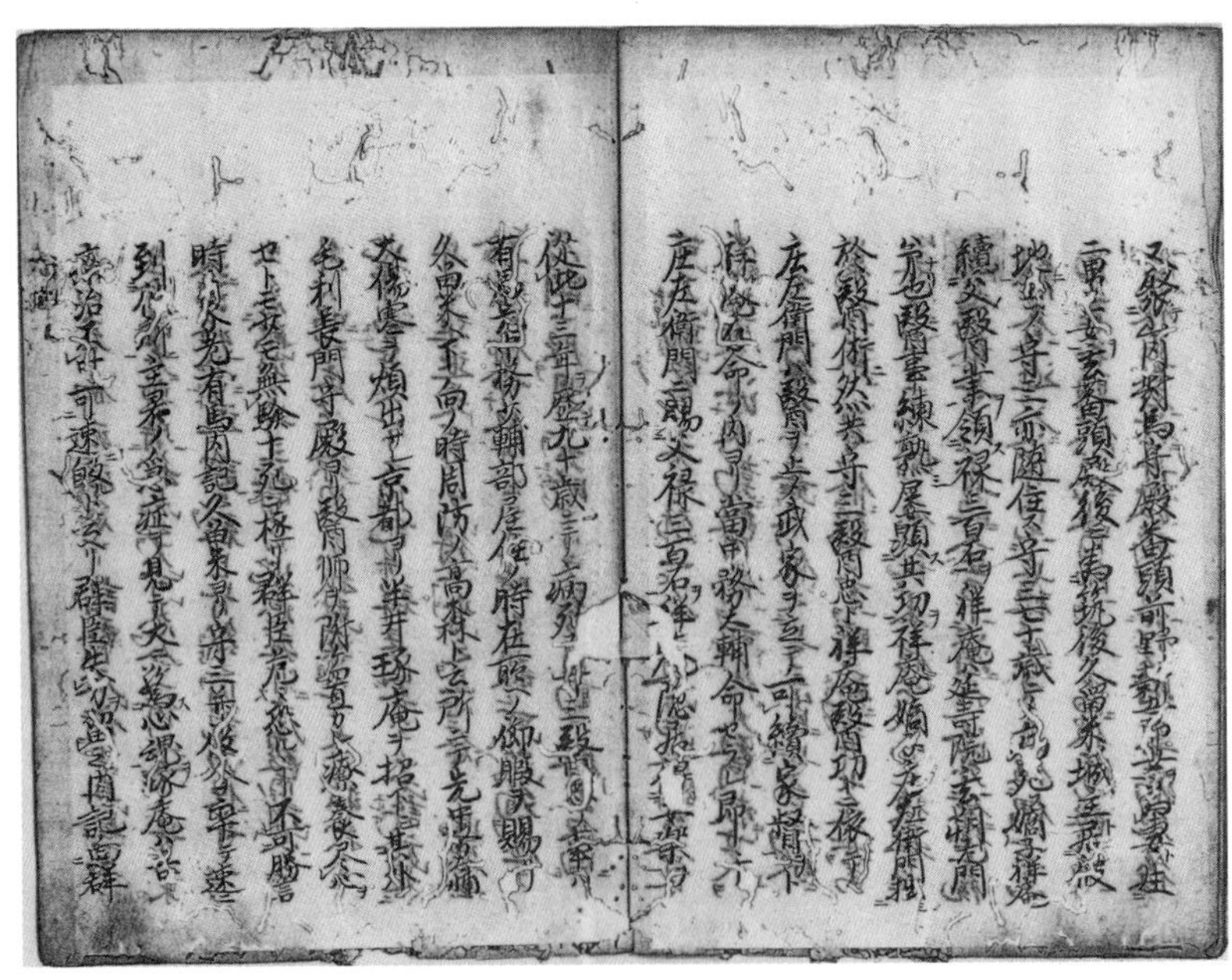

四ウ

五オ

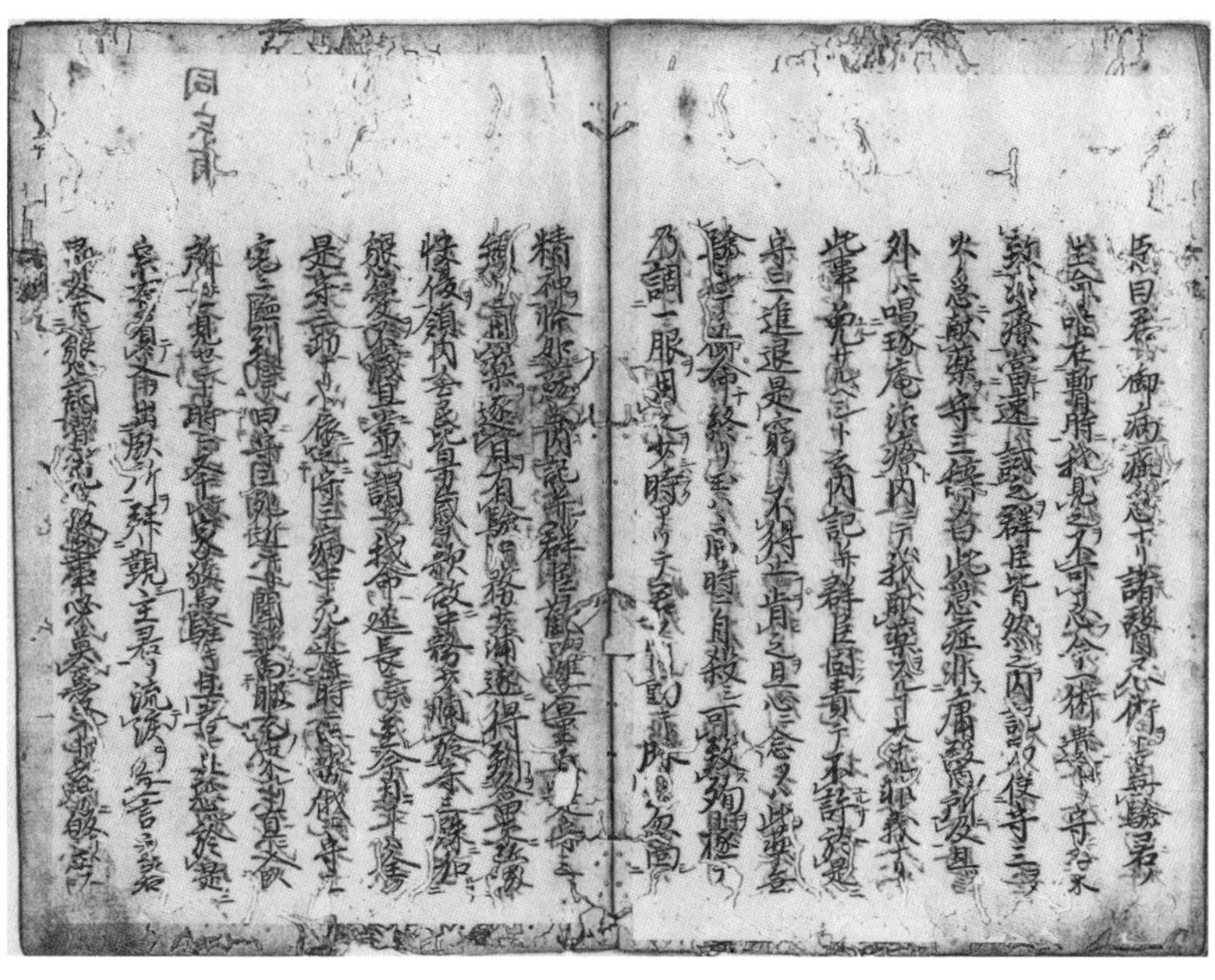

五ウ

六オ

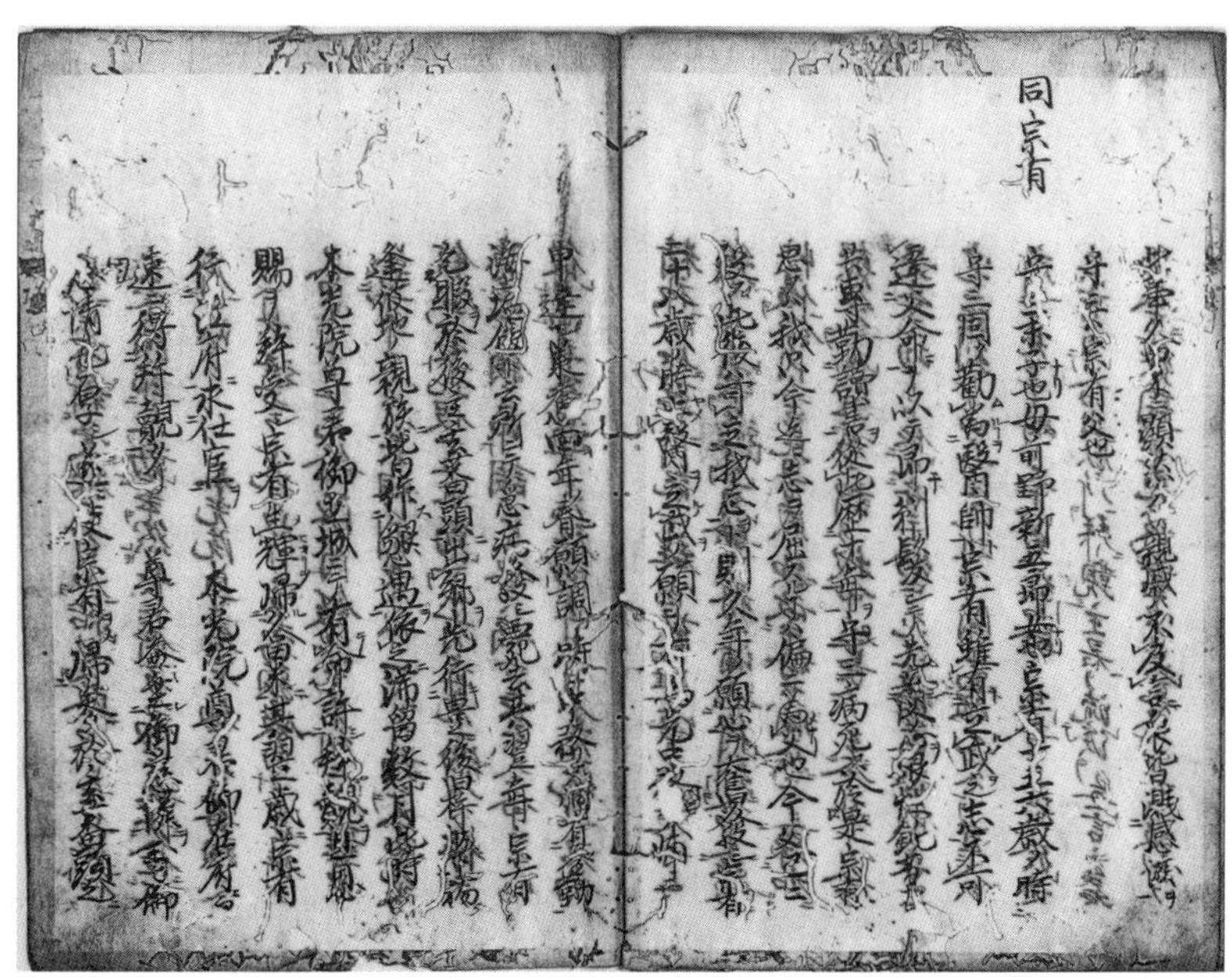

六ウ

七オ

七ウ

[illegible]
言上次男新五郎ヲ永ク勤メ然ルニ長兵衛老病[illegible]
府[illegible]本光院尊君[illegible]
[illegible]此度[illegible]
[illegible]
勤[illegible]
[illegible]長[illegible]五年[illegible]宗有[illegible]
隠居[illegible]新五郎[illegible]長[illegible]
従前四五年[illegible]元禄四年[illegible]本光院尊君御

八オ

在府時長兵衛次男新五郎ヲ御家ニ被召
置玉ハン旨ヲ有馬中務大輔ニ直談シテ御乞玉フ
中務大輔使許諾セラレ翌年　本光院尊君
御帰城之後中務大輔方ヨリ以御飛檄ヲ因新五郎
事如前年約今年中ニ可召寄然レトモ新五郎幼児
難離両親ニ年ニ長兵衛隠居ニ無公用然レハ両親
共ニ同来ラシメハ此大ニ所叶于本懐ナリト香西ニ命シ
乞玉ヒ中務大輔此亦被肯従之元禄五年申
十一月廿六日ニ長兵衛率ヒテ新五郎并家属ヲ臼杵

八ウ

御城下ニ到着ス時ニ　本光院尊君殿ヨリ御厚
遇御慈恩不可以言語使賜新五郎ニ毎年十五人
俸米金十両ヲ宗有祖春家命ヲ剃髪シ号白号ス再ヒ
称宗有元禄七年春　本光院尊君於江府
患腫気ヲ玉ヒ頗得御快癒玉フ時ニ
大樹上君ヨリ御暇ノ命出テ五月晋江府御発駕
同月廿三日臼杵御着城其後腫気御再発六月
廿日薨去　嗣君知通尊君継世立玉フ
尊君亦於宗有新五郎ニ御懇遇不浅屡拝受シ

九オ

盛賜且前俸金三十両ニ二十両ノ御加恩玉ヒテ又賜数
年ノ拝借金二百両其御慈恵不可勝言宗有更
子感戴無限銘刻心肝而已宗有初無男子
故養長兄祥庵次男長兵衛為家嗣其後
娶黒田甲斐守殿ノ士磯力兵衛妹為妻ト云
新五郎并二女

同長兵衛

宗有嫡子也在有馬中務大輔家ニ仕受文禄三
百石従久留米

同新五郎

宗有次男也在臼杵未委細事詳前ニ

九オ

九ウ

一〇オ

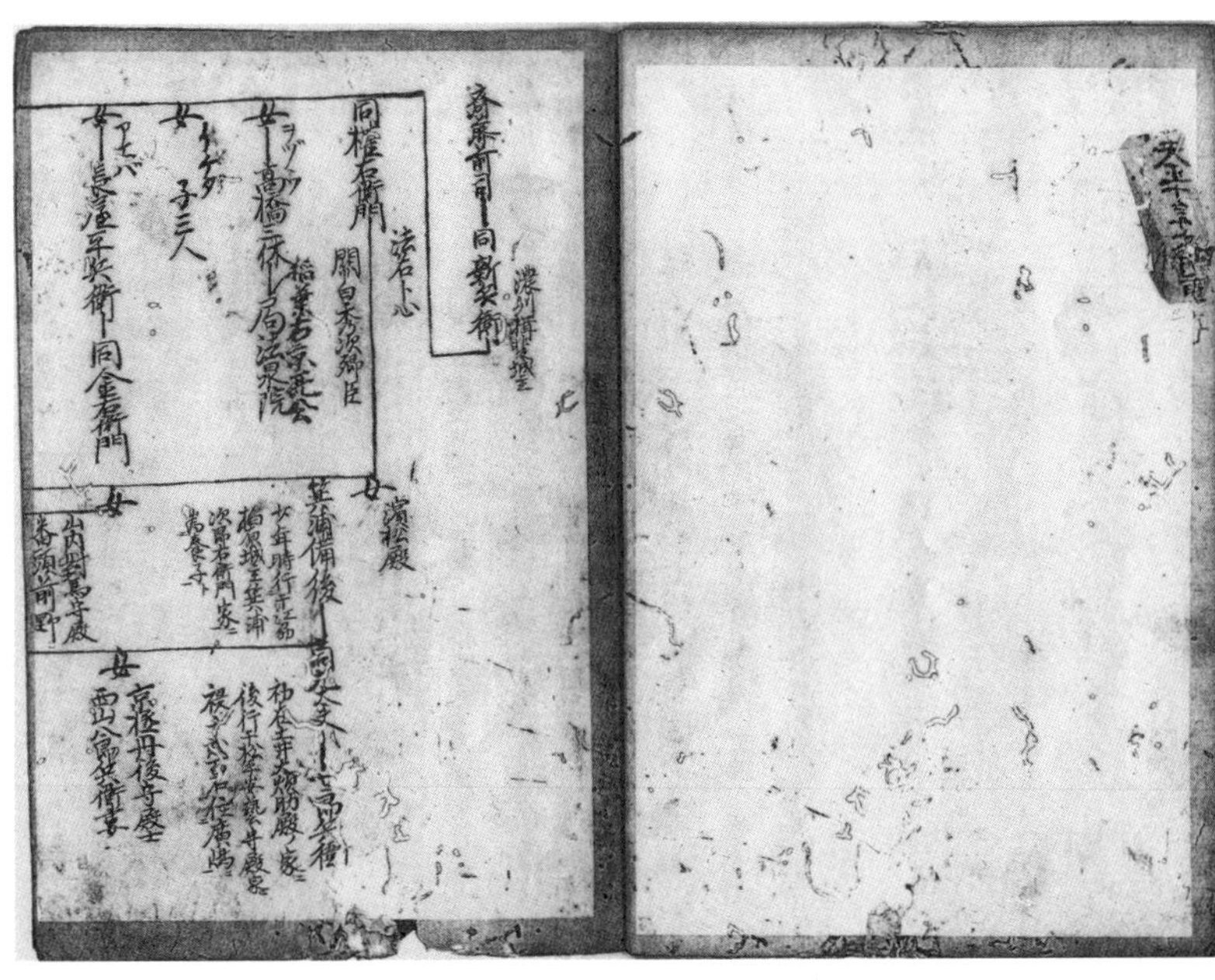

一〇ウ

一一オ

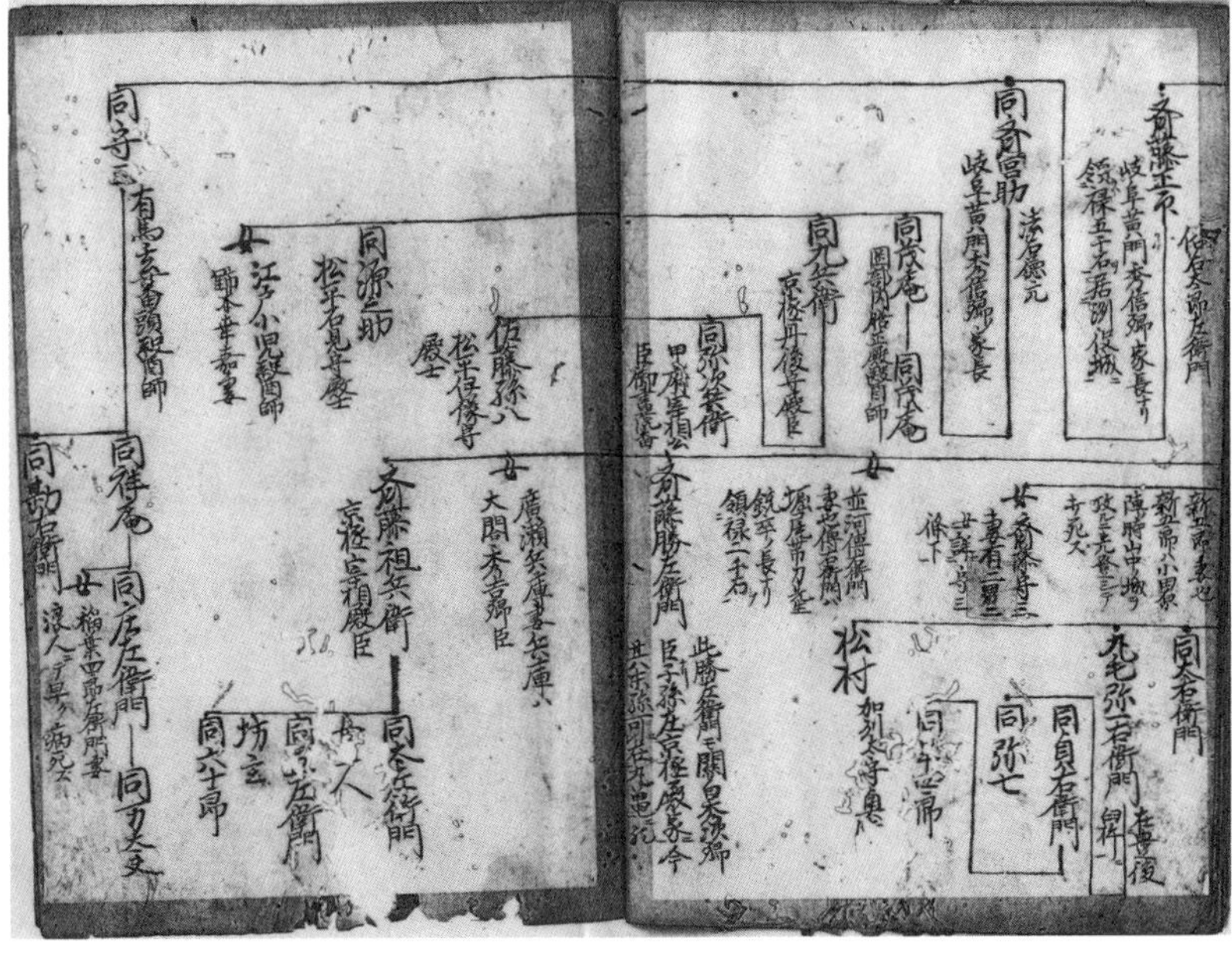

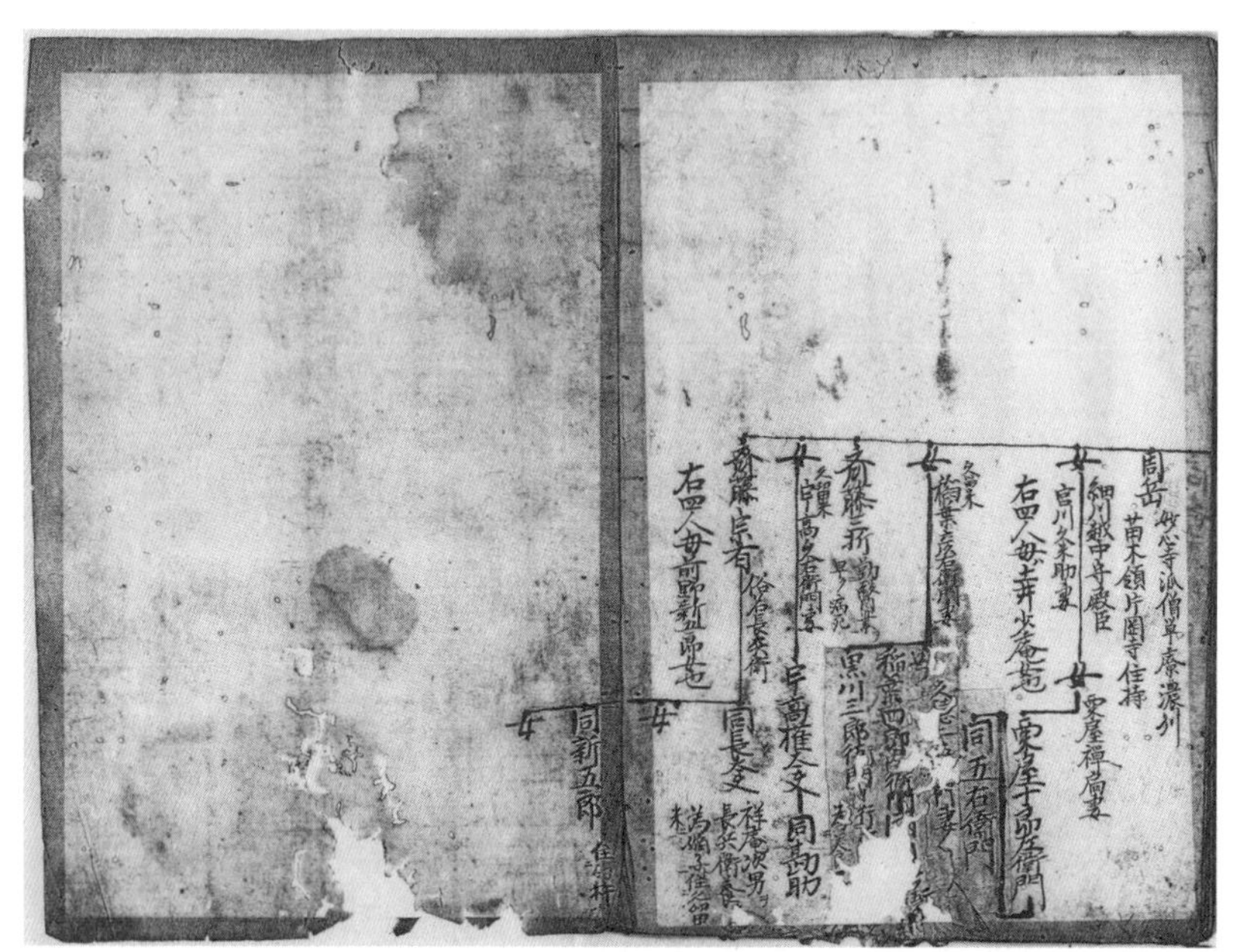

裏見返し

一一ウ

裏表紙

元禄十四年正月成

「斎藤系譜」　斎藤利長筆　（斎藤達也氏所蔵文書）

表紙

利廣　家紋撫子
齋藤豊後守　始氏永井

日運　南陽坊
濃州鷺林寺之開山也

利重
齋藤摂津守

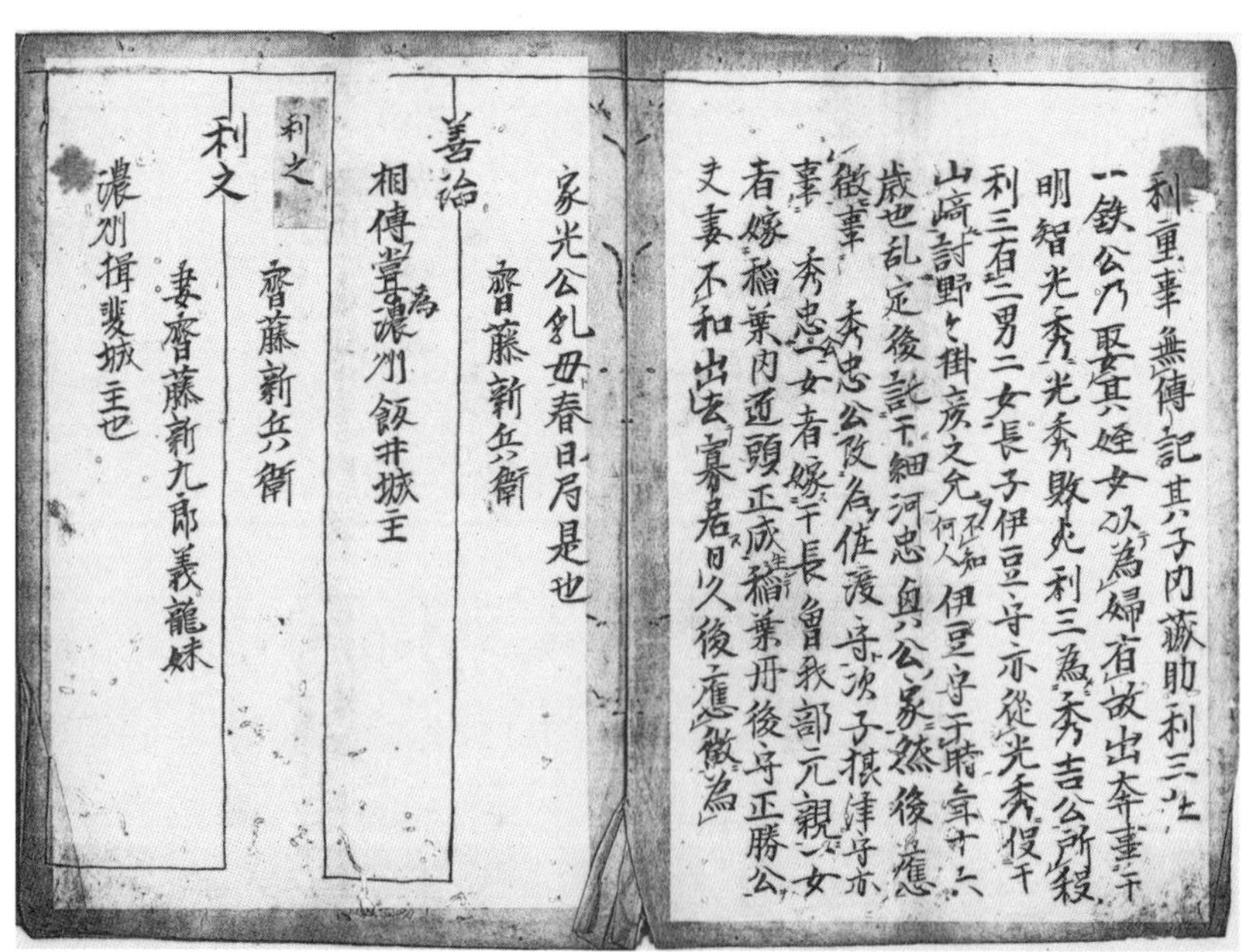

表紙見返し

利重事無傳記其子内蔵助利三生
一鉄公乃取其姪女以為婦有故出奔事于
明智光秀光秀敗死利三為秀吉公所殺
利三有二男二女長子伊豆守亦従光秀役于
山崎討野々樹戻之死何人不知伊豆守于時年十六
歳也乱定後託于細河忠興公家然後應
徴事　秀忠公改為佐渡守次子摂津守亦
事　秀忠公一女者嫁于長曽我部元親一女
者嫁稲葉内匠頭正成稲葉丹後守正勝公
丈妻不和出去寡居日久後應徴為

一オ

家光公乳母春日局是也

善倫
齋藤新兵衛
相傳當為濃州飯井城主

利之
齋藤新兵衛
妻齋藤新九郎義龍妹
濃州揖斐城主也

利氏

齋藤権右衛門

母齋藤新九郎義龍妹

利氏仕秀吉公、文命而不得保本領、是故流
落而寓居加州、秀次公雅知其武畧、故徴之
為臣、秀次薨後亦流浪諸方、慶長五年
八月病死、年六十八歳

女子

嫁高橋庄馬助盛一（盛一者仕于信長公、領濃州広瀬郷、其母夜叉一世券書在高橋兵左衛門植勝之家、乃其祖也）

母同前

一ウ

盛一死後事後水尾院女御、善書、工于
和歌、因是勅賜小野氏、称小野於都子

女子

嫁高田與兵衛（高田氏者不知何許人）

母同前

女子

嫁長屋衛門兵政（兵政者仕秀吉公）

母同前

某

齋藤太郎左衛門　法名正卯

母同前

二オ

正卯事織田信忠公為嫡子秀信公傅
信長公信忠公為明智光秀所弑時、秀信公
為孤幼弱也、正卯乃抱孤、逃出洛、居江州大
溝、秀吉公聞之、愛護欽信、與秀信公地
若干、且賜正卯禄百十三石、秀吉公及得天下、
移秀信公於濃州岐阜、與地二十五万石、往
叙官位、号岐阜中納言、此時秀信公賜正卯
禄五十石、加置於家老列位、居濃州洞役城、
秀吉公亦命正卯、任一万石代官、関ヶ原之
乱、秀信公為石田三成所誘、起兵於岐阜、

二ウ

由是東兵急攻岐阜城、城兵大敗、軍衆悉
散、無可共闘者、正卯等不知所為、只衛護
秀信公而去、已秀信公避入高野山閑居、不久而
薨、正卯失主、出洛、匿居洛外、但恐厳法、不入
洛中舊宅、此時京師所司代者徳善院玄
以也、玄以素与正卯深識、故懇憐、引救、使
正卯得入住洛舊宅、此宅秀信公旅館、曾
賜正卯之地也、正卯竟棲此宅七十餘病死、
正卯此宅於次男醫師守二、守二子孫相
續居此、今為醫後久留米之士齋藤庄左

三オ

衛門守三嫡孫也秀吉公所賜正印祿百十
三石之御判書又因他事所賜正印之御
朱印今在齊藤新五郎利長家

某

齊藤齊宮助法名德元

仕於岐阜中納言秀信公繼正印家領
祿五千石居濃州侵城關ケ原之亂秀信公敗
而不久病薨齊宮助剃髮号德元後到
若州大守宰相公之家公待之以客禮賜現
米貳百石宰相公薨家門減少德元亦去

三ウ

為黒田筑前守所招而行數年退居後亦
為小笠原右近太夫所招而行二家孔遇
待矣如在若州時年老乞骸時德元嫡子
齊藤九兵衛仕京極丹後守由此德元往
丹州得寿養以壽而死德元男女諸子散在諸
州各有浮沈九兵衛嫡子弥次兵衛仕
甲府宰相公在江府勤書院番其子佐藤
孫八事松平伊豫守家在備前

庵号長庵別号宜松

守三

妻土井市庵女

四オ

後妻前野新五郎女

守三自幼学醫首秀吉公御参内之人施藥
院改更其家故守其院主因恩顧常厚
齊藤正印亦素有舊懇者施藥院久無後
嗣秀吉公使施藥院養正印次男守三
為子其後施藥院偶生男子于茲
數年守三謂養父已有子其無我立
為嗣之理乃出去正印云守三辭祿義
其志不悪然秀吉公之命永不可勝汝
當研精覃思作大醫救得天下人守
三謹聞命弥学醫術時年未及弱
齡關ケ原乱起後随父播州後與父俱

四ウ

入洛舊宅事見正印傳正印死後會有馬玄
蕃頭豊氏公求醫師因從仕受祿三百石　台德
丹波福智山及玄蕃頭豊氏公移
院命移鎮筑後久留米城守三亦從豊氏公
世子中務少輔忠頼公曽有自江戸皈久留米
人到周防高森卒卜患傷寒事聞于久留米家
老及守三等咸會諸醫盡術無驗群臣危
懼謀無所出有一臣立議曰君疾既瀕死然
自初至今用藥者唯洛醫與近國醫而未
及守三豈理也哉宜使守三進藥守三固辭
衆不許於是守三不得已將[illegible]藥且[illegible]

五オ

五ウ

神明以為此藥疾非為名利而洪之唯以醫爲職理不可不療焉然此治之重病也人力之所及偏願得神助耳若有神助則此一服之藥須發奇效若命數有限忽有不諱則我亦自殺殉死耳如此念〻誠用之一服焉忽頃公兩眼中動亦用一服則脉生從此轉用轉效遂得全愈到久留米其後經十七八年〻公已老寢病將死主君忠頼公依任焉守三宅審問其病且告以身後之事而使其意又委囑歸此亦不忘守三善之年善療寒疾而有且忠功也既而守三竟死年七十歳

六オ

祥庵

齋藤玄賀

母土井孝庵女

祥庵自幼學醫正續父業延壽院玄朔老〻之門弟也能讀醫書精通療術診脉棟〻奇驗屢彰大功歷仕有馬玄蕃頭豐氏公中務大輔忠頼公玄蕃頭頼利公中務大輔頼元公四代皆任醫職領祿三百石祥庵年老隱居嫡子庄左衛門繼其家督然庄左衛門有故廢醫業改爲武士以仕祥庵乃九十一歳死

六ウ

某

齋藤勘右衛門

母同前

勘右衛門不求仕官早死

宗岳

號同岳

母同前

同岳妙心寺流住持濃州苗木一圓寺

女子

母同前

嫁宮川久米助

久米助者細川越中守公臣領祿五百石子孫仕于綱利公住肥州隈本

七オ

女子

嫁稲葉彦右衛門

生二女一男彦右衛門者仕有馬中務大輔公領祿三百石其子孫今在久留米

女子

母前野新五郎女

新五郎者仕于山内対馬守一豊任番頭小田原陳先登于岸城而死無嗣

三折

母同前

自弱齡爲醫師早死

女子

母同前

嫁早高久右衛門

久右衛門者自先祖仕有馬中務大輔公家領祿三百石子孫今居久留米

利隆

齊藤長兵衛　法名宗有

母同前

妻磯市左衛門女

秋月

市左衛門仕于黒田甲斐守家領禄百五十石子孫今在筑前

宗有自髫年有嗜武之志父守三以宗有
資質薄弱且有疾因勧其学醫宗有亦素
志武随父所命而祝髪受業時年十六歳
守三大喜従此歴十餘年守三病死除喪
之後宗有自思我随父所志而学習醫業
然醫業

七ウ

我所不欲也強学所不欲則孚能成事不
能成事則可愧之甚者而不孝之至也不若易
業作武士因陳其志於主君忠頼公忠頼許之
時會忠頼公以疾卒于周刈鹽俵嗣宗有
命塞世子玄蕃頭頼利継世然頼利幼稚常
在江府不視政事故国事皆決於大夫大夫
照例行事而已未能新出意行政因此宗有
雖再告先君所許議者以為其易業者
先君固許之乎官禄有亂能知乎故因循
不決宗有進退惟谷於是乞暇仕於他邦
皆允之万治二年記于親族在豊後竹

八オ

而往居数月為人所薦将謁　景通公公
殊称青顧且賜朱提宗有欣然将謝而頃
歸覲人以為衣錦之栄翌三年宗有踏遊
于江府偏求主君　景通公亦在江府恩遇
弥篤翌年　景通公使宗有従行赴臼杵
乃賜十口廩食及白金十枚明年又従
景通公于江府乃使宗有居櫻田邸同年
九月　景通公欲使宗有再仕於舊主右
馬玄蕃頭頼利公因諷石尾宗雪公具陳
志於頼利公宗雪公賛其　景通公所志
於頼利公頼利公許諾不日事成宗有輒
結髪改名長兵衛利隆邑前三百石在

八ウ

近習職亦有命令利隆来服勤于江府然利
隆多病不服水土是以頼利公亦使利隆如
舊留未遂屬先鋒之将飯沼主善隊利隆養
疾且任宣経年十二歳病頗愈時有主善隊
中副将闕矣時議以利隆補之因居此職六年
而疾発於是辞職数月而免焉其後至中
務大輔頼元公之世命任先鋒銃卒之将職
業十五年利隆三年逾六十次第疾篤因乞
致仕頼元公許之令嫡子長太輔利清継其
家督元禄四七月朔　景通公會頼元公
于幕府　景通公竊謂頼元公曰吾子
臣齊藤長兵衛与我有舊邑開初男我欲

九オ

使其居臼杵可乎頼元公郎諸翌年両主各
歸國同年秋　景通公寄書檄於頼元公
曰長兵衛次男今年文内宜使來臼杵然菜尚
七歳幼稚在甚争能辞親錦能来亦零丁孤
苦而難至誠立乎幸今長兵衛退居不任優
使両親携幼共來永住臼杵則吾曾懐之
安慶詎加乎頼元公亦許可　景通公
大喜於是十一月十六日長兵衛夫婦及
新五郎二女子皆到臼杵十八日長兵衛新五
郎行観　景通公使賜盛饌手點茶賚
文殊遇甚厚利隆感恩不知所行謝欣後
賜新五郎廩食十五口及金十両五年正月
下旬利隆請剃髪便許之因復旧号以

九ウ

稱宗有　景通公薨　知通公嗣立國家治
安物各得其所至于如宗有新五郎亦坐懇
養不異　先君屡待以優品又加賜金二
十両於新五郎乃与　先君所賜併既三十
両毎歳以又有所借之金自壬申至乙亥歳
積至二百両至此悉賜之　両君重恩厚
恵誠不可條陳十三年六月二十七日
知通公座前召宗有及新五郎面命新五
郎行年十五歳因賜米地百五十石亦以給師
子新五郎十五口廩食賜衣宗有其父子共
行謝感泣而已

一〇オ

利清
齊藤長太輔
母礒乃兵衛女
利清齊藤祥庵次男也利隆初無子養利清
以為後嗣利隆致仕利清継其家督禄三百
石仕有馬中務太輔頼元公而住筑後久留米

女子
母同前

利長
齊藤新五郎
母同前

一〇ウ

新五郎七歳時元禄五申年随　本光
院尊君之徴十一月十六日自筑後久留米
来臼杵　尊君益加懇愛或賜鳥魚或
賜衣服且歳錫十五口廩食金子十両戌年
本光院尊君薨　知通尊君嗣立乙亥年
家自江府於臼杵加賜金二十両於利長乃
与先君所賜十両金合賜三十両毎歳以為
度其後或賜紬緬一巻或賜紗綾二巻元
禄十四年辰六月廿七日賜米地百五十石
使属栗屋五右衛門勝憲隊其後届加納外

裏見返し

同前
元禄十四辛巳正月日
齋藤新五郎利長

裏表紙

初出一覧

第一部　総括と出自考

略伝と研究史
（原題）「斎藤徳元」『研究資料日本古典文学』７（昭59・6、明治書院）

終生弓箭、斎藤徳元終ゆ
（原題）「斎藤徳元」『近世文学研究事典』（昭61・4、桜楓社）

「徳元自讃画像」一幅の発見
『近世初期文芸』第15号（平10・12、近世初期文芸研究会）

歴史発見
『連歌俳諧研究』第39号（昭45・10）
（原題）「古俳諧資料片々」『京古本や往来』第64号（平6・4、京都古書研究会）

徳元伝覚書
『国文学会誌』第21号（平2・3、園田学園女子大学国文学会）

文禄の役に出陣した徳元
『園田学園女子大学論文集』第35号（平12・12）

新出斎藤正印・徳元・守三の系譜について
『園田語文』第7号（平5・3、園田学園国文懇話会）

徳元伝雑考
「昭和四十二年度秋季／日本近世文学会／研究発表資料」（昭42・11、天理大学）

第二部　年譜考証―寛永六年末まで―

（原題）「徳元年譜稿―出自・家族及び青年期まで―」『園田学園女子大学論文集』第18号（昭58・10）
（原題）「徳元年譜稿―天正・文禄・慶長期―」『園田学園女子大

学論文集』第20号（昭61・3）

（原題）「徳元年譜稿—慶長・元和期—」『国文学会誌』第16号（昭60・3、園田学園女子大学国文学会）

（原題）「徳元年譜稿—寛永期—」『国文学会誌』第17号（昭61・3、園田学園女子大学国文学会）

（原題）「徳元年譜稿—寛永三年春—」『相愛国文』第2号（平元・3、相愛女子短期大学国文学研究室）

（原題）「徳元年譜稿—寛永三年—」『近世初期文芸』第6号（平元・10、近世初期文芸研究会）

（原題）「徳元年譜稿—寛永五年—」『近世初期文芸』第7号（平2・12、近世初期文芸研究会）

（原題）「徳元年譜稿—寛永六年—」『相愛国文』第5号（平4・3、相愛女子短期大学国文学研究室）

第三部　書誌と考説と—年譜風に—

長盛・能通・徳元一座「賦何路連歌」成立考など　『みをつくし』第3号（昭60・6、上方芸文研究みをつくしの会）

翻刻『江戸海道下り誹諧』　『園田学園女子大学論文集』第22号（昭63・3）

幻像江戸馬喰町所持の家　『園田学園女子大学論文集』第33号（平10・12）

浅草御門界隈に定住する徳元の心境　『俳文学研究』第35号（平13・3、京都俳文学研究会）

徳元江戸より罷り上り申し候　『俳文学研究』第30号（平10・10、京都俳文学研究会）

徳元伝新考―寛永六年、東下前後のこと―　（原題）「徳元伝新考（上）―寛永六年、東下前後のこと―」『書誌学月報』第26号（昭61・4、青裳堂書店）（原題）「徳元伝新考（下）―寛永六年、東下前後のこと―」『書誌学月報』第28号（昭61・10、青裳堂書店）

徳元の連歌と徳川美術館蔵短冊二葉　『園田語文』第9号（平7・3、園田学園国文懇話会）

昌琢と徳元
―昌琢点「飛蛍」の巻連歌懐紙をめぐって―　『みをつくし』第5号（昭62・10、上方芸文研究みをつくしの会）

徳元をめぐる諸問題　『連歌俳諧研究』第57号（昭54・7、俳文学会）

翻刻「昌琢追善連歌百韻」　『園田語文』第3号（昭63・9、園田学園国文懇話会）

晩年の徳元―「賦品何誹諧」成立考―　『近世初期文芸』第5号（昭63・12、近世初期文芸研究会）

『誹諧初学抄』成立考　『国文学会誌』第20号（平元・3、園田学園女子大学国文学会）

『誹諧初学抄』以後の徳元連歌など
―榊原家蔵懐紙に見る最晩年期―　『園田語文』第5号（平2・11、園田学園国文懇話会）

翻刻・徳元筆『長嘯独吟』抄　『園田学園女子大学論文集』第23号（平元・3）

柿衞文庫蔵徳元第三書簡考　『連歌俳諧研究』第55号（昭53・7、俳文学会）

徳元・玄陳資料二点　『俳文学研究』第11号（平元・3、京都俳文学研究会）

徳元句拾遺　『国文学会誌』第22号（平3・3、園田学園女子大学国文学会）

徳元墓碑考　『海門』第38号（平2・8、海門俳句会）

翻刻・徳元顕彰
—春来編『東風流』所収、脇起し歌仙など—
『園田語文』第4号（平元・11）

徳元と信州諏訪俳諧—江戸座の流行—
（原題）「元禄前後の信州諏訪俳諧について」『園田学園女子大学論文集』第24号（平2・3）

『尤草紙』諸版本考
（原題）「『尤草紙』諸版本考」（上）『日本古書通信』第429号（昭55・1、日本古書通信社）
（原題）「『尤草紙』諸版本考」（下）『日本古書通信』第430号（昭55・2、日本古書通信社）

自筆本『徳元俳諧鈔』を入手するの記
（原題）「斎藤斎宮頭年譜考証〔3〕—岐阜在城期までの徳元—」『郷土文化』第93号（昭44・3、名古屋郷土文化会）
（原題）「徳元自筆本『塵塚誹諧集』書誌稿」『若越郷土研究』第18巻4号（昭48・8、福井県郷土誌懇談会）

徳元著作本書誌ノート
（原題）『誹諧初学抄』『尤之双紙』解題『近世文学資料類従』古俳諧編5（昭48・12、勉誠社）
（原題）「徳元千句」『日本古典文学大辞典』4（昭59・7、岩波書店）
（原題）「誹諧初学抄」『日本古典文学大辞典』5（昭59・10、岩波書店）
（原題）「徳元俳諧鈔」『俳文学大辞典』（平7・10、角川書店）

第四部　徳元短冊鑑賞など

新出徳元短冊に関する覚え書
『獅子吼』391号（昭46・8、獅子門出版部）

めぐり遇えた徳元の「逢坂の」狂歌短冊
『獅子吼』390号（昭46・7、獅子門出版部）

「火鼠の」句、「大磯の虎が石」狂歌短冊
—寛永六年冬—
（原題）「古短冊礼賛(二)—斎藤徳元—」『京古本や往来』第52号
（平3・4、京都古書研究会）

徳元自筆「唐まても」句短冊追跡記
『獅子吼』388号（昭46・5、獅子門出版部）

ちりとんだ雪や津もりの徳元句など
『すみのえ』185号（昭62・7、住吉大社社務所）

徳元の傘に住吉踊かな
『すみのえ』202号（平3・10、住吉大社社務所）

「から人も渡るや霜の日本橋」句について
書き下ろし

徳元漫想
『国文学会通信』第14号（昭59・4、園田学園女子大学国文学会）

新出「盂蘭盆」句短冊
（原題）「古短冊礼賛(三)—徳元・岡嶋木兵など—」『京古本や往来』第53号（平3・7、京都古書研究会）

第五部　その周辺について

出版書林中野道伴伝関係資料
『日本古書通信』376号（昭50・8、日本古書通信社）

書肆　中野五郎左衛門のことなど
（原題）「書肆　中野五郎左衛門のことなど」(上)『京古本や往来』第10号（昭55・10、京都古書研究会）
（原題）「書肆　中野五郎左衛門のことなど」(下)『京古本や往来』第11号（昭56・1、京都古書研究会）

寛永期の文芸資料覚書
『園田学園女子大学論文集』第29号（平6・3）

新出・京極忠高の書簡を読む、など
『園田学園女子大学論文集』第34号（平11・3）

永禄元年季秋成紹巴三つ物
『獅子吼』第395号（昭46・12、獅子門出版部）

翻刻・宗因筆『昌琢発句帳』
『園田学園女子大学論文集』第21号（昭62・3）

里村昌琢掃苔覚え書
『むらさき』第7号（昭45・2、岐阜県立多治見女子高校文芸部）

晩年の昌程書簡
『俳文学研究』第12号（平元・10、京都俳文学研究会）

解題と影印・貼交屏風「雪月花」
『園田学園女子大学論文集』第28号（平5・10）

古短冊礼賛
（原題）「古短冊礼賛(一)—古筆了佐—」『京古本や往来』第51号（平3・1、京都古書研究会）
（原題）「古短冊礼賛—辻宗順・田すて女など—」『国文学会誌』第23号（平4・3、園田学園女子大学国文学会）

古俳諧資料片々
（原題）「貞室・幸佐・己千子など」『俳文学研究』第14号（平2・10、京都俳文学研究会）
（原題）「古俳諧資料片々」『京古本や往来』第64号（平6・4、京都古書研究会）

河端家の貞門俳系資料
—貞恕・幸佐・河端己千子など—
『連歌俳諧研究』第80号（平3・3、俳文学会）

梅翁著『俳諧新式評』書誌稿
（原題）「梅翁著『俳諧新式評』書誌稿」(上)『獅子吼』426号（昭49・9、獅子門出版部）

（原題）「梅翁著『俳諧新式評』書誌稿」(下)『獅子吼』427号（昭49・10、獅子門出版部）

壱岐勝本の曾良の墓　『国文学会誌』第24号（平5・3、園田学園女子大学国文学会）

斎藤定易と掃苔研究家磯ヶ谷紫江と　『京古本や往来』第77号（平9・8、京都古書研究会）

学界展望　平成六年の古俳諧研究　『文学・語学』第149号（平7・12、全国大学国語国文学会）

第七部　伝記研究資料

新出斎藤正印・徳元・守三の系譜三種　『園田学園女子大学論文集』第27号（平5・1）

〔斎藤定臣氏蔵徳元系譜〕斎藤世譜　（原題）「斎藤斎宮頭年譜考証(4)―岐阜在城期までの徳元―」『郷土文化』94号（昭44・8、名古屋郷土文化会）

〔斎藤定臣氏蔵徳元系譜〕先祖書・親類書　（原題）「斎藤斎宮頭年譜考証(5)―岐阜在城期までの徳元―」『郷土文化』95号（昭44・12、名古屋郷土文化会）

あとがきにかえて

徳元句碑建立の記――「姓豊臣」考など――

斎藤徳元研究三十五年

平成八年十月十二日の昼下がり、丹後の宮津では一段と秋雨が降りしきるのだった。ここ境内に徳元の墓碑が現存する、天ノ橋立智恩寺本堂では後裔の方々を始め宮津市長・宮津市文化財保護審議会長さんらが参集せられて、先祖斎藤徳元公歿後三百五十遠年忌追善法要を盛大裏に相営み、それから新たに墓碑の背後に建立された、徳元自筆辞世の顕彰句碑除幕式に向かった。十月の丹後の雨は激しい。奇しくも因縁話めくが、寛永二年陰暦十月、ときに六十七歳だった徳元老が友人に誘われてこの橋立を訪れた折にも、やはり時雨ていたらしい。

時雨ふるをとにや鐘もなりあひじ（※成相寺を懸ける）

と詠んでいる。

さて、著者の徳元研究に対する執拗なまでのこだわりも、知らぬ間に三十五年以上も歳月が経過した。追善法要と顕彰句碑の建立と、共に実現が出来て私は内心、感慨無量だった。殊に句碑の裏面には、愛知教育大学名誉教授大礒義雄先生ご校閲による私の撰文で、左の通り。

斎藤徳元は姓豊臣　名を元信　別号　帆亭　父は道／三の外孫で正印軒元忠　徳元は岐阜城主織田秀信の臣／関ヶ原の戦に敗れ江戸に出て俳諧に遊び『誹諧初学抄』／等を著わした

正保四年八月二十八日　八十九歳で病歿　清岩院殿前／端尹隣山徳元居士　本年は歿後三百五十遠年忌に相当／し　後裔が智恩寺に於て追善法要を営み自筆辞世の句／碑を建立した

安藤武彦しるす

平成八年十月吉日

建立者　斎藤徳元子孫一同

それは、六十余年前の昭和十一年十月に、古今書院から笹野堅先生の編著に成る、『斎藤徳元集』が出刊せられて以来のことで、現在、私の手許には、笹野令夫人からの封書一通（昭38・8・22附）がある。

厳しい御暑さにも御障りなく御過しの御ことゝ御よろこび申上げます。

扨て本日ハ御懇切な御手紙頂戴致し恐れ入りました。実は、主人は一昨年三十六年十一月六日脳出血にて急逝致しました。主人の著書「斎藤徳元集」御所蔵との事　主人にかはり厚く御礼申上げます。御研究の一助になってをります由、生前主人が聞き及びましたらさぞかし喜びました事とかへすぐ〵も残念に存じます。右のやうな次第にて御申越しの事　何の御役にも立ちませず何卒あしからず御許し下さいませ。今後の御研鑽をお祈り申上てをります。

かしこ

笹野米子

筆勢は伸びやかで張りのある麗筆、「夫人も女子大きっての美人」（小栁精以知氏「人脈覚え書（10）」）と当時評判せられた麗姿が、髣髴と浮かぶ程の文章で、ずーっと大切に右『徳元集』の見返しのところに挿み込んできたのだ。その笹野先生による「徳元伝記」を私が書き替えたからである。句碑裏面の略伝は、だから三十五年にわたる徳元研究歴に、ようやく報いられた感ひとしおであった。

徳元の父は梟雄斎藤道三の外孫に当たる、正印軒元忠とすべきであろう。前掲書『斎藤徳元集』以来、岐阜県の郷土史書『濃陽諸士伝記』『美濃国諸旧記』等々の記事が踏襲せられて「斎藤真五郎長龍」とされ、徳元の名も亦「龍幸また利起」(『徳元集』9頁)などと、定着されてきた。対するに私はいまから三十四年も以前に、ガリ版刷りに成る小冊子『戦国武将斎藤斎宮殀』(昭39・8、私家版)のなかで、新たに慶長三年二月附で美濃国賀茂郡加治田村(※現、岐阜県加茂郡富加町)龍福寺宛の、斎藤正印軒文書を発見・紹介し、これまでに五通が存在確認される正印軒文書のすべてが文禄から慶長初頭にかけて成立されしもので、かつ文書の宛先が、岐阜市稲葉地区ならびに加治田村であったこと。正印軒は織田秀信の代官で、当時は加治田村も所領していたこと。従って「私は、ここで空想にふけるのであるが、もしや〝斎藤正印軒元忠〟なる人物は、この岐阜時代における徳元、もしくは弟〝市郎左衛門〟その人のことではあるまいか。云々」(38頁及び40頁)と推察したことがある。果たして昭和四十三年四月、私は後述する後裔宅に秘蔵される系譜類を実見するに及んで、右の空想は大略間違ってはいなかったようである。

昭和三十八年四月、私は岐阜県土岐市教育委員会事務局から市立土岐高校定時制の国語科教諭に転出、昼間は徳元研究に没頭することが出来た。なぜかって、それはもう、「歴史小説化してもよいほど彼の波瀾にとんだ生涯に、尽きない興味を覚えるから」(『戦国武将斎藤斎宮殀』自序)だったろうし、更に私自身が敗戦を植民都市大連で体験し戦後の引揚げという、激動の自分史を謎だらけな徳元伝記の解明に投影させたかったにちがいない。晩夏の八月二十二・二十三の両日、私は遙かな幼年時代に両親に連れられて遊んだ、日本三景の天ノ橋立へ、智恩寺文珠堂を詣でた。先代(故人)萩原老師のご好意で離れに一泊する。その日、文珠堂では地蔵盆の前夜でご住職は多忙の様子ではあられたが、境内に現存する塔婆形の徳元墓碑を案内下され、位牌と過去帳も調査方を許された。過去帳には、徳元の法名の下方、歿年月日の左に「筑前黒田家臣斎藤五六郎先祖」とある。すなわち子孫の所在解明の糸口ともなって、五年後に右、斎藤五六郎定公(天保二年九十歳歿)の子孫で、福岡市在住の斎藤定臣氏を識るに至ったのである。ふり返って考えてみれば、斎藤定臣氏所蔵の系譜関係資料一括の出現が全貌解明の道筋をつけたことになるだろう。

秋九月に入って当時、すでに新進の江戸貞門研究家で知られる森川昭教授宅を、私は始めてお訪ねした。練馬区上石神井のお宅は未だ武蔵野の面影を残す田園風景のなかに在って一見、わが世田谷代田の旧宅が想い浮かぶのだった。さて、森川教授からは、徳元と沢庵との雅交を始め、徳元自筆本『長嘯独吟』や『高野山俳諧書留』なる写本類の存在を教示され、徳元の俳諧すべてが学問的に蒙を啓く新鮮な感の午後であった。その後、森川教授は愛知県立大学に移られるが、のちになって（※昭和四十一年五月）、稿本「斎藤徳元年譜考証」（四百字詰、32枚）を、私宛にお貸し下さったのだ。いま手許にある「稿本ノ写シ」には、「昭和四十一年五月上旬、森川昭氏より草稿の年譜考証を拝借し、こゝに筆写した。」と記してある。内容面でも〝新見〟が多く見られ、殊に徳元、正保四年歿後の各事項は詳細をきわめ、以後の私の徳元研究は、一貫して教授の右「稿本」を座右に、それを肉付けすることから始まったのである。なお私事ながら十二月には、学会誌『連歌俳諧研究』26号に、拙稿「斎藤徳元の家系と前半生」が掲載される。

その後、私は森川教授のご紹介で、在愛知県犬山市にお住まいの赤木文庫主・横山重先生を、昭和四十二年十二月上旬にお訪ねしている。先生からのご返事には、

私はいつでもよろしいのです。犬子集だけなら送ってもよいが、本を御返し下さるらしいと思ったので、御来訪くださるのをよいことにしました。

愛知犬山市大本町六五
横山　重

十二月一日

とあった。文中、「犬子集だけなら」とあるのは、新刊の古典文庫に収録の赤木本複製本を頂いたことを指す。確

かこのときに、私は徳元自筆本の『塵塚誹諧集』上下二冊をお返ししたようである。多治見市陶元町の旧宅からは名鉄広見線経由が比較的に近く、以後、毎月一回ぐらい、お伺いしては、うまい樽酒を頂戴しながら、笹野堅先生への思い出話や和本の書誌など心あたたまる清談を拝聴出来たのは、いまもってしあわせなことであった。以下は、日記風に記しておこう。○昭43・10・11、一誠堂書店より、自筆本『徳元俳諧鈔』横写本一冊を入手。○昭60・11・15、新出「髪でかくせ」句短冊について東京古書会館における、『古典籍下見展観大入札会目録』の下見会に東上し、実見した（拙稿「徳元伝新考」）。徳元の短冊は、左の通り。

今度之伝奏／内府三条殿／御所望之時
髪でかくせ岸の額のこぶ柳　　徳元

関連するが、のちに谷澤尚一氏からも、愚説の、伝奏実条―徳元―春日局―実条　の三者による朝幕和解交渉や、寛永六年冬、江戸下りのうら事情など、〝メッセンジャー徳元像〟については着眼点よろし、と賛意を表せられた。○平成5・8・21、在徳山市の後裔、斎藤達也氏から、秘蔵の古文書類三点を拝見する。すなわち、『先祖書』『斎藤系譜』（元禄十四年正月成）『斎藤守三家系譜』一巻で、すべて内容も亦新見に富むもの。この新出資料の出現で、徳元のルーツ探索もようやく終止符を打った。因みに斎藤達也氏は徳元の弟で久留米・有馬藩医斎藤守三（慶安四年二月歿）の後裔に当たる。

　徳元研究三十五年めの総括で、斎藤徳元、表向きは俳諧師にあらず。なによりも武人、賜姓豊臣徳元として生涯を全うしたかったのであろう（拙稿「終生弓箭、斎藤徳元終ゆ」参照）。歿後三年めの慶安二年秋に成ったか、もう一幅の画像には、ハンサムな総髪武人像が画かれており（口絵3参照）、バックに弓矢と刀掛け、見台は袋綴の和本が二点、そして文机の右には京筆が二本、机上に和本と巻紙を置いて句案しているポーズである。上部には沢庵とも雅交がありし門人の浮木斎是珍が讃、いわく「翁ハ文武一巻ニ収メ、筆硯彬々（ひんぴん）タルカナ、終生弓箭（きゅうせん）、業に終ユ。」と読める。第三句中の「弓箭」とは弓矢、転じて武将という意味であろう。すれば徳元のホンネとは、最後の最期まで豊臣方の武将――ジェネラルとしてこの世を去りたい、と斯く著者は総括したい。

（平10・7・17稿、『日本古書通信』832号）

私と近世文学

わが書棚の奥にそっと挟み込んである一通の速達便、それは先師みずから装幀の、「近藤忠義遺文集草稿―第一輯之一―」と名付けられ、左下に張りのあるエンピツで「たゆまぬ御精進に深く敬意を表します／一九六六年秋」と記されてあった。近藤先生の法政日文科と私――それには、あの木月の池に臨む法政二高に学んだ昭和二十五年にまで溯らなくてはならぬだろう。二年（昭26）の春に、熊谷孝先生（当時、法大教授）からユニークな文学史の授業を受けたことが、私の人生を決めてしまったようである。先生の文学史は西鶴から説き始まって、『浮雲』の文三――透谷――『破戒』の丑松へと至る日本的近代インテリゲンチァの流れを強調された。以来、私はひそかに法政日文科の教授陣を調べて、その学風が歴史社会学派であることを知る。因みに、その頃の日記には「十一月末、文芸部に入部。『木月文芸』誌に創作など拙文を発表」「夏頃からプロレタリア文学の作品を読み始める」（昭27）などと書き留めている。宮沢賢治研究の丹慶英五郎先生が顧問だった。三年の夏、私は思い切って職員室に熊谷先生をたずねた。「日文科へ進みたいと思いますが―。」「もろ手だヨ」と先生は眼鏡の奥からニッコリと賛成してくだすった。

昭和二十八年四月、当初、母は文学ではメシは食えぬということで少しく反対はしたけれど、でも私は日本文学科に無試験入学した。レッド・パージ後の自治会再建運動、日文協支部のこと、同人誌『子午線』仲間との文学談義などいろいろなことがあった。さて、学部三年に進んで、私は卒論を「西鶴の俳諧―註釈ノート―」と定めて、近藤先生のゼミを選んだのである。先生は季吟の『山之井』をテキストにされて、丁寧なる註釈研究をわれわれに課された。私は悪戦苦闘をするばかりで、帰途、御高著『西鶴』の第四章「西鶴研究手引」を片手に、たとえば『和漢三才図会』を求めに神田古書店街へ向う始末。のちに斎藤徳元研究でご指導を受ける野間光辰先生の名著『西鶴年譜考証』を新刊で求めたのもこのころである。ゼミ仲間では一級上の島本昌一先輩の存在が光っていた。因みに卒論は失敗に終った。

「安藤君、田舎横綱（いなかよこづな）になっちゃァいけないヨ。」と笑ってご忠告下さった近忠（こんちゅう）先生、そのころ岐阜県土岐（とき）市でまだ駆け出しの高校教師だった私が、それまでの西鶴研究や就職難・みやこ落ち・結婚・父の死などもろもろをめぐる心の空洞から、ようやくにして美濃派の俳諧に自身の研究心を燃やし始めたときで、さりげない恩師からのお言葉は今もって忘れはしない。

（昭62・9・28記、法政大学国文学会『そとぼり通信』14号）

ふるさと神田古書店街

神田神保町は私にとっていわば学問上の、すなわち近世国文学研究上のふるさとであると言っても過言ではあるまい。平成元年九月十六日の午前に、私は三十六年ぶりで母校の法政二高同窓会に出席すべく上京した。折から同学の友人深澤秋男さんの東道で、始めてランチョンで旨いビールの馳走にあずかったことだった。二階の窓から向かいを見ると瀟洒なビルに様変わりしてしまった小宮山書店や、右側にはやはり昔のままにどっしりと構えた大理石貼りの古書肆一誠堂が現存していて、なぜか安堵の気分になる。

さて、毎号恵送の本誌『かんだ』誌に、巻頭を飾る神保町界隈の商店地図は殊のほかよろしい。それはもう遠く過ぎてしまった昭和二十年代後半の、文科の一学生たりし日々を鮮やかに想起させてくれるからだ。わが「自分史」には、「……三十二年三月、法政大学文学部日本文学科を卒業。在学中は近藤忠義先生のゼミに出席し一貫して西鶴研究、神田古書店街へも足繁く通った。云々」と。先師たる、近忠（こんちゅう）先生の演習では学部三年次に季吟の『山之井』を、四年次に『西鶴諸国咄』（テキストは古典文庫版の影印本）をいずれも註釈研究していくのだけれど、その最初の授業は御高著『西鶴』（昭14、日本評論社）の第四章「西鶴研究手引」をもとにそれを増補されながら参考書の解題をなすった。つまり神保町古書店街と私とのかかわりは右の「手引」をたよりに〝参考書〟探索から始まった次第だ。

昭和二十八年頃の大学生は、まだ角帽に黒の詰め襟服という清楚なスタイルで、むろん私もそうであった。もう一度、本誌巻頭の商店地図を見よう。休講時などは外濠公園を通って、時にはそのままてくてく歩いて九段下経由できまって神田古書店街詣でだった。以下はささやかなる古書（洋装本が多い）入手記ということになろうか。コースは現在のＪＲ「水道橋」駅で下車、すぐに国語国文専門の日本書房に入る。黒縁のメガネをかけた面長なオジサンが未だに忘れられない。因みにわが座右の書、『斎藤徳元集』（笹野堅編、古今書院刊、古書価高シ）は昭和三十七年九月二十四日に一、四〇〇円也で求めている。いわゆる〝安藤徳元〟の出発点となった本だ。

少しく因縁話めくが、同書のことは舟橋聖一さんの小説『花實の繪』（かじつのえ）（昭46）の第三十七章に詳述されるが、その頃（※昭46・6・27午後）に、私は舟橋先生からお電話を頂戴したことがあった。いわく「私、目を悪くしていますので、あなたにお電話をいたしました。笹野氏とは古くからの友人で三本の著作……『斎藤徳元集』を、そんなわけで、私の小説にはめこみました。ただしモデルではありません。『徳元集』は、私も笹野さんとの関係で持っています。（略）」と終始、物静かで気取らない親しみのもてる口調だった。笹野米子夫人からも達筆にて「（前略）……実は、主人は一昨年三十六年十一月六日脳出血にて急逝致しました。主人の著書「斎藤徳元集」御所蔵との事主人にかはり厚く御礼申し上げます。御研究の一助になってをります由、生前主人が聞き及びましたらさぞかし喜びました事とかへすぐ〳〵も残念に存じます。云々」（昭38・8・22附）と拝受。笹野先生は「浅黒い顔の一種の好男子、……迎えられた夫人も女子大きっての美人で」（小栅精以知氏「人脈覚え書（10）」—『日本古書通信』705号）あられたとか。思うに右『斎藤徳元集』の扉書中、編著者名と版元名は夫人の筆であろう。ところで、与えられた紙幅も、も早ゆとりがないので、あらあらメモして稿の責めを塞ぎたい。北沢本店（『西鶴俳諧研究』—昭10・改造社版、一、一〇〇円）、一誠堂書店（自筆本『徳元俳諧鈔』横一冊、昭43・10・11入手、酒井宇吉氏に鳴謝）、弘文堂（『日本名著全集・江戸文芸之部』全31巻、五、五〇〇円）、大屋書房（澤露川、三回忌追善『秋の水』中下二冊、けだし稀本也）等々にも立ち寄って駿河台へ出、「お茶の水」駅から新宿そして小田急線の世田谷代田へと向かうというコースだ。

とに角、ひどい就職難の時代で、にもかかわらず太宰治の「葉」に収録される詩に、「生活。／よい仕事をしたあとで／一杯のお茶をすする／お茶のあぶくに／きれいな私の顔が／いくつもいくつも／うつつてゐるのさ／どうにか、なる。」ふっくらと色白の、その頃すでに病身だった母が手作れる布団にくるまって思わず口ずさむ著者の青春がそこにあった。

（『かんだ』134号、平6・3・31）

あだ心の世界

ところで私にはもう一つの心の世界、上田秋成ふうに表現するならば〝あだ心〟の世界をもっていた。いま、多治見女子高文芸部誌『むらさき』15号（昭53・2）に収録の拙文「陶玄亭我楽多句抄」から抄記することで、在職十年の晩期を回想してみたい。

新出「徳元自筆懐紙」礼讃三句

昭和五十二年四月六日　午後一時、愛知大学学長室に久曾神昇博士を訪ね、ご秘蔵の斎藤徳元自筆の懐紙

（新出）に対面せり。

奉書紙に見る徳元のうららかさ

のびやかに書きたる徳元春真昼

花曇り徳元自筆のおおらかさ

因みに右、徳元の懐紙は、のちに学会誌『連歌俳諧研究』57号（昭54・7）に掲載された。ただ言えることは私にとってこの〝あだ心〟の世界が、進学指導にひそむ一抹の空漠感をみたしてくれるものであったということだ。そう言えば最近の中学や高校の先生方は余りにも多忙であるように見受けられる。

昭和五十四年三月末、私は女子高を二十一年にわたる岐阜県立学校教員を思い切って退職し、学問の世界に後半生を送ることに決めた。時に四十五歳の春であった。あれから、もう五年め。ことしのお正月、担任した卒業生旧3Eの諸姉が十年ぶりに多治見駅前の「魚伝（うおでん）」に於てクラス会を催してくれた。もちろん私も出席、すでに二児のかあちゃんも多く盛会だった。歓談尽きず、幹事さんの指揮で懐かしい校歌を力いっぱい合唱して会を閉じたのだった。確か学校祭の講演に作詞者丸山薫先生をご招待したのは私が生徒会顧問を担当していたときか。「わが行く道ははるかにて／三年（みとせ）のむすびいや楽し／真実求め手をくみて……」格調の高い、すてきな校歌だ。現在、大分市に新居を構える長女水谷信子もよくうたってくれた。通勤の途次、淀川の水面にゆらめく女子高の幻影、京阪・阪急と乗り継ぎながらいつまでも青春のままでいたいと願う私の昨今である。（昭58・5・4記、『桔梗60年史』）

学問も出会い

最近、つくづくと学問も出会いだなァと思う私である。もう遙かな昭和三十一年の夏、法政の日文科で卒論を西鶴の俳諧に決めたことも、その後、郷里岐阜県で高校教師を勤めながら、各務支考の美濃派の研究に夢中になっていたのだが、ふと加茂郡加治田村の龍福寺で斎藤徳元関係の古文書を一見した途端に、その後の私の俳諧史研究の道程を大きく変えてしまったのも同様である。

当時、犬山市にお住まいの横山重先生を愛知県立大学の島津忠夫・森川昭両教授の東道で始めて伺ったのは四十二年四月三十日の午後であった。先生は私が〃いける〃ことを逸早く察しられてか「さァ安藤ゥ、飲めヨ」と言われてうまい樽酒をコップにつがれた。清談の中味はよく覚えてはいないけれども確か書誌を丁寧にせよとか、先生の恩師であられた島木赤彦回想や古書の話だったように思う。先生の赤木文庫には徳元自筆の『塵塚誹諧集』を始め、『誹諧初学抄』や「尤草紙」(寛永十一年板)などがあって、私には正に宝物殿のように見えた。先生はこれらの稀覯書をさりげなく郵送貸与して下すったのだ。普通小包で――。いま、私の手許には数通あるお手紙のなかに「何もかも、テンから和尚にはなれぬ」と。

伊丹の柿衞文庫には徳元書簡一通が秘蔵せられている。詳細は先年、『連歌俳諧研究』55号（昭53・7）に「柿衞文庫蔵徳元第三書簡考」と題して紹介ずみである。やがて、園田学園女子大学勤務が機縁となって私は毎週土曜日の昼下がり、岡田柿衞先生の文庫へ通った。先生の学問は実事求是、その先生から系統的に万巻の俳書や短冊類を拝見させていただくことで、いわゆる〃眼〃を養うことが出来たのだった。このころから京阪俳壇史研究を心がけるようになった私に、「ソレハ地下水の研究やなァ」と笑って言われた言葉が未だに忘れられぬ。それから昨秋、梅田の古書肆杉本梁江堂から堀内雲鼓編の元禄六年板本『花圃(はなばたけ)』を架蔵せしことも、これ亦出会いであろうか。

（昭59・6・20、『カレッジそのだ』39号）

鎌倉旅行あれこれ

ことしの夏、吉村稠教授を中心に学生諸姉と共に鎌倉・横浜方面へ文学旅行に出かけることになった。因みに私自身、鎌倉ゆきは三回めである。三日目、すなわち八月二十九日の朝曇りのなか、われわれは藤沢の遊行寺を発って江の島に到着する。ここ江の島海岸は私にとって曾遊の地、アルバムを開くと昭和二十六年五月五日こどもの日に、高二の私が江ノ島稚児ヶ渕海岸で父母を前に角帽姿の兄と共にうつっている写真が一葉有之、殊に母の晴れやかな顔は印象的だ。大連から引揚後の過労がもとで病死したわが母への鎮魂、甘ったれで、わがままを聞いてくれて学部三年の頃、すでに古書価も高い『西鶴俳諧研究』(輪講)を買ってくれたことなどは未だに忘れられない。私は、しばし大橋にたたずんで四十年前を回想し、靄がかった片瀬江の島の沖をながめた。

昭和五十八年の夏、西村稔先生を中心に鎌倉へ研修旅行に出かけた折も、藤沢の遊行寺で一泊した。その夜は梅谷教授の配慮でこっそりビールを口にしつつ、西村先生から東大在学時代の話を伺ってある懐かしさを覚えたことだった。藤村作・笹野堅・恩師の近藤忠義・大礒義雄の諸先生の名前が出たりして——。翌日は鎌倉中世文学散歩。暑さにお強く健脚の西村先生を追いながらも、私は阿仏尼の遺跡や、浄光明寺に歌人冷泉為相(ためすけ)の墓碑を詣でることが出来た。お墓の前で、先生が熱っぽくその作品や人となりを語られたことが、いまも記憶の奥底に鮮やかに残っている。『国文学会誌』15号の編集後記にいわく、「先生は実に正確な羅針盤であられた」と。著者は、もって座右の銘といたしたい。

長谷の鎌倉文学館では、吉村さんの流暢なる近代文学作家論を心地よく拝聴しながら、諸姉と各室の展示品を順次観て廻っていた。そのうちに何気なく私の眼前に、万治板の名所案内記たる『鎌倉物語』五巻五冊が出現したのだ。ただし表紙は改装で題簽なし。市古夏生氏の論考「中川喜雲覚書」（『甲南女子大紀要』16号）によれば、「従来初板本は安田十兵衛板とされているが、書肆名下の匡郭が乱れていることなどから、初板は別の書肆が刊行したといえるかもしれない。」とされる。そこで幸にも最終冊の刊記を実見したところ、「万治二年己亥七月吉日／洛陽寺町誓願寺前／安田十兵衛開板」とあって、確かに右書肆名下二行分の匡郭にはキズが認められた。すなわち入木補正の痕跡であって安田板は再印本であろう。なお架蔵に中川喜雲短冊一枚が有之、「もろこし人は宿のあるじをツウラント云　よりて長崎ノ人に対し　庭のもみぢつうらんゆかし唐錦　喜雲」。やはり実事求是でありたい。思いがけない収穫ではあった。

（平成3・10・1記、『国文学会通信』21号）

『神田明神誌』など

『濹東綺譚』の主人公で、五十八歳の大江匡（ただす）サンは古本屋好きだった。それは私も同様で、毎週火曜日の午後、京都外国語大学へ出講するようになってから満六年が過ぎた。月に一度ぐらいは、京阪三条の駅から朝の加茂川沿いをぶらり散策、二条通りの中井書房へと向かうのである。一見、匡さんの散歩みちに似てはいよう。ご主人は大江匡好みの古本屋とは異なってスマートなれど、人柄や、川端東入ルという裏町の情味などは共通するか。

最近、私は『神田明神誌　附平将門論賛』と、武蔵野叢書第一輯『神田』という古書二点を右、中井書房で入手した。むろん両書共にほとんど見かけない稀書である。神田明神とは昭和五十年代の始めに、ＮＨＫ大河ドラマで、加藤剛さんが好演された、あの平将門イコール神田明神を指すのであろう。

さて、『神田明神誌』は暗い谷間の時代に向かいつつあった昭和六年十二月、神田明神誌刊行会の出刊。すれば、その頃の小学校における国史教育とは、いわゆる皇国史観による授業で、従って藤原純友や平将門などは承平・天慶の乱をひきおこした悪玉の典型として教えこまされたことである。昭和十九年秋、私が小学五年の頃まで続く。ところが著者の小松悦二氏はこれまでの「況んや水戸史官（※大日本史）の如き、叛臣伝に列し云々」なる誤解を正して、『将門記』をもとに将門が「決して私意なき者、外部の嫉妬のために、斯く汚名を被られた」（179頁）人物也、と論賛・顕彰される。昭和の始めに、大江匡が如き気骨ある一民間学者の資料的著作か。

因みに、寛永年間、馬喰町二丁目に住んだ俳諧師斎藤徳元老も亦、氏子の一人であった。

（平10・10・25稿、『かんだ』153号）

ロチの『日本印象記』

私には、もう十余年来にわたって、エドモン・ド・ゴンクールを始め、ピエール・ロチやオダンなどフランス人による江戸の日本文化研究に、こだわりを懐き続けている。それは多分、根底に荷風著『江戸芸術論』や『濹東綺譚』（両書共、初版本を愛蔵）などの読み過ぎからか。例えば、荷風は貞徳・徳元ら初期俳諧を評するに、「元禄以前俳諧は決して正風以後に於けるが如く滑稽諧謔の趣を排除せざりき。余は滑稽諧謔を以て俳諧狂歌両者の本領なりと信ずる也。」（『江戸芸術論』195頁）と。こんにちも尚卓見であろう。

昨年の晩秋、中京区寺町二条下ルの古書肆尚学堂から、例の『尚学堂我楽多月報』が送られてき、そこにロチの翻訳本一点を見出して注文、運よく安値で取ルことが出来た。大正三年十一月発行による新潮文庫本で、孔雀模様の雅趣ある表紙。書名は『日本印象記　全』、ピエル・ロチ著、高瀬俊郎訳。訳者高瀬氏については給田佳名子司書のご調査によれば、『猶太神話』（大正5・11、東京・向陵社）なる著作がある由。

収録のエッセイは、解題から始まって、(一) 京都　(二) 江戸の舞踏会　(三) 日光の霊山　(四) 観菊御宴　(五) 江戸　の小品集で二〇四頁。とりわけ (二) は、芥川龍之介作『舞踏会』のネタとなった作品で、大正九年一月に『新潮』誌上に発表された。彼は、あるいは、この高瀬訳なる文庫本『日本印象記』をすでに読んでいたと見るべきか。ところで、私には、むしろ (五) 所収の吉原の章であって、ロチが観察する吉原遊廓は写実的、ヴィヴィッドな描写でおもしろい。

(平11・1・31稿、『かんだ』154号)

徳元句碑建立の記——「姓豊臣」考など——

1、顕彰、徳元自筆辞世の句碑を建立

平成八年の、著者宛斎藤徳元後裔たる、東京都狛江市在住の濱地忠男氏からの年賀状には、「今年の年賀状を読み返しておりましたところ、先生の年賀状を拝見して次のことが気にかかりましたのでお便りする次第です。徳元の三百五十回忌の場所は天ノ橋立智恩寺を私は提案しておきました。(中略) 大阪市生野区在住の斎藤定基君が天ノ橋立の場合の世話役になると思います。彼には智恩寺の法要の場合には、先生にいろいろとお願いするように連絡致しました。云々」と記されてあった。むろん私も賛意を表して早速に作業を開始する。濱地氏は、その間の模様を徳元の長男茂庵の後裔で、四国大学々長斎藤晴男博士（※兄君は喜彦博士）宛への書簡に、

私は母の実家が福岡・黒田藩斎藤家で定年退官後に母が残した「斎藤家譜」から祖先の斎藤徳元の墓碑が天ノ橋立智恩寺にあることを知り、大変興味をもっておりました。従兄弟に当たる黒田藩斎藤家の当主から園田学園女子大学安藤武彦先生を紹介されて、その後徳元研究家の先生からいろいろ教えて頂き、平成三年には墓碑に参詣した次第です。さらに、福岡斎藤家の祖、斎藤定易（徳元の曾孫）の二百五十回忌を平成六年に関係

者十三名が集まり東京の菩提寺（※渋谷宝泉寺）で行いました。夜の会食の席上で平成八年に徳元公の三百五十回忌の法要を智恩寺で行って再会することを期しました。

今年の一月に従兄弟たちが甥の結婚式で福岡に集まった折に、大阪在住の従兄弟の定基氏が世話役となり、智恩寺での三百五十回忌の法要を行うことが決まりました。その後安藤先生と定基氏がたびたび相談されて法要の日程は十月十二日午後三時に決まりました。ただ、安藤先生が提唱され、私もかねて考えていた句碑建立については（中略）今回の法要が良い契機で、最後の機会ではないかと思っております。徳元公の三百五十回忌の法要と句碑建立について私からも何とぞ宜しくお願い致します。（後略）　（平8・4・15附）

と、少しく長くはなったけれども、敢えて引用させていただく。とに角、動機と経緯が熱っぽく述べられている次第であった。

2、経緯――案内状全文（※著者稿）と追善法要スケジュール――

謹啓　盛夏の候、貴家には益々ご清適の御事と拝察申し上げます。

さて、本年旧暦八月二十八日（十月十日）は日本近世文学史上に確かなる位置を占める、私どもが先祖斎藤徳元公が正保四年に八十九歳を以て病歿せられましてから三百五十年に相当いたします。そこで、そのことにつきまして今春二月以来、私ども世話人が中心となって数度協議を重ね、その結果、①墓碑が現存する天ノ橋立智恩寺に於て追善法要を営むこと。②あわせて墓碑の背後に顕彰の句碑一基を建立すること。等々を決定するに至ったのでございます。幸いにも私どもの趣意をご快諾下さった智恩寺方丈萩原顯士様を始め、宮津地方の文化遺産を守る会、あるいは地元の皆様方からのご賛同を得、毎日新聞丹後版にも大きく報ぜられるなどして、ようやく左記日時の如く実現の運びとなったのであります。むろん、それには子孫各位による物心両面の支えがあったればこそと、改めて感謝申し上げます。

旧暦八月（十月）は武将斎宮頭徳元公にとりましても、あの岐阜城攻防戦の折に戦火のなかを長良川を渡って若狭に亡命せし四十二歳の転機、文学者徳元の再出発でした。因みに今から百八十四年前の文化九年正月には、福岡黒田藩中老斎藤五六郎定公が幕臣斎藤利武系の弥五郎利済と相協力して徳元公の位牌等を新たに作製して智恩寺に納めています。今回の法要は従って百八十四年ぶりのことでもあり、かつ徳元公の子孫たる、長男茂庵系、次男九兵衛系、九兵衛の孫定易系の三家の子孫が始めて左記日時に智恩寺に参集して、先祖徳元公の追善法要と句碑の除幕式を相営むことになっております。

どうぞ、かようなる次第にてご理解を頂き中秋の一日、遠路まことに恐縮ではございますが、万障お繰り合わせのうえご出席下さいまして、徳元公の波乱に満ちた生涯と文芸を偲ぶことで先祖への追善供養、温故知新と考えたく、右よろしくご案内申し上げます。末筆ながら、貴家の一層のご健勝を祈り上げます。

謹言

平成八年七月二十八日徳元忌に

世話人　大阪府枚方市　安藤　武彦
大阪市生野区　斎藤　定基
福岡市博多区　渡辺　桂堂

記録

一、日時　平成八年十月十二日（土）雨天。午後三時より。
二、会場　天橋山　智恩寺本堂

三、先祖斎藤徳元公歿後三百五十遠年忌追善法要

四、岸和田市泉光寺所蔵、「徳元自賛画像」一幅の鑑賞と「徳元について」の話（30分）　安藤　武彦教授

五、謝辞　子孫代表　斎藤晴男学長

法要終了後に墓前に於て、

六、徳元自筆辞世の句碑除幕式。宮津市文化財保護審議会々長和田博雄氏から祝詞をいただく。

七、午後五時より、文珠荘松露亭に於て記念懇親会。挨拶　斎藤定基社長。司会　斎藤知義氏。

八、会費（※省略）

法要出席者（※敬称略）

智恩寺方丈　萩原顯士、顯考寺住職　千賀博文、宮津市長　徳田敏夫、宮津市文化団体協議会々長（宮津商工会議所会頭）和田庄市、宮津市文化財保護審議会々長　和田博雄、宮津地方の文化遺産を守る会事務局長　宮城益雄、文珠自治会長　山本正昭、京都府立丹後郷土資料館資料課　伊藤太、宮津市教育委員会社会教育課長宮田勝人、毎日新聞社宮津駐在記者　石塚勝、智恩寺執事　尾関定男、濱地忠男、田鶴子、斎藤晴男、浩子、宗　慎治、彰子、明日香、由加里、斎藤昭典、凰子、佐藤ミキ子、妙楽寺住職　渡辺桂堂、斎藤剛裕、中原定也、敏統、斎藤定敏、斎藤定基、もと、美弥子、斎藤知義、靖子、榊　定伸、佳子、斎藤蓉子、安藤武彦、富子、徳彦、寿枝。以上。

因みに、右裏面の著者撰文（1059頁参照）については為念、その下書きを愛知教育大学名誉教授大礒義雄先生宛に送ってご校閲をお願いしたのである。折返し、先生からは左の如くご教示のご返書を頂戴した。

　完璧です。ただ豊臣氏の所、寿像画讃に氏の字が使ってあれば、これで結構ですが、なければ姓も考えられ、豊臣姓とか姓豊臣が頭に浮かんできます。氏と姓の使い方、私もよくわかりませんが、子孫の方がすべて斎藤

氏を称している場合、豊臣は賜姓として姓豊臣あたりどうでしょうか。姓は豊臣の略形です。但し私にも自信がありませんから、お考え通りにして下さい。いづれにしても間違いではありません。早々

かくして、撰文原稿は完成。句碑の制作は同じく後裔の福岡市博多区・妙楽寺住職渡辺桂堂氏のご高配によって合資会社小田部石材（福岡市博多区）に決定。石材は山口県徳山湾に浮かぶ、黒髪島産の御影石、俗に言う黒髪石を選んだ。理由は鉄分が少ないから、ということである。

表面

末期にハしにたはことを月夜哉
従五位下豊臣斎藤斎頭帆亭徳元（花押）

裏面

斎藤徳元は姓豊臣　名を元信　別号　帆亭　父は道／三の外孫で正印軒元忠　徳元は岐阜城主織田秀信の臣／関ヶ原の戦に敗れ江戸に出て俳諧に遊び『誹諧初学抄』／等を著わした
正保四年八月二十八日　八十九歳で病歿　清岩院殿前／端尹隣山徳元居士　本年は歿後三百五十遠年忌に相当／し　後裔が智恩寺に於て追善法要を営み自筆辞世の句／碑を建立した
安藤武彦しるす
平成八年十月吉日
建立者　斎藤徳元子孫一同

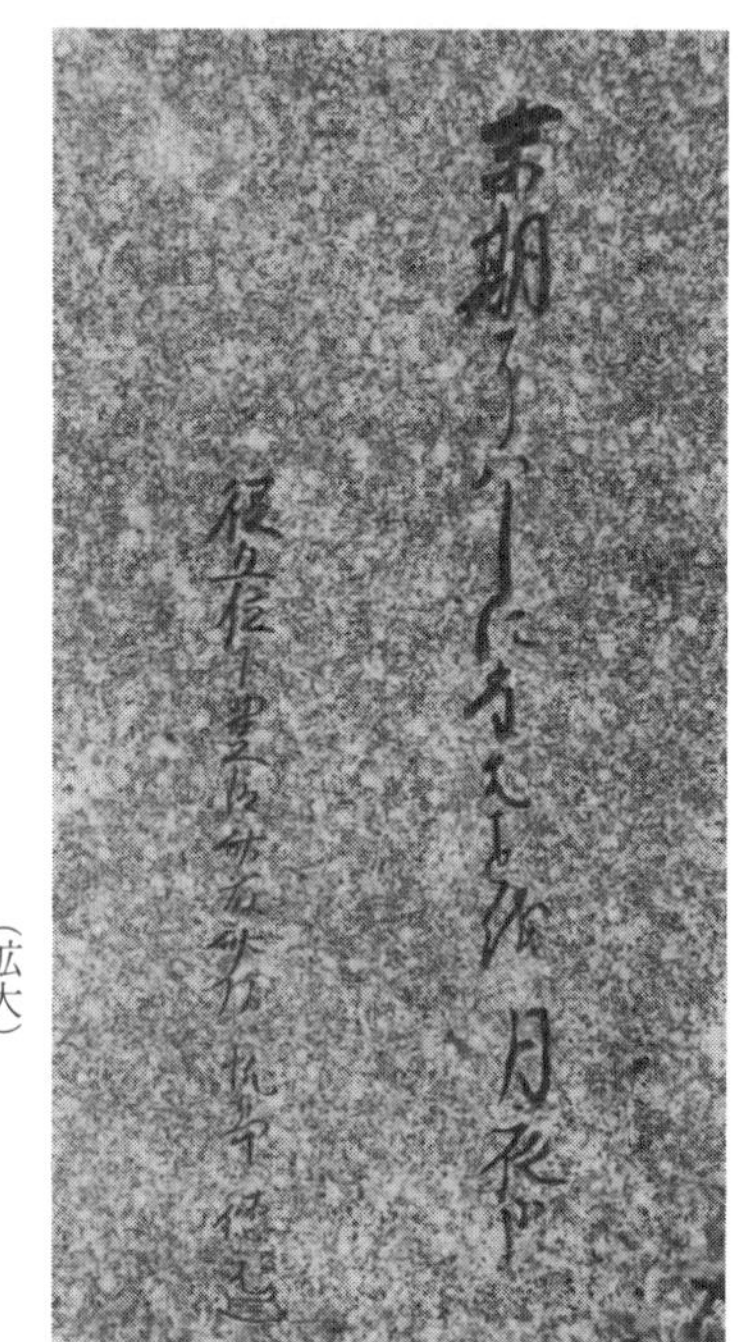

図1　句碑の表面
（土台部分＝高さ二二糎、横幅六〇糎、奥行三五糎　句碑部分＝高さ九二糎、横幅四五糎、奥行一九糎）
（拡大）

図2　句碑の裏面（安藤武彦の撰文）
（拡大）

3、「姓豊臣」考

織豊政権を経て、徳川幕藩体制という新たなる秩序に向けて、武将として、あるいは連歌俳諧師として、〃からだ〃でじかに生きぬいた斎藤徳元の八十九年にわたるドラマをわずか二百字にまとめ上げることは至難であろう。従って私は、まずは昭和十一年十月十九日に笹野堅先生――因みに舟橋聖一氏の小説では、徳元も後半に大きく登場する『花實の繪』のモデル也――が、古今書院から名著『斎藤徳元集』を世に出されて還暦ならぬ満六十年め、撰文執筆の過程ではとくに左の二点に関して強調したことであった。すなわち、

「姓豊臣」であること。

「父は道三の外孫で正印軒元忠」と言う。

の二点。それは著者のいわゆる「徳元学」四十年にわたる、成果であろう。

本稿では「姓豊臣」について考察を加えたい。今はもう昔、昭和四十四年十一月二日の午後のこと、畏友永野仁教授の東道で岸和田市郊外の泉光寺に於て、始めて前述の、徳元長子斎藤郭然茂庵（寛文元年歿）の後裔たる、喜彦博士・晴男博士のご兄弟にお目にかゝることが出来た。そして伝来の、「徳元自讃画像」一幅と対面したのであった。その折の著者の感動と画像に対する考察は、第一部「『徳元自讃画像』一幅の発見」のなかで詳述したので、今は贅説しない。蓋し、今回、新たに問題にしたい点は、徳元の署名の部分の「読み」にあった。右の稿では「従五位下豊臣(ほうしん)斎藤斎頭帆亭徳元（花押）」と読んでいる。結論を先きに申せば、この「ホウシン」なる読みは間違いであろうと訂正したい。ならば「豊臣の家臣斎藤斎頭」という意味で署名したような、他家の事例が当該時代にどれだけ存在したのか。試みに諸文献を探索してみよう。

秀吉軍団における参謀格だった、阿波・蜂須賀家の場合について、三好昭一郎氏執筆による図録『阿波入国四〇

〇年図説　蜂須賀家』（徳島新聞社）を繙いてみると、蜂須賀小六正勝は織田信長に仕官するまでは、公式の文書に「斎藤小六利政」を名乗っていたことが知られる（「藩祖　蜂須賀家政」の条、62頁参照）。それは多分、当時、美濃国の国主が斎藤道三であり長子義龍であったゆえであろうし、その斎藤氏に臣従（※渡辺世祐（よすけ）博士の名著『蜂須賀小六正勝』雄山閣、昭4、25頁参照。因みに該書出刊の事情については司馬遼太郎氏が紀行「濃尾参州記」でユーモラスに紹介される。『週間朝日』平8・2・23号）、そして〝姓〟をも授与されていたと解すべきか。「斎藤氏の家臣」という意味ではあるまい。

（平9・5・5、岐阜県坂下町、くつかけの湯にて稿、未完。『海門』10―6号）

＊　＊

ふり返ってみれば、このような上下二冊の大部なる著作となってしまっていた。各部各篇をながれる論旨や文脈などはその都度に出現する新資料によって揺れ動き、だから首尾一貫性が見られないきらいが悔やまれる。それに重複も多い。著者の研究心の進展か、という風にお許しいただけたらと思う。

序文は故島居清先生から頂戴した。まっさきに本書をご霊前に捧げて十余年も遅れたことに対し、ひたすら頭（こうべ）を垂れてお詫び申し上げるばかりです。恩愛あふるる学的な文章で、対するに本書『斎藤徳元研究』は、果たして応え得る内容となっているのかどうか、心許ないのである。加えて、このほど快く推薦文を書いて下さった雲英末雄・櫻井武次郎両教授にもお礼を申し上げたい。勲賞と受けとめている。また、二十二年間在職した園田学園女子大学文学部・国際文化学部の教授会各位、原稿の一部浄書に国文学科安藤ゼミの教え子小林千秋君にも深謝する。それから、後裔の斎藤晴男先生を始め故濱地忠男氏、東京都町田市の斎藤家、斎藤定臣・定基・榊定伸の三氏と福岡市・斎藤家の皆様から寄せられた心温まる声援にも深謝する。

さて、本書の出版については昭和六十三年十二月下旬に、故乾裕幸教授の斡旋で和泉書院社長廣橋研三氏にお願いしたのである。以来、気長にお待ち下さって、いま、ようやく日の目を見ようとしている。廣橋社長の友情には終生忘れない。編集校正には専務廣橋和美氏のお世話になったことも記しておこう。私事ながら妻の富子にも四十余年にわたる内助に礼を述べたい。愚句一句。

徳元の　秘めし春愁　想うかな

平成十四年一月二十一日

安藤　武彦しるす

■著者紹介

安藤　武彦（あんどう　たけひこ）

昭和八年十一月十九日、吹田市西泉町に生まれた。父は銀行員。吹田第二小の頃は昆虫少年。小六の夏、敗戦を植民地大連市で体験し、ソ連兵の略奪を目の当たりに見る。老虎灘のほとりの静浦小学校（現在、中国海軍の兵舎）を卒業。昭和二十二年二月旧制中学一年の冬、一家「信濃丸」にて引揚げる。十五日朝、雪積もるなかを西舞鶴港に上陸した。そして父祖の地岐阜県瑞浪市・多治見市で三星霜を送り二十五年春に一家上京、世田谷代田に移り住む。日本近代文学への関心とくに正宗白鳥や永井荷風の『濹東綺譚』等を愛読したのは法政二高二年生の頃か。三十二年三月、法政大学文学部日本文学科を卒業。在学中は近藤忠義先生のゼミに出席し一貫して西鶴研究、神田古書店街へも足繁く通った。卒業後は岐阜県立高校国語科教員として二十一年間勤務し、かたわら岐阜市出身の斎藤徳元伝を中心に俳諧史の研究に励んだ。それは梟雄道三の外曾孫で戦国乱世を生きぬいた俳諧師徳元の生きざまに共感したがゆえである。五十四年四月、園田学園女子大学文学部国文学科助教授。六十二年、教授。平成六年、国際文化学部教授。十二年に退職。現在、京都外国語大学非常勤講師。岩波書店刊『日本古典文学大辞典』に数項目担当執筆を始め論考は百余篇。俳文学会々員・日本近世文学会々員。

現住所、大阪府枚方市田口山2丁目22番2―304号。

斎藤徳元研究　下

二〇〇二年七月十五日初版第一刷発行

（検印省略）

著　者　安　藤　武　彦

発行者　廣　橋　研　三

印刷所　日本データネット

製本所　大光製本所

発行所　有限会社　和　泉　書　院

大阪市天王寺区上汐五-三-八

〒五四三-〇〇〇二

電話　〇六-六七七一-一四六七

振替　〇〇九七〇-八-一五〇四三

装訂　上野かおる

ISBN4-7576-0157-3　C0395

（2分冊・分売不可）

ものもとの
あるじもあつき
京どり

豊臣　齋藤徳元

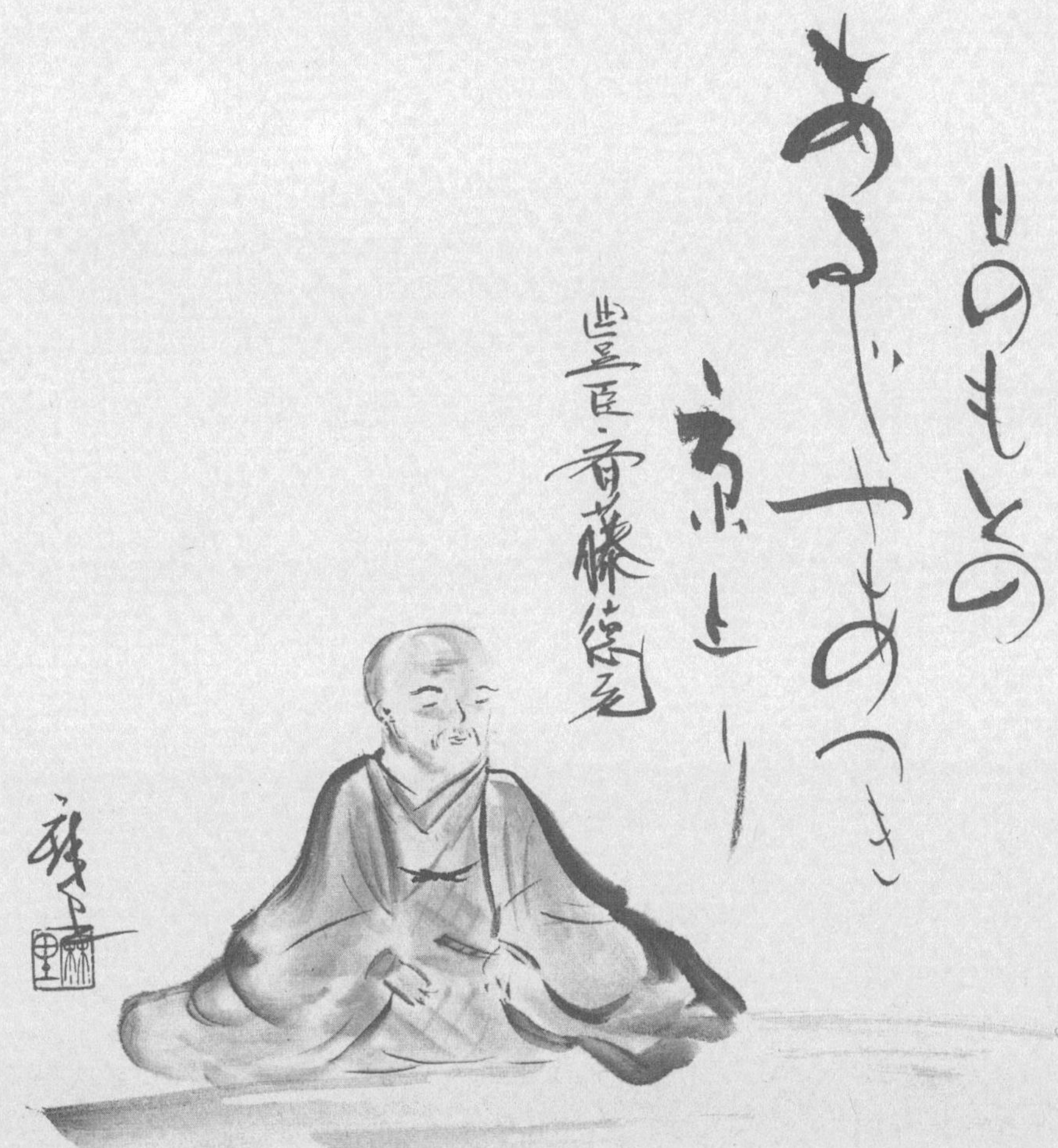

画　竹苞楼　佐々木麻里

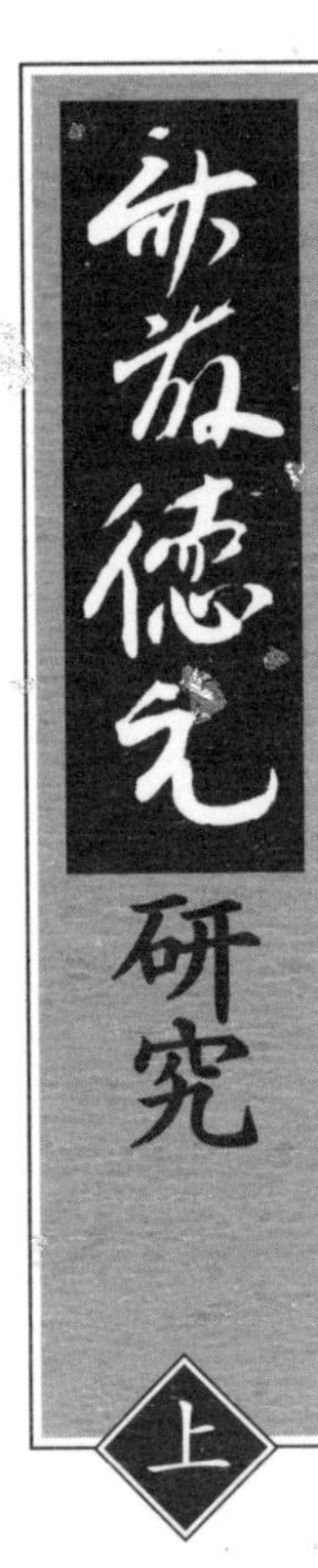

安藤武彦 著

和泉書院

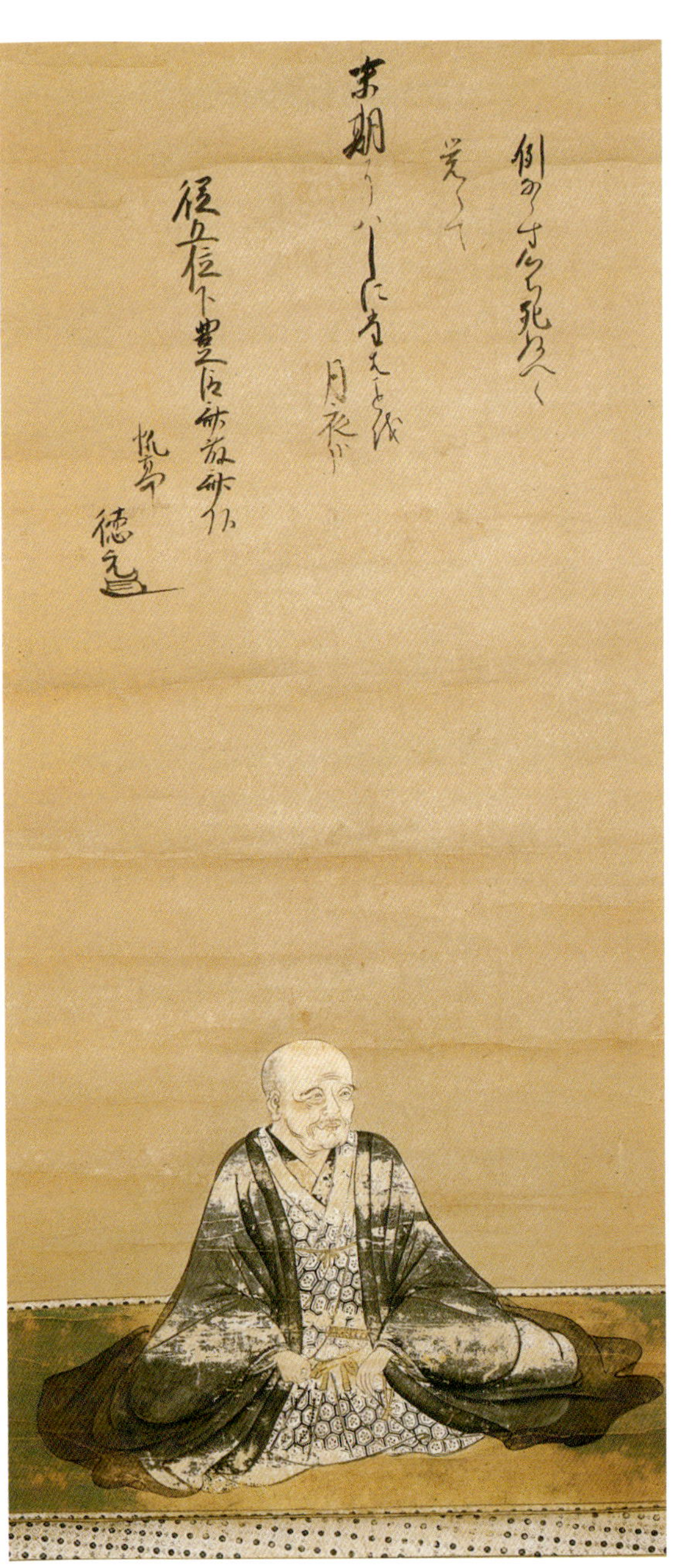

◉口絵1　法体の徳元画像（泉光寺蔵）

斎藤徳元は姓豊臣　名を元信　別号　帆亭　父は道三の外孫で正印軒元忠　徳元は岐阜城主織田秀信の臣関ヶ原の戦に敗れ江戸に出て俳諧に遊び『誹諧初学抄』等を著わした

正保四年八月二十八日　八十九歳で病歿　清岩院殿前端尹隣山徳元居士　本年は歿後三百五十遠年忌に相当し後裔か智恩寺に於て追善法要を営み自筆辞世の句碑を建立した

安藤武彦しるす

平成八年十月吉日

建立者　斎藤徳元子孫一同

◉口絵14　顕彰碑の拓本（右、表面　左、裏面）

序文

島居　清

夙に出るべく斯界待望の書『斎藤徳元研究』が、遂に発刊される運びになったことを先ず第一に祝福したい。私が著者、安藤武彦君と始めて会って話を交したのは、確か昭和三十九年九月、伊丹において催された俳文学会の席であったかと思うが、その頃は、君はいまだ若く、岐阜県多治見の高校教諭で、研究の時間的余裕のないのに、孜々として徳元の資料考証、伝記の研究と地味な仕事に携って居られるのを始めて知ったことであった。以来、時に徳元に関する資料や、参考になるべき作品の少々を送っては激励して来たことを思い返している。君の徳元研究は、ここに始まって、算えれば二十数年、延々と続けて現在に至ったわけで、年季の深さとその研究の持続に他者の追随を許さない、いわば定評が確立されて来た所以である。

戦後急速に研究活動が活発になり、幾多の業績が積み上げられて来たわが俳文学界において、特に芭蕉以前の、いわゆる貞門談林時代の研究に多くの収獲があったことは、すでに人の知るところであるが、同じく貞門談林といいながらその統率者たる松永貞徳、また西山宗因を始め、多くの著名俳諧師個々の伝記・作品の徹底的研究となると、案外寥々たるに過ぎない。故小高敏郎君の名著『松永貞徳の研究』を始め、特に西鶴・北村季吟などの多方面の研究は別としても、宗因に至っては、いまだ宗因全集も伝記的著作もわれわれは持っていない。他は推して知るべきである。その中にあって、早くも昭和十一年刊の笹野堅著『斎藤徳元集』は、その当時稀に見る浩翰にして資料豊富、徳元を伝して画期的の著作で、いわば古典的大著であった。しかし、今度の『斎藤徳元研究』は、『斎藤徳元集』を遥かに上廻る豊富な資料が発見整理され、その伝記においても多くの訂正追補が加えられたため、完全に近い伝記が構築され、秀れた年譜考証に纏められた功績は、いかに賞しても褒めすぎにはなるまいと思う。

君は長い高校教諭の後、現在の園田学園女子大学に転じて、一層の研究時間と地理的便宜を増した以後は、更にその研究が加速度的に進捗、論文発表等の機会も多く、着々とその業績を積み上げて今日に至ったことは、短時日とはいえ、まことに瞠目に価する成果であったというべきである。そもそも徳元に係る資料は全国に散在して居り、且つ考証不充分のもの多きにもかかわらず、君は根気よくその断章零墨まで博捜紹介につとめ、これらを基にして、その都度発表された徳元関係の論考が、益々多きを加えつつあった頃、折毎に私は、この辺で一書に纏めては如何か、一応区切りをつけて、今後は広く俳諧史に視野をひろげながら、更に規模を深め、他の研究に及んでも宜しいではないか、と勧めて来たことであった。

さてそれらが集まってこの大著となった。中に就いて、徳元の徹底した伝記の構成の上に、適格に論じられた今までの論考を中心に、君の最も力を注いだのは、短冊の大量発掘と、資料篇に見る驚くべき細緻な翻刻と複製の紹介であった。それが更にこの著の重さを示して余りある。かてて加えて、君は始めて徳元の連歌方面の業績にもメスを入れ、徳元の幅広い活動の詳報が得られたことは、顕著な収獲というべく、また徳元歿後の江戸俳諧、延いては諏訪地方の俳壇にも及ぶ徳元の顕彰にも筆を進められたことを併せ記して、その功を讃えたい。これを要するに、徳元に対する隅々までの君の学問的心配りが然らしむるところで、長年の間、これに傾けて来た君の情熱の所産結晶が、この形となったといっても宜しかろうと思う。

実は、われわれ同じく俳諧学徒の間では、内々君を呼ぶとき、暗に「安藤徳元」と、決して揶揄的ではなく、半ば敬愛的称呼として話し合っていたことは、有力にこの事実を物語っていると思う。そろそろ徳元を纏めて一応仕事の一段落をしては如何と勧めたのも、以上のごとき内緒が然らしめたことで、そしておもむろに今後は、俳諧全般の幅広い研究に移られては如何と話したことであったが、この大著の完成を見た暁、君はいまじっくりとそれを考えているのではないか。然らば、さらにわれわれは今後の君に期待するものが大なるを知る。いよいよ精励、ますます健康に、折角加餐大成を祈るや切なるものがある。

ここにこの著の発刊のあらましを述べ、広く江湖の学究にこれを送り、わが学界の一大収獲を共に喜びたいと思う。

平成元年四月　日　西寧居において

三青　鳥居　清　識

先祖斎藤徳元公歿後三百五十遠年忌追善法要
平成八年十月十二日（土）雨天、午後三時より
会場　天橋山　智恩寺本堂

謝　辞

子孫代表

斎藤晴男

大阪に住んで居ります斎藤晴男です。本来は私の兄喜彦が参るべきところでございますけれども健康をそこねましてほとんど歩行が出来ませんので、弟の私が参りました。

私、代々墓が、あのー岸和田の泉光寺というところにございます。徳元公のご長男は茂庵とおっしゃる方でございますけれども、その方の墓は私どもの代々ご先祖の墓と同じ場所にございます。過去帳にもこの通り載っております。そういうことでございます。一応私ども徳元公のお子様茂庵の子孫ということです。（※本書第七部「徳元―茂菴系の過去帳」を参照。）

私の子供の頃から今、皆様のお目にとまっておりますこの画像が私の家に先祖代々伝わっておりました。弟の私の方がちょこまかとした子供でございましたので、とくに親に云いつけられて床の間に飾りますのは私の仕事でございました。そういう意味で、あのー私としてはたいへんなつかしい画像でございますし徳元様とおっしゃるお方は私どもの小学生の頃からよく存知ております。今回こういうことでご法要の席に参列させていただきました。

徳元公は、よって三百五十年前の方でございますので、子孫がたくさんおられるのは当然のことでございますけれども、私どもと初めてお目にかかることが出来る方も多数おいでいらっしゃる。人と人との出会いというものは人間にとって最大の幸せでございます。この出会いが、今後をば私どもがご厚情をお願いして、将来いろいろなことの心の支えになれば大変幸せであると思っております。本日はまことにありがとうございました。心から厚くお礼を申し上げます。

（四国大学学長）

目次

〈上巻〉

〈下巻〉

第四部　徳元短冊鑑賞など

第五部　その周辺について……六二九

第六部　作　品　抄……七九七

第七部　伝記研究資料……八九三

第八部　影　印

第一部　総括と出自考

略伝と研究史

斎藤（さいとう）　徳元（とくげん）

永禄二年（一五五九）～
正保四年（一六四七）

〈概括〉　江戸初期の俳人。

〈略歴〉　永禄二年（一五五九）、美濃岐阜に生まれた。賜姓は豊臣、本姓斎藤氏。名は元信（もとのぶ）・辰遠（たつとお）（龍幸・利起にあらず）、通称は斎之助・斎宮頭（さいぐうのかみ）・又左衛門、のちに入道して徳元と称した。別号、帆（はん）亭（てい）。位階は従五位下。父の元忠（もとただ）は通称を太郎左衛門・正印軒（しょういんけん）といい、岐阜城主織田秀信の代官である（新五利興にあらず）。正保四年（一六四七）八月二十八日歿、八十九歳。墓所は天ノ橋立の智恩寺。法名は清岩院殿前端尹隣山徳元居士。徳元は天正末年頃、関白豊臣秀次に仕官、のち美濃墨俣（すのまた）城主となり秀信に仕えるが、慶長五年（一六〇〇）八月時に四十二歳の秋、関ヶ原の前哨戦たる岐阜城攻防戦に敗れて加茂郡加治田村へ退き若狭に亡命、京極忠高（ただたか）に小姓衆として仕官するに至る。俳人徳元の後半生はこの若狭居住時代から、すなわち『塵塚誹諧集』冒頭の「雪や先とけてみづのえねの今年」なる慶長十七年（五十四歳）の歳旦句をもって始まるのである。寛永三年（一六二六、六十八歳）春、徳元は忠高に扈従（こじゅう）して上京した。それは徳川秀忠・将軍家光の入洛に際して、その文事応接の役柄を勤めることにあったのであろう。在京の間に昌琢や貞徳とも交流し、なかんずく今出川の八条宮家へも出入りするなど、仮名草子『尤草紙』もその頃に成った。同五年冬、江戸にいったん下るも帰京、翌六年冬、緊迫した朝幕関係のさなかに再び江戸に下り、馬喰町二丁目に定住したと推定される。以後は玄札・未得らと交流し、草創期の江戸俳壇に長老として活躍、歿年の正保四年春まで浅草に在住した。晩年は丹後で歿したとも言われる。辞世の句には「例ならず心ち死ぬべく覚えて／末期には死にたはごとを月夜哉／従五位下豊臣斎藤斎頭帆亭徳元（花押）」と雄渾なる筆致で書き留める。

〈環境〉　徳元の外曾祖父に、一世の驍将道三、近くは連歌をも嗜む内蔵助利三・利宗、徳元宛酒樽を贈った春日局はすべてこれ一族である。家庭面では弟に久留米・有馬氏の藩医斎藤守三、長子の郭然茂庵も岸和田岡部氏の藩医、孫娘如元は千姫の御伽を仰せ付けられてご奉公、同じく孫利武は六代将軍家宣に仕えて廩米三百俵を食んでいる。だが文学的環境ということになれば、それは連歌師里村昌琢の門下としての活動であろう。

〈師系・交友関係〉　徳元は昌琢門であった。貞徳とは同好の士としての関係で別格。従ってそこにあらわれる人間関係も昌琢一座の雅会を通じて横の関係が生じてこよう。試みに徳元の交友録を作成してみる。里村一門―昌倪・玄陳ら。皇族―八条宮家。公卿―近衛信尹・西洞院時慶。大名ほか―織田常真（信雄）・脇坂安元・山岡景以（宗由）・金森重頼・池田長幸・佐久間勝之・蒔田広定・岡部長盛・諏訪頼水・大橋竜慶・柳生宗矩・佐川田喜六（昌俊）ら。僧侶―沢庵宗彭・文珠院応昌・三江紹益・鳳林承章。儒者―林永喜など。これらの名録から一は織田豊臣の旧臣グループを、二に徳元晩年の周囲には幕府側近の人々の姿を見るのである。で、寛永文化圏における、こうした徳元の交友関係を中村幸彦は、堂上家の文化人たちと「庶民の出や僧籍にある一芸一能の持ち主」たちとをつなぐ「運搬の係」（『日本文学の歴史』７）と位置づけたが、蓋し至言であろう。なお彼は寛永九年以前に岡部長盛から、同十三年ごろ生駒家からもそれぞれ扶持を受けていたようだ。やがて寛永十年代に入ると、徳元は江戸俳壇の長老という立場に推されて、新たに立圃・重頼・道節・玄札・卜養・未得らとの間に俳交が形成されてくる。

〈文学的活動〉　彼は山岡景以追善独吟の前書に「予も又そのかみ聚楽伏見にいまそかりし時より」と述懐しているが、その聚楽第勤仕の時代に、近衛三藐院点「鮎なますあいより青き蓼酢哉」を発句とする独吟魚鳥俳諧百韻が成立したか。とすれば管見の限りでは彼の前半生における唯一の俳事ということになろう。くだって寛永五年は徳元七十歳、六月、昌琢に誘われて有馬に遊び、日発句を成して昌琢の奥書を受く。また、貞徳宅を訪れ前句付に興じてもいる。十年（一六三三）十二月、自作を集大成した形の『塵塚誹諧集』が成る。そして十八年（八十三歳）正月、作法書『誹諧初学抄』刊行。これ江戸版俳書の嚆矢である。ところで、彼の作風は『初学抄』で心の俳諧を説いているが、作品には賦物が多くかつ優婉なる趣を見せている。ほかに著作は『徳元独吟千句』（寛永五年成）、『関東下向道記』（狂歌版の道中記、同五年成）、『徳元俳諧鈔』（自筆本、同七年成か、架蔵）、『於伊豆走湯誹諧』（一名『徳元千句』、同九年成）等。門人の浮木斎は画像に「筆硯彬々たる哉、弓箭、業に終ゆ」と賛をした。

〈影響関係〉　徳元の賦物俳諧は、以後の江戸貞門俳諧における一風潮にもなっていき、未得独吟『謡俳諧』（寛永十二年成）や玄札・野水堂白鷗両吟の『十種(とくさ)千句』(明暦三年成) 等にそれが見られた。くだって宝暦六年（一七五六）春刊行の、紫隠 春(しゅん)来(らい)編『東風流(あづまぶり)』にも徳元を「関東中興俳祖」として顕彰しているのである。

〈代表作解題〉　**『塵塚誹諧集(ちりづかはいかいしゅう)』**俳諧撰集。寛永十年十二月成。写本二巻。七十五歳の徳元が、ある貴人の所望に応じて、慶長末、若狭在住以来の自作の俳諧・狂歌をほぼ年代順に書き記した。上巻に慶長十七年（一六一二）以降の四季発句、源氏巻名発句、有馬在湯中の日発句、貞徳を訪れた折の百句付等を収め、下巻には寛永六年（一六二九）冬東下り紀行書留発句、熱海(あたみ)千句之抜書等を収録。本書は徳元伝記資料としても、初期殊に江戸の前句付俳諧の資料としても貴重である。赤木文庫蔵本は唯一の自筆本。『斎藤徳元集』(昭11)、近世文学資料類従・古俳諧編4（昭48）、『貞門俳諧集』一（昭45）に複製・翻刻。現、早稲田大学図書館蔵。

『尤草紙(もつとものそうし)』仮名草子。目録題は「尤之双紙」。徳元の匿名作で八条宮無品智忠(としただ)親王の加筆になる。寛永九年（一六三二）六月、京都恩阿斎(おんあさい)刊。二巻。本書は『犬枕(いぬまくら)』の跡を追うて物は尽くしの形式に成る擬物語で、上巻に「ながき物」以下三十九項目、下巻に「ひく物」以下三十九項目の「物は尽し」を収録。寛文十三年（一六七三）までに五版も出た。近世文学資料類従・古俳諧編5、日本随筆大成二期6等に複製・翻刻。慶安二年版を架蔵。

『誹諧初学抄(はいかいしょがくしょう)』俳諧論書。寛永十八年（一六四一）正月成・刊。横本一冊。奥書に、著者が江戸に於て君命を受け、たびたび辞退をしたが許されず、連歌の式目に倣い「其趣(そのおもむき)ばかり」を記したとある。内容は、連歌にまさる俳諧の五つの徳を挙げ、次いで「物にたとへば、連歌は能、誹諧は狂言」と連俳の特質を述べ、なかでも詞(ことば)なだらかで心に興を含む「心の俳諧」を重んじた点は卓見である。本書は江戸における俳書出版の嚆矢で、その反響は『天水抄』や『氷室守（ひむろもり）』にまた、三浦浄心の『順礼物語』にも五徳が引用された。『斎藤徳元集』、近世文学資料類従・古俳諧編5、『貞門俳諧集』二等に複製・翻刻。丹表紙本を架蔵。

〈研究史・展望〉『塵塚誹諧集』を始めて紹介した人は武田酔霞（『考古学雑誌』5―1、大3・9）である。その後、能勢朝次は「斎藤徳元と賦物俳諧」（『にひはり』昭3・2）で、徳元の俳諧を「宗鑑守武の先蹤を追ふたものではなく言語の曲芸を興がる賦物の方面から」とし、藤村作の「徳元」（『続俳句講座』1、改造社、昭9）では、貞徳との関係を「客分的に遇されて指導をうけ」「心の誹諧・誹諧附を主張して貞徳の見解を出でた」と位置づけている。やがて笹野堅の本格的な『斎藤徳元集』が出た。始めに詳細なる評伝、次いで連歌・俳諧作品を影印・翻刻をした全集である。

戦後の徳元研究は、まず伝記面から見直しされた。野間光辰は「仮名草子の作者に関する一考察」で、仮名草子『尤草紙』が徳元作であることを考証。木村三四吾の「斎藤徳元」は、徳元が京極忠高の扈従に選ばれた理由を「文事応接のために、彼の出自・文才が用いられた」かと推考し新見に富む評伝である。だが画期的研究としては森川昭の「徳元の周囲―『徳元等百韻五巻』考」「斎藤徳元『関東下向道記』」であろう。これらの新資料の紹介で徳元の前半生ならびに晩年における俳事がかなり鮮明になった。なお安藤武彦にも「『徳元自讃画像』一幅の発見」を始め、最晩年の正保二年の書簡を紹介した「柿衞文庫蔵徳元第三書簡考」「徳元をめぐる諸問題」などがある。

ところで、谷澤尚一は「徳元と三江紹益」において徳元一座の連歌壇を分析し、ついでながら慶長十五年刊の古活字版・嵯峨本『伊勢物語』跋文を徳元筆と断定、その結果『塵塚誹諧集』の構成、年代順による配列に疑義を提出しているが、真蹟類で比較してみるに、跋文の筆蹟は明らかに相違しており異筆。年代順の配列に対する疑義は傍証に今一つ欠くところがあろう。

かくして戦後の、これら新資料の紹介や新見を整理・集成することで新たなる徳元像が構築されなければなるまい。さしあたって徳元年譜の完成と作品集成の刊行である。いったい徳元は謎に満ちている。著作の跋文に記す「貴命」とか「君命」は誰なのか。東下後の徳元は例えば松平忠利・山岡景以らと頻繁に交流しているのだが、何をしていたのか。徳元句の註釈や作風の研究とともに今後の課題であろう。

【参考文献】

笹野堅『斎藤徳元集』（古今書院、昭11）、野間光辰「仮名草子の作者に関する一考察」（『国語と国文学』昭31・8）、木村三四吾「斎藤徳元」（『俳句講座』2、明治書院、昭33）、森川昭「徳元の周囲―『徳元等百韻五巻』考」（『説林』15号、昭42・2）、同「斎藤徳元『関東下向道記』」（『中世文学の研究』東大出版会、昭47）、谷澤尚一「徳元と三江紹益」（『連歌俳諧研究』44号、昭48・3）、安藤武彦「『徳元自讃画像』一幅の発見」（『連歌俳諧研究』39号、昭45・10）、同「柿衞文庫蔵徳元第三書簡考」（『連歌俳諧研究』55号、昭53・7）、同「徳元をめぐる諸問題」（『連歌俳諧研究』57号、昭54・7）

（平9・11・30改稿）

終生弓箭、斎藤徳元終ゆ

ただ今、智恩寺の方丈さんでいらっしゃいます萩原顯士様から過分なるご紹介、又、斎藤徳元につきましての顕彰と紹介をいただきまして、斎藤徳元をとにかく三十五年にわたって研究して参りました、安藤武彦といたしましてはまことに感慨無量の気持ちでございます。

斎藤徳元研究につきましては、今から六十年前の昭和十一年に東京の古今書院という出版社から『斎藤徳元集』という本が出ております。『斎藤徳元集』はまア現在ではあノー、東京・神田神保町の古書店街ではもう六万円ぐらいもする（※『琳琅閣古書目録』第144号には、六万五千円とある）という高い本でございます。それから、編者の笹野堅という徳元の研究等で一生を終えられました、笹野堅先生と親友でございました、小説家で舟橋聖一さんというお方がいらっしゃいます。この方が友人[註1]のユニークな一生をですね、顕彰するというような形で『花實の繪』という、これは昭和四十五年でございますが、毎日新聞の夕刊にずーっと連載、のちに単行本で出ました（毎日新聞社、昭46・7）。この『花實の繪』のラスト、第三十七章のくだりに『斎藤徳元集』という「集」をお出しになられるそのいきさつと徳元の生涯をかなりくわしく舟橋さんが作品のなかで小説風に描いて下さいまして、私は、その頃（※昭46・6・27午後）に、舟橋先生からお電話を頂戴しました。当時、岐阜県の多治見市に住んでおりましたけれどもその時先生は、「笹野氏と私とは古くからの友人だった。そして学者としては不遇な形で終えられた笹野氏を、私は顕彰する意味で『花實の繪』という小説を書いたのだ」という風なことを話されました。

笹野先生の徳元研究は、あの時点においては非常に立派な業績でございまして、それは今日でも尚、伝記面ならびに作品集成の面でも充分なる価値をもっております。それから三十余年後、ここにいらっしゃる福岡・斎藤家の方々、それから東京の斎藤昭典（あきすけ）さんや先程ご挨拶なさいました、斎藤茂庵さんの後裔でいらっしゃる斎藤晴男学長などのご所蔵の資料によりまして、又のちにもう一軒（註2）——平成五年夏に徳元弟・医師斎藤守三の後裔斎藤達也氏所蔵資料——出現しているのでございますが、まアこうした調査研究の結果、私は斎藤徳元が織田信長の妻であった濃姫、その濃姫のお父さんであります蝮（まむし）の道三と渾名（あだな）される、斎藤道三の系統をひくものであるということを、私が最初にそれを主張しまして、その後ちょっと私自身の根拠が崩れかかったことが長いこと続きまして、最近になって又、新たなる資料（※前記、斎藤達也氏所蔵資料）を見出しまして、アアやっぱり斎藤徳元は道三の曾孫（ひまご）に当たる、つまり外曾孫（がいそうそん）に当たるということをはっきりさせまして、そういうことでまア、その後の私自身の徳元研究というのは著しい進展をしたわけでございます。折しもことしは今、ＮＨＫの大河ドラマで「秀吉」のブーム、「秀吉」のドラマをやっております。はっきり申し上げますと、斎藤徳元の生涯というのは、これは正に信長・秀吉そして家康、それからやがて二代将軍秀忠、三代将軍の家光にわたるアノ激動の時代を、斯う前半生は武将として後半生は俳諧師として生きぬいていった、文学者である。どちらかというと、負（ふ）というか、負（お）い目の人生を生きぬいていった文学者であります。で、先程、萩原方丈さんも言われましたように、斎藤徳元の文学は日本の近世文学史において確かなる位置を占めています。先達て、私の専門の学会であります俳文学会大会が東北の福島県のいわき市で行なわれまして、その折に、実はすでに『日本古書通信』誌九月号で、きょうのこの法要が紹介されておりまして、そのような次第で、学会の中心的な方から、「安藤サン。天ノ橋立でご子孫の方々が中心になって三百五十年忌の法要を営むということはたいへん喜ばしいことで、われわれ専門の学者としてはこの催しは当然あってしかるべきことであった、とかねがね安藤さんのお顔を見るたんびに、そう思っていた。」「それで、徳元の句碑はどんなものが出来るんだね？」と、たずねられる。それについて、実はご子孫がもっていらっしゃった画賛の自筆辞世の句を写真版で拡大して、そしてまア句碑には、例えば何々哉　芭蕉とか蕪村というようないわゆる名句が、多いのだけれども、斎藤徳元の場合は関ヶ原の合戦に敗れた為に幕府に対してはつまり負い目の気持ちをもっていた。それで、彼自身はなんとか関ヶ原合戦以前の武将の身分に戻りたいということを、恐らく生涯、懐き続けてきたのではなかったか。が、しかしその夢もかなえられることが出来なくなった彼が、いよいよその死を目前にして、かつて頂いていた身分・官位・賜姓・官職名をきちんと書き留めておきたい、それが、すなわち「従五位下豊臣(とよとみ)斎藤斎頭帆亭徳元（花押）」という、そういう署名、そういうことになったわけでございまして、これはやっぱり、そのまま写真版で拡大して碑の正面に彫ってあげることが、徳元サンにとってはアア顕彰して貰えたのだ、というそういう風な追善の慶事になるんじゃないか。と東京の濱地忠男先生、斎藤昭典さん、あるいは大阪の斎藤定基(さだき)社長、福岡市のご子孫――渡辺桂堂師――の各位にお願いをしまして、それでよかろうということになりまして数日前に、のち程除幕式でご覧になっていただきますが、そういう徳元顕彰句碑となった次第であります。

斎藤徳元という俳諧師は私が作成いたしました、パンフレットをご覧になっていただければおわかりかと思いますが、それは昨年、角川書店から『俳文学大辞典』という分厚い辞典が出まして、むろん徳元の項目については安藤陶玄亭氏が担当執筆を命ぜられ、字数の関係もありましたし、一般向きのことも考えまして簡潔に書かせていただきました。ちょっと部分部分を読ませていただきますが、

徳元とくげん　俳諧師。永禄二（一五五九）～正保四（一六四七）・八・二八〈過去帳〉、八九歳。……

八月二十八日というのは、旧暦でございますから陽暦に直しますと、平成八年は十月十日になるんでございます。ですが、やはり土曜日という関係もありまして、ちょうど芭蕉が亡くなった十月十二日は、否、芭蕉忌も旧暦の十月十二日（※陽暦十一月二十二日）を陽暦に直しますともう少しあとになる。まア偶然にもそういう風になってし

まいました。

本名、斎藤元信。通称、斎宮頭。別号、帆亭。……

斎宮頭とは、伊勢神宮の祀りを司る長官、ということでございますが、ただこの時代には、実際に務めていたのではなくて全く一つの形式化された官職名でした。

法名、清岩院殿前端尹(さきのたんいん)隣山徳元居士。美濃国岐阜の人。父は斎藤道三の外孫で正印軒元忠。……

ということでして、それは笹野先生の伝記研究を大きく軌道修正いたしました。徳元は最初、天正の末に、あノー関白豊臣秀次(註3)に仕官いたしまして、その後、文禄四年時に徳元三十七歳の七月、秀次が高野山において切腹を命ぜられましてから、三法師織田秀信に仕えます。何故、秀信に仕官したかと申しますと、お父さんの正印軒元忠が信長の長男信忠、この人は本能寺の変で打死にしますけれども、信忠付きのいわゆる家老(註4)でありました。そういう関係で徳元はふたたび信忠の嫡子であった三法師、この幼い主君は尾張清洲会議のあの場面（※大河ドラマ「秀吉」）に始めて登場するのですが、徳元は秀信の家臣（※美濃墨俣城主たるかたわら町奉行職）に又舞い戻っていきます。不幸にして秀信という人は関ヶ原合戦の時の前哨戦たる岐阜城攻防戦、これは徳元が四十二歳のときで慶長五年八月二十二・二十三日の両日にわたる岐阜城の激しい攻防戦に彼は始めから負け戦(いくさ)と知りながらも結局は、主君秀信の強い意向で石田三成方に味方してしまう。そして徳元は城兵三十余人のなかの一人というところまで踏みとどまりますが、ついに負けまして、その時、彼は女性の姿に変装（※確かに総髪の画像を見る限りでは徳元美男也）して岐阜城を下山いたしまして長良川を越えて遠く若狭国へ亡命をいたします。その若狭国へ亡命したということは、徳元の父方の従兄弟に斎藤(註5)勝左衛門・祖兵衛の兄弟がすでにして京極高次・忠高の家臣になっていたこと。又、ほかに織田家につながる三姉妹（※豊臣秀頼母ちゃちゃ・京極高次夫人はつ・徳川秀忠夫人小督）の縁もありまして若狭国に亡命をしたようであります。

文学者としての、徳元の本格的な後半生とは慶長十七年（一六一二）正月からでありまして、この年は壬子（みづのえね）の年で徳元五十四歳、歳旦句「雪や先とけてみづのえねの今年」という句から始まるのであります。京極藩・小浜城下から西の方を眺めやりますと雪をいただく青井山や背後の後瀬山などに、積もった春雪が解けてやがて水の江に、――多分、寛永時代には南川を湯之川あるいは名田ノ庄川とか言い、北川を熊川河とも呼んでいますが、それらの川に解けて流れて小浜湾へ。なる程ことしは、みづのえねの年でもう泰平の世であることよ。巧みに十干の第九を懸けた、リズム感ある貞門時代の作品であります（図1・2参照）。徳元は幕府の連歌師里村昌琢の門人でありました。松永貞徳とはライバルであったようで、たがいに意識し合っています。俳風はむしろ室町俳諧の系列に属するようで、その作品は賦物に重きをおく遊戯的なものでありますが、連歌から出た彼の俳諧には随所に優婉なる秀句が見られます。のちに寛永六年（一六二九）冬、江戸に定住するようになった徳元は、昌琢門の長老として草創期江戸俳壇の指導者と仰がれまして、いわゆる「江戸五俳哲」の筆頭に位置づけられるのであります。因みに、元禄時代に松尾芭蕉が江戸において、まア蕉風の俳諧を広めることが出来ましたのは、ということはそれよりも以前に江戸の地に俳諧の地盤が存在した。俳諧の地盤を、それを作った人はそれは、つまり長老格の斎藤徳元であります。寛永六年（一六二九）、年号で申しますと慶長・元和・寛永と続くのでありますけれども、西暦では一六一〇年代から一六二〇年代の後半、すなわち寛永六年十二月末に斎藤徳元はそれまで若狭から京都へ移っておりましたが、緊迫した朝幕関係のさなかに、単身で江戸へ到着します。古稀も過ぎてはおりますけれども文学的思考はどうしてどうしてみずみずしい。そして近くには初音の馬場が在り、馬商人たちもたむろする馬喰町二丁目というところに居住いたします。（註7）同所で、もともと彼には豊かな文学的教養がございましたから、ですから江戸の町でも一躍いわゆる長老・指導者格として仰がれるに至りまして、俳諧師としての名声は寛永六年七十一歳以後に、江戸で高まります。そうして京極家からも自然と離れて、その後の徳元は生涯定職にはついておりま

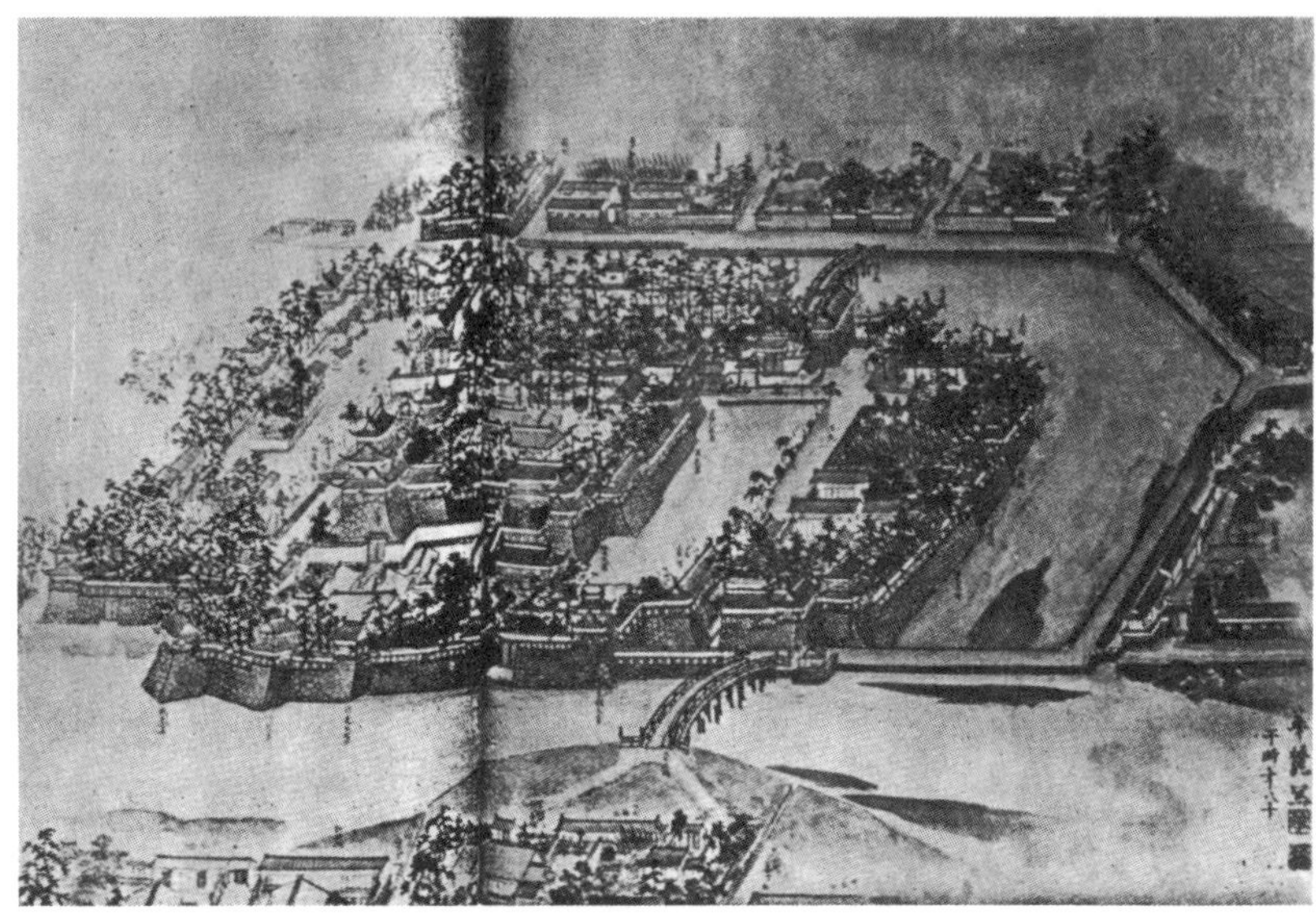

図１　小浜城の図（華麓写。国際文化情報社刊行『画報近世三百年史』第５集所載、昭和33・９刊より転載）

図２　明治初年の小浜城、別名雲浜城ともいう。(同上)

せんでした。京極家からもお手当（扶持）を貰い、あるいは岡部家[註8]（※岡部長盛）の方からもお手当を貰い、生駒家[註9]（※讃岐高松城主生駒高俊）の方からもお手当を貰い、黒田家[註10]からも、それから又、三河国深溝（ふこうず）[註11]吉田城）の殿様松平忠利という、文学好きな大名からもお手当を貰うということで、要するに寛永時代に江戸で各大名屋敷を連歌師・俳諧師としての資格でお手当を貰いながらわたり歩いていった、そういう人生を生きぬいた彼の本心は連歌師・俳諧師として生きるのではなくて、やっぱり幕府の旗本に再就職したかったんじゃないか。私は三十五年にわたる研究の一ツの総括として、そういう風に考えております。その証拠には、徳元が亡くなりましてから十三年後（※万治三年十二月二十八日）に徳元の子供さんに長男の茂庵さん、次男の九兵衛さん。その九兵衛の長男に斎藤太郎左衛門利武（宝永三年九月二十八日歿、法名白翁）という人がいますが、この人は長姉に当たる女性（徳元の孫女如元（しょげん）、あるいは娘さんじゃないかと思いますけれども）、いまは一応、孫娘といたしておきます。豊臣秀頼の夫人になりました千姫、その千姫御付きの侍女になります。やがて大坂夏の陣で千姫は祖父家康のもとに戻っていきます。彼女は翌元和二年九月に桑名城主本多平八郎忠刻（※元和三年七月、姫路城主）に再嫁します。忠刻、寛永三年五月、三十一歳にして歿後、天寿院殿（※千姫が天寿院と号したのは、寛永四年以降）と称しまして、江戸城大奥における力ある女性になっていくのですが、その千姫のもとに仕えていた斎藤如元[註12]という、上のお姉さんをたよりまして、斎藤利武さんはやっと四代将軍家綱の次弟で千姫の猶子徳川綱重（※清揚院殿円誉天安永和）に仕官[註13]します。そして江戸の桜田御殿に於て小姓組をつとめます。のちに使番や先弓の頭を経て宝永元年（一七〇四）に、六代将軍家宣に仕えて廩米三百俵を賜わることになるのです。いわゆる祖父徳元の夢がかなえられたことになりましょう。斎藤徳元自身は不本意な後半生――遊俳の人生ではありましたけれども、しかし関ヶ原合戦の折に、もしも東軍の一将として行動をしていたとするならば、後世に名を残した「俳諧師徳元」はまア存在しなかったんではないか、私はそういう風に思うのでございます。

それではこのたび折角、岸和田市泉光寺様のご厚意でご子孫を始め宮津市の皆様方に供養いただく、斎藤茂庵家に代々伝わって参りました徳元画像二幅について話します。

画像は、晴男先生のお兄さまの喜彦先生が、こういう貴重なる学術資料を一子孫の家に残しておくということは、日本の、俳諧史研究という学問のうえでよろしくないという、ひろやかなお心にたち返って泉光寺にご寄贈なさった。始め私に、「天理図書館に寄贈しようか、どうしたらよろしいのでしょう。」とご相談がございましたけれども、私は「天理もよいけれど、やっぱり菩提寺であります泉光寺さんに寄贈なさった方がよろしいんじゃないですか。」と申し上げました。さて、こちらの自讃画像は、

例ならす心ち死ぬへく
　覚えて
「末期にハ（墨継ぎ）「しにたはことを
　月夜哉
「従五位下「豊臣斎藤斎頭
　帆亭
「徳元（花押）

とあります（口絵1・2参照）。なお原紙部分の寸法は天地八七・〇糎、横四〇・六糎です。「例ならず心ち死ぬべく覚えて」――何となく心持ちがいつもとは違って、私は死ぬように思えて、それで八十九歳になった、あるいは八十八歳の米寿の折かもわかりませんが、辞世の句「末期には死にたはごとを月夜哉」と。すなわち、私がいよいよこの世を去るに当たってその死に際でさえ、折柄の名月を眺めながらも私は俳諧ならぬ戯言をつく。「つく」とは嘘をつく、ということでございます。俳諧師としてこの期に及んでもなお戯言をつく。「尽くる世」（月夜）それは後半生を俳諧に遊び戦国乱世を生きぬいた武将徳元の総括也、このように解釈して居ります。芭蕉以前の、この時代の俳諧には縁語や懸詞など句のなかに二つの意味を含ませることで、句のおもしろみ洒落というふうなものを表現しようとしている。芭蕉も初期の作品には、こういう貞門風の作品を詠んでおります。

次いで、署名の「従五位下豊臣斎藤（とよとみ）斎頭帆亭（いつきのかみはんてい）徳元（花押）」についてですが、彼は、関ヶ原合戦以前の身分「豊臣徳元」とまではいかなくっても、最終的には、幕府の旗本として人生を終えたかった。二・三の作品の末尾には、「斎藤斎頭入道徳元（花押）」（※『塵塚誹諧集』巻末ほか）と名乗ってはいますが、「豊臣」姓は皆無です。「従五位下」はもう一ツの資料にも出てきます（※寛永五年十一月成、『斎藤徳元独吟千句』巻末識語）。私は始め斎藤喜彦先生から発表の許可をいただいて、この自讃画像を『連歌俳諧研究』39号（昭45・10）に向けて紹介文の筆をとったのですが、終始たいへん興奮しておりまして、とくに始めて画像に対面するくだりの箇所については、いま、少しく読ませていただきます。

それは昭和四十四年十一月二日、暖かい小春日和の午後のことであった。私は永野　仁氏の案内で、泉州岸和田市郊外に在る天瑞山泉光寺を詣でたのである。本寺は、もと藩主岡部宣勝（のぶかつ）公（寛文八年十月十九日歿、七十二歳）が晩年隠棲せし下屋敷だった由、歿後、臨済宗妙心寺派に属し、勿論岡部家代々ならびに斎藤茂庵系統の菩提寺となったとか。庭は奥床しく、赤く熟した御所柿はひときわ鮮かな色彩に見えた。本堂では、すでに法要を終えた末裔の東京大学教授斎藤喜彦博士が私たちを待っておられる。高鳴る胸の鼓動、逸（はや）る心は一路「徳元国」へ向かって飛んでいる。（拙稿「『徳元自讃画像』一幅の発見」）

という風に書かせていただいた。「徳元国」とは、私の造語であります。実は、この「徳元国」についてはわけがございまして、遙かな過去、私が法政の日本文学科学生時分から座右の書として読んで参りました、野間光辰先生著『西鶴新攷』（昭23・6、筑摩書房版による）の一節に、

……とにかくこの零冊（※『嵐無常物語』）を読破しなければならぬ。一読、西鶴の作であることを直観した。しかしそれは、嘗て通過した「西鶴国」の景観の回想が、この谷この丘の起伏に旧知の親しさを感ぜしめたのかも知れない。云々

（『嵐無常物語』―その解釈とその理解、160頁）

と、あるのです。その「西鶴国」なる表現に、模倣したまでであります。

確かその前後でありましょうか。私は京都大学教授でいらっしゃった、今は亡き野間光辰先生のご研究室に伺ったこと（※昭41・1・6午後）がございました。先生はすでにして徳元の文学に非常なるご関心がお有りで、ご論考「仮名草子の作者に関する一考察」（『国語と国文学』昭31・8）で、徳元とも交流があった参議西洞院時慶（天文二十一年〈一五五二〉〜寛永十六年〈一六三九〉、自筆短冊を架蔵）の日記、『時慶卿記』を資料にせられながら仮名草子『尤草紙』（寛永九年刊、寛永十一年版及び慶安二年版を架蔵）が徳元作であることを考証なさった。私は、野間先生から紹介状をいただいて数日間、京都府立総合資料館で貴重書『時慶卿記』七十二冊を閲覧することが出来ました。ですから、そういう時点で、私が徳元を研究するということは、環境としても恵まれていた、といまは思って居ります。

話を元に戻します。画像は、専門の俳文学会（※正しくは名古屋さるみの例会）に於て口頭発表をさせていただきました。時に権威ある先生（※故・清水孝之博士）から、因みに当時、私は三十六歳。「安藤君。アレは『トヨトミ』ではなくって『ホウシン』と読むべきだヨ。つまり、トヨトミの家臣という意味だ。」しかし、偉い先生からこう言われるから「トヨトミ」の家臣にしておこうか、というふうなことでその後、ずーっと今日までできました。ところが、このたびの催し（法要）とは無関係に、その時分からご指導をいただいている、現在では愛知教育大学名誉教授でいらっしゃる大礒義雄先生からまことにご懇篤なるご教示のお手紙を頂戴したのです。

　徳元の子孫が法要と句碑除幕の計画をしている由、双手を挙げて称賛します。遅きに失しているくらいです。

　あの自賛画像はすばらしく徳元の内部まで写し出しているように思われます。

　従五位下豊臣について私見を一つ申し添えます。徳元が豊臣の臣下であったことは勿論ですが、それだけの意味でしるしているのではなく、もしかすると豊臣姓を名乗ることを許可され、あるいは貰っているかもしれず、豊臣は公式の姓かもしれないのです。

これについては最近前田氏を調べている時に知ったことで、国史大辞典に出ています。拙文参考までにご覧下さい。

もし豊臣姓を貰っていれば、それだけ豊臣氏から重要視された人物ということになります。徳川氏をはばかって伏せておいたのは勿論です。ご検討下さい。

敬具

平成八年六月十三日　　大礒義雄

私も得たりや応とばかり、これは是非、訂正しなければいかんなア、と思っていました。徳元は、やっぱり豊臣の姓を貰っていたようですね。じゃあ、貰った年はいったいいつ頃なのか。推測[註14]ですが、関ヶ原合戦の前ぐらい、石田三成方から主君秀信が勧誘を受ける、その頃ではなかったか。その頃に貰ったんではないか。そういうことで顕彰文の決定稿では私「姓豊臣」としました、始め「豊臣氏」ぐらいにしたのです。そこで大礒先生[註15]に撰文下書きのご校閲をお願いしましたところ、

完璧です。ただ豊臣氏の所、寿像画讃に氏の字が使ってあれば、これで結構ですが、なければ姓も考えられ、豊臣姓とか姓豊臣が頭に浮かんできます。氏と姓の使い方、私もよくわかりませんが、子孫の方がすべて斎藤氏を称している場合、豊臣は賜姓として姓豊臣あたりでどうでしょうか。（後略）

と、先生からはむしろ積極的なご返書をいただいたのでした。従いまして句碑裏面の撰文には、

斎藤徳元は姓豊臣　名を元信　別号　帆亭　父は道三の外孫で正印軒元忠　徳元は岐阜城主織田秀信の臣
関ヶ原の戦に敗れ江戸に出て俳諧に遊び『誹諧初学抄』等を著わした
正保四年八月二十八日　八十九歳で病歿　清岩院殿前端尹隣山徳元居士（後略）

前端尹とは、「サキノタンイン」と読むのでございますが、東宮大夫（※春宮大夫トモ）つまり皇太子サン付きの侍従長みたいな官職なんです。でも徳元はそんな役職を勤めてないんです。斎宮頭[註16]という官職が中国の官職名すなわち唐名にはありませんものですから、法名のなかに相当する唐名を当てたのではないか。私はそのように考えております。

画像は彼が八十八歳の折、米寿の時に絵師に画かせたものであろう。だから寿像です。正保三年中秋作の画像ではないか、と見ます。なお斎藤徳元という人物は歿年の春まで、ややこしい俳諧連句を詠んでおります。因みに、『若狐』[註17]所収の百韻連句、

書見るも柳桜ハ二字木哉　　考功（※榊原忠次デアル）
几帳をまくる春の窓際　　徳元
そよ〳〵と御簾のあちより東風吹て　　立圃
（以下、略）

などは正保四年三月六日に成立しています。従って、けっして頭脳（あたま）はいわゆる何ですか、恍惚の人ではなかった。冴えに冴えていた、ということが言えましょう。

それから、こちらの方は、始め徳元の画像にあらず、と見ていました。その後になりまして、今から十五年前の昭和五十七年四月に、大阪城内に在ります大阪市立博物館で、「三都の俳諧―江戸・京都・大坂―」展が大がかりに催されることになり、その時に学会の役員の方から「安藤君。徳元の画像を出品していただけないだろうか。」ということで、幸いにも泉光寺様からも快諾を得ました。さて、泉光寺に於てもう一幅の、総髪俗体の画像が披露されたのです。（口絵3・図4参照）ややあって、博物館の担当学芸員であられる上田穰氏が、「安藤サン。この画像も徳元ですよ。自讃画像を横向きにすれば、このような顔になりますよ。」と。確かにそう言われて見れば、そう

かも知れぬ。すれば、この画像は恐らく徳元歿後三年めの慶安二年秋に、長男の郭然茂庵が施主となって追善法要を営んだ折、顕彰の意味で画かせたものであろう。背後には殊更に丈の長い弓と矢そして刀掛け、見台には袋綴じの和本が二点、昌琢宗匠の『類字名所和歌集』とか発句帳のたぐいでしょうか。徳元が武将である姿を強調しているようで敢えてこのように画かせたのでしょう。文机の右には京筆が二本、机上に和本（稿本『誹諧初学抄』か）と巻紙を置いて句案しているポーズ、いかにも文武の道に秀でたるリアルな徳元像です。総髪とは江戸期、医者とか儒者に多く見られるヘアスタイルですが、これは確かに風格ある、ハンサムな文人像かと見たい。

絵師は「甚周」なる人物です。上部には門人の浮木斎是珍が讃をしています。浮木斎とは寛永四年成、浮木庵宛沢庵和尚書簡一通に登場する、その宛先人で、徳元とも交友関係に在った、連歌僧知足院栄僧と付き合いが存在し

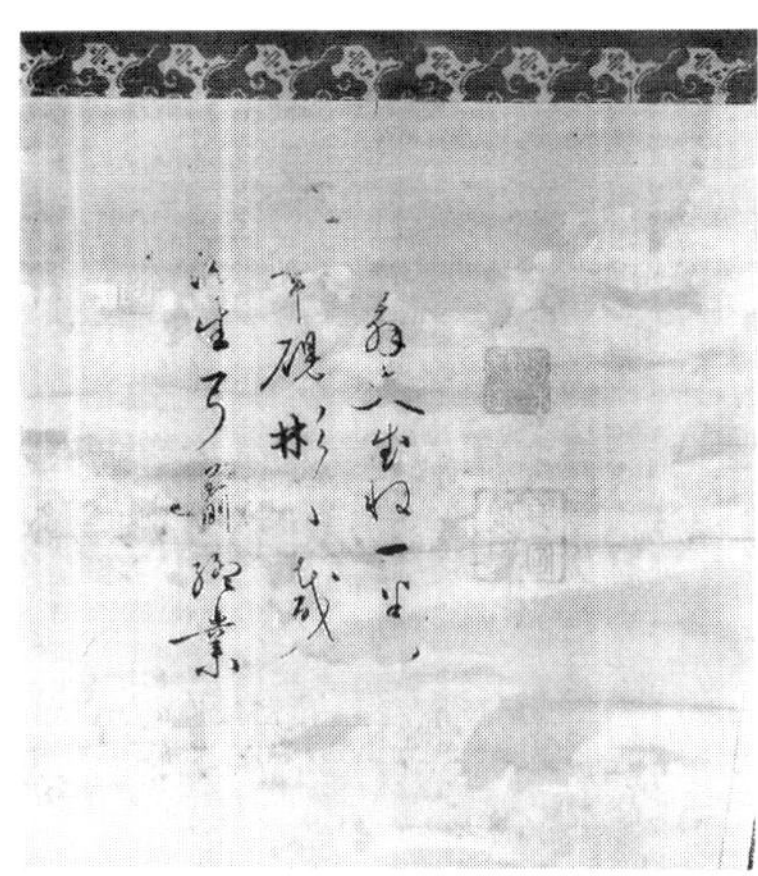

図３　浮木斎是珍の讃文（泉光寺所蔵）

図４　総髪俗体の徳元画像（泉光寺所蔵）

たようであります（岩波文庫版『沢庵和尚書簡集』23頁参照）。

さて、漢詩の讃[註18]を読んでみます（図3参照）。

□翁文武収一巻
筆硯彬々哉
終生弓箭終業

寸法は、天地七三・三糎、横三二・五糎です。因みに読みは「翁ハ文武一巻ニ収メ／筆硯彬々タルカナ／終生弓箭、業ニ終ユ。」となりましょう。

第二句、「筆硯、彬々タルカナ。」について、徳元の文学、すなわち連歌俳諧は外見的にはおおらかで、艶なるものが見受けられますが、もっと深く見つめていきますと、そこにはしんじつ、洒脱大悟、例えば晩年の著作『誹諧初学抄』において心の俳諧を唱えたことなど、髣髴と浮かび上がることでしょう。「筆硯」とは、詩文——文学を意味します。「彬々」とは文質彬々、外見の美しさと内面の実質とが調和しているさま、をいうのであります。

そして第三句では、「終生弓箭、業ニ終ユ。」で、結ぶ。「弓箭」とは弓矢のこと。転じて武将という意味です。私どもは、近世初頭の文学史のうえから、彼の後半生に関しては俳諧師徳元として定着いたしてはおりますが、徳元のホンネは、最後の最期までやっぱり武将、general ジェネラルとして死んでいきたい、という気持ちが夢ではなかったたか。私はそういう風に総括いたします。まア、そういうことでこの総髪の画像も皆様方の前に披露されたということは、やはり三百五十遠年忌の一つの大きな意義でございます。

最後に、斎藤徳元のお墓[註19]がどうしてここ天ノ橋立文珠堂の境内に存在するのか、ということでございますが、これは謎なんです。ただし最近判明しましたことは徳元の二番め[註20]の息子である九兵衛元氏さんが宮津藩、当時の宮津・京極藩（※時に藩主は京極高次の弟高知の長男、安智院高広也）に仕えていた、という新事実です。それは徳元の弟斎藤守三の系統すなわち守三——宗有利隆——新五郎利長と続く、その斎藤利長筆になる、良質の「斎藤系譜」に、「時に徳元嫡子斎藤九兵衛、京極丹後守に仕う。この由、徳元、丹州に往き孝養を得、寿をもって死す。」とありまして、もう一本の系図にも「九兵衛　京極丹後守高知ノ臣」と見えているのであります。正保四年、徳元歿時、宮津城主は京極丹後守高広でありました。そんなわけで、アアそうだったのか。次男九兵衛の縁で、徳元はここに葬られたのだなア。ただし言えることは正保四年八月二十八日に八十九歳をもって世を去っているんですけれども、されど徳元がこの地で生活していたかどうかはわからない。その歿年の春まで江戸で連歌俳諧を詠んでおりましたから。そういう風な動静ですから、智恩寺に現実にお墓が在るということは、今後の研究課題ではございますけれども、塔婆形のホン物の墓であることには間違いない。かつて徳元は六十七歳の寛永二年初冬に友達に誘われて天ノ橋立を訪れ、智恩寺で三句、成相山で一句詠んでおります。

はし立や波さえぬらす文珠しり（※文珠師利大菩薩——文殊尻）

文寿堂げにこの寺（月）や神無月

庭に落葉ちへかさなるや文珠堂

時雨ふるをとにや鐘（※慶長十四年成「撞かずの鐘」の悲話有之。）もなりあひし（※成相寺）

の四句です。因みに「橋立や」の句は、暗に「男色」の意味をも懸けた、猥褻句でありましょうか。岩田準一氏の編著『男色文献書志』（私家版、昭48・9）によれば、以下、岩田氏は南方熊楠翁からの返簡を紹介せられながら、文珠師利大菩薩ならぬ、「文珠尻」とは、「門口ガ寛潤ニテ、正式ニ前ヨリ行フニ甚ダ恰好ナルヲ文殊菩薩ト云シ也」と。更に、『醒睡笑』巻之五に見える、

天のはしだてにて　　雄長老

橋立の松のふぐりも入海の波もてぬらす文殊しりかな　（岩波文庫版、（上）423頁、『古今若衆』序にも見ゆ）

についても南方説は「コレハ文殊尻広クシテ陰嚢迄モハイルトイフ意ヲ入海ノ浪モテヌラストカキタル也、兎ニ角

文殊尻ヲ尊ブノガ、大若衆ノ好マレシ一理由」と紹介。岩田氏は『犬子集』（松江重頼編、寛永十年刊）巻第十一、恋の部の付句からも、

　尻よりも先にぬるるは袖の露　　慶友
1826 文殊堂にて衣〴〵の月　　同
（新日本古典文学大系69、『初期俳諧集』による）

と引用される。なお、作者の慶友半井卜養は徳元の晩年に至るまで、親交が続いたようであります。

晩年の徳元は、正確には八十三歳になった寛永十八年正月から、彼は、江戸浅草の徳元亭におきまして「帆亭」なる別号を使っています。帆亭とは、恐らく帆船がくっきりと浮かぶ与謝の海の美しい景色が一望出来る草庵で、という意味なのか、恐らく心象風景でしょうね。そのように推考してみることで、この智恩寺に斎藤徳元の堂々たる墓碑が存在することは、これはやはりうなづける。そういう風に解釈いたしておきます。

本日は秋雨前線の如く激しく降るなかをわざわざ、とくに地元宮津市の皆様方には大勢お越し下さいまして、斎藤徳元公の後裔各位に縁ある私としましてもこんなにうれしいことはございません。これを機会にたとえば徳元の俳諧文学が、もっともっと若狭ならびに丹後地方の方々の間に浸透されていくことを念願といたしまして、この辺で安藤の「話」を終わらせていただきます。どうもありがとうございました。

註1　『花實の繪』の第四章に、

　…わたくしが濡れ衣を着るのは仕方がないとしても、田澤先生に、笹野権三の真似をさせ、姦夫の名を着せるわけには、絶対に参りません。（42頁）

とある。文中の「わたくし」とは、伊豆の修善寺在、旅館「若狭屋」の娘で、「御園」。夏村喬三の妻ではあるが、田澤に恋心をいだく。「田澤先生」は、田澤中尉。昭和六年時、F大国文学研究室の副手だった田澤光則。笹野堅がモデル。

註2　本書第一部「歴史発見」参照。

註3　本書第二部「徳元年譜稿」天正末～文禄年間の項を参照。

註4　新出「斎藤宗有先祖書」（図5・6・7掲出。なお、第八部影印篇に全てを掲載。徳山市・斎藤達也氏所蔵文書）及び拙稿「歴史発見」参照。

註5　前掲図版「斎藤宗有先祖書」を参照。斎藤勝左衛門・祖兵衛の父親は正印軒の兄・斎藤権右衛門である。権右衛門（※徳元の伯父也）は豊臣秀次の家臣。
因みに徳元の従兄弟、勝左衛門については、『京極史料雑纂』（大写一冊、元禄年間成、丸亀市立図書館蔵）に左の如き記事が見ゆ。
○斎藤勝左衛門は慶長五年九月十一日、大津籠城の折、戦功有之。名が見ゆ。なお、勝左衛門の戦功に関して、旧丸亀藩京極家編『増補西讃府志』（昭4・11、架蔵）巻之九、刑部少輔従五位下源高和君の条にも散見す（179、180頁）。

図5　新出『斎藤宗有先祖書』の表紙。斎藤宗有は徳元の甥に当たる。（徳山市・斎藤達也氏所蔵）

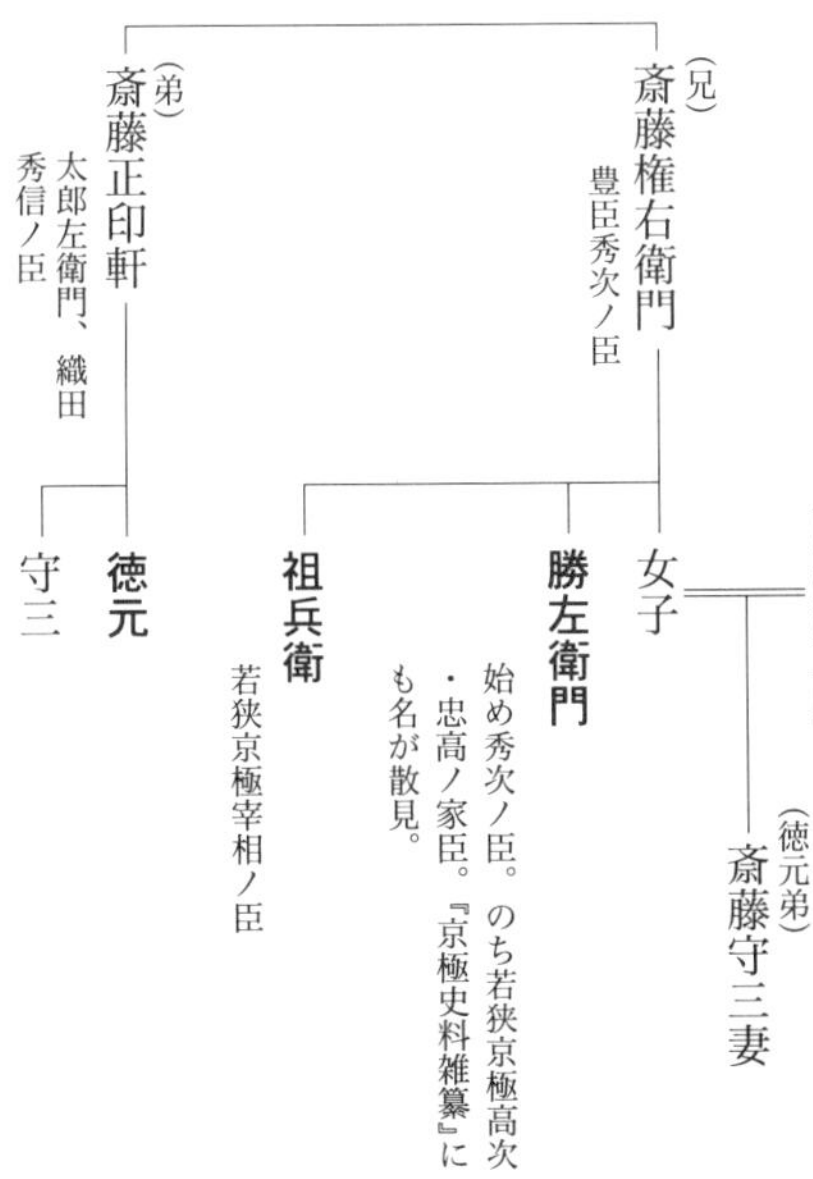

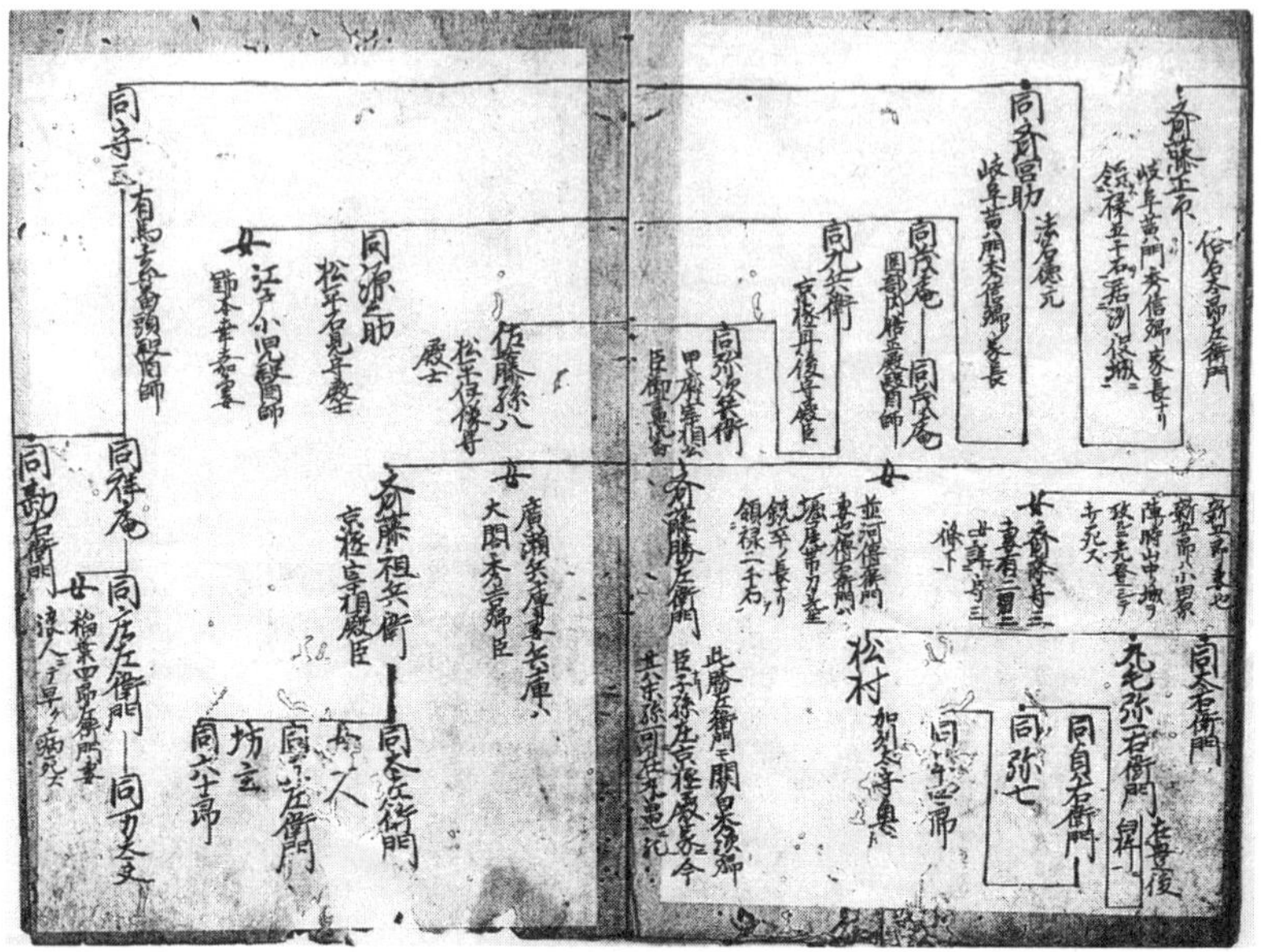

図 6　同系図

図 7　同系図

○元和十年（寛永元）、京極忠高、大坂御城御普請のお手伝いを命ぜられ、その奉行に多賀越中守・斎藤勝左衛門が仰せ付けらる。

○寛永十五年二月、京極高和、龍野へ転封の折、斎藤勝左衛門（※二百石）も臣従す。

註6　徳元再東下に至る事情については本書第二部「徳元年譜稿」寛永六年の項参照。

註7　草稿「徳元年譜稿」寛永十年。

○寛永十年夏、徳元、このころ江戸馬喰町二丁目の居宅を密かに打毀して台東浅草に新宅を完成、移り住むか。

□寛永十年正月十四日附、末吉道節宛、徳元返簡

一昨日之貴札早々御返事可申入を御使御見候ことく大工つかひに取紛延引申候今居申候家を打こほし余所へ越かへ申候に付一円不得申候少御見舞をも申此さくも可申談を此分に候はしはしはなし申事成ましく候

（『斎藤徳元集』38頁）

□『塵塚誹諧集』下・夏

於新宅

むねのつちうつ木も大こくハしら哉

右の返簡によって知らるることは、「今居申候」家を打毀して、余所へ引越すことにしていること。

思うに徳元の場合は、昌琢門下における俳諧師という資格での大名家伺候衆として、早くから浅草の地に拝領・移住させられていたのであろう。参考までに徳元歿後は、末裔の旗本斎藤弥次兵衛利武――利矩――徳潤――利学(としみち)――弥五郎利済(としまさ)（嘉永二年十二月、八十三歳歿。とくに孫利器、三歳）と続くのであるが、宝永七年時、弥三郎利矩は拝領屋鋪本郷・湯島之内（現在、文京区湯島一・二丁目、本郷三丁目）に有之。弥五郎利済も文化四年十一月頃、同区域内の小石川白山御殿元新屋鋪当時湯嶋切通シ上元大根畑御鳥見に屋鋪が与えられている（「親類書」）。さて幕末期になると、利済の裔弥三郎利器（明治二十六年一月、四十七歳歿）なる人物、高百五十俵にて、牛込新小川町に従兄弟の大御番を勤めし野呂猪太郎方に同居する。この利器は、先祖徳元の名句「春立つやにほん目出たき門の松」の自筆短冊軸を、愛玩せられたようであるが、慶応三年（一八六七）春、奥詰銃隊に加わり静岡に至るも明治十七年、東京に戻り牛込御門内で、板木彫。その後は浅草区役所書記に就職した。この頃、内妻草野春(はる)と共に本郷区湯島西町に、更に下谷区仲御徒町三丁目六五番地の宅に住み、間もなく病歿した（武田酔霞氏「斎藤徳元翁の墳墓並に略伝」、ほかに後裔の、斎藤昭典(あきすけ)氏のご協力もいただく）。

註8　本書第三部「長盛・能通・徳元一座『賦何路連歌』成立考など」参照。

註9　本書第三部「翻刻『昌琢追善連歌百韻』」及び「晩年の徳元―『賦品何誹諧』成立考―」を参照。

註10　新出、元禄十四年正月成、斎藤新五郎利長筆「斎藤系譜」所収、徳元の条には、

某　齊藤齊宮助　法名徳元／

仕於岐阜中納言秀信公継正印家督領／禄五千石居洲俣城関ヶ原之乱秀信公敗／口不久病薨齊宮助剃髪号徳元後到／若州大守宰相公之家公待之以客礼賜現／米貳百石宰相公薨家門減少徳元亦去」ウ為黒田筑前守所招而行数年　退居後亦／為小笠原右近太夫所招而行二家礼遇／俸米如在若州時年老乞骸時徳元嫡子／齊藤九兵衛仕京極丹後守由此徳元往／丹州得孝養以寿死徳元男女諸子散在諸／方各有浮沈九兵衛嫡子弥次兵衛仕／甲府宰相公在江府勤書院番其弟佐藤／孫八事松平伊豫守家在備前／

庵号長庵　別号宣松

○守三

妻土井少庵女

」オ

とある。右の記事によれば、徳元は京極家を去って一時期、福岡城主黒田筑前守忠之（承応三年二月、五十三歳歿）に仕えたらしい。その後、豊前小倉城主小笠原右近大夫忠真に招かれたか（拙稿「ちりとんだ雪や津もりの徳元句など」参照）。又、次子斎藤九兵衛が宮津城主京極丹後守高広（高知の長子、姉は八条宮智仁（としひと）親王夫人常照院也）に仕官している。本系譜は弟斎藤守三後裔の、徳山市・斎藤達也氏所蔵文書の一本で大写一冊、筆写年代が古く、内容は詳細、新見に富む良質なる資料である。

註11　本書第三部「昌琢と徳元―昌琢点『飛蛍』の巻連歌懐紙をめぐって―」を参照。

註12　橋本政次著『千姫考』（神戸新聞総合出版センター、平2・4）を繙くと、

竹橋時代、千姫の第に仕えた主なものは、執事長田十太夫重政、天野左兵衛康勝、大橋五左衛門、その他侍が

若干あった。それから侍女では、

　刑部卿局　老女、内藤正兵衛母

　……

　しょけん（※斎藤如元(しょげん)）

　（253頁）

とある。

註13　本書第二部「徳元年譜稿」永禄二年の項を参照。

註14　たとえば、徳元と親交のあった連歌大名脇坂安元の場合を考えてみたい。兵庫県龍野市立図書館龍野文庫には、（包紙）「慶長五年脇坂安元／口宣案／脇坂家文書・IIろ・第一三号」一通が所蔵される。本紙外題「口宣案」。寸法、天地三四・三、横四三・九。

上卿　葉室中納言

慶長五年正月十七日　宣旨

豊臣安元

宜叙従五位下

蔵人頭左近衛権中将藤原基継 奉

右によれば、安元は慶長五年正月十七日に、「豊臣安元」として「従五位下」に叙せられ、淡路守に任ぜられている。ときに十七歳（『寛政重修諸家譜』）。多分、「豊臣」賜姓もこの頃か。父の中務少輔安治は、かつて近江国志津嶽柳瀬(やながせ)に於て戦功有之。世にいわゆる〝柳瀬の七本槍〟の一人と評判せられたる武将であった。関ヶ原合戦の折、安治・安元父子は始め石田三成方につき（※斎藤正印軒・徳元父子の前歴とも一見似通っているか）、のち小早川秀秋に従って東軍側に裏切った。元和元年、襲封。同三年、伊予国大洲城を転じて信濃国飯田城主（五万五千石）となった。さて、「口宣案」については、実見した当時の筆者メモを記させていただく。「昭和六十年六月十四日（金）午後、実見す。右「口宣案」に見える「豊臣安元」は、『徳元自讃画像』に自署せし「豊臣」なる姓のしめす意味、更に叙任の時期を考えるうえからも参考になろう。」と。

註15　本書、あとがきにかえて「徳元句碑建立の記―『姓豊臣』考など―」を参照。

註16　本書第二部「徳元年譜稿」慶長元年の項を参照。

註17　本書第三部「『誹諧初学抄』以後の徳元連歌など―榊原家蔵懐紙に見る最晩年期―」を参照。

註18　浮木斎の讃について、四国大学文学部国語国文学科書道コース主任田中双鶴教授（日本書道教育学会会長）によれば、「斎藤徳元の『塵塚誹諧集』の筆跡と見比べて頂いた結果、筆跡はおそらく別人である、斎藤徳元のほうが字が上手である、」（斎藤晴男学長記）との由。

註19　本書第三部「徳元墓碑考」を参照。

註20　逸見与市左衛門久堅筆録、『田辺旧記』（嘉永五年二月成）を繙くと、「京極伊勢守様（※高盛）御所替御家中知行屋鋪当御代御家中替候覚」に斎藤彌治兵衛（※九兵衛也）の名が見ゆ。ときに寛文九年三月七日附。因みに京極高知以後の略系図を示す。

京極高知―┬―高広
　　　　　└―高三（田辺城主）―高直―高盛（伊勢守）

〔附記〕　本稿は、平成八年十月十二日（土）午後三時より天橋山智恩寺本堂に於て、「先祖斎藤徳元公歿後三百五十遠年忌追善法要及び徳元自筆辞世の句碑除幕式」を営んだ後に、著者が、「『徳元自賛画像』一幅の鑑賞と徳元伝」なる題で講演を行なった、その折の筆記である。このたび、全面的に加筆と訂正をいたし註記も施した。

（平9・10・6深更、改稿）

〔追記〕　浮木斎是珍の画賛の読みに関しては、その後、訂正すべきご指摘をいただいた。左に記す。「□□生弓箭／終業□筆硯／彬々哉□翁／文武収一巻」と。されど筆者は徳元研究三十五年余にわたる総括から、標題も論旨も敢えてそのままとした。ご教示に深謝する。

「徳元自讃画像」一幅の発見

一

俳文芸のうえで、重いひびきが感じられる「寛永十癸酉年」、――その年も今や暮れようとしているある日、台東浅草の、新装成った徳元亭に、思いもかけず好物の酒樽がそっと届けられた。贈り主は、江戸城大奥に実権をふるう一族の春日局からだ。すでに七十五歳の俳人徳元老は、局の温かい思い遣りにすっかり感謝して、その気持ちを家集『塵塚誹諧集』の巻末に、

　　春日御局よりとて南都酒到来ニ付
　　　わらび縄此手でまける奈良樽ハ
　　　　かすが殿よりまいるもろはく

と狂歌を一首、筆太に書きとめるのだった。

私は、ここでよく夢想にふけることがある。――その夜、春日局から贈られたる銘酒〝諸白〟を酌みながら、入道姿の徳元は文台に向かってやっと清書した大和綴の家集二冊に、満足の微笑を浮かべている、そんな光景を描いてみた。そうして例えばあの、芳賀一晶描くところの西鶴像のような、信憑性ある徳元の画像になんとかめぐり遇いたいものだと念願していた――。

徳元の本姓は斎藤氏、永禄二年（一五五九）美濃岐阜に生まれた。名を元信・辰遠といい、通称を斎宮頭・又左衛門、のちに入道して徳元と称した。父は岐阜城主織田秀信の代官斎藤正印軒元忠である。慶長五年秋八月、関ヶ原の前哨戦たる岐阜城攻防戦に敗れた徳元は遠く若狭国に亡命し、国主京極忠高に仕えてしばらく居住。やがて寛永三年春、上洛して柳営連歌師里村昌琢の門をくぐった。同五年冬、江戸に下り、そのまま浅草の徳元亭に住みついたか。この時期、寛永文化圏――殊に草創期江戸俳壇の指導者として活躍した。正保四年（一六四七）八月二十八日、八十九歳をもって歿した。天ノ橋立で名高い天橋山智恩寺に葬る。法名は清岩院殿前端尹隣山徳元居士。

――徳元研究の虜となって以来、九星霜を経て、昨秋、全く思いもかけず、長年描きつづけてきた空想が、念願が、ついに現実のものとなる機会をつかんだのだ。ここで画像発見に至るまでの経緯をあらあら記せば、今から三年前、福岡市在住の末裔[註1]斎藤定臣氏ご所蔵の『斎藤世譜』（明和年間成カ）によって、徳元の長子に岸和田岡部侯の藩医斎藤[註2]茂庵（別号を郭然、寛文元年八月四日歿）なる人物が生存していたことを知った。――それから二歳、同学の畏友永野仁氏の丹念なご調査の末に、右茂庵の末裔の所在をつきとめ得たのである。

二

それは昭和四十四年十一月二日、暖かい小春日和の午後のことであった。私は前記永野氏の案内で、泉州岸和田市郊外に在る天瑞山泉光寺を詣でたのである。本寺は、もと藩主岡部宣勝公（寛文八年十月十九日歿、七十二歳）が晩年隠棲せし下屋敷だった由、歿後、臨済宗妙心寺派に属し、勿論岡部家代々ならびに斎藤茂庵系統の菩提寺となったとか。庭は奥床しく、赤く熟した御所柿はひときわ鮮やかな色彩に見えた。本堂では、すでに法要を終えた末裔の東京大学教授斎藤喜彦博士が私たちを待っておられる。高鳴る胸の鼓動、逸る心は一路「徳元国」へ向かって飛んでいる。

さて早速、博士ご所蔵の、画像と思わるる一幅を一気に拝見した。一瞬、私は一驚した。それは夢にまで見た紛れもない斎藤徳元自讃の、薙髪法体の画像が目前に出現したからだ。ついに信憑性ある、写実的な「徳元自讃画像」一幅を、この眼でしかと発見したのだ。（口絵1・2参照）

例ならす心ち死ぬへく覚えて

末期にハしにたはことを月夜哉

従五位下豊臣斎藤斎頭(註3)

帆亭　徳元（花押）

私は胸がときめくのをつとめて抑え、手控えに書誌を記した。

軸仕立。紙本着色。縦九三・五糎、横四〇・六糎。軸外題、「斎守徳元之像」とある。なお自讃の筆蹟は、徳元の自筆と断定して相違はない。

次いで、肝腎な画像について、深い愛情をこめて鑑賞してみることにしたい。画像は、やはり想像していたとおり貫禄充分の堂々たる入道姿、しかも晩年とは言え、これはまあなんと若やいだ感じのする像か。下は黒い半襟をかけた肌着、上は亀甲(きっこう)模様の小袖、更に夏向きの、うすい絽(ろ)の黒羽織、紐胸高に結び、両手は軽く膝に置き、武将らしく脇差を帯びて坐っている。頭は勿論丸く、後頭部がややつき出ている。この点、かの『江戸の幸』（俳諧撰集、秀国編、安永三年刊）に見える想像画〝烏帽子姿〟の、蓄髪俗体の像と較べて、全く対照的な感がする。耳たぶは大きく福耳(ふくみみ)で、広い額には深い皺が三筋、いかにも乱世を生きぬいてきた様がうかがわれるし、三日月型の眉毛は禅僧のように濃く、目尻は下げてはいるが、しかし眼光は文人らしく鋭く、うすくちょび髭をはやし、おちょぼ口にて、そこには美濃の名家斎藤氏としての品のよさが感じられる。顔はやや左向き、おだやかな、人懐っこい感じの、豊かな丸顔である。首は太い。そうしてこの容貌のすべてから受けるイメージは、例えば円転滑脱、洒脱大悟、あるいは一晶画西鶴像を少しく老けさせたような姿など、とに角、波瀾に富んだ人生の辛酸をなめてきた一俳諧師の、含蓄ある面影が髣髴と浮かんでくる。

それでは彼自讃の筆蹟はどうか。言うまでもなく自筆本や短冊類などで見慣れた、あの筆太な、雄渾な筆蹟、すなわち「御家流（おいえ）」の筆蹟だ。なお、ついでながら、すでに知られている徳元の辞世の句——ただし初五が違っているが——(註4)について、参考までに左に掲げておく。

死ぬるまていきたは言を月夜哉（桑折宗臣編、『詞林金玉集』延宝七年自序）

今迄はいきたはことを月夜哉（浮生著、『滑稽太平記』延宝末年成）

三

あれから五ケ月——、今、私の机上に、永野氏撮影になる、天然色の、斎藤博士蔵「徳元自讃画像」写真一葉が、そっと載せてある。私はいつも小夜（さ）中、その写真と対面しながら、成立年代について、あれこれと推考してみるのであった。

結論を急ぐ。知られている徳元の花押には、三種ある。すなわち、

(イ)『関東下向道記』（寛永五年十二月二十六日成、刈谷図書館蔵、森川昭氏紹介）奥書

(ロ)『塵塚誹諧集』（寛永十年十二月成、赤木文庫蔵）奥書

(ハ)末吉道節宛、寛永十五年五月十九日附徳元書簡（笹野堅編『斎藤徳元集』に紹介）

花押の形から観察すれば、画像に見えるやや弱々しい感じの花押は、(ハ)の形に大体似ているようだ。

次に、別号たる「帆亭」号の使用時期について、一考してみたい。文献のうえでは、作法書『誹諧初学抄』の跋文に、「寛永十八暦正月廿五日／帆亭徳元」とあるのが、初見である。因みに、この時期における徳元の健康状態

は、例えば、「……及二八十歳一申候に付、気根も無レ之、目も‥とぼ〱と仕候」（道節宛、寛永十五年五月十九日附徳元書簡）というふうな有様であったらしい。

かくて私は、左のような結論を下してみる。寛永十五年ごろから同十八年にかけてある夏のころ、徳元老は、草庵に昵懇（じっこん）の絵師を招いて肖像画を一幅描かせるのだった。やがて鮮やかに出来上った着色の画像に相対して、日頃なんとなく健康が勝れない彼は、上部の余白に讃句の詞書「例ならず心ち死ぬべく覚えて」と一気に筆を走らせていく。時代は正保元年も間近い徳川の治世に――文人徳元時に齢（よわい）八十余、しかし彼の意識の底には「従五位下豊臣（ほうしん）斎藤斎頭（いつきのかみ）」としての孤高の気分が流れていたのだ――、というふうに。この推考は、いささか小説的過ぎるであろうか。

註1　斎藤徳元の末裔について、参考までに定臣氏所蔵の資料――『斎藤世譜』及び『先祖書親類書』（文化五辰二月従斎藤五六郎家差遣控）をもとに、略系図を掲げておく。

註2　長子茂庵（菴）について、前記『斎藤世譜』に、

――茂菴――後号郭然　和泉州岸和田江下　岡部美濃守／医官

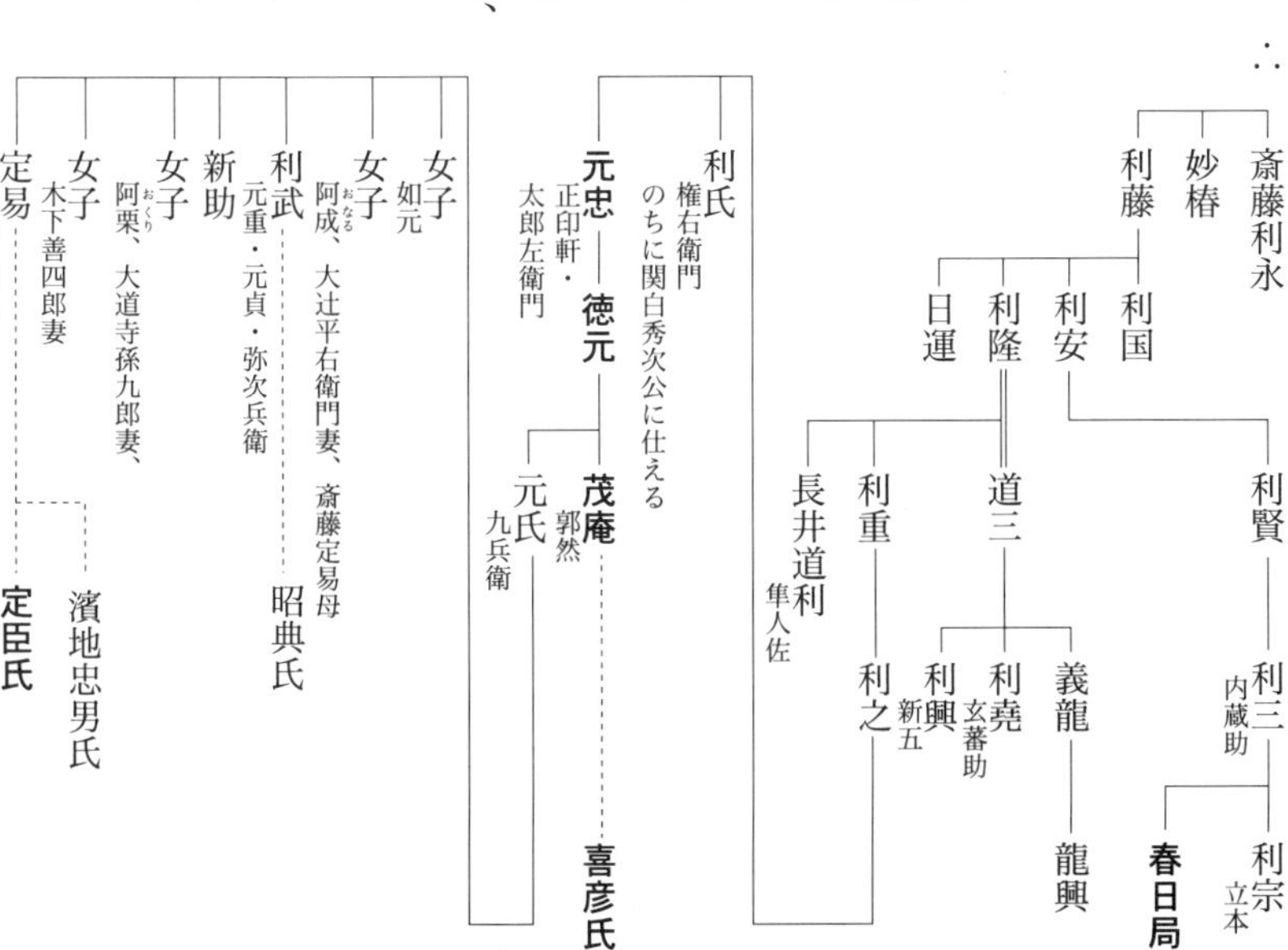

とある。そこで念の為に、天瑞山泉光寺蔵『過去牒』（大本一冊）を拝見するに、

△寛文元辛丑歳
　聖諦院心空廓然菴主　八月四日
　斎藤茂菴

と記載され、かつ同寺境内には、堂々たる墓碑も現存している。

墓碑銘

寛文元辛丑年
○聖諦院殿心空廓然菴主　（正面）
閏八月初四日

註3　イ〔伝記資料の面から〕関ヶ原における西軍の残党のひとりであった徳元は、やはりその経歴を憚ってか、それらしき語は、作品にも見当たらなかった。この点でも、一等資料中に、「従五位下豊臣」と明記していることは、伝記資料として貴重な価値があると思う。

ロ〔叙任の時期について〕私は、旧稿「斎藤斎宮頭年譜考証―岐阜在城期までの徳元―」〔4〕（『郷土文化』24―1、名古屋市鶴舞中央図書館内、名古屋郷土文化会）のなかで、叙任の時期を慶長元年ごろと推考しておいた。それが、このたびの自讃画像の出現によって、益々その意を強くする。すなわち、従五位下に叙せられた時期は、豊臣の家臣斎藤斎頭と称していたころではなかったか。

註4　辞世の句「死ぬるまて」の句は、ほかに水間沾徳編『一字幽蘭集』（元禄五年九月下旬刊）にも見えている。

〔附記〕　本稿を成すに当り、特に左記の方々からは深い学恩を蒙った。
まず貴重な画像の閲覧・発表を許可して下すった川崎市在住の末裔斎藤喜彦博士、それに関連して末裔の住所調べなど終始有益なるご教示を頂いた畏友永野仁氏、茂庵ほか墓碑の案内を岸和田泉光寺住職岸田禅昭氏から、あるいは種々の点で清水孝之博士・多治見女子高校笠井美保先生からもご教示を賜った。記して謝意を表します。　（昭45・4・29改稿）

歴史発見

歴史上における、どんなに瑣末な事項でもそれが通説化してしまうと、もう訂正がなかなかむつかしい。例えば司馬遼太郎さんの小説『関ヶ原』に「岐阜中納言」の章で、「天正十年、織田信長と信忠が明智光秀に奇襲されて落命したとき、この中納言はまだ三歳であった。父信忠とともに、明智軍包囲下の二条城にいた。信忠は自害する前、側近の前田玄以をよび、『三法師を頼む』といった。若者は幼いころ、そのように通称されていた。云々」とある。言うまでもなく三法師とは、斎藤徳元の旧主岐阜中納言こと織田秀信の幼名である。さて、私は今夏奇しくも徳元の弟たる、久留米・有馬藩医の斎藤守三（本書第一部「新出斎藤正印・徳元・守三の系譜について」参照）の後裔をつきとめて、良質なる古文書一括を拝見する幸運に恵まれたことだった。因みに後裔の斎藤達也さんは徳山市内に在住。字数のゆとりもないので、結論だけを記させていただく。徳元の父の正印軒は道三系で織田信忠に仕え三法師の守役をつとめた。くだんの本能寺の変の折には、「正印、織田城之介信忠卿に事へ御嫡子秀信公の傅（ふ）となる。明智日向守俄に叛て忽ち京都に於て信長卿信忠卿とを弑す。時に秀信公幼弱也。是に於て正印、秀信公を抱き其乱場を遁出て江州大溝に潜居、云々」（「斎藤宗有先祖書」）と。その後、正印軒は通説の如く前田徳善院玄以の許へたよったのであろう。どうやら右が実説らしい。とすれば斎藤正印軒元忠は、三法師を天下の主君と定めた清洲会議以後、豊臣政権樹立へと向かう陰の立て役者ならぬ脇役ということになるだろうか。

（平5・11・6記）

本稿は、『京古本や往来』64号（平6・4）所収。「古俳諧資料片々」の第一章である。司馬遼太郎先生からご返書を頂戴したことを附記しておく。

徳元伝覚書

一、豊臣時代の通称

徳元の通称については、末裔所蔵の『先祖書親類書』あるいは『濃陽諸士伝記』等々の資料に基づいて「斎宮・斎宮頭・又左衛門」と称したことは今更言うまでもないであろう。

ここに中野荘次先生の友山文庫に、新収の徳元筆「鹿舞（しゝまい）も」句短冊軸装がある。問題はそれに附せられし極札の紙片にあった。左に記す。（追記、徳元筆「鹿舞も」句短冊軸は、現在、架蔵。）

斎藤斎之助　法名徳元　［山琴］

図8　古筆了佐の極札

図9　了佐の極札（架蔵）

寸法は縦一一・八糎、横一・九糎にて、平成元年十一月十一日実見。極札は間違いなく初代古筆了佐の筆蹟で、方形たる「琴山」印の四方にも亦欠陥はなし。徳元とは同時代の人であった。因みに架蔵（久曾神博士旧蔵）の「徳元自筆、夏句等懐紙」に附す了佐の極札と見較べてみてはいかが（図9参照）。「斎」「徳」などの字に特徴が認められるであろう。中野先生も了佐筆に賛意を表された。

了佐の伝記については、慶応三年仲冬刊『補正古筆了伴先生得許可及上木／和漢書画古筆鑑定家印譜』に記すそれが、もっとも要を得ているであろう。すなわち古筆氏の開祖。近江西川の人（因みに主君の秀次も近江八幡二十万石の城主、西川からは遠くない）。源姓平沢氏。名は節世、初め弥四郎範佐と称し、薙髪して了佐、更に正覚菴櫟材とも号した。近衛前久に従って古筆目利を伝授され、古筆鑑定家祖となる。和歌を烏丸光広に学び、晩年には烏丸資慶から「了佐九十算」を賀して和歌及び道服を贈られたという。これより先に関白豊臣秀次からは藤原惺窩を使として「古筆」を家号となすように命ぜられ、かつ「賜㆓琴山之印㆒ヲ代々極印用㆑之」と伝えられている。寛文二年正月二十八日歿九十一歳（※八十一歳歿は否定すべきか）。

われわれは、かつて野間光辰先生が右、古筆家の手控えを翻刻・紹介せられた『寛文比誹諧宗匠井素人名誉人』（『談林叢談』所収）中に、徳元の注目すべき記事が存在したことを想起する。

一　斎藤徳元斎入　関白秀次公御家来斎藤又左衛門徳元　後江戸住　（348頁）

恐らく秀次と雅交ありし初代了佐以来の確かなメモ書きが代々集成されて、「秀次公御家来、斎藤又左衛門」など従来の徳元伝とは違った新見かつ手堅い伝記資料となったのであろう。

さて、了佐は墓誌によれば「而遂事豊臣秀次、公之没後寓于京師」（寺田貞次著『京都名家墳墓録』128頁）とある如く、初めは秀次に事（つか）えたらしい。徳元も亦、一時期に秀次に仕官していた。すれば二人は共に同時代の同輩ということになり、前掲の了佐の極札「斎藤斎之助」なる通称も初見なれど信憑性はあるだろう。

「斎藤斎之助」は徳元が秀次時代の、すなわち「予も又そのかミ聚楽伏見にいまそかりし時」（山岡景以追善独吟の前書）における、通称だったのであろうか。末裔の斎藤定臣氏蔵斎藤家系譜にも、

斎宮助　後号徳元実名不詳イニ元信

とある。従って通称は、斎之助→斎宮→斎宮頭というような順序か。

ところで、いま著者の脳裡にはかつて二十五年前に私家版で出した旧稿の一節が、大きく浮かび上がってくるのだった。それは『戦国武将斎藤斎宮攷―俳人徳元の前半生―』（昭39・8）中の四〇頁にあった。左に掲出する。

二、徳元の禄高について　すでに「濃陽諸士伝記」等による史書に基づいて徳元は二千石の高禄を食んでいた、と書き記してきたが、ここに橋本博編「大武鑑」（大洽社、昭10・4）巻一を繙いてみると、

「豊国武鑑」秀次時代（註）豊臣秀次、文禄元年関白となる。

三十五万石美濃岐阜

従三位岐阜中納言秀信

家臣

八百石　斎藤正印

斎藤斎介

とあり、右の〝斎藤斎介〟なる人物は恐らく斎藤斎宮のことであろうと思われるが、だとすれば彼の禄高は八百石であった、ということになってくる。それから又、ここでも例の〝斎藤正印軒〟なる人物の名前が見えているが、やはり正印軒は徳元と兄弟の間柄、もしくは一族なのではなかろうか。

右の推論はそれほどに外れてはいまい。その後の調査研究によって「斎藤正印」は確かに父正印軒元忠であったし、「斎介」とはこたびの極札出現によって秀次に仕官していた時代の、正しく徳元の通称だったことが改めて確

認されたわけである。禄高は八百石とも。『豊国武鑑』は良質なる資料だった。学問とはかくも実事求是、生きの長い作業ではある。なお了佐の極札そのものは、「法名徳元」と記すところから多分、徳元歿後に成ったかと思われる。

二、新出「鹿舞も」句短冊

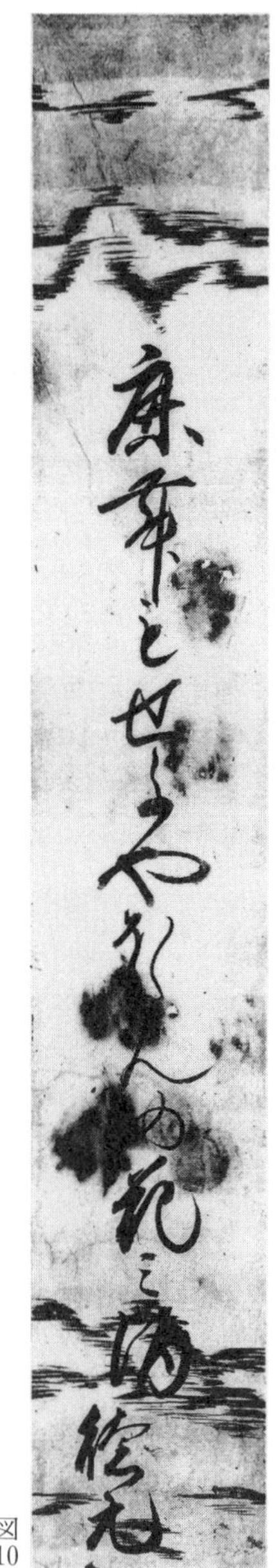

図10

鹿舞もせよやほたんの花ミ酒　徳元

中野荘次氏蔵。軸装なれど表装は新しい。銀の打曇り文様。『犬子集』巻第三・夏―牡丹の条に、

しゝ舞もせよやほたんの花見酒　徳元

と見え、『誹諧発句帳』にも収録。

因みに徳元の署名体は三体（行・草・草）に分類出来、なかでも特徴的な書体は行書体に見られよう。すなわち短冊類に認められる行書体の署名「徳元」は、すべて「徳」であって、明らかに第十画目の「一」を欠く。ところが自筆本『塵塚誹諧集』上巻を検するに、例えば「大徳寺一休和尚菴室へ立より侍りて云々」と書く「徳」の字には右、「皿」画が確認出来るのである。とすれば徳元は、むしろ意識的に「一」画を欠いて署名したことになる

だろう。そこにおゝらかな思想、閉ざすことを好まない心寛やかなる後半生（長寿）をひそかに念じていたのではなかったか。

本短冊の署名は草書体「徳元」である。柿衞文庫館蔵「冬帷子　かたひらの里も布子のしハす哉　徳元」短冊に見える署名体と同じ。「冬帷子」句短冊は寛永六年十二月成。この手の草書体による署名は、中野氏友山文庫蔵短冊のほかには、

○「何哥も扇にかけハ折句かな」句短冊（寛永二年夏、柿衞文庫蔵）
○「雨に花ちり敷山や雪なたれ」句短冊（寛永二年頃カ、架蔵）
○「すゝ鼻や垂井にひえてせきかハら」句短冊（寛永六年冬、張交屏風、瀬沼寿雄氏蔵）
○「莚打　わらむしろうつゝなからの敷ねして／こひしき人や夢の間にあひ」和歌短冊（柿衞文庫蔵）

従って「鹿舞も」句短冊も寛永六年前後の成立としておく。類句に、『塵塚誹諧集』下―夏

立まふは獅子に牡丹の花見哉

が見える。

三、高野道の記をめぐって

寛永二年の春、徳元は六十七歳。すでにして若狭小浜城主京極忠高の小姓衆に仕官していた彼は、年来心に懸かる旧主織田秀信の展墓のために三月、紀州高野山へ旅立つのだった（本書第二部「徳元年譜稿」寛永二年の項参照）。そしてその折の屈折した心情を彼は昔男なる右馬頭業平が比叡山麓の小野郷に惟喬親王を見舞った故事に托しながら、左の如き道の記で吐露している。

世にふるされたる何かしたか野のおくにおハしましけりとふらひまかりなんと若狭国を出て行〳〵紀伊国橋本

と云所になん至りぬそこにいと大なる川ありこれなん紀の川と云

　きの川やうきてなかるゝかは桜

高野の岑によちのほりて君に逢奉れハなミたせきあへすかの昔おとこ小野へ行て忘れてハ夢かとそおもふと詠し給ひしおもひにひとしく発露涕泣して

　春雨もなミたの露やおくの院

しハらく君につかうまつり侍りける間に

　色に香にそむやかうやの法の花

　高野山大師や土に梅ほうし　（『塵塚誹諧集』上）

秀信歿後二十年を経て、いったい徳元は何ゆえに敢えて旧主の墓所を詣で、しばらく滞在してまで墓守りをしたのであろう。文中に「涙せきあへず」とか「発露涕泣して」「しばらく君に仕（つかうまつ）り侍りける」など、そのような激しい菩提の心を駆り立てさせた内的必然性が、私にはいま一つわからない。そこで私は『伊勢物語』第八十三段を下敷きにして、以下推考を試みたいと思う。

「（右馬頭ナル翁ハ）、かくしつゝまうでつかうまつりけるを、（右馬頭ニトッテ）思ひのほかに、（惟喬親王ハ）御髪（ぐし）おろし給うてけり」とある如く、親王は貞観十四年七月十一日に二十九歳の若さで出家をしてしまう。いっぽう、降って秀信の場合はどうか。慶長五年の秋八月、岐阜落城時には未だ二十歳、徳元は四十二歳。八月二十三日の夜も明けやらぬ五更（※午前三時から五時まで）に、岐阜加納の常泉坊（円徳寺）に於て城主秀信は剃髪した。その始終を、野田醒石著『岐陽雅人伝』（昭10・3）から引用してみる。

　嗚呼忍土何処無二桑滄之変一。人生誰者免二浮浮沈之苦一。而変之速。沈之甚者。有下如二吾黄門公一者上哉。封保二大国一。身居二大城一。衛士百万。内守外禦。殆有二覇家之勢一矣。噫天乎。命乎。一朝座レ事起レ兵。一戦軍敗忽至二死地一。当二此時一。公已決レ心将二潔死一。諸臣諫レ之。終投二于余一。余也累年篤荷二恩遇一。而事及二于此一。一驚一懼、茫乎不レ知レ所二其為一也。伝命再三。逡巡未レ果。公則顧レ余曰。師何不レ従二余旨一耶。我既決二死於木城一。而竊レ生投レ師者。唯在レ期二剃度帰レ眞耳。師何不二諾許レ之。余厳。意懇。勢不レ可レ止也、遂把レ刀薙レ髪。奉二法号一曰二至誠院殿円実徳雲大居士一。併袈裟念珠矣。公揖余曰。師者我戒師也。深感三其有二宿好一。願後千百年、以此月此日薦二福于我之存亡霊一。竝弔二戦士之亡霊一。言訖泫然矣。乃手挙二随身之戎衣兵器等一。以賜。維時実慶長五年八月二十三日夜五更也。公自起就二旅装一。扈従之臣。十四人、同切レ髪而従行焉。……（35頁以下）

なかなかの名文で戒師松田教了（住職。慶長九年九月二十六日遷化）がしるす、「慶長五年庚子秋八月下旬」の年記を有した、惻々と胸迫る秀信得度の記である。されど右馬頭ならぬ徳元は落城寸前に逃亡してしまって見えない。

さて、その後の秀信は共に出家した「扈従之臣。十四人」を従えて、同年十二月二十八日に高野山へ登ったのだ（ただし『高野山千百年史』は「十月五日」とする）が、入山を許されず、山麓の相賀庄向副（むかそい）村（現、橋本市向副）字東垣内（かいとう）の宅にて悶々の憂き日々を送り過ごすことになるのである（本書第二部「徳元年譜稿」慶長五年の項参照）。その頃――慶長八年正月以前のことであろうか。秀信法師は、かつての手習の師松永貞徳宛に、無念の書状を送っている。貞徳家集たる『狂歌之詠草』（写本。「貞徳翁家集」トモ。承応三年初冬、貞室奥。早稲田大学図書館蔵）には、

　一　岐阜中納言殿高野におはしけるか卯月の末つかたの文にこしかたのことみなくやしきよしの給をこせ給ける返事に

　　郭公はらたち花に聞そへて　いとゝむかしのことやくやしき

（『狂歌大観』本篇、138頁）

と見えている。

秀信追跡――。私は平成元年八月十日、炎暑の昼下がりに向副（むかそい）村を訪れてみた。幸にも秀信の末裔の縁者大西武

彦氏（善福寺檀家総代）の東道によって無住の善福寺薬師堂（向福字東垣内）に詣で、お目当ての秀信霊牌を拝し、古文書類も調査することが出来たのだった。以下は、その報告である。

㈠ **織田秀信霊牌**。高サ五三・五糎。向副、善福寺薬師堂ニ祀レリ。位牌部分ノミ、金箔ニ墨筆。殆ド消エテ読メズ。裏面ハ記載ナシ。

□院前黄門松貞□慶長十□年（ママ）七月二十七日□

因みに『紀伊国名所図会』巻之三には、

岐阜中納言秀信卿墓　向副（むかぞひ）村善福寺の塋域に石塔あり土人秀信卿の墓といひ伝ふ　但し文字なし　又堂内に位牌あり　銘に大善院殿前ノ黄門松貞桂融大居士慶長十三（ママ）年七月廿七日と書（しる）せり　此卿こゝに蟄居して遂に逝去すといふ　按ずるに高野山光台院の後山にも此卿の五輪の石塔ありて銘文明（あきらか）なり

とある。

㈡ **書留**。天地一八・三糎、横一三・六糎。橋本市向副、大西武彦氏蔵。

慶長十三年七月廿七日

大善院殿前黄門松貞桂融大居士

従三位岐阜中納言秀信公　信長之孫中将信忠之

嫡男　幼名　三法師丸

二条落去信忠自害の時前田徳善院玄以法師

懐にいただき敵の囲ミを出たり　秀吉是を守立征夷

大将軍に任す　秀吉関白轉任の砌卅五万石を

賄に付置　関ヶ原合戦石田に合躰　尾越川にて

戦ひ福嶋正則手ニ落城して高野山に登る
其供　木造左ヱ門佐　百々越前守子息
津田藤三郎　同藤右衛門
斎藤正印　以上五人同供ニ而入山　」オ

高野街道（国道371号線）の傍ら西垣内（にしがいと）（※マタガリオとも）の小高くなった丘に、山麓を背にして新田山（にった）善福寺（薬師庵）跡には、確かに自然石（七〇糎位）になる一塚が現存、銘文はないが秀信墓と伝えられている由。その下壇に追善碑「織田秀信公碑」（大7・4、後裔織田信之助・織田亀吉・松山タケノらによって建碑）があった。なお『橋本市史』下巻五五〇頁に詳述。

(三)**『織田氏家譜之写』**和歌山県九度山町、松山謙吉氏蔵。仮綴、写本。末尾ニ明治元年トアリ、初年頃成カ。秀信系ノ系譜デハ、本写本が現在唯一ノモノデアル。東道イタダイタ大西武彦氏ニ深謝。左ニ略系図デ示シテオク。平成元年八月二十三日実見。

織田姓家譜写
隅田三助平ノ恒直
恒直実者織田信長公ノ嫡子信忠ノ一子
岐阜中納言秀信公ノ長男三五郎也母者
生地新左ヱ門尉坂上直澄ノ女町野岐阜
黄門ハ慶長五年八月関ヶ原合戦之後紀州

秀信＝生地（おんじ）町野
　恒直（三助）
　　直信（三右ヱ門）
　　善直（市兵ヱ）……（五代略）……
信勝（惣太郎）
　信求（惣太郎（早世））＝妻
　　松山タケノ＝謙吉氏
　シュン＝秀雄（恒助）
　　信之助
大西徳（向副）……（二代略）……武彦氏

相賀庄向副村ニ閑居ス然而慶長十三(ママ)申歳七月　」オ
廿七日卒ス死去之後町野女嫁テ隅田忠直
依之一子三五郎者為市助忠直之養子改而
三助平ノ恒直ト云元和七酉歳紀伊太守従
南龍院殿被為　召出御切米三拾石頂戴
△里人ノ古哲伝ニ曰慶長四(ママ)歳八月関ヶ原合戦石田ニ
合躰尾越川争戦福嶋正則之手ニ落城高野入
山其従者木造左エ門百々越前守子息津田
藤三良同藤右エ門**斎藤正印**以上五人也
」ウ
御幼名三法師君従三位岐阜中納言秀信卿
四十(ママ)九才御他界于当村善福寺旧跡顕前也

ところで右の資料中、㈡㈢の資料を、とくに㈡の書留に注目せられたい。すなわち「……高野山に登る。其供、木造左エ門佐・百々越前守子息・津田藤三郎・同藤右衛門・**斎藤正印**、以上五人同供ニ而入山」とある。徳元の父斎藤正印軒元忠の名が書留に登場したのである。彼は秀信の代官であったのだが、関ヶ原敗戦後は杳としてゆくえが知れないでいたのだ。とすると父正印軒は老臣らしく律儀で、前掲の円徳寺教了の讃文中に「公自起就ニ旅装一扈従之臣。十四人、同切レ髪而従行焉。」とあるメンバーの一人、家老の木造具政ら共々出家したことになるだろう。その後の正印軒の動静については、一向にわからない。推測が許されるならば彼はすでに病身で（前掲拙稿参照）、そのまま秀信に扈従して向副村の善福寺に、更に東垣内斉ノ神屋敷の宅（織田屋敷トモ）で隠栖し、歿したか。そのように考えてみれば、二十年後の寛永二年三月、六十七歳の徳元が高野詣でをしなければならぬ必然性が理解されてくる。徳元の場合も右馬頭の如く、恐らく遊芸を好む青年主君から大いに重宝がられたことであろう。八十三段は「むかし、水無瀬にかよひ給ひし惟喬の親王、例の狩しにおはします供に、うまの頭なる翁つかうまつれり。」で始まるのだが、対するに徳元老も亦弓の名手ではあった（末裔斎藤喜彦氏蔵「徳元画像」）。にもかゝわらず、結果的には主君の先途をも見届けずに、かつ老父をも見捨てて亡命をしてしまったのだ。「比叡の山の麓なれば、雪いと高し。しゐて御室にまうでて」とは、暗に高野御室なる光台院裏山の秀信供養塔を指すか（前掲拙稿参照）。彼はその後悔の念を「かの昔おとこ小野へ行て忘れては夢かとぞおもふと詠し給ひしおもひにひとしく」と述べた。涙を流しながら泣くことで遠く過ぎ去りし高野山下、向副の薬師庵で零落した若き旧主と仕える老父の面影を思い浮かべてみたか。確かに業平の一首、「忘れては夢かとぞ思ふ思ひきや雪ふみわけて君を見むとは」は、このときの徳元の心情をよく説明しているように思われる。それから架蔵の自筆本『徳元俳諧鈔』（徳元撰、横写本一冊）には、

付合次第不同

独吟千句ノ内

・色かもふかき衣をそめす

たか野山大師は土にうめほうし

（『斎藤徳元集』94頁上）

とある。「慶長十三年七月廿七日歿」と記す秀信の歿年月日の問題も新たに宿題となってしまった。

（平元・12・29稿）

〔附記〕空想するのであるが、徳元は若狭・近江の国境近く遠敷郡熊川村の関所―のちに寛永二年秋七月に訪れるが―を出て京都に至る若狭街道経由で、かの「昔おとこ小野」―橋本宿―高野山へと向ったのであろうか。途中に、大原上野の小野山麓には惟喬親王の墓と伝える五輪塔が左側に現存している。

古筆了佐の伝記については、小松茂美氏の「烏丸資慶筆『和歌懐紙』」(『墨香秘抄』、芸術新聞社、昭60・2)に記すそれが新見・詳細である。

文禄の役に出陣した徳元

最晩年の斎藤徳元みずからが自讃の寿像に、賜姓「豊臣」を名乗っていた点が注目せられよう。考えてみれば八十九年の生涯をふり返って、賜姓自体が誉れある彼の前半生を象徴しているように思えたからである。聚楽・伏見にいまそかりし時にいったい、いかなるお手柄を立てて「従五位下豊臣（とよとみ）」なる、諸大夫並の地位を得たるに到ったのか。私はその謎にこだわり続けてきたのだった。

酷暑が続く昼下がりに、私は復刊の岩波文庫版『太閤記』（小瀬甫庵著、桑田忠親校訂）上下二冊を読んだ。文禄年間における武将徳元は三十代、通称を新五・斎之助・斎宮・斎宮頭（※官職名カ）などと称していたらしい。因みに、関ヶ原前哨戦たる、「岐阜城攻防図」（「濃州岐阜防戦之図」トモ。紙本着色一枚。岐阜市歴史博物館蔵）にも、「天守」の真下（ました）[註]「水ノ手」口を守る武将として、「此所武藤助十郎**斎藤新五郎**（※慶長五年）八月廿二日／未明ニ退ク大身ニテ供多キ敵也」と記載される。さて、徳元は「斎藤新五」の名で、第一次朝鮮出兵の折、すなわち文禄元年（一五九二）七月廿二日頃か、「名護屋御留主在陣衆」として勤めていたようだ（『太閤記』巻第十三）。『太閤記』巻第十三には、○「秀吉公就ニ御母堂御異例ニ御上之事」の次章に、○「名護屋御留主在陣衆」の章有之。その「三之丸御番衆」の「御馬廻組」に、二番「中島組」の条、

中嶋左兵衛尉・青山勝八郎・**斎藤新五**……

と名を連ねている。

この「名護屋御留主在陣衆」の経緯について略述しておこう。文禄元年一月五日、第一次朝鮮出兵（文禄の役）。豊臣秀吉は、諸大名に朝鮮出兵を命じた。同月二十九日、聚楽・伏見の頃の主君秀次が、左大臣に任ぜられる。三月、秀吉、肥前名護屋城へ向かう。七月二十五日、秀吉の生母大政所（名は「なか」、天端院と号す）が歿、七十六歳。これよりさき秀吉は、名護屋城から急ぎ帰ったが、死に目には間に合わない。掲出の「御留主在陣衆」とは、この直前に、任命された大名・旗本衆である。参考までに、「本丸広間之番衆――馬廻組」一番、伊藤組に旗本「岡田勝五郎」（※岡田将監善同の通称、美濃貞門の満足善政の父）の名も認められる。馬廻組とは、主君の乗った馬の周囲にあって警護をする親衛隊で、特定の者が任命された。馬廻衆とも言い、「旗本」格、いわゆる上級武士団だった。斯くて斎藤新五徳元は、文禄の役に名護屋御留主在陣衆として出陣、馬廻組の役柄で勤仕したようである。

註　小和田哲男氏の文章「岐阜城陥落する」に、「武藤助十郎・**斎藤斎宮**の守る水の手口」（43頁）とある。（『戦況図録関ヶ原大決戦』、新人物往来社、平12・9』）

西暦二〇〇〇年は、慶長五年（一六〇〇）の関ヶ原合戦から四百年という節目の年に当たる。岐阜県大垣市でもイベントとして、「決戦関ヶ原大垣博特別展」（3・25〜10・9）が大垣城を中心に開催せられ、図録も刊行された（決戦関ヶ原大垣博実行委）。図録には、江戸時代中期以降に大垣藩の制作に係る詳細なる関ヶ原合戦絵図が収録されており、前掲の、岐阜城攻防戦における新五徳元たちの防戦した模様も絵図にメモされている（三点）。因みに、内容的には、『濃陽諸士伝記』の記述とさ程に異同が見られない。

□『関ヶ原合戦之図』（紙本着色一枚。江戸時代。大垣市立図書館蔵）

アケカウシ門中嶋伝左エ門／布川二郎兵衛**斎藤新五郎**預り／伝左エ門討死細川越中守内／沢村才八討取（16頁）

□『関ヶ原合戦図』（紙本着色一枚。江戸時代。大垣市立図書館蔵）

あけこうし門中嶋伝左ェ門／布川二郎兵衛**斎藤新五郎**預り／伝左ェ門討死細川越中内沢井才八／討取（18頁）
（平12・9・11稿）

新出斎藤正印・徳元・守三の系譜について

一

文化年間、子孫の筑前黒田藩の中老斎藤五六郎定公（さだひろ）（※徳元―九兵衛―大辻平右衛門定寿妻阿成―定易―定堅―定兼―定備（定公））は、家記『順年録』（斎藤定臣氏蔵）のなかで祖先正印軒の墓所を執拗に追跡する。

一、相州藤澤宿之近郷くゝひの間（鵠沼（クヽヒヌマ）村なり）といふ所有法正寺（宗旨寺号の文字不詳）　是に斎藤家先祖の木像幷位牌二有りて良（行）圓様天祥様と申よし（岐阜落城後太郎左衛門斎宮頭御父子とも二）　御退散之よし申聞候此二代の霊牌ならむ歟しかし御□□□後像と申伝候よしなれは是非をわけかたし御法号の文字も不詳志路人（※白人。五六郎定公ノ父定兼）先年御国へ御供之節参詣いたし焼香等いたし候よし其時住職の僧江戸へ出府ニ付不能面会古来の申伝も相分り不候定而木像安置有之上ハ巨細之次第相糺候ハヽ可分明追て能々可糺

右之不審天明八申冬大概相分□然御法名御死日等之義不分明追々可考

蓋し、右に見える「法正寺」とは、『大日本寺院総覧』にて検するに多分、

法性寺―浄、二十九。高座郡藤沢町鵠沼。（神奈川の条）（※昭44・8・25付、法性寺ヲ調査スル。）

を指すのであろう。なれども先年、私は法性寺の所在の確認を求めてみたが、同寺はすでに所在不明であった。その後も定公は天ノ橋立に在る徳元の墓碑を突き止めるなどして、文化六年十月二十八日には、

一、齋宮頭様御墳墓御法名等去々年相知ン候ニ付此節持仏殿迠御霊牌新製奉安置
　清岩院殿前端尹隣山徳元大居士
　当月より向後毎月廿八日御膳有之上候付御膳部別如新製云々

と同様に『順年録』に書き留めている。なおこの点は第三部「徳元墓碑考」も参照のこと。されども徳元の父斎藤正印軒元忠の墓所に関しては依然として不明だった様子で、『順年録』文化九年三月十一日の条にも、

一、丹州九世渡智恩寺より当正月五日出之書状到来年頭祝儀且去春納物受納等之儀申来　太郎左衛門様正印公御墓所之儀今以不相知候事ニ付泉州岸和田岡部侯御在所同名彦左ヱ門方迠被及問合候得共不相分　徳元様巳来之系図斗認来候由委細被申越云々

とある。因みに文中に見える「同名彦左ヱ門」なる人物は、徳元の長子郭然茂庵（寛文元年閏八月四日歿）の子孫でその後裔が斎藤喜彦（※平3、学士院賞受賞）・晴男の両博士であった。

二

徳元の父が、岐阜中納言織田秀信の家老斎藤正印軒元忠であることは旧稿でたびたび述べてきた。元忠に関する良質なる古文書も数通現存している。

昨今、私は元忠の、その後新たなる動静を知る二点の資料に遭遇した。一は、天正十八年五月二十八日付、斎藤正印宛豊臣秀吉の朱印状（『弘文荘敬愛書図録』Ⅰ182頁、本書第二部「徳元年譜稿」天正十八年・寛永六年の項参照）であり、いま一点は、岐阜落城後、秀信に従って高野山に上った事実を示す書留（大西武彦氏蔵ほか、本書第一部「徳元伝覚書」参照）である。

遊びごころで古短冊の蒐集を進めていると、ときには瓢箪から駒が出る如く本来の研究資料の一片にばったり出会うことがある。昨年晩秋の十一月中旬に私は大分県別府市に遊び、水谷真さんの案内で駅前本町の古書肆麻生書店にも立ち寄った。うす暗い奥のウインドーに幕末期における地元別府市の一俳人短冊が二枚（「雨がうめ匂ひは庵に籠りけり　呉石」ほか）飾られ、佳句のようであったのですぐに買った。作者は荒金呉石なる遊俳の由、それ以上は知らぬ。

ところで、その後、河原町三条のキクオ書店で『別府市誌』（複刻版、昭8）一冊を入手する。同書五三六頁以下に荒金呉石の伝記が詳述せられ、名は通直、通称を儀八郎、別号梅守・梅亭、八千房屋烏門で田能村竹田等とも交遊深し。明治二年六月に八十五歳歿云々。という人物であることがわかった。

それはさておき、更に『市誌』を繙いていくと三六三頁に、「斎藤利明　明治二十六年四月一日　速見郡長」なる記事が見えて一瞬、わが眼がとまってしまうほどだった。「斎藤利明」とは、本書第二部「徳元年譜稿―寛永六年―」中に掲出した、（徳元父）斎藤正印軒宛天正十八年五月二十八日付、豊臣秀吉朱印状の旧蔵者かつ末裔の人物と同一人ではないのか。以来、斎藤利明ならびにそのルーツ追跡が始まったのである。はたして三月末になって判明し、それは臼杵市立図書館所蔵の稲葉家古文書によって同一人物で、代々臼杵・稲葉藩の藩医だったのだ。しかも、その驚くべきルーツ―梟雄道三の血を受け継ぐ系譜が収録される古写本『臼陽氏族誌』の書誌を左に記す。

臼杵市立臼杵図書館蔵。図書番号、四二一―イ28。横本の写本全六冊。深縹色原表紙。袋綴。左肩に書題簽「享和壬戌稔／臼陽氏族誌　一（―五、附録）」（※享和二壬戌年）。旧蔵印、「年月日／稲葉家／寄贈」。斎藤氏は第五冊めに収録。平成四年四月三日実見。

次いで、徳元とその家族の部分を抄記する（図11参照）。因みに本系譜はその個々について検証を試みたるにおおむね正確。信頼がおけるものである。

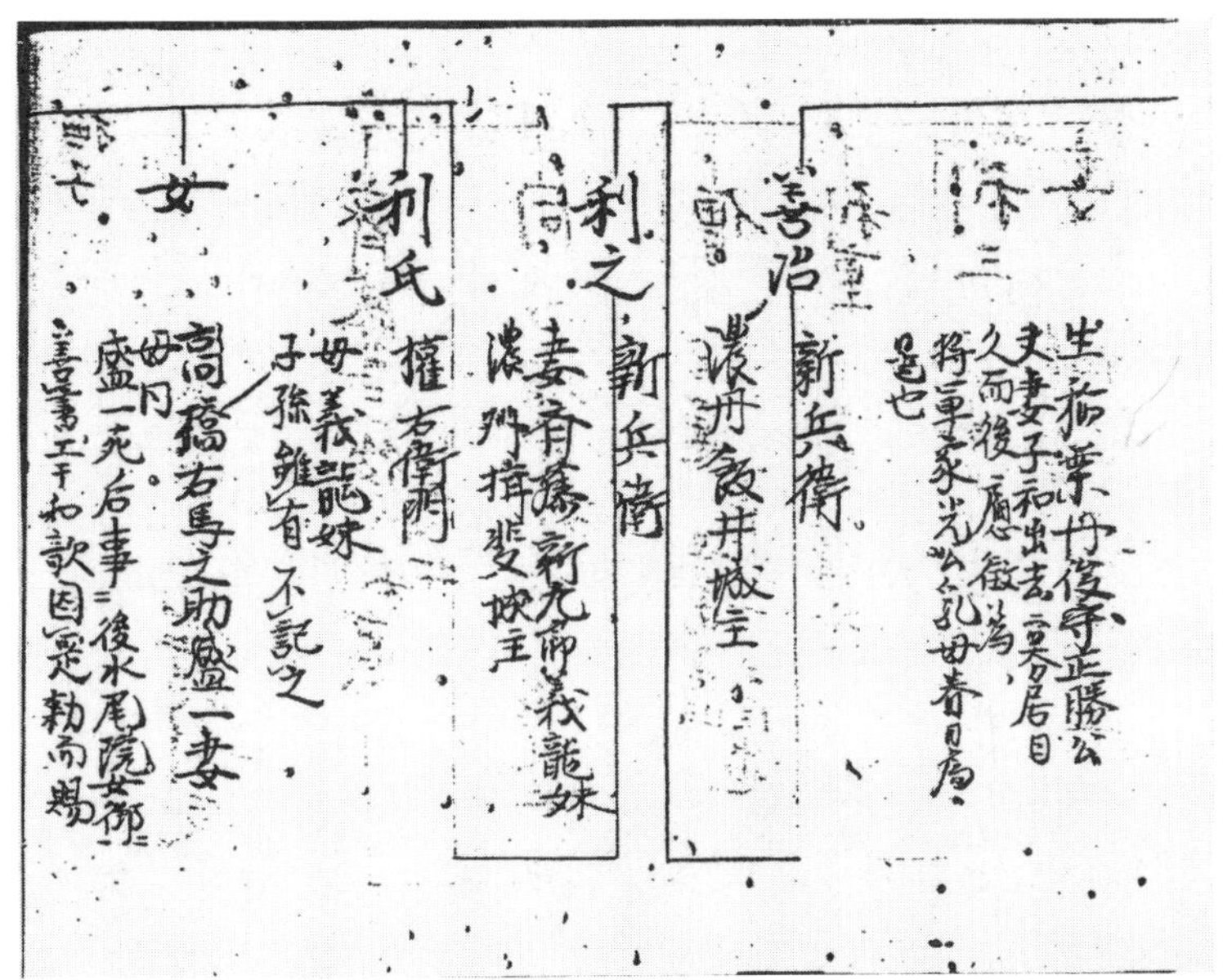

善治　新兵衛
濃州□井城主

利之　新兵衛
妻斎藤新九郎義龍妹
濃州揖斐城主

利氏　権右衛門
母義龍妹
子孫雖有不記之

女
高橋右馬之助盛一妻

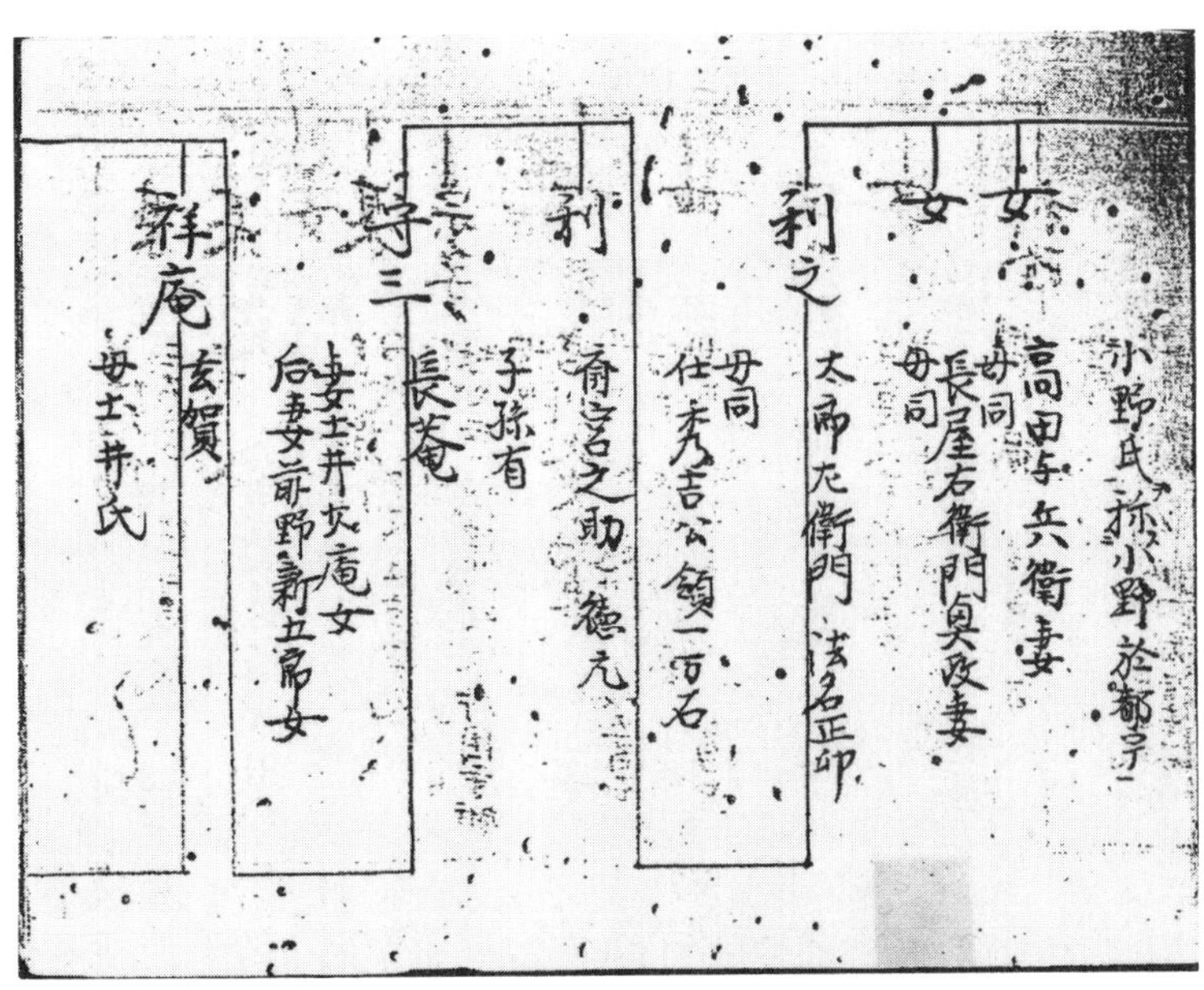

女
高田与兵衛妻
母同

女
長屋右衛門貞政妻
母同

利之　太郎左衛門　法名正印
母同
仕秀吉公領一万石

利　斎宮之助　徳元
子孫有

守三　長菴
妻土井玄庵女
后妻前野新五郎女

祥庵　玄賀
母土井氏

図11　斎藤氏系譜（『臼陽氏族誌』、臼杵市立臼杵図書館蔵）

すなわち父正印軒の母親は、道三の嗣子「新九郎義龍妹」とあるから、従って正印軒は道三の外曾孫ということになろう。伯母の「小野於都宇」とは浄瑠璃作者「小野お通」を指すのか。しかし、同一人と見なすには今一つ疑問が残る。それから、徳元には「斎藤守三（長菴）」なる医師の弟が存在していたことだった。そして守三の長子祥庵玄賀は久留米・有馬藩の藩医に、末子長兵衛利隆（宗有）が前記稲葉藩に同じく藩医として仕官する。されば徳元の周囲には斎藤茂庵（徳元長男）ら医師が比較的に多い。徳元も亦医学の素養があった（本書第二部「徳元年譜稿」寛永二年の項参照）。井上敏幸さんが『西鶴名残の友』（『新日本古典文学大系』77）の註に「徳元が医者だったとの記録はない。云々」（490頁）と否定はしておられるが、再考せられたし。なお、医師玄賀の子孫は女流俳人斎藤紫川（しせん）（慶応元年閏五月六日歿、信戒院定厳妙慧大姉）の代で絶えた（竹下工著『筑後俳諧史』94頁）。そのわけは、彼女が前半生に於て不儀倫理を乱せし罪によって文政元年十一月二十四日付、知行を召し上げられたからである。紫川女の句に、

- 利之　新兵衛／妻斉藤新九郎義龍妹／濃州揖斐城主
  - 利氏　権右衛門／母義龍妹／子孫雖レ有不レ記レ之
  - 女　高橋右馬之助盛一妻／母同／盛一死后事ニ後水尾院女御一／善レ書エキ和歌因レ是勅而賜ニ小野氏一称ニ小野於都宇一
  - （略）
  - 利之（ママ）　太郎左衛門　法名**正印**／母同／仕秀吉公領一万石
    - 利□　斎宮之助　**徳元**／子孫有
    - **守三**　長菴／妻土井少庵女／后妻前野新五郎女
      - 祥庵　玄賀／母土井氏

月代(さかやき)や鹿はあらしの果を啼く
　五月雨の空も晴れけり法の道(辞世)
人妻の道ならぬ恋、いずれ別稿で述べたい。さて、利明さんは長兵衛利隆の後裔であった。

三

イ、父正印軒　初めは太郎左衛門と称し、のちに法体となる。一に織田正印とも称した。丹波福智山城下に、有馬藩医の次男(徳元弟)斎藤守三の許で慶長十七年二月二十四日に歿したようである(旧有馬文庫蔵『御家中略系譜』所収、「斎藤系譜」)。

久留米市篠山町、篠山神社文庫蔵『御家中略系譜』所収、「斎藤系譜」には、

初太郎左衛門
―正印
　仕織田城之助信忠卿秀信卿ニ従仕信長公
　信忠卿京都御生害之時秀信卿年弱ニ付其
　場ヲ遁去隠于江州大溝秀吉公秀信卿江濃州
　岐阜ヲ賜于時正印五千石秀吉公ヨリ百十三石ヲ
　賜且江州一万石之代官ヲ被命仕置衆相加濃州
　洲股ニ在住秀信卿御果後浪人京都住

と記述せられ、斎藤正印軒の伝記としても管見ではもっとも詳細である。更に補足をすれば関ヶ原敗戦後、法体姿

の正印は円実徳雲大居士なる秀信法師に扈従して高野山麓の向副(むかそい)村の薬師庵に、あるいは東垣内斉ノ神屋敷の宅に隠栖して（拙稿「徳元伝覚書」参照）、秀信歿後に、上洛をしたらしい。久留米市京町に在る梅林寺の過去帳には、

正因玄忠居士　二月廿四日　守三父

とあった。

ロ、母桂林寿昌　徳元の母については不詳のままであったが、梅林寺過去帳に、

桂林寿昌禅尼　十二月十六日　守三母

とあって、判明。蓋し「守三母」と見えているところからも、父正印軒と共に弟の守三が扶養をしていたのであろう。

ハ、弟守三　徳元には斎藤守三なる有馬藩々医の弟が存在していたのだった。前掲の、旧有馬文庫蔵『御家中略系譜』所収、「斎藤系譜」には、

剃髪後号徳元

齋宮助
仕岐阜中納言秀信卿敗亡後剃髪若州小濱住
二男　初鉄千代

守三
妻　土居少右衛門女
後妻　山内対馬守殿内前野新五郎女
於施薬院為医慶長六年丑丹波福智山
春林院公御入部之節被　召出医宦三百石寛永給知帳

」ウ

二十人扶持久留米江御供　瓊林公御懇意慶安四年卯正月廿三日守三宅江　御成是ハ守三病気大切ニ付御暇乞之為也ト云々同二月朔日病死　要渕守三居士

とある。右によれば、恐らく関ヶ原敗戦後になろうか。鉄千代こと守三は京都の施薬院で医学を修め、慶長六年春、有馬豊氏（春林院）の丹波福知山入部にともなって（『福知山市史』第二巻、740頁以降）、医官に召し抱えられ三百石二十人扶持を給せられた。

因みに、丹波福知山藩と斎藤徳元ファミリーとの関係を前掲書『福知山市史』第二巻をもとに年表風にメモしてみる。

○慶長五年十二月十三日、有馬豊氏、丹波福知山藩主。同六年春、斎藤守三が仕官。
○元和七年三月十八日、有馬豊氏、久留米へ転封・入部。同年八月、連歌大名岡部長盛、福知山藩主。
○寛永元年九月、岡部長盛、美濃大垣へ栄転。同五年頃に徳元、扶持を受けたるか。長子斎藤茂庵が藩医に仕官。

その後、元和六年閏十二月八日、主君の豊氏が筑後国久留米藩主に栄転して、守三一家も亦久留米に移住する（※翌七年三月）。二代藩主忠頼（瓊林院）とも懇意な間がらであったらしい。徳元歿後の四年め、慶安四年二月朔日に久留米城下に於て病歿した。法名は要渕守三居士という。因みに先妻は稲葉一鉄の次子土居少庵（直政・庄右衛門）の娘であり、従って徳元が春日局を始め連歌大名稲葉一通（※連歌会デ数回、同座シテイル）と大いに風交があったことも、あるいは〝義妹〟たる彼女との縁にもよるか。守三と先妻土居氏との間には、長子で同じく藩医の祥庵玄賀（元禄元年九月、九十歳歿）、それから三子に東美濃恵那郡福岡町在、妙心寺派崇福山片岡寺（現、廃寺）開山の周岳玄豊和尚（中津川市苗木、雲林寺一秀和尚の弟子、天和三年七月二十一日寂、墓碑は現存）等がいる。すなわち徳元の甥に当たろう。周岳玄豊については岐阜県恵那郡福岡町史編纂室のご教示。後妻は山内対馬守の家臣前野新五郎の娘である。なおこれら守三のファミリーについては別稿で詳述する。

さて、平成四年六月六日梅雨曇りの夕暮れ、ＪＲ久留米駅のホームからは徳元の父と母、おとうと斎藤守三らをまつれる梅林寺の森が真近に緑色濃くうつった。私は十八時二十分発、有明46号にて博多へと向った。列車は梅林寺の山門を過ぎ、ゆるやかに流れる筑後川の長門鉄橋を渡った。

（平4・12・13稿）

徳元伝雑考

1、家紋考

徳元の菩提寺、天橋山智恩寺にある位牌には、

丸ニ瞿麦（なでしこ）

更に位牌をおさめてある厨子にも、

右、丸ニ瞿麦

左、遠雁金（かりがね）

と見えている。このことは、彼の家系が、藤原氏利仁流の美濃斎藤氏であることを証している。

《資料》

徳元家以外の斎藤氏家紋について

□『寛永諸家系図伝』所収

藤原氏／利仁流／斎藤／

利三（としみつ）——

家紋　瞿麦　石畳（いしだゝみ）

●政勝（まさかつ）——

家紋　円内（まるのうち）に瞿麦

●某——

宗林（そうりん）

家紋　円内に瞿麦

●信定（のぶさだ）——

家紋　五（いつゝ）瞿麦あるひは割菱（わりびし）

□斎藤道三の弟たる『寛永諸家系図伝』所収、長井道利家の条にも、

藤原氏／支流／井上／

●道利（みちとし）——

家紋　瞿麦

とある。

〔補記〕

□徳元の子孫たる『寛政重修諸家譜』所収、斎藤利

武（※徳元孫）家の条にも、

斎藤
●利武（としたけ）
家紋　瞿麦　雁金
（巻第千四百七　藤原氏　利仁流）

家系面から見たる瞿麦紋のもつ意味

□『美濃名細記』（伊東実臣著、元文三年春自序）

○斎藤系　紋瞿麦又梅花為レ紋、因而菅亟相之社信仰也（巻第四）

□沼田頼輔著『日本紋章学』（明治書院、大15・3）

歴史　瞿麦紋の始めて史籍に見えたるは見聞諸家紋にありとす。同書には丹波芦田氏の家紋として之を掲げたり。羽継原合戦記には、美濃斎藤氏の家紋として、これを記せり。美濃岐阜市瑞龍寺塔頭開善院に、斎藤道三の画像あり。これに瞿麦の紋を居ゑたる一流の旗を添へたり。又、東京遊就館所蔵の具足に、斎藤伊豆入道立本の着用と稱するものあり。これにも、亦、瞿麦紋を居ゑたり。瞿麦の斎藤氏代表の家紋たることを知るべし。

姓氏関係　瞿麦を代表家紋とするものに、藤原氏利仁流・清和源氏頼季流の諸氏、及、大蔵氏あり。而して利仁流にては斎藤・疋田・河合の諸氏、いづれもこれを用ゐたり。……（第二篇、第三十章、七瞿麦・石竹、709・710頁）

2、徳元は御伽衆の一人であったか

徳元の法名のなかに〝前端尹〟なる唐名が見える。これは、東宮大夫・春宮大夫という官職を意味する。恐らく徳元は、ある高貴な人の文学的な御伽の役を勤めていたのではなかろうか。

《資料》

□法名

清岩院殿前端尹隣山徳元居士

イ．

□『徳元俳諧鈔』斎藤徳元著　自筆横一　寛永七年成カ

（自跋）

年来したしくちなみ侍りける中に去やことなき御方より愚作の誹諧一覧あるへき旨しきりにのたまひけるを斟酌なからいなひかたくてとり〳〵書記し侍りぬ先一年東へ罷下し道中の発句狂哥其より以来の句とも幷付合等色々又十品のはいかい面八句のこれかれとりあつ

めて此一冊となしてつかはし侍るなり外見あらはその
嘲哢をまねくものか

□『塵塚誹諧集』斎藤徳元著　自筆美濃半截二つ折二冊
寛永十年十二月成

あるやことなき人ひるねしておハしける所にて
若草のねよけに見ゆる砌かな（下、寛永七年春）

いとやことなき御かたよりめされて前句を一出し給ふ
てけり則席に五十句付て奉り畢
そろはぬ物そよりあひにける
（以下、省略。下）

（奥書）
此上下巻愚作誹諧之発句几八百一十余句同付合八百余
句狂歌二十首記焉依貴命難辞奉自染禿毫而已
寛永十年十二月日　斎藤斎頭入道徳元花押

□『懐子』松江重頼撰　十巻十冊　万治三年刊

柳
冠つかうまつる家にて女冠といふ事を
さほ姫のきて見ん冠柳かな　徳元
（追加　春）

ロ．

□『尤草紙』斎藤徳元著　大本二冊
寛永九年六月上旬刊　赤木文庫蔵（ただし
赤木文庫蔵本は寛永十一年六月再版本であ
る）

（奥書）
此尤草紙ハ或人つれ〳〵の餘りに硯にむかひ筆にまか
せて書集ける其心あまれりやたらすや然を忝無品親王（註）
御覧有て事たらさるをくハへよろしきをたすけ腹に味
ひて筆の究とらせ給ふとそ

（註）無品親王――八条宮無品智忠親王（野間光辰
先生ご論考）

ハ．

□末吉道節（註）宛、寛永十五年五月十九日附徳元書簡
若君様御任官之心を
更衣
名をかへ衣もかゆる官位哉（笹野堅編『斎藤徳元
集』43頁）

□『懐子』松江重頼撰　十巻十冊　万治三年刊行
継木
家督之祝義

今よりは継てさかなん家桜　　徳元

（巻第一　春上）

（註）徳元の主君京極忠高は、寛永十四年六月十二日に歿し、ために甥高和が養子となりて同年十二月二十二日に相続。そして翌十五年三月、新しき領地（播磨国館野）へ赴いた。右の句は、それを祝福したもの。従ってこの時期には、未だ徳元は京極家の家臣であった、と考えられる。

二、

□『誹諧初学抄』斎藤徳元著　横一　寛永十八年刊

（自跋）

右此一冊江戸に至りてつゝり侍る事ハむさしあふミさすかにかけて頼ミ奉る君命によりて也式目ハ終に侍らぬといへは其趣ハかりを筆に記し侍るへきよしをのたまふ愚意に応せぬ事なりしかハ余多たひ辞し申といへともいなひかたくて書とゝむる事になりぬゆめ〳〵外見有へき物にあらす是ハたゝ田舎にてのわたくしことになん侍る

寛永十八暦正月廿五日　　帆亭徳元

□徳元短冊

八月十五夜天下にまうけの君[註]御産後の比なりければ（以上頭書）

唐までもさんこの月の光哉　　徳元

（森川昭氏「徳元の周囲―『徳元等百韻五巻』考―」）

（註）寛永十八年八月三日、竹千代（徳川家綱）誕生。

□『後撰犬筑波集』吉田蘭秀撰　十巻四冊。延宝三年刊

歯固を　　斎藤徳元

はかためはゆるかぬ世々のもちゐ哉

（巻第一　春句上）

3、発見された子孫の系譜

『寛政重修諸家譜』ならびに『勤王烈士伝』等々によって、徳元の子孫に左の二系統が存在することが判明した。

斎藤徳元 ┬ 利益（としなが）（致仕号徳潤）……
　　　　 └ 五六郎定広 ……

なお利益（としなが）の系統は、代々浅草千束町に屋敷を構えていた。この点、徳元の江戸における居住地が浅草であったとすることについて、有力な傍証となり得る。

《資料》

斎藤徳潤の系統

□『千句』(『斎藤徳元独吟千句』)　斎藤徳元著

横写一　寛永五年十一月成

(識語)

右御千句は遠祖従五位尉斎藤斎宮頭入道徳元公みつから書せ給ひて家に伝りけるを予門人高橋思孝書うつし度よし懇望いなひかたうてゆるしけるに明和九年二月二十九日火に彼亭にて焼失言語道断の事なり是ハかねてうつし置ところ也御言の葉ハ残るといへとも御筆をほろほしたることかへす〳〵いはん方なし思孝ハかひなき命のかれ出て只此事をおそれかなしふ御筆にて我世まで伝りたるといふこと斗も家に残さんとしるし置もの也

斎藤徳潤　在判

明和九年三月

□系譜

某

妻　斎藤弥治兵衛殿祖母

寛文十三丑・五・廿八

常林院妙義日性禪定尼

(済松寺墓碑、同寺所蔵過去帳)

弥治兵衛

延宝六午・八・廿八

直指院天叟道祐居士

妻　斎藤弥治兵衛殿母

寛文三夘・七・廿六

衆妙院殿周室如元大姉

(済松寺所蔵過去帳)

利武(としたけ)

太郎左衛門　弥次兵衛

万治三年十二月二十八日めされて清揚院殿につかへ、桜田の舘にをいて小性組をつとめ、のち使番を歴て先弓の頭に転ず。宝永元年文昭院殿にしたがひたてまつり、廩米三百俵をたまひ、十二月十二日西城の桐間番に列し、のち番を辞し、小普請となる。三年九月二十八日死す。法名白翁。牛込の済松寺に葬る。のち代代葬地とす。妻は紀伊家の臣野本幸賀某が女。（『寛政重修諸家譜』）
操持院白翁全圭居士（過去帳）

利矩（としのり）
弥三郎　母は幸賀某が女
桜田の舘にをいて小性組をつとむ。宝永元年父とともにしたがひたてまつり、十二月十二日西城の焼火間番となる。三年十一月二十三日遺跡を継、五年十二月十九日桐間番にうつり、正徳三年五月十八日桐間番を廃せらるゝにより、御書院番に転ず。享保十四年正月二十一日死す。法名寔厳。　妻は紀伊家の臣野本幸賀某（幸賀某ははかたをぢ利矩が舅）が女。（『重修』）
守玄院寔岩道要居士（過去帳）
妻　斎藤熊三郎母
元文元辰・二・廿二
心鏡院大圓智照大姉（過去帳）

利益（としなが）
熊三郎　致仕号徳潤　母は幸賀某が女。
享保十三年十月十五日はじめて有徳院殿にまみえたてまつり、十四年四月四日遺跡を継、明和四年八月四日致仕す。安永七年七月十六日死す。年六十八。法名徳潤。（『重修』）
長養院徳潤宗休居士（過去帳）
妻　斎藤熊三郎徳潤之室
寛政十二申・五・五
久栄院順誾妙和大姉（過去帳）

利学（としみち）
太郎吉　弥三郎　母は某氏。
明和四年八月四日家を継、五年三月五日はじめて浚明院殿に拝謁す。六年四月二十四日西城の御小性組に列し、安永四年十月五日番を辞す。寛政元年四月十二日死す。年五十二。法名猛巓。

妻は佐野武右衛門安行が女。（『重修』）
斎藤弥三郎
寛政元酉・四・七
禅鋒院猛巓祖勇居士（過去帳）
妻　斎藤弥三郎妻
安永四未・七・廿三
玄香院脱岸妙解大姉（過去帳）

利済（としまさ）
弥五郎　母は安行が女。
寛政二年閏六月二日遺跡を継。（時に二十三歳廩米二百俵）四年九月二十五日はじめて将軍家にまみえたてまつり、五年九月十八日御小性組に列し、八年十二月十日若君に附属せられて西城に候す。　妻は佐野六右衛門運伝が女、後妻は野呂一郎右衛門徳行が養女。（『重修』）
嘉永二己酉・十二・朔
霜暁院成山祖道居士（過去帳）
妻　斎藤弥五郎室
寛政四子・八・廿七
秋林院霊台智光大姉
後　斎藤弥五郎室
文政十二己丑・九・三
無量院月心圓如大姉（過去帳）

利久
利貞
三十年四ヶ月
明治十九丙戌・一・五
心源院実因恵性居士（過去帳）

武治郎
鳥居俊伯の二男
明治十九・四・二十二、亡斎藤利（貞）久養子
大正七・七・十六、布哇領土ホノルルクキン病院に於て死亡。（除籍謄本）
享年五十三歳
大機院真照霊鑑居士（過去帳）
妻　ヒサ　　享年四十四歳

大正十一・六・二
温良院実操妙貞大姉（過去帳）

米山家に
嫁す
時雨（しぐれ）══昭典氏

□本籍地
浅草区浅草千束町二丁目八十八番地

斎藤五六郎の系統

□天橋山智恩寺所蔵過去帳より、
廿八日の条
清巌院殿隣山徳元居士
正保四亥年八月念八日／
筑前黒田家臣斎藤五六郎
先祖／

とある。

本資料を作成しているとき、かねてから調査の依頼をしていた福岡市在住のご子孫斎藤定臣氏から、このたび貴重な資料を所蔵しておられることをご教示、そしてその一部分を郵送までして下さった。で、ここに抄記紹介する。

□『斎藤世譜』

宗隆　右馬允　武者所
成重　大和守隼人正　大夫尉判官従五位下
宗光　長門守
景頼　家紋丸之内矢筈　従五位下隼人正斎藤左衛門尉　右馬允／承久元年己夘十二月因兄成重之譲任隼人正　嘉録二年丙戌十月二日卒六十五歳／
景房　左衛門尉上北面斎藤尾張守大膳大夫従四位下為斎藤太盛房養子
宗綱　従五位下　壱岐守左衛門尉
宗直　左衛門尉　左兵衛尉　帯刀
宗実　十郎左衛門
顯然　小僧都
隆頼　内舎人左兵衛尉
親頼　家紋瞿麦　斎藤帯刀左衛門　濃州住斎藤家之中祖／

承久三年辛巳六月被任美濃州目代以来相継居於玆子孫繁昌而任此地属土岐建長五年癸丑九月七日卒六十五歳／

利広　斎藤帯刀左衛門親頼之嫡流越前守元利之子／長井豊前守　後改斎藤／

利政　山城守住居于濃州井野口之城

義紀　新九郎後改義龍右京大夫

龍貞

日運　号南陽坊濃州鷲林寺開基

利重　摂津守

義治　新兵衛　居濃州揖斐之城

長井隼人正

利之　新兵衛継父守其城

利氏　権右衛門　秀吉公之時去本国暫住于加州後仕秀次公

女子三人

太郎左衛門　正印

斎宮助　仕岐阜黄門秀信公食禄三万五千石住于濃州洲股之城／後号**徳元**実名不詳ィニ元信／慶長年間関原役秀信公兵敗此時同窄浪丹後国寓居好連歌而松永貞徳為門人正保四丁亥八月廿八日卒去同国九世渡（天之橋立）葬于智恩寺（文珠大士本堂之前墳墓有之）法名清岩院殿前端尹隣山徳元居士／

茂庵　後号郭然　泉州岸和田岡部矦医官

九兵衛

女子
法名如元
将軍家光公賜給而為　天寿院殿（※千姫）待女後　厳有廟（※家綱）可被召仕旨有台命此時臥病終不応命而死

女子
大辻平右衛門定寿室　元禄十三年庚辰六月廿三日死
法名永寿院妙詮日秀葬于武州目白台蓮華寺

利武
弥次兵衛
斎藤弥五郎利済之中祖　系在別甲陽清陽院殿賜禄為弓隊長

定易
主税　後号青人／幼名正三郎　又三左衛門／実大辻平右衛門定寧男／
母斎藤九兵衛女也明暦三年丁酉二月廿九日生于武州江戸自幼好御馬及長於其道而無不究淵源已得名誉於玆当時諸侯大夫士皆争学其教者至三千有余人也故諸侯重幣相聘者不絶于門而悉固辞終身不仕於一生武州赤坂構宅　延享元年甲子八月十七日八十八歳死于家　生涯奉我神道依其遺言奉乞　吉田家願神号乃賜得猛霊神也其霊石建于武州中渋谷邑氷川宮之社内号守武万代石（※現存セズ）遺骸葬于同所恵日山宝泉寺

定堅
小太郎

女子
津屋

辰處
民部

定兼
童名鍋之亟　才蔵　又百助
主税

女子
テツ

定公
初虎之助定備　造酒助　主税　斎八郎／五六郎　隠名藤元受／

定安
初造酒定于（ママ）　小太郎／後小太夫　隠名藤一愚／

定得
初定貫　儀一郎　隠名藤一受／

定広
造酒助　五六郎／字ハ毅卿／

定道
幼名熊五郎　主税／

※（　）内は小字。
『勤王烈士伝』に見える資料は省略した。

4、同号別人の徳元について

『拾椎雑話』に見える僧徳元、『時慶卿記』寛永十四年以降に見える徳元、打物師の徳元、『尾陽発句帳』に見える徳元ほか同時代に生きたる同号別人の徳元について明らかにしておきたい。

《資料》

□『拾椎雑話』木崎惕窓著　宝暦七年丁丑季冬成

十五、蓮興寺

昔は今の下陣屋敷向島也、其後今の地に替る。初は本堂幷門北向也。延宝の頃造替ありて今の如く西向也、北は市店とす。

一、元亀元年向島に在し時、家康公御止宿なされ、住僧徳元根来より鞍馬へ道筋案内申出、出京被レ成候。其後伏見へ徳元参上被レ申候時、青磁香爐・馬上盃・青銅壱貫文拝領被レ致候由。

（巻十二　寺社）

※　同様な記事は、『敦賀志』にも見えている。

□打物師の徳元

徳元笹鐶　天正十八年在銘

昭和十一・五　岐阜、『宮島華陽荘愛蔵品売

立』(場所、名古屋美術倶楽部)

九十九頁

□『尾陽発句帳』　口養子撰　慶安五年三月刊

名古屋之住として発句二句入集（ただし、加賀文庫本は下巻のみにて一句見ゆ）

ふちのかけたる折敷にすへたるをみて、

ふみいたの折敷にすゆるなはん哉　　徳元

（※「名古屋之住」徳元は、斎藤徳元也。）

〔附記〕　昭和四十二年度秋季日本近世文学会（於、天理大学）研究発表資料を作成するに当り、特に左記の方々からは深い学恩を蒙った。ここに記して感謝の意を表したい。貴重な資料の閲覧については、名古屋市立鶴舞図書館、ご子孫斎藤定臣・斎藤昭典の両氏、智恩寺・済松寺の両住職から。資料のご教示ほかいろいろの点で、横山重・大礒義雄・森川昭の三先生から。またこの拙い研究発表に関して笹目善一郎先生、岐阜県立多治見北高校の同僚松岡了雄・山木正枝の両氏には何かとお世話になった。

なお本資料は昭和四十二年度岐阜県教育研究助成金による研究の一部であることを明記する。　（昭42・11・5稿）

第二部　年譜考証

——寛永六年末まで——

徳元年譜稿

○印は徳元に関する事項、△印は徳元の一族に関係する事項、●印は政治的・社会的・文化的な事項とし、典拠たる資料には□印を付して、それぞれ区別した。

永禄二年（一五五九）己未　一歳

○この年、美濃岐阜に生まる。正保四年歿八十九歳として逆算。因みに永禄二己未（つちのとひつじ）年の九星は「九紫火星」であり、納音（なっちん）は「天上火」である。この年生まれの人は、思慮分別があり、慎重を期する性格。運気は若年期に辛労多いが、中年ころより良運に向かい、六十歳ころには運勢最も盛んになるという。賜姓は豊臣、本姓は斎藤氏。名を元信、又は辰遠（龍幸・利起にあらず）、通称は斎宮、斎宮頭、又左衛門。のちに入道して徳元（あるいは徳玄とも）と称した。別号、帆亭。位階は従五位下。父の斎藤元忠は通称を太郎左衛門・正印軒、号は何以といい、岐阜城主織田秀信の代官をつとめる（新五利興にあらず）。母は不詳。徳元は斎藤山城守道三の外曾孫で、家紋は代々「丸に撫子、替紋雁金」を用いている。曾孫定易の末裔斎藤定臣氏（福岡市在住）ご所蔵の系譜類を左に抄記する。

□『斎藤世譜』（明和年間成カ）

〔書誌〕半紙本の写本一冊。縦二六糎、横一六・七糎。表裏表紙ともになし。丁数は、十二丁（系譜十丁、白紙二丁）

題簽なし。内題、「斎藤世譜」とある。内容は、天児屋根命二十一世大職冠鎌足七世藤原時長から始まって斎藤定備マサ（後に定公と改む）の代に至るまで。明和年間の成立か。

利之　新兵衛濃州揖斐ママ之城ニ居

利氏　権右衛門
為太閤秀吉公之美濃国去暫加賀国住／
後関白秀次公ニ仕
└オ

女子　森内記殿臣　立田与兵衛妻

女子　濃州日坂住　高橋修理亮妻

女子　濃州樽井住　長屋平兵衛妻

太郎左衛門　後号正印
岐阜黄門秀信公之臣禄三万五千石
濃州／洲股□城ニ居

元信　斎宮頭　後号徳元
一諱　辰遠
受父禄秀信公之臣也慶長年関原合戦／
之時黄門敗軍ス倶ニ牢浪ス
└ウ

女子　法名女元ヽヽ（朱）如元
将軍家光□賜扶助　天寿院殿伽勤而後／

厳有院殿可被召仕有　台命于時女元病床臥／
終不応　命死ス

茂菴　後号郭然　和泉州岸和田江下
岡部美濃守／
医官

九兵衛□□（元氏ト読メルカ）

女子　大辻平右衛門定寿室　法名永寿院妙詮日秀／
元禄十三庚辰六月廿三日死
武州目白台蓮華寺葬

元重（朱）　弥次兵衛
改元貞
甲府清陽ママ院殿奉仕弓長タリ
└オ

□□新助　備前国主池田家ヘ仕
岡山ニ住

□□新助
実　同家芦屋氏男

惟寿　太郎助　初新助
実同家赤座氏男

定易（ヤス）　主税　隠名青人　易
初名正三郎　又三左衛門
実大辻平右衛門定寿男定寿
早逝ス依為玄孫養／
子トス定寿ハ寛文五乙巳十
一月七日死
母斎藤九兵衛女　」ウ
明暦三丁酉歳二月廿九日於于武州江戸生従二幼歳一好二
／於馬術之道一及レ長其道ノ得二明達一門弟三千有餘人
／一世不レ仕二於一主一二武陵之西赤坂ニ居住ス延享元／
甲子歳八月十七日八十八歳家ニ死生涯神道ヲ学／
依遺言　吉田家江奉願神号賜得猛霊神ト崇／
則霊石（ミタマ）ヲ武州中渋谷邑氷川宮之社地ニ安置シ号二／
守武万代石一ト遺骸同所恵日山宝泉寺葬　」オ

□『先祖書親類書』

〔書誌〕大本の写本二冊にして、

(一)縦二七・一糎、横二〇糎。斎藤弥五郎筆。

奥書「右之通御座候以上／文化四卯年十一月　斎藤弥五郎」。

表裏表紙各一枚にして、白紙原表紙。

丁数は、

　十二丁（先祖書四丁、親類書七丁）

外題、中央に「先祖書親類書　斎藤弥五郎」とある。先祖書の内容は、玄祖父斎藤斎宮頭から始まって父斎藤弥三郎利学の代に至るまで。

先祖書

藤原性（ママ）　本国美濃　家之紋撫子雁金

一　玄祖父　斎藤斎宮頭名乗相知不申候

岐阜中納言家老相勤美濃国阿字賀之城主ニ而罷在候処中納言滅亡之節浪人仕正保正（ママ）戌年八月廿八日病死仕候諸書物等及焼失委敷儀相知不申候

（下部貼り紙―御死去正保三戌年ト申来候見九世渡御碑面同四丁亥八月廿八日ト有之故、四年之方宜しか）」オ

（文化十二年迄正保四年より百六十九年ニ当）

一　高祖父　斎藤弥次兵衛利武

巌有院様御代寛文元丑年月日相知不申桜田於御殿御小性組御番被召ニ出延宝六午年正月晦日桜田　御殿御
　使番被　仰付元録（ママ）五申年八月廿五日桜田　御殿御先手被　仰付
常憲院様御代宝永元申年十二月十二日西丸桐之間　」ウ
　御番被　仰付相勤候処三枝摂津守組之節宝永三戌年九月廿八日病死仕候

奥書「右之通御座候已上／文化五辰年二月　斎藤五六郎」。

㈡縦二七・一糎、横一九・三糎。斎藤五六郎定公（サタヒロ）筆。

表裏表紙各一枚にして、白紙原表紙。

丁数は、

　八丁（先祖書三丁、親類書四丁、覚書案一丁）

外題、中央に「先祖書 親類書」。そして左下方に「控」とある。先祖書の内容は、曾祖父斎藤主税定易（サタヤス）から始まって父斎藤主税定兼の代に至るまで。なお先祖書末尾に、元信（斎藤斎宮頭）から始まる略系譜が記されてある。

包紙、縦二八・九糎、横二一糎。外題、包紙中央に五六郎筆。

「先祖書　一帳　文化四卯十二月従 弥五郎殿到来
　親類書　一帳　同五辰二月従 当家差遣控　」

とある。

一　畧系為念相認入御覧候

斎藤太郎左衛門後正印嫡子

元信　斎藤斎宮頭　後徳元

岐阜殿之家臣三万五千石領美濃国洲股之城主

某　斎藤茂庵　後郭然

岡部美濃守殿医師泉州岸和田ニ住居子孫平士ニ」オ

相成于今岡部家ニ仕罷在候

某　斎藤九兵衛実名不相知

（九兵衛ノ項、下部貼リ紙―九兵衛様御名遣

家ニ御書付ニ不相見ヘ候私方／書留之儘相認置

候）

一女子　如元

従

大猷院様御扶助被下置　天寿院様御側御奉公仕

病死／年月不相知

二女子　名阿成（ヲナル）

大辻平右衛門妻斎藤主税定易母法

名栄寿院元禄十三庚辰六月廿三日

死武州目白台蓮華寺ニ葬」ウ

三利武　斎藤弥次兵衛

（利武ノ項、下部貼リ紙―弥次兵衛様

御実名私方書留ニ不相見ヘ候今度御認

／ヒ下候ニ付其通り書加ヘ置候）

四某　斎藤新助

備前国主松平上総介殿江仕同国ニ罷在

某　新助

某　太郎助

嘗不興家断絶子孫無し

五女子　名阿栗（ヲクリ）

越前国主松平越前守殿之家臣大道寺孫九郎妻」オ

六女子　名不知　木下善四郎妻

屋敷湯島天神下知行高勤向不相知」ウ

父正印軒に関する良質なる文書は、『美濃国史料』岐阜稲葉篇（阿部栄之助等編、昭12・11）に五通収録。内訳は、

慶長元年八月廿日菊岡右近重正正印軒元忠連署書状（崇福寺文書）

文禄四年八月六日斎藤正印軒宛、運慶坊長真外六坊主連署請状（美江寺文書）

文禄四年十二月廿八日百々越前守安信斎藤正印軒元忠外二名連署状（同右）

慶長某年十二月廿日斎藤正印軒元忠書状（阿願寺文書）

年代未詳斎藤正印軒元忠書状（専福寺文書）

右に挙げた古文書は、年代的にはいずれも文禄から関ヶ原合戦以前のものばかりである。従って慶長五年以降の正印軒に関する消息は不明である。

徳元の家族については、前掲の『斎藤世譜』ならびに『先祖書親類書』などをもとに略述してみたい。

長子茂庵は、のちに郭然と号するが、泉州岸和田侯岡部美濃守宣勝に医師として仕官している。因みに徳元も寛永九年以前に宣勝の父長盛から扶持を受けていたようだ。(註1)『岸和田藩岡部家御代々御家人帖』には、

（2）岡部長盛公衆

此子茂庵斎　高二百五十石被下　　斎藤徳玄

とある。更に同様なる記事は、落合保著(註2)『岸和田藩志稿』にも見えている。とすればそうした縁によるものか。長盛は寛永九年十一月二日に六十五歳にして美濃大垣で卒去。小島村瑞巌寺に葬らる。このとき茂庵は、葬送の列に加わっている。(註3)「長盛侯様御葬式行列附写」に、

岡部内膳大輔雄心院殿送葬之式　写贈

燭台　榊原弥内

△廿番香炉　佐々木小源太

花瓶　斎藤茂菴　（斎藤家文書）

と見える。茂庵の作品は清水春流撰『尾陽発句帳』に一句入集される。すなわち、[註4]

雨ふり侍るに

ふるこそハあまさかさまそ水の月　茂庵（下巻）

ただし巻末の「句数之事」には、

名古屋之住

茂庵一　徳元二

と記す。慶安四年ごろ、茂庵は名古屋に居住していたのであろうか。寛文元年閏八月四日歿、法名は聖諦院殿心空廓然菴主。妻は元禄二年四月十日歿、法名は長寿院殿旧渓惟永大姉という（岸和田市天瑞山泉光寺蔵『過去牒』及び墓碑銘による）。その末裔は斎藤喜彦・晴男両博士である。

次子九兵衛元氏は弥治兵衛とも称したが、延宝六年八月二十八日歿。法名は直指院天叟道祐居士（新宿区榎町蔭涼山済松寺蔵『過去牒』による）。以下、九兵衛の系統を列記する。

孫娘如元は、三代将軍徳川家光から扶持を受けて、天寿院こと千姫の御伽を勤める。のちに四代家綱に勤仕の台命ありしもすでに病臥、寛文三年七月二十六日に歿した。法名は衆妙院殿周室如元大姉（済松寺蔵『過去牒』）。[註5]

同じく孫娘阿成（おなる）は、岐阜中納言秀信の家臣大辻掃部之助子孫大辻平右衛門定寿の妻にして斎藤定易の母。元禄十三年六月二十三日歿、法名は、永寿院妙詮日秀。

孫弥次兵衛利武は元重・元貞・太郎左衛門ともいい、如元を介して始め家綱の次弟清揚院こと綱重に仕官、のちに六代将軍家宣に仕えて廩米三百俵を食（は）んだ。『寛政重修諸家譜』収録の伝記は、『先祖書親類書』のそれに較べてやや詳細であるので掲出する。[註6]

万治三年十二月廿八日めされて清揚院殿につかへ、桜田の舘にをいて小性組をつとめ、のち使番を歴て先弓の頭に転ず。宝永元年文昭院殿にしたがひたてまつり、廩米三百俵をたまひ、十二月十二日西城の桐間番に列し、のち番を辞し、小普請となる。三年九月廿八日死す。法名白翁。牛込の済松寺に葬る。のち代代葬地とす。妻は紀伊家の臣野本幸賀某が女。

法名は操持院白翁全圭居士という（済松寺蔵『過去牒』）。その末裔は斎藤昭典氏（東京都在住）である。

孫新助は、備前侯松平上総介に仕官。

孫娘阿栗（おくり）は、越前侯松平越前守吉邦の家臣にして博学者大道寺孫九郎重祐（号、友山）の妻。

末の孫娘（名不知）は、木下善四郎の妻。屋敷は、湯島天神下。

曾孫（註7）主税定易は初名正三郎、又は三左衛門、隠名を青人と称し、明暦三年二月二十九日、江戸に生まれた。母は斎藤九兵衛の娘である（前述）。幼少より馬術の道を好み、やがて大坪本流馬術の指南として名をあげる。生涯浪人にして江戸西赤坂に居住した。延享元年八月十七日歿、享年八十八歳。法名は春生院。

生年を永禄二年としたことについては、末吉道節宛、寛永十五年五月十九日附徳元書簡に、

……及八十歳申候に付気根も無之目もとほ〱と仕候（笹野堅編『斎藤徳元集』43頁）

とあるところから考えてみて、右書簡成立の寛永十五年はちょうど八十歳に当たるわけであり、それはそのまま正保四年歿八十九歳を確証することになる。

美濃岐阜の人としたことについては、『関東下向道記』（註8）（大写本一冊、斎藤徳元著、寛永五年十二月成、刈谷図書館蔵）に、

墨股此所ハ古へそれかし知よしの里なりけれハとり〱馳走してたうあミ打せ名物の鯉を取その日は河逍遙になくさミ逗留し侍り

ゆかたひらきて川狩をすのまたに
とりぬるうをハこれそミのこひ

と記す。更に右、文章の箇所に、次の如き後人の筆による頭註が附されている。

徳元武士にて此所知行なりし也

「墨股」は美濃国安八郡墨俣宿にして、徳元にとってきわめてゆかりの深い地――父正印軒以来墨俣城主であった。『誹家大系図』(生川春明編、天保九年板)にも、

斎藤氏通名斎宮濃州岐阜ノ人（上之巻、徳元の条）

とあり、笹野堅氏も亦、右と同様の見解を示される（『斎藤徳元集』9頁）。諱・通称・雅号・位階について、それぞれ典拠となるべき資料を挙げておく。

□『斎藤世譜』(明和年間成カ)

――元信　斎宮頭　後号徳元
　　一諱　辰遠

□『先祖書親類書』

一　畧系為念相認入御覧候
……………
元信――斎藤斎宮頭　後徳元――
（文化五辰二月従斎藤五六郎家差遣控）

□『於伊豆走湯誹諧』(自撰、寛永九年十一月成)
（跋文）

寛永九暦仲冬日至／斎藤斎頭入道徳元　在判

□『塵塚誹諧集』(自撰自筆、寛永十年十二月成)

(跋文)

寛永十年十二月日　斎藤斎頭入道徳元（花押）

□『寛文比誹諧宗匠并素人名誉人』(『連歌俳諧研究』17号、野間光辰先生ご紹介)

一　斎藤徳元斎入　関白秀次公御家来斎藤又左衛門徳元後江戸住

□『誹諧名簿』(反古庵知足著、延宝年間成立)

徳元　江戸　斎藤氏　又左ヱ門　斎入

□『誹諧初学抄』(自著、寛永十八年刊)

(跋文)

寛永十八暦正月廿五日　帆亭徳元

□「徳元自讃画像」一幅（軸仕立、紙本着色、斎藤喜彦博士旧蔵にして現、泉光寺蔵）

(自讃末尾)

従五位下豊臣斎藤斎頭

帆亭　徳元（花押）

徳元は昌琢門である。貞徳とは同好の士としての関係で別格。

註1　『流木』2号、和泉文化研究会（出口神暁氏主宰）、昭24・11。永野仁氏の御教示による。

註2　『岸和田藩志稿』573頁参照。旧士族授産場、昭20・4。

註3　斎藤家文書のうちの一通。包紙には、

「　慶応三年卯初夏　十一
　長盛侯様御葬式行列附写
　　岡部藩斎藤氏応需　」

と記す。永野仁氏の御教示。

註4　横本二冊。「慶安辛卯（四年）十二月」自跋（口養子跋）、「慶安五年三月」野田弥兵衛板。

註5　如元に関しては、『斎藤世譜』に「徳元妹」、済松寺蔵『過去牒』には「斎藤弥治兵衛殿母」と記す。不審。又、宝永六年四月十二日附で斎藤主税定易が幕府へ差出した「馬術由緒書」中にも如元のことが述べられてある。参考までに抄記する。

一　私叔母女元与申者後　」（オ）大猷院様御扶持方拝領仕／天寿院様御伽候仰付也相勤候御逝去之後／厳有院様可被　召出旨被　仰出候処其節相煩罷在本／復不仕候故御扶持方差上申候事（斎藤定臣氏蔵文書）

註6　前掲の「馬術由緒書」には、

一　右女元儀は／清揚院様被遊御為候者ニ付私叔父斎藤弥ニ兵衛儀於／桜田　御殿御先手御弓頭被　仰付候
　　云々

とある。

註7　『大坪武馬見笑集』（天和三年自序・刊）を始め『大坪本流馬術書』など馬術関係の著述四十篇がある。因みに『武馬見笑集』の一節を木下順二さんが月刊『図書』（岩波書店）昭57・10月号、「新・歳時記―馬」なる文章で引用しておられる。

註8　森川昭氏『和薬物語』・斎藤徳元『関東下向道記』（市古貞次先生ご退官記念論文集『中世文学の研究』東大出版会、昭47・5）。又、『狂歌大観』第一巻（明治書院、昭58・1）にも収録。

永禄三年（一五六〇）**庚申　二歳**

●五月十九日、織田信長、桶狭間において今川義元を滅す。

この桶狭間の戦について、徳元は自著『関東下向道記』のなかで、

鳴海
　駅路のくつはや鈴の音さえて
　たかくなるミの浦の夕しほ
道より馬手にあたりて小高き古塚有　そのかミ織田の信長公駿河義基(ママ)と夜軍有しに義基(ママ)たゝかひまけて此所
にて果給ひし古墳なりと聞て
　あつき坂もち鐙とってこねつきに
　うち死をせしよしもとのつか
と記している。〝義元塚〟(註)に関する諸資料中、この徳元の記述は資料としてもきわめて古く、かつ貴重である。
　註　ただし海福三千雄氏は論考「桶狭間合戦史実究明」(一)（『郷土文化』121号、昭53・3）のなかで「東海道が改修（慶長九年）されてさほど間のない頃のこと、工事の余り土が積んであるのを塚に見立て、即興の記事にしたものらしい」と述べている。又、〝義元塚〟の位置については、加藤東占氏が「知多郡大脇村山之内であり、現在の豊明市南館十一番」と考証されている（資料紹介「今川義元桶迫間合戦覚」『郷土文化』126号、昭55・3）。

永禄四年（一五六一）**辛酉　三歳**
△五月十一日、稲葉山城主斎藤義龍歿。享年、三十五歳であった、とされている（『岐阜市史』第一編、第三章、第五節斎藤義龍、65頁）。
　法名、雲峰院殿玄龍日義大居士（『常在寺位牌』）

永禄七年（一五六四）**甲子　六歳**

●二月六日、不破郡菩提山城主竹中半兵衛重治、その舅安藤守就とはかり稲葉山城を奪う。いくばくもなく重治その城地を還して、近江に退き、龍興、のち稲葉山に帰った。（『岐阜市史』第六節斎藤龍興、69頁）

永禄十年（一五六七）**丁夘　九歳**

●八月、織田信長、稲葉山城を占領。一族たる城主斎藤龍興、逃亡す。

△十一月、加治田却敵城主佐藤紀伊守忠能隠居し、一族斎藤新五、二代城主となる。

□斎藤新五宛、織田信長知行充行状写（『富加町史』上巻・史料編59頁）

□佐藤忠能寺内山・屋敷安堵状（龍福寺文書、『富加町史』史料編61頁）

当寺内山幷屋敷之事

東ハ烏帽子岩の峯とをりを限り
西ハがうが洞の西之嶺通をかきり
南ハ門前龍沢屋敷共に町うらを限り
北ハ山の嶺を限り

巳上（裏判有之）

斎藤新五利興　花押

右之分可被仰付候若猥之輩於
有之者被仰下急与可申付者也

仍状　如件

永禄十年　　　佐藤紀伊守入道

十一月十五日　　　忠能　花押

進上龍福寺天猷和尚様

□佐藤忠能書状（龍福寺文書、『富加町史』史料編61頁）

御門前之義東ハ的場

西ハ田畔を限なり

当御寺内之書物新五殿裏判

させ申進上候弥々無異儀御寺

成就仕候様ニ念願仕事ニ候委細

把首座可有御申候恐惶謹言

（永禄十年）

霜月十七日　　　忠能　花押

右、三通の古文書によって、永禄十年に一族新五が加治田城主になったと言う通説を、ここに確認してよいであろう。更にこの点について拙稿「斎藤徳元の家系と前半生」（2）（『連歌俳諧研究』26号）を参照せられたい。

□『南北山城軍記』

佐藤紀伊守ハ右近右衛門討死ノ後ハ嗣子ナカリケレハ則新吾ヲ聟養子トシテ永禄十年丁卯却敵城ヲ譲リ吾身ハ揖深村ニ館城ヲ構ヘテ退隠シケル……（中巻、斎藤新吾為忠能聟付稲葉山城之事）

なお、ほかに新五が加治田城主であったことについては、『土岐累代記』『濃陽諸士伝記』『美濃国諸旧記』『金山記大全』（奥村左衛門尉義喬著享保十四年九月成立）『美濃名細記』『濃州城主誌略』『新撰美濃志』等の郷土史書、近くは『富加町史』(註)下巻・通史編にも記されている。

註　『富加町史』下巻・通史編227頁参照。岐阜県加茂郡富加町、昭55・4。

永禄十一年（一五六八）**戊辰　十歳**

●九月二十六日、信長、足利氏最後の将軍義昭を奉じて京都に入る。

元亀二年（一五七一）**辛未　十三歳**

●この年、松永貞徳、京都三条衣棚の高棚南町に生まれた。（徳元は貞徳の門下にあらず。）

天正二年（一五七四）**甲戌　十六歳**

●この年、里村昌琢が生まれた。（徳元は昌琢門。）

天正十年（一五八二）**壬午　二十四歳**

△六月二日、本能寺の変。

織田信忠のもとに従っていた斎藤新五は、共に二条城を守り防戦するが、今は敵となった一族斎藤内蔵助利三に討たれた。享年は不詳。防戦の模様については『信長公記』巻十五に詳しい。

□『美濃国諸旧記』

……又斎藤龍興の権子新五郎長龍は、信長公に仕へて、濃州武儀郡加治田の城主なり。于レ時天正十壬午年六月二日、京都二条の城に於て、一族斎藤内蔵助利三に討たる。……（巻之一、斎藤氏来由の事）

ほかに同様な記事は『龍福寺所蔵過去帳』『堂洞軍記』『金山記大全』『南北山城軍記』『美濃雑事紀』（間宮宗好著、巻一・巻二のみ文化十三年成）『新撰美濃志』等にも見える。

法名、巌珠院殿天長道運大禅定門と号す（『龍福寺所蔵過去帳』及び京都市上京区寺町阿弥陀寺蔵『本能寺討死者位牌』）。一族斎藤内蔵助利三は利賢の子である（崇福寺蔵『斎藤系譜』巻子本）。皮肉にも新五や正印軒・徳元にとって血縁的に身近な関係にあり、かつ文雅の武将だった（子の利宗も亦、立本と号して連歌好きである）。秀吉の御伽衆大村由己著『天正記』所収、「惟任謀反記」（天正十年十月成）に、

惜しいかな、利三、平生嗜むところ、啻、武芸のみに非ず、外には五常を専らにして、朋友と会し、内には花月を翫び、詩歌を学ぶ。……（斎藤利三と惟任光秀の処刑）

とあり、又、天正三年十月十七日には、蜂屋兵庫助頼隆の興行で、百韻連歌一巻に紹巴・昌叱・心前らと共に利三も一座している（島津忠夫氏ご教示）。なお徳元と雅交のあった春日局はこの利三の娘である。

△この年、一族斎藤玄蕃助、加治田城の暫定的な城主となる。

□『堂洞軍記』

加治田の城主斎藤新五郎より伯父斎藤玄蕃へ預ケ置けれハ………（兼山加治田軍之事）

天正十年午六月二日に信長公明智別心にて京都本能寺にて御切腹御嫡子城之介二条の御屋敷にて打死其節新五郎も一所に打死然共子息弐人持れ候へ共程なく玄蕃との病死にて跡も立不申候………（斎藤新五郎跡目之事）

□更に、右記事を裏付けるもっとも良質な資料が、ここに存在する。資料は、龍福寺宛斎藤玄蕃助安堵書状（折紙）である。

「龍福寺文書」

当寺之儀従前々
如有来候旨聊
不可有相違候猶
蓮行坊可申候恐惶
謹言

斎藤玄蕃助

（天正十年）
十月十日　利堯（花押）

龍福寺

（『富加町史』史料編六五頁に収録）

ほかに同様な記事として『南北山城軍記』『岐阜県史』通史編近世上（83頁ならびに99頁参照）にも見える。斎藤玄蕃助は、名を利堯といい、斎藤道三の子である。『寛永諸家系図伝』（太田資宗・林道春等編、寛永二十年九月成、名古屋市蓬左文庫蔵本による）所収、長井道利家の条に次のような系図（本書95頁参照）があり、従って新五とは兄弟関係にあった。

彼は、岐阜城主織田信忠の家老で（あるいは神戸信孝の臣とも）、『岐阜市史』によれば、「本能寺の悲報の岐阜に達するや、直ちに稲葉山城に入り、山下の諸寺に禁制を出して、城下の混乱を防いだ」（第一項三七郎信孝、120頁）とあって、凶変直後、一時的に城主となったのだった。

道三
長井新九郎　後斎藤山城守と号す　剃髪して
道三と号す
濃州岐阜の城に住す

道利
長井隼人佐
（省略）

義龍
将軍源義輝諱の字をたまはる

龍興
右兵衛大輔（夫か）
天正元年刀根山にをひて戦死す

某
孫四郎
義龍がために害せらる
某
喜平次
義龍がために害せらる

某
玄蕃助

某
新五郎
織田城介につかへ二条にをひて戦死す

女子
織田信長の室

女子
菊亭右大臣の前室

女子
筒井順慶妻

□斎藤玄蕃助利堯関係資料
天正十年六月四日斎藤利堯禁制（崇福寺文書）
天正十年六月四日斎藤利堯禁制（善福寺文書）
天正十年六月廿日斎藤利堯禁制（瑞龍寺文書）

そして、かたわら加治田城の城主にもなったのである。

●天正十三年（一五八五）**乙酉　二十七歳**

●七月十一日、豊臣秀吉、関白に任ぜられる。

●天正十六年（一五八八）**戊子　三十歳**

●この年、山岡景以（かげもち）、豊臣秀次に仕官する。時に景以十五歳（寛永十九年歿六十九歳として逆算）。徳元は、のちに（註）宗由景以追善独吟の前書中「予も又そのかみ聚楽伏見にいまそかりし時より御よしみ深くいともかしこき高友に云々」と述懐し、ともに昌琢門下として雅交が深かった。

□景以の略伝については、『寛政重修諸家譜』（堀田正敦編、文化九年成）からそのまま引用することにする。

●景以（かげもち）

或景行（かげゆき）又景之　景継（かげつぐ）　長太郎　主計頭　図書頭　従五位下

実は山岡美作守景隆が七男、母は水原河内守重久が女。

天正十六年より豊臣秀次につかへ、小性（ママ）をつとめ、三千石を知行し、十九年十一月従五位下主計頭に叙任す。文禄四年秀次事あるのち、豊臣太閤に勤仕し、慶長五年十月東照宮に拝謁し、これより御家人に列して駿府に候す。八年男新太郎景本道阿弥が養子となり、其遺跡を継といへども、幼稚たるにより景以仰によりて叔父道阿弥が家跡を相続し、甲賀組をあづかり、旧知三千石は収めらる。十九年大坂御陣のとき供奉し、十一月十五日伏見より御発向あるにより、景以前駆となる。二十七日仰をうけ野田福島にをいて永井直勝水野勝成等にしたがひ斥候をつとむ。元和元年五月再陣のときは上総介忠輝朝臣に属し、大和路に発向し、国分（こくぶ）

図1　山岡景以の画像（園城寺蔵）

図2　山岡景以の墓碑（百万遍・知恩寺の塔頭、養源院内墓地に有之。青手木　正氏の撮影と教示による）

江州瀬田住人伴之朝臣
山岡主計頭景以
天徳院殿自渓宗由
寛永十九暦六月四日

図3　墓碑銘

辺に陣す。六日城将後藤又兵衛基次薄田隼人正兼相等兵を率ゐて防戦す。景以敵に当り首級を獲たり。従者等も又十三級を討取、七日岡山に御動座の時、先鋒となりてつとめ戦ふ。寛永十一年大猷院殿御上洛にしたがひたてまつり、御参内のとき供奉す。十三年仰をうけて近江国水口の城番をつとむ。十九年六月四日其地にをいて死す。年六十九。法名宗由。京師東山の百万遍知恩寺に葬る。妻は佐々陸奥守成政が女。（巻第千百四十四、伴氏、山岡景以の条）

註　森川昭氏「徳元の周囲─『徳元等百韻五巻』考─」（『説林』15号、昭42・2）。

天正十八年（一五九〇）**庚寅　三十二歳**

●三月一日、秀吉、京都を発して北条氏の本拠小田原に向う。

この小田原征伐の模様を、徳元は『関東下向道記』のなかで、

箱根付湯本

やせ馬にふはと打のりからしりの

はこねちいたミ湯本にそ行

坂を下れハ馬手にあたりて小山有是をひしり山と云一とせ太閤御所秀吉公小田原の北条氏政と取あひ給ひすてに此所に御動座有て城を八重はたへに取巻諸手よりきひしくしよりてせめけり此ひしり山を付城にこしらへ大勢の軍兵に大石をよせさせ山の上に高石垣をつきその上より目の下に見くたし戦功したまへハ城中こらへす氏政腹を切息氏直ハ高野山へつかハされて落城せしめ畢何者かしたりけん落書きに

ひしり山老たる父をうたせつゝ

身をうち直ハ高野へそゆく

と記している。右の戦記はリアルにして正確である。そのことは太田和泉守牛一の史書『太閤さま軍記のうち』（一巻、慶長七・八年成カ）における記事によって裏付けすることが出来よう。因みに武人徳元は大坪本流馬術の師[註1]（斎藤備後守忠玄の門人）でもあったらしく、又、弓術の道にも長けていたようだ。[註2]

註1　『大坪本流馭馬系伝』（一巻、巻子本、斎藤定臣氏蔵）及び『大坪本流善御譜』等には、

――〇斎藤備後守藤原忠玄―〇斎藤斎宮頭藤原辰遠――

とある。

註2　もう一幅の徳元画像（新出）に記す門人の浮木斎是珍の賛文「筆硯彬々たる哉、終生弓箭、業に終ゆ」による。斎藤喜彦氏蔵。後述。

〔追記〕

実はこのとき父親の斎藤正印軒元忠が「息斎藤忠蔵」（※徳元ノ初名カ）をして小田原在陣の秀吉宛に、弓弦二百丁・天鼠（※蝙蝠）革廿など陣中見舞の品々を贈っていたらしい。反町茂雄氏編『弘文荘敬愛書図録』Ⅰ（昭57・3）に収録される、斎藤正印宛天正十八年五月二十八日付、「豊臣秀吉朱印状」一幅を左に掲出する。

御陣為ニ見廻ニ息斎藤忠蔵差越、弓弦弐百丁、天鼠革廿、同別ニ百、天鼠二桶到来、入念之仕立、感悦思食候、猶山中橘内可レ申候也

五月廿八日（朱印）

正印

文末に見える、礼状を執筆した山中橘内とは山中山城守長俊で法名紹春、秀吉の右筆役。因みに『思文閣古今名家筆蹟短冊目録』10号（平3・12）には、長俊自詠の金泥下絵入り和歌短冊一葉が収録される。いわく「亀のうへの山も砌にあらハれて／松に藤さく池の中嶋　長俊」（No.73）。伸びやかなる、お家流の能筆であった。慶長十二年、六十一歳歿。

参考までに、徳山市在、後裔斎藤達也氏蔵、『斎藤氏系譜』（仮題）中、斎藤太郎左衛門正印の条を一部分抄記する。

なお本系譜は、仮綴で大写本一冊。丁数、墨付十二枚。筆写は、

正印┬斎宮助徳元
　　└（徳元弟）守三──（末子）宗有──新五郎利長筆となる。書写者の年記には、「元禄十四年正月日　斎藤新五郎利長」とある。大写本『斎藤氏系譜』は、新出の資料である。なかでも父正印軒を始め、徳元、弟守三の伝記などは、新見に満ちている。

斎藤太郎左衛門　法名正印

母同前（※斎藤新九郎義龍妹）

（前・中略）秀信公避テ入ニ高野山ニ閑居ス　不レ久而薨　正印失レ主ヲ落魄蟄ニ居洛外ニ　但恐ニ厳法ヲ不レ入ニ洛中旧宅ニ　此時京師所司代者徳善院玄以也　玄以素ヨリ与正印深ク識ナリ　故ニ懇ニ憐引救シテ　使下正印ヲシテ　得セ入ニ住スルコトヲ洛ノ旧宅ニ　此宅ハ秀信公ノ旅館曾賜ニ正印之地也　正印竟ニ棲ニ此宅ニ七十餘病死　正印與ニ此宅ヲ於次男医師守三ニ　守三子孫相続居レ此今為下筑後久留米之士斎藤庄左」オ衛門所有上也　庄左衛門守三嫡孫也　秀吉公所ニ賜正印ニ禄百十三石之御判書　又因レ他事ニ所ニ賜正印ニ之御朱印　皆今在下斎藤新五郎利長家上

―某―

右は、正印軒伝の後半部である。殊に旧主織田秀信が、慶長十三年七月二十七日に、高野山麓の向副村（※橋本市向副）字東垣内の宅に於て薨去（善福寺霊牌ならびに大西武彦氏蔵書留、旧稿「徳元伝覚書」参照）。その後の老臣正印軒についておおよその動静を知ることが出来、まことに興味そそられる記述である。文末の、「秀吉公、正印に賜ふところの禄百十三石の御判書、また他事に因みて正印に賜ふところの御朱印」と記す後者のそれには、恐らく前掲の「豊臣秀吉朱印状」一幅を指すのであろう。

（平10・4・17記）

天正十九年（一五九一）**辛卯　三十三歳**

●三月、豊臣秀勝、岐阜城主となる。

□『岐阜市史』

豊臣秀勝は、豊太閤の姉で三好武蔵守一路の夫人であつた瑞龍院日秀の二男であり、豊臣秀次の弟である。永禄十二年に生まれ、幼名を小吉と云つた。後太閤秀吉の養子となり、亀山城に封ぜられて左近衛少将となつたので、世に之を丹波少将と称して居た。天正十八年秀吉の小田原征伐に従ひ、十一月甲斐・信濃に於て封を与へられたが、翌十九年三月母日秀の請に依り、甲斐府中から岐阜に移された。此年十一月秀勝は参議に任ぜられたので、岐阜宰相とも云はれる。………（第八節、第三項岐阜宰相秀勝、128頁）

徳元の旧主織田秀信の夫人は、秀勝の娘である（『岐阜市史』）。

●十二月四日、豊臣秀次、内大臣に任ぜられる。
同月二十八日、秀次、関白に任ぜられ、聚楽第に移り住む。

註　人間秀次に関してポルトガル人宣教師ルイス・フロイスは「老（関白）の甥である新関白（秀次）は、弱年ながら深く道理と分別をわきまえた人で、謙虚であり、短慮性急でなく、物事に慎重で思慮深かった。そして平素、良識ある賢明な人物と会談することを好んだ。云々」（松田毅一・川崎桃太編訳『秀吉と文禄の役―フロイス「日本史」より』108頁参照、中公新書、昭49）と評価をしている。

天正末～文禄年間

○このころ、徳元は上洛して関白秀次に仕官したるか。

□『徳元等百韻五巻』（『説林』15号、森川昭氏ご紹介）

予も又そのかミ聚楽伏見にいまそかりし時より……（前掲、山岡景以追善独吟の前書）

□『尤草紙』（徳元作仮名草子、寛永九年六月上旬初版、但し本書は旧赤木文庫蔵なる寛永十一年六月再版本による）上

これハ一とせ。じゆらくの城の時分。京ハらハへの小うた也（卌一、あかき物のしなしな）

□「徳元自讃画像」一幅（前掲）

（自讃末尾）

従五位下豊臣斎藤斎頭

帆亭　徳元（花押）

□『寛文比誹諧宗匠并素人名誉人』（『連歌俳諧研究』17号、野間光辰先生ご紹介）

一斎藤徳元斎入　関白秀次公御家来 斎藤又左衛門徳元後江戸住

戦後、徳元の伝記的研究は、野間光辰（「仮名草子作者に関する一考察」）・木村三四吾（「斎藤徳元」）の両先生によって、その部分的空白がかなり埋め合わされた。更に近年では、画期的業績を示すものとして森川昭氏のご論考「徳元の周囲—『徳元等百韻五巻』考—」（『説林』15号）を、まず挙げなければならぬ。それは同氏によって徳元の前半生ならびに晩年における文事が明るみにされたこと、殊に青年期のある一時期に、聚楽第に勤仕していたことを確証されたことである。

第二の百韻、山岡景以追善百韻の前書中にいう「そのかみ聚楽伏見にいまそかりし時」とはいつの事であったか。景以の経歴に照らして、「聚楽」とは秀次の居館聚楽第、「伏見」とは秀吉の居城伏見城とすべきだろう。秀次に事あって後聚楽第がとり壊されたのは文禄四年八月であった。その後景以は秀吉に仕えて伏見城にあった筈である。とすれば、徳元は文禄四年前後に於いて景以と「御よしみ深く」とあったことになる。ということは、徳元もまた聚楽・伏見にいたのではないか。そのことは、『寛文比誹諧宗匠并素人名誉人』（『連歌俳諧研究』17号、野間光辰氏紹介）の次の記事とあまりにもよく符号するのである。

斎藤徳元斎入 関白秀次公御家来 斎藤又左衛門徳元後江戸住

今や、すくなくとも徳元が秀次に仕えたことは、事実として確認してよさそうである。（略）徳元は、いつの頃か上洛し、秀次の家臣となっていたのである。因みに、文禄四年徳元は三十七歳であった。

聚楽第は、言うまでもなく豊臣秀吉が平安京大内裏址に築いた城郭風の邸宅を言い、四囲に濠塁をめぐらし聚楽城とも言った。天正十五年九月、聚楽第竣工。そうして聚楽第は天正十九年冬から文禄四年七月に至るまで関白豊臣秀次の居館になっており、表面的には一応、政治の中心地であった。文禄三年秋には、秀吉の居城伏見城が竣工する。従って当時「聚楽」と言えば秀次の居館を指し、とすればそれは前記森川氏ご紹介の良質な資料――「予も又そのかミ聚楽伏見にいまそかりし時」（山岡景以追善独吟の前書）、あわせて近時発見せられたる、末裔斎藤博士蔵「自讃画像」に自署した「豊臣」や、野間先生ご紹介の「斎藤徳元斎入　関白秀次公御家来」（前掲書）とある記事などから、私もこのころ、徳元は関白秀次に仕官していたと考えたい。

それでは徳元はいったい、どのような縁故で秀次に仕官するに至ったのであろうか。ここに、比較的良質なる資料を掲げて考察してみることとしよう。

□『斎藤世譜』（前掲）

利氏　権右衛門　為太閤秀吉公之美濃国去暫加賀国住／後関白秀次公ニ仕

太郎左衛門　後号正印
（省略）

元信　斎宮頭　後号徳元　一諱　辰遠
（省略）

□『駒井日記』(二冊)

一　態令啓達候仍従太閤様関白様江被進候御知行分之内濃州大野郡更地村本米分幷山手草成小成物共に御弓衆江被宛行候然処に彼山草成之儀に付而何廉出入各下代被仰懸承由候天正廿年之春関白様江被召置御蔵入に被成候時より今迄出入無之処に今更何廉有之段如何に候速に被仰付尤に候　恐々謹言

(文禄三年)

四月廿六日　駒井

岐阜中納言様内斎藤正印老

瀧川主膳殿　人々御中

猶以於相背者可為曲事之条可被成其御心得候以上。

駒井重勝の日記。文禄二年九月から同四年四月までのもの。著者は豊臣秀次の祐筆。したがってこの日記は、公文書全文を控えるなど豊臣家に関する大小の事件について記載している。因みに美濃国大野郡更地(さらぢ)村は不破郡に隣接しており、秀次の所領地。この点については『揖斐郡志全』(岐阜県揖斐郡教育会編、大13・12)一八五頁を参照せられたい。

右、資料によれば、

(イ)　徳元の父斎藤正印軒と秀次との関係は、秀次の祐筆駒井重勝を介して間接的ながら公的なつながりがあったこと。

(ロ)　このころ、伯父斎藤権右衛門利氏は秀次に勤仕していた。

という事実が判明する。そこで、私は推測するのであるが、徳元はまず父正印軒から利氏を通じて駒井重勝に頼み、そして重勝を仲介として秀次に仕官したのではなかったか。

次に、仕官した時期はいつごろなのか。私は「聚楽伏見」という表現から、恐らく秀次が聚楽第に移り住んだ天正十九年の冬以降であろうと推定したい。

その前後に、宗由山岡景以も秀次に小姓として勤仕していた（前掲）。時に景以、十八歳から二十二歳に至る多感な一文学青年期。二人の風雅な交渉は聚楽第という絢爛豪華な世界のなかで生じ、やがて親密な間がらとなっていった。このころの模様について、後に徳元は追善独吟の前書のなかで次のように述懐している。

（爰に山岡主計頭景以公）………誠に尋常ならぬ御心ばへ武きものゝふの道ハいふハさら也連歌俳諧にも御心をよせられ樽の前に友をまねきてハ酔をすゝめ花紅葉の色にそミ香にめて月雪のいさきよきをみつからのミ心にものして朋友のましハりひろく侍れはかたく〳〵おしミたてまつらすといふことなし予も又そのかミ聚楽伏見にいまそかりし時より御よしみ深くいともかしこき高友にをくれ奉りてハ木にはなれたるさるのこゝちしてかほすりあかめなみたせきあへすいとたえかたくかなしきのミ云々

〔追記〕

聚楽第の規模については、角川文庫版『都名所図会』上巻（昭43・9）巻末に、校注者竹村俊則氏の補注有之。

豊臣秀吉が大内裏の旧地にあたる内野の東北部の地に築いた邸宅。天正十四年（一五八六）春に起工し、翌十五年（一五八七）九月に竣工。城郭風の邸宅で、周囲に濠をめぐらしたので一に聚楽城とも称した。その地域は今の上京区智恵光院通上長者町をほぼ中心とし、東は大宮通より西は千本通まで、北は一条通より南は下立売通に至る東西六〇〇メートル、南北七〇〇メートルにわたる広大な地域にあたる。今の二条城を一回り大きくした程の広さである。（526頁）

という。更に、その位置は、現在の御所と相対したところに存在したようである。

次いで、伯父斎藤権右衛門利氏の伝記についても、前掲書『斎藤氏系譜』（斎藤達也氏蔵）から、左に抄記しておく。

利氏　斎藤権右衛門

母斎藤新九郎義龍妹

利氏忤二秀吉公之命一而不レ得レ保二本領一是故流落而寓二居加州一秀次公雅知二其武略一故微レ之為レ臣　秀次薨シテ後亦流二浪諸方一　慶長五年八月病死年六十八歳
（平10・4・22記）

文禄元年（一五九二）**壬辰　三十四歳**

●九月九日、岐阜城主豊臣秀勝、朝鮮唐島において歿す。享年二十四歳。法名光徳院陽（清カ）巌と号す。遺骸は嵯峨亀山に葬られた（『岐阜市史』）。

●この年、信長の嫡孫織田秀信、岐阜城主となる。秀信、時に十二歳。

□『岐阜市史』

織田秀信は幼名を三法師と称し、信長の嫡男城介信忠の嫡子である。文禄元年正月秀信は従四位に叙せられ、参議に任ぜられたので、彼も亦岐阜宰相と呼ばれる。其夫人は豊臣秀勝の女であるから、従つて秀信は前岐阜城主とは姻戚となり、且つ豊臣秀吉とも親戚の関係を結ぶ事になつたのである。秀信は尋で正三位権中納言に任ぜられた。

秀信が岐阜城主となつたのは、文禄元年九月、秀勝が死んでから間もなくであらうと思はれる（第四項中納言秀信と岐阜落城、129頁）。

文禄三年（一五九四）**甲午　三十六歳**

△四月二十六日、駒井重勝、斎藤正印軒ならびに瀧川主膳宛、書状を差出す。（内容については、天正末〜文禄年間の条中、「徳元は上洛して秀次に仕官したるか」の項に既述。）

父斎藤正印軒元忠の略伝については、既に永禄二年の条で述べておいたが、今、斎藤定臣氏所蔵の資料によってもう少し補足しておこう。

□『斎藤世譜』(前掲)

岐阜黄門秀信公之臣禄三万五千石濃州／洲股□城ニ居

——太郎左衛門 後号正印 ——

で正印軒は、岐阜城主織田秀信の代官として三万五千石の高禄を食み、安八郡墨俣村を所領していた。

それから、瀧川主膳については、周善軒益成とも称し、同じく秀信の代官をつとめている。

〔追記〕

正印軒の伝記に関しては前掲書の、斎藤達也氏蔵『斎藤氏系譜』(仮題) 中から、当該部分ただし前半部のみを抄記する。因みに後半部はすでに掲出ずみ。

某——斎藤太郎左衛門　法名正印

母同前　(※斎藤新九郎義龍妹)

正印事ニ織田信忠公一為ニ嫡子秀信公傅ヲ一□年号年不知　信長公信忠公為ニ明智光秀ニ所レ弑時ニ秀信公為レ孤幼弱也　正印乃抱」オ
レ孤遁出潜ニ居江州大溝ヲ一　秀吉公聞レ之愛護敬信シテ與ニ秀信公地若干ヲ一　且賜ニ正印禄百十三石ヲ一　秀吉公及レ得ニ天下ヲ
ニ移ニ秀信公於濃州岐阜ニ一與ニ地二十五万石ヲ一任ニ叙官位ヲ一号ニ岐阜中納言ト一　此時秀信公賜ニ正印禄五千石ヲ一加ニ置於家老
列位ニ一居ニ濃州洲俣城ニ一　秀吉公亦命ニ正印ニ一任ニ一万石代官ヲ一　関ヶ原之乱秀信公為ニ石田三成ニ所レ誘起シ兵於岐阜ニ一」ウ
由レ是東兵急攻ニ岐阜城ヲ一　城兵大敗テ軍衆悉散無下可ニ共闘ニ一者上　正印等不レ知レ所レ為只衛ニ護秀信公ヲ一而去巳ノミ　秀信
公避テ入ニ高野山ニ一閑居ス……　(以下、略)

(平10・4・24記)

文禄四年（一五九五）**乙未　三十七歳**

●七月十五日、主君関白秀次、紀州高野山において自刃せらる。享年二十八歳（二十九歳トモ）。法名、善正寺前殿下高厳道意（又は瑞泉寺殿高厳一峰道意）と号す。(註)

右事件にともない家臣山岡景以、去りて豊太閤に仕える（『寛政重修諸家譜』山岡景以の条）。

註　『豊臣秀次公一族と瑞泉寺』（慈舟山瑞泉寺、昭58・2）による。因みに同書によれば第二十七番めに首打たれた上臈の名は斎藤平兵衛の息女十六歳「於牧（おまき）の前」という。あるいは一族か。

△八月六日、美江寺運慶坊長真ほか六坊主、斎藤正印軒宛、連署して請状を差出す（阿部栄之助等編『美濃国史料』岐阜稲葉篇、310頁参照、昭和12・11）。

美江寺文書は折紙で、内容は、勧進所屋敷の替地として、大泉寺門前屋敷高頭八斗壱升九合を美江寺惣寺中に附せられたので、各坊主連署して請状を代官斎藤正印軒に差し出したるもの。

△十二月二十八日、秀信代官百々（どど）越前守安信・足立中務少輔長勝・斎藤正印軒元忠・瀧川周善軒益成等、美江寺観蔵坊宛、連署状を差出す（『美濃国史料』岐阜稲葉篇、312頁参照）。

美江寺文書は折紙にして、内容は、美江寺祭礼退転によって、岐阜城主秀信より特に寺中坊屋敷、ならびに門前之古庵を寄進する旨代官連署して差し出したるもの。

文禄年間（一五九二〜一五九五）

○このころ、徳元は帰岐して墨俣城主となり、そして織田秀信に仕官したるか。

□『斎藤世譜』（前掲）

――太郎左衛門――
後号正印

元信　斎宮頭　後号徳元
一諱　辰遠
受父禄秀信公之臣也慶長年関原合戦」（ウ）之時黄門敗軍ス倶ニ牢浪ス

□『先祖書親類書』（前掲書、文化四卯十二月従弥五郎殿到来）

一　玄祖父　斎藤斎宮頭
名乗相知不申候

岐阜中納言家老相勤美濃国阿字賀之城主ニ而罷在候処中納言滅亡之節浪人仕正保正（マヽ）戌年八月廿八日病死仕候諸書物等及焼失委敷儀相知不申候（註1）

□『先祖書親類書』（前掲書、文化五辰二月従斎藤五六郎家差遣控）

一　畧系為念相認入御覧候

斎藤太郎左衛門後正印嫡子
元信――斎藤斎宮頭　後徳元

岐阜殿之家臣三万五千石領美濃国洲股之城主

□『滑稽太平記』（誹諧伝記、半写本二冊、浮生著、延宝末年ごろ成カ、国立国会図書館蔵本による）

武江の誹諧盛なりし事ハ徳元此道を楽ミてより世々鳴ル作者も出来たり此徳元といふは岐阜中納言秀信公の家人に斎藤斎宮といふ士にて三千石の恩領をうけたり……（巻之三、斎藤徳元の事）

□『誹家大系図』

斎藤氏、通名斎宮、濃州岐阜ノ人、織田秀信ニ仕フ。後薙髪シテ徳元ト号ス、又帆亭ト称ス。……（上之巻、徳元の条）

右の記事を裏付ける資料として、俳人徳元がのちに寛永二年（一六二五）の春、高野山を訪れて秀信の墓所を詣でた折のことを、自撰自筆俳諧集『塵塚誹諧集』（寛永十年十二月成）に書き記している。

□『塵塚誹諧集』上

(註2)高野の岑によちのほりて君に逢奉れハなみたせきあへすかの昔おとこ小野へ行て忘れてハ夢かとそおもふと詠し給ひしおもひにひとしく発露涕泣して

春雨もなみたの露やおくの院

しハらく君につかうまつり侍りける間に

色に香にそむやかうやの法の花

高野山大師や土に梅ほうし

□『関東下向道記』（前掲書）

墨股此所ハ古へそれかし知よしの里なりけれハとり〳〵馳走してたうあミ打せ名物の鯉を取その日は河逍遙になくさミ逗留し侍り

ゆかたひらきて川狩をすのまたに

とりぬるうをハこれそミのこひ

ほかに同様な記事は『濃陽諸士伝記』『土岐累代記』『美濃国諸旧記』『新撰美濃志』『俳家奇人談』『斎藤徳元集』（笹野堅編）等にも見える。

天正末から文禄初年にかけて徳元は関白秀次の家臣として聚楽第に勤仕していた。その彼が、どのような機縁で岐阜城主織田秀信に仕官するに至ったのであろうか。いま、豊臣・織田両家の血縁的関係について、『大猷院殿御実紀』『岐阜市史』等に基づき略系図を作成してみる（次頁参照）。

文禄四年七月、主君秀次自刃し、ために主君の縁者は実弟豊臣秀勝の娘婿秀信しか存在していなかった。従って徳元は、この血縁的関係をたよって岐阜城を訪れたのだろう。それに岐阜城は、父祖道三（どうさん）以来ゆかりの深い懐旧の城でもあり、加えて織田家とは父正印軒元忠の代に、すでに主従関係にあったのだ。

以上の如き因縁から、徳元は恐らく文禄四年——秀次自刃前後、京を去ってこの秀信に仕官、父正印軒の跡目を嗣いで墨俣城主となったのであろう。

ちょうどそのころに成ったものか。ここに、隠居かつ病身らしき正印軒の動静を知るうえで、良質なる資料が現存する。それは、専福寺（岐阜市加納新町）所蔵、年代未詳斎藤正印軒元忠書状である。全文を左に掲げよう。

□〔専福寺文書〕

尚以道場之儀
付而、何様之儀も
尊書奉二拝見一候、
相応之御用等
仍当国之内領下
可レ被二仰付一候、疎略
村専福寺道場
不レ可レ存候、拙者も

被ニ立置一貴寺御
湯治仕処ニ相当不レ致ニ
開山御影可ニ差下一
煩敷ニ御座□□
之旨、被ニ仰下一候、於ニ
養性を相加頓而
爰元ニ何様ニも随
罷上相続儀可ニ申上一候、以上
分馳走可レ仕候、殊更
徳善院江も被レ成ニ御
談合ニ之旨尤ニ存候、
当家中滝川周善
百々越前守何れも歳(年)
寄共疎略無ニ御
座ニ候間、可ニ御心易一
拙者儀ハ隠居仕
公界儀不レ存躰ニ御
座候へ共、従ニ貴法様一
被ニ仰下一候間、随分内

豊臣秀吉 ＝ 秀次
（子）秀勝 ＝ 逵子（みちこ）
（子）完子（かんし） ＝ 織田秀信

豊臣秀勝は、豊太閤の姉で三好武蔵守一路の夫人であった瑞龍院日秀の二男であり、豊臣秀次の弟である。後太閤秀吉の養子(『岐阜市史』)。

その御末はこの御台所にわたらせ給ひぬ。はじめ丹波中納言秀勝卿に嫁し給ひしが。秀勝卿朝鮮の軍におもむきうせられしかば。しばらくやもめにておはしけるを。文禄四年九月十七日豊臣関白のはからひにて。当家に御入輿ありしなり(『大猷院殿御実記』巻八、寛永三年九月の条)。

其夫人は豊臣秀勝の女であるから、従って秀信は前岐阜城主とは姻戚となり、且つ豊臣秀吉とも親戚の関係を結ぶ事になった(『岐阜市史』)。

儀奉公可レ申候、疎意
不レ可レ有候、尚追而可ニ申
上一候、恐惶頓首
斎藤正印軒
菊月廿八日　　元忠（花押）
下ずマ法様
（『美濃国史料』岐阜稲葉篇、373頁及び『岐阜県史』史料篇・古代中世一、89頁参照）

右書状は折紙にして、内容は、領下の内（稲葉郡厚見村の内）に、専福寺配下の道場を設け、開山御影を安置することにつき、織田秀信の代官斎藤正印軒その尽力方を承諾したるもの。殊に文中に、「……拙者儀ハ隠居仕公界儀不レ存躰ニ御座候へ共、……（尚以）……拙者も湯治仕処ニ相当不レ致ニ煩敷一御座□□養性を相加頓而罷上相続儀可ニ申上一候、以上」と見えていることから、右書状は恐らく徳元相続前後に成ったものであろうと思う。

秀信家臣としての徳元の禄高は三万五千石（一説に、三千石・二千石・八百石なりトモ）と伝えられ、墨俣城主たるかたわら町奉行（家老トモ）という要職をもつとめていたらしい。そして城に近い西材木町（現、岐阜市西材木町）に屋敷を構えて出仕していた。

□『濃陽諸士伝記』

……扨又斎藤斎宮ハ知行二千石武藤助十郎ハ知行四千五百石足立中書ハ知行千石にて町奉行なり此三人は秀信卿の御家にて筋目正敷歴々の者たりしか……（岐阜城主織田三代之事）

□『濃州井口旧記録』

岐阜町内名有人住居跡
斎藤斎宮　西材木町真光寺(註3)

右、徳元の屋敷跡も含めて、「岐阜町の内に名ある人々住居の旧跡」は、『岐阜志略』によれば、「古屋敷は寛文二年までは所々に屋敷構への跡も見へ、井戸六十餘残り、築地などもあった由、今悉く畑となる。其の外山際には屋敷跡あるも誰なるか慥かでない。……」とある。従って寛文二年（一六六二）ごろまでは、いくらかその面影が残っていたようだ。

註1　「美濃国阿字賀之城主」については検討の要があろう。阿字賀之村（あじかの）（現、羽島市足近町）は、墨俣宿から尾州起（おこし）宿に向う途中にある。
註2　慶長十、寛永二年の条を参照のこと。
註3　同様な記事は『新撰美濃志』にも見える。

慶長元年（文禄五年十月二十七日、慶長に改元）（一五九六）**丙申　三十八歳**

●五月十一日、主君秀信、従三位に叙し中納言に任ぜられる（『寛政重修諸家譜』）。以後、秀信のことを「岐阜中納言」と呼ばれるようになった。

○このころ、秀信の叙任にともない徳元も亦、従五位下斎宮頭に叙任されたるか。

□「徳元自讃画像」一幅

（自讃末尾）

従五位下豊臣斎藤斎頭

□『千句』（横写本一冊、徳元著、寛永五年十一月成、東京大学図書館蔵）

帆亭　徳元（花押）

（識語）

右御千句は遠祖従五位尉斎藤斎宮頭入道徳元公みつから書せ給ひて家に伝りけるを……

斎藤徳潤[註1]

明和九年三月

（未刊連歌俳諧資料・第三輯3、『斎藤徳元独吟千句』森川昭氏翻刻による）

徳元が「斎宮」という官職をそのまま通称として使用したことは前記、良質なる資料によっても明白である。問題はその通称が、いったい、いつごろから使われ始めたのか、この点につき、現存の資料中『濃陽諸士伝記』に見える記事（既述）が、もっとも古いだろう。とすれば、この岐阜在城時代から、更に推測をすれば、恐らく墨俣城主相続以後ではなかろうか。

又、徳元の法名中「前端尹」[註2]なる唐名が見える。これは、『故実拾要』（篠崎維章著、元文五年七月歿）によれば、東宮大夫という官職を意味する（巻第十二）。

ついで乍らもう一つ。同じく『故実拾要』巻第十三に、

伊勢斎宮寮

頭　　相当従五位下　無唐名

（略）

是伊勢斎宮ニ立玉フ皇女ノ事ヲ掌ル也但斎宮ハ本朝ノ例ナル故無㆓唐名㆒

とある。すれば、斎宮頭に相当する唐名が見当たらぬゆえに、「端尹」なる唐名を使用したのであろうか。

註1　斎藤徳潤は、徳元直系の孫弥次兵衛利武（元重・元貞トモ）系統の末裔（利武―利矩―徳潤）にして、名を利益。通称、熊三郎。八代将軍徳川吉宗に仕官して廩米三百俵を食む。徳潤は山岡浚明とも交流があったか（武田酔霞「斎藤徳元翁の墳墓竝に略伝」）。安永七年七月十六日歿、享年六十八歳。法名は長養院徳潤宗休居士という（済松寺蔵『過去牒』ほか）。

註2　「前端尹」なる唐名については、筆者は、去る四十二年度秋季日本近世文学会（於、天理大学）に於いて、口頭発表「徳元伝雑考」のなかで触れておいた。

なお正保板『職原抄』下の、「春宮坊」の条ならびに「伊勢斎宮寮」の条にそれぞれ記すところも亦同じである。『職原抄』は大本上下合一冊、刊記「正保弐暦九月上旬重刊／室町通鯉山之町／小嶋市郎右衛門梓行」。架蔵。

〔追記〕

徳元の「豊臣」賜姓について

先年、私は愛知教育大学名誉教授大礒義雄先生から左の如きご教示の懇書（平8・6・13付）を頂戴したのだった。関係箇所を抄記させていただく。

（前略）徳元の子孫が法要と句碑除幕の計画をしている由　双手を挙げて称賛します。遅きに失しているくらいです。

あの自賛画像はすばらしく徳元の内部まで写し出しているように思われます。

従五位下豊臣について私見を一つ申し添えます。徳元が豊臣の臣下であったことは勿論ですが、それだけの意味でしるしているのではなく、もしかすると豊臣姓を名乗ることを許可され、あるいは貰っているかもしれず、豊臣は公式の姓かもしれないのです。

これについては最近前田氏を調べている時に知ったことで、国史大辞典に出ています。拙文　参考までにご覧下さい。

もし豊臣姓を貰っていれば、それだけ豊臣氏から重要視された人物ということになります。徳川氏をはばかって伏せておいたのは勿論です。ご検討下さい。　敬具

先生からのご教示、私にはむろん賛成である。そして、すでに旧稿「徳元句碑建立の記―『姓豊臣』考など―」（俳

誌『海門』、平9・7）の後半部で少しく考察を試み始めようとした次第であった。〔追記〕では、引き続き諸侯の「豊臣」賜姓について、あらあら年表風に列記したい。

○天正十四年十二月十九日、前田利家・利長の父子に、豊臣の姓を賜う（『内閣文庫蔵　諸侯年表』所収、前田又左衛門利家の条、226頁）。

○天正十七年三月十五日付、内藤政長が「豊臣政長」の賜姓で、従五位下に叙せられ、左馬助に任ぜられた。

□上卿　持明院中納言
　天正十七年三月十五日　宣旨
　　豊臣政長
　　　宜叙従五位下
　　　　蔵人頭右大辨藤原頼宣奉

□上卿　持明院中納言
　天正十七年三月十五日　宣旨
　　従五位下豊臣政長
　　　宜任左馬助
　　　　蔵人頭右大辨藤原頼宣奉

（図録『江戸時代のいわき』いわき市立美術館、平9・5、22頁参照）

右はいずれも後陽成天皇口宣案である。内藤政長は徳川家康の家臣。叙任時には二十二歳であった。徳川家譜代の家臣であった政長が、敢えて「豊臣」姓を賜わったことに関して、内藤家文書の、『旧記摘録』は、十七己丑三月十九日　政長公ニ太閤秀吉公ヨリ豊臣ノ姓を授ケラル、比時（ママ）徳川ノ旧臣ニ豊臣ノ称号ヲ賜ラントアリケレバ、一統不承知の色見エタルヲ、東照公コレヲイナミ候ハヾ太閤必ス我ヲ恨ン、又豊臣ヲ名乗者ハ新参ノ者ニテ成マジト仰セラレシトゾ、（前掲図録『江戸時代のいわき』神崎彰利氏の論考、3頁）

と、伝えている。すれば家康のことばなる、「又豊臣ヲ名乗者ハ新参ノ者ニテ成マジ」とは、あるいは、徳元の「豊臣」賜姓を考える場合についても参考にはなるだろう。すなわち父の正印軒も亦、織田秀信譜代の老臣だったからだ。

○天正十九年正月、木下延俊は、秀吉より羽柴・豊臣姓を許された。延俊は北政所の兄木下家定の三男、のちに豊後・日出(ひじ)城主となる。

○天正十九年十一月二十八日付、豊臣重勝（賜姓）が、従五位下に叙せられた。

□上卿　水無瀬中納言

天正十九年十一月廿八日　宣旨

豊臣重勝

宜叙従五位下

蔵人右中辨藤原資勝奉

（『加賀百万石前田侯爵家入札』（昭11・6・29入札、東京美術倶楽部刊、№20に所載）

○文禄四年三月二十日付、永井直勝が「豊臣直勝」の賜姓で、従五位下に叙せられ、右近大夫に任ぜられた。因みに、永井直勝は永井荷風の先祖である。

□上卿　広橋中納言

文禄四年三月廿日　宣旨

豊臣直勝

宜叙従五位下

蔵人右中弁藤原光豊奉

□上卿　広橋中納言

文禄四年三月廿日　宣旨

従五位下豊臣直勝

宣任右近大夫

蔵人右中弁藤原光豊奉

（永井威三郎著『風樹の年輪』の口絵に所載、俳句研究社）

○文禄四年七月、秀次の一件以後に、豊臣政権下の諸大名33名が、豊臣・羽柴姓を称した（二木謙一著『大坂の陣』（中公新書）26頁以降を参照）。

○慶長五年正月十七日付、脇坂安元が「豊臣安元」なる姓名で、従五位下に叙せられた。

□包紙

「慶長五年　脇坂安元

口宣案 龍野文庫（朱印）

脇坂家文書・Ⅱろ・第一三号　」

本紙

外題

「口宣案」

上卿　葉室中納言

慶長五年正月十七日　宣旨

豊臣安元

宜叙従五位下

蔵人頭左近衛権中将藤原基継奉

右「口宣案」は、兵庫県龍野市立図書館龍野文庫蔵。本紙の寸法は天地三四・三糎、横四三・九糎である。「口宣案」に見える「豊臣安元」とは、従って「徳元自讃画像」一幅に自署せし「豊臣斎藤」の示す意味を、更に叙任の時期をも考えるうえで参考にはなろう。連歌大名脇坂淡路守安元と徳元は、たがいに風交密なるものが存在したらしい。昭和六十年六月十四日（金）午後に実見。

（平10・5・4記）

△八月二十日、菊岡右近重正・斎藤正印軒元忠、崇福寺宛に、連署書状を差出す。

□〔崇福寺文書〕

尚以、当寺之儀、太閤様御朱印被レ成、被二立置一候上、殊中納言様(織田秀信)御先祖御位牌所之事ニ候条、諸事御疎略有間敷旨、御意被レ成候、御心安可レ被レ成二思食一候、巳上、

貴寺御門前役儀ニ付而、出入御座候由、被二仰越一候、徳善院(前田玄以)御馳走を以、黄門様御判形依二被レ進候一、先代官滝周(滝川益成)善軒・百々越前守(安信)時(何カ)モ無二異儀一旨、当代官道務軒と談合仕候而、秀信様得(江)二御意一候処ニ、御判之筋目、今以御別儀有間敷由、被二仰出一候条、可レ被レ成二其意一候、猶御使僧申(江)入候、恐惶謹言、

文五(異筆)

八月廿日　　菊岡右近　重正（花押）

正印軒　元忠(斎藤)（花押）

崇福寺

寺衣(侍)閣下

（『美濃国史料』岐阜稲葉篇、260頁及び『岐阜県史』史料篇・古代中世一、97頁参照）

慶長三年（一五九八）**戊戌　四十歳**

△二月、このころ、一族たりし故斎藤新五利興（徳元父ニアラズ）の旧領――東濃賀茂郡加治田村は、斎藤正印軒元忠の支配下にあったか。

□〔龍福寺文書〕

以上

当寺之儀、依レ為ニ
無縁所一山林竹
木截採事、
太閤様御奉行
石河備前守殿免（光吉）
許之折紙、何も
中納言殿（江）懸ニ御
目一候処ニ、則貴寺
門前百性（ママ）巳下
諸役免除之御判
出申候、此上者、相含
邪儀非道之輩、
若其地へ参候共、諸
事違乱煩不レ可レ
有レ之候、寔公私共ニ、
仁憐之御崇敬、国
家安全之可レ為ニ御

祈禱ノ儀、目出度奉レ
存候、恐惶頓首敬白

慶長三年
二月日　　　　斎藤正印軒
　　　　　　　　　何以(元忠)（花押）
加治田
龍福寺
御納所

（『岐阜県史』史料篇・古代中世一・998頁及び『富加町史』上巻・史料篇・67頁参照）

右文書は折紙である。

さて、代官正印軒は、龍福寺文書からも推察出来るように、当時――文禄から慶長初頭にかけてこの加治田村を支配していたようである。後年、岐阜城攻防戦に敗れた徳元が、まず加治田村を目指して亡命するに至る心情もある程度理解出来ようか（慶長五年八月の条を参照されたい）。

●八月十八日、豊臣秀吉、伏見城において病歿す。享年六十三歳。

徳元の周辺にも亦、不安な空気がただよい始める。いったい誰が時代の後継者になるのか。それを冷静に判断していくには、余りにも主君秀信は若くて世間知らずであった。ここしばらく鳴りをひそめていた血腥い剣戟の響きが、遠からず聞こえてくることが予測された。

慶長五年（一六〇〇）**庚子　四十二歳**

○八月二十二日、関ヶ原前哨戦が、この岐阜城に繰りひろげられるのである。時に四十二歳の秋、それは徳元にとって決定的な人生の岐路に立とうとしていた。華美遊芸を好む青年大名秀信は、家老木造具政（ともまさ）・百々越前守綱家等の意見を斥けて西軍（石田三成方）に味方したために、東軍はまず合戦の前哨戦をこの岐阜城攻撃に求めたのである。従って岐阜城における勝敗いかんは、そのまま関ヶ原合戦に影響するところが大きかった。文人徳元は、また同時に大坪本流馬術あるいは弓術の道にも長ずる堂々たる戦国武人でもあった（前掲、斎藤定臣氏所蔵資料ほか）。従って攻防戦においても「水の手口」を守備し最後まで踏み止まって防戦にこれ努めたのである。

□『濃陽諸士伝記』

……川原水の手の道ハ池田三左エ門尉此山の案内者にて此水の手ハ本城へ責寄るに遠所ゆへ井川通りを水の手へ責入此口ハ当山第一の難所なれとも伊木清兵衛村山織部乾平左エ門同十郎左衛門其外当国武者多城中の案内ハしりたりなんなく天守の下まて攻よせたり其外諸軍勢四方より時の声矢さけひの音ハ山も崩るゝはかりなり木造飯沼和田孫太夫各手鑓をひつさけ大勢の中へかけ入面もふらす突て廻り数多の敵を討取あつはれ勇士やと感心せぬ者ハなかりける敵味方前後左右に乱入討つ討れつ切戦有様たとへんやうもなし福嶋左エ門内大橋茂右エ門ハ木造左衛門に渡合無比類働して互に疵を蒙る同家中保科又八討取る敵の首を谷へ取落し又追手へ掛上り重て高名す城中にハ津田藤三郎飯沼重左衛門大岡左馬助同角内伊藤長八和田孫太夫竹市善兵衛大野善八木田弥左衛門是等の人々四方八面に切て廻り突出切崩し今日を限りと戦けるあけかふし門の前にて福嶋の内傍嶋太兵衛組討し半時はかり落首をとる上ヶかうし門ハ中嶋伝右衛門布川三郎兵衛**斎藤新五郎**（徳元のこと）預り丈夫に持堅めて見へけるか大勢一同に押寄せ攻けれハ中嶋ハ打れに

ける長岡越中守内沢井才八討とる然るに福嶋か内吉村又右エ門真先に進み上ヶかうしの門を立る間もなく押込矢さまより指物を振出す夫より我おとらしと掛入二の丸の門前にて押詰る………（岐阜城主織田三代之事）

□『岐阜市史』

然るに輝政（池田輝政）は、先に本城に主となって居たので、能く城内の地理に通じて居たから、桑木畑をへて中河原に出で、井川に沿って水の手口に着いた。此処には城兵武藤助十郎・**斎藤斎宮**等があって防戦したが、輝政の兵は忽ち之を破って、やがて本城に至り、本丸に火を縦って先登した。………（第四項中納言秀信と岐阜落城、139頁）

も早、落城寸前である。このときの岐阜城攻防戦がいかに悲壮なる激戦であったかを、右の史書はきわめてリアルに記述している。殊に上格子門を守る徳元たちは最後まで踏み止まって防戦に努めていたのだ。この点では、確かに徳元は笹野堅氏も言っておられる如く決して「臆病武士」ではなかった（『斎藤徳元集』10頁）。従って私は、かの『滑稽太平記』（前掲書）における「斯て合戦中ハ斎藤斎宮武藤助十郎足立中書是等三人は主君の先途をも見届けす長良川を越て立退しとかや故に軍敗て後世迄不見届普く大臆病の名をなかし云々」（国会本による）というような不名誉な評価を否定したいと思う。

○翌二十三日午刻（うまのこく）、ついに落城。その寸前に徳元は「女装姿」で城を忍び出で、一族新五の在所であり正印軒の支配下でもあった、賀茂郡加治田村を目指して亡命する。

亡命（註）コースは、まず長良川を渡り粟野村で一旦隠れ、次いで加治田村に退いたが村民は家康をはばかって一宿をも許さず、ために立ち去らねばならなかった。浪浪の旅を続けた。

□『濃陽諸士伝記』

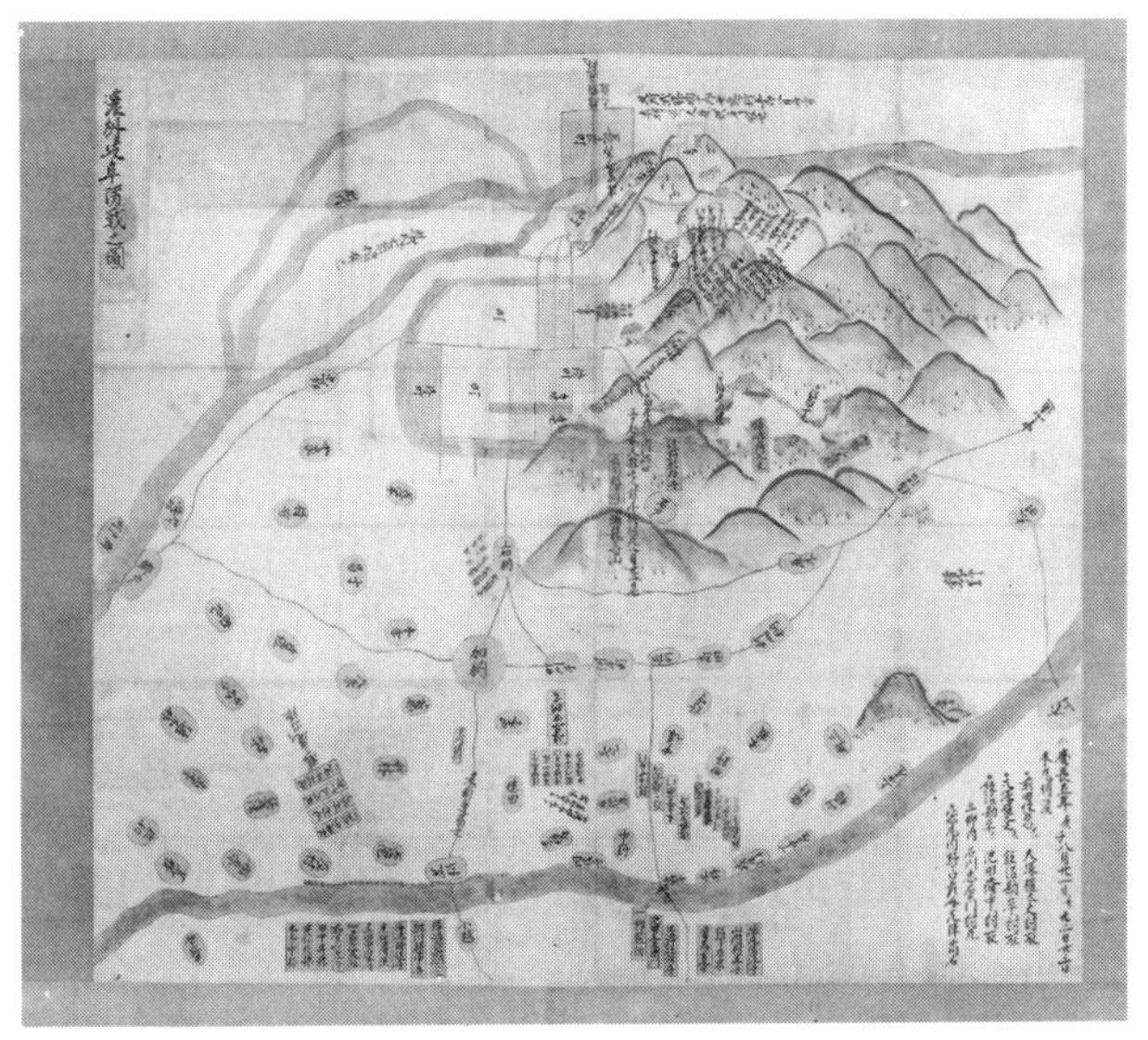

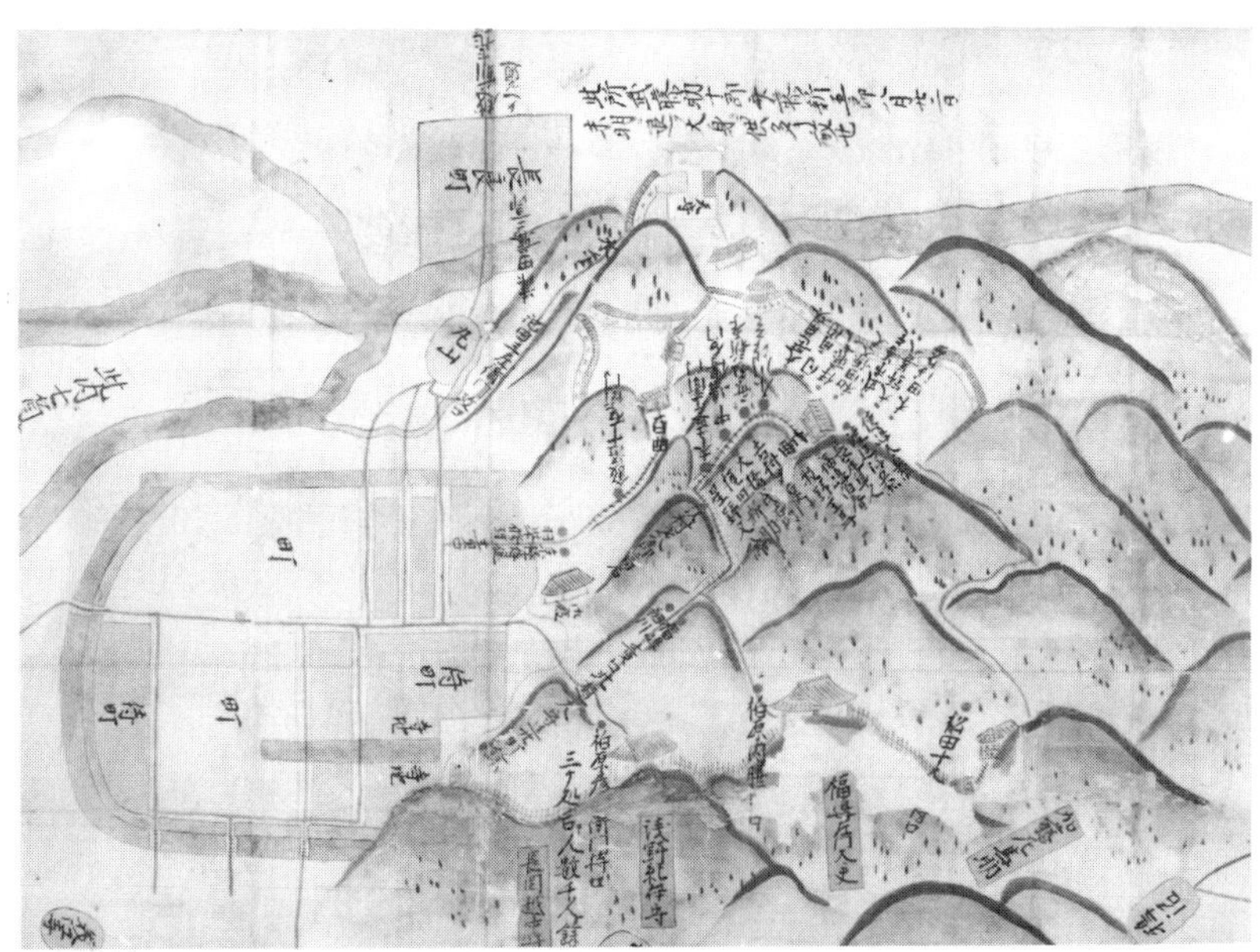

図４　「濃州岐阜防戦之図」（岐阜市歴史博物館蔵）。斎藤新五郎（徳元）の名が見える。

……加治田の城主新五郎子斎藤斎宮ハ岐阜中納言秀信卿の小姓成りしか慶長五年八月廿三日の落城の前に足立中書武藤助十郎と白昼に女に出立て城を忍ひ出長良川を越北山へ落行其子孫松平大和守直基の家に仕いまた彼家にあり……（斎藤氏由来之事）

……扨又斎藤斎宮ハ知行二千石武藤助十郎ハ知行四千五百石足立中書ハ知行千石にて町奉行なり此三人は秀信卿の御家にて筋目正敷歴々の者たりしか軍のまけ色を見て白昼に女に出立長良川を落行斎藤斎宮ハ長良の北粟野村に隠れそれより父新五郎の在所加治田村へ退けれとも里人一宿をもゆるさす追出しける其後方々かせきけれ共有付なく後には江戸へ出俳諧の師をして日を送りける法名**徳元**と申ける此子孫松平大和守直基の家にあり……（岐阜城主織田三代之事）

ほかに同様な記事は『美濃国諸旧記』『土岐累代記』『新撰美濃志』『滑稽太平記』『俳家奇人談』『斎藤徳元集』等にも見える。

「白昼に女の出立」て亡命していく彼の姿は、一見、粋な歌舞伎役者的なイメージを感じさせたであろうし、更に俳風のうえからも確かに寛濶な近世武士であったのだ。

註　笹野堅氏は、「慶長五年関ヶ原から亡命した徳元は、まづ長良郡小栗村に隠れ」（『斎藤徳元集』14頁）と書いておれるが、地理的に考えてみても長良の北粟野村としたほうが正しいであろう。

又、『南北山城軍記』（山本館里著、延享四年春成、『富加町史』史料編に収録）には、左の如く記す。

然して斎藤進五（ママ）は岐阜の城没落の砌、上格子にて深手を負ひしが、郎党に援けられ関梅竜寺まで来り、手傷保養しければ住僧夬（かい）雲和尚、善に労はり申されければ、程なく全快して後、池田家へ出で大知を領すとぞ、今も其子孫有りとかや、舎弟斎宮は落城の時、武藤助十郎、足立中務と女の姿に出立ち、駕に乗り白昼に長良渡を越えて、北山へ落行きけるが後松平大和守直基に仕ふとなん、……（下巻）

●城主秀信、降伏す。そして加納浄泉坊（圓徳寺）に入って薙髪し、この年十二月二十八日、紀州高野山に送られた（『寛政重修諸家譜』『岐阜市史』）。父斎藤正印軒も共に扈従した（第一部「徳元伝覚書」）。その後、秀信は、高野山麓向副（むかそい）村字東垣内（かいとう）の宅に閉居し、同村銭坂城主生地新左衛門尉坂上真澄の女町野と結婚して新生活へ再出発をすることになる。町野との間には一子恒直を儲く（松田亮氏「織田秀信に就いての考察(二)」―『美濃国郷土史壇』第八巻第一号に所載）、その末裔は現存している（織田信之助さん）。

●九月十五日、関ヶ原合戦に徳川家康大勝する。

慶長五年八月二十三日以前

△（年代未詳）十一月十八日、三和五右衛門・百々三郎左衛門尉安信・斎藤正印元忠・足立助六郎・瀧河周善益成等、先代官衆・先給人下代宛に、連署書状を差出す（『岐阜県史』史料篇・古代中世一・111頁参照）。

△（年代未詳）十一月二十一日、斎藤正印軒元忠、永井将監ならびに宮部半介宛に、書状を差出す（『岐阜県史』史料篇・古代中世一・106頁参照）。

△（年代未詳）十二月二十日、斎藤正印軒元忠、乙津寺宛に、書状を差出す（『美濃国史料』岐阜稲葉篇・340頁及び『岐阜県史』史料篇・古代中世一・9頁参照）。

慶長七年（一六〇二）**壬寅　四十四歳**

●四月十二日、当代連歌界の巨匠里村紹巴（じょうは）、奈良にある本家松井乙舜の宅において歿す。享年七十八歳か。宝珠庵と号す。遺骸は中院の極楽院に葬られた（福井久蔵著『連歌の史的研究』前篇・268頁、昭5・6、ほかに小高敏郎・奥田勲両氏の研究など）。

徳元と紹巴との雅交は、現存せる資料のうえではまず皆無とみてよいであろう。ただ、のちの『誹諧初学抄』（横本一冊、徳元著、寛永十八年正月奥書）には、左のような記事が見える。

又於レ紹巴法眼（註1）連哥満座にハしはミの菓子（くわし）有けれハ

はむ鳥のはしはみならす茂り哉　玄旨（註2）

朽木（クチ）のあなにこもる夏虫　紹巴

灯をたつる板戸のふしぬけて　昌叱

註1　紹巴が法眼に叙せられたのは、文禄二、三年のころであったか。

註2　玄旨法師とは、細川幽斎の別号である。

〔追記〕

『塵塚誹諧集』上――若狭国に在住の、寛永二年秋の句に、

色々のくた物の中にハしはミの有けれハ

えた〳〵にハしハミならす小鳥哉

なる作がある。前掲、幽斎発句の影響によるか。

（平10・5・9記）

慶長八年（一六〇三）**癸卯　四十五歳**

●二月十二日、内大臣家康、右大臣となり征夷大将軍に補せられる。江戸幕府開設。

●松永貞徳、このころより俳諧に親しむ（『俳諧大辞典』連歌俳諧略年表、849頁）

慶長十年（一六〇五）**乙巳　四十七歳**

●七月二十七日、旧主織田秀信、高野山麓向副（むかそい）村字東垣内斉ノ神屋敷の宅において病歿す。享年二十五歳。法名濃州岐阜前黄門平朝臣秀信公大善院殿圭岩貞松大居士と号す（墓碑）。遺骸は密かに屋敷東隅の叢藪に葬られた。ただし供養の墓碑は山上五の室谷光台院の境内裏山にある。

後年、徳元は、秀信の墓所を詣で、しばらくの間墓を守った。（寛永二年の条を参照。）

□松田亮氏「織田秀信に就いての考察(二)」（前掲）

即ち明治の初期秀信の末裔織田信求が家敷東隅の叢藪を開発中土中に埋没せる「石のからと」＝石棺を発見、乾着せる彊骸、錆蝕せる刀剣及び脆断せる巻物らしきもの等の埋葬物を発掘した。こゝに於て、彼は家敷西南隅に「秀信大明神」と称する祠を祀り、所謂「辻地蔵」式のものを造つて其の霊を慰め且つ家運傾揺に瀕せる危期を脱せしめん事を祈つたのであるが「弱り眼に祟り眼」とでも云ふべきか其の挽回意の如くならず、ついに子孫を守護せざる家祖への反感と、災祟への怖驚から祖堂及び古文献を焼却破壊し去つた。

現在発掘せられた前記の遺品、石棺等の処分に就いて知る者はない。信求は三女をもうけ明治九年夭折した。里人その死因を「秀信卿の祟りだ」と称せし由。系譜に「同村東垣内（秀信ヲ祭ル）斉ノ神屋敷ノ称アリ後チ字トナル」とあり、之より推察すれば秀信の埋葬地は斉の神屋敷（織田屋敷とも称する）であり、已に末裔の人に依つて発掘され今や其の遺跡すら存せず、数十年前迄織田信之助の旧邸が存して居たが、今は全く耕地化せられて居る。（9頁、昭17・1）

享年について

□『川角太閤記』（川角三郎右衛門著、元和七～九年成カ）

一、………稍暫あり、丹羽五郎左衛門殿申し出ださるゝ様子は、勝家又は各も御聞きなされ候へ。筑前守申す条も、筋目涼しく相聞こえ申し候。その子細は、城之助様に若君御座なく候へば、是非に及ばず候。たとへ御息女にて御座候とも、御一門中に御縁辺仰せ合わさるべきに、ましてや、御二ツの若君様なりと、申し出だされ候へば………（巻二、岐阜城にて織田家重臣会議のこと）

右、記事に「御二ツの若君様なり」と見えていることから、本能寺の変のときは、秀信僅か二歳であったことが判明する。従って慶長十年二十五歳歿が正しく、『岐阜市史』に記されている「享年二十二歳」は誤りとすべきであろう。

□『寛政重修諸家譜』

………関原の乱平ぐののち薙髪して高野山に遁る。（慶長）十年五月八日彼地にをいて卒す。圭巌松貞（ママ）大善院と号す。（巻第四百八十八、織田氏秀信の項）

註　七月二十七日歿としたのは墓碑銘による。通説では山下向副の善福寺に歳月を送ること六年、慶長十年五月八日に年二十二歳で病死、とされている。参考までに主要記事を列記しておく。

□『徳川実紀』慶長十年五月八日の条

この日岐阜黄門秀信卿高野山にて卒す。……（「台徳院殿御実紀」巻一）

□『岐阜市史』

上加納浄泉坊に入つて薙髪した秀信は、後尾張知多郡に移されたが、此年（慶長五年）十二月二十八日、更に紀州高野山に送られ、山下向副の善福寺に入つて、侘しい歳月を送る事前後六年に及んだ。慶長十年五月八日、年二十二歳を以て病死した。其遺骸は山上五の室谷光台院の墓地に葬られた。（第四項中納言秀信と岐阜落城、140頁）

土山公仁氏「二〇〇〇年がきてしまう前に秀信画像とその再評価」（岐阜市歴史博物館『博物館だより』No.44に所

載）を参照。

〔追記〕

貞徳と秀信との風交について

剃髪した、至誠院殿円実徳雲大居士なる秀信法師は、かっての手習の師松永貞徳宛に、無念の書状を送っている。

一　岐阜中納言殿高野におはしけるか卯月の末つかたの文にこしかたのことみなくやしきよしの給をこせ給ける返事に

郭公はらたち花に聞そへて　いとゝむかしのことやくやしき（※慶長八年正月以前の作か。）

（『狂歌之詠草』「貞徳翁家集」トモ。写本。承応三年初冬、貞室奥。早稲田大学図書館蔵。『狂歌大観』本篇に収録。138頁）

秀信の歿年月日について

『紀伊国名所図会』ならびに善福寺蔵の秀信霊牌、大西武彦氏蔵書留などによって、秀信の歿年月日を「慶長十三年七月廿七日」とされる。一考すべきか。第一部「徳元伝覚書」にも詳述。

（平10・5・9記）

慶長十一年（一六〇六）**丙午　四十八歳**

●七月、京極若狭守忠高、徳川秀忠の四女初姫と結婚する。時に忠高は十四歳、初姫四歳。因みに初姫の同腹母長姉に豊臣秀頼夫人千姫、同腹母弟は家光である。初姫に関しては、『泰平年表』（大野広城編、天保十二年刊）に、

○慶長八年七月　初姫君生　○御母堂御台所　十一年七月　京極若狭守忠高室……（台徳公の条）

とある。この事項は、徳元がなぜ京極家に仕官するに至ったか、殊にその時期について考察する手がかりとなるのである。（慶長十七年の条を参照のこと。）

慶長十四年（一六〇九）**己酉　五十一歳**

●五月三日、小浜城主京極高次、小浜において歿す。享年四十七歳。法名泰雲寺殿徹宗道閑大居士と号す。清瀧寺に葬られた。夫人常高院は、完子の伯母に当たる。

□『寛政重修諸家譜』

（慶長五年）………高次がひさしく籠城せし功を賞せられ、所領を転じて若狭一国をたまひ、八万五千石餘を領し小浜城に住す。十月いとまたまはりて領国にゆく。六年近江国高島郡のうちにをいて七千石餘を加へられ、すべて九万二千百石餘を領す。十一年本城普請の事をうけたまはる。このとき高次病にかゝるにより御書を下されてたづねさせたまひ、かつ本城経営の速になりし事を賞せらる。十四年五月三日小浜にをいて卒す。年四十七。徹宗道閑泰雲寺と号す。戸田備後守重元を小浜に下されて賻銀千枚をたまふ。室は浅井備前守長政が女、慶長三年八月八日豊臣太閤より近江国蒲生郡のうちにをいて、二千四十石餘の地をあたへられ、高次卒するののち常高院と号す。………（巻第四百十九、京極氏高次の項）

●高次の子忠高、遺領を相続して小浜城主となる。忠高は十七歳。

□『寛政重修諸家譜』

忠高　熊麿　若狭守　侍従従五位下　従四位下　左少将　母は山田氏。

文禄二年京師安久居に生る。慶長五年人質として大坂におもむく。八年伏見にをいて初姫君生誕のとき、東照宮の仰により嫡母常高院これを養ひたてまつりて、熊麿が室にさだむ。この年はじめて江戸に参り、二月十日台徳院殿の御前にをいて元服し、御諱字をたまひ忠高と名のり、左弘行の御刀をたまふ。

時に十一歳十一年三月三日従五位下侍従に叙任し、若狭守と称す。五月七日従四位下に昇り、十四年遺領を継、暇たまはりて領地におもむく。………（巻第四百十九、京極氏忠高の項）

〔追記〕

忠高の生母について

幼名熊麿、すなわちのちの京極忠高は言われているように父高次の正室「お初」（藤子・常高院）が生んだ嗣子ではない。例えば『島根県歴史人物事典』などの記述は誤りで訂正すべきであろう（松尾　寿氏、215頁）。忠高の生母は、山田孫助直政の姉で於崎、号は吉原と言い、寛永二年十月廿一日に若狭で歿しているのである。「京極家系図」には、

御実母　山田孫助姉房女　後尾崎殿ト云寛永二己丑十月廿一日於若州死去　玉台院殿明巖恵光大姉

とある。詳細は、伊藤一樹氏の調査報告（『若狭』22号、「京極忠高の生母について」）によって、滋賀県高島郡大溝町字勝野の最勝寺過去帳から、

玉台院殿明巖恵光大姉　寛永二年十月二十一日

俗名於崎殿、号吉原、大津宰相源高次君ノ妾、若狭守忠高公の実母ナリ、西近高島郡打下村住人山田与右衛門直勝公ノ女孫助直政公ノ姉ナリ、後豊臣秀頼公ノ士吉田治五右衛門ニ嫁ス子有、泰雲山玄要寺に御画像アリ、墓所不知

なる記録を抄出・紹介せられた。

（平10・5・17記）

●七月二十四日、『尤草紙』に収録の里村昌琢句、「めぐりきぬ世のうき秋の七車」を発句とする連歌百韻一巻が成る。

徳元作仮名草子『尤草紙』下の五章「めぐるものゝしなじな」の最後に前書「或発句ニ」として収められる。福井久蔵博士の『連歌の史的研究』（有精堂、昭44・11）にて検すれば、「慶長十四年懐旧百韻（写）一巻」であり、その内容は「七月二十四日。作者、昌琢、昌俔・芳・令・玄仲・禅高・玄陳・既在・恕云・慶純・紹由・宗順・了倶・英知十四人。執筆能益。発句「めぐりきぬ世のうき草の七車」以下。帝国図書館本。」（502頁）とある。連衆のう

ち芳は勧修寺贈内大臣光豊（慶長十七年、三十八歳歿）令は不詳。ただし中七「世のうき秋の」が「世のうき草の」と異同している。

〔追記〕

昌琢の父、昌叱は慶長八年七月廿四日歿。したがって右の昌琢句は昌叱追善七回忌の折のもの。因みに、本書第五部「翻刻・宗因筆『昌琢発句帳』」に、

秋ノ部

雑秋

亡父七回忌

めくりきぬ世のうき秋の七車

が、収録される。

（平10・5・14記）

慶長十七年（一六一二）**壬子　五十四歳**

○正月元日、徳元、若狭国に住みて俳諧ならびに狂歌を嗜む。歳旦吟として「雪や先とけてミつのえねの今年」の吟あり。

このとき徳元、すでに入道して若狭京極家に小姓衆として仕官していたか。禄高は二百石。

□『京極藩知行録』（註1）

若州小浜時代

小性（ママ）

弐百石　　斎藤徳元

□右の歳旦吟は、自撰自筆『塵塚誹諧集』上に、

若狭国に年へて住ける間誹諧発句并狂哥

慶長十六壬子年

元日

雪や先とけてミつのえねの今年　　徳元

とある。但し、慶長の壬子は、木村三四吾氏も指摘しておられるように十七年でなければならない（「斎藤徳元」『俳句講座』2、俳人評伝上、明治書院、78頁参照）。更に歳旦句にも「ミつのえねの今年」とはっきりとよみこんでいる点から、この歳旦発句は慶長十七年正月の吟である。

徳元があの関ヶ原合戦に敗れ亡命したときが四十二歳、そして今は五十四歳、その間十二年間にわたる動静については全く不明である。俳諧活動の面でも文禄年間に成ったであろう近衛三藐院殿点独吟魚鳥俳諧百韻一巻以降によんだ句なるものを私は未だ文献的には知らない。

諸国放浪の旅を続けていた徳元は、やがていつの年か若狭国に入道姿を現わすことになる。彼は、ここで、いったい誰に仕官したのであろうか。『塵塚誹諧集』上に、

甲子の冬越前国のうちつるかといふ所を若狭国のかミ忠高公御加増として拝領ありける次の春

まとゐして春やつるかの弓初

くらもちと云里をも知行せしかハ

此秋はくらもちてつむ米も哉

等々。すなわち彼は(註2)、若狭国小浜城主京極忠高公に仕官し、車持（くらもち）という里をも所領していたのであった。なお忠高公の襲封は慶長十四年である（『寛政重修諸家譜』）。だとすると彼の京極家仕官は、慶長十四年以降ということになるだろうか。

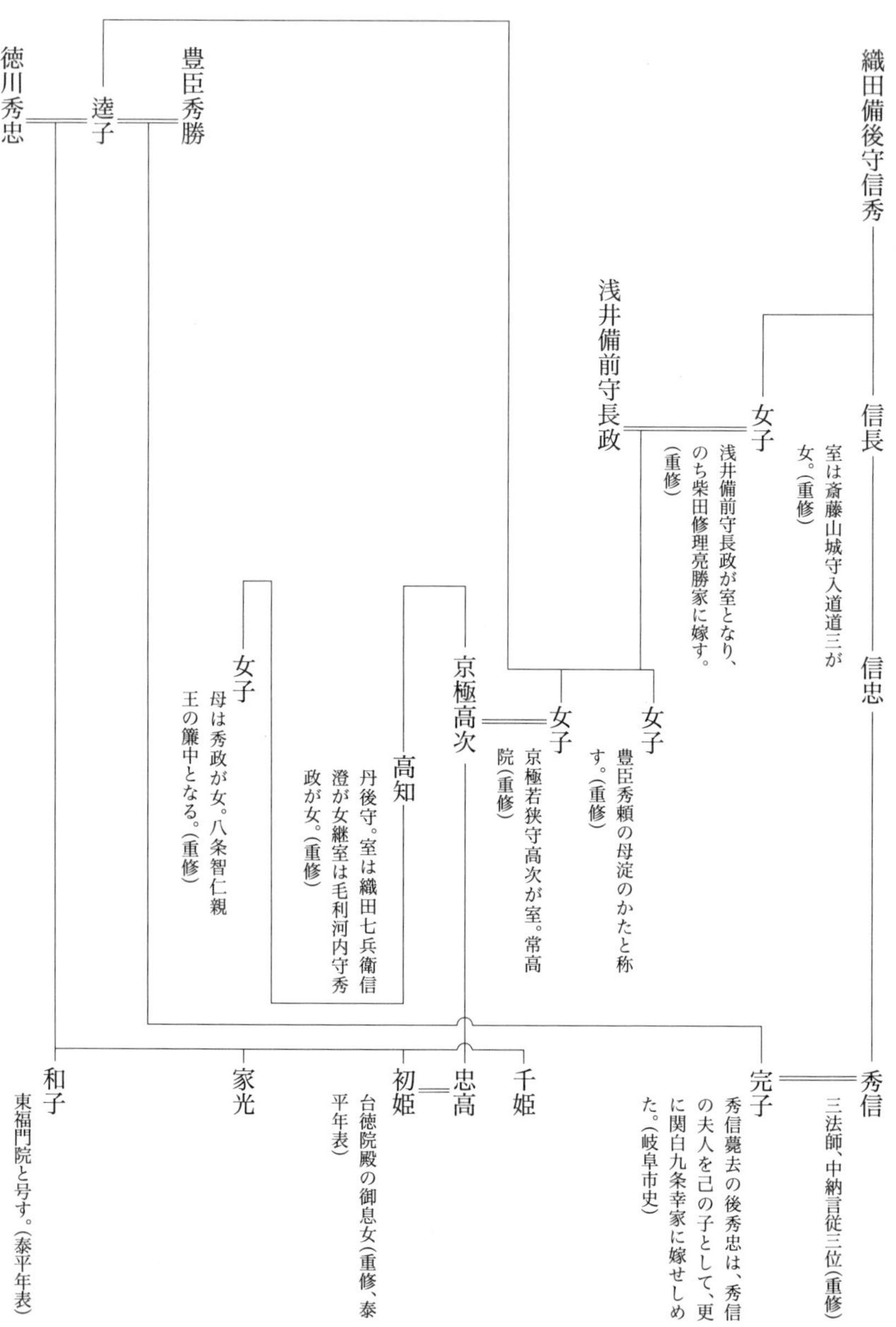
織田備後守信秀
信長
室は斎藤山城守入道道三が女。（重修）
女子
浅井備前守長政が室となり、のち柴田修理亮勝家に嫁す。（重修）
浅井備前守長政
信忠
秀信
三法師、中納言従三位（重修）
完子
秀信薨去の後秀忠は、秀信の夫人を己の子として、更に関白九条幸家に嫁せしめた。（岐阜市史）
女子
豊臣秀頼の母淀のかたと称す。（重修）
女子
京極若狭守高次が室。常高院（重修）
京極高次
高知
丹後守。室は織田七兵衛信澄が女継室は毛利河内守秀政が女。（重修）
女子
母は秀政が女。八条智仁親王の簾中となる。（重修）
豊臣秀勝
逵子
徳川秀忠
千姫
忠高
初姫
台徳院殿の御息女（重修、泰平年表）
家光
和子
東福門院と号す。（泰平年表）

それでは徳元はなぜ京極家に仕官したのであろうか。いま、旧主織田家と京極家との血縁的関係について、『寛政重修諸家譜』『泰平年表』『岐阜市史』等の諸書に基づいて略系図を作成してみることとする。

前頁の略系図によって、

(イ) 信長の妹の娘〝二女〟は、京極高次の夫人となった、すなわちのちの常高院である。

(ロ) 徳元の旧主織田秀信の夫人完子は、信長妹の娘〝三女〟――逵子（常高院妹）の娘である。

(ハ) 高次の嗣子忠高の夫人となった初姫は、徳川秀忠・逵子夫妻の間に生まれた娘であり、従って(ロ)の秀信夫人とは〝異父姉妹〟の関係になるわけだ。

以上のように、血縁的にみてきわめて密接なる関係にあることが判明出来る。

更に又、『寛政重修諸家譜』巻第四百十九・京極氏高次の項に、

永禄六年近江国小谷に生る。元亀元年父が人質として岐阜にいたりしかば、織田右府より采地をあたへらる。時に八歳……

（天正十五年）七月十四日帰陣ののち高嶋郡大溝にをいて加恩あり、一万石を領す。……

とある。右の記事によれば、

(イ) 元亀元年、高次、人質として岐阜城に滞在していた折、徳元も美濃在国（徳元、時に十二歳）。

(ロ) 関ヶ原の役に敗れた旧主秀信が一時、蟄居していた近江国高嶋郡大溝という地は、京極氏の領国であったこと。

で、とにかく徳元は、秀信からみて密接な血縁的関係を有する京極家をたよって仕官したものと考えられる。参考までに若狭下中郡羽賀村在、鳳聚山羽賀寺には徳元（註3）の和歌短冊二枚が収蔵せられている。いずれも貼交屏風に見えるもので、屏風は口碑によれば京極高次が奉納せしとか。

山水花　山水にミねの桜ハうつりけり
　　　　花や野守の鏡なるらん　　徳元

月前花　斎藤徳元（貼紙）
　　夢路にも露やをく覧□夜
　　（以下、磨損シテ読メズ）

註1　一名『京極家々臣分限帳』とも。本書には若州小浜時代・雲州松江時代・播州龍野時代・讃州丸亀時代における各分限帳を収録。末尾に、「天保十三壬寅十月小春於南軒書　各務半左衛門」と記す。ただし該書は丸亀市西平山町住、吉岡和喜治氏の筆写に成るもので原本は所在不明である。丸亀市立資料館蔵。小浜市教育委員会大森宏氏の御教示。

註2　徳元の京極家仕官について田中善信氏は「『隔蓂記』の連俳資料」㈠（『文芸と批評』第3巻4号、昭45・5）のなかで、寛永三年に徳元若狭から上洛しその後の動静を「これはどうみても京極家に仕え若狭に領地を得ている人の行動ではない。云々」と否定的な見解を示された。徳元は『塵塚誹諧集』で、忠高に対する呼称を「若狭国のかミ忠高公」「名多の庄と云所の川へ国のかミせうえうせんとて出られ侍る」更には東下後も「国のかミなりける人の新宅にて」というふうに区別し、国主――主君として呼んでいるようである。加えて前掲の新資料『京極藩知行録』の出現など、従って田中説は否定されなければならぬ。すでにして笹野堅氏（『斎藤徳元集』）・木村三四吾氏（「斎藤徳元」）も同様に忠高に仕官すの見解をとっておられる。

註3　自筆の新出和歌短冊は二枚共、打曇り文様である。元和七年の春、徳元は竹原天神に詣でて百韻一巻を奉納した。（元和七年の条を参照）この竹原天神の東には松林寺があり、真言宗にして羽賀寺に属す。牧田近俊著『若狭郡県志』（延宝年間成）によれば、「伝言延喜四年菅神影向則建社於雲浜而祭之、羽賀寺僧知社事又毎歳二月八日羽賀寺僧来于社頭講大般若経近世社東建一坊於其処講之故称講坊爾後令僧常居于茲遂名謂松林寺……」（巻第五、松林寺の条）とある。すれば羽賀寺に徳元の短冊が伝存されたるゆえんも首肯出来ようか。小浜

市住、岸部光宏氏の御教示。

〔追記〕

徳元の京極家仕官について

すでに私は、本書第一部「終生弓箭、斎藤徳元終ゆ」の前半に於て、その若狭国へ亡命したということは、徳元の父方の従兄弟に斎藤[註5]勝左衛門・祖兵衛の兄弟がすでにして京極高次・忠高の家臣になっていたこと。又、ほかに織田家につながる三姉妹（※豊臣秀頼母ちゃちゃ・京極高次夫人はつ・徳川秀忠夫人小督）の縁もありまして若狭国に亡命をしたようであります。

と述べて、その（註5）では、新資料「斎藤宗有先祖書」（斎藤達也氏蔵文書）をもとに註記。いわく斎藤勝左衛門・祖兵衛の兄弟は伯父権右衛門の子であること。次いで、血縁関係を略系図で示す。更に、勝左衛門の慶長・元和・寛永末に至るまでの動静を年表風に詳述し、彼が丸亀・京極藩の時代に至るまでも二百石の京極家臣だったことである。

（平10・5・18記）

慶長十七年仮名暦　慶長十六年刊　一巻

一年分完存。巻末に白字陰刻で「慶長十六年十一月一日」とあり、刊行者の名は出さない。版式は、元和寛永のものと相似だが、少異があり、何処となく古拙な感じ。寛永以前の版暦はみな稀覯。（反町弘文荘主宰『古書逸品展示大即売会出品目録』於三越本店、昭51・1・4）

慶長十七年暦みつのゑねのとし凡三百八十四日／
大将軍にしにあり　としとく（歳徳）みつのゑか方にあり／
いとねとのあひたなり　わうはんたつにあり／
ひようひ（豹尾神）いぬにあり　此方にむかいて大小へんせす／

正月大 二月小　三月大　四□□　五月小　六月小　七月大　八月小　九月小　十月大　壬十月小　十一月大　十二月大

	正月大	とくう	かまにあり　大きやうし
一日	ひのえさる　あやふむ	火	神よし
二日	ひのとのとり　なる	火	よろし
三日	つちのえいぬ　おさむ	木　吉書	はかため　**ひめはしめ**　くらひらき　よし かくもんはしめ　きそはしめ　万よし

（図5参照）

因みに正月三日は「ひめはじめ」、新年始めて情交よろしき日で、徳元句にも寛永五年六月末、有馬在湯日発句中、

　正月大三日　名にしおはゞ合する貝や姫初（ひめはじめ）

なる句が収録、徳元俳諧の好色性が垣間見えておもしろい。

慶長十八年（一六一三）**癸丑　五十五歳**

○正月、歳旦吟あり。

□歳旦吟は、『塵塚誹諧集』上に、

　同翌年

日あしさへねりてやをそきうし
　の年

とある。

〔追記〕
本年の十干は癸（みづのと）で、異名を「昭陽（しょうよう）」、『爾雅』に「太歳在レ癸、曰ニ昭陽一」とある。昭陽とは、あきらかに輝く太陽の意。上五「日足（ひあし）（※太陽が空を行く速さ。日の足。）さへ」は、昭陽からの連想か。　（平10・5・15記）

慶長十九年（一六一四）**甲寅　五十六歳**

○正月元日、歳旦句二句を吟ず。
□『塵塚誹諧集』上に、

元日とらなりけれハ
あひにあひぬとらの月日に寅の
とし
　同
若水やわかさにむすふけふの春

とある。なお、この年正月は甲寅月。

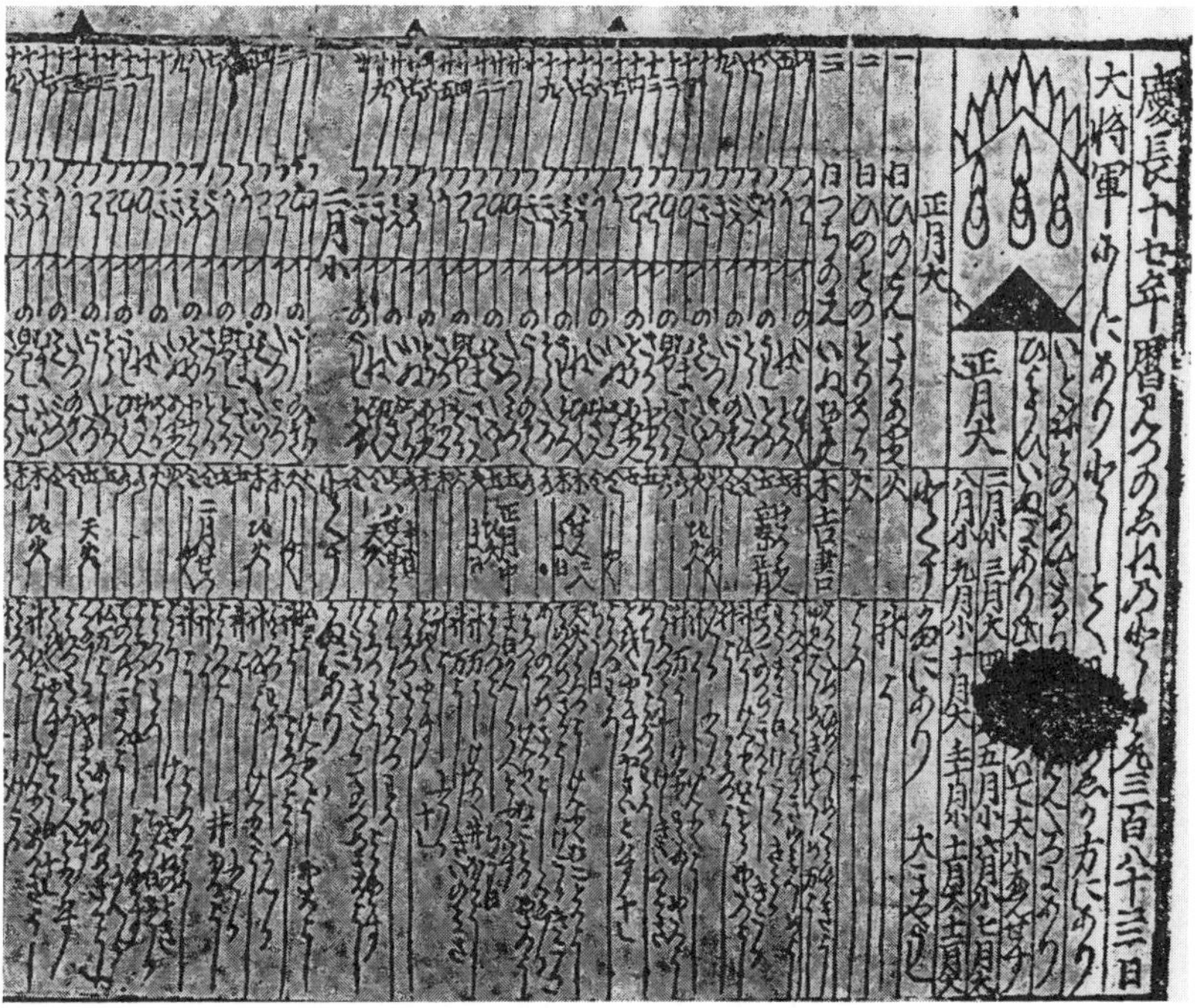

図5　慶長十七年仮名暦　慶長十六年刊　一巻
（『弘文荘敬愛書図録』昭57・3刊より転載）

□類句としては近衛三藐院信尹自筆懐紙を掲出する。

闕逢摂提格（あつぼうせっていかく）

杉

あひにあひぬ月日の／はしめとしともにあら／たまりぬるおほ宮つくり

いさきよし年の初風／朝日影

（古筆了任著『富留鏡』5号に図版収録、大阪市住吉区・古鏡社）

著者の解説によれば、右自筆懐紙は慶長十八年正月に皇居が完成して（※あるいは十一月十九日に上棟か―熊倉功夫著『後水尾院』39頁）、同年十二月十二日、内侍所を本殿に遷し奉り、同十九日、後水尾天皇新造の内裏に遷御（※十二月十三日か―『後水尾院』）。翌十九年甲寅春正月、天皇は新紫宸殿上に於て、初めて百官の拝賀を受けさせられた、その折の祝賀の懐紙である（39頁）という。

「闕逢（あつぼう）」とは、十干の甲（きのえ）の異名。転じて「逢ひに逢ひぬ」になろう。「摂提格（せっていかく）」は十二支の寅の異名。因みに『爾雅』に「太歳在レ甲、曰二闕逢一、太歳在レ寅、曰二摂提格一」とある。さて、右の徳元句「あひにあひぬ」の句意も従って同様に解釈してよいであろうと思う。ついでながら「若水や」句の上五も亦「闕（甲）―闕伽（あか）」からの連想か。とすれば「若水や若狭に結ぶ」の場合も「若」の語に逢いに逢いぬ、という意を暗示していよう。歳旦二句共に凝りに凝った句ではある。

ほかに類句二句。

（九月小十一日）あひにあひぬ名も猩々の菊の酒（『塵塚誹諧集』上、有馬在湯日発句）

寛永十四年正月二十日、柳営連歌。作者、昌程・上（※将軍徳川家光）・忠尊等、十三人。発句「あひにあひぬ

千歳の松に千代の春」（『連歌の史的研究』568頁）。　　　　　　　　（昭63・4・8記）

○春、徳元、京極氏の家臣として、小浜城内の竹原（たわら）という地に移り住む。

□『塵塚誹諧集』上に、

たハらと云所に住かへて

とよ年をこえてハ米のたハら哉

とある。

『拾椎雑話』（木崎愓窓著、宝暦七年丁丑季冬成）

近世小浜を雲の浜と称するもの有、雲浜は竹原の地にて昔より漁人住めり、下竹原といふ。慶長年中京極高次公漁人を西津にうつし其跡へ新たに御城築かれ、地は竹原なれとも旧きによりて小浜の城と称す。御城あるをもって又小浜を雲浜と呼ふ事は云かたかるへき也。（巻一、小浜）

『稚狭考』（板屋一助著、明和四年成）

……即今小浜に邦公府城を〔武鑑〕にも記されとも、城は昔の下竹原の地にあり、下竹原を西津に移して京極氏府城を建らる。小浜竹原の地の中に雲の浜の地あるへし、何れの所にやしらす。（第四、旧説寺院）

福井県大飯郡大飯町の郷土史家山口久三氏からの著者宛書簡によれば、（註）「竹原（たわら）村は小浜藩士の下屋敷のあったところ」だった由。他にも同様な見解として木村三四吾氏が、「竹原は若州の城下小浜での武家町である。……」（「斎藤徳元」明治書院、俳句講座、2俳人評伝上所収）と述べておられる。

で、慶長十九年、徳元は京極氏の家臣として、小浜城内の竹原という地に移り住んだのであろう、と考えられる。

註　京極氏の治世、竹原の地が武家町であったことは、前掲書『若狭郡県志』竹原の条にも「相伝斯地本上竹原村之田地及下竹原村之所レ有也、前国主京極高次築二城於雲浜一而此処建二家士之居宅一矣、………」（巻第一）とある。

○十一月二十五日、前関白左大臣・三藐院近衛信尹歿す。享年五十歳。法名三藐院同徹大初と号す。遺骸(註1)は東福寺に葬られた（※墓所は京都大徳寺総見院の「近衛家廟所」と訂正する）。因みに、三藐院はその歿する五日前に、すなわち十一月二十日附浅井左馬助入道道甫（元、前田利家の家臣）宛の書簡で、「我等煩ハ好庵薬にて得二少験一候」とか「寒天之在陣さこそト令レ察候」（大坂冬の陣）などと述べている（『墨(すみ)』66号―特集「寛永の三筆」―、20頁参照、昭62・5）。

徳元は、三藐院の生前に、独吟魚鳥俳諧百韻一巻を作り、批点を受けている。

□『徳元独吟魚鳥俳諧百韻』（『徳元等百韻五巻』―『説林』15号、森川昭氏ご翻刻）

（初表八句）

魚鳥俳諧

犬何　点三藐院殿

鮎(註2)なますあいより青き蓼酢哉
鵜の鳥を絵にそめ付の皿
見世棚に袖涼しくもしとゝゐて
暮ぬる月に給酔てけり
こひうすひ紅葉に車とゝろかし

秋の御幸の供奉の白鳥
〵位あるけふの狩場のたか司(ツカサ)
ひきさはきたる犬のもろ声
（名残裏八句）
おもひます露のうつりかこけ付て
ひすいのちやうにあかしくらしつ
めつらしき草帚に心こからかし
物ハいハしとむかふ見臺
うまさうな膳にもちらす花鰹
うくひすきなけ梅のかひしき
せちによぶ誰彼の春のけふのがに
かすミにゝこるさけもすみよし
御句
とむつはねつ生てはたらくこのさくハ
けに魚とりのはいかいそかし
　点廿五内両点二句
　非言三句指合二句

□『氷室守』（俳諧論書、安原正章著、正保三年二月下旬奥書）
　鮎なますあゐよりあをきたですかな

上京発句帳に
　あゆよりもからきたでずのあをさ哉
といふあり。尤料理はこのなますしかるへけれと。なを人のさらをねふりわけをくはれけるやうに見えはべる。等類歟等類にあらさる歟（俳書叢刊第五期・5による）

□『馬鹿集』（俳諧論書、長式著、明暦二年正月刊）
　あいよりもからき蓼酢の青さ哉
毛吹草徳元句に
　鮎なますあるより青き蓼酢哉
此等類氷室守にかゝれしは鮎なますの句料理はよく侍れとあるよりからきの句上京発句帳に入先作なりと難せられたり　尤上京発句帳ハ毛吹草より以前に出たれハいひても詮なけれとも此鮎なますの句ハ徳元魚鳥俳諧にて遙以前の句也　その脇ハ
　うの鳥を絵にそめつけの皿
とつけて三藐院殿御点也　則奥に御狂哥まてあそはされかくれなき百韻也　しかれとも毛吹草におそく入たれハせんかたなし……　（『近世文芸資料と考証』Ⅲ所収、榎坂浩尚氏ご翻刻による）
（右、『馬鹿集』の記事は、三藐院殿点独吟魚鳥俳諧百韻に対するきわめて有力な傍証となる）

さて、三藐院殿点徳元独吟魚鳥俳諧百韻一巻は、先年、森川昭氏が、ご論考「徳元の周囲―『徳元等百韻五巻』考―」（『説林』15号）のなかで始めて紹介せられたものであって、それは現存連句作品のうちで制作年代がもっとも古い、ということになる。なお右、魚鳥俳諧を収めたる『徳元等百韻五巻』についてその書誌を記せば、中本の写本一冊。縦二一糎、横一四・九糎。奥書により元義写。奥書「正保三年暮秋廿八日　元義」とある。表裏表紙各一枚にして、栗皮色表紙。丁数は、三十九丁（うち最初一丁は後補白紙、最終一丁は本来の白紙裏表紙）。題簽・内題・序跋いずれもなし。所収の俳諧百韻五巻は、

1　望都独吟百韻「をのつから鶯かこやその〻竹」の巻、貞徳点。
2　徳元作、山岡景以追善独吟「諸行無常聞や林の鐘の声」の巻。（註3）
3　徳元作、永喜法印追善独吟百韻「風にはつと塵の浮世の一葉かな」の巻。（註4）
4　徳元独吟魚鳥俳諧百韻、三藐院殿点。
5　徳元・玄札両吟百韻「月見せむ今宵三五夜中二階」の巻。

以上の如き内容である。森川昭氏所蔵。

ところで、この三藐院殿点独吟魚鳥俳諧百韻一巻はいったい、いつ頃成立されたものなのか、森川昭氏は前記ご論考のなかで、

……（美濃）加治田を出て文禄四年前後に至る聚楽第勤仕の時代は、地理的にも文化的環境からしても相当の可能性がありそうに思われる（「徳元の周囲」113頁）。

と述べておられる。この見解に従えば、すなわち、

天正十九年十二月、秀次、関白に任ぜられ、聚楽第に移り住む。

文禄三年四月十四日、三藐院、勅勘を蒙り、遙々薩摩坊津に流された。

同四年七月、秀次、紀州高野山において自刃。このころ徳元、去りて織田秀信に仕官す。

慶長元年九月、三藐院、許されて帰洛す。

右略年表によって、天正末[註5]から文禄三年四月――三藐院が薩摩坊津に配流されるまでの期間に成ったものということになろう。とすれば、これは貞門俳諧前史の時代における一貴重資料となるのではないか。

註1　徳元は寛永三年春上京した折に東福寺を詣で、一句を詠んでいる。「あたゝかやでんがくあぶるとうふく寺」(『塵塚誹諧集』上)と。

註2　発句「鮎なますあいより青き蓼酢哉」は、
(イ)　自筆『塵塚誹諧集』上、寛永五年林鐘末、法橋昌琢に誘われて有馬に遊び、在湯中のつれづれに成った〝日発句〟――五月二十三日の条。
(ロ)　『毛吹草』(松江重頼撰、正保二年刊)巻第五、夏。
(ハ)　『懐子』(松江重頼撰、万治三年刊)巻第四、夏下。
等にも見えている。

註3　徳元作「山岡景以追善独吟」は、ほかに早稲田大学図書館蔵、写本『半井卜養狂歌集其他』なる一本のなかにも徳元独吟「追善誹諧」と題して収録。寛文末から延宝初年に成る書写か。両本の前書には若干異同が認められる。詳細は加藤定彦氏「古俳諧資料『半井卜養狂歌集其他』の解題と翻刻」(『近世文芸資料と考証』9号、昭49・2)を参照。

註4　最近、徳元作「永喜法印追善独吟百韻」(『徳元等百韻五巻』所収)と全く同一の作品が、名古屋市蓬左文庫蔵『雑聞集』と題する書留集のなかに所収せられていることを知った(森川昭氏ご教示)。今、参考までに、その書誌を記す。
大本の写本一冊。縦二八・五糎、横二〇・一糎。書写者未詳。思うに元禄以前に書写されたものか。表裏表紙とも打曇り模様風の表紙にして袋綴。墨付四十四丁。題簽は用いず、表紙左肩に「雑聞集」と直接に墨書。蔵書印は本文一枚目表、右上部に

尾府内庫図書	蓬左文庫

とある。

さて内容は、

山賎記　伏見殿貞常親王御作（文明三年二月下旬之候記之）
翁姥物語
ゆみのね
追善百韻誹諧　徳元
大原野千句連哥記
東海寺沢菴和尚円相讃

などを収めている。殊に徳元作追善百韻一巻は、前記森川氏ご紹介のものと校合してみるに、まま字句の異同が発見される。

註5　あるいは又、徳元・山岡景以・三藐院を結ぶ線を少しく考えてみたい。

徳元と山岡景以との風交は文禄年間からであろうが、それが、とくに頻繁にあらわれてくるのは、東下後の寛永七年前後にある。いっぽう三藐院と景以との人間関係も亦存在はした。『三藐院記』には、

慶長四年閏三月十六日、入夜……山岡主計（景以）
同六年正月十九日、晴、晩より雨、氷沙糖ノたる一　主計（山岡景以カ）所より、伏見より、
〃　五月二日、晴、箏一折　山主計（山岡景以）、
〃　七月廿二日、山椒　山岡主計（景以）進上、
同七年七月一日、サ、イ一折　山岡主計（景以）、
〃　七月卅日、山岡主計（景以）……来、
同十一年三月十三日、山岡主計（景以）自江戸帰京とて来ル、紅花廿袋・塩引、ハラコモリ、ウトノ善六、同二一ハハラコモリ、
前田主膳正（茂勝）、同二　鵜殿兵庫、イツレモ主計に言伝来着、

と慶長四年以降景以の名が散見、更には山岡道阿弥（景以の養父）ら一族とも交際があったようである。で、慶長初頭、若狭在住の徳元は景以を介して作品を三藐院宛に送ったのであろうか。参考までに京極高次とは『三藐院記』慶長六年十月四日の条に「……兼阿所ニテ京極兄弟（高次・高知）及夜陰有飲酒、」と記す程の間柄でもあった……。

〔追記〕

慶長十九年五月成、近衛三藐院連歌資料

□『弘文荘待賈古書目』25号（昭30・11、架蔵）に、「三八　賦青何連歌　近衛三藐院自筆原本／慶長十九年五月成」と題し、写真版にて収録される（41頁）。以下、翻刻しておく。

慶長十九年五月九日

賦青何連歌

梅雨や軒端ににほふ夕月夜　重蔵
はなたちはなに風かよふ庭　杉
郭公聲きくことに驚きて　重蔵
いく日か野へにかりふし（※仮臥し）の夢　杉
わたる瀬は渕と

因みに脇句を詠んだ、「杉」とは三藐院の一字名で、本雅会における主催者であろう。「『連歌の史的研究』未収。本文は全部三藐院一筆。保存極めてよく、今仕立てたかと見ゆる美巻。古き桐箱入。」との由。

○十月一日、徳川家康、大坂征討の令を出し、冬の陣が始まる。十二月廿日、和睦が成立。のちに豊臣徳元は『塵塚集』上、寛永五年六月末、有馬在湯中のつれ〴〵に日発句を制作、

十月大
十三日　鑓梅（やりうめ）や難波の城に冬ごもり

とさりげなく回想している。

（平10・5・15記）

元和元年（慶長二十年七月十三日、元和に改元）（一六一五）**乙卯　五十七歳**

●四月六日、大坂夏の陣始まる。五月七日、千姫は大野治長らによって救出される。午刻、大坂落城。八日、淀殿・秀頼ら自刃し、豊臣氏滅ぶ。千姫は翌二年九月十一日、本多中務大輔忠刻に再嫁する（中村孝也著『千姫真実伝』、図録『淀君と秀頼展』など）。

元「従五位下豊臣」たりし徳元は黙して語らずである。のちに孫女「しょげん」（斎藤如元）が千姫の侍女になる。

元和三年（一六一七）**丁巳　五十九歳**

○正月元日、歳旦吟あり。

□歳旦吟は、『塵塚誹諧集』上に、

巳の年元日

たれも我かミのとしいハへけふの春

とある。

●八月二十八日、連歌師里村昌琢、「花の下」の称号を許さる（『俳諧大辞典』）。

元和四年（一六一八）**戊午　六十歳**

○正月、歳旦吟あり。

□歳旦吟は、『塵塚誹諧集』上に、

大晦日節分の翌年に

うちし大豆やハミてけふ春午の年

とある。

○正月、徳元、小浜城内の小松原という地を訪れて、歳旦句二句を吟ず。

□同じく『塵塚誹諧集』上に、

若州の城小松原と云所なりけれハ

正月や門も名におふこ杢ハら

つくか根の年もにいはりさし柳

とある。

『向若録』（千賀玉斎著、寛文十一年成）

……小松原は治城の東海畔にあり、（中巻、白尼洞の条）

しかし小浜市教育委員会藤田敏雄氏からの書簡によれば、「京極高次が古来雲浜と称する一帯の土地、すなわち当時漁村であった竹原、小松原の地に城を築いたが、その当時この漁村――竹原と小松原の住民を現在の西津地区に移住させて、現在の小松原、下竹原の部落が出来た」らしい。この点については前記、『拾椎雑話』や『稚狭考』にも記されている。だとすれば徳元が元和四年正月に、「正月や門も名におふこ杢ハら」の句をよんだ地は城内の小松原ではなかったろうか。

△十月頃、織田有楽斎は建仁寺塔頭正伝院に移住したるか（坂口筑母著『茶人織田有楽斎の生涯』345頁、文献出版、昭

57・1)。因みに有楽斎は、先に元和三年十二月に塔頭正伝院を再興している（同書337頁）。

十月二十七日、有楽斎、江戸下着。扈従の家臣**斎藤茂庵**（徳元長子）は建仁寺大統庵（古澗慈稽）・普光庵（一宗元乗）の両和尚から書状を託されて、崇伝（本光国師）に届けた。

一　（元和四年十月）同二十七日。有楽御下着。大統小春初九之状。普光庵孟冬初九之状来。宗円十月十一日之状来。茂庵届（『本光国師日記』第二十五—『茶人織田有楽斎の生涯』346頁）。

元和六年（一六二〇）**庚申　六十二歳**

△正月十一日、有楽斎他出。茂庵は留守番を勤む。折柄、日野中納言資勝（光慶ノ父）が来訪、茂庵に伝言をして帰った（『居諸集』—『茶人織田有楽斎の生涯』367頁）。

元和七年（一六二一）**辛酉　六十三歳**

○正月、「春やたからとてこふとなくとりの年」の歳旦吟あり。又、他に発句二句を吟ず。

□『塵塚誹諧集』上に、

西のとしに

春やたからとてこふとなくとりの年
雪しるにのち瀬やにこるふもと川
鐺梅のたまるハ津田のほそえ哉

とある。

○初春二十五日、徳元、小浜城内の竹原の地にまつれる〃竹原天神〃に参詣して発句二句を吟じ、更に百韻一巻を奉納す。

□同じく『塵塚誹諧集』上に、

　天神へまうて〻

　　梅の木のかきもや自由在（ママ）在天

　　鶯や歌書をそろゆる竹の串

とある。

『若耶群談』（千賀玉斎著、延宝八年成）

菅神社有両宇一宇在治城郭内其地曰竹原一宇在治城郭外之西後瀬山麓倶称雲浜天神社伝菅公曾食于此地時来行県脱衣冠于竹原邑従舟到大嶋而後廻棹上後瀬浦後人就行履所歴而建社祀之故大嶋亦有菅神社伝菅公来此地雖無證実亦不為不可有之事乎未遑考于旧籍而巳

　菅相甘棠曾所過　雲浜回首向漁艖

　格思不測神風自　西海流通北海波

自在天に月もすむなり雲の浜　斎藤徳元

（菅神社の条）

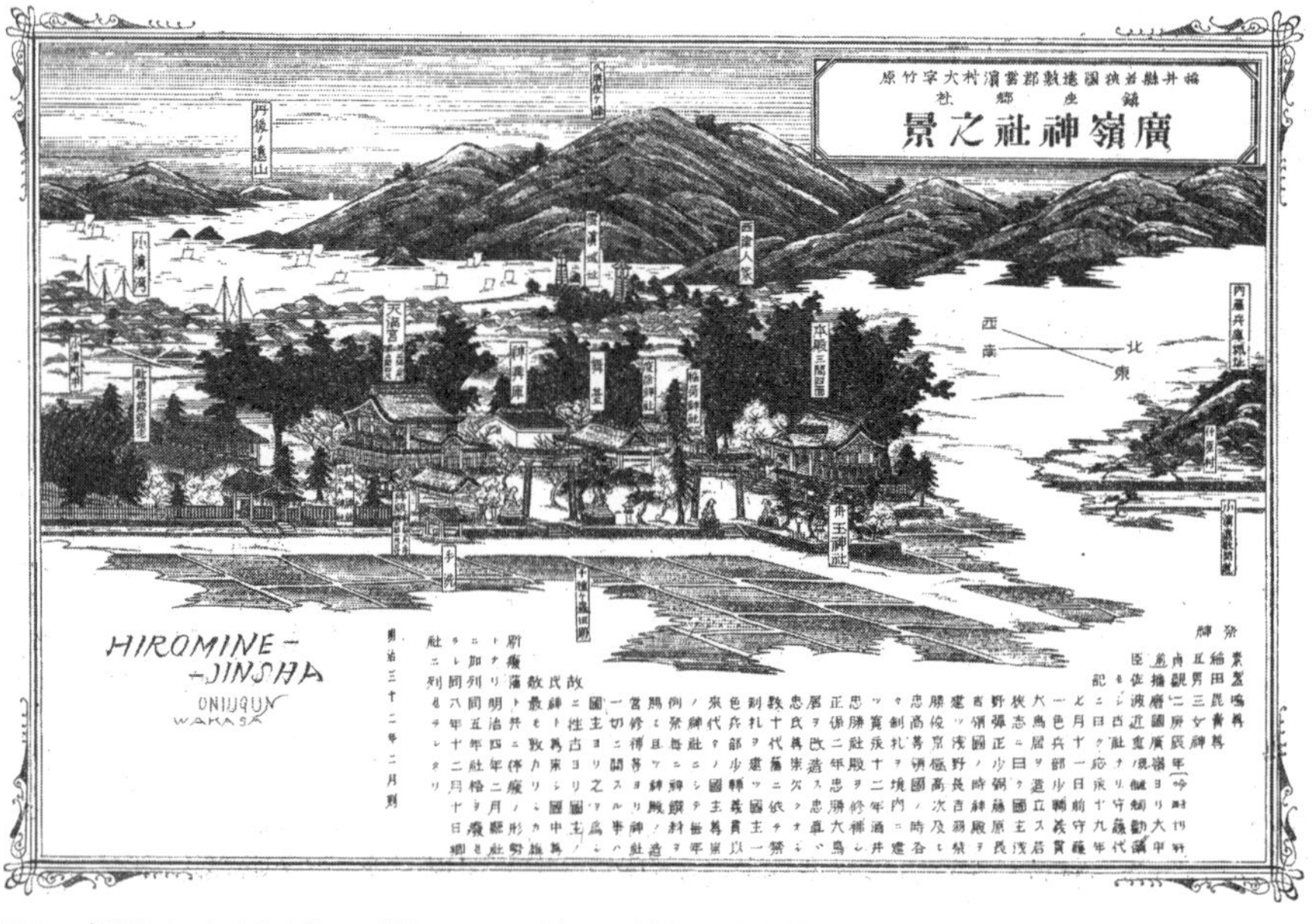

図6　銅版画。江戸時代の面影をのこす竹原天神社（広嶺神社とも）の全景（明治32年刻、架蔵）

徳元[註1]に関する記事として郷土史書のうちでもっとも古いものは、この『若耶群談』における記事であろう。又、竹原天神については、『向若録』(千賀玉斎著、寛文十一年成)にも「菅神社両宇あり、一宇は治城の郭内にあり、其地を竹原と云う。一宇は治城郭外の西後瀬山の南麓にあり、倶に雲浜天神社と云う。……」(中巻、菅神社の条)とある。

『若狭国伝記』(谷盈堂桜井曲全子著、宝暦十四年以前に成カ)

此社竹原ニアリ北野聖廟ヲ勧請シタル也祭祀ハ正月廿五日別当号ニ松林寺一松梅院ヲ模スト見ヘタリ真言宗ナリ

斎藤徳元参詣シテ奉納スル発句

自在天ノ月ハスムナリ雲ノ浜

此徳元始ハ京極ニ仕テ当国ニアリ終ハ止ニ宮仕一誹諧ノ宗師トナツテ江戸ニ住ス貞徳ニ並テ重頼徳元立甫(ママ)ヲ誹諧連歌ノ達人トスル秀句狂歌人口多(竹原天神の条)

右、『若狭国伝記』に見える徳元の記事については、すでに木村三四吾氏が前記「斎藤徳元」のなかで紹介しておられる。ただし余談ではあるが、私が実見した『若狭国伝記』写本一冊は、福井県遠敷郡上中町の郷土史家楯権蔵氏所蔵のもので、それはもと、国学者伴信友の蔵本だったもの。末尾には、「宝暦十四年林鐘従興津氏伝之　山岸惟滋」とある。

『稚狭考』(板屋一助著、明和四年成)

これらの古きことは別にしるしおく。京極氏治世の時士官斎藤徳元、竹原天神の社に奉納せし百韻あり。辻梅寺池東氏[註2]にありて是をみる。発句、

自在天に月も澄なり雲の浜

俳諧は斎藤徳元の後、京雛屋立甫（ママ）、我同姓由緒有て下向せし時の発句かれこれあり。………（第四、旧説寺院）

以上、関係する記事を列挙してみたが、徳元は、元和七年春、小浜城内の竹原の地にある、いわゆる〝竹原天神〟に参詣して、そこで「梅の木の」の句をよんだ、ということになるわけだ。なお、『稚狭考』に記されている、徳元が竹原天神へ「奉納せし百韻」については未だ発見せられていない。

註1　徳元句は、『若狭名所古歌并岨伝記』なる一郷土文学資料にも見えている。

発句　竹原天王天神森を千種森と云よし　　斎藤徳元

自在天の月ハすむ也雲の浜

右に関連して、前掲書『若狭郡県志』巻第四・神社部、雲月宮の条には、「在同処天王社南祭菅神霊相伝延喜四年二月十三日霊光出久須夜嶽至千種森而止松梢然託天王祠官代二世大中臣近俊示為菅神霊近俊為奇異之思到　帝都奏之於是　勅建社於雲浜祭之且令羽賀寺僧六口二月八月於社頭講大般若近世厭往還之労建一宇於社辺供僧住焉後遂号松林寺住僧知社事勅所現之霊光唯似月之出雲端故号雲月宮矣若狭国神階記遠敷郡正一位天満自在天神云云今社前国主京極忠高造立之（略）毎歳正月二十五日有神事能」とある。本書は、大写本一冊。袋綴。題簽、表紙左肩「若狭名所古歌并岨伝記」。書写者、巻末に「元文三戊午歳二月十六日　岡林浄心八十五歳（花押）」と記す。旧蔵印は「和田文庫」。小浜市立図書館蔵（小畑昭八郎氏の御教示）。因みに岩波書店刊『国書総目録』には記載されていない。

註2　『稚狭考』の著者板屋一助（津田一助トモ、天明二年歿）が実見した徳元作百韻一巻（元和七年成）の所蔵者辻梅寺池東氏については、同じく『稚狭考』に、

（一日千句の事）……寛保壬戌年五月、我催したてゝ竹原池東宅に集りて十人百韻興行せり。

………

池東　号梅寺、源左衛門（孫左衛門カ）（第四、旧説寺院）

と見えている。梅守斎池東は小浜竹原に居住し、千載堂早川丈石系の俳人であったらしい。丈石編『霜轍誹諧集』（半二冊、宝暦二年自序・刊）には、

諧史研究上、一貴重資料となるだろう。

涅槃絵や猫の居らぬハさかり時　　若州小浜池東（巻上、春部）
天ふたゝひ紅葉に酔る夕かな　　若州小浜池東（巻下、秋部）

と二句入集。元文より宝暦にかけて作句し、編著に『なめくちり』がある（『稚狭考』第四）。又、板屋一助が池東氏宅に於いて実見した年時は寛保二年前後か。とすれば、『若狭国伝記』成立以前ということになる。とにかく右百韻一巻がもしも現存すれば、それは三藐院殿点独吟魚鳥俳諧百韻一巻に次いで古く、初期俳諧史研究上、一貴重資料となるだろう。

△十二月十三日、すでに有楽斎、中風に苦しみ病床に臥す。在江戸の以心崇伝は安否を気遣い、茂庵等宛に見舞の書状を差し出す。『本光国師日記』中には「有楽の内」とある故、茂庵は確かに有楽の家僕であった。なお、この日、有楽は逝去、享年七十五歳。法名正伝院殿如庵有楽大居士、建仁寺正伝永源院内に葬らる（『茶人織田有楽斎の生涯』398頁）。

一　極月十三日。八兵衛。庄介返上ス。（中略）有楽之内休也。玄端。茂庵。福長。三千。又蔵へ一紙ニ状遣ス。十三日之日付也。有楽様御煩無ニ御心元ニ候故。熊使上ス文言也。久右衛門方へも。其段申遣ス。織田丹後殿（長政）へも状遣ス。十三日之日付也。同武蔵殿（尚長）へも状遣ス。大寧院へも返書遣ス。（本光国師日記第三十）

因みに、斎藤茂庵はのちに正保三年正月二十七日の朝、岡部美濃守宣勝（※主君）・長井宗乙らと共に小堀遠州の茶会に客として招かれるのである（熊倉功夫著『寛永文化の研究』184頁）。すれば有楽歿後、郭然茂庵は寛永年間に父徳元と共に岡部家に仕官したか。

寛永元年（元和十年二月三十日、寛永に改元）（一六二四）**甲子　六十六歳**

●冬、忠高公、越前国敦賀郡のうちにおいて二万千五百石を加恩さる。家臣徳元これを祝し、翌春の歳旦句によみこむ。

□『寛政重修諸家譜』巻第四百十九、京極氏忠高の項に、

寛永元年の冬越前国敦賀郡のうちにをいて二万千五百石を加恩あり。……

とある。

寛永二年（一六二五）**乙丑　六十七歳**

○正月、歳旦吟あり。

□『塵塚誹諧集』上に、

甲子の冬越前国のうちつるかといふ所を若狭国のかミ忠高公御加増として拝領ありける次の春

まとゐして春やつるかの弓初

とある。

○正月二十四日、〝稀人（まれびと）〟、徳元亭を訪れた。

□『塵塚誹諧集』上に、

正月の下の四日に稀人のおハしましたりまうけせんとかしつき侍れとさかつきをさへ愛岩（ママ）精進とてとり給ハねハ

愛岩（ママ）しやうしやぶらてハるや天狗上

とある。正月二十四日は愛宕（あたご）権現に参詣する日であって、「初愛宕」と言った。参考までに愛宕神社について

は、「京極若狭守女建二社于後瀬山上一移レ之今社是也」（『若狭郡県志』巻第四）と。

○春、徳元、小浜城外遠敷郡青井村轆轤谷の古刹、歓喜山妙徳寺に参詣して、発句一句を吟ず。

□『塵塚誹諧集』上に、

　　鹿路谷と云所の寺にて

　　　春雨にさすから笠やろくろ谷

とある。

「鹿路谷」は轆轤谷とも書く。小浜市郊外、遠敷郡青井村轆轤谷。「寺」は、妙徳寺(註)をさす。「鹿路谷と云所の寺」と言えば、この妙徳寺以外には存在しないからだ。

『若狭志』(『若狭国志』とも言う。稲庭正義著、伴信友修補、寛延二年五月成、伴信友旧蔵本にして現在、楯権蔵氏蔵本による)

　　轆轤谷　有レ寺曰二妙徳一

　　　　倶在二青井村一（巻第二、遠敷郡）

妙徳寺は、山号を歓喜山と称し、本尊は文珠菩薩にして、禅宗曹洞宗の寺院である。更に、同寺史を調査してみると、「九八代長慶天皇の御代応安年間開山柏厳樹庭禅師丹後の国切戸の文珠へ参詣の皈路此の山に留て寺を建立す文珠菩薩を本尊して妙徳寺と号す応安二年十一月廿八日示寂。云々」とある。従って徳元が、寛永二年の春、参詣した「鹿路谷と云所の寺」とは、この青井村轆轤谷の古刹歓喜山妙徳寺であることは、も早明らかであろう。

註　ろくろ谷の妙徳寺に関しては、前掲書『稚狭考』にも「妙徳寺轆轤谷に歓喜水といへる泉あり。そこにある杓にろくろ谷と記せしを……」（第五）、「妙徳寺にろくろ谷ありて申楽狂言にもいへり。」（第八）とある。又、寺僧の言によれば江戸時代、ここ妙徳寺の境内からの月見の景を楽しむ参詣客が多かったとか。

○二月　徳元、遠敷郡仏谷村を訪れて、発句一句を吟ず。

□『塵塚誹諧集』上に

仏谷と云所へまかりて

二月のわかれやおしむほとけ谷

とある。

「仏谷」は、小浜港からちょうど対岸に当たる部落で、かつては遠敷郡仏谷村と言った。現在は、小浜市仏谷。

『向若録』

雲浜の北にあり、邑居海に浜す、俗に伝う邑民網を挙げて観音小像一箇を得たり、故に仏谷と云う。小寺あり仏谷寺と名づく。今観音像を祀るは上ノ山観音と号する是なり、後瀬山の西麓にあり。……（中巻、仏谷の条）

徳元は、この年春二月、小浜港から対岸に当たる部落――遠敷郡仏谷村に訪れた。そして多分、仏谷寺へ詣でたにちがいない。仏谷寺は禅宗の寺院である。

○春、徳元、三方郡佐柿国吉城を訪れて、発句一句を吟ず。

□『塵塚誹諧集』上に、

越前陳(ママ)といへる比若州三方郡に佐柿と云所の城にて

敵ハ引ミかたやハるの幕の紋

とある。

三方郡佐柿村にある佐柿城（一名、佐柿国吉城とも言う）のこと。戦国末期、この佐柿国吉城は国境に近い要塞として重要視され、当時の若狭国守護職武田氏は、重臣粟屋越中守勝久をして守らせたのであった。永禄六年（一五六三）八月下旬、「越前朝倉義景将に若狭を併さんとして天筒山の城主朝倉太郎左ヱ門、半田又八を将となし千餘騎を率い、先づ粟屋越中守勝久を佐柿国吉城に攻む」（『向若禄』下巻）以来、毎年朝倉軍は国吉城を攻め、死闘がくり返された。攻防の戦は、元亀元年（一五七〇）四月下旬、援軍たる織田信長の軍が国吉城に入城するまで続けられたのだった。

京極氏の時代には、上席家老の多賀越中守良利が居城した。多賀良利は始め山田大炊（おおい）と称して、石高は前掲書『京極家々臣分限帳』によれば若州小浜時代には七百石、のちに雲州松江時代には一万三千石。彼はしばしば証人として江戸に詰めることもあったらしい。正保二年五月二十四日歿。なお次子常良の夫人は京極忠高の娘にして『涙草』の作者伊知子である（藤井喬著『涙草原解』昭44・11）。佐柿城はその後寛永十一年、酒井忠勝が入国の後城を廃し陣屋を置いた（佐柿村郷土史家瀬戸源蔵氏からの書簡による）。

で、徳元は、この年春、若越国境に近い三方郡佐柿国吉城に多賀良利を訪ねて、かの永禄の昔――城主粟屋越中守勝久（勝久は連歌も嗜んでいる）が懸命になって防戦につとめたさまをしのびながら、「敵ハ引ミかたやはるの幕の紋」の句をよんだのであろうと思う。

又、このころ、発句十一句を吟ず（『塵塚誹諧集』上）。

ばつと花ちりし名残や青ば山（註1）

註1　青ば山――青葉山、青羽山とも書く。若狭国と丹後国との国境にまたがる山、標高は六九九米、遠景が美しく一

名「若狭富士」とも称している。古来、歌枕としてよまれている名山である。殊に若狭高浜海岸からの遠望はすばらしい。

『向若録』

小浜の西七八里、大飯郡三松村の北にあり、其一辺は丹後境を壓す。形円にして推髻者並立するが如し、樹陰繁茂し色鴨の頭の如し、故に青羽と名づく、倭歌家の吟士多く、之を賞詠す。霜葉の紅を愛する者あり、或は花梢残に似たるを玩ぶものあり、残雪花梢に似たり、況んや復た水鳥の青羽に比する等挙ぐるに遑あらず、青羽或は青葉に作る、今国俗に弥(み)山と称す、盖し浮屠(ふと)氏の説を聞き須弥(しゅみせん)山に擬して其高きを誇ると云う。（中巻、青羽山の条）

しら玉(註2)か何ぞ椿はやたへ坂(註3)

註2　しら玉――白玉椿。『伊勢物語』に、「白玉か何ぞと人の問ひし時露とこたへて消えなまし物を」と見えて、ほかにも「しら玉か何ぞ」を詠みこんだ歌が、『続千載集』『風雅集』『新続古今集』等に数首ある。小浜市郊外の青井村から名田庄村へ至る街道の途中に、谷田部(やたべ)坂という坂があり、近くに「白玉椿八百比丘尼・神明宮」がある。すなわち、この神明宮をさすか。

『拾椎雑話』

神明舟留岩の辺白玉椿の名所なる事にや、白玉椿有。小社を白椿と云。西行法師谷田部坂の歌を以て見れば、何そよりところ有もの歟。（巻九、小浜）

舟留岩の上に白椿社あり、元文年中社家丹後物語に、此社は八百比丘尼也。巡礼廻国の者開帳を望む毎に居宅より是迄上り下り大儀故、山に仮殿を立、人置候。白椿の社に白椿を空印様植させられ候由申伝候。今以て白椿の木有と也。

或説に元和五年青井白玉椿に小社を建と云。（巻十二、寺社、三十　神明宮の条）

註3　やたへ坂――谷田部(やたべ)坂、矢田辺坂とも書く。遠敷郡谷田部。

『向若録』

佐藤西行曰く「若狭路や白玉椿八千代経て又も越えなん矢田辺坂かな」坂は後瀬山の西半里許りにあり、坂径屈曲長くして稍険なり、白玉椿尚存して花を開く、巖頭の小祠を白玉椿社と称す。（中巻、矢田辺坂の条）

〔追記〕
「しら玉か何ぞ」を詠み込んだ、古歌は左の通り。
□続千載和歌集・巻十六・雑歌上
しら玉か何ぞと問はむ打ちわたす遠方野べの秋の夕つゆ　津守国夏
□風雅和歌集・巻十三・恋歌四
白玉か何ぞとたどる人もあらば泪の露をいかにこたへむ　冷泉前太政大臣
□新続古今和歌集・巻六・冬歌
篠の葉に氷りし露の白玉か何ぞと見ればあられ散るなり　関白前太政大臣
□同集・巻十五・恋歌五
袖にもる涙のはてよ白玉か何ぞはつゆのちぎりだになき　前関白左大臣

○春、「ある人」天福本伊勢物語を携えて徳元亭を訪れる。
□『塵塚誹諧集』上に、
ある人天福の本とて伊勢物語をもて来てひろめかし侍りける時に
てんふくの春やいたちの物かたり
とある。
天福本伊勢物語は、天福二年正月に定家が孫女に与えた旨の奥書があるので、こう呼ばれている。すなわち本の奥に、

天福二年正月廿日己未申刻、凌二桑門之盲目連日風雪之中一、遂二此書写一、為レ授二鍾愛之孫女一也。同廿二日
　校了。

とある。因みに定家の自筆は、幕府へ献上され、元禄の末柳沢吉保邸の炎上の際、焼失してしまったらしい。だが転写本はなかなか多い（『日本古典文学大系』9、伊勢物語解説、98頁）。

すでにして徳元は、桃山文化圏――すなわち天正末から文禄初年にかけて関白秀次の家臣として近衛三藐院や宗由山岡主計頭景以とも交渉のありし数寄者であった。従ってこの若狭国においても数寄者徳元の文名は知れわたっていたのであろう。

〔追記〕
　ほかに里村紹巴自筆の、天福本『伊勢物語』一本が存在したようである。『弘文荘待賈古書目』25号には、写真版で収録される（4頁）。反町茂雄氏の解説を抄出しておく。

　四　天福本　伊勢物語　里村紹巴筆、元亀四年写　里村玄的書状附
　　　　　　　　　　　　　　　　　　　　　　　　　　　一冊　一八、〇〇〇円

　桝形本（十七、〇×十七、〇糎）緞子装、鳥の子紙大和綴、八十一枚、十行。箱入。書写の態度謹直。巻末に勘物及び天福二年の定家の奥書等。最後に左の長跋あり（上図参照）

　　此伊勢物語者江州蒲生左兵衛太夫殿賢秀首夏の比、都の上つかたの家〳〵灰と消なんことをなけかるゝのみならす、こゝかしこのかりのやとりの朝夕のけふりたえ〳〵ならんとて、御心さしの浅からぬをむくへんかため、あやしき鳥の跡をかへり見す、水無瀬のこなたなる山崎にして、元亀四のとし梅雨の中に終書写。よみあはせ侍るついてにしるしつくるもの也（花押）

　池田亀鑑博士「伊勢物語につきての研究」未収。

　伊勢物語の古写の諸本中、流布の最も広い定家の天福本系統の善本で、連歌の集大成者であり、伊勢物語紹巴抄の著者である紹巴の自筆本である。（以下、略）

（平10・6・6記）

慶長十五年刊、古活字版・嵯峨本『伊勢物語』の跋文筆蹟について

該書は反町茂雄氏『弘文荘古活字版目録』所収、嵯峨本45『伊勢物語』刊記の図版（71頁）による。始めに問題の跋文を掲出する。

抑京極黄門一本之奥書云　此物語之根源古人之説々不同云々　故去慶長戊申仲夏之比中院也足軒素然　以天福年所被与孫女本　正之幷加画図巻中之趣　分以為上下　行于世矣　今亦以其印本正之再令流布世而巳　慶長庚戌孟夏日

因みに庚戌は慶長十五年である。前掲目録の解説では「慶長十三年の中院通勝（素然）の校刻本とは、ハッキリと一線を劃すべき別版、跋の筆者の名は判らぬ」（70頁）とされる。ところで谷澤尚一氏は論考「徳元と三江紹益」（『連歌俳諧研究』44号、昭48・3）の冒頭で、前記、徳元宅に「ある人天福の本とて伊勢物語をもて来てひろめかし」たという古典籍を、該書すなわち慶長十五年刊・嵯峨本『伊勢物語』がそれに相当かと呈されて、

編者未詳とされている。此の筆蹟を子細にみると、『尤之草紙』に類似するのみならず、版下は徳元自筆とみられるものである。是を以って直ちに、前記の発句を慶長十五年頃とするには一考の余地あろうが、寛永二年成立とするのは早計である。

谷澤氏は前掲の跋文を徳元筆と断定。更に、その結果『塵塚誹諧集』の構成面、年代順による配列にも疑義を提出されるに至る。

さて私見を述べよう。一見、いかにも徳元自筆と思わせる如くであるが、否としたい。

(イ)『塵塚誹諧集』を始め真蹟類でていねいに比較してみるに、跋文の筆蹟のうち、京・奥・夏・天・年・女・本・巳などの字体に相違が見られる。徳元の場合、とくに顕著な筆癖として「京」を異体字で「亰」、「本」

は「夲」と書くのを常とするが、跋文にはそれが認められぬ。異筆とすべきであろう。

(ロ) 徳元句「てんぷくの春やいたちの物がたり」は春の句。跋文末尾の刊記には「孟夏日」（夏四月）とあること。

(ハ) 谷澤氏の論考では、版下を徳元自筆と立証するに至る論証の手続き、いわゆる考証が省かれていること。

又、『塵塚誹諧集』の年代順による配列に疑義を提出されるが、傍証に今一ツ決定打を欠く憾みが存する。

このころの作品に、

ある人手つからミつから鳫を料理してよめかハきを入て出されけれハ

かりを入て汁を出すやよめかはき　（『塵塚誹諧集』上）

という、放埒な句がある。「かり」とは雁・男根のこと（鈴木勝忠氏編『雑俳語辞典』）。なおこの句、自筆本には墨で完全に抹消してある。卑猥を憚ったゆえか。

参考までに『塵塚誹諧集』には右の句と同様に墨で抹消せし句に、

ほりくじるは実(さね)もけのあるところ哉

汁の中へ入るゝはかりのけもゝかな

の二句が見える。本集が「貴命」による自撰集としての性格上、作者が墨で抹消した心情も首肯出来よう。あるいは――、『塵塚誹諧集』は春日局の周辺の「いとやごとなき御かた」――婦人に宛てた集であったのだろうか。

同じような傾向の付合に、

花よめにしたらさるまひ中ならし

あたゝかなそゝをなめくじりつゝ

まゆかすみけゝむしのやうなまたぐらに（第六、虫猷）

とある。いずれもが下巻に収録。又、『関東下向道記』小越の渡りの条にも狂歌一首。

よめいりのつゝくをこしのわたりとて

ふねとふねとのへゝのよりあひ

一見、犬筑波的な傾向句であり、そこに徳元の哄笑的なエロティシズムが見られよう。木村[註]三四吾氏が、「徳元は『犬子集』以前の作者であり、その作家的生命は、『犬筑波集』より『犬子集』への七十年の間にあったもの」と位置づけられたことは、蓋し至言であろうと思う。

註　前掲論考「斎藤徳元」。

〔追記〕

自筆本『徳元俳諧鈔』（架蔵）には、

〽ほりくじるはけに（塵―実）もけのあるところ哉

〽汁の中へいるゝはかりのもゝけ（塵―けもゝ）哉

（笹野　堅編『斎藤徳元集』92・93頁）

と少しく異同して出づ。ただし『塵塚誹諧集』の如く墨で抹消せられてはいない。すれば、やはり『塵塚誹諧集』の方がより貴人に――婦人に宛てた集であろうと見るべきか。（平10・6・11記）

○春、徳元、風邪を引きて病んでいる人のもとへ見舞いに訪れて、発句一句を吟ず。

□『塵塚誹諧集』上に、

風を引て例ならすあつしくわつらひ侍る人のもとへ行けるにきたうのためとて発句所望せられけれハとり

あへす
　春風をさすかひにハはらふかな

とある。徳元が、その生涯において、病気見舞のために詠んだ発句はいくつか散見される（八条宮瘡見舞、眼病見舞など）。関連することであるが、徳元はまた医師でもあったらしい。そのことは、次の二資料による。

□『医流（註1）　本朝古今人物考　天（地）』

一江戸　斎藤徳元　法名斎入　号帆亭　称又左ヱ門　住馬喰町二丁目
　　松永貞徳門人東武五哲ノ一人ナリ
　三江ト漢和俳諧百韵アリ
　寒月ハ誰カ氷餅ソ　　三江
　雹を粉にしてちらす山風　徳元
　又魚鳥俳諧百韵アリ
　をのか名の紅葉やとつるこゝり鮒
　其書
寛永　八（ママ）
一　誹諧初学抄

□『武江年表』（大本八冊、斎藤月岑著、正編八巻のみ嘉永三年刊、架蔵本による）

○十二月　**斎藤徳元**　**医師**にて連歌をよくす　関東へ下り　馬喰町二丁目に居す　関東下向の記あり
其時の句　むさし野の雪ころはしか富士の雪　○江戸にて句集を梓に行ふ事　この人に始れり（寛永五年の条）

徳元が医師である長子郭然茂庵と共にのちに寛永七年四月以降、三河吉田城主松平主殿頭忠利の許に見廻衆の一人もしくは医師の身分でしばしば伺候していることは、すでに旧稿で触れた通り。[註2] ほかにも当代流行の賦物俳諧ではあるけれど、「薬種之俳諧」(寛永九年成『於伊豆走湯誹諧』所収)を制作してのける彼であった。

註1　写本二冊。題簽左肩、編著者未詳。元禄期の写。幷河文庫旧蔵(現、天理蔵)。島居清氏編「明治俳誌零拾録」第八回附録所収。永野仁氏の御教示による。

註2　本書第三部「長盛・能通・徳元一座『賦何路連歌』成立考など」を参照。

○春、徳元、旧主織田秀信[註1]の墓所を詣でるために、紀州高野山へ旅立つ。

□『塵塚誹諧集』上に、

世にふるされたる何かしたか野のおくにおハしましけりとふらひまかりなんと若狭国を出て行〱紀伊国橋本と云所になん至りぬそこにいと大なる川ありこれなん紀の川と云

きの川[註2]やうきてなかるゝかは桜

高野の岑によちのほりて君に逢奉れハなミたせきあへすかの昔おとこ小野[註3]へ行て忘れてハ夢かとそおもふと詠し給ひしおもひにひとしく発露涕泣して

春雨もなミたの露やおくの院

しハらく君につかうまつり侍りける間に

色に香にそむやかうやの法の花

高野山大師や土に梅ほうし

三月十五夜月にうそふきて三五の杏を題にて

　　　　おほろ〳〵三五の月や松のかけ

とある。

秀信は慶長十年七月二十七日に二十五歳を一期として高野山麓向副(むかそい)村字東垣内斉ノ神屋敷の宅で病歿、遺骸は屋敷東隅の叢藪に葬られた（松田亮氏の調査研究）。従って徳元が展墓したのは高野御室なる光台院（龍泉院）境内の裏山に在る供養塔（五輪塔）を指すのであろう。なお同じく光台院の裏山には旧主豊臣秀次の「胴体墓」（宝篋印塔）も現存していた。又、武田酔霞氏[註4]は調査研究「斎藤徳元翁の墳墓竝に略伝」で、

　因に記す、徳元翁の仕へまつりし、岐阜中納言秀信卿は、岐阜城落去の後、高野山に登り、此山にて、逝去せられし事は、高野のしをりに、左の如くに見ゆ、

　　岐阜中納言墓ハ　親王御墓の西にあり、中納言は、織田秀信卿にして、信長公の嫡孫なり、関ヶ原の役、西軍の為に、岐阜城に據り、城陥りて当山に遁れ来る、慶長五年十月四日也、

と記す。すれば高野山奥の院で秀信君に逢い、むかし在原業平が小野に惟喬親王を拝した感懐にひとしく涕泣して、しばらく君に仕えたとする文飾も光台院に存する以上の遺跡を念頭に置けばまま理解出来得ようか。旧主秀信が関ヶ原への恨みをのこしつつ高野山において病歿してからちょうど二十年め。とに角、右の前書及び句意によれば、徳元[註5]はしばらくの間滞在して旧主の墓を守ったのだった。恐らく彼の心の底には関ヶ原合戦の折、主君の前途を見届けずに城から立ち去ったことに対する悔いめいたものがあったのではなかったか。

註1　慶長十年の条を参照のこと。

註2　『山之井』(北村季吟著、正保五年刊)

　　一、春部に、

桜

きのくにゝまかりけるころ

きの川やうきてながるゝかは桜　徳元

とある。

註3　小野――京都市八瀬（山城国愛宕郡小野郷）。惟喬親王隠棲の地。親王は、貞観十四年（八七二）七月十一日、病気のため出家なされ、比叡山麓の小野に庵室を構えられた。未だ二十九歳の若さであった。翌年正月、右馬頭なる翁在原業平が雪踏み分けて訪ねる（『伊勢物語』八十三段）。

註4　『考古学雑誌』第五巻第一号、大3・9。本書第七部に収録。

註5　田中善信氏は掲出の記事が徳元の墓参の折のものと解する通説に疑義を提出され、むしろ旧主その人に会いに行ったと主張される。前掲論考「『隔蓂記』の連俳資料」㈠では、

私は敢えて旧主自身に会いに行ったのだと主張したい。そして、徳元の旧主が織田秀信であるということが動かせない事実だとすれば、これは慶長十年以前の記事であり、もしも徳元と秀信との関係にわずかでも疑いを入れる余地があるのなら、文中の「君」なる人物についてあらためて検討する必要があると思う。

と述べられる。いかにも左様に受けとれようが、私見は今は傍証の面で保留としたい。ただ徳元句「高野山大師や」に見える「梅ほうし」（梅法師）の意は、惟喬親王同様に若くして本意ならず出家した秀信の法師姿を比喩せしものと解釈できないであろうか。

〔追記〕

『徳元俳諧鈔』には、

付合次第不同

独吟千句ノ内

・色かもふかき衣をそめす

たか野山大師は土にうめほうし（『徳元集』94頁上）

と見える。

（平10・6・13記）

○帰るさ、奈良に出、猿沢の池にて遊び、又、春日の御社や東大寺等に詣でて、やがて三月末若狭に帰った。このときの旅の模様の一端を前記『塵塚誹諧集』上から抜萃してみる。

　扨君にまかり申つかふまつりてかへるさにハ奈良の都に至りぬ日も暮ぬれハやとりをもとめて旅つかれやかてふせるにあるしのもとへそこらの人々こそりてとよめハ

　　なら坂やこのかし宿のふためけハ(註)
　　とにもかくにもねられさりけり

　と心にうちすして明ぬれハ春日の御社にまうてんとつとに起て出ぬ

三月末、すでに親友の死せるを知りて、「ちることやじゅんのこふしの花の露」なる発句を手向けた。「こぶしのはな」は、『誹諧初学抄』末春の章に見える。中七「じゅん（耳順）のこぶし（辛夷—古武士）の」とあるから友人は六十歳にて歿したるか。

註　参考までに徳元作仮名草子『尤草紙』上に、
　ならさかやこの手かしハのふたおもてとにもかくにもねぢけ人哉（十、うるさき物のしな〴〵）
とある。『万葉集』の「佞人を謗る歌一首／奈良山の児手柏の両面にかにもかくにも佞人の従（巻第十、三八三六）」をふまえたるか。

○四月一日、発句一句を吟ず。

□『塵塚誹諧集』上に、

　明れハ卯月朔日なり
　　魚鳥のわたまてぬくやころもかへ

とある。

このころの作品に、

北海に杜鵑なしとかや待とも啼さりけれハ
ひらになけ北とてなせに郭公

狂哥
いにしへの北のおきなの夢にたに
きかてやミなん山ほとゝきす
今なかていつの後瀬そ時鳥　（『塵塚誹諧集』上）

とある。

他に、発句三句を吟ず。

○夏、徳元、遠敷郡伏原（ふしわら）村を訪れて、発句一句を吟ず。

□『塵塚誹諧集』上に、

ふし原と云里にて
ふし原の里にふし立早苗かな

とある。

「ふし原」とは、後瀬山の南、遠敷郡伏原村。徳元は、この年夏、後瀬山のふもと遠敷郡伏原村を訪れて、「ふし原の」の句をよんだのだった。

このころ、発句四句を吟ず。

○夏、五月雨の降りしきるころ、徳元、遠敷郡堤（つつみ）村を訪れて、発句二句を吟ず。

□『塵塚誹諧集』上に、

　つゝみと在所ハやつかれか知よしの里なりけれハ

　五月雨にきれぬ堤のかま戸かな

　つゝけふりにふる五月雨や天下

とある。

「堤」とは、遠敷郡堤村のこと。文中「やつかれか知よしの里」とあるから徳元の知行所であったか。参考までに右「知よしの里」に関連する語例を挙げてみる。

　墨股、此所ハ古へそれかし知よしの里なりけれハ（『関東下向道記』）

　車持（くらもち）と云里をも知行せしかハ（『塵塚誹諧集』上）

以上。「知る所・知よしの里」とは支配する所・領地・知行所といった意味である。

『若耶郡県志』（吉田言倫著、正徳四年成、伴信友旧蔵本にして現在、楯権蔵氏蔵）

　西津郷松原北山ノ腰一方築二高堤ヲ一山ト与レ堤之間為二大窪ヲ一令二潤流ヲ一滞留セシム　于其処ニ一而常湰レ水堤下有レ樋然トモ常閉二其ノ口ヲ一若炎旱ノ歳田水濶渇スレハ則開二樋ノ口ヲ一而導二水ヲ於田地ニ一以テ育ス二田苗ヲ一寔ニ民之所ノ二依頼一也以レ築二高堤ヲ一直ニ称レ堤（巻第二、山川部、遠敷郡、下中郡之部、堤の条）

このころ、発句十九句を吟ず。

○秋七月、「ならひよめけふ文月の文見草」の発句一句を吟ず（『塵塚誹諧集』上）。

このころ成った徳元句に「きくもあはれおきなや男やもめ草」なる発句がある。「おきな」ならびに「やもめ草」

は共に菊の異名（『誹諧初学抄』）、その「男やもめ草」に徳元自身の投影を見たい。とすれば、右「ならひよめ」は、長子郭然茂庵の妻をさすか。

医師斎藤茂庵の名は、吉田城主松平主殿頭忠利の日記である、『忠利公御日記写』（島原市公民館松平文庫蔵）寛永八年八月二十一日の条に、ときに在江戸に於て忠利の許に伺候しているのが初見であろう。従って寛永二年頃には、茂庵は父徳元と共に未だ若狭に在国していたと見なければなるまい。

註　前掲の拙稿「長盛・能通・徳元一座『賦何路連歌』成立考など」。

〔追記〕

「ならひよめ」とは、「けふ文月の文見草」に対して並び読め、あるいは並び詠みなさい、と言うことであろう。

（平10・6・13記）

○秋、徳元、京極氏の家臣として、大飯郡車持（くらもち）村を所領す。

□『塵塚誹諧集』上に、

くらもちと云里をも知行せしかハ

此秋はくらもちてつむ米も哉

とある。前書に「くらもちと云里をも」という書き振りは、前述の「堤村」の知行を受けているうえに更に「車持村」をも所領することになったと解釈するのであろう。

「くらもち」とは、車持（くらもち）村のことで、元禄の頃から大飯郡下車持村、上車持村とに分かれていた。

『若狭国郷帳』大飯郡の条には、

一高　弐百弐拾四石九斗九升三合（元禄十三年十一月）　下車持村
（一高　弐百弐拾八石六升七合（天保五年十二月）
（一高　弐百七石六升
一高　弐百拾石三升弐合　上車持村

とある（『福井県史』第二冊所収、附録編）。更に、『稚狭考』にも、大飯郡の条に、

下車持　弐百弐拾四石九斗九升三合
上車持　弐百七石六斗

とある。従って京極忠高の家臣たる徳元が、寛永二年秋に所領したこの大飯郡車持村の石高は、上下両村合わせてかれこれ四百三十三石程度であった、ということになる。

このころ、発句八句（「女子竹におへてかゝるやおとこ草」ほか）を吟ず。

○秋、徳元、遠敷郡熊川村を訪れて、土地の主人夫妻より心尽しの饗応を受ける。

□『塵塚誹諧集』上に、

熊川と云所へある時立より侍れハあるしもてハやし家とうし（刀自）とりあへすないひ（菜飯）を出して

ふる舞侍れハ狂哥

馬よりもおり居てやすむ熊川のあふりハぬけてなめしをそ出す

とある。「熊川」とは、遠敷郡熊川（くまがわ）（熊河とも書く）村のこと。

熊川村は若狭国と近江国との国境近くにある山村で、ために近世においては町奉行、関所、そして藩の米倉た

る御倉等が置かれ、小浜に次ぐ要所であった。今でも街道の両側には古い町並みが続き、いくらか徳元の時代をしのぶことができる。この年秋、徳元は、この若狭・近江両国々境附近の山村——遠敷郡熊川村に訪れたのだった。

〔追記〕

「熊川のあふり」は又、「熊皮の障泥(あふり)」を懸けている。「なめし」も障泥の縁語。木下義俊編『図解武用辨略』(貞享元年六月自序・刊、架蔵本による)巻七に、

障泥(アヲリ／アフリ)の条

後稍熊羆(ノチヤ、イウヒ(クマ))ノ皮ヲ以之ヲ為(ツクル)ト云々（三十三オ）（図7参照）

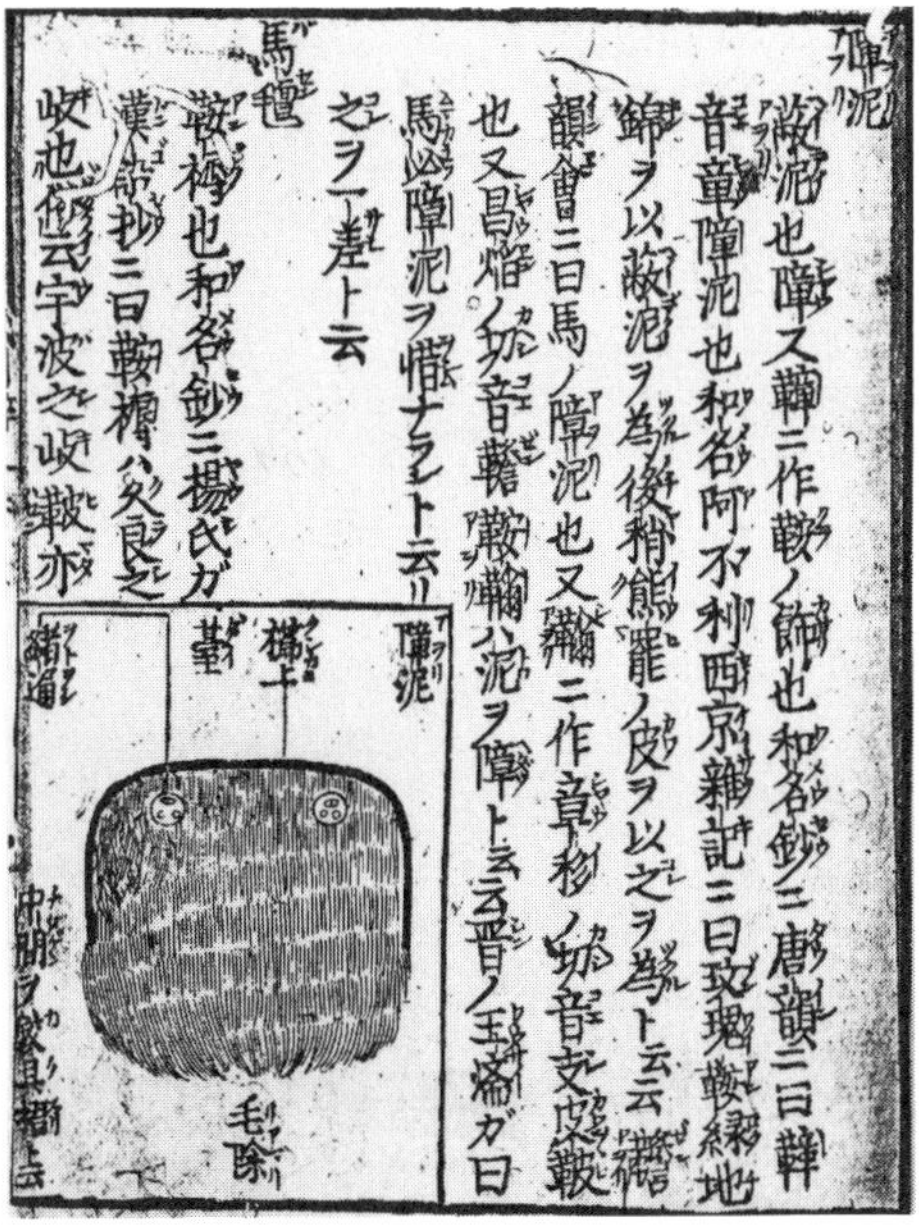

図7　障泥（アオリ）の図（『図解武用辨略』巻七より、架蔵）

（平10・6・13記）

○秋、徳元、ふたゝび青井村轆轤谷の歓喜山妙徳寺に参詣して、発句を吟ず。

□『塵塚誹諧集』上に、

例のろくろ谷の寺へまかりて

つるへにて月にあか（閼伽）くめろくろ谷

とある。

妙徳寺山門に至る参道の途中に、〝歓喜水〟と称する古びた井戸がある。秋の月夜、恐らく彼はこの古井の清水に渇いた喉を潤して、右の句をよんだことだろう。

『若狭志』

歓喜水（クワンギスイ）　在二青井村轆轤谷路ノ側ニ一水至テ清冷永享年中僧ノ怒庭創二立ス妙徳寺ヲ一于レ時雇夫甚タ渇スニ故怒庭穿チ二山麓ヲ一得二清泉ヲ一令ム二雇夫ヲシテ飲マ一レ之ヲ雇夫甚タ歓喜ステ因テ名ク（巻第二、遠敷郡）

他に発句二句を吟ず。

○八月十五日、芋名月の発句八句（「きぬかつき（衣被）ていも名月をミる夜かな」ほか）を吟ず（『塵塚誹諧集』上）。

又、他に発句三句（「身にしむハしほから風のをはま（小浜）かな」など）を吟ず。

○九月九日、重陽（菊の節句）の発句七句を吟ず（『塵塚誹諧集』上）。

きくもあはれおきなや男やもめ草
猩々の菊の酒にやミたれ草
猩々のかほやてりこう菊のさけ

右「きくもあはれ」句については既述。又、「猩々（※少々）の菊」ならびに「てりこう」は菊の異名（『誹諧初学抄』）。これらの句に、あるいは徳元の実像、つまり私生活上の一端や彼が上戸それも一杯成る口であろう様がうかがわれるように思う。因みに『塵塚誹諧集』には酒を詠める発句が十四句収録。猩々（しょうじょう）は大酒のみ。

○九月十三日、栗名月の発句三句（「山城に月も名あくる後瀬かな」ほか）を吟ず（『塵塚誹諧集』上）。下五「後瀬かな」は後瀬（のちせ）山のことで、『向若録』には、「雲浜の南、治城の西半里許りにあり、山あり後瀬と名づく……」（中巻、後瀬山の条）と記して、万葉の昔から歌枕として詠まれてきた名山。戦国時代には、若狭国の守護武田氏がこの後瀬山頂に居城を構えたが、現在は城址を残すのみ。若狭在住時代の徳元は、若狭・丹後両国境にまたがる名山青葉山（既述）と共に、この後瀬山の景も賞したようである。

又、他に発句二句（「もミちして青葉の山のせんもなし」など）を吟ず。

○秋、徳元、「ある人」の庭園に招待せられ、発句一句を吟ず。

□『塵塚誹諧集』上に、

　ある人庭をいとおもしろく作りてミにこよかしとまねかれけれハまかりて

　　北州のせんさいの枩や千世の秋

とある。

○秋、徳元、主君忠高につき従い、遠敷郡名田庄村を訪れる。

□『塵塚誹諧集』上に、

　名多の庄と云所の川へ国のかミせうえうせんとて出られ侍る時老てハにけなき叓とハおもひなから人なミにまかりて狂哥

　　老ぬれハけふはかりとや川かりに人なとかめそおきなさひ鮎

此川より国中へ薪をなかし出し侍れハ
いそきたく料理にもえぬきのとくやなま木になたのしやうの青柴

とある。『醒睡笑』には「借銭を乞へども呉れぬ気の毒や生木(なまき)に鉈(なた)の庄の者かな」(五)がある。「名多の庄」とは、南川の上流——名田庄村をさす。すなわち遠敷郡名田庄村と言う。一農山村部落である。「川」は前記、名田庄村を流れている南川の上流をさすものと考えられる。なお、この南川からは、郷土史家の話によれば鮎が釣れるとの由。で、小姓衆徳元は、この年秋、主君忠高につき従い山村——遠敷郡名田庄村を訪れ、南川の上流で鮎釣りをして楽しんだことであろう。

〔追記〕
右のくだりは、『伊勢物語』百十四段における、「昔男」になぞらえて書いているのであろう。すなわち、
むかし、仁和の帝、芹河に行幸したまひける時、今はさること似げなく思けれど、もとつきにける事なれば、大鷹の鷹飼にてさぶらはせたまひける。摺狩衣の袂に書きつけける。
翁さび人なとがめそ狩衣けふばかりとぞ鶴も鳴くなる
と(新日本古典文学大系17、186頁以降)。

(平10・6・17記)

○十月、三河吉田・松平藩の医師福永道寿が、「客人(まらうと)ざね(正客)」として徳元亭を訪れた。

□『塵塚誹諧集』上に、
福永と云人おもひよりて私宅へ音信給へりまらうさねなりけれハ愛拶ハかりに
ふくなかの家にやひんほう神無月
とある。

さて「福永と云人」についてであるが、『京極高次分限帳』(『続群書類従』第二十五輯上)には、

五十石。　　　福長與右衛門。

と見えており、降って「京極忠高時代松江城下図」にも同様に「福長与右ヱ門」の宅が認められる。だが私は福長与右ヱ門とすることには否としたい。何となれば、「五十石」取りの、かつ同じ家中の士に対して、「おもひよりて」「音信給へり」「まらうさね」なる敬愛・尊敬的表現はややオーバーの感がしないでもないからである。「福永と云人」とは、すなわち深溝松平家の藩医福永道寿その人であろうと思う。道寿は深溝松平家の吉田・刈谷在城時代における諸事覚書、『私覚書』(半紙本一冊、島原市本光寺蔵)に収録の「三州吉田家中家数」に、

天王小路

一　家五ツ　福永道寿

(『豊橋市史』第六巻)

と見えている。徳元との風交は前掲書『忠利公御日記写』寛永八年八月四日の条に「御年寄衆へ御内証申入候、相国様(秀忠)御気色能候由申候、山図・松平外記殿朝左(朝左近)被越候、道寿・徳元」とある。以下、説明する。松平忠利は大御所秀忠が御煩につき急遽七月二十八日に吉田城を発って昨八月三日江戸に到着。その翌日に山岡景以を始め医師道寿・徳元らの来訪を受けた。話題はむろん「相国様」の病状であったにちがいない。その後、道寿は寛永十八年八月三日の「沢庵等品川東海寺雅会」にも徳元と共に登場する(森川昭氏「半井卜養研究」)。

参考までに『忠利公御日記写』中より福永道寿関係の記事を左に抄出することで、忠利と道寿との主従関係が並々ならぬ信頼で結ばれていたことを推察出来るであろう。

寛永三年三月廿七日、松志摩内儀迎ニ江戸へ……道寿下申候(※道寿初見。忠利、在大坂)。

〃　五月六日、……江戸より道寿……登申候。

〃　八月廿八日、道寿よひに人こし申候。

同　四年正月十九日、道寿京被越候。

〃　八月二日、道寿高槻迄こし被申候（※八月一日、忠利、大坂発）。

〃　十一月十九日、晩ニ道寿ニふる舞申候（※忠利、吉田在城）。

寛永五年五月四日、晩より雨降、……道寿被越候（※忠利、在江戸）。

〃　十月十三日、江戸延寿院より人被越候、道寿息子藤十郎人を切ころし走申由申越候、ゐとへ人こし申候（※忠利、吉田在城）。

同　六年閏二月廿一日、よしたへ道寿こし申候（※忠利、在江戸）。

〃　十一月廿六日、道寿京へ被登候（※忠利、吉田在城。京都へは薬を取りに行かせたか）。

〃　十二月十九日、道寿被帰候。

同　七年四月廿七日、（見廻衆）道寿（※忠利、在江戸）。

〃　卅日、（見廻衆）道寿。

〃　五月二日、（見廻衆）道寿。

〃　十二日、（見廻衆）道寿。

〃　七月六日、（見廻衆）道寿。

〃　八月四日、（見廻衆）道寿。

〃　十二日、五郎八（※長子忠房）夜より少煩ニて玄琢（※玄琢法印）・道寿よひ申候、よく候て四ツ時分ニ江戸を立申候、……（※忠利、江戸出発）。

同　八年四月廿八日、雨降、道寿京へこし申候、……（※忠利、有馬入湯中。因みに、忠利は持病（淋病・

虫・痔ナド）にさんざん悩まされていたようである。）

〃　八月四日、御年寄衆へ御内証申入候、相国様御気色能候由申候、山図・松平外記殿朝左被越候、道寿・**徳元**（※忠利、在江戸）。

〃　九月十日、（見廻衆）道寿（※忠利、在江戸）

同　九年正月九日、江戸より飛脚二度こし申候、我等煩之様子土井大炊殿・永井信濃殿被仰上候処ゆる〳〵と養生いたし候様御意候由信濃殿より被仰越候、……（※忠利、領国にて療養に専念する）。

〃　二月十九日、……田ハらへ道寿被越候（※忠利、吉田在城）。

〃　三月七日、……晩ニ道寿ニ慶祐（※医師）ふる舞ニて被越候、……（※京都の慶祐法印、吉田城を訪れる。慶祐、三月廿九日、帰京）。

その後、主君忠利は病があらたまり寛永九年六月五日、時に年五十一歳をもって卒去した。

さて、忠利と徳元の主君忠高とは元和八年冬ごろから親交が続いていたようである。その模様は『忠利公御日記写』にも散見される。とすれば、両者の家臣――忠利の藩医道寿が寛永二年十月に在若狭の徳元亭に始めて正客として訪れたとしても、何ら唐突の感は受けないだろうと思う。加えて前記、福長与右衛門は道寿の一族であったやも知れぬ。

（平10・6・17記）

〔追記〕

松平忠利・福永道寿一座、連歌関係資料

○元和六年八月廿三日（於吉田、松平主殿殿（とのも））昌琢発句、忠利、道寿ら。

○寛永四年四月五日（松平忠利邸）、何人百韻。昌琢発句、忠利、道寿ら。

○十月、徳元、友人に誘われて丹後国天ノ橋立へ旅行した。

□『塵塚誹諧集』上に、

神無月ハかりに丹後国橋立一見のため友たちに誘引せられまかりて

ハし立や波さえぬらす文珠しり（文珠師利大菩薩）

文寿堂けにこの寺や神無月

庭に落葉ちへかさなるや文珠堂

時雨ふるをとにや鐘もなりあひし（成相寺）

とある。

徳元は、天橋山智恩寺――通称「切戸文珠堂」に詣でたのであった。文珠堂は臨済宗妙心寺派所轄、因みに、父正印軒元忠の支配下にあった岐阜県加治田村の臨済山龍福寺を始め、岐阜県小島村（現・揖斐川町）の瑞巌寺（岡部長盛の菩提寺）、新宿区榎町蔭涼山済松寺（岡部長盛・斎藤利武系統）、岸和田市天瑞山泉光寺（岡部家・斎藤茂庵系統）等の縁ある寺院は、すべて妙心寺派に属している。なかんずく智恩寺所蔵の『過去帳』（見返しに、「文化三丙寅年／現住実応改焉／筆者龍華密首座」と記す）を検するに、

廿一日の条

三住妙心勅諡大徹法源禅師天猷大和尚　　慶長七年壬寅二月

と見える。すなわち妙心寺龍泉・春江派の天猷[(註1)]玄晃は加治田龍福寺の開山たりし高僧で、その法孫別源[(註2)]宗調（慶安四年六月十七日寂、六十九歳）は寛永年間時の丹後宮津城主京極高広（高知の子で忠高とは従兄弟。安智軒道愚と号す。延宝五年四月二十二日歿、七十九歳）の請により智恩寺中興の祖となっている。従って徳元と文珠堂の寺縁は彼是因縁浅からずであったようだ。彼はこの地がやがて己れの墓所となるべき地になることを、予

測し得たであろうか。
それから西国廿八番札所の世屋山成相寺にも詣で、発句一句を詠んでいる。

註1　『妙心寺六百年史』（170頁参照。妙心寺、昭10・4）。
註2　「文珠堂略記」（住職萩原大瑩誌、昭30・7）による。

〔追記〕

ハし立や波さえぬらす文殊しり

右の句は、『雄長老百首』に収録の、「橋立の」狂歌をふまえて詠まれた、男色の破礼句であろう。『醒睡笑』巻之五――第十八段に、

天のはしだてにて　　雄長老
橋立の松のふぐりも入海の波もてぬらす文殊しりかな

と見えている。「文殊師利菩薩」に「文殊尻」を掛ける。因みに『犬子集』巻第十一・恋の付合には、

尻よりも先にぬるゝは袖の露　　慶友
文殊堂にて衣〳〵の月　　同

とある。南方熊楠翁は雄長老詠の「橋立の」狂歌を次の如く解釈される。

……文殊尻ノ事、文師（ママ殊ノ誤ナラン）師利菩薩（妙吉祥ト訳ス）ノ名号ニヨリ此語出来タルハ無論乍ラ、此菩薩結跏趺座スル故後庭（※肛門）前ヘツキ出テ、前書申上タル朝鮮女同様門口ガ寛濶ニテ、正式ニ前ヨリ行フニ甚ダ恰好ナルヲ文殊菩薩ト云シ也（中略）今夜雄長老（タシカ細川幽斎ノ弟ニテ慶長頃盛ンナリシ僧）ノ百首ヲ見シニ、（橋立テノ松ノフグリ（松毬マツカサヲフグリト云ク又陰嚢ヲモフグリトイフ）モ入海ノ浪モテヌラス文殊尻カナ）（準一註、此歌、古今若衆序、又醒睡笑巻五にも見ゆ）コレハ文殊尻広クシテ陰嚢迄モハイルトイフ意ヲ入海ノ浪モテヌラストカキタル也、兎ニ角文殊尻ヲ尊ブノガ、大若衆ノ好マレシ一理由ナリ、……（岩田準一編著『男色文献書志』文殊尻の条、354頁参照。昭48・9）

と。さて、徳元を天ノ橋立に誘った「友だち」とは、いったい何者だったのであろう。俳諧師徳元の気分は若々しい。

（平10・6・24記）

○十月、徳元、若狭国における伝説的人物「八百比丘尼」について、発句等に詠み込む。

□『塵塚誹諧集』上に、

昔若狭国に八百歳になりける老尼の有けるとなり　その名を白ひくにといへり　扨こそ

綿ほうしかふるか雪の白比丘尼

とある。

すでに「八百比丘尼」に関する説話は、『西鶴諸国はなし』序文や『和漢三才図会』巻七十一・若狭国の条等に見え、又前掲の郷土史書『向若録』『拾椎雑話』等にも詳述せられているので、ここでは敢えて贅説しない。ただし八百比丘尼伝説として記録された江戸時代における諸文献中、この徳元の俳文がもっとも古い記事であろうということだけは指摘しておく。(註)

註　たとえば高橋晴美氏の「八百比丘尼伝説研究」(『東洋大短大論集・日本文学編』18号、昭57)は、林羅山著『本朝神社考』が最初の記録である、とされる。

○冬、徳元、若狭高浜海岸に遊ぶ。

□『塵塚誹諧集』上に、

高浜と云所へなんまかりて狂哥

手はなせるたかはまとてや浦風もこるゐをあはする波のいくより

水鳥や波にうきねのひるむしろ

とある。

「高浜」は、高浜(たかはま)海岸のこと。かつては大飯郡高浜村と言った。海岸のほとりには城山があった。

『拾椎雑話』(木崎愓窓著、宝暦七年丁丑季冬成立)

高浜の城、京極高次公の時家臣佐々加賀守一義これに居る。(巻二十、郷中)

なお高浜海岸と鷹との関係については、『稚狭考』に、

高浜海中にあるをしま(鷹島ノコトカ)に人家はなく、漁人舟繋りする所なり、此島諸鳥夜中囀る事甚敷、たま〳〵舟繋りする人も一夜夢むすはすといへり、鷹の喰んとするに恐れ鳴事なり。地方へは五七里海をわたらされは小鳥飛行成難く、鷹の食物に生れたるかことし。……(第七、草木魚鳥)

とある。

徳元は、この年冬、北海の波うちよせるこの若狭高浜海岸に遊んだのだった。海岸のほとりには、かつて京極忠高の家臣だった佐々(さっさ)加賀守一義(慶長十六年、陸奥国津軽に配流。家老佐々九郎兵衛尉光長は一族か)が居城せし高浜城が見え、左方には若狭富士こと青葉山が遠望出来る。徳元は、この風光明媚なる景を賞したか。はるか沖合には、「をしま」辺りから飛んできた老いた鷹の姿が、ひときわ印象的に映ったことであろう。

○十二月、発句一句を吟ず。

□『塵塚誹諧集』上に、

冬咲し梅に水仙花を入合て床に置れたる所にて

年のうちやひとなる花の兄弟

とある。因みに梅の花の異名を「花の兄」と言い、水仙花は「菊より末のをとうと」(『山之井』)とも言う。

寛永三年（一六二六）**丙寅　六十八歳**

○正月　徳元、若狭国より国主京極忠高（三十四歳）に扈従して入洛す。文事応接の係を勤めるためであろう（木村三四吾氏論考）。思うにそれはこの年六月に大御所秀忠、八月に将軍家光がそれぞれ上洛。忠高も京師において右近衛少将に任ぜられた。九月には後水尾院が中宮徳川和子（忠高夫人初姫の同腹母妹）ならびに皇女一の宮らをともない二条城へ行幸せられるなど（古活字板・絵巻『寛永行幸記』に詳述）の慶事に関連して、朝幕間を往き交う水面下での任務が彼に求められたか。従って君臣関係の面でも京極家を始め深溝松平・岡部・生駒の大名家に対しては自由なる振る舞いを保持していたと思われる。六年冬まで滞洛した。在京の間に、徳元は堂上家へも出入りしているが、なかんずく北野連歌会（能通及び北野徳勝院の久園）や八条宮瘡見舞、源氏巻名発句の制作、あるいは師の里村昌琢に誘われて西摂有馬に入湯して「日発句」を成し、都三条衣棚町の貞徳宅を訪問するなどして、過ごすのだった。因みに昌琢との雅交は若狭在国時にまで遡るか（宗因筆『昌琢発句帳』）。滞洛中における、徳元の居所は多分、若狭守忠高邸であったろう。その所在地は、島原図書館松平文庫に所蔵の『京都大絵図』（極大一舗、寛永頃成）によって検すれば、善長寺町と鶏ほこノ町の通りが交差する辻の一角、すなわち綾小路通室町西、善長寺町に「京極若狭守」と見える。それは現在の、下京区四条室町下ル西に当たるところ、池坊学園の辺りで、いわゆる京洛の中心街に在った。

註1　本書第三部「徳元伝新考―寛永六年、東下前後のこと―」を参照。
註2　二木謙一著『大坂の陣』（中公新書、昭58）によれば、「忠臣二君に仕えず」といった主従間のモラルは、寛永期以前の武家社会に於てはあてはまらないであろう云々、と述べておられる（24頁）。
註3　本書第五部「翻刻・宗因筆『昌琢発句帳』」を参照。同書夏の部に、

自若州所望

五月雨ハ沖中川のはまへかな

若州衆所望当座
秋をまて後瀬の山の下涼

と見える。右「若州衆」とは、京極忠高の家中を指すのか、ならば徳元に擬しておきたい。

○正月、徳元、前書に「寛永三暦のころ都に上り三四年在京せしうち発句」と記して歳旦吟に、花びらの餅（宮中カ）・試筆（二日）・謡初（二日夜）・東福寺・西陣の句（「西陣に立春やをるはたのもん」）を吟ず。

□『塵塚誹諧集』上

花びらの餅や九重けふの春

「花びらの餅」は『誹諧初学抄』に「花びら……又正月の餅のかざりにも有。」と、改造社版『俳諧歳時記』新年之部、菱葩餅（ひしはなびらもち）の条には、「即ち薄く丸くのしたる白餅（葩）に、紅色菱形の薄い餅を重ね、味噌と牛蒡とを包みて食するもの。新年朝儀に奉仕の者など頂戴する時には、二枚襲ねの白紙を二つに畳みたるものに一つ〳〵挟みて下さるといふ。」（59頁）と記す。鏡餅の上に薄い菱形の餅を重ねたところから「九重」に転じ、「九重」は宮中・都の意、その縁で「けふ（今日・京）の春」と詠んだのであろう。因みに徳元は、この年九月十三日に、将軍家の参内（『徳川実紀』）にともなって、[註1]

禁中御庭へ物みにまかりて
鈴虫やないしどころ（※内侍所―宮中の温明殿（うんめいでん）の別称）の夕かぐら（『塵塚誹諧集』上）

なる句を詠んでいるのである。『若狭国伝記』（桜井曲全子著、宝暦ごろ成）には「……此徳元ハ始ハ京極ニ仕テ当国ニアリ終ハ止二宮仕一」と記され、法名にも「前端尹（前東宮大夫）」なる唐名が見えることから、徳元の「宮仕え」（あるいは御所出入の衆の一人か）については再考する要があろうかと思う。

参考までに、この年春の詠かと推定せられる新出「都花」和歌短冊一枚を紹介しておこう。（口絵4参照）

都花　九重の外までかくやにほふらん
花にかすめる都辺の空　　徳元

右は伏見桃山在、友山文庫（中野荘次氏）蔵。白無地、縦三六・四糎、横五・八糎、新出の和歌であり、「九重の外までかくや匂ふらん」と賞美している点に注目されよう。（昭63・7・2実見。現在、架蔵。）

からすみは筆こゝろみのさかな（肴）哉

筆こゝろみ――春。正月二日の作である（『日次紀事』）。上五は「鱲子（からすみ）ならぬ唐墨（からすみ）は――」と読むのであろう。『和歌三才図会』（寺島良安著、正徳二年五月自序）鯔（ほら）の条に「唐墨ノスミ　三‐四‐月鯔ノ子連レ胞（えな）ヲ乾ブレ之ス形似レ墨ニ而大褐ク‐色味甘‐美ナリ」とある。

同じく二日夜には、謡初めの句。

松ばやしのくれもあやの小路哉。

「松ばやし」は『初学抄』初春の条に「……謡初　松ばやし」と見える。又、「松林」の意も懸けている。因みに服部（註2）茂兵衛宛、正保二年正月四日附徳元書簡の末尾にも、

二日謡初ニ
たちこゐや梅かえうたふ松はやし

とあるから「松拍子の暮れも」で二日夜の謡初めを指すか。ただし承応三年からは三日夜に行なった。それから徳元が滞在したであろう京極若狭守邸は綾小路通に面してはいた。

あるいは、句意から推考ではあるけれど、それは当代における管弦の師範家、綾小路（あやのこうじ）家を指しているのでは

ないか。吉川弘文館刊『国史大辞典』第一巻を検すれば、「宇多源氏。代々郢曲（えいきょく、神楽・朗詠・催馬楽・今様など）・和琴・箏・笛などの師範家。鎌倉時代末期の経資が綾小路を称したが、その子孫は庭田を称し、綾小路の家名は経資の弟信有の子孫が称した。したがって家伝をはじめ普通には信有を始祖とする。戦国時代に資能が出家して中絶したが、慶長十八年（一六一三）五辻之仲の男高有が家名を再興した。羽林家。江戸時代の家禄二百石。」（今江広道氏執筆）と記される。因みに当主は、『改定増補諸家知譜拙記』（大本五冊、文政三年二月板、架蔵）巻五を繙くに、高有、参議正三位、正保元年正月廿五日薨五十歳。逆算すれば寛永三年時には卅二歳。更に孤松子撰『京羽二重』（貞享二年九月刊）巻五には、「上立売室町西へ入／二百石」とある。されば徳元、上立売室町の綾小路高有邸に伺候し折柄〝松囃子〟を耳にしたらし、と推考は出来ないだろうか。

　あたゝかやでんがくあぶるとうふく（東福）寺

あたゝか―正月（『はなひ草』四季之詞）。梅盛編『俳諧類船集』（延宝四年十二月刊）に、「田楽（デンガク）―豆腐」と。『雍州府志』巻六土産門上・豆腐の条に、「……洛-下所-々製（ニスヲ）レ之」と記す。従って読みは、あたゝかや田楽あぶる豆腐食ふ、それに東福寺を懸けているのであろう。この年正月、徳元が詣でし京都五山の一、慧日山東福禅寺には、かつて批点を受けた近衛三藐院の墓所が現存（故あって大徳寺に改葬）、又、徳元の師昌琢もある年の夏に塔頭不二菴を訪れており、

　　於東福寺不二庵当座
　夏なきハしけ木を四の隣哉

と連歌発句を詠んでいるのである（拙稿「翻刻・宗因筆『昌琢発句帳』」）。

註1　『日次紀事』九月十三日・名月の条には、「今夜　禁裏多（クハ）有（リ）二倭-歌御会（ノ）一供（ス）二茄子（ヲ）献（ニ）一」とある。ただし、この九

月十三日の夜は雨天であったらしい（『忠利公御日記写』）。

註2　本書第三部「柿衞文庫蔵徳元第三書簡考」を参照。

○一月頃、北野天満宮にて三万句の俳諧が興行されたか。徳元、巻頭の発句を勤む。因みに二十五日は初天神。

□徳元短冊一幅

北野三万句之内／

巻頭　梅咲て天下は花の都かな　　徳元

□『犬子集』巻第一　春上

北野にて

正直な梅のたちえや神こゝろ　　徳元

ほかに立圃撰『誹諧発句帳』（寛永十年刊）にも収録。この、「正直な梅の」句もこのころの作か。

まず書誌。[註1]本短冊は徳元の曾孫たる、大坪本流馬術の師範定易（さだやす）（主税・青人、延享元年八十八歳歿）の後裔斎藤定臣氏の所蔵になるものである。氏は福岡市中央区小笹一丁目九番一号に在住。軸装。縦三六・一糎、横五・五糎。山水に梅花文様。

季語はむろん「梅咲て」で一月（『初学抄』『はなひ草』ほか）。かつ巻頭句でもあり（『天水抄』）、それは天神花に因んだもの。語句「花の都」は謡曲にも頻出。

さて、この年桜咲く頃に、徳元はここ北野天満宮に詣でて連歌会に出座し、その満座に俳諧も興じている（『塵塚誹諧集』上、後述）。徳元と北野雅会、それは多分、社僧能通（寛永六年歿）、徳勝院の久園たちが暗に関係していたのかも知れぬ。能通との交流は五年[註2]秋に、美濃大垣城主岡部内膳正長盛の華甲を祝う賦何路連歌一巻の折に一座。久園とは五年五月十八日の「山何」連歌一巻（昌琢発句）に一座する。なお久園の先代、徳勝院久世はこの三年時に北野目代を勤めている（『北野天満宮史料・目代記録』78頁参照、天満宮）。とすればそのような人間関係は寛永三年の春にまで遡るのではないか。

又、詞書中に「巻頭」と記されている点が、私の目を引く。それは、寛永三年前後における徳元の俳壇的地位について考察しようとする際の、一つの伝記資料となるからだ。巻頭句に関して貞徳は『天水抄』巻第二で、「発句一　貴人歟師歟」と記す。推測するに、北野初天神に奉納の俳諧三万句、その折、若狭から上洛して間がない彼ではあるが織田・京極両家につながる縁故からか、つとに八条宮御所出入りの衆であった（野間光辰先生『近世作家伝攷』収録、「仮名草子の作者に関する一考察」）し、加えて里村昌琢とも雅交を深めていたという俳壇的地位の高さが、徳元をして巻頭の座に据えたのではあるまいか。梅の花咲く初天神、天下は桜ならぬ面白の花の都や、である。

参考までに、天神花を詠んだ新出の徳元短冊一枚を掲出しておく。

ある人天神の絵をもて来て発句を所望し侍れは

梅は薫し四方にあまみつ（※天満）神の春　　徳元

右は金樹木模様の由。『尚古』昭和十二年三月刊行の十一―二号、短冊の部に所載。

註1　本書第四部「新出徳元短冊に関する覚え書」を参照。ただし旧稿の錯誤を訂した。

註2　本書第三部「長盛・能通・徳元一座『賦何路連歌』成立考など」。

○二月、徳元、西ノ洞院三条南、柳の水在の常真織田信雄邸に伺候したか。このころ、三条釜の座・柳の馬場等を訪れて句を吟ず。

□『塵塚誹諧集』上

かみのゆの柳の水やあらひ汁（洗ひ汁）

釜の座は柳の水を茶湯かな

「上のゆの柳の水」とは元内府織田信雄邸に在る井戸を斯く呼んだ。『京雀』（浅井了意作、寛文五年正月刊）巻第三に、

三条さがる

○柳の水の町　此町そのかみ織田常真公の御屋敷ありその井のもと名水にて餘所の水にはすぐれたり井の端に柳をうへられ茶の湯の水にはたぐひなかりしを云々

と。同様な記事は『雍州府志』（黒川道祐撰、貞享三年九月刊）にも、

柳水　在西洞院三条南元内府織田信雄公之宅井也斯水至清冷也植柳於井上避日色因号柳水千利休専賞此水點茶故茶人無不汲之

とある。更に「かみ（上）のゆ」とは上柳水（現在の柳水町北側と釜座町西側辺りに）のほうを指すのであろう。転じて「神・髪の湯」に、そして「ゆ柳」（『誹諧初学抄』）を言い懸け、髪に柳は縁語。従って解釈は上柳水なる名水〝柳の水〟で沸かした髪の湯で――、となるか。

さて、旧主秀信の叔父信雄と徳元との風交は、西洞院時慶の日記『時慶卿記』（京都府立総合資料館蔵本）に散見されるのである。

寛永五年三月四日、一午刻　常真公へ八条殿（※智仁親王）御成　予（※時慶）モ御供申……（次間ニテ）
……徳玄伺候

〃　十六日、八条殿御能……常真……等也　此衆被相伴、（又椽ニ）……徳玄……等候

されば、寛永五年桜咲く弥生の初めつかた、京都西洞院通三条下ル柳の水の町に構える、もと内大臣織田常真の邸宅からは時折、酒気を含んだ陽気な笑い声が聞こえてくる。常真は、信長の二男にして諱を信雄、叔父有楽斎からは茶道の奥義を極め、ほかに音曲舞楽にも嗜む文化人。四日午刻、彼の屋敷では、かの桂山荘の創始者八条宮智仁親王の御成（おなり）で堂上家ならびに地下（じげ）の数寄者たちが集まって、――多分、椿賞美の宴が催されていたのであろう。宴（うたげ）の顔触れのなかには徳元の姿も見えた。恐らく徳元は里村昌琢門下の連歌師としての資格、かつ旧主織田秀信の縁故につながる者として控えめに伺候していたであろう。趣向をこらした前栽には、今を盛りの椿の花百本を始め珍花名草各種、それは正に華麗なる寛永文化圏の一典型を思わせるようであった。私はここで、かつて中村幸彦氏が、『日本文学の歴史』7（角川書店、昭42・11）のなかで述べられたご論考の一節を想起する。少しく長くなるが左に引用してみることにしたい。

（ここで、寛永文化圏と称するのは）……庶民とは区別されるこの時代の最高文化人の集団のことである。（中略）他のもう一つは庶民の出や、僧籍にある、一芸一能の持ち主たち、和歌俳諧の松永貞徳、儒学の吉田素庵、書道美術の本阿弥光悦、同じく松花堂昭乗、茶道の安楽庵策伝などがまた一群を成し、この第三のグループは、その芸能をもって、第一（堂上歌人の一群）・第二（時勢に順応して活躍する儒人たち）のグループにと連絡していた。隠者の木下長嘯子、大名の小堀遠州、その他美術家や諸寺の高僧または富商で加えるべき人もあろうが、三グループを一つにしても、そう大きいものにはならない。これらの人々は、数寄と称した茶会や、花鳥風月のおりおりに出会しては、風流や学芸に興じていた。表芸は、上述したそれぞれのものであるが、教養趣味豊かに、みな和漢雅俗のさまざまな学芸をたしなんだ。

じつはこの一団こそ、古い中世以前の文化的伝統を濾過して、時代性を加え、近世社会にもたらした濾

過器であった。それのみではない、新興の文芸も、この人々のたしなみで洗練を加えたのである。同じたとえを続ければ、近世の新興社会へそれをはき出した口となったのが、庶民や僧侶などの、新興社会に直接位置した第三のグループである。運搬の係として、斎藤徳元・北村季吟・野々口立圃など（の）人々を数えあげてもよいであろう。（49頁）

すれば信雄との風交は寛永三年二月にまで遡ることが考えられようか。

「三条釜の座」は、柳の水町の信雄邸の東隣りに面した通りを言う。『京雀』には、

○釜の座　此町に茶の湯の釜を鋳ける上手どもあり町の南は三条通行あたり西ひがしの町をも釜の座といふ……（巻第三）

と記す。中世以来、三条釜座(かまんざ)町を中心に鋳物師たちが居住していた。釜と茶の湯も亦縁語である（『俳諧類船集』）。中七以下「柳の水を茶湯かな」については、掲出の記事を参照せられたし。

こきまぜて柳のいとやむすび花

結び花――末春（『誹諧初学抄』ほか）。上五「こきまぜて」は、『古今和歌集』巻一・春上に、「花ざかりに京を見やりてよめる／みわたせば柳桜をこきまぜて宮こぞ春の錦なりける」をふまえたもの。

花よめや柳のばゞの孫むすめ

「柳の馬場」は、もと万里小路(までのこうぢ)と呼ばれた。『京雀』巻第二に、

○萬里小路(までのこうぢ)　古しへ民の家居いまだ立続ざりし時此筋には柳おほく生つゞきしかば柳馬場通といふ

とある。柳馬場と遊廓については、『坊目誌』に、

天正十七年五月許可を得て此街二条の南北の地に遊廓を設置す。当時道路の左右に苦楝樹(ヤナギ)の並木を植う。

俗に口称して柳馬場と呼ぶ

と記す。すれば天正十七年五月、徳元時に三十一歳の若さ。この前後、徳元は上洛して関白秀次に仕官する。因みに二条柳町の遊廓は、慶長七年（四十四歳）に六条三筋町へ移転した。柳に馬場は縁語（『類船集』）。「馬場」は又、婆。未だ遊廓が存在していた時分、〝柳の婆〟は二十歳代であったろうか。対するに若き日の徳元の好色ぶりが想像せられよう。さて、ことし寛永三年六十八歳の春、徳元は三十数年ぶりにいまは傾城町の面影すらない柳馬場通を再訪してみる。と折しもそこに可愛らしき花嫁姿が眼にとまった。花嫁御は昔、艶聞を流したあの柳の婆、彼女の孫（馬子）娘であったのか。（※「柳の馬場」の呼称は、「やなぎのばんば」とすべきか。）

○三月、徳元、烏丸通出水下ル西側の桜の馬場にて桜狩り。又、東山の清水寺へも詣づ。

□『塵塚誹諧集』上

桜がりは桜の馬場の手綱哉

清水寺へまうでゝ

とし人のみるやさくらの田村堂

「桜の馬場」は、芦田鈍永撰『京町鑑』（宝暦十二年五月刊）によれば、「○出水下ル西側　▲桜馬場町　此町いにしへ足利尊氏公の御時武浮武衛の宅地にて桜あまた有て馬のけいこ場にてありしと也」（「烏丸通」の章）とある。撰者鈍永、九如館とも号した。中川貞佐門（『誹諧家譜拾遺集』）。その小伝については、『新修京都叢書』第三巻所収の野間光辰先生の解題（15頁）を参照せられたし。句意は狩猟ならぬ桜狩り。

さて、『日次紀事』三月の条を検すれば、「○凡春三月有桜花処東方則……清水寺云々」と見える。その清水寺の境内には征夷大将軍坂上田村麻呂を祀る「田村堂」が在った。田村麻呂は諱を（註）

利仁（としひと）と言い、延暦年間に彼の助力で清水寺が創建されたと伝えられる。弘仁二年、五十四歳歿。「とし人（利仁）の」句は、あるいは謡曲『田村』後半部の面影が見られるか。『塵塚誹諧集』下・「熱海千句」の付合にも、

二人しづかにはなすむつごと
清水や花ミにかこふ田村だう（第二、謡）

がある。江戸期の伝承に、坂上田村麻呂は斎藤氏の祖と伝えられていた（『美濃明細記』巻第四）。平清円編著『美濃国古蹟考』（編者は明和二年歿）に、「斎藤氏田村将軍五代之孫云々」（巻之七）と記す。徳元の末裔斎藤定臣氏蔵『斎藤世譜』（明和年間成カ）にも「利仁」の名が見えている。徳元はこの年ふたたび、秋七月十日（九日夜カ）の「清水寺千日詣」に詣でて狂歌一首を詠んでいる（『塵塚誹諧集』上）。

註　諱を利仁とするのは江戸期の伝説である。
　高橋崇著『新稿版・坂上田村麻呂』（吉川弘文館、昭61・7）によれば、「ここに（※蝦夷征討）利仁なる人物が登場するが、これは藤原利仁（としひと）とみられている。『尊卑分脈』によると北家魚名（うおな）の子孫で、延喜十五年（九一五）に鎮守府将軍になっている。その事績はあきらかではないが、同書が引く『鞍馬寺縁起』によると下野の国の高蔵（たかくら）（坐）山一帯の群盗を討ったとある（『鞍馬蓋寺縁起』にもみえる）。また、『尊卑分脈』のいくつかの写本には、利仁について「海路を飛ぶこと、翅在る（つばさある）が如し。人おもへらく神の化せし人かと」という注記があるようで、利仁も伝説化するにふさわしい奇怪な人物にされている。なぜか、田村麻呂伝説には、この人物が一緒に登場することになる。云々」（204頁）と述べられて、別人と考えられる。

●三月十日、太平城に於て「何山」連歌一巻を興行（八条宮智仁親王、発句。昌琢、脇）。「太平城」とは平安城（※御所）の意か。巻頭・巻末ならびに句上げをしるす。

□「何山」百韻　於太平城　（※寛永三年三月十日）

（巻頭）開より花の香ふかし家の風　色（※八条宮智仁親王）
　　　言のはとなる庭の鶯　昌琢
　　　誰もけふ筆□る春立て　梧（※近衛信尋）
（巻末）あるしまふけのしげきなる宿　東（※良恕法親王）
　　　次〳〵に若木さかふる花の本　梧
　　　　さへつりかはす百鳥の声　純

（句上）
色十　昌琢十　梧十　水十　東十　実顕七　氏成七　昌俔八　玄陳七　慶純六　宗順七　玄的七　保睦一

（松野陽一氏「宮城学院女子大学図書館蔵和本略解題」―『日本文学ノート』25号、平2・1及び『コンピュータ処理の研究』154、155頁）

右の連衆中、昌琢・梧（近衛信尋）・水（高松宮好仁親王）・東（良恕法親王）・阿野実顕・水無瀬氏成・昌俔・玄陳・慶純・宗順・玄的らは、すでに八条宮家御出入ノ衆であり、とくに花の下宗匠の里村昌琢は智仁親王に近侍して取次の役を勤めていたらしい（『寛永文化の研究』144頁）。この頃、徳元も亦、御出入の衆のひとりであった。徳元句「連歌とへ九重ひろき花の本」は、巻末の

　あるしまふけのしげきなる宿　東
　次〳〵に若木さかふる花の本　梧

なる付合に、照応したものか。又、「若木栄ふる」とは暗に里村一門の昌俔・玄陳・玄的らを賀して詠んでいるのであろう。

○桜咲く頃、徳元、北野天満宮における連歌二百韻に出座し、その満座に俳諧も詠む。同じ頃、下京区五条橋通塩竈の町に在る、左大臣源融（とほる）の別荘河原院（かわらのいん）の荒果てし旧跡（籬（まがき）の森）を訪ねて塩竈桜を賞す（「しほ竈の桜やのこる河原の院」）。『誹諧初学抄』末春の条に、「しほ竈桜」と見え三月の吟か。

□『塵塚誹諧集』上

北野にて連歌二百韻満座に誹諧もよほされしに

二百韵の花やあはせて八重桜

□『犬子集』巻二　春下

北野にて連歌二百韵過ヾ誹諧を

催ほされけれは

二百韵の花や合て八重さくら　　徳元

ほかに『誹諧発句帳』良徳撰『崑山集』（慶安四年刊――ただし詞書の部分には「北野にて二百韵連歌跡に催されければ」とある）等にも収録。連歌会後の俳諧発句である。中七の「花やあはせて」とは、花の句をあわせて、の意。この時、北野目代は久園の先代である徳勝院久世が勤めていた（『北野天満宮史料・目代記録』78頁）。

○このころ、深草の墨染寺に詣づ。次いで、「ある婦人」から貝尽しのもてなしを受く。室町小路を逍遙して、「室町はかうぢ（※小路――ただし柑子の花と懸ければ夏季）の花の都かな」。ここ室町小路にて、その昔足利将軍義満が造営の「室町花の御所」を懐古して詠むか。

□『塵塚誹諧集』上

深草のほとりをまかるとて

筆にこそすみぞめ桜かばざくら

ほかに重頼撰『毛吹草』(正保二年刊)巻五　春に、

筆にこそ墨染さくらかば桜　　徳元

と入集、寥和(りょうわ)撰『誹諧職人尽』前集(延享二年五月刊)には「筆結」の句として、降って幕末期に、暁鐘成著『淀川両岸一覧』(文久元年三月刊)上り船之部下、墨染寺の条にも収録される。

深草の墨染桜なる由来は、秋里籬島の『都名所図会』(安永九年刊)巻五における記述が比較的に要を得ているようである。

墨染(すみぞめ)　は鐘木町の北三町ばかりにあり。むかしはこの所までも深草といひて、野辺には桜多し。寛平三年堀河太政大臣昭宣公薨じ給ふ時、上野岑雄(かむつけのみねを)哀傷の和歌を詠ぜしかば、このほとりの桜墨染に咲きしとなり。

『古今』

深草の野辺の桜し心あらばこの春ばかりは墨染にさけ　　みねを

(中略)康頼入道の『宝物集』には、草木心なしといへども物のあはれを知ればこそ、その春は墨染に咲き、今に深草の墨染桜とてありと書かれしは、その頃までもありしと見えたり。

ただし、『古今集』巻十六の哀傷歌に見える上野峯雄(かむつけのみねを)の歌には「深草のゝべの桜し心あらばことしばかりはすみぞめにさけ」とする。さて徳元の、「筆にこそ」の句は、前引の由来をふまえて『宝物集』の文章「物のあはれを知ればこそ」の俳諧化と解せらるるか。

ある人貝づくしのもてなしとて色々とりあつめて出されしかば

耳しろにかほやあかゞいさくら貝

桜貝――『はなひ草』には二月とあるが、『滑稽雑談』（四時堂其諺編、正徳三年八月成）では三月とし、「これらの貝類艶色をます」としるす。このころ徳元は、「いとやごとなき御かた」――婦人の許に招かれて「貝尽し」のもてなしを受けたか。その折に、酔いのたわむれに一句「耳しろにかほやあかゞい（顔よ赤い、赤貝）」と詠んだのであろう。「赤貝」とは女陰を比喩し、片岡旨恕作の浮世草子『好色旅日記』（貞享四年九月刊）に、「はて気さくな若男。それ呼よせよとて。まんまと生た赤貝におちそめて。さん〲取ミだし云々」（巻五）とある。鈴木勝忠氏略解『江戸元禄雑俳秀詠』にも、「赤貝は、成女の比喩だから」（60頁）とされる。かく解すれば、そこに何気なく出されし艶なる色の「赤貝桜貝」に思わず「耳しろに顔や赤らめ」てしまう好色な姫心とも暗にとれようか。場所柄たいへんな戯句で徳元句のエロティシズムがうかがわれる。

○このころ、鷲山（霊山）・大原（「大酒は大はら（大原、大腹）にのむ花みかな」）・万寿寺などへ花見に遊ぶ。又、御所に於て、花の本連歌会に徳元出座したるか。「連歌とへ（問へ、十重）九重ひろき花の本」ほか一句を吟ず。

□『塵塚誹諧集』上

鷲山にて

谷にさく花やうへみぬわしの峇

右の句は謡曲『熊野』の一節をふまえている。すなわち、「清水寺の鐘の声、祇園精舎をあらはし、諸行無常の声やらん、地主権現の花の色、沙羅双樹の理なり。生者必滅の世の習ひ、げに例あるよそほひ、仏ももとは捨てし世の、半ばは雲に上見えぬ、鷲のお山の名を残す、寺は桂の橋柱、立ち出でて峰の雲、花やあらぬ初桜の、祇園林下河原。」とある。「鷲山」とは東山三十六峰の一で霊鷲山の略、霊山をさし、鷲尾山ともいい、桜の名所である。山腹に霊鷲山正法寺（『雍州府志』巻一を参照）がある。徳元は詣でたのであろう。なお古典俳文学大系本の註に「比叡山」とするのは誤り。

法の花見に行菓子やまんぢうし（※饅頭(マンジュウ)　万寿寺）

『京童』第四に、

○東福寺附万寿寺の条

又まんじゆ寺いま此（※東福寺）寺内にあり。五山のうちの一ケ寺なり。むかしは九重のうちにありして

らなるゆへ。山号はなし

春の日のあまげにむすやまんぢうし

とある。

○三月末、徳元、東山建仁寺の後に在る安井門跡の境内、真性院（寺称、藤寺）に詣でて藤見の句、「（前書）建仁寺へ藤咲ころまかりて／藤をみるきんかあたまやひかり堂」と吟ず。

藤は三月（『はなひ草』四季之詞ほか）。『雍州府志』には「此前庭紫藤繁延花開時男女群観世人不知真性院之号専称藤寺」（巻四、寺院門上）とあり、藤の名所であった。「光堂(ひかりどう)」は、洛東光堂（安井光堂トモ）で真性院との兼帯寺院。「きんかあたま」は僧侶たち、あるいは徳元みずからを戯画化して詠むか（徳元自讃画像参照）。

○夏四月初め、徳元、「衣がへ」「夏ごろも」、又、粟田口に住む刀工当麻ノ丞がことの句を吟ず（『塵塚誹諧集』上）。

おもてうらけふ門跡(もんぜき)（※門跡寺院）やころもがへ（四月朔日作）

夏ごろも一重に（※単衣、偏に）おしきやぶれ哉

「夏ごろも一重に」は、『古今和歌集』巻十九・誹諧哥に、「蟬のはのひとへにうすき夏衣なればよりなむものにやはあらぬ　みつね（一〇三五）」と見え、更には「夏衣ひとへに春を惜しむ身なれば」（『金葉集』九九）ともあり、これら古歌の俳諧化である。

粟田口とふまほどなや（※問ふ――当麻ノ丞――程無や）郭公（※程研ぎす）

刀工の当麻丞については、『雍州府志』巻七土産門下・刀の条に、「山城国自レ古有二巧手一、粟田口ノ冶工当麻ノ丞等之所レ打為二上作一」と記す。なお『毛吹草』夏の部に、

鳴かいやか声あやをきれ杜鵑　貞盛

なる句が見える。

○五月五日、上賀茂神社での競馬を見物。同じ日に荒神河原で子供らが印地（石合戦）する〝武者ぶり〟も見る（『塵塚誹諧集』上）。

賀茂のけいば（※競馬、転じて将棊の桂馬）おつるは将碁（ママ）だをし哉

『誹諧初学抄』中夏の条に、「賀茂のけいば　五月五日也。」と。『京童』巻三・上賀茂の条には、「……此かもの御神事おほき中に。五月五日のくらべ馬ことにもの見にて。かうぐしくおぼえたてまつる也」、更に『増山井』五月の条「賀茂の競馬　五日。くらべ馬。きをひ馬。赤方・黒方とて左右につがひて馬くらへする事あり。らちをゆひ、勝負の木の下にてかちまけを決す。」としるす。

いんじする子どもはむしやの小路（※武者小路通）哉

いんじ（印地）　中夏（『誹諧初学抄』『増山井』五月の条）。『雍州府志』巻八古跡門上に、

荒神河原　清荒神社東川原惣謂荒神河原毎年五月五日洛下児輩聚斯河邊左右相別抛礫石互相戦倭俗是謂印地

と。寛永十九年正月二十一日成、「単何誹諧」の付合中、

（名ウ3）ひきぬくも詞とかめのこし刀　徳元
（〃4）京わらんへの印地催す　徳元
（〃5）おとなしく姉か小路の異はして　玄札

と見える。更に、中川喜雲著『案内者』（年中行事、寛文二年正月、秋田屋刊）巻二、五月五日の条にも、

印地　藤の杜のもどり足のもの上ハ五条の橋をさかひ下ハ七条川原をさかひ晴明塚塩竈を場にとりて印地あり　賀茂のもどり足ハ今出川をさかひ下ハ荒神川原をさかひ中御霊の後を場として印地あり　紫野より西のかたも川原おもてに賀茂のもどり足に印地あり　内野より聚洛の野をさかひても印地あり　人おほく損じたりけるを寛永年中より法度ありて今ハなし……（『近世文学資料類従』本による）

すれば徳元の、右「印地」発句は、寛永期洛中風俗資料としても貴重。同様に、『犬子集』夏部・菖蒲の条に、堺の慶友ら印地の句二句が収録されている。

○六月十四日祇園会の日、徳元は折柄、善長寺町と鶏鉾町の通りが交差する辻の一角「京極若狭守」邸に滞在していたが、まずは町内から出る鶏鉾を見物して、発句「（前書）祇園会の日物見にまかりて／かち時は鶏ぼこのみくし（※御頭、御鬮）かな」を吟ず（『塵塚誹諧集』上）。

鶏ぼこ――末夏。『初学抄』には、「祇園会　六月十四日、貞観十一年比より始。下京の祭地。同七日に御こしを旅所へ出す也。其日山ぼこなど渡る也。函谷ほこ　長刀ほこ　放家ほこ　鶏ほこ……」と。鶏に祇園会の鉾は

縁語（『俳諧類船集』）。御鬮については、『京羽二重』巻二・祇園会神事山鉾次第の条に、「夫祇園神事は天延弐年に始レ之至レ于テレ今貞享二年乙丑年迄七百二十二年也例年六月五日に渡り初して七日の山鉾は六日十四日の山は十三日出テ二六角堂ニ一鬮(くじ)を取一番二番の次第を定……」とある。すればこの年の山鉾巡行の順番で、鶏鉾が一番鬮を引いて「勝鬨(かちどき)は――」と詠んだのであろう。あるいは鉾先の鶏の〝御頭〟をいうか。

○六月二十日、大御所秀忠、上洛して二条城に入御する。徳元は出迎えて祝賀の句を詠んだ。

□『塵塚誹諧集』上

　水無月廿日のころ、江戸より御上洛とて、世中ゆすりてあふぎ奉る。いかめしき御ひかりを拝み奉りて

　　日のもとのあるじやあつき京上り

秀忠上洛の模様については『徳川実紀』寛永三年の条より引用してみる。

○廿日御入洛なれば。伝奏幷に昵近の公卿殿上人山科御霊辺までいでゝ道北に蹲踞す。御乗物をよせられ労らはせ給ふ。諸大名は道西に並居拝謁す。中宮よりは桜井木工頭を御使して。御けしきうかゞひ給ひ。江戸よりは川勝信濃守広綱御使して伺ひ給へば。御自書もて御答謝あり。摂家。親王。門跡皆名代の使出し御けしき伺ふ。けふ二条城に入御。（日野記、東武実録）（大猷院殿御実紀」巻六）

徳元も亦、主君忠高に扈従して山科御陵辺にまで出でて道西に並居拝謁したか。

この頃、発句三句を吟ず（『塵塚誹諧集』上）。

　梅の雨の名残や天にかかほる風

　むせぶほど風かほる也丁字風呂

風かほる――末夏（『毛吹草』連歌四季之詞）。『犬子集』巻三・夏に、

納涼

風かほる雲の衣や丁字染　興嘉

と見え、「風薫」と「丁子」は縁語。「丁字風呂」については、西鶴の『好色一代男』巻五の三に、室（播州の室津）は西国第一の湊。遊女も昔にまさりて。風義もさのみ大坂にかはらずといふ。……みるから此身は、馬鹿となって。袖の香ひに引るゝ。立花風呂、丁子風呂。すなはち爰の揚屋也。（「欲の世中に是は又」）

とあり、『京羽二重』（貞享二年九月板）巻六・風呂屋の条には、

○丁子　ふや町四条下ル町

○丁子　姉小路東洞院西へ入町

と見える。又、町名も懸けているか。『京雀』巻第五に、

○近衛通　今は出水通といふ

新町通西へ

○丁子ふろの町　丁子風呂といへる風呂屋のありし故に名とすと。すれば徳元、丁子風呂なる風呂屋にて遊びしか。艶なる色香がただよってくるようだ。

瓜なすび東寺でやくうかいの汁

東寺瓜――末夏（『誹諧初学抄』）。東寺（現、南区九条町）、正しくは教王護国寺という。真言宗で弘仁十四年（八二三）、空海に勅賜されて以来、真言密教の根本霊場となった。貞徳著『新増犬筑波集』（寛永二十年刊）には、

雑

高野の大師名のみ残れり

くふかいの汁の蕪をわけにして

空海をかくしても高野の大師には付過侍　当時は同意に成也

とある。読みは、瓜なすび東寺でや焼く、食ふかい（貝）の汁、それに開祖空海の名を懸けている。

○秋七月初め、徳元、踏鞴ふむ鐘鋳の句ならびに七夕の句四句を吟ず（『塵塚誹諧集』上）。

たゝらをもけふふみ月のかねゐかな

蹈鞴とは、足で踏んで空気を吹き送る大きなふいご。『和漢三才図会』によれば、「踏鞴　△按蹈鞴、冶工常鋳鍋釜或鐘等物用蹈鞴令数人対踏板端如碓板下有竇而風通于甘堝能所扇火熾金流入型字彙云冶鋳之時扇熾其火謂之鼓鋳者蓋不揵也今之蹈鞴甚揵方也」とある。生白堂行風編『後撰夷曲集』（寛文十二年刊）巻第八・雑上に、

鐘鋳をみて　　定章（※大坂住、小谷氏）

鐘をいたるたゝらの風のつよければ

湯の入相に火花ちる也

と見える。なお「蹈」と「たゝら」も縁語（『俳諧類船集』）。で、読みは、踏鞴をも京（今日）ふみ、文月の鐘鋳かな、となろう。あるいは東山方広寺の巨鐘を鋳造せし跡なる鐘鋳町の地名も懸けているか。『京町鑑』（宝暦十二年刊）には、

○馬町通

○其東　　○其東
㋵下新し町　㋵鐘鋳町（かねゐ）　北組南組二町に分る

とある。

七夕

月弓のほしあひちかき的場（まとば）かな

星合——初秋・七夕（『毛吹草』）。『京町鑑』横町之分には「的場（まとば）通」と見ゆ。

きたうにもほしまつりする目やみ哉

星祭——初秋・七夕（『毛吹草』）。

長崎でやすくねがひの糸も哉

願（ねがひ）の糸——初秋（『毛吹草』）。読みは、長崎で安く値買ひの、五色なる願ひの輸入生糸を——、となろうか。寛永俳人徳元の時代色がうかがわれる句。因みに撰糸（せんじ）商大文字屋を営んだ後輩の松江重頼も寛永十年以前には長崎へ旅行をしたようである（中村俊定氏「松江重頼年譜」『俳諧史の諸問題』）。

比丘尼でや織姫わたるあまの川

銀河（あまのがは）——初秋（『毛吹草』）。

○七月十日夜、徳元、「千日参り」ということで、ふたたび清水寺に詣でて狂歌一首を詠む。

□『塵塚誹諧集』上

七月十日の夜は、千日参りとて、上下京の貴賤男女

僧俗群集し、清水へまうで侍れば

秋の夜の千夜を一夜になずらへてやちもなくたゞまいる観音

右の狂歌は『伊勢物語』二十二段中の昔おとこの歌「秋の夜の千夜(ちよ)を一夜(ひとよ)になずらへて八千夜(やちよ)し寝ばやあく時のあらん」をふまえている。

●八月二日、将軍家光、入洛。二条城に於て両御所対面し、家光は淀城に入った。

□『徳川実紀』寛永三年の条

○二日御入洛。供奉の輩貴賤ことごとく旅装をぬぎ新装をかひつくろひ美麗なりしとぞ。昵近伝奏の公卿及び在京の諸大名。御迎とて山科まで出る。けふの御行装を拝せんと出集りたるものども。京坂は更なり。五畿の男女。追分より山科まで充満せしとぞ。けさ柏原の行殿にて新庄吉兵衛直氏酒肴を献じ。それより二条の城に入せたまひ。両御所対面まし〳〵て。淀城にわたらせらる。（『大猷院殿御実紀』巻七）

○八月、徳元、八幡の石清水八幡宮へ詣づ。このころ、八幡宮社僧の昭乗（のちに松花堂昭乗）は四十六歳、滝本坊の住持であった（中村直勝編『八幡史蹟』昭11及び「寛永の三筆」関連略年譜『墨』66号）。十五日には石清水放(ほう)生会(じょうえ)が行なわれた。

□『塵塚誹諧集』上

やはたにまうでゝ

つえつきて鳩のみねこせ老の秋

月ももる社そう（僧）はいかにおとこ山

「鳩の峯」（男山トモ）は『雍州府志』巻三神社門上に、

　綴ノ喜郡

八幡宮在リ二男山石清水ノ地ニ一男山或ハ

　称シ二雄徳山ト一又号ス二鳩ノ嶺ト一……

と。更に石清水宮工司藤原尚次著『男山考古録』（嘉永元年三月自序、石清水八幡宮史料叢書第一巻に収録）にも、

　　雄徳山の条

玉葉　男山嶺より照す月影は曇らぬ人のこゝろ

　にそすむ　法印頼舜

　　八幡山の条

新後拾遺　八はた山神の伐けん鳩の杖老てさかゆく

　道の為とて　源家長朝臣

　　鳩峯の条

八幡大神御鎮座の後に負たる名也、鳩は神使　熊野の鴉の如し、ともいひ、亦古神の御示現の事も有りて、

古より御山に多く群集すれハ、御本宮の御在所の山をいふ、……

老か身のかゝらん杖の鳩のミねさか行道ハ

神のまに〱　中院素然

とあり、従って「杖――鳩の峯――老の秋（そこに徳元自身も投影）」、「月――男山」は共に縁語である。

この頃、恋句一句（「手さぐりにとるははん女がけもゝ哉」）を吟ず（『塵塚誹諧集』上）。漢帝の宮女「班女（はんぢょ）」が故事

は謡曲にもあり、『初学抄』恋之詞には、

一、班女　漢王の宮女也。怨歌行を作りて我身を扇にたとへたり。色うるはしくして君のてうあひにおぼしめしし時は、君に扇の御手をさらず、御衣裳に添がごとし。色おとろへ侍て、てうあひうすくなり侍れば、深閨に捨られて、秋風の至り侍ては、扇を箱の中に捨て用ざるがごとしと、身をうらみて独り侘とかや。

とある。「毛桃（けもも）」は桃の一種で皮に毛があるのでいう。秋季。又、「毛股（けもゝ）」で女陰を比喩し、謡曲の俳諧化で独り居の班女が閨を手探りに「班女が毛もゝ」で恋の句になろう。『塵塚誹諧集』下―秋に類句として、「月の夜も手さぐりにとるけもゝ哉」がある。

○八月十五日、徳元、北野天満宮における連歌会に出座、夜に入りて芋名月を連歌堂のすぐ近く一夜松社（いちやのまつ）（摂社船の宮）越しに賞し、老松社（おいまつ）（本殿後方に有之）、右近馬場跡を徘徊して偲んだ。

□『塵塚誹諧集』上

八月十五日、北野へ連歌にまかりて夜に入侍れば
四季のうちに今夜の月や一夜松（※一夜待つ）
老松や右近のばゝをしのぶ草（※秋季、偲ぶ）

○この頃、鞍馬の句のほか二句を吟ず（『塵塚誹諧集』上）。

いちくちになくやくらまの轡むし
へうたんのづして秋うる山桝（さんせう）かな
関入（※逢坂の関カ）やみなる中よりききやう笠（※帰京、桔梗笠）

「関入や」句。因みに下五「ききやう笠」について、『山之井』秋部・桔梗の条に、「桔梗笠といふあれば。花の顔かくせとも。人目忍ぶの草がくれなる心をもいひなし。かめにいけては亀甲といひ。首途(かどで)をいはふあいさつに。帰京などもいへり。又ききやうざらをもつらねなす」とある。

●八月十九日、忠高、従四位下の右近衛少将に任ぜられた（『徳川実紀』寛永三年八月の条）。（図8・9・10参照）

○九月六日、後水尾天皇が中宮和子・皇女一の宮らをともない、折柄滞洛中の秀忠父子を二条城に行幸啓。これに先だち、将軍家光は天皇奉迎のために参内する。このとき、主君の忠高も中少将侍従の列二行に加わり黒装束騎馬姿で供奉(ぐぶ)した（古活字版・絵巻『寛永行幸記』及び『徳川実紀』）。絵巻『寛永行幸記』（岐阜県南濃町、行基寺蔵本。水谷稔氏撮影による。図11・12参照）等によれば、翌七日は快晴、舞・万歳楽など。夜・和歌の会。八日、馬・蹴鞠興行。九日、猿楽の催し。滞在は五日にわたり同月十日、還幸。従五位下諸大夫並の徳元も忠高に随行したらしく、発句三句を吟ず。

□『塵塚誹諧集』上

長月十日のころ、二条堀川のみたちへ行幸(みゆき)ありければ

堀川の御幸や月にもどり橋（※ただし十日は還幸の日で、『都名所図会』には「戻橋(もどりばし)は一条通堀川の上にあり」と。ここでは後水尾院の還幸も懸けている。）

やりのえや長月たつる辻がため

五位六位しゐ柴かざす御幸かな

「五位六位」句。中七は「椎柴」、「しゐしばの袖」とは四位の異名。『異名分類抄』（寛政六年再板本、架蔵）に

図８　天祐紹果讃（大徳寺169世、寛永14・７・12記）、京極忠高の衣冠画像（絹本、滋賀県清滝、徳源院蔵）

図10　京極忠高の墓碑（徳源院）

図９　忠高の木像（徳源院蔵）

図11　絵巻『寛永行幸記』(岐阜県南濃町、行基寺蔵)
若狭少将（忠高）の名が見える。(南濃町・水谷　稔氏撮影)

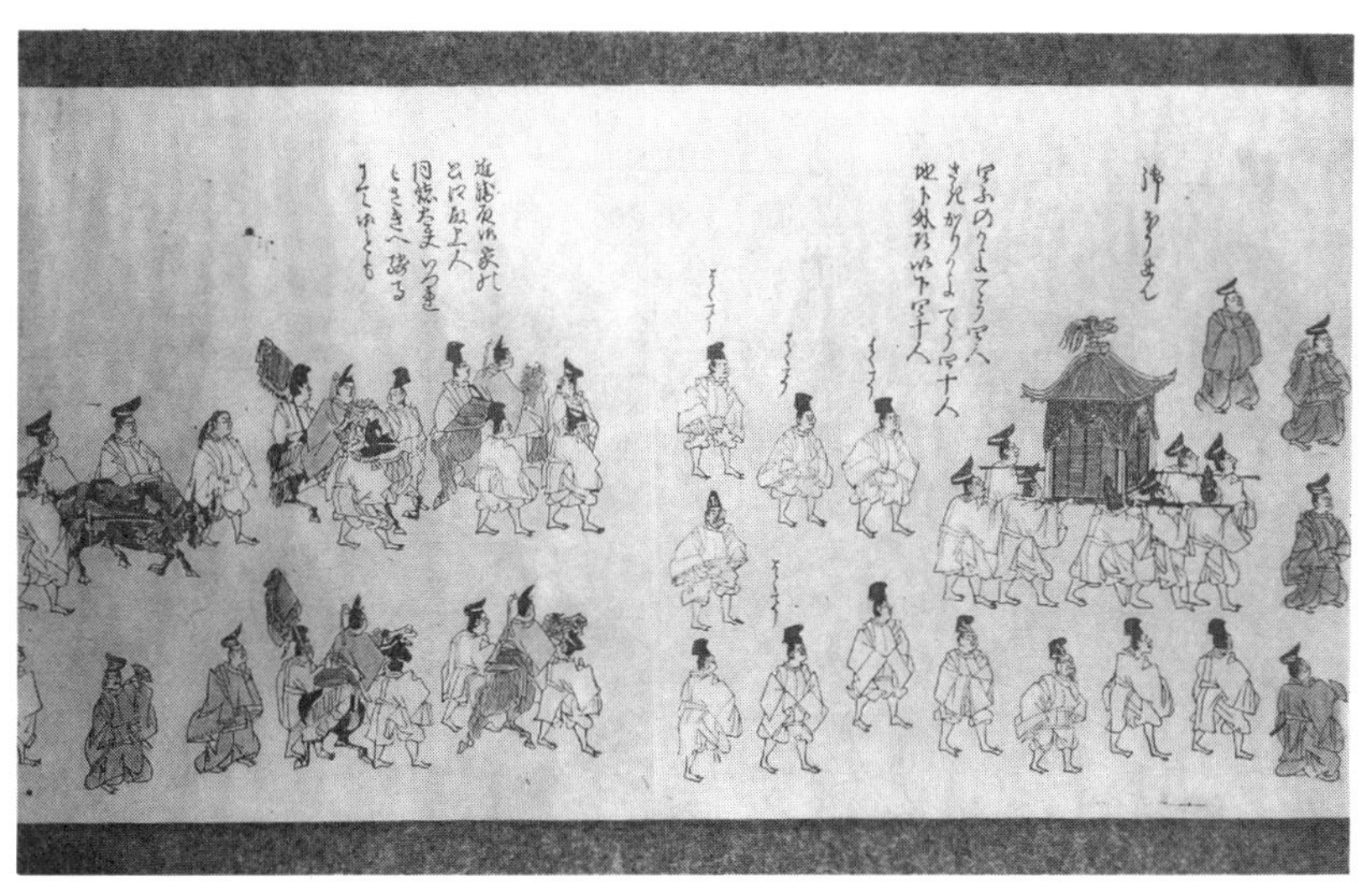

図12　同上　鳳輦の図

も見ゆ。有馬在湯中の徳元句に「（八月大廿七日）しゐの木にあがるや五位のくらゐ鷺」がある。

○九月十三日、大御所秀忠・御所家光参内、行幸を謝す。これより先、秀忠は太政大臣に、家光は左大臣にそれぞれ昇進（『徳川実紀』）。徳元、賀句あり。この頃か、夕暮れに徳元は禁中御庭へ物見に訪れている。

□『塵塚誹諧集』上

還幸の又の日幕下御参内あり。目出度治まれる天下也。相国家康卿より先三代なりければ

いく秋もへん今もはや御さんだい（※御参内、御三代）

禁中御庭へ物みにまかりて

鈴虫やないしどころの夕かぐら

右「内侍所（ないしどころ）の夕神楽」とは、温明殿（うんめいでん）における御神楽をさすのであるが、実際は鈴虫の音色を夕神楽に見たてたのであろう。あるいは、「内侍所の夕神楽」は中宮和子からの御沙汰による、在江戸の秀忠夫人逵子（於江与、崇源院）平癒御祈禱のためであったか。因みに忠高の文事応接担当の小姓衆徳元は、逵子の姉妹及び姫君たちとは縁故関係にあったのだ。

●九月十五日夜、秀忠夫人浅井氏逵子、江戸において歿す。享年五十四歳、その前後の模様は『徳川実紀』に詳述。『忠利公御日記写』寛永三年九月二十日（忠利・在大坂）の条にも、「大御台様去十五日之夜御はて候由申来候」とある。

○晩秋、徳元、伏見の稲荷山・下鳥羽の恋塚に遊び、あるいは大徳寺真珠庵や妙心寺に詣づ。

□『塵塚誹諧集』上

　蘭菊のかげに狐や稲荷山

　松かげや千々の秋生ふ仙人草

ふしみへまかる道にて

　鳥羽殿やたれをこひづか秋の山

大徳寺一休和尚菴室へ立より侍りて

　あたゝめてのむ寺の名やしんじゅわん

妙心寺にて

　花園のほうわうすめるきり間かな

「蘭菊の」句。徳元の類句に、「（九月小十二日）蘭菊のかげにかくるや狐わな」がある。

「鳥羽殿や」句。鳥羽殿――秋の山、鳥羽――恋塚、共に縁語。下五「秋の山」は、『都名所図会』巻之四に「秋山（あきのやま）、小枝橋半町ばかり南にして、茶店の向ふなり。鳥羽法皇城南離宮を営み給ひし時、四季の風景をつくり、紅葉を多く植ゑさせ給ふ所を秋の山といふ。……」とあり、従って地理的に見て「こひづか」は下鳥羽恋塚寺であろう。なお謡曲『卒都婆小町』にも、「……木隠（こがく）れてよしなや。鳥羽の恋塚秋の山。月の桂の川瀬舟。云々」とある。

「あたゝめて」句。大徳寺塔頭の真珠庵。『雍州府志』巻四寺院門上・大徳寺の条に、「真珠庵有リ二一休ノ像一」とある。

『毛吹草』九月の条「新酒」――新酒椀、徳元酒好きなりし。

「花園の」句。秋里籬島著『都林泉名勝図会』（寛政十一年仲夏刊）には、「正法山妙心寺は元、花園法皇の離宮なり……」とあり、『京童跡追』巻二・妙心寺の条、「……其後花園院関山を住山となさせ給へる也かるがゆへに当寺を花園ともいふ也山号は正法山法皇の一字は玉鳳院と号せり。」とある。玉鳳院は妙心寺塔頭の一。前掲書の『名勝図会』に「玉鳳院（法堂の東の方、南面なり）、初めこの所花園法皇宸居の御殿なり、崩たまふの後院号を釘し宸書の尊影を安置す」と。玉鳳院の方丈を「麟徳殿」といった。同じく『名勝図会』に「麟徳殿（東の間、山水。中の間、竜。西の間、桐に鳳凰。永徳筆）」と見える。さて、中七までの「花園の法皇住める」とは法皇ゆかりの玉鳳院麟徳殿西の間に描かれたる「桐に鳳凰」の絵をさすのか、そこの桐間に於て詠んだ句で臨場感が見られよう。なお、「住める」は「（霧が）澄める」、「桐間」は「霧間」を懸け、又、「桐――鳳凰」（『誹諧類船集』）も縁語である。

△十二月二十日、姫路城主本多忠刻、過ぎにし五月七日に病歿せしがため、夫人千姫は十一月二日に姫路発、二十七日江戸城南の丸に帰着、この日竹橋御殿に移り住んだ。東の丸の御方と呼ぶ。落飾して天樹院と称した（中村孝也著『千姫真実伝』101頁）。この日以後か、徳元の孫女如元が千姫の侍女になる。

□宝永六年四月十二日附幕府宛、曾孫斎藤定易差出「馬術由緒書」（末裔斎藤定臣氏蔵文書）

一　私叔母女元（註）与申者後大猷院様（※家光）御扶持方拝領仕天寿院様御伽候仰付也相勤候（後略）

註　同様なる記事は、斎藤定臣氏所蔵の『斎藤世譜』（明和年間成）及び『先祖書親類書』にも見えている。

□明暦三年二月六日附蔭涼軒巒秀法孝宛、しょけん（斎藤如元）書状（松ケ岡東慶寺蔵、中村博司氏ご教示）

返く〱七日の御心さし
よきやうにたのミ申候

あす七日（＊二月七日天秀尼十三回忌）の御心さしに
いつもち□ゆふへ
　金子弐両
仰つけられ候へとも
天寿ゐん（＊天樹院）様より被遣候
今度は火事ゆへ
　さためてそこもとへも
はこ返こし候へく候
　きこへ申候へく候
十八日（＊正月）十九日の
大火事ニ
御ほん丸様（＊本丸将軍家綱）もひかしの丸様（＊東の丸天樹院）も
類火ニて何事も〳〵
御とりこミゆへ　まことに
御心さしはかりに
て御さ候　御とふらひ
なさるへく候
また　（＊如元）わたくしより
弐百疋御かうてん（＊香典）あけまいらせ候

よきやうにたのミ申候
何事も〱いまに〱
御とりこミゆへ
そう〱申候
かしく
(如元)しよけん
(明暦三年)
二月六日
(蔭涼軒轡秀法孝)いんれうけん様　まいる

右の書状は、天樹(寿)院がすでに侍女となって仕えている如元(しよげん)をして、明暦の大火で江戸城も類焼し、その混雑のなかで、天秀法泰尼(※豊臣秀頼息女、正保二年二月七日入寂三十七歳)十三回忌として香典二両、又如元みずからも祖父豊臣徳元のゆかりゆえか香典二百疋(※銭二貫文)を共に送ったことを記す書状である。前掲書『千姫真実伝』二六二頁及び井上禅定着『駈込寺東慶寺史』(春秋社、昭55・6)八四頁、図録『淀君と秀頼展』等を参照されたい。すれば確かに如元は千姫の侍女になっていたのだ。因みに晩年の徳元は千姫の義弟小笠原忠真(ただざね)と俳交があった(本書第四部「ちりとんだ雪や津もりの徳元句など」)。

○この頃、徳元は在京中のつれ〴〵のまぎらかしに、源氏巻名発句を制作する。更に数寄者から源氏巻名発句の短冊五十四枚を所望されたるか。

□『塵塚誹諧集』上

在京つれ〴〵のまぎらかしに、源氏一部の巻の名をかりて、発句にいたし侍りぬ。

桐　壺

おくは宇治口きりつぼの花香哉

はゝき木

雨露(あめつゆ)はちゝはゝきゞのめぐみかな

空蟬(うつせみ)

からき世をうつせみなくや山桝(さんせう)の木

夕がほ

五条わたり夕顔けはふ小家哉

若　紫

姫ごぜやわかむらさきのすり小袖

末つむ花

きり虫やあたらすゑつむ花のしべ

紅葉賀(もみぢのが)

朱雀院(すざくゐん)やあかくてらせる紅葉のが

花のえん

さくら咲(さく)かげの茶の木や花のえん

葵

賀茂の宮にあふひやこめし刀かぢ

榊(さかき)

さか木葉をとり〴〵のめやみきの酒

花ちる里
　ふめばお(を)し道は花ちる里がよひ
須　广
　月の名所いづくもあれや須广の浦
明石(あかし)
　ほの〴〵とあかしじゆくする柿の本
みほ(を)つくし
　より舟や霧まをのぞくみほ(を)つくし
蓬生(よもぎふ)
　よもぎふに宿ぬしやまつ虫のこゑ
関　屋
　行(ゆく)と来(くる)と関やは雁やつばめ売(うり)
絵　合
　ゑ合(あはせ)に出(いだ)す扇やみゑ(え)いだう
枩　風
　枩風を引(ひき)てさむさに物ぎ哉
薄　雲
　うす雲やうちぐもりなるかみ無月
朝がほ

朝がほやまゆずみはぐるひたい(ひ)哉

をとめ

　さをとめの膝もふし立(だつ)田歌かな

玉かづら

　露やあぶら柳のかみの玉かづら

はつね

　かたことになく鶯の初音(はつね)かな

こてふ

　ちる花にとびこくらする小蝶かな

蛍

　雲の上に行(ゆく)やほたるの兵部卿(ひやうぶきやう)

床夏(とこなつ)

　朝起の床夏すゞし花の露

篝火(かがりび)

　かゞり火に焼(やき)あゆみする鵜舟哉

野分(のわき)

　吹(ふき)ちぎる花野はお(を)しき野分哉

御幸(みゆき)

　雪餅をくふ大はらの御幸哉

藤ばかま
　むらさきやきてかたぎぬに藤袴
真木柱（まきばしら）
　埋火（うづみび）のはい（ひ）やあたりへまきばしら
梅がえ
　梅がえはす鑓（やり）をたつる長えかな
藤のうらば
　ふさ長にゆらめく藤のうらば哉
わかな
　つむことは若なやちやこがしわざ哉
かしは木
　ちら〳〵とかしは木ちるや鞠の庭
横　笛
　よこぶへ（え）はふすまの夢のねとり哉
鈴　虫
　すゞ虫をふり袖でとるわらべかな
夕　霧
　夕霧や山を入（いれ）たる白ぶくろ
御（み）　法（のり）

　身にしめて弟子はうけ継(つぐ)御法哉

まぼろし

　ちらとなくは夢まぼろしか郭公

雲がくれ

　かみなりや落(おち)ても霧に雲がくれ

匂ふ兵部卿

　勅作や焼風かほりにほふみや

紅　梅

　くらゐへてきるこうばいやゆるし色

竹　川

　竹川は簾をあむ瀬々のあじろ哉

　宇治十帖

橋　姫

　はしひめや水かゞみ見る朝ごほり

しゐ(ひ)がもと

　つくばひて手毎にひろへ椎が本

あげまき

　あげまきや糸毛も茂るさねかづら

さわらび

さわらびのもえてやくろの焼畠（やきばたけ）

やどり木

わかばにやあひやどり木のとび鴉

あづまや

あづまやに付（つく）秋人や関東衆

うき舟

風さえて身や浮舟に酔心

かげろふ

月花にかげろふかつらお（を）とこかな

手　習

手ならひのいろはや木々の小野のおく

夢浮橋

露の世や夢の浮橋名残お（を）し

□徳元短冊二葉

㈠「藤裏葉」句短冊

藤裏葉　ふさ長にゆらめく藤の裏はかな　　徳元

図13

縦三六・四糎・横五・六糎。雲霞に藤の花文様。署名は草書体。なお短冊の裏には、下方に古筆鑑定神田氏の極札なる貼り紙にて、

斎藤氏徳元 ふさ長に 印

（極札裏）（註）
発句短 壬午 四 定盤

と見えている。藤園堂主伊藤健氏所蔵。

さて、右「藤裏葉」の句については、すでに『塵塚誹諧集』上巻に、

（在京つれ〴〵のまきらかしに源氏一部の巻の名をかりて発句にいたし侍りぬ）……

藤のうらは
ふさ長にゆらめく藤のうらは哉

と記されている。従って本短冊は、恐らく寛永五年六月以前に、しかも在京中のつれづれに制作せられたものではあるまいか。

筆蹟はきわめて雄渾、それは「梅咲て」句短冊と比較してみて対照的な感を覚えるほどである。又、彩色された藤の花の文様も美しく、著者がいくつか実見せし徳元短冊の中でも本短冊は、汚れはなく保存良、賞翫に値するほうであろうと思う。四十三年二月五日調査。

註　思うに本短冊は、元禄十五年四月に古筆神田道伴定盤（寛延二年七十二歳にて歿す）によって鑑定せられたものと考えられる（藤園堂主人のご教示による）。

（昭45・10・4稿　右は『さるみの会報』12・13合併号所載の旧稿であるが、大筋は誤りなしと思われるので、敢えて再録した。）

(二)「柏木」句短冊

（口絵5参照）

柏木　ちら〳〵とかしは木ちるや鞠の庭　徳元

架蔵。縦三六・二糎、横五・六糎で、金描下絵草花模様。署名は草書体。因みに(一)の短冊とは全く同じ手に成り、従って制作の時期も同じ頃か。奇しくも鑑定者が同一人物である。極札は表に、

俳諧師斎藤ちら〳〵と　[印]

裏に、

徳元短冊　甲申十　[定盤]

とある。すなわち宝永元年十月、神田道伴定盤の極札にして(一)の極札から二年後であった。ところで、本短冊には署名箇所の裏に、小さく「卅五」と墨書される。このメモはつまり、「桐壺」句から数えて卅五枚めという意味であろう。すれば二葉共に筆勢といい、徳元はある数寄者から源氏巻名発句の短冊五十四枚を所望され、一気呵成揮毫したとも考えられようか。

さて、徳元の源氏巻名発句は、のちに俳諧版の源氏物語梗概書、万治三年十二月跋刊の『源氏鬢鏡』（小島宗賢・鈴村信房編、改題本二種を架蔵）等々の如き、そこに収録される巻名発句の濫觴をなすものであろう。同書には、

あはぢがたかよふや須𠂆の千鳥がけ（※『犬子集』等ニモ入集）　江戸住　徳元

が収録。

同じ頃に、徳元は源氏巻名連句も詠んでいるのである。

□『徳元俳諧鈔』（自筆、横写本一冊、架蔵）

源氏同（名誹諧、面八句）

紅葉の賀の酒にや顔は朱雀院
　みゆき身にしむ袖の相舞
横笛も月には律調子にて
しん気もともにはるゝ夕霧
なくさみにひろはゝひろへ椎か本
はたしても行里のあけまき
野かひせし牛追のする浮舟に
浪にひかめく入日かけろふ

又、右とは別種の源氏巻名連句百韻一巻（発句「春の日やひかる源氏の物語」）が『徳元千句』（寛永九年）に収録される。

○この頃、徳元は『古今集』仮名序に倣い六義の語ばかりを入れて発句六句を詠む。

□『塵塚誹諧集』上

諷　そへ歌（※アル物ニコトヨセテ思イヲ詠ンダ歌。暗喩。）

鶯にこゑそへ歌のかいる哉

里村昌程の正月句に「鶯のこゑやそへ哥けふの春」がある（第五部「晩年の昌程書簡」）。

賦　かぞへ歌（※感ジタコトヲソノママ表ワシタ歌トモ、物ノ名を詠ミコンダ歌トモ。）

短冊や春はいくつとかぞへ歌

比　なずらへ歌（※物ニナゾラエテ思イヲ述ベル歌。）

さをとめや千世をなずらへ歌のふし

『伊勢物語』二十二段中の歌「秋の夜の千夜を一夜になずらへて八千夜し寝ばや飽く時のあらん」の俳諧化。

興　たとへ歌（※物ニタトエテ詠ンダ歌。）

ときみがくかゞみに月やたとへ歌

雅　たゞごと歌（※物ニタトエズアリノママニ詠ンダ歌。祈願ノコメラレタ歌。）

桐の木にたゞごと歌の引句かな

頌　いはひる歌（※祝意ヲコメタ歌。）

豊年といはひる歌のみ雪哉

中七以下「祝ひる歌の深雪」は「行幸(みゆき)」に通ず。この年秋九月七日夜の後水尾帝を迎えて催された和歌の会を暗に指すか。

右のような句を制作することで、徳元の和歌・歌学に対する素養の一端を垣間見ることが出来るが、實際には彼自身の詠歌は管見の限りに於てきわめて少ないようで、五首が確認される。この点が、貞徳や昌琢とは大きく異なるところ。うち、まず三葉の短冊は、

○「山水花　山水にミねの桜ハうつりけり／花や野守の鏡なるらん」和歌短冊（署名は草書体、貼交屏風、小浜市羽賀寺蔵）

○「都花　九重の外までかくやにほふらん／花にかすめる都辺の空」和歌短冊（署名は草書体、寛永三年頃カ、中野氏友山文庫旧蔵、現、架蔵）

○「莚打　わらむしろうつゝなからの敷ねして／こひしき人や夢の間にあひ」和歌短冊（柿衛文庫蔵）

ほかに、寛永十八年中の品川東海寺会『沢庵等詩歌巻』（森川昭氏編『卜養狂歌絵巻』所収）に、

○「巣をかへる梢もあひに相生の松も千年鶴も千年」

○「河氷　河津しをはりしたしたる薄氷こふしの木をし舟竿にして」（寛永十八年冬の詠か）

がある。

寛永四年（一六二七）**丁卯　六十九歳**

○夏、徳元、江戸に下向したるか（谷澤尚一氏の説による）。

□『犬子集』巻第三・夏

　納涼の条

　　江戸へまかるとて佐夜にて

刀さへ汗かくさやの山路かな　　徳元

『誹諧発句帳』には、前書「東のかたへ行とて」とする。ただし、右の句は寛永五年六月末成、有馬在湯日発句中の六月小二十八日の条にも、

二十八　刀さへ汗かくさやの山路かな（『塵塚誹諧集』上）

と見えている。この点に関連して、森川昭氏は論考「徳元の周囲―『徳元等百韻五巻』考―」（『説林』15号、昭42・2）のなかで、「この日発句は、文字通りの意味に於いての日発句ではなく、新旧の作をその年の月日に按配配列したにすぎないもののようである」と述べられる。私も亦、賛成である。

寛永五年（一六二八）**戊辰　七十歳**

○三月四日、午刻、北野の常真織田信雄邸に八条宮智仁親王が御成りになり、参議西洞院時慶（※すでに出家）も御供する。次間にて徳元等伺候した。椿賞美の宴後、花壇・茶屋を見物（寛永三年二月の条参照）。

□『時慶卿記』寛永五年春三月小四日の条

天晴　暖気　春中ノ日也（中略）

一、午刻常真公へ八条殿御成予モ御供申　杉重箱三重の送先雑煮　吸物ニテ有酒　相伴予　次間ニテ二村宗玖　慶純　宗順　**徳玄**伺候　酒過テ花壇茶屋御見物椿百本斗　其外珎花名草共見事也　桜モ盛也　於茶屋茶酒有興亭主モ被出候

□野間光辰先生「仮名草子の作者に関する一考察」（『近世作家伝攷』中央公論社、昭60・11）を参照せられたい。日記には、花見の後に拍子五番、次いで風呂に入る。以下は、「予亦入（※時慶、再度入浴）、奇特の薬湯也。初而見之。次盃出、諷拍順舞各也。亭主幾度モ被舞候（※信雄、舞楽好き）。入夜四時分（※午後十時ごろ）ニ相済。」と記している。ただし右『時慶卿記』については、京都府立総合資料館蔵本によった。書誌をしるす。

天正十九年春より寛永十六年夏までに至る、西洞院右衛門督平時慶卿の日記（うち、天正十九秋・冬、文禄三〜慶長四、慶長六、慶長十一〜十三、慶長十六〜十七、元和二〜三、元和五〜六、元和八〜寛永四、寛永七〜八、寛永十〜十三欠）。京都市左京区下鴨半木町、京都府立総合資料館所蔵。大本の写本にして七帙七十二冊、貴重書である。縦二六・二糎、横一八・九糎。

題簽、左肩

「時慶卿記　天正（文禄・慶長・元和・寛永）十九（〜）年

春（夏・秋・冬）／

壱（〜七十二）」

と直接、墨書してある。

書写の成立年代は、『京都府立図書館善本目録』（昭和29・9）によれば、江戸末期の書写ということらしい。なお本書の原本は、西本願寺に所蔵せられてある。ほかには内閣文庫にも写本があるとの由。昭四十一・一・六、野間先生の御紹介状で実見。日記中に見える「徳玄」号はのちに正保三年六月、野々口立圃の妻追悼の句に、

愁傷と忘れん草の花もがな　徳玄

とあって（木村三四吾氏論考）、徳元その人であることは言うまでもない。

徳元は今出川御門内の、八条宮御所出入衆の一人であった。それは師の里村昌琢が、「親王の取次の役を勤めていた」[註]らしく多分、その連歌師という歌縁であったろうか。加えて徳元にとっては亭主常真の側からも縁故を有し（『寛政重修諸家譜』には、常真の継室はかつての同輩木造具政の娘とある。）、主君京極忠高の側からも、八条宮家とは関係が深かった。『寛政重修諸家譜』『徳川幕府家譜』等々を基に略系図で示してみる（次頁系図参照）。すれば徳元→忠高から見て、八条宮家とは、㈠従妹「常照院」の嫁ぎ先であること。㈡常照院が腹の智忠親王の

夫人富姫（おふう）は義姉子々姫の腹である。従って、忠高歿後にはなるけれども二重の姻戚関係に当たることになるのである。野間先生も前掲論考で、「恐らくその京極家の縁故からだと思うが、徳元は早くから今出川御門内の八条殿や云々」（49頁）と述べておられる。

寛永五年前後、京都では智仁親王を始め堂上家においても地下においても椿愛好のブームが絶頂となっていったようである。詳細は森末義彰氏の論考「近世初頭の京都における椿愛好」（『白百合女子大研究紀要』6号、昭45・12）を参照されたい。連歌師では、里村北家の玄仲・玄陳（共に徳元とは同座している）が椿の愛好者だった。のちに徳元も寛永七年春ごろの作か、

ある人の庭に、椿をおほく継木して置れければ

よせつぎ（※寄接）の枝やれんりの玉椿

飛入て蝶の花すふ椿かな

（『塵塚誹諧集』下）

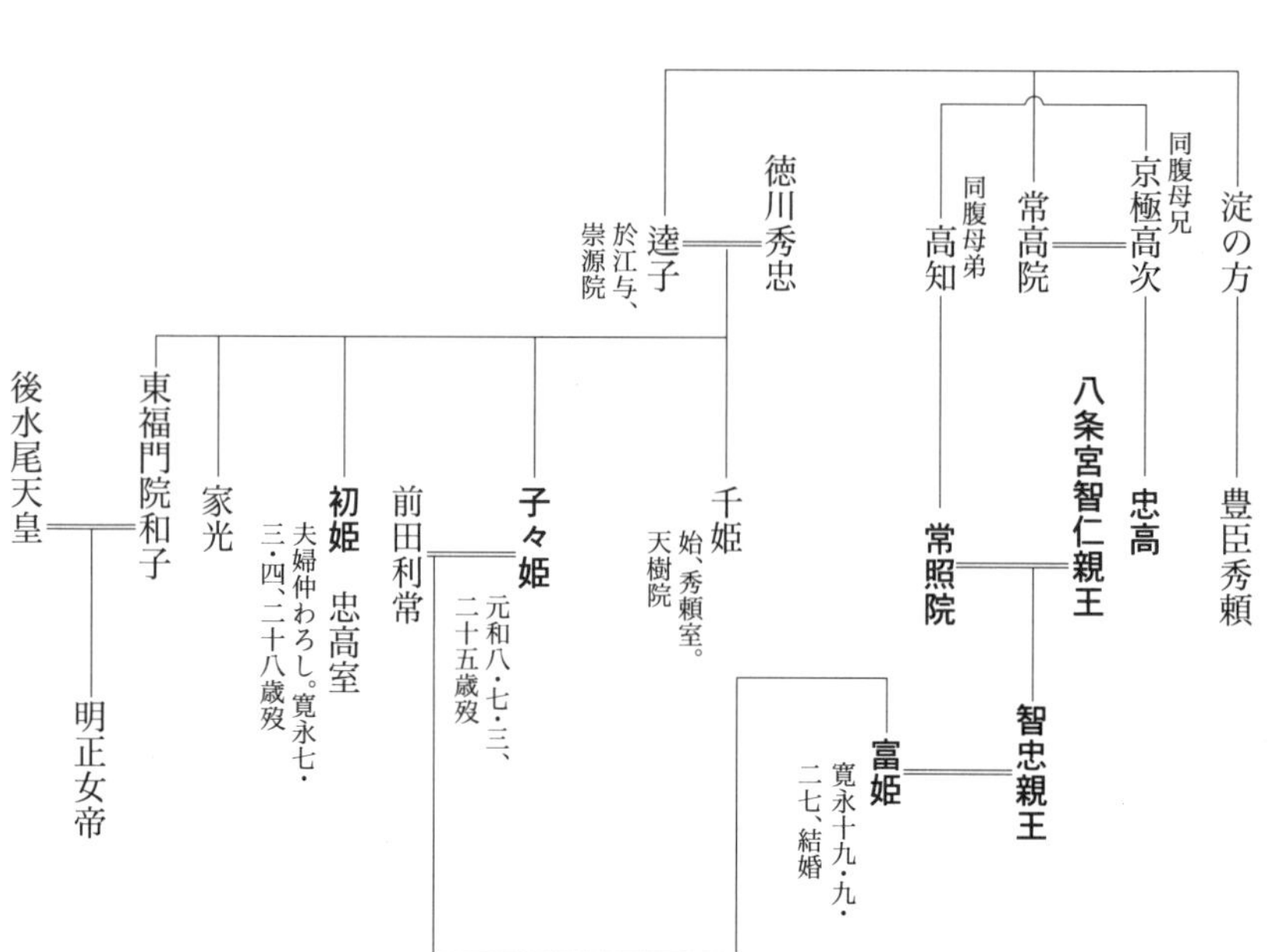

と詠んでいるほどである。右は「白玉椿」であって、因みに西洞院時慶は白玉椿を好み寄接（よせつぎ）で増やしたらしい。時慶は以後数回、常真邸を訪れては椿などを贈っているが、常真の持つ椿の寄接を断わられてから、常真邸訪問はやめたようである（森末氏論考）。所詮、常真は狭量な人間だった。織田常真、寛永七年四月晦日歿。とに角、この日は徳元も午後十時頃まで芸能にうち興じていたようだ。

註　熊倉功夫著『寛永文化の研究』（吉川弘文館、昭63）143、144頁参照。

○三月十六日、今出川の八条宮御所に於て能の会が催され、高松宮好仁親王を始め、織田常真・大納言四辻季継・西洞院時慶らが出席した。椽に里村昌俔・里村玄陳・徳元等伺候。

□『時慶卿記』同月十六日の条

十六日
天晴　早天ニ出　八条殿御能七番　但乞能一番アリ　春日龍神　左馬大夫　実盛　大膳　千年　左馬
道成寺　大膳　山優婆　左　花月　紅葉狩　高砂切　大　殿下　高松殿　常真　四辻　阿野　日中納言
水無瀬　白川　予　久世　清水谷　梅園等也　此衆被相伴　又椽ニ宗久　宗順　慶純　昌俔　玄陳　徳
玄　友甫等候　能過テ又宴久　水無瀬舞　日中舞　四辻常真ハ切々也　御振舞ハ牡丹ノ前ノ書院也

□野間先生、前掲論考参照。

高松殿は高松宮好仁親王、永照院と号す。近衛流の能書家。後陽成帝の第七皇子で、後水尾帝ならびに近衛信尋の弟君、智仁親王は叔父に当たる。智忠親王元服の折、加冠の役を勤めた。寛永十五年六月三日薨去、三十六歳。

四辻は四辻季継、権大納言で『隔蓂記』第一に散見、近衛流の能書家。寛永十六年五月二十日薨去、五十九歳。

阿野は阿野実顕、権大納言、『隔蓂記』第一に散見、光悦流の能書家。正保二年十一月八日薨去、六十五歳。日

中納言とは日野中納言光慶（寛永七年九月、幕府伝奏役になる資勝の子）をさす。寛永七年正月二日薨去、四十歳。水無瀬は水無瀬氏成、権中納言にて能書家（前掲書『寛永文化の研究』102頁）。寛永二十一年十月七日薨去、七十四歳。白川は白川雅陳王、寛文三年二月十六日薨去、七十二歳。久世は久世通式、右少将、二ケ月後の寛永五年五月一日卒三十六歳。清水谷は清水谷実任、権大納言、寛文四年六月七日薨去、七十八歳。梅園は梅園実清、右兵衛督、寛文二年六月二十五日薨去、五十四歳。以上の顔ぶれから四十代前後の人たちで占めていたことがわかる。『改正増補諸家知譜拙記』（大本五冊、文政三年二月板、架蔵）によった。伺候衆の一人である友甫は松平主殿頭忠利の日記『忠利公御日記写』にも登場する。

　寛永三年九月
四日　友甫（※医師か）同道候て太右衛門京より帰申候、（以下略）
五日　友甫・友継京へ被帰候、（以下略）

友甫は医師あるいは連歌師でもあったらしい。徳元との関係では寛永十三年以前か、江戸滞在中の野々口立圃の宿所に於て俳諧に同座している。

　武蔵野やひなの思ひ出萩薄　　徳元
　　あかずいたゞく月のさかづき　　親重
　折紙を秋の所務より給て　　友甫
（木村三四吾氏論考、静嘉堂文庫蔵の写本『誹諧連歌集』にも収録）

なお、この時も例の如く常真は「四辻・常真は切々也」とあって、舞楽に熱中していたらしい。

○三月十八日、関白左大臣・陽明近衛信尋邸に於て俳諧の会が催され、西洞院時慶出席する。徳元も伺候した。因みに、近衛邸は八条殿のすぐ向いに在った。

□『時慶卿記』同月十八日の条

　　雨天（中略）

　一　陽明へ参　有誹諧　徳玄伺候申也

（巻五十一）

□野間先生、前掲論考参照。

陽明近衛信尋（のぶひろ）は後陽成帝の第四皇子、母は中和門院（ちゅうかもんいん）近衛前子（さきこ）（近衛前久（さきひさ）の娘）で、後水尾帝は同腹母兄である。慶長四年五月二日出生。同十年八月二十七日、勅命によって伯父の三藐院近衛信尹（のぶただ）の養子となった。元和六年正月十三日、左大臣。同九年閏八月十六日、関白（寛永六年七月一日、共に辞任）。正保二年三月十一日、薙髪して応山と号し、慶安二年十月十一日薨去、五十一歳。『隔蓂記』第一にも俳諧を興行した記事がしばしば見える。近衛家と徳元との風交は先に養父三藐院の代から存在はした。すなわち徳元は、独吟魚鳥俳諧百韻一巻を制作して、三藐院から批点を受けている（森川昭氏論考「徳元の周囲」）。なお参考までに、架蔵の自筆本『徳元俳諧鈔』に、寛永五年春ごろの制作かと思われる「公家名誹諧　面八句」の発句が、

　くる春やさそ近衛殿糸桜

　花山にはなつ馬駒のこゑ

　いそ〳〵と朝鷹つかさ引すへて

　　（以下略）

とあり、収録されている。

●四月二十三日、里村昌琢、江戸より帰洛す（『本光国師日記』―谷澤尚一氏の研究による）。

○五月十八日、善雅上人、連歌一巻を興行（昌琢、発句）す。徳元、一座した。

□寛永五年五月十八日

月をさへ蛍にまたぬ雨夜哉　昌琢
露更て入窓の若竹　善雅
うたゝねを覺す枕に風落て　昌俔
舟とめし江に浪よする音　玄陳
夕汐や湊杳に滿ぬらん　春重
友まとはして千鳥立なり　久園
霜拂ひ誰かはかよふ小田の原　徳元
つゝきつゝかぬ岩かねの道　友継
松のはの散てつもれる莓の上　景益
深谷は風の絶す吹らし　景治
夏は只涼しき方をとめて來て　心頼
清水かもとに休らへる袖　笔

（以下略）

（巻末句上）

昌琢　十三　善雅　八　昌俔　十二　玄陳　十
春重　九　久園　九　徳元　七　友継　八

景益　八　景治　八　心頼　七　執筆　一　（『斎藤徳元集』55頁）

なお初折表欠の右百韻残欠が酒田市立光丘図書館蔵の『紹巴連歌集』（横本一冊、江戸末期写）に収録せられている。詳細は島津忠夫氏稿「在東北地方の連歌書調査覚え書き（上）」（『説林』17号、昭43・12）を参照されたい。脇句の善雅は、慶長十九年七月六日興行の「何船」百韻（昌琢発句）に「脇句作者善雅上人」と記すその人（『連歌の史的研究』『連歌資料のコンピュータ処理の研究』）。徳元は昌琢門である。そのことは『塵塚誹諧集』上巻に収録の、有馬在湯日発句の巻末に昌琢から奥書を受けていること。『誹諧初学抄』中、昌琢から指導を受けていること。「法橋昌琢公」とか「法眼昌琢来臨あり」「……予昌琢法眼に是をとへば、答てのたまはく云々」という風に尊敬表現を用いていること。更には等類句や昌琢一周忌追善連歌にも出座していること等々からである。対するに貞徳との関係はライバルであった。春重は、『連歌作者草稿』（大写本一冊、近世末期成、大阪天満宮文庫蔵）に、

二百二
○春海 琢　**春重** 同　春宜 同　春茂 琢 ………

と見えているのみ。久園も、同じく『連歌作者草稿』に、

六十五
久世 北野徳勝院　**久園** 又久囿　琢時分同上

とある。因みに慶長十九年五月十七日の連歌百韻（昌琢発句）には春重・久園が共に一座している（『連歌の史的研究』）。友継は、松平忠利のお抱え連歌師で、寛永七年十二月十一日歿（『忠利公御日記写』）。

○六月末、徳元、法橋里村昌琢に誘われて西摂有馬に入湯、その年の「日発句」を成し、昌琢の奥書を受く。

□『塵塚誹諧集』上

寛永五年林鐘の末つかた、法橋昌琢公にいざなはれて、津国有馬へまかり、在湯中のつれぐ＼、その年の

日発句を書記し侍りけるを、琢翁一覧ありて、則自筆を以奥書を加へ給りぬ。筆の次でに爰にこれを高載※侍る（※「書載（かきのせ）」ニアラズ。笹野氏ノ読ミ「高載」デヨロシ。）

以下、各月一日ならびに十二月三十日の発句のみを挙ぐ。

正月大一日　若水に手のしはのぶる朝哉
二月大一日　何に腹が立やいぶりにかへる鴈
三月小一日　春もはや末に朔日しやうじかな
四月小一日　貧僧のかみこもけふやころもがへ
五月大一日　さをとめやうへてけのつく小田のはら
六月小一日　国〳〵のこほりに住や氷室守
七月小一日　ふみ月になるとやをどるいさみ駒
八月大一日　犬たでやほへ出るそばのゐのこ草
九月小一日　にほてるやたつの都のもみぢぶな
十月大一日　大児の果かけふよりかみな月
十一月大一日　霜ふりの羽やこの月の鳥はゝき
十二月大一日　つゐたつとをとこのいはふ十二月哉
〃　卅日　名やらふのこゐやきゝしる鬼がはら

此一冊有馬在湯中令二一覧一畢。　一々作意寄（奇）特ニ候。筆之次而記之。

法橋昌琢在判

因みに寛永五年正月大より十二月大までを『三正綜覧』で検してみたところ、確かに寛永五年の日発句に相違なかった。次いで有馬在湯中にふさわしく名所や地名等を詠みこんだ句を挙げておく。

六月小二十日　とう〳〵となるはつゞみの滝涼し

鼓の瀧――『迎湯有馬名所鑑』（生白堂行風編、延宝六年三月刊）巻三、皷瀧付有明桜の条に、

湯本より南にあり、滝の高さ三四間斗　瀧の音山にひゞき皷のなるに似たりとてかく名付しとなん昔ハ滝のたけ高くはゝも広かりしか寛文の此の洪水に山くつれ石もおちつゝ瀧わつかになりぬ云々

とあり、謡曲『鼓の瀧』にも、「落つ瀧浪も。とう〳〵と。うつなり。〳〵。鼓の瀧。」とある。

九月小四日　よめぶりやかほにもみぢのむこの山

むこの山――武庫（むこ）の峯（『有馬温泉史話』240頁）。

同十五日　霜々にしとゞぬれたるみ山哉

み山――有馬山をさす。『昌琢発句帳』春雪の条に、

於有馬山三月朔日大雪に

花の春も時しらぬ雪をミ山かな

とある。

十月大四日　神無月げに寺の名やあみだ堂

阿弥陀堂――『迎湯有馬名所鑑』巻三、蘭若院（らんにゃいん）の条に、

湯本近き所にあり　曹洞宗　本尊ハ阿弥陀也　さるによて俗に阿弥陀堂ともいへり（以下略）

とある。室町期には阿弥陀堂と呼んだ。現在は存在せず（『有馬温泉史話』185頁）。

十一月大十九日　すりこ木の雪をやはらふみそさゞい

みそさゞい――『和漢三才図会』「巧婦鳥（みそさゝい）」の条に、

和州洞籠（ドロウノ）川山中多（ニ）出（ス）レ雛（ヲ）城州岩間（ノ）摂州有馬（ノ）亦有（ニモ）レ之（リ）今人家養（ニ）レ之（ヲ）（後略）

とある。

有馬の、いったい何処に入湯をしたのであろうか。東道の主昌琢は例えば『昌琢発句帳』（横写本一冊、宗因筆写、大阪天満宮文庫蔵、本書第五部参照）のなかで、

雑夏の条

於有馬池坊

谷水やのほる木末の夏の雨

と詠んでいる。昌琢に師事し徳元とも親交があった大名松平忠利（※彼は始終淋病で悩まされていた）も、寛永八年四月十日有馬に入湯しているが、その前後、

寛永八年三月一日、雨降、**徳元・九兵衛**京より帰申候、本光寺へ参申候（※忠利、吉田在城。）

〃　四月十一日、雨降、………朝池之坊右衛門湯女貳人ふる舞申候、馬引候てこし申候………。

〃　十六日、………晩湯女共ふる舞申候、朝池之坊宇右衛門被越候……。

と『忠利公御日記写』に書き留めている。『迎湯有馬名所鑑』によれば、有馬温泉は淋病に対して効能があった由（『有馬地誌集』、森川昭氏解題、勉誠社）。つまり、当代における大名や文化人たちのほとんどが**二之湯池ノ坊に滞在**をしていたようである。後年、昌琢・徳元との連歌付合（昌琢発句「何人」百韻、三ノ折裏）に、

（三ウ9）いつくにか鴫ふす方をかへぬらん　（金森）重頼

（〃 10）猪名野の月に枕をそして　徳元

（〃 11）有馬山露けき道を凌来て　昌琢

（『斎藤徳元集』86頁）

と詠んでいるのは、蓋し在湯中のつれづれをあるいは帰路を回顧しているか。

日発句（ひほっく）とは正月から十二月まで日次にかけて一日一句、月三十句を充てた三百六十句前後の発句集をいい、連歌から始まったが、俳諧発句ではこの徳元の「日発句」が最初の制作であろうと思う。従って、例えば

正月大一日　若水に手のしはのぶる朝哉

八月大三日　三ケ月のめんさへはやし笛太鼓

の如き、一応は連歌の句作形式をふまえてはいる。ただし制作の期間は必ずしも一日一句という風に詠んでいったものではないらしく、この年六月末以降の在湯中に成ったものと考えるべきか。俳諧作品としての徳元句の特徴を数句、例示する。

正月大三日　名にしおはゞ合する貝や姫初

〃二十四日　足もとのよきやむかへんよめがはぎ

二月大十三日　あぢよくもねよげにみゆる若め哉

『伊勢物語』第四十九段の、

むかし、おとこ、妹のいとおかしげなりけるを見をりて、

うら若み寝よげに見ゆる若草をひとの結ばむことをしぞ思ふ

と聞えけり。

の俳諧化か。

〃十四日　堂に咲てつばきやぬらす文珠しり

文珠しり――文珠菩薩。師利に尻をかけて野郎の洒落に用ゆ（『雑俳語辞典』）。

三月小六日　色も香もしる人やしる古茶新茶

〃二十六日　藤づるやまとひてしむる松ふぐり
五月大一日　さをとめやうへてけのつく小田のはら
〃　三日　苗もはらみ又竹の子やむめの雨
八月大二日　心ちよや松茸おゆるおとこ山

松茸――男根の比喩（『雑俳語辞典』）。

十月大九日　でえうすは今やよろこぶ神無月
〃十三日　鑓梅や難波の城に冬ごもり

大坂冬の陣を指すか。『春日社司祐範記』慶長十九年十月六日の条に、「大坂御籠城の御覚悟なり。方々より此のうち牢人衆ことごとく来集せり」とある由（三木謙一著『大坂の陣』）。

十二月大三日　ひとりねはやもめのうばの火桶哉

対するに昌琢の判詞は「一々作意奇特ニ候。筆之次而記之。」と評したのみ。優美な風を好む宗匠昌琢にとっては精いっぱいの語であったろう。

〔附記〕湯之上早苗氏「日発句の種類と諸本」（『連歌俳諧研究』40号、昭46・3）を参照。

○八、九月頃か、徳元は京都三条衣の棚町に住む松永貞徳を訪ね、奨められるままに前句「白き物こそ黒くなりたれ（けれ）」に百句（※実際には九十八句）を附けてうち興じた。『徳元俳諧鈔』には百句収録す。のちに『犬子集』に三十句（春4・夏3・秋2・冬4・恋1・雑16）が字句異同で採録されるが、それが原型か。時に貞徳は五十八歳。

□『塵塚誹諧集』上

都三条衣の棚に、貞徳とて誹諧にすきものあり。かれが菴室へ音信侍りければ、しろき物こそくろくなりたれと云前句に百句付たり。やつがれにもつかふ（う）まつれといひければかくなん。

　しろきものこそくろくなりたれ

春（10句）

あつらへしうの毛の筆をこゝろみて
餅花をあまにつるせばすゝたれて
去年やきし畠の雪はみなきえて
鵜の鳥も巣だゝぬ内はのり毛にて
あたらしきぎつちやう玉はどろに入て
きえ残る雪の上にも熊のねて
手ばなせる継尾の鷹は夜ごもりて
花は根にかへれば土にくさりはて
酒樽をゆひ立てまくわらび縄
みるがうちにかみに桑子をひり付て

以下、夏（8）・秋（6）・冬（14）・恋（6）・雑（54）と続く。

□『徳元俳諧鈔』（架蔵自筆本）

いにし年ある人のもとより前句を送り来してこの一句に百句を付よといひをこせ侍れはかくなん

〵白き物こそくろくなりたれ

春（9句）

・あつらへしうの毛の筆をこゝろみて

から始まり、以下、夏（7）・秋（7）・冬（13）・恋（6）・雑（58）――合計百句と続く。因みに前掲の『塵塚誹諧集』に収録の百句附と対校してみるに、異同が散見され、とりわけそのいちじるしい付句のみを左に掲出しておこう。

夏・こんそめの蚊屋にしちやうをつりかへて
秋・さやかなる月もにはかに雲かくれ（『塵塚誹諧集』ナシ）
冬・やうかんにこほりさたうをこねませて（ナシ。『犬子集』ニ採録）
恋・はりかたのすゝをし角に取かへて
雑・銀はくの具足ははけてさね斗
雑・さらしをもしゆすの一重にぬきかへて（ナシ。『犬子集』ニ採録）
雑・うすゝみにいかにそめてやりんしかみ（ナシ）
雑・しはしたゝ卞和か玉はみもわかて（ナシ）
雑・わりためてゆひし竈木はふすふりて
雑・埋木はいつの世よりの名取川
雑・すいきうの角にさうけを取かへて
雑・木地に引こきにはしふを先ぬりて
雑・布さらす垣にあらめをほしかへて
雑・すゝ鉾をなへより下にかさね置

雑・手習のさうしの紙はよこれ果
雑・ほしいひにみちてや蟻のたかるらん（夏ノ部ニ収録）

□『犬子集』巻第十七に採録の三十五句について
（『塵塚誹諧集』と対校）
　白き物こそ黒くなりけれ（たれ）
恋・筑摩にはけはひしかほに鍋を着（かづき）て　徳元
春・餅花をあまにつるせはすゝたれて
冬・綿ほうし後はまうすに取かへて（いくとせへてかかぶるらん）
春・花は根にかへれは土にくさり果て
　やうかんに（を）氷さたうをこねませて（『塵塚誹諧集』ナシ）
夏・麻からはみな鉄炮（おだひ）のはい（ナシ）にやき（て）
夏・さはへなす食の上をははらひかね
雑・いつの間に刀のさやはぬりつらん
　かうはしき湯の粉も先のめしにして（ナシ）
雑・あし毛馬に（を）鳥毛（の）よろひを（ナシ）打（かけ）きせて
秋・虫の子はけつり捨たる乱髪
雑・いくたひかけふりの上のふすへ皮
秋・烌（あき）ふかき川瀬の鮎はさひ果て（やうじにもしむ塩湯にて）
雑・有馬山湯には楊枝をつけ置て

冬・ゆかたひら上にきなからすゝはきて

雑・さかやきはそりし間もなく生出て

雑・生烏賊はをのかわたてやよ（ぶ）こるらん

雑・常香に地蔵のかほはふすほりて

雑・帯に似る雲の行衛もかきくれて

雑・かきからの上に捨置しゝみ貝

　さらしをも繻子の一重にぬき替て（ナシ）

雑・むしりくう鰈の（に）はらを打返し

雑・あら釜のかなけの茶巾よこれ果

　重藤に巻たる弓のと（まゝ）はとけて（ナシ）

雑・かねの緒は取つくからにあかなれて

雑・なしもの（立し）にあはする塩はきえはてゝ

雑・けつりたる（せる）座敷の柱色付て

春・手はなした継尾の鷹は夜（かみに桑子を）籠りて

春・見る（が）内に桑子は紙（かはらぶきにをく朝霜のきえ果て）にひり付て

冬・置霜は消て残らぬかはらふき

冬・とろ水に霰は落てきえけらし

雑・ひいたふし（を）はにぬり（ひめ瓜のまゆよかみよとすみぬりて）つゝもかね付て

夏・眉ふとくつくり出せる姫瓜に

雑・龍脳を麝香と共にすりませて
　釜のそこせうのうへにやすへぬらん（ナシ）
　　右三十五句

以上の三種についてそれぞれ対校をしてみた結果、いずれもが大同小異ではあるけれど、『犬子集』に採録されたる付句は『徳元俳諧鈔』収録のそれから採られたのがわずかに多い。因みに宮田正信博士は、その名著『雑俳史の研究』（赤尾照文堂、昭47・6）のなかで、

『犬子集』には「一句ニ付句百五十句」と題して、この作の三十五句の抄録が、同じ前句に付けた貞徳の六十五句・慶友の五十句と並んで掲出されてゐる。『塵塚誹諧集』の前書によつて、これらはいづれも同じ時に成つたものであり、貞徳の原作も付句が百句であつたことは疑ふ余地がないから、慶友の作も原作は付句百句であつたと知られる。この同じ成立事情をもつ貞徳・慶友の作とともに『犬子集』に抄録された徳元の付句は『塵塚誹諧集』の場合と異なり、他の二者と同じく四季・恋・雑の句が入り乱れて列挙されてゐる。この事実から見ると『塵塚誹諧集』に見る例は徳元が意図的に自作を再編した例外的な形態であることが知られる。一般の前句付俳諧の創作の場は、想の成るにまかせて付け進むので、付句の配列は当然内容的に混雑の姿を呈するのが通例であつたとすべきであらう。（35頁）

と述べられた。右『犬子集』に採録の付句三十五句の配列順が、あるいは訪問時に詠んだ原型そのまゝの形態ではなかったか。

『塵塚誹諧集』の前書によれば、徳元が貞徳宅を訪ねた折、貞徳は「白き物こそ黒くなりたれ（けれ）」という前句に百句を付けたところであった。その作品は『犬子集』巻第十七に、「天もしの天の岩戸を引立て」以下が収録。そして徳元にも「つかふまつれ」と奨められるままに付句百句が成ったという次第である。ところが、

『徳元俳諧鈔』の場合にはそうではない。掲出の如く「ある人のもとより前句を送り来してこの一句に百句を付よ」と前書きをしているのである。ただし共通して言えることは『塵塚誹諧集』も『徳元俳諧鈔』も共に「貴人」宛への献上本であった。更に『誹諧初学抄』も亦同様である。問題は献上先の「貴人」自身の交友関係にあるだろう。すなわち『塵塚誹諧集』に於ける「貴命」、『初学抄』に於ける「君命」とは共に昌琢連歌文化圏に属する内輪向きの「貴人」と見るべきだし、『徳元俳諧鈔』跋文に記す「去やごとなき御方」は貞徳に対してはまま良好なる交友関係に在った人物と見なすべきであろう。あるいは、むしろその逆も成り立ち得るかも知れぬ。

貞徳と昌琢はたがいにライバル関係にあった。とに角、百句附成立の経緯には食い違いが見られよう。

貞徳と徳元との関係は、小高敏郎氏の名著『新訂松永貞徳の研究続篇』（臨川書店）によれば、「貞徳が徳元の主織田秀信の手習の師である」（203頁）という。「すれば徳元と貞徳とが既に面識があった、乃至は交誼を結んでゐた」とされる。従って徳元はこの頃か、貞徳・未得・卜養らと共に京都で百韻連句に出座するのである（後掲『貞徳永代記』、森川昭氏論考ほか）。

だがしかし、両者は、たがいに同好の士というよりもライバルとして意識し合うような人間関係に在ったらしい。例えば前書中に「貞徳とて誹諧にすきものあり」とか、「其元にて貞徳など御参会之由尤候」（未吉道節宛、寛永十五年五月十九日附書簡）の如く、呼び捨てにしているようだし、「ある人のもとより前句を送り来して」という前書もなんとなく含んだ物言いである。この両者の関係については、俳論の面からも詳細に考察した論考に、乾裕幸氏の「俳壇確執史の源流—里村家の役割」（『周縁の歌学史』111頁　以下、桜楓社）がある。ついては読まれたい。さて、徳元の四季・恋・雑の類別百句附は、「（日暮）重興の六句付における付句の分類意識の原型が見出される点で注目すべきもの」（前掲書『雑俳史の研究』36頁）と評価せられ、初期江戸俳壇における前句附俳諧の資料としても貴重である。

○晩秋、岡部内膳正長盛、美濃大垣城に於て還暦祝の連歌一巻を興行（能通、発句）か。徳元、一座した（石田元季著『俳文学論考』資料）。詳細は本書第三部「長盛・能通・徳元一座『賦何路連歌』成立考など」を参照されたい。

□「賦何路連歌」

いてし世にかへるとみしは夢覚て　能通
さすらふる身はなみのうき舟　長盛
いかはかり宮古にほとの遠津島　正重
ゆきてとはゞやちかのしほかま　徳元
もみち散砌をめてゝよむ歌に　城與
さけのむしろはくるゝ日もいさ　長依
ゆくゑなをたのむるけふの賀の祝　直友
あまたなりけるゆかりしるしも　勝政

以下、長政・正種・久茂らの連衆。

（巻末句上）
長盛　十三　能通　十三　徳元　十二　正重　十一
長依　十二　城與　十一　勝政　十　直友　八
正種　八　久茂　一　長政　一

（『俳文学論考』686頁）

右百韻一巻は名古屋市熱田浅井家蔵の由なれど、現在は所在不明である。

この頃か。徳元は「岡部長盛公衆」の一人として扶持を受けているのである。更にその縁で、のちに長子郭然茂庵が長盛の嫡長子美濃守宣勝の藩医（二百五十石）に仕官した。

□『岡部家御代々御家人帳』（『流木』2号、昭24・11）

岡部長盛公衆

此子茂庵斉　高二百五十石被下。　斎藤徳玄

○十一月、徳元、東下す。武州江戸の「俳諧にすき給へる人々」の所望によって、『徳元独吟千句』が成る。『塵塚誹諧集』上巻にはその各百韻の発句のみを記す。又『徳元俳諧鈔』にも一部分が収録。その後、徳元はそのまま江戸に定住をしないで、翌六年春一旦帰京した。因みに、『関東下向道記』の奥書「寛永五年十二月廿六日」は「寛永六年」の誤りで、徳元の記憶ちがいからくる誤記とすべきであろう。

□『千句』

巻頭の年記は「寛永五年十一月吉日」。以下、各百韻の発句のみを挙ぐ。

第一　鎌何　鑓梅の散しかゝれるこたちかな　　徳元
第二　虵何　鶯の籠にし竹をねくらかな
第三　餅何　春の日もめくるや牛の花車
第四　高何　一声やくちく\にいふ郭公
第五　何薄　涼しさのあたへハ金の扇かな

第六　向何　露分てふむすねはきの花野哉
第七　鬘何　雲はらふ嵐や月のかゝみとき
第八　何鮓　立田川や紅くゝるもみち鮒
第九　何袋　口切にしくれをしらぬ青茶哉
第十　帷何　武蔵野の雪ころはしか富士の嶽
追加　魚鳥　こゝりにとすきうつすひをの網代哉

（自奥）
此千句ハ一とせ武州江戸へまかり
ける頃はいかいにすき給へる人〻に
浅からす馴たてまつることの次而に
旅宿のなくさミかてらひとりこと
すして見よなんとなり愚意に
及かたき事なりとふかくいなミ
ぬれとしゐてのたまひけれハ
よき所なくて終に鵜笑の種と
なりぬよのつねのいひ捨には
たかひ書とゝめぬれはさし合
遠輪廻にすくはりてまれ〳〵
おもひよる一ふし有といへと

それさへかなハす追加の百韻
めつらしくもやと魚鳥の名を　」四十五オ
ならへんとかゝつらへハ生類
二句の外つゝき侍らんこと
いかゝとおもひその名をかくして
立入けれはふせやに生ふる
はゝ木ゞとなん人はおもひ
給ふへくや　」四十五ウ

（末裔斎藤徳潤の識語）

右御千句は遠祖従五位尉
斎藤斎宮頭入道徳元公みつから
書せ給ひて家に伝りけるを予
門人高橋思孝書うつし度
よし懇望いなひかたうて
ゆるしけるに明和九年二月廿九日
火に彼亭にて焼失言語道断
の事なり是ハかねてうつし
置ところ也　御言の葉ハ残ると
いへとも御筆をほろほし

たることかへすくいはん方　」四十六オ
なし思孝ハかひなき命
のかれ出て只此事をおそれ
かなしふ御筆にて我世まて
伝りたるといふこと斗も
家に残さんとしるし置
もの也

斎藤徳潤

明和九年三月　在判　」四十六ウ

□『塵塚誹諧集』上

同年（※寛永五年）の霜月、於二武州一江戸人々御所望によりて、つかふまつりし千句の発句

第一　鑓梅のちらしかゝれるこだち哉

（以下、略。前記『徳元独吟千句』ト同ジ）

『斎藤徳元独吟千句』はすでに森川昭氏によって昭和三十四年八月に、未刊連歌俳諧資料（俳文学会刊）の一冊として解説を付して翻刻せられた。むろん私も亦、原本を実見ずみではあるが、内容の概略についてはいまは氏の解説を引用しておきたい。書誌は左の通りである。

東大図書館蔵。横本の写本一冊。縦二一・五、横一五・二センチ。全体四九枚、うち白紙一枚。表裏表紙各一枚。表紙も本文と同質の紙で、その左肩に「千句」と墨書。題簽はない。一頁概ね十四行。

本千句の内容は、従来全く知られてゐなかつたわけではなく、部分的には諸書に散見する。例へば『塵塚

誹諧集』（笹野堅氏編・『斎藤徳元集』所収）に本千句の各百韻の発句を記し、「同年（寛永五年六月末昌琢と共に有馬温泉に遊んだ年をさすか）の霜月於武州江戸人々御所望によりてつかふまつりし千句の発句」と前書きしてゐる。管見の限りに於いては、その全体の伝本の存することを知らない。ただこの東大本は虫損が甚しく、判読困難な個所が多いのは残念である。

巻末の斎藤徳潤の識語により、本書の伝来は明らかである。又この識語により、徳元の子孫が明和の頃生存してゐたことが知られるのも珍しいことかと思ふ。

識語を書き留めた末裔の斎藤徳潤については慶長元年（三十八歳）の条の〈註1〉で略記したが、いま改めて『寛政重修諸家譜』巻第千四百七、斎藤氏（第21冊め）の条から掲出しておく。

●利武――●利矩――●利益（としなが）

熊三郎　致仕号徳潤　母は幸賀某が女。

享保十三年十月十五日はじめて有徳院殿（吉宗）にまみえたてまつり、十四年四月四日遺跡を継、明和四年八月四日致仕す。安永七年七月十六日死す。年六十八。法名徳潤。

徳潤は正徳元年に生まれ識語の明和九年三月時は六十二歳、隠居の身分になっていた。先祖の徳元についても関心を有していたらしく、同時代の幕臣山岡浚明（まつあきら）（徳元の親友山岡景以とは一族で安永九年十一月、五十九歳歿）著『武蔵志料』（宝暦十一年正月三日起筆。ただし本写本は「明和七庚寅龍集仲冬上旬吉旦」写、内閣文庫蔵本による）七

ノ上にも、

斎藤徳元

寛永五年十二月　関東下向道記　紙子きるしはすの比……（中略）今案に此紀行狂歌八十七首発句廿一句有　今その曾孫斎藤徳潤利益に此事問しに　其時当国に下り今の伝馬町馬喰町のわたりに住しとそ　その所未詳　と答へし

と語っている。本千句の史的評価についても同じく森川氏は、「又千句形式の連句にして、その全容を知り得るものとしては『守武千句』に次ぐもので、初期連句の典型として貴重なものである」（稿本・徳元年譜）と述べられて、私も亦賛成である。なお、寛永期の世相をうかがわせるような付合が第三・餅何の巻名残ノ折裏に、

（名ウ5）かしこくも色をかへたるくろ船に
（名ウ6）何と見付ていきるいきりす
（名ウ7）長さきや咲も残らぬ花の春
（挙句8）てうすや霞酌かはすらん

と詠んでいる。

さて、所望者である武州江戸の「俳諧にすき給へる人々」とは、いったい誰を指すのであろうか。以下は大胆なる仮説である。自奥の末に、

その名（文脈上から考えれば魚鳥の名なれど、ここでは暗に所望者の名を指すか）をかくして立入ければふせやに生ふるはゝ木々となん人はおもひ給ふべくや

とあるが、右の傍線部は『古今和歌六帖』の、「園原や伏屋に生ふる帚木(ははきぎ)のありとて行けどあはぬ君かな」（巻五）をふまえていよう。「園原(そのはら)」は歌枕。『新古今和歌集』巻十、羇旅に、「（九一三）信濃のみさかのかたかきた

る絵に、園原(そのはら)といふ所にたび人やどりて立ちあかしたるところを／立ちながら今夜(こよひ)は明けぬ園原や伏屋といふもかひなかりけり〈藤原輔尹〉」とあり、従って、奥書の冒頭部分「旅宿」の縁で文末（園原）の「ふせや」なる語が連想されたのであろう。因みに『俳諧類船集』にも、

伏屋(フセ)
　信濃　杜　その原
箒木(ハヽキヽ)
　はゝ木ゝ……
　その原　伏屋の森
　……

とある。「園原」は、長野県下伊那郡阿智村の地名。飯田城下への街道筋、阿知川のほとりに有之。飯田城からはまゝ近し。

ところで、徳元と親交があった連歌大名、八雲軒脇坂安元について関連するところを述べてみたい。『寛政重修諸家譜』巻第九百三十七、脇坂氏（第15冊め）の条には、

●安治――●安元

甚太郎　淡路守　従五位下　母は西洞院宰相某が女。

……（元和）三年大洲を転じ信濃国伊奈郡、上総国長柄郡のうちにをいて五万五千石をたまひ、信濃国飯田の城に住す。……寛永三年九月又両御所（※秀忠、家光）御入洛により扈従す。（略）承応二年十二月三日飯田にをいて卒す。年七十（※天正十二年出生）。藤亨安元八雲院（※八雲院殿藤亨安元大居士）と号す。妙心寺の隣花院に葬る。……（七一頁）

とある。園原は信濃飯田城主安元の所領地であったのだ。

安元母――園原――安元。脇坂安元著『八雲愚草』（金井寅之助編著『八雲軒脇坂安元資料集』和泉書院）によれば、淡路守安元の母玄昌院は西洞院宰相時当が娘、寛永十六年四月十七日に八十五歳をもって所領地たる信州飯田城内に於て病歿。片山勝「脇坂安元の母について」（『伊那』一九五八・八月号所収）、ほかに『下伊那史』第七巻を参照。折しも安元は、すでに寛永十五年九月より駿府城の警営を命ぜられていた。もとより安元は孝子の心ざしや切で、左の如き悼歌を詠んでいる（上巻―232頁）。

卯月十七日に母の身まかりけるとて、足をそらにして、十九日に駿河の国へ告来り侍りけるにきのふまて千世もといのるたらちめの永き別を聞そ悲しき

その哀惜の様は大久保幸信（忠隣四男、寛永五年赦免アリテ旧知二千石、寛永十九年六月、五十六歳歿）の追悼歌の詞書にも詳細に知ることが出来よう。

時を感してハ花鳥になミたをそゝくたくい、おりにふれことに渡りてなきにあらねとも、逝水かへらす、にはたすミにうつる月のかけとゝむへき世にしあらす。爰に脇坂氏安元と云人あり。才かしこく身になすへきわさはいふにやハをよふ、やまともろこしの代〻のふることに思ひをそめ、定まれる五の典も肝ふかく、あるハ和国の風雅にさへ心をのへ、詞花言葉その根ふかく其葉しけれる人なむおハしける。いにしとし三冬の始より、駿府の警営に命せられて、此所にいたりぬ。予も又鷗鷺の盟をなしつゝ、鵬鷃の交これなむとおもひなからも、朝夕とふらハれし情に、をのつからかたちを忘れ漆膠の約をなし、したしミを苽葛に頼ミあへり。さるに彼慈母おハしき。本より此人孝子の心さしせつなるゆへ、よのつねの別さへおしかのつのゝつかのまも志（忘）かたくおもハれけれと、いさなふに力なく、知所に残し置給ふ。しかあるに、三伏の夏立比より起居例ならぬとつけ来りければ、くれまとふ心のあまり、物にあたれる

心地して、ひとへに身にかハらんといのり、医療（ママ）さま〳〵をつくし給へと、八十年あまり五のとしにして、卯月十七日に終焉なりしハ、夢路にことならすそ侍りける。此人孝をつくし給ふをきくに、曾子の跡をたつね、黄童か床の枕をあふきしたくひ、おほかめり。此ころのかなしミをきくに、さてもそや哥うたハぬためし、ことに出す音にたてす、しつミしるとも、しゝまも又ほいにハあらすと、ねんしいひて、聊も余哀をとふらハむと、筋なき三首の蜂腰を綴りて、かきやりすつることになむ。これもけふりになし給へと云事しかり

藤原幸信

柞原なけきの本ハ秋またて木の葉の上にをける白露

信濃なるそのはゝ木ゝのなくて世のあハぬためしをさそ歎らん

対するに安元も亦、長文の詞書でもって応え、前記『新古今』を本歌とする悼歌を詠んだことであった。

あハぬ世のならひかなしきその原や伏屋もとハてきゆるはゝ木ゝ（234頁）

と。実は、安元も『古今和歌六帖』を所蔵していたのだった。そのことは榊原忠次著『一掬集（ひとすくいしゅう）』第一冊め、正保二乙酉年（※忠次、四十二歳）のくだりに、

脇坂淡路守安元より古今
六帖といふ歌書をかりう
つして返しつかハすついてに

筆のあとあれはこそしれ古も
今も六種の歌のすかたは

返し

むへなるやいにしへ今の言の葉の
六の種をし君かとれしは

と見えている。仏教大学教授竹下喜久男氏のご教示によれば、『一掬集』は榊原家文書（※榊原政春氏蔵）の一本で枡形写本全三冊、文雅の譜代大名、舘林城主侍従忠次が寛永五年正月ときに二十四歳の歳旦詠を巻頭に、寛文五年三月二十九日六十一歳歿時の辞世歌に至るまでの歌集であった。嗣子政房編。なお榊原忠次は寛永十八年二月二十五日に賦何路連歌を興行（※榊原家文書。第三部『誹諧初学抄』以後の徳元連歌など―榊原家蔵懐紙に見る最晩年期―」を参照）、徳元も出座し第五句めを詠んでいる。『誹諧初学抄』が成立してちょうど一ケ月後であった。竹下教授に深謝する。

すれば、徳元が奥書の末にさりげなく書き留めた「伏屋に生ふる帚木」とは、「園原や伏屋」を暗示し、それは大名間に〃孝子〃として仄聞される親交の脇坂淡路守安元宛を意味していると考えられはしないだろうか。当代知る人は知るぞかしであろう。因みに翌々七年二月三日には、在江戸鍋丁の安元邸に於て連歌会が催されて徳元は出座、以後たびたび同座した。敢えて仮説を試みておく。

寛永六年（一六二九）**己巳　七十一歳**

○三月二十日、徳元はすでに帰京してこの日、八条宮御所に昌俔・玄陳・宗順・慶純等と共に伺候し、見舞った。西洞院時慶も見舞う。（※追記(一)参照）

□『時慶卿記』寛永六年春三月大二十日の条

一、八条殿へ参入一時斗伺候　自禁裏御使時直也随庵モ後ニ見舞也　昌俔　玄陳　宗順　慶純　徳玄　島ノ藤左衛門入道自庵等候　後ニ御脉被見候

（巻五十五）

□野間先生、前掲論考参照。

桂光院一品式部卿宮智仁親王は三月五日にご発病（『時慶卿記』）、以後その模様については、写本『桂光院殿いたみ』（里村昌琢編）に収録される高松宮好仁親王の、桂光院四十九日忌追善歌の前書中に、

桂光院弥生の十余日より例ならぬ御けしきありしかとも　かつ〳〵をこたりさまにみへさせたまひしを　いかにそや　またおなしき月のすゑつかたよりなやみまさらせたまひて　つゐに卯月のはしめの七日になかき別となりたまふをおしまぬもなかりける……

と記される。病名は昌琢の追善記に、「いにし三冬のすへつかた武州江戸に有しに　一品宮桂光院殿御腫物をいたくなやませたまふよしきこへしかは云々」（『桂光院殿いたみ』に収録）とあり、徳元も同様に記しているところからも、それは悪性の腫瘍であった。

『桂光院殿いたみ』は八条宮と風交深き昌琢が編集の追善集である。島原図書館松平文庫蔵。図書番号、松一三二―13。大写本一冊。雷文に牡丹唐草模様空押しの表紙。収録される諸家は前掲の高松宮を始め、沙門良恕・隠叟英侃・烏丸光広・阿野実顕・水無瀬氏成・西洞院入道円空（時慶）、そして巻末は昌琢で、正に八条宮御所のサロンを髣髴とさせる追善集。

その後の、親王の病勢は、谷澤尚一氏作成の「三江紹益略年譜（抄）」（昭47・10・28、俳文学会全国大会研究発表資料）寛永六年四月の条を見れば、

四、一　△西洞院時慶、八条御殿に伺候。半井成信と慶友に会う。（時慶卿記）

けふきてハ心もかろし夏衣　色（智仁親王）

若葉の色のいさきよき庭　昌俔

時鳥軒端の山ニ声きゝて　東（良恕法親王）

〃　三　△親王、重態に陥る。（同）

という風に好転はしなかったらしい。なお谷澤氏の論考「徳元と三江紹益」（『連歌俳諧研究』44号）をもあわせ参照されたい。（※第三部「徳元江戸より罷り上り申し候」を参照のこと）

○春、この頃か。『貞徳永代記』の記事によれば、江戸より徳元・石田未得（未徳）が、堺より云也卜養・慶友卜養が、大坂より津田休圃らが上京して、貞徳発句による百韻俳諧の会に出座す、と言う。

□『貞徳永代記』（松月庵随流著、元禄五年三月刊）

誹諧諸国にひろまり、軽口の誹士数多有けり。江戸より徳元・未得上京して貞徳にまみへ、弟子に成ければ、大坂・堺はもとより、発句・百韻などのぼせて、貞徳へ批点頼みけり。依レ之点者許免の印にとて、貞徳翁の発句を申請、京・江戸・伊勢・大坂・堺、名ある点者共一巡をして百韻成就せり。其時の発句、

京田舎言葉の花の幾めぐり　貞徳
　そだちがらこそなまれ鶯　江戸斎藤 徳元
蝶の舞誰を師匠に習ふらん　江戸 未徳
　かげ日なたなくてらす朝ひこ　堺 卜養
海ごしの山はそなたの物にして　同 慶友
　乗り心よき舟の自由さ　大坂 空存
隣から隣へ月もうら伝ひ　同 休圃
　おなじかし屋の秋の夕ぐれ　伊せ山田 望一

右之百韻の写し、山本西武にありしを写して、此度面八句を書付侍る。（巻之一―夷中誹士の事）

□森川昭氏「半井卜養年譜」(日本古典文学影印叢刊30『卜養狂歌絵巻』、昭60・5)

寛永五年の条

○八、九月頃、父云也とともに「慶友」の名で貞徳らと京都で一座、百韻成る(『貞徳永代記』、研究・35頁)。この会と顔ぶれが多く重なる連句作品が伝存する。昭和五十年十一月東京古典会の入札目録に見えるもので、やや横長の懐紙とおぼしく、左方に月を描き「探幽斎筆(印)」とあり、右方に、

窓の前に咲や好文※ぼくの花　長頭丸
なく鶯の声きくめ石　慶友
泉水につゞく雪間ハ谷かけて　徳元
落るながれのつめたきの末　成安
百出しの金の土器ほどふらし　休甫

と各自筆で記す。

(※好文木―梅の異名)

□『紅梅千句』(貞徳ら作、北村季吟跋、承応二年正月成、明暦元年五月刊)

季吟跋

右ちゞの誹諧連歌は、なにがし友仙先生のため有て催し給へる也。ためとは何のためぞ。花咲の老翁は此道の長にいませば、あめのしたのかみ中下部まで其風をあふぎ、その流れをくむ事、いしがめの龍にすがり、うしばへの驥につけるがごとし。休甫・徳元のともがら、卜養・望一など遠きさかひをこえて、添削をまかせ合点をこひねがへり。

因みに右季吟の跋文が成ったのは承応二年六月である(近世文学資料類従・古俳諧編39の拙稿解題)。まだ貞徳が在

世の頃であった。

百韻の成立年代については、貞徳発句ならびに徳元の脇句が共に春季であること。「江戸より徳元・未得上京して」とあるが、これは前述の寛永五年冬十一月徳元東下、そして翌春いったん京都へ帰っていることを指すのか。かくの如くに解すれば「江戸より徳元上京」は辻褄が合うのである。従って私は「貞徳らと京都で一座、百韻成る」を本年春の成立としておきたい。森川氏は「寛永五年八、九月頃」としておられる。

それから制作年時は不明であるが、『歴代滑稽伝』によれば牡丹花肖柏の末として徳元・卜養・玄札との三吟が成る、と言う。場所は慶友卜養の宅か。

□『歴代滑稽伝』(許六撰、正徳五年九月跋刊)

一　堺の慶友、江戸の玄札・徳元は同時の作者にして、牡丹花の末也。

三吟

夏の季のさかひにきかむ時鳥　徳元

水をうつ木の花に待友　慶友

きれゐにも庭の垣根の掃除して　玄札

○四月五日、徳元は八条宮御所に伺候し、見舞った。

□『塵塚誹諧集』上

卯月五日ばかりに、一品式部(いっぽんしきぶ)八条宮腫物をいといたうなやみおはしましける時まかりて

めでたしやきよくやはらぐ空の色

五月雨に水やまさりて今出川

□谷澤尚一氏「徳元と三江紹益」

しかるに親王は、四月三日頃から全く危篤状態に陥入り、一般の面会は許されない。斯様な状況を併せ考えると、右の発句は如何にも不見識としか言いようがない。ところが、これより先、親王の発句により次の三吟がある。

けふきてハ心もかろし夏衣　色
若葉の色のいさきよき庭　昌俔
時鳥軒端の山ニ声きゝて　東

東は良恕法親王の替名である。

朔日は更衣であった。此朝、小康を得て親王は発句を詠まれ、枕頭に侍している昌俔が脇をつけた。これを徳元が伝え聞き、知っていたのではなかろうか。昌俔と徳元は熟知の間柄である。思うに、徳元の発句は祝意をこめて献じたものとしか考えられない。容態の急変は知る由もなかったのであろう。さすれば、句意は親王の発句に照応するから、容易に理会できるし、矛盾も氷解する。

徳元句の前書中「腫物」には「晴れ」の意を懸け、それは「めでたしや」句の下五「空の色」に、すなわちうすき青色、晴れたる空の如き色の意に照応する。なお「色」は八条宮の替名でもある。確かに谷澤氏が説かれる如く右徳元の「めでたしや」の発句は親王の発句に照応したものであろう。因みに昌俔の脇句「若葉の色の」とは、夏着用の襲の一種で表は青色、裏は薄青色であった。

●四月七日、八条宮智仁親王薨去。御年五十一歳。桂光院丘夫と諡する。慈照院の位牌には「桂光院一品式部卿宮尊儀」。同月十九日、慈照院に於いて葬儀。御墓は相国寺塔頭慈照院（京都市上京区今出川通烏丸東入相国寺門前町七〇三）にある。

□『忠利公御日記写』四月十二日の条

八条ノミや様去七日ニ御他界候由岡部内膳殿より申来候

□谷澤氏、前掲論考参照。

八条宮と岡部内膳正長盛との風交は慶長末以来続き、連歌の会に一座すること四度、薨去の折にも長盛は京都に滞在していたらしい。従って扶持人（連歌の衆カ）たる徳元とも交流が存在したかも知れぬ。

さて徳元は、このとき悼句二句を詠んでいるか。

此寺のほぞんかけたかほとゝぎす

つきがねに一こゑそへよ郭公（『塵塚誹諧集』上）

と。上五「此寺の」はむろん相国寺塔頭慈照院を指すのであろう。野間先生は手向として、同じく『塵塚誹諧集』下—夏に収録される、

追善　時鳥たゞ一こゑよなむあみだ

なる発句を挙げてはおられるが（前掲論考「仮名草子の作者に関する一考察」51頁）、私はこれを一周忌追善の折かとしておきたい。

徳元の師で法橋里村昌琢は、このとき柳営連歌興行のため江戸に滞在していた。八条宮の「御腫物をいたくなやませたまふよし」を知って、急ぎ帰京の途につく。『忠利公御日記写』寛永六年四月の条（※松平忠利、吉田在城）に、

廿二日丑　昌琢江戸より被登候

廿四日卯　雨降、連歌候、……

名もしるしたかしの山の夏木立　昌琢

廿五日辰　昌琢被登候、……

と見えている。そして「日夜おほつかなかりしにからうして上」り多分、月末から五月上旬にかけて御所近くの新在家中ノ町の宅へ帰っていったことであろう。されども間に合わなかった。六月四日に、御墓を詣でて長文の追善記と百句を手向けた。その折の、ものせし追善記たる前書は『桂光院殿いたみ』の巻末に収録されるが、寛永文化圏のなかで華麗に振るまう八条宮智仁親王像が生き生きとデッサンされている。よって左に全文を翻刻しておく。

いにし三冬のすへつかた武州江戸に有しに
一品宮桂光院殿御腫物をいたくなやませ
たまふよしきこえしかは　日夜おほつかなか
りしにからうして上りしかは　卯月七日
にえさらぬミちにおもむき給ひ　後の御わさ」オ
なともすき侍りけれはあへなくて御墓
に参り拝みはへるに　御おもかけのうつゝのことく
なりけれはなみたおさへかたき折ふし　蜀魂
鳴けるももよをしかほなれは口にまかせ侍
りける

ほとゝきす世をおとろけと鳴音かな
さりともともおもひ〳〵てあつまより

かへり都の夢そかなしき
おもひきやけにさためなき世にはあれと　」ウ
いましもきみをかくこひんとハ
誠に唐のふかき道まても学はせたまひて
難波の事あきらけ　やまとたましひの御身
にて花もみち月雪の折には詩歌聯句和
漢連歌なともよをさせたまひて　其道〳〵
のともからをもめしよせて　昼ハ終日夜ハ
よもすからの御あそひたへす　又下桂に別
業をかまへさせたまひて時につけたる花
の下草をうへませ　一かたには柏のわたり
をもうつさせたまひて　三伏のいとあつき比ほひ　」オ
は人〳〵めしあつめ御前にてさかなと調
せさせたまひて流にさかつきをうかへ　石上に
詩を題し歌をつらねあけのそほ舟(赤の赭舟)をさし
出棹の歌に心をやりしも　ひくれぬれは
都にかへり侍るをしたわせたまひて　川つら
ちかくをくり出させ献をすゝめ給ひしも如夢
幻泡顥(コウ)如露亦如電矣生者必滅のことわり

をまぬかれたまわぬかなしひ　又余に御め
くみ筑波山の陰にもことならさりし事
のかしこきハ筆かきりあるわさなりとて　」ウ
百の句におろかなる心をつらねて彼御顕
前に顕わし侍らはかつハおほそれあらん
ものか　于時寛永六月四日
　　　　　　　　法橋昌琢拝

　　同
うへをくもかたみとなれるなてしこの
花には露もいとはるゝかな　」オ

それから、参考までに架蔵の智仁親王筆色紙と短冊、及び前述の八条宮の甥高松宮好仁親王筆色紙の以上三点を紹介しておきたい。

□智仁親王筆、結構色紙

天地二一・七糎、横一八・三糎で、金描下絵草花模様。マクリである。署名はないが、たとえば第三句めの「さ無からて」に自筆らしい特徴が見られよう。裏書きに「寛五／八条宮」と墨書されて寛永五年春の詠、むろん徳元も在京時である。

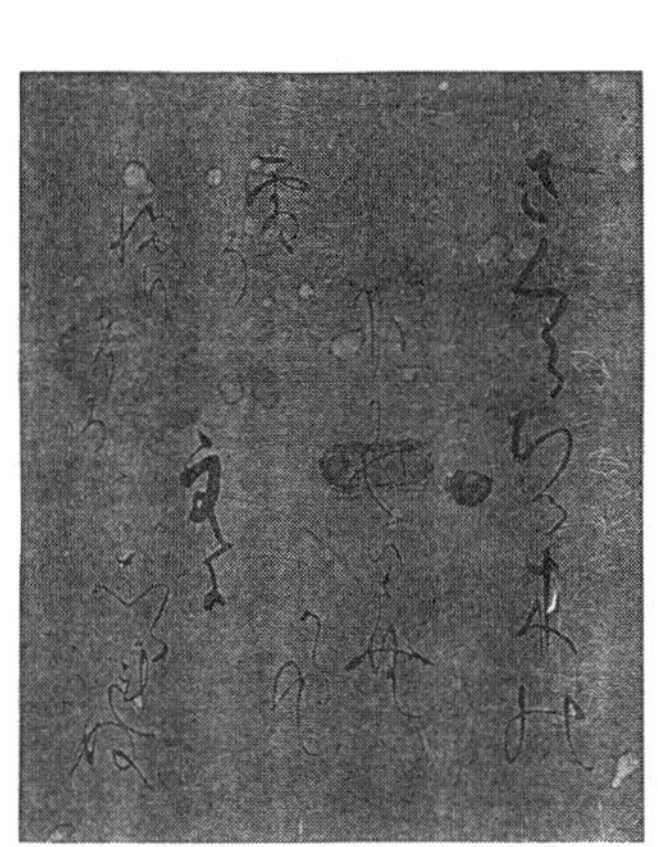

図14　智仁親王筆、結構色紙
（架蔵）

さくらちる木の
下かせハさむからて
空にしられぬ
雪そふりける

□智仁親王筆、和歌短冊

聞恋　よそなからきかまほしさの人の上を／なとなをさりにかたるなすらむ　智仁

図15　智仁親王筆、和歌短冊（架蔵）

□高松宮好仁親王筆、結構色紙

天地二一・八糎、横一七・九糎で、朱の地に金描下絵雲霞山水と貝模様の華麗なる色紙。マクリ。署名はないが、上句の「霜」の筆致に、下句の「雪」にそれぞれ特徴が見られる。裏書き「寛九／高松宮好仁親王」と墨書され、寛永九年冬の詩である。因みに、高松宮の肉筆類は数が少ない。

図16　高松宮好仁親王筆、結構色紙（架蔵）

十八公（※松）栄霜後露／
一千年色雪中深

○八月十二日、春茂、「山何」連歌一巻を興行（昌琢、発句）す。在京の徳元は一座した。

□寛永六年八月十二日

山何

唐錦及はし庭の萩の花　昌琢
籬に玉を結ふ夕露　春茂
月なから軒の端山は霧降て　昌俔
翅はいつこ雁渡る声　春重
舟うかふ浦は閑けき朝ほらけ　城久
気色殊成春の海顔　九一

氷とけて霞も立やさゝれ浪　　昌程
岩ねにうつる日は長閑也　　意信
松陰の雫は苔に伝ひきて　　徳元
分いる方や深き谷の戸　　宗之
降雪に真柴もとらて帰る也　　清親
寒き嵐の吹とふく袖　　犬公
（以下略）
（巻末句上）
昌琢　十三　城久　八　徳元　八
春茂　八　九一　九　宗之　七
昌俔　十二　昌程　九　清親　八
春重　十　意信　七　犬公　一

（『斎藤徳元集』58頁）

宗因筆『昌琢発句帳』（著者、解題執筆と翻刻ずみ）には「からゝ錦をよはし庭の萩かゝ花」と少しく異同。脇句の春茂は春重と同門で、昌琢系である。寛永五年五月十八日の条を参照のこと。

●十月十日、一族の春日局は紫衣事件の解決のために上洛し、中宮和子の御所より参内して三条西実条（さねえだ）の猶妹（ゆうまい）なる身分で後水尾天皇に拝謁、「春日の局」号を賜う（『徳川実紀』）。因みに徳元との関係を図示すれば、

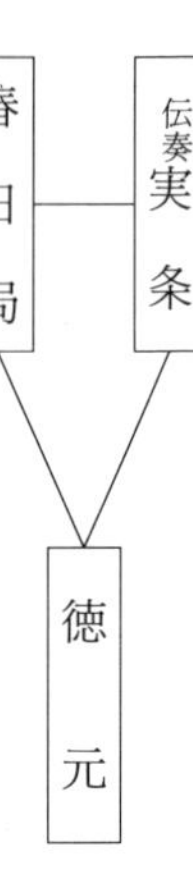

という縁故が想定されようか（第三部「徳元伝新考―寛永六年、東下前後のこと―」）。そして十一月三日に、春日局は徳元ゆかりの三河吉田城（松平忠利）に一泊して帰東した。同月六日、三条西実条（さねえだ）、内大臣に任ぜられる。武家伝奏も兼任（※この頃以降か、徳元は所望されて句短冊を呈上する）。八日、後水尾天皇が、にわかに皇女一宮（明正天皇）に譲位。『忠利公御日記写』寛永六年十一月の条には、

十八日　……亭（天）子様去八日ニ御位御すへり御軍ノ御所へ御うつり女一宮様御ゆつり候由岡内膳殿より申来候（松平忠利、在吉田城。）

とある。この頃、京極忠高は在江戸（『徳川実紀』）に、徳元は京都に滞在していた。

●十二月、昌琢、柳営連歌興行のために東下。

□『忠利公御日記写』寛永六年十二月の条

九日　昌琢被下候、泊被申候（松平忠利、在吉田城）

○十二月末、徳元、ふたたび東下。同月二十六日に下着す。そして江戸馬喰（ばくろう）町二丁目の居宅に定住した。その折の東下りの記はのちに『関東下向道記』（狂歌版）を始め、『海道下り』（『徳元俳諧鈔』所収、架蔵）『塵塚誹諧集』下

巻所収、「東下り紀行書留発句」として述作。ほかに『江戸海道下り誹諧』も制作した。因みに「徳元、ふたゝび東下」に関しては、先に笹野堅先生も『斎藤徳元集』のなかで同様に述べておられ（26頁）、森川昭氏亦「冬再び東下。『塵塚誹諧集』に『寛永六暦三冬もやゝ末つかたに都を立てあつまへ』下ったことを記し、道中の句文を掲げている。既に述べた通り、『塵塚誹諧集』によって『同年霜月』江戸に於いて千句を独吟したことが記されて居り、その同年とは東大本『千句』によって寛永五年であることが知られたのであった。本年の東下は『極月下の六日』江戸に到着していることから見ても明らかにそれとは異るものである。して見ると、寛永五年東下した徳元は一旦京都に帰り、再び本年江戸に下ったものと見える。」と考証せられた。むろん著者も賛成である。

さて、如上の著作道の記類によれば徳元は紙子着る師走の頃、京都で親しき友だち――想うに二村宗久・橘屋慶純・辻（辻村）宗順（内侍原宗順カ）・里村昌俔・里村玄陳等々の連歌師仲間か――に送られて、まず三条大橋を駒もとどろとうち渡り、以下の文章は謡曲『杜若』や『東国下』を下敷きにして、作者徳元自身を『伊勢物語』の主人公〝昔男〟なる右馬頭在原業平に擬して紀行文を展開しているようである。殊に『塵塚誹諧集』下巻に所収、東下り記の構成などにはその感が強い。粟田口、日の岡、神なし森、山科、関寺の町へと進む。逢坂の関で（※狂歌短冊有之）親しき友ら関送りの酒宴をしてくれて別れ、一路江戸に向かった。大津打出の浜、草津、栗本郡へそ村、守山、篠原を経て鏡の宿（※蒲生郡竜王町大字鏡）で泊まる。翌朝は天晴れて老曽の森を過ぎ、武佐、高宮、鳥井本、小野（斧）の宿、摺針山、番場、醒か井そして柏原で泊まり。次いで『関東下向道記』では寝物語の里の次条に、

車かへし、此坂を里人と行つれて上りけるに、とはす語りをなんしける。昔柏原院不破の関屋のあれまくも（こそナルベシ（朱書））面白かるらめ。えい覧有へしとて、御幸ありけるに、此所にて、御前追ける御随身、すすミ

てまかりいそき立帰り奏しけるハ、此国の守こともおろそかなりとて、関屋もふきかへまうけして、あふき奉るなりと申す。その荒たらんを見まほしけれ（こそ（朱書））。今ハ何せんとて、一首の御製に

ふきかへて月さへもらぬ板ひさしはや住あらせ不破の関守

となん詠吟まし〱て、是より還御（幸（朱書））ならせ給ひにけり。それよりしてこそ、此坂を車かへしと名付侍り（れ（朱書））といふ。

とある。『塵塚誹諧集』も同じ（『海道下り』ハナシ）。ただし文中に里人が語る「昔柏原院云々」の話は誤伝であって、実は『時しらぬふみ』（「左大臣義教公富士御覧記」トモ）によれば、

ふきかへて月こそもらぬ板ひさしとくすみあらせ不破のせきもり

と見えて、永享四年（一四三二）九月十一日、ときに将軍足利義教の自詠であった（外村展子氏「『時しらぬふみ』のこと」『書誌学月報』28号）。以下、徳元の行程は中山道、現在のＪＲ東海道在来線に沿って旅を続けているようだ。居増（今須）、関か原、垂井と進んで彼自身には懐旧の「美濃路（みのぢ）」を経由、なお垂井宿で詠んだ徳元句「すゝばなや垂井にひえて関が原」に関連して、仮名草子『元のもくあみ』（作者未詳、延宝八年九月刊）にも、

今須の宿を通りすぎ、松ふく風の身にしみて、咳気を通す関が原、水鼻垂井といひながら、大垣・すのまた・おこしの里・清須・名古屋をうちすぎて、……（上巻）

とある。青野が原では好きな朝酒に酔い、大垣城下はこの頃、長子の郭然茂庵と共に扶持を受けている連歌大名岡部内膳正長盛の所領地。次いで、かつての知行所墨俣宿にて逗留、稲葉山もほのかに遠望出来た。彼の脳裡には、二十八年まえの、あの血腥い岐阜落城の光景がふっと去来したことであろう。『関東下向道記』には、

墨股、此所ハ古へそれかし知よしの里なりけれハ（この部分頭注、朱書にて「徳元武士にて此所知行なりし也」とある）、とり〱馳走して、たうあミ打せ、名物の鯉を取、その日は河逍遙になくさミ、逗留し侍り。

　　ゆかたひらきて川狩をすのまたにとりぬるうをハこれそミのこひ

　稲葉山のほのかに見えければ

　　たちわかれいなはまつ出せはたこ銭まてとしいはハまたかへり来ん

右、墨股の条は、すでに森川氏ご指摘（斎藤徳元『関東下向道記』）の如く、徳元伝記資料としても貴重で、それは末裔所蔵文書によって検しても立証せられよう。

小越の渡り、美濃国から尾張国へと道の記は続く。『塵塚誹諧集』には狂歌一首、

　　いとゞしくすぎ行かたはみのおはりうらめしくよる老のなみかな

と詠んでいる。蓋し右は『伊勢物語』第七段の、

　むかし、おとこありけり。京にありわびて（※住ミヅラクナッテ）、あづまにいきけるに、伊勢、おはりのあはひの海づらを行くに、浪のいと白く立つを見て、

　　いとゞしく過ぎゆく方の恋しきにうら山しくもかへる浪かな

　となむよめりける　（『日本古典文学大系』本、115頁）

をふまえてはいるけれど、徳元の狂歌にはいかにも落魄した老の心がうかがわれよう。住みづらくなった京都でいったい何があったのか。いま失意の原因になるものを二、三挙げてみたい。○八条宮智仁親王の薨去。○春日局の上洛にもかかわらず後水尾帝の突如の譲位。○幕府への仕官運動とその見通し。因みに歿後、直系の孫斎藤利武は旗本に仕官がかなう。等々が推測せられよう。なお『尤草紙』上―四十、帰るものの品々の条にも、

　昔、男、あづまへ行けるに、伊勢や尾張の海づらに立浪をみて、

　　いとゞしく過にしかたのこひしきにうら山しくも帰る浪かな

（『新日本古典文学大系』本、93頁―渡辺守邦氏校注）

と見えているが、校注者の註記はなし。

熱田宮に詣でて、やがて東海道へ出た。鳴海、「道より馬手にあたりて、小高き古塚有。そのかミ織田の信長公、駿河義基と夜軍有しに、義基たゝかひまけて、此所にて果給ひし古墳なりと聞て」狂歌一首、

　あつき坂もち鑓とってこねつきにうち死をせしよしもとのつか

池鯉鮒、そして五位（御油）・赤坂の宿場では自身の位（くらい）も「従五位下」なるに因んで、

　うへ人のくらゐも五位に旅ねしてあか装束でこゆるあかさか

と詠む。風交深き松平主殿頭忠利が所領地の吉田、遠江汐見坂を下ると白須賀（しらすが）の浜、舟渡りして浜松に着く。見付の国府（こう）、吹雪のなかに日坂（にっさか）をのぼり佐夜（さよ）の中山、嶋田、駿河国宇津の山、以下の展開は、『伊勢物語』第九段東下りの章をふまえている。鞠子、「此里の山本に草庵あり。古への連歌し柴屋宗長の住給ひし旧跡也。寺の名ハすなハち柴屋寺と号す。立より侍りて」

　ふる雪に一夜ふす何柴の庵

安倍の河原（折柄雨降る）をうち過ぎて府中（静岡）に入る。

　もろこしの里なりければ、誰ともしらで有棚に腰打かけて主をみればみし人也。其まゝ奥に誘引せられて、家とうじ（刀自）盃取あへず童に小歌うたはせ、しきりになぐさめ侍れば

　　酒えんしてあづまあそびやするが舞　（『塵塚誹諧集』下）

そして志豆機山（しずはたやま）（賤機山）に於て一句、

　しつはたやかたひら雪の寒さらし　（『関東下向道記』）

山の南麓には浅間宮有之。神主は国学にも関心深き志貴宮内少輔昌勝（万治二年十二月歿）、因みに彼の祖先志貴駿河守泰宗なる神主は『宗長日記』に登場する（島津忠夫氏校注、岩波文庫版66頁）。徳元は寛永十五年十一月始

めにふたたびここ浅間宮を詣で、志貴昌勝の亭に立ち寄っている（第三部「晩年の徳元―『賦品何誹諧』成立考―」）。なれども今回の、「主（あるじ）をみればみし人」で「しきりになぐさめ」てくれた人物はあるいは京出身か、名もわからない。木枯の森、江尻・興津にて「清見寺の致景をながめ」て、由井、蒲原の磯も過ぎ、富士川を渡って吉原の宿に泊まる。『関東下向道記』には、

　此ほとハ雲の立まひかくれぬる富士の、けふハ心よく天はれけれハ、つく〲と見をりて

　　けふりにもすゝけすしろし富士の雪

とある。富士山は寛永四年来、噴火していたらしい（新日本古典文学大系『初期俳諧集』124頁―森川昭氏校注）。宗因筆『昌琢発句帳』（拙稿参照）秋の部雑秋の条にも、

　　於駿府

　見る度に身にしむ富士の煙哉

と見える。

伊豆の三嶋、明くれば山中四里を経て箱根の峠にのぼる。

　坂を下れハ、馬手にあたりて小山有。是をひしり山と云。一とせ大閤御所秀吉公、小田原の北条氏政と取あひ給ひ、すてに此所に御動座有て、城を八重はたへに取巻、諸手よりきひしくしよりてせめけり。此ひしり山を付城にこしらへ、大勢の軍兵に大石をよせさせ、山の上に高石垣をつき、その上より目の下に見くたし、戦攻したまへハ、城中こらへす、氏政腹を切、息氏直ハ高野山へつかハされて、落城せしめ畢。何者かしたりけん落書に

　　ひしり山老たる父をうたせつゝ身をうち直ハ高野へそゆく

（『関東下向道記』）

右の条は天正十八年六月末、徳元ときに三十二歳の夏、豊臣秀吉が石垣山より小田原城攻略の模様を回顧するく

だりだが、その戦記はリアルで実見的である。ところが、それもそのはず、実はこのとき父親の斎藤正印軒元忠が「息斎藤忠蔵」（※徳元ノ初名カ）をして小田原在陣の秀吉宛に陣中見舞の品々を贈っていたようである。反町茂雄氏編『弘文荘敬愛書図録』Ⅰ（昭57・3）に収録される、斎藤正印宛天正十八年五月二十八日付、「豊臣秀吉朱印状」一幅がそれ。左に全文と反町氏の解説文をそのまま掲出する。（図17参照）

97　豊臣秀吉朱印状　斎藤正印宛（天正十八年）五月廿八日付　一幅　六〇〇、〇〇〇円

この人独得の、ごく大型の懐紙二つ折。本紙の大きさタテ四一、〇　ヨコ五九、八糎。本文は表の折のみに記し、大字草書十行、左の如し。

御陣為ニ見廻一息斎藤忠蔵差越、弓弦弐百丁、天鼠革廿、同別ニ百、天鼠二桶到来、入念之仕立、感悦思食候、猶山中橘内可レ申候也

五月廿八日（朱印）

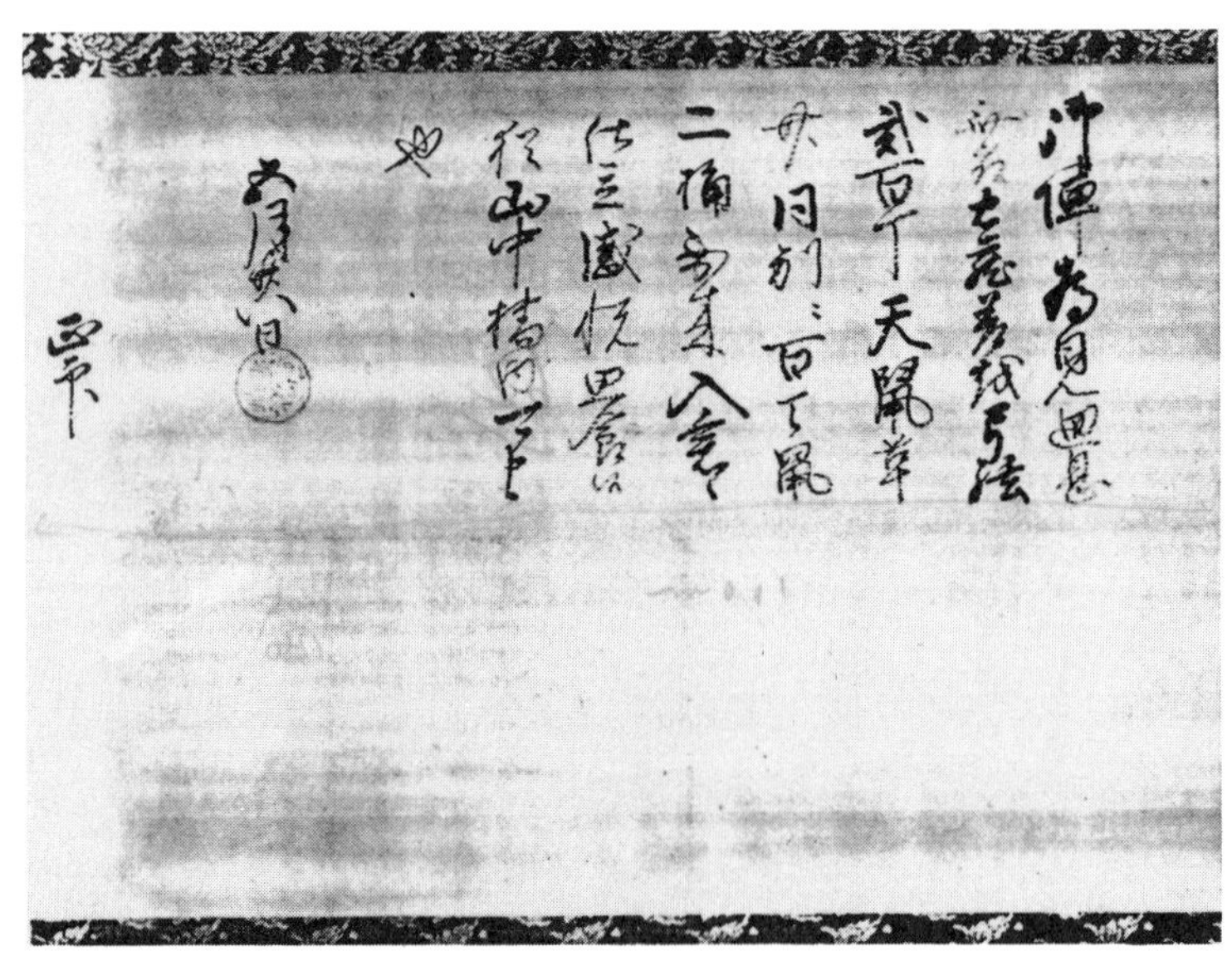

図17　斎藤正印宛、豊臣秀吉朱印状、（天正18年）５月28日付（『弘文荘敬愛書図録』Ⅰより）

正印

日付の下に秀吉の糸印風の大朱印。あての正印については考え及ばぬが、文中に「息斎藤忠蔵」云々とあるから、斎藤正印という人物、恐らく伊豆・相模辺の土豪であろう。陣中見舞の品々に対する礼状で、文末に見える山中橘内は山中長俊、天正十三年から秀吉に仕えて、後に任官して山城守、給一万石。天正十八年の小田原攻に従軍して居る。この書状は恐らくその時のもの、本文も長俊の自筆らしく、堂々たる書き振り。当五月には秀吉は小田原に在陣して居る。「天鼠」とは何か不明、普通には天鼠は蝙蝠の異名である。保存良。古い桐箱入。蓋裏に「此書翰伝云、秀吉公所賜我　正印君、依装以珍蔵之　明治三十四年　斎藤利明」との識語がある。永らく後裔の人の家に伝蔵され、そこで表具したもの（182頁）。

ただし、右の解説中に、「斎藤正印という人物、恐らく伊豆・相模辺の土豪であろう。」と推考せられたのは誤り。ほかはすべて新事実で、なお正印軒の後裔「斎藤利明」なる人物が明治三十四年時に生存していた事実が知られることも共に興味深い資料であろう。（※追記(二)参照）

坂を下って相模国に入った。梅沢の里、大磯で虎御石を見（※狂歌短冊を架蔵）、藤沢の遊行寺に詣でて、

上人の数珠の花房いとなかくさく藤沢の寺そたふとき

と狂歌を詠む。かくして、「行〳〵て武蔵の国に到りぬ。その名も涼しきかたひらの里に来て、所の人に里の名のいはれを尋ね侍れハ、海辺にてハ有なから浦のなき所なれハとて、帷子とハ名付侍る也といふ。」と。右の一条は、『江戸名所図会』にも異同の形で引用される。それから、ここ帷子里で詠んだ新出和歌短冊一枚が有之。思文閣刊『名家古筆手鑑集』に収録される。島本昌一氏のご教示（昭48・夏）によった（図18参照）。上無河、川崎、品川を経て、徳元は十二月二十六日に江戸に到着した。それは推測するに十五日間ぐらいの旅程であったろう。『関東下向道記』の巻末には狂歌一首、

のほり下り両道かくる武蔵あふミさすか駄賃ハ乗もうるさし

と詠んでいるが、のちに改作した。

京と江戸と両みちかくるむさし鐙さすがだちんは乗もうるさし（『塵塚誹諧集』下、『海道下り』、『古今夷曲集』に収録）

> 帷子里　雪ハ今朝ミちのちまたに降そめて／地しろにミゆるかたひらの里　徳元

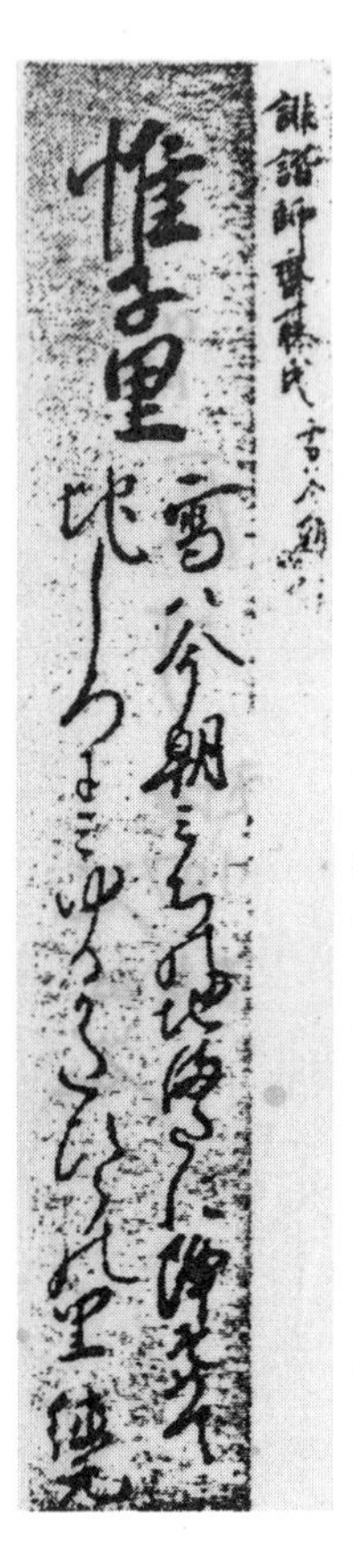

図18「帷子里」和歌短冊（『名家古筆手鑑集』より）

寛永六年十月二十二日の昼、主君京極忠高は江戸城西ノ丸に於て大御所秀忠の茶会に召されていた。このことは徳元が忠高に扈従して東下したのではないことを示している。そして十一月初め、一族で親交もある春日局が帰東。京都では後水尾帝がにわかに女一宮に譲位されるなど緊迫した朝幕関係のうちに、徳元はかくして十二月二十六日にふたたび江戸に下着した。ときに七十一歳。日本橋を渡って馬喰（ばくろう）町二丁目所持の家に定住したようである（『綾錦』、図19参照）。そのことは曾孫の斎藤徳潤も述べているし、有賀禄郎編『日本橋横山町馬喰町史』（横山町馬喰町問屋連盟刊、昭27・4）にも記される（150頁）。同じ頃に、師の里村昌琢も柳営連歌興行のために東下。昌

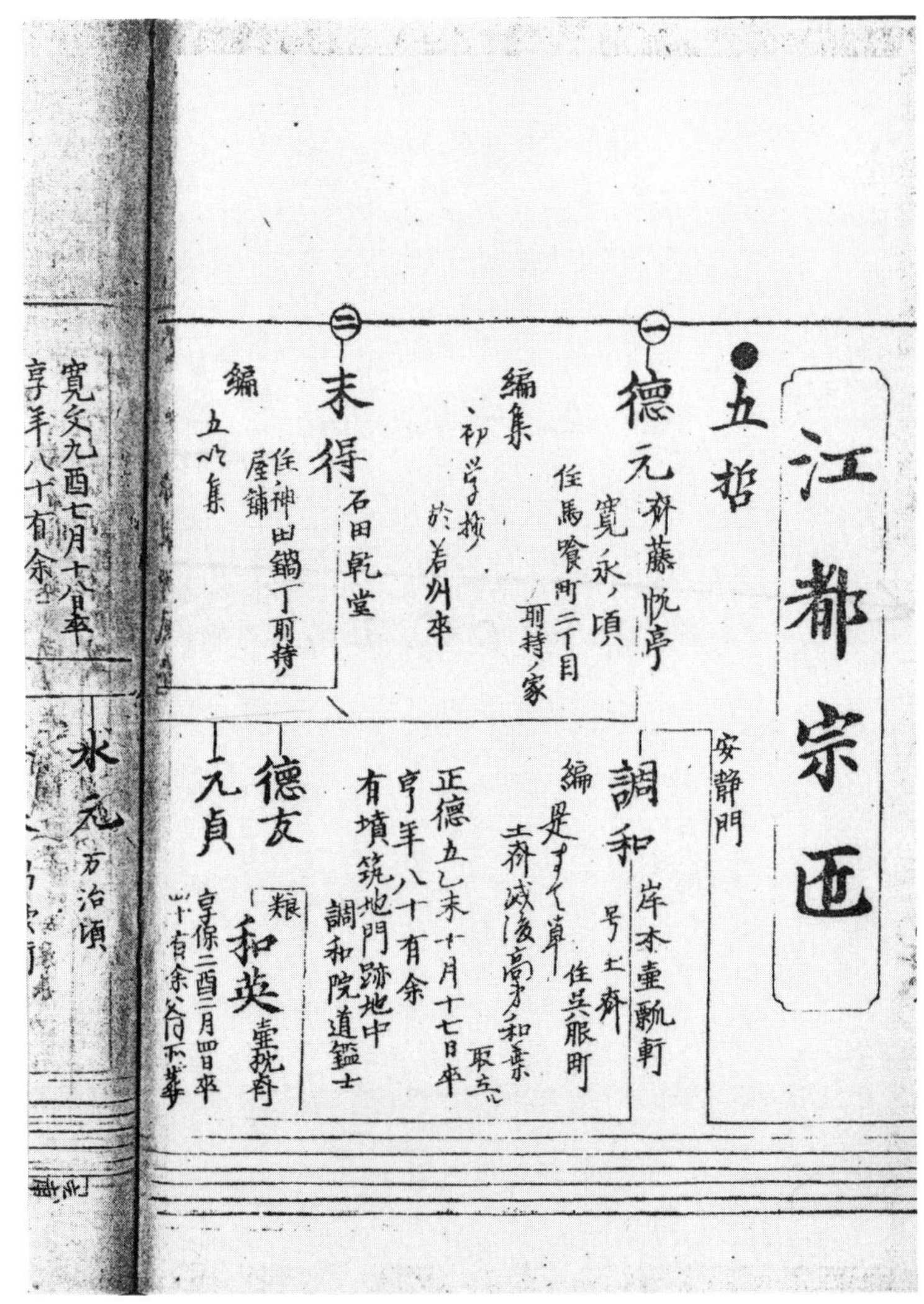
江都宗匠
安静門
●五哲
一 徳元 斎藤帆亭
寛永ノ頃
住馬喰町二丁目
町持ノ家
編集
初学抄
於若州卒
調和 岸本壷瓢軒
号士斎
住呉服町
正徳五乙未十月十七日卒
享年八十有余
有墳築地門跡地中
調和院道鑑士
二 未得 石田乾堂
住神田鍋丁町持ノ屋鋪
編
徳友
和英
享保三酉三月四日卒
寛文九酉七月十八日卒
享年八十有余

図19　『綾錦』(菊岡沾凉編、享保17年６月刊、架蔵) 巻上より

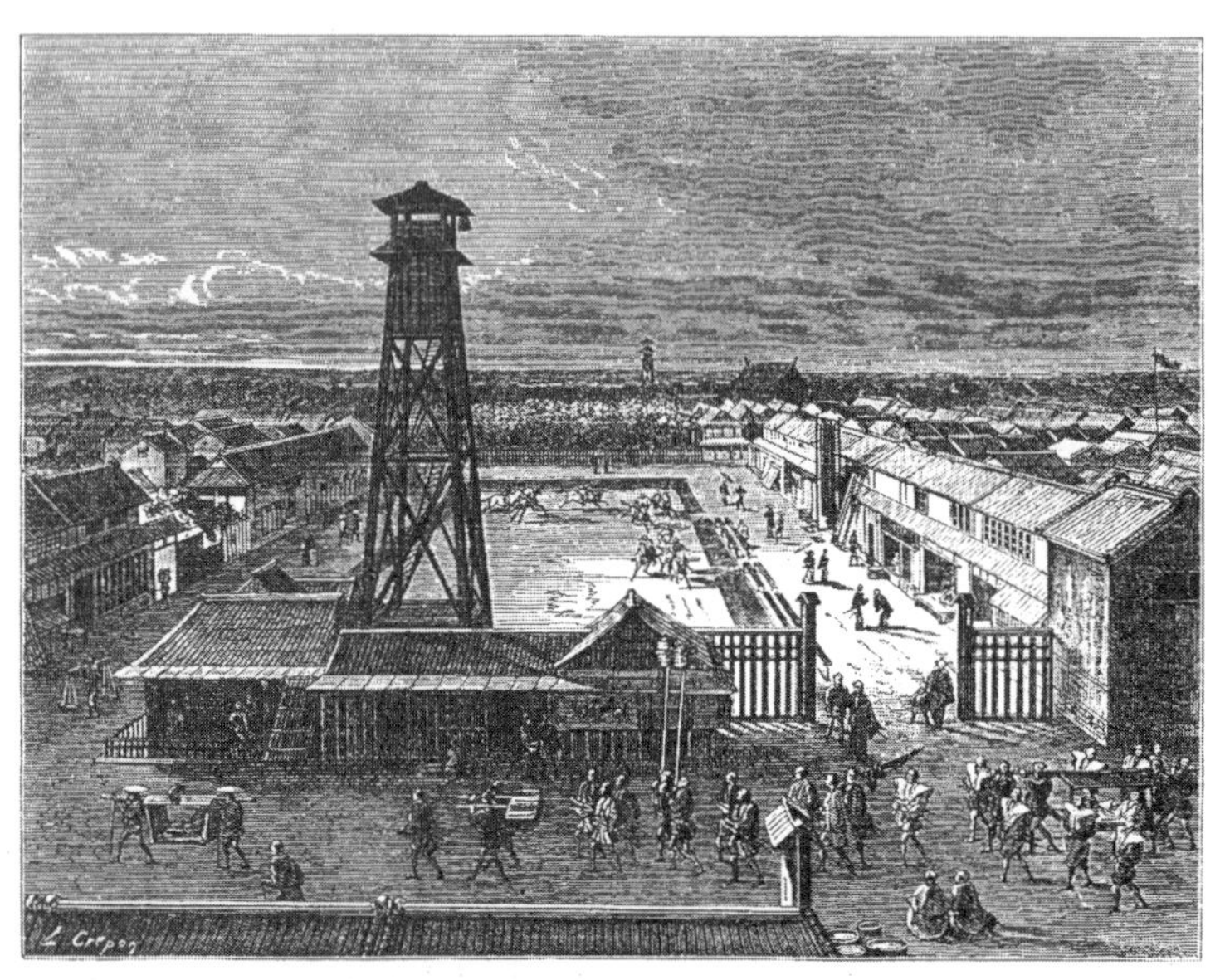

Bagirogio-Baba, place de Manége, à Yedo. — Dessin de L. Crépon d'après une peinture japonaise.

図20　馬術調練する馬喰町馬場（L.クレポン摸写、パリ刊、架蔵）

琢とは翌七年春、江戸に於てたびたび連歌会で同座した。

いったい寛永期における、江戸馬喰町の景観はどんなさまであったろうか。私は平成元年五月九日、河原町三条のキクオ書店で一枚の木彫版画を入手したのだった。それはL. Crepon模写に成る「馬術調練する馬喰町馬場」で、一八七〇（明治3）年Paris版のもの（図20参照）。もっとも原画は『江戸名所図会』に描出の「馬喰町馬場」からであるが、それよりもクレポン模写の絵にはよりいっそう臨場感と迫力が感じられるのだ。そのうえ維新頃における、パリ刊行の江戸馬喰町景である点も国際的でおもしろい。有賀禄郎氏によれば『名所図会』にある馬場の図は二丁目から見たものという（前掲書108頁）。すれば向かって右側の町並が馬喰町二丁目・三丁目で、徳元居宅跡もしのばれよう。裏通りには願人坊主（がんにんぼうず）（僧形の乞食）が集団で住んでいた（延宝四序『淋敷座之慰』）。中央正面は火の見櫓、続いて初音（はつね）の馬場が描かれているのである。

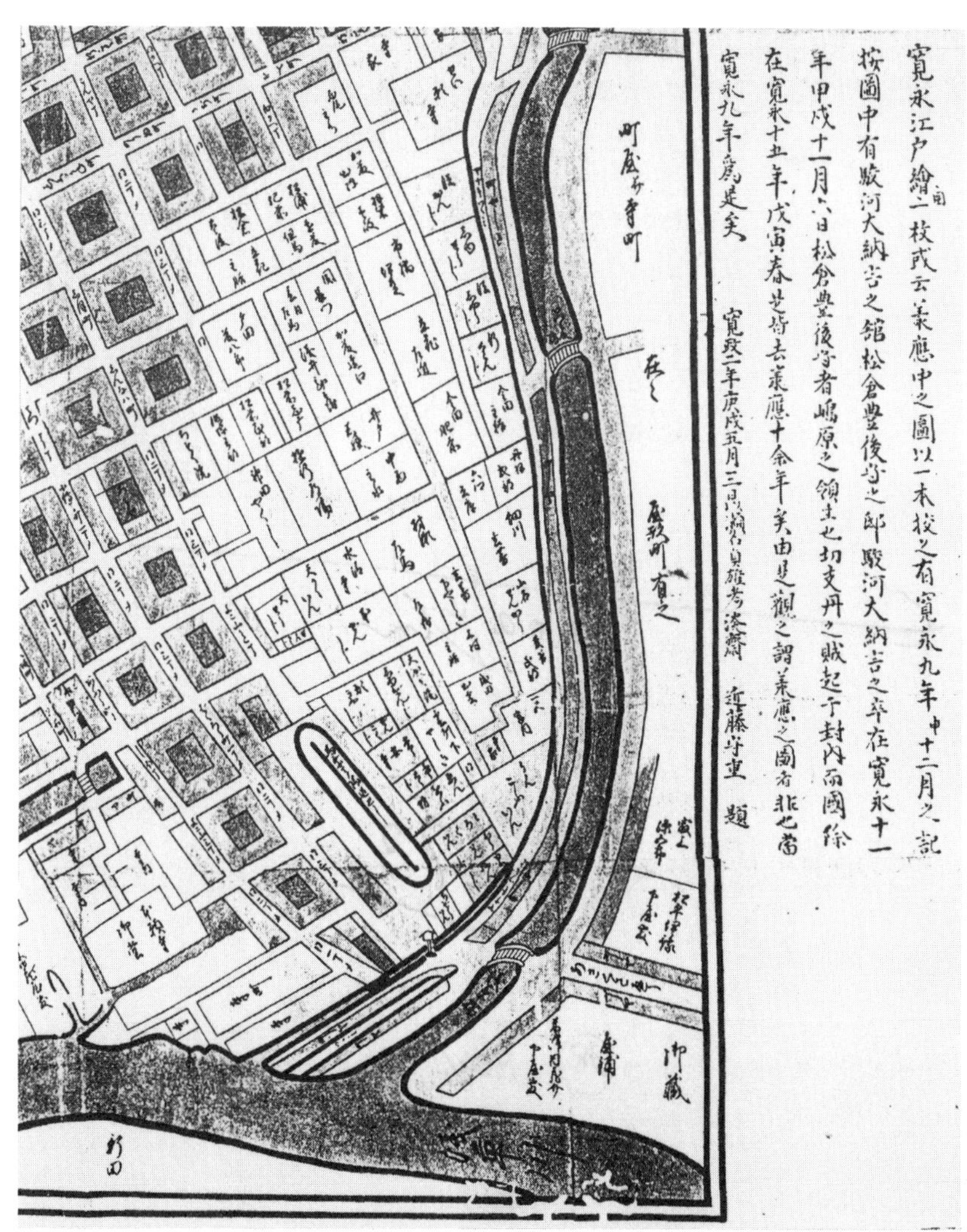

図21　ばくろう町２丁メ付近の図（寛永９年12月刊『武州豊嶋郡江戸庄図』より、東京都立中央図書館蔵）

当代の馬喰町は『日本橋横山町馬喰町史』によれば、町家が多く一丁目は社寺門前町で、二丁目を取出して見れば、ここは西は一丁目、東は三丁目、南は横山町五番地、北は東神田八番地に包まるるほぼ正方形の地であり、昔は代々名主高木源兵衛及び岡本谷左衛門の屋敷があった。その屋敷は今の株式会社花王及び木村栄三郎商店のある所から裏方三番地にまで拡がっていた。現在の三番地地域は馬場地であったが、元禄六年及び享保二十年の二回に於て、馬場は取払われて町家となった。」(42頁)とある。四丁目は旅宿町殊に訴訟に関係する公事宿で(41頁)、従って博労たちも亦集まって来、馬喰町となっていったらしい。季貞作『江戸町名誹諧』(正保三年、徳元判)に、

(名オ14) 秋にし熊をとる皮や町

(名ウ1) 露ふかきあをりをかけぬ馬喰町

と詠んでいる。すなわち前句から熊皮の障泥(あをり)。馬商人たちがたむろする光景と見たい。当時の馬喰町の様子がうかがわれるであろう。

(平3・9・18稿)

〔追記〕

最近、次の如き二資料の存在を知り得た。いずれも新出資料で、(一)は雲英末雄氏からのご教示。寛永六年閏二月九日付、生嶋玄蕃宛徳元第四書簡である。江戸より帰京早々の徳元が生嶋玄蕃を介して八条宮に御目見えを願い出でたるもの。生嶋玄蕃秀成は八条宮の家司。早稲田大学蔵資料影印叢書『近世古文書集』に収録。

(二)は、大分県臼杵市立図書館所蔵の古写本によって斎藤正印軒の後裔斎藤利明(精一郎)氏がもと稲葉藩臣で、北海部郡々長の職に在ったこと。更に福岡県久留米市民図書館所蔵、有馬藩『御家中略系譜』には、

斎藤道三――女子
　　　　　＝＝――正印――徳元
　　　　　利之　　　　└守三(医師)……利明

に至る系譜が収録。これらは別稿で詳述する。（本書第一部「新出斎藤正印・徳元・守三の系譜について」を参照されたい。）

（平4・4・29記）

第三部　書誌と考説と

――年譜風に――

長盛・能通・徳元一座「賦何路連歌」成立考など

長盛・能通・徳元一座の「賦何路連歌」百韻一巻は石田元季氏の著作『俳文学論考』(養徳社、昭19・11)に全文翻刻・解説を付して収録せられている。すなわち、

茂りなをさそふ水田の早苗哉　　長盛（13句）
　柳なひかす里の五月雨　　能通（13）
みたれ飛ほたるは風に方よりて　　徳元（12）

以下、一順を記す。正重(11)・長依(12)・城与(11)・勝政(10)・直友(8)・正種(8)・久茂(1)・長政(1)らの連衆。石田氏の解説によれば、この「賦何路連歌」は名古屋市熱田浅井家蔵、佳麗なる料紙一巻に書かれ、すべて正種筆との由である。成立年代は発句を詠んだ長盛を増田長盛と断ぜられたことで、従って「おもふに関が原の役後慶長年中のことなるべきか。なほ後考を俟つ」とされて文を結ばれた。

その後、森川昭氏はご論考「徳元の周囲―『徳元等百韻五巻』考―」(『説林』15号)で、後掲の寛永二年六月十日の何人百韻に見える連衆から「長盛は増田長盛とは別人、その百韻は元和寛永頃の成立とすべきであろう。」と訂正。(註1)著者も亦昭和四十四年十二月、名古屋さるみの例会において口頭発表をし、「長盛は、茂庵の主君たる岸和田藩主（※間違い）岡部長盛公であろう」と推測。続けて四十七年六月例会でも傍証して徳元父子が寛永九年以前に岡部長盛から扶持を受けていたであろうことを口頭発表した記憶がある。

さて谷澤尚一氏は、先年、前掲石田氏紹介の「賦何路連歌」百韻に関して著者宛書簡で、「故阿部喜三男先生の蔵書よりメモしたものです。いま一度確かめる余裕もないので其儘記してみます」（昭47・10・25附）、更に「〇熱田浅井氏所蔵本の再吟味……長盛と徳元の動静に関聯して――。Ａ　上賦と発句の矛盾。Ｂ　二ノ折発句の妥当性」（同10・30附）として、二ノ折オ七句目「いてし世にかへるとみしは夢覚て」の能通句から始まると訂され、「熱田浅井氏所蔵本の再吟味」を提示。

そこで問題の二ノ折オ七句目以下、すなわち表八句に相当する部分を掲出しよう。（傍点は著者）

1　いてし世にかへるとみしは夢覚て(註2)　能通
2　　さすらふる身はなみのうき舟　長盛
3　いかはかり宮古にほとの遠津島　正重
4　　ゆきてとはゞやちかのしほかま　徳元
5　もみぢ散砌をめてゝよむ歌に　城与
6　　さけのむしろはくるゝ日もいさ　長依
7　ゆくゑなをたのむるけふの賀の祝　直友
8　　あまたなりけるゆかりしるしも　勝政

以下、長政・正種・久茂らの連衆。

谷澤氏は阿部喜三男氏蔵写本に基づき北野社僧能通（寛永六年歿）の発句中「いでし世にかへるとみしは」に注目され、これは華甲（還暦）(註3)の張行と判断、また五句目の城与の「もみぢ散砌をめでゝよむ歌に」からその時期を晩秋と推定、よって寛永五年秋に岡部内膳正長盛、大垣にて還暦祝興行か、とされた。因みに長盛は寛永九年十一月二日、六十五歳歿（『岸和田藩志稿』31頁及び墓碑銘）。となると「賦何路」は「夢路を賦す」ですんなり理解出来るのである。さて、そのように想定してみるとき例えば六句目「酒のむしろは」を受けて七句目に「けふの賀の祝」と詠み、八句目「あまたなりけるゆかり」などの詩句に一門の繁栄を祈ると見てとるならばなるほど谷澤説が無理なく考えられてこよう。あるいはこの年、長盛は還暦を機に法躰、可長と号したものか。名残ノ折オ二句目以下に、

　　きのふのけしきあら玉の年　　城与
　くろ髪をそきて名残の朝鏡　　長盛
　　わかきもさすか入のりのみち　　徳元

という付合が見られるのである。しかし、深追いは控えたい。それはさておき成立を寛永五年と断ずるには一抹の躊躇がしないわけでもない。連衆に見える第三子の因幡守長政がすでに寛永三年四月十日に卒去、高輪泉岳寺に葬られているから恐らく江戸で早世したか（『岸和田藩志稿』39頁）。だが、このことはむしろ長盛が嫡長子宣勝とは同腹母弟でありながらあたら二十代の若さで逝った愛子長政に対する哀惜の情抑えがたく代句一句を加入させたと考えられないであろうか。

いったい長盛―能通―徳元とを結ぶ人間関係はいつごろから形成されたのだろう。寛永五年前後における、三者の動静を主にあらあら年表風に列記してみる。

元和二年正月二十三日、何人百韻（写）一巻。作者、智仁親王・良恕親王・昌琢・昌俔・慶純・仙巌・**長盛**・宗順・紹由・了倶・阿野宰相、ほか通式十二人（福井久蔵著『連歌の史的研究』）。八条宮と**長盛**の風交は慶長末から か。共に一座すること四度有之。

同六年六月十六日、山何百韻（写）一巻。深溝侯（現、愛知県額田郡幸田町深溝）松平忠利の興行。作者、昌琢・忠利・玄仲・昌俔・玄陳・友務・紹由・宗順・了倶・玄的・友継・**長盛**ら。**長盛**と忠利、忠利と徳元父子

のそれぞれの交情は後述する『忠利公御日記写』にしばしば見える。

寛永元年九月、**長盛**、美濃大垣に転封、五万千二百石（安八・池田・多芸三郡の内）に加増される（『徳川実紀』及び『岸和田藩志稿』）。

同二年六月十日、何人百韻（写）一巻。作者、色（八条宮智仁親王）・**長盛**・慶純・忠定・宗順・宗乾・与孝・正重・切臨・**能通**・不屑・長信・城与・正次・勝政・正種・直友・宗延の十八人（『連歌の史的研究』）。傍線部の人名は、前掲「賦何路連歌」に登場する人々である。場所は大垣か。

同三年春、**徳元**、若狭より京極忠高に扈従して入洛（四年五月末まで忠高の在京確認。『忠利公御日記写』による）。**徳元**は在京の間に昌琢や貞徳とも交流し、八条宮家へも出入りした。

〃　八月、**長盛**、家光に従い上洛する（『徳川実紀』）。

同五年秋、賦何路百韻一巻成立か。長盛・能通・徳元一座。

〃　冬、**徳元**、江戸に下った。

同六年七月三日、**長盛夫人徳川氏**、江戸にて逝去。高輪泉岳寺に葬らる。**徳元**は「追善」句として「人間も水にうき世の一はかな」（『塵塚誹諧集』下）を手向けたるか。

同六年以前・春、賦何路百韻一巻。作者、**長盛**・**能通**・昌琢・昌俔・慶純・玄陳・宗順・了倶・能舜・長信・城与・能把の十二人（島津忠夫氏ノート）。

とすると寛永二年前後から能通が歿する六年までの間に風交が存在したと考えていい。それと関連するのだが、徳元が長盛から扶持を受けたこと、更にその縁で長子斎藤茂庵が藩医として仕官出来たことも共にこのころであろうか。

ついでながら長子の郭然茂庵をめぐってもう一つ。『忠利公御日記写』を繙いていくと、徳元の名が寛永七年四月二十一日の条に初出、松平忠利が五十一歳を一期に世を去る年の前年――八年閏十月三日に至るまで、断続的に見えることである。以下、( )内の算用数字は登場の度数を示す。七年四月(2)、五月(2)、六月(13)、七月(9)、八年正月(1)、三月(1)、八月(2)、九月(1)、十月(1)、閏十月(1)、以上である。この「徳元」について、該書の存在を学界に紹介せられた中村幸彦先生(註4)は「父の忠利も亦、連歌好きで、忠利公御日記に見えて、里村昌琢、昌俔・玄陳や、或は斎藤徳元かと想像される徳元なる人物などを近づけている。」と肯定的に記され、対するに島津忠夫氏(註5)は「それは時代から見れば不自然ではなく、いかにもありさうなことであるが、たとひ斎藤徳元であつたとしても、俳諧はもとより連歌の記事とも関連しないし、おそらくは別人かと考へられる。」とされたのだった。で、結論を先に言えば右日記に登場する「徳元」は紛れもなく斎藤徳元その人であろうと断定して誤りはないと思う。何となれば徳元は見廻衆の一人もしくは医師か(註6)、そのような身分で忠利の許に伺候しているのだが、その際に親友の山岡景以がほとんど共にしていることである。われわれは想起する。彼が景以追善百韻の前書中にいう「予も又そのかミ聚楽伏見にいまそかりし時より御よしみ深く」と述懐するあのくだりに――。又、七年六月二十三日の晩には兼与・金森宗和・佐川田喜六らと並んで〝ふる舞〟に与ったりしている。在江戸。更に極め手としては八年八月二十一日の条に、在江戸の斎藤茂庵が医師の資格で伺候していることであろう。因みにそれよりも以前の六年四月十二日の条には「八条ノミや様去七日ニ御他界候由岡部内膳殿より申来候」とある。八条宮―茂庵の主君岡部内膳―松平主殿(とのも)とを結ぶ人間関係は、だから連歌を通じて出来上ったことを『忠利公御日記写』から理解せねばならぬ。(ほかに八条宮と長盛の風交を記す史料は、嗣永芳照氏紹介の「智仁親王御年暦」(『書陵部紀要』20号)中、親王三十八歳・四十歳の条にも見えている。)それから長盛をめぐる連歌壇に、時宗僧の国文学者一華堂切臨(さいりん)上人(小高敏郎・河野憲善両氏の論考参照)の名を見出すのも底の深みを感ずるのである。

註1　名古屋さるみの例会口頭発表「徳元自讃画像」一幅の発見―㈢徳元・茂庵と岸和田・堺との関係（昭44・12・14）。同じく例会口頭発表「寛永初頭における徳元父子の一動静」（昭47・6・25）

註2　「九一七　風寒き磯屋の枕夢覚めてよそなるなみに濡るゝそでかな」（新後拾遺集・十仏法師）

「五九九　住の江のきしによる浪よるさへや夢の通路人めよくらむ」（古今集・藤原敏行朝臣）など。

註3　俳文学会第24回全国大会（昭47・10・28）における谷澤氏の研究発表資料及び著者宛書簡による。谷澤氏に鳴謝する。

『忠利公御日記写』（吉田城主松平主殿頭忠利の日記。島原市公民館松平文庫蔵。『豊橋市史』第六巻）によれば寛永五年八月三日の条に、

岡部内膳殿江戸より被登候、寄（三河吉田城ニ）被申候……

まとかならん月を待まもなかめ哉　　長盛

と見えるところからもこの年晩秋、長盛の大垣在城は確認出来よう。いっぽう徳元は一旦帰京したことになろう。そしてこの年冬に東下。『関東下向道記』には、「青野か原付赤坂（赤坂宿ハ大垣領デアル。――『岐阜県交通史』）」の条で「色もまた青野か原に朝酒をのめハ酔てやかほもあかさか」と狂歌を詠んだ成る口の徳元らしく、次の宿大垣で名物の柿を馳走になるのだが、それは多分在城の長盛からではなかったか。参考までに、徳元の旧領地安八郡墨股（俣）宿は長盛の領国である。

註4　「肥前島原松平文庫」―一　松平忠房の蒐書（『文学』昭36・11）。

註5　「連歌と俳諧と」（『連歌史の研究』角川書店、昭44・3）。

註6　『忠利公御日記写』寛永八年八月四日の条に「御年寄衆へ御内証申入候、相国様（秀忠）御気色能候由申候、山図・松平外記殿朝左（朝左近）被越候、道寿・徳元」とある。すなわち忠利は大御所秀忠が御煩につき急遽七月二十八日に吉田城を発って昨八月三日江戸に到着。その翌日に、山岡景以を始め医師道寿・徳元らの来訪を受けている。話題はむろん「相国様」の病状であったにちがいない。医師の道寿は寛永十八年八月三日の「沢庵等品川東海寺雅会」に徳元と共に登場する人物（森川昭氏「半井卜養研究」）。加えて斎藤月岑の『増訂武江年表』（東洋文庫版による）寛永五年の条には、「○十二月、斎藤徳元（医師にて連歌をよくす）関東へ下り、馬喰町二丁目に居す云々」とある。徳元、医師であることの典拠を示されてはいないけれど、信憑性はあろう。とに角、この『忠利公御日記写』に見える晩年の斎藤徳元像は従来の俳人徳元像よりもいくぶん異なり、幕府の内側に控えている人、例えば医師とか

御伽衆のようなイメージがふくらんでこようが、そのことは別項で考察したいと思う。（昭60・3・2稿）

〔註6の追記〕　深溝松平家の吉田・刈谷在城時代における諸事覚書、『私覚書』（半紙本一冊、島原市本光寺蔵）に収録の「三州吉田家中家数」に、

天王小路

一　家五ツ　福永道寿（『豊橋市史』第六巻所収）

と見える。すると『忠利公御日記写』に散見する福永道寿は、このころ深溝松平家の藩医として仕えていたことになる。なお『塵塚誹諧集』上―若狭在住期の寛永二年冬のころに、「まらうさね」として徳元宅に訪れた「福永と云人」は、右道寿その人もしくは関係があったのかも知れぬ。（昭60・3・19記）

翻刻『江戸海道下り誹諧』

一

【書誌】 天理図書館綿屋文庫蔵。図書番号、れ四・二—三五。書型、横本の写本一冊。寸法、縦一七・五糎、横二五・八糎。表紙、縹色表紙。袋綴。題簽なし。ただし綿屋文庫の目録（第一）には、『連歌集伊庭千句等』なる書名になっている。内題もなし。ただし、徳元の作品のそれには「江戸海道下り誹諧／斎藤徳元独吟」と記す。墨付、百枚。毎半葉、概ね十九行。識語（伊庭・伊勢両千句ノ奥ニ）「右之二千句車戸数馬秀利のも／とより借用し書写侍者／也／寛文四甲辰八月八日円清／書ス」とある。蔵書印、反町弘文荘の「月明／荘」（方形朱印）。「天理図書館／二五六六六三／昭和廿六年貮月五日」。「わたやのほん」。「綿屋文庫」（朱の横印）。収録作品については、表紙見返しの右上に、朱筆にて「伊庭千句／伊勢千句／出陣千句／慶長六年法楽百韻／江戸海道下り誹諧／題金作」とメモしてある。天理大学附属天理図書館本翻刻第四一八号（資料名、連歌集伊庭千句等（れ四・二—三五）**五、斎藤徳元「江戸海道下り誹諧」**）。

【解題】 『連歌集伊庭千句等』の収録作品に関しては、綿屋文庫目録に詳細に記されているので、ここでは繰り返さない。ただ目録五の「斎藤徳元・江戸海道下り誹諧」の後半部分は、一見、長々しい「跋文」の如くに見誤られてしまい勝ちである。すなわち、それは伝宗祇作の稀覯書『若衆物語』（児教訓・いぬたんかトモ）の一異本であった。目録の訂正方をお願いしておきたい。冒頭部分から異同が多く、あるいは『尤草紙』や『誹諧初学抄』を述作するうえでも原写本は徳元みずから筆写したものかとも推測されよう。従って「付」の形で全文翻刻をしておいた。

徳元作「江戸海道下り誹諧」(仮に甲本と呼ぶ)は、始め木村三四吾氏が、名論考「斎藤徳元」(明治書院『俳句講座』2)で引用紹介せられたのである。成立年代に関して木村氏は、「寛永六年冬、徳元は江戸に下った。(中略)『江戸海道下り誹諧独吟百韻』はこの時の作にかかるものであろう」と推定せられ、私見も亦これに従いたいと思う。因みに徳元の寛永六年末までに成ったとされる俳諧連句作品を左に挙げてみる。

○慶長十九年十一月以前、独吟魚鳥俳諧百韻(近衛三藐院点)が成る。

○元和七年春、若狭小浜城内の竹原天神に参詣して、百韻一巻を奉納(現存セズ)す。

○寛永五年十一月、徳元、東下。武州江戸の「はいかいにすき給へる人々」の所望によって、『徳元独吟千句』が成る。

○**同六年十二月二十六日、徳元、**ふたたび江戸に下着。このころに、『海道下り』『関東下向道記』『**江戸海道下り誹諧**』等が成る。

とすれば、右の徳元作「海道下り誹諧」の成立は、正にこの時期に流行する一連の道中俳諧(連句)制作への濫觴をなすものであったろう。

さて百韻中、名残ノ折表には、

(名オ8)銭のミ橋をわたる秋のよ
(〃9)ほのかなるよしハら通ひあらあふな
(〃10)あたしちきりの末ハあさ草

江戸の吉原傾城町が開かれしは元和三年のこと、更に寛永三年十月には、吉原五町の家々、普請全く成りしという(『武江年表』による。ただし、それは元吉原の時代にして、馬喰町二丁目の徳元宅からはさ程に遠くはない)。されど江戸住の俳諧師たち、吉原を詠みし付合(あるいは発句)いまだ知らぬ。

巻末は、

(名ウ6)お成はしあるかけふる殿〳〵
(〃7)天守よりミれはにきハふ江戸の内

（挙句8）不断錦をしくもミち山

右の付合には臨場感がうかがわれよう。紅葉山は江戸城内に在った。因みに徳元再東下の前月たる十一月八日には、後水尾天皇がにわかに皇女一宮に譲位した。そのことに関連して私は先年「徳元伝新考」（本書第三部参照）で大胆なる推考を試みたことがある。それは彼が、朝幕関係の調整を秘めた水面下での作業にあったとか、再東下の目的も云々とか、そういう推考で基本的には現在も変わらない。

江戸海道下り誹諧

斎藤徳元独吟

朝霜をふむ三条の小橋哉
寒さにはける白川のたひ
のむお茶のあハた口ひけをしなてゝ
ひの岡まてももてる水風呂
乗物の戸のあけたての音羽山
風にさらめくすゝのしのミや
月にしも菟狸をおひわけて　」オ
せき紘かくるゆミも露けし
木綿をやうちての浜の烋の暮
切くへつゝもたくは松もと
客人に馳走ふりなるせゝの宿
鮒おなますにせたの料理者
遠来の肴はあれとくさつにて
いしへひるまを過るやすらひ
百性(ママ)や田の水口に立ぬらん
また月くらきつちやまのかけ
八重霧にむせふ伏猪のはなをひく
したゝか露のふれる鈴鹿路
我なミた関の地蔵もとゝめかぬ
わかれてこうをへるは亀山
花ミをも独りせう野ゝ里ハ何
四日市場のかすミ汲はや
小うたひや桑名き心長閑にて
船子も小夜をふかしあそへり
日さかりハあつたと佗てふせるらし
世帯ハいかになるみなりけん　」ウ

才覚の花のちくさもちりうせて
矢はきいくさハ露もえせしな
おかさきても眼に霧や降ぬらん
月まちてよくわたれ藤川
いつか夜ハあか坂ならしあゝしんき
御いけんにてもおもひやまめや
うちみにし人の心は吉田にて
おこす文箱のふたかわをミよ
とれよりの飛脚ともいさしらすかに
足あらひつゝやすミぬる袖
いたさうにひゝあかゝりの今きれて
祢宜のほねをる神の前坂
明暮に浜松風やひきぬらん
池田の長にたへぬ琴の音
宗盛の契りをむすふ中泉
かひま見付のかほハうつくし
恋風やふくろひなれは過難し
仮初なからなさけかけかわ
さしかわすにつ盃の幾めくり

」オ

おもしろさよの中山の月
まかねふくかなやの炢を問寄て
身にしまたなるやとりかりけり
花の香をこせと人や下知すらん
此ころそつと咲ける藤えた
きゝたしや春に岡鴟の時鳥
馬引とめてくつをうつのや
しはしたゝ人のをけあるまりこニて
あへかハかミこ雨にぬらせり
小者をやふちうのものとしかならん
鑓のえしりてあたまをそうつ
おそろしやいかなる人の清見寺
ゆいしよおきけは鬼神の筋
物の気にたゝかんはらやこハならん
ふしの煙と身をもやす袖
りんきとてよしわらふ共こらへしな
三まひ橋をわたりいなはや
月影に三嶋こよミの日おえらひ
菊酒つくりうらん山中

」ウ

銭入るはこねさしぬる秋なれや
米にてとある小田原のいね
こしきまてつえにさかわをかけけらし
大磯小磯わろきいしミち
平塚のあたりとをれは表にて
は入道や我もならまし
藤沢の上人こそハたふとけれ
むねにとつかのけんおミかきぬ
かゝりぬるほと貝をふく戦に
ゆかたひらもち入はせんたう
けいせひの文のかな川披見して
六かう丸を腎薬にのむ
月花に品かわる身ハ口惜や
目もかすミつゝうたて柴の戸
露を玉とあさふく春のをかしさよ
雨に増成しける糸むら
古ひたる水ため池のはたならし
浪かけつゝもあらふやまの手
朝毎に愛岩（ママ）まいりの精進して

」オ

たゝ天徳をいのりこそすれ
新福を月にねかふハはかなしや
銭のミ橋をわたる炑のよ
ほのかなるよしハら通ひあらあふな
あたしちきりの末ハあさ草
ゑりにつく当叡山のちこ若衆
三王七やのきるものゝふた※」
子をうめる祈禱おしたるお明神
立るゆうまのいち取の袖
花やかに舞衣うる呉服町
胡蝶のはねおのすや桜田
しやくやと囀る鳥は山口に
かんたか原や日なたなるらん
はるかなる八町縄手霜消て
お成はしあるかけふる殿〳〵
天守よりミれはにきハふ江戸の内
不断錦をしくもミち山
（※次丁ハ、『若衆物語』ノ写シデアル。）

」ウ

二

〔書誌〕天理図書館綿屋文庫蔵。図書番号（綿屋文庫目録第二）、わ九九〇—三二。書型、横本の写本一冊。寸法、縦一一・五糎、横一六・七糎。表紙、焦茶色、布目地に亀甲模様の空押し。題簽、左肩に、「江戸町誹諧其他」と墨書。次いで内題の丁に、

「江戸町誹諧
七鳥誹諧
道中誹諧
次ニ
十百韻　山水独吟　梅翁批判
内　兵俳諧
アリ、別字アレバ畧ス
廻文百韻
江戸町誹諧其他」

と記す。墨付、三十四枚。蔵書印、巻末に、「昭和十二年九月二十日影写校合 岩崎（朱印）／潁原先生影写本による」と記す。「天理図書館／二六五二八一／昭和卅三年十月一日」。「わたやのほん」。収録の作品は、江戸町誹諧「花町ハひらくる木戸を梢哉」の巻（玄札点）。「うきや巣守片羽比よくのとり残し」の巻を始めとする七鳥誹諧（立圃、貞室、季吟、未得点）。道中誹諧（※徳元作也。翻刻参照）。廻文百韻「なかめしハ野菊のくきのはしめかな」の巻（長頭丸貞徳点）。以上である。

〔解題〕さて、本書所収の「道中誹諧」のことは、すでに加藤定彦氏によって論考「古俳諧資料『半井卜養狂歌集其他』の解題と翻刻」（『近世文芸資料と考証』9号）のなかで、

京より武府迄道中
朝霜をふむ三条の小はし哉（作者不詳）

に始まる百韻（綿屋文庫蔵写本『江戸町誹諧』）

という程度に触れられている。今仮に該書を乙本としておくが、甲本と対校するに異同がかなりに見られ、

そのうえに巻末の十句が脱落、九十句までである。むろん『若衆物語』の写しは付されてはいない。甲本の方が善本とすべきであろう。

京より武府迄道中　（※作者名ナシ）

朝霜をふむ三条の小はし哉
寒さにはける白革の草皮
呑お茶のあわた口ひけおしなて〻
日の岡迄ももてる水風呂
乗物の戸をたてあけの音羽山
風にさらめく鈴の四の宮
月にしもうさき狸を追分て
せき弦かくる弓も露けし
きわたせやうち出の濱の秋の暮　」十九ウ
切くへつ〻もたくハ松本
客人に馳走ふりなる膳所の宿
鮒をなますに瀬田の料理者
遠来の肴ハあれとくさつにて
石部ひるまを過すやすらひ
百姓や田の水口に立ぬらん
また月くらき土山のかけ
八重霧にむせ伏や猪のはなをひて
した〻か露の降る鈴か路
我泪関の地蔵もとめかね　」二十オ
わかれてからを経ぬる亀山
花見をも独せし野〻里ハ何
四日市場の霞汲はや
小哥うたひくわなき心長閑にて
舟子もさ夜をふかし遊へり
日盛ハあつたをわひてぬせるらん
世たひハいかになるミなるらん
才学のはな千草も散うせて
矢はき軍ハ露もゑせしな
おかさきても眼に霧や降ぬらん
月まちてよく渡れふし川　」二十ウ
いつか夜をあか坂ねらしあ〻しんき
御異（昊）見にても思ひやまめや
打こミし人の心ハよし田にて

おこすふはこのふた川を見よ
とれよりの飛脚ともいさしらすかに
足洗つゝ休ぬる袖マ、（朱筆）
いたそうなひゝあかかりの今きれて
祢宜のほねおる神の前坂
旦夕に浜松風や引ぬらん
」二十一オ
池田の長に絶ぬことの音
宗盛の契りを結ふ中いつミ
かいまミつけの顔ハうつくし
恋風のふくろひなれそ過かたミ
かり初なから情懸川
さしかハすにつさかつきの幾めくり
面白さよの中山の月
まかねふくかなやの秋に問寄て
身にしまたなるやとりかへけり
花の香をおこせと人や下知すらん
」二十一ウ
此比そつと咲る藤枝
聞たしやはるに岡卩の郭公
馬引とめて沓をうつのや

しはし只人のお蹴やる鞠子にて
（朱点）あへ川紙子雨にぬらせり
小者おやふちうの者としるならん
鐺のゐしりてあたまをそうつ
おそろしやいかなる人のせいけんし
ゆひしをきけは鬼神の筋
物のけに只かんはらやこわるらん
」二十二オ
ふしの烟と身を燃ス袖
りんきとてよしハらへ共こらゐしな
（朱点）三牧はしを渡りいなはや
月影にミしま暦の日を撰
菊酒造うらん中山
銭入ル箱根さしぬる秋なれや
米たんとある小田原の稲
こしき迄（状カ）枝にさかわをかけくらし
大磯小磯わろき石道
平塚のあまり通れハ表にて
」二十二ウ
大入道とやわれもならまし
藤沢の上人こそハたうとけれ

胸にとつかの釼をミかきぬ
かゝりぬるほとかいをふく戦に
湯帷子持ち入ハせん湯
傾城の文のかな川披見して
(朱点)六合丸を腎薬にのむ
月花に品かわる身ハ口惜や
目もかすミつゝうたて柴の戸
露を玉とあさふく春のおかしさに
雨に増上しける草村
古ひたる水ため池のはたならし
波掛つゝも洗山の手
朝毎にあたこ参りの精進して
たゝ天徳をいのりこそすれ
新福を月に願ふハ僂や
銭かミはしを渡る秋の夜
ほのかなるよし原通ひあらあふな
あたし契(ちき)りのすへの浅草
ゑりにつく東ゑい山の児若衆
三王しちやのきる物の札

」二十三オ

」二十三ウ

〔付〕翻刻・異本『若衆物語』

〔解題〕　「江戸海道下り誹諧」にひき続き筆写してある。前丁同様に寛文年間、円清筆。池田広司氏編『児(ちご)教(きょう)訓(くん)』(『中世近世道歌集』古典文庫)と対校してみるに前述の如く異同が多く、どちらかと言えば奈良絵本『若衆物語』や江戸鱗形屋板のそれにやや近い。数箇所、改作。殊に後半部は省略ひどく改作もなされている。異同の一例を挙ぐ。「流石碁将碁羽六(ママ)は尋常わざの事ながら」はむろん将棊のことで、徳元の筆僻。『誹諧初学抄』を見られたし。又、「あひ〳〵として玉札などの言中に大和詞の有ならば云々」なども改作の一例。数少ない『若衆物語』の近世初頭における一異写本であろう。

(昭62・9・3稿)

世間のちこや　若衆の紐を　今日の
雨中の　とせんさに　大かた爰に
書付る　筆のすさひも　おこかまし

先第一に　道々の　其嗜ハ　嫌に
て　人にはすねて　いふりにて
人せゝりして　口聞て　おとな
のことく　茶をのミて　しきの
若衆の　まねをして　人に寄添
よりかゝり　さもむつかしき　用い
ひて　小刀かりて　塵をして　こ
せ事言て　利口して　朝起ハせて
昼寝して　座敷ニ居てハ　いねふ
りて　手習事ハ　いやかりて　戸
壁障子に　物書て　たゝミ柱に
墨付て　里すきはして　手ハす
かて　しれ笑ひして　はかけにて
人も用ぬ　腹立て　友の若衆と
からかひて　日に幾度も　つ
かみあひ　物然〱と　教ねは　手の
あからぬも　ことはりと　我と我身
に　利を付て　親の相見る　時斗
おとなしけなる　ふりをして

」オ

影にてかわる　心こそ　つらにくゝも
をもわるゝ　かくても責て　四五
年も　寺の住居　するならは　少ハ
しつけも　付へきに　一二年さへ　暮
かね　程なく里へ　引入て　母親こめ
て　随意雅意に　やうしつかは
す　髪いはす　足手あらハす　つめ
きらす　むさ〱として　あらし此
子共集て　くミあひて　足にも
のはく　事もなし　えのこにわと
り　をひまはし　子鷹みゝすく　四十
から　しゝめきすゝめ　さひ鳥を　さす
も似ハぬ　大刀　からおはなかく　拵て
火燧袋の　緒をミれは　山鳥の尾
の　したり尾の　なか〱しくも
ふりさけて　下緒中より　折
返し　栗皷本に　局(つぼね)こめて　はか
まの帯を　ゆるくして　同覆上に
打羽織　こひんうしろへ　とりまはし

」ウ

さらはさひ〳〵　ぬきもせて　さ
かやきみれは　夏の野の　芝のこ
とく　茂らせて　打まけなかく　ひん
いひて　色能小袖　重ねきて　人の衣
装の　なんいひて　人の喧嘩の　さ
やもちて　世に聞なれぬ　ゑほし
名を　我とさひ〳〵　つきかへて　人こ
と言て　身ハしらて　遊山しまは
り　道にてハ　手拍子打て　はたぬ
きて　小うた曲舞　跡先に　とめ
はにあはぬ　うたひをは　しとろ
もとろに　うたひなし　機嫌よけ
なる高笑ひ　件の人と　聞けり
扨又よそへ　よふ時は　能境節ハ　出
もせて　座敷をまたせ　度々の
使お得ても　ひねりつゝ　適爰に
きてたにも　座敷へちきに　なを
りかね　あれへ是へと　請れと　た
たミのへりに　はいつけハ　手を

」オ

とり人の　引時に　傍の柱に　い
たきつき　立あからぬも　けしからす
漸にして座敷へなをり　箸を取
よりも　程なく　大くつろきに
くつろきて　あたりの人の　汁さ
いお　済心なしに　はさみとり　心の
まゝに　魚鳥を　ほねかミ出し　は
をとして　老若共に　いかゝなれ　か
くて中酒に　成ぬれは　すのの
ひたる　盃に　二つも三つも　指
請て　中酒過ての　食のゆを　汁
にてうめて　かふめかし　茶子いつ
れも　用捨なく　昆布一牧（ママ）を　其
まゝに　口へ押込　かミなから　とはす
かたりを　しいたして　物言音ハ
聞にくし　茶子皆々　取喰て
用にも立ぬ　柿のさね　くるみのからを
取集　手遊ひにして　其後に　あた
りの人に　なけつけて　後事此事

」ウ

をなけまはり　御茶一通過ぬれ
は　座敷ハいまた　すきさるに　ゐん
きんかほにたちさりて　友達共
お　よひたてゝ　人の小座敷　小部
屋へも　案内なしに　押入て　刀脇
指　ぬきをきて　碁盤押板　枕
とし　わけなき口を　たゝきつゝ
人の刀を　すつとぬき　切れん
きれしの　目聞立　己か刀の　きれ
きるゝ　けひつを言て　利口して
あたりのみゝもはゝからす　はく
ち雑談　しいたして　はたさぬ
音ハ　かしかまし　それのミならす
剰　男女の　物語　皆口々に　かたり
居て　思入たる　雑談に　我身を
忘　他を譏り　きひ〳〵しけき
大笑ひ　人に聞せん　やうもなし
此色々の　半より　跡に遊ひも　はし
まりぬ　はくちの事ハ　中〳〵に　さ

」オ

たのかきりの　事なれは　筆にも
いかて　つくすへき　流石碁将碁（ママ）　羽（ママ）
六は　尋常わさの　事なから　我手
をミて　猶みせし　或ハ石の　あらそひ
に　かほに赤筋　引ハりて　おそろし
気成　ふりをして　冨士白山や
八幡と　ことはかけぬに　撰文し　石
つきちらし　雑言し　互ニ腹を
立あへハ　遊ひをしても　無益也
将碁の盤に　むかひてハ　時の香
車と　言なから　やかてことはお　つ
めあひて　銀の根をはり　腹お
立　早飛車めかし　からかひて
年ませる人に　つめられて
詞問答　はるハらや　負目に成て
何事も　王と言ても　たちしさ
る　これらハ表て　十二三　十四五程の
若衆達　是ましける　おとなの
能異見をは　言もせて　結句色

」ウ

ふし　そやしたて　二人の若衆
すゝめつゝ　かゝるおとなの　仕立に
は　羽（ママ）六盤に　とりむかひ　刀きつ
はに　押まはし　石山塞を　取よ
りも　早にくてひに　利口して
石のさし引　あらけなく　雅意
に任る　石走　互に心　一六に　逶ぬ
塞の目を　諍ひ　五々（でっく）共せぬ　くひ
のほね　ちやう六すんに　ぬきあけ
て　早いさかひを　しさう也　是か
や愚人　夏の虫　火に入よりも
あやうきを　笑ひとつといわぬ　人
そなき　かくて盤数　打重ね
勝たる時は　機嫌能し　礼笑ひ
して　うれしかり　まけたる時
は　腹お立　とかなき塞を　なけ　」オ
まはり　にくの塞めや　何とて我
をへたつるも　弓矢八幡　うつましと
腰の刀を　ぬきかけて　かねはた

〱と　うつふりハ　物くるはしく
冷しや　此遊ひ末に成　日も夕陽に
成ぬれは　盃すへて　座になおり
□心すはりとハはや酒霞の興
に　成ぬれは　当世はやる　乱
舞にも　心をかけて　習ねは　太
皷（ママ）つゝミを　うつゝにも　夢にも
しらす　謡をは　塩から声の　た
てふしを　拍子はつれに　とくをミ
し　しとろもとろに　謡なし　人
より殊に　指出て　済心すへき　人
達に　心もをかす　打とけて　申
さんために　たふるとて　大盃
に　指請て　人にさすこそ　せし
てなれ　かくのことくの　指出ハ　人
の物をは　むさほりて　公界の儀　」ウ
利ハ　□はてゝ　不肖の者に　こめら
れて　をもてへふくれて　とん
にして　依估（ママ）成方へ　利根にて　利

非をもわけす　ねは口に　ふるき
小袖の　あつわたを　えりに身にそ
ろゑて　重ねきて　革踏皮(かはたび)はい
て　下たはきて　年に似はぬ　わた
ほうし　かたの上迄　引かけて　みと
くい衣装の　姿にて　人に寄
会　座敷にて　皆打解て　語時
詞の内に　骨をさせ　しれ事ハけに
あらす　人の心は　まんまるに
仕付仕合　しとやかに　心詞に　角も
なく　流石誠の　魂ハ　はつきとした
る　人をかしそ　おく座敷にも　おほゝ
ゆれ　心の中は　夏の日に　てらせ
て庭に　たまりたる　水よりも猶
ぬるくして　上さま面ふり　冷しく
眼の角も　見苦しや　かくて月日 」オ
を　杉の門　明ぬ暮ぬと　する程に
流石に能の　つきたさに　弓鞠哥
道　兵法に　心を少　かけ帯の　結れ

歌の　月次も　人数に成て　折々の
会の座敷に　連て　十七十四　有文
字をは　袖の下にて　かそへかね　長々
短　句を作り　心にしまぬ　稽古して
次第〳〵に　草臥て　連歌ハ更に
成かたし　弓の稽古　始てハ　いてよ
ひよせて　習時　押手かつての　胴作
り　むね腹腰の　詰様を　五三只習
共　程なく是も　草臥て　坊主を頓
而　押返し　後に来れと　出合す
鞠の稽古　はしめても　身なり
足ふミ　つめひらき　他足分足不
弁　はい足か(消シテ)(け)(ち)に　けまわれは　あ
いてに人の　嫌時　鞠もあからぬ
物そとて　まりはかしこの　縁の下
爰(消シテ)(能)(の)すのこに　すておきて　子共 」ウ
〳〵に　ふまれつゝ　むなしく成て
はてにけり　扨兵法に　取懸　小太刀
鉾鎌　十文字　鑓長刀の　木刀を　其

色々に　捹て　夜昼不分　かためかし
或手数　二つ三ツ　或ハ五ツ　六つ七
つ　所またらに　つかひなし　是も
半に　打置て　はての一つも　をほ
ほらす　萬の能の　ならさるハ　心とゝ
かぬ　故そかし　かくて年月　積つゝ
あまたの子共　まふけても　教ん
事を　しらすして　賤山賤に　こと
ならす　あな浅ましや　同は　人に
成ての　思出に　春ハ霞に　たなひ
かれ　縁の鶯　のきの梅　尾上の桜
青柳の　糸の心を　のはへつゝ　程な
く暮て　行春の　浦葉の露を
しひてミて　浦紫(の)[消シテ]に　咲藤の　夏
ハ卯花　ほとゝきす　菖蒲なてしこ
杜若　うき身をこかし　飛ほたる　」オ
世を空蟬の　哀て　秋ハ紅葉の
いろにそミ　月に夜な〳〵　うそむ
きて蓬か本の　虫の声　つまと

ふ鹿の　涙をも　袖にやとして
冬ハ又　霜雪霰　さゆる夜の　木々
の木するに　聞明　鳴や千鳥の　氷
江の　浪に浮ねの　をしかもめ　哀お
かけて　若時　心すなほに　尋常に　あひ
〳〵として　憎気なく　人の言に
寄　境節ハ　縦心に不逢共　あひ〳〵
として　玉札なとの　言中に　大
和詞の　有ならは　心を人に　尋あ
て　かたのことくの　返事して　唯
何となく　あさ〳〵と　書留たらん
水くきの　打置かたし　あらんこ
そ　みめもかたちも　ますへけれ　此
理ハ　皆人〳〵の　目の前に有　事
共を　心の水の　あさはかに　書あ
つめたる　もしほ草　所之見る　」ウ
めも　はつかしや　」オ

（※次丁ハ、東福寺不仁和尚作「題金作」デアル。）

〔第一章・解題の追記〕　元吉原と徳元の居宅との関係についてであるが、生川春明著『誹家大系図』(天保九年板)の徳元の項では「江戸馬喰町二丁目ニ住　或云江戸丁トモ」とある。「江戸丁トモ」と記したこと、何に拠ったのか不明なれど、寛永期における、徳元の時代には「江戸丁」は正しく吉原の地であり、むろん「元吉原」であった(『寛永江戸絵図』、尾崎久弥著『吉原図会』ほか)。「江戸丁」居宅説は否定すべきであろうと思う。

(昭62・10・12記)

幻像江戸馬喰町所持の家

一、浅草御門界隈

古稀のよわいも過ぎたばかりの徳元老は寛永六年十二月二十六日に、単身でふたたび東下。馬喰町二丁目の居宅に定住することになる。徳元在世時における、江戸馬喰町(ばくろうちょう)の景観に関しては、すでに「徳元年譜稿」（本書第二部、寛永六年の項参照）のなかで述べておいた。蓋し、それはいわゆる臨場感という面では今一ツ、という感無きにしもあらず。先年、私は京都市中京区寺町二条下ルの古書肆尚学堂で念願だった、礒部鎮雄編・喜多川周之図の『俚俗江戸切絵図』（有光書房）を入手する。因みに右『俚俗江戸切絵図』の資料的価値とは、例えば最新刊たる久保田淳氏編集の『日本古典文学紀行』（岩波書店、平10・1）中にも図版として二葉（「日本橋以北」102頁及び「両国辺」119頁）が鮮明に転載せられているからだ。

さて、くだんの、「馬喰町・両国辺」（図1参照）を掲出する。なお徳元の時代における、馬喰町なる呼称は「博労町(ばくろうちょう)」と言い、正保頃より改められたらしい。従って正保三年成立の季貞作、『江戸町名誹諧』（徳元判）中の付合に、

（名オ14）秋にし熊をとる皮や町
（名ウ1）露ふかきあをり（※障泥）をかけぬ馬喰町

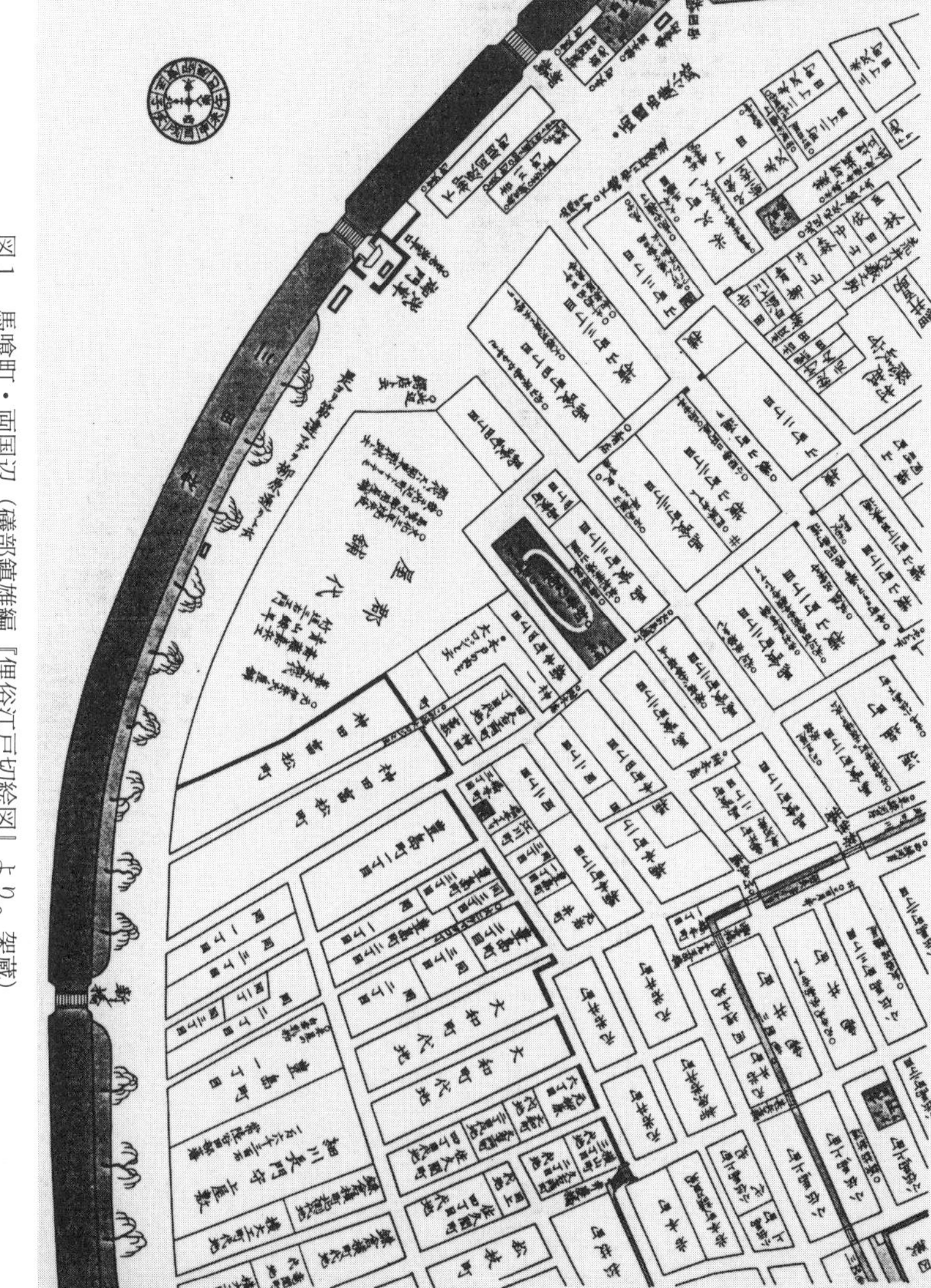

図1　馬喰町・両国辺（礒部鎮雄編『俚俗江戸切絵図』より。架蔵）

と見えてはいるが、町名の表記は正しいのである。

本図は隅田川を、ただし寛永期には「浅草川」（『武州豊嶋郡江戸庄図』、寛永九年十二月刊）と呼称してはいるけれど、西に入る神田川、柳橋の上流に架かる浅草橋——浅草御門（浅草見付トモ）から描いた切絵図である。この浅草橋のあたりから筋違（すじかい）橋（万世橋）まで、神田川沿いに柳原土手が続く。徳元句に、

柳原といふ所にて酒興かへさに
思ひ出や酒のみてちる柳原　　徳元

と詠んでいる。右、「思ひ出や」の句は、『誹諧玉手箱』に入集される。『誹諧玉手箱』は、花楽軒蝶々子編。中本四冊、延宝七年九月刊。『ビブリア』80号（昭58・4）以降に、全冊が翻刻収録。このとき、徳元は好きな酒興の帰るさに、柳原で旧友たちと別れている。柳原堤から向かって浅草橋を渡らずに、右の通りへ曲がればもう馬喰町二丁目の宅であった。

浅草御門は寛永十三年に創設された。更に万治二年に番所が併設される。いわゆる「関東郡代屋敷」（初代は伊奈半十郎忠篤、元禄十年十月歿）がそれ。文化三年焼失後は「馬喰町御用屋舗」に変わった。これらは、徳元東下以後の事項である。ついでながら、『江戸雀』（延宝五年刊、『近世文芸叢書』名所記第一に所収）を繙いてみるに、

一、……此通左がわ土手（※柳原土手）、右がはに町有、諸商人諸職人有レ之候、又新道よこ町にも色々うり物有、右の通行あたり彌勒寺雲光院門前通に道あり、又よこてに道有、前の通東へゆくに、左法泉　法善寺、願行寺、よこてに道有、此分裏寺町といふ、前の通東へゆくに、左中山勘兵衛殿、伊奈半十郎殿（※初代伊奈半十郎）、右追廻しの馬場二町有（※初音の馬場）、それより右手に道有、則浅草見付へ出る、

と見えている。ところで、新収の架蔵本『新撰江戸砂子』について、書誌を略記しておこう。

菊岡沾涼著。半紙本六冊。「旹享保壬子梅天（※十七年二月）上浣乃日、江都神田誹林崔下菴沾涼叙」。板下はす

べて、「菊岡南僊斎沾涼自書」である。巻末、崔下沾涼の漢文跋。刊記、「享保十七壬子歳仲夏（※五月）吉旦／江府書林　日本橋南一町目／万屋清兵衛梓刊」。架蔵本は六冊共、原表紙原題簽にして、刷りもよろしく極美本。平成七年九月入手。因みに小池章太郎氏が、昭和五十一年八月に東京堂より詳細なる解題を付して翻刻。

寛政十二年成、大橋方長著『江戸往古図説』（『燕石十種』第三に所収）の冒頭凡例に、

一　凡名区陳跡は天正十七年より以前の事をしるし　同十八年後今のことに至りてはこゝに不云　それは今世に行はるゝ江戸砂子其餘江都の地理をいふ書　多ければ其書を以て照し合せて見るべし

（中略）

一　凡書中故事等　江戸砂子に無之事且相違せる事あるべし其異同を疑ふまじき也

と述べられて、同様に著者未詳の、『江戸塵拾（えどちりひろい）』（『燕石十種』第三所収。文政六年夏、柳亭種彦奥書）の序文にも「江戸砂子の塵を拾ひ云々」と記すが如く、『新撰江戸砂子』が江戸古地誌類のなかでも基本文献たること、われわれはもって理解することが出来るであろう。菊岡沾涼の伝記に関しては、やはり島田筑波氏の論考「金工菊岡光行」（加藤定彦氏編『島田筑波集』上、青裳堂書店）が重厚で実事求是である。『新撰江戸砂子』を述作当時、沾涼は五十歳代、神田鍛冶町に江戸座の俳諧宗匠として居住していたらしい（前掲論考218頁）。そのことは、架蔵の古地図に『分間江都図』（刊記「江戸日本橋南二丁目　山口屋与兵衛 重恒」）一本が有之、寛保三年板と比較するに架蔵本の方が早印か。類本はまれ。刊記には確かに「藍染北居／菊岡米山翁沾涼図 沾涼」と見えている。「藍染（あいそめ）」とは、神田鍛冶町一丁目より紺屋町へ落つる大溝の名なる由（前掲論考218頁及び『江戸名所図会』藍染川ノ条参照）。因みに、藍染川は明治十八年に埋め立てられて現在は明らかにし難い（『日本名所風俗図会』4、612頁）。も早、幻の小川であった。それで、神田鍛冶町沿いに流れる藍染川の北に居住した、俳諧師沾涼はかつて近くに住んだらしい九十年まえの、江戸古風俳諧の大先達斎藤徳元老に対しても顕彰の念を懐いたようだった。それは同じく十七年六月刊行の、

沾涼著作『綾錦』（架蔵）巻上に収録される徳元の条に、彼を江戸五俳哲の筆頭として位置づけて、「徳元　斎藤帆亭／寛永ノ頃／住馬喰町二丁目／所持の家……」と自信をもって記述している。寛永六年十二月末に東下した徳元老が「馬喰町二丁目」に定住の旨を明記する文献は、この『綾錦』をもって初見としなければならぬであろう。時代はくだって徳元の曾孫、斎藤徳潤利益（としなが）（安永七年七月、六十八歳歿）が山岡浚明に、「（徳元は）其時当国に下り、今の伝馬町馬喰町のあたりに住せしとぞ、云々」と語ってはいる。因みに右、斎藤徳潤については、

享保十三年十月十五日はじめて有徳院殿にまみえたてまつり、十四年四月四日遺跡を継、明和四年八月四日致仕す。（『寛政重修諸家譜』巻第千四百七、斎藤徳潤の条）

とある。すれば『綾錦』上梓の折、徳潤青年は当二十二歳になる、現役の旗本だったのだ。島田筑波氏は前掲論考のなかで、

けれども沾涼の著述をしらべてみるとなか〳〵一朝一夕に出来上ったものとは思はれない。「江戸砂子」にしても「近代世事談」にしても、「綾錦」にしても、これを編纂するには、幾多の年月と数百部の参考書とがなくては出来ない仕事である。（213頁）

と評価せられ、かつ酒井忠昌の『南向茶話（なんこうさわ）』（一巻、寛延四年成。『燕石十種』第一に所収）なる記事を掲出されて、

沾涼は字藤右衛門と申候。予も知人にて篤実なる老人にて候。「砂子」編集は八年之間江戸中往来致し候処にて承合委く書記致候也。……（213頁）

と。なおここで、話が横道にそれるけれども酒井忠昌も亦、徳元作『関東下向道記』（寛永五年十二月成）の一写本を所蔵・活用していたらしく、右『南向茶話』のなかで引用している。

近頃俳人斎藤徳元寛永五年冬京都より関東下向の紀行の内に云かの川此町の中に橋の懸れる川あり水上のなき川なればとて上無川と號すかかむ川なるをかのかはとは申とかや（下略）今云神奈川宿の事なれば右の説是に似

たり

『江戸名所図会』亦、然り。いわく「寛永五年斎藤徳元の紀行にみえたり。」（上無川ノ条）とある。沾涼は、あるいは徳元の「住馬喰町二丁目所持の家」を、おのれが足で確認をしたやも知れぬのだ。『綾錦』の記事は、以後そのまま例えば生川春明の名著『誹家大系図』（天保九年初板）にも踏襲されたのである。

さて、話を元に戻す。浅草橋とは、現在の和泉橋・美倉橋の下の橋で、三十六見附の一である外郭門（※浅草御門）の橋。奥州街道への入口、JR「浅草橋」駅の南である。『新撰江戸砂子』巻之一、浅草橋の条には、

○浅草橋　神田川にかゝる　浅草の見付と云此御門の外を浅草といふ　此通り筋千住への往還なり　予幼年のころ或老人の云　此見付の外ハ民家なくかの老人若年の時観音もふでの折から　見付の内町にて火縄とゝのへたばこ道すがらのみて行たるよし　今は浅草寺のうしろまでも寸地もなく町屋建つゞきたり（13ウ）

とある。今井金吾氏の『詳説江戸名所記』（社会思想社、昭50・9初版第三刷）は、右についても確かに詳細で実証的、図版も豊富、好著であるが、ただ惜しむらくは、『新撰江戸砂子』を始め地誌類からの引用に誤写が散見（※38頁、39頁）されることだ。浅草橋の条には、注目すべき記述が有之。すなわち、「予、幼年の頃」とは、沾涼が郷里の伊賀上野から江戸へ出てきた年齢を十代前後と考えてみたい。すれば、元禄元年時、沾涼少年はときに当九歳と見る。次に、幼年の頃――元禄初年への回想のなかで、出逢いたる「或老人」の言として「若年のとき（浅草）観音詣での折から」と以下述懐をするが、仮に元禄元年時に、老人が七十歳代になっていたと見て逆算をすれば、寛永末・正保の交が青年期に当たろう。従って、老人の若き頃――寛永末年頃――徳元晩年時における、浅草橋周辺の景観とは、○浅草見付（御門）の外――浅草は民家なし。○見付の内町――『俚俗江戸切絵図』に記す「柳原通り」の側で、火縄調えてキセル煙草を吸いながら浅草観音詣で。されば『江戸名所図会』巻一収録の挿絵「柳原堤」（図2参照）が如き、臨場感のある、長閑けき風景なりしか。○今（享保期）は浅草寺のうしろまでも寸地も

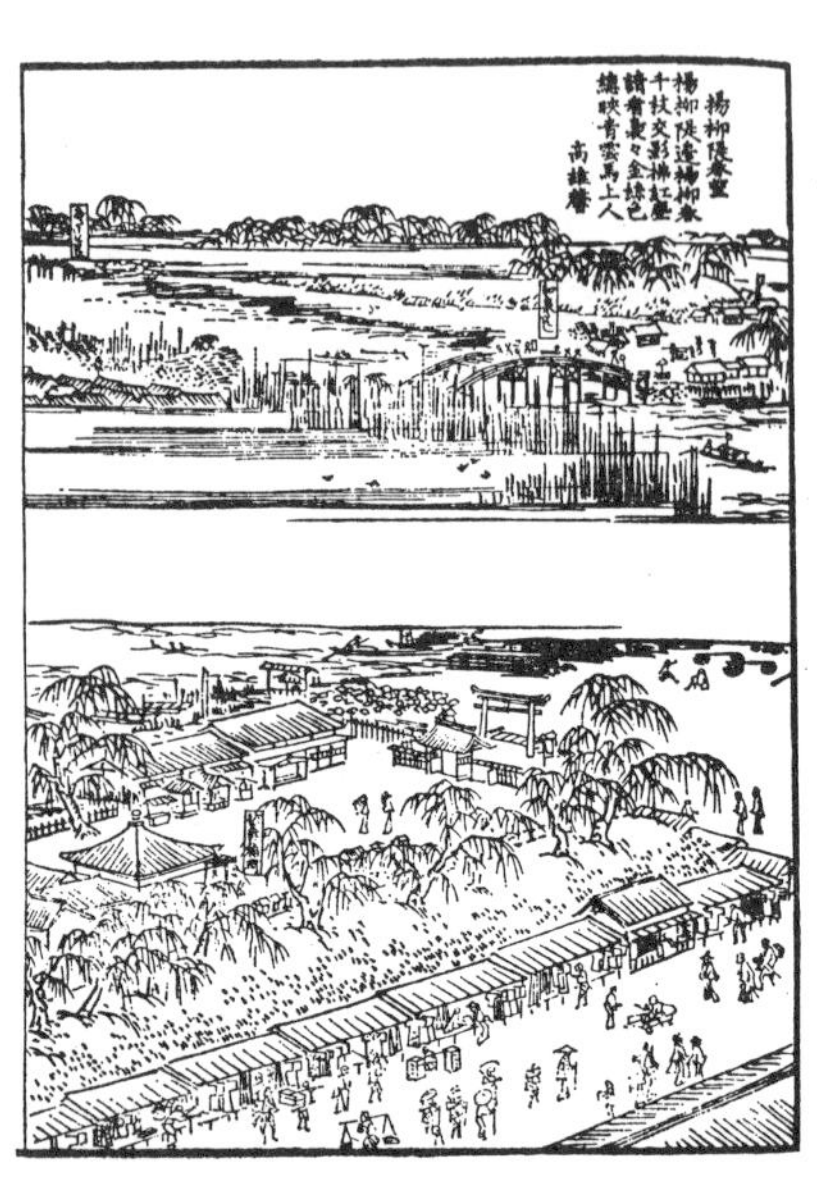

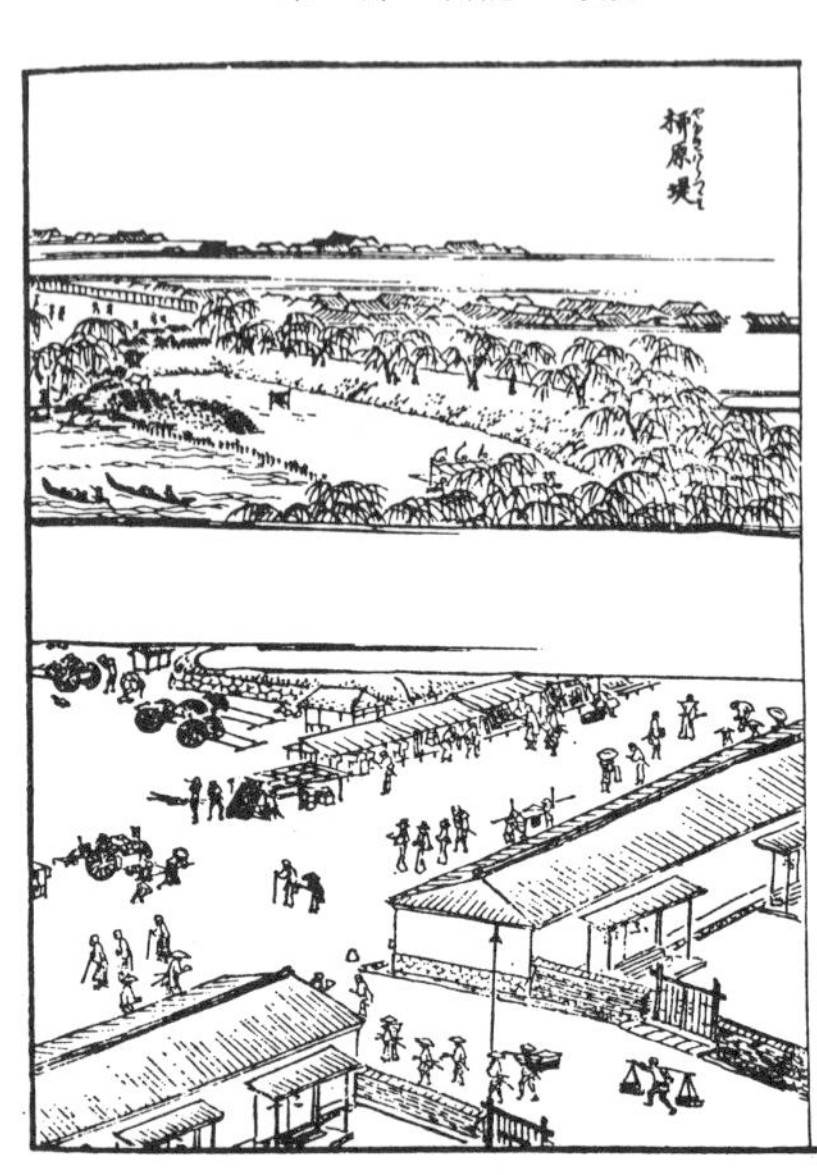

図2　柳原堤（『江戸名所図会』より）

なく町屋が建て続く。徳元の時代には未だ新開地でゆったりとした町並みであったようだ。

二、馬喰町について

> 扨浅草の御門へ入て、左の方は童朋町（※下柳原同朋町）、矢の御蔵屋橋町、両国橋も見へにけり、右の土手こそ柳原、げに青柳の枝たれて、直にはゆけど横山町、うちつゞきつゝ三町有、さもしほらしき塩町の、口もすべるや油町、大伝馬町三町過、町に似せとてあらざれど、是ぞまことの本町と、慥につゞきて四町有、右の方に打廻（うちまはれ）ば、あいだに新道へだゝりて、石町つゞき四町有、かくははづさぬ鉄炮町、小伝馬町が三町有、それにつけても**ばくらう町**、四町過れば又もとの、柳原にぞ出にける、

右の案内記は、元禄七年開版になる、『増補江戸咄』（『近世文芸叢書』名所記第一に所収）巻一――第五、日本橋より北の町のくだりである。殊に「右の土手こそ柳原、げに青柳の枝たれて」とある如く、柳原の堤はすでにして享保以前、青柳の枝たれる佳景であった様が証せられよう（後述、

徳元句参照)。寛永九年刊『江戸庄図』にも「ヤナギツ、ミ」と記す。

「馬喰町初音(はつね)の馬場」については、前掲書『砂子』巻之一に、

○馬場　馬喰町北のうら通りにあり　江戸随一古き所の馬場なり　関ヶ原御陣の時御馬揃へありし所にて　いはれある馬場といひつたふ　高木源兵衛　冨田半七と云御公儀の御馬工郎　此馬場をあづかりしと也　馬喰町と云も此縁也(十三オ)

と記す。因みに、『江戸名所図会』における「馬喰町馬場」の条は、ほとんど本書『新撰江戸砂子』を写しているのである。前掲書『江戸往古図説』上巻にも、

○追廻し馬場遺址　馬喰町北裏通り今は常の馬場也　是古へよりありしと云

とある。初音の馬場は、「○追廻し」(『俚俗切絵図』)とも言い、前掲図の『江戸庄図』にも同様に見えている。馬場裏には、「ばくろう町」二丁メ・三丁メの町家が建ち並ぶ。徳元所持の居宅が在った二丁目は、「○此辺旅宿多し。○旅宿。公事宿ト云」(『俚俗切絵図』)と記す。『日本橋横山町馬喰町史』も同様の記述(41頁)。なかでも「公事(くじ)宿(やど)」とは、江戸などで地方から出頭した訴訟当事者を宿泊させて、訴訟の補佐をした宿屋。「江戸宿」とも言ったらしい(『岩波古語辞典補訂版』408頁)。いったい徳元は、何故に公事宿が存在するような、この馬喰町二丁目を定住地に選んだのであろうか。依然として謎である。馬場裏——公事宿——さればこそ徳元老は、東下せし翌七庚午(かのえうま)年の元旦に、「ばくろう町二丁メ」の徳元亭に於て詠みし歳旦発句。

元日午なりけれは

むさしあぶミかけよ午の日けふの春　(『塵塚誹諧集』下)

右の句は『伊勢物語』第十三段中の歌「武蔵鐙(むさしあぶみ)さすがにかけて頼むにはとはぬもつらしとふもうるさし」のパロディである。上五「武蔵鐙」は、武蔵国で産したという鐙。「刺鉄(さすが)」は、鐙に取り付けた金具。鐙を釣る革ひもを

STREET SCENE IN THE QUARTER OF THE DAIMIOS.

図3　大名行列（江戸城大手門の近く、大名小路を進む。幕末。イラストレイテッド・ロンドンニュースより。架蔵）

金輪に通してこの金具で留める。鐙（足踏み）も馬具の一つで、鞍の下の両側で、乗り手の脚をささえるもの。鉄または木で作る。句意は、馬喰町で迎えた、「かのえうま」年の元旦にふさわしく、武蔵鐙（むさしあぶみ）でもって刺鉄（さすが）ならぬ、流石（さすが）に威勢よく駆けなさいよ、であろう。初音の馬場における実景句か。

参考までに、徳元の曾孫斎藤主税定易（ちからさだやす）（隠名を青人、延享元年八月、八十八歳歿）は大坪本流馬術の指南家で、江戸西赤坂に居住。『賤のをだ巻』（一巻。享和二年春末自序。『燕石十種』第一）によれば、「其頃は世もよくて斎藤が稽古始といへば大造なる事にて例年二月朔日なりしが。」とある。あるいは「稽古始め」を見物しての句作かとも考えてみたいが、時季が合わぬ。

最新刊たる、井本農一・尾形　仂両先生編『近世四季の秀句』（角川書店）の巻頭論考は、中村幸彦博士の「歳旦吟」である。その冒頭に、わが徳元一代の名吟、

春立やにほんめでたき門の松　　徳元

を掲出せられて、評釈として（天下太平になって武家屋敷の並んだ処の景と思うべし）と述べられた。著者も、この老碩学のご見解をまことに斬新・正確で、すがすがしいと思う。確かに「春立や」の句は、大名屋敷を始め町屋（まちや）が建ち並ぶ馬喰町の宅から眺めてみた、寛永七年のリアルな正月風景ではある（図3参照）。

いまはもう十余年昔の、昭和六十二年正月二十四日午後のことである。私は、松泉堂中尾堅一郎氏のご紹介で始めて京都市伏見区在、友山文庫主中野荘次先生のお宅をたずねた。先生には徳元短冊を三葉も愛蔵しておられた。（※現在、すべて架蔵となる。）さて、先生の右文庫には、くだんの、「春立や」句の自筆短冊絵葉書一葉が、さりげなく存在していた。それは、『たんざく』と題された袋入りで、都築文庫短冊絵葉書・第九輯として俳諧（2）貞門名家選に収録、日本短冊研究会発兌（昭29）であった。左に示す。

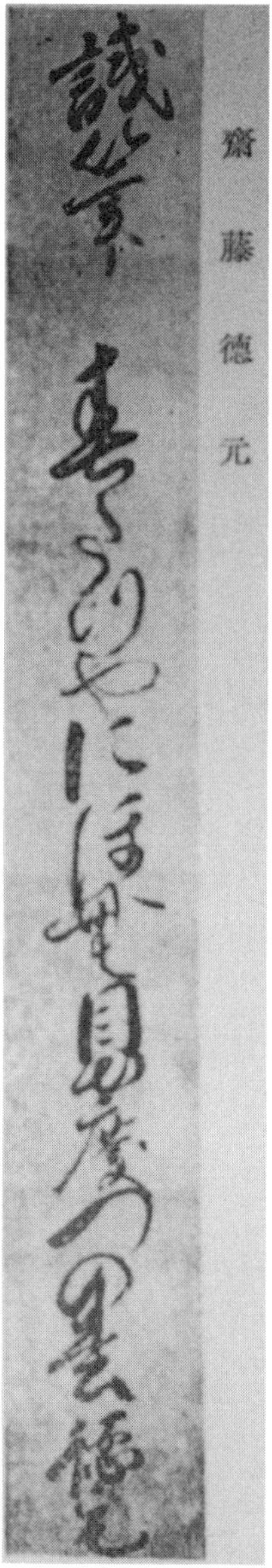

図4　徳元筆「春立つや」句短冊（都築文庫短冊絵葉書・第九輯（珍品）より）

齋藤徳元

試筆　春たつやにほ無目出度門の杢　徳元

むろん、『塵塚誹諧集』下には、前掲句「むさしあぶみ」句の次行に、

春立（※春建つ）やにほん（※日本――二本の門松）めでたき門の松

が、入集される。いま短冊句と対校してみるに、圏点箇所に異同が認められ、『塵塚誹諧集』は、前書「試筆」もなし。「試筆」とは『華実年浪草』に、「紀事に曰く、元日公武両家及地下良賤各筆を試む。是を書初と謂ふ。」とある（『日次紀事』も同様也）。従って、本来「春立や」句の歳旦吟は寛永七年の新春、馬喰町二丁目の新宅で短冊試筆の折に詠んだ、いわゆる〝晴れ〟の発句ということになろうか。そのように考えてみれば、前述の中村博士の評釈は理解出来得よう。なお、「春たつや」句短冊の所在は、名古屋市・都築高光氏蔵品を写真にしたるもの。友山先生いわく、この短冊絵葉書は名古屋・藤園堂氏でさえもしらぬほど珍らしい。都築氏歿後、本短冊の行方は不明との由。都築氏は『たんざく』誌の発行者であった。

〔追記〕　新収の徳元短冊一葉を紹介する。

於江戸 元　旦　大木はゆるかてたつや春の松　徳元 試毫

因みに「大木は」の句、新出句である。詞書に「於江戸」とあることからも、東下後間もない寛永七年の元旦、あるいは以降の成立か。移り住んだ馬喰町二丁目の新宅から眺めてみた江戸市中の元日風景句で、それは徳元の年頭所感でもあったろう。　（平12・3・28記）

馬喰町二丁目の宅に定住してからの徳元老は、諸侯などから、「歴々も不便（ふびん）（※気の毒）に思（おぼ）しめし」（『滑稽太平記』巻之三、徳元の条）て、ときには里村昌琢門下の連歌師としての資格で雅会に招待されたりしたのであろう。『塵塚誹諧集』下巻にも、前書に「武州江戸山の手と云所にて」とか、あるいは夏の部に、

　武江山の手にをゐて
　　山の手（※山ノ方面ト地名ヲ掛ケル）でまねくか木啼郭公

と詠むなど。「山の手」とは江戸時代、本郷・小石川・牛込・四谷・赤坂・青山・麻布などの高台を呼称して、武家

（大名・旗本）屋敷や寺院が多かった。神田川以南である。

徳元は、「かなたこなたと逍遙せられ」（前掲書『滑稽太平記』）て、「初音の馬場」のすぐ向う、浅草御門の内側、神田川沿いに出た。『俚俗切絵図』には、「是ヨリ筋違マデヲ柳原通りト云」とある。徳元発句有之。

　青柳はふりわけがみのかぶろ（※振分け髪の禿）哉

　青柳はあを毛（※青毛）の馬の野がみ哉

　ほすあみの目ばり柳か岸伝ひ（※柳原土手）

「目ばり柳」は、春――正月の季語で、柳・めはり柳、とある。右の三句は、いずれも柳原堤で詠んだものと解すべきであろう。因みに『江戸年中行事』には、

▲柳原封彊　筋違より浅草橋の間をいふ。其間凡十町ばかり封彊上一面に柳を植て、春は翠をそえて景色をあらはし、秋は行人の袂にちる、此内通り星貨舗連りてさま〳〵の物を商ふ、就中反魂衣のみせ多し。

と記す。まア時代はかなり降るけれども、現今、失われてしまった幻の柳原堤の佳景を想い描くとき、せいぜい『江戸名所図会』巻一収録の挿絵「柳原堤」と併せつつ、よしとせざるを得ないだろう。

（平10・3・27稿）

〔追記〕

平成十年四月三日（金）、花冷えの午前十一時十七分に、東京着。そのまま地下五階のJR総武快速線に乗りかえて、「馬喰町」駅で下車する。東口から地上へ出た。むろんお目当ては、日本橋馬喰町二丁目の徳元旧居跡界隈を逍遙することに在った。

馬喰町一丁目・二丁目、いずれも問屋街のビルが林立しているビジネス街で、三百五十年前の面影を求めること自体が、不可能と言うべきか。わずかに、目前を流れる神田川の馬喰町側の畔には柳並木がちらほらと復元されて、架けられたる浅草橋（浅草御門橋、※図版5・6・7・8参照）を渡れば左詰めに御影石なる「見附」の碑（※図版9・10参照）が存在するのみ。午後二時、ふたたび私は、「馬喰町」駅へと去った。

（平成10・4・5午後、帰阪の車中に於て記す。）

図５　明治４・５年頃、撮影された浅草橋門の写真（社団法人霞会館所蔵『鹿鳴館秘蔵写真帖』より）

図６　版画「両国橋及浅草橋真図」（井上探景画。昭和17年限定刊、木村荘八著『随筆風俗帖』に収録。架蔵）

図7　馬喰町側から見たる、現在の浅草橋

図8　神田川、柳並木がちらほらと

図9「浅草見附跡」の碑

図10　同碑の裏面

（寸法）
高さ、碑面中央部より一三五・二糎。横幅、四二・八糎。奥行き、一五・二糎

（碑面）

浅草見附跡

（裏面）
浅草見附は、江戸三十六門の中、外郭門に配する十二見附の一つであり、／奥羽への街道口として寛永十三年に設営された。／慶長年間すでに浅草橋の名があり、見附が廃されたのは明治以降／のことである。これに因んで、昭和九年六月一日、現在の浅草橋一、二、三丁／目の町名が生れた。

昭和三十一年十月一日

開都五百年大東京祭記念　浅草南部商工観光協会之を建てる／東石書

浅草御門界隈に定住する徳元の心境

ようやく徳川将軍家のお膝元、江戸の市中で晩年を過ごすことになった徳元老の心境は大いに晴れやかな気分であったろう。西軍の残党くずれで、長い間負い目の人生を生きてきた彼、寛永七年（一六三〇）かのえうま年の元旦には初音の馬場裏で、公事宿が続く「ばくろう町二丁メ」の新宅で迎えた。そして歳旦試筆の短冊を四枚も、

試筆　春たつやにほん目出度門の松　徳元（旧都築高光文庫蔵）

於江戸／元日／あつまより春やハしめの御悦　徳元（『短冊手鑑心のふるさと』）

などと揮毫する。なお、右「あづまより」句の短冊には最近、コレクター永井一彰教授も新たに収蔵で、「元日／誹諧／あつまより春やハしめの御よろこひ　徳元」なる打ち曇り短冊がある。更に、四枚めが新出句の架蔵の短冊だった。それは、

於江戸／元旦／試毫／大木はゆるかてたつや春の松　徳元

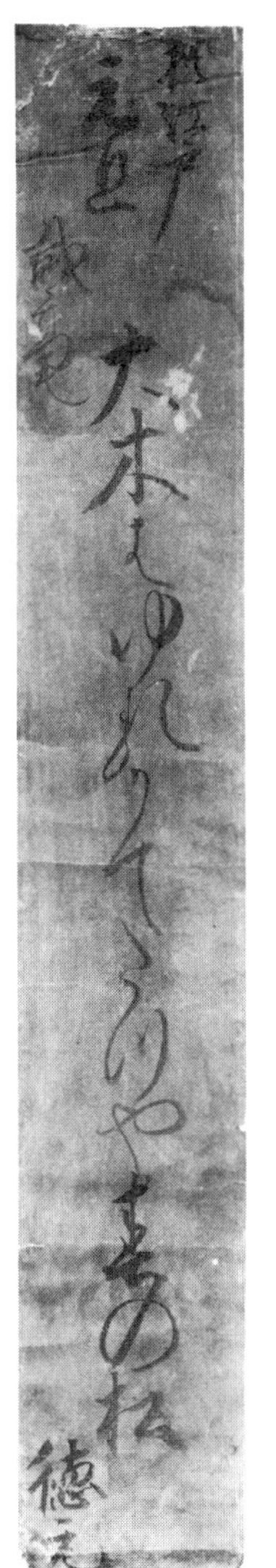

図11

である。因に新収の短冊は昨年春分の日の午後、思文閣への道筋に在る、ギャラリー上方・三好さんの店で入手した。（口絵11・図11参照）

書誌を記す。桐箱に納められ、箱書は、「徳元翁元旦試毫短冊」。貼り紙に、「徳元／自詠短冊／元旦試毫／大木は」と墨書。桐箱自体は、かなり黒ずんでいて時代色有之。「徳元翁」と箱書している点から、あるいは認識している人物が旧蔵していたか。軸装。三段表装。天地、絹の款冬色無地。中廻しは、濃紺地の緞子。風帯・一文字は、茶地金襴。原装なれども短冊と共に傷みが甚だしい。短冊の寸法は、縦三五・五糎、横五・六糎。色違い打ち曇り模様。因に、短冊部分も日焼けがひどくて褐色化していた。

新出句の詞書に「於江戸元旦試毫」とあることからも、成立は東下後間もない寛永七年の元旦試毫、と推考する。初句の「大木は揺がでたつや」には、謡曲「大木」のイメージが見られよう。確かに徳元作『熱海千句』にも収録される第二「謡誹諧」に「下にだにをかぬ扇の舞車／みなきりつくす杉の大木／今朝みれば松風ばかりや残るらん」なる付合が詠まれてはいる。なれども、ここでは「大木は揺ぐことなく立つ」の意味で、下五「春の松」を指すのである。ところで、柳営連歌の起源は寛永五年正月二十日。以来、連年の発句には、「松平家――将軍家」を比喩する「松」が詠み込まれてきた。すれば、本短冊は、前掲句「あづまより春やはじめの御悦」短冊とあわせて解釈して、○天下泰平への謳歌・賛美。○徳川将軍家の威光。○晩年を江戸浅草御門界隈で過ごすことで、己への名誉回復。という暗に徳元の心境がこめられている作句也、と読んでみたい。参考までに、私は奇しくも前述の春分の日のその折に、もう一枚、思文閣でも入手したのだった。短冊はマクリで、名古屋から出たらしい（口絵10参照）。

六月朔日　国持のいはふやけふのこほり餅　徳元

とある。蓋し、新出句ではない。すでに『塵塚誹諧集』下巻夏ノ部にも収録ずみ。上五「国持の」とは、国持大名の略、若狭一国の大名である主君京極若狭守忠高を指している。従って、同じく七年夏の六月一日、京極侯の江戸邸に於て氷室の節句を言祝いだ〝晴れの発句〟。さて、架蔵本に、良質なる史料ではないけれども一写本有之。『岐阜攻城軍記』（半写一冊、寛政十年四月、小出良金写）と言う。文中に「斎藤伊豆長良川を渡り夫より入道致シ江戸迄罷越誹諧の師を致し朝暮送り候由也」と記す。現今、徳元の境涯を言い得て妙であろう。

（平13・2・27稿）

徳元江戸より罷り上り申し候

旧冬、東下していた徳元老は、寛永六年中春、いったん江戸から急ぎ帰京をしたようである。それは八条宮智仁親王の不例を仄聞してのことであったろう。ときに七十一歳の春、いたって健在だったらしい。さて、早稲田大学図書館伊地知鐵男文庫には、閏二月九日付・生嶋玄蕃宛、斎藤徳元書状一軸が所蔵せられていることに、先年、私は雲英末雄教授からご教示をいただいて、いずれは考察する要有之、とひそかにこだわり続けてはいた。幸いなことに、徳元の書簡は、すでに「早稲田大学蔵資料影印叢書」のうち『近世古文書集』(平3・12)に解題を付して収録・公刊されている。仮に呼称して「徳元第四書簡」としたい。全文を掲出する。

〆進上生嶋玄蕃様人々御中　　斎藤徳元（端裏書）
　於江戸昌琢一段とそくさいニ仕合／
　　よく御座候御心安可思召候
江戸より一両日以前罷上申候　早々／致伺公御目見仕度存候へ共／道ヲいそき申候ニ付少風ヲ引／申候間　乍
憚先以愚札御案内／申上候　濃州通罷上候とて大垣／へ立より申候へハ岡内膳殿御噂／被申候　江戸よりハ何
もえもたせ不／申候此二色三の物にて御座候／兼里か大小刀ニ干大根卅本／進上仕候　御披露被成可被下候／
何も頓而致伺公可申上候
恐惶／謹言

壬　二月九日　　（元）花押

以下、註釈を加える。○（尚々書）於江戸昌琢一段と――昌琢は寛永五年十二月末以来、柳営連歌興行のため江戸に滞在。「徳元年譜稿」（本書第二部、寛永六年の項）に詳述。因みに昌琢は智仁親王の取次の役を勤めている（『寛永文化の研究』）。○江戸より一両日以前罷上申候――二月七日頃か。徳元は、八条宮不例の報に接して急ぎ帰洛。「道をいそぎ」とあるから、とりあえず心急いだことであろう。○伺公致し御目見仕度――家司生嶋玄蕃を介して、八条宮にお見舞い申し上げるべく御目見を願い出たのであろう。実現は三月二十日（『時慶卿記』）。○濃州通――「美濃路」を経由（本書第二部「徳元年譜稿」寛永六年の項）。○岡内膳殿――美濃大垣城主岡部内膳正長盛。この頃、徳元は長盛からも扶持を受けていた。長盛は八条宮とも雅交があり、薨去の折、在京都で薨去のさまをいちはやく親友の松平忠利（徳元とも雅交深し）に報じている。○御噂被申候――徳元は途中、大垣城へ立ち寄る。岡部長盛から八条宮のご病状を耳にしたか。○この二色美濃物ニて――関兼里銘の刀剣大小及び干大根三十本を指すのであろう。○兼里が大小刀――『古今銘尽』（架蔵、大本二冊、万治四年三月、室町鯉山町小嶋市郎右衛門板行）に、「美濃国関鍛冶系図の条／仙阿―兼次―兼里太郎」と見えて、因みに『美濃刀大鑑』（昭50・11）で検すれば、なんと「兼里　かねさと」の条には同名異人が十二人も存在するではないか（332頁）。うち慶長頃までの刀工十一人、ほとんどが美濃関の刀工たち（十人）であった。で、いまは一応、「○「兼里」直江。直井太郎と号す。兼友孫。兼次子。嘉吉ころ。」を擬しておこうか。（図12参照）なお徳元にも「刀銘之誹諧」を詠んではいた。○干大根卅本――「薬種之誹諧」も制作している徳元は、「干大根」も薬用として

図12　「兼里」の刀銘（『美濃刀大鑑』より転載）

進上したか。大根は「咳嗽・宿酔・湯火傷・その他」（『図説草木辞苑』）に効能があったらしい。寛永六年三月に入ると、親王のお体に腫れ物（疽）ができて痛みが生じてきた（『寛永文化の研究』146頁）。背中などにできる「疽」。参考までに疽もしくは癰は、『国民医学大事典』（保健同人社、昭49・3）を繙くと、いわく高齢者・糖尿病患者等に比較的多く発病する由。糖尿病や痛風は王侯のやまいで、従って右「干大根卅本」は時宜を得た進上であったろう。

徳元第四書簡は、寛永六年閏二月九日附生嶋玄蕃宛の書簡で、帰洛早々当時、彼自身は急ぎ旅の疲れからか風邪を引いて休んでいた模様。にもかかわらず、すぐに生嶋玄蕃を介して八条宮に御目見を願い出たる書簡であろう、と考えたい。本簡は管見の限りでは差し出し年次がもっとも早く、従って花押の形も『塵塚誹諧集』下巻巻末の花押に自讃画像のそれを合わせたる形か、と見たい。

〇進上仕候——生嶋を介して八条宮に進上か。〇閏二月九日——寛永六年暦は、二大・閏二小・三大と続く。

八条宮家々司生嶋玄蕃秀成の交友録は、蓋し、時代が少しく下るけれども例えば細川綱利・松平定守・京極高直（※高知の孫）・堀正名・松平光仲ら大名家と文通有之。いずれも「家司」という立場からであろう。参考までに一例を挙げれば、「八條様（※智忠親王カ）御違例（※御不例）之旨相達乍憚無御心元奉存候土用も明御養生残所御坐有間敷候間追付御本復可有御坐と察存候御様體承度存如斯に候恐惶謹言松平越中守定守花押七月七日生嶋宮内少輔殿」（『尚古』、11の5、昭12・7）と、智忠親王の「御様体」を一大名たる松平越中守定守がたずねてはいるのだが、奇しくもこの日に親王は、寛文二年七月七日に薨去される。さて、前掲の生嶋玄蕃宛、徳元第四書簡の文面も同様なるケースとして推して然るべき。むろん、筆蹟は徳元自筆、と断定する。

（平10・9・12稿。）

〔追記〕

ようやくにして徳川幕藩体制が安定化する元和偃武以後は、それまでの美濃国関の刀工たちは、いわゆる「大小刀」など主に武器を生産してきたのであるが、泰平の世になってくると、幕府の政策も相俟って、大小刀は需要が少なくなってくる。つまり大小刀は武家のみが必要だったのだ。そこで、○大小刀から二尺未満（※60糎以上）の護身用たる「脇差し」生産に転換していく。○そして、ほとんどの刀工たちが、小刀などの生活用具を製作するようになった。因みに、高井秀吉さんの論考「濃州関之郷の俳諧―承応年間熱田万句より―」（『寛永二十年以後熱田万句（資料）』に収録、平7・10）にも、

関の刀工は近世に入ると多く離散して尾州を始め京・大坂・江戸などに移り、小刀・剃刀・薄刃・鋏など家庭用品の打刃物類の生産が、かつての刀剣類と地位を交替するようになった。少し年代は下るが享保年中の関鍛冶改帳に搭載する鍛冶八十八軒中、「刀脇差鎗長刀打申候」とあるのは僅か四軒に過ぎない。（295頁）

と述べられる。具体例としては慶長二年正月、関鍛冶七流百六十七名中、「三阿弥」派の清八郎兼里・小八郎兼里・小三郎兼里・弥次郎兼里・孫三郎兼里らは、小刀鍛冶をを生産（『新修関市史』史料編近世四―180頁、183頁）。とくに小ガタナの大振りな物―「大小刀」を製作したようである。大小刀とは、寸法が上の長さ四寸五分（※約一三・六糎）が定寸であった（福永酔剣著『刀剣大百科辞典』190頁）。柴田光男氏の著作『日本刀小刀図鑑』によれば、「特別の大刀用に作られた大小刀、……豪快な大小刀は全く短刀と変わらない地鉄と美しさを備えている。数は少なく珍らしいものであるが、それらの現存品には、すばらしい短刀拵が添えられるものも少なくない。これはまったく普通の短刀として使用されたと思われ、堂々と作者銘が現われるだけに所持者の得意満面の顔が浮かぶようである。」（12頁）と。当代、小刀類は「祝差」として贈ったりもしたらしい。徳元の場合、智仁親王に対する魔除け――病魔退散祈願のための大小刀と干大根卅本とのつり合い、更には入手する際の価格など、という点からも「大小刀」也と考えた方が、実情に合っているのではないか。これ又、一つの試見ではある。

（平10・11・6記）

（岐阜県関市住・刃物の井戸正（いどしょう）社長・井戸誠嗣（せいじ）氏のご教示による。山田美穂子君（関市本町住）にもお世話になった。）

徳元伝新考

——寛永六年、東下前後のこと——

一、新出徳元短冊をめぐって

いったい斎藤徳元は謎に満ちている。著作の跋文に記す「貴命」とか「君命」は誰なのか。東下後の徳元は例えば松平忠利・山岡景以らと頻繁に交流しているのだが、何をしていたのか。本稿はそれらの問題にいささか迫ってみたいと思うのである。

昭和六十年十一月に東京古典会から大部なる『古典籍下見展観大入札会目録』が出て、うち「九六三　俳諧名家短冊張交屏風」と仮に名付けられ、その一部分徳元・西鶴句の短冊が写真版で掲載。で、さっそく同月十五日、東京古書会館に於ける下見会に私も東上し実見することが出来た。屏風は二曲一隻。屏風の台紙は銀の砂子地で、それに諸家の短冊三十八枚を左右見開きおおむね上下二段に貼り交ぜにしてあった。保存はよろし。収録の短冊を列記する。

〔右扇〕重頼・重頼・重頼・重頼・道節・道節・道節・氏重・氏重」（上）令徳・良徳・良徳・梅盛・梅盛・正直（中井正直）・正直・以春・弘永・西鶴」（下）

〔左扇〕道寸・道寸・道寸・一晶・**徳元**・**徳元**・**徳元**・**徳元**・**徳元**・**徳元**・**徳元**・貞室」三千風・三千風・永重・宗恵（内海氏久重）・重栄・玄札・玄札・玄札」

さて、お目当てはむろん新出の徳元短冊六葉に関してであろう。まず貼付の順に掲出する。

からぬ間ハしゝのゐくひの山田哉　徳元

打曇り、金描下絵草花。貼紙「江戸斎藤徳元　俳諧初学抄作者／からぬ間ハしゝの 敬可」。日永可敬の極札である。吉十郎と称す。天明以前の人。

若菜　鶯菜汁になりてはくゐな哉　徳元

金描下絵笹竹。

今度之伝奏 内府三条殿　髪てかくせ岸の額のこふ柳　徳元 御所望之時

打曇り、金描下絵松。

もち月の駒牽銭や関の役　徳元

金描下絵草花。貼紙「斎藤斎入道 山琴」。古筆琴山の極。

ミのゝ国をまかりとをり けるとて　すゝ鼻や垂井にひえてせきかハら　徳元

丸に群飛遠雁と金描下絵すすき。

元日　立かへる年やとこ若五万歳　徳元

打曇り文様。

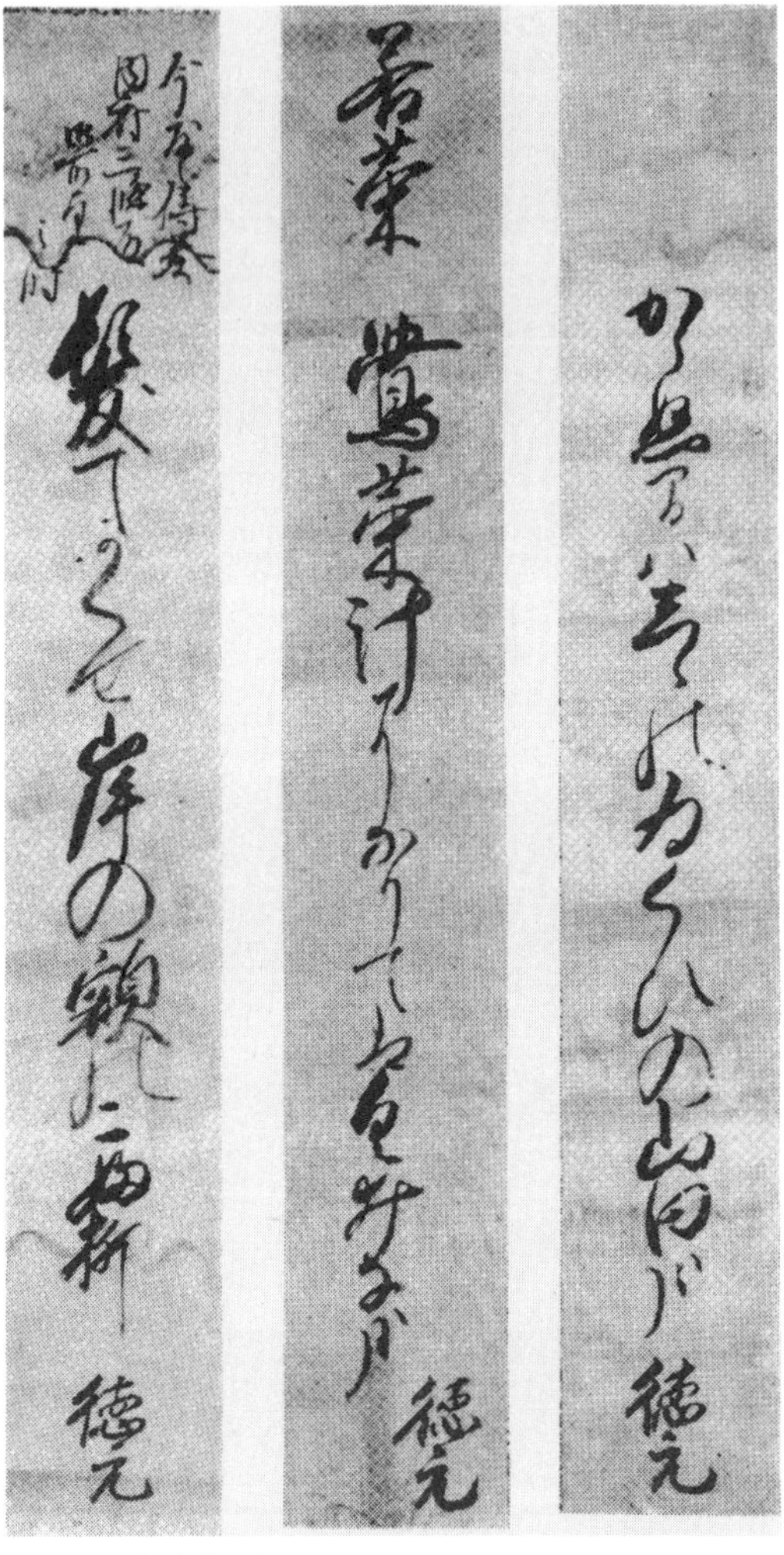

図13　新出徳元短冊三葉
（「俳諧名家短冊張交屏風」一隻に収録、昭和60年11月刊『古典籍下見展観大入札会目録』より転載）

次いで右短冊揮毫の年代等について略述しておきたい。

(イ)「元日　立かへる年やとこ若五万歳」句短冊

五万歳——春。『誹諧初学抄』初春の条に「千寿万歳（ずまんざい）」と見える。『毛吹草』も同じ。「立かへる年」とは元和を暗示し、かつ自身の華甲を意味するか。「常若（とこわか）」は徳若とも言い、脇狂言『松ゆづりは』にも「ことしより、〳〵、藏代官を、ゆつりえて、殿もとく若、たみもとくわか松もろともに、千世かけて、〳〵、さかふる御代こそめでたけれ」とうたわれる。因みに『犬子集』巻第十六に収録される徳元の魚鳥俳諧中、

　　倉にたはらをつみかさね置

　代官をうけつくみこそめてたけれ

の付合は『松ゆづり葉』の詩句をふまえているのである。斯くして、元日――立かへる年――徳若――若子（わこ）――元和五――五（御）万歳（まんざい）と読んでみたときに、本短冊が元和五己未（つちのとひつじ）年（徳元は永禄二己未年に出生）正月、時に若狭在住の徳元六十一歳の折の還暦句なりと考えることが出来るだろう。リズム感ありし新出句である。

(ロ)「もち月の駒牽銭や関の役」句短冊

駒牽――夏。『誹諧初学抄』初夏の条に、「駒牽（びき）　四月廿八日也　二条院御宇永暦元年ニ始」とある。ただし句意自体は秋の駒牽をさす。「もち月の駒」は、拾遺和歌集巻三・秋に、「延喜の御時月次の御屏風に／あふ坂の関の清水にかげみえていまや引くらむ望月の駒　貫之」をふまえており、（註1）徳元筆「逢坂の」狂歌短冊（愛知県豊川市・竹本長三郎氏蔵）「逢坂にて狂哥／あふさかの関の鶏尾をぬきてよろひにかけよもち月の駒　徳元」も、右貫之の歌のもじりである。なお「逢坂の」狂歌は『関東下向道記』にも出てくる。語句「駒牽銭」は絵銭史研究上、一古文献か。新出の「もち月の」句は、この江戸下りの途次、逢坂の関にて詠まれしもの。秋の景なれど実景は寛永六年冬の作であろう。

(ハ)「（詞書略）すゝ鼻や垂井にひえてせきかハら」句短冊

すゝ鼻（洟）――冬。『誹諧初学抄』中冬の条に「すゝバな」と。『毛吹草』も同じ。この句はポピュラーな句で自著の『関東下向道記』『塵塚誹諧集』『徳元俳諧鈔』（自筆、架蔵）はむろん、『犬子集』『誹諧発句帳』『崑山集』な

どにもとられ、ただしすべて上五が「すゝはなや」の形になっている。寛永六年冬の作。

(ニ)「からぬ間ハしゝのゐくひの山田哉」句短冊

からぬ間（秋田）――秋。「獅子の居喰ひ」とは、徒食するのたとえにて『西鶴大矢数』第九「獅子の居喰はあらき下風　西広／千貫目親のつたはり秋の月　西道」の付合にも見える。「からぬ間ハ」句は、自撰自筆『塵塚誹諧集』下の秋句（寛永七年以後）、「八朔に」と題する作の次に収録。寛永七年八月作か。ほかに『犬子集』『誹諧発句帳』『崑山集』『小町踊』にも出ている。

(ホ)「（詞書略）髪てかくせ岸の額のこふ柳」句短冊

こぶ柳――春。寛永八年二月成。新出句、かつ徳元の伝記研究の面からも一貴重資料となり得る。詳細は後述する。

(ヘ)「若菜　鶯菜汁になりてはくゐな哉」句短冊

鶯菜――春（『誹諧初学抄』）。全く同じ句形で『毛吹草』（正保二年刊）巻五・春―若菜の条にも入集。

ところで、新出の俳諧名家短冊貼交屏風はいったい、どのような数寄者によっていつごろ仕立てられたのであろうか。以下は憶説である。寛永十年春、大坂平野郷の末吉道節は江戸に滞在中であった。(註2) そして正月十二日附で徳元宛に書簡を差し出して、文中「春立や二ほんめでたき門の松」以下徳元句及び狂歌について短冊の揮毫方を所望するのである。(註3) 対するに徳元は同月十四日附、道節宛返書のなかで左の如くしたためる。

一短冊之事貴老能筆に付一入肆酌に候へ共御所望之間墨ぬり候て進入申候十枚之内はいかいの発句六つ春三夏一秋一冬一又狂哥四首書申候御このみの発句ともは今度出来申候犬子集に入たるにて候めつらしからす候間別之を書申枕屏風にはをし可被下候　恐惶謹言

徳元宛　道節書簡中、所望の徳元句四句は確かに『犬子集』に入集ずみである。貼交屏風に見える、徳元筆発句短冊は六枚。うち五枚は寛永十年以前の作。発句六枚の内訳は、春三・夏一・秋一・冬一である。「すゝ鼻や」句、「からぬ間ハ」句の二枚は『犬子集』にとられてはいるが、しかし、この点は、むしろ徳元が道節の気持ちを汲みとって敢えて人気のある句を自選したものと解すべきか。残りの四句は入集されていないのである。なお参考までに紹介しておくが、右扇上段に収録の道節句短冊三葉のうち二葉は明らかに道節が江戸滞在時に成ったものであろう。いわく、「日光参宮の時／日蝕拝て　たかせめて蝕する春の日の光　道節」「むさしのにおり羽も草のゆかり哉　道節」。これ以後になろうか。江戸における道節の俳壇的地位を推測し得る彼の自筆短冊一葉が、佐々木勇蔵氏著『短冊手鑑心のふるさと』に写真版で収録されている。「於江戸千句巻頭／ことのはの花も折見る懐紙哉　道節」(355頁)。

さて、本屏風は元禄期前後に制作されたものであろうこと、そして短冊配列の構成――例えば右扇上段に重頼・道節を筆頭に上方衆、下段の結びに西鶴、左扇上段は道寸・一晶を配している点から、恐らくは上方住の数寄者か、若しくは道節に近しい一族の手で仕立てられたもの、と見なければなるまい。仄聞するに本屏風は数年前に大阪に於て出品せられしとか。

二、後水尾帝譲位と徳元の動き

徳元の実像は今一ツ薄明の様であるのだが、とりわけ寛永六年冬、東下前後の動静解明に一条の光が射しこんだ如き感を懐かしむるのは、新出徳元短冊六葉中「髪でかくせ」句の打曇り金描下絵松短冊の出現であろう。

今度之伝奏内府三条殿御所望之時

髪でかくせ岸の額のこぶ柳　　　　徳元

『誹諧初学抄』中春の条に「こふ柳」と、又それを詠める徳元句は『塵塚誹諧集』上・有馬在湯中の日発句にも、

二月大

八　やうしにや風さへけつるこぶ柳

と見えている。髪・柳については『新千載集』に「五九　春風や柳の髪をけづるらむみどりのまゆも乱るばかりに　亀山院御製」（巻一、春上）と詠まれて、縁語。

さて、詞書冒頭の「今度之伝奏内府三条殿」とは、香雲院三条西実条（さねえだ）を指すのであろう。『改正増補諸家知譜拙記』第二冊めを繙いてみる。

三条西

公国――実条　号香雲院　寛永六内大臣同十七年右大臣従一位　同年十・九薨六十六
母公朝公女

因みに実条は寛永六年十一月六日から同八年十二月六日まで内大臣の職に在り、併せて武家伝奏も慶長十八年七月十一日から寛永十七年十月九日六十六歳薨去に至るまで勤めているのである。三条西家は代々和歌指南の家柄で、当時、実条の邸宅は中筋通北西ノ角に在って（『京羽二重』巻五）、すぐ向かいの今出川通には徳元も数度伺候している八条宮御所がそこに在った。

始めに徳元筆「髪でかくせ」句短冊の成立年代について結論を述べるならば、寛永八年二月、在京中に三条西家へ伺候、その折に詠みし短冊かと考えたい。時に徳元、七十三歳の耄齢（ぼうれい）である。以下、年次順に考証を試みることによって、むしろ左の如きベールにつつまれたる動静がいくらか解明されるであろうから。

一、徳元は寛永三年春、若狭から京極忠高に扈従して入洛した。以後、在京の間に堂上家へも出入りしているが、その真の意図するところはいったい何だったのか。それは朝幕関係の調整を秘めた水面下での作業——具体的には文事応接の係（木村三四吾氏「斎藤徳元」）であろうし、結果的には堂上家の文化人たちと「庶民の出や僧籍にある一芸一能の持ち主」たちとをつなぐ「運搬の係」（中村幸彦博士『日本文学の歴史』7）でもあったろう。従って君臣関係の面でも京極家を始め深溝（ふこうず）松平・岡部・生駒の大名家に対しては自由なる振るまいを保持していたと思われる。

二、寛永五年十一月、徳元東下。翌六年十二月、再東下の目的について。因みにこの年十一月八日には、後水尾天皇がにわかに譲位しているのである。『塵塚誹諧集』下巻冒頭の「東下り紀行書留発句」成立の経緯を解明する鍵も奈辺に——。

三、もちろん徳元は幕府側の人間であろう。参考までに、曾孫の斎藤主税定易が宝永六年四月十二日附で幕府へ差出した「馬術由緒書」中にも、

一　私祖父斎藤斎宮頭与申候者

権現様（家康）怠（ママ）徳院様（秀忠）被遊御為候者ニ而御座候事

（斎藤定臣氏蔵文書）

とある。在京中は、岡部長盛——徳元——松平忠利を結ぶ連絡網（脇坂安元も加えてよろし）——ただし水面下における——であったろうか。

四、寛永十年ごろ、すでに三条西実条の猶妹（ゆうまい）という身分になっていた一族の春日局より南都酒の樽が恵贈された、その真意はいずこに。単に「美濃斎藤氏の因縁により」というだけでなく、ここ数年間、朝幕間の調整に陰ながら奔走してきた徳元老への慰労の意味があった、と考えることは出来ないか。以上である。

さて、実条と徳元をめぐる周囲の動静について、ただし実条が内大臣の職にありし寛永六年から同八年末までに限定して年譜風に追って見ていくことにする。

（寛永五年　徳元七十歳）

○十一月、徳元、東下。武州江戸の「はいかいにすき給へる人々」の所望によって、『徳元独吟千句』が成る。

寛永六年　七十一歳

●『香雲院右府実条公記』（写一冊、国立公文書館内閣文庫蔵）寛永六年の条

正月一日　無四方拝節会内弁一条右大臣

○三月二十日、徳元、八条御殿に伺候、見舞う（『時慶卿記』）。

○四月五日、徳元、八条御殿に伺候す（『塵塚誹諧集』）。

●『忠利公御日記写』四月十二日の条

八条ノミや様去七日ニ御他界候由岡部内膳殿より申来候

岡部長盛、京都に滞在。徳元とも出会っているか。

○八月十二日、春茂、「山何」連歌一巻を興行（昌琢、発句）。徳元一座す（在京都）。

●『徳川実紀』寛永六年の条

○十月十日京にて御乳母は　中宮の御所より直に参内し。龍顔を拝し。長橋の局酌取て天盃を給ふ。よて西三条大納言実条卿の猶妹に定められ。室町殿の例とて。春日の局といふ称号を給ふとぞ聞えし。（東武実録）（「大猷院殿御実紀」巻十四）

春日局は紫衣事件の解決のために上洛し、中宮和子（まさこ）に伺候する。そして参内して後水尾天皇に拝謁、「春日の局」号を賜う。しかし、このことは逆に天皇始め公家衆の反撥を買って失敗に帰したようである（熊倉功夫氏著『後水尾院』及び武田恒夫氏著『日本を創った人びと　東福門院』）。むろん徳元は在洛。

●『徳川実紀』寛永六年十月の条

○廿二日山里（西丸山里）にて大御所（秀忠）御茶あそばさる。朝は……。昼は京極若狭守忠高。……召る

（「大猷院殿御実紀」巻十四）

主君忠高は在江戸。従って通説の寛永六年冬、徳元が忠高に扈従して東下したとするのは誤りである。

●『忠利公御日記写』寛永六年十一月の条

三日　春日殿□位被泊候て、三郎右衛門遣申候、……

四日　春日殿御通候、……

春日局、三河吉田城に一泊。帰東す。

●十一月六日、三条西実条、内大臣に任ぜらる。武家伝奏兼任。

●『徳川実紀』寛永六年十一月の条

○十一月八日京にて　主上にはかに御位を女一宮にゆづらせ給ふ。近侍の公卿といへども。今日まで此事をしるものなし。中宮はわきてしろしめさゞりしに。夜に入て　主上わたらせ給ひ。かくと告させたまへば。驚き思召事斜ならず。急脚を関東にたてられ。天野豊前守長信をもにはかにつかはされ。大御所へも御手書もて仰進らせられ。こよひより中宮御所はふかくとざし。婦女出入を禁じ。厳につゝしませ給ふとぞ。

（「大猷院殿御実紀」巻十四）

後水尾天皇にわかに女一宮（明正天皇）に譲位。中宮、急脚を関東に遣わす。秀忠・家光は御譲位のことを聞き

て、よろこばず。

○九日　中宮を推て皇太后宮とし。東福門院と称し奉る。（東武実録）

『忠利公御日記写』寛永六年十一月の条

十八日　……亭（天）子様去八日ニ御位御すへり御軍ノ御所へ御うつり女一宮様御ゆつり候由岡内膳殿より

中来候（松平忠利、在吉田城。）

●十二月、昌琢、東下（柳営連歌興行のため）。

○十二月二十六日、徳元、ふたたび江戸に下着（『塵塚誹諧集』ほか）。『関東下向道記』巻末の徳元狂歌に、

のほり下り両道かくる武蔵あふミさすか駄賃ハ乗もうるさし（伊勢物語「武蔵鐙流石にかけて頼むには訪はぬ

もつらし訪ふもうるさし」をふまえる）

と詠めるところからも寛永六年春、一旦帰京し、同年十二月末にふたたび徳元、東下。日本橋を渡ってその

まゝ馬喰町二丁目（町家多し）の家に定住したらしい。そして新宅に於て数寄者に「かたひらの里も布子のしハ(註4)

す哉」句短冊（柿衞文庫蔵）を書き与えている。東下の目的は後水尾帝譲位の一件に関連してであろうか。

それから、『関東下向道記』は狂歌版の道中記としてやはりこの年冬に成ったものであろう。奥書の「寛永五

年十二月廿六日」は徳元の記憶ちがいによる誤記か。このころ、前書に「東道記かくとて」と記して、

栗田口たゝきよみぬるたはことを藤馬允かみんもはつかし　徳元※　※

と狂歌一首を詠んでいる。ほかにも徳元は著作「海道下り」（内閣文庫蔵『海道のほり』大写一冊及び架蔵・自筆

『徳元俳諧鈔』横写一冊に収録）、「江戸海道下り誹諧」（『連歌集伊庭千句等』に収録）を成している。

※〔追記〕

『古今銘尽』（万治四年三月、小嶋市郎右衛門板行、架蔵）には、

粟田口物系図

—国友—則国—則国—
（国友：号藤林与左衛門尉　則国：藤馬允　則国：二代目藤馬允）

とある。徳元狂歌に詠まれたる、「粟田口——藤馬允」とは、右の「藤馬允則国」父子を戯画化せしものか。（図14参照）

（平12・4・10記）

寛永七年　七十二歳

●『香雲院右府実条公記』寛永七年の条

正月一日　女帝（明正帝）

幼主仍無四方拝節会内弁二条右大臣

○正月十日、神田駿河台下の蒔田権佐広定、「何船」連歌一巻を興行。昌琢・徳元一座す。なお蒔田邸の北側筋向かいには浄土宗の東光山西福寺があった。徳元はこの年春に詣でて、

西福寺と云浄土寺にて

花香ある茶の湯の釜やあミた堂（『塵塚誹諧集』下）

と一句を詠んでいる。「あみだ堂」とは〝夜光の弥陀〟と称される黒本尊阿弥陀如来を指すのであろう。幕府と

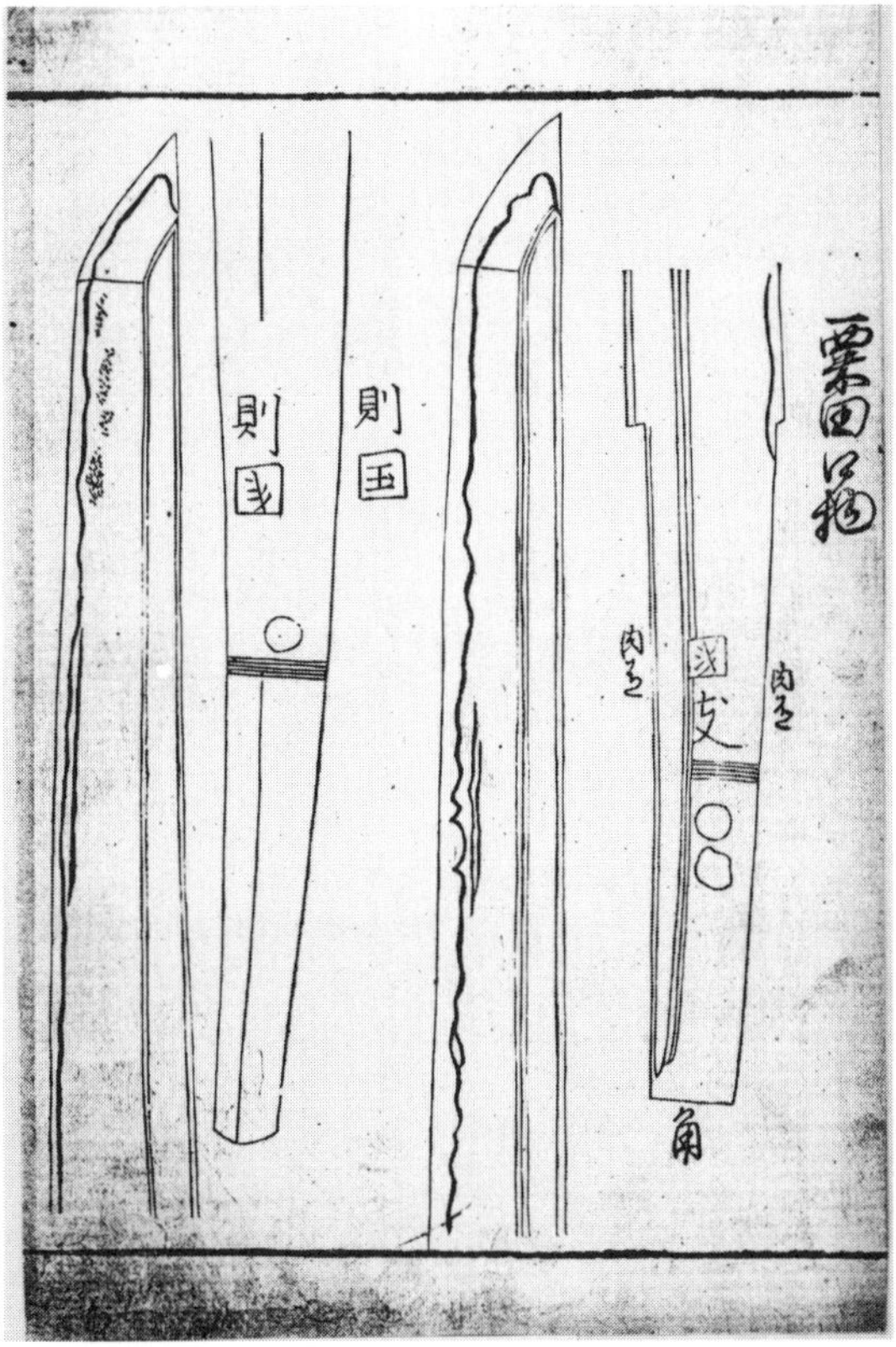

図14　『古今銘尽』に収録、「粟田口物・藤馬允則国（左）」の刀銘

寺縁深く、寛永十五年、駿河台より現在地の台東区蔵前（浅草新堀）に移転した。松平西福寺とも言う。「若狭国松原の大原山西福寺」にあらず。

○二月三日、鍋丁（幸丁附近）の脇坂淡路守安元、連歌一巻を興行（昌琢、発句）。徳元一座す。因みに脇坂邸の筋向こうに主君「京極若狭」の屋敷があった。

○二月十六日、浅草の文珠院応昌法印、「何船」連歌一巻を興行（昌琢発句、脇坂安元第三）。馬喰町に住む徳元一座す。

●『徳川実紀』寛永七年三月の条

○三月四日　京極若狭守忠高が妻。大御所第四の御女初姫の御かた。御年二十八にてうせたまふ。（東武実録）（「大猷院殿御実紀」巻十五）

○十四日　初姫御かた伝通院に葬り。興安院と謚進らす。……

『忠利公御日記写』寛永七年三月の条

十一日、朝焉哉被越候、若狭御前様（京極忠高夫人）去四日夜御他界之由、其付而新五左衛門江戸へ下申候

京極忠高夫人は寛永七年三月四日、二十八歳にて逝去。江戸小石川の伝通院で葬儀。忠高、在江戸。徳元は「追善」句として「あだし世や春の夜の夢南無阿みだ」（『塵塚誹諧集』下）を手向けたるか。

○四月二十一日、『忠利公御日記写』に徳元（在江戸）の名が初出。以後、七月末まで山岡景以と共にしばしば見える。因みに馬喰町の徳元宅からはさ程に遠くはなく、そのまままっすぐに小伝馬丁・石町を通って大手口の大橋を渡ればすぐ正面左側に松平主殿頭忠利邸が、その筋向かいには生駒壱岐守高俊邸（現在の大手町付近）があった（「寛永江戸絵図」）。

●『徳川実紀』寛永七年九月の条

○九月十二日京にて　新帝御即位あり。これは中宮の御腹にて。上皇（後水尾院）第一の姫宮。ことし八歳に渡らせたまふ。大御所の御外孫なり。皇女御位つかせ給ふ事。ならの京の後は八百余の星霜をへて聞えざれば。外戚の威権によらせたまふなど。天下後世の異論をおそれはゞからせ給ひ。先にも諫めさせ給へども。上皇御脱屣の思召立定まらせられ。にはかに英断ありし事ゆへ。こたびは関の東にも敵てのたまふ旨なく。酒井雅楽頭忠世。土井大炊頭利勝をのぼせられ。両使うち〳〵参内し。庭上にて大儀を拝覧せしめらる。（「大猷院殿御実紀」巻十六）

明正天皇即位す。明正女帝の人物像は不鮮明、前掲書『後水尾院』によれば、「いささか神経質そうな占い事好きの女帝」（114頁）であったらしい。

京にては酒井雅楽頭忠世。土井大炊頭利勝。板倉周防守重宗并金地院崇伝。施薬院にて三条内府実条卿。中御門大納言尚長卿。阿野中納言実顕卿に会して。中院大納言通村卿。年頃武家の伝奏たりといへども。つかふまつりざま　両御所の御心にかなはず。よて別人に命ぜらるべし。日野大納言資勝卿は昵近の内にも。父唯心（大納言輝資）以来こと更心をつくし。つかふまつりしものなれば。伝奏の職にも用ひ給ふべしとの御旨なり。いかにも上皇の叡意をうかゞはせ給ふよしなり。中御門。阿野の両納言大に驚き。崇伝をかたはらによび。通村武家の御旨にかなはざる子細。何様の事にや。ひそかに承りたしとありしが。崇伝も　両御所の盛慮。いかで愚僧等がはかるべき。たゞし二条城行幸のころのはからひ様よりして。通村とにかくにものあらく。細密ならぬよし伝へ承れば。もしさることにやと申けるが。その夜にいり何事も武家次第たるべき旨。　院の御けしきありとぞ伝へらる。（東武実録、国師日記）

伝奏中院通村、更迭。ただし三条西実条は幕府の信任よろしくそのまま留任した。

●九月十五日、日野大納言資勝卿伝奏役を命ぜらる。

因みに日野資勝と徳元との関係は、過ぎにし寛永五年三月十六日、今出川の八条宮御所に於て面識があったのである（『時慶卿記』）。徳元から見れば実条との雅交と言い、両者共に近づきやすい堂上人だったにちがいない。資勝、権大納言正二位、寛永十六年六月十五日に薨去。六十三（『改訂増補諸家知譜拙記』三）。

○十六日　京にて酒井雅楽頭忠世。土井大炊頭利勝。板倉周防守重宗幷金地院崇伝。施薬院にて三条内府幷日野大納言資勝卿に会議し。うちつれて一条摂政昭良公の里第にまかりむかふ。こゝに摂家の輩会聚あり。（近衛。二条両家は故障のよし申て会集せず）忠世利勝両御所の御旨をのべしは。こたび　姫宮御即位の事。平安城千年に及んで其事なし。こと更　上皇猶春秋にとませ給へば。めでたく　皇子降誕をまたせ給ひ。天つ日つぎをゆづらせ給ふべき事とのみ思召けるに。にはかなる御国ゆづりの事承はり給ひ。驚思召事とかく聞え上たまふに及ず（ママ）。こたび御即位の大儀とげ行れぬ。この後の事ども。両御所には遠くへだてゝまし／＼。其うへ　大内わたりの公事はなれても聞召わかねば。摂家の方々共和して。何事もはゞからず玉躰を諫め進らせ。神代よりの古きあと。たえざらむ様にまつりごち給ひ。公卿の家々文学礼儀等の事も。我　神祖の定制にそむかれざらん様計らひ給ふべし。もし怠慢欠眡に及ばゝ。摂録の方々過失たるべしとなり。（国師日記）

酒井忠世等、将軍家の内旨を伝え、武家伝奏を戒む。かくしてようやく一件落着を見るに至った。

○十月十日　酒井雅楽頭忠世。土井大炊頭利勝京より帰謁す。（国師日記）

○二十一日　勅使東下。

○二十四日　勅使三条内大臣実条公。日野大納言資勝卿院使中御門大納言尚長卿拝謁あり。……

十一月朔日、勅使・院使、帰洛。

右年譜によって、実条・資勝の両伝奏が朝幕間の和解を目的として東下したのは寛永七年十月下旬であった。徳元短冊の成立年代について考察を進めるとき、この時期に一応焦点を当ててみることが自然なようかも知れない。徳元は在江戸。が、しかし、である。「髪でかくせ」句は春二月の句であること。従って不可である。とすれば内府としての実条が以後に東下するのは、翌八年五月の折でしかない。いっぽう徳元の動静は、このころ医師として三河吉田城主松平主殿頭忠利の許に親しく伺候、あるいは仕えていた様子で、そのうえ八年正月上旬より二月末まで忠利の主命で滞京している点にあろう。

○この年、「年来したしくちなみ侍りける中に去やごとなき御方より愚作の誹諧一覧あるべき旨」をしきりにのたまわれて、『徳元俳諧鈔』が成立したるか。あるいは寛永九年前後にまでくだるか、成立事情の問題と共に再検討の要があろう。

公家名誹諧　面八句

＼くる春やさそ近衛殿絲桜

草木　同

月かすむかつら男やうたふらん

＼藤原氏の春そ目出度

寛永八年　七十三歳

○春、村田加左衛門吉次、「何山」連歌一巻を興行。徳元一座す（在江戸）。

やはらかに今そ吹かふ風見草　　昌琢（発句）

以下、吉次（脇）・昌程（第三）・元次・重常・外由・徳元・以省・任世・守能・光治・吉綴ら。

「風見草」は柳の異名、昌琢は寛永八年春、江戸に滞在。

○『忠利公御日記写』寛永八年正月の条

　八日　九兵衛・徳元京へこし申候、

このとき、徳元は吉田在城か。九兵衛とは次子の斎藤九兵衛元氏（彌治兵衛トモ）を指すのか、不詳。上京の目的は那辺にあったか、薬事であろうか。滞京中の徳元は二月、三条殿に伺候したであろう。そうして所望されるままに自作の「髪でかくせ岸の額のこぶ柳」句短冊を呈上したかと思われる。

○『忠利公御日記写』寛永八年三月の条

　一日　徳元・九兵衛京より帰申候、

●『徳川実紀』寛永八年五月の条

　○五月十日　勅使　院使参向……。（「大猷院殿御実紀」巻十七）

　○十四日　勅使三条内大臣実条公。日野大納言資勝卿。院使阿野中納言実顕卿引見あり。……（日記）

五月二十六日、勅使・院使、帰洛。

対するに徳元の動静は、八月、在江戸。九月、在江戸。十月、在江戸。閏十月も亦在江戸であった（『忠利公御日記写』）。

　さて、まとめてみよう。徳元は寛永八年正月八日、三河吉田城主松平主殿頭忠利の命を受けて上京する。そして二月のある日に、今出川の八条宮御殿の真向かい中筋通北西の角の三条西家へ伺候したのだった。内大臣実条は日野大納言資勝と共に、今夏五月上旬に勅使として江戸に下向する筈になっており、その日のことに思いを馳せるとどうしても気が重たく感じられてくるのであろう。和歌の家柄に生まれて『実条公御詠』一冊ならびに『三条西実条懐紙』一四六部一四七枚（柴田光彦氏解題と翻刻、早大図書館蔵）を著している彼も亦歌人・歌学者たる一方で俳諧（註5）や狂歌にも関心を抱く寛永期文化人の一人である。そんな折に、実条と徳元との間に、仮に風雅な対話が交わされたであろうと想定したとしても不自然ではない。

「徳元よ。予がこたびの江戸ゆきの伝奏に、汝が考えるところを発句に詠んでみよ。」

「はい左様で。しかればこんな愚句ではいかが――。内大臣様のお美しい柳髪のようなお心をもって、あの柳営の岸辺の瘤（こぶ）柳をやわらかくおかくしなされませ。さすれば……。と詠んではみましたけれど。」

という風に、私はこの新出徳元短冊一葉から、如上の重苦しい朝幕関係の雰囲気を想像してみようと思うものである。

註1　本書第四部「めぐり遇えた徳元の『逢坂の』狂歌短冊」を参照。

註2　荻野秀峰氏「末吉道節考―近世初期上層町人と初期俳諧―」（『近世初期文藝』1号、昭44・12）を参照。

註3　笹野堅編『斎藤徳元集』所収。

註4　武田酔霞氏の「斎藤徳元翁の墳墓竝に略伝」（『考古学雑誌』第5巻1号、大3・9）に、

山岡明阿弥陀仏（浚明）の、武蔵史料に云、徳元の其曾孫、斎藤徳潤○利益に、この事を問ひしに、其時当国に下り、今の伝馬町馬喰町のあたりに住せしとぞ、其所未詳と答へしと上の如し、……。

とある。台東浅草に住むようになるのは寛永十年以後――晩期であろうか。

註5　たとえば『和歌俳諧狂歌発句抜萃』がある。写本一冊。宮内庁書陵部蔵。ただし収録の連歌発句作品の大部分は慶長五年元日より寛永五年正月頃までの作で、作者は紹巴・昌叱以下、里村南・北家の歳旦句等がほとんど。ほかに「三条西実条江戸道狂哥」を収録。

（昭61・5・3稿）

徳元の連歌と徳川美術館蔵短冊二葉

一、諏訪忠因邸における徳元連歌

〔解題〕　太宰府天満宮文化研究所所蔵。図書番号、九一一、二五四／七二（小鳥居家蔵連歌　72）。書型、横本の写本一冊。寸法、縦一三・三糎、横一九・八糎。表紙、浅縹色表紙。ただし表紙・本文共に虫喰いが甚だし。袋綴。題簽なし。表紙中央に、直か書「百韻連歌集／昌琢　玄仲　玄陳／玄的等」と墨書。内題なし。墨付、本文百十三枚。識語・蔵書印等、いずれもなし。収録作品については、川添昭二・棚町知彌・島津忠夫編著『太宰府天満宮連歌史資料と研究Ⅱ』（太宰府天満宮文化研究所刊）より、そのまま引用させていただく。

〔江戸中期〕写。

(1)　玄仲抜句（寛永十二年正月一日。松前志摩興行）

(2)　玄仲抜句（寛永十二年正月十一日。毛利甲州興行。山何）

(3)　**山何百韻**　昌琢・左大臣殿・玄仲等（寛永十二年正月廿日。於江戸御城。発句「千枝さす松の葉数や御代の春」）※昌琢自筆短冊を架蔵す。

(4)　玄仲抜句（寛永十二年正月二十三日。葛野九郎兵衛興行。夢想）

(5)　玄仲抜句（寛永十二年正月二十五日。毛利日向興行）

(6)　玄仲抜句（寛永十二年正月二十七日。中山備前守興行）

(7)　玄仲抜句（寛永十二年二月五日。伊東大和興行）

(8)　夢想百韻　昌琢・玄仲・以省等（寛永十二年二月八日。皆河山城守興行。発句「筑波山ふもとの雪の白け

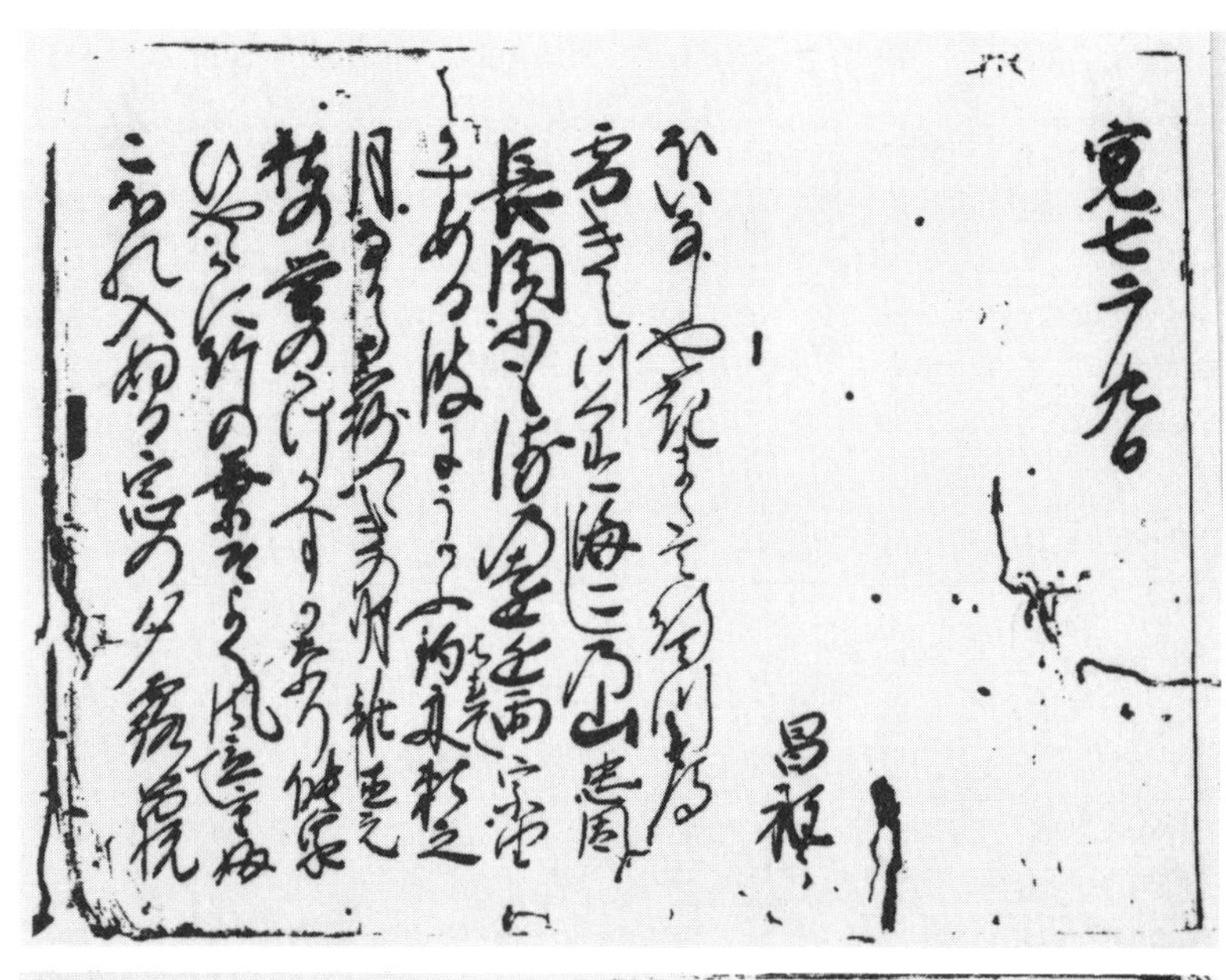

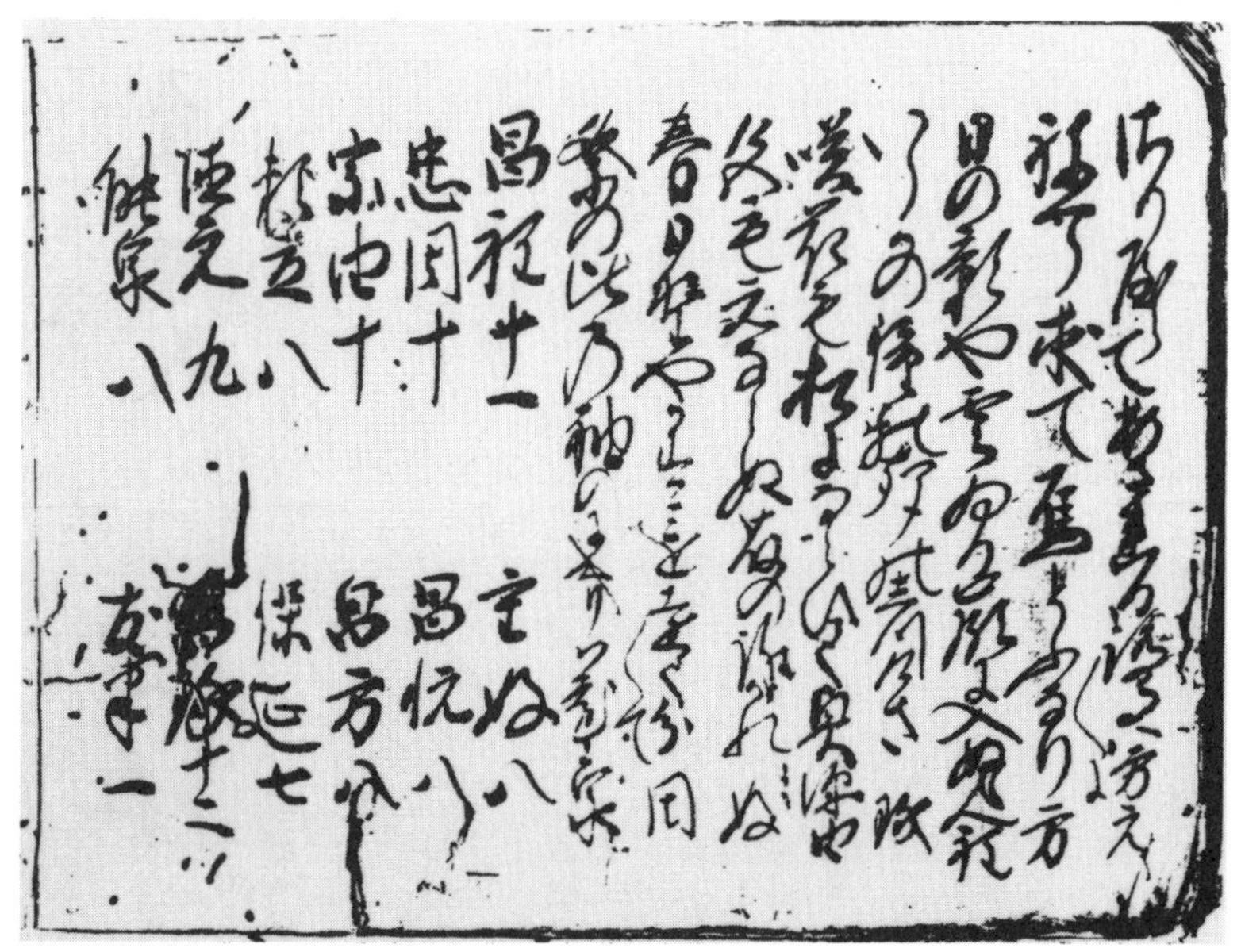

図15　「ほいなしや」の巻（太宰府天満宮文化研究所蔵）
上　巻頭、下　巻末の部分

れは」御二句、代句五句）

(9) 玄仲抜句（寛永十二年二月十日。伊与田弥五左衛門興行。山何）

(10) 玄仲抜句（寛永十二年二月十七日。石川弥左衛門興行。夢想）

(11) 玄仲抜句（寛永十二年二月二十二日。戸沢右京亮興行）

(12) 玄仲抜句（寛永十二年三月二日。夢想）

(13) 玄仲抜句（寛永十二年三月八日。躰河越前守興行。何船）

(14) 初何百韻　昌琢・頼尚・玄仲等（寛永十二年三月十日。相良壱岐守興行。庭籠ある亭にて。発句「白鳥や手飼の外の花の庭」）

(15) 玄仲抜句（寛永十二年三月十一日。松平式部興行。夢想）

(16) 玄仲抜句（寛永十二年三月十六日。脇坂淡路守興行。何路）

(17) 玄仲抜句（寛永十二年三月十八日。松平長州興行。何路）

(18) 何木百韻　昌琢・公広・玄仲等（寛永十二年三月二十日。発句「さくら貝拾ふや海士も花こゝろ」）

(19) 玄仲抜句（寛永十二年三月二十一日。松平式部興行。山何）

(20) 玄仲抜句（寛永十二年三月二十七日。稲葉民部興行。何木）

(21) 玄仲抜句（寛永十二年卯月三日。大黒長左衛門興行。何船）

(22) 玄仲抜句（寛永十二年卯月十四日。伊東修理興行。何船）

(23) 玄仲抜句（寛永十二年卯月十六日。横山土佐守興行。白何）

(24) 玄仲抜句（寛永十二年卯月二十一日。何路）

(25) 玄仲抜句（寛永十二年卯月二十三日。中山勘解由興行。山何）

(26) 玄仲・昌琢・昌程等発句（発句二一句）

(27) 元旦三物　昌俔・景之・玄陳等（正保三年）

(28) 発句（発句一四句。以下の百韻の各発句を集む）

(29) 百韻　兼与・道喜・如俊等（寛永元年九月二十六

日。発句「おしむなよ汲さへつもる菊の水」）

(30) 何木百韻　禅意・昌琢・禅昌等（寛永三年正月三日。北野裏白。発句「雪解て松か根高し御こし岡」）

(31) 懐旧百韻　玄仲・玄的・玄陳等（寛永三年四月十二日。紹巴二十五回忌。発句「花やあはれなきかこと葉のなとり草」）

(32) 百韻　兼与・梧（近衛信尋）（信尋古今伝授の時。発句「月になにの道かたりけん郭公」）

(33) 百韻　昌琢・重頼・安元等（寛永四年十二月二十五日。発句「此野にも雪山つくる嵐かな」）

(34) 玄仲抜句（寛永五年正月二十日。於江戸御本丸。発句昌琢）

(35) 玄仲抜句（寛永八年正月二十日。於江戸御本丸）

(36) 百韻　昌琢・安元・勝之等（寛永六年正月七日。蒔田権佐興行。発句「つむ人のよはひをかへすわかなかな」十句作代）

(37) 百韻　昌琢・左大臣・玄仲等（寛永六年正月二十日。於江戸御城。発句「かきりなき月日や例松の春」）

(38) 懐旧百韻　昌琢・吉莫・玄仲等（寛永六年正月二十九日。於小出和州。発句「きえし世や面影にたつ夕霞」）

(39) 百韻　昌琢・正方・玄仲等（寛永六年二月二十二日。於江戸加藤正方興行。発句「いつくより根こして庭の山桜」）

(40) 百韻　玄仲・正方・昌琢等（寛永六年閏二月二日。於江戸正方興行。発句「明日はさそ影くはゝらん春の月」）

(41) 百韻　昌琢・左大臣・玄仲等（寛永七年正月二十日。於江戸御城。発句「若緑四方におほふや世々の松」）

(42) **百韻　昌程・忠因・宗由等**（寛永七年二月九日。発句「ほいなしや花またて行天つ雁」）**※徳元句収録**

(43) 何人百韻　昌琢・勝之・俊賀等（寛永七年二月二十九日。佐久間大膳正興行。発句「われかとてとはゝや花によふこ鳥」）（305頁）

翻刻の連歌百韻「ほいなしや花またで行天つ雁　昌程」の巻は、右前掲書の第(42)番目に収録される。成立は寛永七年二月九日、張行の場所は信州諏訪高島城主諏訪出雲守忠恒（忠因）邸である。因みに諏訪忠因の連歌作品は、ほかに　○寛永七年二月三日（脇坂安元邸）　○寛永七年三月二十日　○寛永十年一月（脇坂安元邸）　○寛永十年三月十九日（弟の諏訪隼人頼立邸）　が知られ、わが斎藤徳元との同座も本翻刻の百韻を含めて四度、かつ徳元みずからものちに寛永十八年正月、『諏訪因幡守（頼水）追善之俳諧』の前書中に「諏訪因幡守殿御不例以外之由告来りしかハ武蔵の江戸におハします嫡子出雲守殿二男隼人佐殿君にまかり仕ふまつりて云々」と記すほどの間柄であった。

寛永七年の春は徳元七十二歳、旧冬来、江戸馬喰町二丁目所持の家にすでに定住してはいた（第二部「徳元年譜稿」参照）。以下二月末までの動静を記す（第三部「徳元伝新考」参照）。

○正月十日、蒔田権佐広定、「何船」連歌一巻を興行。昌琢・徳元一座す。

○二月三日、脇坂淡路守安元、連歌一巻を興行（昌琢、発句）。諏訪忠因・頼立の兄弟、徳元ら一座す。

○**二月九日**、本連歌百韻「ほいなしや」の巻が成る。

○二月十六日、文珠院応昌法印、「何船」連歌一巻を興行（昌琢発句、脇坂安元第三）。徳元一座す。以下、略。

里村昌程の発句は、むろん『昌程発句集』（中写一冊、富山県立図書館所蔵）にも「ほいなしや花またてゆく天津鴈」と少しく字句異同の形で収録、徳元とは同座が十二度もあった（本書第五部「晩年の昌程書簡」参照）。宗由は山岡主計頭景以。頼之（頼立）は諏訪隼人頼郷。木村氏昌悦は『飛州志』巻第九に散見する。句上げでは昌琢老が十二句でもっとも多い。そして執筆は友半であったろう。（図15参照）なお、本書閲覧に際しては、お世話いただいた文化研究所主管の味酒安則氏、ご教示・ご高配いただいた棚町知彌教授に心から深謝する。平成六年三月二十五日実見。

（平6・5・5稿）

翻　刻

寛七二月九日

ほいなしや花またて行天つ鴈　昌程
雪きえつくす海こしの山　忠因
長閑にも浦の遠近雨はれて　宗由
かすめる波にうかふ釣舟　頼之（ママ）
月なから真砂つゝきの明離　徳元
秋の蛍のかけかすかなり　能泉
ひやゝかに竹の葉そよく風立て　重好
こほれ入ぬる窓の夕露　昌悦　」オ
軒にしも音しをとせぬ雨そゝき　昌方
筧をつたふ水のすゝしさ　保延
とめ行は苔むす山の岩ま〳〵　昌琢
くちてかたふく松かけの道　友半
いにしへハさすかゆへ有寺の内　因
けふきさらきのわかれとふ人　程

旅立を哀む春の和哥　之
すゝミすゝめてかすミくむ袖　由
かへさをもくらす交野のかり衣　泉
小篠にさハく霰さむけし　元
雲の行末の山風吹立（イテ）て　悦
暁月のほのか成ミね　好
さをしかの声も□（虫）□（虫）遠さかり　延
皆かけあさき柞葉の色　方　」ウ
二
露時雨杜の木間ハ物さひし　程
秋の日よハき生田野の原　琢
見る〳〵も池の汀やけふるらん　由
音たえ〳〵の岩のしたゝり　因
柿にをきぬる霜のとけ渡り　元
おくも日かりのうつる谷の戸　之
小泊瀬の山の曇の今朝晴て　好
檜原よりしも凩きふらん　泉
みなきりてきしねにひゝく瀧つなミ　方
井せきくつれし五月雨の中　悦
遠方の里迄舟をさし入て　琢

かる比音しわさ田をくて田　延
やゝさむく月のよな〳〵盛らし　因
こゝらなきしも絶る虫の音　程　」オ
ふりにける跡の浅茆のうら枯て　悦
つゝきつゝかぬ玉ほこの道　由
爰かしこ車さきをふ聲す也　之
けふの物見やさそくらへ馬　琢
ゆたかにもまうけの君か世をしりて　泉
えらふの品のおほきことのは　好
明暮に学ふ心やたえさらん　延
隣をかへてすめるかしこさ　元
水薪（ママ）ちかき山の一庵　程
残る暑もわすれぬる袖　因
更るまて月をめてつゝ休らひて　由
いたへも露にぬれ〳〵ぬめり　方
葎生の中なる花にぬるこてふ　琢
風より後のうらゝなるくれ　之　」ウ
三　浦〳〵に春の蜑舟漕出て　元
なかめに遠き志賀の海うら　悦

東路やふミならすせたの長はしに　因
なつめる駒もしけき行かひ　程
市柴やつかねそへつゝはこふらん　好
夏まで賤かわらひおるそて　琢
山深き方に栖をしめ置て　之
聞はさひしき日くらしの聲　由
人気さへたえて秋なる宮所　方
影冷しき夜半の灯　元
月ハ入ねふりハさめしさ莚に　琢
待よハりての廻るかなしき　泉
ひく音も涙にしめる独琴　程
すむもわひしきよもきふのかけ　延　」オ
いくたひか軒はの松に時雨るらん　悦
とつれは門をたゝく凩　琢
いとゝさへねられぬ枕さえ〳〵て　由
こしかたしのふ老の哀さ　因
いさめたゝそむくをくふる文の道　泉
さとしもかねてありしさすらへ　方
夢をたにたのミぬるこそうつゝなれ　元

こひしきくれやかへす衣手　程
諸共にむすひしひもを我ときて　琢
涙かたしくゆかそ身にしむ　好
夜もすから月をかこちてミるにうし　延
色ものこらぬ園の草むら　之
朝つミし花に嵐の又落て　因
春ともしらぬ入相の鐘　由 」ウ
名 薄霞豊等のにしハ淀の□に　程
葛城なひくむらさきの雲　琢
一聲ハそなたの空か子規　方
卯月のかけの明る明ほの　悦
結ひぬる夢の月夜ハ夏衣　好
あへす馴し人のうつり香　元
置かたきあふきハ中のかた見にて　之
露のまもなくうき物おもひ　因
ちきりしも秋になされて吹かせに　由
哀にすたくのへの松虫　延
ほに出ぬ篠の小薄かけさひて　琢
冬をかけたるひへり田のハら　程
はるかにも沢の流やつゝくらん　悦
夕もしハし水しろき色　泉 」オ
さりやらてあされる諸鳥ハ方〳〵に　元
ねくら求て鳥とふなり　方
日の影や雲ゐる嶺に入ぬらん　程
いらかの鐘の聲のしつけさ　琢
咲花も松にならひて奥深ミ　由
色もえならぬ藤の誰かれ　好
春日野やかすミを遠く分〳〵て　因
祭の比の袖のにきハひ　泉

昌程　十一　重好　八
忠因　十　昌悦　八
宗由　十　昌方　八
頼立　八　保延　七
徳元　九　昌琢　十二
能泉　八　友半　一 」ウ

二、徳川美術館蔵徳元短冊二葉

序　章

元禄前後、古筆家に依頼して古筆手鑑類の編集を始め、古典籍の蒐書は、各大名家にとっては競い合うかのように盛んではあったろうが、なれども俳句短冊類や俳書に関しては未だしでいわゆる外典中の外典が如き観すらもあった。が、ぐっとくだって江戸時代の後期になると、例えば越前福井藩主春嶽松平慶永は芭蕉の真蹟短冊を入手している。すなわち『旧越前福井城主松平侯爵家御蔵品入札目録』（昭4・2・12入札、東京美術倶楽部）には、

三三　芭蕉台張（写真版）
　芭蕉筆「閃ひら ひらと」短冊
　〃「蓮はす のかを」短冊

とある。右短冊はその後、出光美術館の所蔵となり、このたび岩波書店刊『芭蕉全図譜』に収録された。又、元禄前後では、これから紹介する徳川ご三家の筆頭格で尾張藩の二代め太守光友も亦、真蹟「朝顔自画賛」（既述。『尾州徳川家御蔵品入札目録』に収録）を秘蔵していた。これらの場合は殿様自身の眼も勿論であるが、むしろ側近格の古筆家たちの鑑識力が確かであったと言うべきであろう。

よくない例を一つ。肥後高瀬藩主細川家の場合はいかがであったろう。いま手許の、『旧高瀬藩主細川家御蔵器展観入札目録』（大7・10・31入札、東京美術倶楽部）を繙いて見るに、写真版と共に左の通りに掲出。

三三　芭蕉　画賛（写真版）
　古池や　士郎ママ譲状極数々／
　　了仲箱／

竪　一尺一寸二分
巾　一尺九寸一分

因みに譲状を書いている井上士朗（文化九年、七十一歳歿）は同目録の「三六　芭蕉　画賛（写真版）　いざさらば士郎（ママ）箱」にも名が見えている。箱書の古筆了仲は了任の子で、父子共に尾張藩とは雅縁があった。元文元年歿。同目録には「二四　芭蕉　画賛（写真版）　人の気や　了仲箱」が収録される。結果は、すでに明白であるから贅言を要しない。すなわち今栄蔵先生は、ご論考「総説　芭蕉真蹟物の世界」（『芭蕉全図譜』所収）の終章において、「ところでこの種の偽造自画賛の中で、何と言っても圧巻と称すべきは、広く人口に膾炙した『古池や』のそれである。――偽造例R－a」（33頁）として図版（No.三三　芭蕉画讃）を掲出せられつつ、偽物也と考証。そしてそれらは名古屋地方で作られ、「遺憾ながら士朗が一枚かんでいた」（34頁）か、と推測される。とすれば当代かくの如き名ある俳諧師が介在して例えば三万五千石の細川侯に売り込んだのか。要は担当係の家臣たちに眼がなかった、と言うことであろう。そう言えば蕪村も鑑定が如きことをやっていたらしい（『濤声館蔵品入札図録』所載、No.58－昭16・6・5入札、大阪美術倶楽部）。

ここに紹介する徳元短冊二葉は新出ではない。すでに思文閣刊、徳川黎明会叢書全十三冊中、古筆手鑑篇五冊のうちに収録（第三・第五）されている。なれども解説者が近世文学プロパーではないせいか、あまねくわれわれの周辺にまで本手鑑篇出刊が周知せられていなかったきらいがある。あえて一言するならば、本古筆手鑑篇五冊はむしろ元禄前後における連歌俳諧資料として必備の書ではあった。

イ、「かのきしに」句短冊書誌

図16「かのきしに」句短冊（徳川美術館蔵）

彼岸を題にて
御所望之　かのきしに至るは遊行柳哉　徳元
当座

徳川美術館蔵。折帖に収録。折帖の寸法は、縦三九・五糎、横八・三糎、厚さ八・五糎。表紙、幹色の布地に花形文金襴。外題なし。箱の蓋に、箱書「上四号／短冊御手鑑／貳番」。蓋裏書「寛政十一年未九月十五日御修復出来」。右桐箱の寸法、縦四二・四糎、横一一・〇糎。「手鑑／二部第九號」とある。収録の短冊は三六枚、すべて台貼である。徳元の短冊には極札が二葉貼付。（古筆了任の極札）「誹諧師徳元／かのきしに[琴山]」。（恒川了盧の極札）「誹諧師徳元[印]かのきしに[印]」。短冊の文様は、句柄に対応して金描下絵水辺に菖蒲。古筆手鑑篇五（『古筆聚成』）に影印、収録（395頁）。平成六年六月十八日実見。

「かのきしに」句短冊の署名は草書体、この手は、寛永三年一月成、「梅咲て天下は花の都かな」句短冊（後裔斎藤定臣氏蔵。本書第四部「新出徳元短冊に関する覚え書」及び第二部「徳元年譜稿」寛永三年の項参照）に酷似する。又、「帷子の汗ほす竿や夕涼ミ」句、「御所望之当座／はゞひろやかたびら雪の寒ざらし」句（架蔵―友山文庫旧蔵）の二短冊にも類似、寛永初頭春二月の制作か。

句意は、謡曲『遊行柳』のストーリーをふまえた意味であろう。因みに「遊行柳」そのものの所在に関しては、『曾良旅日記』四月二十日の条に、

一　芦野ヨリ白坂へ三リ八丁。芦野町ハヅレ、木戸ノ外、茶ヤ松本市兵衛前ヨリ左ノ方へ切レ、八幡ノ大門通リ之内（十町程過テ左ノ方ニ鏡山有）。左ノ方ニ遊行柳有。其西ノ四、五丁之内ニ愛岩（宕）有。其社の東ノ方、畑岸ニ玄仍ノ松トテ有。玄仍ノ庵跡ナルノ由。其辺ニ三ツ葉芦沼有。見渡ス内也。八幡ハ所之ウブスナ也。

とあり、現在の栃木県那須郡那須町芦野で――遊行柳の地は旗本芦野氏の知行所、領主芦野民部資俊は俳号を桃酔と号して芭蕉とも俳交が存在した。更には、蓑笠庵梨一著『奥細道菅菰抄』（安永七年八月刊）を繙くと、

清水ながるゝの柳は、西行の歌に、道のべにしみづ流るゝ柳かげしばしとてこそ立どまりつれ。是よりしての名なり。今は土人遊行柳と云。諷物の俗説によるなり。此柳は、蘆野の宿の北はづれ、西のかた、畑の中に、八幡宮の社ありて、其鳥居の傍に残る。蘆野は、往来の駅にて、那須七騎のうち、蘆野何某の旧里なり。

とあって、徳元が詠んだ「遊行柳」自体のイメージが、やはり『新古今』に収録の西行歌や謡曲がそのもととなっているのは否めない。なお当代における諸家の句に「遊行柳」を詠み込んだ作句は見当たらぬ。

ところで、徳元の詞書に言う「彼岸を題にて御所望」をした数寄者とはいったい誰人であったのだろう。いまはただ試案を示すにとどめたい。それは『寛政重修諸家譜』巻第七百三十六、桃酔資俊の父で蘆野氏資泰（すけやす）の項を掲出

する。

●資泰(すけやす)

藤五郎　民部少輔　母は某氏。

慶長十六年遺跡を継、この時家の重器景秀の刀を献ず。是よりのち代々采地に住し、年毎に江戸に参りて歳首を賀す。十九年九月里見安房忠義、国除かるゝにより、内藤左馬助政長本多出雲守忠朝にそふて一族等と同じく、安房国館山に赴く。このとし大坂の役に本多佐渡守正信に属してしたがひたてまつり、元和元年再陣の時も正信が手に属して河内国須那の押となり、落人を撃とり首三十四級を献ず。三年台徳院(秀忠)殿御上洛のとき供奉し、五年洛に上らせたまふの時もしたがひたてまつり、還御の後仰をうけて秋元但馬守泰朝に属し駿府城を守衛す。後松平出雲守勝隆、高木主水正正次等にそふて大坂城を守り、寛永十七年正月二十六日下野国今市御殿普請の事を助け勤むべき旨、仰をかうぶり彼地に至る。十八年三月三日日光山御宝塔及び諸堂修理の事をうけたまはり彼地におもむく。正保三年八月十九日采地にをいて死す。法名法照。妻は福原雅楽頭資保が女。

思うに資泰に対する挨拶の発句短冊ではなかったか。そして場所は馬喰町の徳元宅からは比較的に近い距離に在った、神田・下谷の内——現在の千代田区外神田・神田松永町・神田練塀町・台東区秋葉原に構える江戸屋敷に於て、ということにしておこう（『江戸城下武家屋敷名鑑』上19頁、原書房）。

ロ、「若菜」句短冊書誌

若菜　會家そうのたゝきもくふや仏の座　　徳元

図17　「若菜」句短冊（徳川美術館蔵）

徳川美術館蔵。手鑑『藁叢』天の部に収録。その寸法は、縦四〇・〇糎、横二八・〇糎、厚さ六・〇糎の折帖。表紙、深縹色の布地に牡丹模様金襴。中央の題簽に、「藁叢天」と墨書。その寸法、縦二五・〇糎、横五・七糎。すべて台貼である。該短冊は、金描下絵霞、波に貝文様。署名は行書体で、因みにこの手は徳元晩年の、「観音のゆへか枯木にかへり花」句短冊（第四部「新出徳元短冊に関する覚え書」参照）に類似する。徳元の「若菜」句は、例えば寛永三年成、源氏巻名発句中「わかな　つむことは若なやちやこがしわざ哉」（第二部「徳元年譜稿」寛永五年の項）がある。古筆手鑑篇三に影印、収録（110頁）されるが、同書巻末の解説によれば、「手鑑『藁叢』は、昭和四十年十月、江戸時代に関戸家・伊藤家と並ぶ尾張の豪商であった岡谷家から寄贈されたもので、『天』『人』の二帖から成っている」（473頁）との由。平成六年六月十八日実見、如上の短冊二葉共に、閲覧に際しては主任学芸員四辻秀紀氏にご高配をいただいた。記して謝意を表する。

句意。「會家（かいか）」とは、理解し得る人のこと。すなわち会下（ゑげ）僧（そう）ならぬ会家僧が叩きも喰らうや、折から若菜摘む「仏の座」で、という意か。なお、「僧敲月下門」なる「推敲」の故事もひっかけてはいよう。「若菜」と「たゝき」（「たゝく」）も縁語。初春の句である。

九代宗睦（むねちか）の最晩年、寛政十一年九月十五日に「御修復」が相成った、折帖『短冊御手鑑』の資料的価値とは大部なる『藁叢』の場合と違って、それが歴代尾張藩主の秘蔵の品であるゆえだった。ことに外典中の外典が如き俳句短冊が徳川ご三家の筆頭格尾張家に収蔵せられた点であろう。収録の短冊36葉には、それぞれすべてにわたって極札が一葉乃至は二葉、貼付される。いま仮にそれらを第一極札・第二極札と呼称して分類してみる。

第一極札		**第二極札**	
古筆了佐	26	恒川了盧	31枚
恒川了盧	5		
古筆了任	4		
畠山牛菴（※初代アルイハ二代カ）	1		
計36枚			

とすれば、本『短冊御手鑑』の基礎は古筆了佐の時代に概ね成ったと見るべく、従って寛文二年了佐歿以前に成ったと考えるべきであろう。結論を急ぐ。それは光友の代に収蔵された、と推考しておきたい。太守光友は、「尾張歴代の中で、最も文武両道に秀でたと伝えられる。書は定家様を得意とし、絵は狩野派に学んだ」（四辻秀紀氏ご教示）とか。みずからも俳諧ならぬ「歌謡」を書写（古筆手鑑篇五、378頁）したり、絵画では「来ぬ人をまつほの浦の」定家像一軸（前掲書『松平侯爵家御蔵品入札目録』No.25）、洒脱な「布袋」紙本水墨（図18参照）などがある。それから光友の、一歳違いの妹絲姫（京姫トモ、寛永三年生まれ）は広幡大納言忠幸（幸丸）の夫人、忠幸は里村昌琢

図18　徳川光友画（布袋、紙本水墨）。徳川光貞（※和歌山藩主。家康の孫、頼宣の子）賛（「ささむさあ　はま松のをとは　ささむ」）（『思文閣墨蹟資料目録』265号）

を始め徳元老とも大いに雅交ありし、かの八条宮智仁（としひと）親王の皇子で、智忠親王は兄君だった。さて『短冊御手鑑』は、蓋し、幕末期に恒川了盧によってもう一度、点検されたと思われる。

（平6・8・28、徳元忌に稿）

昌琢と徳元
——昌琢点「飛蛍」の巻連歌懐紙をめぐって——

一、松平忠利と昌琢・徳元素描

寛永六年正月二十二日、折柄吉田在城の松平主殿頭忠利は城下の赤岩村（現在、豊橋市内）へ遊山に出かけて連歌発句、

梅か香に深山は春のあらし哉

と詠んでいる（『忠利公御日記写』）。

さて昭和六十年三月上旬、私は三ケ根山（さんがね）のふもと三河深溝（ふこうず）の本光寺肖影堂を詣でた。馥郁と白梅の香りにつつまれていて、そこには深溝藩主たる木彫の忠利像が、俳友徳元歿時の正保四年五月七日に嗣子忠房（初代肥前島原藩主）の手で納められてあった。木像は従五位下主殿頭に任官した折の衣冠像で、優雅な風貌のうちにも眼孔の鋭さ・引き締まった口許など強靭なる性格が見受けられよう。少しく参考までに明治十年代の後半、来日のフランス海軍士官ピエール・ロチの日記に、「（すべての日本女性が）……それからあの弓なりの鼻、あの鶴のような様子、そういうものは、裕福な貴族階級にしか見られないのである」（船岡末利編訳『ロチのニッポン日記——お菊さんとの奇妙な生活』33頁）と記され、荷風散人も亦（註1）、ロチの作品を愛読していた模様で、『断腸亭日乗』中に散見し、彼の著作「お菊さんお梅さん及日本の秋の三書は、明治時代の日本を知らむとするには最必要なる資料なり」（昭7・

4・14）と激賞している程である。要するに私は忠利の風貌から日本古来の貴族的なイメージを浮かび上がらせたかったからであった。

『忠利公御日記写』について。島原図書館松平文庫蔵。図書番号、松五五―七―一（―七）。大写本七冊（元上、元下、亨上、亨下、利上、利下、貞）。寸法は縦二七・二糎、横一九・九糎。題簽なし。直か書にて「元上／忠利公御日記写／従元和八年戌八月／至同九年亥十二月」と記す。以下、略。因みに第七冊目（貞巻）は寛永九年五月十三日まで。すべて裏打ち補修が施され、袋綴。『豊橋市史』第六巻に全冊が翻刻収録。連歌好き大名としての忠利―――里村昌琢との雅交の模様は、たとえば右『御日記写』の冒頭から見えている。

元和八年九月大
二日未　昌琢・昌俔・玄陳江戸へ被下候とて立寄候、泊被申候（※忠利、吉田在城）
三日申　昌琢被立候、
十月大
十三日亥　……江戸より昌琢発句参申
　旅ねのみいさむる夢かさよ時雨
　　是ハ黒田筑州内藤興行
元和九年正月
八日亥　大仏ニ逗留申候、……晩ニ昌琢・昌俔・玄陳被参候、雪降（※忠利、有馬からの帰途）
七月
四日巳　……八条様（※智仁親王）へ晩ニ御ふる舞ニて参申候、昌琢へ寄候て咄申候（※忠利、京都滞在）

以下、略。という風に並々ならぬ交情のほどがうかがわれよう。

それは忠利と徳元の場合についても同様で、『忠利公御日記写』に、徳元の名が見えるのは寛永七年四月二十一日が初見。忠利は四月十九日夜に江戸下着。その二日後に伺候した。この日は朝、昌琢帰京の送別ということで、昌琢・山岡景以（宗由）・徳元・昌程等をふる舞している。諏訪出雲守忠恒（号、忠因。徳元とも風交あり）も見舞う。以後、徳元は七月二十九日まで断続的に『御日記写』に登場する。忠利、八月十二日に帰国の途につく。

ついでながら寛永三年正月、上洛以後の徳元像（イメージ）について、本書第二部「徳元年譜稿」より抄記する。

寛永三年（一六二六）丙寅　六十八歳

○正月、徳元、若狭國より國主京極忠高（三十四歳）に扈従して入洛す。文事応接の係を勤めるためであろう（木村三四吾氏論考）。思うにそれはこの年六月に大御所秀忠、八月に将軍家光がそれぞれ上洛。忠高も京師において右近衛少将に任ぜられた。九月には後水尾院が中宮徳川和子（まさこ）（忠高夫人初姫の同腹母妹）ならびに皇女一の宮らをともない二条城へ行幸せられるなど（古活字板・絵巻『寛永行幸記』に詳述）の慶事に関連して、朝幕間を往き交う水面下での任務が彼に求められたか。従って君臣関係の面でも京極家を始め深溝（ふこうず）松平・岡部・生駒の大名家に対しては自由なる振るまいを保持していたと思われる。六年冬まで滞洛した。在京の間に、徳元は堂上家へも出入りしているが、なかんずく北野連歌会（能通及び北野徳勝院の久園）や八条宮瘡見舞、源氏巻名発句の制作、あるいは師の里村昌琢に誘われて西摂有馬に入湯して「日発句」を成し、都三条衣棚町の貞徳宅を訪問するなどして、過ごすのだった。因みに昌琢との雅交は若狭在国時にまで遡るか（宗因筆『昌琢発句帳』）。

（註2）（註3）（註4）

二、昌琢点、忠利・徳元一座連歌懐紙をめぐって

忠利の点取連歌出座の記事を『御日記写』から引用してみたい。

寛永五年

図19　松平忠利の木像（坐高80糎、瑞雲山本光寺像）

十月　（※忠利、吉田在城）
四日卯　雨降、八右衛門所へ昼より点取連哥ニて
参申候、りうり間へうつり申候
風のかすよその紅葉を砌哉　　利

さて、島原・松平文庫には〔連歌懐紙集〕七十五巻〔写一四四―一〕のなかに、「忠利等点取連歌」なる書名にて四十五巻すべて原懐紙のままで収蔵され、うち昌琢批点が十八巻も収録せられている。管見では現存する昌琢付墨の自筆点巻は少なく、従ってこれだけまとまった点巻群は実に貴重であると言わねばならぬ。因みに、これらは島津忠夫氏担当執筆の「肥前島原松平文庫」三、中世文学関係の章（『文学』昭36・11号）では省略されている。本稿では、昌琢点、忠利・徳元一座百韻「飛蛍」の巻をめぐって翻刻し解題風に考察を試みたい。

まず書誌。図書番号、松一四四―一―三。原懐紙、ただし裏打ち補修がしてある。下絵など模様一切なし。寸法、天地一八・六糎、全長三三五・七糎。ところどころ虫喰い有之。筆蹟については、子細に検していくと、おおよそ三筆に分けることが出来ようか。

一、清書された百韻は一見、らしからぬ弱々しい筆致の如く見受けられようが、「に・の・や・を・秋・冬」などの字体に徳元自筆と認めたい。従って清書者の徳元から昌琢宛に送られたか。

二、やがて昌琢の許より返送、批点された懐紙の巻末に、連衆の得点内訳を書き加えた。この部分は別筆であろう。

三、批点は昌琢自筆である。なお巻末の自署「法橋昌琢」に捺された円形黒印は「景敏」と読めるか。

忠利の発句「飛蛍月にとられしひかり哉」は、『御日記写』に見えない。昭和六十二年三月十日実見。

「飛蛍」の巻連歌百韻はすでに谷澤尚一氏が昭和四十八年十二月二十二日の俳文学会東京研究例会に於て口頭発表「松平忠利日記の連歌記事と徳元について」と題されて詳細に紹介ずみ。谷澤氏のご教示に鳴謝する。次いで、忠利をめぐる連歌文化圏とも形容すべき連衆の顔ぶれや興行の主催者・場所等について略述してみる。ただし連衆名の下の数字は句数である。

松平忠利　15　この時期、忠利邸の所在について記しておく。馬喰町の徳元宅からはさ程に遠くはなく、そのまままっすぐに小伝馬丁・石町を通って大手口の大橋を渡ればすぐ正面左側（現在の「千代田区大手町二丁目」で、「日本ビル」の附近）に松平主殿頭忠利邸が、その筋向かいには生駒壱岐守高俊邸（徳元、扶持を受けていた）が在った（『寛永年間江戸庄図―寛永江戸絵図―』）。

日下部大隅守宗好　15　脇句を詠んでいるから、興行の場所は宗好邸と考えていい。『寛政重修諸家譜』によれば、家康に仕えて軍功があり、大坂の役には御目付として参加する。石高は三千石。寛永十年七月、六十歳歿。法名は宗伝。『御日記写』には、寛永七年四月以降（※忠利、在江戸）、「宗伝」の名で散見。見舞衆の一人である。宗好邸の所在は、天寿（樹）院こと千姫が住んだ竹橋御殿の近くに邸宅が在った（『寛永江戸絵図』『新添江戸之図（明暦三年）』）。

井上太左衛門重成 15　三千石。御先鉄炮の頭を勤め、正保三年五月九日歿。法名は日養（『寛政重修諸家譜』）。ただし丸山片町（現、文京区白山一丁目）の大覚山浄心寺は戦災に遭い過去帳・墓碑共に焼失して不詳。第三句を勤めし重成が出座の、**連歌作品年譜**を今仮に作成しておく。

○元和年間、何船百韻に出座。連衆は昌琢・一通※・昌程・安元（脇坂安元）・重頼（金森重頼）・勝之（佐久間勝之）重成・親貞・頼立（諏訪隼人頼郷）・重好の十人。（『連歌の史的研究』536頁）

※臼杵藩主・稲葉一通を指す。因みに、父・典通（二代藩主）と徳元弟・斎藤守三の後妻とは従兄妹である。（本書第七部「新出斎藤正印・徳元・守三の系譜三種」を参照）

○寛永七年正月十一日、「桃」なる貴人の古稀の祝興行の賦何船百韻に出座。連衆は桃・氏女・成・龍隆・亥歳・辰歳・長松・惣代・玄仲・安元・勝之・応昌・俊賀・休無（京住・長岡休無）・重成・親直・賞白・元周・定利・利玄の二十人。（巻子本。園田学園女子大学蔵）

○同年正月十三日、小出大和守興行の百韻に出座。連衆は昌琢・吉英（小出吉英）・応昌・昌程・重成・昌俊（佐河田昌俊）・貞三・能泉・栄清・重観・昌悦・丈公の十二人。

○同年二月三日、脇坂淡路守興行の百韻に出座。連衆は昌琢・安元・忠因・昌程・勝之・応昌・頼立（定）・重成・昌俊・以省・徳元・良定の十二人。

○同年三月二十日、太左衛門重成興行の何船百韻に出座。連衆は昌琢・重成・忠因・安重・勝之・応昌・昌程・親直・頼立・能泉・昌悦・丈公の十二人。

○同八年正月八日、半井驢庵興行の夢想百韻に出座。連衆は御・瑞寿・勝千代・玄仲・安元・勝之・休無・重成・意休・一利・宗伽・宗琢・元次・正直・吉真の十五人。（『史的研究』553頁）

○同年二月十八日、何船百韻に出座。連衆は昌琢・一通・昌程・安元・重頼・勝之・久盛（中川久盛）・重成・昌俊・昌悦・重好の十一人。（『史的研究』553頁）
○同年二月二十日、小出大和守興行の百韻に出座。連衆は昌琢・吉英・重成・重頼・昌程・以省・昌俊・紹益（三江）・貞三・栄清・昌悦・丈公の十二人。
○同十年正月、脇坂淡路守興行の何船百韻に出座。連衆は昌琢・安元・重頼・忠因・一通・応昌・重成・昌程・至玄・昌悦・徳元・宗津の十二人。
○同年三月十九日、諏訪隼人興行の何木百韻に出座。連衆は昌琢・頼立・忠因（隼人の兄出雲守忠恒）・重成・宗由（山岡景以）・昌程・徳元・至玄・昌悦・保延・重次・大助の十二人。
○同十二年正月十二日、夢想之連歌百韻に出座。連衆は正重・正成・茂定・内女・於鶴・正盛・正直・正勝・昌琢・重成・宗由・親昌・後蔵・家吉・了和・昌悦・昌句・久幸の十八人。（国米秀明氏「聖護院所蔵連歌聯句書目録」『中世文芸論稿』8号、昭58・11）
○同十三年以前、何人百韻に出座。連衆は昌琢・勝之・重頼・安元・一通・久盛・重成・昌程・昌俊・徳元・宗任（乗任カ）・成言・良定の十三人。
○同十四年二月五日、昌琢一周忌追善興行に出座。連衆は玄仲・応昌・昌程・龍慶（大橋長左衛門龍慶）・重成・紹尚・宗由・以省・徳元・紹益・至玄・友安の十二人。（天理・綿屋文庫蔵『昌琢等連歌十百韻』八）
以上である。因みに幕臣の井上重成と徳元との出会いは寛永七年二月三日の八雲軒脇坂安元邸に於てであり、同座すること五度であった。

山岡宗由　14　むろん山岡主計頭景以である。景以の文事に関しては、すでに森川昭氏の御論考を始め加藤定彦氏（「古俳諧資料『半井卜養狂歌集其他』の解題と翻刻」）が詳述せられているので敢えて贅説はしない（本書第二部「徳元年譜稿」慶長十九年の項でも少しく触れておいた)。ただ二点だけ補っておこう。**一**は前掲の寛永十二年正月十二日夢想之連誹〔百韻〕に昌琢・重成と共に出座していること。**二**は徳元作、景以追悼独吟百韻の前書中に「……誠に世の常ならぬ御こゝろはえ、たけきものゝふの道はいふもさらなり、……」とあるが、その具体的事実としては、『福岡藩初期』下巻(『福岡県史』近世史料編に収録、西日本文化協会)に、寛永十五年四月二十八日附、福岡藩家臣黒田三左衛門一任宛景以書簡が収録(274頁)。文面は嶋原落城に関連して、景以の家臣平田四郎兵衛が世話になりたること等に対する礼状、次いで黒田三左衛門の御手柄を賞し、坂田瀬兵衛なる牢人の仕官斡旋を依頼しているなど正に〝たけきもののふ〟景以のこまやかなる心遣いが察せられる書簡である。

徳元　14　俳諧師徳元の当代連歌壇における評価は、会席の席次からみても二流どころであったかと考えられる。

道意　13　道白とも号した。

友継　14　島津忠夫氏は著作『連歌史の研究』に「その家忠の子の忠利にも、……やはり友務・友継といったお抱への連歌師が居り、云々」(201頁)と述べておられる。友継は寛永七年十二月十一日歿、在江戸。『御日記写』には、

寛永七年十二月

十八日亥　……江戸より人登申候、京へ人登せ申候、友継去十一日ニ相はて候由申来候(※忠利、吉田在城)。

とある。従って本連歌百韻の成立年代についても寛永七年十二月以前であらねばならず、如上の顔ぶれから今仮に七年中夏、江戸日下部邸にて興行としておこう。

「飛蛍」の巻における、問題の徳元の付句に加えた昌琢の批言を左に掲出する。

(初オ4)竹をめぐりの里のしつけさ　　宗由

(〃5)住ならす門田の道の奥深ミ　　徳元

門田の道のおくふかき如何

（初ウ10）旅に程ふりかへりみとり子　宗由

句作如何

（〃11）さかふるやかりの使の行めくり　徳元

上の五もし如何

（二オ10）霧にこもれるあらましの山　宗由

（〃11）見てよきん冨士ハいつくの秋の空　徳元

一句如何

（二ウ10）砌の月の影さやかなり　宗由

（〃11）盃をかハす端居のこす捲て　徳元

句作猶あるへく歟

（三オ10）冷しくなる賤か垣うち　宗由

（〃11）凩に村のさかひの色もなし　徳元

むらのさかひの色無分別歟

（名オ10）そむ（る歟）き〳〵の枕かなしき　宗由

（〃11）ふりされて月も恥かし国のうち　徳元

昌琢と徳元との師弟的交情の深さは、例えば前述（年譜）の寛永五年六月末、「法橋昌琢公にいざなはれて、津国有馬へまかり、在湯中のつれ〴〵、その年の日発句を書記し侍りけるを、琢翁一覧ありて、則自筆を以奥書を加へ給りぬ。」と言った風に尊敬的表現を伴った前書で、対するに「日発句」中には評語が全く見られない。ただ末尾に「一々作意奇特ニ候。筆之次而記之。法橋昌琢在判」と記すのみである。あるいは優美な作風を持そうとする宗匠昌琢にとっては、徳元の哄笑的なエロティシズムが散見され得る「日発句（正月大三日）名にしおはゞ合する貝や姫初／（八月大二日）心ちよや松茸おゆるおとこ山」などが、意に添わなかったのかも知れぬ。徳元の昌琢に寄せる尊敬度は『誹諧初学抄』においても同様であった。

一、時にさしあたりて、分別の位と云事あり。たとへば、霧は四季共に立物也、霞は春斗立物也。有所にこれかれあつまり侍りてはいかいせし時、「口切」と云句を「秋にならん」と云、又一方には「冬になり侍らん」といひあへる処へ、法眼昌琢来臨あり。則是を問に、「冬たるべし」と分られたり。その故は、口切の茶をば炉を開てたてそめ侍れば、冬に治定すべきよし申されしかば、座中の人〴〵尤也と同心し侍り。……

一、后・宮女の御名、恋になり侍らんやと、予昌琢法眼に是をとへば、答てのたまはく、「女と云一字さへ恋になり侍れば、まして名誉の美人の女はいふに及ばず、恋たるべし」と申されけるまゝ、少々書記し侍り。

……

多分、昌琢の指導は法眼位に叙せられた寛永九年十二月以後における、昌琢連歌文化圏での出来事であったろう。更に又、両者のあいだには等類句も数句存在するのである（本書第五部「翻刻・宗因筆『昌琢発句帳』」参照）。

だが、それにしても昌琢の「句作猶あるべく歟」とか「無分別歟」というような批言は、なかなかシビアである。参考までに批言を受けた他の連衆の各句数を挙げてみよう。

忠利　1　重成　3　友継　2　宗好　1
宗由　3　道意（道白）　4

対するに徳元は六句でトップである。昌琢連歌の作風を福井久蔵博士は「優美な風姿を好み擬人法を用いた句」（『連歌の史的研究』231頁）と評せられ、奥田勲氏は「徹底して連歌の実作者というべき」（『日本古典文学大辞典』第3巻、昌琢の項）と述べられた。確かに福井博士の評価、加えて繊細さは『昌琢発句帳』を繙いてみたとき、少なからずなる程と思われるが如き作に出会うのである。徳元の作風（ここでは俳風）についてもすでに中村俊定氏は「その伎倆においてはかなり達者で、ことに戦国武士的寛濶な風は、後の詞の技巧に汲々たる貞門風とは別の趣をもっている」（『俳諧大辞典』徳元の項）とされ、そして森川昭氏は「徳元の最も重んじたものは「心の誹諧」であった。つまり秀句などの言語遊戯による句作りよりは、句全体の醸し出す詩的な世界に重きを置いたものである。」（『江戸貞門俳諧の研究』）と共に評された。むろん著者も同感である。擱筆を急ぐ。前掲の徳元付句のうち、初ノ折裏10句めの山岡宗由句、

旅に程ふりかへりみどり子
　　句作如何
さかふるやかりの使の行めぐり　　徳元
　　上の五もし如何

右「狩の使」について『俳諧類船集』を繙くと、「… 治（ヲサマ）る国・旅枕（タヒマクラ）…斎宮（サイクウ）ノなりひら」と付合が見え、その説明として、

巡狩（ジュンシウ）ハ国の治乱（チラン）をしろしめさんためと也　今国大名のおひ鳥かりも其ことくなる歟、……

と記す。いっぽう徳元の場合は『誹諧初学抄』恋之詞に於て記すが如く、

一、斎宮　是は清和天皇の時、文徳天皇の御むすめ、これたかのいもふとなり。業平、狩の使として伊勢へおはせし時、神のいがきをこえて業平に契り給ひしと也。さるにや、高階氏は斎宮腹とて、今に此氏は参宮不叶と云々。高階岑緒子師尚、実者業平の息と云。

とあり、推察するに〝みどり子——狩の使〟という情景のなかに、あるいは斎宮——業平の好色なる一面影を描いてみたのではなかったか。徳元の寛濶さやおおらかな付けぶりが、昌琢には気に入らなかったに違いない。

三、翻　刻

＼飛蛍月にとられしひかり哉　忠利
川嶋涼しく暮果る空　宗好
しけりあふ柳にそゝく雨過て　重成
竹をめくりの里のしつけさ　宗由
住ならす門田の道の奥深ミ　徳元
　　門田の道のおくふかき如何
雲のこりしく山の一かた　道意
尾上より響来にける鐘の声　友継
ウ
＼枕夕の野ははるかなり　忠利
冬かけて絶〳〵虫の鳴かハし　宗好
男鹿の通ふ草村のうち　重成
　　うち如何

刈残すしのゝを薄うら枯て　宗由
あたりの原に結ふ露霜　徳元
明方の月の下風吹すさひ　道意
をくり出たる別悲しき　友継
　　あけかたはかりニ付候
＼諸共に忍ふ涙も乱髪　忠利
＼しハしはいはん言の葉もなし　宗好
たまさかに逢は心を取かねて　重成
旅に程ふりかへりみとり子　宗由
　　句作如何
さかふるやかりの使の行めくり　徳元
　　上の五もし如何

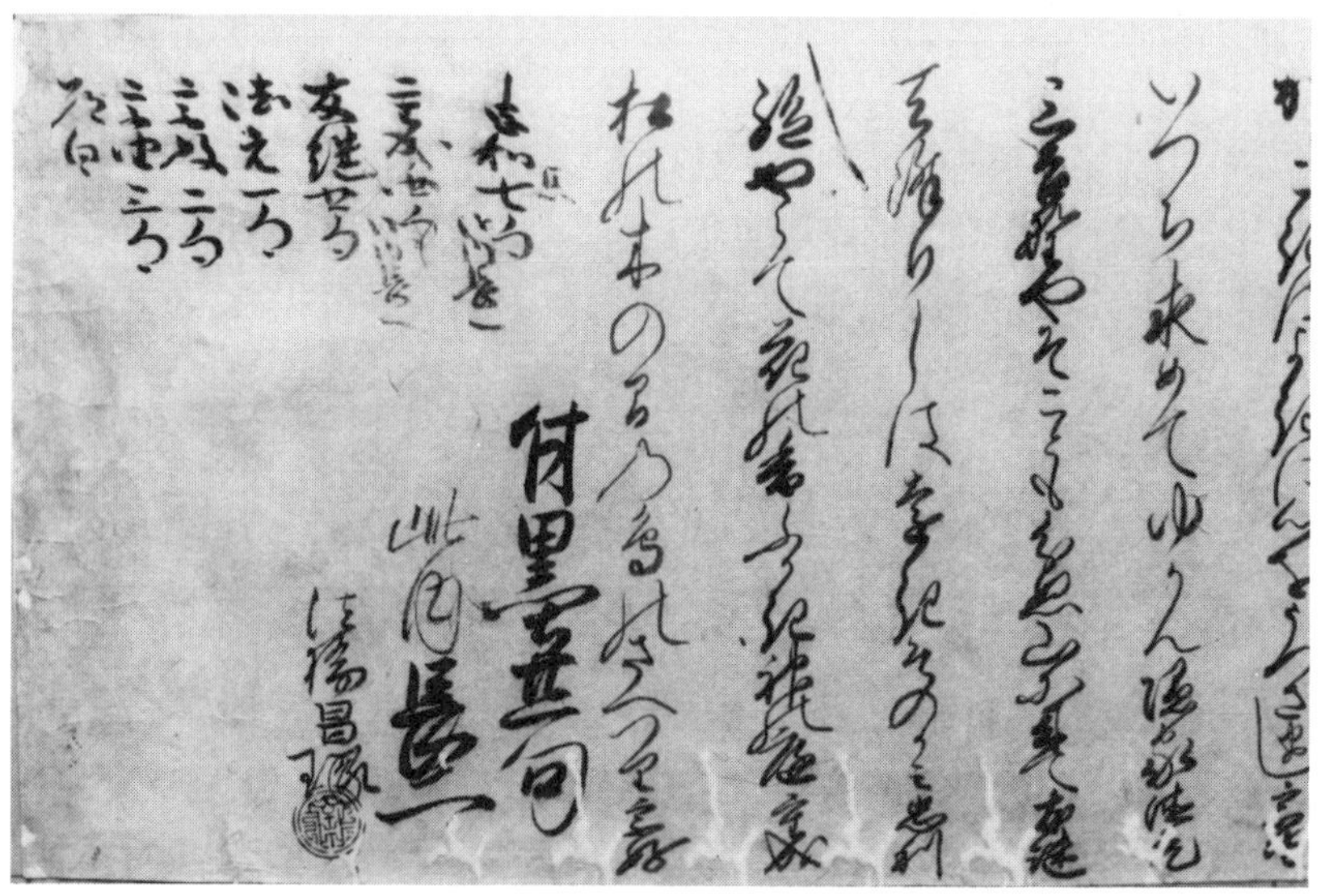

図20　昌琢点「飛蛍」の巻連歌懐紙（島原図書館松平文庫蔵）

昇る位のなをもしるしも　道意
付五如何
百敷や花をみはしにたゝすミて　友継
宮にさくらの明ほのゝ庭　忠利
長閑にも羽吹出ぬる鳥の声　宗好
山より山にひかりいさよふ　重成
二
滝津瀬の流れの水を結ひより　宗由
暑さ忘るゝ河そひの道　徳元
陰高く竹の林やつゝくらん　道意
明るあさけのけふる里〳〵　友継
降もまた積りハやらぬ夜半の雪　忠利
目さます風のさえさゆる音　宗好
老ぬれは月をもそむく戸さしして　重成
霧にこもれるあらましの山　宗由
見てよきん冨士ハいつくの秋の空　徳元
一句如何
よせては帰る田子の浦浪　道意
餘雨にもちいさき舟のたゝよひて　友継
陰にたひ〳〵おつる竹の葉　忠利

二ウ
雫たゝ絶せぬ軒の松高ミ　宗好
岩ふむ道の末のふる寺　重成
桟は朽るをまゝに傾きて　宗由
雨雲まよふ木曾の山あひ　徳元
日の色も夕になれはうすかれや　道意
蝉にましりて蜩のなく　友継
またきより森のかくれはひやゝかに　忠利
生田の野邊の秋の初風　宗好
池水のあハれも露も消けらし　重成
淡く事哉
砌の月の影さやかなり　宗由
盃をかハす端居のこす捲て　徳元
句作猶あるへく歟
忘るゝ程もうたふ声〳〵　道意
ひく琴の調もたとる花の袖　宗好
永日とても漸暮ぬめり　友継
三
惜むにも春や胡蝶の夢ならん　忠利
面影かすむ舞のいりあや　重成
あつまれる春日祭の時過て　宗由

あつまれる如何　ものたら□□□歟
人帰る也野邊の遠近　徳元
立のほる煙に猶もあはれそひ　道意
句作あるへく歟
＼忍ふる中の文のかす〳〵　忠利
ぬしあるを見そめてよりの物思ひ　友継
はかなくたえは絶ん玉の緒　宗好
床近く聞に鳴よるきり〳〵す　重成
冷しくなる賤か垣うち　宗由
凩に村のさかひの色もなし　徳元
むらのさかひの色無分別歟
松をしるへの霧の下みち　道意
はし立や月待てみん休らひに　忠利
よさの湊を出やらぬ舟　友継
三ノウ
海士人の袂に雨のきを（ほ）ひ来て　宗好
立きほひものなくてハいひかたく歟
藻くつかき捨帰るさの暮　重成
高根より風の幾度おつるらん（ちぬるらん）　宗由
おつるらん如何

比良の麓に木の葉重る　徳元
霜もやゝふかくなりぬる比なれや　道意
あまり比良に付不申候
＼冬田に侘し鳴の羽かき　忠利
＼月に猶ねられさりけり草の庵　友継
＼むかしの秋をしたふ夜な〳〵　宗好
さすらへの憂ことのミを身にしめて　重成
＼心つくしの浪の浦舟　宗由
風あれて汐の満干のいかならん　徳元
詠さひしき芦の屋のかけ　道意
居所近し
＼花散は難波田舎となり果て　忠利
かすミにたゆる道の往還　友継
なにはつゝ付五大かた二候
名
春あさき野は獣やすまさらん　宗好
消もやらさる雪の片岡　重成
さらて（ママ）さる□（虫喰）
真柴をも取袖みえぬ山陰に　宗由
いかにこもれる室の行　徳元（ママ）（虫喰）

絶すしも仏の御名や唱ふらん　　道意
世を退くはあやし皇　　忠利
例ならぬ身にほたしこそ心なれ　　友継
つらきもとけて馴なるゝ中　　宗好
思ふその恨のすちをいひ尽し　　重成
そむき〳〵の枕かなしき　　宗由
ふり（る歟）されて月も恥かし国のうち　　徳元
露に涙にしほれそふ袖　　道意
ぬきかへん秋も過うき藤衣　　忠利
　　秋も過うき如何
君かめくみをわすれやハする　　友継
（名ノウ）朝夕につかふる人のをこたりて　　宗好
文の品をや学ひうるらん　　重成
かしこきはよきに心をうつさまし　　宗由
いつち求めてゆかん隠家　　徳元

三吉野やそことも分ぬ山に来て　　友継
天降りしは遠きそのかミ　　忠利
絶やらて花の香ふかき神の庭　　重成
松の木の間の鳥のさへつり　　宗好
（※本文トハ異筆デアル）　　（※昌琢自筆デアル）
「忠利点　七句　　「付墨　廿一句
　此内長一　　此内長二
重成　四句　　法橋昌琢㊞（黒印）」
　此内長一
友継　五句
徳元　一句
宗好　二句
宗由　三句
道白　」

註1　少しく横道にそれるけれど荷風散人は、『斎藤徳元集』の著者笹野堅氏とも雅交があった。その始めて出会いたる日には、半日「文事を談じて日暮に至る。」（昭9・6・10）と記し、（同10・5、昭10・11・12）にも見え、その著作『室町時代小歌集』等も読んでいる。多分、徳元の『塵塚誹諧集』のことも話題に出たであろうことは想像するに難

くない。

註2　本書第三部「徳元伝新考―寛永六年、東下前後のこと―」を参照。

註3　二木謙一著『大坂の陣』(中公新書、昭58）によれば、「忠臣二君に仕えず」といった主従間のモラルは、寛永期以前の武家社会に於てはあてはまらないであろう云々、と述べておられる（24頁)。

註4　本書第五部「翻刻・宗因筆『昌琢発句帳』」を参照。

(昭62・7・21稿)

徳元をめぐる諸問題

一、新出徳元自筆懐紙について――『尤草紙』の徳元作なることの傍証――

久曾神昇博士御秘蔵の「徳元自筆、夏句等懐紙」（※現、架蔵）を紹介する。

〔**書誌**〕原紙部分天地三二糎、横四三・五糎。極札「斎藤徳元 琴山」。極札が懐紙右上に貼附。久曾神先生いわく「琴山」印は初代との由。参考までに開祖古筆了佐は寛文二年正月二十八日歿、九十一歳。料紙は懐紙大の楮紙というべきか（久曾神先生）。マクリである。（図21参照）

徳元

夕暮の雨やさいはひほととぎす　初夏
声ハして行駒みえぬ夏野哉　中夏
雪おれに若竹なびく軒ば哉　末夏
窓に涼し夕山風や夕月夜　中夏
一本になを色しるきさゆり哉

（一行アキ）

卯の花やただ北窓の夜半の月　初夏

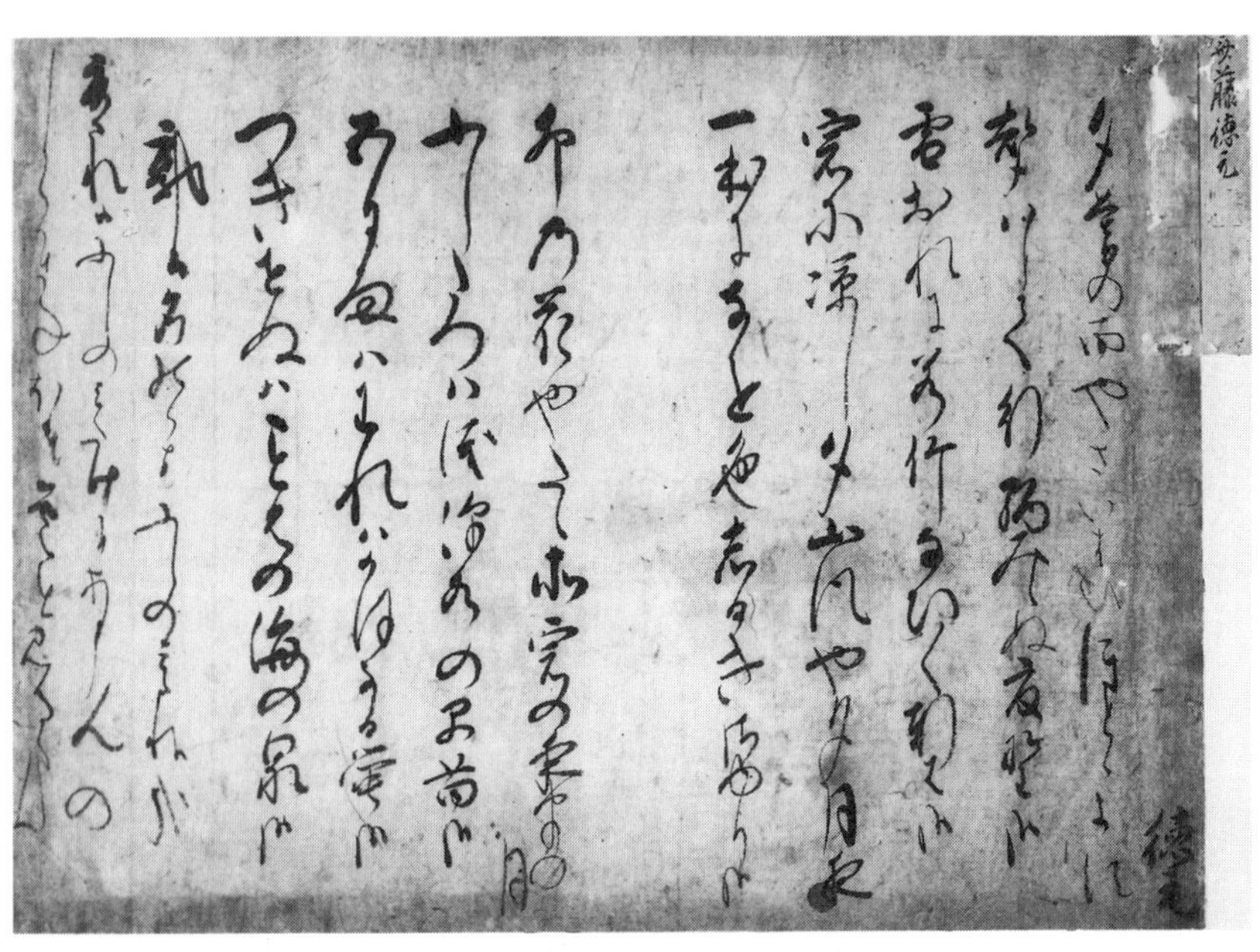

図21　斎藤徳元自筆懐紙（架蔵）

ふしだつハ浅沢水の早苗哉（中夏）
五月雨ハわれハがほなる蛍哉（中夏）
つきせぬハことばの海の泉哉（末夏）
郭公名のらばふじの高ね哉（初夏）（江戸浅草ノ徳元亭ヨリ眺メタル実景句カ）
夏されバふじのミたけにあま人の
しらがさねほす雲と見るらん

〔参考〕　本書第五部「翻刻・宗因筆『昌琢発句帳』」解題の章を参照されたい。

すべて連歌発句十句、未だ知られざる佳句ばかりである。末尾に和歌一首ある。季語は、『毛吹草』連歌四季之詞によった。

〔参考資料〕

『尤草紙』下、五　めぐるもの〻しなしな
或発句ニ
　めくりきぬ世のうき秋の七車
十六　なのる物の品々
ある発句に
　郭公名のるハふしのたかね哉

（徳元作仮名草子、寛永九年六月上旬初版。但し本書は赤木文庫蔵なる寛永十一年六月再版本による）

発句はすべて夏の句ばかりであるが、ただしその配列は順序不同で、思いつくままにのびやかに書き記している。第五句めと第六句めとの間の〃一行アキ〃から、あるいは手控え程度の句稿の一部かとも推察せられるが、今はただ「夏句等懐紙」ということにとどめておこう。成立年代は寛永八年以前に成りしものか。

本懐紙の資料的価値は、第十句め「郭公名のらばふじの高ね哉」なる句に見られること。すなわち、『尤草紙』下に「ある発句に／郭公名のるはふしのたかね哉」と見えていて従来、野間光辰先生の名論考[註]でさえも、その作者名は勿論、出所も明らかにされてはいなかったのだ。でいま自筆懐紙の出現によって、右『尤草紙』下に見える「郭公」の句が堂々「徳元句」であること、イコオルそれは仮名草子『尤草紙』が斎藤徳元作になることを補強、否傍証せられよう。なおついでながら同じく不明のもう一句※「めくりきぬ世のうき秋の七車」もいまや徳元作なることは間違いあるまい。（※慶長十四年七月二十四日成、里村昌琢句である。）

二、『徳元俳諧鈔』巻頭欠丁部分について

架蔵。自筆の『徳元俳諧鈔』横写本一冊の巻頭三枚は、脱落してしまっている。で、その部分を補うものとして、内閣文庫蔵『海道のほり』（大写本一冊）所収、徳元作道の記「海道下り」（徳元の都を立ちて東へまかる海道記）の冒頭部分を翻刻紹介したい。結論をさきに申せば、『徳元俳諧鈔』中「道の記」の部分と紹介しようとする「海道下り」とは、全く同一の内容だからである。

【書誌】 国立公文書館内閣文庫蔵。図書番号、一七七―一一二〇。装幀、大本の写本一冊。

寸法、縦二六・六糎、横一九糎。表紙は原装。栗皮色。袋綴。題簽、表紙左肩に書題簽。原題簽「海道のほり」。その寸法は縦一九・二糎、横三・三糎。一頁、十一行。丁数、墨付　海道のほり八丁、海道下り十丁、岩国下向之

記十一丁、計二十九丁。蔵書印、本文第一丁右上方に、「書籍／館印」と方形単郭の朱印。同じく中央に、「日本／政府／図書」（三行）と正方形単郭の朱印。その下方に、「浅草文庫」と短冊形子持郭の朱印。内容、海道のほり正直作・海道下り　徳元・岩国下向之記　卜養、以上の作品を収録する。

海道下り　　　　　　　　　　　　　　　　　　　　　　　　　　　徳元

三冬もやや末つかたに都を立て旅衣／はる〳〵東へまかりける道すから馬／上のなくさミ草にはいかい狂哥なと／独こちて夕々のかり枕宵過るまの／灯にさしむかひて矢立の筆にて／記し置侍りしを今ミれはよくもあら／さりけらし先三条の橋を打渡り賀／茂川を杳(ハルカ)になかめて

をしかものかはいりうまきはをと哉　」

粟田くちを過て日の岡より笠とり山／のみえけれは

雪はれて笠とり山のあたま哉

山科の里をも行ハ道より南にあた／りて木高き松一村有是なん神無森／といふ

十月か神なし森の雨そゝき

此森の東にふしミへわかれる道あり／そこの辻を追分と申

馬牛も追分ていそく極月哉

猶行ハこれやこの逢坂山也　」

大雪に岩かとふまぬ関路哉

坂を越て北に向へは鳰の海のほの／〳〵とみえ侍りぬれは

ささ浪をとちてハ志賀のこほり哉

波も打出の浜に至りぬ是より矢橋／の横渡りしてかち人の足をも休めてん／哉とおもふに俄に風向て湖上よか

らす／されハ古き哥にも
　武士のやハせの舟はハやくとも
　いそかはまハれ勢多の長橋
とよミたれは只まハれやとて行ほとに
橋をも過ぬ猶行かたハ栗もとの郡／へそ村の里となんいふ
　かね付てゐめる女子を栗もとて
　たつねさくれハへそ村の人　」
野路篠原の露を分てその夜ハ鏡の宿／にやとをかる
　積ゐる雪やしろミのかゝミ山
明れは天晴て曇りなき鏡の宿を／立出て行ハほとなくおいその森を過る／とて
　かかミ山ミてやハつらんやつれ行
老その森の木からしの跡　」
ゐち川うそ川打渡りて高ミやと／いふ所に付此里の中川をハいぬかミ川／となん云り
　狸とる犬かミ川をひつしきに
　付はよこひけたかミやをきて
古しへ針にすらんとかや斧のしゆくを／行ハすり針山也
　すりはりの松はもほそきつらら哉
片岨の里を行ハ鶯の宿と云り／
　鶯のしゆくや春待冬こもり　」

ね物語といふ里を人にとへはこれなん／あふミみの両国のさかひ也とて宿の中／に細き溝川の流(なかれ)けるををしへ侍り／

国隣ね物語もきこゆれは
ミのとやいはん近江とやいハん

車かへしの坂をも過ぬ名のミ不破／の関にて

ふは〳〵と山風寒き関や哉
すすハなやたる井にひえてせきかはら　』

「垂井の宿」の条以下は敢えて省略した。

以上、冒頭から右「すゝハなや」の句までが脱落している。かくて『徳元俳諧鈔』の前半「道の記」は、四十余年ぶりに完全な作品となり得たことを改めて江湖に報告をする。（本書第八部、影印『徳元俳諧鈔』を参照されたい。）

三、徳元の蔵書の一部――『誹諧初学抄』の基礎――

徳元は『誹諧初学抄』横本一冊を述作上梓するにあたって、『源氏物語』を始め『竹とりの物語』や『伊勢物語』『大和物語』等の古典は勿論のこと、恐らくは左の様な連歌論書や式目をも座右に置き、参照したことであろう。いわく、『和歌初学抄』『連歌初学抄』『角田川』『連歌新式追加並新式今案等』『当風連歌秘事』『連歌至宝抄』など。

今、これら蔵書の一冊に『紛葉抜書幷ニ元倡(シヨウ)聞書』写本一冊を紹介する。（図22参照）

沢井耐三氏蔵。内容は連歌註の聞書である。墨付十丁。項目（二十六項目）のみを目次風に列記する。

一、違ひをなをす詞の事、秀句にてつゝる事、秀句にてつつく字に不成事侍り、てに葉不違してちかふ事、やハといふ事、たるとぬるとのおきやうの事。

一、文字を加へて聞様之事。詞つゝかさる句の事、やの字あまたにかよふ事、文字を入て心得るてにはの事、文字を略して心得る事、こそといふてともにとも哉とも留事、下の句のて留の事、こそと留候事、比と留候事、き留の事

一、切字心にて切発句の事、下の句□様、三うたかひ、花の落といふと散といふ事、鳥の仕立やう、はね字の事

一、四道、発句の分別、不可好てにはの事、発句の大事

昨日（過去）より山の端（現在）遠し霞らん（未来）

識語

斎藤徳元老之御本申請写之畢（をはんぬ）

寛永廿暦初夏吉辰

浮木斎七十一歳

内容からして慶長ごろまでに成るか。沢井耐三氏いわく、得体の知れない本である、と。同感である。因みに寛永二十年は、徳元老八十五歳であった。なお「浮木斎」※なる老人についてては不詳である。（※浮木斎是珍。天正元年（一五

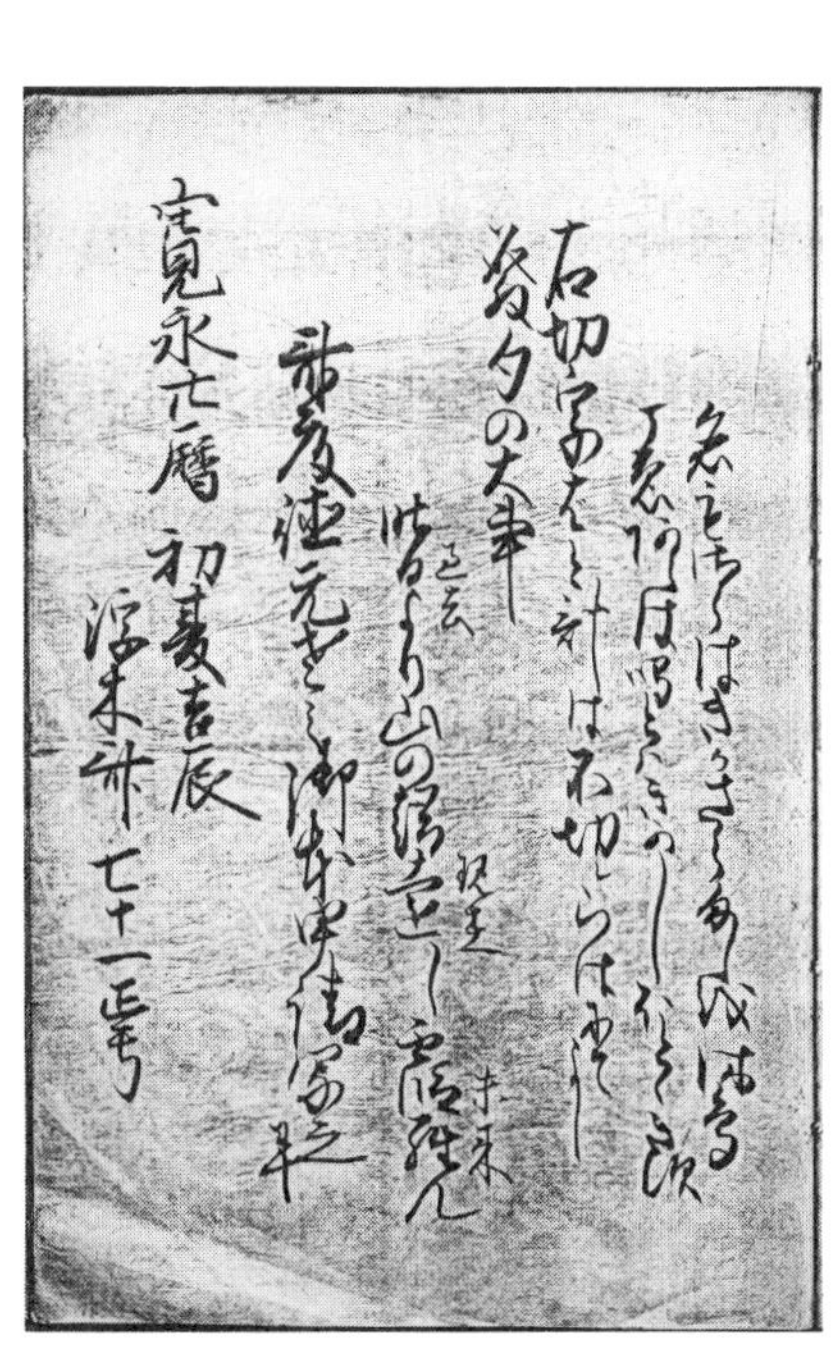

図22　写本『紛葉抜書并ニ元倡聞書』の巻末識語（沢井耐三氏蔵）

七三）生まれ。寛永十七年前後に成、「入月の」巻十三吟に於て岡部元綱の発句に脇句をつとめ、九句を詠む。本書第一部「終生弓箭、斎藤徳元終ゆ」を参照。）

註　野間光辰先生「仮名草子の作者に関する一考察」（『国語と国文学』昭31・8月号）の二、「『尤之双紙』の作者について」において、以下のごとく記されている。

（前略）もつとも今ここに問題にしてゐる『尤之双紙』は、その物は尽しの性質上、和歌・連歌を引用してゐる。しかし同時に狂歌・俳諧をも随処にちりばめてゐることは、大いに意味のあることであつた。そしてそこに何気なしに投げ出されてゐる俳諧の発句は、実は斎藤徳元の作である。

本書に収められた俳諧の発句は、上下二巻を通じて十四句ある。単に「或発句に」として掲出せられてゐる「めぐりきぬ世のうき秋の七車」（下「めぐるもののしなぐ〳〵」）・「郭公名のるはふじのたかね哉」（下「なのる物の品々」）の二句は、連歌の発句としてこれを除外する。

（中略）

註（一）……猶本書には『毛利千句』の如き「古き連歌」や「一休和尚の狂歌」の外に、連歌・狂歌の作が挿入せられてゐるが、その作者についいては未だ考へ得ない。（以下、省略）

〔附記〕　本稿は昭和五十三年十月八日、俳文学会第三十回全国大会（於岐阜大学教育学部）における口頭発表に補訂を加えたものである。発表中、（4）「絵入、江戸板『尤草紙』書誌」は、後日、別の機会に例えば『尤草紙』諸版本考と題して詳論するつもりでいる。（第三部「『尤草紙』諸版本考」参照）

本稿を成すに当り、特に左記の方々からは深い学恩を蒙った。徳元関係の貴重資料の閲覧と発表を許可下され、かつ書誌学的高見も賜わった愛知大学学長久曾神昇博士・同大学沢井耐三氏、それに関連して大礒義雄・伊地知鐵男両先生からの懇切なるご教示など、ここに記して謝意を表します。

（昭53・11・7稿）

翻刻「昌琢追善連歌百韻」

〔書誌〕　天理図書館綿屋文庫蔵。図書番号、れ四・二一—三三。書型、横本の写本一冊。寸法、縦一五・七糎、横二三・七糎。表紙、縹色表紙。袋綴。題簽なし。ただし帙左肩に、「昌琢等連歌十百韻」と墨書。内題もなし。墨付、四十二枚、ほかに白紙一枚。毎半葉、概ね十四行。識語なし。蔵書印、「長谷」（方形、朱の白印）。以下、朱印。「翠草／書屋」（『新獨吟集』上巻（徳元作収録）の末尾にも見える）。「佐草庫書」。「わたやのほん」。「天理図書館／二五六六六一／昭和廿六年貳月五日」。収録作品については、最終丁に、

右連歌発句

夏も霜結ふか袖のさ夜涼ミ　　昌琢
初秋も月のかつらの紅葉哉　　色
谷の戸ハたゝ薄霧を晴間哉　　昌琢
秋よりも世にいちはやき時雨哉　　同
五月雨ハ定まる雲のやとり哉　　同
軒の上に八重ふく木々の若葉哉　　同
五月雨の玉水清き軒端哉　　同
衾香の残る世や此花の宿　　玄仲
中〳〵にまためや花の遅桜　　玄的
朝露に之も岩沼の花かつミ　　同

以上十百句

と記す。なお、綿屋文庫目録には詳細に記されている。天理大学附属天理図書館本翻刻第四四三号（資料名、昌琢等連歌十百韻　八、玄仲等・〔哀（※衾カ）香の〕連歌百韻）。

〔解題〕　寛永十三年二月五日、柳営連歌師里村昌琢は

法華信徒らしく「千町田は一味の雨や春の色」（宗因筆『昌琢発句帳』）なる雨乞いの一句を残して世を去った。享年六十三（二）歳。京都市二条東川端在、本立院に現存の宝塔には「南無妙法蓮華経　玉洞院法眼昌琢日磋尊儀」と刻され、かたわらに南天が一本、いくつかの小さな実は赤く色づいている。昌琢と徳元との師弟的交情の深さについては、すでに拙稿二篇（「翻刻・宗因筆『昌琢発句帳』」昭62・3、「昌琢と徳元」昭62・10）において述べてきたが、更に、『連歌作者草稿』（大写本一冊、近世末期成、大阪天満宮文庫蔵）にも、

二百卅四

徳順天正　徳師　徳善院前田　**徳元**琢

と見えており、「琢」とは昌琢門あるいは昌琢時代の人という意味か。又、徳善院との雅交は如何。

翌十四年二月五日、江戸に於て昌琢一周忌追善連歌が張行された。その場所について谷澤尚一氏は論考「徳元と三江紹益」（『連歌俳諧研究』44号、昭48・3）のなかで、

二月五日は里村昌琢の一週忌であった。昌程を亭主とする追善興行の場所は、おそらく故人が拝領した本郷春木町の邸であろう。発句は北家の玄仲であった。

と述べられる。因みに本追善連歌百韻の存在は夙に木村三四吾氏が触れられた（「斎藤徳元」）。江戸本郷春木町在、嗣子昌程（元禄元年、七十七歳歿）の邸で張行とせられたのは首肯出来よう。江戸であったことの例証として折柄東下していた連衆の一人、三江紹益の動静を挙ぐ。彼は寛永十三年十二月九日、浅草の文殊院応昌に招かれ、徳元と共に雅会に出座している。『隔蓂記』に、

九日、午時、於文殊院（応昌）、有振舞、高台寺（紹益）・宮主殿（豊嗣）被来。金地院（元良）・慈照寺（周晟）依隙入、不被来。斎藤徳元来、初而成知人、伊駒讃岐守殿（正俊）之扶持人也。外料之祐甫被来。有浴室、有誹諧。及深更、帰矣。

とある。この年、徳元は七十八歳。その居宅は、草稿「徳元年譜稿」より抄記する。

寛永十年（一六三三）癸酉　七十五歳
○夏、徳元、このころ江戸馬喰町二丁目の居宅を密かに打毀して台東浅草に新宅を完成、移り住むか。
（以下、略）
『隔蓂記』にも見える如く、この時期、徳元は生駒壱岐守高俊の扶持人であったらしい。徳元と生駒侯、それは『生駒家分限帳』にて検すれば、「米金銀合力」衆の筆頭に、

一　銀四貫目
　　十六人ふち　　斎藤徳元

の名が見えている。因みに、「米金銀合力」衆のなかには千宗佐を始め金春内膳・小鼓広田勝太夫・狂言小泉万右衛門・笛杉野弥市・料理人左野久右衛門・野間三竹（玄琢の子）等々、医師とか芸能にたずさわる人たちが多い。とすれば徳元も亦連歌師あるいは俳諧師という資格で手当を給せられしか。ついでながら、もう一つ。寛永十五年五月十九日附、末吉道節宛徳元返簡（笹野堅編『斎藤徳元集』に紹介）に登場する四宮数馬なる人物は、同じく『生駒家分限帳』によれば、

鉄砲組
一　高七百石
　　二十挺　　江戸詰　四宮数馬

とある。徳元書簡では四宮数馬は俳諧を嗜み古筆にも関心深し。更に四宮数馬は生駒家騒動の折にも国老生駒帯刀派として暗躍するのである。従って徳元が本追善連歌百韻成立時に生駒家の扶持人であったことは肯定してよいであろう。されども京極家とは縁が全く切れていたわけではない。

寛永十四年、徳元七十九歳。二月大二日、江戸は大雪二尺余（『隔蓂記』第一）。五日、昌琢一周忌追善連歌。参考までに、この年六月十二日、主君？　京極若狭守忠高が江戸に於て病歿。享年四十五歳。法名は玄要院殿前若州太守羽林天慶道長大居士と号した。翌七月十二日、大徳寺百六十九世の天祐紹杲は、ふっくらとした温顔の忠高衣冠像に讃をする（滋賀県清滝、徳源院蔵）。のちに天祐紹杲は寛永十八年頃成『沢庵等詩歌巻』所収――和漢連歌の会（森川昭氏『卜養狂歌絵巻』に収録）に参加した。於江戸。その折、徳元と

も同席したか。

さて、発句は紹巴の次子玄仲である。天満宮文庫に所蔵される、『玄仲発句』（桝形写本一冊、近世中期成）を繙いてみるに、

昌琢一回追善
衾香の残る世やこの梅の花

とあり、下五が異同している。亭主昌程への挨拶句「花の宿」を初案とすべきか。奇しくも玄仲は一年後の十五年二月三日に歿するが、成立時は六十歳。

又、『昌程発句集』（中写本一冊、富山県立図書館中島文庫蔵）から昌琢追善句を抄出してみる。

老父に別て翌年
今日たつハ去年のかたミの霞かな
昌琢追善とて昌穏興行
老木にも花ハむかしの光かな
亡父廿五年忌
忍ふ世の春をあひ引夢もかな
昌琢五十回忌
うき春ハまことの夢の五十かな

以下、連衆の顔ぶれについて略述する。連衆名の下の数字は句数である。

玄仲　**13**　徳元が北家の玄仲と同座したのは本追善百韻のみ。

文殊院応昌　**10**　高野山興山寺第三世、姓は富松氏、字は深乗房、紀伊国那賀池田の庄の人。寛永四年に江戸浅草に寺地を拝領。正保二年五月二十四日、浅草文殊院に於て寂す。寿六十五歳。徳元との交流は前掲『隔蓂記』の記事以前に遡り、寛永七年正月十日、同年二月三日、同年二月十六日於文殊院、九年一月二十五日、十年正月、以上の六度。『密教大辞典』及び石川真弘氏「興山寺応昌と連歌」を参照。

昌程　**11**　同座は、寛永五年五月十八日、六年八月十二日、七年正月十日、同年二月三日、同年二月十六日・八年「何山」、十年正月、同年二月二十日、同年三月十九日、何人、以上の十度。

大橋龍慶　**8**　長左衛門重保、号を云何。始め豊臣秀頼の右筆、寛永三年三月、幕臣となり御右筆に、次いで式部卿法印となった。正保二年二月四日歿。享年六

十四歳。徳元とは、遊和発句「神農の木の葉衣やからにしき」の巻九吟百韻（加藤定彦氏論考『近世文芸資料と考証』9号）及び寛永十八年八、九月または冬頃成『沢庵等詩歌巻』（森川昭氏編『卜養狂歌絵巻』所収）に共に同席する。

井上太左衛門重成　**8**　その連歌作品年譜については、本書第三部「昌琢と徳元―昌琢点『飛蛍』の巻連歌懐紙をめぐって―」を参照。

里村紹尚　**9**　玄仲の子。初号玄尚、のち玄祥。延宝元年十二月二十三日歿。

山岡宗由　**8**　山岡主計頭景以、徳元の雅友である。景以は寛永十三年来、近江国水口城の城番をつとめていた。拙稿「昌琢と徳元」を参照。

以省　**8**　「以省（琢時分）」（前掲書『連歌作者草稿』）。同座は、寛永七年正月十日、同年二月三日、同年二月十六日、八年「何山」、以上の四度。

徳元　**7**　徳元は昌琢を始め昌俔・昌程等、里村南家と交流が密であった。

三江紹益　**7**　建仁寺第二百九十五世、姓は奥村氏、初号友竹、改号友林、京都の人。寛永六年から十九年まで柳営連歌の御連衆をつとめた。慶安三年八月二十二日寂、寿七十九歳。徳元との風交については谷澤尚一氏の前掲論考を参照せられたし。

至玄　**9**　「至玄（枝隼人正 琢時分）」（『連歌作者草稿』）。同座は、寛永十年正月、同年二月二十日、同年三月十九日、以上の三度。

友安　**1**　同座は、寛永十九年正月二十一日。

　衾香の残る世や此花の宿　玄仲
　物うくひすの声絶ぬ庭　昌程

北家の長老玄仲の挨拶句を受けて、昌程は未だ「物憂く――鶯の――声絶ぬ（法華経――経よむ鳥）庭」と、亡父追善に対する心境を巧みに付けたのである。南家は日蓮宗であった。蓋し、『古今集』巻第二、貫之の歌「やよひに、鶯のこゑの、ひさしうきこえざりけるをよめる／なきとむる花しなければ鶯もはては物憂くなりぬべらなり」（春下、一二八）が念頭にあったのかも知れぬ。更に、『新古今集』巻第一、藤原家隆「摂政太政大臣家百首歌合に、野遊のこころを／おもふどちそこともしらず行きくれぬ花のやどかせのべの鶯」（春上、八二）をも。巨匠を偲ぶ内輪の会であるせいか、以下の付合にはやはり憂愁の色がただよっていよう。名残ノ折裏第五句目以下、

　浅からす作るへき詩の試に　程
いはけなきよりしるきかしこさ　省
　花の木もほらて三年の親の跡　仲
ふりたる軒の松ミとり立　昌

十二歳のいわけなき頃に、「一千世」の幼名で執筆として出座した程の故人の「かしこさ」を称えて敬愛の念で終わっている。

（昭63・5・5稿）

翻　刻

寛永十四　二月五日
昌琢追善
衾香の残る世や此花の宿　玄仲
物うくひすの声絶ぬ庭　昌程
朝な夕な外面の野へハ春冴て　応昌
翁も尽（ママ）さぬ霜の草むら　龍慶
峯よりも移る光や薄からん　宗由
月はかくろふ雲のまに〳〵　重成
風さハく小田の稲葉の乱合　紹尚
露も散そふ柳いくむら　以省
」オ
舟よする堤伝ひは浪かけて　徳元
暮行まゝに蛍飛かふ　紹益
さらてまた暫時ハ窓の下涼シ　至玄
きけは軒端に竹戦く音　友安
淋しきは霰ふる夜の独臥　程
あかつき消し埋火のもと　仲
昔思ふ袖の泪やこほるらん　慶
水かれ人もすまぬ山の井　昌
いつよりか荒田と成て草高ミ　成
通ふをしかの声近き道　由
暮深ミ帰くる野の霧分て　省
月また遅し沓なる里　尚
木滋きハ布留の社の花の陰　益

春に初音をなくほとゝきす　元」ウ
つれ〳〵と雨霞ぬる誰かれに　仲
けふりハいつらなき人の跡　玄
魂もかへさまほしき衾しれ　昌
旅ねは夢もあはらやの内　程
契置詞は更に忘られす　由
とひこんとのミ待ならす暮　慶
独唯物思ひつゝ引琴に　尚
はかなくすめる蓬生の陰　成
また消ぬ命しらるゝ虫の声　元
侘し我世も更てゆく秋　省
つく〳〵と聞は身に入鐘なりて　玄
夜な〳〵月にむかひぬる袖　益
行ひのつとめにねかふ西の空　程
豊等の寺（※豊良寺〈トヨラノテラ〉・豊浦寺〈トヨラ〉カ）に住ハいつまて　仲」オ
しのは井を汲は心の塵もなし　慶
夏を凌し道の休らひ　昌
五月雨の限待日の笠やとり　省

駒をつなきてかたらへる友　元
見れはうし人はしたしむ酔の中　仲
そゝく泪もをなし衣手　玄
積りぬる互の恨いひ替し　成
明るもしらぬ夜半の狭筵　由
蟀枕の下に音を絶て　益
霜漸寒き古跡の月　程
暮ぬれは草の垣ほの秋淋し　尚
色なき松の木かくれの菴　仲
風をのミかこつも化に花落て　昌
三月も夢と過て行山　慶」ウ
今朝白く霞のうへの峯の雲　玄
波に残れるうらの春雨　尚
芦原に帰らぬ鳫の羽たれて　程
日の遠かたに田鶴翔る空　昌
吹（スサフ乎）　なる風よハるらし淡路嶋　仲
霜ふミ出る住吉の里　省
松陰や真砂につゝく奥深ミ　元
神に歩ミをはこふいく度　成

物の気の去らぬを侘る心しれ　由
おひし恨をいつかはるけん　程
媒にはかられぬれは逢もせて　昌
それかあらぬか入てぬる床　仲
月になる野ハ声遠きかた鶉　慶
靡きそひたる薄むら〳〵　益　」オ
夕露や岩本夢に結ふらん　程
外に波ちる滝の糸すち　玄
山姫の夏衣ほす水上に　省
雲間もれたる日影さやけき　慶
翁あき初雪おしむ朝朗　仲
うへても浅き園の呉竹　由
啼鳥のねくらいつくに暮ぬらん　成
馴れもしらて手枕の袖　元
問よるも稀の一夜は頼あれや　尚
七夕つめも月や見るらん　昌
流行浮木はあやし秋の水　玄
霧間の浪のこす橋はしら　仲
松ならふ池にはひしの花咲て　程
色もえならぬ藤のいくふさ　益　」ウ
誰も春なさけ汲よる門の前　由
たのしむ声にうたふ此殿　省
押ひらく舞の扇を指かさし　元
御階のうへの袖のましハリ　尚
けふあまたうゐかふふりの新参　仲
さかへを見する末の藤氏　玄
仰こそ猶大原の宮所　昌
小塩の山も明過にけり　成
降つミて梢も白し松の雪　慶
焼藻のけふり消しうら風　程
住となき蜑の小家のかたふきて　尚
めくり合つゝふかき芦垣　益
月こそハ守るおくて田の便なれ　省
友となる夜の天津厂かね　仲　」オ
露けさハこしかた忍ふ旅枕　玄
萩のうつろふ宮城野のすゑ　尚
烈しさの風を袂にふれ〳〵て　成
汀の小舟さしそ出ぬる　由

浅からす作るへき詩の試に　程
いはけなきよりしるきかしこさ　省
花の木もほらて三年の親の跡　仲
ふりたる軒の松ミとり立　昌

応昌　十　以省　九
昌程　十一　徳元　七
龍慶　八　紹益　七
重成　八　至玄　九
紹尚　九　友安　一
玄仲　十三　宗由　八

」ウ

図23　〔里村昌琢短冊〕「江戸於御本丸／千枝さす松の葉数や御世の春　昌琢」寛永十二年正月二十日、柳営御連歌始に成。脇は将軍家光、第三連歌師里村玄仲。（架蔵）

図24　「万句巻頭／咲梅やあけの八重垣神の庭　昌琢」（架蔵）

晩年の徳元
―「賦品何誹諧」成立考―

一、書　誌

天理図書館綿屋文庫蔵。図書番号、わ四五―七。書型、横本上下二冊。寺田重徳編。寸法、縦一三・一糎、横一九・九糎。表紙、黒色原表紙。袋綴。題簽、表紙左肩に、無辺「新独吟集上」（縦一〇・八糎、横二・七糎）「新独吟集下」（縦一〇・八糎、横二・七糎）共に原題簽である。内題はなし。目録題「新独吟集上（下）巻目録」。版心「上一（―四十七）」。「下一（―四十二）」。丁数、上巻は目録一丁、本文四十七丁、計四十八丁。下巻は本文のみ、四十二丁。毎半葉、概ね十三行。序文なし。跋文なし。刊記、下巻々末に、「寛文十一歳林鐘初旬／寺田与平次板行」と記す。蔵書印、「安」（円形黒印）。「翠草／書屋」（朱印）。「和露文庫」（短冊形）。「和露文庫」（横印）。「わたやのほん」。「天理図書館／二五〇五六七／昭和廿四年九月貳拾日」。

収録の作品は、上巻に、

俳諧百韵
花よりも実こそほしけれ桜鯛　　兼載
漆色に似せてぬるての紅葉かな　　大坂天満森 由己
自註
哥いつれ小町をとりと伊勢踊　　貞徳
〵伐杭の柳ハかふのほさつかな　　慶友（明心居士判）
何箒
露ハ目の褒美の玉や石菖蒲　　重頼（重頼独吟自注）
〵咲花やいろはにほへとちり椿
　　尾州権大僧都（万福院）三思（長頭丸判）

追善
雪仏かきけすやうに失にけり　正章
追福之誹諧
芍薬やなきをむかへのほさち達　季吟
品何
玉あられミかけせんけんのミや作り　徳元
恋百韻
花やかな姿にそうた脇香かな　大坂天満住 空存

下巻に、

をのつから鶯籠や園の竹　伊勢山田住 望一
寛文十年九月晦日、先師日英尊一周忌
むかハりや更に悲しき去年の秋　常辰
追善
もり物や袖の露ちる土饅頭（ドマンヂウ）　喜雲
獨吟之誹諧
竹の子も出世をしてやミろく寸　尾陽 不存
〽蛍火と三保のいさりや夜目遠目　遠州 清長（ヒナヤ立圃判）

梅か香とあいすミなれや袖の月　事足軒 未及
遅桜ひらく雲井や後花園　不雪
北野の御社にて
むつましと雪を宮仕や神の松　村山氏 友和
夢想
天神ましハる雪のあけほの
老松にあやからん我年の暮　蟻足
恋誹諧
秋津洲ハ色にすけとり鉾の露　大坂 休甫

以上、各独吟百韻を収録。本書は天下一本である。天理大学附属天理図書館本翻刻第四四六号（資料名、新独吟集上巻　徳元「賦品何誹諧」）。

二、成立をめぐって

寛永十五年霞まじりに時雨降る霜月始め、徳元は台東浅草の亭を発って現在の静岡市宮ケ崎・賤機山（しずはたやま）の南麓、浅間宮を詣でた。時に八十歳、生駒壱岐守高俊の扶持人である。因みに浅間宮（神主は志貴宮内少輔家）と当代連俳師たちとの雅縁は密で、例えば先師里村昌

琢も、

衣をるしつハた山か雲かすミ　駿府浅間宮中惣社興行

於駿府

時鳥なのらはふしの高ね哉

と詠み、殊に後者の発句などは『尤草紙』下にも見えており等類句（本書第五部「翻刻・宗因筆『昌琢発句帳』」）。徳元以後にも、『玄仲発句』（写本一冊、大阪天満宮文庫蔵）に、

駿州浅間惣社宮内少輔

夏衣志豆機山の旅ね哉

駿州浅間社御造営祈

禱惣社宮内少輔所望

月も名にたてるや千々の宮柱

とあり、現に、連歌発句「夏衣」の巻の原懐紙が志貴宮内少輔家の末裔たる静岡市浅間町一丁目住、志貴昌澄氏宅に秘蔵せられているのである。私は、第五部「翻刻・宗因筆『昌琢発句帳』」の解題中、この「宮内少輔」なる人物を公文富士宮内少輔能通、承応元年八十一歳歿その人としたことだったが、その後の調査で、それは明らかに富士浅間宮の神主の方で別人。静岡浅間神社称宜本名孝至氏・前記志貴昌澄氏のご教示に基づき「惣社宮内少輔志貴昌親」なる人物であることが判明、よって訂正をしたい。全くもって浅学冷汗ものであった。志貴昌親の経歴に関しては『志貴家系譜』（折本、志貴家蔵）を繙くと、

従四位下　　幼名新蔵

——惣社宮内少輔　志貴昌親——

號善宣公

文禄四年十二月三日宣旨

藤原昌親

宣任宮内少輔

幼少ニテ家督ヲ続権現様ヨリ御諱ノ一字／ヲ賜リ新蔵ト命名セラル

天正十一年十一月晦日権現様御判物／頂戴ス

寛永二年乙丑年九月十二日卒

鉄叟院殿善蟻居士

内室

遠山丹波守ノ次女ヲ娶ル一男子ヲ生／産後逝
　去後其三女ヲ娶ル無子
　　江月院殿涼室玉清大姉

とある。因みに現在、志貴家には昌琢発句の連歌懐紙断簡が所蔵される。むろん昌親も同座している。寸法は天地三五糎、横六九糎。昌琢自筆か。新出資料である。

藤さきて花かつらせぬ木々もなし　昌琢
春のなかめのなをそゝく庭　安直
かすむ日ハこすのと山にやゝ入て　生

以下、禅高・高貞・昌茂・於松・為省・昌親・江雲・寛佐・宗之・尚俊・安宗・執筆。

「夏衣」の巻の成立は三年前の寛永十二年五月十八日で、場所は詞書に見える如く宮内少輔昌勝の宅に於てであった。亭主の昌勝は昌親の嗣子、国学に関心が深く、のちに徳元を温かく迎え入れた神司はこの人物である。前掲書『志貴家系譜』には、

　正五位上
——惣社大蔵少輔　志貴昌勝——

　　牧ケ谷へ隠居
万治二年己亥年十二月八日卒
光輝院昌風輪霊社

内室
天窻院華臺郢蓮大姉
　明暦元乙未年六月十一日卒
　島田御代官長谷川氏女也

とある。「夏衣」の巻は、「賦何船連歌」と題されて原懐紙。巻子本一巻。打曇り模様。寸法は天地一八糎、全長四三八糎。玄仲筆と認められる。福井久蔵著『連歌の史的研究　全』にも見えず、新出資料である。とりあえず冒頭一順を示せば次の通り。（図25参照）

寛永十二年五月十八日
賦何船連歌
夏衣志豆機山の旅寝哉　玄仲
枕に更るみしかよの月　昌勝
子規喧つる空の雨はれて　長忠
吹たつ風に雲きゆるなり　正房
一むらの松よりをちの浦の波　利玄

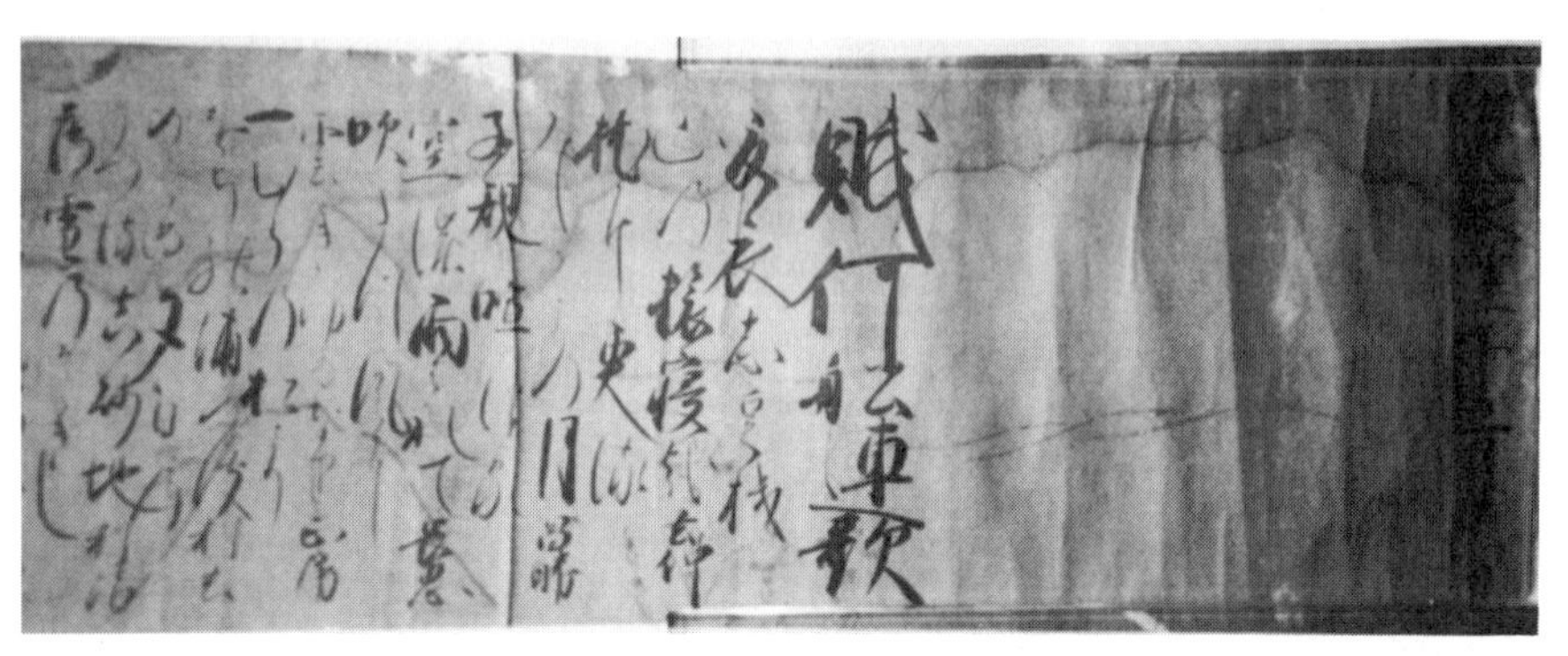

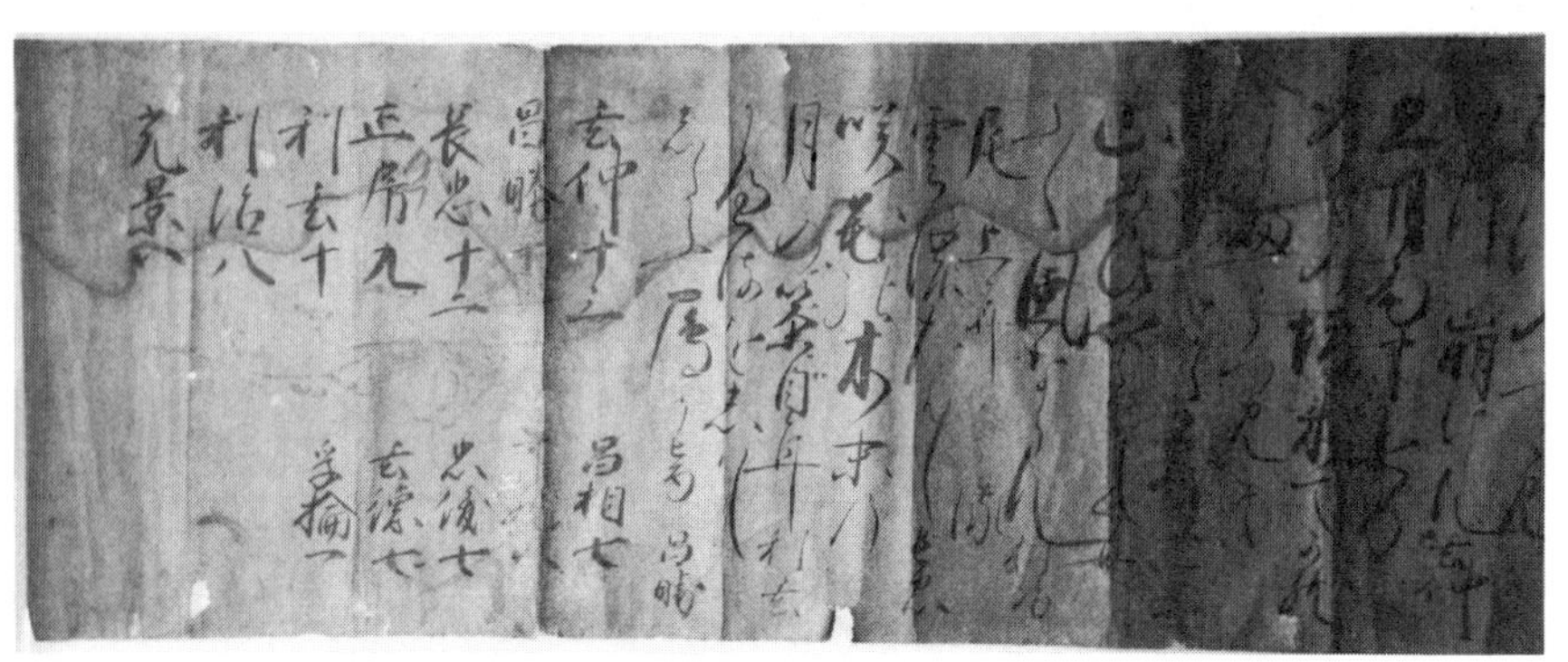

図25　新出「賦何船連歌」（志貴昌澄氏蔵）上　冒頭の部分、下　巻末の部分

のこる夕日のうつる真砂地　利治
薄雪のそゝきしさとのかよひ路に　光景
春をしらせてあをむ草垣　昌相
真柴か峰の此方のかすむ日に　玄仲
さとにふりたる雨俄なり　玄徳

以下は略。巻末句引には、

玄仲十三　昌勝十　長忠十二
正房九　利玄十　利治八
光景八　昌相七　可然八
忠俊七　玄徳七　孚掄一

と記す。

右の連衆中、昌相は亭主昌勝の嗣子で『志貴家系譜』には、

従五位上
——惣社宮内太輔　志貴昌相——
慶安元年十二月十三日宣旨
宣叙従五位下
寛文五年七月廿一日宣旨

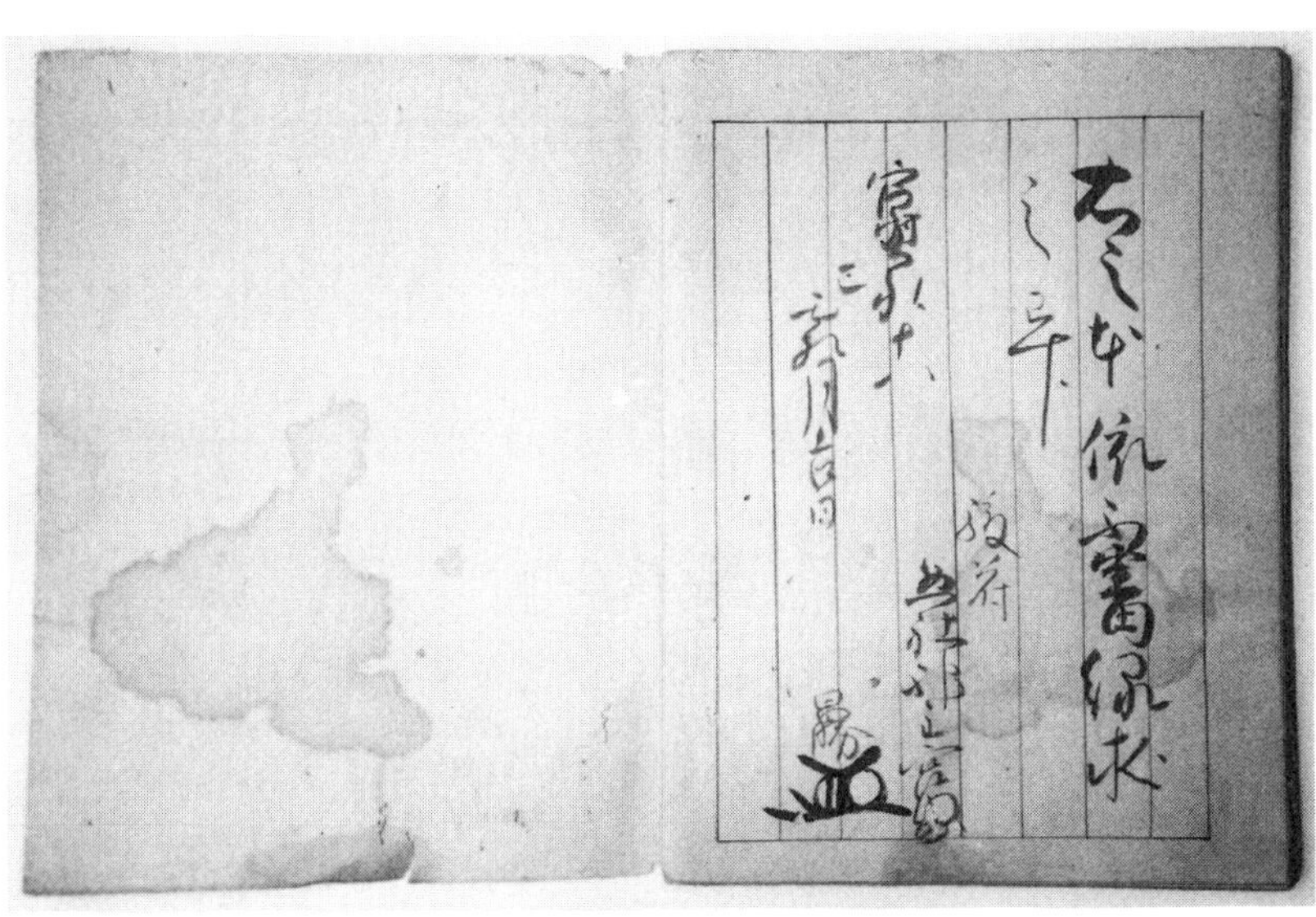

図26　志貴昌勝の花押（志貴昌澄氏蔵）

宣叙従五位上

とある。かくして志貴昌親・昌勝・昌相の宮内少輔家三代は連歌を嗜む風雅の士、更には近世初頭の静岡連俳史を概観するうえでも逸すべからざる社家ではあったろう。

それから、もう一人注目すべき連歌師の存在、それは玄徳なる人物であろう。『連歌作者草稿』（大写本一冊、近世末期成、大阪天満宮文庫蔵）には、

四十七

玄恵法印……玄情　玄的弟子　玄徳ナラ同上……

と見えて、あるいは右、奈良の玄徳かとも考えられようが解らない。われわれは先年、森川昭氏がその名論考「徳元の周囲―『徳元等百韻五巻』考―」（『説林』15号）のなかで引用、『近衛尚嗣公記』正保二年四月二十日の条（在江戸）に登場する玄徳なる俳諧師のことを想起したい。すなわち森川氏は「この玄徳は経歴と言い、即興の発句の詠みぶりと言い、今思い描くところの徳元の姿とまことにぴったりなのである。（略）それに、この日記には、玄的・玄陳・玄心等々「玄□」

なる人名が頻出する。それらにひかれて徳元を誤ったのではないか。」と推考せられた。されば「夏衣」の巻に見える玄徳は、会席の席次からみても徳元と同一人かとも推考したいのではあるが、しかし、よくは解らない。

徳元が駿府を訪れしこと、この寛永十五年冬が最初ではない。先に寛永五年冬、六年冬の両度にわたって東下の途次にも立ち寄っていたのである。徳元作の狂歌版道の記『関東下向道記』(寛永六年十二月作とすべきか)には、

府中付浅間

せんけんも家をかそふるさふらひハ忠かふちう

にならんとそ思ふ

志豆機山

しつはたやかたひら雪の寒さらし

と見えている。参考までに、右「志豆機山」の句の類句として、伏見桃山在、中野荘次先生の友山文庫蔵新出徳元短冊（※現、架蔵）を紹介しておこう。（口絵8・図27参照）

御所望之当座／

はゝひろやかたひら雪の寒さらし　徳元

金描霞に草木模様の華麗短冊、縦三六・五糎、横五・八糎、新出句であった。あるいは六年十二月、志豆機山での吟か。とすれば「御所望」とある人物に宮内少輔を想定出来ないであろうか。

さて、本百韻の成立事情について、やや長文の前書によれば、徳元は、

図27

一、寛永十五つちのえ寅年十一月初旬、「今此御代に改めて宮柱太々と建替わり」し、静岡浅間宮を詣でた。

二、折柄、霰まじりにうち時雨れ紙絹もしょぼしょぼと濡れてしまっていたので、しばらく神司の亭に立ち寄ることにした。

三、連歌俳諧好きの神司宮内少輔は果物など馳走して親しく物語りし、かつ徳元に向かって俳諧の発句を所望する。そこで、とりあえず当座を言捨て、その日はひとまず江戸浅草の自亭に帰ることにした。

四、後日、江戸に於て「宿願のためと号し」て、右当座の一句を発句に独吟百韻一巻を完成する。そして、あるじの宮内少輔宛に送ったという次第である。

徳元が、前書中に「宿願のため」と記しているが、それはいったい何であったのか。彼の身辺にはどんな出来事が存在したのか。「賦品何誹諧」の成立前後、すなわち寛永十三年春から寛永十八年八月、将軍世子生誕の辺りまでを年譜風に述べてみたい。

寛永十三年（一六三六）**丙子　七十八歳**

●二月五日、師の里村昌琢歿。享年六十三（二）歳。法名は玉洞院法眼昌琢日礎。京都市二条東川端の本立院に葬られた。

●八月二十三日、連歌の友蒔田左衛門権佐広定歿。享年六十六歳（『徳川実紀』）。広定は豊臣の旧臣大名で、徳元は過ぎにし寛永七年正月十日、広定主催の連歌会に出座し、長子玄蕃頭定正・次子数馬長広らと一座した。

○十二月九日、浅草に住む徳元、浅草の文珠院応昌主催の雅会に出座。この時期、徳元は生駒壱岐守高俊の扶持人（芸能の衆カ）であった（『隔蓂記』及び第三部「翻刻『昌琢追善連歌百韻』」解題に詳述）。

●この年、徳元の親友山岡主計頭景以（号、宗由。第三部「昌琢と徳元」参照）、将軍の仰を受けて近江国水口城の城番を勤める。一説に、『水口町志』上（昭34）を繙くと、景以の城番在任期間は十五年から十七年までとしている（183頁）。

寛永十四年（一六三七）**丁丑　七十九歳**

○二月五日、江戸本郷春木町の里村昌程邸に於て昌琢一周忌追善連歌を張行、徳元出座する（第三部「翻刻『昌琢追善連歌百韻』」）。

●六月十二日、主君であった、松江城主京極若狭守忠高が江戸に於て病歿。享年四十五歳。法名は玄要院殿前若州太守羽林天慶道長大居士と号した。滋賀県清滝、徳源院に葬らる。翌七月十二日、大徳寺百六十九世の天祐紹果は、忠高衣冠像に讃をする（徳源院蔵）。因みに紹果と沢庵とは親交が密で（「沢庵宗彭書状」『品川歴史館紀要』2号）、従ってこれら人物の人間関係を図示すれば、

忠高――紹果
徳元――沢庵

という関係になろう。

又、シュタイシェン著『切支丹大名記』（吉田小五郎訳、大岡山書店、昭5・11）によれば、徳元の旧主織田秀信は霊名パウロなるキリシタン大名であった（203頁）ようだし、京極氏については「切支丹大名全部の中にも、京極氏は恐らく最も長く持久して来た方であらう。」（371頁）と述べて、忠高も亦同様だったらしい。すれば時代の人徳元にもキリシタンに対して関心を寄せたのか、二句存在する（『塵塚誹諧集』）。

●十二月二十二日、忠高の甥刑部高和（主殿高政の子、一説に忠高が妾腹の子トモ）、末期の養子かないがたく出雲・隠岐両国を収公せられしが、高次・忠高の勲功が認められて新たに播磨国龍野六万石を賜わった（『徳川実紀』）。高和時に十九歳（元和五年出生）。

寛永十五年（一六三八）**戊寅　八十歳**

○表紙屋庄兵衛編刊『歳旦発句集』の「年代不知」の項、すなわち本年以前の部に三句見える。

●二月二十日、京極高和、播磨国龍野新封を謝し、家

光に拝謁。三月、領地に赴く（『徳川実紀』『寛政重修諸家譜』）。この頃に成れる作か、

継木

家督之祝義

今よりは継てさかなん家桜　徳元（『懐子』）

なる句がある。

○五月十九日、徳元、末吉道節宛に返簡（笹野堅編『斎藤徳元集』に紹介）。徳元書状は四月二十四日附に対する返事であった。書状中、四宮数馬は江戸詰の生駒家臣で鉄砲組七百石、生駒家騒動の折にも国老生駒帯刀派として暗躍せし人物（第三部「翻刻『昌琢追善連歌百韻』」解題）。「若君様御任官之心を／更衣／名をかへ衣もかゆる官位哉」なる徳元句は、高和が十九歳でようやく京極家の跡目を継いだことへの祝意と考えられる（笹野氏前掲書）。又、「しかられて口ごたへせよ郭公」の句は、生駒家騒動に関連して郭公――藩主高俊とその家老たちに向けてであろうか。

○八月十九日、「いと懇ろに物し給へる」友、刑部卿法印永喜こと林信澄が歿、五十四歳。徳元は追善独吟俳諧百韻（追善韻俳諧）を作る。森川昭氏「徳元の周囲－『徳元等百韻五巻』考－」（『説林』15号、昭42・2）に詳述。

○この年以後か十月十八日、徳元、浅草観音に詣で、「観音のゆへか枯木にかへり花」の句を吟ず。右は短冊にして前書に「十月十八日浅草へ詣て」とあり、下方には「老眼之禿毫□□□□　徳元」と署名する。この「老眼之禿毫」について、前掲書簡中に「……及八十歳申候に付気根も無之目もとぼ〳〵と仕候云々」と記していることから、本短冊は寛永十五年以後の制作としておきたい。愛知県豊川市、竹本長三郎氏所蔵。第四部「新出徳元短冊に関する覚え書」に詳述。

金龍山浅草寺は初代家康以来、徳川将軍家の祈禱寺院であった。三代家光は寛永十二年に新たに観音堂ほか諸堂を建立し、のちに天海大僧正をして世子誕生の祈禱もさせている（『御府内寺社備考』続編巻二十八、浅草寺）。すれば徳元がいったい何を祈願し

たのか、いささか興味深い。因みに浅草観音の祭礼日は三月十八日である。月はかわれど十八日は縁日である。

○十一月初旬、徳元、宿願のためとて駿河国浅間神社に詣でて発句を成し、後日俳諧百韻を独吟、神司の志貴宮内少輔昌勝宛に送った。

寛永十七年（一六四〇）**庚辰　八十二歳**

○『歳旦発句集』に本年の歳旦句一句が見える。

○五月五日、『生駒記』（大写本三冊、丸亀市立図書館蔵本による）によれば、合力米の衆徳元は生駒家騒動に捲き込まれて江戸詰の家老石崎若狭（三千石）・前野治太夫（助左衛門の子、三千五百石）ら「立退き派」の武士百九十五人と共に、讃岐高松城を後にして船に乗って立退いたらしい。『生駒記』には、「此外貳百石以下幷合力米附り新参者又五人扶持／切米取の中ニ而ハ／安藤伝七　安藤庄兵衛　上村作大夫　井上五郎兵衛　田中甚左衛門　谷本久左衛門　斎藤徳元……」（中巻）と名を連ねており、都市俳人徳元も亦、旧豊臣秀次家臣で江戸詰の重臣石崎・前野らの立退き派に属した一人ということになろう（笹野氏前掲書）。

なお『徳川実紀』の記事、南条範夫著『大名廃絶録』（新人物往来社）等は妥当なる見解である。田中善信氏「『隔蓂記』連俳資料(一)」（『文芸と批評』第3巻4号、昭45・5）参照。

●七月二十六日、讃岐国高松城主生駒壱岐守高俊、家中騒擾によって除封、長子右衛門高法と共に出羽国由利矢島に配流せられ、彼地にて賄料一万石を賜わる（『徳川実紀』）。徳元、すでに去る。因みに元、豊臣秀次家臣の徳元が扶持を受けるに至った縁故とは、すなわち徳元——脇坂安元——江戸家老石崎若狭・前野助左衛門（共に秀次の旧臣）——生駒高俊という人脈であったろう。

寛永十八年（一六四一）**辛巳　八十三歳**

○正月十四日、諏訪高島城主諏訪因幡守頼水が領国に於て病歿。享年七十二歳。法名は頼岳寺殿昊窓映林

大居士と号した。茅野市頼岳寺に葬らる。在江戸の徳元は訃報を聞き、嫡子出雲守忠恒・次男隼人佐頼郷宛に、追善独吟俳諧百韻を送った（『諏訪史料叢書』巻二十六及び谷澤尚一氏「徳元と三江紹益」）。頼水は自筆の書状多く筆まめであった（『諏訪の近世史』196頁）。徳元も前書に「年比月比日比の御めぐみ浅からず」と風交を述懐する。

○正月二十五日、初天神の縁日に徳元、江戸浅草の寓居に於て、式目作法書『誹諧初学抄』横本（ただし丹表紙本、現在三本有之）一冊を完稿、上梓す。書誌・内容は略。奥書中「君命によりて也」と記すが、その「君命」とは、「むさしあぶみさすがにかけて頼み奉る君命（さ諏方（※諏方トモ書ク）にかけて頼水奉る君命）」という風に読めないであろうか。すなわち隠題的表現で、門下の諏訪頼水宛に旧冬来執筆を続けていたものと推考したい。更に憶測すれば『誹諧初学抄』は、昌琢門下の連歌を嗜む前記忠恒・頼郷ら大名・旗本など「これかれあつまり侍りてはいかいせし」衆を対象にひそかに述作上梓せられたもの、書肆名を欠くのもこうした内輪向きの事情によるか。

○四月上旬、徳元、高嶋玄札の独吟「何鰹」俳諧「卯の花を落すハ風のおこり哉」の巻に合点。巻末にやや長文の判詞を書き、「引揃ひたる百韻、奥の詞書のおもしろさに、巻返し〳〵老心を慰み侍りぬ、頃希有の御作意奥ゆかしく存るのみ」と称讃した。心洒脱温かく俳諧の指導巧みである。諸本は高野山大・彰考館・静嘉堂・天理大に各写本が所蔵される。うち彰考館本は自筆、静嘉堂本も善本である。

●八月三日、巳刻に家綱（竹千代）誕生。九月末まで、「若君」誕生による慶祝の行事がうち続く（『徳川実紀』）。懐胎は寛永十七年冬。

○八月十五日夜、芋名月の宴に徳元、将軍家世子生誕を賀して、発句「八月十五夜天下に／まうけの君／御産後の比なりけれバ／唐までもさんごの月の光哉」の打曇短冊が成る。（森川昭氏「徳元の周囲」参照）。短冊は、醒石野田勘右衛門氏の旧蔵にして現、岐阜市歴史博物館蔵（道下亨氏ご教示）。伝来については本書第四部「徳元自筆『唐まても』句短冊追跡記」に詳述した。

八、九月または冬頃、品川東海寺会『沢庵等詩歌巻』(仮題)に参加、和歌二首「巣をかへる梢もあひに相生の松も千年鶴も千年」ほかを詠む。この会は四代将軍家綱誕生祝いの雅会か(森川昭氏編『卜養狂歌絵巻』)。参考までに徳元の法名中「前端尹」とは前職が東宮大夫であったという意味、すれば東宮ならぬ竹千代君の傅育係なりしか。

如上の徳元年譜をふり返ってみて次の四点が推測されようか。

一、新たに龍野六万石に封ぜられた、〝若君〟京極刑部少輔高和への彌栄と、そのまま京極家に在職することを願ったとは考えられない。

二、ならば生駒家の安泰を願ったか。

三、いま手許にある、徳元自讃の画像(末裔斎藤喜彦博士蔵)写真、すなわち紹の黒羽織を着る薙髪法体像(本書第一部「『徳元自讃画像』一幅の発見」)をながめるたびに連歌師にあらず、医師とか同朋衆の如きイメージが浮かんでくる。江戸城内における徳元は、だからそういう自由なる振るまいが保持されて、一族春日局を筆頭に皇族・公卿・大名旗本・僧侶・儒者・里村一門にまで及ぶ人脈を縁に、自身はむろん次子九兵衛とその子供たちの幕臣お取り立てを願ったのであろうか。(註) 九兵衛の娘、如元も千姫の侍女であった。

四、とすれば、そういう魂胆もあって徳元は、ひそかに将軍家世子生誕を祈願したのではなかったか。それは本百韻二ノ折裏第八句めを欠いていることの意味を考えるうえでも——。

と言う風に。

寛永十五年十一月初旬、徳元が詣でた静岡浅間宮とは賤機山に鎮座し、当代、駿河国惣社として崇敬をあつめ、幕府も寛永・文化の両度にわたり壮麗なる社殿を造営寄進している。従って将軍家との社縁とくに深く、それは神部神社(おせんげんさまノ別称)本殿の妻の部分に卍崩し葵紋がきらびやかに見えることでうなずける。華麗な社殿群は、いずれも漆塗りの極彩色で「東海の日光」とも称されてきた。

　寛永度の造営は、十一年に三代将軍家光公より仰せ出だされ、十二年着工、十五年には多分、本体骨組が完了していよいよ漆塗りと磨き・彩色作業の進行中という段階であったと考えられる（前記本名孝至氏談）。前書に言う「宮柱太々と立替り朱（あけ）の玉垣ひかめきわたる（※ぴかぴかときらめきわたる）」、そして挨拶句「玉あられみがけ（※漆塗の磨き作業を指すか）浅間（せんげん）（※千軒の意モ）の宮作り」にはなるほどリアルで臨場感が見られよう。浅間宮は、十八年十二月二十六日に上棟——造営が成り、遷座した。

　因みに百韻連句を少しく読んでみよう。「賦品何」とは、品玉（しなだま）を賦するという意味で、いかにも初期俳諧らしい題名である。二ノ折表には、

（二オ3）　腰をかゞめかふりのあしをかたふけて
（二オ4）　源氏のさうをミるハこまうど
（二オ5）　日のもとの外にしらぬや平家方

とある。右の付合は、鴻臚館に於て七歳の光源氏の相を観る高麗人のさま（『源氏物語』桐壺巻）を詠んでいる。徳元は前端尹すなわち東宮大夫である。やがては将軍家に、かしこき世子生誕のことを想い描いたとしても不自然ではない。

　だが問題は、二枚目の裏第八句め以後であろうか。それは、第八句めを欠き、**一行分（一句分）アキ**になっているからである。

（二ウ8）　（空白）
（二ウ9）　品々を猿も舞なり露はらひ
（二ウ10）　馬屋の祈禱月にこそすれ
（二ウ11）　やす〳〵と太子の御産たいらかに
（二ウ12）　射手のつかさハ引目をそとる

以下、註釈を加える。**(8)** 宿願の一句か。ここには歌人あるいは歌舞妓踊りを詠み込んだ一句が考えられるか。**(9)**「猿も舞なり露払ひ」について、当浅間宮の祭神木花開耶姫命（このはなさくやひめ）は安産・子授けの女神で、猿は当宮の〝神獣〟である。更に本殿外陣（げじん）扉の上部の蟇（かえる）股（また）には彩色彫刻が見られる。すなわち神獣たる猿の、

〝山桃に子持ち猿〟の姿がそれ。ここでは、神猿の舞が、子授けの女神に対する「露払ひ」を意味しているということか。(10)「馬屋の祈禱」とは境内の神厩舎を指すか。神馬（白馬）は左甚五郎の作と言われる。参詣者はこの神馬の腹の下をくぐって子供の成長を祈願したとか。徳元の頃も同じ。月の句。(11)「太子の御産平らかに」はむろん厩戸（うまやど）皇子。いわゆる聖徳太子出生譚が下地となっているが、世子生誕に擬するか。(12)ここは太子誕生を祝福して、射手の司が蟇目（ひきめ）（引目トモ）を射て、その音で魔物を退散させる意。因みに徳元老は弓の名手であったらしい（浮木斎是珍賛「徳元画像」斎藤喜彦氏蔵）。

　私は、もうこの辺で稿を締め括りたいと思う。惣社神部神社は又、延命長寿、除災招福の神であって、関ケ原以来、付いてない負の後半生。ふりかかる火の粉は払い除けねばならぬ。心ならずも俳諧に生きた、よわい八十従五位下を自称の徳元老人が、将軍家との社縁深き静岡浅間宮に江戸の浅草から祈願することで年来の宿願を果したかったに違いない。事実、歿後十三年めに、孫の太郎左衛門利武が万治三年十二月二十八日に召されて旗本衆となったのである。

三、翻刻

駿河国浅間の御社今此
御代にあらためて宮柱ふ　」上三十九オ
と〳〵と立かハりあけの玉垣
ひかめきわたる拝ミ奉らん
とまうてける　比ハつちのえ
とら霜月初の事なり
けれハ霰ましりにうち
時雨けるに紙絹もしよほ
〳〵とぬれ侍りしはし
神司の亭に立よりぬ　あ
るしの宮内少輔くた物なと
取いとむつましく物語
して愚誹諧の発句所望
ありけり取あへす当座を
言捨て帰りける　宿願のため

と号し右の一句にいとふ
つゝかなるもゝ句をひとり
ことにつゝり付てかのあ
るしのもとにをくり侍るま
ことにふくろうのさへつりを
からすのわらふためしに
なりぬ　しかはあれとど
もりの謡井くちのうそ
も心なくさみとかや
」上三十九ウ

品何　　　　　　　　　　徳元

玉あられミかけせんけんのミや作り
霜はしらたつ志豆機（シツハタ）の山
織出す錦を釘に冬かけて
几帳を風のようしんに引
ちらせしと梅花やあたに惜むらん
袖に香爐のけふりかすめり
夕月の影も長閑き風呂あかり
髪ときみたし茶のまうの声

ウ
はら〳〵と起出にたる二日酔
波の夜舟に乗しあらには
節分に心くるしき夢覚て
鬼一口をきくもあやうし
」上四十オ
はいせんも君には毒の気遣に
番のいしをやえらひをくらん
碁の会もいつよりけふハ晴かまし
爪をきりつゝ出るたしなみ
乗駒や足そろへしてあらふらん
賀茂の祭の祢宜の催し
明やすき月に河原のさうぢして
御堂のやねをなをす古寺
花の枝を折とて軒をふミくつし
庭にあつまる春のわらハへ
二
鳥合する節供こそ弥生なれ
御まへてほむる曲水の哥
腰をかゝめかふりのあしをか[た]虫ふけて
」上四十ウ
源氏のさうをミるハこ[ま]虫[う]虫と
日のもとの外にしらぬや平家方

琵琶ハかりこそいつくにもひけ
山もゝやたえてすこしもなかるらん
このころ絹のたかき色あけ
世にはミなとり〱旗をこしらへて
盆にせかきをよめる寺〱
有明の光に弥陀や拝むらん
浄土の秋にともす蠟燭
西の方へ会津の人ハ住かへて
はくわんにもるいつも酉汁
二ウ 狩に出て酒のミ事や仕たるらん
かた野をうちへくるあまの川
」上四十一オ
みしま江や江口の君の約束に
舟よはひしてちきるほれもの
年よりのあかつきもちや賣ぬらん
なすひも町の棚にみえけり
色々の道具を出すすきの道
(一行分空白)
品々を猿も舞なり露はらひ
馬屋の祈禱月にこそすれ

やす〱と太子の御産たいらかに
射手のつかさハ引目をそとる
花やかに犬をふものゝ出立して
もゝのあたりハかすむむかハき
三 ふし三里すゆるやいとも[永](虫)[々](虫)に
」上四十一ウ
こしかく人のせいもこ[し](虫)やく
よめ入にかち渡りする川ありて
こよひあふせの波の貝桶
玉ひらふ月の真砂の大塩に
露はかりことたくむかまたり
梓弓ゐるかの臣ハ冷しや
種々さま〱の昔をそきく
面白き伊勢物語あきもせて
坂むかひする参宮の道
野も山も幕うちまハす爰かしこ
花ミる比ハうたふささんざ
はま松の音もかすめる笛太鼓
命池田の長生の春
」上四十二オ
三ウ 不老門に入てなくさむゆやならし

瘡をたてつゝ契りぬる中
涙にやたふ手巾をしほるらん
汗をもなかす袖そくるしき
倫(ママ)（※綸）言にさすらふる身と成果て
心つくしは安楽もいさ
花紅葉[た](虫)はへとちりて染川に
こと〳〵し吹春秋の風
咳気をも病しと誰も紙子きて
室のうちにもこもる貧僧
諸白に作るかうしを下の坊
奈良をまねつゝ住愛岩(ママ)山
杉間もる月に天狗[八布をたら](虫)し　」上四十二ウ
秋の木のはやあくに[た](虫)れけん
名 露ふるき紫染の綾のもん
くらゐをへたる袖そたつとき
まうのほる内裏の庭に引車
八瀬の里人ちまきくふなり
黒木をはあやめふくやに賣にきて
鳥井のあたり印地をそする

西陣(ママ)をたちてまハれる氏神に
絵馬もいさむ筆のいきほい
十王ハつミとるをたゝ帳に付て
いかて地獄の苦ハのかれまし
水底の魚ハもらさす引網に
あこきかららみ露のとりさた　」上四十三オ
たひ〳〵の月の夜あるき名ハ立て
せんない恋に身ハひえにけり
ウ 雉面やはたかの行て祈るらん
こりをかくかやみたらしの川
花よりもだごを出し置森の中
よもき摘にといくよめかハき
田畠もむこの山風あたゝかに
からすきを引うしの津の国
民の戸も仁徳の代ハ豊にて
御調をまめにはこふ目出度さ　」上四十三ウ

註　宝永六年四月十二日附、曾孫の斎藤主税定易が幕府へ提出した「馬術由緒書」によれば、「私叔母女元与申者」、後に家光様から御扶持方を拝領し、千姫様の御伽を命ぜられて相勤めた。千姫様逝去の後、家綱様に召し出だしの仰せがあったが、その折、如元は病臥中で、ついに「本復不仕候故御扶持方差上申候」と記している。更に由緒書では、利武の仕官は如元が斡旋したらしい。如元は寛文三年七月二十六日歿。

（昭63・8・28、徳元忌に稿）

『誹諧初学抄』成立考

寛永十八年の正月末に『誹諧初学抄』横本一冊が成ったことで、確かに著者斎藤徳元の名声と俳諧史的地位は近世初頭の文学史に堂々と占むるに至った。それは新興都市江戸における俳書出版の嚆矢だとか、加えて江戸俳諧の先達という点からである。初心者向きの式目作法書たる本書は解説が『はなひ草』に較べて具体的であったゆえか、以来、数寄者の間に重宝がられたようで、元禄ごろまでの書林出版書籍目録類には書名が記載せられている。初印は丹表紙、再印縹色で、値段は八分。左に列記する。

『和漢書籍目録』（「寛文無刊記書籍目録」とも、寛文六年頃刊カ）

一冊　初学抄

『増補書籍目録作者付大意』（寛文十年季秋、京西村又左衛門ら刊）

一冊　誹諧初学抄　徳元作

『新板増補書籍目録作者付大意』（寛文十一年季夏、京山田市郎兵衛刊）

誹諧初学抄　徳元作　一

『古今書籍題林』（延宝三年孟夏、京毛利文八刊）

一　俳（ママ）諧初学抄　徳元作

『新増書籍目録』（延宝三年仲夏、江城下之書林聲刊）

一　誹諧初学抄　徳元

『書籍目録大全』（天和元年季春、江戸山田喜兵衛刊）

扉の裏に

右之直段付者下／本之分也上本中本／者依二紙之品一直段之／高下有レ之故略レ之／者也（原文振仮名つき）

天和元年／辛酉季春日／日本橋南一町目左内町／山田喜兵衛開板

と記す。

刊語

右上中下三巻者従慶／長年中延宝年中迄板／行出来之書籍凡六千余／品不残書加之者也／山田喜兵衛橘重治

一　誹諧初学抄（はいかいしょがく）　徳元　八分（※二両）

二　尤（もっとも）草紙　　壱匁八分

『改正広益書籍目録』（貞享二年孟春、京西村市良右衛門ら刊）

一　俳諧初学抄　徳元作

『広益書籍目録』（元禄五年、京永田調兵衛ら刊）

一　誹諧初学抄　徳元

『新板増補書籍目録作者付太意』（元禄十二年正月、京永田調兵衛ら刊）

一　俳諧初学抄　徳元

（以上は、慶應義塾大学附属研究所斯道文庫編『江戸時代書林出版書籍目録集成』によった。）

『初学抄』の成立前後における、徳元の動静に関してはすでに本書第三部「晩年の徳元―『賦品何誹諧』成立考―」のなかで詳述はしたけれど、いま一度ふれておこう。成立の十日程まえになるが、正月十四日に諏訪高島城主諏訪因幡守頼水が領国に於て病歿している。享年七十二歳。諏訪ファミリーとも親しく、在江戸で折柄『初学抄』の稿を執筆中の徳元は、早速に追善独吟俳諧百韻を制作して、嫡子出雲守忠恒（忠因）・次男隼人佐頼郷（頼立）宛に送った。なかでも頼郷は連歌好きで、時には連歌会（寛永十年三月十九日、何木百韻）を自邸で張行する程だった。そうして正月二十五日の初天神の縁日に完成する。同様なる年記の例に、○元和七年正月二十五日、徳元、小浜城内の竹原天神（現、広嶺神社）に百韻一巻を奉納。○同十五年正月二十五日、『初学抄』の影響が散見される、重頼編『毛吹草』の原懐紙は高崎市堤克敏氏が保管。○寛永九年正月二十五日、徳元出座し、「夢想之連歌」が成る。

自序が成る。とすればあるいは天神奉納の一書という形式をとったのであろうか。こだわりをもつのである。

さて、徳元は『初学抄』を江戸浅草の寓居に於て完稿した。かたわらには参考書として『源氏物語』『竹とりの物語』『伊勢物語』『大和物語』などの古典、『和歌初学抄』『連歌初学抄』『吾妻問答』（『角田川』トモ）『連歌新式追加並新式今案等』『当風連歌秘事』『連歌至宝抄』等の連歌論書を参照したことと考えられる。そして跋文を物すに際して文飾のスタイルに宗祇の、むろん「宗祇公」と尊称（ほかに尊敬的表現は先師昌琢に対してノミ）をつけてはいるが、『吾妻問答』の跋文がまず脳裡に浮かんだことであろう。『吾妻問答』の説（歌は十体云々、心の誹諧ナド）自体も本文中に引用して論を展開している。左に両者の跋文を掲出してみる。

□『吾妻問答』跋文

右此の一巻は、武蔵国角田河原近きあたりにしばしば宿る事侍りしに、若き人々あまた侍りしが、京にて見る人などよりも心ざし深き様なれば、事問ひかはす事なども侍りしに、三月の下絃の比、宵過ぐる程の物語など仕りしに、今夜は大方の人だにも月待ちなど申す物を、山の端近き愁ひをも言はずしてはいかでかなど語ひし次いでに、此の道のいろいろ尋ね侍るを、其の人の様もありがたく、又は後の世の思ひ出にもと思ひ侍りて、深け行くまゝに、かたはしづゝ申し侍るを、後に注してなど侍れば、いなびがたくて、書き留むる事になりぬ。まことに短慮未練の至、後見の嘲り、穴賢々々。

文明第二三月　　　　　　　　宗祇

（岩波書店『日本古典文学大系』66）

□『誹諧初学抄』跋文

右此一冊、江戸に至りてつゞり侍る事は、むさしあぶみさすがにかけて頼み奉る君命によりて也。式目は終に侍らぬ、といへば、其趣ばかりを筆に記し侍るべきよしをのたまふ。愚意に応ぜぬ事なりしかば、余多たび辞し申といへども、いなびがたくて書とゞむる事になりぬ。ゆめ〳〵外見有べき物にあらず。是はたゞ田舎にてのわたくしごとになん侍る。

寛永十八暦　正月廿五日　　　　帆亭

徳元

（集英社『古典俳文学大系』2）

右、両者の、跋文に見る傍線部の個所はいかがなものであろう。台東角田河原近き辺りに定住した徳元にとっては、同様に角田河畔に宿かる宗祇が跋文に、ある懐かしさを覚えて参考にしたのではなかったか。

ところで、徳元は、跋文によれば「君命」によりいなびがたくて本書を著わしたという。では、その「君命」とはいったい誰であるのか、が問題になってくる。

(イ)　前記の諏訪頼水か。『諏訪史料叢書』巻二十六所収「俳諧百韻（徳元作）」の解題には「（前略）これより前徳元は江戸の諏訪邸に数々連歌を催し、今度又俳諧初学抄の著あり。而してこの書は江戸に於て俳書出版の嚆矢なりと称せらる。跋文中『さすかにかけて頼み奉る君命によりてなり』とあり。或は斎藤徳元が俳諧初学抄を出版するに際し諏訪頼水の応援を得たるにはあらざるか。」とある。

(ロ)　京極侯か。高木蒼梧著『俳諧人名辞典』（明治書院、昭35・6）では、「（前略）寛永十八年著の『俳諧初学抄』は、君命による撰という、その命じた君侯が誰であるか不明とされていたが、晩年彼が京極家の扶持をうけていた事が明らかになったので疑問は解けた。」とある。

(ハ)　不詳。

以上の三説が存在する。まず(ロ)の高木氏の説であるが、徳元は寛永九年以前に、更に詰めると五年前後に岡部長盛（『岡部家御代々御家人帳』及び本書第三部「長盛・能通・徳元一座『賦何路連歌』成立考など」）、次いで松平忠利にいずれも扶持人の身分で仕えており、従って十年前後には京極家の許から離れていたようである。京極忠高は寛永十四年六月、江戸に於て病歿。このころ、徳元は生駒家の扶持人であったが、十七年五月の生駒家騒動に捲き込まれて立退いてしまう。であるから、(ロ)の説は否としたい。

私は(イ)の諏訪頼水説を採る。徳元と頼水との風交の深さは例えば前記、徳元作「追善之俳諧」の前書中に「このかみハ予に年ごろ月ごろ日ごろの御めぐみ浅からず」と述懐している程で、あるいはそれ以上に経済面でも扶助を受けていたことを暗に仄めかしたのかも知れぬ。きっかけは里村昌琢を介して息忠恒・頼郷に近づいていった縁か、あるいは、

諏訪頼水
　　　　＼
　　　　　徳元
　　　　／
藩医井出宗順―沢庵

という人間関係から生じたものであるのか、解らない。頼水の人間像については、三河深溝(ふこうず)藩主松平主殿頭忠利の日記『忠利公御日記写』から引用してみる。

寛永元年二月

廿四日申　御所様（※秀忠）御鷹野ニ被為成候、……諏因州……岡部美濃（※長盛ノ嗣子宣勝。徳元ノ長子茂庵ハ宣勝ニ医師トシテ仕官スル）殿被見廻申候、（※松平忠利、在江戸）

寛永二年三月

十六日子　晩諏因州へ数寄ニて参申候（※忠利、在江戸。以下、同ジ）

廿五日酉　昼より雨降、朝……諏因州……ふる舞申候

四月五日未　……晩ニ諏因州へ参申候

十二日寅　晩諏訪因州ふる舞ニて参申候、……

十五日巳　両御城へ罷出申候、晩ニ……諏因州……ふる舞申候、夜より雨降、暁地震候

寛永五年三月

廿六日子　……諏因州へ数寄ニて参申候、晩ニ昌琢……被参候（※忠利、在江戸）

寛永七年四月

廿一日午　雨降、……昌琢帰京被申候、朝琢（※玄琢カ）・図（※山岡景以）・**徳元**・昌程ふる舞申候、諏雲州（※嫡子出雲守忠恒）・……見廻被申、（※十九日晩、忠利江戸参着ニ対スル見廻デアル）

五月四日未　（見廻衆）……諏隼人……

十三日辰　（見廻衆）……諏訪因州……山図（※山岡景以）……

十九日戌　朝諏訪因州へ数寄ニてこし申候、

八月五日子　（見廻衆）……山図……諏隼人……（※忠利、八月十二日、江戸出発）

寛永八年八月

七日酉　……諏出雲殿……被越候、（※忠利、在江戸）

十月七日未　（見廻衆）……諏因州……（※忠利、在江戸）

右の記事によれば、頼水は岡部宣勝と共に秀忠の御鷹狩に加わっているが、元来、「鷹の道は太古から諏訪家伝来の特技であるが、頼水もまたこれをつぎ、寛永八年六月二十九日には巣鷂（はいたか）一居（すえ）を献上し、これから巣鷂献上は高島藩年々恒例の行事になった」（『諏訪の近世史』193頁）という。又、たいへんな風流好きであったらしく、『諏訪の近世史』（昭41）にも「井出宗順宛の書状に、『沢庵の文候へば尤候、懸物に御書候はゝ一枚十両ツゝいたし候間安無用に候、水さしも可進候』」（196頁、前掲の図示参照）とある。なかでも寛永七年四月二十一日の記事は参考になろう。すなわち、江戸城内の忠利邸において先客の徳元は見舞いに訪れた嗣子出雲守忠恒と面識があったように考えたい。因みに連歌会における忠恒と徳元との同座は同じく七年二月三日、脇坂安元邸（昌琢発句）が初出。とすれば父頼水の場合も忠恒・隼人頼郷を介してこの頃からか。

さて、徳元はかくの如き頼水の人柄を仄聞していたのであろう。「追善之俳諧」中にもそれとなく思わせるような付合が見受けられるのであった。

（発　句）鶯もなきやとふらふほう法花経

（　脇　）かすみ乃衣きる梅ほうし

（第　三）大ふくの茶に三ふく（※三幅対→三伏）の絵掛て

（三ウ1）礼をいふその折帋に念を入

（〃２）上たか小たかあつめ置春

（〃３）豊なる今朝の御狩の用意して

（名ウ１）玉箒露打はらひかけならへ
（〃２）きれいすきとそミゆる此人
（〃３）日々にたく風呂に入身ハあかもなし

茶掛けに沢庵の書を所望したりするような美術好き、伝来の鷹狩に、あるいは風呂好きな頼水法師のプロフィールの一端を、右に見てとることは出来ないであろうか。徳元と諏訪ファミリーとは、それ程までに親密なる師弟関係に在ったのだ。

かくて、もう一度『初学抄』の跋文を読み直してみる。冒頭の「右此一冊、江戸に至りてつゞり侍る事は、むさしあぶみさすがにかけて頼み奉る君命によりて也。」と記す一文は、確かに『伊勢物語』十三段中の「京なる女」からの歌「武蔵鐙さすがにかけて頼むにはとはぬもつらしとふもうるさし」をふまえてはいる。だが更に、ここの一節を裏の読みとして「さ諏方（すが）（※諏訪ヲ諏方トモ書ク）にかけて頼水（たのみ）奉る君命」という風に読んでみたい。この読みは物の名、名前などをそれと聞こえぬように作る隠題的表現であって、重頼の『毛吹草』でも例句を挙げているのである（加藤定彦氏「『毛吹草』ノート」『近世文芸研究と評論』30号参照）。参考までに、『伊勢物語』では「京なる女」からの歌に対して「武蔵なるおとこ」は一首、「とへばいふとはねば恨む武蔵鐙かゝるおりにや人は死ぬらん」と詠んだ。仮に「武蔵なるおとこ」を徳元に擬するとすれば、下の句「かゝるおりにや人は死ぬらん（※コンナ折ニ人ハ思イ死ニヲスルノダロウカ）」の箇所は余りにも話の筋が現実的ではないか。従って徳元は完稿するに当たって公刊を意識しなかった。昌琢門下の連歌を嗜む前記諏訪ファミリーら大名・旗本など「これかれあつまり侍りてはいかいせし」衆を対象にひそかに述作上梓せられたらしく、書肆名を欠くのも内輪向きの事情と考えたい（第三部「晩年の徳元」）。だから巻末の刊記は「年記」と見るべきであろう。内容面で一つだけ。四季の詞―初秋の部に、「みさ[※]（御射）山祭　七月廿七日也。信州諏方也。」とある。試みに寛永前後の季寄類を検するに「みさ山祭」を「信州諏方也」と説明した俳書はほかには見当たらぬ。（※金井典美著『御射山』27頁参照。学生社、昭43・7）

寛永版本の特徴を示す、雷文に牡丹唐草模様空押しの丹表紙本は架蔵本・雲英末雄文庫本など僅かに三本を数えるのみである。稀本たりし理由の一つに関連事項として『初学抄』が完成した日から四日後に、すなわち寛永十八年正月二十九日の夜に、江戸市中は大火に遭っている。『大野治右衛門定寛日記』上（『豊橋市史』第六巻）には、

　寛永十八年二月小十一日の条

……江戸・笠間ヨリ状共参見ル也、扨江戸ニテ去正月廿九日夜ノ四ツ時過ニ、中橋桶町ヨリ火事出来、本町通リ・木挽町・八町堀……

と広がり、京極刑部高和・中川内膳久盛・脇坂淡路守安元等々の邸宅も焼失。火事は「増上寺之門前神明町ニテ焼留ル、アタコノシタ・ナンブ坂・アザブノタイマテヤケ、人死候事七、八百人、千人計死候共申、御成橋・新橋ニテ人多ク死申由、近代稀ノ大火事」と書き留めている。そうして更に、十八年の暮から翌十九年七月にかけて天下は大飢饉で米価騰貴、餓死多く出る（『武江年表』『代睡漫抄』）という社会的に深刻の世相が近づきつつある頃に、上梓された。

（平元・1・29稿）

『誹諧初学抄』以後の徳元連歌など

――榊原家蔵懐紙に見る最晩年期――

浮生著『滑稽太平記』巻之三、斎藤徳元の条には、

歴々も不便に思しめし、かなたこなたと逍遙せられて、誹諧師号を取て、倩、常々能交りしは、嶺松・元綱・玄札・祐政等なり。

と述べ、正保二年正月四日附服部茂兵衛宛、徳元書簡の末尾にも、

（尚々書）定而方々御謡ぞめニ御隙あるまじく候我等も礼にありき申候云々（第三部「柿衛文庫蔵徳元第三書簡考」）

と報じている。確かに徳元の後半生を概観するとき、『誹諧初学抄』以後の文学的な日常は右の如くであったろう。とくに正保以後のそれは、連歌よりも俳諧に重きを置く〝逍遙〟であったと思われる。徳川四天王のひとりだった榊原康政の外孫、群馬館林城主松平式部大輔忠次との風交も亦〝歴々〟のうちにあった。

一

【書誌】榊原政春氏所蔵。書型、巻子本。軸の表紙には亀甲文の錦地で題簽、「春は花に猶すみミてる家居哉　昌程」と墨書。本文の料紙は、金描下絵四季草花模様の鳥の子紙にて、八紙から成る。一見するに原懐紙を巻子本に仕立てたか。巻頭に「寛永十八年二月廿五日／賦何路連謌」と年記、賦物を記す。各句二行書き、巻末の句上げからも当日の執筆は景利（里村氏）が勤めたか。なれども本巻の清書者は里村昌程筆と認められる。平成二年九月二日実見。末裔の榊原政春氏に厚く感謝の意を表する。（図28参照）

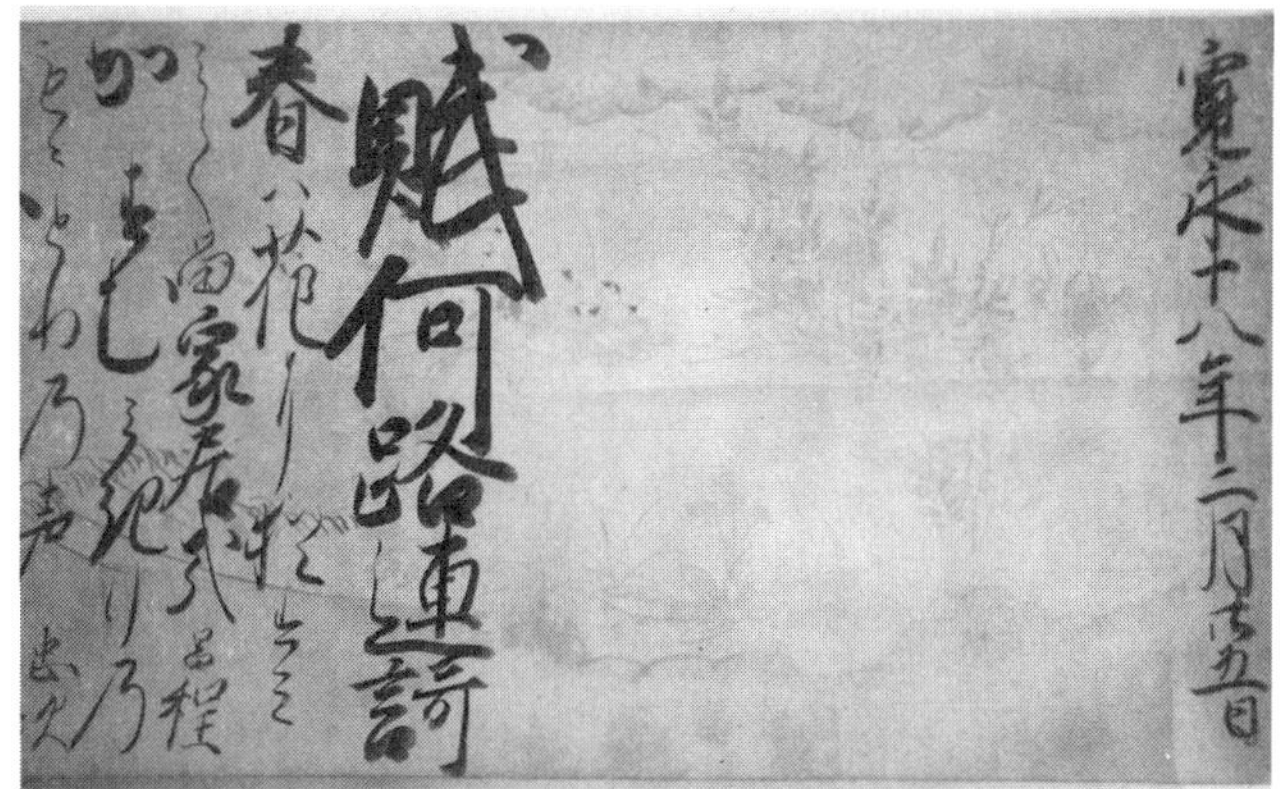

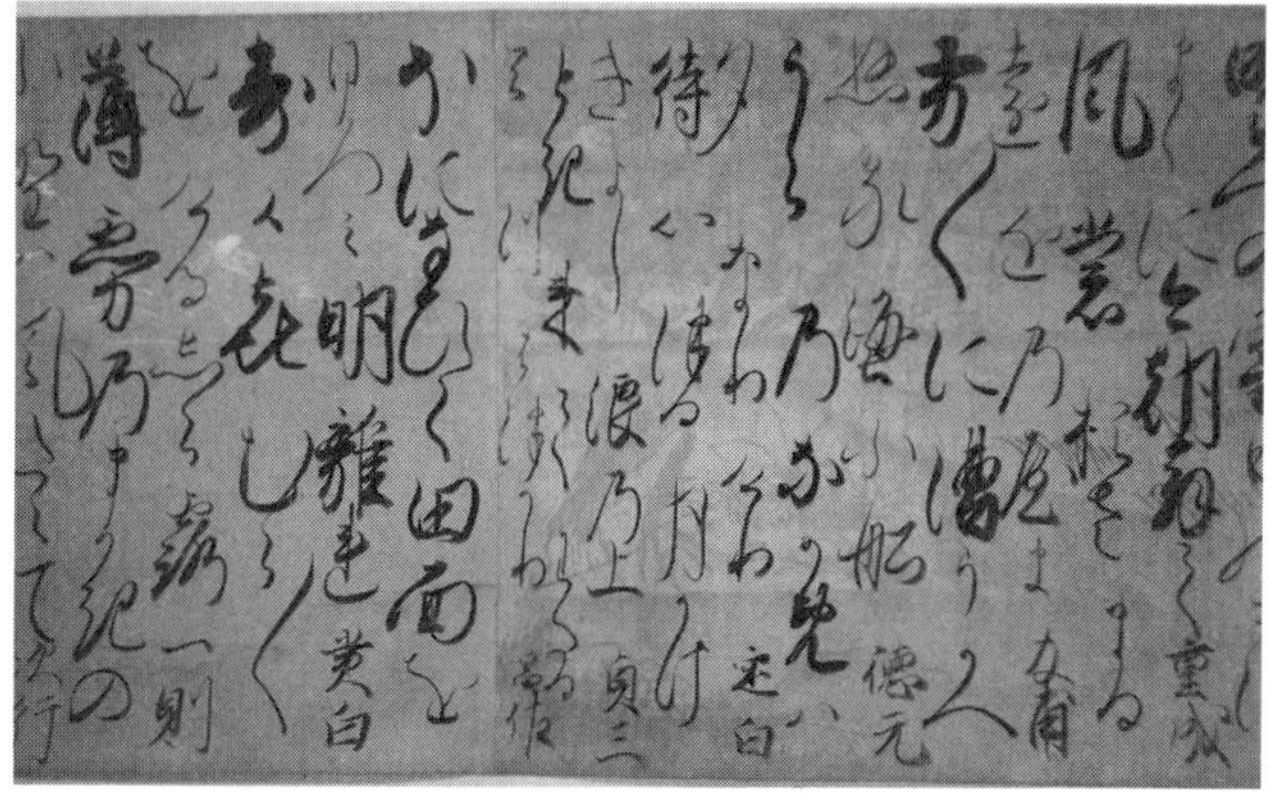

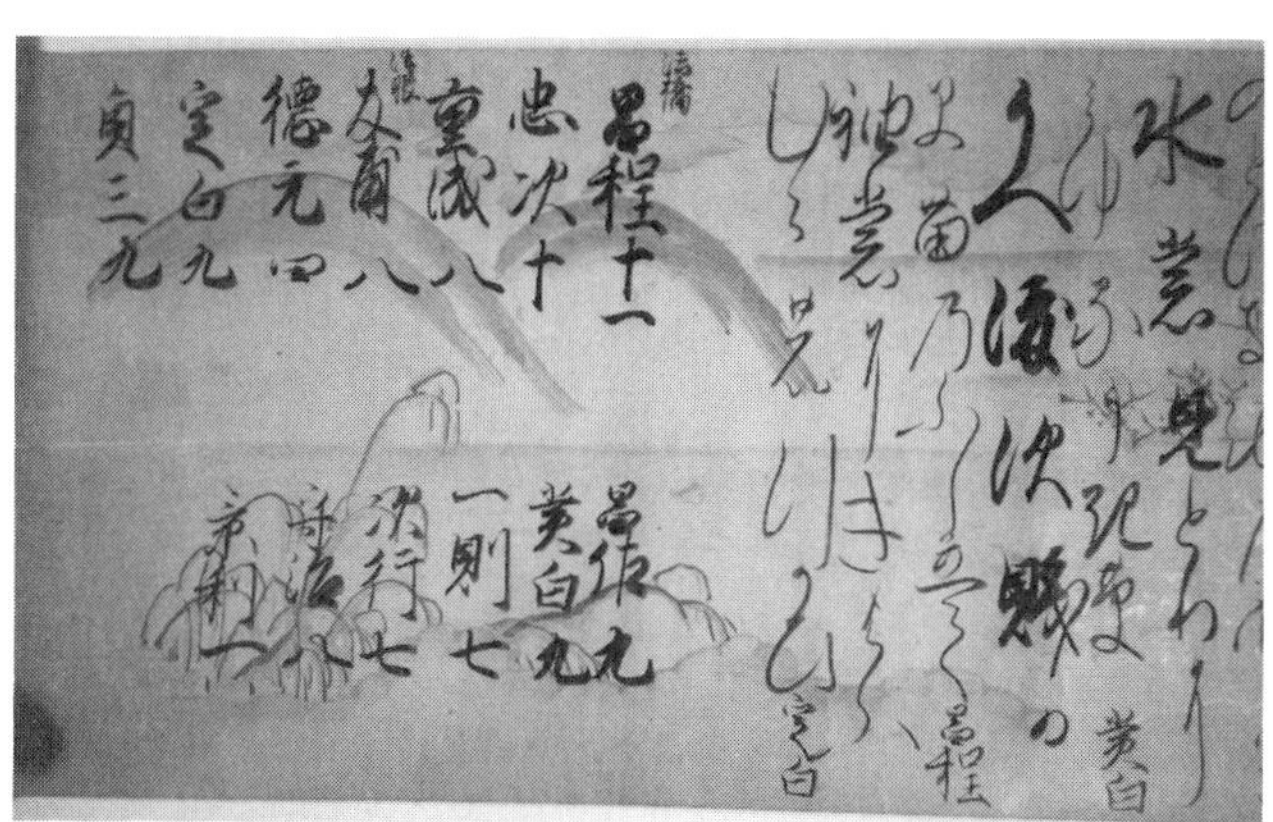

図28 「賦何路連歌」（榊原政春氏蔵）
上・中 巻頭の部分、下 巻末の部分

〔解題〕　寛永十八年春二月、ときに松平忠次は三十七歳。すでに館林藩十一万石、従四位下の太守であった(『寛政重修諸家譜』)。青年時より大いに和歌を始め連歌俳諧を好み、その文学的プロフィールは歌集『一掬集』(ひとすくいしゅう)によってうかがい知ることが出来るであろう。『一掬集』は枡形写本全四冊。ただし最終冊は「半歌集」と題した連歌発句集である。前記、榊原家蔵。年次順に編集せられた忠次一代の家集で、嗣子政房の編に成るもの。巻頭は、寛永五年正月(忠次、二十四歳)の歳旦詠として、

戊辰試毫

四方にけふ風も音せぬ春にあひて
をのかこゝろにたつかすミかな

から始まって、寛文五年三月、六十一歳歿時における辞世歌に至るまでを収録しているのである。

里村氏連歌文化圏のなかで交流する〝忠次像〟について、私は故金井寅之助氏の啓蒙的な論考「姫路城の伝説と文学」(『八雲軒脇坂安元資料集』和泉書院、平2・3)から一部分引用してみたい。

忠次は、家康の四天王の一人、榊原康政の嫡孫、母は家康の異父弟、下総関宿城主松平因幡守康元(本姓久我氏)の娘である。陸奥白河城一四万石より、西国の押さえとして、慶安二年(一六四九)六月、姫路城一五万石に転封され、八月に入部した。人格円満、民百姓をいたわり、河川を治め、新田を開き、新村を作らせるなど、治政に専心した。松平忠明の時総社に移されていた刑部大神を再び城内に戻し、総社内の社もそのまま残して二カ所で祭ることとした。幼時より学問を好み、儒学は林羅山とその子春斎、春徳らを招き、文芸も和歌は烏丸光広に学び、連歌は里村玄仲・玄陳・斎藤徳元・野々口立圃・西山宗因らと交わり、和漢の蔵書数千巻に及んだという。領内の社寺の縁起などもつとめて書写せしめた。書写山縁起は、その後の二度の火災によって失われたが、忠次の書写せしめた写しを更に転写したものがいま書写山に蔵するものである。(318頁)

同様に、榊原氏の御内室榊原喜佐子氏も「先祖の遺産

に思う」(『和親会報』23号、平成元・2)という文章のなかで、

忠次自身の歌集は「一掬集」四冊があるが、溜塗りの大箱に無雑作に入れられていた詠草からは、江戸期の有名な人々との深交が察せられる。即ちその詩歌会・連歌会には、忠次と嗣子政房の外百名近い人の名が記され、道春・林羅山と、その三男春斎、四男読耕斎、春信、春常等が度々名を連ねる。春信・林海洞、春常・林鳳岡は、春斎、林鵞峰の長男・次男で、明暦初めに十四歳・十三歳とあるから、当時七十余歳の祖父羅山と共にその席に列したのであろう。

談林俳諧の祖西山宗因の名も屢々出、その俳人玖也・保友の名、又玄陳・玄的・玄俊・玄心等、里村北家の連歌師父子、或いは徳元・立圃・玄察(ママ)等貞門の俳人の名も見える。詠草は正保年間のものからで、明暦・万治・寛文にわたって多い。江戸藩邸でも姫路城内に於いても、四季折々に会を催されたようである。これら詠草も、貴重な俳諧資料であるときいている。

と詳述しておられる。確かに『一掬集』を繙いてみれば、例えば正保二年(忠次、四十一歳)の条に、「脇坂淡路守安元より古今六帖といふ哥書をかりうつして返しつかハすついてに」と記す前書が見えるし、又、「半歌集」春の部・雑春の条には、

連哥師宗因自大坂来時

言の葉も春の気色や難波人

なる連歌発句が収録されるほどであった。なお当代の大名衆は、西山宗因を連歌師という資格で遇したのであろうか。

さて、徳元は寛永十八年正月二十五日に、江戸浅草の寓居に於て『誹諧初学抄』横本一冊を完成する。その四日後の二十九日夜、江戸市中は「近代稀ノ大火事」(『大野治右衛門定寛日記』『豊橋市史』第6巻。本書第三部「『誹諧初学抄』成立考」参照)。『滑稽太平記』にも「……十八年正月廿九日、桶町に火起て、日来の連衆も類火して、云々」(巻之二、末吉道節の条)と述べている。果たして忠次の本郷に在る中屋敷は如何。

そして二月二十五日に、忠次邸に於て「賦何路連歌」が張行された。発句は里村昌程句「春ハ花に猶すミミてる家居哉」、脇は忠次「かすむミきりのもゝとりの声」である。因みに『昌程発句集』（中写本一冊、富山県立図書館中島文庫蔵）にて検すれば、

春の部花の条

新宅にて

春ハ花に猶住ミてる家ゐかな

とある。すれば本巻は榊原家新宅祝の連歌会であったことが判明せられよう。

では、その榊原家の新宅とは、具体的に上・中・下どちらの屋敷を指していたのか。所在はいったい、どこだったのか。まず上屋敷について、寛永十八年当時、舘林城主榊原（※当時、松平と称す）式部大輔忠次の屋敷の所在を『寛永年間江戸庄図―寛永江戸絵図―』にて検すれば、江戸城三ノ丸の手前に、「松平式部」邸が認められる。それは現在の皇居外苑のうちに在って、和田倉橋附近に当たるところ。なれども前記榊原喜佐子氏からの書状によれば、「忠次公の新邸の件、時代を調べなければわかりませんが本郷切通しの中屋敷かもしれません」との由。むろん私もこういうプライベートな祝いの連歌会の如き、かつ又連衆の顔ぶれ（旗本・家臣・連歌師・俳諧師たち）等からも中屋敷で催されたものであろうと推測しておきたい。ならば中屋敷の正確な所在について、時代はぐっと降るけれども、『明和江戸図』（明和八年、須原屋茂兵衛板）にて検すれば、

水戸殿（現在の東大農学部附近）

加州（現在の東京大学）

松平備後守

の屋敷が並び、続いて

榊原式部太輔

の名が確かに認められる。南隣りには湯島天神。すなわち榊原家の中屋敷の所在は正しくは湯島切通町、現・文京区湯島四丁目に在った。東方には上野不忍池が見え、その向う忍岡（しのぶがおか）の高台には林羅山・永喜（※寛永十五年八月十九日、五十四歳歿。徳元は追善独吟百韻を手向く）の塾舎が在る（図録『湯島聖堂と江戸時代』）。

昌程の江戸邸も本郷春木町に在った。「賦何路」とは、「家路を賦す」でいわゆる新宅祝いにふさわしい。なお前掲書『昌程発句集』春の部・花の条に、

去年花の発句にて興行せし
人の亭にて
花の香ハこその枝折の家路かな

とある。右前書中の「興行せし人の亭」は、このときの榊原邸を指すのであろうか。この年、榊原家には慶事が重なっている。すなわち嗣子政房が誕生した。

次いで、第三重成句以下の連衆名を列記する。井上太左衛門重成（旗本三千石。本書第三部「昌琢と徳元」に詳述）、法眼友甫（京住、医師カ。徳元とも連俳に同座すること数度。第二部「徳元年譜稿」寛永五年三月十六日の条参照）、徳元、定白（『連歌作者草稿』に「卅四……定白琢」と見ゆ。寛永十年八月二日の連歌百韻には脇句）、貞三（小出大和守吉英興行の連歌会には井上重成と共に出座）、瀬川昌佐（柳営連歌師）、賞白（寛永七年正月十一日の「賦何船」に重成と共に出座。第三部「昌琢と徳元」参照）、一則（未詳）、伊野宮次行（榊原家臣千石中老、伊野宮彦兵衛次長の別号カ。「伊野宮氏歴史話」による。『和親会報』23号、26頁）、守治（未詳）、そして執筆の里村景利である。とすると本巻の設営は右の重成グループと次行あたりが想定出来ようか。恐らく徳元も亦昌程や重成との雅縁を通じて、始めて湯島切通町の忠次邸に出入りを許されたのであろうと推される。

二月二十五日は奇しくも天神の縁日で、徳元は第五句めを詠んでいる。『初学抄』が完稿してちょうど一ケ月後、まだ疲れが残っていたのであろう、彼は二ノ折裏で中座をした。句上げには四句、出来栄えも今一つ冴えない感がする。されども最晩年期における徳元の交友圏は有力なる譜代大名衆と風交を重ねるまでになった。それは里村南家の連歌師としての資格で先に岡部長盛・松平忠利を始め、寛永末には小笠原忠真（忠政トモ）も然り、である。そしていま又、幕閣のひとり榊原忠次を交友録に加え得ることになった。

翻　刻

寛永十八年二月廿五日

賦何路連誹

春ハ花に猶すミミてる家居哉　昌程
かすむミきりのもゝとりの声　忠次
野への雪日のさすまゝに今朝解て　重成
風もおさまる遠近のやま　友甫
方〳〵に漕うかへぬる海士小船　徳元
うらのなかめハ夕なりけり　定白
待いつる月かけきよし浪の上　貞三
とき来てわたる天つはつかり　昌佐　」一紙
ほになひく田面をひろミ明離れ　賞白
すゝきむら〳〵をけるしら露　一則
薄霧のまかきの小野ハ風たへて　次行
ひかりもとむるてふのいくつれ　守治
草むらや下もへいつる比ならん　景利
霜のこほりもきゆる沼水　昌程
あさか山浅くハミへぬ春の色　忠次
雲かさなれるミねのしつけさ　重成
はる〳〵と分こしたひの夕間くれ　友甫
やとりもいさやしらぬ野の原　徳元
はし鷹のそりし行ゑを尋ねわひ　定白
はやしかくれも寒き木からし　貞三
古寺のかねもさやかに月更て　昌佐
いとゝつゆけきあかたなの袖　賞白　」二紙
手向はやおつるなミたの玉祭　一則
折よるかけの草のはな〳〵　次行
ますら男か鳩ふく秋の野を分て　守治
ふもとにほそきミちの一すち　忠次
丸木をやかけ橋とする菴の前　昌程
としたけぬれハさらにとはれし　友甫
かしこきかこゝろのおくのいかはかり　重成
ひめぬる法もさとり得人　定白
かきり有て夏ハこもれる室の戸に　徳元
うす墨ころもたちかへてけり　昌佐

山たかミ夕の雲の消つくし　貞三
杉をねくらのからすとひ行　一則
月遅きとりゐのうちハ物さひて　賞白
燈籠のかけもやゝさむきころ　守治 」三紙
遣水の音きゝあかす秋の夜に　次行
ひたはへ置て門田もるなり　昌程
となりさへなき芦の屋の哀しれ　忠次
国よりくにのあはひはるけし　重成
もろこしのふミの往来も絶〳〵に　友甫
そのかみにしもおきてたかへり　徳元
そなへぬやよかはるころの御調物　定白
あまたすへをく関ちあやしき　貞三
見捨てハ過うきはなの鈴鹿山　昌佐
春もしのはてなくほとゝきす　賞白
暮ぬれはかすむあまりのそゝくらし　一則
ともなひあかぬまりのには人　次行
酔になをたゝまくおしき月のもと　守治
まくらなからにめつるきくの香　忠次 」四紙
深山路の紅葉むしろを片敷て　昌程
あらしのさそふしくれいくたひ　友甫
思ひやるさそな野中のひとつ菴　貞三
きのふむすひし水のすゝしさ　守治
瀧津瀬の浪のしからミかけ置て　重成
忍ふなミたの川となる袖　昌佐
あたにわか名をなかしての身ハかなし　賞白
にくきこゝろにしつむつミとか　定白
御仏のいましめをしも背らし　忠次
くむさかつきをたのしめる人　昌程
ましはるは筋をたゝしていはふ賀に　友甫
さすかつらぬる哥のさま〳〵　貞三
こよひそとたれもむかへる月澄て　次行
駒は霧間をわくるあふ坂　一則 」五紙
露ふかき粟津の野へハくれけらし　昌佐
袖しほれそふもりのした道　重成
神こゝろいのる契りのあやなしや　守治
めくりもあはてうきひたち帯　忠次
折〳〵の風の伝さへあらぬ身に　貞三
すめはすまるゝ遠津嶋もり　友甫

笘ふきは松の柱にしつらひて　昌程
苔のしつくの軒端もり入　次行
月かけは目を覚せとよ岩枕　定白
秋をはいかにわひん山かつ　賞白
身にしめて重ねまつしき麻衣　一則
しきミたく香もゆかしかくれ家　昌佐
来し跡に花ハ散てふ谷のおく　忠次
かすまぬ風にくたすいかたし　昌程」六紙
春なからなかれもさむき大井河　友甫
白妙に見る浪のあは雪　定白
明ほのゝ空のけしきも只ならて　重成
夜の間の星のさとししるしも　貞三
いにしへのまなひの友のそひふしに　昌程
のこるも終は世をすつる人　忠次
かさりおろし後の悔もやあらさらん　賞白
ひろふつま木にかゝつらふ袖　一則
さゝ栗もたのミすくなき身のたより　昌佐
ましらさけひてすさましき山　守治
西ふくや岡への秋の小夜嵐　定白
かたふく月もあはれ柴の戸　昌程
露しけきまくらはなをもさためわひ　次行
ミやこの夢もうつゝとそなる　賞白」七紙
旅なれてつもる日かすや忘るらん　貞三
花よりはなに分てこそいれ　重成
春鳥子の人くとつくるませの内　守治
またあけはてす八重かすむ庭　昌佐
夜はに雨すきてのとけき池の面　忠次
水もみとりにミゆるうき草　賞白
うへ渡す賤か早苗のふし立て　昌程
袖もにきはふむらの行かひ　定白

法橋昌程　十一　　昌佐　九
忠次　十　　賞白　九
重成　八　　一則　七
法眼友甫　八　　次行　七
徳元　四　　守治　八
定白　九　　景利　一
貞三　九」八紙

二

〔書誌と解題〕 榊原政春氏所蔵。書型、本懐紙については、すでに東京大学教授久保田淳氏が調査せられており、従って同氏作成の目録（ノート）から引用させていただく。ただし年記を「正保三年」と記しておられるが、実見するに「四」の異体字で「四年」と訂しておく。

一、正保四年三月六日　一冊
　　一六・七×四六・七cm

二折懐紙　端書
　「正保四年三月六日　何樽」
作者　考功（※榊原忠次デアル）・徳元・立圃・玄察（ママ）
　　一　三十三　三十三　三十三

百韻発句
　「書見るも柳桜は二字木哉　考功」

本百韻は新出資料ではない。川崎屋友直撰『若狐』（横本二冊、承応元年十二月。『斎藤徳元集』）及び『高野山俳諧書留帖』（横写本一冊、榎坂浩尚氏解題翻刻）等にそれぞれ収録ずみである。されど徳元の最晩年における動静を知るうえでも貴重な懐紙――原懐紙系と見たい。すなわち年記「正保四年三月六日／何樽」は新見。「柳樽を賦す」であろう。貞徳点ならびに批言はなし。因みに本百韻成立の場所は浅草の徳元亭か。木村三四吾氏論考「野々口立圃」（『俳句講座』2、俳人評伝上）によれば、第三句を勤めし立圃は正保二年秋に東下しており、慶安四年の歳末には帰京している。とすれば本百韻の成立時（歿年時の春）、確かに徳元老は在江戸にいたことになるだろう。同年八月二十八日には彼は八十九歳の長寿で病歿。この点につき、本書第三部「徳元墓碑考」を参照されたい。

ところで、本懐紙がなぜ榊原家に伝来したのであろう。わからぬ。発句のみを詠んだ「考功」なる人物とは大名衆であろうか。試みに懐紙の筆跡と忠次真蹟類（図29参照）とを少しく比較してみる。例えば「年」「月」「乃」「や」「名」などの字に〝忠次筆〟らしい特徴が認められないか。が、深追いは控えたい。平成二年九月二日実見。榊原氏に深謝する。（図30参照）

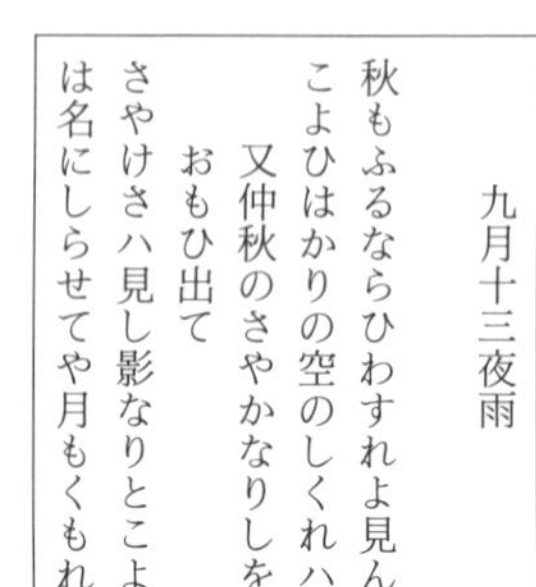

九月十三夜雨

忠次

秋もふるならひわすれよ見ん月の
こよひはかりの空のしくれハ

又仲秋のさやかなりしを
おもひ出て　同

さやけさハ見し影なりとこよひを
は名にしらせてや月もくもれる

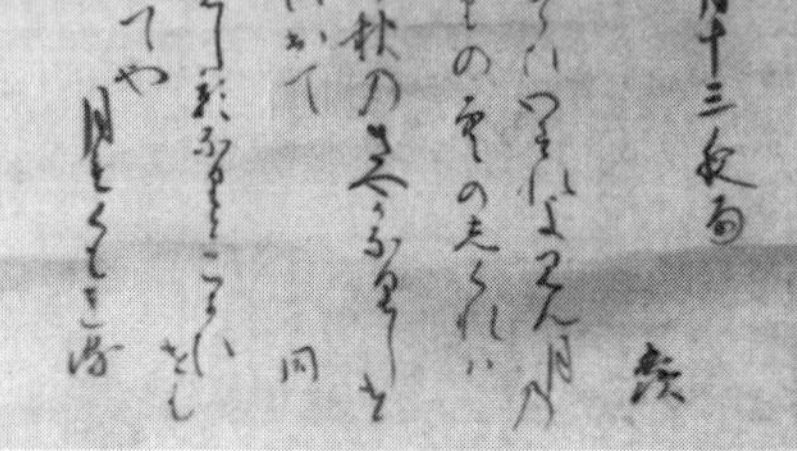

図29　榊原忠次自筆和歌懐紙（軸装）

図30　何樽誹諧（榊原政春氏蔵）
上　巻頭部分　下　巻末部分

〔諸本〕

□『若狐』所収（川崎屋友直撰、横本二冊、承応元年十二月）

書見るも柳桜は二字木哉　考切（ママ）
几帳をまくる春の窓きは　徳元
そよ〳〵と御簾のあちより東風吹て　立圃
ひかりかすまぬこの玉の輿　玄札

（以下略。批言省略）

巻末、句上げあるも、点者名記さず。ただし立圃が最高点で、批言も好意的である。立圃系の人たち↓貞徳点か。

□『高野山俳諧書留帖』所収（高野山大学図書館蔵、横写本一冊、榎坂浩尚氏解題翻刻）

7「書見るも」の巻

書見るも柳桜ハ二字木哉（スベテ作者名ナシ）
几帳をまくる春の窓きハ
そよ〳〵と御簾のあちより東風ふきて
光かすまぬ此たまのこし

（以下略。批言省略）

（巻末）墨付卅二句　貞徳在判

（『近世文芸資料と考証』6号、昭44・2）

ただし句上げなし。貞徳は承応二年十一月十五日歿。すれば貞徳の批点は、恐らく徳元在世時ではなくて歿後の正保四年八月末以後から承応元年冬『若狐』上梓に至るまでの間に立圃系の人たち——友直は立圃門（『日本古典文学大辞典』第六巻、乾裕幸氏）——によって貞徳宛送られたものと推考したい。原懐紙系たる榊原家本↓貞徳批点高野山本（写本）↓かくて『若狐』本の上梓という成立過程になるだろうか。『誹諧初学抄』以後における、貞徳と徳元との文学的関係はたがいに意識し合っている様子で、本百韻においても徳元及び高嶋玄札句に対する批言にはなかなか手厳しいものが見受けられるのである。

（平2・9・26稿）

翻　刻

正保四年三月六日

何樽

考功（※榊原忠次）

書見るも柳桜ハ二字木哉
几帳をまくる春の窓際　徳元
そよ〳〵と御簾のあちより東風吹て　立圃
ひかりかすまぬこの玉の輿　玄察（ママ）
時めきてあたりを拂ふ行幸に　元
雪にやせこのきほふ狩枝　圃
もゝ引のすそ野にうつる月さへて　察
酒のみてたつ旅の夜ふかさ　元
（ウ）二番迄をくれハせしの市の棚　圃
しかまのかちを望む雙六　察
いかつにもひちをはりまに袖振て　元
おとるハおかし蛸をつる海士　圃
身にしめて時宗も祈る南無薬師　察
うつまさに籠り札くハる月　元
陣取をいそく内野の合戦に　圃
嵐になひく草すりの音　察
さハ〳〵と茂り合たる萩薄　元
子共をつれてありくけた物　圃
猿引の出入門のにきハひに　察
四国より来てつとふ腰かけ　元
円座こそ花の都にはやるらめ　圃
暮長閑なる飛鳥井の鞠　察
もろ人の袴のなかきひもしめて　元
とのゐ所につむるいんきん　同
膝をしもたてゝつくはふさす俣や　察
筋気をなをす指さきの針　圃
とち替る本ハ源氏の系図にて　元
葎生たるいし山の堂　察
順礼や道の案内しらさらん　圃
門たかへするものまうの声　元
文箱のふためくハなに使番　察

謀叛の一味あらぬ国〳〵　圃
籠り居る心もふかきしゝの谷　元
弓もて出る烋の狩人　察
上臈を鬼とも知す月待て　圃
露の玉もむ珠数の黒塚　元
二ノウ
廻向する形見の太刀に涙落　察
かひなき出家とくる郎等　圃
紙子さへ破れて後ハ赤はたか　元
雨にしつほとぬるゝ夜叉神　察
棕梠の葉の風ハやう〳〵静りて　圃
はゝきを由井の浜の出船　元
道つくれけふ頼朝の浦あそひ　察
弁才天の遷宮のころ　圃
引琵琶の撥も利生もあらたにて　元
わら屋の月のお影蒙る　察
かのしゝの気つかひもなき小田の原　圃
霧ふか〳〵とたつ春日山　元
朝晩にふりさけ見れハ花曇　察
跡をひ〳〵に帰るかり金　圃
三
蛛舞ハ骨のつかひもうらゝにて　同
ひらきてせこを招くひ扇　察
待請し夕の門に走り出　元
物くるほしく聞や辻うら　圃
六道に迷ふ心のミたれ髪　察
三途河原の姥そ若やく　元
経文や弘誓の船の遊ひうた　圃
蛙とひのる穐の蓮葉　察
さそくたてにのきて相撲を伊藤殿　元
月の夜宮のみきに酔時　圃
袖に袖さハらハひやせと計に　察
瓜をちきりて客をこそまて　元
旅籠屋に何もなすひと思ひ捨　圃
三ノウ
歯をもみかゝぬたハれ妻ハうし　察
りんきにハさひつま切を振まハり　元
誓の文ハ血にてこそかけ　圃
恋そめて猩々世々と契る夜に　察
比翼にも似よ鶏の声　元
狂言ハ祝ひ逢たる聟しふと　圃

もらふ呉服のわたましの能　察
今春や花の袂をひる返し　元
梅かとかほるふせこの煙　圃
児のすむ床も長閑けき難波寺　察
鐘さへ寝てハ初夜〳〵となる　元
別路をあハれ至極と思しめせ　圃
せんかたなミたなかさるゝ人　察
夕さりハ月も心に須广の浦　元
またくみためぬ桶の初塩　圃
名
しこまんと思ふ醤油に秋果て　察
麴たになしいかに室町　元
啼声を心にかけな烏丸　圃
たつほゝなれや雲の上人　察
えならぬは五節の舞の皷にて　同
ゆるさせられん位かしこき　圃
きぬの色も新参より染なをし　元
しまつかほにてより親の前　察
はねよハき鵜ハまた魚をくらい兼　圃
たきれる瀬々の水大井川　元
筏士のさそなと息を月の暮　察
きさむ牛房の味ハうき秋　圃
初かりの料理を仇にしそこなひ　元
しうの御前を背く笑止さ　察
奥方を遠のきてねる若後達　圃
すねあふ中の契り何そも　元
むすふこそ目くらどうしのえにしなれ　察
哀にすめる乞食の庵　圃
破れミの破笠きる関寺に　元
鳥のおとしも是法のため　察
花のふる山の形ハ鷲に似て　圃
いる矢もかすむ明ほのゝ空　元

考功　一
徳元　三十三
立圃　三十三
玄察(ママ)　三十三

〔**附記**〕　貴重なる連歌資料の閲覧と撮影・翻刻を御許可下さいました榊原家のご厚情に対して、鳴謝いたします。又、姫路市市史編集室、群馬県館林市教育委員会文化振興課のご教示にも御礼を申し上げます。

〔追記〕 発句「書見るも」の作者「考切」は、「考功」が正しい。著者の誤読である。侍従榊原式部大輔忠次は、自らを「拾遺考功郎中源某」あるいは「拾遺考功郎中源忠次」と自署している（『御当家紀年録（榊原家蔵本）』892頁1067頁、集英社、平10・6）。「拾遺」とは、侍従の唐名。「考功郎中」は、式部大輔の唐名である。従って「考功」は榊原忠次の唐名であり、俳号で、発句は忠次作也と断定する。式部大輔忠次は浅草の徳元亭を訪ねた。

（平13・5・31記）

翻刻・徳元筆『長嘯独吟』抄

〔書誌〕（財）水府明徳会彰考館所蔵（昭63・7・29、彰第30号、翻刻掲載許可）。図書番号、七〇―巳（※巳部は歌書）七―〇六九九五。書型。桝形本写一冊（一見、横本の如し）。寸法、縦一六・八糎、横一八・三糎。表紙、後補。灰汁色表紙。袋綴（ただし後に綴じられたもの）。題簽、左肩に「長嘯獨吟　完」と墨書。ただし後人の筆である。縦一二・八糎、横三・二糎。毎半葉、概ね十行。丁数、墨付五十二枚。序文なし。識語なし。蔵書印、開巻右上に、「巻龍に潜龍閣」の朱印があるのみ。ひさご形の水戸彰考館印はなし。「潜龍閣」とは水戸藩第九代藩主徳川斉昭（烈公）の書斎号であり、「潜龍閣文庫」という。

されども本書の伝来はそれよりもずっと以前になろうか。思うに大日本史編纂事業なかんずく徳川光圀の万葉集研究に関連して和書がひろく蒐集・整備されることになって、新たに木下長嘯子（慶安二年歿）門下の、蒔絵師山本春正（天和二年歿）・清水宗川（元禄十年歿）らが水戸に迎えられたという。そのことと関係があろうか。小高敏郎著『近世初期文壇の研究』（明治書院、昭39・11）によれば、

（前略）水戸家で和書の蒐集整理の部門を拡張整備するため、新たに人材を求めたとき、清水宗川とともに春正がその選にはいったのである。かくて寛文四年の暮れか翌年には、春正ははるばる江戸の地に下り、水戸家の古書校勘事業に参加することになった。なお、明の大儒朱舜水が水戸家に聘せられたのもこの寛文五年であった（489頁）。

とある。更に小高氏は右、春正らの水戸家仕官に際し

て直接紹介の労をとった人物を板垣宗憺（始め中村真庵とも）かとされる（491頁）。板垣宗憺は水戸家の文臣で、古書蒐集校勘の実務担当者であったと言う。そのプロフィールを同じく『近世初期文壇の研究』から引用する。

　宗憺はじめ中村氏、のち板垣氏。名を矩、字陰徳、真庵、聊爾斎と号した。武蔵の人でもと儒医であったが、寛文六年水戸彰考館に入り、国史編修に従事した。ことに春正、宗川たちとちがって、専従者ふうな立場にあり、事務長ふうに、連絡をもしていたようである。また和歌にすぐれ、「扶桑拾葉集」の編、契沖の「万葉代匠記」をもとにした「釈万葉集」の仕事をも行なう。のち光圀の命で上洛。日野弘資に三年ほど和歌を学び、さらに史料採訪に努力した（寛永十五年生、元禄十一年歿）。すなわち、彼は当時小石川の彰考館を中心とする水戸派歌人グループの有力人物であった（581頁）。

現在、彰考館の目録には、元禄期に「彰考館撰」あるいは「源光圀註」という形で万葉集註釈書が数点見えている。従って本書は、あるいはこれら長嘯子一門の人たちによって江戸でもたらされたものと推考しておこう。『彰考館図書目録　附　焼失目録』（八潮書店、昭52・11）巳部歌書には、

　長嘯獨吟　　木下長嘯詠

とある。ただし内容上から考えるに、この書名は適切ではない。

収録の作品は、

1・長嘯独吟　（親重判）
露の玉手毎に拳る蕨かな

2・両吟（玄札・徳元）
月見せんこよひ三五夜中二階　玄札

3・夢想　儒者医者両吟
置渡しぬる露のいのちを
息災にそたつ小萩の花の面

4・鼠何（徳元・忠政・玄札・卜養・友安）
梅は春をもつてひらいた色香哉　徳元

5・鬢何

ちらと落葉塵の鏡の影もなし　徳元

6・追善

諸行無常聞や林の鐘の声　徳元

7・独吟

まん丸な月ハ真向の兎哉　越前丸岡ノ住人 正常（延陀丸判）

8・外庵

かへせもとせ名乗捨たる時鳥　外庵（徳元判）

9・何鰹

卯の花を落すハ風のおこり哉　玄札（徳元判）

以上、各独吟百韻九巻を収録。本書は徳元自筆である。ただし翻刻は徳元独吟・徳元一座・徳元点の、2・4・5・6・9の各百韻のみとした。敢えて題を「『長嘯独吟』抄」とせしゆえんである。昭和六十三年六月二十五・二十六の梅の雨降る両日に、桜河畔の彰考館に於て原本校合。

〔追記〕

巻頭の長嘯独吟「露の玉」の巻は、実は江崎幸和(よしかず)の独吟であるという（加藤定彦氏論考）。

言われているが如く徳元の自筆本は『塵塚誹諧集』（現、早大蔵）『徳元俳諧鈔』（架蔵）そして本書『長嘯独吟』の三本が現存する。で、その『長嘯独吟』を始めて江湖に紹介せられた人は鳥山榛名氏である。すなわち「木下長嘯子の俳諧―彰考館本『長嘯独吟』の紹介―」（『攷』昭9・4）で、まず書誌と収録作品について概略を述べられ、次いで、

　且、この『長嘯独吟』を書写した人は、内容より考へて徳元に縁ある人、若しくは徳元その人とも考へられる。

とされた。だが徳元と江戸貞門とのかかわりの面から本格的に本書を活用されたのは森川昭氏であった。氏はその著作『江戸貞門俳諧の研究』（『成蹊論叢』昭38・10）のなかで「徳元自筆連句集」（44頁）とされる。

　さて先年、私は岐阜県高山市、長瀬茂八郎氏所蔵の「梅は春をもって」句短冊について紹介し、かつ成立に関する考察も加えたことがあった（本書第四部「ちりとんだ雪や津もりの徳元句など」）。いまここで、本書が徳元自筆であることの再確認をしておこう。三葉の

筆蹟（長瀬氏・森川氏各所蔵の二短冊、及び本書）写真を掲出してみる。

見較べてみるといかが。三葉共、とくに「梅は春をもってひらい（ひ）た」の中七までの部分及び下五の「香」の字などはそっくりであろうと見たい。

（昭63・9・23稿）

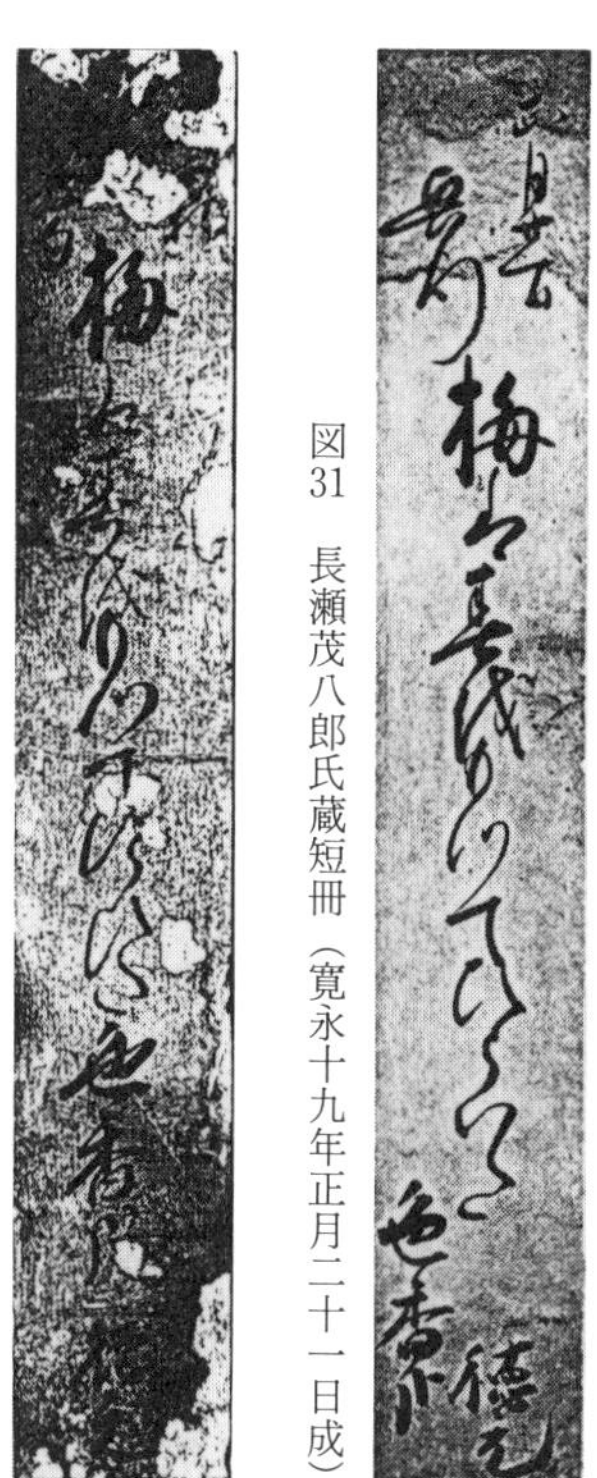

図31　長瀬茂八郎氏蔵短冊（寛永十九年正月二十一日成）

図32　森川昭氏蔵短冊

図33　鼠何「梅は春を」の巻冒頭の部分（彰考館蔵）

2．両吟（玄札・徳元）

※『徳元等百韻五巻』（中写本一冊、森川昭氏解題翻刻、同氏蔵）には、

寛永十九仲秋十五
中二階座敷にて

何頭

月見せむ今宵三五夜中二階　玄札
千里の風の吹虫籠窓　徳元
虎の革の露ほしかてら釣簾巻て　同

（以下略）

とある。『寛文前後古誹諧』（半写本三冊、天理図書館蔵）にも収録。前書は「寛永十九年八月十五日中二階にて」とある。『高野山俳諧書留帳』（横写本一冊、高野山大学図書館蔵、榎坂浩尚氏解題・翻刻）には「同（月）題」とす。

両吟

月見せんこよひ三五夜中二階　玄札
千里の風の吹むしこ窓　徳元
虎の皮の露ほしかてら釣簾巻て　〃
鐺のさやかにうつる日の影　札
冬なからはらりと開く梅の花　〃
春をとなりに出す台のもの　元
歌よみハ右や左にならひゐて　〃
位をわかちきる折ゑほし　札　」オ
（ウ）元服の作法たゝしき今日の暮　〃
いく千世鶴の刀わきさし　元
お肴は亀井かのふた盃に　〃
舞あそひぬる声は高館　札
久堅の天津乙女の衣川　〃
かつら男の浪はしる月　元
露濡て菟や水をおよくらん　〃
硯の筆の毛もぬくる秋　札
つれ〳〵に移す双帋のゆかミきて　〃
しやくしてすくひあくる窓ニも　元　」ウ
火焼やのくらきお多賀宮所　〃
湯立の過る跡の侘しさ　札
そうめんもくハぬ先社花かなれ　〃

二　いかさま腹や春のせん僧　元
目かかすミ落せハ数珠も御免そや　〃
後世のこゝろもうとき老らく　札
殺生をするなと伯父にしかられて　〃
一門きらふ関白の官　元
さもしくも内裏に銭やよりぬ覧　〃
ひ［う］（虫）るさにしもちまきかふ袖　札　」オ
の［ほ］（虫）り〳〵愛岩（ママ）の坂に腰懸て　〃
見おろす京の番太郎坊　元
すりはちにけふるハ火性三昧か　□（作者名ヲ欠ク）
すいきくとくのあつものをして　札
うら盆の月に泪やすゝむらん　〃
露置そふる古つかのあな　元
秋広の太刀の目針やぬけぬらん　〃
不用心なるかまくらの武士　札（元ヲ消シテ）
二ウ　只独修行に出る西明寺　〃
雪のふゝきに忍ふふせかき　元　」ウ
ふるひ〳〵おもひを志賀の山越て　〃
大ひえよりもおこる中風気　札

つけやつけ三千本の桑の枝　〃
目くらとち〳〵あつまれる袖　元
童ハ今迄かけにかくれんほう　〃
おやのいさめはむつかしきもの　札
めし椀に酒一はいとしいられて　〃
馳走をいたむ日光の宿　元
花にうたひ月に鼓や宇津の宮　〃
長閑によりて遊ふ友縄　札　」オ
まんそく（ママ）を引かすめぬる舟の上　〃
御座所にもおろす綱の手　元
三　袖はへてなくさみたまふ川しやうへ　〃
なかれをたつる君と社見れ　札
妻を待夜半の蠟燭風引て　〃
かねをあいつにひえてしハふく　元
年ふけて月にとの居の番替り　〃
腰にあつさの弓を張秋　札
口よする音冷しき神子の前　〃
はいあひてのむみきのかハらけ　元　」ウ
右法左法一二あらそふ座敷論　〃

后の宮のうてる双六　札
ことのねハたゝても絶ぬ御契り　〃
峯よりかよふ夜風恋風　元
玉童（ママ）をくゝれる雁の行帰り　〃
いく春経てや出るかんこく　札
三ウ
やつれぬる袖の雪しるなかれ落　札
八百日の旅に帋子一くわん　元
清水のはる〳〵越の長はかま　〃
しかまのかち路うき千鳥足　札」オ
虫
知しらす酔はうけたる市の場　〃
あつまる友は皆はくち打　元
馬ハ馬牛ハ牛つれと斗に　〃
それは観音これは大日　札
順礼に湯殿行人伴ひて　〃
昼は札かく月に垢離（コリ）かく　元
質屋には秋をかきりになかるらん　□（作者名ヲ欠ク）
子をよろこひの泪露けき　札
花をやるふうふの中の浦山れ　□（作者名ヲ欠ク）
れんりの枝をまくかは桜　元」ウ

名
笛のねにひよくの鳥の囀りて　〃
名を一天に残すあつもり　札
味方にやをくれて礒にたつの刻　□（作者名ヲ欠ク）
ミむまに乗て行かたをなミ　元
ひた〳〵と汐満来れはよる船に　〃
あそこもこゝももくつ火の影　札
闇き夜の道ハ蛍をあんない者　〃
忍ふ先たつかの兵部卿　元
かふりぬきあミ笠を来てうかれ出　〃
宮守捨て物見するころ　札」オ
八幡ハ月に余念（子ン）を打わすれ　〃
肌の寒さをいさおとこ山　元
はなたるゝ露も雫も淀の里　〃
旅立舟にのするおさあひ　札
名ウ
哀さハ人商人の習ひにて　〃
袂にかくしもつさるくつハ　元
をし出して赤熊（シャクマ）やむちに腰に指　□（作者名ヲ欠ク）
すゝとくみゆる武者のよそほひ　札
いけ鳥を取わしの尾の十郎に　〃

手からに山の道しるへせり　元　」ウ
聞及ふ花に法度を破りきて　〃
春のまかきをくゝるしれもの　札

4・鼠何（徳元・忠政・玄札・卜養・友安）

※寛永十九年正月二十一日、小笠原忠政（忠真）邸興行。諸本についてはすでに本書第四部「ちりとんだ雪や津もりの徳元句など」に詳述。ただし新出の大垣市、正木家文書に収録の一本を対校、異同は（ ）とした。参考資料に正木本の写真も付す（図34参照）。大垣市立図書館野呂鎮子氏のご教示による。

鼠何　（正木本は、すべて作者名なし）
梅は春をもつて（以）ひらい（ひ）た色香哉　徳元
さそくたてにも羽吹（はふく）鶯　忠政
改（あらたま）の年かろ〱と打越て　玄札
せち（地）ふの福（ふく）はうちへいり大豆　元
いろり端（はた）に大黒柱たてけらし　〃
見れはあまたの鼠（ねすミ）けしすみ　札
茸（タケ）狩の料理を月に催して　〃
とる（取）犬（いぬ）たてやほに出にけん（いてにけり）　元
ウ
かゝミ居（ゐ）る鶉は床を飛はなれ　元　」ウ
真野の入江の秋の大風（かぜ）　札
いか（この句欠く）はかりつふりやひえの山法師　〃
護摩をたく火にゐほ（ほう）しをそぬく　元
刃さへ不動のけんハ物すこし　卜養
これや上手にうつし（の写）絵の色　札
あハするに須磨や明石の景くらへ　元
ほの〱ににほ（匂）ふ浦の貝香　養
嗜（たしなミ）て装束したる能の脇　札
我はもたねは（と）人にかり衣（きぬ）　元
む（ひ）かし男うゐかふる（冠）たに用意せて　養　」オ
書ぬる（かきぬうた）文の文字のあやまり　札
花の賀（か）の双帋（紙）や月にあらふらん　元
なか〱し日もあかぬ手細工　養
二
猿猴（ゑんかう）を作るかすミの台（臺）の物（もの）　札
車にむかふかまきりもあり　元

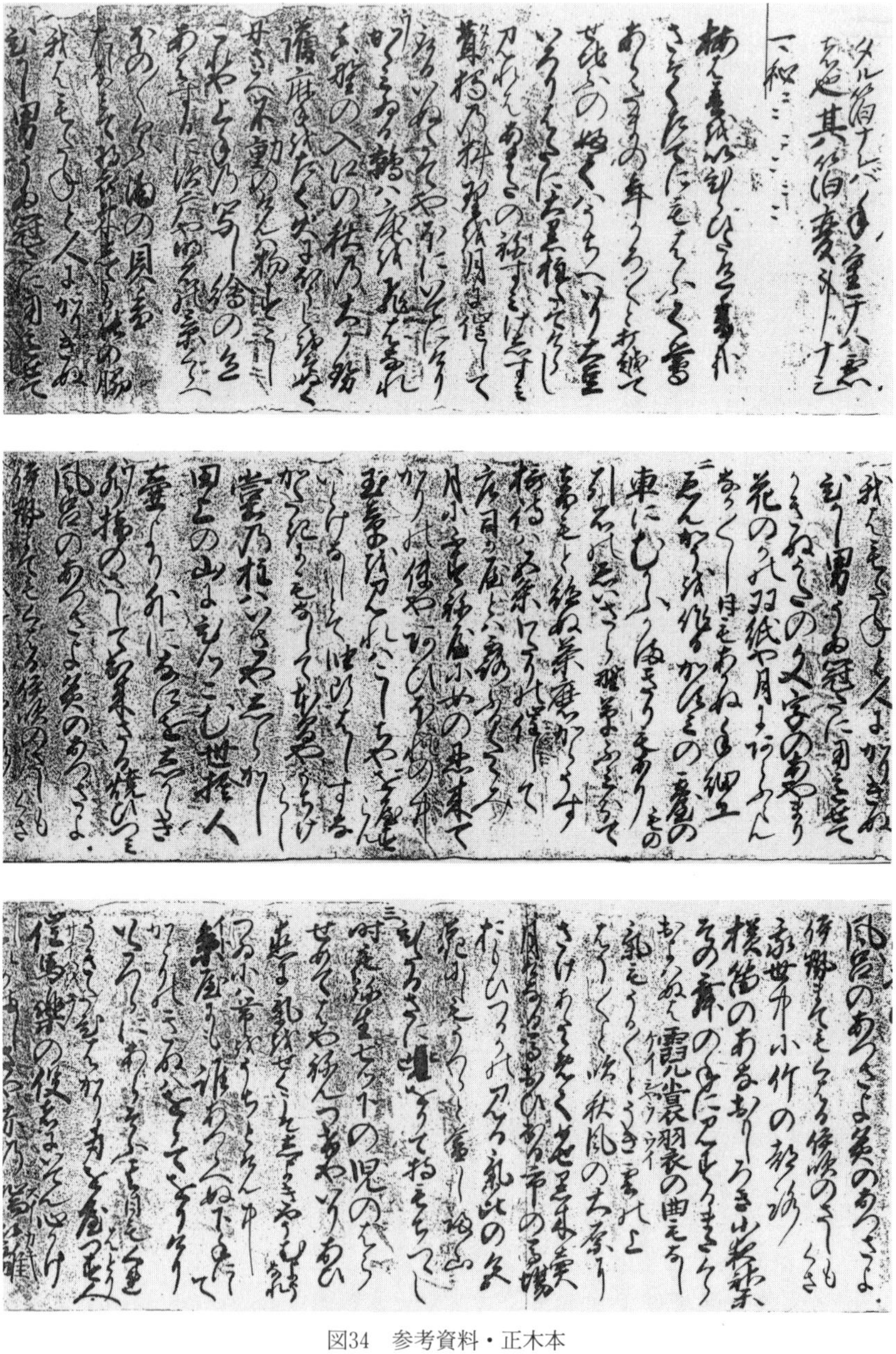

図34　参考資料・正木本

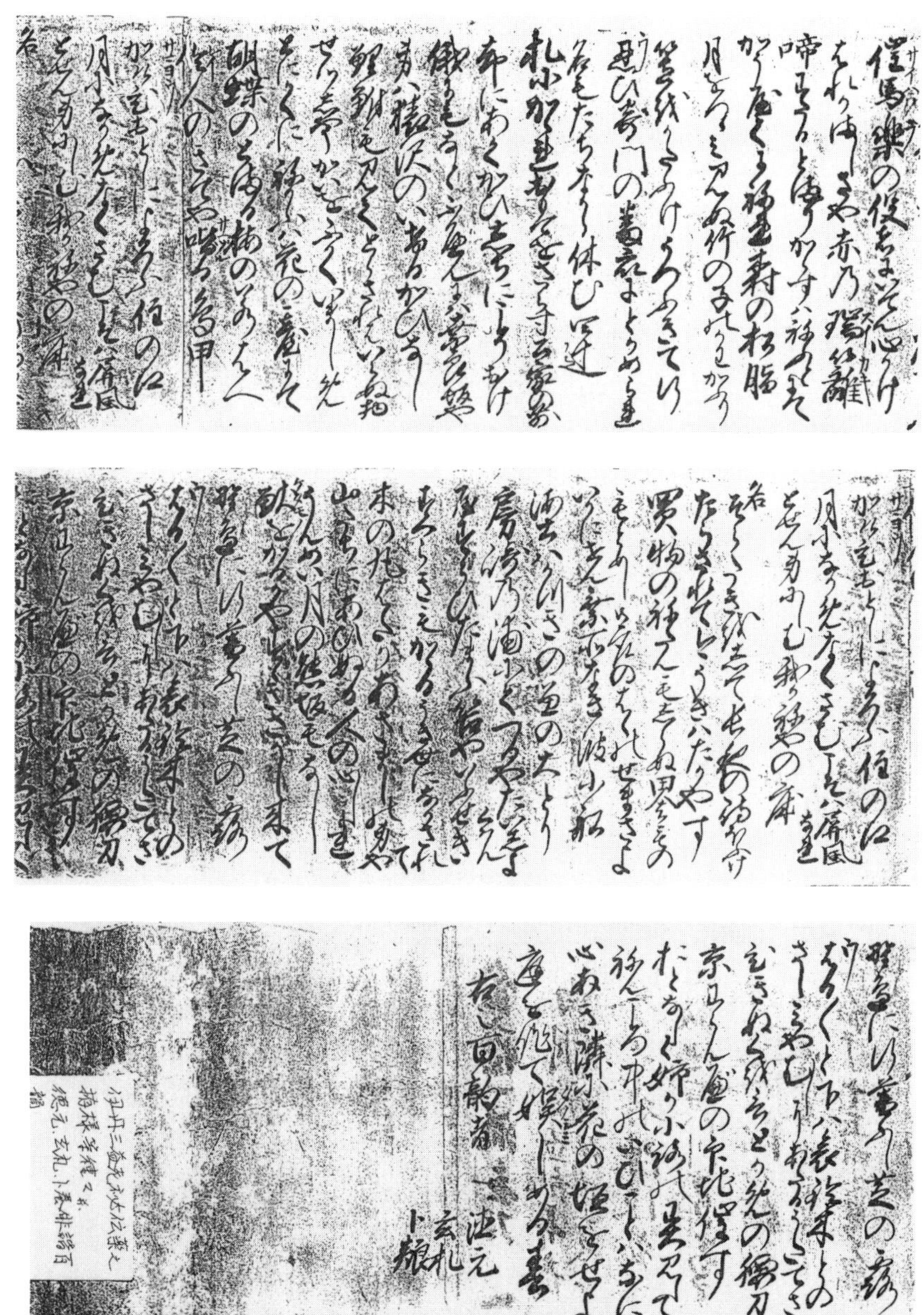

引石のゑいさら野草踏(ふミ)分て　養
音もと絶ぬ茶(磨からうす)うすから臼　札
摂待は五条あ(わ)たりの催しに(て)　元
庄司(屋)かやとハ露ふるたゝミ　養
月に臥閨(ふすねや)に女のしの(忍)ひき(来)て　札
かりの使やあひほれの中　元　」ウ
玉童(章)を見れはこしちやお(を)やす覧(らん)　養
いとけなき(し)とて油断はしすな　札
敵(かたき)　にもなして本間やうちけらし　元
堂の柱ハいさやしら樫(かしカシ)　養
田の(ナシ)上の山にひつこむ桑門(世捨人)　札
壺より外に何(なに)をしからき　元
二ウ
水さし(指)の指(さし)て出来さる焼ひつミ　養
ふろ(風呂)のあつさよ灸のあつさよ　札
伊勢までもくはる伊吹のさしも草(くさ)　元　」オ
われ(我)世(ナシ)の中に竹の都路　養
横笛のあなおもしろき小夜神楽　札
その舞の手にミ(見)するまたくら　元
及(およ)はぬはけいしやうゐ(霓ケイ裳シヤウ羽ウ衣イ)の曲もなし　養

気もうか〱とうき雲の上　札
はう〱と吹秋風の大原に　元
酒(さけ)あたゝめてめせ黒木うり(売)　養
月毛(け)なる馬を(お)ひ出る市の場(馬場)　札
おもひつるかに(の)見る気比の宮　元
花にしもうつら(ゝ)と暮し帰る山(ナシ)　養
ひたるさに先おるもちつくし(ひをりて持もちつゝし)　札
三
時もやよひ(弥生)七つさかり(ツ下)の児のはら　元
せめてはやねんつけや晩　鐘(いりあひ)　〃
恋に気をせく社　諸　行　無　用なれ(こそしよきやうむよう)　札
つゐには帯も(を)うちとけん中　〃
いと(糸イト)屋にも誰あつらへぬ下手にして　元
かとりのきぬハをしてを(ら)りぬる(けり)　〃
徒(いたつら)　に　遊(あらそ)　ふ其日もくれはとり　札
うたひ(うきたひ)はかり(ナシ)に身をやつす人　〃
さいはら(催サイ馬ハ楽ラ)の役者に出ん(いて)心かけ　元
はれかましさやあけ(赤)の瑞籬(スイカキ)　〃
啼わたるとまり烏(からす)はねふとにて　札
かうやくにねれ森の松やに(脂)　〃　」オ

月をつゝみ見ぬ竹の子のかハ(わ)かふり　元
笠をかたふけうつふきて行　〃
三ウ　忍ひ寄門の番衆にとかめられ　札
名もたちなからやすむ(休)四辻　〃
札にかゝれ面(おもて)をさらす公家の前　元
布にあくる八質(てかひしち)に社(こそお)をけ　〃
俄にもなとふへんにやなら(八奈良)坂や　札　」ウ
身は猿沢のいけるかひなし　〃
鯉ふな(鮒)も見てとらされはいらぬ物　元
殺生(せつしやうかい)戒をふかくいましめ　〃
兎に角(とにかく)にねかふハ花の台にて　札
胡蝶のとまる梅のわか(若)はへ　〃
侩人(レイ 伶カ)のきてや囀(サヘツル)るとりかふと(鳥)(甲)(てカ)　元
かけひおとしによろふ住の江　〃
月になかめ慰(なくさ)む社(こそ)は屏風なれ　札
徒然(とせん)身にしむ独りね(我かねや)の床　〃
名　そら焼(たき)をして長夜の待ほふけ　元　」オ
たらされて今うきハ高(たか)やす　□(作者名ヲ欠ク)
買物のねたんもしらぬ田舎者(もの)　札

もとめし御座のはゝ(ま)のせはさよ　〃
いかにせん乗所なき波小ふね(舩)　元
蜑(海士)ハかつきの魚の大とり　〃
房崎の浦にてつるやたいしよくハん　札
やすらひたまふ笘やいふせき　〃
すへらきもかゝる浮世(うき)に流(なか)されて　元
木丸(木の丸)はたかあさましの身や　〃
山たちにあひぬる人の心しれ　札　」ウ
うんめいつき(月)の熊坂もなし　〃
獣(ケタモノ)をかるかやすゝきさかし来て　元
野辺に行暮ふし芝の露　〃
名ウ　はる〳〵と下るハ(ナシ)あわれ(哀)鈴木殿(との)　札
さしミや虫(むし)にあたるうたてさ　〃
ひきぬくも詞(を言 コトハ)とかめのこし(腰)刀　元
京わらんへ(べ)の印地催す　〃
おとなしく姉か小路の異(異見)はして　札
念比(ねんころ)の中のいひこと(ナシ)は何(なに)　〃
心やすき(心あき)隣に花の垣をせよ　元　」オ
庭を作りてもて(ナシ)遊ふ春(タノシミ 娯しめる春)　友安

徳元　四十三
忠政　一
玄札　四十二
卜養　十三
執筆　一

（右之百韻者　徳元　玄札　卜養）

└ウ

5・鬢何

※本書のみ。

鬢　何　　　　　　　　　徳元

ちらと落葉塵の鏡の影もなし
あへす時雨にしよほぬるゝ袖
分る野の露しん〳〵と月寒て
更てさひしきつきかねの声
用心に独りねふりをうちさまし
気にかけかねをしむる明暮
をとかひのはなるゝ叓やくせならん
いつもかハらぬ三番三のめん
ウ地謡ハ舞台にちゃうと折烏帽子

└オ

けふとりはやしいはふ元服
なり平ハ春日祭りの勅使にて
かすむ南に車くる〳〵
緑りハの土卦の縄も永日に
かハるとの井のあくひ度〳〵
宿にやハあらしと茶摩引けらし
功徳のためか盆の摂待
往来の僧こそ露の舎りなれ
真如の玉や月にかゝやく
暁の天もみとりにはれ渡り
羽ふしも見えて帰る鳫金
白雲と花やはけぬる越の山
木の目峠に雪残るめり
二とう〳〵と海吹上る風の音
ちりやたらりとまくる笘こも
冬こもるかこひを夏ハ取のけて
掃除しなから庭にたちはな
ちる蜘を見かけて来啼郭公
ふしきやかハる村雨の空

└ウ

鳴神は山も崩るゝ音す也
いつちぬけゆくほし貝の穴
蟻腰にいともかしこくむすひ付
物とかめする神のいにしへ
いみ竹のあたりハ今もをち恐れ
虎ふす野辺ハ人もあるかす
薬師堂に風はうく〳〵と月更て
床冷しくすめるうつまさ
二ウ
姫君をそゝのかし出す露泪
留守に契りてする舟遊ひ
暇有と行てかほをし三嶋江に
口をすい田の里のかりふし
若衆と約束かたき石ハしき
あたら古今をかけ物にせり
暖簾に双帋やつきて致すらん
手習子とる寺の眠蔵
味曾(ママ)塩と置こそをしま月夜なれ
霧まに鍋のミゆる松嶋
なかされし公家の冠ハ露にぬれて

」オ

」ウ

よむに心もしまぬ哥くち
なかめんも花ちりたりと吹笛に
へんく〳〵と引うくひすの琴
三
うそ鳥ハ霞の外に立隠れ
関をたはかり通るあけほの
勧進帳何ことかして読ぬらん
鐘鋳のすゝめ告北の国
千年も名はとゝめまし善根に
鶴をころすをたすけやりけり
仙人は命もなかし貴長房
あわれミしかき世は曲もなや
明やすき月にハのこる物かたり
ちきるまもなくいつる奉公
利発にも新参りより御意に入
位にのほるふりのかしこさ
ゐミわるく栗の木陰に猿のきて
身もひえの山つゝく丹波路
三ウ
秋風にしわふきこゆる老の坂
はなうへなから絵をそときぬる

」オ

」ウ

宮の縁起ほうかふりして押ひらき
つゝしむ神のはちやあたらん
けかれぬる人は祭の太皷うち
祇園にちかき鳥へ野の道
鐘の声諸行無常の夕けふり
花をさゝけて香をたむくる
天神をかくる懐紙はうら白に
誰も北野のはつ春の会
六尺のかきつゝけたるミこし岡
月もはれなるよめ入ぞかし
新揃かハせる夜半も長かもし
露ものくましそふちか増り（るカ）
名
あいほれは比翼連理の中にして
かのたうの代のふかきそのかミ
犬をうつ童までも書を読ぬ
池のかはつの哥を吟する
大海はしらす氷りのかつとけて
茶の水をくみ茶入出す春
一門のあつめてせちのふる舞に

あミたのひかり銭をくゝらふ
あなたうと名もこと〳〵し千貫寺
いつミしきふやたのしかるらん
酒壺ののめともつきすわき返り
渕となつたる菊の下たり
長月もひか〳〵うつる水底に
手を出すらし秋の猿猴
名ウ
ほの〳〵とあかし梢の柿の本
朝霧はれて見ゆる人丸
歌仙をハ地を拝殿にふし拝ミ
こしぬけの来てたゝく鰐口（るヲ消シテ）
乞食は貴賤の中によりこそり
餓鬼も人数と施行をそ引
花のいろもうすはたにさす仏檀に
をこなふ春も後の世のため

6．追善

※寛永十九年六月四日に病歿の宗由山岡主計頭景以追善独吟百韻。森川氏前掲書『徳元等百韻五巻』

及び加藤定彦氏紹介の『半井卜養狂歌集其他』（横本列帖綴一冊、早大蔵、加藤氏解題・翻刻）にもそれぞれ長文の前書と共に収録。森川氏論考「徳元の周囲―『徳元等百韻五巻』考―」（『説林』15号）を参照されたい。本書には前書なし。

追善　　　　　　徳元

諸行無常聞や林の鐘の声
あら名こりおしみしか夜の月
一盃の酒さへうけす旅立て
ふた〳〵と舟をしそおもふ
玉くしけ身はかりとまる留守ハうし
門の戸さしをあけ暮の番
碁双六打かたらへる伴ひに　」オ
かゝけそへたる油火の本
（ウ）折かゝめひちを枕の夜学して
跡先つかへせはき室の戸
入こつむ舟にや竿をはりまかた
商人つとひかふは杉はら
世の中に絶て文かくかミな月
いろははかりは庭にちりぬる
時雨しては山の露ハゐひもせす
霧に杳に雲ハひか〳〵
有明の影ほんのりとさし移り
大蠟燭をともすふる寺　」ウ
仏事にハどらを会津に経讀て
僧は袖ふる空は花ふる
糸あそふなりハうつゝか夢の舞
くミやの軒にとまれてふ〳〵
（二）鵙の子を京わらんへのすへ出て
けふひかし山あすハにし山
小車を栬の比はくハらめかし
秋も雨に□（虫）はたゝ神なり
孝行ハ泪の露のふる塚に
月もきんかり玉まつる也
鉄炮の具も牛牽城せめに
たくむくりから立るたへ松
難面に忍はてかよへひたとゆけ（遊ヲ消シテ）　」オ

四角柱やかとらしの君
釘抜やひしと金具の門かまへ
幕にそ付る家〳〵の紋
陣取のそな〳〵ハあらハれて
こゝやかしこに馬ハいなゝく
二ウ されは社加茂の祭りの時分なれ　」ウ
露ふか草に礫うちあふ
かゝみ居る鶉や床を放るらん
小鷹の先へ犬をやり縄
むハらくろ畠山田の刈つめに
鎌のなりしてさすハ三ケ月
竹自在天にもすきや西の空
赤ゐほしきる方ハさるとり
山王の神主は酔さかもとに
志賀から□（虫）へ見こしふるなり
松陰に花のほうしてかふくらし　」オ
たてに茶をのむ春のたハ言
奥州の人の心もうらゝにて
うねめか哥にめくるかハらけ

三 久堅のあめの御門のミ遊ひに
ひてりに水はたえすとう〳〵
瀧の露はちりやたら〳〵ちりとんた
はんまちとりの友よはふ秋
白々と月もかゝめく真砂地に
たうとやおかめ常の灯
花の咲かすも九品の浄土にて　」ウ
うくひすたにもとなふ法花経
谷底も雪とけ渡る身延山
いさハ川にも増にこり水
ゆら〳〵と波に浮木の流来て
あらハれ出る石亀のかう
品玉を放下ハ月になしぬらし
日を手にとるはすいしやうの露
三ウ 秋の比目かねて灸やさしも草
老てハつねに養生をする
高野聖おくの因果にやせほそり　」オ
餓鬼やあつまり爰にきの国
花瓶をは南おもてにならへ置

いくつも水にさゆる月の輪
愛岩（ママ）には手桶の数を夕間暮
火の用心の番太郎坊
盗人をふせけ跡先五鬼前鬼
芳野の花におほき宿かり
春の夜のあたひ千金たかはりて
長閑にあそふはやり傾城
なまめけは見てハつを引袖ヲ引　」ウ
すかたもたへにこのむ青柳
（名）早乙女も早苗もはらむつハりにて
夏やせをするなへて里人
馬ニ牛一もほねはかりにや成ぬらん
破れてあハれふるきから笠
せつきやうをとくさゝらをもすり切て
じねんこしきのまねを社すれ
聟入にけふ北山のはやし物
くらまきれにも忍ふなかうと
月遅ミ行乗かけのつゝらおり　」オ
まうせんはかりひかる稲妻
能を見る桟敷も長き夜ヲ懸て
目くらとち〳〵あつまれる袖
おさなきはいつくの角にかくれんほう
さいの川原ハ物さひてけり
（名ウ）大雪に明る箱根の道たへて
古郷をおもひ伊豆に逗留
なかされし人の首のいかならん
内裏に今もすゝめくるてふ
ちまきむす小米ハ庭にこほれ落　」ウ
篠はまこものちりよあくたよ
あらけなき風にいためる花ハおし
人の一期も春の夜の夢

8・外庵

※本書のみ。

〵かへせもとせ名乗捨たる時鳥　外庵
〵さすかまきれぬ氏ハ橘
〵けたかくも見ゆるや幕の紋ならん

逢坂山を越る所知入……（略）
　付墨　四十句
　此内長　六句
　　　　徳元

9・何鰹

※『高野山俳諧書留帳』には、「寛永十八年卯月上旬　玄札」とある。『知足書留古誹諧』（横影写一冊、知足下里勘兵衛編、天理図書館蔵）『誹諧連歌集』（中写本一冊、静嘉堂文庫蔵）にも収録。両書共に長文の玄札跋及び徳元の判詞がある。刊本『誹諧独吟集』（横本二冊、寺田重徳編、寛文六年九月）下巻に収録のそれには跋と判詞はなし。なお玄札の独吟「卯の花」の巻にまつわる話、『俳家奇人談』巻之上に見ゆ。静嘉堂本は今は亡き野間光辰先生のご教示により、昭和四十一年八月十六日に実見、参考資料として写真を付した。

何　鰹　　　　　　玄札

＼卯の花を落すハ風のおこり哉
＼いさくろやきにせん郭公
＼ヽ夏山にかハらけ程の月出て
＼端居にあかすのめる大酒
伴ひハ簾をまいつくたまいつ
＼のる小車に麻のをくるま（大酒にくたまくうるさく候）
＼公家衆も賤かあたりへ立寄れ
ひもしさいかにけふの御狩場　」オ

ウ
すつきりと片野の原やへりぬらん
＼雉子ハあまたの子をそうみける（ひもしきにはらのへる付過か）
＼独り春を送るはやもめ烏にて
神さひわたり霞む宮たち
＼緑青のふく拝殿の金物に
＼哥仙の絵こそ露になかるれ
＼一通り秋の時雨に（の）ふる屏風
＼讃岐のうらの月くらきころ
こめくらハ杖を便りと四国にて
＼よねの俵をつけしあめ牛　」ウ

〵大黒と大日いかにまかふらむ
〵那知にこもれるゆとの行人
〵度〳〵にうたれ社すれ花の滝
〵皷の音かたつほゝの草
二
〵春の野におもしろ狸たハふれて
兎はなミの磯に侍へる
〵きんかりと月海上にうかふらし
秋にきげんのよき舟あそひ
〵藤栄ハあたゝめ酒に酔うかれ
あしやよろ〳〵あしやよろ〳〵
〵達磨尊も半身いかになへ中風（御作意弥重ニ候へ共前へもたれ候）
」オ
〵すゆるやいとや九ねんけんへき
さしも草さしも命やおしからん
〵伊吹の山にかくむ（るヲ消して）落武者
〵水海もいとわす（て）渡す源氏ニて
〵硯になるゝするすミの馬
〵花さかハつけんと云て書文に
〵いそきむかひをやり梅の陰
二ウ
〵初よめもやかて北野の春の庭

〵右近のはゝを中人にして
」ウ
あふ時はきくすりなれや宵の程
〵病いかにと聞ハ辻うら
帷子の色はるりかう如来にて
たんころ〳〵やあつきころ〳〵
〵常夏の花にゑの子のされ懸り
かこふ砌にしのふ六代
縄ふしといふもおそろし小柴垣
〵念を入はや野の宮の修理
大工にもまさる細工の女御にて
よみぬるうたのうしやをれ釘（野の宮にさいくう弥重ニ候へとも当句さく可有候）
」オ
月に見よ此かけ物の筆のあと
五山にこもるつれ〳〵の秋
三
〵露の間もかまくら僧のあくひして
朝な夕なに茶をひきがやつ
かたつきもかいなもさそやいたからん
〵鎧の袖をとをす鑓疵
ひたゝれを赤地に染て帰るさに
〵いさみ〳〵にいそく古郷

やるせなく駒に鞭うつ旅の暮
いかさま空はあまけにそなる
\しふかりし梢の柿の熟をして
なんひきもよる園の色鳥
\ふくらうのかゝむ軒端の冷しミ
ほゝんほんのりてらす有明
霧もはれ気も又はるゝ夜舟にて（狐にこん〳〵と付てハ用付ニ候其類か）
\他念をもいさしら川の浪
三ウ
法皇も御出ましまず花盛り
聖人の代のもろこしの春
永日に四書をよむ社たゝならね
徒にたゝ五常やふるな
うかれめハ坊主のけさにすかり付
\経の紐よりとくハ下ひも（五常（シヤウ）を五てうのけさにハ取成かな遠ひ候）
\道心はをこさて発る凡悩に
そこつな山へ入しくやしさ
浦嶋やあくる箱根の峯越て
\冨士に五色の雲そたなひく
\染わけかかのこまたらの袖の雪（色ヲ消シテ）

」ウ
」オ

たて出立夏のかり人
みしか夜の弓張り月もはれかまし
八幡まいりのきるやあミかさ
名
\ふか〳〵と忍ふはたそといは清水（清に虫）
すへし恋路の関そ物うき
\きぬ〳〵の鳥の空音にたまされて
たかく買ぬるせんしはふたへ
加賀へ行商人や目のきかさらん
つよき秤を持て北国
いかはかりかね沢山に渡る声
仕合よくて帰朝するころ
たもちぬる命ハ千世の松浦かた
殺生かいをまもるさよひめ
咲ゆりの花の臺にいたるへし
\鬼あさみこそ地獄へはゆけ
夏の野や竃の湯よりもあつからん
沢辺の水をのむ八瀬の人
名ウ
\塩からき魚のさしみの酢（す）このミに
つハりやミぬる妻のいとしさ

」ウ
」オ

ふる〔ら〕ひ〱是産前のふりくすり
ちきりの中もふかき天目
しな玉に餅を丸〔マロ〕めて取けらし
打鉄炮に夢ハさめかひ」ウ
＼かりふしの枕に近き花軍
蛙あつまるはたこやの庭

右之誹諧ハ夘月上旬に凬瘧を
煩間日つれ〱に發句をせんと
案んしけるかおこりはかりをくにハ
せて誹諧無用と思る人もやあ
らんしかハあれと自然ハおこりも
まきれやすらん旦ハ祈念にも」オ
なるへきかとおもひ一折をきり
薬にとおもひしに心ならす百韻ニ
なれり随分作意をふるふと
いへともおこりの中なれハ熱気の
さし合頭の打越高枕にもたれ
句ゆふつけ鳥の啼にもかま
ハすねられぬ儘にあんし煩て
みたしたき初一念をたよりに
して善悪をもかへりみすほんく
のうらに書つゝり侍りけれは」ウ
草臥も弥増り日にそひて力
ハおつれともおこりハ落す口もにかく
食物もおとる儘に鰹のふし物
をけつり食物にかげんすと
いへとも猶口もわろきまゝに智
音の薬師をむかへて談合ス
かの薬師予か側へ近付しん
かんしんと脉を取肺脾の臓
の虚したれハ虫瘧なるへし
腹に針を立炙をしたらハ」オ
よからんといふ間さらハとて瘧
日の朝炙と針とを用けれは
其日おこらすあまりの嬉しさに
かくなん
炙針をしめしか原〔の〕にさしも草

おこりのむしのあらんかきりハ
といひけれは皆人おかしかりけり
其後二たひおこらす此比達者
になりて今此一巻をみれはいと
おかしき事のミなれとさもあらん
おもひたまふ句もあらは付墨を
たのミ侍ルのミ」ウ
誹諧のかうなり名とけたまひなハ
われにもてんの道をおしへよ

卯花の一巻を披きみれは詞花
金葉の一句〳〵目をおとろかし
誠におこりも落ぬへかめりむへ
独吟と相見へ差合落句も無」オ
之引揃ひたる百韻奥の詞
書のおもしろさに巻返し〳〵
老心を慰ミ侍りぬ頃希有
の御作意奥ゆかしく存る
のミ愚拙に対シ一首ノ狂詠
是又弥重ニ候也贈答
あつはれやかほとかうなる誹諧の
てんの道にハ身しりそくなり
付黒(ママ)四拾七句内長三
徳元在判」ウ

図35　参考資料・静嘉堂本

1

2

3

4

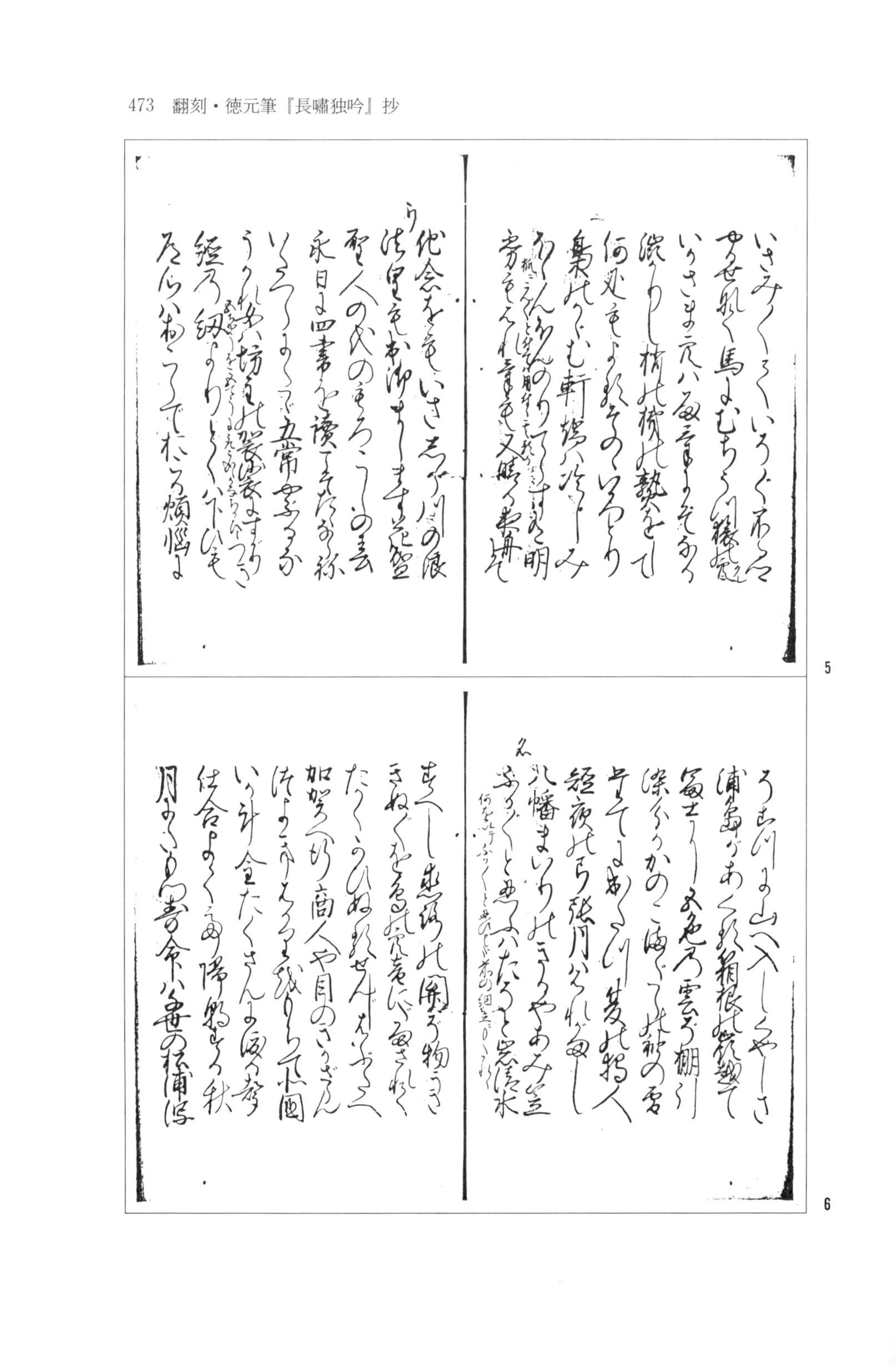

5

6

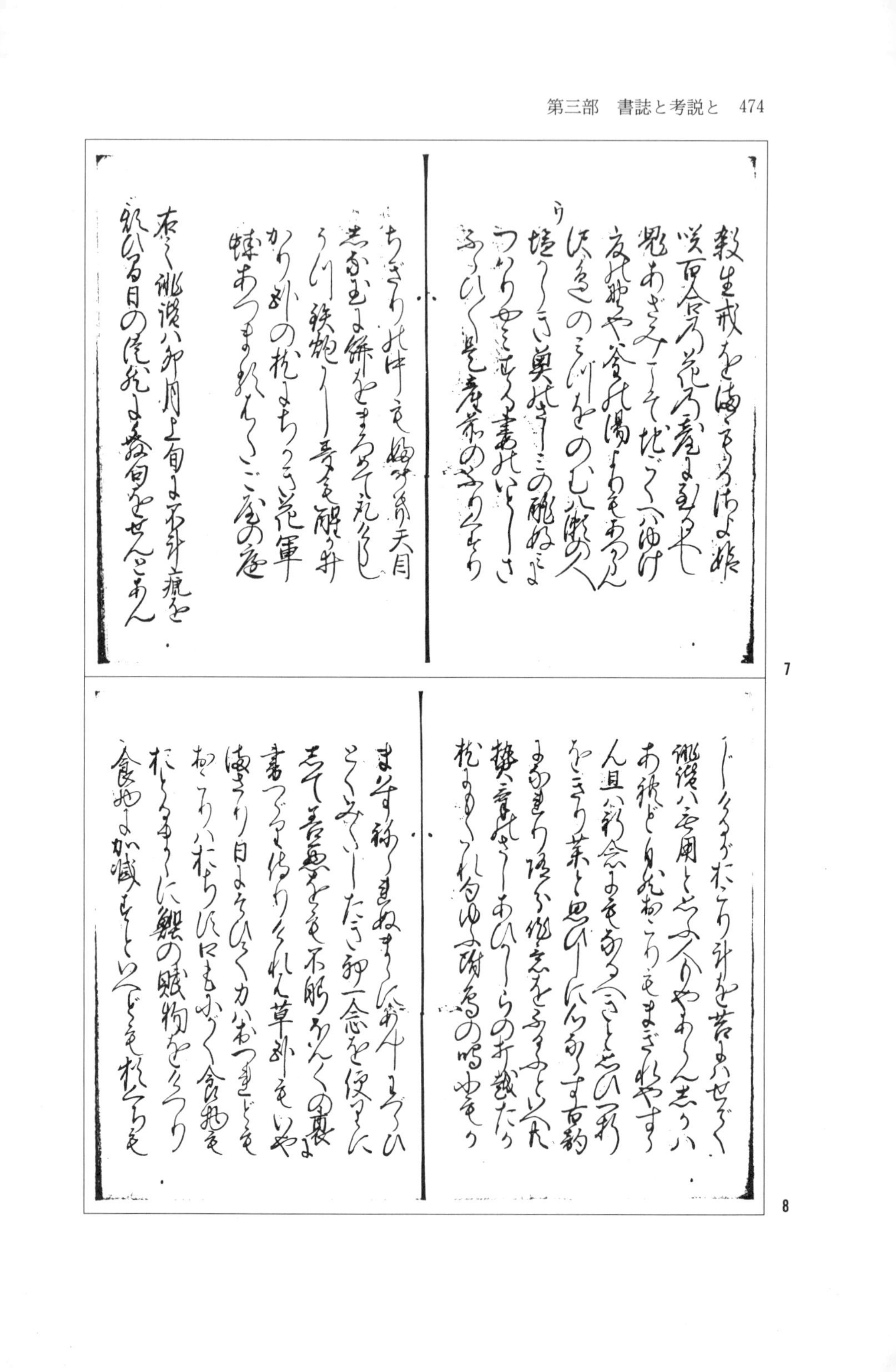

7

8

9

10

柿衞文庫蔵徳元第三書簡考

一

岡田利兵衞先生御秘蔵になる斎藤徳元自筆の書簡を、名付けて「徳元第三書簡」と呼ぶことにしたい。かく言うは、先に故笹野堅氏の編著『斎藤徳元集』に紹介せられたる、二通の書簡（末吉道節宛、寛永十年正月十四日附書簡、同じく道節宛、寛永十五年五月十九日附書簡）が、いずれも末吉家に蔵されているのみで、ほかには存在するのを聞かぬからである。

徳元第三書簡の存在は、確か昭和四十九年度日本近世文学会秋季大会の折に、野間光辰先生を始め大阪俳文学研究会の諸先学によって御教示をいただいたのだった。そうして翌年三月二十五日の昼下がりに、畏友櫻井武次郎氏の東道で芭蕉葉茂れる柿衞文庫をお伺いして、念願の自筆書簡に対面したのである。

さて、始めに書誌をしるす。

柿衞文庫蔵。装幀、軸装、岡田先生いわく、「略式の三段表装」との由である。表装は源氏車に二矢の雅趣に富んだ模様で、因みに宛先たる能役者の観世服部氏は「矢紋」であったとか。寸法は原紙部分天地二九・三糎、横四二・二糎。箱書「斎藤徳元句入文」。

次いで、徳元書簡の本文を紹介する。

〆

服部茂兵衛様（裏書）　　斎藤徳元（裏書）

定而方々御謡そめニ御隙あるましく候我等も／
新陽之御吉慶千鶴万亀目出度／
礼ニ（註1）ありき申候たかひニ隙ニ成候て可申入候／
申納候旧冬ハ御参府いなや早々預御使候／殊ニ御念入之たはこ弐箱又うら辻（註2）ニ能御こ（註3）のミ候て／御ゆはせ候筆
五対色々扨々大慶之至ニ存候／京筆ニひしと事ヲかき候刻別而〳〵／大悦此事候いか様一会仕申入候て可得貴
心／我々当春之発句書付申候／

元旦

一（註4）こゑの鳥やさか（註5）ひめこそことし

同祝

けふことに太平らくや御代の春

二日謡（註6）初ニ

たち（註7）こゑや梅か（註8）えうたふ松（註9）はやし

恐惶謹言

四日　　　　□（花押）

文意は、「新陽の御吉慶、千鶴万亀目出たく申し納めます。旧冬は御参府なさるやすぐに御使いにあずかり、その節は殊にお心づくしの煙草二箱と、又裏辻町の筆結で念入りにご注文をつけておゆわせになった筆五対など、いろいろ頂戴してさてもさても大慶の至りに存じました。京筆にひどく不足をしておりました時ですゆえ、とりわけよろこんでいます。なんとか一度お目にかかってお話を申しあげたく、わたくしの当春の発句を書付けます。（歳旦句省略）さだめし方々の御謡初めにお隙もございませんでしょう。我らも新年の礼にあちこち出かけています。いずれたがいに隙になりました折に、お目にかかることを申し入れます。」と、まあ部分的には誤訳があるかも知れぬが、かくの如き内容になろうか。岡田先生は、「全文、格調高き名書翰なり」とおっしゃった。勿論、私も同感である。

それから念の為に、徳元自筆書簡であることを改めて確かめてみる。例えば文中に「殊に御念入」のとか、「大慶之至に存候」「大悦此事候」「我々当春之発句書付申候」、あるいは尚々書の「定而……あるまじく候」などの表現に、よしそれが書簡常套の形式句であるにせよ、徳元書簡に見られる彼独得の口吻が感じられる。では筆蹟はどうか。一見して筆太、雄渾なる筆勢が見られて、いかにも戦国武士らしい気字がうかがわれよう。とくに「や」「の」「京筆」「ひ」「ふ」「元」などの字に〝自筆〟としての特徴が認められるのである。

なお参考までに、柿衞文庫には徳元の自筆短冊が三枚も蔵せられている。すなわち、「冬帷子　かたひらの里も布子のしハす哉」（『関東下向道記』に見ゆ、別冊太陽『俳句』昭51・9にも掲載）・「何哥も扇にかけハ折句かな」（『塵塚誹諧集』上、『毛吹草』巻五ほか）・「川橋や氷のくさひ霜ハしら」（※架蔵）などの短冊で、いずれも賞翫に値する、「御家流」の極美短冊であった。

二

徳元第三書簡の成立は、歳旦句「一こゑの鳥やさかひめこそことし」なる句によって、正保二乙酉年正月四日付、徳元、時に八十七歳の折に差出したものと考えておこう。まずこの時代に、鳥イコオル「酉年」と「謡初」を詠みこんだ歳旦句に、どのような例句が見られるであろうか。寛永十癸酉年の条、「庭鳥の日ぞとてけふやうたひ初　徳元」（『塵塚誹諧集』下）、「元日　うたひ初は人より先かとりの年　道職（堺之住）」（『犬子集』巻一）などが見られ、又ひとまわり昔の元和七辛酉年の条には、徳元句「酉のとしに　春やたからとてこふとなくとりの年」（『塵塚誹諧集』上）なる歳旦句がある。因みに、北村季吟編『増山井』（寛文七年刊）を繙いてみると、

初鳥　元日の朝の鶏のこゑ也。

とある。されば「一こゑの鳥」とは、すなわち「鶏の一こゑ」でなければならぬし、それはそのまま初鳥（はつとり）――暗に能役者服部茂兵衛への祝詞をにおわせた、挨拶の句と解することが出来るであろう。

正保元年より三年に至るまでの徳元の動静は、どうであったろうか。いま、略年譜を作成してみることにする。

正保元甲申年　八十六歳

○正月、東下した松江重頼を迎えて、重頼・徳元・玄札・未得・嶺松・意計の一座で百韻一巻を作る（『高野山俳諧書留帖』）。この東下の際に、重頼が徳元亭を訪問したのは、五月雨の降りしきるころであった（『毛吹草追加』）。

○六月、元綱亭にて、重頼・元綱・徳元・玄札・未得・嶺松と共に百韻「あふぐかみの扇の骨は井垣かな」（重頼句）の巻に一座（『毛吹草追加』『高野山俳諧書留帖』ほか）。

正保二乙酉年　八十七歳

○『歳旦発句集』（表紙屋庄兵衛刊）に本年の歳旦句一句が見える。「春もけふ天下も今を天下かな」。

○二月刊、重頼編『毛吹草』に発句五十句入集。

○三月六日、脇坂安元の『下館日記』（中写本三冊、藤江忠廉本の近世末期写、金井寅之助氏蔵）下巻に、次の如き記事

が見える。

　六日　れいのさうし（風雅集をさす、金井氏ご教示）をよむ　斎藤徳元人をこす

正保三丙戌年　八十八歳

○『歳旦発句集』に本年の歳旦句一句が見える。「君は船臣や若水千代の春」。

○「正保三丙戌暦如月下旬中書之」なる奥書を有する『氷室守』に、徳元句三句について言及するところあり。

○六月、立圃妻歿す。徳元、追善に「愁傷と忘れん草の花もがな」なる一句を贈る（木村三四吾先生「斎藤徳元」）。

○是庵独吟の「熱田七社法楽之誹諧壱万句之内四千句発句脇」の右に貞徳、左に徳元が点を加える。

○『柳亭種彦蔵俳書目録』に、「古写本一帖　正保三年季貞独吟（江戸町名誹諧）江戸俳諧　徳元判云々」とあり。

右の略年譜によれば、本書簡が成立した正保二年前後における、江戸貞門の指導者老徳元の俳事は、なかなかどうして八十七歳とは思えぬ程のみずみずしい活動ぶりがうかがわれる。文中「京筆にひしと事を欠き候」如き文事、あるいは「我らも礼にありき申候」などと書きとめているあたり、このことと照応しているであろう。

もう一つ。成立年代推定の傍証として、花押の形についても一考してみる。私は本書第一部「『徳元自讃画像』一幅の発見」のなかで、花押を三種に分類しておいた。で、本書簡の花押は、徳元第二書簡（末吉道節宛、寛永十五年五月十九日附）ならびに自讃画像などの、最晩年におけるものとほぼ同形である。なかでも殊に自讃画像に見えたる花押の形に頗る近似しており、その点からでも正保二年正月の成立は間違いあるまい。

ところで、宛先――〃服部茂兵衛〃とは、いったいいかなる人物なのであろうか。実は、本書簡を始めて実見したとき、御教示下すった上方在住の諸先学と同様に宛先を「服部茂三良」と読んだのである。その後、調査が深ま

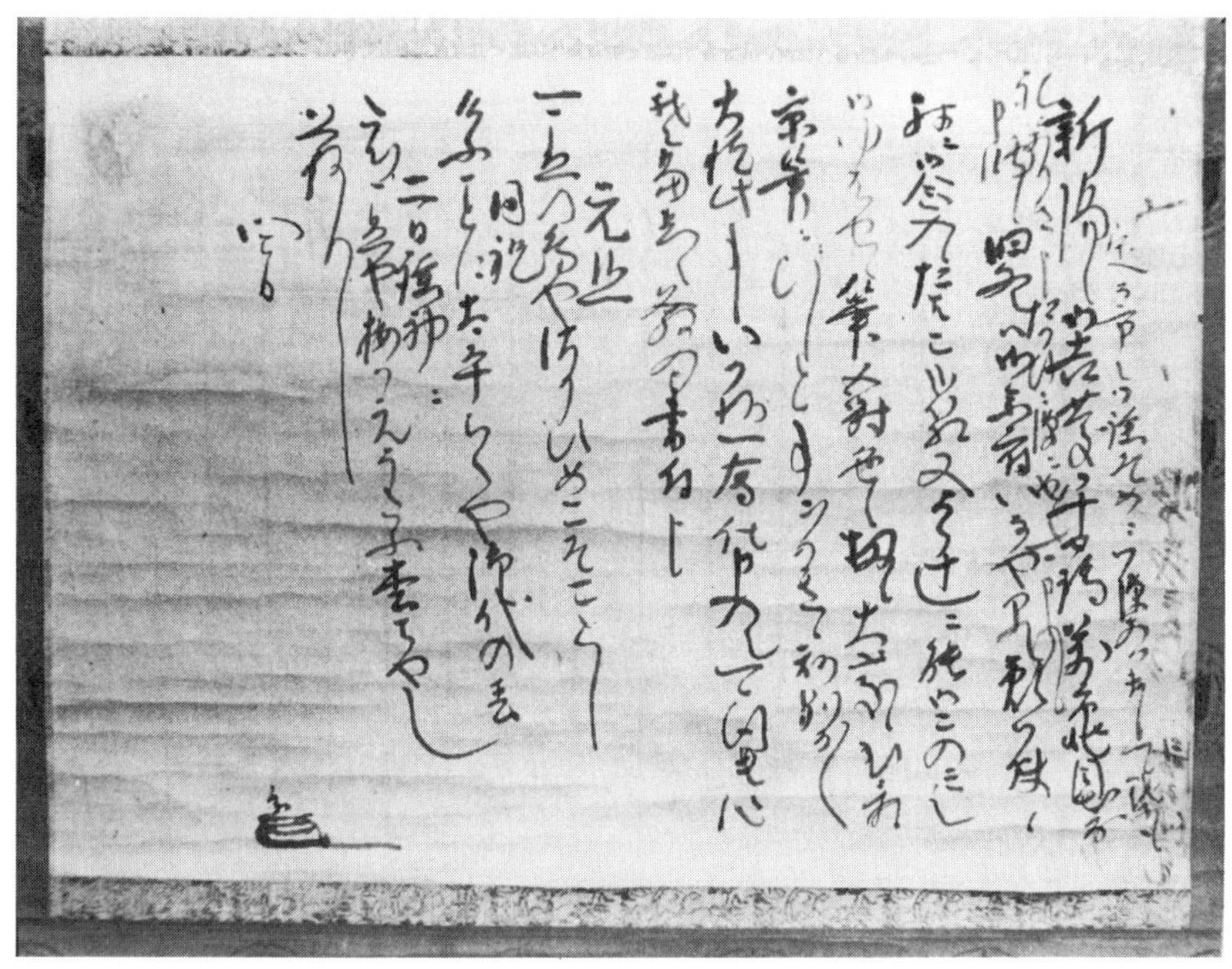

図36　徳元書簡（柿衛文庫蔵）

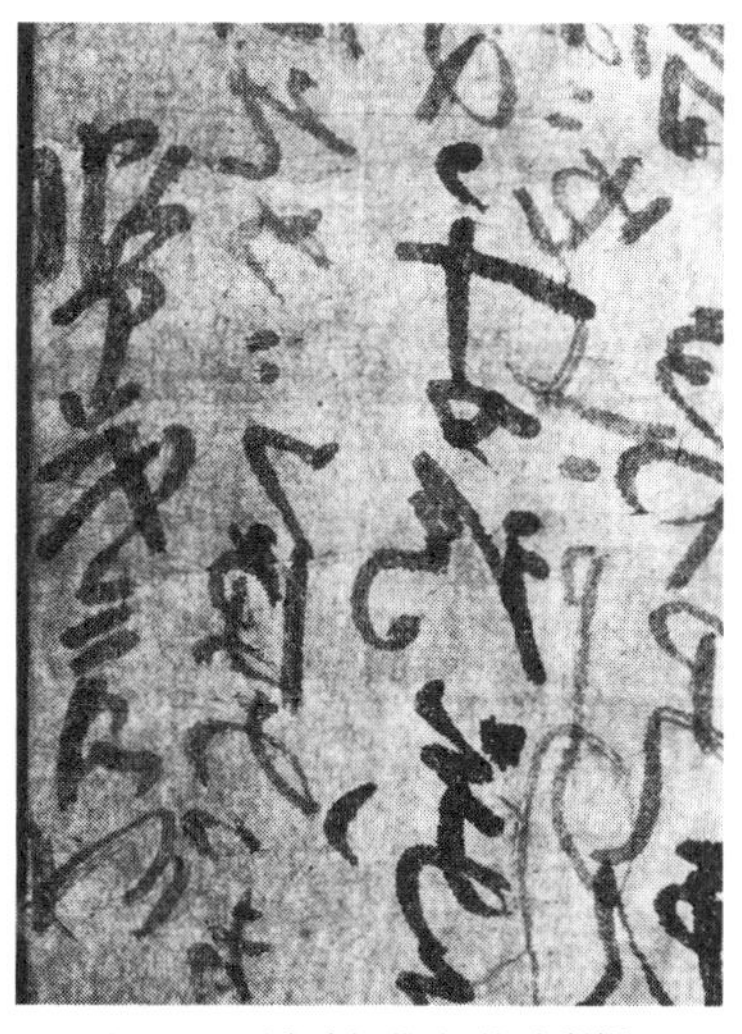

図37　（裏書）服部茂兵衛様

図38　（裏書）斎藤徳元

るにつれて茂三良にあらず、茂兵衛ではあるまいかと疑いをいだくに至って、ついにことし徳元忌が近づく八月二十六日の午後、ふたたび柿衛文庫に伺い、しかと再見するに及んだのであった。結果は確かに、茂三良とも茂兵衛とも読めるが、どちらかと言えば「兵衛」なる文字の極端なくずしを考えに入れて、私は「服部茂兵衛なり」と断定したい。岡田先生も「茂兵衛カ」と賛意を表された（図37参照）。

さて、能役者服部茂兵衛なる人物に関して、最初、表章先生に御教示を仰いでみたところ、左のようなお手紙を頂戴したのである。

服部茂三郎は文面から推すと玄人の能役者のように思われます。観世大夫家が伊賀服部氏の出ということで、観世系統の人はしばしば服部姓を称しています。九世観世大夫暮閑（身愛、黒雪）は家康の勘気を蒙って高野山に籠居した期間（慶長十五～十七年）に服部慰安斎と称していますし、身愛の弟の九卜斎栖元（元和二年歿）も、そのまた弟の秀政（慶安元年七十三歳歿）も服部を称しました。但し、観世家の系譜類には「茂三郎」を称している人が見えません。

観世座のワキ方だった福王流の家元も、服部姓を用いていました。前述の服部栖元の子の盛親が福王甚兵衛盛厚（寛永十四年歿）の養子となって福王家を嗣ぎ、福王茂兵衛と称し、寛文八年に隠居して服部宗巴と改めました。素謡（すうたい）の元祖と誤伝されて著名な人物です。福王家はどうやら京都を本拠にしていたようですし、宛名が「服部茂兵衛」ならばピッタリします。その可能性はありませんか。〈略〉いずれにせよ、「御謡ぞめに御隙あるまじく候」の文言は、服部茂三郎が玄人の能役者だったことを示すものと解されます。「旧冬ハ御参府」とあるのは、江戸へ登ったことを意味するでしょうから、京都と江戸の両地で活動していたことを思わせます。

どうもやはり観世座の役者の感じです。〈略〉演能記録にも茂三郎の名ミエズ。（昭52・3・17附）

以上の、詳細にわたる御教示によっても、服部茂三良実在の影は甚だ薄いようである。対するに懸案の服部茂兵衛

の方は、同じく第二便で、

　福王（服部）茂兵衛は番組類を検するに、正保二年まで江戸で出勤した記録なく、正保三年から名が見える。正保二年冬に出府せる可能性強し〈略〉

　観世座ワキ方福王流の家元茂兵衛（京都の役者、江戸観世座にも属す、京に屋敷あり）は、慶安五年に服部茂兵衛と記録されており、それ以前から服部姓であった可能性が強い。〈略〉　（昭52・3・24附）

と。

　すれば観世座のワキ方服部茂兵衛の東下は、本書簡の出現によって、通説よりも一年早くて、すなわち正保元年冬に出府、翌二年春には出勤、と訂すべきであろうか。なお、この面からも逆に、本書簡の成立年代が立証せられよう。

三

　最後に、徳元伝記研究上より見たる、本書簡の資料的価値について、あらあら記すことにしたい。まず彼は煙草を嗜んでいたこと。当代、煙草は貴重品であった。そう言えば、徳元の旧主京極若狭守忠高はキリシタン大名であり、その母常高院も亦キリシタンであったらしい（渋谷美枝子氏「キリシタン大名京極高次」小浜市教委、昭47・8）。で徳元にもキリシタン句が見られ（『塵塚誹諧集』）、〝煙草弍箱〟とあわせて異国趣味の一面がうかがわれて興味深いのである。（寛永末、諸家の煙草を詠める句、例えば『鷹筑波』にも数句見える。）あるいは辞世の句「末期にハしに（死に——詩に）たはこと（戯言——煙草と）を月（吐き）夜哉」と解釈してみるのもいかがか。次いで文人らしく京筆五対の恵贈を受けたことへのたいへんなよろこび。そして京都の能役者服部茂兵衛との間柄に風交が認められること、あるいは「我らも礼ニありき申候」と俳壇の長老よろしく若やいで諸侯の間を新年の礼に明け暮れている様子など、とに角、寛永文化圏を生きぬく、徳元最晩年の日常の一齣が髣髴と浮かび上がってきて、まことにおもしろいのである。

註1　礼——新年の礼。

註2　うら辻——『京雀』（寛文五年正月日、山田市郎兵衛板）巻第二

○京極通

四条さがる町

○蓮池町　此町に筆の上手裏辻が家あり

『山州名跡志』巻之十七

裏辻町　在同街上立売南従此南共三町所東方古将軍義満公ノ第アリ。記次下殿舎部。此町北頭向北揔門アリ。是封境裏門也。仍号裏辻。古老曰。此北横路ニ武家ノ筆結アリ。世人呼デ称裏辻。遂為家名。今世筆人裏為浦非也

註3　御このみ——注文をつける。

註4　一こゑの鳥——正保二乙酉年か（徳元、時に八十七歳）

註5　さかひめ——境目。

註6　謡初——新年に、武家の殿中で能役者を招いて謡曲のうたいはじめをする儀式。徳川幕府が正式に正月行事とし、正月二日（ただし承応三年からは三日夜——『増補江戸年中行事』（享和三年成、鶴屋喜右衛門板、架蔵）正月の条参照）に行なった。これがすまないうちは諸家で謡をうたうことができなかった。〈季・春〉

註7　たちごゑ——よく通るいい声。「立ち」は梅のみならず、はやしとも縁語。

『徳元俳諧鈔』（自筆本、架蔵）「謡名之誹諧　面八句　花のふる役者よはやせ桜川／梅かえうたふ春のしうけん／長閑にもうねめのかはらけ取出て／はし居の月にあくる半蔀／雲霧は軒松風を吹まくり／みねこす雁はをちのよこ山／秋の田のかたへやう〳〵くれはとり／百万人もかへるむら〳〵」

註8　梅かえ（梅枝）——謡曲。四番目物。各流。世阿弥作。管弦の役を争って殺された富士という楽人の妻のなげきをその亡霊が語り雅楽曲「梅枝」を奏する。

「梅枝」の謡曲は正月に謡うようなめでたい曲ではないのを、松・梅と並べるためによみこんだのでしょう（表章先生御教示）。

註9　松はやし――『誹諧初学抄』初春の条に、「松ばやし」とある。

〔附記〕　本稿を成すに当り、特に左記の方方からは深い学恩を蒙った。まず徳元自筆書簡の閲覧と発表を許可下され、かつ書誌学的高見も賜わった柿衞文庫主岡田利兵衛先生の恩情、それに関連して野間光辰先生・雲英末雄氏・櫻井武次郎氏・永野仁氏、又、宛先服部茂兵衛に関しては表章先生、以上の方々から懇切なるご教示をいただいた。記して謝意を表します。なお本稿は、過ぎにし昭和五十二年六月十九日に、名古屋さるみの例会で口頭発表したものである。

（昭52・8・30稿）

徳元・玄陳資料二点

○誹諧句鑑拾遺（徳元句）

天理図書館綿屋文庫蔵。わ一七五—三。小本四冊。一陽井素外編。縦一六・一糎、横一一・三糎。表紙、鉄色布目地の原表紙。袋綴。題簽、左肩に四周双辺子持枠の原題簽「誹諧句鑑拾遺　春（夏・秋・冬）」。内題「誹諧句鑑拾遺　春（夏・秋・冬）・之部」。のど「春（夏・秋・冬）一（—卅五）」。丁数、春三十五丁、夏三十五丁、秋三十五丁、冬三十六丁。毎半葉、概ね十行。序文なし。冬之部に、「天明丙午（六年）初冬」妍斎津富の後叙。書肆名はなし。蔵書印「晋風」「わたやのほん」、「天理図書館／二五七四七一／昭和廿六年壱月拾日」。

誹諧句鑑拾遺春之部

椿　花のものいふ唇のつはきかな　徳元
涅槃会　終の道ハ佛も横にねはんかな　徳元
花　人ハ花花や人まつひかし山　徳元
花よ花風の黙らハたまれ花　同
掃捨なふむな拂ふなはなの塵　同
櫻　深山木のさくらや公家の田舎住　徳元（※『毛吹草』巻五、春—桜に入集。）

桃花　むちやくちやとも〻えに咲や桃花　徳元

混合　石山や土にはえても岩つゝし　徳元

暮春　花ハ青葉春は何をや置ミやけ　徳元

誹諧句鑑拾遺夏之部

若葉　夏木立　繁茂／茂る木に鳥や一夏の山こもり　徳元

誹諧句鑑拾遺秋之部

稲妻　詞書ありて／人の世や只稲妻の影ほうし　徳元

月　名や磨く曇らぬ月の大鏡　徳元

あるかたに饗せられて／釣舟の花はかつら歟三かの影　徳元

誹諧句鑑拾遺冬之部

時雨　あかねさす日も染ものか夕しくれ　徳元

○連歌百韻懐紙断簡（玄陳筆）

山下圭三郎氏蔵。装幀、紙本軸装。三段表装。天地三四・三糎、横八七・〇糎。ただし連歌は二オ十三句めまでにて、断簡である点が惜しまれる。北家の里村玄陳筆。伝

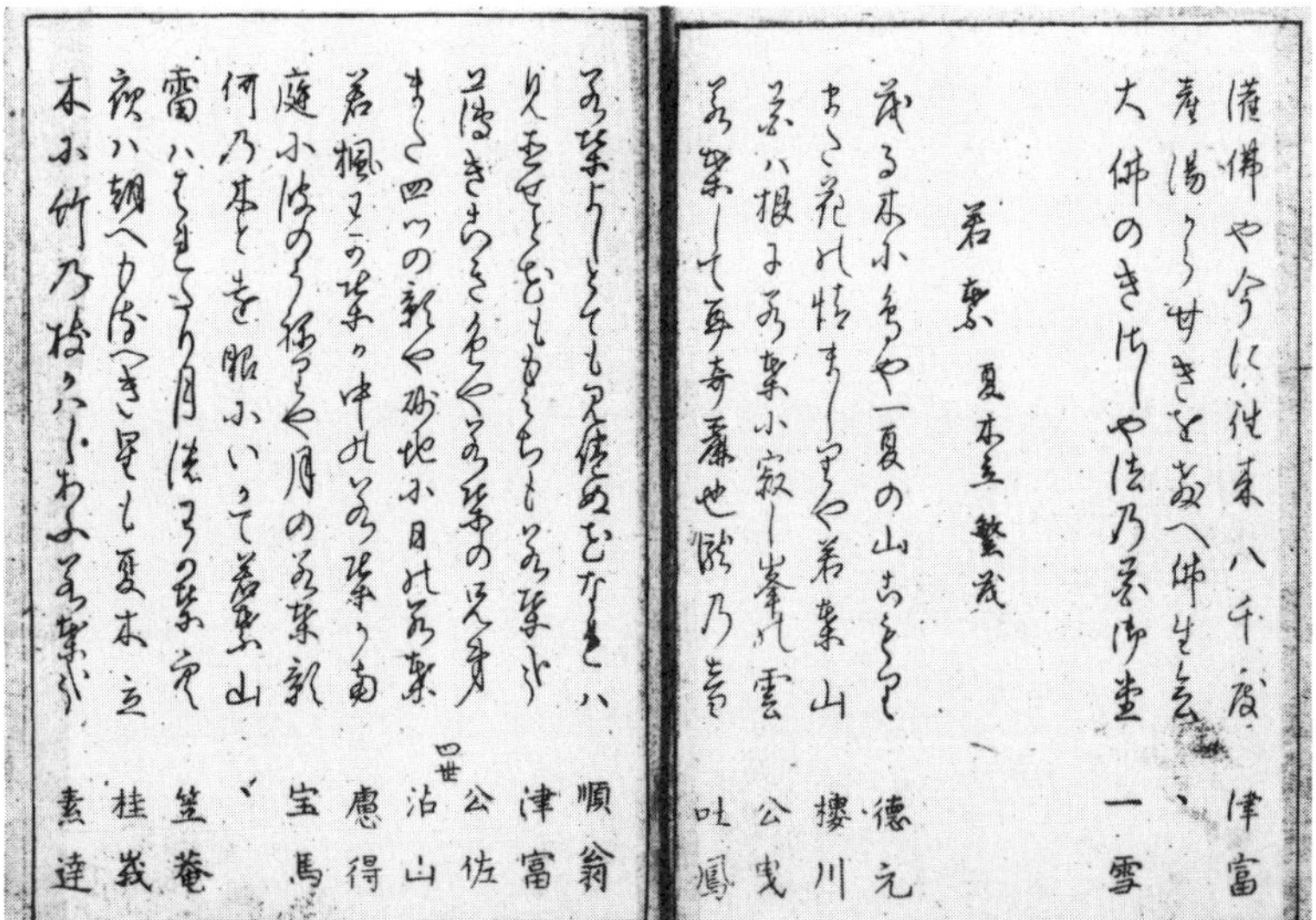

図39『誹諧句鑑拾遺』夏（架蔵）

来、昌琢の後裔で幕末期における幕府ご連歌師、

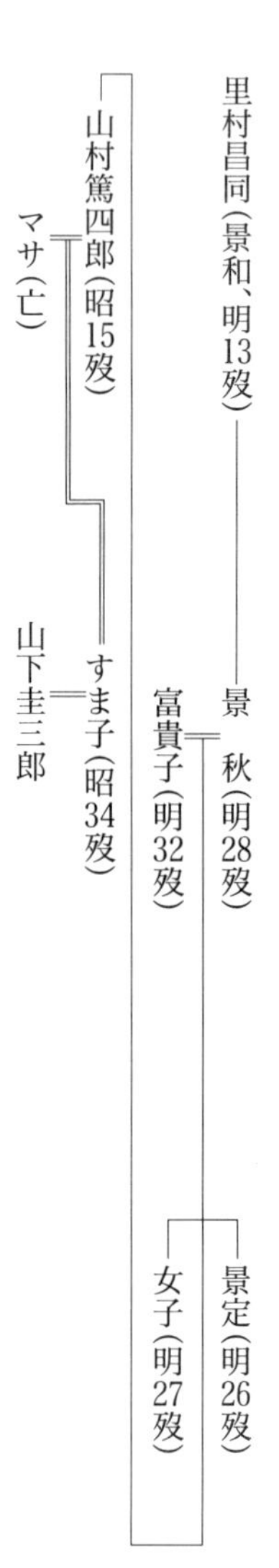

右の如く里村南家の伝来であり、近くは氏の先妻の母堂山村マサさんから伝えられし由。なお氏いわく本作品の存在については、かつて小高敏郎氏に語りしことありと。

冒頭の一順を示す。括弧内の数字は句数である。草に木にありし世しのふ茂りかな　玄陳（4）／宿のあハれをとへ郭公　玄俊（3）／月にたに明やすからぬ□[虫]ねして　玄的（3）／あらしをふるゝ袖のさむけさ　昌俔（3）／立かへる山下道の霜ふかみ　紹春（3）／をとせぬ水やこほる谷川　宗億（3）／暮ぬれは柴取舟のあともなし　了純（3）／さとはかくれてつゝく村竹　了心（3）／ゥをしなへて残るかけ野の雪の色　能圓（3）／朝またきよりいてし狩人　宗因（3）／春風に駒や行〳〵いはふらし　宗俚（3）／みとりになひく道の草村　執筆（1）以下は略。右は北家の玄俊邸に於て張行されたものであろう。西山宗因が出座しており、会席の席次からみて慶安三年以前の成立かと推考される。玄陳の初夏の発句、中七で「ありし世しのぶ」と詠んでいるので、あるいは慶長十二年四月歿の玄仍追善の連歌百韻か。

徳元句拾遺

題して「徳元句拾遺」とする。それは先に紹介の、「徳元・玄陳資料二点」（第三部）における、『誹諧句鑑拾遺』（天明六年刊）の徳元句とあわせてである。

天理図書館綿屋文庫蔵。わ一八四—一六。半紙本五冊。高桑闌更閲・亭々坊車蓋輯。縦二二・七糎、横一六・一糎。表紙、鳥に蝶、唐草模様の空押し。砥粉色原表紙。袋綴。題簽、表紙左肩に四周双辺子持枠の原題簽「發句題林集　春（夏・秋・冬・雑）」。内題「俳諧發句題林集春（夏・秋・冬・雑）之部」。のど、各冊共に「序（春・夏・秋・冬・雑）ノ（丁付）」。匡郭、四周単辺。「寛政六甲寅之夏」闌更序。湖東　蜃州序。

刊記

「寛政六甲寅歳夏開板
　　平安書林
　　　　文繡堂蔵板
　　麩屋町三条上
　　　　勝田吉兵衛
　　三条御幸町西入
　　　　菊舎太兵衛

俳諧発句題林集冬之部終」

巻末、書林の俳書目録はなし。刊記の部分、架蔵本と同一の板木にあらず。思うに、本書菊舎板が初板であろう。

俳諧発句題林集春之部

正月

商始　初売

はつ売に覚し春の價かな　　徳元

二月
春の鷹　白尾　佐保姫
　佐ほ姫の鷹やたしなむ鉄漿付緒　　徳元
（※『塵塚誹諧集』上に、
　　有馬在湯日発句
　　正月大
　　十二　さほ姫の鷹やたしなむかね付羽
　と見える。右は『誹諧発句帳』『犬子集』にも入
　集。）
三月
須广御秡
　はらひして心もすまの旦かな　　徳元
比良祭
　雪解て峯も祭か比良の山　　徳元
春菊　吾妻菊
　吾妻菊橘姫のゆかりかな　　徳元
俳諧發句題林集夏之部
四月
嵯峨祭
　葉桜に鮎くふ迄そ嵯峨祭　　徳元
千団子
　花よりも子心そよし千団子　　徳元
五月
桃印符
　桃の香の詣に籠りし印符哉　　徳元
六月
雲之峰
　雲之峯太郎ハ丹波生れ哉　　徳元
麒麟草
　物問ひに来る目印やきりん草　　徳元
茗荷
　めうかたけされとかしこき庵主哉　徳元
蠓
　猩々や舞ては休む瓶の中　　徳元
住吉踊
　あめかした傘に住よし踊かな　　徳元
俳諧發句題林集秋之部
八月

茜堀
　堀根より秋を染たるあかね哉　　徳元
九月
生玉祭
　生玉やまつり更たる豆腐茶や　　徳元
天王寺結縁灌頂
　灌頂に来合も縁よ天王寺　　徳元
俳諧發句題林集冬之部
十一月
山科祭
　山しなの祭埋るな竹の雪　　徳元
十二月
栢梨勧盃
　栢梨の水やかもしてさけの味　　徳元

因みに再板本は、わ一八四―一五。表紙は笹の葉模様の空押し、砥粉色原表紙。

刊記
「寛政六年甲寅夏開板
平安　桃林堂蔵板
　皇都　井筒屋荘兵衛
　　野田治兵衛
書林　勝田吉兵衛
　　武村吉兵衛
　浪花　塩屋忠兵衛　」

菊舎板と較べてみて、武村板は刊記の部分のみ改めている。従って架蔵の河内屋板と同板なれど、書林の俳書目録はなし。架蔵本は三板か。三板本の板元、浪花の河内屋太助はのちに題簽を「題林発句集　春（夏・秋・冬）」と改題して中本四冊本の装幀で板行した（わ一八四―一三、わ一八四―一四）。板木は全く同じなれど、刷りわろし。表紙は浅縹色布目模様の原表紙である。平成二年十一月十九日実見。

　収録の徳元発句は十八句、そのほとんどが未見の句ばかりである。参考までに西鶴句も多く入集されており、そのことにつき故野間光辰先生は名著『刪補西鶴年譜考証』（中央公論社、昭58・11）のなかで、「それにしても歿後百年も経過して、これだけ多くの未見の句が発掘せられたとは珍しい。句柄から見て多くは晩年の作かと思はれるが、出所の記載を闕いてゐるのは残念である。」（627頁）と述べておられる。それから芭蕉の発句も七句（夏五、秋一、冬一）入集、『俳諧大辞典』における高木蒼梧氏の「芭蕉は一句もないようである。」という記述（587頁下）は訂すべきであろう。

さて、私は過ぎにし晩秋の、京都百万遍知恩寺での青空古本まつりで、前記河内屋板の冬之部端本一冊を壱千円也にて入手したことを附記しておこう。本書は伝本が少ない。

（平3・1・14稿）

徳元墓碑考

天ノ橋立、智恩寺文珠堂の境内には、向かって左側に細川忠興の家臣だった砲術家として著名な稲富一夢斎直家(いなとみいちむさい)の墓碑がある。一夢斎は過ぎにし慶長五年関ヶ原合戦の秋、ガラシャ夫人に従って大坂にあったとき夫人の自刃を見捨てて脱走し身を保持した武士。宝篋印塔の台石には「伊州太守泰誉栄閑一夢／施主者　羽柴丹後守高知／慶長十六年辛亥二月六日」と刻まれている（『丹後州宮津府志』巻之五）。因みに若狭在住時代における徳元句の初出は翌慶長十七年正月の歳旦句からであるが、一見、徳元の若狭亡命時と何か似通ったところも見られよう。その右隣りに、わが斎藤徳元の墓碑が確かに現存していた。塔婆形で、高さは一七六糎、横九二糎の堂々たる墓碑である。なれども碑面は磨滅甚だしく、笹野堅先生編著『斎藤徳元集』をたよりに、

正保□□□□
全□宗浄信士
清岩院殿前端尹隣山徳元居士
一蓮宗□□□
八月念八日

図40　斎藤徳元墓碑（宮津市・文珠智恩寺）

と読めるのである。参考までに智恩寺所蔵過去帳を拝見する。二十八日の条に、

清厳院殿隣山徳元居士　正保四亥年八月念八日

筑前黒田家臣斎藤五六郎先祖

もう一冊の過去帳ただし見返しに、「文化三丙寅年　現住実応改焉／筆者龍華密首座」と記す、その二十八日の条には、

清岩院殿前端尹隣山徳元大居士（※「端尹」トハ東宮大夫ノ意。）

右の「筑前黒田家臣斎藤五六郎」なる人物とは、文化六年（一八〇九）十月末、先祖の徳元追善に大いにこれ努めた子孫の斎藤五六郎定公（定備トモ。江戸麻布住。天保二年、九十歳歿）を指すのであろう（図43参照）。五六郎はこのとき六十八歳、筆まめで文芸好き誠実なる上席武士で、本家筋たる斎藤利武系の弥五郎利済（江戸湯島元大根畠に住、幕臣。嘉永二年歿）と協力して徳元の位牌ならびに厨子を新たにこしらえて同寺に安置したのである。文化九年正月のことだった（末裔斎藤定臣氏所蔵『順年録』、図41・42参照）。

日本三景の一である天ノ橋立に、なぜ正保三年時まで江戸在住だった徳元の墓碑が存在するのかわからない。ただ徳元にとって天ノ橋立は曾遊の地であった。寛永二年（一六二五）六十七歳の初冬、その頃若狭京極藩の小姓衆（文事担当）だった彼は友人に誘われてこの橋立の地を旅行して、文珠堂で三句、成相寺も詣ではいる。『塵塚誹諧集』上には、

神無月ばかりに、丹後国橋立一見のため、友だちに誘引せられまかりて

はし立や波さえぬらす文珠しり

文寿堂げにこの寺や神無月

庭に落葉ちへかさなるや文珠堂

図42 徳元の位牌（智恩寺蔵）

図41 厨子（智恩寺蔵）

図43 斎藤五六郎定公画像（斎藤定臣氏蔵）

　時雨ふるをとにや鐘もなりあひし

とある。恐らくこのときに前記一夢斎の宝篋印塔もある感慨をもって目睹したことであろう。が、それだけの記述であった。

晩年の徳元の動静なかんずく臨終の地について、享保十七年六月刊行の『綾錦』（菊岡沾涼著）には、

　五哲

　㈠徳元　斎藤帆亭／寛永ノ頃／住馬喰町二丁目所持ノ家／編集／初学抄／於若州卒

と見えて、以下右の「於若州卒」説は『俳家奇人談』『誹家大系図』『歌俳百人撰』（柳下亭種員撰、嘉永二年四月刊。『俳人百家撰』の原板カ、架蔵）等の諸書亦しかり。興味ある記事としては杉浦其粦著『俳僊影鑑』巻三（大6・6）に収録の徳元伝ならびに肖像画であろう。すなわち、

　……正保四年八月廿八日丹後の客次に歿す　年八十九　或ハ正保元年若狭に歿すともいふ云々

と、具体的に「丹後の客次に」と記すあたり注目される。本書は巻一の凡例にも「本編掲る所の筆跡及び肖像ハ概ね諸家の珍蔵に拠り又ハ著書より採りしもあり云々」とあって、写実的な徳元肖像画と共にまま信頼出来る一書かと思う。以後、笹野先生の『徳元集』、中村俊定先生の「徳元」（『俳諧大辞典』収録、515頁）等もおおむね『俳僊影鑑』と同じである。

もう一つ、小林玄章ら編『丹後州宮津府志』（宮津藩の公著、宝暦十三年十二月成）巻之五に、

　斎藤徳元墓

　同所（※文殊堂境内）にあり。京極侯の家士にて俗名九兵衛といひし人のよし、後致仕して徳元といふ。風流の道をたしなみて連俳の達人なりしとぞ、貞徳門人にて名高き風雅人なり。

とある。文中「京極侯の家士にて俗名九兵衛といひし人のよし、」は新見。ただし註記を加えれば「九兵衛」とは

徳元の次男で九兵衛元氏を指す（斎藤定臣氏所蔵『斎藤家聟舅録』）。斎藤九兵衛は、『大坪本流馭馬系伝』（巻子本、斎藤定臣氏所蔵）に、

斎藤斎宮頭藤原辰遠（※徳元）──┬─斎藤九兵衛　常医二駁令免許此人療医明験集作八巻
　　　　　　　　　　　　　　　└─丹州住僧了慶坊

と見えている。徳元老は、あるいは──、丹州住僧了慶坊をたよって次子九兵衛を伴い天ノ橋立に隠棲したかとも推考してみたいのであるが。

正保三年（一六四六）ときに徳元は八十八歳の米寿、在江戸浅草。そのことは『柳亭種彦蔵俳書目録』に、「古写本　一帖　正保三年季貞独吟　江戸俳諧　徳元判云々」（『水谷不倒著作集』第6巻所収、294頁）とあって、確かに江戸在住が証明せられよう。同年六月、野々口立圃の妻歿す。徳元は追善句を手向けている（木村三四吾氏「斎藤徳元」）。更に、寛永末年八月二十日附、徳元宛の沢庵和尚書簡（※礼状、在品川東海寺）の末尾には、「輦台（※れんだいカ）無覚悟遠所之歩行難成之旨令察候也」（森川昭氏「徳元の周囲─『徳元等百韻五巻』考─」『説林』15号）と書き留めて、すでに徳元に対して遠所への歩行難を思い遣るのであった。はたして翌四年は八十九歳、江戸から丹後宮津までの長途の旅行が肉体的に可能であり得ただろうか。

『斎藤徳元集』では、

「正保」の下は四字ほど磨滅してゐるが、「四丁亥年」とあつたのであらうか。また「全□宗浄信士」、「一蓮宗□□□」は、この墓を建てた子孫の家族の法名であらうか。（52頁）

と述べておられる。ただし徳元の子孫には長子茂庵系、次子九兵衛の長男利武（幕臣）系、同じく九兵衛孫（※九兵衛次女「阿成」の子）定易……五六郎定公（筑前黒田藩の中老）系の三系統が永く続いた。とりわけ郭然茂庵（寛文元年歿）は元和頃、織田有楽斎の茶僕で江戸の以心崇伝とも面識があった（坂口筑母著『茶人織田有楽斎の生涯』）。

のちに正保三年前後、岸和田藩主岡部美濃守宣勝に医師として仕官している。彼はその頃、すなわち正保三年正月二十七日の朝、伏見の小堀遠州邸における茶会に藩主宣勝と共に出席しているのである（『遠州口切帳』及び熊倉功夫氏論考）。すでに第三部「長盛・能通・徳元一座『賦何路連歌』成立考など」で触れているが、父徳元も亦先きに寛永六年前後に、宣勝の父君内膳正長盛（美濃大垣城主、寛永九年十一月歿）から扶持を受けていた。又、同九年十一月成立の徳元作「『茶湯之誹諧』（『於伊豆走湯誹諧』所収）について、尾形仂氏は論考「俳諧と茶の湯」のなかでていねいに鑑賞せられ、

さすがに百句を連ねるとなると、茶会の方式や趣向ないし茶室・茶道具などの名称だけでは俳言に事を欠いたと見え、先の方へ進むと、「楢柴」（茶入）「捨子」（茶壺）「つくも髪」（茶入）「松島」（茶入）「初雁」（茶入）「澪標」（茶入）「紀三井寺」（茶碗）等の名物の名が頻出する。これは一方では、小堀遠州を中心とする名物の選定と古歌にもとづく歌銘の付与が進行しつつあった当時の茶の湯界の動向を反映したものともいえるだろう。

（『俳句の周辺』、144頁参照、平2・3）

と述べられたことは、前述茂庵の動静と思い合わされて大いに理解出来よう。やはり寛永の文化圏を生くる徳元も亦茶の湯に関心があったのだ。さて、話を元に戻す。正保三年以後に、八十九歳の徳元は次子九兵衛を伴って岸和田を経て曾遊の寺院文珠堂の近くに草庵〝帆亭〟を結んだのか。否それとも江戸で歿したか。やはり著者にはわからない。それから晩年の別号「帆亭」号についても、その使用年代は作法書『誹諧初学抄』の巻末年記「寛永十八暦正月廿五日／帆亭徳元」とあるのが初見。「帆」とは、ほ。ほをあげる。転じて船の義である。そして多分、笹野先生も「与謝の海の天橋立の眺望に因んだものらしく、」（『徳元集』14頁）と推考された如く、とに角も、帆船がくっきりと浮かぶ天ノ橋立の景色そのものが晩年の豊臣徳元老のあこがれ・心象風景つまり死処であったことだけは確かであろう。現在、茂庵の末裔たる斎藤喜彦博士のお宅には迫力ある徳元画像が二幅有之、うち一幅は自讃画

像であった。いわく、

例ならす心ち死ぬへく覚えて

末期にハしにたはことを月夜哉

従五位下豊臣斎藤斎頭

帆亭　徳元（花押）

と記されて、むろん連歌様の自筆である（本書第一部「『徳元自讃画像』一幅の発見」参照）。

（平2・5・6稿）

翻刻・徳元顕彰

――春来編『東風流』所収、脇起し歌仙など――

徳元歿後九十年、神田散人沾涼は享保十七年晩夏六月刊行の『綾錦』に於て徳元老を「江都宗匠」中、五哲の筆頭に位置づけたのであった。以来、江戸座系の俳書には「古哲」なる敬称が散見する。そうして宝暦六年の春を迎えて江北野人が『東風流（あずまぶり）』に、「……春来といへる者故人の誹諧の句を拾ひあつめて其跡を継ぎつゞりて古風にかへさん事を願ふ」更に「古きにかへさんの志しを感ずるのみ」と序文を寄せる。『東風流』七巻七冊の編者紫隠春来は自序のなかで、徳元を「もとより絶類の作者にして云々」と絶賛、彼をトップに独自の江戸俳諧史を叙述して徳元を「関東中興俳祖」と顕彰した。

春来五十九歳、六盌青峨師の跡を継いで二世前田青峨を名乗り、その頃は日暮里（にっぽり）周辺の道灌山（どうかんやま）（城山（しろやま）とも）陰に住んだ。大部なる俳書『東風流』は存義・米仲・渭北の三人が編集し、米仲が清書する。江戸座による徳元顕彰、それは徳元の俳灯で始まる信州諏訪俳諧の場合も同様だった。因みに銭屋（ぜにや）（河西（かさい）家）旧蔵、俳諧点巻七十四冊中、右春来点は十二冊で桑岡貞佐点と同数の第一位である（次章「徳元と信州諏訪俳諧―江戸座の流行―」を参照）。

さて、ここに『東風流』所収、徳元発句による春来脇起し歌仙を抄出翻刻する。その俳風は一見、奇抜・卑猥である。遊戯性が徳元の古風に通ずるか。

〔書誌〕天理図書館綿屋文庫蔵。図書番号、わ一四二―二九。書型、大本七冊。寸法、縦二七・二糎、横一八・六糎。表紙、白茶色の布目地に上下うす丁字茶色の横縞模様の原表紙。袋綴。題簽、表紙中央に、無辺木賊色「東風流　一」「吾嬬布里　二」「阿津まふり三」「東ふり　四」「あつま婦理　五」「安菟摩不梨六」「東風流　七」。すべて原題簽である。内題はなし。板心、一「序一（ーア五十七）」。二「二ノ一（ー二ノ五十七）」。三「三ノ一（ー三ノ五十四）」。四「四ノ一（ー四ノ五十六）」。五「五ノ壱（ー五ノ六十四）」。六「六ノ一（ー六ノ六十五）」。七「七ノ一（ー七ノ八十五）」。序文あり。跋文、最終冊の巻末に「春来氏俳諧引」と題して芙蓉道人（成島錦江）漢文跋。刊記、「宝暦六年丙子春／東都彫工　日本橋南三町目／吉田魚川／同　木童／江都書肆　本町三町目／西村源六／京都書坊　堀河錦上ル町／西村市郎右衛門」と記す。蔵書印、「松澤」（方形黒印）。「愛鯛物」（方形黒印）。「紫景／文庫」（方形朱印）。「わたやのほん」。「二世／再賀」（方形朱印）。「煙霞／蔵□」（方形、朱の白印）。「越後／土佐屋／川治」（貸本屋の方形黒印）。因みに本書は、春来門流の二世再賀の旧蔵本であった。昭和五六年二月十二日実見。

（平元・10・17稿）

翻刻

序

みなもと清き泉もなかれ〳〵ての
末のにこりをすまさんことハかたく
はへらんかことく今世誹諧といへる
は其名は和哥連歌の一躰なれ
とも只俗言語のミにして称す　」序一オ
へき事なし　爰に佐州楚山叟ハ
我風月の友たり　一日来りて
春来といへる者故人の誹諧の
句を拾ひあつめて其跡をつき
つゝりて古風にかへさん事を願ふ
凡若干巻あり　これか序つくれ　」序一ウ
といふ　予答ふるに道おなしから
されは相為にはからすとかやいへは何か
なにはのよしあしにつきて言加ふ
へきふしもしらすと再三いなミぬる

程にとしもへて楚山病して
」序二オ
うせぬ　このころ春来彼巻成就し
て楚山遺言にも此事をいへるなと
一向に乞ひ侍れと序は緒とかや
いつれの糸口により所なけれは
ふるきにかへさんの志しを感
するのミ　序とやいふへき江北野人
」序二ウ
謾書

自叙

夫風雅は天地の風雅にして
古今不変の大道神仙人物
森羅萬象風流ならさることハ
ないぞ　それか中に天竺　支那
の風俗あれは又我日のもとの
風儀あり　ミやこの手ふりあれハ
」自壱オ
鄙のふりありて国〳〵ところ〳〵
のならはしいさゝかたかひあるハ
その土地の手くせならん　是もと

無色なれとも自然と五色あるか
ことし　我か江都またむらさきに
名ありて他のつら出しもならぬ
所ぞ　こゝに俳諧の武陽に守壮ん
なるハ延宝（ママ）の頃斎藤徳元と
」自壱ウ
いへる者もとより絶類の作者に
して※寛永十八（ママ）年京師花咲翁
の高弟松江重頼はしめて
狗子集を撰し時（此集尤貞徳合体也）右徳元
歳首の句を以て巻頭にをかれ
武江の面目を施したり　同年
誹諧初学抄を述作して梓に
彫む　是江戸に於て一道板本
」自二オ
のはしめ也　そのゝち魚鳥獨吟
百員　同十島千句なとあり
続て石田未得　高嶋玄札の
族宗匠家を立て猶此道の
式厳に逢坂の関のこなた東
はみちのおく蝦夷の千島の

※以下の徳元伝は『滑稽太平記』の記事を参照している。

果までも此風俗による者数かきり
もないぞ　又其のち難波の宗因此
地に下りて檀林の俳筵に連り」自二ウ
幽山　一鐵等の作者出て江戸
八百韻をあらはす　その頃伊賀の
桃青進んて此風を甘し猶
隅田　玉川の流れに誹骨を洗ひ濯ひ
てつゐに正風一統の隠徳を
得たり　世に呼んて芭蕉翁といふ
閑庭ニ芭蕉ヲ栽ユ仍自然ニ人是ヲ称ス　青いへること有　万国に遊歴
してあまねく誹と蕎麦ハ関東に」自三オ
止れりと　尤なる事ぞ　又いふ　門トに
桃さくらあり　門人に嵐雪　其角ありと
此ふたつの美言世に人のしる所なり
其哉　嵐哉また百世の誹師にして
その高き事いふへからす　既に
蕉門の上に秀てその真理を
得たる事末弟等か及ふ所に
あらす　此こと疑ふへからす　古集」自三ウ
を味ふへきことぞ　こゝに水間沾徳
老人あり　是はこれ岩城之候
風虎子によって俳書数扁をあら
はす　もとより詩歌に遊んてはせを
と友たり　子規の句談にてしるへし
其　嵐も沾徳を以て刺談の
恃士たりといふ　右の四子金を断の
交なり　此時素堂　杉風をはしめ」自四オ
専吟　東潮の俳哲家〳〵に壮ンなり
是は是予かわかきより見る所ぞ
又貴志沾洲　先師鴬田青峨　桑岡
貞佐ハ其嵐沾三子の骨髄に入って
尤その正統たり　かの両叟没し
て後猶沾徳に随身して宝永
享保の頃宗匠家を嗣て此
時天下こと〳〵く此一派にかたふく」自四ウ
京師の仙鶴　浪速の淡々も
専ラ此合歓堂の徒なり　予も
是に随って享保なかはの頃より

青年の時俳職を青峨先師に
受て花晨月夕の労をなす
といへとももとより多病にして
力足らす　こゝに近来西土の蕉門の
風儀とてまたとりはやすを見聞
するに皆芭翁の支流にして其　嵐か
根本の向上躰にあらす　曾而
武城の人のとるへき事てハないぞ
これによる人江武にまゝあるよし　」自五オ
譬ていはん　東訛にて上方こと葉
をつかふに似るものかハ　なましゐの
事ぞ　たとへ京談よきとても此国
本来のなまりにていにしへより　」自五ウ
すまし来れハ一事も事かけぬ事
ぞ　早（※畢）竟隣の麦飯なるへし
吾無学短才なれともいとけ
なきより狂句を好んて其正徹に
直入せんとすれとも事ゆかすやゝ
年老たり　せめても此関東風俗

といふ名をたに披露せんとかく
するもの也　ア、我門に合信する　」自六オ
者穴かしこ　己か元来の誹心佛
を捨て他の弓を彎ことなかれと
老命ゆきかけの駄賃に申
残し侍る
于時宝暦六丙子春於道灌山陰
之村居演之
撰者
江都俳園　紫隠春来居士
書写　亀成（※山本亀成、存義門）　」自六ウ
以関東中興俳祖徳元老匠
之句余次獨咏三十五句唯慕
古雅而巳不慚愚作之拙見
聞之好士其憶之　」一ノ一オ

歌仙

春たつやにほん目出たき門の松　　徳元
　唐土までもぬるむいさをし　　春来
大鳥の囀らねともあらためて
　柱に倚て起す眠らす
木かくれて日雇千人けふの月
　相撲丁児のすつこかしたり　」一ノ一ウ
裏
弓矢とる武内の案山子シャ※にかまへ
飯と汁との大和ことの葉
中むかし伽羅の足駄て踏れたる
　障子あくれハたれほとゝきす
三蜜（ママ）の月をすましのミるふさに
　信玄謙信ともになき人
まかね吹く銅山ねかひ面ラ舊りて
　釣はつしたる蛸※のしら浪　」一ノ二オ
摺※子木や女夫か中にしゃんと立
　来ると寝ころふにくい奴有
口僻のとち万両も花のとき
　ハや麗（れいじつ）日なる此川のぬし
名残
蜂飼の大臣の歯くそ給はらん

※斜に構える。いかめしく身構える（鈴木勝忠先生『雑俳語辞典』による）。

※蛸、女陰をいう（『雑俳語辞典』）。
※摺子木、男根の比喩（『雑俳語辞典』）。

　乞食ともいへよその夕くれ
神以春ハ松嶋とはかりに
　絹上下の膝に三綱　」一ノ二ウ
料理喰ひ荘老のうへにとまりける
　ア、河骨のくんにやりとして
こゝなお子わらハにかくす事やある
　懐中枕虎ふす野への
鯨よるうら店なりと借りてくれ
　江戸百韻の嘘も八百
月幽安来青言如一泰
　何の事やら仏手柑の佛　」一ノ三オ
裏
去なから新し蕎麦に鮭の魚
　民の皷は尻てうつ也
孝経のひら仮名付もたうとくて
　終に身共も陶に花
行春のかたミとも見よ牛の尿リ
　一歩の田螺五歩の鷺　」一ノ三ウ

小引

師春来先生東風流百あまりの／はいかいは関東古人の発句を／たてゝ巻ことに三十六句／貴あり賤あり老あり壮有／をもむきハ徳元老人にはしめ／六盌先師に終る後宴にハ／師ミつからの起句を以て　」**オ**　百員なる嗟嘆今日又むかし／なるにや時に積年の草／案を存義　米仲　渭北　校合し／ふんでハ米仲にとらせ梓工／つもること七巻猶紫子菴／句藻の部立ハその十か一を／あらはす也江都の俳風／是にあらすして何そや」**ウ**　他郷他門の齟齬杜撰ハ吾等／のはいかいにハ用ひす墨水／玉川の味ひをしるものは／味ふて知るへきのミ

李井菴（※馬場存義）
権　道（※岡田米仲）
時々菴（※右江渭北、淡々門）
」**オ**

以下、風虎子・羅山子・露沾子・玄札・澤菴和尚・露言・季吟法師・未得・元隣・祖調和・未琢・古山夕・古立志・言水・幽山・一鉄・芭蕉（※花の雲鐘ハ上野歟浅草歟）・作者しらす、以上の諸家の発句による脇起し歌仙を収録。

第二冊、任口子・三千風・専吟・素堂・蝶々子貞宣・魚豊・不卜・沾徳・嵐雪・其角・湖春・青雲・古杉風・晋子父東順・遊女高尾・忠知・冠里子・桃隣・東潮、以上の脇起し。

第三冊、擧白・古秋風・一十竹・朝叟・大町・古卜尺・江戸立圃・英一蝶・浮生・在色・沾洲・介我・琴風・白雲・百里・末陌・雪柴・祇空、以上の脇起し。

第四冊、冰花・神叔・嵐雪妻・弘章子・宗阿斎山夕・園女・周竹・粛山・岩城紫塵・序令・岩翁・午寂・貞佐・瑠璃子・堤亭・才牛・一蜂・無倫、以上の脇起し。

第五冊、白峯・秋色・尺艸・鋤立・其角僕是橘・義士子葉・古少長・彫棠・山蜂・岏平・紫紅・其雫・蚊足・和散才立志・作者不知・我兄・佐文山・白獅・珪琳・老鼠・宋阿（※おもふことありや月見る細工人、以下、春来・大済・蕪村・雁宕・存義ら。古典俳文学大系12『蕪村集全』に収録）、以上の脇起し。

第六冊、一漁・曲菴・在川・徳純・堵岩・甘谷・柯木・一葉軒一永・古佳風・半々菴・文里・半鱗・成屋・苔峨・

水国・鶴歩・李喬・超波・古青峨、以上の脇起し。

第七冊

（古今の江戸俳人の発句）

冬の部

つもり来し年の額のしはす哉　　徳元

徳元と信州諏訪俳諧

——江戸座の流行——

一、諏訪家と徳元

徳元を始めとする江戸貞門俳諧の史的評価は、菊岡沾涼がその著述『本朝世事談綺』（享保十九年正月刊、架蔵）巻之四・文房門、誹諧の条で、

……江戸ハ斎藤徳元　石田未得。高嶋玄札等宗匠のはじめなり　此末々の宗匠達人綾錦に詳（つまびらか）なり　よつて略（りやくす）レ之

と記しており、更に沾涼は『綾錦』（享保十七年六月刊、架蔵）上巻に於て徳元を「江都宗匠」の部で「五哲」筆頭に据えている程である。それは徳元が馬喰町二丁目に、その後浅草に移り住んだ。同じく「五哲」の石田未得が沾涼と同じ町内の神田鍋丁に住んでいた等々という事実に神田散人沾涼は地理的に親近感を懐いたゆえであろうか。それとも徳元俳諧の特質が、言語の曲芸とも言われる遊戯的な賦物俳諧にあり、沾涼たち江戸座（浅草座）の俳風も亦遊戯性にあったこと、そこに両者の共通点が見られるか。とまれ、徳元の俳業は享保期——江戸座の時代を迎えて顕彰されるに至る。『夢物語』（万界夫足立来川編、享保十九年晩秋跋刊）に、徳元句「絵にかけは戻らぬ鳫に声もかな」（巻末「四季混雑」）が入集、後述の諏訪市「銭屋（ぜにや）文書」に収録の点巻群にも来川点の巻冊有之。『誹諧明星台』（金井重雪編、元文二年盛夏刊）にも、「古哲」として「人魂か玉まつる野にとふ蛍　徳元」と見える。享保期に

図44　徳元作、諏訪頼水追善之俳諧冒頭の部分（諏訪教育会所蔵の写真による。原本は所在不明）

おける信州諏訪俳壇の場合も、その源流に藩主諏訪氏と徳元との俳交が土壌となってやがて江戸座の流行を見た。

　さて、諏訪氏と徳元について述べる。それには寛永十八年正月成、徳元作『諏訪因幡守（頼水）追善之俳諧』（図44参照）に見る長文の前書が、頼水父子との風交の深さをよく物語っているだろう。ために全文を掲出する。なお谷澤尚一氏の翻刻によった。

　諏訪因幡守殿御不例以外之由告来りしかハ武蔵の江戸におハします嫡子出雲守殿二男隼人佐殿君にまかり仕ふまつりて取物も取あへすうつし馬にはや鞍をかせよるをひるに信濃の居城にはせ着給ぬ父御前の跡枕にいまそかりて天にあふき地に伏し仏神に願立いしをあつめてハ蓬か嶋の薬もかなともたえこかれおはしませと元より老の病日々にいとよは〳〵とおとろへかちにて辛巳の暦正月中の四日明行月ともろともに終に雲かくれし給ひにき御はらからの御心のうちおもひやられて老の袂をうるほし侍る中にもこのかみハ吊（弔）に年比月比日

　比の御めくミ浅からす寸志の色をあらハさんとこと葉ミな詞にあらぬ狂句を百韵ひとりことにすして信濃乃諏訪へ送り侍るになん

徳元と頼水との雅縁については、すでに第三部「『誹諧初学抄』成立考」のなかで詳述したが、「このかみは予に年比月比日比の御めぐみ浅からず云々」と記す程の間柄で、年来、経済面でも扶助を受けていたようにもとれ、『誹諧初学抄』上梓に至る過程においても頼水が介在していたかと推測される。いわゆるパトロン的存在か。パトロンと言えば私はいまひとり、正保二年三月六日、時に八十七歳在江戸の徳元が常陸下館城在番中の脇坂安元宛に使者を派遣させているが（『下館日記』）、その風雅好学の大名脇坂安元も擬しておきたい。少しく横道にそれるけれども『下館日記』（『文林』9・10・11号に金井寅之助氏翻刻）には、春日局（徳元ト八一族、親交アリ）の兄斎藤佐渡守利宗が風交深く登場、註記にも「としむねハ内蔵助利三の〈御〉嫡、初伊豆守利成と〔いふ〕。公の御縁者なれば、云々」とある。すなわち安元の養子安利（寛永十三年二月四日、十九歳歿）・安政（安利甥、寛永十年生、同十七年八月十五日、養子）は春日局の外孫・外曾孫であった。すれば安元と徳元との関係も連歌会以上の交友であったろう。話を元に戻す。長子の諏訪出雲守忠恒（号、忠因）との同座は、寛永七年二月三日（脇坂安元邸、昌琢発句・忠因第三）、十年正月「何船」（脇坂安元邸、昌琢発句・忠因第四）、同年三月十九日「何木」（諏訪隼人邸、昌琢発句・忠因第三）、以上の三度である。次子諏訪隼人頼郷（よりさと）（号、頼立）との同座は、寛永七年二月三日（脇坂安元邸）、十年三月十九日「何木」（諏訪隼人邸）の両度。以上の連歌張行のいずれもに、宗匠昌琢・昌程父子が登場し、その場所も八雲軒安元邸に於て両度、徳元と顔を合わせているのであった。

　かくの如くに連俳の大名家諏訪ファミリーと徳元しるす「年ごろ」、すなわち東下後の間もない寛永七年春以来風交深きものが存在した。いま、その関係を便宜的にファミリー俳系図で示すことにしたい。『寛政重修諸家譜』を基礎に作成した。

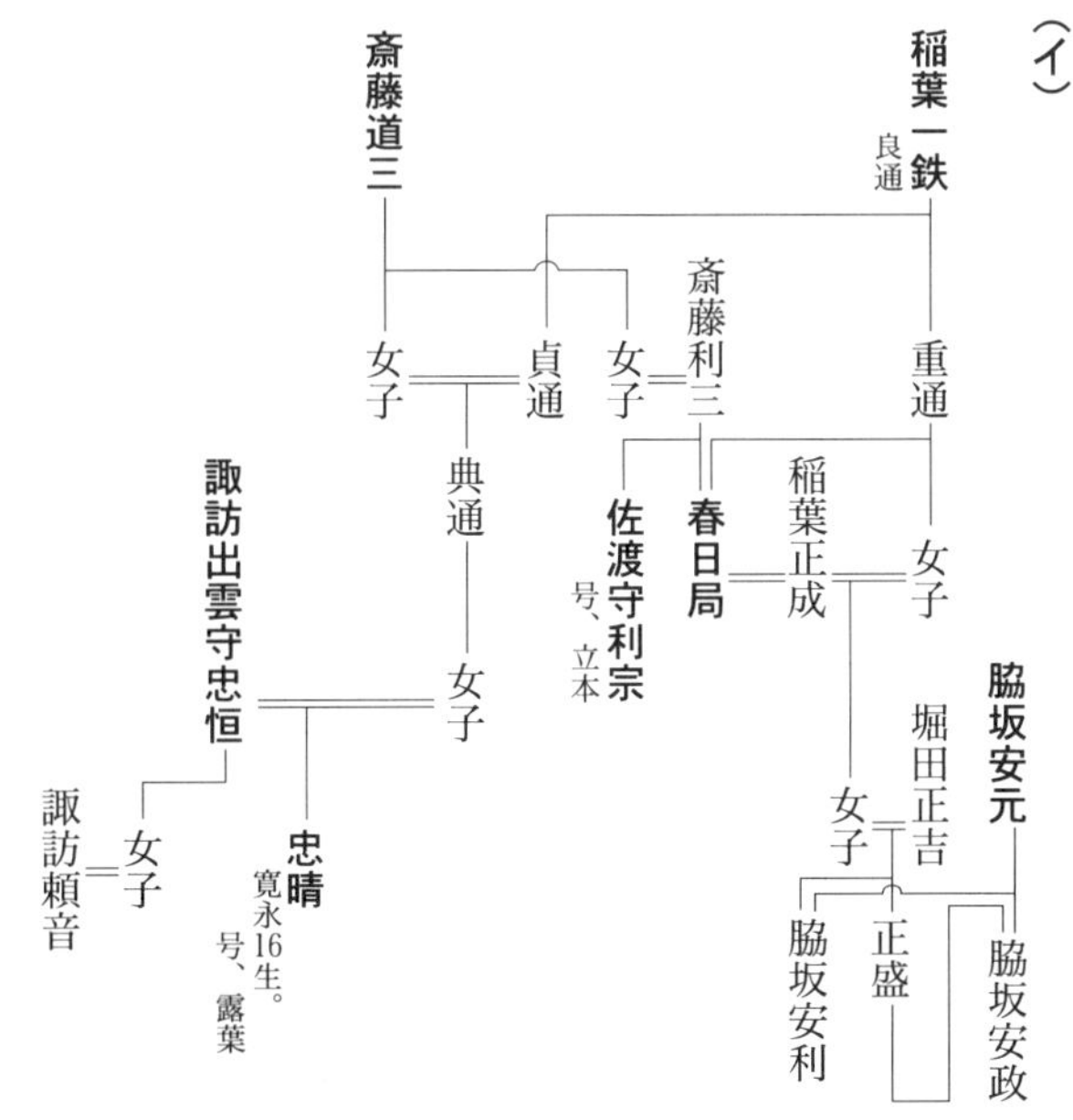
(イ)
稲葉一鉄 良通
重通
女子
稲葉正成
春日局
斎藤利三
女子
佐渡守利宗 号、立本
脇坂安元
堀田正吉
女子
正盛
脇坂安政
脇坂安利
斎藤道三
貞通
女子
典通
女子
諏訪出雲守忠恒
忠晴 寛永16生。号、露葉
女子
諏訪頼音

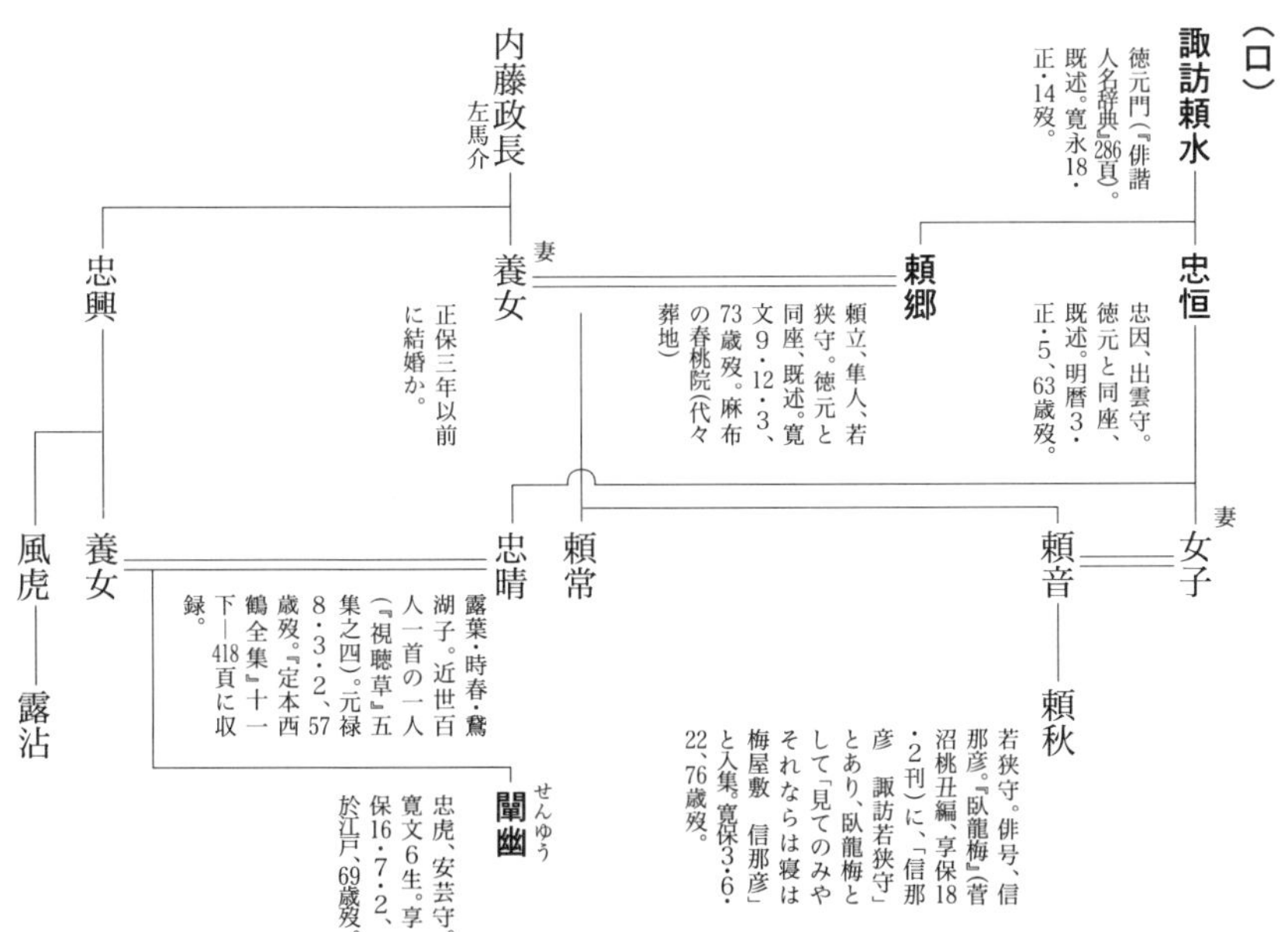
(ロ)
諏訪頼水 徳元門(『俳諧人名辞典』286頁)。既述。寛永18・正・14歿。
忠恒 忠因、出雲守。徳元と同座、既述。明暦3・正・5、63歳歿。
頼郷 頼立、隼人、若狭守。徳元と同座、既述。寛文9・12・3、73歳歿。麻布の春桃院(代々葬地)
妻 女子
頼音
頼秋 若狭守。俳号、信那彦。『臥龍梅』(菅沼桃丑編、享保18・2刊)に、「信那彦　諏訪若狭守」とあり、臥龍梅として「見てのみやそれならは寝は梅屋敷　信那彦」と入集。寛保3・6・22、76歳歿。
内藤政長 左馬介
妻 養女 正保三年以前に結婚か。
頼常
忠晴 露葉・時春・鶩湖子。近世百人一首の一人(『視聴草』五集之四)。元禄8・3・2、57歳歿。『定本西鶴全集』十一下―418頁に収録。
せんゆう 闡幽 忠虎、安芸守。寛文6生。享保16・7・2、於江戸、69歳歿。
忠興
養女
風虎
露沾

○諏訪氏も脇坂氏も共に春日局を介して縁戚関係に在った。○すなわち出雲守忠恒夫人は春日局の叔父稲葉貞通（妻は斎藤道三娘で、局の義母も亦道三娘）の孫女。従って俳諧好きの嫡子忠晴は稲葉一鉄・斎藤道三の血筋であった。○又、脇坂安元の養子二人は前述の如く共に春日局の娘堀田正吉夫人の裔。○因みに徳元は道三・斎藤正印軒の系統だった。○頼水とその子忠恒・頼郷の親子二代にわたって徳元との風交が続いたばかりでなく、更に内藤家（忠興・風虎父子）と諏訪ファミリーとは二重の姻戚関係にあったことが判明する。○いわば諏訪氏は代々俳人大名で、しかも江戸貞門系イコール江戸座の俳系であった。やがて、藩の遊俳リーダーとして諏訪闇幽が登場する（後掲資料『出品目録』を参照）。○又、『忠利公御日記写』には、松平忠利と諏訪氏父子との風交も散見される（本書第三部「『誹諧初学抄』成立考」参照）。

二、［資料紹介］『諏訪俳諧史料展覧会出品目録』抄

諏訪市図書館蔵（ただし原本は諏訪教育会蔵）。図書番号、N九一三―九八（「昭和二年諏訪俳諧史料展目録」）。和紙仮綴（袋綴）。すべて手書きによる謄写版の目録である。昭和二年十一月、教育会諏訪史編纂部が中心になって『諏訪史料叢書』の刊行事業を進められてきたが、折しも学芸史料（俳諧之部）の一層充実が図られることになり、その一環として十一月十三日に右諏訪史編纂室が主催、町を挙げて「諏訪俳諧史料展覧会」が催されたのである。なお実務担当は小口幹翁・小池安右エ門の両氏。展覧会の規模は大きく、その折の出品目録から推察するに、左の通り。

○第一室（諏訪闇幽・河合曾良）百十一点　○第二室（藤森素檗と其周囲）百三十八点　○第三室（河合正阿と其周囲）百十七点　○第四室（久保島若人と其周囲）百十九点　○第五室（中野銀岱と其周囲）百二十六点　○第六室（岩波其残（きざん）ほか）　○第七室（岩本木外）　○第八室（参考品）

ただし、第八室の目録には西鶴発句短冊三枚が見えている。上諏訪における西鶴の発句資料については、すでに白石悌三氏が紹介しておられるが（「芭蕉翁墨跡写」『芭蕉』花神社）、左記の三句は触れられていない。

西　鶴

九二　俳句　三吉野や花は盛りに俳言なし　短冊　上スハ　中沢九皐

九三　〃　枯野哉つはなり時の女櫛　〃　〃　小平邦之輔

番外　〃　父は花酒は母なり今日の月　〃　上スハ　河西五郎

当時としては書誌的、伝記的（※例えば目録末尾の「参考」など）解説にも行き届いた出品目録で、それぞれの時代の俳諧部門を担当した学校委員が教壇の寸暇をさいて鉄筆を進められたものである。その結果は、同史料叢書第九巻（昭3・7）及び第二十六巻（徳元作追善百韻収録、昭12・5）に一部分翻刻されて収録。晩秋の深更、鉄筆を握りながら湊すする音が遠くから聞こえてくるようだ。

さて、右出品目録のうち本稿との関連上、資料紹介として第一室の目録を、正しくは「諏訪俳諧史料展覧会第一室（闇幽・曾良）出品目録」（タイトル）のみに限定した。丁数、十丁。前掲の徳元作追善百韻から始まって諏訪忠晴・其角・嵐雪・沾徳らの資料、諏訪闇幽をリーダーに点取歌仙数巻（※作品の一部は諏訪教育会編『諏訪の近世史』438頁以降に抄出されている）、諏訪菁莪・河西周徳写曾良関係資料の数々、これだけでも資料的価値は充分。そして諏訪霞朝・河西周徳グループに至るまでの俳諧資料百十一点が作者別にかつ当時の所蔵者名と共に列記されている。従ってそれら出品目録の全体を改めて活字化しておくことで、むしろ目録そのものが徳元との風交以後における、初期諏訪俳諧史を物語ってくれるであろうと考えたからである。諏訪郷土資料を中心に閲覧等をご許可、かつご教示いただいた諏訪市図書館長三村武氏に深謝する。

（表紙）

諏訪俳諧史料展覧會第一室（闌幽・曾良）出品目録

諏訪俳諧史料展覧会第一室（闌幽・曾良）出品目録

通番	種別	史料ノ内容	品別	所蔵者
○斎藤徳元（諏訪頼水ノ関係者）				
六八	連句	紹巴追善 第一ニ慶長七年卯月十二日里村紹巴七々日追善ノタメソノ子玄仍ガ独吟百首ヲ其一ヨリ其七マデ　第二紹巴トソノ弟子昌叱トノ両吟百句二章　第三ニ寛永十八年正月十四日諏訪頼水逝去ヲ悼ム斎藤徳元ノ独吟誹諧百韻ヲ記ス　徳元ノ追善百韻ノ詞書ニハ彼ガ頼水ヨリ年比日比一方ナラヌ惠ヲウケシ旨アリ　コレヨリ推測スルトキハ頼水モコノ道ニ遊ビタルベキヲ想像サレ且徳元編ノ誹諧初学抄（江戸時代俳書の刻サレシ最初ノモノ）ノ刊行ガ寛永十八年ナレバ或ハコノ出版ニモ頼水ガ多クノ援助ヲナセシナランカト思考セラル　尚コノ紹巴追善ノ奥書ニ平山氏ガ河西与惣右エ門ニ贈ル旨ト河西与惣右エ門ガ平山氏トノ関係ヲ自記セル文アリ、ソノ日附ハ寛永廿癸未年六月十三日ナリ	写本	上諏訪　河西　五郎
○諏訪忠晴				
七五	俳句	延宝元年大納戸日牒 大晦日ノ条ニ忠晴ノ発句アリ　牛みつの涎やつゝく年の暮	帳簿	東京　諏訪　忠元
○榎本其角（諏訪闌幽ノ師）				
八七	俳句	もとかしやひなに対して小酒盛	短冊	上諏訪　河西　五郎

○服部嵐雪（同）

一	俳句	蔀明て茎立ち買む朝またき	短冊	平野　小口　珍彦

○水間沾徳（同）

九一	俳句	明る間も牡丹をのぞく大戸哉	短冊	玉川　長田　菊明

○諏訪闌幽（忠虎）

九〇	俳句	大竹の千々の光りや春の風　源忠虎　（蕈へ彫刻）	額	上諏訪　立木　虎視
一八	連句	其角点歌仙 連中　闌幽　幽独　幽意　柏樹　幽雪　幽廸　幽道　幽林　可言	掛物	中洲　後町　義弘
九	同	其角点歌仙（凌宵） 連中　沾徳　闌幽　虚谷　探泉　既白　常陽　幽意　沾雨　岩翁　柏樹　灌木　幽独	俳諧巻	平野　小口　栄蔵
一二	同	其角点歌仙 連中　闌幽　岩翁　常陽　幽意　沾雨　沾徳等	同	豊平　竹内　忠弥
二六	同	其角点歌仙（うくゐと） 連中　闌幽　銀濤　柏樹　岩翁　幽懐　常陽　幽明　幽意　可喜　幽更	同	金沢　工藤　紀胤
九二	同	其角点歌仙（今朝の霜） 連中　闌幽　銀濤　幽懐　常陽　君舞　幽意　幽明　幽独　幽更　幽方	同	上諏訪　牛山　巍

三二	同	其角点歌仙（寅六月二十二日岩翁宅ニテ行ヘルモノ） 連中　闌幽　柏樹　灌木　虚谷　岩翁　沾徳　常陽　仙鶴　沾雨　尺竹　幽意	同	玉川　長田　菊明
四七	同	嵐雪点歌仙 五十韻ナレド前切シテ連中明ナラズ　灌草　猫　樗（樗材カ）猫　水徳（沾徳カ）　賢（賢巳カ）ナド見ユ	同	上諏訪　矢島　幾
六九	同	沾徳点歌仙 連中　闌幽　満村　柏樹　灌木　幽意　士子　幽独　幽闇　任舌　散木　可喜　幽谷　可言	同	同
七〇	雑	矢島満村覚書（※満村、矢嶋八兵衛、闌幽門、享保十四年二月十六日歿） 「元禄九丙子年十一月九日晝九時被為入（闌幽公満村宅ヘノ意）白銀三枚拝領妻綿三把拝戴切付二ツ上ル母妻姉二人姪御目見得同氏権六兵二郎御目見得御盃頂戴御料理七菜島台上ル、御茶後段御蕎麦切上御帰之上鯉二麻地滓一徳利上　御相伴諏方図書殿　茅野兵庫殿　志賀七右エ門殿　小喜多治右エ門殿　茅野十郎右エ門殿　井出仙庵殿　百瀬友益殿　井出苔庵殿ハ精進故不致参候御誹諧百韻被遊水間沾徳点被為取以後拝領牛山助之進久保島七郎兵衛塩原蔵人在江戸」云々ト中ニアリ　前番歌仙ハコノ時拝領セルモノナリ	帳簿	同
六	連句	常陽点歌仙（きり〳〵す）（※木戸常陽、住江戸・京橋） 連中　闌幽　柏樹　灌木　幽意　幽懐　幽明　幽廸　可喜	俳諧巻	平野　小口　栄蔵

七	同	歌仙（三物） 連中　闌幽　闌恕　幽意　幽懐　幽明　幽独　柏庭　柏樹　幽吟　幽州　幽軒　一笑　恕勇　吟夕　恕心　恕俊　恕喜　正林　満成	同	同
八	同	沾州点歌仙（今朝の雪） 連中　闌幽　常陽　柏樹　幽意　幽懐　幽明　幽独　岩翁　忠尋　銀濤	同	同
二三	同	山夕点歌仙（朝日影）（※樋口山夕、玄札門、住江戸） 連中　闌幽　闌恕　常陽　幽陽　吟夕　幽意　幽懐　可喜　鸞声　喬台　恕軒	同	金沢　工藤　紀胤
二四	同	山夕点歌仙（稲負鳥） 連中　闌幽　闌興　富雪　舒江　幽意　吟和　常陽　幽台　幽明　幽深　一葉	同	同
二五	同	無倫点歌仙（鎊海老）（※志村無倫、住江戸） 連中　闌幽　銀濤　常陽　岩翁　幽独　幽意　幽懐　幽明　幽方　幽更	同	同
七四	雑	御用状留帳　元禄十六年 帳中所々ニ沾徳　沾州　艶士　其角等ヨリ来状ノ記事アリ 以上ノ俳諧巻ハ闌幽ヲ中心トシテソノ藩士及平高遠ノ藩士等ニヨリ作ラレタルモノニシテ闌幽の外　闌恕　闌興　銀濤ハ他ヨリモソノ名ヤヽ高ク記サレタリ　尚人々ノ中判明セルハ 諏訪樗材（二ノ丸）　茅野柏樹（三ノ丸）　高山灌木（充正）		

		塩沢士子（政香）　両角幽意（元孝）　茅野散木（房友） 武居幽白（義治）　渡辺任舌（政明）　柿沢幽雪（正辰） 伊藤幽独（成尚）　渡辺可言（好里）　矢島満村 等ナリ	帳簿	四賀　溝口　好雄

○諏訪菁莪（忠恕）

八六	俳句	明渡る空に鳥出て散る柳 山姫のけしよふ心や花野原 石佛と穂の並らんたる荷哉	詠草	上諏訪　千野　貞昭
〃	同	菁莪俳句詠草一束	同	同
四九	同	凩や波に撞き込む芝のかね　淇澳堂	短冊	同
九七	遺物	芭蕉筆　笠張の記	巻物	上諏訪　河西　五郎
九八	同	同　写（周徳写）	同	同
九九	同	奥の細道原本　所々訂正シアリ訂正セルモノガ現今ノ流布本ト同ジ	写本	同
一〇〇	同	同　写	同	同
一〇一	同	租衡ノ曾良筑紫行ヲ送ルノ辞 「ことし庚寅の春巡国使某君に陪してしらぬひのつくしの国に赴よし」云々ト文中ニアリ　巻頭ニハ送岩波賢契之西州詩並序トアリ　終リニハ関散人租衡拝贈ト記シタリ　シカシテ別ニ周徳ノ写セルモノニハ山口素堂送別之辞ト記サレアリ	巻物	同
一〇二	同	同　写（周徳写）	同	同
一〇三	同	芭蕉かけらふ歌仙　写	同	同

一〇四	同	曾良所持　源氏物語きりつほの巻	写本	同
一〇五	俳文	道の記（曾良筆） 曾良ガ土浦ニ病人ヲ見舞ヒタル時ノ紀行文ナリ	巻物	同
一〇六	同	筑紫太宰府記　松島記（曾良筆）	同	同
一〇七	同	同　写（周徳写）	同	同
一〇八	雑	曾良筆断簡 「元禄二年文月十日越後高田於棟雪亭写之　ソ良」	同	同
一五	俳句	一年風雅有鶏鳴　曾良 一年を高でくゝつて初夜明 歳暮金持に成て 千貫目ねさせてせはし歳の暮 除夜　正字 としの夜の更行くまゝにひとしけきみやこの市の音しつかなり	掛物	下諏訪　岩波　虎作
八三	書翰	ことし我乞食やめてもつくし哉　ことしと斗ニては季うすくハさ候ハん 春に我といたし候□もよく候へともことし我と申様ニハ覚へ不申候季大 かたにも候はゝことし我といたしたく候 歳　暮 さはけてもぐとつく我も年の暮（としくれぬ） 及天位かたいの身にもとしくれぬ 両句同意に御座候これ又（以下ナシ） コノ手紙曾良ヨリ何人ニ宛テタルカ不明ナホコノツヾキ裏面ニアルヤウナリ	掛物	永明　竹村竹之助

一〇	俳句	関守も鬢のおくれや秋の風 氷る夜や裸木に入月の色	同	平野　笠原　亀治
二七	俳句	袂から春は出たり松葉銭 詞書「年立かへる朝より遠山のかすみ谷川のぬるみも有へきに八面一色の雪国に年をむかへては　云々」 奥書　丙辰元旦	同	玉川　伊東四方作
八一	同	同し名に菊は匂と色かはる	扇面	三重県　西村　為年
五〇	俳句	山からのぬれて来にけり村時雨　松窓	短冊	上諏訪　千野　貞昭
五一	同	人かけのおほろ夜ふけし五位の声	同	同
五二	同	ふきのたう二日見ぬ間にほうけたり　松窓	同	同
五三	同	門口のしまりも見えて後の月　淇隩堂	同	同
五四	同	長閑なる鹿の夕歟しかの声　松窓	同	同
五五	同	暑き日に牛をやすめて田植哉　淇隩堂	同	同
五六	同	夜もすから妻も鳴らん渡鳥	同	同
五七	同	閑かさを松にのこして行しくれ　松窓	同	同
四五	同	節分や豆の数々ひろふ年	同	同　宮坂伊三太
四六	同	藤稲荷　浦の戸も開く世にして花菜哉	詠草	同　河西　五郎

○諏訪潭路（忠誠）

三九	俳句	曇る日は低く啼けり郭公	短冊	上諏訪　塩沢　良造

九三	雑	諏訪潭路写真	写真	郡史編纂部

○諏訪霞朝（大祝）

二	俳句	雨風も雪もそらさぬ柳かな	掛物	豊田小学校
三	同	此人にひとつまけたり杖と笠（抱義筆芭蕉画像ノ賛ナリ）	同	同
三	同	雲井までにほへや梅の一盛り	短冊	泉野　柳沢熊次
四	雑	栗之本撰句巻　題「梅」	俳句巻	同
一三	俳句	此人に我もまけたり旅の花	掛物	豊平　長田幸次
一四	同	此の外の春はものかは月に梅　迎春楼	短冊	永明　竹村竹之助
一九	同	咲花や雅心のさき処	掛物	中洲　諏訪頼固
二〇	同	花故に来し友と知る散りてから　鞭ふつて一雨被る柳かな 香をあてに折れは他の木や闇の梅　今日馴染友とは見えす花の蔭 鶯や外にも鳥は啼くなれど	同	同
二一	雑	松波氏弁青士江書翰留 安政六年五月京都二条家ヨリ栗ノ本宗匠ヲ許サレタル免許状 及ソノ際ニ於ケル規式其後ノ文通等ヲ集録セル書留ナリ	帳簿	
三四	俳句	鞭振て一雨被る柳かな　栗の本	短冊	玉川　長田菊明
三五	同	むしの音を軒にまとめて宵の雨　霞朝	同	同　牛山菊次郎
四〇	同	駒の足とゝむる虫の力哉　栗の本	扇面	上諏訪　小松栄助
四一	同	傘持て雨にぬれけりほとゝきす　迎春楼	短冊	同　塩沢良造

○松尾芭蕉（曾良ノ師）

三六	俳句	おもしろうてやかて悲しき鵜舟哉	短冊	玉川　長田菊明

○河合曾良

九五	遺物	笈　曾良歿後壱岐勝本ヨリ送リコセルモノ	器物	上諏訪　河西五郎
九六	同	硯箱　中ニ印章一ケ（高正字印）アリ	同	同
二八	俳句	鶯のちらほら啼や夏木立 芭蕉ト曾良ガ甲斐ノ六祖五平ノ宅ニ会セシ時ノ作ト添書アリ	掛物	玉川　清水三朝
二九	同	ひとからけかつらき山の雪の柴	短冊	同　長田菊明
八四	同	道はたは夜もくまるゝ清水かな	同	永明　竹村竹之助
八五	同	ひとからけかつらき山の雪の柴	小色紙	上諏訪　岩波恒雄
七九	書翰	二月五日□□堂主人ヨリ曾良宛	巻物	東京　松村裕
二二	雑	芭蕉翁絵詞伝　三冊 蝶夢幻阿弥陀仏撰　寛政五年刊行本 中巻ニ芭蕉曾良奥ノ細道行脚那須野通行ノ状ヲ図ス	書籍	中洲　伊藤直次郎
三一	同	続俳家奇人談　三冊 天保三年刊行故勾当竹内玄一遺編 下巻ニ高桑闌更ガ曾良ノ生地ヲ訪問　銭屋ニ芭蕉筆ノ奥ノ細道ヲ見テ家人ノ不在ニ乗ジ北枝ノ句ヲ書入レシ旨ノ記事アリ	同	玉川　牛山菊次郎
一一	同	俳人百家撰 中ノ曾良傳中に曾良ヲ木曾福島ノ士トセルコト曾良ガ甲州ニテ芭蕉ニ初メテ会ヒタルコト等ヲ記セルハ曾良研究上注意ニ値ス	写本	川岸　宮沢国助

四八	同	大屋（名古屋）ヨリ千助宛芭蕉筆ノ書物ヲ借覧シタキ旨ノ書状	書状	上諏訪　河西　五郎
六一	雑	曾良略伝下書 其残ノ問合ニ対スル河西家ノ返答書ノ扣ナリ	書状	上諏訪　河西　五郎
六七	追善集	曾良五十回忌集 宝暦十年五月李郭編　平安ノ仁斎ノ序　守中庵菊阿ノ跋ヲ添フ　巻頭曾良ノ肖像及句ヲ列挙シ次ニ孫姪李郭及一連曾良氏族トシテ千郭以下ノ句ヲ載ス　尚柳下庵志水ハ句ノ前書ニ曾良ノ伝ヲ詳ニ述ベタリ　周徳　沾丁　在器ハ巳ニ故人ナレバトテ嘗テ三十三回忌ノ時ノ句ヲ採録ス　又集中ニ「奥の細道の草稿予が許に残れり」ト詞書シテ朱鶴ノ句アリ	書籍	同
六九	連句	雪まろげ原稿（周徳筆） 元文二年曾良ノ姪周徳ガ曾良ノ遺物ヲ整理シテ曾良ノ連句芭蕉ノ連句俳文等ヲ集録シタルモノニテ奥書ニ 「叔父曾良の反古の中より一つの雪丸を得たり是にまろめつけて見れば一冊となれり叔父身まかりしより此かた廿八年の春秋をふれとも此雪の消さる金玉にして誠に貴くこそ覚ゆ　呵られたむかし恋しや雪丸け　姪周徳拝書 元文巳のとし孟冬」	写本	同
三七	同	雪まろけ写本 コノ方ニハ初ト終ニ別ニ漢文ノ序跋アリ	同	同
七一	雑	曾良肖像写真　五十回忌集巻頭ノモノ	写真	郡史編纂部
七二	同	曾良墓表写真　正願寺ニアルモノ	同	同

七三	同	同　壱岐勝本能満寺中藤家墓地ニアルモノ	同	同
三〇	同	壱岐勝本能満寺曾良墓表写生図 勝本ノ原田一峰氏筆同氏ヨリ寄贈セラレタルモノ	マクリ	玉川　牛山菊次郎
四四	同	壱岐能満寺曾良墓表拓本及能満寺図幷ニ能満寺附近ノ略地図	掛物	永明　竹村竹之助
六〇	同	巌坡　銀岱等　曾良ノ墓ヲ訪フ記	マクリ	上諏訪　河西　五郎
一一一	俳句	松島曾良句碑拓本　松島や鶴に身をかれほとゝきす	掛物	同
八九	同	別座敷 元禄七年仲夏初八日子珊等編　集中曾良ノ句ヲノス	写本	同
一一〇	雑	恋塚集　宝暦四年七月刊 佐久ノ人鶏山編　序ノ中ニ曾良ノコトヲ記ス	書籍	下諏訪　小口　惟一

○曾良の一族

六四	追善集	通誉貞円追善詩歌集 通誉貞円居士トハ河西与惣右エ門ノコトニシテコノ追善集ハ元禄三年 ソノ歿年ニ成レルモノ　詩　祭文　灌木ノ追善連句等を収ム	写本	上諏訪　河西　五郎
六六	同	慶福居士追悼巻 奥書ニ周徳拝書トアリ	同	同　小平邦之輔
八八	書翰	□哉ヨリ周徳宛書状	書状	上諏訪　河西　五郎
三八	俳句	題穂屋　みさやまや実も神秘の秋の風　河西周徳孫周之	詠草	同
五九	同	菊咲けりこゝも明石の名にかほる　李郭	短冊	同
七七	同	松村李郭　我子千郭ノ為神前へ祝ノ句	色紙	東京　松村　裕

八二	雑	満潮ヨリ李郭宛俳諧許状	巻物	同
一六	連句	歌仙四十峠　癸未晩穐下四之会柳下庵催 連中　三秀　志逸　李郭　白水　洗之　志桃　波十 葵阿　五魚　成巳　巴江　朱鶴　唯丸　波涼	俳諧巻	下諏訪　小口　惟一
三三	俳句	菊の香や朝露ぬるゝ風のひま　松郭	短冊	玉川　牛山菊次郎
四二	同	初霜にいよ跡とめよ無事を花　一枝	同	上諏訪　小平邦之輔
四三	同	たのしひの湊は爰そ筆紅葉　一枝	同	同
四四	同	あやかれといたゝく八十の扇哉　一枝	同	同
八〇	同	菊岡沾涼　松村某ニ湖涼ノ名ヲ与ヘシ時ノ句	掛物	同　小平　雪人
七八	雑	湖涼へ沾涼ヨリ伝切紙	書状	東京　松村　裕

○其他

七六	俳句	享保十一年献額 新倉毘沙門堂奉掲ノモノ　本郡献額中現存スルモノ、最古タリ 巨船選　周考　三木氏　宮坂氏　松本氏等ノ名見ユ	額	川岸夏明区

参考

○俳諧伝系（大日本人名辞書中ヨリ関係アルモノヲ抜ク）

- 松永貞徳
  - 北村季吟
    - 松尾芭蕉
      - 榎本其角
      - 服部嵐雪
      - 河合曾良
    - 山口素堂
  - 斎藤徳元
  - 松江重頼—西山宗因
    - 井原西鶴
    - 内藤風虎
    - 内藤露沾
      - 水間沾徳
        - 貴志沾洲
        - 大高子葉
      - 菊岡沾涼

○斎藤徳元

美濃岐阜ノ人　氏ハ斎藤　名ハ利起　通称斎宮　織田秀信ニ仕ヘテ二千石ヲ領ス　後薙髪シテ徳元ト号シ又帆亭ト称ス　松永貞徳ノ門人ナリ　寛永五年江戸ニ出デ馬喰町（或ハ云江戸町）ニ住シ和歌ヲ教授ス　後誹諧ニ遊ビ寛永十八年或人ノ需ニ応ジテ　誹諧初学抄ヲ編ス　是江戸ニテ俳書ヲ刻スルノ始ナリ　正保四年八月廿八日丹後ニ於テ歿ス　行年八十九歳　天橋立五台山智恩寺ニ葬ル　法名徳元大居士　或ハ云フ正保元年若狭ニ歿スト是或ハ非ナラン

（中略）

○諏訪忠晴

高島藩主（頼水ノ孫）鷲湖子ト号シ史文ノ大家又詩歌ニ長ズ　元禄八年三月卒去　年五十七

○諏訪忠虎

忠晴ノ長子ニシテ寛文三年三月十五日ニ生レ元禄八年四月襲封　闡幽ハソノ俳名ナリ　忠晴ノ室ハ磐城平ノ藩主内藤氏ノ女ニシテソノ血族関係ハ次ノ如シ

- 内藤忠興
  - 義泰—義英
  - 美興
  - 女（実ハ美興ノ女　忠興ノ養女トナル）
- 諏訪忠晴
  - （諏訪忠晴と女の子）忠虎

内藤義泰ハ宗因門ノ風虎ニシテソノ嫡子義英ハ即チ有名

ナル露沾ナリ　露沾モ亦西山宗因ニ学ンデ遊園堂ト称シ又傍池亭トイフ　享保十八年九月十四日卒　年七十九

水間沾徳菊岡沾凉等ソノ門ヨリ出ズ

闌幽ハ実ニコノ露沾ト従兄弟ニアタル　ソノ俳諧ニ造詣深カリシモ故ナキニアラズ　闌幽年六十九ニシテ卒ス時に享保十六年七月二日ナリ

○諏訪忠恕（みち）

忠虎ノ曾孫忠粛ノ庶長子　文化十三年十月封ヲツギテ高島藩主トナル　菁莪、松窓　淇隩堂　射山等ト号シ俳諧ニ長ジ、又和歌　絵画等ヲヨクス　嘉永四年五月二日卒年五十二　忠恕ノ室ハ松平定信ノ女ナリ

○諏訪忠誠（まさ）

忠恕ノ嫡長子　封ヲ承ケテ高島藩主トナリ幕末老中トナル　和歌　俳諧ヲヨクス　潭路ハソノ俳号ナリ　明治三十一年二月七日卒ス　年七十八

○諏訪頼武

又安丸トイフ　諏訪上社大祝ニシテ俳諧ニ長ジ栗ノ下霞朝ト号シ又迎春楼トモイフ　元治元年六月廿三日歿　享年三十歳

○河西周徳

李左ヱ門トイフ　曾良ノ母ノ生家ニシテ更ニ曾良ノ妹ガ同家ニ嫁シ、生ム所ナリトイフ　曾良ノ歿後壱岐ヨリ送還サレタル遺物（曾良ノ生家高野氏ハ曾良ノ弟五左ヱ門ツギシモ早ク死シテ断絶セリトイフ）ヲ整理シテ「雪まるげ」ヲ編シ其ノ遺稿等ノ筆写ヲトリテ原本ノ保存ヲ計リ又正願寺ニ墓碑ヲ建立スル等伯父ノ業績ヲ後世ニ伝ヘタル功大ナリ　宝暦三年八月九日歿享年五十九歳

○小平一枝

又逸志トモ書ク　名ハ良雄　通称仁左ヱ門　曾良ノ姉小平氏ニ嫁シ（現主邦之輔氏）ソノ子孫ナリ　明和三年二月廿四日歿　享年不明

○松村李郭

曾良ノ孫姪　通称宥助　恒賀ト称ス　随時庵李郭ハソノ俳号ナリ　曾良五十回忌集ヲ編ス　安永四年四月十九日歿ス　年四十八

○松村泉郭

又千郭トモ書ク　松村孫右ェ門恒思　文化元年三月廿五日歿　享年不詳

三、河西周徳と点取俳諧

徳元作「諏訪因幡守頼水追善之俳諧」の巻末には、平山五郎兵衛なる人物からの譲り状ならびに宛先河西（かさい）与惣右衛門盈定（みつさだ）の、寛永二十年六月十三日附識語がある。盈定は時に四十四歳、この頃、徳元老は江戸の浅草御門界隈に住んでいる。

平山五郎兵衛

河西与惣右衛門殿江進申候

右平山氏ハ祖父和泉殿母方のしんるいなり和泉殿ハ実ハ加々美二良殿の子なりもとハ加々美も河西も同し甲斐源氏にて武田の一門なり去ル永正十六年卯三月廿八日に加々美殿没落二良殿は諏訪ににけかくれ給ふ也和泉殿かさいの家をつぎけれとも定紋ハ加々美のもんはなひしにかたはみの二ツのもんを用ひける子孫のすへ〳〵まて此事わするへからす者也

河西与惣右衛門

盈定　判

寛永廿癸未年

六月十三日

上諏訪の上町在、河西与惣右衛門盈定は屋号を銭屋（ぜにや）と称した酒造業、参考までに与惣右衛門は元和九年三月、藩宛に酒造の願いを出して許可された（『諏訪市史』中巻、937頁）、御目見え町人の一人である。天和三

（八）

加加美二郎
＝平山氏
河村和泉（蔵人、広盈）
□
与惣右衛門盈定（慶長五年生、八十四歳歿）
平山五郎兵衛筆 → 進呈したもの

年十二月十二日歿八十四歳、法名は幽誉廓翁宗玄居士という（銭屋文書系譜書留、墓碑銘）。右識語の内容を略系図で示すと（八）の如くになろうか。参考として銭屋旧蔵系譜書留も参照されたい。藩主の諏訪家と共にこの河西家も代々俳諧好きの家系であった。

次いで嗣子の与惣右衛門広房も亦文学趣味を有した人として慕われ、歿後には『通誉貞円追善詩歌集』（前掲、出品目録64）が写本の形でまとめられたらしい。広房は始め長左エ門といい元禄十三年十月朔日歿七十三歳、法名は通誉覚翁貞円（系譜書留）。孫周徳は元禄八年正月生まれ、名を広胖（ひろたか）・源蔵・杢（もく）左衛門、俳号を山水亭周徳といい、江戸の水間沾徳から俳諧の指導を受けて諏訪の俳壇を長い間ひきいている。宝暦三年八月九日歿五十九歳、辞世句は「安養（あんにょう）へともふ飛ふなり蓮の実」という。法名は道誉清我周徳比丘（墓碑銘）。以下、略系図（三）で示す。因みに村松友次氏掲出のそれはまま誤り有之（「曾良の遺品」『俳文学研究』9号）。

（三）

河西盈定 ―― 広房 ―┬― **広静**
　　　　　　　　　└― **周徳** ―― 広孝 ―― 周之 ……… 五郎氏

河西盈定：宗玄、天和三歿八十四歳。

広房：元禄十三歿七十三歳。

周徳：「広胖　源蔵　杢左エ門／誹名　山水亭周徳　武東沾徳門」（系譜書留）。河西本『ゆきまるげ』稿本一冊、周徳編。元文二年十月、周徳奥書（時に四十三歳）。後裔河西龍二氏蔵なれど氏は昭和58・5・11病歿。遺族河西洋一氏不明。『諏訪史料叢書』9に翻刻。宝暦三・八・九歿五十九歳。

広孝：周喜・周器、享保十七年生、文化二歿七十四歳。

周之：与惣右衛門、文化十一歿五十三歳。

銭屋（河西）旧蔵、俳諧点巻七十四冊について

諏訪市史編纂室所蔵。正しくは「銭屋河西家文書」中の俳諧点巻群である。点巻はすべて栗皮色でぬった竹の葛籠に収められてあり、その寸法は、縦三六・七、横二八・七糎、深さ七・七糎。左下に、「河西」と朱筆。右上に、「174 1～70 銭屋文書／連歌（ママ）七四巻（周徳関係）」と記す。点巻七十四冊は原装で保存良。そのほとんどが桝形本であった。成立年代は享保十一年八月より延享三年二月まで。師の沾徳は享保十一年五月三十日歿。時に周徳は三十二歳。二十余年間にわたる点巻資料である。因みに、昭和二年十一月十三日開催の「諏訪俳諧史料展覧会」（諏訪教育部会）には、本点巻群は出品せられず。『諏訪の近世史』（諏訪教育会編・刊）にも記述なし。ただし新刊『諏訪市史』中巻（昭63・3）では著者の加筆で新たに一章が設けられて記述せられた。

七十四冊の点巻内容についてであるが、まず点者別内訳は左の通り。配列は点巻目録の番号順である。

鴛田青峨点五冊、貴志沾洲点五冊、中川風葉（白兎園宗瑞）点二冊、桑岡貞佐点十二冊、植村信安点四冊、指田喬谷点二冊、堀内仙鶴点二冊、三田白峯点一冊、自閑斎点一冊、前田青峨点十二冊、中川乙由点二冊、清水超波点三冊、山口羅人点一冊、内田沾山点八冊、足立来川点一冊、菊岡沾涼点七冊、貞橘点一冊、慶紀逸点一冊、谷口楼川点一冊、雪堂拾翠点一冊、ちとせ庵点一冊、中川貞佐（二十軒）点一冊、計七十四冊。

催主について。河西周徳亭・秀蘭亭・生白亭・水候亭・西鶯亭・有賀素行亭・時雨斎・柳翠亭・河西至声亭・進正堂・万就亭・万志亭・花月亭・両角志水（李郭と共に、『曾良追福五十回忌集』の編者である。）亭などであった。

では誰れに師事しているか。便宜上、俳人系図で示すことにしたい。その際、『綾錦』（架蔵）及び早川丈石編『誹諧家譜』（宝暦元年刊、架蔵）を参考にした。各俳人名の下の算用数字は点巻の冊数である。

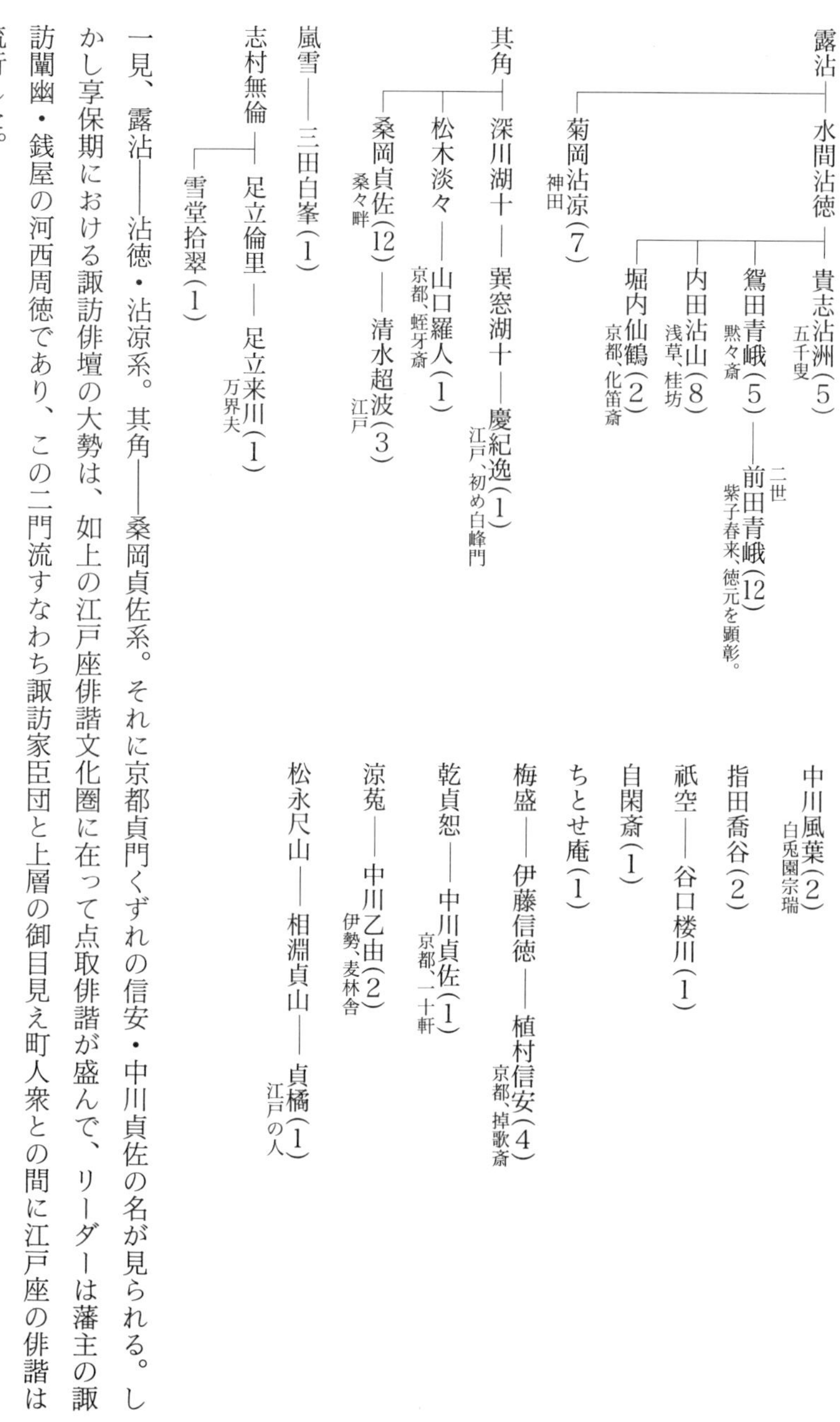

一見、露沾――沾徳・沾涼系。其角――桑岡貞佐系。それに京都貞門くずれの信安・中川貞佐の名が見られる。しかし享保期における諏訪俳壇の大勢は、如上の江戸座俳諧文化圏に在って点取俳諧が盛んで、リーダーは藩主の諏訪闡幽・銭屋の河西周徳であり、この二門流すなわち諏訪家臣団と上層の御目見え町人衆との間に江戸座の俳諧は流行した。

さて、俳諧点巻七十四冊の調査と目録作成は、諏訪市文化財専門審議会委員の後町(ごちょう)源太郎氏（市内中洲下金子に住）によって成されたようである。氏いわく「俳諧のことはよくわからないが……」と謙遜されながらも「確か小口幹翁氏（前出）から依頼を受けて作成したことを覚えています」と語られた。更に、このたび著者が少しく訂正し、かつ括弧内に作者グループの代表者名（仲介者名）をも加筆した。なお各巻末に貼付された諸家の点式については別稿に譲りたい。点巻閲覧と紹介方をご許可いただいた諏訪市史編纂室の浅川清栄氏・柳平千彦氏を始め皆様には深謝申し上げる。

（平元・9・13稿）

図書番号	年月	書名	催主	点者	袋
741—1	享保11・8	秋の題　五十韻	周徳亭にて六名	八丁堀 黙々斎 押田青峨　点（雪賞）	○
2	〃11・9	花野　歌仙	秀蘭亭　四	青峨（渋江幽臺）	○
3	〃13・1	春宵の梟　歌仙	生白亭　五	江戸　五千叟貴志沾洲（シナノ 有賀素行・河西周徳）	○
4	〃13・3	花のあるじ　百韻	水候亭　七	沾洲（吉田如雪）	○
5	〃13・3	雲隠　百韻	西鶯亭　七	江戸　中川　風葉（雪賞）	○
6	〃13・3	艶女　歌仙	生白亭　四	青峨（牛込山伏町 真野雪香）	○
7	〃13・5	ぼたん　百韻	周徳亭　六	青峨（柿沢雪賞）	○
8	〃13・9	紅葉見　歌仙	幽雪亭　三	青峨（小喜多主水）	○
9	〃14・1	梅の門　百韻	素行亭　三	沾洲	○

図書番号	年月	書名	催主	点者	袋
10	〃14・春	田螺　五十韻	素行亭　三	洛下　貞佐（※一十軒中川貞佐 貞室系 乾貞恕門）	○
11	〃14・3	種おろし　百韻	水候亭　三	沾洲（河西周徳）	○
12	〃14・3	接木　歌仙	水候亭　四	沾洲（有賀素行）	○
13	〃14・夏	今年竹　百韻	水候亭　五	洛陽　掉歌斎信安 信州山信斎（素行）	○
14	〃14・秋	秋の歌姿　五十韻	水候亭　四	桑々畔貞佐（岡田與助消シテ）	○
15	享保14・9	冨士見橋　百韻	水候亭　六	（一十軒消シテ）桑々畔　貞佐	○
16	〃14・10	小春　歌仙	水候亭　四	桑々畔　貞佐 信州諏方（有賀素行）	○
17	(1)〃14・12	春隣　百韻	一笑亭　六	掉歌斎信安　山信斎（素行）	○
	(2)〃15・3	春隣　百韻	六	指田市兵衛　指田喬谷 諏訪安芸守内（加藤勘九郎）	○
18	〃15・1	初雪　百韻	西鶯亭　五	信安（有賀素行）	○
19	〃15・8	窓の月　歌仙	時雨斎　八	桑々畔貞佐（小嶋柳翠）	○
20	〃15・冬	吹ぬ日　百韻	水候亭　五	掉歌斎信安（河西周徳）	○
21	〃16・8	十六夜　歌仙	柳翠亭　六	桑々畔　貞佐（河西至声）	
22	〃	客の袖　歌仙	周徳亭　九	〃　貞佐	○

図書番号	年月	書名	催主	点者	袋
23	〃16・9	初霜　歌仙	周徳亭　二	桑々畔　貞佐（河西周徳）	○
24	〃17・5	夏神楽　歌仙	柳翠亭　七	桑々畔　貞佐	○
25	〃17・6	夏菊　歌仙	至声亭　七	桑々畔　貞佐	
26	〃17・9	早稲の香　歌仙	至声亭　三	桑々畔　貞佐	○
27	〃17・9	産子達　歌仙	水候亭　三	〃　貞佐（周徳）	
28	享保17・10	初火燵　歌仙	周徳亭　三	桑々畔　貞佐（周徳）	○
29	〃17・10	玄猪餅　歌仙	柳翠亭　四	京釜座二条上ル町 化笛斎 堀内仙鶴　信州諏訪（河西周徳）	○
30	〃19・9	菊　五十韻	進正堂　十一	三田白峯（萬丁 周徳）	○
31	〃19・9	色鳥　五十韻	万就亭　九	自閑斎	○
32	(1)〃20・2	春雨　歌仙	万志亭　五	江戸 黙々斎前田青峨（青峨二世）　外桜田（曾隆）	○
	(2)〃	春雨　歌仙	〃　五	麦林下　中川乙由	○
33	〃20・2	若菜　歌仙	周哉亭　七	堀内　仙鶴（小平清左ェ門 上原孝八）	○
34	〃20・3	山吹　歌仙	花月亭　五	前田　青峨　外さくらだ（両角志水）	○
35	〃20・8	花の色　歌仙	周哉亭　五	黙々斎青峨　信州諏方（上原為芳）	○

図書番号	年月	書名	催主	点者	袋
36	〃21・4	涼船　歌仙	志水亭　六	江戸　清水超波（両角伝兵衛）	○
37	元文1・5	郭公　歌仙	周哉亭　五	前田青峨（信州諏方 上原為芳）	○
38	(1)〃1・5	保多留　五十韻	周哉亭　七	京都　蛭牙斎山口羅人（信州諏方 上原為芳）	○
	(2)〃	ほたる　五十韻	周哉亭　七	青峨	
39	〃1・8	若紅葉　歌仙	周哉亭　七	清水　超波（河西周徳）	○
40	元文1・9	秋風　五十韻	周哉亭　七	浅草　桂坊　内田沾山　さくら田（周哉）	○
41	〃1・9	小夜砧　五十韻	志水亭　七	江戸　万界夫　足立来川　桜田（澁江幽臺）	○
42	〃1・10	小夜時雨　歌仙	周哉亭　六	沾山　外桜田ヤシキ（一簣）	○
43	〃2・3	花見　歌仙	扇風亭　三	内田　沾山（上田扇風）山水亭取次	○
44	〃2・6	壱里塚　五十韻	周哉亭　八	前田　青峨（河西曾隆）	○
45	〃2・7	残暑　五十韻	周哉亭　八	内田　沾山（さくら田 村上周哉）	○
46	〃3・7	秋立　五十韻	心友亭　七	内田　沾山　外桜田やしき（柿沢一簣）	○
47	〃3・10	はつゆき　歌仙	為山堂　六	前田　青峨　外桜田（飯田習喜）	○
48	〃4・4	郭公　五十韻	周哉亭　七	前田　青峨　外桜田（邨上周哉）	○

図書番号	年月	書名	催主	点者	袋
49	〃4・冬	落葉　五十韻	一簣亭　七	清水　超波　外桜田（邨上周哉）	○
50	〃5・7	一葉　五十韻	〃　八	前田　青峨（村上周哉）執筆　遊佐半左衛門	○
51	〃6・2	谷の音　五十韻	周哉亭　七	神田　菊岡　沾涼　外桜田（周哉）	○
52	寛保1・10	落葉　五十韻	一簣亭　八	菊岡　沾涼　外さくら田（村上周哉）	○
53	〃2・2	一重梅　五十韻	〃　八	菊岡　沾涼　外さくら田（笠原洗竹）	○
54	寛保3・4	山かつら　五十韻	周徳亭　六	白兎園宗瑞	
55	〃3・11	村雀　五十韻	周哉亭　六	江戸　貞橘　執筆　遊佐半左衛門	○
56	延享1・5	郭公　歌仙	洗竹亭　五	江戸　慶　紀逸（笠原洗竹）	○
57	〃1・6	夕すゞみ　歌仙	湖月亭　五	木犀庵谷口　楼川	○
58	延享1・10	初時雨　歌仙	周哉亭　七	桂坊　沾山	○
59	〃1・12	山茶花　五十韻	曾隆亭　八	神田なべ町　菊岡　沾涼　外桜田（河西曾隆）	○
60	〃2・6	蚊帳さらし　五十韻	一簣亭　八	神田鍛冶丁　菊岡　沾涼　外桜田（村上周哉）執筆　遊佐半左エ門	○
61	〃3・2	玉の春　五十韻	（隠し点あり）七	（前田青峨様ヲ消シテ）不白軒　雪堂　拾翠　外桜田（村上周哉）	○
62		ひゐな　歌仙	周哉亭　五	前田　青峨　外さくらだ（溢江幽臺）	○

図書番号	年月	書名	催主	点者	袋
63		福の扉　歌仙	有隣亭　六	麦林　乙由	○
64		神垣　五十韻	六	前田　青峨（外さくら田 周哉）	○
65		雪見　歌仙	万志亭　三	前田　青峨（河西周徳）	○
66		霜落葉　五十韻	周哉亭　六	沾涼	／
67		旭山　五十韻	一簣亭　七	菊岡　沾涼（柿沢一簣）	○
68	(1)	つたもみぢ　百韻	（前五十韻　諏方連	※喬谷古意　喬谷	○
	(2)	蔦紅葉	後五十韻　江戸連）	沾山	
69		竹の皮　歌仙	六	ちとせ庵	／
70	元文3・5	おもて合	周徳 一簣	内田　沾山 外桜田やしき（柿沢一簣）	○

〔追記〕 **二、『諏訪俳諧史料展覧会出品目録』抄**について

その後、『諏訪史』の先達伊藤正和先生から伺った話では、諏訪俳諧資料の所在調査は大正七年より今井真樹（まき）氏を主任に進められた由。そうして昭和二年五月二十五日には、小冊子『諏訪関係俳諧書目録　其一・明治四年以前歿諏訪俳人名簿　其二』（謄写版、諏訪教育会蔵）を出している。さて、俳諧資料展は同年十一月十三日（日）に一日間のみ諏訪高等女学校を会場に開催が決まった。それに向けて一日、協議がなされ、○俳諧資料選定標準。○各小学校蒐集の史料予撰について。○芭蕉・曾良の俳書俳句等の鑑定依頼。○更に、興味深い報告としては「問ヒ合セ（各方面）ヲモ怠リ居リ又今井（真樹）先生ニ托セシ志田（義秀）先生ヱ関係スル御返事モ今以テナシ」など、担当委員の奮闘の様子がうかがわれる。

（平元・10・28記）

『尤草紙』諸版本考

はじめに

斎藤徳元作仮名草子『尤草紙』は、寛文十三年までに都合五回、版が重ねられた。先年私は、勉誠社刊行の近世文学資料類従・古俳諧編5『誹諧初学抄、付・尤之双紙』の解題を担当したことがあったが、それはまことに不完全きわまる稿で、以来「補遺」をものすことが念頭から消えやらずにいたのである。

〔寛永四年版〕

一、尤の草子　　二冊、大本

（奥野彦六氏著『江戸時代の古版本』〔東洋堂、昭19・3〕第五、寛永版本目録、144頁）

とは見えているが、寛永四年版本の実在性については甚だ疑わしい。あるいは完稿寸前に、私家版として坊間にひそかに流れしか。一応、記事として挙げておく。

〔初版本〕

○尤の草紙　二　同（寛永九年）、巻末に**寛永九年林鐘上旬大宮通三条二町上恩阿斎開版**（図49参照）、寛永十

一年に再版、慶安二年に三版、孰れも挿絵なし。

（朝倉無声著『新修日本小説年表』（春陽堂、大15・9）近代篇・仮名草紙、29頁）

私はこれを〝幻の初版本〟と呼ぶことにしたい。管見の限りでは、こんにち存在を聞かぬからである。が、寛永九年初版本はかつては存在したようである。なぜなら中野道伴再版本の巻末刊記の四周に傷があり明らかに入木した跡であることが認められるから。更に本文を子細に検していくと、まず「天」の部分に匡郭の痕跡らしきものがうかがえれる。上巻—三ウ・九オ・十九ウ・二十オ、下巻—九ウ・十二オ・十五オ・二十八ウ、がそれである。そしてそれに呼応するかの如く「地」の部分には文字面を揃えるために裁断したと思われる跡が見受けられる。上—八オ・八ウ・九ウ・二十四ウ・三十五オ、下—三ウ・四オ、と。されば初版本は匡郭本であったか。三版本の慶安板（※架蔵本は上本也）は、初版本たる匡郭本の覆刻版なりしか。書肆恩阿斎については不詳。因みに寛永九年に、〝斎〟号を有する書肆は豊雪斎道伴とこの恩阿斎しか存在せぬ。

〔再版本〕　寛永甲戌（十一年）六月吉日、書舎中野氏道伴刊行（図45、48参照）。

寛永十一年再版本大本上下二冊は諸版本中最も多く流布している。すでに諸本書誌に関しては、本書第三部「徳元著作本書誌ノート」のなかで報告しているので、ここでは記さない。

版元中野氏道伴は、通称を市右衛門、豊雪斎と号し、元和から寛文にかけての京洛最大の営利出版書林で、いわば日本のロングマン社であると言っても過言ではあるまい。書肆を寛永三年から五年前後に、『黒谷上人伝絵詞』（寛永三年刊、古活字版）の刊記「於**四条寺町大文字町**中野市右衛門尉開之」（『弘文荘古版本目録』昭49・1）と見えていて居を構えていた。

当代、版元道伴の社会的地位については、例えば寛永三年版『文之點四書集註』の如竹の跋文中に「中野道伴翁、請録諸梓……」（前掲『江戸時代の古版本』101頁）と尊敬表現している点からも相当な社会的地位に在ったのではないか。そしてそういう地位の高さゆえに前記、恩阿斎ともども八条宮智忠親王の御伽の料に奉られた本書を上梓することが出来たのであろう。寛永十六年四月六日歿、法名は即中道伴居士、左京区田中門前町に在る了蓮寺に葬られた（『増訂慶長以来書賈集覧』、第五部「出版書林中野道伴伝関係資料」）。

仮名草子『尤草紙』は斎藤徳元の著作である。その証として本文中より気付きし箇所二点を例示して、もって作者の言語表象を示しておきたい。

○せいじのさらに。あゆなます。藍(あい)よりあをき。たでずをかけ。……（上二十九、あをき物のしな〳〵）

鮎なますあいより青き蓼酢哉

鵜の鳥を絵にそめ付の皿（三藐院

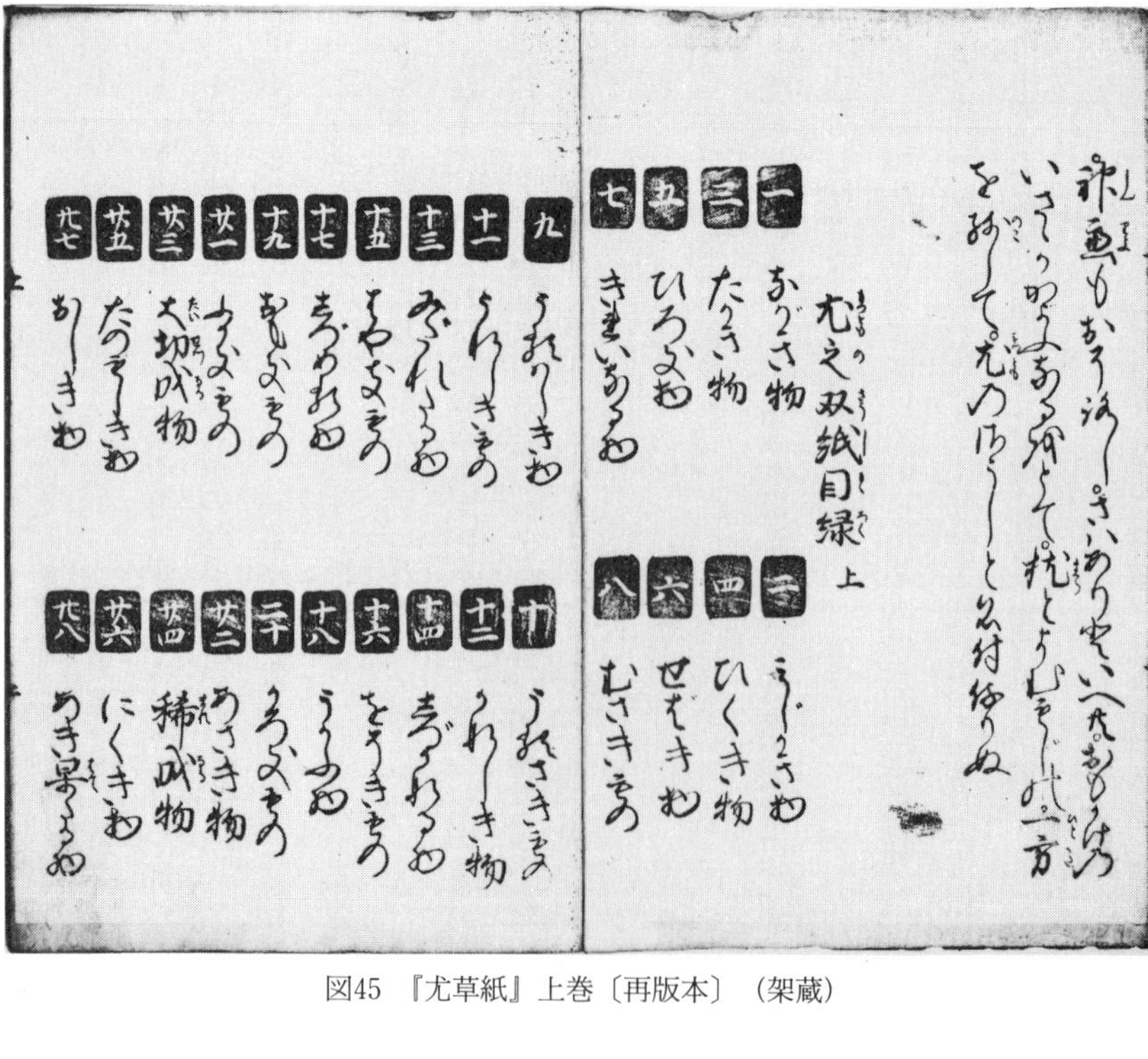

図45『尤草紙』上巻〔再版本〕（架蔵）

殿点徳元独吟魚鳥俳諧百韻一巻）

○或連哥のまへ句に

あぢきなやたゞまハしてもミん

付句 恋ゆへに我身ハやせて三への帯（下五、めぐるものゝしなしな）

恋すてふ身ハひたとやせぬる

かたひらハ二重の帯か三重廻る（寛永五年十一月成、斎藤徳元独吟千句、第六）

○ある発句に

郭公名のるハふじのたかね哉（下十六、なのる物の品々）

郭公名のらばふじの高ね哉（架蔵、徳元自筆「夏句等懐紙」）

〔三版本〕 慶安二己丑年仲春良辰、藤井吉兵衛尉新刊（口絵12参照）。

一、東京都立中央図書館蔵。図書番号、特四一三。

装幀、大本下巻一冊。寸法、縦二八・〇糎、横一九・四糎。匡郭、（第一丁表）縦二一・一糎、横一七・三糎。表紙、原表紙（ただし裏打ちがほどこされている）紺色に卍崩し牡丹唐草模様を捺出してある。表紙の上に改装後補。花色表紙。袋綴。題簽、剝落。ただし原表紙左肩にその形跡あり。改装表紙左肩に、新たに貼紙を貼附。「尤之双紙」と墨書。内題なし。目録題、「尤之双紙目録下」。版心、「下　一（―四十三終）」。一頁十行。丁数は、四十四丁。跋文、巻末に有り。蔵書印、(イ)原表紙見返し、中央に、「東京都立日比谷図書館　昭二七・八・二三和　〇三六九二二」とある。(ロ)本文冒頭、右上方に、「東京都立図書館蔵書」と正方形の朱印。(ハ)同じく右下方に、「蜂屋文庫」と黒印。刊記、巻末、左端に「慶安弐己丑年仲春良辰／藤井吉兵衛尉新刊」とある。

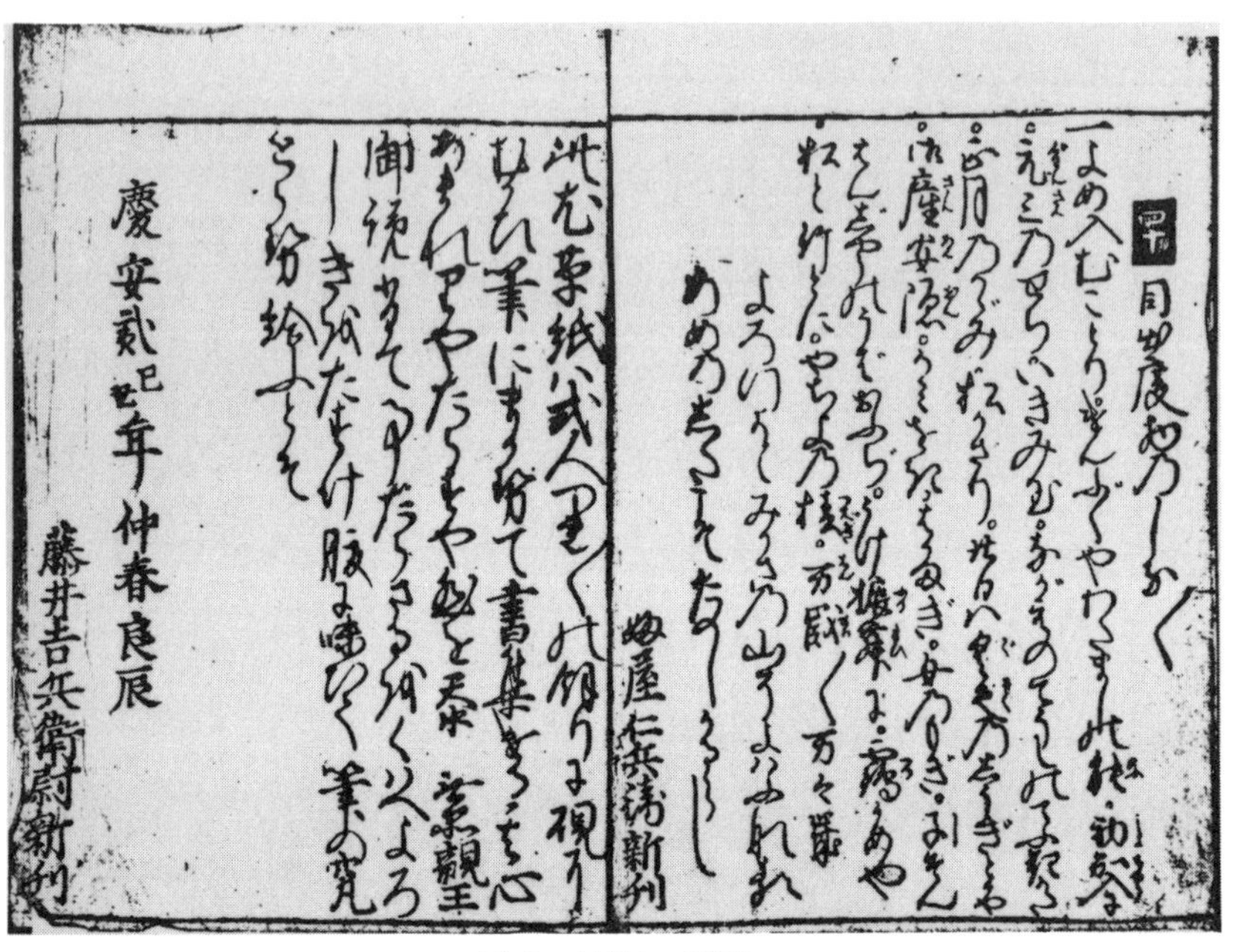

図46　内閣本の刊記

本書は、無匡郭寛永再版本の覆刻版であった。版元藤井吉兵衛尉については不詳。

〔無刊記本〕　婦屋仁兵衛新刊（図46参照）。

一、国立公文書館内閣文庫蔵。図書番号、二〇四—九三。

装幀、大本上下合一冊。寸法、縦二四・五糎、横一八・二糎。匡郭（本文第一丁表）縦二一・五糎、横一七・〇糎。表紙、丹表紙。原装か。袋綴。題簽、剝落。表紙左肩に、「尤草子」と直接に、墨書。目録題、上巻「尤之双紙目録上」、下巻「尤之双紙目録下」。版心、上巻「上　一（—三十八終）」、下巻「下　一（—四十三終）」。一頁、十行。丁数は、遊び紙一丁、上三十八丁、下四十三丁、跋・刊記半丁。序文、有り。跋文、巻末に有り。蔵書印、(イ)表紙右肩に、「番外書冊」と短冊形の黒印（昌平坂学問所）。(ロ)表紙見返し、右下方に、「青山堂」と長方形の印（青山堂枇杷麿こと野口市兵衛）。(ハ)同じく見返し、中央に右青山堂の、「青山居士／千巻文庫」と象形の印。

(ニ)同じく左下方に、「□林／酔門」と方形陰刻。(ホ)「枇杷／麻呂」と方形の印。(ヘ)遊び紙表、右下方に、「浅草文庫」と短冊形子持郭の印（官立浅草文庫）。(ト)本文第一丁表、中央の上方に、「日本政府図書（三行）」と正方形の印記等がある。刊記、巻軸下巻四十「目出度物のしなぐ＼」の末尾に、「婦屋仁兵衛新刊」とある。更に次丁跋文の末尾に、「慶安弐己丑年仲春良辰藤井吉兵衛尉新刊」とある。識語は、遊び紙に蜀山人大田南畝の手識がある。「枕を析て尤とは尤ならぬ文字／なれともこれもまた古くさし／慶長壬子小瀬甫菴かつくれる／童蒙先習といへるもの枕草子に／ならひてつくれりその枕草子／いふものも李義山か雑纂に／ならへるものならし　蜀山人書」（イマ、丸山季夫氏が『日本随筆大成』ノ解題中ニ引用セラレシ右識語ヲ訂シテオイタ。）又、序文の末尾に別人の筆にて次のような書き入れがある。いわく、「此書誠に佳作也尤の双紙といはんも又もつとも也／然れ共まくらと読文字の一方を残すといへる甚誤れり／枕の一方尤にあらす冘也おなしく八枕といふ文字に／かはらすしていつまてもただ尤の双紙成へし／□蕉」と。

二、東京都立中央図書館蔵。図書番号、特四一二一―一。

装幀、大本上巻一冊。寸法、縦二六・八糎、横一八・九糎。匡郭、（第一丁表）縦二一・二糎、横一七・〇糎。表紙、改装後補。栗皮色表紙。袋綴。題簽、なし。目録題、「尤之双紙目録上（もっとものさうしもくろく）」。版心、「上　一（―三十八終）」。一頁、十行。丁数は三十八丁。序文、有り。蔵書印、(イ)本文冒頭右上方に、「東京都立図書館蔵書」と正方形の朱印。(ロ)その下に、「反町文庫」印。(ハ)巻末、左下方に、「月明荘」と方形朱印。(ニ)そのすぐ下に、「日比谷図書館」と朱印。(ホ)表紙見返し、上部中央に、「東京都立日比谷／図書館／昭三四・九・一五和／〇一四七九一七」。

慶安版をそのまま使用せし婦屋本は、実見するに明らかに寛永再版本の「かぶせ彫り」、すなわち覆刻版である。この無刊記・婦屋本の版行年代は不明であるが、『増益書籍目録』（元禄九年孟春、河内屋利兵衛刊）には、

二
ふや仁　尤さうし　一匁八分

と記載せられていて、同様なる記事は宝永六年丸屋板目録にも見え、正徳五年板丸屋板目録（架蔵）に下ってくると、

二 ふや仁　尤さうし

とだけで値段付が消えてしまっている。従って元禄八年以前に版行されてはいたのであろう。

ところで、婦屋版には二種類存在するようである。㈠はすでに野間光辰先生が、そのご論考「仮名草子の作者に関する一考察」（『国語と国文学』昭31・8号）のなかで、「……外に猶慶安板から奥書を削り、本文の末に書肆名を入木した、婦屋仁兵衛新刊の無刊記本もある」とご紹介せられた版本と、㈡はそのまま奥書を有する版本とである。そしてそれは前記、内閣文庫本であった。因みに婦屋版は『尤草紙』諸版本中、類本きわめてまれで、いわゆる稀覯本のうちに入ろう。

版元婦屋（麩屋トモ）仁兵衛は林氏、父祖甚右衛門・伝左衛門と寛永二十年ごろより京都三条通菱屋町に居住して、なかでも仁兵衛は明暦から元禄にかけて活動せし出版書肆であった（『増訂慶長以来書賈集覧』による）。

〔丹緑絵入本・江戸板〕　寛文十三年孟夏中旬、松会開板（図47参照）。

赤木文庫主横山重先生が愛知県犬山市に住んでいらっしゃった時分である。一通の書翰を頂戴したことがあった。いわく、

私は、寛永九年版だけがなかったけれど、尤の草子は、上本四種（いくどか買ひかへた）を持つてゐましたが、四つとも焼亡せしむ。

1　寛永十一年板
2　慶安何年か　婦屋板（1とは別板）

3　この求板本なりしか
4　寛文十何年か　絵入　江戸板（コレ稀本）
皆、上本でした。

と。その稀本たる丹緑絵入本の零本を先年、友人中島理寿氏の御教示によって東京都立中央図書館で初見することが出来た。そして昭和五十三年十月の俳文学会第三十回全国大会（岐阜大学）に於て報告したことであった。

一、東京都立中央図書館蔵。図書番号、特四一四。

装幀、大本下巻一冊。寸法、縦二四・七糎、横一八・八糎。匡郭、四周単辺（本文第一丁表）縦二三・五糎、横一六・六糎。表紙、改装後補。花色表紙。袋綴。題簽、表紙左肩に新たに貼紙を貼附。「尤草紙」と墨書。内題、「尤草紙巻之下」。目録題なし。版心、「もっとも草　卅三（―五十三終）」。一頁、十五行。丁数は、本文のみ二十一丁。

三十三、三十四、三十五オ（挿絵）、三十六、三十七オ（挿絵―彩色）、三十八、三十九、四十オ（挿絵―彩色）、四十一、四十二、四十三オ（挿絵―彩色）、四十四、四十五、四十六、四十七オ（挿絵―彩色）、四十八、四十九、五十、五十一オ（挿絵―彩色）、五十二、五十三終

奥書、巻末にあり。「此尤草紙ハ或人つれ〳〵の餘りに硯にむか／ひ筆にまかせて書集ける其心あまれりや／たらすや然を忝　無品親王御覧あつて／事たらさるをくハへよろしきをたすけ腹に／あちハひて筆の究めとらせ給ふとそ」。蔵書印、なし。刊記、巻末、奥書の末、左端に、「寛文十三　歳孟夏中旬　松會開板（四周双辺子持郭デアル。）」とある。

内容は、

一、（下九）やハらかなる物のしな〳〵　二、（下十）こハきもの〻しな〳〵　三、（下十一）まことなる物のしな〳〵　四、（下十二）いつハるもの〻しな〳〵　五、（下十三）わらふもの〻品々　六、（下十四）くすミたるもの〻しな〳〵　七、（下十五）ものいはぬ物の品々　八、

(下十六)名のるものゝ品々　九、(下十七)かしましき物の品々　十、(下十八)しゆせうなる物の品々　十一、(下十九)めつらしきものゝ品々　十二、(下廿)おもしろきものゝ品々　十三、(下廿一)まよふものゝしな〳〵　十四、(下廿二)あたなる物の品々　十五、(下廿三)のほるものゝ品々　十六、(下廿四)くたる物のしな〳〵　十七、(下廿五)とぶものゝしな〳〵　十八、(下廿六)あふなきものゝしな〳〵　十九、(下廿七)をさるゝものゝしな〳〵　二十、(下廿八)とらるゝ物の品々　廿一、(下廿九)あらハるゝ物の品々　廿二、(下卅)あらき物のしな〳〵　廿三、(下卅一)さひしきものゝ品々　廿四、(下卅二)身にしむものゝ品々　廿五、(下卅三)はつかしき物の品々　廿六、(下卅四)見くるしき物の品々　廿七、(下卅五)きひのよきものゝ品々　廿八、(下卅六)つよきものゝ品々　廿九、(下卅七)まるき物のしな〳〵　三十、(下卅八)にたるものゝ品々　卅一、(下卅九)名所誹諧発句しな〳〵　卅二、(下四十)目出度ものゝ品々

以上、三十二項目の「物は尽し」を収録している。

丹緑絵入本の書誌的存在価値は、言うまでもなく天下ただ一本の孤本であることだ。ただし絵入本の存在は夙に藤村作編『日本文学大辞典』（昭和七年、新潮社

図47　江戸板の刊記と挿絵（「やはらかなる物のしなしな」の章）

版）でさりげなく記されてはいた。従って正確には再発見否再確認と言うべきであろう。参考までに、江戸時代書林出版書籍目録類も検したが記載せられてはいない。

本書日比谷本は元来上中下合一冊本であったらしい。一見、三冊本のように見受けられるが、そうではなかろう。まず収録の項目を寛永再版上下二冊本と対校してみるに、一「やハらかなる物のしな〱」（再版本下ノ九）から始まって、巻軸たる卅二「目出度もの〻品々」（下ノ巻軸四十）で終っていること。よって再版本の上四十項目と下ノ一「ひく物のしなしな」から下ノ八「まがれる物のしな〱」まで、計四十八項目は、幻の上中之巻に収録されたということになろうか。次いで版心を見ると、本来「下一（四十三終）」（再版本）となる筈のところが、「もっとも草　卅（―五十三終）」となっていて通し丁数になっているのである。

版元松会市郎兵衛は加藤氏または木村氏、承応二年ごろから江戸の長谷川町に居住して多数の典籍を版行せし幕府の御用書肆である。彼の、いわゆる「松会板」に関しては杉浦丘園の名著『雲泉荘山誌別冊第四・家蔵松会板之書目』（昭9・7）にくわしい。

かくして『枕草子』を卑俗化した『尤草紙』なる擬物語は、江戸の上層読者を対象に丹緑絵入本形式の本書を上梓することで、いよいよ本来の啓蒙書・教訓書としての使命を発揮するに至った。又、本稿のお目当ても実はそこに存するのである。

（昭54・10・7稿）

書痴の愚かさ

和本の表紙によく見かける卍崩しの模様とか雷文や市松模様（石畳模様トモ）の空押しなどをながめていると、私にはなぜか遠い混沌たる近世初頭の、板本を手にする読者たちの息吹きがすぐ間近に感じられて来るようで、ロマンを覚える。殊に寛永から明暦・万治にかけての貞門全盛期における、横本や中本形式の俳書の表紙には、例えば〝卍崩し牡丹唐草模様〟の空押しなどが多く、それも丹表紙となってくると尚更その感を強くするのである。

ことしの春、私は『日本古書通信』誌に「『尤草紙』諸版本考」と題する拙稿を二回に分けて連載をした。それで反響は？　反響は確かにあった。『枕草子』研究の権威と斯界では通っている相愛の田中重太郎先生から一通の賀状を頂戴した。いわく「尤の草子の慶安版を先般売ってしまったので残念ですが、寛永版は一本所持してゐます」と。思いがけない方面から〝書福〟はやって来るものである。私はすぐさま洛北二軒茶屋の大地古書肆の宅に電話をかけて確認し、御幸町通三条下ルにある店へ走ったのだった。さいしょ私は買うつもりは毛頭もなかった。が、主人から静かな面持ちで見せられた慶安版『尤草紙』大本上下二冊は、見事に予想をくつがえして、丹表紙に粋な市松模様の空押し、原題簽つきの小憎らしいほどゆったりとした感じのする上本であった。匡郭有り。序跋有り。巻末には刊記「慶安弐己丑年仲春良辰／藤井吉兵衛尉新刊」と鮮やかに存在する。慶安版は寛永十一年中野版のかぶせ彫りではあるが、類本は少なくそのうえこの一本は刷りがよろしい。伝来も亦、遊女評判記で板本では唯一の『たきつけ草・もえくゐ・けしすみ』の旧蔵者細木氏（細木香以）や、石塚豊芥子等の旧蔵印が見えて興趣をそそる。よしッ、買うた（口絵12参照）。

ところで、最近入手した連俳書のなかでは明和五年版の望月武然歳旦帖『春慶引』半紙本一冊（ただし天理蔵せず）と、延宝五年六月深江屋浄味興行の夢想之連歌懐紙一帖（原装、料紙の模様は蓮花の金泥下絵に打曇り模様、発句は肥前島原の松平文庫の殿様松平忠房か、新出にして保存良）位がましな部類に入るであろうか。元来、私は小心者である。こうして所詮は身の程もかえりみぬ〝書痴〟の愚かさゆえに、私は生涯、本屋への支払いに身体ごと苦しみ通していくことだろう。「業」だとさえ開き直る始末である。

因みに私の蔵書印は「卍崩し陶玄亭蔵」なる円形子持郭の印である。卍とは吉祥万徳の集むる所という意味――。それにあやかって、にもかかわらず「板本よ、俳書よ、蒐まれい」なのだ。

（昭55・10・1稿）

春曙文庫本『尤草紙』など

相愛国文と故・田中重太郎先生。わが陶玄亭書屋には、平成五年三月刊行の『春曙文庫目録（和装本編）』一冊を愛蔵する。申すまでもなく本目録の中核は田中博士の蒐書による、とくに清少納言・枕冊子に関する資料類にあった。その二十四頁に(6)近世小説（仮名草子）として、斎藤徳元作『尤草紙』の写本ならびに板本類が四点も収録される。ところで、私にも昭和五十五年一・二月号の『日本古書通信』誌に旧稿「『尤草紙』諸版本考」（上・下）を発表したことがある。その年の四月に、在本町(ほんまち)学舎の相愛に出講し、二階に在る博士の研究室をたずねた。先生は開口一番「古書通信にお書きになった、『尤草紙』の諸本調査はアナタでしたか。私にも数点持っていますから見せてあげよう。……」とおっしゃったのだ。

間もなく私は、幸運にも春曙本『尤草紙』の諸本一括を借覧することが出来た。それは、寛永再版・慶安版の写本・婦屋版などであった。殊に書誌的な発見では、九一三・五一S春二二一本（図48参照）における、巻末刊記の部分であろう。あざやかに入木(いれき)補正の痕跡が認められる。やはり寛永十一年版は言われるように再版本であった。本町学舎の三年間はいつも先生の研究室で和本類を拝見、畏友鶴崎裕雄氏もいっしょだった。

（平9・7・31稿）

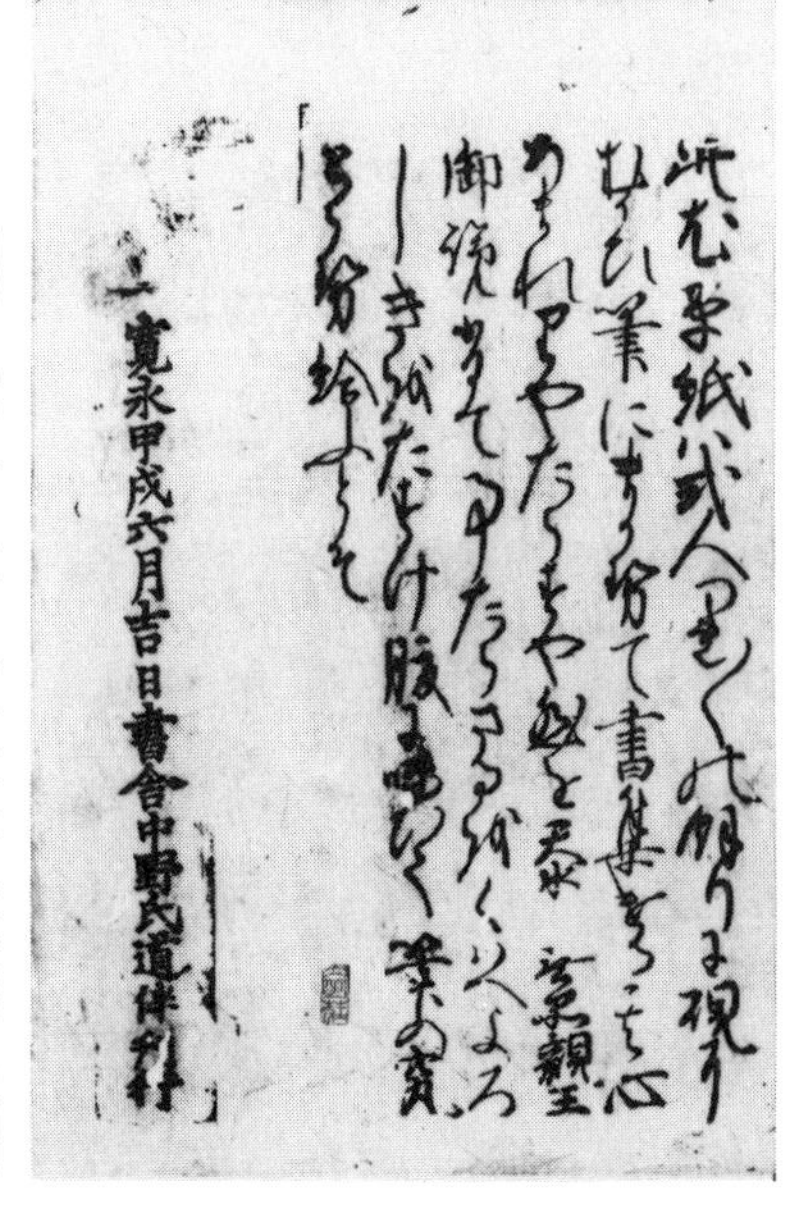

図48　九一三・五一S春二二一本（再版本）の刊記

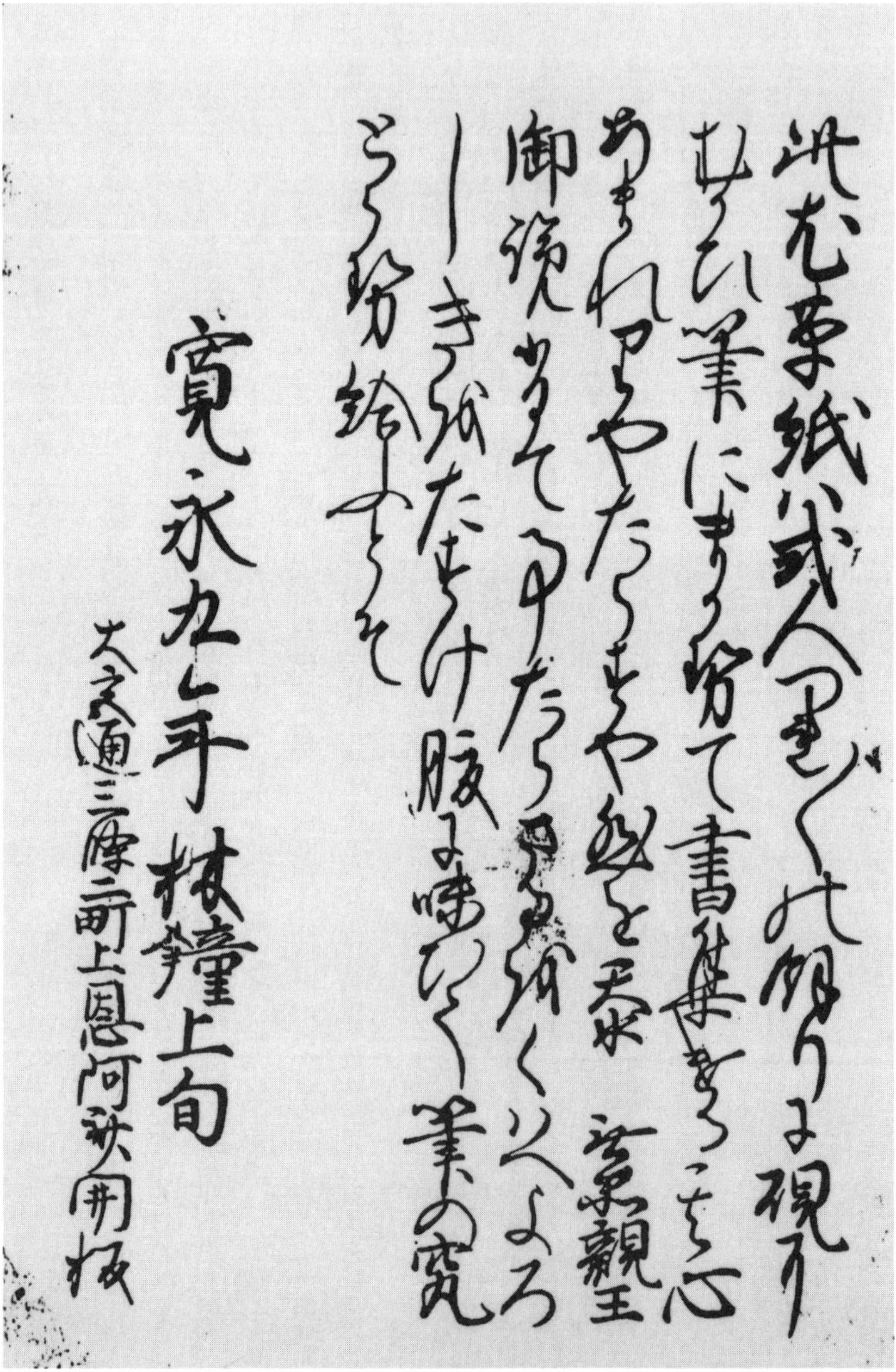

図49　七十余年ぶりに出現した、幻の初版本恩阿斎版の刊記。筆蹟も本文の板下と同筆である。（長野県立歴史館「関川千代丸文庫」蔵）

〔参考〕二巻二冊。底本は寛永十一年(一六三四)六月中野道伴刊本。安藤武彦氏「『尤草紙』諸版本考」(『日本古書通信』四二九・四三〇)によれば、寛永九年六月恩阿斎刊本が初版であるが、伝存不明。底本が二版で、三版が慶安二年(一六四九)二月藤井吉兵衛尉刊本、四版が寛文十三年(一六七三)四月松会刊本。また、慶安二年版には、婦屋仁兵衛の求版本がある。寛永十一年版は求版、慶安二年版は覆刻であって、いずれも大本二巻二冊。寛文十三年版は絵入り本、いまだ完本を見ないが大本三巻一冊であったらしい。以上の報告に、寛永十一年丁字屋仁兵衛刊本を加えることができる。同年中野道伴版の求版本である。

本書が斎藤徳元の著作であって、跋文にいう無品親王が八条宮家二世智忠親王であり、その御伽の料として奉られたと明らかにされたのは、野間光辰氏である。

徳元(永禄二年—正保四年)は、美濃の生れ、同国墨俣城主になったが、関ケ原敗戦後、小浜藩京極家に仕官して若狭に住む。寛永三年以降の京都在勤は、里村昌琢門人としての交遊をかわれてのことか。八条宮への御出入りもこの時期である。本書刊行の寛永九年秋、京都を離れて江戸に移り、同地に俳諧の興る基盤を作った。

本書は、慶長の『犬枕』にならった〈物は尽くし〉であり、上下巻各四十段より成る。『犬枕』に比べて、見立ての鋭さを欠く、とされるが、当時十四歳の若宮に捧げられた、成立の事情からして、やむをえないところであろう。むしろ本書の特色は、「くすむ」の語の多義性を利用して次々と発想を転換させる(下巻第十四段)など、俳諧の連歌に似た連想の意外さにある。『類船集』(延宝四年刊)への利用が見られることを、故なしとしない。

和歌、俳諧、説話を豊富に引用することも、『犬枕』に見られなかった本書の特色であろう。これは智忠親王訓育の意味あってのことであろうが、そこにまた、当時の俳諧作者の教養のほどを伺いうる。詳しくは、注に任せるが、典拠として最も多くを占めるのは謡曲であり、同時に『事文類聚』(元和古活字版)、『連集良材』(寛永八年刊)など、当時新刊書の多用が見られる。

〈物は尽くし〉は『世中に』『仮枕』(いずれも写本)、『童蒙先習』(慶長十七年跋刊)を経て本書に至った後、『讃嘲記時之太鞁』(寛文七年刊)、『吉原よぶこ鳥』(同八年刊)等の遊女評判記に取込まれて後代に及ぶ。

当時の風俗に関する事項を中心に、注の多くを未詳のまま残す結果に終ったが、これをたたき台に、解明のさらに進展するであろうことを期待したい。

(渡辺守邦氏『尤之双紙』解題　新日本古典文学大系・第74巻『仮名草子集』所収、岩波書店)

自筆本『徳元俳諧鈔』を入手するの記

十月十一日午前十一時三十分、東京・神田神保町の古書肆一誠堂書店より一包みの書留小包が郵送し来たる。それは、かねて依頼しをける斎藤徳元自筆の俳書横写本一冊たり。余はこの小包をどんなに心待ちに待ち侘びしことか。一見、更に驚愕せり。すなわち机上に置かれたる本書はかの昔、笹野堅先生の名著『斎藤徳元集』に全文翻刻（ただし巻頭のみ図版をあわせ掲載）せられたる『徳元俳諧鈔』（寛永七年成カ、当時、前島春三氏蔵）と仮に名付けられた自筆本と、筆蹟・内容（シミ・虫損までも）とも全く同一のものたりしこと、従って恐らくは数年前に前島春三氏の書庫から離れて古書肆の手に渡り、そのまま浮世の風にさらされけるにや。（なお『俳諧大辞典』にも中村俊定先生が「徳元俳諧鈔」の項に、「自筆横一、斎藤徳元著、寛永七年成カ、……前島春三氏蔵」と記しておられる――515頁。今や本書は、現、安藤武彦蔵と書き改められなければならぬ。）

ここに、改めて本書の書誌を記さむ。

横本の写本一冊。縦一六・九糎、横二三・七糎。表紙、表裏とも渋表紙にして袋綴（ただし後補）。題簽・内題ともに欠く。最初の一丁（本来の白紙表紙カ）表に、

右下方「此主斎藤貞六正勝（花押）」

と有り。裏中央に後人による筆にて、

「斎藤徳元自筆の俳書／

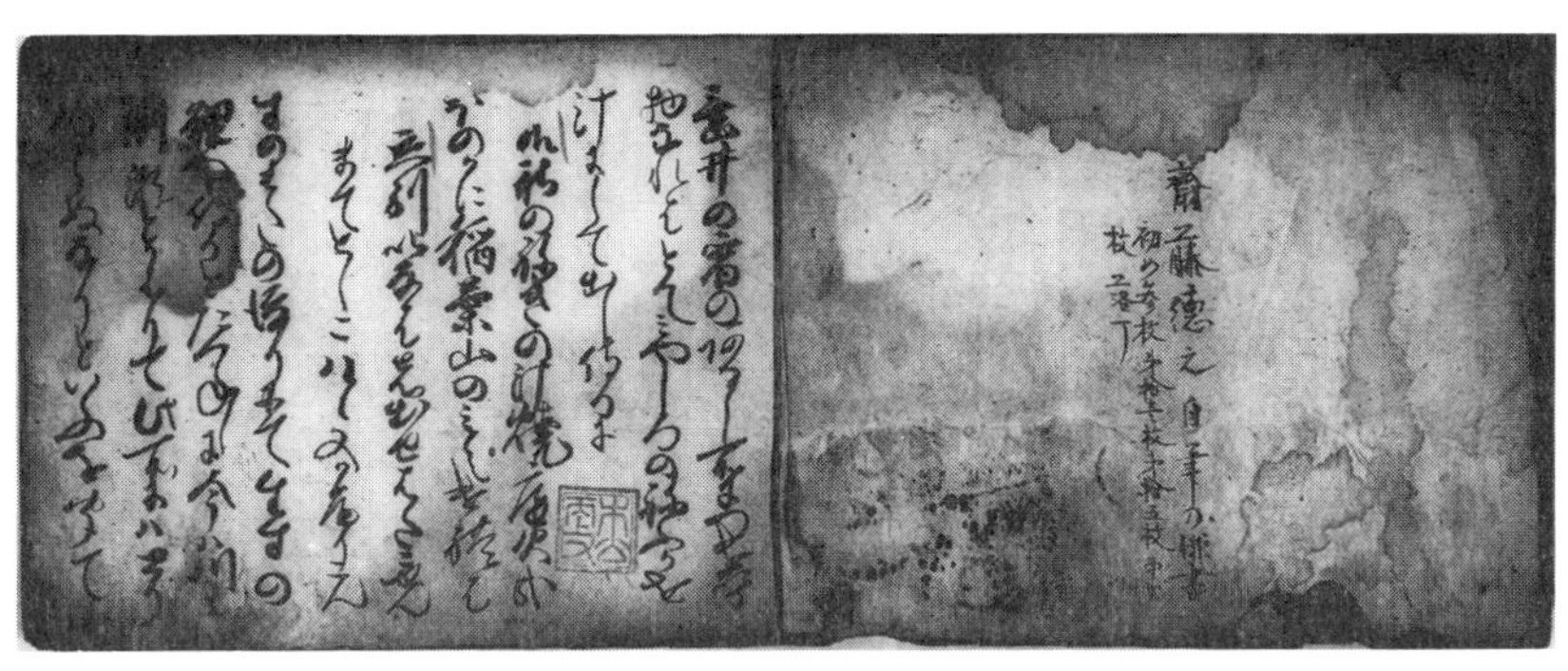

図50　自筆本『徳元俳諧鈔』(架蔵)
上　本文第一枚目表の部分。下　同書最終丁裏、奥書の部分。

　　初め参枚第拾壱枚第拾五枚第
　　　二十枚落丁」。
よって本書は、巻頭より数丁脱落。丁数は、
　二十七丁（うち最初一丁は本来の白紙表紙カ、本文二十六丁）。
本文は、概ね十一行。なお本文一枚目表、右下方に蔵書印有り。

奥書（自奥）

　年来したしくちなミ侍りける中に
去やことなき御方より愚作の誹諧
一覧あるへき旨しきりにのたまひ
」オけるを斟酌なからいなひかた
くてとり〳〵書記し侍りぬ先一年
東へ罷下し道中の発句狂哥其より
以来の句とも幷付合等色々又十品
のはいかい面八句のこれかれとり
あつめて此一冊となしてつかハし
侍るなり外見あらハその嘲哢をま

ねくものか　」ウ

内容は、寛永五年※（六年とも）の冬、江戸へ下りける折の道中句日記（但し本書は初めを欠き、垂井の宿から始まる）を巻初に、次いで江戸到着後の春・夏・秋・冬の発句、付合次第不同として独吟千句・千句のうちより抜抄せしもの、春・夏・秋・冬・恋・雑に分類せし付句、「公家名誹諧」「謡名之誹諧」「魚鳥之誹諧」「草木」「薬種」「茶湯」「虫獣」「源氏」「神仏」「名所」等百韻の各面八句のみを記したる句集なり。

成立年代に関する考証は後日に譲らむ。

かくて自筆本『徳元俳諧鈔』横写本一冊、代価数万円也――は、陶玄亭の文庫に帰せり。ああ、このよろこびは、余の生涯にわたって終生忘れ得ぬものとなるらむ。

（昭和43年戊申閏年10月12日芭蕉忌の前日に、多治見市・陶玄亭の書屋にてしるす）

〔追記〕

○その後、赤木文庫主横山重先生より、本書の本文第一枚目表の右下方に捺印されたる蔵書印が、明らかに故前島春三氏蔵書印なることを御教示賜った。

○杉本要翁追悼『古典籍大入札会』目録（主催大阪古典会、昭39・10・22）に、

502斎藤徳元自筆　俳書　書名未詳一冊／又落丁もあり、横本という記載見ゆ。右は、すなわち本書なるか。

〔追記二〕

○※本書の巻頭欠丁部分は、実は『海道下り』なる道の記の冒頭部であった。本書第三部「徳元をめぐる諸問題」を参照せられたい。成立は寛永六年十二月二十六日か。

（平12・7・16記）

徳元著作本書誌ノート

一、自筆本『塵塚誹諧集』書誌稿

塵塚誹諧集

赤木文庫蔵（横山重氏蔵）。現、早稲田大学図書館蔵。徳元自筆。中本の写本、上下二冊。寸法、縦二一糎、横一四・七糎。

表紙、藍鼠色の地に白い蓮花模様を画いた絹の表紙。

見返し、銀（金カ）の切箔を散らした鳥の子紙の見返し。綴、紫の絹紐で大和綴にしたもの。

題簽、なし。ただし表紙の左肩に朱筆で「塵塚誹諧集上（下）」と直接、記され、別に上巻に、標題の右の方に後人の筆で、

「寛永十年古写本／

　　斎藤徳元自筆」

と直接に墨書。

内題、「塵塚誹諧集上（下）」

一頁概ね八行。丁数、上巻墨付六十五丁、下巻墨付七十二丁。

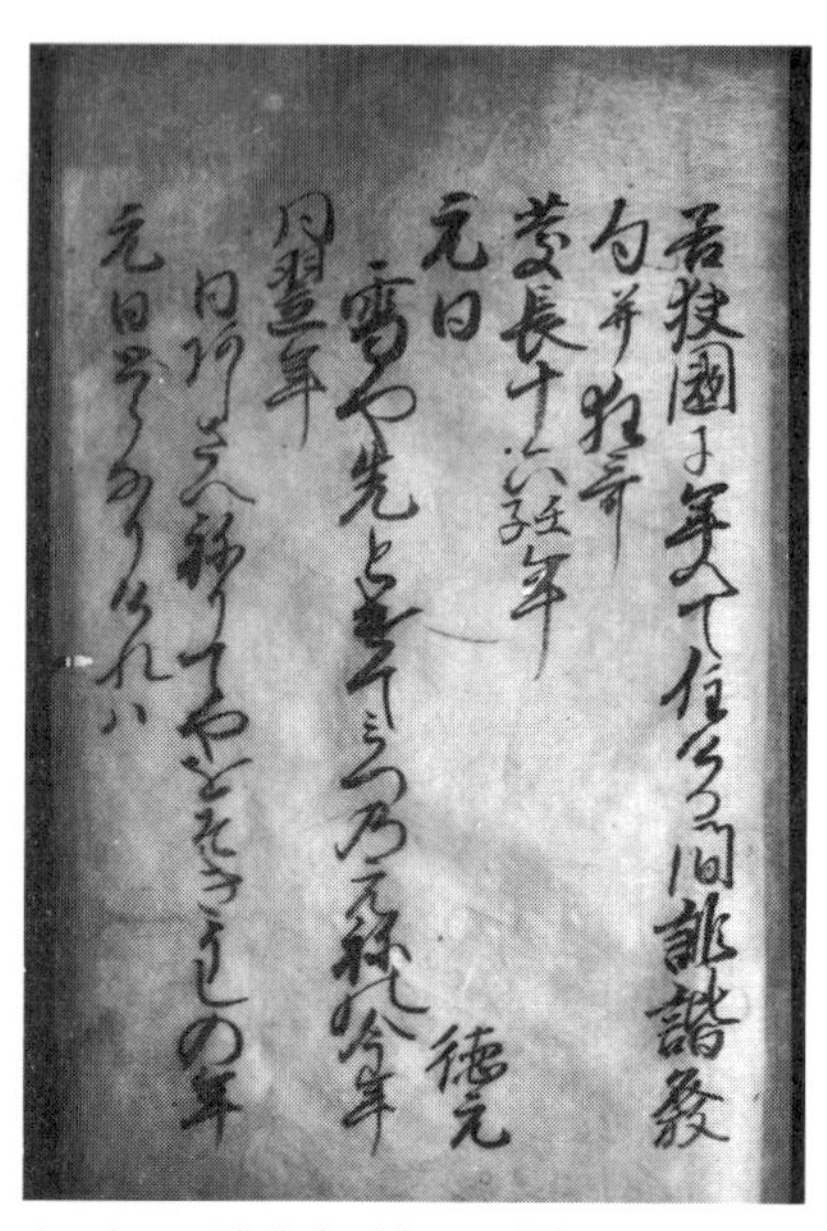

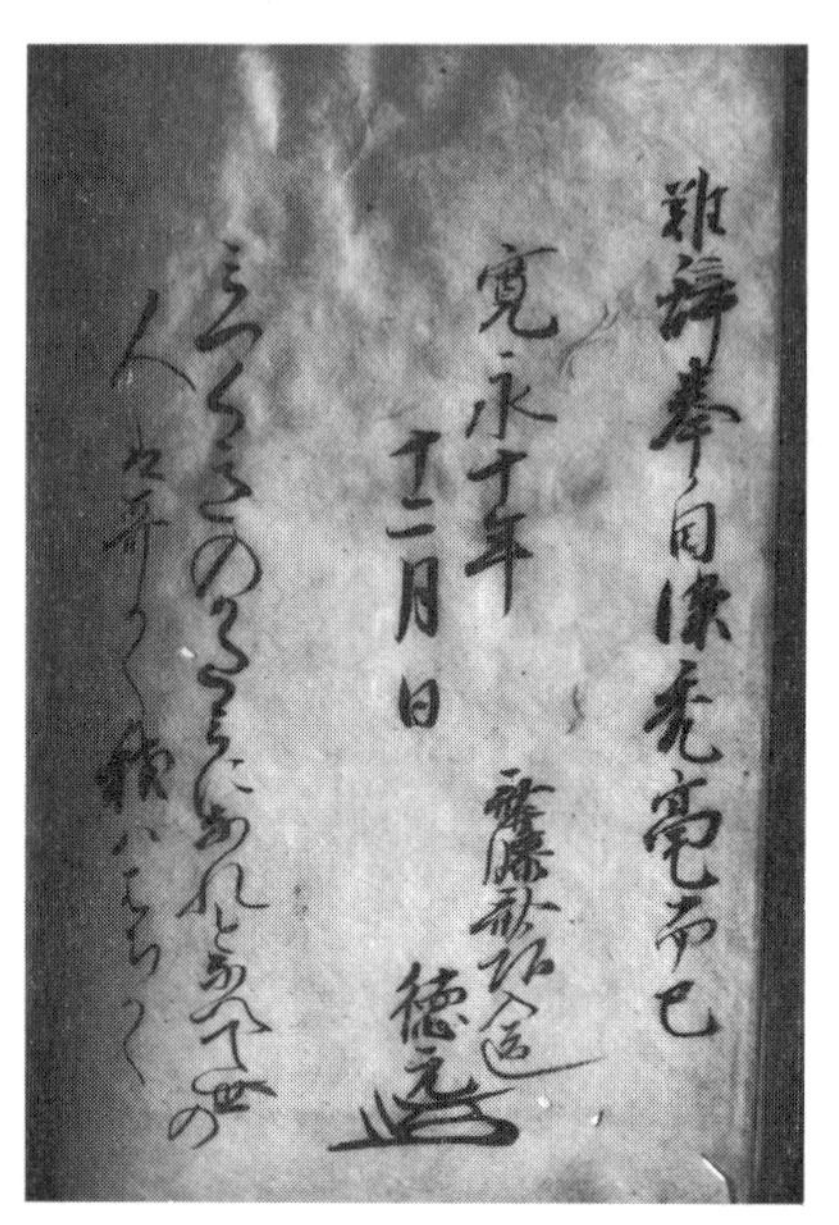

図51　『塵塚誹諧集』右、上巻本文冒頭の部分。左、下巻奥書（自署と花押）の部分
（赤木文庫蔵、著者撮影）

自序

誹諧の二字をおもへはことはミなことはに／あ
らすと見えたりしきしまの道の中に／片はしハ
かりハたとり入てもミまほしき物／から老にの
そミて後ハ朝にきく叓を／夕にハ忘れ夜半のむ
しろにおもふこ／とあかつきの枕にとまる叓な
した丶／うつせミのからのミ林のかたハらに残
れ　」るかことしかはあれと年の一も若／か
りし時こなたかなたにてつかふまつ／りし数句
を心のすさミハかりにかき／あつめて**ちりつか**
とこれを名付侍る／になん

自奥

此上下巻愚作誹諧之発句／九八百一十余句同付
合八百余句／狂歌二十首記焉依貴命　」雑辞奉
自染禿毫而已
寛永十年　　斎藤斎頭入道
十二月日　　徳元（花押）
みつくきのかたミになれとなへて世の／人は
哥かく我ハはちかく

とある。

蔵書印

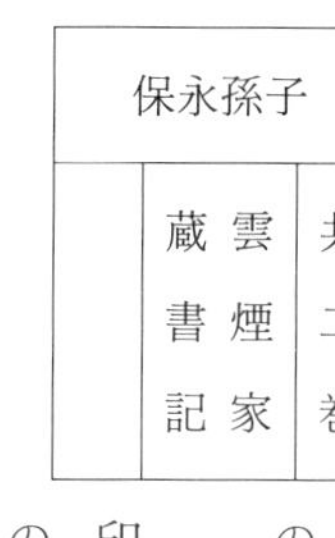

㋑　上巻下巻共に開巻及び上巻の巻尾に、「子孫永保／共二巻／雲煙家／蔵書記」と緑色の印記がある。

　この蔵書印について、所蔵者横山重先生からの御教示で、幕末における書画肆安西雲煙（あんざいうんえん）の印記なることを知り得た。従って右緑印は、言われているような三木助月こと鹿島清兵衛翁の蔵書印にあらず。

　因みに、安西雲煙なる人物の伝記を、左にあらあら記しておく。

　安西雲煙。通称虎吉、諱は武また於菟、字は山君、別に舟雪の号がある。両国薬研堀で書画肆を営んだが、元来鑑識もあり文筆もあるがために業務の暇には筆硯に親しんで、数冊の著書を成す。中でも殊に『近世名家書画談』（八冊、天保元―嘉永五）は著名なもの。嘉永五年八月十八日歿、享年四十七歳。浅草本立寺に葬った。

なお清兵衛翁の後裔鹿島大治氏の話によれば、かの雲煙が蒐書せし万巻の書は広大なる邸宅共々清兵衛翁の許に移っていった、とか。そのことに関連して、最近、横山先生から左記のような書翰を拝受した。曰く、

　この二十二日（月曜日）来客しきりに来り、四組六人。その中に鹿島大治氏夫妻あり。例によって、雲煙の土地屋敷まで、そっくり買ひしは、鹿島清兵エの養父の頃と。屋敷は深川の名倉と。広大な屋敷なりしと。蔵書など売りしは清兵エの時代と。　（昭47・5・25夕附）

ほかにも雲煙は、徳元の真蹟を蔵していたらしい（架蔵『近代名家書画談』二編巻之四）。

㋺　前記、上下巻共に開巻の安西雲煙の緑印に重ねて、朱の長方形の糸印あり。印文は「亀宝」と判読出来るか（『桜川』三浅勇吉氏解題）。

㈧　上下巻共に巻尾に、丸に「ち十」とある、知十岡野敬胤氏の円形の朱印が見える。知十翁は昭和七年に歿、享年七十三歳であった。

㈡　上下巻共に開巻の下方に、「横山重」と長方形重郭の印。

上下巻共に巻尾に、「よこ山」と長方形の印。

上下巻共に開巻及び上下巻共に巻尾に、「アカキ」と長方形の小印。

で、思うに本自筆本の伝来の系譜を示せば、
嘉永五年以前、雲煙安西於菟——京橋新川の分限者、鹿島清兵衛——知十岡野敬胤——前島春三——『斎藤徳元集』の編者笹野堅——赤木文庫
ということになるであろうか。

次いで内容に関して、目次程度に記しておく。

まず上巻には、「若狭国に年へて住ける間誹諧発句幷狂哥」として慶長十六壬子年（慶長十七年の誤）元日の発句から編年風に書き留めてゆき、以下寛永二年春、旧主織田秀信公の墓所高野山に詣でた際の道の記、四季発句（若狭居住期における）、「寛永三暦のころ都に上り三四年在京せしうち発句」、「在京つれ〳〵のまきらかしに源氏一部の巻の名をかりて発句にいたし侍りぬ」とて源氏巻名発句、「歌の六儀の詞はかりをいさゝか発句に」、寛永五年林鐘末、法橋昌琢に誘われて有馬に遊び、在湯中のつれづれに成った〝日発句〟、都三条衣の棚に貞徳を訪れた折の白黒の百句付（付句のうち三十五句は『犬子集』に収録せられしも、まま字句の異同が見られる）、「同年の霜月於武州江戸人々御所望によりてつかふまつりし千句の発句」（完本に東大図書館蔵『千句』と題する横写本一冊有り、巻頭に「寛永五年十一月吉日」の年記、森川昭氏ご翻刻）等を収める。

下巻には、「抑寛永六暦三冬もやゝ末つかたに都を立てあつまへまかりける道すから馬上のなくさミ草に誹諧狂

哥など独こちて夕〳〵のかり枕宵過る間の油火にさしむかひ矢立の筆にて記し置侍りし」に始まる東下り紀行書留発句、次いで「翌年八つちのとの巳なり元日よりこのかた年〳〵の発句幷付合等少々かくのことし」とて以下四季発句（江戸居住期における）、「付合之句次第不同」、「いとやことなき御かた上りめされて前句を一出し給ふてけり則席に五十句付て奉り畢」として「そろはぬ物そよりあひにける」を前句に五十句付、熱海千句之抜書（この「熱海千句」は完本に東大図書館洒竹文庫に『於伊豆走湯誹諧』と題する大写本一冊有り、跋文に「寛永九暦仲冬日至」、他に内閣文庫にも一本を蔵す）、そうして巻末に「筆之次而に此比よミ侍りける狂哥」二首、うち最後の狂歌には一族「春日御局よりとて南都酒到来ニ付」なる前書が見えている。本集が、徳元の伝記研究上の根本資料たることは勿論、初期俳諧史――貞門俳諧前史の時代における――の資料としても、きわめて貴重なものであることは今更言うまでもなかろう。

ところで、本集の下巻殊に東下りの記を中心に、内容面で重なるような徳元の作品が現存している。今、参考までに、その書誌を記しておく。

関東下向道記

刈谷市立刈谷図書館蔵。大本の写本一冊。寸法、縦二七・四糎、横一八・八糎。
表紙、表裏表紙共、水色布目の表紙。綴、袋綴。
題簽、中央に題簽が剝落した形跡あり。ただし原題簽と思われる墨流し模様の書題簽が、見返しのところに挿めてある。いわく、「関東下向記狂歌　斎藤徳元」と記す。その寸法は、縦一八・四糎、横二・三糎。筆蹟は、書写者と同一人か。

寛永五（朱筆）（打付け書き） 斎藤徳元 関東下向道記	神谷蔵書 （直接ニ墨書）

打付け書きの筆蹟は、旧蔵者神谷氏の筆か。

内題、「関東下向道記　斎藤徳元」

一頁八行。丁数、白紙一丁、墨付二十三丁、白紙一丁、計二十五丁。

蔵書印

㋑ 内題の右下方に、「左京市人蔵本」と短冊形の朱印あり。〝左京市人〟なる人物は、近代の蔵書家、田中教忠（たなかのりただ）である。通称は勘兵衛。号、年号庵。京都の呉服太物商服紗屋四代目当主。昭和十一年歿、九十六歳。

㋺ 更に内題の辺りに、「刈谷／図書／館蔵」（三行）と正方形の朱印。なお、村上忠順編『蔵書目録』（中写本上中下三冊）に、「関東下向道記　写一」と見えている。

よって本書は、田中教忠——三園神谷克棹——村上文庫という風に伝来してきたのであろう。

内容は、まず冒頭に、

紙こきるしはすの比都を立て東路や武蔵をさして江戸にまかりける道すからのなくさミくさに狂哥誹諧の発句なとひとりこち矢立の筆にて書とゝめしを今見れハよくもあらすかしまつ三条の橋駒もとゝろと打渡り賀茂河をはるかに詠やりて

　加茂川やすゑしら河の白波に
　　鷺もおりゐてとせうをそふむ

に始まって、——やがて巻末、

かやうに打なかめ下るほとに極月下の六日に武蔵の江戸に着畢

のほり下り両道かくる武蔵あふミ

さすか駄賃ハ乞ふもうるさし

発句

むさし野の雪ころはしか冨士の嶽

右狂哥合八十七首

発句合廿一句

寛永五年十二月廿六日　徳元（花押）

と記して終っている。従って『塵塚誹諧集』の俳諧版に対して、本書は東下りの〝狂歌版〟ということが言えようか。なお、この『関東下向道記』の新たなる出現は、先年森川昭氏の労によるところ。氏はこたび『中世文学の研究』（市古貞次先生退官記念論文集、東大出版会、昭和47・5）に紹介、かつ翻刻せられたのである。

徳元俳諧鈔

架蔵。徳元自筆。横本の写本一冊。寸法、縦一六・九糎、横二三・七糎。

表紙、表裏表紙共、渋表紙にして袋綴（ただし後補）。

題簽・内題、共に欠く。最初の一丁（本来の白紙表紙カ）表に、

右下方「此主斎藤貞六正勝（花押）」

と記す。その裏中央に後人による筆にて、

「斎藤徳元自筆の俳書／

初め参枚第拾壱枚第拾五枚第二十枚落丁」。

よって本書は、巻頭より数丁脱落。

本文は、概ね十一行。丁数、二十七丁（うち最初の一丁は本来の白紙表紙カ、本文二十六丁）。

自奥

年来したしくちなミ侍りける中に去やことなき御方より愚作の誹諧一覧あるへき旨しきりにのたまひ」オけるを斟酌なからいなひかたくてとり〳〵書記し侍りぬ先一年東へ罷下し道中の発句狂哥其より以来の句とも幷付合等色々又十品のはいかい面八句のこれかれとりあつめて此一冊となしてつかハし侍るなり外見あらハその嘲哢をまねくものか」ウ

とある。寛永七年の成立か。

蔵書印

㋑ 前記「此主斎藤貞六正勝（花押）」の墨書に重ねるようにして、円形二重郭の黒印あり。印文は「正勝」と判読出来るか。

㋺ 本文第一枚目表の右下方に、旧蔵者たりし前島春三氏の蔵書印「松叓」（ショウコウ、叓は更の本字）と正方形子持郭の朱印。

内容については、すでに故笹野堅先生が『斎藤徳元集』（古今書院、昭11・10）のなかで詳述しておられるので、本稿では省略したい。なお、市古貞次・中村俊定の両先生が『徳元俳諧鈔』を担当翻刻・収録せられた。

江戸海道下り誹諧（『連歌集伊庭千句等』に収録）

天理図書館綿屋文庫蔵。寛文四年、円清写。

横本の写本一冊。

奥書

右之二千句車戸数馬秀利のもとより借用し書写侍者也　寛文四甲辰八月八日　円清書ス（伊庭伊勢千句ノ奥）所収せられし徳元の作品には、「江戸海道下り誹諧」と題し、その左下に「斎藤徳元獨吟」と記す。今、第三までを記しておこう。

朝霜をふむ三条の小橋哉
　寒さにはける白川のたひ
のむお茶のあわた口ひけをしなてゝ
　（以下、省略）

諸本、『国書総目録』（岩波書店）によれば、東大図書館知十文庫に本集の写本が一本蔵せられている由であるが、調査の結果は見当たらず。

複製本、笹野堅氏編『斎藤徳元集』（昭11）に全文の写真を収め、伝記と共に詳細な解説がある。

翻刻本、『貞門俳諧集　一』（『古典俳文学大系』第一巻、集英社、昭45・11）に収録。森川昭氏が担当校註。

ほかに作者徳元の伝記的な研究に関しては、故藤村作先生「徳元」（改造社『続俳句講座』第1巻）、『俳諧大辞典』（明治書院）に中村俊定先生執筆の解説、野間光辰先生「仮名草子の作者に関する一考察」（『国語と国文学』昭31・8）、木村三四吾氏「斎藤徳元」（明治書院『俳句講座』2俳人評伝上）、森川昭氏「徳元の周囲―『徳元等百韻五巻』考―」（『説林』15号）等が、まず現時点での生命をもつ論考であろう。

〔**附記**〕本稿を成すに当り、赤木文庫主横山重先生からは、終始書誌学的高見を賜わった。記して謝意を表します。

〔参考〕

安西雲煙

この蔵書印は、江戸後期の書画肆安西雲煙（あんざいうんえん）のものである。雲煙は、文化四年（一八〇七）生まれ。一説に文化三年とある。書画商、鑑定家。十二歳の時、書肆和泉屋に奉公に出る。天性書画を見ることを喜び、また読書することを好んだという。主家に在りし頃より儒学堤它山（つつみたざん）に学び、後年画を長崎の画僧日高鉄翁に習った。『近世名家書画談』等の著作がある。嘉永五年（一八五二）没。名は武また於菟（おと）。字山君。通称和泉屋虎吉（寅吉）、虎。号雲煙（雲烟）、舟雪。

図52　安西雲煙の蔵書印（緑印。赤木文庫蔵『塵塚誹諧集』下巻）

この印記は、長い間鹿島清兵衛のものと信じられてきた。それは、旧幕臣大谷木醇堂（おおやぎじゅんどう）（一八三八〜一八九七）の次の一文からだろうか。「一、酒商鹿島氏、書を蔵する汗牛充棟、その押章に子孫永保雲烟家蔵の字ありて、今四方に散逸せり。子孫永保の字はたして如何ぞや。然れども雲烟の字あるをもつて考ふれば、即ちこれ過眼一時の事と為して然るにや。」（『醇堂叢稿』第一九冊）

しかし、安藤武彦氏の「徳元自筆本『塵塚誹諧集』書誌稿」（「若越郷土研究」一八の四）によると、安西雲煙は深川名倉に広大な別邸を持ち、収集した万巻の書をこの地にあった蔵に収蔵していた。その別邸を蔵書を含めて鹿島清兵衛が買い入れ、蔵書を放出したのは、養子清兵衛の代であったという。

本印影は、『古今議論参』（当館請求記号　一六四―三五）より採った。なお、上記印記と同じ体裁で字形の異なる印記も同本に捺されている。当館には、ほかに明治時代中期に購入した図書二点に雲煙印記が確認できる。いずれにも掲載印と同様に朱印が重ねて捺されているが、不鮮明で読み取ることができないが、「亀宝」との説もある。

（村山（むらやま）　久江（ひさえ））

（「国立国会図書館月報」454・平11・1、国立国会図書館所蔵本　蔵書印　その281　安西雲煙）

二、誹諧初学抄

旧赤木文庫蔵（現、鈴木棠三氏蔵）。帆亭徳元著。横本一冊。

寸法、縦一四・二糎、横一八・九糎。

表紙、原装。深縹色表紙にして袋綴。

題簽、左肩にあったと思われるが、剥落してしまっている。

内題、「誹諧初学抄」

版心、「一（―六十四終）」

一頁、十一行。丁数は六十四丁。

自奥

右此一冊江戸に至りてつゝ／り侍る事ハむさしあふミ／さすかにかけて頼ミ奉る／君命によりて也式目ハ終に／侍らぬといへは其趣ハかりを／筆に記し侍るへきよしを／のたまふ愚意に応せぬ／事なりしかハ余多（あまた）たひ辞／し申といへともいなひかたく／て書とゝむる事になりぬゆ／めく〵外見有へき物にあら／す是ハたゝ田舎にてのわた／くしことになん侍る

寛永十八暦　　　　　　　　　　　　　　　　帆亭

正月廿五日　　　　　　　　　　　　　　　徳元

とある。

蔵書印、なし。ただし帙内側に原稿用紙を貼附し、横山重先生筆ペン書きで、本書はもと「この本笹野氏の使用したる本なり」と。

刊記、巻末に前記「寛永十八暦／正月廿五日／　帆亭徳元」の奥書があるが、書肆名はなし。

ところで、本文について、『徳元集』収録の複製本と子細に対校してみるに、一箇所のみ異同が発見される。すなわち、底本第十九丁表の九行目「鶯袖」の部分が、複製本では空白になってしまっている。つまり、二字（一行分）が全く欠けているのである。これは、どうしたわけであろうか。

国会本

原題簽のある版本『誹諧初学抄』は、知れる限りでは国立国会図書館に一本を蔵するのみである。で、その書誌について幸にも畏友深沢秋男氏がきわめて丹念に調査をして下すった。

国立国会図書館蔵。図書番号、く二四。横本一冊。寸法、縦一三・八糎、横一八・四糎。

表紙は原装。縹色表紙。袋綴。

題簽、表紙左肩に四周双辺子持枠（その痕跡があるが磨損によって現在はわずかに残すのみ）の原題簽「誹諧初学抄」。その寸法は縦一〇・一糎、横二・五糎。更に題簽の右肩に「寛永十八」と朱筆。

内題、「誹諧初学抄」

版心、「一　（—六十四終）」

一頁、十一行。丁数は六十四丁、ただし表紙の次に遊び紙が一丁入っている。

奥書（自奥）あり。（旧赤木文庫本と同じ）

蔵書印

(イ) 遊び紙の裏に、朱筆にて次の書き入れがある。

「麯齋　釣月軒（朱印）

山峯　誹菩提　蔵書

号施無界舎東都渋谷宮益町

生僑居金龍山中　」

なお参考までに、小野則秋著『日本蔵書印考』（文友堂書店、昭18・7）を繙くと、「金龍山歌仙庵」なる印記が見える。その他、本文中のところ〴〵に、朱の傍点が打たれている。

ほかに麯齋の蔵書印は、本文第一丁表にも正方形子持郭の朱印（印文、判読困難）がある。

(ロ) 同じく本文第一丁表に、榊原芳埜の蔵書印「榊原家蔵」と長方形子持郭の朱印。次いで「故榊原芳埜納本」と短冊形子持郭の朱印。

因みに、旧蔵者榊原芳埜なる人物について、三村清三郎編『続蔵書印譜』（文行堂書店、昭7・9）によれば、次の通り。

称鬲蔵、字作良、号琴州、鬲斎、桜舎、家称尼屋、旧住江戸日本橋小舟町、従学伊能穎則、自学問文章、至挿花聞香謡曲小技、無不通、最精本草、移本所石原、破屋弊衣、不為意、任大学助教、転文部、修古事類苑、俸銭購書、至七千巻、明治十四年辛巳十二月二日歿、歳五十、葬今戸安昌寺、

(ハ) 同じく本文第一丁表に、「東京／図書／館蔵」（三行）と正方形単郭の朱印。

従ってこの国会本『誹諧初学抄』一冊は、麹斎――榊原芳埜――東京図書館という風に伝来してきたと思われる。

ほかに旧赤木文庫本と同一なる深縹色原表紙の『初学抄』に、岐阜県立図書館蔵本がある。ただし寸法は縦一三・八糎、横一八糎。題簽は後補墨書。

丹表紙本

最近、寛永版本の特徴を示す丹表紙本『誹諧初学抄』一冊を、入手・初見するを得た。架蔵。横本一冊。寸法、縦一三・八糎、横一八・三糎。

表紙は原装。丹表紙雷文の中に牡丹唐草らしき模様を捺出してあるのが、かすかに判明出来る。袋綴。

題簽、表紙左肩に四周双辺子持枠（国会本と同じ）の原題簽。ただし「誹諧初学抄」なる標題は、磨損はなはだしく、ために判読出来ず。その寸法は縦一〇・四糎、横二・七糎。

内題、「誹諧初学抄」

版心、「二（―六十四終）」

一頁、十一行。丁数は六十四丁。

奥書（自奥）あり。（旧赤木本ならびに国会本と全く同じ）

蔵書印

本文第一丁表、右下方に、「小汀氏蔵書」と短冊形の朱印。最終丁裏、左下方に、「をばま」と不規則円形の朱印がある。因みに、『小汀文庫稀書珍本展観入札目録』（昭47・5・6入札、東京古典会、架蔵）に、「No.482」として収録される。

よって本書は、もと小汀利得翁（政治経済評論家、昭47・5・28歿、八十二歳）が愛蔵せしもの。なお参考までに、古書肆沖森直三郎氏の言によれば、小汀翁は丹表紙本のほかに何故かもう一冊、すなわち縹色の原装保存良なる『誹諧初学抄』（現、東洋大学蔵）をも所蔵せられていたとか。

複製本、笹野堅氏編『斎藤徳元集』（古今書院、昭11・10）に全文複製して収録。

翻刻本、『芭蕉以前俳諧集　下巻』（『俳諧文庫』第三編、博文館、明30・12）及び『貞門俳諧集』（『日本俳書大系』第六巻、春秋社、大15・11）等に、最近では、『貞門俳諧集　二』（『古典俳文学大系』第2巻）に収録され、乾裕幸氏が担当校註せられた。

寛永十八年正月十四日、諏訪高島城主諏訪頼水が歿した。頼岳寺に葬る。徳元、追善百韻を贈る。そして同月二十五日、八十三歳もの高齢になっていた帆亭徳元ではあったが、この日、俳諧の式目作法書『誹諧初学抄』横本一冊を上梓せしめると、まもなく『誹諧初学抄追加』一巻をも著わしたようである（古書肆山田博氏「美濃の俳人と其の著作物」『美濃国郷土史壇』第2巻12号）。

丹表紙・雲英本

雲英末雄氏蔵。横本一冊。

寸法、縦一四・〇糎、横一七・九糎。

丹表紙にて雷文唐草桐花文を空押し。袋綴。

題簽、原題簽なれどところどころ磨損。

内題、初丁の表半丁が破れ。ために補修が施され、雲英氏の筆にて新たに墨書「誹諧初学抄」。

版心、「二（一六十四終）」

一頁、十一行。丁数は初丁半丁が破損なれど、補修。六十四丁。

奥書の末に、「寛永十八暦正月廿五日　帆亭徳元」。

蔵書印、巻頭の右下方に、「雲英氏／蔵書」と正方形朱印。全体的に刷りは美しい。

なお帙の内側に、雲英氏筆にて覚書の紙片が貼付。「本書題簽ありしは国会本のみと、しかも国会本は匡郭がマメツして見えずと。国会本は縹色、本書は丹表紙なり。刷りも悪くはなし。

昭和五四年二月十三日東京古書会館にて岡田真氏蔵書入札会あり。藤園堂氏上京、番外としてありし本書取ってくれる。初丁半丁落丁ありしゆえ、補写して貼付。また本書は大惣本にて、貼付された墨書の題簽をはがしたところ、元題簽が出現、ただし完全ではない。よって表表紙見返しに大惣の題簽を貼付しておく。（後略）」。昭和五十四年六月二十二日、日本近世文学会の折に一夜恩借、実見す。雲英教授に深謝したい。

その後、雲英教授は、論考「丹表紙の俳書」（『会報大阪俳文学研究会』32号）のなかで、『誹諧初学抄』について、「なお伝本は比較的多く、国会図書館本は架蔵本と同じく丹表紙だが、縹色系の表紙のものも多い。丹表紙は表紙でも少し上等の表紙であり、縹色のものは並製本なのであろう。」と述べられる。賛成である。（平11・4・20記）

〔追記〕　丹表紙本は、今治市立河野信一記念文化館にも所蔵される。表紙見返しの部分には、「日本や四方にきたつ花枝」と墨書。「儀兵衛」とある。（昭57・10・17記）

三、尤草紙

物は尽しの形式に成る、仮名草子『尤草紙』大本上下二冊は、先年、野間光辰先生が、御論考「仮名草子の作者に関する一考察」（『国語と国文学』昭31・8）において、斎藤徳元の匿名作で八条宮無品中務卿智忠親王の加筆と考証せられて、新たに、徳元作品集のなかに一作を加えられたのである。

まずはじめに、版本の種類を列記しておこう。

1　〔初版本〕寛永九年林鐘上旬、（京都）大宮通三条二町上、恩阿斎開版（朝倉無声著『新修日本小説年表』）。（図49参照）

2　〔再版本〕寛永甲戌（十一年）六月吉日、書舎中野氏道伴刊行。（図48参照）国会・東洋岩崎・京大・慶大・東大・広島大・名大神宮皇学館・日比谷加賀・岩瀬・神宮・お茶の水図書館成簣堂・天理・故江戸川乱歩氏・国分剛二氏・吉田幸一氏・赤木文庫等に各所蔵。

3　〔三版本〕慶安弐己丑年仲春良辰、藤井吉兵衛尉新刊。（口絵12参照）内閣・静嘉堂・東洋岩崎・京大頴原・東教大・早大・東北大狩野・広島市立浅野・天理・龍門等に各所蔵。

4　〔無刊記本〕慶安板から奥書を削り、本文の末に書肆名を入木した婦屋仁兵衛新刊（野間先生御論考）。（図46参照）

赤木本

赤木文庫蔵（横山重氏蔵）。徳元作仮名草子。大本上下二冊。寸法、縦二七糎、横一八・七糎。

表紙、原装。藍鼠色表紙にして袋綴。

題簽、剥落。ただし上下巻共、左肩にその形跡あり。

内題はなし。

目録題、上巻「尤之双紙（もっとものさうし）目録（もくろく）上（ママ）」、下巻「尤之双紙（もっとものさうし）目録（もくろく）下」。

版心、上巻「上　一（―三十八終）」、下巻「下　一（―四十三終）」。

一頁、十行。丁数は、上巻三十八丁、下巻四十三丁。

序文

よろこびなかきとしのころかとよ。これかれあつ／まりて。かの清少納言が。まくらざうしをまね／びてかきたる物あり。その名を犬枕といへる／なり。此二枕は。あしびきのやまとうたのむつの／たねをあらハし。するの世の人のためしとなる／べき事をねがひ。言葉すなほにしなたくミ有て／こゝろ妙也。右のまき〳〵にかきもらしぬる。こと／そぎてかたハらいたき事どもを。とりあつめ／。此狂言となせる物ならし。しかるに今はた／しきたへの。まくらといふ名をかたどらん事は／〔オ〕。神慮もおそろし。さハありといへ共。おもかけの／いさゝかかよふなるをとて。枕とよむもじの。一方／を残して。尤のさうしと名付侍りぬ

奥書

此尤草紙ハ或人つれ〳〵の餘りに硯に／むかひ筆にまかせて書集ける其心／あまれりやたらすや然を忝　無品親王／御覧有て事たらさるをくハへよろ／しきをたすけ腹に味ひて筆の究／とらせ給ふとそ

蔵書印、上下巻共に見返し、左下方に、「アカキ」と長方形の朱印。

刊記、下巻巻末、奥書の後に「寛永甲戌六月吉日書舎中野氏道伴刊行」とあって、本書は再版本である。

ところで参考までに、横山先生はこの赤木本のほかに、かつて数種の版本を愛蔵しておられたようである。すなわち、

私は、寛永九年版だけがなかつたけれど、尤の草子は、上本四種（いくどか買ひかへた）を持つてゐましたが、四つとも焼亡せしむ。

1　寛永十一年板

2　慶安何年か　婦屋板（1とは別板）

　３　この求板本なりしか
　４　寛文十何年か　絵入　江戸板（コレ稀本）
皆、上本でした。
　さて、今の寛永十一年板は、戦後に買つたもの云々。（昭42・5・9夕附、書翰）

と。

内容は、かの『枕草子』の「物は尽し」に擬して、上巻四十項目、下巻四十項目、計八十項目の「物は尽し」を収録。うち上巻には、徳元の聚楽第滞在を裏書するような一文「これハ一とせ。じゆらくの城の時分。京ハらハへの小うた也」（卌一、あかき物のしなしな）とあり、右の傍証となり得よう。

神宮本ほか

　ここでは、原題簽の残れる再版本――神宮本を中心に、その書誌を記すことにしたい。

神宮文庫蔵。図書番号、三門・一六九九号。大本上下二冊。

寸法、縦二七糎、横一八糎。

表紙、上下二冊共、原装。藍鼠色表紙。袋綴。ただし疲れ本である。

題簽、〔上巻〕表紙左肩にありしが、ほとんど剝落。かすかに、原題簽と思われる「草紙」の文字が見える。剝落したる跡に、新たに貼紙を貼附。いわく、

尤之双紙（朱筆）上　共二

と墨書。

〔下巻〕表紙左肩に四周単辺（その痕跡をわずかに残す）の原題簽

尤草紙下（下）―後人による墨書。

ところどころ磨損はしているが、その寸法は縦一七・五糎、横三・四糎。筆蹟は、奥書の板下と同一人の筆に成る。よって書名は、正しくは「尤草紙」と訂すべきであろう。

内題、なし。

目録題・版心・行数・丁数・序文ならびに奥書等、すべて赤木本と全く同じ。

蔵書印

(イ) 上下巻共に第一丁表、右上に、「林崎／文庫」と矩形の朱印。同じく右下方に、「林崎文庫」と短冊形子持郭の朱印。又、上下二冊共、表紙の右下方に朱筆で「林崎文庫共二」と記す。

(ロ) 上下巻共に裏表紙見返し、左下方に、「天明四年甲辰八月吉旦奉納／皇太神宮林崎文庫以期不朽／京都勤思堂村井古巌敬義拝」（三行）なる長方形の朱の納印。

(ハ) 前記、矩形「林崎文庫」の印記に重ねるようにして、「神宮／司庁／蔵書」（三行）と方形厚郭の朱印あり。

刊記、赤木本と同じく下巻巻末に、「寛永甲戌六月吉日書舎中野氏道伴刊行」とある。

ほかに赤木本と同じく再版本に、西尾市立図書館岩瀬文庫蔵本がある。図書番号、七〇四八―九八―五七。大本上下合一冊。改装後補栗皮色表紙。袋綴。題簽は剝落。内題はなし。以下、赤木本と全く同版である。なお蔵書印は、上巻第一丁表（序文）、右上に、「天幸堂」と円形の朱印。（「天幸堂」なる印記については、天理蔵西鶴本『当世女

容気』にも見える。「西鶴本書誌」『ビブリア』28号）

次いで翻刻本には、『近世文芸叢書』第七・擬物語（国書刊行会）、『近代日本文学大系　仮名草子集』（国民図書KK）、『新編御伽草子　下』『続群書類従』三十三輯下、『日本随筆大成』二期三、等にそれぞれ翻刻、収録されている。

参考文献

平出鏗二郎「近古小説解題」（横山重・巨橋頼三両氏編『物語艸子目録』に収録、角川書店再刊）

野間光辰先生「仮名草子の作者に関する一考察」（『国語と国文学』昭31・8）

〔追記〕

朝倉無声著『新修日本小説年表』（春陽堂、大15・9）を繙くと、その近代篇・仮名草紙・出版年代未詳部に、

○當世尤の草紙　五　（52頁）

なる一書が見えているが、未だ実見出来ず。因みに『国書総目録』（岩波書店）にも、同様「当世尤の草紙　五」とのみ記載せられてはいるが、それは右『新修日本小説年表』の記事をそのまま引用したに過ぎない。

〔附記〕　本稿を成すに当り、赤木文庫主横山重先生からは、終始書誌学的な御高見を賜わった。記して謝意を表します。

（昭48・4・17改稿）

四、徳元著作本の解題

徳元千句

一冊。俳諧。斎藤徳元作。寛永九年（一六三二）十一月成。東大図書館洒竹文庫蔵写本の表紙には「徳元千句」と朱書、内題「於伊豆走湯誹諧（いずはしりゆはいかい）」とある。別称は「熱海千句」。徳元の独吟千句集としては、さきに『斎藤徳元独

吟千句』（横写本一冊、寛永五年十一月成、東大蔵）があり、本千句は第二集である。【成立事情】巻末の自跋に、この俳諧は伊豆国熱海在湯中のつれづれに「異なる興にもやと百韻ごとの名をかへ品をかへて」作ったこと、このうち「鷹詞之誹諧、第九」は「前二条殿」すなわち二条良基述作の「鷹百韻の御連歌」が指合等一切たださなかった例にまかせたこと、追加漢和の俳諧を作ったことが識され、「寛永九暦仲冬日至／斎藤斎頭入道徳元」の署名がある。【内容】すべて賦物の独吟千句で、第一は「名所之誹諧」で「あたゝかに石はしり湯や伊豆の山」の伊豆の巻から始まり、以下、謡之名「花のふる役者よはやせ桜川」、源氏巻名「春の日やひかる源氏の物語」、刀銘「夕立やふる村雲の剣の先」、薬種「武士のもつや長刀香薷散」、虫獣「分る野やむさしあぶみに轡虫」、草木「とぎみがく木賊や月の鏡草」、魚鳥「これや此魚木にのぼる紅葉狩」、鷹詞「箸鷹をいひもり山のかすみ哉」、そして第十の「茶湯之誹諧」「雪に猶茶の色白し朝日山」の各巻百韻。追加として、この頃、はからずも建仁寺の益長老こと三江紹益（友林とも、慶安三年（一六五〇）入寂、七十九歳）が下向したのに参会して、「漢和之誹諧」「寒月誰氷餅」（紹益発句）の巻を両吟して、あわせて収録した。本千句の一部はすでに自筆本『徳元俳諧鈔』に散見し、また『塵塚誹諧集』下巻にも「熱海千句之抜書」と題して収められている。因みに紹益江戸下向の目的は、寛永九年九月、松平下総守忠明との間に確執を生じて、解決を図るためにあったらしい。やがて山岡景以の奔走によって円満解決をみたのは十一月十三日であった。徳元と三江紹益との同座は四度ある。本書は徳元連句の傾向を知る上で参考になるばかりでなく、『犬子集』以前の初期俳諧資料としても貴重である。徳元の賦物俳諧は、以後の江戸貞門俳諧における一風潮にもなっていき、未得独吟『謡誹諧』（寛永十二年成）や玄札・野水堂白鷗両吟の『十種千句』（明暦三年成）等にそれが見られた。【諸本】前記洒竹文庫本のほかに、内閣文庫にも一本を蔵する。同じく写本一冊、ただし題簽は「伊豆走湯誹諧」とあり、内題は洒竹文庫本と同じである。したがって本書の書名は「於伊豆走湯誹諧」と訂すべきか。両本間の字句の異同は少なくない。紙質墨蹟は共に古いが、内閣文庫本の方が善本である。【翻刻】笹野堅『斎藤徳元集』（昭11）。

参考文献

森川昭『江戸貞門俳諧の研究』（『成蹊論叢』昭38・10。○谷澤尚一「徳元と三江紹益」（『連歌俳諧研究』44号、昭48・3）。

徳元俳諧鈔

俳諧句集。自筆稿、横一。徳元著。寛永七年（一六三〇）以後成か。自跋。ある貴人の所望により、自作を書き記したもの〈跋〉。寛永六年冬、江戸へ下った折の紀行書留発句（『海道下り』の後半部）以下、四季発句、付合次第不同として前句付句の抜抄、白黒の百句付、公家名誹諧、謡名・魚鳥・草木・薬種・茶湯・虫獣・源氏・神仏・名所などの百韻の各面（おもて）八句を収録する。安藤武彦蔵。【翻刻】笹野堅『斎藤徳元集』（昭11）。

参考文献

安藤武彦「徳元をめぐる諸問題」（『連歌俳諧研究』57号、昭54・7）。

誹諧初学抄

一冊。俳諧。斎藤徳元著。寛永十八年（一六四一）刊。同年正月二十五日の奥書によれば、昌琢門下で、時に八十三歳の著者が江戸において君命を受け、たびたび辞退をしたが許されずして編んだ式目作法書。著者は、俳諧に式目はないというが、君命によって連歌の式目にならい「其趣ばかり」を記したという。【内容】まず、連歌にまさる俳諧の五つの徳を挙げ、『連歌新式』に見える和漢法度の条々を掲げ、それにしたがって暗に貞徳の式目歌を批判しつつ俳諧の式目を定め、「物にたとへば、連歌は能、誹諧は狂言たるべし」と連俳の特質を述べ、俳諧の品格、一句の仕立て様、なかんずく宗祇著『吾妻問答』を基に「詞の俳諧」に対して、詞なだらかで心に興を含む「心の俳諧」を重んずるなど、当代としては卓見であった。次いで連歌付・俳諧付・用付・体付・とりなし付・心付等について述べ、「四季の詞并恋の詞」の部では、春夏秋冬の季題を列挙して解説し、「恋之詞」八十三、和漢の美人・もろこし若衆・好色の男など四十九人を記し、「此人々の名、前句にひかれてはいづれも」恋句となる事を説いている。この点を貞徳は『天水抄』で「惣別女といふ字、姫といふ字、女房などゝいふ字あれば恋の句といふ人、一円聞えざる義也」と批判している。本書は江戸における俳書出版の嚆矢として評価されるが、一説には書物の体裁などから京版かという説もある。【影響】本書版行後、その反響は貞門の中心地京都で、たとえば前記『天水抄』や『氷室守（ひむろもり）』にあらわれた。【複製】近世文学資料類従・古俳諧編5（安藤武彦解説）。【翻刻】笹野堅『斎藤徳元集』（昭11）。日本俳書大系『貞門俳諧集』。古典俳文学大系『貞門俳諧集(二)』。

参考文献

安藤武彦「徳元著作本書誌ノート」（『郷土文化』28の2、昭48・12）。

乾裕幸「里村両家と俳壇確執―俳諧論戦史の内」（『会報（大阪俳文学研究会）』8、昭49・9）。

〔三―追記〕

『尤草紙』の諸本について、架蔵の入札目録類に収録されているので、左に列記しておく。

□『若樹文庫入札略目録』（昭13・9・24入札、東京図書倶楽部、反町弘文荘旧蔵書き入れ）

四四〇　尤草帋　慶安二版　二冊

□前掲書『小汀文庫稀書珍本展観入札目録』

478　尤草紙　烏丸光広著　寛永十一年刊　二冊

斎藤徳元研究　上

二〇〇二年七月十五日初版第一刷発行
（検印省略）

著　者　安藤武彦
発行者　廣橋研三
印刷所　日本データネット
製本所　大光製本所
発行所　有限会社和泉書院
大阪市天王寺区上汐五－三－八
〒五四三－〇〇〇二
電話　〇六－六七七一－一四六七
振替　〇〇九七〇－八－一五〇四三

装訂　上野かおる

ISBN4-7576-0157-3　C0395
（2分冊・分売不可）